Charles Dickens

小杜丽

Little Dorrit

㊤

〔英〕查尔斯·狄更斯——著　金绍禹——译

上海译文出版社

Charles Dickens
LITTLE DORRIT
插图作者：H.K.BROWNE（PHIZ）

图书在版编目（CIP）数据

小杜丽：插图珍藏本 / （英）狄更斯（Charles Dickens）著；金绍禹译. —上海：上海译文出版社，2021.10（2024.10 重印）
书名原文：Little Dorrit
ISBN 978-7-5327-8576-6

Ⅰ.①小… Ⅱ.①狄… ②金… Ⅲ.①长篇小说—英国—近代 Ⅳ.①I561.44

中国版本图书馆 CIP 数据核字（2021）第 168007 号

译文版插图珍藏本世界文学名著
总策划／冯涛
技术总监／朱奇 设计总监／张志全

小杜丽
［英］狄更斯 著 金绍禹 译
责任编辑/管舒宁 装帧设计/张志全工作室

上海译文出版社有限公司出版、发行
网址：www.yiwen.com.cn
201101 上海市闵行区号景路 159 弄 B 座
苏州市越洋印刷有限公司印刷

开本 890×1240 1/32 印张 37.5 插页 15 字数 713,000
2021 年 9 月第 1 版 2024 年 10 月第 3 次印刷
印数：8,001—10,000 册

ISBN 978-7-5327-8576-6/I·5285
定价：398.00 元（全二册）

D. Maclise. R.A. R. Graves A.R.A.

CHARLES DICKENS.

目 录

下卷　富有

译本序

《小杜丽》是查尔斯·狄更斯的第十一部长篇小说。先是连载，自一八五五年十二月至一八五七年六月间共连载了十九个月。一八五七年五月出了单行本，狄更斯写了一篇序言。在序言中他流露出因拥有这么多的读者而感到的喜悦。的确，《小杜丽》一书的销售量是空前的。这部巨著也是狄更斯创作后期的重要作品，对于我们了解英国十九世纪中叶的社会面貌是有极大的价值的。英国政治的腐败，统治阶级的虚伪、欺骗，大资产阶级的贪婪，上流社会的虚假，下层人民的贫困，都在作者笔下暴露无遗。正因为这一缘故，《小杜丽》一书的出版，遭到了当时资产阶级评论界的指责，认为这部书是狄更斯小说中最糟糕的一部，因为在他们的心目中，狄更斯是创作了脍炙人口的《匹克威克外传》的大幽默家。可是，《小杜丽》奉献给读者的是一幅反映英国社会之黑暗的图画，马夏尔西狱这座债务人监狱被当作整个社会的缩影，加以毫不留情的揭露。其实，狄更斯在《小杜丽》中并没有抛弃他所擅长的幽默手法，只是作者在这部巨著中所持的政治观点得罪了许多人，这正反映了文学与政治的关系。狄更斯面对的主要是中产阶级的读者，他在创作中时时记着维护英国中产阶级的利益，遵循中产阶级的道德标准，迎合中产阶级的情趣，使用中产阶级的语言，因此，他在政治上只是一个改良主义者，他所颂扬的是资产阶级的人道主义。但是，他毕竟是一位伟大的现实主义文学巨匠，他的生活经历与家庭遭遇在他思想上留下了深深的烙印，他的爱憎便鲜明地体现在他的作品中了。

如果说一部小说的情节是一条伸向终点的道路，那么，狄更斯的《小杜丽》开头与结尾之间有一个似乎找不到出路的迷宫，因为这本书的情节是极为复杂的。女主人公小杜丽的父亲威廉·杜丽先生因负债进了马夏尔西债务人监狱，①一蹲便是二十几年，小杜丽便是在这债务人监狱中出生的，被一批批的债务人称作“马夏尔西狱之女”，因为长得瘦小，人称小杜丽。而小杜丽的命运又与克莱南先生一家联系在一起。克莱南先生二十岁时离家到了父亲的身边，直至四十岁的中年，在远在中国的父亲去世之后，才回到阔别二十年的英国。他寄回国的父亲的遗物中有一块表，表的衬布上写着反映他们家一段历史的“永不忘”三个字的首字母。他心中有不少的疑问，并把疑问与小杜丽联系在一起。他想从母亲口中问出父亲生前是否屈害了哪一个人而始终没有作出过补偿。然而，克莱南太太是维多利亚王朝时代典型的冷酷而虚伪的宗教信徒（尽管作者最后还是美化了她），克莱南先生没法从她那里得到答复。他只得多方了解，想弄清小杜丽的家世，由此，作者向读者展开了错综复杂的情节，人与人之间的关系，以及当时英国政治、经济和社会状况。小杜丽的父亲威廉·杜丽先生因继承了一笔搁置多年的遗产而终于离开蹲了几十年的马夏尔西狱，成了一个富翁，开始了他的国外旅居生活。然而，巨富并没有给杜丽先生带来真正的幸福，他只不过是从一个监狱到了另一个监狱——整个社会也是一座监狱——而且，他的财富也因金融家莫多尔的畏罪自杀而付之流水。只有人与人之间的爱才给人带来真正的幸福。小杜丽烧毁了能给她带来物质财富的遗嘱，与克莱南结婚，如同狄更斯《圣诞故事集》每一篇故事一样，《小杜丽》也以美好的结局而告终。这是狄更斯的一贯手法、一贯追求，然而，狄更斯给这部巨著添的结局也不

① 十九世纪的英国，议员不会因负债而被捕入狱，用得上“刑不上大夫”这句话。

过是一种理想而已，他所颂扬的爱，其实并不能解决他所提出的严重社会问题。

然而，狄更斯的文学创作的一大贡献并不在于他对提出的社会问题的解决办法，他毕竟不是一个革命者，十九世纪的批判现实主义毕竟也只是半面的现实主义①。他对十九世纪英国维多利亚王朝时代作了如此深刻的揭露，暴露了资本主义世界无法解决的内在矛盾，塑造了如此众多的文学形象，为后人留下了如此丰富的文学遗产，在英国文学史上他可与莎士比亚媲美。而《小杜丽》描绘的社会画面之广阔，内容之深刻，社会影响之深远，创作手法之多样，又是他前期作品所不及的。中国读者及研究者对狄更斯并不陌生，早有林琴南介绍翻译过狄更斯的几部重要作品。读者深知作者对英国下层人民的同情，《块肉余生述》（即《大卫 · 考坡菲》）、《孝女耐儿传》（即《老古玩店》）、《孤星血泪》（即《远大前程》）、《双城记》等都是中国读者所熟悉的。但是，对于《小杜丽》，读者就不很了解，甚至研究者中也有对《小杜丽》未作深切了解的，因此，竟认为本书是揭露“贪财成性的主教加斯贝、用漂亮的外衣掩盖肮脏的灵魂的银行家莫多尔以及盘剥有方的房东”的②。似乎书中贪财成性的是主教卡斯贝，另有一个盘剥有方的房东。其实，《小杜丽》中的卡斯贝并非主教，而是“用漂亮外衣掩盖肮脏的灵魂、贪财成性、盘剥有方的”“房东”或者说是“地主”，他的漂亮外衣在小说最后被其雇佣的收租人剥去，暴露在房客们面前的是其贪财成性、盘剥有方的肮脏的灵魂。

在狄更斯的小说中，《小杜丽》是最切中时弊、实有所指的一

---

① 茅盾：《夜读偶记》。

② 《中国大百科全书 · 外国文学Ⅰ》，第 254 页。

部。作者在这部作品中最广泛、最明显地搜集了他的生活及他生活的那个时代所提供的素材，并且出色地将具体的事实与普遍的真理结合在一起，从而使这部作品成了一部伟大的虚构作品。西方的一些批评家往往将狄更斯仅仅看作是一个幽默讽刺大师，读者也往往觉得作者手法的夸张，殊不知狄更斯的《小杜丽》的人物形象都有真人模特儿，并非纯乎是夸张。作者在一八五七年五月为本书所写的序中指出，所谓拖拖拉拉部及莫多尔这个人物并非夸张，他写道："倘若我可以冒昧地为那个荒唐的产儿莫多尔先生辩护，我就会提醒诸位，他产生于铁道股份时代之后，正处于某家爱尔兰银行以及其他一两个同样值得称赞的企业的时代。"打开《小杜丽》，第一句便是："三十年前，有一天，马赛在烈日下烤晒。"作者向读者交代故事发生在十九世纪的二十年代。而实际上，小说中描写的社会大都是五十年代的社会，甚至《小杜丽》创作过程中所发生的事件也有触及。狄更斯在序中提到的一八五三年至一八五六年的克里米亚战争，是英、法、土耳其、撒丁王国对俄国的战争，是欧洲列强争夺中东的战争，英国于一八五四年三月参战。战争虽然以更加无能的沙俄失败而告终，但是对英国来说，政界与军界的腐败造成了参战部队的惨重伤亡，疾病与严寒，以及指挥失误造成了大量伤亡。[①]英军总司令老习惯把法国（英国的盟军）称作敌人，当时《泰晤士报》的战地特派记者的电讯报导使国内哗然。一八五五年一月，J. A. 罗巴克向议会就战事提出质询，并于五月提出质询委员会报告，最后导致了亚伯丁政府的倒台。狄更斯的朋友莱亚德[②]在战争期间访问克里米亚回来，决定要来一场

---

① 见 A. L. 莫顿：《英国人民史》（1979 年伦敦版）。

② 莱亚德（Sir Austen Henry Layard，1817—1894），英国旅行家、考古学家、作家，后成为激进政治家，一八五二年起成为一名平民院议员。狄更斯在意大利旅行时由他陪同登过维苏威火山。

行政改革运动。狄更斯是支持这一运动的，他于一八五五年五月加入了莱亚德发起的“行政改革协会”。同年六月二十七日他在该协会上作了措辞激烈的抨击政府的发言。莱亚德于同年六月十五日在平民院发言指出，政府迁就党派与家族利益，推行盲目的文牍主义，使国家蒙受了巨大的灾难。在《小杜丽》上卷第十章“包含了治理科学的全部内容”中作者写道：“有时候，义愤填膺的人起来抨击拖拖拉拉部。”反映的正是这件事。作者对拖拖拉拉部的讽刺是毫不夸大的。一八五五年一月亚伯丁政府倒台之后，帕默斯顿上台当了首相。（顺便说一下，此人当过多年的外交大臣，英国对中国的鸦片战争，他是该负责的。）对于行政改革运动，他是竭力阻挠的。《小杜丽》中的台西默斯·泰特·巴纳克尔勋爵即是帕默斯顿的影子。作者在上卷第三十四章写道：“不错，台西默斯·泰特·巴纳克尔勋爵光临了。他是凭借一个义愤填膺的意见，进入官场上层的，这个意见即，尊敬的先生们，我要坚信一条，对于这个自由国家的大臣来说，他应该去限制其国民的慈善事业，阻止他们的施舍之举，束缚他们的热心公益之精神，压抑他们的奋发创业之精神，控制他们的自立自强之精神。”同年四月、五月，狄更斯还在《家常话》上著文抨击帕默斯顿以及政府的腐败、治理的混乱。至于《小杜丽》中的金融家莫多尔，他便是以爱尔兰的梯普勒里银行董事、议员萨德莱尔为原型的。他从银行透支了二十万英镑，于一八五六年二月十六日自杀。当然，在莫多尔身上还可以看到另一个真人的形迹，即“铁路大王”乔治·哈德森，此人便是从默默无闻一跃而为上流社会所膜拜的暴发户，因八千万英镑股票的破灭而遭流放的。

说到马夏尔西债务人监狱，狄更斯则更有切身的体验。一八二四年二月二十九日，约翰·狄更斯即查尔斯·狄更斯的父亲，因负债四十英镑而被捕，三天后被送进了马夏尔西债务人监狱。当时狄更斯才十二岁。三月二十五日狄更斯的母亲带着几个尚小的孩子搬进了狱中，狄更斯则寄住在别处，但他的星期日都是在狱中度过的。后来狄更斯搬到了马夏尔西狱附近兰特街的一间阁楼里，早餐、晚餐便都可在狱中用了。当时狄更斯在一家鞋工场当包装工，每周工资六先令。狄更斯的父亲因祖母去世留给他四百五十英镑的遗产而出狱。那是五月二十八日。他在狱中便是犯人委员会的主席。一八三四年他父亲又因负债进了马夏尔西狱。这一回是儿子查尔斯保释的。《小杜丽》中的威廉·杜丽先生多像作者的父亲！

狄更斯十七岁（一八二九年）时候的恋人玛丽亚·贝德耐尔是《小杜丽》中弗罗拉（Flora）的原型。《大卫·考坡菲》中的朵拉（Dora）与《小杜丽》中的弗罗拉名字的谐音都并非巧合，都与玛丽亚有关。少年狄更斯常与玛丽亚来往，但玛丽亚的父亲是银行的经理，对年轻的狄更斯印象并不好，不相信他会有多大出息，于是将女儿送往巴黎求学。大约两年后回到英国时，玛丽亚对狄更斯的态度显然冷淡得多了，然而，只是到了一八三三年狄更斯才失望地与玛丽亚断绝了交往。后来玛丽亚与一个叫亨利·温特的商人结婚。一八五五年二月十日狄更斯收到玛丽亚·温特的一封信。狄更斯感慨万分，"二十三四年过去了，就像一场梦，拆开这封信就有我的朋友大卫·考坡菲恋爱时的感触。"这一年二月二十五日他见到了玛丽亚·温特。三月七日温特夫妇与狄更斯夫妇一起进餐。两人的会面给狄更斯对浪漫的往事的回忆一个极大的打击，过去妩媚的姑娘现已中年了，身材发胖，举止做作，还喜欢在茶中加白兰地。《小杜丽》是在同年的五月开始创作的，书中关于弗罗拉这个人物的描绘是幽默、动人的。

狄更斯一家于一八四四年七月二日至一八四五年六月在法国、意大利度了一个长假，后来狄更斯又与友人去过这些地方，并将法国、意大利之行都记在了《意大利风光》一书中。一八四五年六月七日狄更斯给福斯特的信中曾有“我总得找到某种方式来用一用这些经历”的话。《小杜丽》一书果真把这些经历用上了。《小杜丽》开卷第一章便是法国的马赛，读着《小杜丽》的第一章，便使人想起《意大利风光》中狄更斯当时记下的见闻，“从我们左边望去，只见一片死气沉沉的坡地，上面是马赛商人的乡间宅第，尽是白得刺眼的房屋，杂乱无章地挤在一起。……市内居民有的成群地坐在人行道上，有的坐在房顶上呼吸新鲜空气；有的在闷热、不透风的林荫道上散步”（《意大利风光》第 30、31 页，上海译文出版社，1985 年版）。《小杜丽》下卷杜丽先生一家人的旅游路线仿佛便是《意大利风光》的再版。

狄更斯小说中人物的名字也都有来历，上文已提到过。“杜丽”(Dorrit)这个姓氏是从一块墓碑上受到的启发。小杜丽的姐姐名叫芬妮(Fanny)，而狄更斯有一个妹妹就叫芬妮。威廉 · 杜丽先生的兄弟叫弗莱德里克(Frederick)，狄更斯的兄弟也有一个叫弗莱德里克。这早已是狄更斯写小说的习惯做法了。

然而，这并不能说狄更斯的《小杜丽》仅仅是一部简单的事实记录，人物、事件确实是狄更斯小说世界的典型人物与事件。译者列举上述真实原型旨在指出作者并非纯乎是夸大，具体的真实是与一般真理融合的。在今天中国读者看来是荒唐的事件也都是十九世纪中叶一个普通英国人所经历的，也正是这些真实的人与事，使这部小说体现出其深刻含义来。

对于今天的作家与文学评论家来说，《小杜丽》也揭示了一条真理，文学的源泉毕竟还是生活，片面强调主体意识会使文学的道路越来越窄，同时，摈弃“反映论”是唯心的。狄更斯毕竟是一个伟大的现实主义作家，他在创作《小杜丽》这部巨著时所采用的来自英国十九世纪社会政治、经济、文化方面的这些素材及原型都是为体现这部作品的主题服务的，作者并没有囿于个别政客的所作所为，并没有描述克里米亚战争在英国引起的反响，并没有详述马夏尔西狱这座债务人监狱的历史。社会现实使狄更斯认识到，他所处的那个世界仿佛一座监狱，监禁了人的创造性，是贪婪、欺骗、虚伪给人们带来了毁灭，他要揭露的是官僚机构的政治腐败，他悲叹美好事物的破灭，因此他对此作了无情的揭露，抨击了他所憎恨的恶，颂扬了他所追求的善，并指出爱才是摆脱这一切的出路。

因此，各个历史时期的融合是必要的，于是，改革法案时代(一八三二年)与五十年代的议会改革融合在一起了，两个时代的主要人物都扮演了类似的角色。而各个时代的反动势力都害怕舆论的力量，把人民都称作“暴民”，就像戈文太太餐桌上的人那样：

> “只要约翰·巴纳克尔，”戈文太太在彻底揭露了时代的堕落之后说道，“只要约翰·巴纳克尔丢掉那个最令人遗憾的讨好暴民的念头，就会万事大吉的，我觉得国家也就会安稳了。”
>
> 高鼻梁的老太太表示赞同，不过她作了一点补充，倘若奥古斯塔·斯蒂尔特斯托金发一个总命令，出动骑兵冲锋，她觉得国家也就会安稳了。
>
> 那高贵的冷凝器先生表示赞同；不过他作了一点补充，倘若威廉·巴纳克尔和都铎·斯蒂尔特斯托金在携起手来，组成了一个出色的联合的时候，大胆地堵住报界的嘴，凡是胆敢对任命的国内或派往国外的权威人士的所作所为说东道西的报纸编辑，均依刑罚论罪，那么，他觉得国家也就会安稳了。①

这里的奥古斯塔·斯蒂尔特斯托金暗指反对一八四八年宪章运动

---

① 见本书上卷第二十六章。

和一八三二年议会改革的惠灵顿公爵；而骑兵的冲锋确也在一八三一年和一八五四年发生过。所谓“讨好暴民”则是指主张议会改革的约翰·拉萨尔勋爵了。至于“说东道西的报纸编辑”指的是《泰晤士报》编辑已是肯定无疑的了。该报编辑约翰·德莱恩在克里米亚战争期间派出战地记者威廉·亨利·拉萨尔，从前线发回通讯，使当时的保守党惊恐万状。狄更斯在这里用了“指桑骂槐”的手法，他的小说背景虽然是在二十年代(小说一开头便交代了时代背景，而且马夏尔西狱至一八四九年已经关闭)，而揭露的却是克里米亚战争时期的英国统治者。顺便说一下，十九世纪二十年代，对于中国读者来说，鸦片战争尚未爆发，但是狄更斯在《小杜丽》中也揭露了英国统治者的侵略性：“只要哪一个无畏的航海家在地球任何一个地点插上一杆旗子，以大不列颠的名义占有了它，这一发现立即便会被获知，拖拖拉拉部立即便会派出一名巴纳克尔家族的成员，送出一个公文递送箱。于是，巴纳克尔家族遍布全世界，四面八方都有——向东南西北各处送出公文递送箱。”①

虽然莫多尔的原型是约翰·萨德莱尔，但是狄更斯在采用这一原型时仍是为小说的主题服务的。作者曾经读过塞缪尔·华伦的《一名已故医生日记摘抄》，莫多尔的一生与该书中“伪造者”的历史何其相似乃尔，狄更斯对莫多尔先生病症的描述，是得益于这本日记摘抄的，骗子的病症其实是罪犯的伪造罪行。莫多尔先生的习惯姿势是一只手像手铐似的抓住另一只手，而他的管家仿佛是他的看守，这样的描写便紧扣了小说的主题，一切都是欺骗，社会便是一座监狱。

狄更斯家庭及个人的经历也是用来为主题服务的，他并非是在写自传；狄更斯的意图是要揭露英国资产阶级社会貌似体面，然则这个

---

① 见本书上卷第三十四章。

社会不过是一座监狱而已：

> 约定的那个星期的最后一天，曙光照到了马夏尔西狱大门的铁栅上。自从小杜丽离开，大门哗啦一声关上以来，整夜都是黑乎乎的铁条，此刻在一早便红彤彤的太阳照耀下变成了金色。尘世这座监狱的栅条，那又长又亮的日光，斜照着这个城，斜照着城中零乱的屋顶，斜照着城中教堂塔楼的窗饰。①

这个社会确乎是堕落了，富有创造性的丹尼尔·多伊斯这位实业家一生坎坷，创造发明几十年却得不到政府的承认，而斯巴克勒这样的白痴却进入了政府的上层："产生了莎士比亚、弥尔顿、培根、牛顿、瓦特的国土，产生了一大批古今抽象哲学家与自然哲学家的国土，产生了群星璀璨的自然与艺术的征服者的国土，召唤斯巴克勒先生回来管起这片国土，免得它毁于一旦。"②这已经是作者揭露资本主义社会官商勾结的腐败现象之后的结论了。在这样的社会里，一切美好的事物是决然要化为泡影的，弗罗拉从可爱的少女一变而成为讨人嫌的妇人，作者显然不只是回忆少年时代的恋人，而是高度典型化了，都是为同一个主题服务的。

作者在小说人物性格塑造上，其手法也显示出具体与一般的结合。

狄更斯的《小杜丽》为读者展现了一幅十九世纪中叶英国社会的丰富图画，而这一幅图画中又有众多的人物。作者所擅长的便是典型

---

① 见本书下卷第三十章。

② 见本书下卷第十五章。

化的人物性格创作手法，只寥寥数笔，便入木三分。这正是狄更斯的幽默与讽刺手法的艺术魅力。

小杜丽的父亲威廉·杜丽先生是因合股投资落了空，负债而进了马夏尔西债务人监狱的，这位十九世纪上半叶英国中产阶级人士从此便开始了他的狱中生活，一蹲便是二十几年。在狱中，他有沾沾自喜的时候，也有悲观失望的时候，但无论是悲，还是喜，他始终是个身陷囹圄的人，“浑身冒着监狱的腐败气息，灵魂沾染了监狱的污秽”。监狱二字，在这里是应读作“腐败的英国社会”的。他毫不亏心地接受“狱中人”的“纪念品”——钱币，吃着小杜丽在克莱南太太家做针线活挣的、饿着肚子节省下的食品，然而，对于从救济院出来看望他的普罗尼希太太的父亲老南迪，又俨然是保护人的态度了：

> “你记住了，别忘了我们，知道吗，南迪，”马夏尔西狱之父说道。“记住了，你要再来，只要你有一个下午的空的话。出来了，不来看望我们可不行，不然的话我们会嫉妒的。晚安，南迪。下楼梯可得要小心哪，南迪；楼梯高高低低，都坏了。”他说完这些话便在楼梯口站定了，望着那老人走下楼梯；他回到房间里，脸上流露出庄重自得的神情，说道：“叫人看了心里很难受，克莱南先生，尽管你心里也有一些安慰，因为他自己倒并不感到难受。这可怜的老汉完全不中用了。精神垮了，完蛋了——都压碎了——精神都在他身上研成粉末了，先生，全都研碎了！”①

然而，杜丽先生因继承了一笔搁置多年的遗产而即将出狱时，他的脸便大变，对律师腊格先生“态度傲慢”，开始训斥了，甚至对马

---

① 见本书上卷第三十一章。

夏尔西狱的司法官，态度也“极为苛刻”，虽然以前与他从未曾有任何分歧。杜丽先生在狱中曾得到过克莱南先生的关心与帮助，然而他一旦出狱之后，便与克莱南疏远了，因为与克莱南的接近使他想起了过去的不体面。他出狱后到了意大利，其间曾回国一次，马车经过的路线避开了马夏尔西狱所在的街；然而，先前马夏尔西狱看守的儿子小约翰带着一捆雪茄(杜丽先生在狱中时常心安理得地收下过追求小杜丽的小约翰的多次馈赠)，来到他下榻的旅馆看望他，他恼怒了，训斥他不该找上门来，坏了他的名声：

> “喂，先生，”当房间里只剩下他们两人、没有旁人听他们说话的时候，杜丽先生朝着小约翰转过身来，一把揪住了他的衣领，说道，“你这是安的什么心思？”
>
> 约翰的脸上呈现出的惊讶与骇怕——因为他原是等着接下来让杜丽先生来拥抱的——是那样有力地表现出来的惊讶与骇怕，杜丽先生见了也就松了手，只是朝着他直瞪眼睛。
>
> “你怎么敢做这种事？”杜丽先生说道。“你怎么敢到这里来找我？你怎么敢来侮辱我？”①

他巴结金融家莫多尔先生，与莫多尔攀亲便是加固与上流社会联系的基础。然而，他的“空中城堡风雨交加”了，他除不掉浑身的“监狱的腐败气息”，洗不清灵魂上沾染的“监狱的污秽”——资本主义社会这座监狱的“腐败气息”，资本主义社会这座监狱的“污秽”；他终于神志恍惚了，思想上又回到了马夏尔西狱的铁门之内，在一次上流社会人士的筵席上，他当众演讲道：“女士们，先生们，

---

① 见本书下卷第十八章。

现在——哈——由我负责——嗯——来欢迎你们光临马夏尔西狱。欢迎光临马夏尔西狱！”这样神志恍惚了十天之后，他悄悄地离开了人世。多么可怜的一生，多么可悲的一生！他，这位中产阶级人士，是资本主义上流社会、大资产阶级的牺牲品。

照英国现代文学评论家E. M. 福斯特的说法，狄更斯的人物几乎都是“扁”的，即用幽默、讽刺的手法塑造的，三言两语便可概括人物的全部性格特征，每一次登场都是这一面的特征。我们不妨举几个例子。克里斯托弗·卡斯贝，即克莱南先生少年时代的恋人弗罗拉的父亲，“头发如此灰白，动作如此迟缓，性情如此平和，如此沉默寡言，脑袋如此般高高隆起，称他为可敬的老人是恰如其分的”。然而他却是贫苦人聚居区“伤心园”的地主，“他靠每周交租金的房客发财致富，那是远近闻名的，把几个没有什么出息的院落、几条小路租出去，从石头缝里榨出了不少的血来”。[①]富翁莫多尔先生，他是个“没有耳朵的弥达斯，此人能点物成金”。他“沉默寡言”，“额头宽大，向前突出，并且非常机警”，“他对于袖口，表现出一种颇为不安的神色，仿佛那两个袖口由于有与他相通的秘密，而急于把他的两只手遮住是理所当然的”。[②]他在那咄咄逼人的管家面前，便会立即“抓住自己的手腕，那样子就同警察一样，在炉前地毯上走过来又走过去，或者在奢华的家具摆设之间蹑手蹑脚地走动”。[③]暗指莫多尔实则是一名骗取了巨款的罪犯，他的病症即是生怕罪行真相大白。克莱南太太，“一张严厉的面孔，一颗冷酷无情的心，整天坐在那里，面前放着一本《圣经》”，“仿佛所有的书(!)只有这一本是一座抵御

---

① 见本书上卷第十三章。

② 见本书上卷第二十一章。

③ 见本书下卷第十二章。

温和的脾气，自然的感情，以及文明的交往的堡垒”。弗林特温奇，“脑袋歪斜，走起路来往一边倒，像一只螃蟹横行一样”，他“伛偻着背，干瘪的模样，然而两眼敏锐”，“他的天生的尖刻与活力，老是与另外一个习惯性压抑的天性抗争，结果他的面孔呈现出臃肿和充盈的样子”。甚至他的话也是歪歪绕绕地说出来的，可见此人肚子里尽是阴谋诡计。克莱南的朋友弥格尔斯先生有句口头禅叫“我们都是讲究实际的人”，尽管他心中不满意出身名门望族的女婿，然而毕竟因这门亲事而与显赫人物结上了缘——好心善良的人讲究实际到了这个地步。小杜丽的姐姐芬妮老想着出入上流社会，一遇上不称心的事总要说一句“真不如死了的好”，可见其浅薄与爱虚荣。弗罗拉（即芬沁太太）在相隔二十年以后又与少女时代的恋人克莱南相遇，她老是提起那些日子，但是那样的日子已经一去不复返了。现在弗罗拉不但“言语噜苏，而且痴笨”。她说起话来一句紧接着一句，没有停顿（作者几乎不用标点，倘若出现标点，则说明弗罗拉说完一长串话停下来喘气）。她说爸爸还是过去的样子，而她却变了，不知道的“还以为我是爸爸的妈妈呢”。但是她心地善良，是个喜剧人物。至于杰纳勒尔太太，她可以说是维多利亚王朝时期行为规范的化身了；她没有见解，但认为世上没有所谓不正当的行为，然而她排除不正当的行为是采取回避的办法，装作世上并无所谓这类东西的样子。在这个虚伪的人物身上，我们又可体会到作者特有的幽默与讽刺。

上文已经指出，《小杜丽》中的马夏尔西狱这座债务人监狱，是腐败、堕落的英国资本主义社会的缩影，在狄更斯的笔下，他所描绘的这个社会，尘世这个天地即是一座监狱。这一象征手法是作者统一全书众多人物与复杂事件的重要手法，仿佛莎士比亚的悲剧。作者最初为创作《小杜丽》而准备的笔记中原有一个动辄把一切社会腐败、堕落现象归咎上帝安排的人；他当初给这部小说起的名就叫《无人之过》（*Nobody's Fault*），但是写到上卷第十二章时，这个人物仍未出现。他在笔记中写道："将一切归咎于上帝？否。"书名也改成了《小杜丽》。书名的改变反映了狄更斯对他所揭露的腐败、堕落现象的认识的深化，以及在小杜丽这一人物身上体现作者理想的愿望。然而，"无人之过"仿佛已成了作者对腐朽社会的认识的结论，并非某一个人是书中这一切的根源，根源是整个罪恶的社会。这已是全书的基调。监狱不只是现实生活中的监狱——全书第一章就从马赛的监狱开始，并以大量篇幅描写了威廉·杜丽先生蹲了二十几年、他的小女儿小杜丽在那里出生并生活了二十几年的马夏尔西狱。还有许多象征性的监狱。这样的监狱便有上卷第一章的马赛旅游者隔离检疫站，弥格尔斯先生出了这隔离检疫站便有出了狱的轻松感觉。上卷第三章克莱南先生相隔二十年以后又回到伦敦，"那是伦敦一个星期日的夜晚，阴暗、湿热、沉闷"。他只觉得城中仿佛蔓延了一六六四年秋那样的大瘟疫，仿佛"收尸车在大街小巷推过"。"一座紧挨着一座的房屋，绵延数英里，东南西北，朝远处伸展，在这仿佛深井、深坑的房屋里，居民们挤得透不过气来。"克莱南凝视窗外黑糊糊的房屋，心里想："倘若先前的居住者的游魂还能感觉到这些房屋的存在，他们必定会因为过去曾经住过这样的牢笼而多么地伤心。"他想起了童年的一个星期日，"他像一个开小差的兵，在心里与另一个男孩子铐在一起，一天三次，由一队教师押送着上教堂去"。这是维多利亚王朝时代悲惨的星期日。下卷第一章阿尔卑斯山顶上的修道院也仿佛一座与世隔绝的监狱；小杜丽在修道院一路走去，"只见一处处光溜溜的白墙上都有一扇铁栅门，她一面走一面心中想道，这个地方颇有点像一座监狱"。在小杜丽眼里，她姐姐跳舞的剧院颇像一座监狱，剧院门口闲坐的人"模样与狱中人也没有什么不同"。克莱南太太的卧室也是监狱，在这座监狱里呆着，已不知春夏与秋冬了。莫多尔先生的管家仿佛是监狱的看守。下卷第七章，杜丽先生已是富翁，旅居意大利的威尼斯，然而，对于小杜丽来说，他们所生活的这同一个社会，总的来看极像一个高等的马夏尔西狱。最后，狄更斯指出，这“尘世”也便是一座监狱。而监狱这一象征的真正含义是社会的腐败与堕落，虚伪与欺骗，“我们人人都在自己欺骗自己——这就是说，就人的行为动机而言，除了我们的内心深处之外，人们普遍都是在自己欺骗自己”。[①]巴纳克尔家族年轻的一代人之首费迪南德说得极为露骨，“我们少不了欺骗，我们大家都喜欢欺骗，没有欺骗我们就过不了日子”。[②]他认为克莱南前车之鉴的想法有些天真，莫多尔虽然死了，但是今后还会有人上当受骗的，因为他觉得人类就像一群蜜蜂，一听见马口铁破茶壶敲响，“都会成群飞出蜂巢的”，莫多尔这样的骗子，其全部本领就在于能叫人都相信，这个破茶壶是用贵重金属做的。不是吗？人们对于富翁莫多尔佩服得五体投地，金钱万能如同流行病一样蔓延。小学生抄写百万富翁莫多尔的名字借以习字，一无所有的外国人施洗先生省吃俭用节约省下的钱投资到了莫多尔的企业里，克莱南把与多伊斯合股的企业资金投入了莫多尔的银行里，蹲了二十几年债务人监狱终于出狱的杜丽先生把大笔财产投入了莫多尔的公司里，一个个都上当受骗了，一个个都落了一场空，克莱南也因此进了马夏尔西狱。艺术家们也在欺骗，画家戈文先生说作画就是为了出卖，干什么都是为了出卖，除此之外，“什么都是骗人的”，“有多大成就，就有多大欺骗”。这就是资本主义社会的事实，一切都是欺骗与受骗。小杜丽的姐姐，美貌的芬妮，一心想进入上流社会，连一个白痴

---

① 见本书上卷第十三章。
② 见本书下卷第二十八章。

也愿意嫁，她说："聪明不聪明的问题嘛，我心里也真怀疑，聪明的丈夫是不是真和我合得来。"[①]她只看到斯巴克勒谋到了一个很好的职务，很好的职务便是一个很好的关系。的确，在资本主义世界，人们连自己都欺骗了。

狄更斯是个才华横溢的作家，创作《小杜丽》时虽不像年轻时候那样往往两部小说同时进行，而且手稿都是改了又改，简直无法辨认，然而，由于他的爱憎是极其分明的，只要有机会，他对社会的弊端都要态度鲜明地加以无情的揭露；同时，由于狄更斯的《小杜丽》与其他几部小说一样，都是分期连载的，每一期必定有相对的独立性与完整性，以吸引读者，从整部小说来说，情节的散漫便难以避免，全书的情节便如同一个迷宫了。然而，《小杜丽》分上下两卷，以"贫困"与"富有"分别作为标题，条理也便十分清楚了，主题当然也便明朗。因此，那些次要人物的详细描绘于情节来说是散，却也充实了主题；那些爱憎分明的形象化文字读来反觉得议论的深邃了。如上卷第十四章，狄更斯花了大段文字描绘伦敦的考文特花园[②]在人们心目中的形象。"在人们心目中，考文特花园是显贵的"，"在人们心目中，考文特花园是奢华的"，"在人们心目中，考文特花园是美妙的"，"在人们心目中，考文特花园是荒凉的"，"在人们心目中，考文特花园是万物麇集的地方"。五个排比句，极有表现力。

> 在人们心目中，考文特花园是荒凉的，这个地方有各种各样的拱形建筑，她刚才就遇见过那些衣衫褴褛、面目悲惨的儿童，像一

---

① 见本书下卷第十四章。

② 十七世纪开始形成的伦敦水果、花卉、蔬菜市场；现在仍存留的市场核心建筑物建于一八五〇年。十七、十八世纪时，此地的咖啡馆、酒店还是诗人、演员、画家常去的地方。

群小老鼠和大老鼠，他们走起路来躲躲闪闪，在垃圾堆中觅食，互相挨着身子取暖，还遭到人们的驱赶（你们这些巴纳克尔家族的人，瞧一瞧这些小老鼠和大老鼠，因为他们就在上帝的面前啃着我们的基础，会啃得连屋顶也塌下来，压住我们的脑袋的！）。①

狄更斯大声疾呼要改变这悲惨的现状，尤其对儿童的命运，狄更斯是更有切身体会的。他对下层人民的贫困与悲惨生活，寄予极大的同情，将贫困与富有作了强烈对照，使他对资本主义罪恶的揭露更显得有力，作品内容更见其充实了。《小杜丽》中的老南迪，救济院就是他的家，即便过去曾经是一个壮实的人，现在也萎缩了，倘若他过去便是个瘦小的人，那么现在则可以说已经枯萎了。他从头到脚穿的都是破旧、沾满污垢的衣衫。他巍颤颤的，已是老眼昏花，眼眶湿漉漉、黏糊糊的，仿佛是“活到了荒年的第二个年头的乡下老鼠”。作者对这个人物是极同情的，并通过这一次要人物的刻划，揭露了统治阶级的伪善，他写道，老南迪“是自动躲避到那救济院里去的，那救济院是法律规定的他那个区的善人撒玛利亚（但没有给过人两个便士，这倒是恶劣的政治经济学）”。作者这里是要揭露一八三四年颁布的冷酷的新《贫困法》，这个新法原则很简单，凡要救济的人，都须送到救济院去。作者指出，救济院都是他这样的人，“见了一个便知道所有别的人是什么样子了”，可见老南迪这人的典型。在这部作品中，十九世纪中叶英国资本主义社会的贫富的差别极为悬殊，作者的笔不只停留在穷人的恶劣的生活环境上，他的文字触及了带根本性的问题。他的矛头是指向整个社会制度的。这些描述绝非多余的笔墨。对于中国读者来说，这些都是帮助我们加深对资本主义本质认识的好教材。

---

① 见本书上卷第十四章。

狄更斯塑造的克莱南这个人物，心情抑郁，童年时代并没有什么母爱，有的是严厉的宗教训诫，少年时代的美好爱情早已成了泡影，现在到了中年，对于爱情的追求早像河面上的一束玫瑰花，越漂越远了。这一人物的心境也反映了作者的苦闷，因为当时狄更斯与太太关系是极不融洽的。然而，作者对于人类的将来是怀着希望的，他一直是个热爱生活的人。他的《意大利风光》便是用下面这段鼓舞人心的话作结的："时代的车轮在朝着一个目标滚动，从本质上来说，随着时代车轮的滚动，世界将会变得更加美好，更加文明，更加宽容，更加有希望！"[①]狄更斯并非是一个悲观主义者，他在《小杜丽》中指出整个世界便是一座监狱，但他同时又指出前途是有希望的，这个希望便是爱，爱可以使人解脱一切痛苦，帮助人摆脱监狱的囚禁。这个思想便体现在小杜丽这个人物上，将书名改为《小杜丽》也表现了狄更斯的这一思想认识。作者对于爱的力量的信念也同样是贯穿全书始末的。这爱并非仅仅指男女间的爱，而是广义的爱，是作为杜丽先生二十几年债务人监狱生活中的唯一支撑力的父女的爱，小杜丽对玛吉的爱，小杜丽对老南迪的爱，小杜丽对哥哥梯普的爱，弥格尔斯夫妇对孤儿出身的丫头哈莲特的爱，弗罗拉对小杜丽的同情（也是一种爱），甚至弗林特温奇太太对瘫痪了十几年而突然站起身来朝街上奔去的主子克莱南太太的关切（又是一种爱），都是作者所要歌颂的。因为有了爱，世上便有了"明晰、清净的景象"，"因此，站在海滩上，已经不再见到海洋在炎热中昏睡，只见她无数只闪烁的眼睛已经睁开，她那整个辽阔的海域是一片喜悦、欢快……"克莱南"从那声音里听见了大自然献出的全部功绩，从那声音里听见了她为人类唱出的一首首

① 《意大利风光》，上海译文出版社 1985 年版，第 230 页。

令人安慰的歌”。[①]这是八十万字巨著中唯一充满明媚阳光的文字，这就是作者所歌颂的爱带来的希望。而且，这爱是摒弃了物质财富的束缚才体现出来的。小杜丽把能给她带来财富的遗嘱烧毁了，在烧这一份遗嘱时，克莱南问她要不要说什么话（他不知道要他烧的是什么）：

> “你可以说(假如你不在意的话)‘我爱你！’”小杜丽回答道。于是他说了这句话,纸烧尽了。[②]

克莱南出了狱，与小杜丽结婚了；他们出了教堂，朝前走去。爱是超越一切的，只要内心充满爱，不管世间的喧嚷，生活终是会有幸福的：

> 他们默默地走下去,来到了喧嚷的大街,难舍难分,无比幸福；他们在阳光下,在树荫里,朝前走着的时候,吵吵嚷嚷的人,心情急切的人,不可一世的人,刚愎自用的人,虚荣浮夸的人,又烦恼,又焦灼,发出了通常的喧闹声。[③]

然而，狄更斯所指明的路在资本主义社会是走不通的，甚至连英国资产阶级历史学家、狄更斯的朋友托玛斯·卡莱尔(1795—1881)也说，狄更斯“对于生活的理论是完全错误的。他以为人都应该说好话的，他以为应该使人的世界变得平和、舒适，各种各样的人在圣诞晚餐桌上都有火鸡……狄更斯没有写出什么对于解决生活中的问题有很大作用的东西”。[④]卡莱尔的话听起来似乎太苛刻了，但也很有些道

---

①② 见本书下卷第三十四章。

③ 这是《小杜丽》全书的结束语。

④ 转引自诺曼·沛奇《狄更斯研究之友》一书。

理。在他所居住的社会里，这些目标是无法实现的。狄更斯同情贫苦的劳动者，同情失业者，赞美贫苦人的高尚品质，《小杜丽》中的普罗尼希夫妇就是敦厚老实的一对夫妻；狄更斯在演说中也明白表达了自己的这一观点。但是，从本质上说，狄更斯的爱是基督教的爱，他的爱是基督教的慈善。他在小说中劝人为善，在实践中热心慈善事业。他与慈善家安琪拉·柏迪特·柯兹小姐（1814—1906，政治家、改革家弗朗西斯·柏迪特爵士之女，银行家托玛斯·柯兹之孙女）是终生朋友。狄更斯是安琪拉小姐慈善事业的指引人，并借助安琪拉小姐之力，办成了鲜为人知的慈善实事。一八四三年，狄更斯替安琪拉小姐调查过菲尔德巷免费学校（Field Lane Ragged School），写了一封触动人的长信，叙述了该学校的骇人状况，指出校舍“像一个可怕的梦”，要安琪拉小姐出力改变这可怕的状况，他写道：“我认为此举是很值得您伸出慈善之手的。”他还全力以赴着手实际的改善措施，包括不断提供自来水，肥皂，毛巾。一八四六年，狄更斯又拟订了另一个慈善机构的计划，即安琪拉小姐创办的妓女感化院（《小杜丽》中也写到妓女），并参与该感化院的兴办事务。一八五二年又参与了安琪拉小姐的清理贫民窟的计划。一八六九年，他写的遗嘱中有这么一句话：“我告诫我亲爱的孩子们，努力以广义的精神按照《新约全书》的教诲指导自己的行动，切勿听信任何人对书中文字所作的狭隘的解释。”①小杜丽就说过：“在耶稣的一生中，并无所谓复仇，并无所谓让人遭受痛苦。我也相信，听从耶稣，不去追寻别的足迹，就绝不会有迷惑！”②这的确是狄更斯的信念，狄更斯是虔诚的基督精神的实践者。

---

① 转引自诺曼·沛奇《狄更斯研究之友》一书。

② 见本书下卷第三十一章。

许多事实证明，狄更斯“在革命者的道路上走到了一半”，他所生活的时代迫使他的小说倘若要有读者（大多数是中产阶级），就得迎合中产阶级的道德标准。[①]我认为，这样的评价是符合实际的。我也认为，批判现实主义大师们“还没有清醒地彻底地成为唯物历史观的思想家”[②]这句话是正确的，狄更斯的《小杜丽》就证实了这一点。但我也认为，这部巨著仍然有其伟大的现实意义，有当时的英国读者所无法理解的伟大意义。今天的中国读者倘若已经读过狄更斯的早期作品，也应该读一读这部小说；说狄更斯通过“拖拖拉拉部”揭穿了资本主义民主的虚伪性，这样的评价未免过高了，狄更斯只是一个改良主义者，他只是悲叹世风日下，但是，《小杜丽》一书倒确实可以帮助我们认识资本主义民主的虚伪性。对于外国文学研究者与作家们来说，《小杜丽》也是值得深入研究的，因为从创作方法来说，这部小说要简单下个结论也是不妥的，除了现实主义的手法之外，是否还有其他的因素？作为一篇译本序言，这里写的已嫌噜苏了，我但愿这些话能引起读者与专家们的兴趣，对这部巨著作进一步研究，并对这个译本提出批评意见。

金绍禹

---

① 埃弗·伊文思：《英国文学简史》。

② 茅盾：《夜读偶记》。

《小杜丽》修订版附记

查尔斯·狄更斯的《小杜丽》是译者三十二年前花了两年多时间翻译的。在此之前还曾经翻译过他的另外两部作品，因此当时对翻译狄更斯作品的难度认识不足；又因条件的局限，参考资料的难觅，对狄更斯这部重要作品的理解出现了问题。修订是很有必要的。（译本采用的是牛津大学出版社 1982 年版，这次修订参考了华兹渥斯出版社 2002 年版以及企鹅出版社 2003 年版。）

鉴于这部小说情节错综复杂，现将与本书有关的家庭故事提前作一交待会有很大帮助。

男主人公亚瑟·克莱南的父亲吉尔伯特·克莱南是一个孤儿，他的婚姻是由叔父作主操办的。婚后他的妻子（书中的克莱南太太）发现丈夫先前曾爱过一个姑娘、结过婚，并育有一子（即亚瑟），她提出这个儿子由她来监护，否则她就要揭发她的丈夫，并让叔父终止对她丈夫的经济资助。她赢了；亚瑟生母因而被逼疯，不久去世，亚瑟父亲被逼无奈出国（到了中国），亚瑟成年后也去了中国陪伴父亲，直到父亲去世后才回英国。

亚瑟父亲的叔父后来才得知他的侄儿曾经深爱一个姑娘，因而感到懊悔，并作出弥补，在他的遗嘱里加了一条内容：他要把一千畿尼[①]金币留给曾经监护过亚瑟生母的人的小女儿；倘若此人没有女儿，则留给他兄弟的女儿。这个曾经监护过亚瑟生母的人即小杜丽的

① 畿尼为英国旧时金币单位，一畿尼等于二十一先令，一先令等于十二便士。

叔叔，弗莱德里克·杜丽。

可是这份遗嘱却交给了克莱南太太，她把遗嘱藏到了一个不为人知的地方。而后来她瘫痪了，遗嘱及有关文件转交给了管家、见证人之一的杰拉米·弗林特温奇。亚瑟在父亲去世后回国时，克莱南太太叫弗林特温奇把遗嘱销毁，但他没有遵照她的意愿，而是把遗嘱放在一个铁盒子里交给了他的孪生兄弟。他留着这些文件是要日后制服克莱南太太。这个孪生兄弟后来为躲债去了比利时，带走了这个铁盒子，他在比利时期间还结识了酒肉朋友里高。里高趁弗林特温奇孪生兄弟中风死亡之际夺取了铁盒子，从此他有了讹诈克莱南太太的手段。

以上故事的叙述出现在近尾声处，译者在此提早交待，以避免可能的读者没有耐心读完全书，失去欣赏这部作品的机会。

作者原序

我在两年中的许多工作时间里，一直忙于这个故事的创作。倘若我不能让人们在完整地阅读这个故事的时候，看到这个故事的优缺点自行完整地表现出来，那么，我的精力与时间必定是白费了。然而，由于我对这个故事的各种线索的考虑，较之其他任何人在这个故事分期连载时所留意的，可能会更加连贯，这样说是不至于不合情合理的；因此，对这个故事线索的编织，要在完工的时候，在图样已经编成的时候来加以观察，这个要求可以说也不至于是不合情合理的。

倘若我可以给巴纳克尔家族与拖拖拉拉部之类如此夸张的虚构提供一个借口，那么，我就从一个英国人的平常经历中去寻找，而不想提及在对俄战争①与彻尔西质询委员会②的那些日子里，我对彬彬有礼的风度采取那种粗暴态度这一不足挂齿的事实。倘若我可以冒昧地为那个荒唐的产儿莫多尔先生辩护，我就会提醒诸位，他产生于铁道股份时代之后，正处于某家爱尔兰银行以及其他一两个同样值得称赞的企业的时代③。一个拙劣的构思有时竟然会变成一个绝妙的、显然是严谨的构思，倘若我要对这个荒谬的想法作什么分辩，我就要说，这本书在人们对一家皇家英国银行的前董事作出公开审查之时达到了高潮，这样的构思纯属奇妙的巧合。然而，倘有必要，对于这些问题，我本人愿意接受缺席审判，并相信这样的保证(须是权威性的)，即，诸如此类的事情在这块国土上是闻所未闻的。

某些读者或许有兴趣想了解，马夏尔西狱现在是否还有残留部分存在。[4]我自己也是在本月六日实地去看了一下之后才弄清楚的。我找到了本书常提及的监狱外前院，它现在已改为一家奶油工场了。当时我几乎认为连一块监狱砖石也已经没有希望找到了。可是，顺着某一毗连的“可通百蒙德赛[5]的天使街”走去，我来到了马夏尔西街：我认出了那些房屋，对我来说，它们不但是先前那座监狱的一大排房屋，而且保存着那些在我成了小杜丽的传记作者时脑海里浮现的牢房。我至今交谈过的最小的男孩子，抱着一个我至今见过的最大的婴孩，就这个地方过去的用途，向我作了异乎寻常的聪明的解说，而且说得几乎没有什么差错。这个小牛顿(因为我觉得他是小牛顿)是怎么知道这些情况的，我并不了解；他晚出世四分之一个世纪，不可能亲身了解关于这一带的情况。我指着小杜丽在那里出生、她父亲生活了那么多岁月的那个房间的窗口，问他现在住在那里的房客叫什么名字，他回答道：“汤姆·皮西克。”我又问汤姆·皮西克是谁，他回答道：“卓·皮西克的叔叔。”

我又向前走了一段路，找到了还要老、还要矮的墙。过去这是狭窄的内牢房的围墙，那里除了举行仪式之外，从不住人。然而，一旦走出“可通百蒙德赛的天使街”，进入马夏尔西街，你就踏在现在已

---

① 即克里米亚战争。一八五三年至一八五六年俄国与英、法、土耳其、撒丁王国之间的战争。英国于一八五四年三月对俄宣战，战争以俄国失败告终，并于一八五六年三月签订《巴黎和约》。

② 彻尔西为伦敦一城区，在泰晤士河北岸。质询委员会详见译序。

③ 详见译序。

④ 一八四九年以后，马夏尔西不再用作监狱，其外墙圈围的房屋作其他用途，一直沿用至二十世纪七十年代初。现在只有一堵外墙的部分房屋留着。它对面是圣乔治教堂墓地，现为一小公园。

⑤ 伦敦一城区，在泰晤士河南岸。

经不复存在的马夏尔西狱的铺路石上了；左右两边就可以看到监狱狭小的院子，除了此地不作监狱之后墙放低了之外，几乎就没有什么大的变化了；还可以望见债务人居住的房间；到了这里，你就站在许多悲惨年月里的群魔之中了。

在《荒凉山庄》的序文里我曾说过，我从来未曾拥有这么多的读者。在那部小说之后的第二部长篇[①]——《小杜丽》——的序文中，我仍然要重复同一句话。我深深感到我们之间产生的感情与信任，我在这篇序文中，就像前一篇一样，也要加上一句：我们后会有期！

一八五七年五月

于伦敦

① 《荒凉山庄》连载于一八五二年三月至一八五三年九月；《艰难时世》连载于一八五四年四月至八月；《小杜丽》连载于一八五五年十二月至一八五七年六月。但是，《艰难时世》是每周连载的，而《荒凉山庄》与《小杜丽》则是每月连载一次，每次三四章，均在十九个月中连载完，所以狄更斯说《小杜丽》是继《荒凉山庄》之后的第二部长篇。

献 给

亲密朋友、皇家学会会员

克拉克逊·斯坦菲尔德*

* 克拉克逊 · 斯坦菲尔德(Clarkson Stanfield, 1793—1867)，美术家，英国皇家学会会员，狄更斯的一位亲密朋友。一八三八年与狄更斯结识。狄更斯圣诞故事《人生的战斗》与《着魔的人》插图者之一。斯坦菲尔德去世，狄更斯在《一年四季》(一八六七年六月一日)上为他写了讣告。

上卷　贫困

第一章

阳光与阴影

三十年前，有一天，马赛在烈日下烤晒。

炎热的八月里的一天，一轮火热的太阳，这在当时的法国南部，与别的时候——无论是过去，还是后来——相比，也并非什么更加希奇、罕有的事。在马赛城内，在马赛城郊，万物睁大眼睛盯着炽热的天空，而天空也睁大眼睛，盯着底下的万物，那是历来如此。到如今，瞪眼已成了那里的普遍习惯。初次来到马赛的人，见了那刺眼的白色房屋、刺眼的白色墙壁、刺眼的白色街道、一条条刺眼的白色干燥的路、葱绿的草木被烤尽了的刺眼的山，一个个都被这些刺眼的东西盯得十分难堪。人们发现唯一不盯人、不刺眼的东西，是挂满了沉甸甸葡萄的葡萄藤。这些葡萄藤确实是间或才眨一下眼，因为热空气难得吹动一下它们软绵绵的叶片。

无论是海港内的那片浊水，还是海港外美丽的大海，都没有一丝风来吹起一点涟漪。黑与蓝，这两种颜色之间的分界线，标示出纯洁的大海决不逾越的地方；大海同港内令人厌恶的水一样，静静地躺着，从不与之同流合污。没有篷的小船热得碰不上手；大船抛了锚，在阳光下烤得起了泡；码头上的石块几个月来，无论是白昼还是黑夜，都不曾凉下来过。印度人、俄国人、中国人、西班牙人、葡萄牙人、英国人、法国人、热那亚人、那不勒斯人、威尼斯人、希腊人、土耳其人，到马赛来经商的巴别通天塔所有建造者的后裔们①，他们一个个都想找一个阴凉的地方——一个隐蔽所，什么地方都不在乎，只要能躲避那大海，因为大海那样湛蓝，让人睁不开眼睛；躲避紫色的天空，因为天空上嵌着一颗冒着烈焰的火热的大宝石。

到处都有刺眼的强光，照得人眼睛都疼痛了。朝远处意大利海岸线望去，确乎还能叫人略微舒服一些，因为那里有一片轻雾，从大海的水汽中冉冉升起；然而，轻雾并不能使别处的炎热有所缓解。远方，在山沿，在谷地，在无边无际的平原上，覆盖了厚厚的尘土的耀眼的大路，都令人感到刺眼。远方，垂挂在路边小屋上、沾满尘埃的葡萄藤，还有路边那些干枯而又没有一点树荫的一排排的树，在天与地的注视下，都垂下了头。马儿挂着发出令人昏昏欲睡的声音的铃铛，也垂着头，拉着马车，排成长队，朝城内缓步而来；躺着的马车驭者，醒来时也垂着头，不过，他们难得是醒着的；在地里干活的精疲力竭的农夫，也都垂着头。凡是活着的，或者生长着的东西，都受到强烈的光的压迫；只有蜥蜴和蝉儿例外；蜥蜴迅速地爬过粗糙的石墙，蝉儿吱吱地发出燥热的声音，仿佛响板一般。就连尘土也被烤得焦黄了；大气中有什么东西在颤动，仿佛空气也在喘息。

遮帘、百叶窗、窗帘、遮篷，全都关上了或放下了，为的是遮掩住那强烈的光。只要还有一条细小的缝隙或一孔锁洞，强烈的光便会像一支白热的箭一样射进来。唯有那些教堂是最安全可靠的地方。从教堂廊柱与拱形结构的昏暗中出来——那里梦幻似的点缀着闪烁的灯，梦幻似的挤满了丑陋、老迈的身影，一个个虔诚地瞌睡、吐痰、乞讨——无异于投入了一条火热的大河，人们没命似的游向最近处的一块阴凉的地方。凡是阴凉的地方，人们便懒洋洋地靠着、躺着，难

---

① 即说着各种不同语言的人。据《圣经·创世记》第十一章第九节载，耶和华（即上帝）不希望人们都居住在同一个山谷里，应该散布到世界各地去。正在人们要建造一座通天塔时，耶和华让人们突然说起了各种不同的语言，谁也听不懂谁，塔也无法建成，人们也分散到了世界各地。

得有几声人语或犬吠，只是偶尔听得不调和的教堂钟声，还有鼓的噪音，这就是马赛的一天，一个能嗅到强烈的气息、尝到浓烈的味道的现实，在烈日下烤晒。

那一天，马赛有一座令人厌恶的监狱。在这座监狱的一间牢房里，囚禁着两个人。这是一个如此令人作呕的地方，就连那无孔不入的强烈的光都要对它眨一下眼睛，那里要说有光亮，也只有淡得可怜的反照的光。除了这两个人之外，牢房里还有一条布满刻痕的、歪斜的长凳，固定在墙上；一块跳棋棋盘，是用小刀划的，很粗糙；一副跳棋，是用旧的纽扣和汤骨做的；一副多米诺骨牌；两个垫子；两三个瓶子。如果不把老鼠和别的看不见的虫子包括在内，除了看得见的虫子——这两个人——之外，以上这些便是牢房所有的一切。

牢房内的一点暗淡的光是从铁格栅透进来的，那铁格栅样子像一个相当大的窗，这窗似的铁格栅就开在阴暗的楼梯口，从那里随时可以窥视牢房内的一切。铁格栅有一个宽而坚固的石框，底部埋在砖石结构中，离地面有三四英尺高。其中一个囚徒半坐半躺，百无聊赖地坐在铁格栅的石框上，弓起双腿，两只脚与两个肩膀分别搁在这窗洞的两边。铁格栅两根铁条之间正好能容得下他的前臂，因此，为了在那里躺得更加舒服一些，他懒洋洋地将前臂伸出了铁格栅。

那里什么东西都有一种监狱的色调。被监禁的空气，被监禁的光线，被监禁的潮湿，被监禁的人，在监禁中一切都每况愈下。正如被囚禁的人脸色苍白，面容憔悴，铁格栅也长满了锈，石块是黏糊糊的，木头霉烂了，空气很稀薄，光线非常暗淡。监狱像一口井，像一个地窖，像一座坟墓，从不曾见识过外界的光明；仿佛它的被污染了的空气，即便是在印度洋上的一座香料岛上，也会原封不动地滞留着。

躺在铁格栅窗框上的那个人甚至还觉得冷森森的。他的一个肩膀迫不及待地动了一下，拽过他那宽大的斗篷，将身子再盖得紧一些，一面气呼呼地咕哝着：“这该死的太阳真他妈的见鬼，从来不照到这里来！”

他在等人送吃的来；两只眼睛朝铁格栅外斜视，想看看楼梯的底下，那表情酷似一头正在等食吃的野兽。然而他的两只眼睛靠得太近，长在他的头上并不如众兽之王头上长的眼睛那般威武，与其说两眼明亮，倒不如说两眼尖锐——仿佛尖头的武器，没有表面，让人看不见它们的存在。这两只眼睛既没有深度，也没有变化；眼睛闪烁，不过一睁、一闭。这样的眼睛，倘若撇开对他自己的功用这一条，钟表匠倘要制作出一双来，恐怕也比他的强得多。他有一个如钩之鼻，就这一类鼻子而言那是漂亮的，可是它长在两只眼睛之间则显得太高，说它高，那是指与他那两只眼睛彼此靠得过近可能有些相仿。倘若要说说他相貌的其他方面，他是个身材高大的人，从他浓密的上髭遮掩下能看到的情形来看，嘴唇很薄；浓密、干燥的头发乱蓬蓬的，也说不清是什么颜色，不过略带红色。他那只抓在铁格栅上的手(手背上布满了新近才愈合的抓痕)异常地小而壮；倘若没有监狱的污垢，他的手必定是异常地白的。

另一个人躺在牢房的石板上，身上盖着一件粗劣的褐色外套。

“猪猡，起来！”第一个人气呼呼地咕哝道。“人家肚子饿了你就别睡。”

“老爷，那还不是一回事，”猪猡答道，样子很顺从，而且也不能说没有高兴的神情；“我想醒就醒，我想睡就睡。醒也好，睡也好，都是一个样。”

他一边说着，一边站起来，定了定神，在身上抓了几下，把他那件褐色外套的两只袖子轻轻扎在脖子上(这件外套先前是用作被子盖着的)，在石板上坐下来，打了个哈欠，背靠在铁格栅对面的墙上。

“你说现在几点钟了，”第一个人咕哝道。

“再过四十分钟——正午的钟声就要响了。”他说到一半稍稍停顿一下的时候，朝牢房四周看了看，仿佛想得到一点确切的情况。

“你就像钟一样。你都知道，这是怎么回事？”

“那怎么说呢！是什么时辰我都说得出，我现在呆在什么地方也说得出。我是在夜间被带到这里来的，而且是从一条船上带出来的，可我知道我现在呆在什么地方。你来看！马赛港；”他在石板上跪下来，用他的一个黝黑的食指在地上画起图来；“土伦(就是有好多大帆船的地方)，那边是西班牙，阿尔及尔在那边。这里再过去到左边，是尼斯。沿着海岸大道过来到热那亚。这里是热那亚防波堤和热那亚港。隔离检疫站。那是热那亚城，颠茄开着红花的坡形花园。这里，波托菲诺。出来一点是里窝那。再出来一点是契维塔韦基亚。再这么下去到——嘿！那不勒斯没地方了；”这时候他的手指头碰到了墙壁；“不过没有关系；那不勒斯在那里！”

他仍然跪在石板上，抬起头来望着他的同室囚犯，那神情在监狱里可以说是活泼的。他皮肤晒得黝黑，动作敏捷，性格随和，是个矮小的人，然而身体相当结实。黝黑的耳朵上挂着耳环，洁白的牙齿衬托着他那奇异的黝黑的脸，黝黑的喉头是毛茸茸的一片黑毛，一件破旧的红衬衫敞开着，露出了黝黑的胸口。宽大的海员式的长裤，一双很体面的鞋子，头上戴一顶红色的高帽，身上扎一条红色的腰带，腰带上别着一把刀子。

“你再看我是不是能从那不勒斯顺着原路回来！看这里，老爷！契维塔韦基亚，里窝那，波托菲诺，热那亚，海岸大道，这里不走尼斯(尼斯在那里)，马赛，到了，还是我和你两个人。看守住的和放钥匙的房间，就在我大拇指这里；在我手腕这里，是他们放装在套子里的国家剃刀的地方——就是那锁着的断头机。”

另一个人突然间朝地板上吐了一口痰，喉咙里咕咕地响着。

紧接着，楼下有一把锁也在它的喉咙里咯咯地响起来，一扇门随后“乒”的一声打开了。慢腾腾的脚步声响上楼来；一个小孩子的悦耳的话音夹杂在他们上楼的声音中；来的是监狱看守，抱着他的女儿，一个三四岁的孩子，他还提着一只篮子。

“先生们，今天上午怎么样？你们看，我的小宝贝跟着我来看一眼她爸爸关在笼子里的鸟儿。咄，真是的！快看鸟儿，小乖乖，快看鸟儿。”

他把孩子举到铁格栅前，自己两只眼睛盯着里面的囚犯，尤其是那个矮小的人，对于他的举动似乎有些狐疑。“我给你送面包来了，施洗约翰先生，”他说道（他们都说法语，但是这个矮小的人是意大利人）；“要是我可以劝你别赌——”

“你倒不去劝老爷别赌哇！”施洗约翰说道，露齿一笑。

“噢！可是老爷赢了，”看守答道，一面朝另一个人瞟了一眼，看那神情，仿佛他并不怎样喜欢那个人，“你输了。这么一来，事情可不一样。你输了就只能吃面包硬皮，喝酸酒；他赢了就可以吃里昂香肠，香美的小牛肉冻，白面包，嫩奶酪[①]，还有好酒。小宝贝，快看鸟儿！”

“真可怜！”孩子说。

这张美丽的小脸蛋怯生生地朝铁格栅里面望去，表情中充满了神圣的怜悯，这张脸蛋出现在监狱里，就如天使的脸一般。施洗约翰站起身来，朝小女孩慢慢走去，仿佛她对他有很大的吸引力。另一只鸟儿还是先前的那个姿势，只是不时急切地瞧瞧那只篮子。

“别忙！”看守说道，一面让他的小女儿坐在铁格栅外边的石框上，“应该让她来给鸟儿喂食。这块大面包是给施洗约翰先生吃的。我

① 意大利北方产的奶酪。

笼子里的鸟儿

们得先掰成一小块一小块的，再递到笼子里去。这么一来，鸟儿就乖乖的、亲亲你的小手！包在葡萄叶子里的香肠是给里高先生的。还有——这香美的小牛肉冻是给里高先生的。还有——这三个小的白面包是给里高先生的。还有，这块奶酪——还有，这瓶酒——还有，这些烟丝——这些都是给里高先生的。幸运的鸟儿！”

小女孩把这些东西都塞进铁格栅里，递到那柔软、光滑、漂亮的手中，显而易见，她有些害怕——她不止一次地将手缩回来，漂亮的眉头紧锁着，那表情一半是惧怕，一半是愤怒。然而，她把一大块面包递到施洗约翰黝黑、沾满污垢、布满疤痕的手中(他的两个大拇指和其他八个指头上的指甲加起来，还抵不上里高先生一个指头上的指甲)的时候，是立即就亲近起来的；他亲了亲她的手，小女孩还伸手去亲热地抚摩他的脸。里高先生并不在乎小女孩态度的这一区别，他接过一件东西就朝她点点头，并且哈哈一笑，算是对她父亲的抚慰；不一会儿他就把所有这些吃的东西都塞到了他躺在石框上伸手就可拿到的地方，接着就津津有味地大吃起来。

里高先生哈哈地笑的时候，他的脸便变了样，那模样是非常地奇怪，而不是吸引人。他的髭须朝上往鼻子挪，他的鼻子朝下往髭须挪，那样子非常阴险，非常冷酷。

“好啦！”看守把那只篮子倒过来拍了拍，抖落篮子里的面包屑，说道，“我收了多少钱，现在都花光了，这里还有一张条子，这条子就说明事情办完了。里高先生，我昨天就说过，院长[①]今天下午一点钟，很想能有幸与你会一会面呢。”

“是要审问我吗，唔？”里高手里拿着刀，嘴里含着一口东西，停下来问道。

---

① 马赛法院主审法官。

“你已经说出来了。是要审问你。”

“没有我的消息吗？”施洗约翰心满意足地啃起他的面包，这样问道。

看守耸了耸肩膀。

“啊，天哪！大爷，我就一辈子呆在这里吗？”

“我怎么知道！”看守以南方人特有的敏捷转过身来大声说道，并且把他的两只手、十个指头都朝着他舞动起来，仿佛威吓着马上要把他撕个粉碎。“朋友，你要在这里呆多久，我怎么说得清呢？施洗约翰·卡瓦莱托，我能知道什么？真是要命！有时候这里的犯人还没有这么快就去审问的呢。”

说这话的时候他似乎朝里高先生瞟了一眼；可是里高先生又在吃起来，只是不如先前那样狼吞虎咽的了。

“再见了，我的鸟儿！”监狱看守说道，并抱起他的漂亮女孩，一面说，一面亲了她一下。

“再见了，鸟儿！”漂亮的小女孩也这样说了一句。

他抱着她走的时候，她偎依在他肩上，转过那天真无邪的脸，神情是那样的活泼，一边还唱起了孩子游戏时唱的歌：

> “谁这么晚走过这条路？
> Compagnon de la majolaine!
> 谁这么晚走过这条路？
> 花开烂漫！[①]”

---

① 法国旧时童谣。majolaine 应为 marjolaine，即墨角兰，花或白或紫。这是法国家庭在窗口放的花，趁着给花浇水，小姑娘就可与窗外的人聊天。这样就有一问一答的游戏。游戏的人围坐一圈。打更人挑选一个搭档，两个姑娘开始跑，后面有人追。歌曲合唱问打更人要什么，回答是：要一个姑娘，回家结婚。

施洗约翰觉得在铁格栅前接唱，而且要唱得合拍而协调，那是有关面子的事，尽管他声音有一点儿沙哑：

“它是打更人最爱的花，
Compagnon de la majolaine!
它是打更人最爱的花，
花开烂漫！”

他的歌声一直伴随着他们走下那几级陡峭的楼梯，看守最后只得停下步子，让他的小女孩听完，并在他们尚未消失的时候重复那段副歌。小女孩的脑袋消失了，看守的脑袋消失了，可是小女孩悠悠地唱着副歌，一直到门“乒”的一声关上了。

歌的回声还未消失(甚至回声也被囚禁得比往常无力，似乎拖得比通常的长)，里高先生觉得侧耳倾听的施洗约翰碍了他的手脚，就抬起脚来踢了他一下，提醒他该回到他自己的更加阴暗的地方去。那个矮小的人又在石板上坐下来，带着那种对于舒服不舒服全不在乎的随和的样子，就像一个非常习惯于坐石板的人。他把三块粗硬的面包放在面前，拿起第四块面包，心满意足地一口一口啃起来，仿佛清除这几块面包就像在玩一种游戏。

也许他朝里昂香肠瞟过一眼，也许他朝香美的小牛肉冻瞟过一眼，然而，这些东西没多久便不见了，并没有让他来得及流下口水来。管他什么院长，管他什么法庭，里高先生没多久便把那些东西吃完了，并且把手指头吮得干干净净，然后在葡萄叶上揩了揩。他喝了一口酒停下来打量他的同室囚犯时，他的髭须朝上挪，他的鼻子朝下挪。

“你觉得面包怎么样？”

“稍微干了一点儿，不过我这里有常用的调料，”施洗约翰拿起刀子说道。

“怎么叫调料？”

“面包我可以这样切——像西瓜。或者这样切——像煎蛋饼。或者这样切——像煎鱼。或者这样切——像里昂香肠，”施洗约翰一边说，一边拿着面包，演示各种不同的切法，同时嘴里不紧不慢地嚼着。

“喂！”里高先生大声道。“拿去喝吧。把它都喝了。”

这并不是什么了不起的馈赠，因为留下的酒相当少；可是卡瓦莱托先生立即站起来，非常感激地接过瓶子，瓶底朝上往嘴里倒，并咂着嘴。

“把它同别的瓶子放在一块儿，”里高说道。

那矮小的人服从了命令，然后站定了，准备给里高擦火柴；因为他此刻正在用与烟丝一起送进来的一张张小方纸，把烟丝卷成一支支烟卷。

“喂！拿一支去吧。”

“多谢，多谢，老爷！”施洗约翰说的是他自己的语言，说话时还表现出他自己同胞的迅速的讨好态度。

里高先生站起来，点了一支烟，把其余卷好的烟放进胸口衣袋里，他躺在长凳上，伸开了四肢。卡瓦莱托在石板上坐下来，两只手分别握住两只脚的脚踝，悠悠然地抽起烟来。刚才在石板上画地图时大拇指所在的那个位置紧靠着的地方，似乎让里高先生很不舒服，引起了他的注意。他如此般目不转睛地注视着那个方向，使得这个意大利人不止一次非常惊讶地顺着里高先生的目光朝那石板望了又望。

“这真是一个可恶的牢房！”里高先生在沉默了很久之后说道。“你看今天这日光。算白天吗？这是一个星期之前的日光，半年之前的日光，六年之前的日光。那样有气无力，那样死气沉沉的！”

有气无力的光是从楼梯的墙上一个遮掩窗口的方形通风筒里透进来的，从那个地方望出去从来见不到天——也见不到别的什么东西。

“卡瓦莱托，”刚才他们不自觉地都朝那通风筒注视着，此刻里高先生蓦地收回视线，说道，“你知道我是个绅士吗？”

“当然，当然！”

“我们在这里呆了多少日子了？”

“我，到明天晚上半夜里，十一个星期了。你，到今天下午五点钟，九个星期零三天。”

“我在这里可干过什么活没有？有没有拿过扫帚，铺过垫子，卷过垫子，找过棋子，收过骨牌，两只手干过什么活没有？”

“从没干过！”

“你有没有想过要找我干什么活？”

施洗约翰回答时伸出右手的食指，手背朝外非常怪异地晃了晃，这个动作在意大利语中是最富有表现力的否定意思。

“是啊！你在这里第一眼见到我的时候，就知道我是一个绅士吗？”

“ALTRO！”施洗约翰闭上两眼，把脑袋使劲地晃了一下说道。他说的这个字，按照热那亚方言的强调语气，可以表示认可，反驳，否认，嘲笑，赞扬，笑话，还有其他种种说不尽的用途，此刻他说这个字的意思远远超出了书面表达形式的全部能力，成了我们所熟悉的英语“I believe you！”①。

“哈哈！说得对！我是一个绅士！活要活得像个绅士，死也要死得像个绅士！做一个绅士，这便是我的目标。这就是我的计策。真是

---

① 意即“你说得对！”。

要命，到哪里我都这样！”

他换了一个姿势，坐起来，得意洋洋地大声说道：

“现在呆在这里！你瞧我！从命运的骰子盒里掷出来，跟一个小小的走私犯呆在一块儿；——跟一个走私的可怜小商人关在一起。他的证件是伪造的，而且警察把他抓住了，因为他把船(他用船逃出边界)交给证件也同样是伪造的小人去用；他本能地承认了我的地位，即使是在这样的光线里，在这个地方。好极了！上帝啊！不管怎么个赌法，我赢了。”

他的髭须又朝上挪，他的鼻子又朝下挪。

“现在几点钟了？”他问道，显出冷漠、明显的苍白来，这苍白颇难与愉快联系在一起。

“正午稍过了半个钟头。”

“好！过不了多久院长面前将站着一个绅士。喂！要不要让我把我的罪名告诉你？现在要是不说，永远没机会了，因为我不会再回到这里来的。不是把我释放了，就是要把我提出去准备剃掉。他们的剃刀放在哪里你是知道的。”

卡瓦莱托先生从两片分开的嘴唇之间抽出那支烟，一时间表现出超出预料之外的困窘。

“我是一个”——里高先生说这话时站起身来——“我是一个属于世界的绅士。我不属于哪个国家。我父亲是瑞士人——沃德州。我母亲是法国血统，她的母亲是英国人。我自己是在比利时出生的。我是一个世界的公民。”

他站在那里，斗篷褶层里一只手臂搭在屁股上，这时候的做作样子，加上他看也不看一眼他的同伴，只顾自己面朝着对面的墙说话的态度，似乎是表明，他是在为准备与院长见面而排练(因为他很快就要接受他的审问)，而不是仅仅为了要开导一个像施洗约翰·卡瓦莱托那样渺小的人而煞费苦心。

“要问我的年龄，就说三十五岁吧。我是见过世面的。我四海为家，哪里都呆过，不管到了哪里，我都像个绅士那样生活。所到之处，人们都把我当作一个绅士来对待，来敬重。要是你们要看扁我，以为我是靠耍滑头混日子——那么你们的律师——你们的政客——你们的阴谋家们——你们那些出入交易所的人是怎么混日子的呢？”

他说话的时候频频借助他那小而光滑的手，仿佛这便是他的斯文的见证，这种手法在过去常常是很有成效、帮过他的大忙的。

“两年前我到了马赛。我承认那个时候我是个穷光蛋；因为我生着病。你们那些律师，你们那些政客，你们那些阴谋家，你们那些出入交易所的人，要是也生了病，又没有攒什么钱的话，他们也会变成穷光蛋的。那个时候我寄住在‘金十字’——当时那房子是亨利·巴罗诺先生的——他至少有六十五岁，身体也越来越不行了。我在那里约摸住了四个月，亨利·巴罗诺先生不幸去世了——不管怎么说，他的死也不是什么难得发生的不幸。要说死人，有我没我都一样，是常有的事儿。”

施洗约翰把那支烟抽得差不多已经燃到他的手指头了，里高先生非常慷慨大方，又扔了一支给他。他用第一支烟的烟蒂点燃了第二支烟，又抽起来，两眼睨视他的同伴，然而他的同伴全神贯注地想着自己的事，连看也不朝他看一眼。

“巴罗诺先生死后丢下一个妻子，只有二十二岁。她因为长得美丽而出了名，而且，她的确长得美(这往往是两码事)。我仍然在‘金十字’住着。我同巴罗诺太太结了婚。这样的婚配是不是非常不相称，这话是不该由我来说的。你看我现在站在这里的样子，监狱腌臜了我一身；不过，你完全有可能会说，跟她的前夫比较起来，我倒更加配得上她呢。”

他有着几分美男子的派头——其实他并不美；他有着几分有教养的人那种气派——其实他不是个有教养的人。他那副神气样子不过是摆摆架子，虚张声势而已；然而，与其他许多事情一样，在这种事情上，夸夸其谈吹上一通，人们便信以为真，世界上大抵都是如此。

“话虽然这么说，巴罗诺太太还是喜欢我。我看，那总不是对我有偏见吧？”

他这么发问的时候，目光恰好落在施洗约翰的身上，因此，那个矮小的人便不住地摇头表示那不是偏见，并且放低声音用好争辩的语气连续说着 altro，altro，altro，altro——也不知道说了多少遍。

“后来我们的关系紧张起来了。我很傲慢。我不想为傲慢作什么辩解，但我是傲慢的。我还有个脾气，就是要支配人。我不会俯首帖耳；我非要支配人不可。事情也真倒霉，里高太太的财产是属于她自己名下的。她的前夫这样做也真是昏了头。更加倒霉的是她还有亲戚。要是妻子的亲戚也来插上一手，跟她的丈夫作对，而她丈夫又是一个绅士，一个傲慢的人，一个要支配旁人的人，那样一来也就别想过太平日子了。我跟她之间的不睦还有一个原因。我感到遗憾，里高太太身上有一点儿土气。我要教她把举止态度改一改，总的格调也要高一些；可是，我一片苦心，她（在这件事情上也得到了她亲戚的支持）却感到非常恼怒。我们开始口角起来了；而且，里高太太的亲戚对我恶意中伤，添油加醋，将事情到处宣扬，弄得邻里街坊一个个都知道了。人家说我虐待里高太太。我打她耳光，那作兴是有人看见的——也仅此而已。那是轻轻的一拍；要是有谁明明白白看到我用那种方式纠正里高太太的举止态度，那也差不多是像跟她闹着玩一样。”

倘若里高先生所谓闹着玩是通过他此刻的微笑来表达的，里高太太的亲戚知道了一定会说，要纠正这个可怜女人的举止态度，他们宁可主张一本正经地教训她。

“我很容易动怒，而且天不怕地不怕。我提出这一点并不是说这便是优点，而是说这是我的脾气。要是里高太太的亲戚当中的男人公开跳出来，我是会有办法对付他们的。他们心里也明白这一点，他们便在暗地里搞阴谋诡计；这么一来便弄得我和里高太太屡次三番发生不幸的冲突。就连我想要点小数目的钱供自己开销，不跟她抬杠便拿不到手——而我生就的脾气就是要支配旁人！有一天晚上，我跟里高太太一起，在大海边的石崖上很友好地——我不妨说，就像一对情人一样——散步。她也真是撞了鬼了，竟又提起了她的亲戚；我就这件事跟她讲了不少道理，我向她指出，她的亲戚对她丈夫先是妒忌，从妒忌又变成敌视，而她竟然会受到那种态度的影响，说明她缺乏责任感，缺乏对丈夫的忠诚。里高太太反驳我，我反驳她。里高太太光火了，我也光火了，还用话去惹她。我承认这一点。为人老实坦率，这也是我的脾气。最后，在我永远感到痛惜的发怒情况下，里高太太朝我扑过来，一面拼命地尖叫(毫无疑问，她叫得那么响，远处的人都听见了)，她撕我的衣服，扯我的头发，抓我的双手，在地上直跺脚，最后扑了一个空，跌到底下的石头上摔死了。事情的经过就是这样，别人出于恶意，颠倒黑白，说我企图逼里高太太放弃自己的权利；还说当她硬是不肯照我的意思作出让步的时候，我就跟她动起武来——把她暗杀了！”

他走到散落着葡萄叶的窗格栅石框旁边，伸手捡起两三片叶子，背对着光亮，站在那里用叶子擦拭他的双手。

他沉默了一会儿之后问道：“喂，听了我讲的这些，你没有什么要说的吗？”

“可怕！”那个矮小的人答道，他这时候已经站起身来，一条手臂支在墙上，一边拿他的刀子在鞋子上擦着。

“这话是什么意思？”

施洗约翰默默地擦他的刀。

“你的意思是说，我这桩公案说得不对？”

“Al-tro! ”施洗约翰答道。这个词儿现在是用来表示辩解的，那意思是说，“噢，绝对不是！”

“那么你是什么意思？”

“院长也好，法庭也好，他们都带着偏见。”

“行啊！”另一个大声道，一面心神不安地撩起斗篷的下缘，挂在肩上，诅咒道，“那就让他们下毒手吧！”

“我真的觉得他们会的，”施洗约翰低下头来将刀子插进刀鞘，一面喃喃自语道。

两人谁也没有再说什么话，虽然他们都开始来回踱起步子，而且每次回头走的时候，必定要打个照面。里高先生有几次几乎停下步子，仿佛他想换个方式说一说他那桩案子，又仿佛想作一番愤怒的抗议；然而，卡瓦莱托先生仍旧用一种奇怪的慢腾腾的步子来回踱着，他的两只眼睛看着地上，所以，里高先生的这些想法也就毫无结果。

不一会儿，开锁的声音吸引了两个人的注意。接着便是一阵说话声和脚步声。门“乒”的一声响，又是说话声和脚步声。看守慢慢地走上楼来，后面跟着一队卫兵。

“喂，里高先生，”他手里拿着钥匙，在窗格栅前停了一会儿，说道，“请出来吧。”

“我要威风凛凛地出去，对吗？”

“嘿，要是没有卫兵护送，”看守说道，“你出去便要被撕成碎片，过后再要把你的骨头收集起来就不好办了。外边等着一群人，里高先生，他们可不喜欢你啊。”

他从窗格栅前走开了，把牢房角落里的一扇矮门上的锁打开，拔出了门栓。“喂，”他开了门，走进牢房，说道，“出来。”

天底下的全部色调中，怎么也找不到一种苍白的颜色会像里高先生当时脸上所呈现出来的那样苍白。人的面容中，也找不到一种表情，会像他那样的表情，从显露出的每一条细小皱纹上都可以看到他那颗恐惧的心在跳动。那种苍白，那种表情，习惯上都是拿死来比喻的；然而挣扎完了，与正在拼命作绝望的挣扎，这两者之间的区别，犹如中间隔着一整条深深的鸿沟。

他拿起同伴的烟又点燃了一支纸烟，用牙齿紧紧地咬着；把宽边软呢帽戴在头上；又撩起斗篷的下缘搭在肩上；他走出牢房，到了门外的厢房走廊，对于卡瓦莱托先生，他连看也没有再看一眼。至于那个矮小的人的全部注意力都集中在一点上：他要走近牢房矮门，站在门口朝外看去。正像一头野兽，会走近笼子的打开的门，打量笼子外边的自由天地一样，他在那几分钟时间里也在向外观察、张望，直至矮门关上。

带领那一队卫兵的是一名军官；他是一个矮胖的人，十分利落，非常镇定自若，一把出鞘的剑握在手中，嘴上衔一支雪茄。他很简短地说了几句话，命令卫兵将里高先生押在这一队人的中间，他自己则旁若无人地站到队伍的前面，说了一声："开步走！"于是，他们便丁丁当当地走下楼梯。门"乒"的一声关上了——钥匙转了一下——监狱里刚才似乎是透过了一束不寻常的光线，一股不寻常的空气，此刻消逝了，只剩下雪茄的一缕轻烟。

囚犯在牢房内仍旧犹如一头低等动物——犹如一只坐卧不安的猴子，或者一头惊醒的小种的熊——此刻孤零零地关在牢内，他跳到窗格栅的石框上，瞧一瞧他们是怎样离开的。就在他还用两只手抓着格栅站在那儿的时候，突然听到一阵喧嚷声；大喊声、尖叫声、诅咒声、恐吓声、咒骂声，各种叫喊声混杂成一片喧嚷，然而（如同一场暴风雨那样）除了一片咆哮声之外，什么也听不清。

那囚犯焦灼不安地想知道更多情况的心情使他激奋起来，样子更加像一头关在笼子里的野兽。他动作灵巧地跳下来，绕着牢房奔跑，又灵巧地跳上去，抓住窗格栅的铁条摇撼，想把铁条摇松，跳下来奔跑，跳上去竖起耳朵听着，没有一刻停息，一直到喧哗声越去越远，最后消失为止。有多少更加虔诚的囚犯如此般地伤尽了他们高尚的心，谁也没有想过；即便是灵魂最受人热爱的人也没有意识到过；下令把他们监禁起来的伟大的国王与统治者们，在光天化日之下得意洋洋地招摇过市，人们向他们欢呼。甚至上述那些大人物卧床不起、气息奄奄时，还要树立让人效法的死的榜样，发表言词响亮的演说；文雅的历史比国王与统治者们的工具还要顺从，让他们永垂不朽！

终于，由于施洗约翰现在可以在牢房四壁之内挑选自己的地方，他为了要运用他想睡就可以睡的本领，在长凳上躺下，头枕着交叉的双臂，转过脸去，呼呼地入睡了。在他对人俯首帖耳的时候，在他心情轻松愉快的时候，在他兴致勃勃的时候，在他处于稍纵即逝的激奋的时候，在他对硬面包与硬石头知足而乐的时候，在他倒下就入睡的时候，在他一阵阵惊跳的时候，他始终是赋予他生命的那片土地的真正的儿子。

刺眼的强光一时间精疲力竭了；红日西坠，映照出一片红、绿、金色的霞光；天空上星星迭现，萤火虫在低空学着星星到处闪烁，如同人会笨拙地模仿高等人的仁慈一样；尘土飞扬的漫长的大路与广袤无垠的平原沉睡了——大海是那样寂然无声，就连什么时候海将交出其中的死人，接受审判[①]，也不透露一点儿消息。

---

① 见《圣经 · 启示录》第二十章第 13 节。

第二章

旅　伴

“今天，那边，听不到昨天那样的嚎叫了，先生；你说呢？”

“我没有听到什么。”

“那你就可以肯定，的确没有什么声音了。这些人要么不叫，叫就是要让人听见。”

“人们大抵是这样，我想。”

“啊！不过这些人老是喊个不停。不大喊大叫心里便不高兴。”

“你是指马赛人吗？”

“我指的是法国人。他们老是没有停息的时候。至于马赛嘛，我们谁都知道马赛是个什么地方。马赛把前所未闻的最具有造反精神的曲子传到了世界上①。它要是不朝着这个或那个目标 allons，marchons②，就存在不下去——不胜利，毋宁死，毋宁进地狱，如此等等。”

说话的人身上一直有一种异样的快活的情绪，他站在护墙前瞭望，对马赛极端地藐视。他摆出坚定的姿势，两手往口袋里一插，不屑一顾地把口袋里的钱币抓得哗啦啦地响，还发出一阵短促的笑。

“Allons，marchons，一点不错。我看，要是能让别人也都 allons，marchons，去干他们的合法的事情，而不是把他们在隔离检疫站里关着，那末你们就更加光彩了！”

“叫人够烦心的了，”另一个人说。“不过我们今天可以出去了。”

“今天出去！”第一个人重复了一句。“那几乎是罪上加罪，说什么我们今天可以出去。出去！那么把我们关进来，又是什么道理？”

“我说也没有什么很充分的道理。不过，由于我们是从东方过来的，东方那个地方又老发瘟疫——”

“瘟疫！”另一个人又重复了一句。“我就是受够了这种苦。自从我来到这里之后，我就一天天地受这瘟疫的苦。我好像自己是一个神志清楚的人被关进了疯人院；怀疑我们得了瘟疫，那我可受不了。我一生当中都是好好儿的，到这儿时也是好好儿的；可是，要是怀疑我得了瘟疫，那等于是把瘟疫传给我。我已经给染上瘟疫了——我已经得了瘟疫了。”

“您过得很好，弥格尔斯先生，”另一个人笑着说。

“不。要是您了解事情的真相，就绝对不会说出这样的话来了。这些日子我总是一夜夜地惊醒，总是对自己说，现在我已经得了瘟疫了，现在瘟疫已经恶化了，现在我要倒大霉了，现在这些家伙要大做文章，提醒大家小心了。唉，我宁愿让人用烤肉叉戳在身上，并且钉在甲虫标本卡上，也不愿意过这些天来在这里过的这种生活。”

“行了，弥格尔斯先生，这事儿就不要再去说它了，现在事情就要过去了，”一个活泼的女人声音这样劝道。

“过去了！”弥格尔斯先生重复道。他似乎（尽管没有什么恶意）处于一种特殊的心境，这种时候不管哪个人说的话，最后几个字便是对他的又一次伤害。“过去了！为什么事情过去了我便不可以再说

---

① 指法国国歌《马赛曲》，原名《莱茵河军队战歌》。该曲作于一七九二年，当时正是法国大革命形势危急之时，它号召人们不畏强暴，鼓起斗志。词、曲均出自鲁日·德·李尔（Rougét de Lisle, 1760—1835）之手。当时曲作者是驻斯特拉斯堡的炮兵军官。马赛志愿军进军巴黎时唱这支歌，因而得名。

② 《马赛曲》歌词，意即“鼓起劲”，“向前进”，作者根据这两个法文词的音，照英语拼写写作 allong, marshong, 并加英语词尾变化，现照法语改，下同。

话了！”

劝弥格尔斯先生不要再说的人是弥格尔斯太太；弥格尔斯太太与弥格尔斯先生一样，漂亮而健康，一张漂亮的英国人的脸庞，五十五年还多一些的日子里，这张脸一直是注意那些平平常常的事情，眉宇间流露出这些事情给她带来的欢乐的神情。

“好了！别管它，爸爸，别管它！”弥格尔斯太太说道。“看在上帝分上，你要心满意足了，有宝宝在。”

“有宝宝在？”弥格尔斯先生用受到伤害的语气重复道。然而，宝宝就站在他的身后，她在他肩膀上推了一下，于是，弥格尔斯先生顷刻之间便从心底里宽恕了马赛。

宝宝约摸二十岁。她是一个容貌美丽的姑娘，披着一头浓密的天然卷曲的棕色长发。她是一个可爱的姑娘，有一张坦诚的脸，一双妙不可言的眼睛；那眼睛如此大，如此温柔，如此明亮，长在她那善良的脑袋上是如此地完美。她长得十分丰润，精神饱满，有一对笑窝，受到父母的宠爱。宝宝身上有一种羞怯和柔顺的神情，这是天下最可爱的弱点，使她具有魅力；一个如此可爱、美丽的姑娘是大可不必再具备的，不过，有了这种魅力，她的美貌便登峰造极了。

“唔，我问你，”弥格尔斯先生表现出非常和蔼的信任问道，他退后一步，把女儿向前推上一步，以此来说明他问的话；“你知道，我只是就我们个人之间请教你一句，把宝宝也关到隔离检疫站里来，这种可恶的荒唐事情你可曾听说过没有？”

“这么一来就连隔离检疫站也有意思了。”

“嗨！”弥格尔斯先生道，“的确，那倒是真的。我非常感谢你，说了这么一句话。走，宝宝，我的宝贝，你还是跟着妈妈，准备上船吧。卫生官员，还有一群戴三角帽的骗子，他们总算就要出来，把我们放出去了。我们这些囚犯又可以聚在一起，吃一顿多少有一点基督教风味的早餐，然后张开翅膀，大家各奔前程。泰蒂柯伦，你要好好跟着小姐。”

他是在吩咐一个有光泽的黑发、乌溜溜的眼睛，穿着整洁的漂亮姑娘。那姑娘略微屈膝行了礼，答应了一声，便跟在弥格尔斯太太与宝宝的后面走了。她们三个人一齐穿过在日光下烤晒的光秃秃的露台，走进耀眼的白色拱廊消失了。弥格尔斯先生的同伴，一个心情抑郁、皮肤黝黑的四十岁的男人，在她们三人消失之后，依然站在那里凝视着拱廊；弥格尔斯先生在那人的胳臂上拍了一下。

“对不起，”他吃了一惊，说道。

“不要紧，”弥格尔斯先生答道。

他们在护墙的阴凉儿里又来回默默地走了一阵，在这隔离检疫站简陋房屋坐落的高地上，尽量享受早晨七点钟习习吹拂的海风带给人的一丝儿凉意。弥格尔斯先生的同伴又与他交谈起来。

“不知能否请问您一声，”他说道，“名字叫什么，那个——”

“泰蒂柯伦吗？”弥格尔斯先生插嘴道。“我一点儿也不清楚。”

“我觉得，”另一个说道，“觉得——”

“泰蒂柯伦吗？”弥格尔斯先生又提示道。

“谢谢——我想泰蒂柯伦是个名字，我有好多次觉得，这个名字起得很奇怪。”

“噢，事情是这样的，”弥格尔斯先生道，“弥格尔斯太太和我自己，你知道，都是讲究实际的人嘛。”

“这一点，我们一起在这些石子上来回散步时进行的愉快而有意思的谈话当中，您已经屡次提到过了，”另一个人说道，他那张黑黝黝的、表情严肃的脸上透出了一丝微笑。

“我们是讲究实际的人。所以，五六年前的一天，我们带着宝宝去做礼拜，在那育婴——你听说过伦敦的育婴堂没有？是同巴黎的孤儿院差不多的，听说过没有？”

“我到过那里。”

“噢！有一天，我们带宝宝去做礼拜，到那里听音乐——因为，我们是讲求实际的人，带她去见识见识我们觉得能让她高兴的所有东西，那是我们生活中应该关心的事——妈妈（我通常就这么叫弥格尔斯太太的）就开始呜呜地哭起来，我只好带她出来。‘你怎么啦，妈妈？’等我们让她稍稍平静了一点后，我问她；‘亲爱的，你把宝宝可吓坏了。’‘就是，爸爸，我心里明白，’妈妈说，‘可是，我看就因为我这么喜欢她，我想着想着就伤心起来了。’‘是什么事情让你想着想着伤起心来，妈妈？’‘啊，天哪，天哪！’妈妈说着又哭起来了，‘我见到所有那些孩子一排排地坐在那里，呼天叫地的，喊他们谁也没有见过一面的人间的父亲，喊天上我们大家的父亲，这时我心里就想，有没有哪个可怜的母亲到这里来过，在那些小脸蛋当中寻找，不知道哪一个是她带到这个悲惨世界里来的可怜孩子，一生当中从来没有得到过她的爱，从来没有得到过她的吻，从来没有听见过她说话的声音，就连她的名字也不知道！’这便是妈妈的讲究实际的性格，我对她这么说了。我说：‘妈妈，那一点便是我说的你讲究实际的性格，亲爱的。’”

另一个人，这时也受了感染，表示赞同。

“所以第二天我就说：哎，妈妈，你听我说，我有一个想法，我想你是会同意的。我们就在那些孩子当中挑一个出来，做宝宝的小丫头。我们是讲究实际的人，所以，要是我们发现她的性格有一点缺陷的话，或者她的习惯同我们的习惯有一点儿差距，我们会知道，哪些事情是我们该考虑的。我们会知道，同造就我们自己的所有那些影响和经历相比，那是要打多么大的折扣——她没有父母，没有兄弟姐妹，没有自己的家，没有水晶鞋[1]，没有仙子恩人[2]。就这样，我们领来了泰蒂柯伦。”

“那么这名字——”

“上帝！”弥格尔斯先生说道，“说着说着，我把这名字忘记了。那名字嘛，她在育婴堂里的时候名字叫哈莲特·比得尔——当然，那是个随便起的名字。喏，我们把哈莲特改成了哈蒂，后来又改成了泰蒂，因为，我们是讲究实际的人，我们心里觉得，就连一个好玩的名字，对她来说也是一件新鲜的事情，也会产生一种温暖、亲切的效果的，你说是不是这样？至于说比得尔这个姓嘛，我就用不着说它是完全不值一提的了。假如有什么在任何条件下都无法容忍的东西，假如有什么被称为某种自命不凡的小官吏的傲慢和荒唐的东西，假如有什么穿着外套、背心，拿着大棒，用愚蠢的举动来体现我们英国人的坚持精神的东西，在人人都发觉之后，原来那便是一个‘比得尔’[3]。你近来碰见过一个‘比得尔’没有？”

“作为一个在中国呆了二十几年的英国人，最近我没有碰见过。”

“那么，”弥格尔斯先生说道，一面兴奋异常地用食指戳着同伴的胸口，“假如你有法子躲避，那你千万别碰上一个‘比得尔’。每当星期天我在一所慈善学校门前沿街走的时候，只要看见一个神气活现的‘比得尔’，我必定转身就跑，否则我一定会揍他一顿。既然‘比得尔’这个名字已不值得一提，而收容这些可怜的弃儿的那个机构的创办人，又是一个天国享福的人，名叫柯伦[4]，我们便把那个名字给

①② 均见童话《灰姑娘》。

③ Beadle，指英国旧时教区牧师助理，也可指法院的差役。

④ 托马斯·柯伦（Thomas Coram，1668—1751），一七三九年创办伦敦育婴堂。

了宝宝的小丫头了。有一段时间我们管她叫泰蒂，有一段时间我们又管她叫柯伦，后来我们习惯将她两个名字合在一块儿叫，现在我们就一直叫她泰蒂柯伦了。”

他们又默默地来回走了一圈，在护墙前站着，注视了一会儿底下的大海，然后，两人又散起步来，这时候，另一个人说道：“你们的女儿，是你们的独生女，我知道，弥格尔斯先生。我能否问您一下——这并非出于唐突的好奇，而是因为这些日子同您在一起，我觉得非常愉快，也许在这个迷宫似的世界上，我再也不可能与您静静地交谈了，而且我希望对您以及您的一家能留下一个确切的回忆——我能否问您一下，从您的尊贵的夫人那里我并没有看出来，你们是否还有其他子女？”

“不对，不对，”弥格尔斯先生说道。“确切地说不是其他子女，是还有一个孩子罢了。”

“恐怕我无意中触及了一个敏感的问题。”

“没关系，”弥格尔斯先生说道。“即便我对于这个问题心情很沉重，我却一点儿也不觉得伤心。提起这件事会叫我一时间说不出话，可是并不会使我不高兴。宝宝曾经有过一个孪生姐妹，当她长到踮起脚来抓住桌子，我们正好能看见她的眼睛——同宝宝的眼睛一模一样——的时候，她就离开人世间了。”

“啊！是真的吗，是真的吗？”

“是的，同时，由于我们是讲究实际的人，由此而造成的一个结果，便渐渐地在我和弥格尔斯太太的心目中产生了，你也许会——也许你不会——理解的。宝宝同她的孪生姐妹长得如此相像，完完全全是一个人，在我的脑海中，从那以后，我们怎么也不能把姐妹俩分开。要劝说我们相信那个死去的孩子是个抱在怀里的婴孩，那是白费力气的。留在我们身边、永远与我们在一起的孩子的模样变了，我们脑海里那个孩子的模样也跟着变了。宝宝长大了，那个孩子也长大了；宝宝变得越发聪明，越发像个大姑娘，她的姐妹也变得越发聪明，越发像个大姑娘，没有一丝一毫的差别。要是有人告诉我说，假如我明天就离开这个世界，我不可能得到上帝的仁慈，与我那个同宝宝长得一模一样的女儿相会，那就跟劝我相信宝宝本人并非我身边看得见、摸得着的现实一样，都是很难让我相信的。”

“我理解您，”另一个轻声道。

“至于她嘛，”她的父亲接着说道，“那件神秘的事情，我们大家都同样关心，但是它又不可能那样经常明显地呈现在一个孩子的面前。她的孪生小姐妹和玩耍的伴儿突然失去，以及她对那件神秘的事情的最初联想，必然对她的性格有一些影响的。其次，我和她妈妈结婚的时候年纪都不小了，宝宝又经常同我们在一起，过着一种成年人的生活，虽然我们努力让我们自己适应她的爱好，每当她稍有一点不舒服的时候，人们不止一次劝告我们，为了她起见，应该尽量经常地换换气候，换换空气——尤其是在她现在这个年龄——要让她快快活活的。因此，由于我现在没有必要在银行里干坐着（尽管我在一生当中穷得可以，这话你可以相信，否则我早就与弥格尔斯太太结婚了），我们就到世界各个地方到处跑去了。就这样，你看到我们睁大眼睛，观赏尼罗河，金字塔，狮身人面像，大沙漠，以及其他许多风光；而泰蒂柯伦，她终会在将来成为一个胜过科克船长①的大旅行家的。”

“我感谢您，”另一个说道，“衷心感谢您说了这一番心里话。”

“不必客气，”弥格尔斯先生答道，“那是肯定的，你不必客气。现在嘛，克莱南先生，也许我可以请问你，你有没有作出决定，下一站要到哪里去呢？”

---

① 科克船长（Captain Cook，1728—1779），英国航海家与探险家。

“说真的，还没有定呢。我是这么一个四海飘零的流浪汉，我是随波逐流，漂到哪里便到那里。”

“我觉得奇怪——要是你恕我直言——你怎么不直接回伦敦去，”弥格尔斯先生用一个真心诚意为人出主意的人的那种口吻说道。

“也许我要去的。”

“当然！可是我是说要坚决。”

“坚决的意志倒没有。那就是说，”他脸有一点红，“现在就可以化为行动的意志几乎还没有。全靠强迫训练出来的；折断了，不是压弯了；戴上重重的镣铐，拴在一个目标上，从来没有同我商量过，也从来不是我的目标；我还没有成年就被送到了世界的另一端，被放逐到那里，直到一年前我父亲在那里去世为止；没完没了地做着我一直讨厌的工作。如今，人已经到中年了，我还有什么可期望的？意志，目的，希望？我还来不及说出这些字眼来，所有那些灯光都已熄灭了。”

“把它们再燃起来！”弥格尔斯先生道。

“啊！说是容易的。弥格尔斯先生，我是严厉的父亲和严厉的母亲的儿子。我是个独生子，父母亲对于任何事情都要称一称，量一量，然后定出价格来的；对他们来说凡是不能称，不能量，也定不出价格来的东西，那就不能有。正如那句格言所说，他们是刻板的人，是严厉的宗教信仰的宣扬者，他们的宗教信仰本身就意味着令人沮丧地牺牲与自己不合的爱好与同情，这种牺牲是同换取他们的财产安全的交易相关联的。冷酷的面孔，无情的清规戒律，今世是苦行，来世是恐怖——无论哪里都没有什么温柔、优美的东西，每到一处我的沮丧的心都是一片空虚——这便是我的童年，假如我还可以滥用这个字眼来描述这样一种人生的开端的话。”

“果真是这样？”弥格尔斯先生说道，展现在他脑海中的那幅图画使他感到非常不舒服。“那真是痛苦的开端。不过，鼓起劲来！你现在必须学习，像一个讲究实际的人那样，通过学习开拓眼界，从中受益。”

“假如通常认为是讲究实际的那些人，是照您所说的那种讲究实际——”

“怎么，他们是这样的！”弥格尔斯先生说道。

“真是这样吗？”

“这个，我看是的，”弥格尔斯先生答道，心里琢磨起来。“呃？一个人也只能是讲究实际的，我和弥格尔斯太太也是这样。”

“那么，我今后陌生的道路将会比我所预料的要容易了，也更加充满希望了，”克莱南说道。他露出严肃的微笑，晃了一下脑袋。“我的事就不谈了。船来了！”

船上坐满了三角帽，见了他们，弥格尔斯先生就对他们整个国家的人都不满；那些戴三角帽的人上了岸，从台阶走上来。全部被扣押的旅客都集合在一起。于是，三角帽那方面先是取出了一叠叠的文件，开始点名，接下来便是繁琐的手续：签字、按印、盖图章、用墨水书写、用砂子擦干，结果弄得一团糟，到处是砂子，模糊潦草，难以辨认。终于，一切手续都按照规定办完了，旅客们都获得了自由，动身前往他们各自要去的地方，一切听便。

在重新获得了自由的新的喜悦中，他们丝毫也没有在乎那刺眼的强光，只管自己乘上轻快的小船，掠过码头，重新集合在一家大旅馆里。旅馆紧闭的格子窗挡住了阳光，不铺地毯的砖石地板，高高的天花板，响着回声的走廊，把酷热大大地缓解了。旅馆一间大房间里，摆了一张大桌子，桌子上立刻就摆满了美味佳肴；隔离检疫站的宿舍其实已经是空无一人，成了餐桌上回忆的往事，而面前是珍馐美味，南方的水果，冰凉的酒，热那亚采来的鲜花，高山顶上弄来的雪，仿佛镜子里闪烁着彩虹般的五颜六色。

“不过，对那些千篇一律的房屋，我现在倒也没有什么恶意了，”弥格尔斯先生说道。“一旦把一个地方抛在身后，你就会开始宽恕它的；我敢说，一个囚犯释放之后，也会对他蹲过的监狱宽厚心软起来的。”

聚在一起的大约有三十个人，都在交谈；不过，当然是三五成群地谈着。弥格尔斯爸爸与弥格尔斯妈妈，中间是他们的女儿，三个人坐在桌子一端的最旁边。坐在他们对面的是克莱南先生；一个高个子法国人，乌黑的头发和络腮胡子，相貌虽不能说是假作斯文的凶暴，也是黝黑而可怕的，然而，他却是表现得最温和的人；还有一个是漂亮的年轻英国女人，她总是单独行动，一张傲慢而善于观察的脸，可能是她有意躲避别人，也可能是别人对她敬而远之——也许除了她自己，谁也说不准到底是怎么回事。其余的人便是平常遇见的那些了。有出国办公事的，有旅游观光的；从印度回国度假的军官；在希腊和土耳其经商的商人；一个办事员模样的英国丈夫，穿一件服帖的紧身衣，带着年轻的妻子作蜜月旅行；一个庄重的英国妈妈和一个庄重的英国爸爸，出身高贵，带着三个长大成人的女儿，她们都在记日记账，弄得她们的旅伴们迷惑不解；一个聋子英国老母亲，很吃得起旅途的苦，带着一个完完全全已成人的女儿，这个女儿周游世界画速写，等待着最终定下心来结婚过日子。

沉默寡言的英国女人接过弥格尔斯先生刚才说的最后一句话，开了口。

“你的意思是说，囚犯宽恕他蹲的监狱吗？”她问道。她一字一板，语气强调。

“那是我的推测，韦德小姐。我并没有说，我对一个囚犯心里是什么滋味也一清二楚。我过去从未进过监狱。”

"小姐是怀疑，"那个法国人用自己的语言说道，"不会那么轻易宽恕，是吗？"

"是的。"

宝宝只好把这段话翻译给弥格尔斯先生听，因为他从来没有偶然地学到过一点他到过的哪一个国家的哪一种语言。"噢！"他说道。"我的上帝啊！可是，那真太遗憾了，你们说是不是？"

"是我不轻易相信人太遗憾吗？"韦德小姐问道。

"不完全是这么一回事。话应该这么说：你认为轻易宽恕不容易，那太遗憾了。"

"我的经验，"她平心静气地接着说道，"几年来一直在许多方面纠正我的信念。我听说，这便是我们的自然而然的进步。"

"唔，唔！可是，我希望，抱有敌意总不是自然而然的吧？"弥格尔斯先生爽朗地说道。

"假如我被囚禁在哪个地方，受煎熬、受折磨，那我会始终憎恨那个地方，要放火烧了它，或把它夷为平地。我不知道还有什么别的做法。"

"坚强，对吗，先生？"弥格尔斯先生问那个法国人道。这又是他的一个习惯，用纯正的英语与各个不同国家的人说话，他坚信，他们一定会或多或少听懂他的意思的。"我们这位女性朋友相当地强有力，我看，您会同意我这个说法的吧？"

那法国人彬彬有礼地答道："Plait-il？"[①]听到这句话，弥格尔斯先生洋洋得意地说道："您说得对。这是我的意见。"

由于早餐不多时便接近尾声，弥格尔斯向在座的人发表了演说。演说很短，考虑到这毕竟也是一个演说，因此，也是很明智的，而且

---

① 法语，意即"什么？您有何吩咐？"

是由衷之言。他的演说大意不过是说，由于一个偶然的机会把他们带到一起来了，大家在一起保持了很好的谅解关系，现在大家都要分手了，不大有可能再会聚到一起来，因此，除了一桌子的人同时举起一杯冰凉的香槟，相互祝愿旅途愉快、一路顺风之外，还有什么别的更好的方式吗？于是，大家碰了杯，一桌子的人一一握手之后，这一批人便永远分散了。

整个这段时间，孤独的年轻小姐一直没有再说什么话。她随着其余的人站起身来，悄悄地躲到了这个大房间的一个僻静的角落里。她在那角落窗口边的一张沙发上坐下来，似乎是在注视水的反照，因为水的反照在窗格上发出银光似的闪烁。她坐在沙发上，转过脸去，目光避开了整个房间，仿佛她对于自己傲慢的选择也感到孤独了。然而，此刻与过去一样，也很难肯定地说，是她回避其余的人，还是其余的人回避了她。

她此刻坐着的那个地方的阴影，仿佛一片阴郁的面纱，落在她的额头上，与她那种美貌非常地协调。她那张脸，那般安详，含有嘲弄，衬托它的是一对弯弯的黑眉毛和一头黑发，你一看见这张脸就会嘀咕，这张脸倘若发生什么变化，那该是什么样的表情。这张脸会变得柔顺或宽厚，那几乎是不可能的。它会深化为愤怒或无比的蔑视；倘若它会发生什么变化，那必定朝着那个方面发展的，这就是大多数的观察者都获得的奇特的印象。这张脸的打扮、修饰也并不讲究表现。尽管这不是一张坦诚的脸，但也没有什么做作的地方。我沉默寡言，无求于人；你们的看法我并不在乎；对你们我毫无兴趣，你们怎么样我不管，看见你们、听到你们，我都装作没事儿似的——这个意思可以从这张脸上看得分明。这个意思还表现在她那傲慢的眼睛上、微翘的鼻子上、漂亮却是紧闭甚至是冷酷的嘴上。倘若这三个表情的渠道遮去两个，第三个渠道仍然能表现这样的意思。倘若将三个渠道全部蒙住，只要她的头一转，便会显示出不可征服的本性来。

宝宝朝她走过去(她是宝宝一家和克莱南先生谈论的主题；房间里现在除她以外，只剩他们了)，在她身旁站定了。

“你是不是”——她转过眼来，宝宝踌躇了——“在等什么人到这里来接你，韦德小姐？”

“我？不是。”

“爸爸要派人到自取信件邮局去。是不是可以让他叫那人在邮局里问一下，有没有你的信？”

“我谢谢他，不过，我知道不会有我的信。”

“我们担心，”宝宝在她身边坐下来，羞怯地、有几分柔声地说道，“我们都走了以后，你会觉得十分孤单的。”

“是啊！”

“不是说，”宝宝表示歉意地说道，她的目光使宝宝感到窘迫，“当然，不是说我们能给你做什么伴，不是说我们给你做过什么伴儿，也不是说我们觉得你希望我们来与你做伴。”

“我并没有要让人家领会我有过这种愿望。”

“是的。当然。不过——总之，”宝宝说道，同时羞怯地触了一下沙发上她那只一动不动地搁在她们中间的手，“你不愿让爸爸为你提供一点小小的帮助，或者为你效力吗？他会很高兴帮助的。”

“非常乐意，”弥格尔斯先生说道，这时他正与他的夫人和克莱南走过来。“只要不是说外国话的事，我都乐意效劳，那是一定的。”

“我感谢你，”她答道，“不过我已经安排妥当了，我喜欢用自己的方式，走自己的路。”

“是吗？”弥格尔斯先生以困惑的神情打量着她，心里说道。“唔！这句话里面也有个性。”

“同青年女子的交往我并不很习惯，而且我恐怕不会像别人那样赞赏这样的交往。祝你旅途愉快。再见！”

似乎她原是不会伸出手来的，然而，弥格尔斯先生把他的手一直伸到了她的面前，使她无法躲避。她将手放到了他的手中，就如同刚才放在沙发上一样。

“再见！”弥格尔斯先生说道。“这是最后一次说再见了，因为我和弥格尔斯妈妈在这里刚同克莱南先生说过再见，他只等着同宝宝说再见呢。再见！我们永远不会再见面了。”

“在人生的道路上，我们将会见到前来见我们的人，他们来自许多陌生的地方，通过许多陌生的道路，”这是她镇定自若的回答；“应该由我们来对他们完成的事，应该由他们来对我们完成的事，都将要去完成。”

从这些话的说法上，宝宝听出了一种不顺耳的味道。那意思是说，将要完成的事必定是不吉祥的，她听了这话之后低声对弥格尔斯先生说：“噢，爸爸！”并孩子似的，带着她那娇生惯养的态度，向他退缩，朝他靠得更近了。说那句话的人对于这一举动，并非视而不见。

“你那漂亮的女儿，”她说道，“想到这种事情就感到吃惊。可是，”她两眼正视着宝宝，“你可以肯定，一些男女已经上了路，他们都有与你有关的事要干，他们也一定要干的。他们肯定是要去干的。他们或许要从海上走几百英里，几千英里的路前来；他们或许现在便近在眼前；他们或许——不管你了解什么情况，也不管你能作什么努力来阻止——正是从这座城市的最污秽的垃圾堆中出发的。”

说完最冷淡的告别话，带着她美丽容貌上流露出的某种疲惫的表情（这疲惫的表情，使她那尽管尚未达到全盛时期的美貌，蒙上了一种倦怠的神色），她离开了房间。

再说在那旅馆里，要从那间宽敞的房间所在的那一头到她个人留宿的卧室，她必须经过许多楼梯和通道。当她即将走完这一段路，正沿着她的房间所在的那条走廊走去的时候，她听见一阵怒气冲冲的嘟哝声和哭泣声。一间卧室的门开着，里面她看见了刚刚分手的那个姑娘的侍女，即起了怪名字的那个女仆。

她站定了，望着这位女仆。一个满腹怨气、性情暴躁的姑娘！她那浓密的黑发，披了一脸，她脸涨得通红，十分激动，她一面哭泣，发脾气，一面用她那只毫不留情的手拼命抓着嘴唇。

“自私的家伙！”姑娘在说着，不时地哭泣和抽搐。“我是死是活，一点都不放在心上！把我一个人扔在这里，没吃，没喝，浑身没力气，叫我饿死，安的什么心！畜生！魔鬼！没心肝的！”

“可怜的姑娘，你怎么啦？”

她蓦地抬起头来，眼圈通红，正准备去拧自己脖子的手停在空中，脖子是刚变了模样，有一大块一大块的红肿。“什么怎么啦，跟你有什么关系。谁也管不着。”

“噢，哪能呢；看你这个样，怪可怜的。”

“你可怜什么，”姑娘说道。“你开心了。你知道你开心了。我呆在那边隔离检疫站的时候，像这个样子我只不过有两回。那两回你都碰上了。我真怕你。”

“怕我？”

“是的。瞧你那模样，说来就来，就跟我的怒气一样，就跟我的怨恨一样，跟我的——什么都一样——我也不知道是什么。可是他们虐待人，他们虐待人，他们虐待人！”刚才吃了一惊之后，哭泣，眼泪，拧脖子的手，都一齐停住了，现在又重新活动起来。

不速之客站在那里，眼睛看着她，露出了奇怪、逼人的笑。真有意思，看着这个姑娘大哭大闹，舞动手脚，仿佛古时候的群魔在纠缠她。

“我比她小二三岁，可是倒是我在服侍她，好像我比她大，她倒

显微镜下

老那么让人宠着，还叫她宝宝！听了这名字我就恶心。我恨她。他们把她当个傻瓜，把她宠坏了。她心目中只有她自己，她一点也不替我想想，好像我是一根木桩，一块石头！”姑娘就这样说了一连串的话。

“你得忍着点儿。”

“我绝不忍着！”

“要是他们老想着他们自己，不大关心或者一点也不关心你，你也不该放在心上。”

“我一定记在心上！”

“别说！你得多注意点儿。你忘了你自己下人的地位了。”

“我不管那么多。我要逃出去。我要闹一闹。我不会忍着；我受不了；要是还忍着，我会憋死的！”

这个旁观者站着，一手抚着自己的胸口，眼睛注视着那姑娘，如同一个因身体某个器官得了病而痛苦的人，好奇地注视类似病例的解剖和展览一样。

姑娘大发雷霆，使出她青春年少和生气勃勃时的全部力气，闹呀闹的，直到渐渐地她那暴躁的叫喊越来越微弱，变成了断断续续的呻吟，仿佛她浑身疼痛。又那样渐渐地，她坐到一把椅子上，先是跪下来，接着倒在床边的地板上，身上裹着抓过来的床罩，一半是要遮盖那受辱的头和湿漉漉的头发，一半似乎是抱着它，不过并不是她缺少什么东西来捂住她那悔恨的胸口。

“你走开，你走开！我要是发起脾气来，我就会疯的。我知道，只要拼命克制一下，我就可以压下去的。有时候我是拼命地克制，可有时候我没有克制，不愿意克制。我说过什么了！我说那些话的时候，我知道那都是撒谎。他们觉得是够关心我的，要什么有什么。他们对我是够好的了。我非常热爱他们。对我这样一个忘恩负义的人，有谁能像他们那样总是待我那么好的。走吧，你走开，我害怕你。我觉得我火冒上来的时候，我连自己也害怕，我也很害怕你。你走开，让我祈祷，让我哭，哭了就好了！”

白天过去了；刺眼的强光又消逝了。炎热的夜在马赛城降临；早晨那一队人，各自分散，穿过这城，走上他们各自预定的路。日夜兼程，冒着烈日，顶着星星，爬过尘土飞扬的山，越过令人困乏的平原，穿过陆地，渡过大海，如此奇怪地来来往往，走到一起去，彼此之间结下纷繁的关系，我们所有忙碌的旅行者们，就是这样走过人生的旅程的。

第三章

归　家

那是伦敦一个星期日的夜晚，阴暗、湿热、沉闷。教堂的钟疯狂地发出各种不同的音响，尖锐的和低沉的，沙哑的和清晰的，急促的和缓慢的，敲得砖石、泥灰之间的回音令人厌恶、心烦。忧郁的街道披着煤灰的忏悔外衣，把那些被发落到这里开窗凝视这外衣的人的灵魂，浸入了极度的沮丧之中。在每一条通衢大道，从几乎每一条小巷，到几乎每一个路口，都有一个悲凉的钟在颤抖，在震荡，在敲打，仿佛城中蔓延了大瘟疫①，收尸车在大街小巷推过。凡是有可能给一个劳累过度的民族带来一丝慰藉的东西，都被关起来了，锁住了。没有图画，没有珍稀动物，没有奇花异草，没有天然的或人造的古代世界的奇观——一切都用那么开明的严格态度禁止了，以致大英博物馆里丑陋的南海神还以为又回到了自己的家。什么也见不到，唯有这街道，街道，街道。什么也呼吸不到，唯有这街道，街道，街道。什么也找不到，去改变那沉重的心，去振奋那沉重的心。什么也找不到，可以让精疲力竭的劳动者去做，他无奈何地只好把他的第七天的单调，与其余六天的单调相比，只好想着他过的是多么疲乏的生活，只好苦中求乐——否则便是苦中寻死，一切都听天由命。

正好在这样一个时刻，一个如此符合宗教与道德利益的时刻，亚瑟·克莱南先生，从马赛出发，取道多佛，搭乘“蓝眼少女”号多佛邮车，刚刚到达伦敦，临窗坐在卢德门山②一家咖啡馆里。一万座有声望的房屋包围着他，这些房屋心情沮丧地朝着它们所构成的街道蹙起眉头，仿佛每座房屋里都住着托钵僧讲的故事里的十个年轻人，他们涂黑了自己的脸，每天夜间为他们的悲苦而痛惜。[3]五万只窝包围着他，那里的人们如此不卫生地生活着，以致星期六夜晚拥挤的房间里提进去的清水，到了星期日的早晨，竟然会腐败；尽管他们不能与屠户的肉[4]做伴而睡使他们的郡议员老爷[5]感到惊讶。一座紧挨着一座的房屋，绵延数英里，东南西北，朝远处伸展，在这仿佛深井、深坑的房屋里，居民们挤得透不过气来。流过城中心的，是一条污秽的下水道，而不是一条清澈见底的河流。一百万左右的人，会有什么样的世俗的要求，一星期六天中，他们每天都在这些田园牧歌式的景物中劳作；从摇篮到坟墓，他们无法逃避这可爱的千篇一律的生活——这一百万左右的人，在他们的第七天里，可能会有什么世俗的需要呢？显而易见，他们所需要的只能是一个铁面无私的警察。

亚瑟·克莱南先生临窗坐在卢德门山那家咖啡馆里，听着近处传来的钟声，一下下数着其中一种钟声，不觉自然地从钟声中悟出了它的歌的意思与歌中重复出现的词语；他心中纳闷，一年之中，它报告了多少个患病者的死亡。当钟声将要报告钟点的时候，它的节奏的变化使之越来越令人恼怒。还差一刻钟的时候，一阵阵的钟声令人心烦地、急促地响着，无休止地催促民众“到教堂去，到教堂去，到教堂

---

① 此处是指一六六四年秋天至一六六五年底，伦敦城内蔓延的大瘟疫。至一六六五年夏，染上瘟疫而死亡的人数，每星期竟达五千至八千人。当时，四十多万人口的伦敦城内，活着的人还不足以抬走死去的人，夜还不够长，以致收尸车来不及在夜间把死人运走。人们没命似的逃往城外，伦敦城仿佛失去了生命。

② 在旧时伦敦的西城，半山有著名的卢德门，曾几度作为监狱。

③ 见《一千零一夜》第三个托钵僧的故事。

④ 指准备屠宰的猪、牛、羊等。

⑤ 指罗伯特·格罗符诺勋爵(Lord Robert Grosvenor，1801—1863)。他是中塞克斯郡议员，对环境卫生很感兴趣。

去！”还差十分钟的时候，这钟声已经意识到，教堂里的会众将寥寥无几[①]，于是钟声意气消沉，缓慢地敲着，“他们不会来，他们不会来，他们不会来！”还差五分钟的时候，它已经不抱希望了，持续的三百秒钟里，每一秒钟都发出一个抑郁的声音，那是绝望的呻吟，摇撼着周围每一座房屋。

“谢天谢地！”钟点报过之后钟声停止了，克莱南这时说道。

然而，钟声使一长串悲惨的星期日又复活了，川流不息的思绪并没有随着钟声的停止而消失，而是继续不停地涌现。“愿上帝宽恕我，”他说道，“宽恕培育我的人。我是多么憎恶这一天啊！”

他想起了童年时代令人沮丧的星期日，那一天，他两手放在面前坐着，一本可怕的宗教小册子把他吓得魂不附体。这本小册子在标题中，劈头就向这个可怜的孩子提出一个问题，开始与他挂上了钩：为什么他要走向永灭？——这样的好奇心，他一个身穿童装和衬裤的孩子，实在是不会有的——那本可怕的小册子为了进一步吸引一个幼小的心灵，每隔一行便注上诸如“2 Ep. Thess. c. iii. v. 6 & 7”[②]这种令人打呃的出典。他想起了童年时代令人困倦的星期日，那一天，他像一个开小差的兵，在心里与另一个男孩子铐在一起，一天三次，由一队教师押送着上教堂去；那一天，他真巴不得拿两顿无法消化的讲道作交易，换取另一份可怜巴巴的午餐，那一二益司的劣质羊肉。他想起了他未成年时期熬不到头的星期日，那一天，他的母亲，一张严厉的面孔，一颗冷酷无情的心，整天坐在那里，面前放着一本《圣经》——这本《圣经》，如同她自己对这本书的解说一样，封面是用

① 英国一八五一年至一八五三年的一个统计数字表明，那时许多人不到教堂做祷告。

② Ep. 即 Ephesians，Thess. 即 Thessalonians，均为《圣经 · 新约全书》保罗所写的使徒书，如此般引经据典，注明出处，实非儿童所能理解。

最硬、最赤裸裸、最紧绷绷的纸板装订的，上面有一个像链条似的凹型装饰，书页边上布满了红点子——仿佛所有的书(!)只有这一本是一座抵御温和的脾气、自然的感情以及文明的交往的堡垒。他想起了不久以后使他感到愤恨的星期日，那一天，他心情抑郁，一脸怒容地坐着，熬着那漫长的时光，闷闷不乐的，只觉得心中受到了挫伤，即便他是在偶像崇拜者中间长大，对于《新约全书》的行善的历史，他也不会有真正的认识，当时自然也没有真正的理解。在他眼前缓慢地映现出许许多多个星期日，那些日子都是充满了难以消除的痛苦与耻辱的日子。①

“对不起，先生，”一个手脚麻利的跑堂，一面揩着桌子，一面问道。“想看看房间？”

“是的。我刚想好要这么做。”

“打杂的！”跑堂高声道。“七号位的先生要看房间！”

“慢！”克莱南从沉思中惊醒，说道。“我在想别的事情，不是这个意思，没加考虑便回答了。我不打算在这儿留宿，我回家去。”

“是吗，先生？打杂的，七号位的先生，不睡这儿，回家去。”

天黑了，他还在原处坐着，凝望着窗对面的黑糊糊的房屋，心里想，倘若先前的居住者的游魂还能感觉到这些房屋的存在，他们必定会因为过去曾经住过这样的牢笼而多么地伤心。有时，一扇窗的模糊的玻璃后面出现一张脸，然后又消失在黑暗中，仿佛那张脸已经看够了人生，从此永远离去了。不一会儿，天下起雨来，在他与那些房屋之间可以看到斜飘的雨丝，人们都躲到对面廊檐底下。雨越下越密，越下越大，他们灰心失望地朝外面观望着天空。接着湿淋淋的雨伞出现了，其次是湿漉漉的裙子，再次是泥浆。泥浆本来是做什么用的，

---

① 参阅译本序。

它是从哪里出来的，有谁知道？然而，泥浆顷刻之间便汇集起来，仿佛人群的汇集一般，而且在五分钟之内便把亚当的子子孙孙一个个都溅污了一身。点街灯的人此时出来了；当火焰喷嘴在他的一触之下点亮的时候，人们也许会想象，火焰喷嘴一定感到惊诧不已，怎么会容忍它们来给这么一个阴暗的地方带来什么光亮。

亚瑟·克莱南先生拿起帽子，扣好外衣的纽扣，走出咖啡馆。在乡间，一场雨会带来千百种清新的香气，每一滴雨水都与某种美丽的生长或生命的形态有着它的生气勃勃的联系。在城中，一场雨只能带来恶臭的气味，雨水只是给街沟增加一点令人恶心、不冷不热、携带着垃圾的脏水而已。

他经过圣保罗大教堂，绕了一个很大的圈子，几乎走到了河边①，穿过河与奇普赛德②之间几条弯弯曲曲、向河边低下去的街（当时更加弯弯曲曲，更加狭窄）。途中经过某个废弃的教堂散发着霉气的门厅，又经过某个无会众教堂亮着灯光的窗口，那教堂似乎在等待某个探险的贝尔佐尼③去将它挖掘，去考证它的历史；经过静悄悄的货栈与码头，又穿过几条通向河边的小巷，小巷湿漉漉的墙上贴着淌着雨水的破纸片，上面写着“溺水者尸体认领”；他终于到了他要找的房子。这是一座砖砌老屋，阴暗得近乎黑色，孤零零地蹲在门道的里面。房子前面有一个四方的院子，院子里有一二丛灌木和一块草地，荒芜滋蔓（这一点是意味深长的），而四周围的铁栏杆则锈迹斑斑；房子后面只见是杂乱无章的屋顶。这是一座两层的楼房，窗子长而窄，还有粗厚的窗架。好多年前，房子曾呈现向一旁倾倒的样子；

① 即泰晤士河。

② 泰晤士河北岸一大街。

③ 贝尔佐尼（Giovanni Battista Belzoni，1778—1823），意大利探险家。

不过，后来被支撑住了，用了大约五六根粗大的支柱；这些大支柱是附近猫儿的活动场所，又经受风吹，雨淋，日晒，烟熏，爬满了杂草，到如今这些日子里，也不是什么非常稳当的依靠了。

“什么也没有变化，”这位旅客停下来向四周看了看，说道。“还同以前一样，阴暗而凄惨。我妈妈窗子亮着一盏灯。我一年两次从学校回家，拖着我的箱子走在这条石铺路上，自从那时以来，这盏灯似乎就没有熄灭过。唉，唉，唉！”

他走到门口。门上方伸出一个雕刻的雨篷，刻着有穗边的环状毛巾和前额突出的儿童头像，是按照从前很流行的纪念碑图案设计的；他抬手敲门，门厅里石铺的地板上立即响起了一阵嚓嚓的脚步声，出来开门的是一个老头：伛偻着背，干瘪的模样，然而两眼敏锐。

他手中拿着一支蜡烛，举起来照了一下，以便让他的敏锐的眼睛看得清。“喔，是亚瑟先生？”他说道，一点也不动感情，“你终于来了？进来吧。”

亚瑟先生走进去，并关了门。

“你身体发胖，定了型，”老头儿又举起蜡烛回头看着他说道，同时摇着头；“不过，依我看，你还不像你爸爸。也不像你妈妈。”

“我妈妈好吗？”

“她现在同以前一样，还是那个样子。即使不是真的躺倒了起不来，她也呆在屋子里。十五个年头了，没出过十五回门呢，亚瑟。”这时，他们进了一间简陋的备用餐室。老头儿已经把蜡烛放到了桌子上，他用左手托着右手的胳膊肘，一面抚摩他那只剩一张皮的下巴，一面端详这位客人。客人伸出手来，老头儿握住了，冷淡得可以，相比之下，他似乎更加喜欢摸自己的下巴；他的手刚一松开，立即便回到了他的下巴。

“我怀疑，你妈妈是不是会赞成你在安息日[1]赶回家，亚瑟，”他说道，小心谨慎地摇着头。

“你不会又要我走吧？”

“喔！我？我？我不是老爷。那不是我要做的事。好多年来，我夹在你爸爸和你妈妈中间。你妈妈和你之间的事，我不想来插一手。”

“你能不能转告她一下，我回来了？”

“行，亚瑟，行。喔，那是一定的！我去告诉她，就说你已经回来了。请你在这里等一等。你看一看就知道这屋子里没有什么变化。”他从橱里又取了一支蜡烛，点燃了，把先前那一支放在桌子上，就出去通报去了。他是个矮小、秃顶的老头儿，穿一件两肩垫高的黑色外衣，一件背心，一条褐黄色的马裤，一双带绑腿的褐黄色高统靴。从他的衣着来看，可能他不是个办事员便是仆人，而其实他早已经一身二任了。他身上没有什么装饰的东西，只有一块表，系着一条旧的黑带子，深深埋在它的专用口袋里，口袋的上方拴一把失去光泽的铜钥匙，以示藏表的地方。他脑袋歪斜，走起路来往一边倒，像一只螃蟹横行一样，仿佛他身体的基础与房子的基础大约是在同一个时候松动的，他本应该也用类似的方式将身体支起来。

“我是多么软弱啊，”老头儿走后亚瑟·克莱南这样说道，“受到这样的接待真想流下泪来！我这么一个人，从来没有受到别的对待；从来没有抱着别的希望。”

他不只是想流泪，而且真流泪了。人有时有一种本能，它因其感性认识显露的端倪而感到失望，然而它又尚未放弃其全部怀有希望的向往，克莱南先生真的流下了眼泪，便是这种本能的一时的流露。他

---

① 对基督教徒来说即为星期日。

克制了这种本能，拿起蜡烛，观察起房间来。室内老式的家具仍然是过去那种摆法，一幅《埃及天灾图》[1]，因伦敦的烟雾灾难之故而变得色彩暗淡，画装在镜框里，挂在墙上。那只放酒瓶的旧橱里空无一物，橱内衬着铅皮，橱看上去宛如内中分格的一口棺材。那间熟悉而阴暗的密室还在那儿，里面也是空无一物，过去在他受处罚的日子里，有许多回只有他一个人呆在里面，当初他曾把这间密室看作是名符其实的地狱入口处，从这里走向那本宗教小册子教他奔去的目标。餐具柜上是那台面目狰狞的时钟，他记得在他未完成功课的时候，钟常常弯起表示数字的眉头，朝着他狞笑；他也记得上发条的铁把手每星期一次绞紧发条时发出的嘎嘎的声音，仿佛是凶残地预报它要让他经受的苦难。然而，就在他回味痛苦的往事的时候，那老头儿回来了，说道："亚瑟，走，我在前面走，给你照着亮。"

亚瑟跟着他登上了楼梯(嵌着的木板将楼梯分成一块块的，犹如排着许多刻铭文用的碑石)，走进灯光昏黄的卧室。室内的地板已逐渐向下塌陷，塌得那么低，那壁炉仿佛已经陷到山谷里了。在这凹陷处，有一张活动棺架似的沙发，沙发背后撑着一根很粗的黑色方垫木，样子颇像古代死囚斩首时断头台上用的木砧，就在这张沙发上，坐着他的母亲，身穿寡妇服。

从他刚能记事的时候起，她与他的父亲便开始不和睦了。在僵持的沉默气氛中，他一声不响地坐着，提心吊胆地看着这张别过去的脸，又瞅瞅那张别过去的脸，这在他的童年时代是最最安宁的事了。她给了他一个冷冰冰的吻，伸过来的手，四个指头套在绒线手套里。拥抱完毕，他便在她小桌子的对面坐下来。炉子里生了火，十五年来白天黑夜都是如此。壁炉铁架上搁着一个水壶，十五年来白天黑夜都

---

① 故事见《圣经·出埃及记》。

是如此。炉火的上面盖着一堆湿炉灰，炉膛里也有一小堆耙拢的炉灰，十五年来白天黑夜都是如此。不通风的卧室里有一股黑色染料的气味，那是由于炉火的烘烤，从她穿了十五个月的寡妇服的黑纱和衣料，以及从用了十五年的棺架似的沙发上散发出来的。

“妈妈，这跟您以前忙个不停的习惯不一样。”

“世界变得这么小了，亚瑟，”她环顾卧室答道。“我从来不看重世上空洞的虚荣，这对我很有好处。”

她的身影和她冷峻、有力的语气在往昔所产生的影响，又在她儿子身上重重地笼罩起来，他感觉到，他童年时代不寒而栗与沉默寡言的性格又回潮了。

“您从来不离开卧室吗，妈妈？”

“一来是得了风湿病，二来是得了这病以后身体虚弱，可能是神经衰弱了——叫什么名堂现在都无关紧要——我的手脚不灵了。我从来不离开卧室。我不走出这房门已有——你告诉他有多久了，”她转过头去说道。

“到圣诞节就是十二年了，”她身后昏暗中的一个粗嗄的声音回答道。

“那是艾弗莉吗？”亚瑟望着她身后的昏暗说道。

粗嗄的声音回答说是艾弗莉。随着话音，一个老妇人从昏暗中走出来，到了卧室似亮非亮的灯光下，在他的手上吻了一下，然后又退到昏暗中去。

“我还可以，”高高的带橱的写字台，橱门紧闭，面前放着一把轮椅，克莱南太太略微抬了一下戴着绒线手套的右手，指着轮椅说道，“我还可以处理事务，我还有这个特权可真感激不尽。这是个了不起的特权。不过今天没有事务了。今夜天气很不好，是不是？”

“天气不好，妈妈。”

“下雪吗？”

“下雪，妈妈？可现在还不过是九月份哪？”

“春夏秋冬对我都一样，”她答道，话中有沉溺、放纵之意，只不过是冷酷残忍的那一种。“关在这屋子里，不知道是夏天还是冬天。上帝高兴让我对热冷都没有感觉。”冷漠灰白的眼睛，冷漠灰白的头发，毫不动感情的脸像那无感情的头饰褶皱一样僵硬，——对照起来，她的不知有春夏秋冬、四季的变化，似乎只不过是她不知有喜怒哀乐等各种感情变化的自然结果。

小桌子上放着两三本书，一块手绢，一副刚刚取下来的钢边眼镜，一个双层的沉重的盒子，里边是一块老式金表。这时，她儿子的目光与她自己的目光一齐落在这最后一件东西上。

“我知道，爸爸去世时我寄给您的那包东西，您已妥善收到了，妈妈。”

“是的。”

“爸爸急着要我把他的表立即给您寄去，我从来没有见他为别的事那样急过。”

“表我保存在这里，作为对你爸爸的怀念。”

“他是到了临终的时候才说出这个愿望的。那个时候他只能够伸手按着手表，含含糊糊地对我说了一句‘你妈妈’。就在那以前一会儿，我还以为他是神志不清，因为他好几个钟头都是这样——我看他病倒在床上那短短的时间里，并没有感到什么痛苦——就在那个时候，我看见他在床上翻过身来，要把盒子打开。”

“那么，你爸爸要把盒子打开的时候，他并没有神志不清？”

“是的。那个时候他脑子很清楚。”

克莱南太太摇了摇头；这是打消关于死者的念头，还是反对她儿子的说法，并没有明白地表示。

“爸爸去世以后，我自己把盒子打开了。因为照我的想法，盒子里说不定有什么字条放着。但是，现在也用不着我来说了，妈妈，盒子里只有旧的表盒丝衬布，上面穿了小珠子。这些您(肯定)在夹层里发现了，我打开以后就没有去动过。”

克莱南太太说她知道了，接着又说：“今天没什么事了。”接着又说：“艾弗莉，九点钟了。”

老妇人一听这话，便收起了小桌子上的东西，走出了房间，并很快端着一个盘子回到屋子里。盘子上放着一小碟小甜饼，一块不大不小的奶油，凉的，很匀称，颜色泛白，样子很饱满。那老头儿在整个谈话过程中一直用一个姿势站在门口，他在楼上望着那母亲的样子，与他先前在楼下房间里看着那儿子的样子一样。老妇人走的时候，老头儿也同时离开了，过了很久他才又端进一个盘子来。盘子上放着大半瓶葡萄酒(从他那气喘吁吁的样子来看，这瓶酒是从地窖里取来的)，一个柠檬，一个糖罐，一个调味盒。他取了这些东西，并一把茶壶，在一个无脚平底酒杯里冲了热腾腾、有香味的混合液，各种成分的多少，调和的均匀程度，都十分精确，仿佛是遵照医嘱。克莱南太太拿了几片甜饼，浸在这种混合液里，然后吃起来；在这同时，那老妇人拿起另外几片甜饼，涂上奶油，那是要单独吃的。病人吃完所有这些甜饼，喝干那混合液之后，两个盘子便端走了；书，蜡烛，表，手绢，以及眼镜，又都搬回到桌子上。于是，她戴起眼镜，拿起一本书，高声读起书中的几个段落——语调严峻、凶狠、愤怒——祈求将她的敌人(从她的语气和样子看起来，很明显是她自己的敌人)千刀万剐，烈火焚烧，叫他们得瘟疫、害麻风病，把他们的骨头敲得粉碎，将他们一个个斩尽杀绝。她这样一行行读着的时候，多个岁月似乎就像在梦境中一样在她儿子的身上倒回去了；过去，他，一个无辜的孩子，通常准备睡觉时候的所有恐怖情景，这时似乎在他身上投下了阴影。

她合上书，用手遮住脸坐了片刻。老头儿也是那样，他站在门口，姿势也没有改变；也许站在房间更加昏暗的地方的老妇人也是那样。过后，这个病妇准备就寝了。

“晚安，亚瑟。艾弗莉会收拾你住的房间的。就碰我一下吧，我的手捏不得。”他在她的绒线手套上碰了一下——这并不能表示什么；假如他母亲是装在铜套子里，他们相互之间也就不会有新的隔膜了——然后就随着老头儿和老妇人走下楼梯去。

他和老妇人一齐到了餐室，站在浓重的阴影中，没有旁人在场，这时候，老妇人问他要不要吃点晚餐？

“不要，艾弗莉，不吃晚餐。”

“想吃就吃一点，”艾弗莉道。“肉柜里有她明天吃的斑鸡——今年她是头一回吃。你要就说一声，我去烧。”

不吃，他刚吃过不久，什么也吃不下。

“那么就喝点儿什么，”艾弗莉道；“想喝的话就拿她的葡萄酒喝一点儿。我去告诉杰拉米，就说你要我去拿的。”

不要；他也不想喝酒。

“话不能这么说，亚瑟，”老妇人朝他俯下身子，悄声说，“就因为我怕他们，你也跟着怕的。那财产你可有一半的份儿，你说是不？”

“是的，是的。”

“就是嘛，你可别让他们唬住了。你脑子好使，亚瑟，对不？”

他点了点头，因为她似乎等着他作一个肯定的回答。

“那就挺起腰来跟他们对着干！她脑子灵得很，只有脑子灵的人才敢跟她张嘴。他也是个机灵人——啊，机灵的人！——他有了主意儿就找她说，他就这么干的！”

“你丈夫这么干？”

“干？听见他跟她出主意儿来着，我就浑身直哆嗦。我的丈夫杰拉米·弗林特温奇能制服你那妈。能这么干的人不机灵算啥呢！”

她听见朝他们响过来的他那嚓嚓的脚步声，便躲到了房间另一头的角落里。尽管她是个个子高大、面目凶狠、身强力壮的老妇人，年轻的时候倘若征募到皇室步兵队[1]也不必担心会露出马脚来的，然而，她见了这个目光锐利、走路像螃蟹的矮小老头儿，却浑身瘫软了。

“喂，艾弗莉，”他说道，“喂，老婆子，你在那儿干什么？你就不能给亚瑟少爷找一点儿什么吃的？”

亚瑟少爷把刚才说的不想吃什么的话又说了一遍。

“那么很好，”老头儿说道；“给他铺床。别站着不动。”他的脖子扭得那样厉害，结果他那白领结的两端往往是悬挂在一个耳朵的下面。他的天生的尖刻与活力，老是与另外一个习惯性压抑的天性抗争，结果他的面孔呈现出臃肿和充盈的样子。总之，他有一种古怪的外貌：仿佛他在什么时候上过吊，仿佛脖子上已套了绞索，差不多要断气的时候，正好一只及时伸来的手割断绳子，救下了他。

“你们两个人，亚瑟，你跟你妈妈，明天可要争一番了，”杰拉米说道。“你在你爸爸死的时候抛弃了事业——她是怀疑的，不过我们觉得，还是让你自己跟她说去——这件事是不会就这么滑过去的。”

“为了事业，我把生活中的一切都捐献出去了，现在我是该罢手了。”

“好！”杰拉米高声道，显然他的意思是说“糟”。“很好！只是

---

① 英国禁卫军的两支部队之一，另一支是骑兵队。步兵队又包括五支部队，其中投弹兵即以个子高大、身强力壮著称。

你别指望我站到你妈妈和你的中间了，亚瑟。我过去就站在你妈妈和你爸爸当中，一会儿架住这一头，一会儿挡住那一边，夹在中间，被揍得头破血流。这种事我再也不干了。”

“我决不会要你为我再做这种事的，杰拉米。”

“好，我听了很高兴。因为，就算你要我干，我也只好谢绝的，够了——正像你妈妈说的——在安息日的夜里，这种事已经说得太多了。艾弗莉，老婆子，你的东西找到了没有？”

她是在衣橱里寻找被单与毯子之类的东西，听见他这么一叫，赶紧把这些东西叠在一块儿，回答道：“找到了，杰拉米。”亚瑟·克莱南从她手里接过那一叠东西，自己拿着，同老头儿说了声晚安，跟着她上楼到房子顶楼去。

他们登上一排又一排的楼梯，一路上鼻子里尽是这既不通风、又很少有人进出的老屋散发出的霉味，终于到了阁楼上的一个大卧室。同别的房间一样，这一间也是空荡荡的，没有什么装饰，而且，由于那些破旧的家具都搬到这里来堆放，这房间的面目就愈加丑陋，愈加可憎了。堆在这间房间里的家具是些模样丑陋的椅子，有的坐垫已经磨破了，有的连坐垫也没有；一条破得丝丝缕缕、没有图案的地毯；一张伤了脚的桌子；一个断了腿的衣柜；一套像骷髅似的瘦骨嶙峋的火炉用具；一个仿佛年复一年泡在一池肮脏的肥皂水里的脸盆架；一张插着四根赤条条的杆子的床，每根床杆顶端是尖铁，仿佛专为安置心情抑郁而想刺胸寻死的人而设。亚瑟推开长而低的窗子，探出身去，望着窗外一排仍旧是倒塌和熏黑的烟囱，望着天空上一仍其旧的红光。这红光从前在他看来，似乎只不过是他这个孩子想象中四面八方——无论是哪个方向——出现的火烧在夜间的反光而已。

他又将头缩回来，在床边坐下，看着艾弗莉·弗林特温奇铺床。

“艾弗莉，我离家的时候你还没有结婚。”

她收拢嘴巴，做出一个说“没有”两字的样子，摇了摇头，又伸手把枕头塞进套子里。

“怎么会跟他结婚？”

“喏，杰拉米，那还用问，”艾弗莉道，牙齿咬着枕套的一端。

“当然是他先提出的，可这事儿怎么引起的？我原以为你们两个人谁也不会结婚的，更不用说你同他结婚，我连想都没有想过。”

“我自已也没料到，”弗林特温奇太太说道，一面将枕头紧紧地扎在套子里。

“我说的就是这个意思。你是什么时候改变主意的？”

“我可从来没有改过主意的，”弗林特温奇太太答道。

她拍着枕头，将它在枕垫上放妥，见他仍旧望着她，仿佛是等待她说出下面的话，于是在枕头中间狠狠捅了一下，说道：“我有啥法子呢？”

“你没法子不跟他结婚？”

“就是嘛，”弗林特温奇太太道。“那不是我自已定的。我从来也没去想过这事儿。别说想，要做的事还做不完呢，是这话！她还能走动走动的时候，给我定下的，那个时候她还能走动。”

“后来呢？”

“后来呢？”弗林特温奇太太学着他说了一声。“那是我自已的话。唉！琢磨它干啥？要是他们两个机灵的人凑在一块儿、定了个主意，啥事儿还轮到我拿主意？没了。”

“那么，这是我妈妈的计策了？”

“上帝保佑你，亚瑟，请你原谅！”艾弗莉道，她说话总是放低了声音。“要是他们对这事儿不是一鼻孔出气的，那还办得成吗？杰拉米从没向我求过爱。这么多年里头，他跟我住在这屋子里，指派我做这个、做那个的，他不会追求我的。有一天，他跟我说，‘艾弗莉，’

他说，‘我要跟你说一件事。你说弗林特温奇这姓氏，怎么样？’我说：‘问我这姓氏怎么样？’‘对，’他说。‘因为你要改姓弗林特温奇了，’他说。‘改姓？’我说，‘你说改姓，杰—拉—米？’啊，他多机灵！”

弗林特温奇太太又动手将床单铺好，铺好之后又放上毯子，放好毯子又盖好床罩，仿佛她已经把事情经过都交代完毕了。

“后来呢？”亚瑟又问了一声。

“后来呢？”弗林特温奇太太又跟着说了一声。“我有啥法子呢？他跟我说：‘艾弗莉，我跟你非得结婚，你听我说这道理。她身体越来越不行了，她那屋子里老要有人去服侍，我们得老跟她呆在一起，我们要是不跟她呆在一块儿，那么除了我们两个人，这屋子里现在就没有别的人了。总之，结婚了那就方便多了。她跟我想的一样，’他说，‘因此，你要是戴上那顶帽子，下个星期一上午，八点钟，我们就把这事办了。’”弗林特温奇太太整理好了床。

“后来呢？”

“后来呢？”弗林特温奇太太跟着说了一声。“我看就这么办吧！我坐下来说了一句。好！——杰拉米对我说：‘结婚预告嘛，到星期天是第三次征求意见了(我把它公布出去有两个星期了)[①]，我说下星期一就是这个道理。这件事她自己会跟你说的，好了，她知道你心里有数了，艾弗莉。’当天她就找我了，她说：‘呃，艾弗莉，我听说你要同杰拉米结婚了。我听了高兴，你也理应高兴。这件事对你是件很好的事，考虑到目前的情况，对我来说也是一件可喜的事。他是个聪明的人，可以信赖的人，坚强的人，虔诚的人。’事情到了这个地步，我还能说啥？这不，要是这——不是办喜事，而是要封住嘴，”

① 结婚预告在教区教堂里连续在三个星期天里公布，以便让人有提出异议的机会。

弗林特温奇太太思索了半天才说出这样一句话来，“我也不会跟他们这两个机灵的人过不去，我根本没法对这事儿说点什么。”

“这话不假，你说得对。”

“我不会哄你，亚瑟。”

“艾弗莉，刚才在我妈妈房间里的那个姑娘是谁？”

“姑娘？”弗林特温奇太太语气机警地说道。

“肯定是个姑娘，我看见站在你旁边——差不多躲在黑暗的角落里的，那是谁？”

“噢！她？小杜丽？[①]她算什么。那是——她一时心血来潮。”这是艾弗莉·弗林特温奇说话的特点，对于克莱南太太，从来不直呼其名。“可是还有跟她不一样的姑娘呢。你把你以前的情人忘了没有？很久很久以前了，肯定是的。”

“我妈妈把我们俩拆散了，这件事叫我吃够了苦，我忘不了的。我一点也没有忘掉她。”

“你又找到了一个啦？”

“没有。”

“那好，我告诉你一个讯儿。她现在日子很好，一个寡妇。要是你不嫌弃，嘿，找她去。”

“你怎么知道的，艾弗莉？”

“他们两个机灵的人说起过——杰拉米上楼来了！”她马上离开了房间。

在那脑海中停着的他青年时代的织机的老工场里，弗林特温奇太太给他忙碌地编织的网带来了那图案不能缺少的最后一根线。一个男

① 狄更斯小时候的一个玩伴 Mary Ann Mitton，他给她起的一个绰号，叫 Little Dorrit，即“小杜丽”。

孩子初恋时不切实际的愚蠢行为居然潜入了这座房子，他曾经因这种绝望的爱情而颓丧，仿佛这座房子是虚无缥缈的楼阁。一个星期多一点的时间之前，在马赛，他在心中悔恨地告别的那个漂亮姑娘的脸庞，对他有着不寻常的吸引力，那脸庞使他心中为之一动，因为那脸庞，无论是真实的，还是想象中的，与跳出他郁闷的生活，飞向充满幻想的灿烂光辉之中的那第一张脸，有某些相似之处。他倚着长而低的窗子的窗台，又凝视着窗外林立的熏黑了的烟囱，开始了他的梦。因为，这个人生活中始终如一的倾向——他的生活中可以供思考的东西实在太少了，可以变得具有意义、思索起来能使人愉快一些的东西，实在太缺乏了——是终究要使他成为一个做梦的人。

第四章

弗林特温奇太太做了一个梦

弗林特温奇太太做起梦来，与她的老女主人的儿子的做梦不同，她往往是闭着眼睛的。那一夜，她却奇怪地做了一个清晰的梦，而且是在她离开她的老女主人的儿子以后没过几个钟头。其实，这梦一点也不像梦，从哪一个方面看都是那样实实在在的。这梦的经过是这样的。

弗林特温奇夫妇俩的卧室，与克莱南太太这么多年来闭门不出的卧室，相隔不过几步路。两间卧室并不是在同一个楼面上，弗林特温奇夫妇俩的卧室是在这座房屋的一间厢房。到这一间卧室，要走下一个很陡的楼梯，是三五级很特别的楼梯，连接在克莱南太太房门对面的大楼梯上。虽说不过几步之隔，但两间卧室也不能说近得喊一声便听得见，因为这座老屋的墙也好，门也好，板壁也好，都是那样的厚实；然而，倘若有事，那也很方便，无论身上穿的是什么衣服，无论是夜间哪个时辰，无论是天冷天热，都没有什么影响。在弗林特温奇太太的床头，离她的耳朵不过一英尺远的地方，有一个铃，拉铃的绳子就在克莱南太太伸手可及的地方。每当铃一拉响，艾弗莉便立即惊跳起来，她两只眼睛还没有睁开，人已经赶到病人的卧室了。

弗林特温奇太太服侍女主人上了床，点亮她的灯，向她道了声晚安之后，便钻进了自己的窝，一切与往常一个样，只不过这时还不见她的老头子的人影。弗林特温奇太太的梦，做的就是——跟按照大多数哲学家的观察，梦就是人入睡之前脑子里所出现的最后一个念头的说法不同——她那个老头子。

她似乎觉得，睡了几个钟头之后，她又醒了，睁开眼睛一看，只见杰拉米还没有来睡。她觉得她眼睛盯着睡觉时没有吹灭的蜡烛灯，像阿尔弗莱德大帝[①]那样计算着时间，从蜡烛烧的情况来看，她相信，她已经睡了相当长一段时间了。于是，她便从床上坐起来，披上晨衣裹着身体，穿好鞋子，非常惊讶地走到了楼梯上，去寻找杰拉米。

楼梯是木头的，而且非常结实，艾弗莉一直朝楼梯走下去，一点也不像梦中的人走路那样，东倒西晃的。她并没有一脚高一脚低地下楼梯，而是一级一级地走；由于手里的蜡烛灯灭了，她就扶着楼梯的栏杆往下走。且说这座院子的门后，有一间厅堂，厅堂的一个角落有一间会客室，颇像一个矿井，室内有一扇长而狭窄的窗子，仿佛是用刀子劈开的。就在这个从来没有人待的地方，亮着一盏灯。

弗林特温奇太太穿过厅堂，没有穿袜子的脚踏在石铺的地板上，只觉得冷冷的。会客室的门微开，她便从生锈的铰链的缝隙里往里窥视。她原以为能看到杰拉米在里面呼呼大睡，或者昏厥在地上，然而，他平平静静地坐在椅子上，两眼睁着，同往常一样，好好儿的。可是，啊——唔？——上帝呀！——弗林特温奇太太这样咕哝了几声，便觉两眼昏花了。

那是因为，弗林特温奇太太看见醒着的弗林特温奇先生眼睛盯着睡着的弗林特温奇先生。他坐在一张小桌子的一旁，密切注视着小桌子另一头耷拉着脑袋、鼾声如雷的自己。醒着的弗林特温奇先生面孔

---

① 阿尔弗莱德大帝（King Alfred the Great，849—899），英国韦塞克斯王，以抵抗丹麦人侵闻名。公元八七七年至八七八年冬，丹麦人侵者占领了韦塞克斯大部。阿尔弗莱德大帝撤到了抵抗基地，有一天，他在牧人小屋里躲避，坐在炉火旁，守着自己的东西，他出神地望着火，把女主人做的面包也添到火上烧了。

正好朝着他的妻子，睡着的弗林特温奇先生只看到一个侧面。醒着的弗林特温奇先生是老头儿本人，睡着的弗林特温奇则是与他极相像的人。一个看得见、摸得着的物体和它在镜子里照出来的形象，艾弗莉是能够加以区分的；这真人和那个与他极相像的人，她只要看看这个又看看那个，也就分清了。

倘若对于哪一个是她自己的杰拉米，她还有一些疑问，这个疑问是可以凭借他那焦躁的神情来消除的。他东张西望，寻找一件进攻性的武器，抓起了一把剪蜡花的剪刀。剪刀没有去剪顶端翻成大白菜似的蜡烛，而是向呼呼大睡的人刺去，仿佛他要把那人的胸膛刺穿。

“谁啊？怎么回事？”睡着的人惊叫起来。

弗林特温奇先生拿着剪刀挥动了一下，仿佛他真想把剪刀插进他的伙伴的喉头，叫他喊不出声来。那伙伴苏醒了，揉着眼睛说道：“我忘了是在什么地方了。”

“你是睡着了，”杰拉米粗暴地说道，一面指指表，“都两个钟头了。你说过，打个瞌睡就足够了。”

“我是打了个瞌睡，”那个与他极相像的人说道。

“是早晨两点半钟了，”杰拉米咕哝着。“你的帽子呢？你的外套呢？你的箱子呢？在哪里？”

“都在这里，”那个极相像的人说道，一面睡眼惺忪地将一条围巾小心扎在脖子上。“等一等。你把袖子替我拉一下——不是这一个，是那一个。哈！我不像以前那样年轻了。”弗林特温奇先生恶恨恨地使劲替他套上衣服。“你说过等我睡醒了再给我一杯的。”

“喝吧！”杰拉米道，“喝完了就——我倒要说，把你自己憋死——你就，喝吧。”说着他拿出同一瓶葡萄酒，倒了一杯。

“她的葡萄酒，对吧？”那极相像的人说着便喝起来，仿佛他还没有起锚，时间还早着呢，有几个钟头可以等。“祝她健康。”

他呷了一口。

“祝你健康！”

他又呷了一口。

“祝他健康！”

他又呷了一口。

“聚集在圣保罗教堂的所有朋友。”这句古代市民祝酒词说到一半的时候，他把酒喝干了，并放下杯子，然后提起那箱子。这是一只大约两英尺见方的铁箱子，他轻而易举地将它抱起来。杰拉米眼红地看着他抱起箱子来，并用手去拉了拉，看看他是否拿稳了，千叮咛万嘱咐，叫他办事务必要小心。然后，他踮着脚，蹑手蹑脚地走去替他开门。艾弗莉在他还没有开门的时候，已经回到了楼梯上。事情前后相接那样平常、那样自然，她站在那里，先听到了开门声，接着感觉到了迎面拂来的一股夜晚的空气，并且望见了门外天空上的星星。

下面便是她做的梦的最精彩部分了。她见了她丈夫是那样害怕，站在楼梯上连退回到她的房间（要回到房间去，那是在他还未把门扣紧的时候，便可以顺顺当当地办到的）去的力气都没有，只是眼睁睁地站在那儿。结果，当他手持蜡烛，上楼准备睡觉的时候，只见她不偏不倚，就站在他面前。他吃了一惊，然而，他一句话也没有说，两眼直盯着她，一步一步地往前走来；而她，在他的威逼下，脸朝着他一步一步地往后退去。就这样，她朝后退着，他朝前走着，两个人回到了自己的房内。两个人一进房间，关上了门，弗林特温奇先生便卡住她的喉咙直晃，甩得她面孔发青才住手。

“喂，艾弗莉，老婆子——艾弗莉！”弗林特温奇先生喊着。“你在做什么梦呀？醒醒，醒一醒！你怎么回事？”

“怎——怎么回事，杰拉米？”弗林特温奇太太喘过气来，翻动着眼珠子。

“喂，艾弗莉，老婆子——艾弗莉！你爬下床来，在梦游吧，亲爱的！我在下面睡着了，等我上楼来，只见你裹着晨衣，在那里做噩梦。艾弗莉，老婆子，”弗林特温奇先生道，他那富有表情的面容上带着一丝友爱的笑容，“要是你再做一回这样的梦，那就说明你得吃点药了。我就给你吃这样的一剂药，老婆子——这样的一剂药！”

弗林特温奇太太对他说了声谢谢，爬到床上睡去了。

第五章

家 事

星期一早晨，城里的时钟敲响九点钟，克莱南太太坐在轮椅上，由面带病容的杰拉米·弗林特温奇推着，到了她那张有高高的橱的写字台前。她开了锁，推开橱门，在写字台前坐定了，这时杰拉米退去——这也许是为了摆出更加像上吊的那个模样来——她的儿子便进来了。

“您好一点了没有，妈妈？”

她摇了摇头，神态还是昨天夜里问到天气时那种冷酷、严峻的沉溺与放纵。“我是再也好不了啦。我知道是不会好的，我挺得住，亚瑟，这样一来对我很有好处。”

她坐着轮椅，两手分开放在写字台上，面对那高高的橱，样子仿佛是在弹一架不会发声的教堂风琴。她的儿子心里这么想着(这已是他早就有的想法了)，在写字台旁边坐下来。

她打开了几个抽屉，翻阅了几张业务单据，又放回原处。只要她那严肃的脸上流露出一丝放松的迹象，任何一个探奇的人便可根据这些迹象，探寻她那阴郁的迷宫似的思想，然而，没有一丝儿这样的迹象。

“我谈一谈我们的家事，好吗，妈妈？您想不想谈谈事务？”

“我想不想，亚瑟？该说是你想不想？你父亲去世已经一年多了。我是听你调遣的，一直是在等你是否乐意这样做。”

“我回家之前有许多事情要安排，办妥了才能走；后来我离开那里之后，到一些地方走了走，想休息休息，松一口气。”

“休息休息，松一口气。”

她朝这昏暗的房间四下里看了看。从她嘴唇的动作来看，她重复这话是说给自己听的，仿佛是要证实，休息也好，松一口气也好，这二者，她在这个屋子里又得到了多少。

“此外，妈妈，由于您是唯一的执行者，这产业是您管理和经营的，因此，在您有时间按照您满意的方式作出安排之前，事实上很少有——或者可以说没有——我能处理的事务。”

“账目已经清理了，”她说道，“都在我这里。收据、凭证都已检查、通过了。你如果高兴的话，亚瑟，你可以再审查一下；就听你的便了。”

“知道事务已经办完，妈妈，那就行了。我可以往下说吗？”

“怎么不可以！”她说道，还是那个冷冰冰的态度。

“妈妈，我们的商行近几年来做的生意越来越少了，我们的生意一年年越来越清淡。我们从来没有表现出很大的信任，也没有博得人家的很大的信任。我们并没有把人家吸引过来。我们遵循的道路，并非合乎时代潮流的道路，我们被远远地甩在后面了。我没有必要给您唠叨这些，妈妈。您必定明白这一点。”

“我懂你的意思，”她答道，语气缓和了。

“就连我们现在坐着说话的这座房子，”她的儿子接着说道，“也能证实我的话。在我爸爸早年，在他叔父的时代，这座房子是一个兴隆繁忙的地方——真正的繁忙的地方，一个营业场所。如今，这座房子是一个畸形儿，在这里是不协调的，落后时代，毫无意义。我们寄销的全部货物，早就转手到罗温恩斯公司代理商了。尽管您作为对他们的抑制力量，作为我父亲财力的管理者，积极发挥了您的判断和警觉，但是，假如您住在一间私人住宅里，您这些品格也同样可以左右我父亲的财产。您以为怎样？”

“你意思是说，”她说道，并不回答他的话，“亚瑟，连一座给你的体弱、多病——活该体弱，应当多病——的妈妈遮风挡雨的房子，也是毫无意义的？”

“我说的只是经营业务方面。”

“什么目的？”

“我就是说的。”

“我已经预见到，”她两眼盯着他，说道，“是什么目的了。不过，但愿我不会因遭天罚而烦恼。我罪孽深重，应该受到痛苦的挫折。我认了。”

“妈妈，听到您这样说话我真感到伤心，不过我担心，您会——”

“你知道我会怎么样的。你了解我，”她打断了儿子的话。

她的儿子停了片刻。他的话打消了她的怒气，他感到奇怪。“好吧！”她说道，又变得冷冰冰的。“说下去。让我听听。”

“您已经预见到，妈妈，我自己已经决定放弃经营业务了。我已经跟它无缘了。我不想劝您也这么做；我知道您是一定会干下去的。假如我的话您还愿意听一听的话，我只想借此说明一下，我让您失望了，请您能谅解。我想说明，我已经在人生的长河中，经历了一半，我在这半生中，也从没有任性地违背过您的意志。我不能说，无论是在感情上，还是在精神上，自己都是符合您的训诫的；也不能说，我这四十年，无论是对于自己，还是对于旁人，都是有益的，都是愉快的。但是，我却都是顺从的，那已经形成了习惯，我只请您能记住这一点。”

倘若有人要想从坐在写字台旁的那张冷酷无情的脸上寻求和解，即便这样的恳求者过去确实出现过，确实有过先例，此人真可谓悲矣。倘若有人要想向在法庭上瞪着的严厉的眼睛发出呼吁，即便过去确实看到过这样的受审者，此人亦可谓悲矣。一种神秘的宗教，笼罩在阴郁与黑暗之中，闪过那深褐色的云层的电光，只有诅咒、复仇与毁灭；对于这样的宗教，那刻板的女人是不可或缺的。宽恕我们的债务人，豁免我们的债务，[①]在她的精神上，觉得这样的祈祷是太可鄙了。上帝呀，惩罚他们，让他们消亡，让他们毁灭。上帝呀，像我一样地对付他们，我就会顶礼膜拜。这便是她建造起来用于登天的邪恶的石塔。

“你说完了吗，亚瑟？还是你还有话要对我说？我看你不会有什么要说的了。你是没事找事！”

“妈妈，我还有事要说。这么多日子来，无论白天还是黑夜，这事一直在我脑子里盘旋。比起我刚才说的来，这事就更不容易说了。刚才那件事只与我自己有关；这件事则同我们大家有关。”

“我们大家？是指哪些人？”

“您本人，我自己，还有我已经去世的父亲。”

她从写字台上抽回双手，握着放在膝盖上，眼睛望着炉火，仿佛一尊古代埃及的雕像，神秘莫测。

“对于父亲的了解，您远远超过了我。他对我冷淡是因为您的缘故。您比他强多了，妈妈，是您指挥他的。这一点我不是现在才明白的，我年幼时便知道了。我知道，就因为您要他一切都听您的，他当时才到中国去照管那里的生意，而您在这里照管生意(尽管我至今仍然不明白这些是否真正就是您所同意的分开的条件)。我也知道，我必须与您一起生活，等到了二十岁才准许到父亲那里去，而且后来也那样办了，那也是您的意志。事隔二十年，我又提起这件事，不至于伤了您的心吧？”

---

① 参看《圣经 · 马太福音》第六章第十二节。

“我在等着听你说为什么要再提起这事的原因。”

他放低了嗓子，显然是犹豫不决地、违背自己意愿地说道：

“我想问您一下，妈妈，您是否曾经疑心——”

一听到“疑心”二字，她一时将目光转移到她儿子身上，脸色阴沉，皱起眉头。紧接着，她的目光又同先前一样落到炉火上；然而，她两个眼睛之上的眉头仍然紧锁着，仿佛古代埃及的雕刻家在坚硬的花岗岩面孔上，镂刻皱着的眉头，是要永远留下去的。

“——他有什么给他造成一个心病——悔恨——的秘密的往事？您有没有在他的行动上，发现过什么能反映这一点的东西？或者您同他说起过？或者您听到他暗示过这样的事情？”

“我不明白，你说使你父亲成了个牺牲品的秘密的往事，是什么样的，”她沉默了一会儿说道。“你把话说得那样令人费解。”

“有没有这样的可能，妈妈，”她的儿子俯过身体，以便他低声说话时能离她近一点，并紧张地把一只手放在她的写字台上，“有没有这样的可能，他曾经让人非常痛苦地遭到冤枉，而没有作出过弥补？”

她朝他怒目而视，仰面靠在椅子上，想离他远一点；然而她没有给他答复。

“我深深地感觉到，妈妈，即使这个想法从来没有在您脑子里闪现过，但对我来说，就连这样私下说出来，我也觉得残酷，觉得不自然。可是，我怎么也打消不了这个念头。时过境迁（我在说出这个想法之前曾经考虑过这个因素），却没有让这个想法变得淡薄起来。请记住，我是同爸爸呆在一起的。请记住，他把金表托付给我，挣扎着说他把表作为您能理解的象征交给您，那时候，我看到了他的面孔。请记住，我看见他在临终的时候，孱弱无力的手握着铅笔，想写下几行字给您，可是他什么也没能写下。我心头这一隐隐约约的疑惑越是遥远，越是残酷，对我来说，能使那疑惑具有可能性的情况便更加深刻。为了上帝，我们就神圣地审视一下，是否有托付给我们去洗刷的冤屈。除了您，妈妈，谁也帮不了忙。”

她仍旧那样蜷缩在椅子上，身体的重量使椅子失去了平稳，因此轮子不时地稍稍移动起来，而她自己那模样，仿佛面目凶狠的幽灵从他面前飘走。她屈起靠近他那一边的那只左手，并用手背支着脸，两眼却盯着他，缄默无语。

“在攫取钱财、进行无情的讨价还价的时候——我已经开了个头，现在这类事情也非得说一说，妈妈——总会有一个人非常痛心地受骗，受损害，遭祸殃。在我出世之前，您就是整个这部机器的推动力；您的坚强的精神，注入到了我父亲的全部交易里，已有四十多年了。如果您真愿意帮助我去弄清事实真相，我想，您是能够消除这些疑问的。您愿意吗，妈妈？”

他说到这里停住了，希望能听到她的话。然而，正如她那灰白的头发尽管分成两半却一动不动一样，她的两片嘴唇也是紧紧地闭着。

“假如能够向一个人作出弥补，假如能够给一个人提出赔偿，那我们就应该摊开来，应该去办。不但如此，妈妈，若是我力所能及的，那么，就由我来办。我很少有过金钱所带来的幸福；就我所知，金钱也难得给这座房子，给这座房子的任何一个人，带来安宁。因此，我与别人不同，金钱于我更无意义。我父亲在生命最后一息因金钱而悔恨交加，而我所得到的金钱乃是不义之财，倘若这种疑虑使我久久萦怀，那么，对我来说，金钱只能给我买得责备与痛苦。”

嵌板的墙上有一根拉铃的绳子，离写字台两三码远。她用腿迅速而突然地蹬了一下，很快便将轮椅退到了铃绳旁边，并用力地拉了一下——拉完之后手臂仍不放下，那姿势像个挡箭牌似的，仿佛他在向她进击，而她是在抵挡他的进攻。

一个姑娘匆匆走进房间，惊恐万状。

“把弗林特温奇叫到这里来！”

姑娘立即就离开了，老头儿已经站在门内。“噢！你们已经动起刀枪来了，你们两个，对吗？”他说道，一面冷漠地抚摩着自己的脸。“我想到你们会干起来的。我是打过包票的。”

“弗林特温奇！”那母亲说道，“你瞧瞧我的儿子。你瞧瞧他！”

“唔！我正瞧着他呢，”弗林特温奇道。

她把屈起来作挡箭牌用的手臂伸出去，一面继续说话，一面把那只手臂指向引起她恼怒的目标。

“他刚一踏进家门——连脚上的鞋子还没有擦干——就冲着他妈妈破坏起他父亲的名声来！要叫他妈妈跟他合谋，侦查他父亲忙了一辈子的交易！我们从各地采办货物，辛辛苦苦，起早摸黑，受尽煎熬，克勤克俭，而他怀疑这些都是抢来的，他问我这些东西应该交给哪个人，作为弥补，作为赔偿！”

尽管她发泄着怒气，但她说话的声音远远没有失去控制，她并没厉声大叫，甚至比她通常的语调还要低。而且，她说的话还是一字一板的，非常清晰。

“弥补！”她说道。“不错！他在国外旅游，观赏风光，又过着富贵、享乐的生活，现在刚踏进家门，张张嘴说一声弥补的话，那是容易的。可是叫他瞧一瞧我，我在这里关着，禁锢在这儿。我忍着，没有一句怨言，因为这是命中注定的，我要弥补我的罪孽。弥补！这个房间里没有弥补吗？这十五年来，这里就没有过吗？”

她就是这样总拿老天爷来达成她的交易，把账目记在她的贷方，严格保持债务的抵销，得到她的款项。成千成万的人每天都按照各自不同的方式这样做。她做这种事之所以出色，那是因为她干起这种事情来特别有声有色，富有魄力。

“弗林特温奇，把那本书给我！”

老头儿从桌子上拿起那本书来递给她。她合上书，两个指头夹在书中，来势汹汹地朝着她儿子把书举起来，威胁道：

“在这本注释本中说的古代，亚瑟，天下有虔诚的人，他们为基督所热爱，他们会把做了比这还小的事的子孙逐出教门，把他们赶走，假如有谁来支持这样的子孙，也统统一起赶走，让上帝和人类将他们唾弃，让他们灭亡，连吃奶的婴儿也不能幸免。不过，我只想同你说一句话，如果你再在我面前提起那件事来，我就不认你这个儿子，我就将你从这扇门中赶出去，就当你生下来就没有了娘。我永远不想再看到你，永远不想再打听你。即使在我死了之后你还是跑到这间阴暗的屋子里来看我，要是我办得到，你靠近我一步，我的尸体就会出血①。”

一则是因为这一威胁措词激烈使她感到有了宽慰，一则是因为(尽管事实是那样凶残可怕)有一个总的印象，即这在某种程度上是一个宗教举动，她又把书交还给那个老头儿，然后便沉默不语了。

“这样吧，”杰拉米道，“假如我不打算充当你们两个的中间人，我是否可问一声(因为我已经被请来了，成了一个第三者)，这到底是怎么回事？”

“是怎么回事，”亚瑟见这话是对着他问的，答道，“你去问我妈妈。她说怎么就怎么。我刚才的话，是只说给我妈妈听的。”

“喔？”老头儿道。“问你妈妈？去问你妈妈？行！不过，你妈妈刚才说，你对你爸爸还有怀疑。那不是做儿子的该说的，亚瑟先生。

---

① 英语中有“尸体出血”的说法。据说，从前人们认为杀人犯一靠近被害者的尸体，尸体便会喷出血来。倘若尸体身上嘴、眼、耳等哪个部分稍有变样，必定就有杀人者在场。

下一步你要怀疑谁呢？”

“到此为止，”克莱南太太转过脸去，所以这时她的话是只说给老头儿听的。“这件事就到此为止了。”

“行，不过等一等，等一等，”老头儿坚持道。“我们要看看各人的地位。你有没有告诉亚瑟，他不该在他父亲的门口肇事生非？你有没有告诉他，他没有这样干的权利？你有没有告诉他，他没有这样做的理由？”

“我现在同他说。”

“啊！的确，”老头儿道。“你现在跟他说。你先前没有跟他说过，你现在跟他说。哎呀！对啦！你知道，我在你和他爸爸当中夹着，已经这么多年了，现在似乎人死了情形还是没变，我还是在你们当中夹着。那也好，那我就公正合理地提一个要求，事情要说个明明白白。亚瑟，请你听着，你无权怀疑你的父亲，你也没有根据去怀疑你的父亲。”

他将手搭在轮椅的靠背上，喃喃自语地把他的女主人推到了写字台前。“还有一件事，”他站在她背后又说道，“万一我走了，事情又只办了一半，如果你办另一半事情，又有新鲜的主意儿，因此我又要回来，亚瑟有没有同你说过他打算怎么办？”

“他已经把权交出来了。”

“我想，没有交给什么人吧？”

克莱南太太朝靠在窗口的她那儿子睨视。他注意到了她的目光，于是说道：“当然是交给我妈妈。她高兴怎么样便怎么样。”

“我原以为，”她在沉默了片刻之后说道，“我的儿子正当壮年时代，能给家业注入青春与力量，从而使家业兴旺发达起来，可是我的期望落空了。如果说由于他辜负了我的期望，我现在高兴怎么办的话，那就是起用一个忠实的老仆人。杰拉米，船长丢下航船走了，而我和你将随船浮沉。”

弗林特温奇先生作为这家的朋友从中调解

杰拉米两眼闪烁发亮，仿佛他看到了钱；他突然向那儿子瞟了一眼，那目光似乎在说："这件事我用不着感谢你；你没有出过力、说过好话！"然后，他告诉那母亲，说他谢谢她，艾弗莉谢谢她，他还说，他不会丢下她走的，艾弗莉不会丢下她走的。最后，他从口袋深处拉出他的表来，说道："十一点钟。您该吃牡蛎了！"说完这句话，他就去拉铃，话题转了，然而，他的表情，他的举止态度，并没有因此而变化。

然而，克莱南太太待到牡蛎端上来时，却又不要吃，因为，她被人看得连什么叫弥补罪过也不懂，现在就横下心来要变本加厉地苛刻一番。端上来的牡蛎是令人垂涎的，一共八个，在一只白色小碟子上摆成一圈，放在盘子里，上面盖着一块白色餐巾，旁边放着一片涂有奶油的法式面包，一小杯冷的加水葡萄酒。然而，任人横劝竖劝，她还是不吃，叫人再送回到楼下去——毫无疑问，她把给她增添光彩的举动集中到她那不朽的日记账上去了。

这顿牡蛎便餐不是艾弗莉做的，而是铃拉响之后走进房间的那个姑娘，就是昨夜在昏暗的房间里见到的那同一个姑娘。此时亚瑟有了一个仔细观察她的机会，他就看了个分明。只见她矮小的身材，瘦小的脸型，短小的衣服，从她的外表来看，比她实际的年龄要小得多。她的年龄可能不会小于二十二岁，像她这样的女人，在街上走过，人家以为她只有她年龄一半稍大一些。那并非因为她的脸很年轻(其实她脸上流露出了二十几岁的人不该有的犯愁和忧虑)，而是因为她个子实在瘦小，又那样沉默寡言、胆小怕羞，站在三个冷漠的长者中间又显得那样不相称，一切举止动作、外表上的大部特征便纯乎是一个驯服的孩子了。

克莱南太太对这个雇工流露出兴趣，采取的是一种冷漠的方式，是一种摇摆不定的方式，动摇于保护与扼杀之间，是水壶洒水与液压机冲水的不同。那姑娘听到猛烈的拉铃声走进房间，当时那个母亲以奇怪的动作向儿子举起挡箭牌，即便在那一瞬间，克莱南太太的眼睛里也含有几分独特的赏识，这赏识似乎是留给她的。正如最硬的金属也有各种不同的硬度，黑的颜色也有其浓淡的色彩，因此，即便是克莱南太太对待所有其他的人、对待小杜丽时的态度上的严厉，也有其细微的差别。

小杜丽是让人雇了做些针线活的。从八点钟到八点钟一天这么多的钱——或这么少的钱，小杜丽就可以雇上。不早不迟，小杜丽出现了；不早不迟，小杜丽消失了。在两个八点之间，小杜丽怎么样，那是一个谜。

小杜丽还有一个心理现象。除了她的工钱之外，她的每日契约还包括吃饭。她对与人一起进餐特别反感，只要能逃避，她决不与别人一起吃饭。她老是找借口说，这件活儿得先做了才吃饭，或者说那件活儿得做完了才吃饭。她每每必定要想方设法——又总是不很精明，因为她从不曾欺骗人——一个人躲起来吃饭。一旦躲开之后，她便高高兴兴地把碟子端走，或者是拿膝盖当桌子，或者是把碟子放在箱子上，或者是放在地上，甚至据说她还踮起脚来把碟子放在壁炉架上吃几口。这时候，小杜丽一天的忧虑才算平息下去。

倘要说出小杜丽的模样来，那也并非一件容易的事情。她老是在避着旁人，又总是躲得远远地在角落里做针线，倘若在楼梯上遇见，她便会立即跑开，吓得什么似的。不过，那似乎是一张苍白、无掩饰的脸，表情敏捷，虽然除了一对温柔淡褐的眼睛之外，五官并不漂亮。微垂的头，极小的体型，一双不停息的灵巧的小手，一件破旧的衣服——衣服很整洁，而整洁的衣服要说它破旧，那必定是非常地破旧了——这便是坐着干活时的小杜丽的模样。

关于小杜丽的这些细节，或者说是关于她的大致情况，亚瑟先生是在一天当中自己亲眼观察到，以及从艾弗莉的嘴里听到的。倘若艾弗莉太太是个有主见、有头脑的人，事情可能就对小杜丽非常不利了。然而，既然“他们两个机灵的人”——老是听到艾弗莉太太这样说，她的个性正是被他们所吞噬的——一致认为小杜丽就是这样的一个人，她自然只好照搬，不会说别的了。同理，倘若他们两个机灵的人一致认为要将小杜丽在烛光下谋害，叫艾弗莉太太拿过蜡烛来，那她毫无疑问也是会照办的。

艾弗莉太太一面给病房烤斑鸡，给餐室准备一烤盆牛排与一烤盆布丁，一面提供了上面那些情况；她在给亚瑟先生提供这些情况的时候，一忽儿从门口回过头来，一忽儿又朝门口探过头去，强调要与那两个机灵的人对立。对于弗林特温奇太太来说，这家人的独生子必须成为那两个机灵的人的冤家对头，这似乎已经成了她所热衷的念头了。

在那一天之中，亚瑟还把整座房屋查看了一遍。他发现这座房子是阴沉沉、黑洞洞的。冷冷清清的房间，已经弃置多年了，现在似乎已经变得百无聊赖、死气沉沉，而一旦到了这步田地，要再将它们唤醒，那是没有法子的了。既多余又破烂的家具，已不是摆在房间里作为装饰，而是贮藏在房间里，而整座房屋已无所谓色彩可言了。过去那种色彩，早已经随着消失的阳光褪尽——也许是被诸如花朵、蝴蝶、鸟羽、宝石之类的东西所吸收。从底层到屋顶，已经找不到一块平直的地板；天花板上蒙了厚厚的烟尘，老妇若拿这些烟尘来算命，比起茶叶渣子来要强多了。冰冷的炉子里看不出一丝儿曾经点过火的痕迹，相反，里面只见一堆堆的煤灰，那是从烟囱里坠落的，门开时，这些煤灰被卷成一个个灰暗的小旋流。在过去曾用作客厅的房间里，有两面照不见人影儿的镜子，一队阴郁的黑色雕像，拿着黑色花环，绕了镜框的一圈。然而，就连这些雕像，也是断头缺腿的。一个像承办丧葬的人那样即黑色的爱神丘比特雕像，绕着钉子转过来，上下颠倒了，另一个则是完全脱落了。他刚懂事的时候就记得他已故的父亲用来办公的那间屋子，没有一点儿变动，他还能想象父亲无形中仍在那里忙着，而那个看得见的寡妇在楼上房间呆着，杰拉米仍在他们两人中间调解。他父亲的相片，阴沉、抑郁、严肃而无声无息地挂在墙上，两眼盯着他的儿子，就同生命离开了他眼睛时那样盯着，似乎在威严地催促他去完成自己想做的事。然而，要说他妈妈那方面会有什么妥协，他现在并不抱什么希望，至于能叫他的不信任情绪平息下来的其他办法，他已经早就不抱什么希望了。在地窖里，与楼上的卧室里一样，他记得清清楚楚的那些旧物，由于事隔多年，由于腐败，都已经变了样，然而都放在原处；甚至还有那些空啤酒桶，结满了灰白的蛛网，那些空的酒瓶，发霉长了毛，把瓶颈都堵住了。此外，在那未曾使用过的瓶架与从院子里斜照下来的惨白的阳光之间，有一间坚固的房间，里面存着旧账本，账本也散发出腐败、霉烂的气味，仿佛那些老记账员在更深人静的时候复活了，每晚都到这里来记账。

两点钟的时候[①]，牛排与布丁用忏悔的方式准备好了，垫着皱布，摆在餐桌的一端，他与弗林特温奇先生，那个新的合股人一起进餐。弗林特温奇先生告诉他说，他的母亲现在已经恢复了冷静，他已经不必担心她再会提起早晨发生过的那些事了，“你不可以在你爸爸的门口肇事生非，亚瑟先生，”杰拉米说道，“一次了结，不要干这种事！好了，这件事就这么了结了。”

弗林特温奇先生吃饭之前已经在重新布置、打扫他自己专用的小办公室，仿佛是庆贺他被提拔到新的重要位置。肚子里吃饱了牛排，用刀面挑起碟子里的牛排卤汁，吃它个一干二净，喝足了贮藏室啤酒桶里放出来的淡啤酒以后，他又继续整理他的办公室。现在他吃饱了，喝足了，卷起袖子，又忙碌起来；亚瑟先生看着他那样在忙碌，

① 商务人员下午两点钟用正餐，上流社会晚上用正餐。

挂相片的房间

明明白白地领悟到，他父亲的照片，他父亲的在天之灵也会同这个老头儿一样，向他通讯息的。

“喂，艾弗莉，老婆子，”弗林特温奇先生在见到她走过客厅的时候嚷道。“我刚才到上面去的时候，你没有把亚瑟先生的床铺好。去，快去呀。”

然而，亚瑟先生发现这座房屋是那样沉寂，那样令人意气消沉，他又那样不愿意作帮凶，毫不饶恕地使他母亲的敌人(也许他也是其中之一人)又一回遭受致命的损害，永久的毁灭；于是，他说，他打算住到他存放行李物品的那家咖啡馆里。弗林特温奇先生能将他排斥掉，真是求之不得，而他的母亲，除了关心节俭之外，其他那些不在她闭门不出的房间四壁之内的家事，她大抵是不闻不问、漠然置之的。因此，他说出这句话来，也没有引起新的麻烦，事情便顺顺当当定下来了。办理每日事务的时间也定下来了，在那个时间里，由他母亲、弗林特温奇先生和他自己，一起对那些账目和票据作些必要的核对。就这样，他带着一颗郁闷的心，离开了他刚刚找到的家。

然而，小杜丽呢?

考虑到病人每天须有吃牡蛎与斑鸡的时间，在约摸两个星期的日子里，办理事务的时间便定在上午十时至下午六时。病人进食的时候，克莱南便散散步，稍事休息。小杜丽有时候来做她的针线活，有时则不做，有时她来了则像一个地位低下的客人：他刚到家的那个时候，她必定也是这样的。他注意着她(无论是看见了还是没有看见)，他寻思着她，于是乎，他原先的好奇日渐增大了。由于受到他脑子里萦回的那个念头的影响，他甚至已习惯地思索起她可能在某些方面与他心里想的事有关的问题来了。最后他决定留意小杜丽，了解关于她的身世的更多情况。

第六章

马夏尔西狱之父

三十年前，在南沃克自治城①从北往南走的道路的左边，离圣乔治教堂几间门面的地方，坐落着马夏尔西狱。②在那个时候之前，这座监狱就已经在那里存在了许多年了，在那个时候之后，这座监狱又存在了好些年；不过，这座监狱现在已经不复存在了，世界也并没有因为它的消失而变得更糟。

这座监狱是一群长方形的军营式建筑，分隔成一座座肮脏的屋子，背靠着背，因此屋子里没有什么里间。屋子之间有一个狭窄的石铺院子，外面有高大的围墙，围墙顶上插满了尖铁。此地本来就是一座关押债务人的狭窄的监狱，而在这座监狱之内，还有一座更加狭窄的监狱，那是关押走私犯的。触犯税收法的人，拖欠货物税或关税因而被罚款而又交不出的人，就应该被禁闭在铁板门里面。那便是监狱里的监狱，它包括几间坚固的牢房，一条四五英尺宽的死胡同。那个地方便是马夏尔西狱债务人借以消愁玩的九柱戏的狭小场地的神秘终点。

所谓“应该禁闭在那里”，那是因为随着时代的变迁，这些坚固的牢房与那条死胡同早已过时。实际上，人们渐渐觉得，这些牢房与那条死胡同太糟了一点；虽然在理论上，它们仍然与从前一样好。这句话今天也同样适合于说明其他的一点也不坚固的牢房，以及其他完全堵死的死胡同。因此，那些走私犯习惯地常与那些债务人接触（债务人是举双手欢迎走私犯的），唯一例外是在某些章程规定的时刻，到了那个时候，某个部里头就会有人来走走过场，巡视巡视。至于他来巡视什么，不要说别人说不清，他自己也不明白。在那种真正称得上英国作风的时刻，即便当时牢房外面有走私犯呆着，他们也装模作样，走进坚固的牢房和死胡同，而那个巡视员也装模作样，干他的巡视差事。一旦巡视员走过了场，事情也就不了了之，他便大摇大摆又走出去了——这便是我们这个“确确实实、的的确确的小岛”[③]大多数公共事务处理方法的贴切概括。

在马赛被烈日烤晒的那一天之前，在我们这个故事开场的时候，一个与我们的故事有些关系的债务人，早已被关进了马夏尔西狱了。

那个时候，他是一个非常和蔼可亲、生活毫无依靠的中年男子。他是马上就又要出去的，这是一定的，因为马夏尔西狱的铁锁从来不锁住一个不会马上出去的债务人。他随身只带一只旅行皮箱，他心里还怀疑是否犯得着把皮箱打开；他心里非常明白——门房值班的看守说，跟别的债务人一样——他马上又可以出去的。

他是一个胆怯、怕见生人的人。相貌好看，虽然有些女人气；说话语气温和，头发卷曲，两手——那时候人们手上都戴戒指——不知往哪里放才是，在他进了监狱的开头半个小时里，他的手老是紧张地伸过去摸他那颤动的嘴唇。他担心的主要是他的妻子。

---

① 泰晤士河南岸古时一郊区，一三二七年并入伦敦市，以前曾被称为“自治城”（所谓自治城即有权派议员到议会去的城市）。此地有丰富的历史与文学古迹，如乔叟《坎特伯雷故事》中的“泰伯德客栈”遗址及马夏尔西狱便在此地。

② 马夏尔西（Marshalsea）即宫内司法官职务 Marshalcy 一词的变体，它原是英王室的宫廷法庭所设的监狱。从十五世纪三十年代起，监狱也关押海事法庭判的犯人，关押债务人。一七九九年该监狱迁到新建房屋。此处的马夏尔西狱即新址自治城大马路（Borough High Street）的监狱，狄更斯的父亲一八二四年二月至五月即关押在此狱。圣乔治教堂现仍在。

③ 引自查尔斯·狄卜丁（Charles Dibdin，1745—1814）所作歌词《小岛》（1841），狄更斯引用时含有讥讽。

“你是不是觉得，先生，”他问看守道，“要是她明天早晨到门口来，会吓坏？”

看守根据他以往所得的经验说道，有些人怕，有些人不会，一般说嘛，不怕的人多，怕的人少。“你倒说说，她是怎么个样的？”他头脑冷静地问道，“事情就要看她是个怎么样的人了。”

“她确实是一个非常纤弱、非常没有经历的人。”

“那个，”看守道，“就难办啦。”

“她一个人很少外出，”那债务人道，“所以，我也不知道该怎么办才好，要是她走路来，这个地方她恐怕还不知道怎么走呢。”

“说不定，”看守道，“她会雇一辆马车来的。”

“也许会。”不知往哪里放的手又伸出去摸颤动的嘴唇。“但愿她雇一辆马车。就怕她想不到雇马车。”

“说不定她会，”看守坐在破旧的木凳上提醒道，仿佛是在提醒一个由于弱小而使他非常同情的孩子。“说不定她会找她兄弟，要不就是姐妹，跟她一块儿来的。”

“她没有兄弟，也没有姐妹。”

“侄女，侄儿，表兄，用人，姑娘，店铺里的人——见鬼！总可找到一个的，”看守道，没等对方说出一个不字来，他已经把话顶回去了。

“我是怕——但愿不会违反规定——她会带孩子来。”

“孩子？”看守道。“规定？噢，我的上帝，你像个木柱似的没有用，我们这里就有给孩子玩的操场。孩子？嗨，这里孩子可多哩！你有几个孩子？”

“两个，”债务人道。他又举起不知道往哪里放的手去摸他的嘴唇，一边转身朝监狱里走去。

看守目送着那债务人。“两个孩子加上你，”看守自言自语道，

"那就是三个人。再加上你的老婆，我有十分的把握。这样就是四个人。还要再加一个，八成是会的。那就是五个了。要说最倒霉的是哪一个，是没掉下娘胎的孩子，还是你，我也有几分把握的！"

他说的这些话句句都是千真万确的。她第二天带来了一个三岁的男孩，一个两岁的女孩，看守的话都说准了。

"你弄到房间了，对不？"一两个星期之后看守问那债务人道。

"有了，我得到了一间很好的房间。"

"有什么家什要带来摆起来的？"看守道。

"我叫人送几件必需的家具来，大概下午可以来了。"

"太太和孩子们要来给你做个伴儿了，是吗？"看守问道。

"就是，我想，一家人最好不要分开过日子，哪怕是几个星期。"

"哪怕几个星期，当然，"看守道，又目送着他；他走了以后，看守一连点了七下头。

这个债务人的事情是因为牵涉到合股的问题而复杂化的，对于合股，当初他糊里糊涂的，也不知道是怎么回事，只知道自己是投了资的。其次，他的事情之所以复杂，还牵涉到一些法律上的问题，如财产的授与、转让，这一头有转让，那一头也有转让，这方面有债权人非法优先权的嫌疑，那方面又有不可思议的偷偷拐走财产的可能。天底下对于从纷乱如麻的一大堆事务中要抽出一项来说个明白，而感到最无能为力的莫过于债务人自己了，真所谓当事者迷，因此，谁也没有办法把他的案子去理出一个头绪来。详细地向他提出问题，设法从他的回答中找出线索来；请来对于无力偿还债务与破产的种种诡计了如指掌的会计师和目光尖锐的开业律师，与他关起门来一起筹划，反倒弄得人人都对这个案子摸不着头脑。每当这种时候，那不知道往哪里放的手越来越徒劳无益地颤抖着，去摸他那颤动的嘴唇，目光最尖锐的开业律师也对他爱莫能助，无可奈何了。

“出去？”看守说道，“他是一辈子也出不去啰。除非他的债权人抓住他的肩膀，撵他出去。”

他在监狱里已经蹲了五六个月了，有一天将近中午时分，他气喘吁吁，脸色苍白地跑着来找这个看守，说，他妻子病了。

“哪个都知道她会病的，”看守道。

“我们本来打算，”他说，“明天就该送她到乡下的房子里去。我可怎么办呢！啊，上帝，我该怎么办呢！”

“别在那里抓手咬指头的，尽浪费时间，”这个讲究实际的看守一面说，一面抓住他的胳膊肘，“你就跟我来吧！”

那债务人从头到脚浑身发抖，一直低声哭个不停，他该怎么办呢！那不知道往哪里放的手抹着尽是泪水的脸。看守就这样领着他登上监狱里的一个公用楼梯，到了一间阁楼的房门口。他拿起他那把钥匙，用钥匙柄在阁楼房间的门上敲了几下。

“进来！”房间里一个声音说道。

看守推开房门，只见一间零乱、难闻的小房间，里面有两个人，喉咙沙哑、身体肥胖、满脸通红，坐在一张摇摇晃晃的桌子旁，正在打牌，一面抽着烟斗，喝着白兰地。

“大夫，”看守说道，“这位先生的太太需要你马上就去，一刻也不能耽搁！”

医生的朋友喉咙沙哑，身体肥胖，满脸通红，打牌，抽烟，邋遢，喝白兰地，那是够厉害的了；而医生自己那就更厉害了——他的喉咙还要沙哑，身体还要肥胖，脸还要红，牌瘾还要大，烟抽得还要多，样子还要邋遢，白兰地喝得还要多。医生的衣衫之褴褛，真是惊人，一件破旧、织补过的海员风雨衣，胳膊肘也露出来了，而且一看就知道连纽扣都掉光了（他当初是一艘客轮上的有经验的外科医生），一条谁也无法想象的脏得不能再脏的白裤子，一双软面拖鞋，但是却没有穿内衣。“生孩子？”医生说道。“包在我身上！”话音刚落，他便从壁炉架上拿起一把梳子，梳得头发一根根都竖起来——似乎他就是这样洗澡的——打开他放杯碟、放煤块的小橱，拿出一只模样凄惨的医疗箱什么的，然后在脖子上扎一条油光光的包布，捂住下巴，就这样他成了一个医生模样的可怕的草人。

医生与债务人一起跑下楼梯，朝债务人的房间奔去，丢下监狱看守，让他回去守着他的铁锁。监狱里所有的女人都已经知道了这个消息，聚集到了院子里。有的找到了那两个孩子，好心地把他们抱走了；有的从她们自己本来就不多的玩具里拿出了几件给这两个孩子；有的咿里哇啦尽说些可怜这两个孩子的话。男犯人见自己站在那里不方便，虽不能说是偷偷溜走，也都回避了，回到自己的房间去。他们到了房间，打开窗子，吹起口哨，向从下面走过的医生致意。其他一些人由于隔着几层楼面，都在你一言我一语的，对这闹哄哄的场面说些挖苦的话。

那是炎热的夏日的一天，监狱大墙里的房间就像是烘房一般。杂务工兼信使邦根太太，虽不是犯人（尽管以前蹲过监狱），却是大家都欢迎的与外界通消息的人。她跑到那债务人窄小的房间里，自动担当起捉苍蝇和看护的工作。房间的墙上、天花板上，苍蝇停了黑压压的一片。善于急中生智的邦根太太，一只手拿着一瓣菜叶给病妇打扇，一只手在一只只罐子里放醋和糖捉苍蝇；她一边忙碌，一边还给病人说些这个时候很中听的鼓励和祝贺的话。

“苍蝇嗡嗡嗡的，弄得你心烦，是吧，亲爱的？”邦根太太道。“不过嘛，苍蝇的嗡嗡也许可以给你解解闷，对你倒有好处。这个地方有墓地呀，杂货铺呀，马棚呀，卖牛肚的呀，什么都有，所以，这马夏尔西狱的苍蝇就多了。要是人能知道苍蝇在说什么，那兴许是来安慰安慰你的。你现在觉得怎么样了，亲爱的？老样子？噢，亲爱的，你可不能去想它，你要是老这么想它，那就越想越糟了。你说是不是这么个道理？对了，就是这个道理！你想想，在这铁门里面生下一个讨人喜欢的小天使来，那多有意思啊！那多美滋滋的，那多了不起，让你高高兴兴的，对吗？嘿！这种事这里可从来没有过，亲爱的，我不记得哪个时候有过。你哭啦？”为了叫病人越发振作起精神来，邦根太太又说道：“你呀！你就一举成名了！苍蝇都一群一群地掉进罐子里去了！事情都这么顺顺当当的！你瞧，这不是。”见门开时，邦根太太说道：“这不是你亲爱的先生跟哈葛奇大夫来了嘛！这下我们就万事大吉了，我说呢！”

那医生根本不是那种神奇的人，一出现，便会让病人觉得万事大吉的，不过，当他一踏进房间便发表了高见：“要是我们大家都尽力配合，邦根太太，那就像房子着火一样，快得很。”当他与邦根太太，就像别的任何什么人老做的那样，让这一对不知所措的可怜人儿镇静下来的时候，手头的工具虽则因陋就简，但是总的来说，也都跟有好工具一样能解决问题。哈葛奇大夫治病，有一个独到之处，那就是定要叫邦根太太顶得住。他的办法如下：

“邦根太太，”医生踏进房门还不到二十分钟便这样说道，“你去弄一点白兰地来，否则你会顶不住的。”

“谢谢你了，先生。不过我可不要，”邦根太太回答道。

“邦根太太，”医生接话道，“我现在是在给这位太太治病，你这个时候别来跟我讨价还价的。去，弄一点白兰地来，否则我看你会垮掉的。”

“那就听你的吧，先生，”邦根太太道，一面站起身来。“要是你也这么喝上几口，我看你就不会顶不住的，瞧你那副可怜相，先生。”

“邦根太太，”医生道，“我就不用你管了，谢谢，可我得替你想想。别来管我，好不好！你的职责嘛，就是叫你做什么就做什么，去，照我的吩咐办去。”

邦根太太服从了。医生让她喝上几口，自己也喝了起来。他每隔一个钟头便拿白兰地来服用，因为他定要叫邦根太太顶住。三四个钟头过去了；苍蝇成百成百地掉进了罐子里。终于，一个比苍蝇强壮不了多少的小生命，在一堆堆死苍蝇中诞生了。

“真是个非常漂亮的小丫头，”医生说道，“虽说小了一点，可是样子长得不错。喂，邦根太太！你的面色不对头！你快去，太太，再弄一点白兰地来，否则你就会歇斯底里发毛病了。”

到这时候，债务人那双不知往哪里放才好的手上的戒指，宛如冬天树上的叶子一样，已经开始落下来了。那天晚上，他把丁丁响的东西放到医生油腻的手掌上的时候，手指上的戒指已经一个也不留了。那天晚上，邦根太太曾跑了一趟腿，到过附近一个装饰了三个金球的地方[①]，她是那个地方的老主顾了。

“谢谢你，”医生说道。“谢谢你。你的好太太现在很安静。情况很好。”

“您这么说我很高兴，也很感激您，”债务人道，“虽然我怎么也没有想到——”

“你们会有一个孩子生在这样的一个地方，是吗？”医生说道。“咄！咄！先生，这算得了什么？在这里再留出一小块地方不就行了吗？我们在这里清清静静的；这里我们没有烦恼。这里没有门环可以让讨债的人来敲，不会弄得人心惊肉跳的。不会有人到这里来敲门，问某某人在不在家，还说要在门口站着，等到他回家来。也不会有人为了钞票的事写威吓信到这个地方来。这就是自由，先生，这就是自

① 即当铺。

由！像今天这种手术，在国内，在国外我都做过，有走在路上的，有在轮船上的。我可以告诉你：我可从来没有像今天这样，在这样安安静静的气氛中做手术的。要是在别的地方呀，人们都是焦急着的，忧心忡忡，整天奔波，又是愁这个，又是愁那个。这里就不会有这种事情，先生。我们什么都经历过了——到了这个地步了；我们到了地底下，不会再跌到哪里去了，那我们找到了什么？太平。这两个字眼再恰当不过了。太平。”医生宣布了他这个信念之后，他这个老囚徒，比往常更加醉醺醺的，外加口袋里不寻常的钱的刺激，又回到了他的老伙伴、老朋友那里，喉咙沙哑，身体肥胖，面孔通红，打牌，抽烟，邋遢，白兰地。

却说那债务人，虽然他与那个医生是一个非常不同的人，然而，他也已经开始从圆的另一半朝同一点走了。起初，他由于被投进监狱受到打击而一蹶不振，不过他不久便在监狱生活中找到了一种隐约的安慰。不错，他是被铁锁禁锢着；然而，铁门将他关在里面，而把他的许多烦恼关在外面了。倘若他是一个能正视烦恼并与之斗争的有意志力的人，他也许不是早已破网而获得新生，便是心碎而毁灭了。然而，他只不过是这样的一种人，所以，他便慢慢地在这光滑的下坡路上滑下来了，而且从此也并没有再往上爬出过一步。

他的十几个代理人对于他的复杂问题，连起因、发展、结果也说不出一个所以然，对于他本人的了解也是如此，最终又一个个地把复杂问题奉还到他自己手中，因此，对于他的问题无法理出一个头绪来。现在，他既然已经摆脱了那纷乱如麻的问题的困扰，就觉得这个悲惨的避难所是一个非常清静的处所，是他刚来时候的清静所无法相比的。他的旅行皮箱早已经打开了；他的两个大孩子现在常在院子里玩耍，至于那小的，大家都认识，而且都拿她当作自己的孩子似的。

“嗨，你现在真让我骄傲，”有一天他的看守朋友这样说道。“不久你就要成为这里住得最久的人了。要是没有你跟你的一家子，这马夏尔西狱就不会是现在这样的马夏尔西狱了。”

他的确叫那看守感到骄傲。看守常常指着他的背影在新来的人面前夸赞一番。“那个刚刚走出门房的人，”他常这么说道，“你们注意了没有？”

新来的人可能就说看见了。

“这世上要说有哪个人成了个绅士，那就是他呀。受的教育，那是花了数不清的钱呢。有一天，他到司法官的家里去，去给他们的一架新钢琴调调音。他弹钢琴呀，我看，真是有味——妙呀！要说讲外国话——哪国的话都行。当时这里有一个法国人，依我看，他的法国话，说得比那个法国人还要好呢。那时候我们这里来过一个意大利人，不出半分钟，他就把他说得不敢张嘴了。别的监狱里要找几个出名的人物，我不是说找不到；不过，你要找一个像我刚才说的那些本事也都行的强手，那你就非得到马夏尔西狱来找不可。”

到了他最小的孩子八岁那年，他的太太到乡下去探望一位穷朋友和老奶妈，结果在那里去世了。她的身体早就衰竭了——那是因为她自己本来身体就差，倒不是因为她对于她这个住宅比他更加耿耿于怀，一提便伤心。太太去世后，他有两个星期把自己关在房子里不出门。当时有一个法律代理人的秘书，正在审理破产法庭的案子，给他写了一封慰问信，像一张租约似的，监狱里的犯人都在上面签了字。他又重新露面的时候，头发更加灰白（他的头发进监狱不久便开始花白了）；看守还发现，他的手又像刚来的时候那样，常常举起来去摸他那颤动的嘴唇。不过，过了一二个月后，他又振作起来，精神好多了。那个时候，他的孩子仍同以前一样，常常在院子里玩耍，只是都穿着孝服。

再说那邦根太太，她一直是个受欢迎的监狱与外界联系的中间人，那时她的身体也衰弱了，出去买东西，老是见她昏倒在人行道上，篮子里的物品撒了一地，托她买东西的人的找头也少了九便士①。后来那债务人的儿子接替她，做起事来倒也老练，到了监狱像犯人，到了街上像跑街。

岁月流逝，看守也衰老了。他胸口肿胀，两腿发软，呼吸起来上气不接下气。他老是抱怨说，那只破木凳他总是“坐不稳”。他坐到了放了垫子的扶手椅里；有时候站在那里呼哧呼哧几分钟喘不过气来，连门锁都开不动、锁不上。到了这种发病的时候，常常是那债务人过来替他开锁的。

“我跟你，”有一年冬天的一个晚上，外面下着雪，门房里炉火通红，围了一大群人，看守说道，“是这里住得最久的人啦。你来这里之前，我只不过在这里呆了六七年。我活不了多久啦。到了我再也不来管这把锁的时候，你就是马夏尔西狱之父。”

第二天，看守便告别了这个世界。人们记着他的话，还重复他说的话。传统后来一代代地传下去——马夏尔西狱之所谓一代可以按照大约三个月为一代来计算——即，那衣衫褴褛、举止文雅、头发银白的老债务人，是马夏尔西狱之父。

对于这个称号，他渐渐感到骄傲了。倘若有哪个骗子站出来说这个称号不是他的，他会因为对有人要剥夺他的权利感到气愤而流下眼泪。人们发现他渐渐有了一个脾气，即，他常把他在狱里呆的时间多说几年。所以，人们一般都说，你必须将他说的时间减去几年；那些匆匆来去的一代代债务人说，他有虚荣心。

凡是新来了人，都要先被带去见他。他对于接见新来的人，在礼节上一丝不苟，极其拘泥。有机智头脑的人要把这种见面装得十二分

① 按：当时三杯杜松子酒，价九便士，找头便用酒来代替。此处意指酒瓶打破了。

的炫耀和客气，这一点他们都是办得到的，然而，倘若要超越他所理解的严肃性，那就不怎么容易了。他接见新来的人是在他那破烂的房间里进行的(他不喜欢就在院子里接见，因为那样太随便了——那是人人都可以办到的事)，而且带有几分屈尊俯就的慈善。他们到马夏尔西狱来是很受欢迎的，他常这样对他们说。是的，他是马夏尔西狱之父。世人也非常高兴这样称呼他。如果说二十年的监狱生活使他有权享有这个称号，那他也是名符其实的。这个称号起初似乎也没有什么了不起，然而，监狱里也有很体面的人——各式各样的人都有——必定是各式各样的——而且很有气派。

犯人在晚上从他房门下面塞进一封封信来，信封里夹一枚或者两枚半克朗[①]的硬币，甚至间或还有夹上半镑金币的，送给马夏尔西狱之父，这已不是什么希罕的事。“谨致一个即将离开的狱中人的祝愿。”他收下礼物，把礼物看作是崇敬者对于一个知名人士表示的敬意。有的信还署上有趣的名字，譬如：砖块，风箱，老鹅莓，眼观四方，妈妈的，拖把，燕尾服，狗食汉。不过，他认为这种做法有些低级趣味，看到这种署名他总有一些不愉快。

到了一定的时候，这种方式渐渐露出了衰落的迹象，而且，这种方式要求写信的人花一点精力，而在他们匆匆离开监狱的时候，许多人往往又会忘却这件事，因此，他便建立了一个惯例，即在监狱里有一点地位的人就要离开的时候，他总是陪同他们到门口，在门口向他们告别。享受这样待遇的人在握手告别之后，总会停下脚步，取出一张纸包上什么东西，转身喊道：“嗨！”

他听见了便惊讶地回过头来，笑着说：“叫我吗？”

这个时候那个狱中人便站到他面前，他就慈祥地说：“忘记什么

---

① 旧时英国硬币，值五先令。

了？有什么事吗？”

出狱的犯人就说：“我忘了把这包东西交给马夏尔西狱之父了。”

“尊敬的先生，”他就答道，“马夏尔西狱之父非常感谢您。”他把钱塞进口袋，不过，他在院子里头两三个转弯时，一直把拿钱的手紧紧塞在口袋里不抽出来，免得让这笔交易在其他狱中人中间显得太引人注目了。

一天下午，他刚在门口向好几个即将出狱的狱中人告别完毕，正往回走着，在路上遇见一个穷苦的人。他是一个星期以前为了一小笔钱被关进监狱，那天下午正好把钱“结清”，也准备出狱。那个人只不过是一个泥水匠，身上穿一件工作服，来接他的是他的老婆。他还拎着一个包袱，高高兴兴的。

“上帝保佑您，先生，”碰面时那人说道。

“也保佑你，”马夏尔西狱之父慈祥地答道。

他们各自已经走得很远了，突然那泥水匠大声喊道：“喂！——先生！”一面回身向他走来。

“钱不多，”泥水匠道，一面将一小把半便士的硬币放到他手中，“不过我是好意的。”

马夏尔西狱之父还从来不曾收到人家向他赠送铜币的。他的孩子手头常常有铜币，而且在完全征得了他的同意之后都储存到大家共有的钱包里，因为肉吃完了要再买，酒喝完了要再添。然而，一个穿着沾满石灰的黑布工作衣的人，给他几个半便士的铜币，面对面的，那倒是第一回。

“你怎么敢这样！”他对泥水匠说，涌出了无力的泪水。

泥水匠把他拉到围墙的旁边，免得让旁人看见他的脸。泥水匠动作非常微妙，心里又非常后悔，并真心表示歉意，他也只能表示感谢，说道："我知道你是好意的。不要再解释了。"

"上帝保佑您，先生，"泥水匠道，"我真的求上帝保佑您。我想，我要比他们更加好好待您。"

"你要做什么？"他问道。

"我放出去以后，还会再来看您。"

"把这钱再给我吧，"另一个急切地说道，"我就把它存起来，决不花掉。那就谢谢你了，谢谢你！我能再见到你吗？"

"就算再活一个星期，我也一定来看您。"

他们握手告别。那天晚上，狱中人都聚集在监狱酒吧里举行酒会，他们都感到惊讶，不知马夏尔西狱之父出了什么事。天色很晚了，他还在院子阴影里徘徊，而且似乎那样地意气消沉。

第七章

马夏尔西狱之女

那个孩子呱呱坠地时吸进的第一口气，便带有哈葛奇医生的白兰地酒味。她在一代一代的狱中人的手中往下传着，就跟他们共同的父亲——马夏尔西狱之父——一代代往下传的传统一样。在这个孩子还没有学步的时候，她倒真是名符其实地从这一双手传到那一双手的；因为，凡是新进监狱的人，到了狱中想要建立与旁的犯人的良好关系，抱一抱这个在监狱中出生的孩子，那几乎是必不可少的一步。

“按理说，”在那个孩子第一次抱到看守面前的时候，他就说，“我应该做她的教父。”

那债务人犹豫不决地把看守的话想了一下，然后说道：“要是真叫你做她的教父，你也许不会不同意吧？”

“噢！我不会不同意，”看守道。“只要你肯。”

事情就这样说定了。这个孩子是在一个星期日的下午洗礼命名的，因为，那时有人来给看守换班，他可以离开监狱。那看守到圣乔治教堂，站在洗礼盘面前，为了她又是许应，又是宣誓，又是拒绝①，照他回来以后自己说的：“像听话的孩子一样。”

洗礼命名回来，看守在这个孩子身上除了他原先那一份官方的权利之外，又获得了一份新的权利。在她蹒跚学步、咿呀学语的时候，他越发喜欢她了。他买了一把小扶手椅，把它放在门房壁炉高高的围栏旁边。他来值班的时候总喜欢让她坐在旁边陪着他。他常常拿出廉价的玩具，哄逗她，叫她走过来，同他说话。而那孩子，她很快就非常喜欢那看守了，无论是早晨，是下午，还是晚上，她常常自己一个人爬上台阶到门房里来。要是她在壁炉高高的围栏旁边那把扶手椅上睡着了，看守就从口袋里取出手帕来给她盖上。要是她坐在小扶手椅上玩一个布娃娃，一忽儿给它穿衣服，一忽儿又脱下来——没多久这个布娃娃便不像监狱铁锁外头的布娃娃了，倒跟邦根太太是一家人似的，像得可怕——他便坐在那只凳子上，慈爱地望着她。这些场面那些狱中人都看在眼里，他们都说，那看守，虽说光棍一人，其实他生来便是个喜欢孩子的人。可是，看守感谢他们说这一番话，答道："不是的，归结起来说嘛，能在这里看到别人家的孩子，我心里也就满足了，别的话就别提它啦。"

要弄清这个小丫头小时候到底是从什么时候开始，发现天底下的人并不是都习惯把自己锁在狭小的院子里过日子，四周还围着大墙，墙头上还插着尖铁，是十分困难的事。不过，其实在她还是一个很小很小的孩子的时候，就不知怎么的，总觉得他们走到那扇要用一把大钥匙来开的门前的时候，她爸爸拉着的手就松开了；她蹦蹦跳跳出了大门，可是他的两只脚是一步也不可以跨出门来的。她还是一个很小的孩子的时候，就开始用一种同情与悲哀的目光，去注视她的父亲，这种同情与悲哀的目光，也许同这一发现是连在一起的。

在她出生之后的头八年里，这个马夏尔西狱之女，这个马夏尔西狱之父的孩子，在门房坐在她的看守朋友的旁边，呆在她那监狱中的家里，或者是在监狱院子里闲逛，她其实就是带着这种同情与悲哀的目光来对待一切人和事的，不过在对待他的时候目光中还带有仿佛保护之类的成分。她带着同情与悲哀的目光对待她那任性的姐姐，对待

---

① 即拒绝魔鬼及其一切行为。丢弃世上虚浮的荣华，除掉一切的贪欲和肉体的邪情，决不随从，只信上帝的圣道。参见《公祷书》(*The Book of Common Prayer*)。

她那吊儿郎当的哥哥，对待监狱一堵堵的高墙，对待被高墙包围的憔悴的人群；监狱里的孩子跑呀，叫呀，捉迷藏，做各种游戏，把内门的铁窗当作了自己的“家”，对此，她也付之于带着同情与悲哀的目光。

她在夏日里坐在门房高高的围栏旁边，沉思，疑惑，抬起头来望着铁窗外的天空，一直望到太阳射进屋内，在她与她朋友之间呈现出一道道的光线来，这时她就转过脸来，又透过一道道的光线注视着他。

“在想田野了，”有一回，那看守注意了她一阵之后，问道，“对不？”

“田野在哪儿？”她问。

“怎么，田野——在那边，亲爱的，”看守用那把大钥匙含含糊糊地晃了一下，说道，“就在那边。”

“田野有人开门，有人关门吗？门锁不锁？”

看守被问住了。“喔！”他说道。“一般是不锁的。”

“田野好看吗，鲍伯？”她叫他鲍伯，那是他自己要求的，是他自己关照的。

“好看。都是花。有毛茛，有雏菊，还有——”那看守犹豫了一下，他肚子里没有多少花名，“还有蒲公英，样样都有。”

“到田野里去很愉快吗，鲍伯？”

“愉快极了，”看守道。

“爸爸去过没有？”

“嗯哼！”看守咳嗽了一声。“去过，他过去，有时候去的。”

“他现在不去了，心里难受吗？”

“没——没怎么样，”看守道。

“他们这些人也不难受吗？”她朝里面没精打采的人群瞟了一眼，问道。“你说呀，他们肯定难受吗，鲍伯？”

话说到这个尴尬的地方，看守被难倒了，只得把话题转到杏仁糖上去。每当他的小朋友问出政治、社会、神学的难题，使他十分尴尬的时候，他的最后一招总是杏仁糖。不过，这一对奇怪的伙伴后来一次又一次在星期日一起外出郊游，就是从这里发端的。每隔一个星期日，他们就在下午一本正经地从门房出发了，去寻找草地或者篱笆之间草色青青的小路。那看守一个星期之前就把他们的目的地作了详详细细的安排。到了目的地，她就采摘花草，准备带回家去，而那看守则在一旁抽烟斗。待她玩够了，他们便到设有茶室的公园里去，还有虾，有啤酒，以及别的好吃的东西。然后，他们拉着手回家去，除非她实在走累了，倒在他的肩膀上睡着了。

就在她还是一个这么小的孩子的那些日子，看守第一次认认真真地开始琢磨起一件事来，这件事伤透了他的脑筋，到了他临死的时候，也没有想出个结果来。他要立一个遗嘱，把他积蓄的一点儿财产留给他的教女；问题是，这一点财产该如何“规定”才能让她一个人受益？根据他多年来在债务人监狱当看守的经验，他心里非常清楚，要把财产“规定”得死死的，怎么也不会轻易地就落得个一场空，那是比登天还难的。由于这个缘故，他一年又一年，一次又一次地向每一位新来的债务人的代理人，向从这里进进出出的其他律师，提出他的这个难题。

“假如，”他手里拿着那把大钥匙，向一个穿背心的律师请教这个问题，“假如一个人要立个遗嘱，把他的财产留给一个女孩子，要把财产规定下来，任谁也抢不去，那个财产你怎么个规定法？”

“办理严格的手续，把财产传给她，”律师就自鸣得意地回答他。

“可是，你听我说，”看守又问道。“假如说她有兄弟，有爸爸，有丈夫，见她手里有了财产，说不定都会来抢的——那样一来可怎么办呢？”

“法律规定财产是传给她的，她的财产你动不得，他们也动不得，”律师又说。

“再等一等，”看守道。“假如她心眼儿太好，他们把她说得心软了。那个时候你用什么法律来规定财产让别人动不得呢？”

看守刨根问底请教过的最有学问的律师，对于这么一个棘手的问题，也拿不出法律来。结果，看守把这个问题思考了一辈子，至死也没有立下遗嘱。

不过，那是后话，是他的教女过了十六岁以后的事了。在她人生这十六个年头里，前八年刚刚过去，她那同情与悲哀的目光所注视的父亲，已经是失去了妻子，孤独一人了。从那个时候起，她的疑惑的眼睛对他所流露的保护，已经化为行动，这个马夏尔西狱之女，从此承担起对于马夏尔西狱之父的新的一层关系。

起初，这么一个孩子所能做的也只能是陪他坐坐而已，门房围栏旁那个愉快的地方她不去了，她坐到她爸爸身边，默默地望着他。然而，即便是这样默默地陪着，对于他也是不可缺少的，日子一长便成了习惯，倘若不见她在身边坐着，他就会很想念。她从这小小的门，跨出了她的童年，进入了这个充满忧虑的世界。

在那个幼年时期，在她父亲身上，在她哥哥身上，在她姐姐身上，在这牢房里，她那同情的目光，看到了什么，以及承蒙上帝恩典能让她看到多少不幸的事实真相，答案都隐藏在许多难解之谜中。不过，她受到了激发，成了与众不同的人；为了其余的人的利益，成了那种与众不同、手脚勤快的人，我们只要指出这一点，也就足以说明问题了。受到了激发？是的。难道我们要说激发的灵感就说的是激发诗人或牧师的那种灵感，而不是为爱与自我献身精神所驱使，去做最卑贱生活方式中最卑贱的工作时那颗心所激发的灵感吗！

她没有世间的朋友来向她伸出援助之手，甚至也没有人来看望她，只有一个如此奇怪地安排在一起的人；对于监狱外面自由天地里普通人的日常生活与习惯，她甚至也是一无所知；她出生、成长的社会条件，即便按照监狱高墙外面最不恰当的社会条件来衡量，也是不恰当的；自从出生以来，她便喝着沾染了特殊气味的井水，喝起来有一种特有的有害、异样的气味。就这样，这个马夏尔西狱之女开始了她的女人生涯。

无论发生什么差错、遇到什么阻拦，无论人们如何拿她的年轻和矮小来嘲笑（说者无心，听者有意），无论对于自己的年幼与弱小（即便是手提、肩扛的事情）如何自卑，无论多么疲劳、多么绝望，无论暗地里流了多少眼泪，她总是不停地干呀，干呀，终于人们认为她是有用的、少不了的人。这个时候到了。三个孩子当中，她除了排行是老三之外，什么事情上她都是个老大。她是这个落拓家庭之主，在她自己的心头，承受着这个家庭的忧虑与耻辱。

十三岁的时候她便能识字、记账了——那就是说，她能用三言两语、几个数字，记下他们少不了的必需品得花多少钱，这些东西他们要买但还得少花多少钱。她曾经抽时间一次几个星期在监狱外面上过夜校，她还送姐姐和哥哥去上学，在三四年里断断续续读过一点书。在家里，他们三个人谁也没有得到过指教；不过她心里明白——谁也比不上她那样明白——一个如此潦倒而成了马夏尔西狱之父的人，是无法成为能给他自己的子女以教诲的父亲的。

除了这一点儿有限的教育之外，她还想出了另外一个提高自己的办法。有一次，进监狱的五花八门的人当中，来了一个舞蹈教员。她姐姐又很想学学这个舞蹈教员的本事，似乎有点想干那一行的意思。马夏尔西狱之女，一个十三岁的孩子，手里拎着一个小包，来到了那位舞蹈教员面前，恭恭敬敬地向他提出了请求。

“对不起，先生，我是在这里出生的。”

“喔！你就是那位小姐，是吗？”舞蹈教员说道，一面打量着她那矮小的身材和那张仰望着的脸。

“是的，先生。”

“我能给你帮什么忙吗？”舞蹈教员问道。

“不是帮我，先生，谢谢您，”她担心地解开那个小包的绳子；“不过，您呆在这里的日子里，是不是能行个好，收费低一点，教我姐姐——”

“孩子，我可以教她，不收费，”舞蹈教员说道，一面又将那包扎好。他是个把舞跳到破产法庭上来的最善良的舞蹈教员，他确实说到做到。她的姐姐是一个很有才能的学生，而且那舞蹈教员有那么多的空闲时间可以花在她姐姐身上（因为他要先找到那些债权人，像教舞蹈一样，让他们各就其位，由他领舞，然后使那些长官跳起来，又是右边跳，又是左边跳，这样前前后后得花上十个星期左右，最后才能回到他自己的舞蹈专业上去），所以，她的姐姐的舞蹈进步之快，实在惊人。那舞蹈教员对她姐姐确实感到非常自豪，真想在他离开监狱之前在他的几位狱中知心朋友中炫耀一番，所以，在一个大好晴天早晨六点钟的时候，在院子里举行了一次宫廷小步舞会——牢房里要跳舞那就太小了——跳这种小步舞场面大，舞步又那样一丝不苟，结果，由于那舞蹈教员又要跳舞，又要拉琴，累得他精疲力竭，直喘粗气。

初次尝试的成功，使那舞蹈教员感到高兴，他在被释放之后又继续教授舞蹈；初次尝试的成功也使那可怜的孩子鼓起了勇气，再作一次尝试。她留意、等待了几个月，要找一个女裁缝。那时候监狱来了一个妇女头饰制作商，她为自己的事找上门去了。

“对不起，太太，”她怯生生地站在门口，望着躺在床上淌着泪水的头饰商，说道；“我是在这里出生的。”

随便哪一个人一进这监狱，似乎都知道有她这个人；因为那头饰商在床上坐起来，擦着眼泪，也同那个舞蹈教员一样地说道：

“喔！你就是那个孩子，对吗？”

“是的，太太。”

“很抱歉我没有什么东西可以给你，”女头饰商摇摇头说道。

“不是这个意思，太太。很对不起，我想跟您学学针线活。”

“我已经落到这步田地了，”头饰商道，“你还要学这玩意儿干什么？我会做针线活也没有得到多大好处。”

“到这儿来的人，都没有从什么玩意儿中——不管是什么样的玩意儿——得到过多少好处，”她非常直率地答道；“不过我还是想学一点。”

“我恐怕你人太虚弱了，你说是不是？”头饰商反对道。

“我觉得自己并不虚弱，太太。”

“我说，你实在太小，太小了，”头饰商还是不同意。

“是的，我恐怕确实是太小了，”马夏尔西狱之女答道；说着说着，她便呜咽起来，痛恨自己这个不幸的缺陷，由于这个缺陷，她的事情老是受到妨碍。那头饰商——她并不是一个郁闷的人，不是一个心肠硬的人，只不过是刚进这债务人监狱罢了——感动了，好意地收下了她，发现她是个最耐心最认真的学生，不久便把她教成了个心灵手巧的工匠。

这段时间里，就在她学会手艺的同时，马夏尔西狱之父渐渐地养成了一种新的古怪性格。他越是俨然以马夏尔西狱之父的身份自居，越是依赖他那日渐变化的子女的捐助，他也就越是死死抱住那可怜的体面不放。倘若有人提起他的两个女儿自己在挣钱糊口一事，他那只半小时前刚把出狱犯人送的一枚半克朗的硬币塞进口袋的手，又会去擦掉他的一脸泪水。因此，马夏尔西狱之女除了其他日常的忧虑之外，她还有一个要保持体面假象的忧虑，即她们做女儿的都是什么事也不做的叫花子。

姐姐成了一个舞蹈演员。这一家人中还有一个遭了祸殃的叔叔——是他的哥哥马夏尔西狱之父连累的，可是惹祸的人不知道这是怎么回事，她的叔叔也就更加无法知道是怎么回事了，还以为这是命中注定的。现在，她要保护的就是这个叔叔。由于她叔叔禀性不喜结交，思想单纯，因此，大祸已经降落到他身上，他对于身遭祸殃也没有什么特别的感觉，只不过在听到那令人震惊的消息时，他洗澡洗到一半便作罢，而且从此也不再有洗澡的奢望。他在日子比较好过的时候是个水平很差的业余音乐爱好者。他与他的哥哥一起落拓之后，为了解决生计问题，他在一家剧院小小的乐队里吹起了与他自己一样肮脏的单簧管。就在他吹单簧管的那个剧院里，他的侄女成了一名舞蹈演员。她在那家剧院找到这项地位低下的工作时，他在那剧院里吹单簧管已经好多日子了。他接受了担当她的陪同人与保护人的职责，就像他接受疾病，接受遗产，接受盛情款待，接受饥馑一样——什么都可接受，唯独不想再取过肥皂去洗澡。

要让这个姑娘每周能挣得几个先令，这个马夏尔西狱之女须到马夏尔西狱之父那里去仔仔细细办个手续。

“芬妮马上就要不跟我们住在一块儿了，爸爸。白天她会常呆在这里的，不过，她要到外边去跟叔叔一起住。”

“真没有想到。这是为什么？”

“我想叔叔要有一个伴儿，爸爸。他要有人服侍，有人照顾。”

“一个伴儿？他一天里好多时间都呆在这里。你服侍、照顾他的时候，艾米，比你姐姐多得多。你们老是都到外边去，你们老是都到外边去。”

说这个话的目的是为要维持那个礼节与伪装，即他并不知道艾米自己白天是外出干活去的。

“不过我们总是高兴回家来的，爸爸；您说是不是？至于姐姐，也许除了她可以给叔叔做个伴儿、照顾照顾他这个理由之外，她总还是不要呆在这里的好。她跟我不一样，她不是在这里出生的，您知道，爸爸。”

“唉，艾米，唉。你的意思我也不很明白，不过，我想，芬妮喜欢到外边去，就是你也喜欢到外边去，那都是很自然的。所以，你，你姐姐，你叔叔，亲爱的，就照你们自己的想法办吧。好吧，好吧。你们的事我就不多嘴了，别管我了。”

要让她的哥哥脱离这座监狱，要让他从接替邦根太太的可能中解脱出来，摆脱了之后又要使他不再与那些行为非常可疑的一帮子人在一起鬼混，这是她要做的最艰巨的事。她的哥哥倘若不摆脱出来，他是会现挣现吃，过一天算一天，有一个钱花一个钱，一直会从现在的十八岁混到八十岁的。他从进监狱的人那里学不到一点有用的东西，学不到一点好的东西，她只能找她的老朋友、教父来作她哥哥的保护人了。

“亲爱的鲍伯，”她说道，“您说可怜的梯普今后会怎么样呢？”她哥哥的名字叫爱德华，昵称特德，在监狱里被喊成了梯普。

关于可怜的梯普今后会怎么样的问题，看守有过非常肯定的个人意见，为了防患于未然，使事情不至于如所预料的那样，他甚至还就逃出去为国家效力这种有百利而无一弊的做法，探过她哥哥的口气。然而，梯普却说，谢谢他的关心，不过他对他的国家并不怎么关心。

“唉，亲爱的，”看守说道，“总得想个法子救救他。我想让他在律师事务所谋个差事，你说怎么样？”

“您真是太好了，鲍伯！”

到这时，看守的脑子里有两件事要求助于在这里进进出出的律师了。关于这第二件事情，他好说歹说，终于在一个伟大的“国民安全支柱”即宫廷法庭[1]一位法律事务代理人的事务所里，为梯普找到了一份差事，薪水是每周十二先令。当时，宫廷法庭是为数众多的捍卫大不列颠尊严与安全的永恒堡垒之一，今天，其作用已不如往昔了。

梯普就这样在克利福公馆[2]疲疲沓沓混了六个月。六个月之后，有一天晚上，他两手插在口袋里，吊儿郎当地回到家里，无意中告诉他妹妹说，他不想再到那儿去了。

“不去了？”可怜的马夏尔西狱之女，心情焦灼地问道。她有许多的心事，头一件操心的就是梯普，心中无时无刻不在为他筹划、打算。

“我讨厌这种工作，”梯普说道，“我不干了。”

梯普讨厌一切。他在马夏尔西狱里游荡了几天，又为邦根太太跑了几趟腿。他的这个矮小的第二位母亲，在她的忠实可信赖的朋友帮助下，设法为他找工作，让他先后到过货栈、菜园、酒花商行、律师事务所、拍卖行、啤酒厂、证券经纪事务所、律师事务所、客车站、货车站、律师事务所、杂货铺、酒厂、律师事务所、羊毛行、谷物行、鱼市场、水果外销公司、码头。但是，他不管到哪里干活，终于都因为讨厌工作而离开，宣布他不想干了。无论他走到哪里，这个命运早已作了安排的梯普，似乎身上总背了那监狱的大墙，干这一行也好，那一行也好，他到了那里就把大墙竖起来，他就在这大墙里游荡，还是原先那种疲疲沓沓、毫无目标、拖拖拉拉的样子，直至那没有感觉的真的马夏尔西狱大墙把他吸引住了，又把他召回来。

然而，这个有胆量的小家伙一心惦念着她的哥哥，要将他挽救过

---

① 即马夏尔西法庭，前身为英王爱德华三世(1312—1377)在位时的宫廷法庭，下设马夏尔西监狱(即书中债务人监狱原址)。

② 伦敦舰队街(Fleet Street)一私人宅第，一九三四年拆除。

来，因此，在他令人悲痛地把工作换了一个又一个的时候，她东拼西凑，凑足了路费，要送他到加拿大去。这时候，他对无所事事也觉得讨厌，连这种无事可干也不想干，所以，他颇通情理地表示同意到加拿大去。要与哥哥分别，她心头感到悲痛；他有希望能最终走上一条正路，她又感到高兴。

“上帝保佑你，亲爱的梯普。你要是发了财，可别目中无人不回来看我们。”

“知道！”梯普说完，走了。

可是他并没有一路去加拿大；实际上他连利物浦[①]也没有出去。从伦敦乘船到了那个港口之后，他就觉得乘船也很不想干了，于是决定又步行回家。他果真这样干了，在过了一个月之后，他来到了她面前，一身破烂光着双脚，比先前更加厌倦了。

终于在接替邦根太太干了一段时间之后，他自己找到了一件活儿，前来告诉她。

“艾米，我有事干了。”

“确确实实有了吗，梯普？”

“是啊。这一回我要去干了。你也不要老为我着急了，好妹子。”

“什么活，梯普？”

“嘿，你认识司林戈吗？”

“不会是人家都叫他贩子的那个人吧？”

“就是那老兄。他星期一就出去，说过了要给我一点意思。”

“他是贩什么的，梯普？”

“马。好了！我这一回要干了，艾米。”

---

① 英国第二大商港，位于英格兰东北。

那以后她有好几个月没有看见他，只收到过他一封信。监狱里年纪大一点的狱中人中暗地里传着一件事，说他在莫菲尔兹干假拍卖的勾当，把镀银的器物当作实心的银器假装买下，很有气派地把一叠叠钞票甩出去。不过，这件事都瞒着她。一天黄昏，她一个人在干活——站在窗下，借着围墙上面滞留的暮色——就在这时，他推门进来。

她亲他，欢迎他，但就怕问他话。他发觉她多么焦急、多么胆怯，他心里不好受了。

“我恐怕，艾米，这一回你会心烦的。说真的，我很害怕！”

“你说这话真叫我难过，梯普。你不是回来了吗？”

“嗯——是啊。”

“梯普，这一回我并没有想过你找到的工作会是令人满意的，这样比起想得好其实不好来，倒可以少感到意外，少感到难过。”

“嗐！可事情比这还要糟呢。”

“比这还要糟？”

“你别大惊小怪。比这还要，艾米，还要糟。我回来了，可是——别大惊小怪——我回来了，现在依我看是两码事了。我现在已经从志愿兵上被除名了。我这一回进来，是一名正规兵了。”

“啊！不会是犯人的，梯普！不会的，不会的！”

“唉，我又不想这么说，”他用想说又不想说的语气说道；“可是，要是我不说你又不明白，叫我怎么办？我欠了四十英镑多一点，就进来了。”

这么多年来，她第一次被忧虑压垮了。她高举起紧握的双手，大声嚷道，要是他们的父亲知道了，他就完了，说着便昏倒在梯普那双不走正路的脚下。

梯普把她弄醒是容易的，可是她要他明白，如果马夏尔西狱之父知道了事情真相，他会发疯的，就不那么容易了。这件事梯普怎么也无法理解，他觉得这完全是胡思乱想而已。只是在她一再恳求，而他叔叔与芬妮也这么说时，他才算同意了。他的回家也不乏先例，过去也是经常去了又来的，所以，这一回也像过去一样向他父亲说明了；至于那些狱中人，由于他们比梯普更能领会这一善意的欺骗，所以一个个都真心地赞成这一做法。

这就是马夏尔西狱之女二十二岁时的身世，这就是她的人生经历。她对于作为她的出生地和她的家的悲惨院子以及一排排房屋，仍然怀有一丝感情，然而，她现在无论是进去还是出来，却是畏前怕后的，因为她有一种女人的意识：人人见了她都在指指点点。自从她开始在监狱外做工以来，她就感到有必要隐瞒她住的地方，她在自由的城市与铁门之间的来去，是尽可能地秘密的，她有生以来从未在铁门外面宿过夜。她先前就有的胆怯，加上现在要隐瞒自己的身世，就更甚了；她的轻盈的脚步、矮小的身材在外出时，总是避开行人摩肩接踵的大街。

尽管她对艰难困苦是那样老于世故，然而在所有其他事情上她是天真无知的。她是天真无知的，仿佛身在迷雾中，透过那朦胧去观察她的父亲，观察监狱，观察穿过迷雾向前流淌的混沌的人生之河。

这就是小杜丽的身世，这就是小杜丽的人生经历。在阴暗的九月里的一个黄昏，她正走在回家的路上，亚瑟·克莱南在远处看到了她。这就是小杜丽的身世，这就是小杜丽的人生经历。她走到了伦敦桥①的桥头，转过身来，重又过了桥，又转身回去，往前走着，到了圣乔治教堂，又一次蓦地转身走去，到了马夏尔西狱开着的第一道大门，进入了监狱的小院。

---

① 泰晤士河上一石桥，建于英王亨利二世在位时(1154—1189)。

第八章

铁　锁

亚瑟·克莱南站在街头，等见了过路的人问一问，那是个什么地方。有几个人从他面前走过，可是他放过了，没有去问，因为他们的面部表情叫人见了就不想去问。他仍然在街头站着；这时，一个老人走过来，折入那院子。

那人伛偻着背，沉重、吃力的脚步，慢腾腾，若有所思的样子。看这般模样，那车水马龙的伦敦大街，绝不是他去得的安全地方。他衣着肮脏、破烂，一件外套破旧得丝丝缕缕，原先是蓝的，长得拖到脚跟，纽扣一直扣到下巴，下巴并不能看见，被鬼似的灰白的立绒领子遮去了。一块红布，原先是用来衬那幽灵似的领子的，现在已经裸露在外，在这老人脖子的后部竖起来，与乱蓬蓬的灰白头发和泛黄的硬领巾绞在一起，差不多把他那顶帽子也顶起来了。帽子是油污的，而且已经磨去了绒，将他的眼睛几乎遮住了。帽檐破而且皱，底下塞了一块手帕，露出一截在外面。裤子长而肥大，鞋子大而笨重，于是他走起路来就宛如一头大象；然而，有多少是姿态使然，有多少是因了拖着布与皮革之故，谁都不知道。一只手臂夹着一个软得不成形的破套子，装着一件管乐器；同一只手里还有少许鼻烟，包在一张泛黄的纸里。他慢慢地伸过手去捻了一撮，送到他那可怜见儿的青灰色鼻子尖，让它舒服舒服。这一切，亚瑟·克莱南都看见了。

他穿过院子，朝这位老人走去，他要去问一问，就在老人的肩上轻轻拍了一下。老人停下步子，转过身来，他那两只无神的灰白眼睛里的表情，仿佛一个人心思在很远的地方，而且耳朵也有点不灵。

“请问先生，”亚瑟说道，又问了一声，“这是个什么地方？”

“唔！这里？”老人答道，手里的一撮鼻烟停在半路上，用手指着这个地方，却并没有转过眼去。“这里是马夏尔西狱，先生。”

“债务人监狱？”

“先生，”老人说道，从他那神态来看，他觉得没有必要再坚持说出那个名称来，“债务人监狱。”

他转过身，走去。

“对不起，”亚瑟说，又一次叫他停下步子。“我想再请问您一下，行吗？这里随便什么人都可以进去吗？”

“谁都可以进去，”老人答道，同时用他的强调的意思又明明白白地补充了一句，“但不是人人都出得来的。”

“对不起，再问您一下。这个地方您熟吗？”

“先生，”老人答道。他一面捏紧手中的那一小包鼻烟，一面抬眼盯着问话的人，仿佛问出这种话来伤了他的自尊心。“我熟的。”

“请您原谅。我的好奇并非出于无理，我问这话是有一个善意的目的的。您知不知道这里有姓杜丽的？”

“我的姓，先生，”老人感到非常意外地说道，“就叫杜丽。”

亚瑟在他面前脱下帽子来。“请您允许我简短说明一下。您就是，这我万万没有想到，希望这一说明，足以就我的冒昧，向您表示歉意。我在国外呆了很长日子，最近刚回国。我在我母亲家里——就是住在城里的克莱南太太——见到过一个年轻女子，做针线活，我只知道人家叫她或说起她时，都叫她小杜丽。我对她表示由衷的关心，非常想再多了解一点关于她的情况。一会儿前，您还没来，我见她从那个门进去的。”

那老人将他上下打量着。“你是海员吗，先生？”他问道。对方摇摇头作为回答，他似乎有些失望。“不是海员？看你那晒黑的脸，我想你大概是的。你说的是正经事，先生？”

“我可以向您保证是正经事，请您相信是正正经经的事。”

“我对世事并不懂多少，先生，”老人道，说话声音微弱而且颤抖。“我只不过是匆匆来去，就像日晷上的影子。谁要来蒙骗我，那也不值得；要干这种勾当实在太容易——是太可怜的成功，因此也不会给他多少满足的。你刚才看见从这里进去的年轻女子，是我哥哥的孩子。我哥哥叫威廉·杜丽。我叫弗莱德里克。你说，你在你母亲家里见到过她（我知道你母亲待她不错），你对她很关心，你想知道她在这里做什么。来，看看吧。”

他又走去，亚瑟伴着他。

“我的哥哥，”老人说道，一面在台阶上站定，慢慢地又转过脸来，“在这里蹲了许多年了。就连我们当中在外面做的许多事情，也都没让他知道，至于道理嘛，现在还没有必要去说它。请你，不要说我侄女在外面帮人做针线活的事，也不要说起我们之间说的话。要是我说的你都做得到，你就错不了的。走！来看看吧。”

亚瑟跟着他走进一条狭弄；到了尽头，听见开锁声，有人从里面把一扇坚固的门打开了。他们进了门，到了一间门房（或叫门厅），从里面穿过，进去以后又有一扇门和格栅，这里面就是监狱了。老人一直在前面慢腾腾地走着，到了值班的看守面前，他慢慢地、僵硬地，并且伛偻着背，转过身来，仿佛是向看守介绍这个与他同来的人。看守点了点头；与他同来的人走进去，看守也没有问他是来看哪一个人的。

夜很黑；监狱院子里的灯，以及歪歪斜斜挂着各式旧窗帘、遮帘的许多窗口亮着的蜡烛，也不见得使夜显得亮了多少。有几个人在外面闲逛，但大多数的人都呆在房间里。那老人顺着院子右面走去，待走到第三或第四个门洞时，他便转身进去，接着便开始登上楼梯。“楼梯很暗，先生，不过，不会碰着什么东西的。”

他停了一会儿之后，开了二楼的一扇门。他刚转开门把手，来访的客人便看见了小杜丽，对她靠了单独一个人用餐的方法藏了这么多食物的理由也一目了然了。

应该是她自己吃的食物，她带回家来了，并且已经用烤架将食物搁在火上，热给她父亲吃。她父亲穿一件长外衣，戴一顶黑色的帽子，坐在桌子旁等吃晚饭。他面前铺开了一块干净的布，上面放好了刀、叉、汤匙、盐瓶、胡椒罐、杯子、酒壶。一小瓶辣椒粉，一小碟醋，就连他的这种特色调味品也不缺少。

她吃了一惊，两颊绯红，转而又发白。来客用手冲动地轻轻一挥，而更多的则是用两只眼睛恳求她尽可以放心，也请她相信他。

“我在门口碰上这位先生，”叔叔说道，“——克莱南先生，威廉，是艾米一位朋友的儿子——当时，他路过的时候，想来表示一下敬意、问个安，可是他该不该进来却拿不定主意。这是我的哥哥，先生，叫威廉。”

“我希望，先生，”亚瑟说道，实在吃不准该说些什么，“我对您的女儿的钦佩，就可以说明我想来见您的愿望，并证明这个愿望是否有理了。”

“克莱南先生，”对方答道，并站起身来，脱下帽子端在手上，然后又拿起来，准备再戴上，“您使我感到荣幸。欢迎您，先生。”深深鞠了一个躬。“弗莱德里克，拿凳子。请坐，克莱南先生。”

他把脱下的帽子重又戴在头上，并在自己的位子上坐下来。他的一举一动，神情可掬，宽厚，有保护人的风度，这些是他接见狱中人时采用的礼节。

“欢迎您光临马夏尔西狱，先生。我欢迎了许多人到这大墙之内来。也许您已经知道——我的女儿艾米可能提起过——我是监狱之父。”

“我——这个，我知道，”亚瑟立即接嘴道。

“我看，您也知道我的女儿是在这里出生的。是个好姑娘，先生，可爱的姑娘，一直是我的安慰与依靠。艾米，亲爱的，放好碟子。我们在这里，因陋就简，这个习惯，克莱南先生是能谅解的。不知您是否乐意，倘若我请您赏脸，先生，也来——”

“谢谢您，先生，”亚瑟答道，“一点也不想。”

他自己感到十分惊讶，惊讶这个人的举止，也惊讶此人竟然从未想到，他自己的女儿对自己的家史有可能会保持缄默的。

她拿起他的杯子倒了酒，又把一件件小器皿放在桌子上，让他伸手便可拿到。然后，在他用餐时，她就坐在旁边。显然为保持他们每晚的习惯，她在自己面前放了一些面包，并把他的杯子拿起来放到嘴边碰了碰。然而，亚瑟发现她心里乱糟糟的，什么也没有吃。她望着她的父亲，对于他，她心里一半是敬佩和骄傲，一半是羞愧，但都包含了忠诚与爱，她这样的目光触动了他的内心深处。

对于他的弟弟，马夏尔西狱之父毫无架子，是一个态度和蔼、关心备至的人，这时的他则以私人关系相待，不以知名人士自居。“弗莱德里克，”他说，“你跟芬妮，我知道，在你们住处吃晚餐。芬妮怎么没有来，弗莱德里克？”

“她跟梯普一道。”

“梯普——您知道了——克莱南先生，他是我的儿子。他有点放荡，很难管教，不过他来到这个世界，相当”——他轻轻叹了一口气，耸了耸肩膀，朝房间周围看了一眼——“有点不利。您是第一回到这里来吗，先生？”

“第一回。”

"您从小到现在，要是到这里来过，而我不知道，那是不可能的。哪一个人——不管是什么样的人——什么样的人——到这里来而又不来见我，那是很少有的。"

"来见我哥哥的，一天里有多到四十、五十的，"弗莱德里克说道，脸上隐约间有因一丝自豪感而引起的喜色。

"是的！"马夏尔西狱之父赞同地说道。"甚至还有超过那个数目的时候。到了开庭期，如果是一个天气好的星期天，那真是一个相当盛大的午后接见会——相当盛大。艾米，亲爱的，我想了老半天也没记起那个从坎伯威尔[①]来的先生的名字，是那个为人和气的，在这里押候了半年的煤炭商在圣诞节期间介绍给我的。"

"我也不记得他的名字了，爸爸。"

"弗莱德里克，你记得记不得？"

弗莱德里克也不清楚自己有没有听到过这个名字。提出这样的一个问题，又想问出一点情况来，那是真不该去问他的，这一点是谁也不会怀疑的。

"我说的是，"他的哥哥说，"那位先生，他把那件事干得那么漂亮，那么巧妙。哈！咄？他的名字我一点也记不得了。克莱南先生，我刚才说的那件漂亮、巧妙的事，也许，您想知道是怎么回事吧？"

"很想听听，"亚瑟说道，他的目光避开了那开始垂下的娇小脑袋，避开了那张又掠过一丝忧虑的苍白的脸。

"这件事如此慷慨大方，可以看出他如此高尚的感情，所以，再提一提，那也可以说是一种责任。我当时就说过，若有适当的机会，又不引起人家的多心，我常常还会说起这件事的。一件——呃——一件——把事实包起来也没有意思——您要知道，克莱南先生，有时候

---

① 泰晤士河南岸一自治城区。

这种事情的确是有的，到这里来的人，愿意拿出一点小小的——纪念品——送给马夏尔西狱之父。”

她的手搭在他的手臂上，显示出一种半被抑制的默默的恳求，她那畏前怕后的矮小的身体别过去，看到她这样的举动，无异于看到了一幕非常、非常令人伤心的情景。

“有时候，”他接着说道，语声又低又轻而且激动，并不时地清清喉咙；“有时候——嗯——是这种形式，有时候是那种形式；不过一般送的都是——呃——钱。我，我不得不承认，钱总归是——嗯——收下的。我说的那位先生，来见我的时候，克莱南先生，他的举止态度，使我感到非常愉快，说起话来，非常文雅，不但如此，而且非常——呃嗯——博学。”他说这些话的时候，虽然已经用完了餐，但是两只手还是拿着刀、叉，神经质地在盆子里拨弄，仿佛面前还有一些没吃。“从他的谈话中知道，他有一个花园，虽然他起初说起话来小心翼翼，因为花园——嗯——我是没法子去的。不过，由于我赞美一束很漂亮的天竺葵——没错，是很漂亮的一束天竺葵——那是他从他的花房里拿来的，结果，他还是说出来了。就在我注视这一束天竺葵的鲜艳颜色时，他给我看围着的一张纸条，上面写着：‘送给马夏尔西狱之父’，并递到我手上。但还有呢——嗯——还有呢。他走的时候，特别关照，要过半个小时再把纸条取下。我——哈——我在半个小时之后拿下纸条；我发现那里面有——呃嗯——两枚金币。我告诉您，克莱南先生，我收到过——嗯——各种各样的纪念品，价值也大小不等，这些我都——哈——真可叹，都收下来；可是，我从来没有像收到这份——呃嗯——纪念品那样高兴过。”

亚瑟对于这种事情本来就说不出多少话，不过他正在说的时候，有一个钟响起来了，门口听到了脚步声。一个漂亮的姑娘见房间里有一个陌生人，在门口停住了脚步，和她一起的一个年轻人也站住了。

这个姑娘身材比小杜丽好多了，发育也比小杜丽好得多了，虽然两个人站在一起一看，这位姑娘的脸看上去年纪要小得多。

“这是克莱南先生，芬妮。克莱南先生，这是我的大女儿，这是我的儿子。钟响了，那是告诉来客可以离开了，所以他们是来向我道个晚安的；不过还有好多时间，还有好多时间。女儿啊，你们要处理什么家务事，克莱南先生会谅解的。我看，克莱南先生是知道的，我这里就这么一个房间。”

“我就问艾米拿几件干净衣服就行了，爸爸，”第二位姑娘说道。

“我也是拿几件衣服，”梯普说。

那是一件旧家具，上部是一个衣柜，下部是床。艾米拉出衣柜的一个抽屉，拿出两小包衣服来，交给她的姐姐和哥哥。“都缝补过了？”克莱南听见她姐姐低声问道。艾米回答说：“好了。”这时候克莱南已经站起来，并且趁这个机会观察着房间。光溜溜的墙被刷成了绿色，一看便知道不是一个内行人刷的，墙上很不整齐地贴着几幅画。窗上有窗帘，地上有地毯；还有架子，有衣帽钩，以及其他类似的用具，那都是这些年来一点点积累起来的。这是一个很窄小的房间，房间里也并没有什么家具；烟囱也漏烟，壁炉顶上的铁罩也是多余的。不过，由于不断地收拾和经常留心，房间倒是十分整洁，而且就这样的房间来说，甚至可以说是舒适的。

钟一直在响个不停，叔叔急着要走。“走吧，芬妮，走吧，芬妮，”他说，一只手臂夹着他那破旧的单簧管套子。“铁锁！孩子，铁锁！”

芬妮向她父亲说了声晚安，踏着轻盈的脚步飞快地走了。梯普已经咔嚓咔嚓地下了楼。叔叔在他们后面慢慢地跟着，他回过头来对亚瑟说：“铁锁，先生，铁锁。”

克莱南先生在跟他们一起走之前，还须完成两件事情。一件是送一样纪念品给马夏尔西狱之父，但又不能伤害他的孩子的自尊心；另一件事是对这个孩子说几句话，虽然不过是简短几句话，但要解释一下他为什么要到这里来。

“请允许我，”监狱之父说，“送您到楼下。”

她已经悄悄地跟其他人下去了，现在只剩下他们两个人。“不为别的，”来客急匆匆地说。“请允许我给——”丁，丁，丁。

“克莱南先生，”监狱之父说，“我深深地，深深地——”可是他的客人已经合拢他的手，中止了这丁丁声，飞速地下楼了。

他走下楼梯时没有碰见小杜丽，院子里也没有看见她。最后几个三三两两的人向门房匆匆走去，他跟在后面走着，正巧看见她在进口处第一幢房子的门口，他急忙回转身来。

“请原谅我，”他说，“在这里跟你说话。请你原谅我找到这里来！今天晚上我跟在你的后面。我这么做的目的，是要帮助你和你们一家。我和我母亲的关系，你是知道的，因此你也许不会感到意外，在她家中，我们保持疏远关系，以免我无意之中引起她的嫉妒，引起她的不满，或者影响了她对你的看法。今天我在短短的时间里所看到的一切，使我想成为你的朋友的由衷愿望更加强烈了。假如我有希望得到你的信任，这就可以为我弥补许多失望。”

起初，她感到惊恐，然而在他开始与她说话之后，她似乎壮了胆。

“您太好了，先生。您跟我说得这么认真。可是我——可是我倒是但愿您没有盯着我。”

她说这话时的激动，他知道，是因她父亲之故而引起的。他尊重这一点，沉默了。

“克莱南太太帮了我的大忙；如果她不给我这份活儿，我不知道我们会怎么样的；我觉得，她帮了我们的忙，我倒把事瞒着她，这恐怕不能算是应有的报答吧。今天晚上我没有别的要说了，先生。我知道您是好意的。谢谢您，谢谢您。”

“让我在离开之前再问你一个问题。你早就认识我母亲了吗？”

“大约两年，先生。——钟声停了。”

“你第一次怎么认识她的？是她差人找到这里的？”

“不是。她连我住在这里都不知道。我们有一个朋友，我和爸爸的朋友——一个贫苦的工人，却是我们最好的朋友——我便写了纸条，说明我要找一个做针线的活儿，还用了他的地址。他就把我写的纸条在几个不要花钱的地方张贴。克莱南太太就是这样发现我的，她派人找我去。门要上锁了，先生！”

她发抖得那么厉害，又是那样激动，而他，由于同情她，由于了解了她的身世之后，非常关切她，因而十分感动。在这种情况下，他真不想离开。然而，钟声的停止，监狱的寂静，都告诉他必须离开了。他匆匆说了几句友好的话之后，便与她分手，让她悄悄回到她父亲的房间去。

然而，他呆得太晚了。内门上了锁，门房关上了。他用手敲了几下门，毫无作用。他站在那里，很不高兴，心想这一夜只好在这里过了，正在这时，有一个声音在背后叫他。

“锁住了，唔？”那声音道。“你只好等到天亮再回家了——噢！是你呀，克莱南先生？”

说话的原来是梯普。他们在监狱院子里站着，你看我，我看你。此时，天下起雨来了。

“是你自己不好，”梯普说道；“下一次你得多留点儿神呢。”

“可你不也锁在里面嘛，”亚瑟道。

“我想是吧！”梯普挖苦地说。“差不多吧！不过我跟你不一样。我是这儿的人，只是我妹妹说，绝不能让老头子知道。我自己可不明白是为什么。”

“有宿夜的地方吗？”亚瑟问道。“有什么好办法没有？”

“你最好先找到艾米，”梯普道，有什么难处他总找她去，似乎是理所当然的。

“我还是在这儿走走，呆到天亮——没有什么要紧的——可不想去麻烦她。”

“用不着在外面呆着，要是肯给宿夜费。要是你肯付点钱，他们会给你在酒吧的桌子上临时搭个铺。你要是愿跟我去，我就到那里介绍介绍。”

他们经过院子时，亚瑟抬头来望着他刚刚离开的那个房间的窗口，只见窗口还亮着灯。“不错，先生，”梯普顺着他的目光望去，说道。“那便是老头子的房间。她还要陪他坐一个钟头，给他读昨天的报纸，或者读点别的什么。读完了她就像一个小幽灵似的出来，没有一点声响地消失。”

“我不明白你的话。”

“老头子就睡楼上那个房间，她在看守那里有住的地方。那边第一幢房子，”梯普指着那个门道说道，她刚才就是从这里进去的。“第一幢房子，楼厅。[1]她付的房钱是外边房间的一倍，而外边的房间要比她的好一倍。可是她却日日夜夜守着老头子，可怜的姑娘。”

说话间他们不觉来到了监狱最里面的小酒店，酒店里那些狱中人刚刚离开夜间社交俱乐部。他们聚会的底楼房间，就是现在说的酒吧。主席的讲台，酒壶，杯子，烟斗，烟灰，以及俱乐部成员普遍的气味，仍然与聚会欢饮刚结束时一个模样，没有变动。一般都认为，

① 即阁楼。

女人饮酒要掺水是必不可少的特性，酒吧里已经备了两种这样的酒，因为掺水酒又热又烈；但依此推论，还有第三种酒，需要量很大，酒吧则美中不足，因为它毕竟只是个禁锢的房间。

不知底里的外来客人，自然认为这里人人都是犯人——店主，跑堂，女招待，侍者，所有的人，无一例外。他们到底是犯人抑或不是，看不出；然而，一个个都面目丑陋。一间位于前厅的杂货店的店主，是接待男客人住宿的，也来帮助铺床。他过去是个裁缝，他说，他有一辆四轮敞篷马车。他自诩他为了维护监狱的利益，好打官司。他有一个模糊的也说不清楚的想法，即司法官中途扣下了一笔“专款”，这笔专款原是应该拨给犯人的。他总爱这么想，老给新来的犯人或来客讲这种模模糊糊的冤情，尽管他自己怎么也说不清他指的是什么“专款”，也说不清这个观念怎么会在脑子里生根的。然而，他坚定不移地相信，他每周应从这笔专款中分得三镑零九便士；作为犯人，他个人每周一照例要被司法官骗走这个数目的钱。一看便知，他来帮助铺床，目的是可以有一个机会来说说这件事情。他把心头的话一古脑儿都倒出来，并且宣布(似乎他老是宣布，却都不见下文)他要写信给报社，揭露司法官。话倒完了，宣布也宣布了，于是，他就与别人东拉西扯去了。很明显，从参加谈话的一伙人的总的调子听来，他们是把无力偿还债务看作是人类正常状况，而偿还债务则是偶尔发作的疾病。

在这个陌生的地点，只见四周游荡着这些陌生的幽灵，亚瑟·克莱南站在一旁，看着他们忙这忙那，仿佛这些人是梦里的人，这景是梦里的景。在他们做准备工作的时候，对这一切早已非常熟悉的梯普(他对于酒吧里的消遣是津津乐道的)向亚瑟一一介绍，那公用厨房的炉火是犯人捐款维持的，用水壶烧热水也是用同样办法资助的，还有其他设施，它们总的趋向是一个结论：马夏尔西狱应该有“身健、家富、智多”[1]之道。

在一个角落里，两张拼起来的桌子终于变成了一张非常舒适的床；现在只剩下这位陌生人一个人了，与他做伴的唯有几把温莎椅[2]、讲台、弥漫了空间的啤酒味、木屑、纸捻、痰盂、安眠。然而，这最后一项，却久久不能与其他几项挂上钩。新奇的地方，他毫无思想准备地来到这里，被囚禁起来的感觉，对于楼上房间的回忆，还有那两个兄弟的形象，尤其是那回避旁人的孩子似的身影，以及他现在看到的那张脸上所反映的即便不说是贫困，也是多年食不果腹的境况，这一切使他合不上眼睛，不能安眠，只觉得非常痛苦。

还有种种思虑，与监狱极不相称然而总是与监狱有关的思虑，在他睁眼躺着的时候，就像噩梦一般，在他脑海中浮现。监狱里有没有为可能会死在里面的人准备了棺材？棺材放在什么地方？怎么放的？死在监狱里的人埋到哪里去？怎么将死人搬出去的？搬出去时要有什么仪式？不共戴天的债权人会不会抓住死人？至于越狱逃走的问题，有什么样的可能？犯人能不能用绳索与钩子爬墙逃走？爬到墙外又怎么下去？他会不会落到人家屋顶上，悄悄地走下楼梯，开门出去，最后消失在人群之中？至于监狱火灾，倘若就在他躺着的时候失火了，怎么办？

这些不由自主的突然产生的想象，最终不过是一幅图画的背景而已，在这幅图画里有三个人出现在他面前。他的父亲，目不转睛地盯着，与他气绝时一个模样，带着某种预示在肖像上渐渐暗淡；他的母亲，抬起她的手臂抗拒他的疑心；小杜丽，她的手搭在那个落拓的人

---

① 取自英语格言，原是说明“早起早睡”益处多的，此处有“借酒消愁”、“苦中作乐”之意。

② 十八世纪英国流行的木制靠椅。

的手臂上，垂下的头别向一旁。

倘若他的母亲拿出她深知可以使人心软的老一套的理由来对待这位可怜的姑娘，怎么办？倘若现已安睡的囚犯——上帝保佑！——借助上帝最后审判日的灵光，把他的破产追究到她，怎么办？倘若是她，或他父亲的行动，甚至通过很远的关系，逼得那两个兄弟垂下灰白的头，落到如此地步，那又怎么办？

一个念头在他脑子里迅速闪过。他被长久关押在这里，他的母亲被长久困在她的房间里，在这两者之间她找到她要寻找的平衡了吗？我承认，那个人被囚禁，我是帮凶。我也同样因此而遭受痛苦。他在他的监狱里衰落了；我在我的监狱里衰落了。我付出了代价。

所有其他的思虑全都消失了，只有这一思虑仍然困扰着他。他睡着了，见她坐着轮椅，出现在他面前，用这样的正当理由来抗拒他。他醒了，无端地惊跳起来，这些话还在他耳边响着，仿佛她的声音在他枕边慢慢地说着这些话，使他不得安宁：“他在他的监狱里衰颓了，我在我的监狱里衰颓了；这是无情地公正的；在这方面我还有什么要偿还的！”

第九章

小 妈 妈

曙色姗姗来迟，总不肯爬上监狱高墙，探进酒吧的窗口。待到它果真来到，倘若是独自前来，而不夹带着阵雨，人们自然也很欢迎。然而，秋分时的暴风雨已经在海上生成，而公正无私的西南风，一路吹去，连这么个狭小的马夏尔西狱也没有忘记。风一面呼啸着，掠过圣乔治教堂的尖顶，卷起了附近房屋顶上的烟囱帽，一面俯冲，把南沃克的烟刮进了马夏尔西狱；这时，狱中几家早起的犯人家正在生火，狂风窜进他们家的烟囱，呛得他们几乎透不过气来。

亚瑟·克莱南原就不想赖在床上，尽管他的那张床铺在一个比较幽静的角落里，也不会受到多大的干扰；有人在耙昨日的炉灰，有人生火给狱中人烧今日的茶水，有人用唧筒往简陋的盛器里装水，有人在狱中人休息室里打扫木屑，有人做着其他诸如此类的准备工作，而他那个角落却不会有人来打扰。尽管如此，他还是起来了。迎来了早晨，他心里感到非常高兴，虽然晚上并不曾睡好，天一亮，刚能看清周围的东西，他便走出门去，在院子里踱来踱去，好不容易熬过了两个钟头，大门才开。

一堵堵高墙相隔是那样地近，又有乱云在头顶飞快地跑，他仰望狂风怒号的天空，仿佛有因晕船而想呕吐的感觉。一阵阵的狂风，把雨吹斜了，淋湿了中央楼房他昨夜去过的那一头，使它变成一片黑；但因为墙挡住了密雨，留下了一块干燥的地面。他就在这块干燥地面上来回踱着，踩着干草、尘土、纸屑，踩着从唧筒里滴下的水，踩着昨日被人抛弃的菜叶。要说生活中有荒凉的景象，这便是荒凉。

在这荒凉的景象中，有一个把他吸引到这里的矮小的姑娘，然而，荒凉也并没有因此而缓和。也许，她已经悄悄地走出了那个门洞，在他正巧两处都没有留意的时候，走进了她父亲居住的屋子的门，然而他却没有看见她。这个时候对她哥哥来说还太早。他这个人，你见过一面对他便能有相当的了解，知道这个时候他还懒得离开他昨夜睡下的床，不管那床有多脏。因此，亚瑟·克莱南一面来回踱着，等候开门，一面心里琢磨今后该怎样继续寻找线索，至于眼前的事，就暂且搁起来。

看守房间的门终于开了，看守站在台阶上，开始了他一天里的第一次梳头，准备放他出去。他带着一种被释放的愉快感觉，走出了门房，又到了昨夜与那个弟弟交谈的狭小的外院。

已经有一行人三三两两进来了。不难看出，他们都是这个地方难以形容的送信人、中间人和跑腿儿的。他们有的一直在雨里站着，等待开门；有的因为把到达监狱的时间算得很准，现在正好到门口，往里走去，拿着被雨水淋湿的泛黄的纸包，里面是各种食品：有面包、奶油、鸡蛋、牛奶，以及诸如此类的东西。这些为衣衫褴褛的人服务的人衣衫之褴褛，这些为无力偿还债务的人跑腿的无力偿还债务的人之贫困，见了真令人心酸。如此破得丝丝缕缕的衣裤，如此散发着霉味的长袍与头巾，如此皱得不成样子的男帽与女帽，如此的靴子与鞋子，如此的雨伞与手杖，在旧衣交易会[①]上从来没有看见过。他们一个个都穿着别人扔掉的衣服；这些衣服都是用别人的衣服东一块、西一块拼凑起来的，没有一件衣服是单独用一种衣料做成的。他们走起

---

① 伦敦旧衣交易中心。据亨利·梅休著《伦敦劳工与伦敦穷人》（*London Labour and the London Poor*，1861—1862）一书，该中心在刀匠街(Cutler Street)一带。

路来仿佛是非人类的物种在走路。他们走起路来样子很怪，总是紧贴着墙角，仿佛他们老是朝当铺走。世上有这样的人，他们习惯于被人家丢在门口，站在漏风的过道上，等待着屋里的人给墨水已经褪色的信件作出答复，然而，这些信件给予阅读手稿的人的是心绪的纷乱，而不是满足。他们的咳嗽，就像这样的人的咳嗽。他们注视从身边走过的那个陌生人时，两眼紧逼——饥饿、尖锐的目光，在揣测，倘若他们向他提出要求，他会否宽厚相待，在揣测有否给他们一顿美餐的可能。他们撑起高高的肩膀，拖着蹒跚的脚步，衣服虽有纽扣、饰针、补丁，虽然披在身上，但纽孔磨破了，衣服还露出一截截肮脏的棉纱头，嘴里冒出一股酒味。这一切让人看出，他们是一身的行乞模样。

他站在院子里并没有走动，只看着这些人从他身边经过。其中有一个人转身问他，是否能为他效劳。经他一问，亚瑟·克莱南脑子里闪过一个念头，他想在离开之前再和小杜丽谈一次。她可能已不再感到意外，也许见了他态度会自然一些，不再感到拘束。他问这个叫花子(他手里拿着两条熏青鱼，腋下夹着一块面包和一个鞋刷)附近有没有喝咖啡的地方。这个难以形容的人说话倒也没让人扫兴，并把他带到了离监狱一箭之地的街上的一家咖啡馆。

“你知不知道杜丽小姐？”这位新主顾问道。

这个难以形容的人认识两位杜丽小姐。一位是在这里面出生的——就是她！就是她？这个难以形容的人认识她有好多年了。至于另一位杜丽小姐，他说他就与她和她叔叔住在同一幢厂房子里。

听他这么一说，这位新主顾原先想好了一半的打算改变了。他本来打算呆在咖啡馆里，等这个难以形容的人打听到消息说小杜丽已经上街去之后再走。他叫这个难以形容的人带个口信，但不能让别人知道，就说昨夜拜访过她父亲的那位客人，请她到她叔叔住的地方来，想同她再谈一谈，他还向这个难以形容的人问清了到那幢房子该怎么走。那房子很近。他给了那人两个半便士的一枚硬币。那人高高兴兴地走了。他在咖啡馆匆匆吃了一点东西，便急急忙忙朝吹单簧管的人的住处走去。

这幢房子里住了这么多的房客，所以门柱子上挂满了拉铃的把手，就像大教堂的风琴排满了调音的按键一样。他不知道哪一个按钮是那位单簧管手的，正这么寻思的时候，一个羽毛球从客厅窗口飞出来，落到了他的帽子上。这时候他注意到，客厅的窗子有一遮篷，遮篷上写着“克利泼尔斯先生中学”，另一行是“夜校”。遮篷后面有一个白脸皮的小孩，手里拿着一块奶油面包，一个球拍。窗不高，站在人行道上便可看见窗内的一切；他从遮篷上往里瞧，一面把羽毛球递进去，一面询问起来。

“杜丽？”白脸皮的小孩(其实是克利泼尔斯少爷)说道。“杜丽先生？第三个铃，敲一下。”

克利泼尔斯先生的学生，似乎拿临街的门当作抄写本了，因为那门上用铅笔涂满了字。出现最多的字是“老杜丽”和“臭迪克①”。把这两个名字合在一起，便可看出克利泼尔斯先生的学生有什么样的个性意向。作这些观察他有的是时间，他在等开门；终于听见了门响，开门出来的是这个可怜的老头自己。

“哈！”他慢慢地记起了亚瑟，说道，“你昨天夜里关在里面了？”

“是呀，杜丽先生。我想马上就在这里见见您的侄女儿。”

---

① 原指伦敦主教门一酒菜馆，店堂内结满了蜘蛛网，布满了灰尘。名字取自一度很出名的里敦霍尔街的“肮脏货栈”，纳逊尼尔·本特莱(Nathaniel Bentley, 1735—1809)所有，他原先生活挥霍，后落拓，人称“臭迪克”(Dirty Dick)。

“噢！”他寻思起来，说道。“我的哥哥不知道吧？就是。请你到楼上来等她，好吗？”

“谢谢。”

他慢吞吞地转过身去，如同他说的和听见的都是在脑子里慢吞吞地转那样；然后，他领着路，走上窄小的楼梯。这幢房子非常窄小，并散发着一股难闻的气味。小楼梯的窗户窥视着别的房子的后窗，那些后窗里也是一股难闻的气味，窗口伸出晾衣竿与绳子来，上面挂着一串串衣裤，极不雅观：仿佛住在那里的房客在窗口垂钓，引衣服上钩，而钓到的是可怜巴巴的几条，并不放在眼里，只是听其自然。在后阁楼里——那是一间阴沉沉的房间，里面有一张折床，急急匆匆刚刚翻起来的，床上的毯子都露在外面，宛如水煮沸了，顶起了水壶的盖子——两个人吃的早点，咖啡和面包，放在一张摇摇晃晃的桌子上，但都还没有吃完，只见杯盘狼藉。

房间里没有旁人。老人寻思了一会儿，自己嘀咕着，芬妮跑了，说着便要到隔壁房间去叫出来。来客已经注意到，她在里面把门顶住了，她叔叔要把门推开，里面怒气冲冲地喊着：“别推！傻瓜！”还可看到脱下的袜子和绒裤。见此情景，亚瑟推测，那小姐没穿衣服。那叔叔似乎还不知道是怎么回事，又慢吞吞地回来，在椅子上坐下来，伸手在炉火上取暖。这倒并非天冷，也可能他自己也说不出天是冷还是不冷。

“你觉得我哥哥怎么样，先生？”他问道。过了一会儿他发现自己是在干什么，于是把手缩回来，又伸出去，把放在壁炉架上的单簧管盒子取下来。

“我很高兴，”亚瑟不知所措地说道，因为他的思想集中在面前这个弟弟身上；“看到他身体这么好，这么快活。”

“哈！”老头儿咕哝着，“是的，是的，是的，是的，是的！”

亚瑟心里好生奇怪，他把单簧管盒子拿下来是要干什么？他根本不需要单簧管。一会儿之后他便明白了，他手里拿的不是小包鼻烟（鼻烟纸包也放在壁炉架上），便又放回去，再把鼻烟取过来，捻了一撮吸了一下。他吸鼻烟，也同做别的事情一样，无力，节俭，慢吞吞的。然而，他的眼角，他的嘴边，尚有一丝儿吸鼻烟的乐趣，在拨动他那可怜而又疲惫的神经。

“艾米呢，克莱南先生。你觉得她怎么样？”

“我觉得她给我的印象很好，杜丽先生；不管是我看见的，还是我心里想的，她都很好。”

“我的哥哥要是没有她，就会像掉了魂似的，”他说道。“我们大家都会有这种感觉的。艾米是个很好的姑娘。她是尽心尽责的。”

亚瑟觉得，在这些夸赞的话里，他听出了一种形成了习惯的调子，她父亲昨夜也是这样的调子，这使他的内心生出一种异议，并有一种对立情绪。这倒并非他们对于她的赞扬还不够慷慨，也不能说他们还没有意识到她为他们尽的责；而是说他们已经百无聊赖地对她习惯了，就如同他们已习惯了他们生活中其他的事情一样。他觉得，尽管他们面前每天都有可能在她与他们之间作一比较；然而，他们将她看作是处于一个必然地位的人，与他们每一个人相对而言，她处在一个属于她的地位，犹如她的名字、她的年龄。他觉得，在他们的心目中，她不是从监狱空气里成长起来的，而是属于监狱的；隐约之中是他们有权期望的东西，如此而已，岂有他哉。

她的叔叔又吃起早餐来，大嚼其泡了咖啡的面包，忘了房间里坐着客人。正在这时，第三个铃响了。他说，那是艾米来了，于是下楼去为她开门，而让客人一个人呆坐着，让他脑海中浮现出一幅活生生的图画，肮脏的双手，肮脏的脸，枯瘦的身影，仿佛他依旧萎靡不振地坐在椅子上。

她跟在他后面上了楼，身上依旧是往常穿的素净衣服，依旧是往常羞怯的举止。她双唇微张，她的心仿佛跳得比往常快。

“艾米，”她的叔叔说道，“克莱南先生已经等你多时了。”

“我冒昧地给你带去了口信。”

“口信带到了，先生。”

“上午还要到我母亲家去吗？我看你去不成了，现在已经过了钟点了。”

“今天不去了，先生。今天没有我的活儿。”

“请允许我同你出去走走，你上哪里都行，你看好吗？到了外面，我们可以一边走，一边谈谈，这样，也用不着把你留在这里，我也可以不必在这里多打扰。”

她有些为难，但她还是说道，请便吧。他假装不知把手杖放到哪里去了，好让她有机会把床折好，去照应一下十分焦急地敲着墙壁的姐姐，也可让她同她叔叔悄悄地说上几句话。手杖找到了，他们便下得楼去。她在前面走，他在后面跟着，叔叔站在楼梯口；也许，他们尚未走到底楼，他便将他们忘记了。

克利泼尔斯先生的莘莘学子，这时正朝学校走来，他们停止了每日早晨用书包和书本打打闹闹的游戏，一个个拼命瞪大眼睛，注视这位来拜访臭迪克的陌生人。他们忍着默默无声地看着这一令人费解的场面，一直到这位神秘的客人走得相当远了，他们才哄然而起，一边扔石子，一边叫嚷，手舞足蹈，嘴里说着脏话。他们用了这么多的野蛮礼节，完全将亲善的旱烟管[①]深埋了，即便克利泼尔斯先生是这个

① 北美印第安人习俗，将二英尺半长的旱烟管(芦苇制的烟管，烟斗为光亮的红大理石制成)递给陌生人抽，即表示好客与亲善，来客拒绝则有敌意之嫌。

娃娃部落的酋长，并且涂了出征的面饰[1]，他也教不出如此出色的学生来。

在这些学生向他表示敬意的高潮中，亚瑟·克莱南先生向小杜丽伸出他的手臂，小杜丽挽住了。“从铁桥[2]走好吗？”他说道，“那边可以躲开大街上的嘈杂。”小杜丽答道，请便吧。紧接着她便大胆地请他对克利泼尔斯先生的学生“不要放在心上”，因为她本人就是在克利泼尔斯先生的夜校受教育的，尽管那也是很不像样的教育。他怀着世上最好的愿望答道，他从灵魂的深处宽恕克利泼尔斯先生的学生。就这样，克利泼尔斯不知不觉地便成了他们之间的礼仪的主持人，两人顿时便毫无拘束了，仿佛他们是生活在美男子纳什[3]红极一时的日子里，只见他从一辆六驾马车上跳下来，专程赶来为他们主持仪式，然而，就他们的毫无拘束而言，克利泼尔斯则比美男子纳什高明了。

上午仍然刮着带雨的大风，街上到处是泥泞，令人难受，不过，他们朝铁桥走去的时候，却没有下雨。这个瘦小的人在他的眼睛里年纪似乎太小了，他即便没有在同她谈话，脑子里也在想着她的时候，间或会觉得她仿佛是个孩子。也许，在他眼里她似乎太小了，而在她的眼里，他似乎太老了。

“非常抱歉，我听说您昨天夜里碰到了麻烦，先生，被锁在里面了。真是倒霉。”

他说，没有关系。他昨晚睡得很舒服。

---

① 印第安人出征前，面部涂以各种花纹。

② 即南沃克旧桥，建成于一八一五年至一八一九年，在一八六四年前，此桥一直是一座收费桥。

③ 即理查德·纳什(Richard Nash，1674—1762)，原先是个出名的赌徒，后成为巴斯的司仪而闻名于世，并在该地开辟英国的大温泉。

“当然！”她脱口而出；她认为，咖啡馆里有很舒服的床铺。他发现，在她看来，咖啡馆是相当壮观的饭店，她很珍视这家咖啡馆的名望。

“我知道那里价钱很贵，”小杜丽道，“我爸告诉我，那里可以吃到非常丰盛的菜，还有葡萄酒，”她胆怯地补充了一句。

“你到那里去吃过吗？”

“喔，没有！到厨房去过，冲开水。”

从小到现在，说起马夏尔西狱饭店，那座壮丽房子里的奢华，便怀着某种敬畏的感情，听了真令人百感交集呀！

“我昨天夜里曾经问起过，”克莱南道，“你是怎么和我的母亲认识的。她叫人找你之前，你听说过她的名字没有？”

“没有，先生。”

“你父亲，你看会不会听说过？”

“不会，先生。”

他目光注视着她，正好她也抬起头来望着他，眼睛里充满了惊讶的神色(两人目光相遇，她吃了一惊，避开了)，这使他觉得有必要说明一下：

“我这样问你是有理由的，至于是什么样的理由，我倒也说不清楚；不过，你千万不要认为，我说的理由会给你带来丝毫惊慌与犯愁。恰恰相反。你认为，你父亲一生当中就没有听说过我这个姓克莱南的吗？”

“没有，先生。”

从她说这句话时的语气来判断，他仿佛觉得，她双唇微张，仰起头来正瞅着他；因此，他只是望着面前，并没有使她因重又感到难堪而心跳得更厉害。

就这样，他们走上了铁桥的桥头。与嘈杂的大街相比，铁桥上非常寂静，仿佛这里是一片旷野。狂风一个劲地呼啸，一阵阵带雨的大风呼呼地从身边掠过，卷起桥面上和人行道上的积水，洒落到江面上。铅色的天空上密云在疾驰，烟雾也在后面紧追，暗黑的江水也朝着同一个方向汹涌奔腾。小杜丽似乎是天底下最微不足道、最无声无息、最弱小的生物。

“我叫一辆马车让你坐着，”亚瑟道，险些儿说出下面这句话来，“我的可怜孩子。”

她急忙拒绝，还说，天晴也好，下雨也好，对她来说都是一回事；刮风下雨她都在外面奔波，已经习惯了。他明白她说的是真话，事实的确是如此，心里也就更加可怜她了。在他想象中，他身边这个瘦小的人每天夜晚穿过湿漉漉、黑洞洞、闹嚷嚷的大街小巷，走向这样一个栖息地。

“您昨夜说的话那样感动人，先生；后来又听说您对我父亲那样慷慨大方，所以，您带口信来，我就觉得非得走一趟，就算是来向您道个谢也是应该的。尤其是我非常希望能对您说——”话说到这里她犹豫了，身体在发抖，两眼噙着泪水，但眼泪没有落下来。

“要对我说——？”

“希望您不要误解我的父亲。请您不要像看待大门外的人那样来看待他，先生。他在那里呆这么久了！他在外面的样子我从来没有见过，不过我能够理解，自从到了那里之后，在有些事情上，他一定是换了一个人了。”

“你放心，我对他的看法绝不会不公正，绝不会苛求的。”

“倒不是说，”她说道，神情更加显得自豪，因为她显然是有些担忧，生怕她这么一来似乎会将他抛弃了似的，“倒不是说他有什么为他自己感到羞愧的地方，也不是说我有什么为他感到羞愧的地方。他需要的仅仅是希望别人能理解他。关于他，我只要求一件，那就是，他的一生会受到公正的对待。他说的每一句话都是对的。事实也正是像他所说的那样。人家对他非常尊重。到里面来的人，能认识他都觉得高兴。谁都没有像他那样受到人家的奉承。在人们的心目中，他远远比司法官还要大。”

倘若自豪是天真的，那么在小杜丽自夸她的父亲的时候，她的自豪便是天真的。

“人家常常说，他的言谈举止是真正的绅士的言谈举止，很值得人们去研究、观察。我觉得在那个地方，说起那样的言谈举止，没有一个人像他那样的，而人们觉得他超过其他所有的人。人们送他礼物，那是因为知道他很穷。可怜的爸爸，他穷那不是他的罪过。有谁在监狱里呆了四分之一世纪之后，还会是富有的！”

她的话包含了多么丰富的感情，她眼里噙着的泪水蕴藏着多么深厚的同情，她身上有着一个多么伟大的忠贞的灵魂，在他身上洒下虚幻光明的是多么真实的光！

“假如我认为最好还是隐瞒我的住处，那并非是因为我为他而感到羞愧。但愿不是这样！也不像人们可能会认为的那样，是因为那个地方使我感到非常羞耻。并不能说进了那个地方的人就是坏人。我就知道有许多好人，坚强、正直的人，就因为遭到不幸，到了那个地方的。他们相处在一起，几乎都是心地善良的。如果忘记了我在那里度过了许多安静、舒适的时光；忘记了我小的时候，在那里曾有过一个非常喜爱我的很好的朋友；忘记了我在那里得到了教诲，在那里工作，在那里安安静静地睡觉；如果忘记了这一切，我就太忘恩负义了。我觉得，我在经历了这一切之后，居然对它没有一点儿感情，那么我差不多是个胆小鬼，是个冷酷的人了。”

她倾诉了心头的无限忠诚之后，抬头望着她的新朋友，目光是那样地富有感染力，一面羞怯地说道：“我原来并不想要说这么多的话，而且，这事儿我以前一次也没有说起过。可是，与昨天夜里相比，现在说的似乎更有条理了。我昨天说过，真希望您没有盯着我，先生。我现在倒并不完全这样想了，除非您觉得——其实，我现在一点也没有这样的想法了，除非我说得前言不搭后语，害得——害得您一点也弄不明白我说的话，我想，事情恐怕是这么一回事。”

他非常诚实地告诉她说，并不是这么一回事。他站在她面前，竭力为她挡住那狂风和密雨。

“我想我现在已经得到允许，”他说道，“可以再问一些你爸爸的事情。他的债权人很多吗？”

“噢！许多许多。”

“我说的是扣押债权人，就是把你父亲扣押在他现在住的地方的人。”

“是呀，有很多。”

“你能不能告诉我——毫无疑问，要是你不告诉我，我也可以在别的地方了解到的——这些债权人当中，最有权势的是谁？”

小杜丽想了一下之后说，很久以前她听说过一个叫泰特·巴纳克尔先生的，是个权力很大的人。他是政府部门的长官，是什么董事会，什么评议员，“有头衔的人”。她似乎记得，他住在格罗符诺广场，要不然就在附近什么地方。他是在政府部门里做事的——是“拖拖拉拉部”里的大官。她在小的时候似乎就有一个可怕的印象，这个格罗符诺广场，要不然就在附近什么地方，就在拖拖拉拉部里做事的可怕的泰特·巴纳克尔先生，权力很大，她一提起他来就感到毛骨悚然。

“我要是去找这个泰特·巴纳克尔先生，”亚瑟心里想，“是不会碍事的。”

这个想法刚刚在他心头萌生，她便机警地觉察到了。“啊！”小杜丽说道，怀着一生中微弱的绝望心情摇着头。“过去有许多人曾经想过要把我可怜的父亲弄出去，可是您哪里知道，什么法子都没用。”

她真诚地提醒他，不要去接近这艘他梦想捞起的沉船，为此她一时竟忘记了羞怯；她两眼注视着他，然而，他面前是她那逆来顺受的面庞，孱弱的身影，单薄的衣衫，还有那狂风与密雨，因此，毫无疑问，她的目光并不能改变他要帮助她的意图。

“即使办成了，”她说道——“其实这件事现在已经永远、永远办不成了——即使办成了，爸爸到哪里去安身？他又怎样过日子？我经常想，即使这样的变化发生了，现在对他来说也绝不是什么好事。到了外面，人家可能就不会像现在这样尊重他的。到了外面，人家也不会像现在在里边那样友好地对待他的。他已经适应了那里的生活，到了外面，他可能就适应不了。”

说到这里，她第一次抑制不住，落下了眼泪；她忙着针线活时他注意过的那双瘦小的双手，这时候握在一起，颤抖着。

“就连知道我在外面挣几个钱，知道芬妮在挣钱，也会给他增添痛苦的。您不知道，他老在为我们操心、着急，觉得自己被关在那里，是这样的无能为力。这是个多好、多好的爸爸！”

他没有说话，只是等她激动的感情平静下来。她很快便冷静下来了。她没有考虑自己的习惯，也没有拿自己的激动去打扰旁人的习惯。他别过头去，望着层层叠叠的住房屋顶、林立的烟囱、滚滚的浓烟，望着江面上密密麻麻的船桅，望着岸上密密麻麻的房屋尖顶，在烟雨蒙蒙中混杂在一起，难以辨认。然而转眼之间，她便默默无声了，仿佛她是在他母亲的房间里干着针线活。

“让你的哥哥获得自由，我想你会很高兴的吧？”

“噢，非常、非常高兴的，先生！”

“那么，我们至少要为他想想办法。昨天夜里你同我说过，你们有一个朋友？”

小杜丽说，他的名字叫普罗尼希。

那么，普罗尼希住在什么地方？普罗尼希住在“伤心园”。他只不过是一个“泥水匠”，小杜丽说。她的意思是要提醒他，别以为普罗尼希有什么很高的社会地位。他住在伤心园最后一幢房子，小门道上面写着他的名字。

亚瑟记下了他的地址，并且把自己的地址抄给她。目前他想做的事都做了，只是临走时还希望请她相信他，希望听她一句类似保证的话，表示她是相信他的。

“这儿是一个朋友！”他说着放好了笔记本。“我要送你回去——你回去吗？”

“是呀！这就回家去。”

“我要送你回去，”他觉得“回家”这两个字听起来不舒服，没有说出来，“请你相信，你又有了一位朋友。我不想作什么表白，别的就不说了。”

“您对我真好，先生。我看您也不要再说别的了。”

他们转身往回走，穿过令人难受的泥泞街路，经过破旧、简陋的小店，挤过贫民区常见的一群沿街叫卖的肮脏的小贩。短短的途中，看不见一件能使人的五种官能随便哪一种都感到舒服的东西。然而，对于克莱南来说，当时挽着这个矮小、瘦弱、小心谨慎的人，冒着平常的雨、踏着平常的泥浆、听着平常的嘈杂声走过的路，并非平常的路。她对他来说似乎是多么地小，他对她是多么的老，他们两人在注定要错综交织在一起的人生经历的那个开始阶段，是那样难以揣测各自的心思，这些在当时都是无关紧要的。他心里只想着她是在这样的环境中出生、成长的，而现在却正在这环境中畏畏缩缩地走着，她熟悉这样的环境，然而又真不该呆在这样的环境中；他想着她早就熟悉了生活的贫苦，想着她的天真无邪；想着她对别人多年来表现出的关心，想着她是那样年轻，想着她那孩子似的外表。

他们走到马夏尔西狱所在的大马路的时候，听见有一个人在叫："小妈妈，小妈妈！"小杜丽停下步子，回过头来。一个模样怪异、神情激动的人撞在他们身上（一面仍旧叫着"小妈妈"），跌倒在地上，一个大篮子里装满了土豆，这时全部打翻，撒落在泥泞的地上。

"噢，玛吉，"小杜丽说道，"你真是个笨手笨脚的孩子！"

这话并没有伤了玛吉的自尊，相反，她马上就从地上爬起来，然后便在地上捡土豆，小杜丽和亚瑟·克莱南也都来帮她捡。玛吉只捡起几个土豆，而泥浆倒抓了一大把；不过，土豆都捡起来了，并且都放到了篮子里。这时，玛吉用头巾来抹她的一脸污泥，还拿擦脸的头巾给克莱南先生看，作为洁净的象征。这一动作倒让亚瑟·克莱南看清了她的模样。

她约摸二十八岁，粗大的骨骼，粗大的五官，粗大的脚，粗大的手，圆溜溜的眼睛，没有头发。圆溜溜的眼睛清澈透明，几乎没有色彩。她的眼睛对光线似乎没有什么反应，一动也不动，显得非常不自然。脸上还有那种侧耳倾听的表情，那是在盲人脸上所见到的。然而，她并不是瞎子，有一只相当管用的眼睛。她的脸并不能算非常丑，尽管是在微笑之间脸的丑才被弥补了；那是一种和气的笑，笑得也还叫人觉得愉快，可是，老是让人看见这样的笑就显得可怜而可悲了。一顶大白帽，留着很宽的不透明的褶边，褶边老是上下拍动，遮掩了玛吉光溜溜的头；有了这顶白帽，再戴上一顶系带子的黑色旧帽子，要系住在头上，实在也太难办，总是滑下来，拥在脑后，仿佛背了一个吉卜赛人的孩子。她那可怜的服装的其他部分是用什么布料做的，一般人便说不清了，只有由服饰商组成的委员会才能作出鉴定；

小妈妈

不过，她的服装总的说来酷似海草，还点缀着几片巨大的茶叶。她的头巾尤其像茶叶，仿佛在水里泡了很长时间。

亚瑟·克莱南望着小杜丽，那表情仿佛一个人在说“请问她是谁”这句话时的表情。这个玛吉，一边仍旧叫着小妈妈，一边拿起小杜丽的手抚摩着；可是小杜丽注意到了克莱南的表情，她说给他听了。（他们都站在一个门道里，因为大部分土豆滚到这里来了。）

“她是玛吉，先生。”

“玛吉，先生，”被介绍的这个人学着小杜丽的话。“小妈妈！”

“她是她的孙女——”小杜丽道。

“孙女，”玛吉学她道。

“我的老保姆的孙女，老保姆早就去世了。玛吉，你几岁了？”

“十岁，妈妈，”玛吉说。

“您不知道她有多好，先生，”小杜丽非常亲切地说道。

“她多好，”玛吉又学着说道，特别加重了语气，把指她自己的“她”变成了指小杜丽的“她”。

“您也还不知道她多聪明，”小杜丽说道。“叫她去办一件事情，跟人家办得一样好。”玛吉笑了。“像英格兰银行那样可信赖。”玛吉笑了。“她完全靠自己挣钱过日子。完完全全，先生！”小杜丽放低了声音，语气十分得意。“的的确确！”

“她的身世怎么样呢？”克莱南问道。

“想想看，玛吉！”小杜丽抓起玛吉的一双粗大的手，合在一起，问道。“有位先生从老远老远赶到这里来，想知道知道你的身世！”

“我的身世？”玛吉大声道。“小妈妈。”

“她指的是我，”小杜丽很有些尴尬地说道。“她同我很有感情。她的老祖母也真不应该，对她不大好。我说得对不对，玛吉？”

玛吉摇摇头，表示同意，并用握起的左手做了一个手势，象征一个饮酒的器皿，喝了一下，说道："杜松子酒。"然后，对想象中的一个孩子揍了一下，说："扫帚柄和火钳。"

"玛吉十岁那年，"小杜丽说道，她一面说话，一面看着玛吉的脸，"她发了高烧，先生，从那以后她就没有再长大过。"

"十岁，"玛吉点点头说道。"那家医院真是好极了！非常舒适，对吗？噢，太好了。真是个好地方！"

"她在那以前从来没有安静过，先生，"小杜丽转过头去朝亚瑟看了一下，低声道，"一提起那个时候，她便说个没完。"

"那里的床多舒服！"玛吉大声道。"多好吃的柠檬！多好吃的橘子！多鲜的肉汤和酒！多鲜的鸡！噢，到那个地方去住下来，那可是个好地方！"

"就这样，玛吉在那里住下了，而且呆了很久，能不回家就不回家，"小杜丽说道，还是先前那种讲孩子的故事的语气；专门让玛吉听的语气，"终于，她不能再在那里呆下去了，她出了院。后来，因为她十岁以后一直没有再长大过，不管过去了多少年——"

"不管过去了多少年，"玛吉学着说道。

"因为她身体很虚弱，确实太虚弱了，她一旦笑起来，就止不住——真太可怜了——"

（玛吉突然间变得非常严肃。）

"她祖母也不知道拿她怎么办才好，好多年里确实对她很不好。终于，随着时间的过去，玛吉开始努力变好了，处处留神，也很勤劳；渐渐地，她想进进出出，也允许了，并且找到了好多活儿，靠干活养活自己，而且的确自食其力了。这就是，"小杜丽说着，又把那双粗大的手握在一起，"玛吉的身世，这些玛吉是知道的！"

啊！这便是她的身世；然而，要把她的身世补充完整，亚瑟也会知道还缺少什么，虽然他从来未曾听说过"小妈妈"这几个字；虽然他从来未曾看见她拿起那瘦削的小手来抚摩；虽然他看不见噙在她没有色彩的眼里的泪水；虽然他听不见抑制了她的傻笑的抽泣。风雨交加，朝着那污秽的门道呼啸；一篮子沾了污泥的土豆就放在那里，不是再被撒在地上，就是要提起来的；然而，当他这样想着，并回首望着那污秽的门道的时候，那门洞似乎就绝非事实上的平常的门洞了。绝非如此，绝非如此!

他们要走的路快要走到头了，现在他们出了那门道，要走完剩下的路。要叫玛吉满足，他们只有在尚未到达目的地的时候，在一家杂货店的橱窗前停下来，让她表现一下她的知识。她还能识几个字，还读得出价格标签上的粗大的数字，大抵是读对了。她也有结结巴巴读不出的时候，错的很多，对的也不少，例如那些各色各样善意招徕的商品介绍，“品尝我店混合茶”，“品尝我店家用红茶”，“品尝我店橘味白毫茶①”，可望在名目繁多的茶叶中名列前茅；还有劝告顾客不要上那些挂羊头卖狗肉的商店的掺假商品的当的。当他发现因为玛吉说对了，小杜丽便喜上眉梢、脸上现出一抹红润的时候，他觉得，他真会把杂货店橱窗当作一家图书馆，一直站下去，等到雨下完了，风刮累了。

终于，他们到了监狱的院子里，他在那里向小杜丽告别。尽管她看上去总是那样小，然而，当他望着她走进马夏尔西狱门房过道的时候，她，由她的大孩子陪伴着的小妈妈，看上去更加小了。

笼子的门打开了；当在笼子里养大的这只小鸟拍着翅膀驯服地飞进去时，他看见笼子的门又关上了；然后他就离开了。

---

① 一种高级红茶，产于南亚。

第十章

包含了治理科学的全部内容①

"拖拖拉拉部"是政府最重要的一个部门(这是无人不晓,无人不知的)。倘若没有"拖拖拉拉部"的同意,任何一类公共事务,任何时候,都不可能办成。这个部把手伸得很长,事无巨细,它都要插上一手。无论是办一桩最明了不过的正当的事情,还是纠正一桩最明了不过的错误的事情,倘若没有拖拖拉拉部的直接干预,哪一桩事情也同样都办不成。倘若再来一个"火药阴谋"②,在火柴划着之前半个小时被发现,谁也没有正当的权利去拯救议会。关于这件事,首先必须组成十个委员会,收集重量相当于半个蒲式耳③的会议记录,准备几麻袋的官方备忘录,收发可以装满整个家用地窖的文理不通的来往信件。这些无疑是由拖拖拉拉部办理的。

当那个关于治理一个国家的艰难艺术的崇高原则第一次明晰地揭示在政治家面前的时候,这个光荣的机构早已粉墨登场了。它最先对那个鲜明的启示作出研究,并将其杰出的影响贯穿于官方活动的全部过程。无论什么事情需要办理,拖拖拉拉部始终跑在所有其他政府部门之前,掌握了这门艺术,即领会到——**如何不了了之。**

通过这一微妙的领悟,通过运用借以永不变更地抓住这一领悟的策略,以及通过发挥借以经常照此办理的天才,拖拖拉拉部稳步发展,胜过了所有其他的政府部门;政府部门的状况便由此发展成为——事实上所见到的那样。

诚然,如何不了了之,这是拖拖拉拉部周围所有其他政府部门与职业政客所重点研究的对象与追求的目标；此其一。每一位新当选的首相，每一届新组成的政府，他们参加选举是因为他们认为某一件事必须去办，而一旦当选并组成了新政府之后，他们便竭尽全力去探索：如何不了了之；此其二。每一位当选的议员，他们曾因为上届政府没有办过事而到处作竞选游说，他们曾要求反对党中陷于弹劾危险的尊敬的议员先生的朋友们，去问一问，为什么没有办过事，他们曾经宣称，事情必须要办，他们并下过决心，表示事情应该要办；然而，一旦大选宣告结束，他们便开始想方设法：该如何不了了之；此其三。在整个一届会议期间，上下两院的辩论，情况虽各有所异，然而都一致地关心一个深思熟虑的问题：如何不了了之；此其四。英王陛下在这种会议的开幕致辞中的确说过，上院与下院的议员先生们，你们有相当多的工作要做，请你们回到各自的议院，讨论一下：如何不了了之；此其五。英王陛下在这样的会议的闭幕致辞中的确说过，上院与下院的议员先生们，你们已经艰苦工作了几个月，怀着极大的忠诚和爱国精神，讨论了这个问题：如何不了了之，现在你们已经找到了答案；所以，由于上帝赐福我们，获得了丰收（是自然界的收获，而不是政治上的收获），我现在宣布这一届会议闭幕；此其六。上述六项的确是事实，然而，拖拖拉拉部的所为却远远不止这些。

这是因为，拖拖拉拉部每天都在作机械运动，使这个绝妙而又能

---

① 本章写于一八五五年九月；请参看译序。

② 英王詹姆斯一世在位期间，通过了一条对付天主教会的严厉法令，从而引起了天主教徒的极端不满。几个天主教徒策划在一六〇五年十一月五日用三十六桶（约一吨半）火药炸毁议院大厦，炸死国王与他的大臣。但是，阴谋者中有一位天主教徒写了一封匿名信给他的一位议员朋友，希望他那一天不要出席会议。这位议员立即将信交给国王。国王马上意识到火药的危险，立即派卫兵搜查地下室，就在火药点燃之前，阴谋者之一被当场抓获。此即所谓“火药阴谋”。

③ 谷物容量单位，1 蒲式耳等于 36.368 升。

满足一切需要的政治家风度的齿轮，即，如何不了了之，保持运转。因为，倘若有哪一个不动脑子的公仆打算办一点事，或者通过令人感到意外的事件有想办一点事的危险端倪，诸如会议记录，一项备忘录，一件指示性公文之类使他毁灭的事，拖拖拉拉部对他们是极反感的。正是拖拖拉拉部里的这一国家效率的精神，逐渐地导致它成为一个与一切事务都能挂上钩的部门。技工，自然哲学家，军人，海员，请愿者，申诉者，含冤的人，想制止冤屈的人，诉说冤屈的人，假公济私的人，上了假公济私的人的当的人，有功而无赏的人，有过而不罚的人，所有这些人都被不加区别地一齐塞进了拖拖拉拉部的卷宗里了。

许多人到了拖拖拉拉部里便销声匿迹了。蒙受冤屈的不幸的人，或者是提出为众人谋福利方案的不幸的人（他们最好还是先有冤屈，而不要先吃了那英国式的苦药，再稳当地蒙受冤屈），他们随着时间的缓慢推移，身受痛苦，平平安安地通过了其他的政府部门；他们按照规定，在这个部门受到欺侮，在那个部门受到哄骗，又被另一个部门所回避；最后，他们被推给了拖拖拉拉部，从此也就永远不能重见天日了。为了他们，拖拖拉拉部召开了各种委员会的会议，秘书作了记录，委员哇啦哇啦发了议论，书记员登了记，造了册，又作了核对，然后一笔勾销，他们从此便销声匿迹了。总之，这个国家的所有事务都经过拖拖拉拉部，只是这些事务从来没有再从拖拖拉拉部转出来；而且，这些事务之名目极其繁多。

有时候，义愤填膺的人起来抨击拖拖拉拉部。有时候，议员对拖拖拉拉部提出质询，甚至还就这个部的所作所为提出动议，或威胁要提出动议，这些议员都是那些蛊惑人心的政客，他们地位如此低下，又是那样无知，竟以为治国的真正诀窍即：如何去办事。于是，其部门的职责是要维护拖拖拉拉部利益的那位贵族老爷，即高贵的先生，就在口袋里塞进一个橘子[1]，将议会辩论的日子变成例行的重大活动的日子。于是，他就来到那个议院[2]，“啪”的一声拍了一下桌子，与那个尊敬的先生短兵相接，展开辩论。于是，他就在那里告诉那位尊敬的先生，拖拖拉拉部在这件事情上非但无可指责，相反是应该受到表扬，捧到天上去的。于是，他就在那里告诉那位尊敬的先生，尽管拖拖拉拉部是一贯正确的，完全正确的，而它从来没有像在这件事情上那样，正确到如此程度。于是，他就在那里告诉那位尊敬的先生，倘若尊敬的先生不质问拖拖拉拉部的所作所为，绝不多管闲事，在这件事情上插一手，那就显得更加光荣，更加值得赞扬，更加高雅，更加有修养，更加可拿半部陈词滥调词典来作出评价。于是，他就一面看着坐在旁听席上的拖拖拉拉部派的指导即面授机宜的人，一面陈述拖拖拉拉部对这件事情的观点，从而彻底击败了那个尊敬的先生。尽管在这种时候每每出现这种情况：不是拖拖拉拉部无话可说却又非得说，就是拖拖拉拉部有话可说，而那位贵族老爷，即高贵的先生却说错了一半、忘记了另一半；二者必居其一；然而，经过表决，因大多数人表示赞同，证明拖拖拉拉部是白璧无瑕的。

这个部由于干这类事情有悠久的历史，已经成为这样的政治家的摇篮，以致如今我们甚至可以这样说：就因为领导拖拖拉拉部实践了“如何不了了之”的原则，几位面目庄严的贵族院议员老爷名声大振，成了极为神奇的办事天才人物。至于那座神殿里的小牧师和牧师助理，所有这一切引起的结果是，他们分裂成两派，直至包括低级的

---

① 英语里有一个说法，据说橘子象征对硕果累累的期待。

② 英国议会的上院叫贵族院（the House of Lords），下院叫平民院（the House of Commons）。下院实际上受政府控制和上院的牵制。此处“那个议院”指下院。上院议员原文称 Noble Lord，或 Right Honourable Gentleman，下院议员称 Honourable，分别译作“高贵的先生”与“尊敬的先生”，以示区别。

信差。一派相信拖拖拉拉部，认为它是天上降下来的机构，它有绝对的权力，想干什么就可干什么；另一派则以极端不信任的态度唯恐避之不远，认为它是臭名昭著的讨嫌机构。

巴纳克尔家族协助管理拖拖拉拉部非自今日始。泰特·巴纳克尔作为这个家族的分支，确实认为，就协助管理那个部而言，他们在各个方面都享有既得的权利，倘若其他家族对它说三道四、多嘴多舌，他们便极为反感。巴纳克尔家族是非常显赫的家族，也是一个非常大的家族。他们分布在政府各部门，担任各种各样的公职。倘若不说国家对巴纳克尔家族负有极大的义务，那便是巴纳克尔家族对国家负有极大的义务。至于到底是谁对谁负有极大的义务，意见并不一致；巴纳克尔家族有他们的见解，国家也有国家的见解。

我们现在所说的那个时期，领导拖拖拉拉部的那个政治家，在遭到某个无赖在报纸上的攻击，使其身在其位，心却感到有些不安的时候，泰特·巴纳克尔先生便给那个贵族老爷，即高贵的人出谋划策，面授机宜。这个泰特·巴纳克尔先生带来的倒不是钱，而是家族关系。作为这个家族的一员，他有他的官位，那是非常舒适的；作为巴纳克尔家族的一员，他当然给他的儿子小巴纳克尔安排了一个官位。然而，他是与斯蒂尔特斯托金家族一个分支通婚的，那个家族也是重家族关系，轻不动产或私有财产的。他们通婚之后生有一子即小巴纳克尔，还有三位小姐。一则是从小巴纳克尔、三个小姐以及泰特·巴纳克尔太太(娘家姓斯蒂尔特斯托金)的贵族人家的需要出发，一则是从他本人的需要出发，泰特·巴纳克尔先生发觉，两个季度清账日之间的间隔较他所希望的间隔时间长得多。他总是把这一情况归咎于这个国家的吝啬、小气。

有一天，亚瑟·克莱南先生到拖拖拉拉部要求见泰特·巴纳克尔先生，前后算起来，那已经是第五回了。在这之前，他连续等了这位先生四回，一回是在大厅里，一回是在玻璃橱里，一回是在等候室里，还有一回是在防火过道里（似乎那个部的风都集中在这过道里）。这一回倒与前几回不同，巴纳克尔先生并没有与领导那个部门的高贵的天才人物忙于公事。他没有到这个部来。不过，据称小巴纳克尔是一颗小星，虽则是小，然而，已经可以在这个部的地平线上看见了。

亚瑟·克莱南先生说明来意，想与小巴纳克尔谈谈。他进去时，见那年轻人坐在温暖的炉火前，烤着腿肚子，脊背靠在壁炉台上。这是一个很舒适的房间，摆设雅致，颇有高级官署的气派，使人产生对未到的巴纳克尔的庄重联想：厚厚的地毯，用来伏案办公的皮面桌子，站立时靠着的皮面桌子，令人望而生畏的安乐椅和炉前地毯，挡着的屏风，撕毁的报纸，递送公文盒上露出一个个小标签，就像药瓶子与猎物标本上挂的那样，弥漫着房间的皮革与红木的气味，以及“如何不了了之”这一笼罩一切的迷惑人心的气派。

眼前这位巴纳克尔，手里拿着克莱南先生的名片，一脸的稚气，留着也许是人们从来没有见识过的最像绒毛的小胡子。还没长出胡子的下巴尖尽是些绒毛，仿佛他是一只羽毛未丰的小鸟。富有同情心的人见了这模样，一定会心急的，担心他倘若不烤一烤腿肚子，真会冻死的。他有一块高级的镜片，挂在脖子上。可是遗憾得很，他的眼窝太浅了，眼皮太软了，他把镜片放到眼睛上时，眼皮老是夹不住，镜片老是落下来，“啪”的一声碰在背心的纽扣上，弄得他真是心烦意乱。

“噢，你听我说。喂！我父亲不在，今天他不会来了，”小巴纳克尔说道。“这事我能办吗？”

（“啪”！镜片落下来了。小巴纳克尔吓了一大跳，四处摸着，可是找不到。）

“你很客气，”亚瑟·克莱南说道。“不过我想见见巴纳克尔先生。”

“可是你听我说。喂！你知道，你预先没有约定，”小巴纳克尔说道。

（这时他已经找到了镜片，重新放到眼睛上。）

“没有约定，”亚瑟·克莱南道。“我就是来约个时间的。”

“可是你听我说。喂！是公事吗？”小巴纳克尔问道。

（“啪”！镜片又落下来。见小巴纳克尔一个劲地寻找镜片，克莱南先生心想，现在回答他也是白费力气。）

“是不是，”小巴纳克尔说道，注意到了来客那张黝黑的脸，“是不是关于——船舶吨位税——那样的事情？”

（他一面停下来等着答话，一面用手撑开右眼，把镜片嵌在眼皮里；他的手指那样急躁，使眼睛开始一个劲地淌下泪水来。）

“不是，”亚瑟说道，“不是什么吨位税的事情。”

“那么，喂，是私人的事情啰？”

“我自己也确实说不准。这事牵涉到一位叫杜丽的先生。”

“喂，我看这样吧！你如果顺路，就到我们家里去找他吧。格罗符诺广场马房街二十四号。我父亲轻度痛风，因此呆在家里。”

（那不知所措的小巴纳克尔，在如何使用镜片方面显然是个瞎子，可是他又羞于在这件痛苦的事情上再改变一下做法。）

“谢谢。我现在就到那里去。再见。”小巴纳克尔听了这句话似乎很是困窘，因为他原就没有料想他立即就会离开。

“你可以肯定，”克莱南走到门口，小巴纳克尔这样喊道，他很不甘心就这样完全放弃他脑子里形成的这个关于公事的聪明想法，“同吨位税没有什么关系吗？”

“一点不错。”

克莱南先生作了肯定的回答，一面琢磨着倘若真与吨位税有关将会有什么样的下文，一面走出门去，继续进行他的查询。

格罗符诺广场马房街并非真正是在广场上，不过，它离广场并不远。这是一条可怕的小街，里面是一堵堵没有门窗的墙，一个个马棚，一堆堆马粪。马车房的顶上搭了棚，住了一家家的赶车人，他们特别喜欢晾衣服，特别喜欢在窗台上装上小型的路栅门。这个地方的上流社会居住区里的扫烟囱人的头头，住在马房街的死角里；就在那个死角，有一家店铺，清早和黄昏时分，便有许多人到那里去买酒瓶和厨房用具。玩木偶的人就背靠着马房街没有门窗的墙上进行表演，而木偶戏班子的业主却在别处用餐；附近的那些狗也都约定在这同一地点会面。然而，马房街入口处这一头却有两三座不透风的小屋，这些小屋，由于它们是上流社会环境里的凄惨的附属品，所以，房租非常贵。每当这些可怕的笼子有哪一间要出租（这种情况是很少见的，因为这些房子非常抢手），房屋代理商便做广告，说它是本城最高贵的地区里的一座体面的住宅，那是上流社会的名流才配住的地方。

倘若一座的的确确是处在这个狭窄地带里的体面的住宅，对巴纳克尔家族的家族关系并不具有至关重要的意义，那么，这个家族的这个分支早就在大概一万幢房子里去任意挑选了，住房可多五十倍，而价钱只要出三分之一。事实上，巴纳克尔先生觉得他那座体面的住宅极其不便，极其昂贵，因此，他作为一名公仆，总是把这一点归罪于国家，认为这是这个国家吝啬、小气的又一例证。

亚瑟·克莱南来到一座挤在这条街里的房屋前，只见房子正面已经倾斜、摇摇欲坠了，墙上是黑洞洞的小窗，屋前有一小块像浸湿了的背心口袋似的阴暗空地。这里正是格罗符诺广场马房街二十四号。从闻到的气味来看，这房屋仿佛是装了熏人的马房气味的一个瓶子；男仆开门出来，似乎就是拔出了这个瓶子的木塞。

这位男仆在格罗符诺广场一带的男仆中的地位，恰如这座房屋在格罗符诺广场一带的房屋中的地位。他的举止是令人钦佩的，然而，这举止是狭街小巷中的举止，不登大雅之堂。他的奢华免不了夹带着污秽；无论是气色还是身体的结实程度，都受到了餐具室的湿闷的影响。当他拔出瓶塞，把瓶子送到克莱南先生的鼻子尖时，只见他脸色蜡黄，皮肉松弛。

“劳驾您把这名片交给泰特·巴纳克尔先生，就说我刚见过巴纳克尔先生的少爷，是他介绍我到这里来的。”

那男仆(他的那些衣服口袋盖上有许多大纽扣，纽扣上有巴纳克尔家族纹饰，仿佛他便是巴纳克尔家的金银首饰盒子，随身带了金银器具和珠宝，纽扣扣得紧紧的)拿起名片思索了一会，然后说“进来”。因为内厅的门没有拉开，要走进屋子里去便要费力摸索，接着心中糊里糊涂的，在周围的黑暗中摸下了厨房楼梯。不过，来访者还是平平安安来到门口，站在门口垫子上了。

男仆还是说了一声“进来”，于是来访者又跟在他后面。到了内厅门口，似乎又塞过来一个瓶子，又拔出了一个瓶子的木塞。第二个瓶子里装的似乎是浓缩的食物和餐具室洗碗槽里提炼出来的东西。男仆很有把握地推开阴沉沉的餐室的门，却看见里面有人坐着，大吃了一惊，于是手忙脚乱地退出来，走到来访者面前。在狭窄的过道上发生了由于上述原因引起的小小的冲突之后，男仆把来客关到一间窄小的后厅里，叫他等候吩咐。在后厅里，他有了一个同时享用两个瓶子的机会，从窗口望着三英尺之外令人两眼迷蒙的低矮的后墙，心里想着在伦敦有多少巴纳克尔家族的人，出于他们自己势利小人的自由选择，住在这样的笼子里。

巴纳克尔先生愿意见他。他愿上楼去吗？他愿意，于是就上了楼。他见巴纳克尔先生本人坐在休息室里，两腿搁在小凳子上，完完全全是“如何不了了之”原则的形象和体现。

巴纳克尔先生的生涯在早年繁荣时代便开始了，那个时候这个国家还不那么吝啬、小气，拖拖拉拉部也没有像今天这样陷入困境。如同他在国家的脖子上一层层地缠着拖拉公文一样，他在自己的脖子上一层层地缠着白色的围巾。他的衬衣袖口与领子是十分压抑的，他的语声与举止是压抑的。他有一根粗大的表链，他有一串图章。外衣纽扣扣得使他很不自由，背心纽扣扣得使他很不自由。一条没有皱纹的裤子，一双挺括的靴子。总而言之，他是庄严的，魁伟的，不可抗拒的，不好对付的。他一生中似乎天天都是这样坐着，由托玛斯·劳伦斯爵士[①]画肖像。

“是克莱南先生？”巴纳克尔先生说道。“坐吧。”

克莱南先生坐下来。

“我看，你已经去找过我了，”巴纳克尔先生道，“在拖拖拉拉——”这个词儿从他嘴里说出来像是比原先长五倍，“部。”

“我不揣冒昧，去过了。”

巴纳克尔先生庄严地点了一下头，那意思不妨说是：“我并没有说这不是自由[②]；再行使一次自由，让我听听你有何公干。”

“请允许我说明一下，我在中国呆了好多年，对国内情况很不了解，而且，对于我现在要询问的事情，我也没有什么个人的目的，也不关系到我个人的利益。”

巴纳克尔先生用手指在桌子上敲着，仿佛他现在坐在那里，是让一位新来的陌生画家画他的肖像，似乎在对这位来客说：“倘若你能把我现在的傲慢的表情也画出来，我对于你的好意将不胜感激。”

“我在马夏尔西狱里，见到了一个姓杜丽的债务人，他在监狱里

① 托玛斯·劳伦斯爵士(Sir Thomas Lawrence，1769—1830)，英国画家。
② 英语 take the liberty 即“不揣冒昧”之意，但 liberty 原是“自由、自由权”之意。

呆了许多年了。我想调查一下他那些错综纷乱的问题，目的是想看看在过去了这么多年之后，是否有可能改变一下他的不幸的状况。我听他们提到过泰特·巴纳克尔先生的大名，说是在他的债权人当中，这位巴纳克尔先生享有某种具有很大影响的股权。不知我所了解到的情况是否属实？”

由于拖拖拉拉部奉行的原则中有一项是，无论如何，绝对不给人一个直截了当的答复，所以，巴纳克尔先生答道：“可能的。”

“我可否问一下，是代表王国政府呢，还是代表个人？”

“拖拖拉拉部，先生，”巴纳克尔先生答道，“也许有可能提出过建议——可能——我不能确切地说——应该对这个人或跟其有联系的一个公司或合伙商行不足以抵偿债务的财产，提出公开的要求。在进行官方办理期间，这个问题或许曾提请拖拖拉拉部考虑。该部或许提议过——也可能是批准了——一份提出那个建议的备忘录。”

“那么，我假设情况就是这样的。”

“拖拖拉拉部，”巴纳克尔先生说道，“对于任何一个人的假设，概不负责。”

“可不可以问一问，我怎样才能了解到官方关于这件事的真相的说明呢？”

“对于——公众来说，”巴纳克尔先生将那个含含糊糊的团体视作他的当然敌人，说出来颇有点勉强，“任何一个成员都可以向拖拖拉拉部提交请愿书。这样做的时候必须办理的那些手续，或许请示一下该部适当的部门便可以明确了。”

“适当的部门是哪一个部门？”

“关于这个问题，”巴纳克尔先生答道，同时伸手拉铃，“要得到一个正式的答复，我看你须到该部去问一问。”

“对不起我再问一问——”

“该部对于——公众，大门对谁都是敞开的。”巴纳克尔先生说到那个意思极为笼统的词时，总要稍稍停顿一下，“倘若这个——公众按照官方规定上访；倘若这个——公众不按照官方规定去上访，那么，它，即这个——公众自己承担责任。”

巴纳克尔先生朝克莱南很严肃地欠了一下身，仿佛他是一个受了伤害的出身高贵的人，一个受了伤害的拥有职权的人，一个受了伤害的占有体面住宅的人，种种形象都凑在一起了；克莱南也朝巴纳克尔先生欠了一下身，就被皮肉松弛的男仆关出门外，到了马房街上。

事情已经到了这一尴尬地步，他决定锻炼一下自己的毅力，举步又朝拖拖拉拉部走去，看看他能在那里得到什么样的答复。这样想着，不觉又回到了拖拖拉拉部，又一次将名片叫一个信差交给小巴纳克尔。那信差对他竟然又回来确实非常反感。那信差当时坐在门厅隔板后面，靠着火炉，正吃着马铃薯泥与肉汁。

他重又得到允许去见小巴纳克尔，进去后只见这位年轻人此刻在烤他的膝盖，张大嘴巴打着呵欠熬到四点钟。

“唉。喂。你老这么死死缠着我们，”小巴纳克尔别过头来说道。

“我想了解一下——”

“喂。我可以发誓，你到这个地方来不可以老说你想了解一下，你知道，”小巴纳克尔抗议道，同时转过身来，夹上镜片。

“我想了解一下，”亚瑟·克莱南横下心来定要把意思用一句简短的话说出来，“王国政府对于一个名叫杜丽的犯人所提出的债务要求的确切情况。”

“唉，喂。你真是心急，你知道。我的老天，你还没有预约过，”小巴纳克尔说道，仿佛事情越来越严重了。

“我想了解一下，”亚瑟道。他又把情况叙述了一遍。

小巴纳克尔看着他，眼睛瞪得连镜片也落下来，然后又拿起来夹住，又瞪着眼睛，直至镜片又落下来。“你没有权利这样干的，”然后他精疲力竭地说道。“喂。你是什么意思？你跟我说过，这件事是公事还是私事，你也不知道。”

“我现在已经弄清楚了，这是一件公事，”请求人说道，“我想了解一下”——又重复了他那单调的查询。

小巴纳克尔听了这话只是无可招架地重复道：“喂！我可以发誓，你到这个地方来是不可以老说你想了解一下的，你知道！”亚瑟·克莱南听了这话又再次重复他的询问，完全是与先前同样的几句话，同样的语调。小巴纳克尔听了这些之后已是一败涂地，无能为力了，那样子真是妙不可言。

“唉，你听我说。喂。你还是去问问秘书处吧。”他最后说道，同时侧过身去，拉了一下铃。“詹金逊，”他对那个马铃薯泥信差说，“沃勃勒先生！”

亚瑟·克莱南跟在那信差的后面，心里想，这一下自己已经置身到了拖拖拉拉部的狂风暴雨中去了，既然来了就必须经受住。他这么想着，来到了大楼的另外一层楼，这位工作人员指了指沃勃勒先生的房间。他走进房间，只见两个人面对面坐在一张大而舒适的桌子旁，其中一个人拿手帕在擦枪管，另一个人用裁纸刀在面包上涂果酱。

“沃勃勒先生？”请愿人问道。

两个人都抬起头来看着他，似乎对于他的这种狂妄自大感到吃惊。

“他就这样去了，”擦枪管的那人说道，他说起话来是那样不慌不忙，“到了他表哥家里，牵了那条狗，乘上了火车。真是一条好狗。把它关到运狗车厢里，它就朝看门的扑过去，把它放出来，就朝列车员扑过去。他找了五六个人到谷仓里，那儿有好多耗子，给这条狗计时，结果这条狗抓耗子还真行。后来就去参加比赛，下了很大的赌注。举行比赛的时候，收买了一个家伙，先生，把那条狗灌醉了，狗主人的钱都给花光了。”

“沃勃勒先生？”请愿人问道。

那个在面包上涂果酱的人，头也不抬，一面手里忙着，一面问道：“他叫那条狗什么名字？”

“叫美人儿，”另一个人说道。“他说那条狗活像那条老的，什么都继承下来。灌醉的时候特别像。”

“沃勃勒先生？”请愿人问道。

那两个人哈哈地笑了一阵子。擦枪管的那一位把枪管拿在手中端详了一会儿，觉得满意了，又给另一位去看。见对方说的与他想的一样之后，他便把枪管放到面前枪套里套起来，然后拿出枪的护木来擦，嘴里轻轻吹着口哨。

“沃勃勒先生？”请愿人问道。

“怎么回事？”这时沃勃勒说道，嘴里是满满的一口。

“我想了解一下——”亚瑟·克莱南又机械地说了一遍他想了解的事情。

“没法告诉你，”沃勃勒先生说道，显然眼睛还是看着他的午餐。“从来没有听说过。从没管过这种事情。你还是去问克莱夫先生吧。隔壁走廊左边第二个门。”

“也许他会给我同样的答复。”

“很可能。我什么也不了解，”沃勃勒先生说道。

请愿人转身就走，并且已经出了房间，这时听见擦枪的人喊道，“先生！喂！”

他又走进门来。

“出去把门关上。你把一股冷风放进来了！”

他只走了几步路便到了隔壁走廊左边第二个门。他看见那房间里有三个人：甲不在做什么事，乙不在做什么事，丙不在做什么事。然而，与别的人比较起来，似乎他们更加直接地关心这个部伟大原则的有效实施，因为，那里有一个令人肃然起敬的套间，有双层门，房间里拖拖拉拉部的贤哲之士似乎都集中在那里开会，公文从房间里庄严地捧出来，公文从房间外面庄严地端进去，进进出出，几乎没有停息；这样忙进忙出的，是另一个人，丁。

"我想了解一下，"亚瑟·克莱南说道，——又把情况说了一遍，仿佛手摇风琴一般。由于甲叫他找乙，乙叫他找丙，因此，这样一来，他便有机会把情况连说了三遍，最后，他们都叫他去找丁。于是，他把情况又说了一遍。

丁是一位活泼、漂亮、衣着体面、令人愉快的年轻人——他是巴纳克尔家族的一员，不过，他是这个家族比较活泼的人中的一员。他从容不迫地说道："噢！我看，你最好还是不要多管闲事。"

"不要多管闲事？"

"是的！我劝你还是不要多管闲事的好。"

这个观点是如此新鲜，亚瑟·克莱南不知所措了，到底该听还是不听。

"要是你喜欢就管去吧。我可以给你许多表格填去。表格这里多得很。你高兴填就拿一打去。不过，你决不会坚持下去的，"丁说道。

"这件事就这样没有指望吗？对不起，我对英国很不了解。"

"我可没有说这事没有指望，"丁答道，非常坦率地笑着。"对这件事我没有谈什么看法；我是对你谈了一点看法。我认为你不会坚持下去的。不过话得说回来，你喜欢办当然可以办去。我想，是因为没有履行合同，或者是和这差不多的事，对吗？"

“我确实不了解。”

“行！你能弄清的。合同保存在哪个部门，你也可弄明白，找到了那个部门什么都可以弄清楚的。”

“对不起，再问一下，怎么个查法？”

“哎，你就——你就问一问，他们会告诉你的。然后，你就向那个部提出请求(按照规定方式提出请求，什么样的规定你也可以弄清楚的)，得到许可再向这个部提出请求。假如你得到了许可(等上一段时间你是可以得到许可的)，那个请愿书得交给那个部门，然后送到这个部门登记，然后送回那个部门签字，再送回这个部门会签，这样，就可在那个部开始按规定办理了。事情在什么时候，办到哪一步了，你只要问一问这两个部门，他们就会告诉你的，你自己也就清楚了。”

“可是，毫无疑问，办事情不能这样办的，”亚瑟·克莱南禁不住说道。

这个活泼的巴纳克尔家族的年轻人觉得他非常有趣，他想得这么简单，一时真以为会有这样的事。这个办事很有手段的巴纳克尔家族的年轻人心里非常清楚，并没有这样的事。这个头脑敏捷的巴纳克尔家族的年轻人，“爬上”拖拖拉拉部干私人秘书工作，目的是为了一有油水便准备捞一把；他完全理解，这个部是一架政治、外交的哄人机器，协助有钱大人去干掉势利小人的。总之，这个有胆略的巴纳克尔家族的年轻人是有可能成为一个政治家的，成为一个知名人士的。

“不管是什么样的事情，凡是已经按照规定方式呈报给那个部了，”这个聪明的巴纳克尔家族的年轻人继续说道，“你就可以经常对那个部留点儿神。等到按照规定方式转到这个部了，你就得对这个部留点儿神。我们还要把这件公事转到各个方面去的；到了哪个部你就要去查询。等到什么时候又转回到我们这里，那时你最好要到我们这里来查询。要是在什么地方耽搁了，那你就得设法催一催。要是你写信到另一个部门查询这件事，又写信到这个部门查询这件事，而又没有得到关于这件事情的满意答复，这个么，你最好——继续写信查询。”

亚瑟·克莱南确实非常疑惑了。“不管怎么说，我还是非常感谢你的，”他说道，“谢谢你这么客气。”

“不用谢，”这位可爱的巴纳克尔家族的年轻人说道，“试试看，看看你会尝到什么样的滋味。要是你什么时候觉得不是滋味，不想查下去了，那也是你自己决定的事了。你最好还是拿许多表格去吧。给他许多表格！”这个生气勃勃的年轻人一面这样吩咐乙，一面从甲和丙那里又取了一叠公文，拿到那间圣殿里去，呈交给拖拖拉拉部的主持偶像。

亚瑟·克莱南把表格塞进衣袋里，心里颇有点闷闷不乐，走出长长的石砌的过道，下了石砌的楼梯。他来到临街的转门，等前面的两个人出门去，心里多少有一点急躁。那两个人就在他与转门之间。就在他要跟着走出门去的时候，前面两个人中有一个说话的声音他听起来是那么熟悉。他朝那个说话的人望着，认出那个人就是弥格尔斯先生。弥格尔斯先生面孔通红——较之赶路之后脸的通红还甚——并且一手抓着与他一起的那矮小的人的衣领，嘴里说着：“出来！你这个无赖，出来！”

万万没有想到他在说这样的话，也万万没有想到会见到这样的情景。他看见弥格尔斯先生冲开转门，揪住那个矮小的人来到大街上。那个人并不见有肇事生非的模样。克莱南一时站住了，与看门人交换了一下吃惊的眼色。然而，他很快赶上去，只见弥格尔斯先生在大街上走，身旁是他的仇人。他很快便赶上了他过去的旅伴，在他背上拍了一下。弥格尔斯先生转过脸来，当他看见面前是谁的时候，那张怒气冲冲的脸舒展了，并且伸出了他的友好的手。

“你好哇！”弥格尔斯先生道。“你怎么样！我刚从国外旅行回来。看见你真高兴。”

“见到你真是喜出望外。”

“谢谢。谢谢！”

“弥格尔斯太太和你们的闺女——？”

“她们都很好，”弥格尔斯先生道。“我真希望你见到我的时候我的举止态度能更加叫人舒服一些，不会热成这个样子。”

尽管那天绝不是什么大热天，然而，弥格尔斯先生汗津津的，招来了路人的目光；尤其是他背靠着路旁的栏杆，摘下帽子，解开围巾，拼命揩着冒着热气的头和脸，揩着通红的耳朵和脖子，全然不理会舆论，这就更加引人注目了。

“哇！”弥格尔斯先生说道，同时戴上帽子，围上围巾。“真舒服。现在凉快了。”

“你很生气，弥格尔斯先生。怎么啦？”

“等一会儿，我会告诉你的。你有没有闲工夫到公园里去走走？”

“我奉陪。”

“那么，走吧。啊！你尽可以把他看个够。”克莱南正巧朝被弥格尔斯先生怒气冲冲地揪住的犯法分子瞟了一眼，于是，弥格尔斯先生说道。“这个家伙，他很值得你看个够。”

他并没有什么值得让人注目的地方，无论是身材，还是他的穿着，因为他只不过是一个身材矮小、肩膀宽阔、埋头干活的模样的人。他的头发已经花白。脸与额头上留有由于惯于思考而生成的深深的皱纹，这些皱纹仿佛是在硬木上刻出来的一般。穿一套体面的黑服，那黑色已经微微发红。从外貌来看，他是一个专于某项手艺的老练的师傅。他手里拿着一个眼镜盒，人家这样谈论他的时候，他便拿着眼镜盒在手中摆弄着，大拇指颇能自如运用，这在平常的人是不可能的，只有用惯了工具的手才能办到。

“你要跟着，”弥格尔斯先生说，语气里包含着威胁。“我过一会儿就要把你的情况介绍介绍。喂，知道吗！”

他们抄了一条近路去公园，一路上克莱南心中纳闷，这个无名氏（他非常温顺地服从弥格尔斯先生）到底做了什么事。倘若要怀疑他在偷弥格尔斯先生的手绢时被发觉了，从外表上却看不出来；而且从外表上也看不出他喜欢寻事生非或举止粗野的样子来。他是一个温和、平凡、踏实的人。他也并没有要逃跑的企图。他似乎有点沮丧，然而他既不觉得羞愧，也不觉得后悔。倘若他是个违法犯罪分子，那么他必定是一个不可救药的伪君子了；倘若他不是个犯罪分子，那么为什么弥格尔斯先生在拖拖拉拉部里把他揪住了呢？他发现，不只是在他自己的心目中，而且在弥格尔斯先生的心目中也一样，这个人并不是一个惹麻烦的人；因为，在去公园的短短的路上他们进行的谈话绝不是持续不断的，而且，弥格尔斯先生眼睛又老是朝这个人看一看，即便是说起非常不相干的事情来，他也是这样。

他们终于走到公园的树林里，弥格尔斯先生突然停下来，说道：

“克莱南先生，请你帮个忙，仔细看看这个人好吗？他的名字叫多伊斯，丹尼尔·多伊斯。你不会把这个人看作是一个臭名昭著的无赖的，对吗？”

“当然不会的。”在那个人在场的情况下，这确实是一个叫人为难的问题。

“是的。你不会的。我知道你不会的。你不会把这个人看作是一个社会的罪犯的，对吗？”

“不会的。”

“不会的。可是他是一个社会的罪犯。他犯了什么罪呢？谋害，杀人，放火，伪造，诈骗，撬窃，拦路抢劫，偷窃，合谋，欺诈？你说说看，他犯了什么罪？”

“我说呀，”亚瑟·克莱南说道，他在丹尼尔·多伊斯的脸上看到了一丝笑容，“他一件也没有犯。”

“说得对，”弥格尔斯先生说道。“他是个聪明的人，他一直在千方百计把自己的聪明才智化为行动，去为国家效力。他的这种努力正好使他成了一名社会的罪犯，先生。”

亚瑟朝那个人望着，见他只是摇头而已。

“这个多伊斯，”弥格尔斯先生说道，“是个铁匠和工程师。他并不是什么了不起的大工程师，可是，人人都知道他是一个聪明人。十二年前，他完成了一项发明(这里面有一个奇怪而秘密的经过)，这项发明对国家，对同胞，那是非常重要的。我说不上为了搞这项发明他花费了多少钱，也说不清他花了多少年工夫去搞它，可是，他在十二年前搞成了。是不是花了十二年？”弥格尔斯先生问多伊斯道。“他真是个世界上最叫人恼怒的人，从来都不叫一声苦！”

“是的。好多年了，不止十二年了。”

“好多？”弥格尔斯先生说道。“我看你是说糟多了。哎，克莱南先生。他给政府写信了。就在他写信给政府的那一刻，他变成了一个犯罪分子！先生，”弥格尔斯先生说道，几乎又要使自己躁热起来，“他不再是一个无辜的公民，变成了一名犯人。从那一刻起，他便被人家当作是一个干了可怕事情的人了。他是一个人家要回避的人，一个人家不想与他见面的人，一个人家要对他瞪眼的人，一个被人家嘲弄的人，被那些有来头的少爷、老爷踢过来又踢过去，从这里推到那里，又从那里推到这里。他是一个既无权支配自己的时间，也无权支配自己的财产的人；他是一个被剥夺了公民权的人，无论用什么方法将他摆脱，都是可以的。他成了一个人家要尽可能想办法将他拖垮的人。”

有了上午的那一段经历之后，相信弥格尔斯先生会有那样的看法是不很难的。

“别那样呆呆地站着，多伊斯，老摆弄你的眼镜盒，”弥格尔斯先生大声道，“你也该把向我表白过的话，说给克莱南先生听听。”

“毫无疑问，他们迫使我感到，”这位发明家说道，“我仿佛是犯了罪。我在一个个办公室里求爹爹告奶奶的，受到的对待老是那样，好像我犯下了大罪，多多少少有那个滋味。为了鼓起自己的勇气，我常常要想，我真没有做什么会让人家把自己列入《新门监狱罪犯录》①的事，我只不过是想要达到高度节约和极大的革新的目的。”

“听见没有！”弥格尔斯先生道。“我有没有夸大，你自己看吧！现在我把这件事情其余的部分告诉你，你就会相信了。”

说了这一段开场白之后，弥格尔斯先生一五一十地叙述起来，这些都是老生常谈了，听起来已经令人生厌；都已经是陈词滥调了，我们人人都能倒背如流。如何一次次地当面求，一回回地写信催，不知受了多少的苦：无礼、漠视、侮辱，尊敬的爵爷才立了一个备忘录，编号为第三千四百七十二号，允许犯人自己掏腰包将他的发明作某些试验。如何当着六人委员会的委员们的面试验。六个委员，两个老朽委员老眼昏花，连试验什么都看不见；还有两个老朽委员耳朵聋得连试验时候的声音都听不见；另一个老朽委员腿瘸得连走都走不过来；最后一个老朽委员是个死脑筋，连看也不愿看一眼。后来又如何拖延

① 新门监狱是伦敦城墙里的监狱，建于英王亨利一世（1100—1135）在位时。《新门监狱罪犯录》是一部关押在新门监狱的罪犯的传略。这部《罪犯录》最初编于一七七三年，以后继续不定期编录。一八二四年至一八二八年出版过四卷；一八八六年出版过两卷，一九六九年还出版过一卷。

了许多年；又受了多少的苦：无礼、漠视、侮辱。尊敬的爵爷又如何立了一个备忘录，编号为五千一百零三号，根据该备忘录，这桩事情弄到了拖拖拉拉部。过了一段时日拖拖拉拉部如何接手，仿佛这是昨天发现的新名堂，过去从来没有听说过；事情到了他们的手中，弄得一塌糊涂，一团糟糕，最后就捂在湿毯子里——扼杀了。如何无礼、漠视、侮辱，成倍成倍地往上翻。这个发明如何还呈交给三个巴纳克尔家的人，一个斯蒂尔特斯托金家的人，他们对这种事情一窍不通；脑袋里什么玩意儿都灌输不进去；他们一点儿兴趣也没有，说什么实际上是行不通的云云。拖拖拉拉部如何立了一个备忘录，编号为八千七百四十号，写道："看不出有甚么理由要推翻尊敬的爵爷已经定下的结论。"有人如何提醒拖拖拉拉部说，尊敬的爵爷并没有下定论，于是他们将此事束之高阁。如何就在那一天早晨，最后还会见了拖拖拉拉部的头头，黄铜脑袋又如何说话了①，大体上，在任何情况下，从各个不同的方面对事情进行观察，它预言道，关于这件事情有两条路可走，这就是说，一是这件事情再也不要去理会，一是一切再从头开始，二者居其一。

"听他们这么一说，"弥格尔斯先生说道，"我作为一个讲究实际的人，当时就当着他们的面，一把揪住多伊斯的领子，对他说，我觉得事情是明明白白的，他是个臭名远扬的无赖，是扰乱政府安宁的谋反之徒，说着便将他拉走了。我揪住他的领子把他拖出了办公室的门，我这举动连看门的人见了也会说我是一个讲究实际的人，很欣赏对这样的人所作的官方的评价。我们就这样走了！"

---

① 据传说，罗杰·培根（Roger Bacon，1214？—1294，英国哲学家、科学家）有一个黄铜脑袋。黄铜脑袋一说话，他的事情就能成功，反之则失败。有一次他叫仆人守候，就在他入睡的时候，黄铜脑袋说了三次话："是时候了。"过了半个小时又说："时候过了。"半小时后又说："时候过了。"说完便崩裂在地。

倘若那个活泼的巴纳克尔家族的年轻人当时在场，他必定会坦白地同他们说，拖拖拉拉部已经行使了它的职能。他必定会说，拖拖拉拉部要做的，即是竭尽全力死守着国家这条船。把这条船装得稳当，减轻它的负载，并将它清洗干净，那便无异于将他们打倒。而且，他们也只能被打倒一回。倘若他们死守着这条船，而船又在下沉，那是船的事情，与他们毫不相干。

“好了！”弥格尔斯先生说道，“多伊斯的事情，你现在都明白了。只是到了现在这个时候，你还听不到他的一声抱怨，我承认，就算他一声不响，我还是这个看法。”

“你必定是很有耐心的，”亚瑟·克莱南颇有点惊讶地看着他，说道，“有很大的自制力。”

“不是的，”他答道，“我看我并不比别人更会忍耐。”

“我发誓，你可比我强多了！”弥格尔斯先生道。

多伊斯笑了，他对克莱南说道：“你知道，我经历了这些事情，但这种经历并不就是从我本人开始的。我常常有机会了解一点这些事情。我的遭遇也并没有什么特殊。成百成百的人都是这样的遭遇，他们也都有同样的处境，我并不比他们更加倒霉——比所有其他的人倒霉，我要说的就是这个意思。”

“要是这是我的事情，我可不明白，那样想会给我什么安慰；不过，你觉得这样想有安慰，我很高兴。”

“理解我了！”他回答道，还是他那种从容、思索的样子，两眼朝前面望着远处，仿佛他在用那对灰眼睛测量面前那一段距离，“我并没有说这就是一个人付出的劳动与抱的希望得到的补偿；不过，只要知道我本来是可以寄托希望的，那也是某种安慰。”

他说话时是那样镇静，那样从容不迫，声音是那样低，这是机修工在思考、在细心调节的时候常常可以看到的神态。这种神态也是他所特有的，就像他的大拇指是那样灵活一样，就像他不时以特征性的动作将帽子往后推一推一样，仿佛他是在思考他只完成了一半的活计，在冥思苦想。

“失望了吗？”他继续说道；他走在他们的中间，在树下走着。“是的。毫无疑问，我失望了。我感到痛心吗？是的，我感到痛心。那是很自然的。不过，我在说那些也有同样处境的人，大都有同样的遭遇时，我的意思是指——”

“在英国，”弥格尔斯先生说道。

“噢！当然是指在英国。要是他们把自己的创造发明拿到国外去，那就完全是两回事了。为什么这么多的人都朝外国跑，道理就在这里。”

弥格尔斯先生又感到非常躁热了。

“我的意思是说，不管这种做法是怎样成了我们政府的正式做法的，它总归是政府的正式做法嘛。你们不知道政府的大门对创造发明家几乎是紧闭的吗？你们听说过有没受到政府阻拦和恶劣对待的创造发明家吗？”

“那倒是没有听说过。”

“你们有没有听说过，政府早就准备采纳你们提出的有用的东西了？有没有听说过政府把什么有用的东西树立起来作为榜样的？”

“我比我这位朋友年纪要大得多了，”弥格尔斯先生说道，“这个问题就让我来回答。从来没有。”

“可是，我想我们三个人都可以说出好多例子来，”发明家说道，“说明政府早就横下心来要落后我们十万八千里，落后我们十年八年的；即使先进的东西已经是人人皆知了，已经普遍推广了，政府还在坚持使用早已被淘汰了的东西。这样的例子，我们都知道，那是多得很的，对吗？”

他的话大家都赞同。

“那好，”多伊斯叹了一口气道，“正如我知道这样的一种金属，在这样的温度下，会发生什么样的变化，这样的物体，在这样的压力下，会发生什么样的变化一样；我也会知道(只要我肯思考一下)，这些爵爷绅士必定会用什么办法来处理像我碰到的这样一件类似的事情的。这道理是一样的。我有脑袋，也不健忘，所以，我并没有权利感到意外，自己竟然也加入到已经有过这样经历的人的队伍中去了。我本来是不应该多事的。我觉得，对我的警告是不少了。”

说完他举起手中的眼镜盒，对亚瑟说道：“要是我不发牢骚，克莱南先生，我就会感激人家；请你相信，我对我们的共同的朋友非常感激。他对我的支持，那是非止一日，他对我的支持，也非止一事。”

“别胡说八道，”弥格尔斯先生道。

大家都没有说话。这时，亚瑟不禁朝多伊斯瞟了一眼。虽然，他没有说什么抱怨的无聊话，显然是由于他本来便是这样的性格，也是出于对自己那件事情的关切，然而，显而易见，由于长久以来的奔波、忙碌，他更加老了，更加严峻了，更加百无聊赖了。他心里不禁想道，倘若这个人能从那些尽心尽职担当起国家事务来的先生那里听上一课，学会“如何不了了之”，对这个人来说，那将是一件多么好的事啊!

弥格尔斯先生大约躁热、沮丧了五分钟，过后也便凉快下来，开朗起来了。

“行了，行了！”他说道。“老这么愁眉苦脸的，事情也不会好起来。你看我们到哪里去，丹？”

“我要回工厂去，”丹说道。

“那好吧，我们就回工厂去，或者就朝那个方向走吧，”弥格尔斯非常快活地说道。“工厂就在伤心园，克莱南先生听了是不至于被唬住的。”

“伤心园？”克莱南说道。“我想到那里走一趟。”

“那就更好了，”弥格尔斯先生说道。“走！”

他们往前走着的时候，三人中无疑有一个人，也许不止一个人，心里在想：伤心园也并非什么于人不妥的去处，虽然此人给尊敬的爵爷以及巴纳克尔家族的人去过正式的信件——也许心中还有一些担忧，英帝国[①]倘若对拖拖拉拉部过分放纵，任其恣意横行，有朝一日，事情大告不妙，她自己也会到伤心园来寻觅一个安身之窝的。

---

① 原文为 Britannia，是作为英国象征的女人形象，她戴头盔，持三叉戟。

第十一章

释　放

深秋，阴沉沉的夜幕即将笼罩索恩河[①]。河水宛如阴暗角落里的一面布满污迹的镜子，黑糊糊地映照出天上的云。低矮的河堤有几处已经倾斜，仿佛河堤既想看一看自己在河水中渐渐暗下来的倒影，又害怕看见这倒影。夏龙[②]周围平展展的田地，在怒气冲冲的夕照辉映下，犹如一条长而厚的带子，向外延伸，偶尔可以看见的一排白杨树，使这条长而厚的带子变得颇有点参差不齐。索恩河两岸是那样地潮湿、沉闷、荒凉；暮色很快浓重了。

有一个人缓慢地朝夏龙方向走着；他是这一片情景中唯一能看见的人影。在这样的情景中，该隐也会感到孤单寂寞，避而远之的[③]。他背了一个旧羊皮背包，手上拿着一根某个树林子里折下的粗糙、带皮的树枝；脚下沾满了污泥，脚底酸痛，鞋子与绑腿磨破了，头发与胡子也没有修剪。搭在肩上的斗篷，穿在身上的衣服，全都湿透了。他忍着痛，踏着艰难的步子，一瘸一拐地走着。看他那样子，仿佛云儿见了他都慌忙跑开了，仿佛风的呜咽，草的抖动，都是针对他的，仿佛脚下溅起来的水所发出的轻轻的而又神秘的声音是传给他听的，仿佛不稳定的秋夜是被他扰乱的。

他一忽儿朝这边看，一忽儿朝那边看，显然是满脸的怒气，然而又是畏畏缩缩的模样。有时候他停下脚步，回过头来，观察一下周围。然后又一瘸一拐朝前走着，一面拖着步子，一面自言自语道：

“这块平原走也走不到头，妈的真见鬼！这些石块就像刀子一样，妈的真见鬼！这阴森森的黑夜，四周没有一点亮光，真叫人打寒噤，妈的真见鬼！我恨透了！”

倘若能够，他真想把满腔的恨，连同那一身的怒气，全都发泄在这黑夜里。他拖着步子，又向前走了一会儿；他朝前方远处望了望，又停下脚来。

“我，肚子空空的，又是渴，又是累。你们这些呆子，那边倒亮着灯，有酒有肉，烤着炉火，暖乎乎的！我真想把你们全城抢个精光，有你们受的，小子们！”

然而，他对这座城咬牙切齿，对这座城挥舞拳头，城却还是离得远远的。待到他双脚踏在高低不平的人行道上时，他的肚子更加空，口更加渴，人更加累了。他在人行道上站定，朝四处张望。

只见那有门道相通的旅馆，送来一阵阵菜肴的香味；咖啡馆窗户灯火通明，传来骨牌的声音；那是一家染坊，门柱上绕着一条条红布；那是一家银器铺子，里面有银耳环，还有装饰祭坛的器物；那是一家烟草店，只见一群嬉笑的士兵走出店门，嘴里衔着烟斗；他闻到了这座城的臭气，他看见了街沟里到处是雨水与垃圾；马路上空悬着暗淡的街灯；公共马车栈房里，一辆大马车正在启动，行李堆成了山，套车的六匹灰马捆住了尾巴。然而，这样四处观察之后，却看不见一家可使困顿的旅客方便的小歌舞餐馆。于是他只得到黑洞洞的角落里去寻找。那里的公共蓄水池还有女人在汲水，水池四周的地上撒

---

① 法国东部一条河流。它发源于法国东北部的孚日山(海拔四百米)，向南流淌，在里昂市南部汇入罗讷河。

② 法国南部城市，狄更斯《意大利风光》一书有记。

③ 据《圣经》故事，该隐为亚当与夏娃生的第一个儿子，因他杀了弟弟亚伯，耶和华(上帝)惩罚了他，说：你必定流落他乡，到处飘泊。见《圣经·创世记》第四章第十二节。

了厚厚一层的菜叶，任人踩踏。就在那里的一条偏僻的街上，他找到了一家小旅店，店名叫“天亮”。由于客店窗子遮上了窗帘，从外面看得不很分明，不过店内似乎还是有灯光的，而且暖和。“天亮”旅店的告示字迹清晰易辨，还有恰到好处的图画装饰，画着弹子棒和球，明示旅客本店内可以玩弹子戏；进了店堂便有酒有肉，还可宿夜，不管你是骑马来的，还是步行来的；酒也是好酒，有葡萄酒、烈性甜酒、白兰地。那人转动“天亮”旅店的门把手，一瘸一拐地走进去。

他从门口朝里走去，一边抬起手来碰了一下他那顶肮脏的宽边软帽，向店堂里的几个人打了一个招呼。店堂内有几张小桌子，其中有一张桌子上有两个人在玩多米诺骨牌，另外三四个人围坐在炉子旁边，一面抽烟，一面谈天。屋子中央的弹子台暂时无人光顾。“天亮”旅店的老板娘坐在小柜台里面，身旁放着一瓶瓶混浊的果汁，一篮篮蛋糕，以及给杯子注酒的铅管。她在做着针线活。

他走到炉子后面的屋角，找了一张空着的小桌子坐下来，并把羊皮背包和斗篷放在地上。当他俯下身子放好东西又抬起头来的时候，只见老板娘已经站在他身旁了。

“我今天夜里要在这里住，行吗，太太？”

“可以！”老板娘答道，声音很响，单调而又快活。

“好。我可以在这里就餐——吃顿晚饭——你怎么说都行，可以吗？”

“啊，可以！”老板娘还是同刚才一样大声说道。

“那么，太太，就请你快一点。弄点儿吃的，越快越好。马上弄一点儿葡萄酒。我真累死了。”

“天气真糟糕，先生，”老板娘说道。

“该死的天。”

“赶了好多路。”

“该死的路。”

他那沙哑的喉咙发不出声了。他的脑袋伏在两只手上，待到一瓶葡萄酒从柜台上给他取过来时，他才抬起头来。他拿起一只平底无脚小酒杯，倒了两次，都喝干了。他从面前与桌布、餐汤盆、盐、胡椒、油放在一起的一大块面包上掰下一截，同时将背靠在墙角上，把他坐的长凳当作沙发，开始啃起面包的硬皮来，要啃到他的晚餐做好的时候。

火炉旁边的谈天暂时中止了，谈天的人暂时不再相互注意，不再相互倾听。在这样的一伙人中，这种情形通常是与一个陌生人的出现分不开的。谈天的暂时中断，谈天人的一时沉默，现在已经过去；那几个人已经对他打量完毕，现在又聊起来了。

“真正的理由就在这里，”其中有一个人说道，结束了他刚才说的那个故事，“为什么人们都说魔鬼被释放了，真正的理由就在这里。”说话的是那个高个子瑞士人。他是担任神职的，所以在议论的时候便搬出教会的权威见解——尤其是说到魔鬼的时候。

老板娘对兼作“天亮”旅店厨子的丈夫吩咐了几句如何招待这位新到的客人的话，然后她又拿起针线活，坐在柜台后面忙起来。她是个精明灵巧、身材匀称、聪明伶俐的小女人，她头上的帽子，她脚上的袜子，特别显眼，引人注目。她听着那几个男人的议论，连连点头，大声地笑起来，插入几句话，但这么做时，她头却不抬，依然做着针线活。

“啊，天哪！”她插话道。“里昂过来的船到了以后，消息就传开了，他们说，魔鬼真的在马赛被释放了，几个偏听偏信的人便当真了。我吗？我怎么会呢？不会。”

“太太，你从来不会错，”高个儿瑞士人说道。“毫无疑问，你对那个人恨透了，是吗，太太？”

“啊，当然是的！”老板娘说道，一面放下手中的活计，抬起头来，睁大眼睛，并把头一歪。“那还用说，是的。”

“他是个坏人。”

“他是个卑鄙的家伙，”老板娘说道，“他是罪有应得的，可是倒让他逃脱了，这也是他的运气。这么一来就更加糟糕了。”

“别忙，太太！让我们来看一看，”瑞士人说道，拿出辩论的口气，转动嘴里衔着的雪茄。“可能这是他命运的不幸。他是为环境所逼也未可知。他过去、现在都有好的一面，只要人们知道如何去发现，这永远是可能的。达观的博爱主义告诫道——”

围坐在炉子旁边的这个小圈子里的人都低声抱怨起来，反对使用那些吓唬人的字眼。连那两个玩骨牌的人也抬起头来瞪着眼，仿佛是要抗议那个人在“天亮”旅馆里也使用起达观的博爱主义这个名词来。

“行了，你别说了，把你的博爱主义也收起来吧，”笑眯眯的老板娘大声道，又是连连点头，次数比先前更加频繁。“你听着。我嘛，我是个女人。达观的博爱主义什么的，我是一窍不通。不过，我见过的事情我是懂的。在我自己生活的这个世界里，我亲眼见过的事情我是懂的。我就来说给你听听，我的朋友，是有那么一些人（遗憾得很，男人女人都一样），在他们身上找不出什么好的一面——一点也没有。是有那么一些人，他们没法叫人不讨厌，对他们也绝不可心软。是有那么一些人，你非得把他们看作人类的仇敌不可。是有那么一些人，他们是没有心肝的，你非得把他们当作禽兽一样碾死、把他们赶走不可。我希望这样的人只不过是少数几个；不过我的确发现（在我生活的这个世界里，甚至还有我这个小小的‘天亮’旅店），是有这样的人的。我可以打包票，这个人——不管他们管他叫什么，我老是把它忘了——就是其中一分子。”

对于靠近英国[1]的那个阶级，某些可爱的先生竭力涂脂抹粉，对此，这位老板娘是竭力加以反对的。那些可爱的先生对于老板娘的这一席生动的话是会大不以为然的，然而，相比之下，在这家“天亮”旅店里，她的话却是深得人心的。

“这是实话！假如你说的达观的博爱主义，”老板娘说道；看见她的丈夫端着一盆汤从边门走出来，她放下手里的针线活，站起身来从丈夫手里接过那位陌生人要的汤，“是要人们去与这样的一些人和睦相处，在言论上，或者在行动上，或者言论行动都要和睦相处，要叫人们受这样的一些人的指派，那你就不要在‘天亮’旅店里吹，因为这种话是一个钱也不值的。”

她把汤放到了客人的面前。客人换了个姿势，坐起来。这时，他面对面地看着她的脸，他的小胡子朝上往鼻子挪，他的鼻子朝下往小胡子挪。

“唔！”先开始说话的那个人说道，“我们言归正传。那些道理先别管它，先生们，正是由于在受审时他被宣判无罪，马赛人才说魔鬼被释放了。释放二字就是这样开始传扬的，这两个字也就是这个意思，没有别的。”

“他叫什么名字？”老板娘问道。“是不是叫比劳？”

“里高[2]，太太，”高个子瑞士人说道。

“里高，没错！”

那旅客的汤后面一道菜是一盆肉，那盆肉后面的一道菜是一盆蔬

---

① 似指巴黎，因为与夏龙相比，巴黎离英国近；靠近英国的那个阶级当指法国的统治者了。

② 比劳原文为 Birand，与里高（Rigaud）字形相近。

菜。他把面前放着的都吃光了，一瓶葡萄酒也喝完了，又叫了一杯朗姆糖酒，喝干之后便一面抽烟一面喝起咖啡来。他吃饱了，喝足了，变得傲慢起来。他对“天亮”旅店那几个人的聊天摆出赞助人的架子来，间或也插上几句话，仿佛他外表虽则如此，其实地位却要高得多。

这几个人也许还有别的事要办，也许他们感到自己地位低下，然而，无论怎么说，他们还是一个个地散去了。由于旅店里又不见有别的人进来取而代之，这位新的赞助人也就独自一人，占据了“天亮”旅店。老板在厨房里乒乒乓乓地忙着；老板娘默默地做着针线活；吃饱喝足了的旅客坐在炉边抽烟，烤着他那双穿着破鞋的脚。

“请问，太太——那个比劳。”

“里高，先生。”

“里高。再请问——让你很不愉快，怎么回事？”

老板娘当时心里在思忖，一会儿觉得这个人样子很漂亮，一会儿又觉得他样子很丑恶。当她看见那鼻子往下挪，那小胡子往上挪的时候，她便坚持后一种判断了。里高是个罪犯，她说道，他把自己的老婆害死了。

“喔，喔？我的天哪，那真是个罪犯了。可你是怎么知道的？”

“没有一个人不知道。”

“哈！可是他逃脱了法律的追究？”

“先生，法律要判他的罪，可是证据不足。法律是这么说的。可是，天底下谁都知道是他干的。人们心里一清二楚，怪不得大家要把他撕成碎片。”

“他们跟自己的老婆都没有一点口角？”那位客人说道。“哈哈！”

“天亮”旅店的老板娘又注视着他，几乎确信自己后一种判断是正确的。不过他的一双手很漂亮，而且他老是摊开双手，吸引人家的注意，这又使她开始觉得，他毕竟不是那么丑恶。

“你刚才有没有说过，太太——或者那几位先生有没有说起——他后来怎么样了？”

老板娘摇着头。她谈天的时候表情总是那样认真而又活泼，现在是第一次见她不再连连点头，而是根据她说的话，不住地摇头。她说，在“天亮”旅店，人们说的都是报纸上登的，据说，把他关进监牢是为了保护他的安全。不管是怎么回事，他逃脱了应有的惩罚，这么一来就更加糟糕了。

那客人坐在那里，注视着老板娘。他抽着最后一支烟，而她坐在那里，低着头，做着针线活。倘若她现在抬起头来看到他此时脸上的表情，那么，她的疑虑就会打消，他的相貌到底是好还是坏，她也就能拿出一个持久的结论来。待到她果真抬起头来时，那种表情已经消失了。他的一只手在抚摩粗浓的胡子。

“能不能带我到房间里去，太太？”

当然啰，先生。奥拉，老头子！我的老头子会领你到楼上去的。房间里还有一个人，已经睡了，他路上太疲乏，早就睡了。不过，那个房间很大，放了两张床，其实睡二十个人都可以。“天亮”旅店的老板娘唧唧喳喳地解释道。她说话的时候站在边门喊着：“奥拉，老头子！”

老头子终于答应了一句：“来了，老太婆！”他从边门走出来，头上戴着厨子的帽子，手上提一盏灯，领着旅客走上陡而窄的楼梯。那旅客自己提着羊皮背包与斗篷，向老板娘道了一声晚安，还说了一句客气话，很高兴明天早晨再见到她。这是一个大房间，粗糙开裂的地板，头顶是没有涂灰泥的椽子，房间两头放了两张床。老头子把手里拿的蜡烛放下来，朝俯身摸索羊皮背包的客人瞟了一眼，粗声粗气地吩咐了一句："是右边那张床！"说完便离去，让旅客休息。不管老板对于相面是否在行，他心里却已经有了主张，那客人是一个丑恶的人。

那客人带着鄙夷的目光瞧着为他准备的干净、粗糙的被褥。他在床边一张蒲席垫的椅子上坐下来，从衣袋里取出钱币，拿在手中，数起来。"我总得填饱肚子，"他自言自语道，"可我明天得叫别人出钱填饱我的肚子！"

正当他坐在那里出神，并机械地掂着手掌上的钱币的时候，睡在另一张床上的旅客一阵阵匀称的鼾声传到他耳朵里，他不觉朝那边望去。那个人裹在暖乎乎的被窝里，并且把白色的窗帘也拉过来遮在头上，因此，只能听见他的鼾声，脸则看不见。然而，在另一个人脱下破烂的鞋子、解下绑腿的时候，一阵阵的鼾声仍旧在响着，当他放好外衣和围巾之后，鼾声还是没有停止。这鼾声终于引起了他强烈的好奇心，促使他走过去瞧一瞧那个睡着的人的脸。

醒着的旅客蹑手蹑脚地朝睡着的那个旅客的床走近了几步，再走近了几步，又走近了几步，最后走到了紧靠床边的地方，站定了。尽管靠得那么近，他也还是看不见那人的脸，因为那人拉过被子盖住了脸。还是一阵阵匀称的鼾声。他伸出光滑、白净的手，（当他的手偷偷摸摸伸出来时，那模样是如此地奸诈！）轻轻地把被子拉开了。

"老天爷哪！"他后退了一步，低声道，"原来是卡瓦莱托！"

这个矮小的意大利人，也许由于床边偷偷地站着一个人的缘故，他的睡眠受到了干扰，此时中止了他那一阵阵匀称的鼾声。他吐了一口长长的气，睁开了眼睛。起初眼睛虽然是睁开了，但人并没有醒。他躺在那里，朝他先前的同室囚犯静静地瞧了几秒钟，然后，突然间发出一声惊叫，跳下床来。

“嘘！你是怎么啦！别喊出声来！是我呢。你不认识我了？”另一个人把声音闷在喉咙下面喊道。

然而，施洗约翰瞪着一双眼睛，嘴里不住地祈求、喊叫，浑身发抖，躲到屋角，迅速穿上裤子，抓起外套把两个袖子扎在脖子上，一眼就看出他是想逃出门去，并不想再见到熟人。他先前的同室囚犯见此情景立即退到门口，用两个肩膀顶住了门。

“卡瓦莱托！醒一醒，老兄！你揉揉眼睛，看看我。不是你以前叫我的名字——别叫那个名字——拉尼埃，叫我拉尼埃！”

施洗约翰瞪着他，眼睛睁得不能再大了。他右手手背朝外，伸出食指，在空中做出具有民族特色的动作，一下下地晃动了许多回，仿佛另一个人一生当中有可能提出来的问题，他决定都要提前加以否定。

“卡瓦莱托！把你的手伸过来给我。你是认识绅士拉尼埃的。伸出手来，摸一下绅士的手！”

施洗约翰听见这带有屈尊口吻的老腔调，变得俯首帖耳了。他没等两条腿站稳便走上前去，把自己的手向他的保护人伸过去。拉尼埃先生哈哈地笑了，他握住伸过来的手捏了一把，然后向上一扬，松开了。

“这么说你——”施洗约翰嗫嚅道。

“没有被剃掉，是吗？没有。你瞧这儿！”拉尼埃兴奋地说道，并扭了一下脑袋，“跟你一样，牢牢地长着。”

施洗约翰微微打了个寒噤，朝四下里看了一眼，仿佛想回想起他是在什么地方。他的保护人乘机把门上的钥匙转了一下，锁上了，然后在自己的床上坐下来。

“瞧！”他说着将他的鞋子与绑腿提起来。“你会说，一个绅士，这样的模样太寒酸了。没有关系，要多久会变样，你是能看得到的。

过来坐下。你还坐在老地方！”

施洗约翰看来心里还是七上八下的。他走过去在床边的地板上坐下来，两只眼睛一直没有从他保护人身上移开。

“这样很好！”拉尼埃兴奋地说道。“我们就好像又到了地狱一样的洞里，嘿？你出来多久了？”

“你走后两天，老爷。”

“怎么到了这里的？”

“他们劝我不要呆在那个地方，所以我立即便离开了那个城市。那以后我到处走，没有一定的地方。一路上我打些零活，到过阿维尼翁，到过鬼神桥，到过里昂，到过罗讷河①，到过索恩河。”他一面说，一面用他那被太阳晒得黝黑的手在地板上迅速画起这些地方的方位图来。

“那么你打算到哪里去？”

“哪里去，老爷？”

“哎！”

施洗约翰似乎想回避这个问题，然而又不知道如何回避。“咄！”他终于答道，仿佛他是迫不得已，只得承认，“我曾经想到过要到巴黎去，也许到英国去。”

“卡瓦莱托。你可不能告诉别人。我也要到巴黎去，也许到英国去。我们一块儿走。”

那个矮小的人点了点头，牙齿露了一下。然而他似乎还不很有把握是否这个安排就那么好。

“我们一块儿走，”拉尼埃又说了一遍。“你看得见的，要过多久

---

① 阿维尼翁、鬼神桥、里昂与罗讷河均为狄更斯一八四四年法国—意大利之行所到的地方。详见《意大利风光》（上海译文出版社，1985年版）。

人们就不得不承认我是个绅士了。那样一来你也会有好处得的。说定了？想到一起去了？”

“噢，当然，当然！”那矮小的人说道。

“我睡觉之前还要告诉你——只说几个字，因为我想睡了——见了我该叫什么名字，我，拉尼埃。记住了。不要叫另一个名字。”

“Altro，altro！不叫里——”施洗约翰还没来得及把这个名字说完，他的朋友便伸手抓住他的下巴，狠狠按住了他的嘴。

“不要命啦！你在干什么？你要我让人家踩死、砸死吗？你想叫人家来踩死你、砸死你吗？你会的。你别以为他们会揪住我，把我的难友放过的！你休想！”

他把抓住他朋友下巴的那只手松开之后脸上露出的表情，使他的朋友得出了一个结论，倘若事态果真到了要踩死、砸死他的地步，拉尼埃先生只要眼睛一看便可供出他来，定会把他连累上的。他还记得，拉尼埃先生是个多么出色的属于世界的绅士，跟那种绅士几乎没什么区别。

“自从我们分手到现在，”拉尼埃先生说道，“我就是个受尽社会侮辱的人。你知道我是个易动感情又很有胆量的人，我的性格生来就是要支配人的。对我这些性格特点，社会表示了几分尊重呢？到了街上人们就朝我哇哇地喊。我走过大街的时候被人护着，防止男人，特别是防止女人，免得他们看见什么凶器就抓起来朝我扑过来。把我关在牢房里是要保证我的安全，关我的地方都是保密的，要不然我会被他们拖出去，被劈头盖脑的拳头打倒的。我半夜三更被人用车子拉出了马赛城，用干草裹着身子拉了好几英里的路。我要走近家门都不安全。像叫花子似的口袋里没有几个钱，就这样，打那以后我便踏着烂泥，顶着那鬼天气，走得腿都折了——你瞧这双腿！这些就是社会扔在我身上的耻辱，可我是个绅士，有这些品格，这些我刚才已经说过了，你也都了解的。不过，我可不会这么便宜了他们的。”

这一连串的话他是凑在他同伴耳朵边说的，而且，还拿手来遮住嘴巴。

“连这个地方，”他仍旧做出那个样子继续说道，“连这个小小的旅店里，社会还不肯放手。太太泼我脏水，她的客人泼我脏水。同样，我，有这样的举止、才艺的绅士，会把他们吓个半死！不过，社会扔在我身上的冤屈，我都藏在这儿胸口里。”

施洗约翰竖起耳朵，听着这闷在喉咙下面的沙哑的声音说出来的一句句话，还不时附和道：“当然，当然！”一边晃着脑袋，闭起两只眼睛，仿佛那是对社会最明白不过的控诉，这控诉唯有坦诚相见才能明了。

“把我的鞋子放到那里去，”拉尼埃接着说道。“把我的斗篷挂到门那儿去晾着。接住帽子。”每一句吩咐的话，说出来他便听从了。“这就是社会叫我睡的床，是吗？哈。很好！”

他伸直两条腿躺在床上，一块破手帕扎着那颗邪恶的脑袋，盖上被子，只露出那颗邪恶的脑袋。这一情景倒叫施洗约翰颇为深刻地想起了差一点发生的事情。如果真发生了那事，那么这人的小胡子便不再会那样地往上挪了，他的鼻子也不再会那样地往下挪了。

“从命运的骰子盒里被倒出来，又跟你呆在一块儿了，唔？我的天哪！这样一来对你倒更加好了。你有好处可以得。我要好好儿睡上一觉。明天早晨让我睡着，别叫醒我。”

施洗约翰回答说，他想睡多久就睡多久，并且祝他睡得快活，说完便吹灭了蜡烛灯。你或许会想，这个意大利人下一步准是脱去衣服、裤子；然而，他的下一步正好相反，非但不脱，还穿起来，从头到脚，只是不穿鞋。这一切完成之后，他便躺到床上，拉过一截被子盖上，外衣袖子仍旧扎在脖子上，躺着捱到天明。

逃离

待到他惊醒的时候，“天亮”教父已经在窥视它的同名者“天亮”旅店了。他起身把鞋子拿在手中，小心翼翼地转动门上的钥匙，摸索着下了楼。楼下店堂里没有一点动静，只有咖啡、葡萄酒、烟草、果汁的气味；太太的小柜台模样是够可怕的。不过，前一天晚上他已在这张柜台上付给太太留宿一晚的钞票了，现在他谁也不想见到——他只想穿上鞋子，背上背包，开门出去，逃走。

一切都很顺利。他开门出去时，听不见一点儿动静，听不见一声人语；楼上窗子也不见探出一颗扎了破手帕的脑袋来。一轮红日升起在不很鲜明的地平线上，漫长、泥泞的景象顿时明亮；一条石铺的大路，旁边是一条令人厌倦、种了小树的林荫道。这时，一个小黑点沿着大路移动，踏过一潭潭泛着红光的雨后的积水；这个小黑点便是施洗约翰·卡瓦莱托，他逃离了他的保护人。

第十二章

伤心园

要寻伤心园，它就在伦敦；不过，它处于一条通向一个有名的郊外①的古老乡村大路上。在作家和演员威廉·莎士比亚生活的年代，那个有名的郊外设有皇家狩猎场。然而，如今除了捕人之外，狩猎已经成了往事。这个地方的面目与命运已发生了巨大的变化，但它那古代的显赫，至今仍有余味。这里留下了两三个巨大的烟囱群，还有几处大而阴暗的寓所幸免于难，未被堵塞封死，也未被隔成小间而叫人认不出这些寓所原来的大小模样，这就使伤心园有了名气。伤心园里住的都是穷苦人家，他们就在伤心园业已枯萎的荣耀之中搭起了自己的安身之所，犹若沙漠上的阿拉伯人在金字塔上坠落下来的乱石堆中搭起了帐篷。然而，在伤心园里，一种家族感伤情绪却很普遍，这就使伤心园有了名气。

仿佛这座很有抱负的城，就连它脚底下的地面也鼓起来了，伤心园周围的地面已经升高，因此，倘若你要进入此地，就须走下几级台阶，而原来的入口处却是没有这一部分的；倘若你要走出此地，就须通过一座低矮的门，才能踏入破落街道的迷宫。街道迂回曲折，弯弯曲曲地上升，再回到平地上。在伤心园的这一端，在这座低矮的门的对面，就坐落着丹尼尔·多伊斯的工厂。这里常常传出金属的撞击声，丁丁当当，犹若一颗铁制的悲伤的心，在怦怦怦地跳动。

关于伤心园这名字的来历，伤心园内的意见是有分歧的。居住在此地的人中，一些想法较为实在的人坚持那种起源于谋杀的传统说法。较为文雅、较有想象的居民，其中包括所有的女人，则始终相信关于古代一位年轻女子的民间传说。这位年轻女子由于对忠贞的爱情坚贞不渝，不肯嫁给她的父亲做主选中的求婚者，被她的铁石心肠的父亲锁在她自己的闺房内。据这个民间故事说，人们常常看到这位年轻女子倚着楼上的铁窗，低吟一支失恋的歌，歌中重复出现这样的话：“伤心呀，伤心呀，伤透了心。”一直唱到她死。坚持伤心园这名字起源于谋杀的那一派人说，众所周知，这首歌的副歌是一个绣娘造出来的，她是个老处女，一个浪漫派，现在还住在伤心园里。然而，由于人们爱听的所有民间传说必定与爱情有关，由于恋爱的人较之害人性命的人多得多——我们可以满怀希望，不管我们心有多狠，直至世界末日，这一点将永远是我们摆脱不了的天命——这个“伤心呀，伤心呀，伤透了心”的故事因大多数人赞成而获胜。至于文物研究者在附近所作的学术报告，那是两派的人都不相信的，他们把“伤心”这一名称归结为拥有伤心园这一财产的古老家族的纹章标志。鉴于他们年复一年的转动的沙漏里装的是沾满泥土、颗粒粗大的沙子，伤心园人有充足的理由，向抢走闪烁在沙子中间的那一小颗富有诗意的金子的人，提出异议。

丹尼尔·多伊斯、弥格尔斯先生和克莱南，走下那几级台阶，进入了伤心园。一路上只见左右两边的门洞开着，门口到处都有照看胖大孩子的瘦弱的孩子。他们在伤心园里一路行走，最后到了伤心园另一端的边界——低矮的门。到了这里，亚瑟·克莱南站定了，他四处观察，寻找泥水匠普罗尼希的住处：这个泥水匠的名字，按照伦敦人的习惯说法，丹尼尔·多伊斯至今从未曾看到，也从未曾听说过。

然而，正如小杜丽说的那样，那名字明明白白地写在那里，就写

---

① 英王詹姆斯一世（1603—1625 年在位）在那里有一座狩猎时住的林间小屋。

在角落里沾了石灰的门道上；门道内有普罗尼希放的一把梯子和几个木桶。小杜丽说的他的住处是伤心园最后一座房子，那是一座大房子，分别租给几户房客。但是，普罗尼希巧妙地告诉人家，他住的是那间客厅。他的方法是这样的：他在名字下面画了一只手，这只手的食指(画家在食指上画了一枚戒指，指甲线条精巧，形状极为纤细)把每一位询问者的目光引向那一间客厅。

克莱南将下一回与弥格尔斯先生的碰头作了个安排之后，就与两人分了手。他独自走进门道，用手指头在客厅门板上敲了几下。门立即开了，出来的是一个女人，怀里抱着孩子，那一只空着的手在急急忙忙地拉着衣服的上部。这便是普罗尼希太太；这一个做母亲的人的动作，也便是普罗尼希太太睁开眼睛之后大部分工夫里的动作。

普罗尼希先生在家吗？“呃，先生，”普罗尼希太太说道，她是一个很有礼貌的女人，“我不骗你，他出去找工作了。”

我不骗你，这是普罗尼希太太的说话方法。她在随便什么情况下都是不大会骗你的；但是，她习惯用这样一句应急的话来作答。

“要是我等等他，你说他会马上回来吗？”

“我也在等他，”普罗尼希太太说道，“都等了半个钟头了，一直在等呢。进来吧，先生。”

亚瑟走进了很暗又很小的客厅(虽然也很高)，在她端过来的一把椅子上坐下来。

“我不骗你，先生，我已经看出来了，”普罗尼希太太说道，“你心眼儿真好。”

他感到困惑不解，不知道她说的话是什么意思，并在表情上也流露出了他的困惑，要她把话说得明确一点。

“到这穷地方来的人可不多，谁还高兴脱下帽子到这儿来呢，”普罗尼希太太说道。“可是人们就是记着这个地方，自己也不知道是怎么的。”

克莱南答道，是这么一回事！心里却总觉得很不自在，这么一点微不足道的礼节性举动竟然会让人感到不寻常。他俯身在坐在地板上两眼望着他的另外一个孩子面颊上捏了一下，一面问普罗尼希太太，这个漂亮小子几岁啦？

“刚满四岁，先生，”普罗尼希太太道。“他是个漂亮的小家伙，对吗，先生？可这一个老是多灾多难的。”她一面说话一面慈爱地把孩子搂得紧紧的。“我不知道问得问不得，先生，你到这儿来是不是来谈什么工作的？”普罗尼希太太又补充了一句，显得有些焦虑不安。

她问这句话时表情是那样急切，他听了也真难受，倘若他自己有什么房屋，他一定会叫人把墙壁涂上一英尺厚的灰泥，决不会对她说一个“不”字。然而，他只好说出一个“不”字来。他见她抑止住了一声叹息，脸上却露出了一丝失望的神色，并低头望着微弱的炉火。他还发现，普罗尼希太太年纪很轻，生活的穷困弄得她有点邋遢，屋子里的东西也是乱糟糟的。贫困与孩子，让她操够了心，这两股力量合在一起，拖得她脸上布满了皱纹。

“要找个活儿什么的做做，”普罗尼希太太说道，“也真难，都钻到地底下去似的，真难找。”（普罗尼希太太说这话是指泥水匠的活儿，她并没有说及拖拖拉拉部与巴纳克尔家族。）

“找工作这样困难吗？”亚瑟·克莱南问道。

“普罗尼希说难，”她答道。“他也够倒霉的。真倒了霉了。”

他真是倒霉。人生的道路上的许多跋涉者，他们似乎在脚上长了特大的鸡眼，痛苦万分，要赶上那些瘸腿的竞争者都不能够，他便是这些人中的一个。普罗尼希是一个甘心情愿干体力活、心肠软并不固执的人，他对于命运总是逆来顺受，没有什么怨言，然而，他的命运也真是倒霉。似乎千载难逢会有什么人要找他干活，别人需要他出个力又是那样一件破例的事情，待到真有了活干，他脑子糊里糊涂，自己也搞不清这是怎么一回事。因此，有了活儿他就干；他跌跌撞撞，遇上了种种的困境，又跌跌撞撞摆脱了困境；一生中他便如此般跌跌撞撞地挨日子，到头来落得个鼻青眼肿。

“我知道，倒不是没有去找工作，”普罗尼希太太说道，同时睁大眼睛，在寻找解决炉栅铁条之间被堵塞的办法；“有了活儿干，也不是不卖力。哪个人也没听见我的男人干活叫声苦的。”

不知怎么的，这在伤心园是一种普遍存在的不幸。在外界，时常可以听到关于劳动力奇缺的抱怨，调子是那么地悲哀——某些人对于这一点似乎特别地不满，仿佛他们对于劳动力享有按自己的条件占有的绝对权利——然而，尽管伤心园与英国别的园一样甘心情愿，它并没有因了这样的要求而好起来。那个名门望族巴纳克尔家族，长期以来一直忙于维护他们的伟大原则，对于这种事情根本无暇兼顾。他们老是警惕着，要挤走除了斯蒂尔特斯托金家族以外的所有其他名门望族，劳动力的问题与他们的目标其实纯然是风马牛不相及的。

就在普罗尼希太太说她的男人的时候，她的男人回家来了。光洁无须的脸，很好的气色，黄中带红的小胡子，约摸三十岁。腿很长，膝盖微曲，傻乎乎的脸，穿一件法兰绒上衣，身上沾了石灰，“先生，他就是普罗尼希。”

“我到这里来，”克莱南站起来，说道，“是想跟你简短地谈一谈，关于杜丽家的事。”

普罗尼希起了疑心。似乎怀疑来人是个债权人。他说道，哦，嗯。呃。关于那一家人，他不知道他能给哪一位先生提供多少令人满意的情况。呃，是关于什么情况呢？

“我了解你的，”克莱南微笑道，“这一点你还不知道呢。”

普罗尼希并没有报以微笑；他说道：他跟这位先生可不认识。

“是的，”亚瑟说道，“我听说了你帮的忙，是从别人那里听说的，却是最可靠的。从小杜丽那里听说的。我说的是，”他解释道，“杜丽小姐。”

“你是克莱南先生，对吗？噢！我听说过你，先生。”

“我也听说过你，”亚瑟说道。

“请坐，请坐，先生，欢迎你，欢迎你。——哦，是的，”普罗尼希说道，同时拉过一把椅子，并且把那个大孩子抱起来，让他坐在自己的膝盖上，这样一来他要与一个陌生人面对面坐着说话便有了精神上的支柱。“我自己也到过那铁锁的里边，就是这样认识了杜丽小姐的。我跟我女人，我们俩跟杜丽小姐很熟悉。”

“很要好！”普罗尼希太太大声道。实际上，她对于这一层关系表现得如此骄傲，结果她在伤心园人中激起了莫大的精神痛苦，因为她把杜丽小姐父亲负债的数目作了惊人的夸大。对于她自称认识如此有名的人士，伤心园人无不耿耿于怀，非常不满。

“我是先跟她爸爸认识的。跟他认识了以后，这不——嘿——我就跟她认识了，”普罗尼希反反复复说道。

“我明白。”

“啊！体体面面！文文雅雅！这么一个绅士，到了马夏尔西狱，弄得邋里邋遢的！嘿，恐怕你还不知道，”普罗尼希说道，同时放低了声音；原是应该可怜或可鄙的事情，他却很不应该地赞美起来，“你还不知道，她跟她姐姐在外面挣钱，这事儿没有让他知道。一点儿也不知道！”普罗尼希说道，洋洋自得的神情，显得非常可笑，先是看看他的妻子，接着又朝房间四下里瞧瞧。“这事儿她们没让他知道，一点也没有让他知道！”

“我非但不会因此而钦佩他，”克莱南从容不迫地说道，“反而倒是替他难过。”这句话似乎是第一次提醒普罗尼希，这一点毕竟还不能说是他的非常了不起的品格。他听了这话以后思索了一会儿，不再去说它了。

“至于我嘛，”他又说道，“当然，杜丽先生对我是非常和气的，跟我想的一样，那是没错的。我跟他相差这么多，离得这么远，想到这一条，我觉得他这人就更算得上是和和气气的了。不过，我们刚才说的是杜丽小姐。”

“对。请问，你是怎么介绍她到我母亲家的？”

普罗尼希先生从小胡子上抓下一小块石灰来，衔在嘴唇上，并且用舌头舔着，仿佛那是一粒糖果；他左思右想，心里觉得，要简单扼要说明事情的经过，自己还是不能胜任，只好求助他的妻子，说道：“我说，珊莉，还是你来说说是怎么一回事吧。”

“杜丽小姐，”珊莉说道，她来回摇晃着两臂，哄着怀里的孩子，并用下巴按住又要拉开她衣服的小手，“有一天下午到我们家来，拿了一张写好的字条，说是她非常想找个人家干点针线活。她问我们，要是她把我们这儿的地址写上，不知道我们为难不为难。”（普罗尼希重复道：“把我们这儿的地址写上。”声音那么低沉，仿佛是在礼拜仪式上吟唱祈祷文。）“我和普罗尼希说，不会的，杜丽小姐，不会为难的，”（普罗尼希重复道：“不会为难的。”）“结果她就把地址写上了。看她写了以后我和普罗尼希说，嗬，杜丽小姐！”（普罗尼希重复道：“嗬，杜丽小姐！”）“你没想到要抄它三四份，这样就可多贴几个地方吗？杜丽小姐说，我倒没想到，不过我会抄的。她就在这张桌子上抄了起来，字写得真好看。普罗尼希就拿到他干活的地方去贴，那阵子他有活儿干，”（普罗尼希重复道：“那阵子有活儿干，”）“他还拿了一张到伤心园房东那儿。靠了这个法子，克莱南太太正巧头一个雇上了杜丽小姐。”普罗尼希重复道：“雇上了杜丽小姐。”普罗尼希太太将事情经过说完之后，便去亲一亲孩子的小手，还假装要咬他的手指头。

“伤心园的房东，”亚瑟·克莱南说道，“叫——”

“他叫卡斯贝，名叫卡斯贝，”普罗尼希说道，“潘克斯，他是收租的。”普罗尼希先生又补充道。他一五一十地说着，慢条斯理，若有所思的样子，说的似乎与哪一个目的都无关，也说不出一个所以然来，“他们的情况就是这样，你可以相信，也可以不相信，随你的便了。”

“唉？”克莱南道，这一回轮到他表现出若有所思的样子来了。“还有卡斯贝先生！我的一位老熟人了，很久很久以前了！”

对于这一个事实，普罗尼希先生也不知道该说些什么话，因此也就不说什么了。既然实际上也没有理由非要对此事表现出一点儿兴趣来，亚瑟·克莱南接下去便说出了眼前他登门造访的意图。他的意思就是要利用普罗尼希作代理人，解决梯普出狱的问题，又尽可能不伤害这个年轻人那种依靠自己、不求旁人的心理，假定他还有一点儿这种品格：毫无疑义，这样的假设是漫无边际的瞎猜而已。普罗尼希是从被告人自己嘴巴里听说这桩诉讼的案因的，他告诉亚瑟，原告人是“一个 Chaunter①”——他说的不是唱圣歌的人，而是一个做滑头生意的马贩子——而且，在他（普罗尼希）看来只要给十先令的钱“便解决得很漂亮了”，他还说，再多给也是个浪费。当事人与代理人立即乘上一辆马车，一起出发前往高霍尔勃的一个马场。在那个马场里，有一匹灰色阉马要以二十英镑的价卖出去。可这匹马少说也值七十五畿尼的金币（这还没有将为了使马显得体型饱满而灌下去的可卡

① 英语 Chaunter 既可指“唱圣歌的人”，也可指“马贩子”。

因的钱计算在内)。这匹马要出售，原因是上星期彻尔特南[①]的巴巴雷队长太太骑它的时候马发毛了。队长太太不会骑这种烈性的马，而且她只不过是一时冲动，硬要按那个荒唐的价将马卖掉；换句话说，她是要将马白送掉。普罗尼希单独走进马场，将主角留在门外。他进了马场便看见一位先生，穿一条褐色斜纹布裤子，戴一顶很旧的帽子，手拿一根带钩的小手杖，脖子上是一条蓝色的围巾(格罗斯特郡的摩路恩队长，巴巴雷队长的知交)；他作为朋友，正巧在场，要是真正识货的人或想抢购好货的人，根据广告找到了那个地址，他便可把这匹非常好的灰色阉马的这些情况，作一点介绍。这个人正巧又是梯普一案的原告人，他便叫普罗尼希去找他的律师，不愿意与普罗尼希磨嘴皮子，甚至不想在马场里见到他，除非普罗尼希身边带有二十英镑的钱。要是普罗尼希真带着钱，那人才愿意从外表来推测，他是一本正经谈事情来的，人家也就可以跟他谈谈。听他这么一说，普罗尼希到马场外边与他的当事人联系，并且带着所需的保证金很快就回来了。于是，摩路恩队长说道："那么，还有二十英镑你想过多久才给？好吧，限你一个月。"一个月不行，于是，摩路恩队长说道："那么，我看就这么办吧。你要给我四个月到期支付的可靠的汇票，到银行支付另外二十英镑！"那样说还不行，于是，摩路恩队长说道："那么，好吧！我给你最后一句话，不再多说了。你再给我十英镑，我就来个一笔勾销。"那样办还不行，于是，摩路恩队长说道："嗐，我说给你听听是怎么回事，把这事了结了。他对我可不像话，不过要是再付我五英镑，外加一瓶葡萄酒。你说这样行，我们就算了。要是还是不行，你就别管。"那样办也不行，最后，摩路恩队长说道："好吧，算了！"——考虑到一开头就付的钱，他就给了一张钱已全部付清的收

① 英格兰西部格罗斯特郡一城市。

据，把犯人放了。

“普罗尼希先生，”亚瑟说道，“我要拜托你，要是你肯的话，要你替我保密。你告诉那小伙子，就说他已经自由了；告诉他，有人出面要你解决他欠的债务，至于这个人的名字，你是不可以说出来的。要是你能办到的话，那么，你不但是为我做了一件好事，而且也可以替他，替他的妹妹，做一件好事。”

“这最后一个理由，先生，”普罗尼希先生说道，“已经相当够了。我一定照你的意愿办。”

“是一位朋友保释的，如果你高兴，可以这么说。一位朋友希望他将珍惜他的自由，为了他妹妹起见，即使不是为别的什么人。”

“你的意愿，先生，我一定照办。”

“你对这个家庭比我了解，因此，要是你能经常与我取得联系，在觉得我有法子能对小杜丽有微小而真正的帮助时，你尽管向我指出，我将对你感激不尽。”

“不客气，先生，”普罗尼希说道，“这同样也是一件使我高兴的事，一件——这同样也是一件使我高兴的事，一件——。”普罗尼希先生说了两遍都无法把他这句话说周全，不过他也还算聪明，就此作罢了。他接过了克莱南的名片，以及适当的钱礼。

他非常认真地想立即去执行使命，他的当事人也是一样的想法。于是，他的当事人决定让他在马夏尔西狱大门口下车，他们的马车经过黑衣修道士桥[①]朝那个方向而去。在途中，亚瑟向他的新结识的朋友询问了伤心园内的生活情况，有了一个毫无头绪的大概了解。那里的人日子都苦得很，普罗尼希先生说道，那是够苦的，说实在的。呃，他也说不出怎么个苦法；他说谁都说不上是怎么个苦法；人人都

① 在伦敦桥与滑铁卢桥之间。

说苦，所以也就苦。要是一个人吃的、住的都是个穷，那么，这个人（普罗尼希说这话时是深信不疑的）心里非常明白，他不知怎的，总归是个穷，求也没用，再求也吃不到牛排，再求也不见得不穷。你知道不，有些人日子好过，他听说许多这样的人就算自己不说日子很好过，也蛮不错的，他们说，伤心园里的人“不会打算”（他们老爱这么说）。比如说吧，要是他们看见谁带了老婆孩子坐了运货马车到汉普顿宫①去，或许也不过是一年有上那么一回，就会说：“喂，不会打算的朋友，我还当你们是穷瘪三呢！”唉，上帝，叫人听了多难受！叫人怎么办？他总不能老愁眉苦脸的，就是能，日子也不见得就好过一些。照普罗尼希看来，日子反而过得更加糟。可你好像要叫人老是愁眉苦脸的。你老是不停地干活——不是这只手，便是那只手。伤心园里的人在忙个啥？嗐，你去看一看就知道了。那些姑娘跟着妈妈忙个不停，缝衣，做鞋，绣花边，做背心，起早摸黑，没日没夜，挣的钱只够活命——经常要活命还不好办。挣钱的行当多得很，都要人手，可就是找不到干活的地方。再说还有老人呢，干了一辈子，到头来还得关到救济院里去，吃的，住的，待遇都比——普罗尼希先生说比凡人②还糟，实际上好像是说比犯人还糟。嗐，做人也真难，不知道哪儿有一点舒服日子过。至于所有这一切应找谁怪罪，普罗尼希先生不懂应该去怪谁。他可以告诉你谁在受苦，可是他不懂这是谁之罪。他的职责不在于发现问题，而倘若他果真发现了问题，谁还理会他说了什么呢？他只知道干那一行的人没有把事情干好，他也只知道事情不去干自己是不会好起来的。总而言之，按照他的不合逻辑的见

① 现为破落贵族所居住，部分对外开放。

② 英语原文为 manufacturers，即“制造商”，字形、字音与 malefactors（犯人）相近，故将前者译为“凡人”，欲与中译“犯人”近似。其实此处原文 manufacturers 无义。

解，倘若你不能为他干什么事，那你干了事情最好也别问他要什么报酬。就他所能领会的，事情结果就是这个样。普罗尼希先生一路上就这样噜里噜苏、哇啦哇啦、傻乎乎地把他毫无头绪的生活状况颠来倒去，仿佛一个瞎子摸过来又摸过去，要找到哪儿是头，哪儿是尾似的，一路上说个不停，一直说到监狱的门口。他在门口跳下了马车。他的当事人独自一人坐着马车离去：一路上心中纳闷，在离拖拖拉拉部一二天路程之外，有多少个普罗尼希这样的人，他们将同一个调子奏出各种各样奇异的变音来，这些变音那个光荣的机构里的人是听不到的。

第十三章

德高望重

克莱南回到伦敦的当天晚上，弗林特温奇太太把他那好奇与关切的余烬扇起来了；现在又提起了卡斯贝这个名字，于是，那未灭的余烬又在他的心中复燃。弗罗拉·卡斯贝是他少年时代的亲爱者；弗罗拉是呆头呆脑的老克里斯托弗（一些傲慢无礼之徒偶尔提起他来还是这样叫他，他们过去与他有过交往，也许他们之间的这种亲近也在他们身上酿成了众所周知的后果）的独生女，他靠每周交租金的房客发财致富，那是远近闻名的，把几个没有什么出息的院落、几条小路租出去，从石头缝里榨出了不少的血来。

经过了几天的查询与研究，亚瑟·克莱南认识到，马夏尔西狱之父这桩案子确乎是无望了，他也只得痛苦地放弃要设法使他重新获得自由的想法。眼下，要询问关于小杜丽的情况，也不会有多大希望；然而，他心里还是觉得，倘若他继续同她保持往来，照他看来，这对于这个可怜的孩子是会有所帮助的。毋庸赘述，倘若世上没有小杜丽这个人，他毫无疑义早已亲自到卡斯贝府上去造访了；因为，我们都明白，我们人人都在自己欺骗自己——这就是说，就人的行为动机而言，除了我们的内心深处之外，人们普遍都是在自己欺骗自己。

尽管他现在做着与小杜丽毫无关系的事情，但也仍旧在保护着她。他自己觉得有这样一个心安理得的印象，而且这样的印象也是相当真诚的。一天下午，他怀着这样的印象，来到了卡斯贝先生那条街道的拐角处。卡斯贝先生住在格雷公寓路的一条横街上。横街从那条大马路岔开之后，原有一鼓作气冲入谷地，然后又跃上潘登维尔[①]山巅之意，可是，这条横街奔跑了二十码之后已经喘不过气来，从此便停步不前了。今天，那个地方已经没有这么个处所了，但是，它存在了好多年，露出失望的神色，凝视着那一片荒野，只见零零落落无所收获的园子点缀其间，以及突出在地面上的凉亭。这条横街似乎还有在不久之后跃上去之意。

"这座房屋，"克莱南一面穿过街去，到了房子门口，一面心中想道，"和我妈妈的房子一样，没有什么变化，几乎也是那个阴沉沉的模样。不过，相似之处也只是外表而已。我知道房子里面是肃穆而恬静的。即便是在这里，我似乎也闻到了一个个罐子里装的暗褐色玫瑰叶与薰衣草的气味。"

他在形状已经不入时的锃亮的铜门环上敲了几下，于是一个女佣走出门来，那些幽微的气味果真扑鼻而来，仿佛冬日的微风，携带了业已逝去的春的幽微气息。他走进了庄重而悄然无声也不透风的房屋——你或许会想，是东方的哑巴仆人，把屋子里的气氛窒息了——然后门又关上了，似乎将声音与动静一概关在了外面。屋内的家具刻板、庄严、色调灰暗，但保存完好；外表颇引人注目，与任何事物一样，从一个人至一条木凳，原是要派大用场的，然而保存起来，什么用场也不派，大凡这类东西都有这样的外表。楼梯上面某一处挂了一个庄严的时钟，滴答滴答地响着；在同一个方向还有一只不叫的鸟，不停地啄着鸟笼，仿佛它也在学着钟的滴答声。客厅里的炉火在炉栅上毕剥作响。炉火旁只有一个人坐着，还能听见他的一块怀表响亮的滴答声。

---

① 伦敦一座监狱，以分隔小间牢房囚禁犯人为宗旨而设计。

女佣像钟的“滴答”那样，说出了“克莱南先生”几个字，声音是那样低，炉火旁的人并没有听见；结果，克莱南先生站在她已经关上的门的里面，炉火旁的人也没有注意到他。那个人已经上了年纪，平坦、灰白的眉目在火光的闪烁下似乎随着炉火的毕剥而眨动。他坐在安乐椅里，一双布条拼成的布面拖鞋搁在炉边地毯上，两个大拇指在慢慢地相互绕着圈子。这便是老克里斯托弗·卡斯贝——只一眼便可认出他来——二十几年里，如同他自己那些结实的家具一样，一点也没有变过——如同他的一个个瓷罐子里的暗褐色的玫瑰叶与暗褐色的薰衣草一样，也一点没有为四季变化的影响所触及。

也许在这个麻烦的世界上，找不出一个人来，对于他少年时代的模样要作一番想象会有这么麻烦。然而，在人生道路上他的模样的变化是很小的。他坐在这个房间里，在他的对面就是一幅少年的肖像，谁见了便能认出，这是克里斯托弗·卡斯贝少爷，十岁；尽管他作了一番装扮，手里握了一把草耙，这把草耙他随便什么时候都喜欢拿着使一使，如同喜欢钟形潜水器一样；他（盘起一条腿垫着屁股），坐在一垄堇菜上，望着乡村教堂的尖顶，似有所触动，如同早熟的人那样沉思起来。还是那同一张不留胡须的脸，同一个光滑的额角，同一对平静的蓝眼睛，同一种心平气和的态度。亮光光的秃头，因为它那么光亮而显得特别地大；脑袋两侧及脑后披的是灰白的长发，仿佛是乱丝，又仿佛是玻璃丝，因为从不修剪而显得非常地仁慈；这光亮的脑袋，这乱丝似的长发，当然是老者身上所见，并非少年身上所有的。然而，这位穿布条拼成的布面拖鞋的可敬的老人，其雏形在这个手拿草耙的天使似的小家伙身上已经清晰可见了。

可敬的老人，这是许多人喜欢称呼他的名字。附近住着的几个老太太说起他来管他叫“最后一位可敬的老人”①。头发如此灰白，动作如此迟缓，性情如此平和，如此沉默寡言，脑袋如此般高高隆起，称他为可敬的老人是恰如其分的。他上街常被画家和雕刻家围住，他们怀着敬意请求他做可敬的老人的模特儿。其实，他们如此般纠缠不休，以致要记住可敬的老人的特征或创造出一个可敬的老人来，似乎已超出了艺术范围。男女慈善家们曾问过他是什么人，当人们回答道，“台西默斯·泰特·巴纳克尔勋爵的前城镇代理人老克里斯托弗·卡斯贝”，这些慈善家们不禁哗然，大失所望道：“哦！嗐，长了这么个脑袋，可他不是人们的恩人！哦！嗐，长了这么个脑袋，可他不是孤儿的父亲、没有朋友的人的朋友！”然而，他长了这么一个脑袋，一仍其旧，还是那个老克里斯托弗·卡斯贝，一般人说起他来，都说是房产富庶的人；他长了这么一个脑袋，现在坐在静悄悄的客厅里。事实上，期待他不长这么一个脑袋坐在那里是极其不合理的。

亚瑟·克莱南动了一下，目的是要引起老克里斯托弗·卡斯贝的注意，于是，灰白的眉毛转过来了，面对着他。

“请原谅，”克莱南说道，“恐怕您没有听见说我来了，是吗？”

“没听见，先生。我没听见。您是要见我吗，先生？”

“我是想向您表示敬意的。”

这末后几个字似乎使卡斯贝先生有点失望，也许他原以为那来客是来表示别的什么意思的。“请问先生您，”他说道——“请坐，先生——请问您尊姓大名？啊！没错，对了，我想我已经明白了！我相信我没有搞错，我对于这样的相貌是非常熟悉的，对吗？我想，您就是弗林特温奇先生说的刚从国外回来的那位先生，对吗？”

---

① “可敬的老人”是《圣经·旧约·创世记》第五章第一节说的《旧约》所说的犹太民族的祖先，最后一位是挪亚。

“鄙人就是。”

“没错！克莱南先生？”

“正是，卡斯贝先生。”

“克莱南先生，见到你真高兴。自从我们上次见面以来，你日子过得怎么样？”

克莱南觉得，大约四分之一个世纪以来，他在身体与精神两方面有过偶尔几次反复，这一点是不屑一提的，他只是笼统地说，他身体从来没有这样好过，或者诸如此类的话；当“这么一个脑袋”的拥有者让他领略到了这样的脑袋流露出的德高望重之气度时，克莱南伸出手去与他握了一下。

“我们都老了，克莱南先生，”克里斯托弗·卡斯贝说道。

“我们都——不年轻了，”克莱南说道。尽管他说了这句妙语，但是他并不见得才华横溢，倒觉得有些窘。

“你的父亲大人，”卡斯贝先生说道，“已经故世！我听说后感到悲痛，克莱南先生，感到悲痛。”

亚瑟用通常的方式对他表示了一下深深的谢意。

“过去有一段时间，”卡斯贝先生说道，“我和你的父母亲不甚友好。我们两家之间有过小小的误会。也许，你的母亲大人对她的儿子很有点妒忌；我说她的儿子，是指您本人，您本人。”

他那光滑无须的面颊上显出红润，仿佛墙上挂的成熟果子。由于他有一张红润的脸，还有这样的脑袋，一对蓝眼睛，他似乎在表达具有难得一遇的智慧与美德的见解。同样地，他的脸部表情也充满了慈祥与宽厚。谁也说不出智慧体现在什么地方，也说不出美德包含在哪里，也说不出慈祥与宽厚从哪里去寻找；然而，这三者都在他身上某一处流露。

“不过，那样的时候，”卡斯贝先生接着说道，“都已经过去了，过去了。我偶尔也到你母亲大人府上拜访，对于她的坚韧与毅力，我是非常钦佩的，因为她靠了这样的坚韧与毅力经受了考验，经受了考验。”

当他两手交叉，说着这样的一二句重复的话时，他总是将脑袋歪向一边，露出一丝微笑，仿佛他的心头有什么美滋滋的东西，那样深邃，简直无法言传。仿佛滋味虽美，他并不愿将它说出来，免得自己飘飘然起来；他由于缺乏胆量，因此觉得还是不要流露的好。

“我已经听说了，您过去曾经有这么一回，好心地，”亚瑟说道，见眼前有了一个机会，他赶紧抓住，“把小杜丽推荐给我母亲。”

“小——？杜丽？是我的一个穷房客推荐给我的那个女裁缝？对了，对了。杜丽？不错。哦，对了，对了！你叫她小杜丽？”

此路不通了。找岔路走也并无结果。这条岔路也走不下去。

“我的女儿弗罗拉，”卡斯贝先生说道，“你也许已经听说过了，克莱南先生，她几年前结了婚，成了家。她也很不幸，结婚才几个月，便死了丈夫。现在她又和我一起过日子。倘若你允许我告诉她你在这里，她一定会高兴见你的。”

“那是一定的，”克莱南接话道。“您就是不提出来，我也会要求见一见的。”

听他这么一说，卡斯贝先生穿上拖鞋站起身来，迈着缓慢、滞重的脚步(他身材如大象一般)，朝门口走去。他身上穿一件瓶绿色宽边长外套，一条瓶绿色长裤，一件瓶绿色背心。可敬的老人照理是不穿瓶绿色的粗布衣服的，然而，他穿了这一身衣服却显出德高望重的气度来。

他刚从这房间出去，怀表的“滴答”声也还未来得及再响到房间里来，外边的门上就听得一下弹簧锁钥匙的急速的转动声，门开了，又关上。不一会儿，一个矮小、黝黑的人，动作利索而急迫，急急匆匆，神气十足地走进房内，两脚还未站定，人已经到了离克莱南一英尺的地方了。

“喂！”他说道。

克莱南听了觉得并没有理由不作答，于是他就也“喂”了一声。

“出了什么事？”那个矮小、黝黑的人问道。

“我没听说出了什么事，”克莱南答道。

“卡斯贝先生在哪里？”矮小、黝黑的人又问道，同时四处张望。

“如果你要找他，他一会儿就来。”

“我想找他？”矮小、黝黑的人说道。“你不找他？”

这么一来，克莱南便作了几句简短的说明。他说话的时候，只见那个矮小、黝黑的人屏住气，两眼望着他。他穿一身褪色的黑衣裤，乌黑发亮的眼珠，短小而黑乎乎的下巴留着胡须茬儿，脑袋上伸出一根根坚硬的黑发，像餐叉，也像发夹。他的肤色天生便是非常暗黑，也许是人为造成的肮脏，也许天生与人为兼而有之。一双肮脏的手，肮脏而断裂的指甲，仿佛他是在用手抓煤灰。他大汗淋漓，呼哧呼哧地直喘粗气，像一台爬行着的小火车头。

“哦！”当听了亚瑟说明来意之后他说道，“好极了。行啊。要是他问起潘克斯，你就说潘克斯已经来了，好吗？”说完之后，他又呼哧呼哧地从另一扇门开出去了。

且说当亚瑟过去在国内的时候，关于这个最后一位可敬的老人曾流传过某些肆无忌惮的猜疑，当时也真是甚嚣尘上，这些猜疑是通过什么媒介传到亚瑟的感觉中枢的他已经忘却了。不过，在那时的气氛中，他是觉察到猜疑的迹象的；从这些迹象来看，克里斯托弗·卡斯贝是一个只见招牌而内无旅店的人——邀请人们入内歇息，还要叫人觉得感激，然而招牌之内却并无宿夜的地方，也没有什么可感激之处。他知道，根据这些迹象来看，克里斯托弗甚至还是个能够在“这么一个脑袋”里盘算阴谋诡计的人，是一个诡计多端的骗子。另有一些迹象表明，他是一个迟钝、自私、随波逐流的傻瓜，在他与旁人笨拙的争抢中，偶然间发现，他要想顺当而体面地混迹人生，他只好默不作声，擦亮他那光秃秃的头盖，且留着他的几根头发不加修剪，从而狡黠地抓住这个主意，毫不放松。据传说，他之所以做了台西默斯·泰特·巴纳克尔勋爵的城镇代理人，并非因为他有多少办理事务的能力，而是因为他模样儿极为慈祥、宽厚，因此谁也不怀疑在这样的一个人手下，财产会遭敲诈与勒索。人们还说，由于类似的理由，与别的脑袋并不怎么隆起、头盖并不怎么光亮的人可能赚得的钱相比，他现在从那微不足道的房屋租赁中所赚得的钱无疑要多得多。总而言之，那些迹象表明（克莱南在这“滴答”作响的客厅中回想起来）许多人在选择自己的模特儿的时候，颇有点像前面提到的艺术家选模特儿一样。他觉得，在英国皇家艺术院里，每年都可见到某个可恶的老恶棍般的盗狗之徒被画成象征所有主要的美德的人，理由是他的睫毛、下巴、双腿有可取之处（从而在细心观察自然的研究者的胸中插下了令人茫然的蒺藜[①]），同理，在这宏大的社会画展中，无关紧要的东西常常留下了，而内在的特点却被摒弃。

亚瑟·克莱南脑海中回忆着这些事情，并将潘克斯先生也归入同一类的时候，他到了今日已倾向于这样一种看法，虽然是不很坚定的看法，认为这最后一位可敬的老人是上面所述的随波逐流的傻瓜，一心想着要使光秃秃的头盖光滑锃亮：他觉得，事情颇像有时在泰晤士河上可以见到的一条笨重的船那样，笨拙地随波逐流，横在河面上，船尾向前，自己动不了，还挡着别人的道，尽管外表上看起来是

① 读者不妨参看狄更斯所著《意大利风光》（上海译文出版社，1985 年版）第161 页。

很有气派的航船；正在此时，突然之间，一只小小的黑灰色的拖船朝这条船驶来，拖住了它，匆匆地拉走了。同理，呆头呆脑的可敬的老人被呼哧呼哧的潘克斯拖起来，正尾随着这条暗黑的小船而行。

卡斯贝先生领着女儿弗罗拉进了房间，从而打断了这些沉思。克莱南的目光刚落到他旧时感情所寄托的目标，那目标便颤动起来，化成了碎片。

我们发现，大多数的人常常对自己坚信不疑，从而对旧时的观念也坚信不疑。当那观念不能与现实作一贴近的比较，并且一经比较便给那观念以致命一击的时候，这并不能拿来证明人之反复无常，而是恰恰相反。克莱南的情形正是如此。他青年时代热烈地爱着这个女人，在她身上，他倾注了全部蕴藏着的丰富感情与想象。这丰富的感情与想象，在他那沙漠似的家中，宛如鲁宾逊·克鲁索的钱币；与谁都不能交换，只能在暗中闲呆着，任其生锈，直至遇上了她才尽情倾注。从那个值得纪念的时刻起，一直到他回到伦敦的那个晚上，尽管他已经将她与他的现在或未来之间的任何联系完全割断了，仿佛她已经离开了人间(就他所知，她是很容易就这样离开人世的)，然而他将自己旧时的迷恋仍旧保留在其旧时神圣的地方。此时，那最后一位可敬的老人终于冷淡地走进了客厅，实际上是说："请不要再提过去的事了，要高高兴兴的。这就是弗罗拉。"

弗罗拉原就是高高的身材，现在又发了胖，而且气喘；不过，这也无关紧要。弗罗拉在他出国的时候是一棵百合，现在变成了一株芍药[①]；不过，这也无关紧要。弗罗拉过去言语与思想似乎都很迷人，现在言语噜苏，而且痴笨。这可不得了。弗罗拉很久以前就受到溺爱

---

① 百合象征"贞洁、天真、纯洁"。芍药原指古希腊特洛伊战争中医治神的伤口的医生 Paeon。过去，人们将芍药籽挂在脖子上，作为护身符，抵抗黑暗势力。

而且娇憨，现在她决意要让人溺爱，决意要娇憨。这才是致命的一击。

这就是弗罗拉!

“我可以肯定地说，”弗罗拉格格地笑道，一面学着小姑娘的姿态晃了一下脑袋，那姿态就像哑剧演员表演在自己葬礼(倘若她是死在古典时代)上的模样一样，“我见到克莱南先生觉得难为情，我只不过是个丑八怪，我知道他见我这模样已经今不如昔了，我实际上是个老太婆，见我是这么个模样会叫人害怕的，实在太可怕了!”

他自然是安慰她一番，说她正是他所期待的模样，他自己也不是过去那个模样，也变老了。

“哦!不过对男人来说事情就不同了，其实你气色非常不错，真不该说出那样的话来的，至于我嘛，你知道——哦!”弗罗拉激动地说道，声音有些尖利，“我太可怕了!”

那可敬的老人，他对于自己在这场上演的戏中所担任的角色显然还茫然无知，脸上洋溢着心不在焉的平静。

“不过如果我们要说样子没有变的话，”弗罗拉说道，她不管说什么话，总是一句紧接一句，没有停顿，“你瞧爸爸，他还不是你出国时候那个老样子，让他自己的孩子这么倒霉也实在太冷酷太不合理了，如果我们再这么下去，不知道的人们还以为我是爸爸的妈妈呢!”

到那个时候可还须过很久，亚瑟心中想道。

“哦克莱南先生你真是个最不诚恳的人，”弗罗拉说道，“我看出来了你还是跟过去一样尽说人的好话，还是过去那个样子那时候你常常装出那样的感动的样子来你知道——至少我说的不是那个意思，我——哦我也不知道我说的是什么意思!”说到这里，弗罗拉叽叽喳喳说不清楚了，像过去那样向他瞟了一眼。

那个可敬的老人，仿佛他这时候才开始觉察到他在这一幕戏里是该尽快地退场了，他站起身来，朝潘克斯呼哧呼哧开出去的那扇门走去，一面喊着那条“拖船”的名字。他听到了里面一个小“码头”上的答话，然后立即就被拖走了。

“你现在还不可以走，”弗罗拉说道——亚瑟因为觉得自己心灰意懒，异常荒唐，又不知道该怎么办，便朝自己帽子瞅了一眼；“你总不至于会那样没良心想离开这里，亚瑟——我是说亚瑟先生——也许我看叫克莱南先生[①]更加妥当一些——不过我自己也说不上我说的是什么意思——过去了永远不会回来的那些美好的日子你只字不提，可是我回想起那些日子的时候我敢说我们还是别去说它的好说不定你早已另有所欢那就让我成为一个世上最不该来插入这种事的人吧尽管过去的确有过那么个日子，我又开始胡说八道了。”

在弗罗拉所指的那个时日里，她会是这么一个饶舌的人吗？过去使他为之倾心的魅力中，会有像她现在这样的喋喋不休、语无伦次的东西吗？

“其实我完全相信，”弗罗拉说道，说话速度之快，令人吃惊，说话之间只听见她稍换一口气，而且很少有换口气的时候，“你跟一个中国女人结了婚，因为你在中国呆了这么久又是做生意自然就想在那里安家落户结个亲戚你要向一个中国女人求婚那是自然而然的事我也可以肯定地说那个中国女人答应你的求婚觉得自己是个富人之妻那也是自然而然的事，我只是希望她不是个宝塔反对派。”

“我根本就没有，”亚瑟说道，并且不禁笑了起来，“跟哪一个女人结婚，弗罗拉。”

---

① 照英语习惯，出于礼节，“先生”应与姓连在一起叫，把“先生”与教名一起叫则用于熟人朋友之间。而且熟人朋友间连教名也是不加“先生”二字的。

“哦我的上帝我但愿你不是因了我之故至今还打着光棍！”弗罗拉傻笑道；“不过当然你从来不是为了我之故为什么你要打光棍，请不必回答，我不知道自己说到哪里去了，哦还是跟我说说中国女人是怎么个模样她们两只眼睛是不是真是那么长那么细老叫我想起打牌时用的筹码贝母鱼来她们的头发真是拖在背后还打着辫子还是只有男人才有辫子，她们的头发从额角往后梳得紧紧的她们痛不痛，她们为什么要在桥头寺院帽子还有别的东西上都挂着小铃她们真是这样的吗！”弗罗拉又像过去那样向他瞟了一眼。紧接着她继续说下去，仿佛他已经回答了她的话，说了不少。

“这么说来这是真的她们真是这样的！哎呀亚瑟！——请原谅——旧习惯了——叫克莱南先生更加妥当一些——多有趣的国家你在那里住了这么久，那里还有这么多的灯笼和雨伞夜里是很暗的天老是下雨肯定真是这么回事，那个地方人人都手提灯笼打雨伞到处都挂着做这两个生意可赚够了钱了，还有小脚鞋子从小就要缠足真叫人吃惊，你真跑够了地方啦！”

克莱南感到非常苦恼，异常荒唐，就在这时候，她又像过去那样瞟了他一眼，他毫无办法，也不知道该怎么办才好。

“哎呀呀，”弗罗拉说道，“你可知道国内的变化有多大亚瑟——改不过来了，顺口一些，叫克莱南先生更加妥当一些——自从你去了中国熟悉中国的风俗习惯和语言到现在变化可大了中国的语言我看你即使说得不比当地的人还要好也跟他说得一个样因为你聪明伶俐反应快不过毫无疑问那种语言非常难学，我要是想学那种习惯和语言光是那些茶叶箱子就会叫我着迷，发生了这么大的变化亚瑟——我又犯老毛病了，顺口一些，非常不妥当——这么大的变化谁也不会相信，谁会想象得出芬沁太太来连我自己也想象不出呢！”

“那是你结婚后的姓吗？”亚瑟问道。她噜里噜苏说个不停，还提到了年轻时候他们之间的关系，虽然话说得有些特别；在她说话的时候语气中流露出了某种热情，这热情打动了亚瑟。“芬沁？”

“芬沁啊是的多吓人的姓，不过正如F先生[①]所说的这姓吓不吓人不该由他来负责他自己是没有办法的对吗这话是他向我求婚的时候说的他向我求了七次婚我得说他还很大方地同意做一个他常说的人[②]毕竟已经爱慕了一年了，真是好人，跟你完全不同不过是个好人！”

弗罗拉终于说得一时透不过气来了。是一时透不过气来；因为她拿起手绢的一角来擦拭她的眼睛，表示了一下她对已故的F先生鬼魂的敬意之后，便透过气来，又开始说话。

“没有一个人会争辩，亚瑟——克莱南先生——在情况发生变化之后你理应正正式式地与我以朋友相待其实你总归还是朋友，至少我认为不可能不是朋友这你是应该明白的，不过我总免不了要回想过去是有过情形非常不同的日子的。”

“亲爱的芬沁太太，”亚瑟说道，又一次为这热情的语气所打动。

“噢不要叫那个让人恶心的姓了，就叫弗罗拉！”

“弗罗拉。你尽可以放心，弗罗拉，我心里非常高兴又一次见到了你，而且你与我一样，也没有将过去无知的梦想忘却，那时候我们青春年少，满怀希望去展望我们面前的一切。”

“你看不出是这样想的，”弗罗拉噘起嘴巴说道，“你的态度非常冷淡，不过我知道你见了我感到失望，我看原因是在中国女人——可能你叫她们是官太太——或许原因是在我自己，那也是很可能的事。”

“不是，不是，”克莱南恳求道，“别那样说。”

---

① F先生即芬沁先生(Mr Finching)。

② 要让客户满意。

“哦我非得这么说你知道，”弗罗拉语气坚决地说道，“不这么说才是胡言乱语，我知道我并非你所期待的那个样子，我心里很明白。”

她一面说着一连串的话，一面以一个聪明的女人的观察力发现了这一点。她说起话来前后不相联贯，又非常地荒唐，然而，她紧接着便用这样的方式将他们早已终止的少年时代的爱慕与眼前的会面交织在一起，这就使克莱南感到头晕目眩了。

“有一句话，”弗罗拉说道，她给他们的谈话定下了恋人间的争吵似的调子，且毫不理会克莱南，这么一来使克莱南十分惊慌，“我想说一说，我想解释一下，你妈妈来跟我爸爸大吵大闹，我被叫到楼下小餐室里去他们在那里坐在两把椅子上中间放着你妈妈的阳伞两人你看着我我看着你像两头发疯的公牛这种时候我有什么办法！”

“亲爱的芬沁太太，”克莱南劝说道——“都是很久以前的事情了，早已经了结了，还值得一本正经地去——”

“我可不能，亚瑟，”弗罗拉答道，“让整个中国的人都来骂我是个没心肝的人而自己有机会也不去为自己辩白，你自己心里应该很清楚一本《保尔与薇吉妮》①你要还给我可还到我手里又什么话也没有写，我并不是说你可以给我写什么话因为我被看管起来我是说你只要在书的封皮上贴上一条红颜色的封缄纸我就知道意思是说到北京、南京来还有第三个地方叫什么，光着脚丫的②。”

“亲爱的芬沁太太，这事不能怪你，我从来也没有责怪过你。那时候我们年纪都太小，不能自立，也不能自助，所以我们只能分手，

---

① 法国作家贝尔纳丹·德·圣皮埃尔（1737—1814）所著的一部小说，一七八七年发表后畅销了一二十年。这部小说描写一对少年男女保尔与薇吉妮的恋爱故事，最后以悲剧作结，赢得了无数读者的同情。

② 据狄更斯手稿，第三个地方是广州。

毫无其他办法。——请你想想这是很久很久以前的事，”亚瑟语气温和地争辩道。

“还有一句话，”弗罗拉仍旧是毫不懈怠地喋喋不休，继续说道，“我想说一说，我想再解释一下，我因为痛哭一场而伤风了五天那几天里我天天呆在后客厅里——二楼的后客厅还在那里还在后屋可以证实我的话的——那个苦闷的时期平静下来以后接着便一年一年地过去了我们便与F先生在我们共同的朋友家里认识，他老是注意我第二天就登门拜访不久他便一星期里头要来三个晚上还送来一点晚餐上吃的东西，在F先生那边说起来这不是爱情而是崇拜，F先生提出来求婚爸爸满口答应那我有什么办法？”

“是没有办法的，”亚瑟愉快而迅速地答道，“只能像你那样去办。我作为一个老朋友可以告诉你，我完全相信，你是做得完全对的。”

“最后还有一句话，”弗罗拉又说道，并将手一挥，拒不接受那种平庸乏味的生活，“我想说一说，我想最后解释一下，F先生第一次表示殷勤之前是有过那么一阵子那是不会搞错的，可是那个日子过去了不会再回来，亲爱的克莱南先生你现在没有金链条拴着你是自由的我相信你可以有幸福，我这里有爸爸他老是叫人讨厌不该管的地方老是要多管闲事。”

说了这几句话，又胆怯而小心地做了一个急躁的手势——这样的手势克莱南的眼睛在过去是见得很多的——可怜的弗罗拉将自己十八岁时的少女时代又远远地丢开了；她终于不再说下去了。

说得确切一点，她将自己十八岁时的少女时代大约分出了一半，远远地丢开了，而其余的一部分则移植到了已故的F先生的寡妇身上；从而使自己变成了精神上的美人鱼。她先前的情人望着这精神上的美人鱼沉思起来，在他的情感中，他对伤心事物的感觉与他对可笑事物的感觉二者奇怪地混合在一起了。

举例说吧。弗罗拉是用痛苦，即借助神秘的示意表达生怕被察觉的恐怖心情，来安慰自己的灵魂的，仿佛在她与克莱南之间有一个最激动人心的默契；仿佛一长队一直排列到苏格兰[①]的四座驿站马车，第一辆当时即将到达；仿佛她原是不可能（而且也不愿意）在她家庭保护伞的庇护下，托德高望重的人的福，又有全人类的一致同意，与他一起走进教区的教堂的。克莱南带着每一分钟都变得越来越头昏目眩的感觉，发现已故的F先生的寡妇将她自己与他放在过去的地位上，历述过去所经历的一幕幕情景，令人惊讶地欣赏着这一切——而且是在今天，是在舞台已经布满了尘埃，布景已经褪色，富有青春活力的演员已经结束了生命，乐队已经空无一人，灯光已经熄灭的今天。虽然如此，然而由于所有这种他记得过去于她是十分自然的情景的荒诞再现，他还是不禁感觉到，这过去情景的再现是她见了他之后产生的，而且在这情景的再现中还有亲切的回忆。

德高望重的人竭力留他用餐，弗罗拉又示意“行”。克莱南非常希望他不只是留下用餐而已，他如此真诚地希望能找到过去时代的弗罗拉，要不然就希望知道过去并不曾有什么弗罗拉——他几乎为自己的这种失望的心情感到羞愧，因此便想到，他能作出的起码的补偿，就是屈从这家庭的愿望。于是，他留下来用餐了。

潘克斯与他们一起进餐。五点三刻，潘克斯开出了他的小码头，径直朝这可敬的老人驶来，当时那可敬的老人正在笨嘴笨舌地对伤心园作毫无生气的说明。潘克斯立即系住他，将他拖出来。

---

① 苏格兰在英伦三岛之北。过去，私奔的男女情人逃到与英格兰交界的苏格兰南部村庄格雷特纳格林，只要有铁匠作证便可结婚；一八五六年英国还通过一项法案，男女一方凡在苏格兰居住二十一天以上的便可结婚。

“伤心园吗？”潘克斯说道，并发出了一阵“呼哧”声。“这可是一宗麻烦的房地产。租是不少，可是那个地方要收租可难着呢。跟属于你的所有地方比起来，你在那一个地方麻烦特别多。”

正如被拖着的大船，在大多数观望者的眼中，因为是威力巨大之物，便受到人们的称道，所以，那可敬的老人通常似乎是他自己说了潘克斯替他说的每一句话。

“是吗？”克莱南说道，由于光亮的脑袋上亮光的一闪，便非常起作用地使他得到了这样的印象，因此，他只与大船联络，而没有理会那条拖船。“那里的人都这么穷吗？”

“那倒说不上，你知道，”潘克斯哼了一下鼻子，从铁灰色的裤子口袋里抽出了一只肮脏的手，咬起指甲来(倘若他还有指甲可咬的话)，并朝着他的雇主转动着眼珠子，“他们到底是穷还是不穷。他们说他们穷，可是他们都这么说。一个人说自己富的时候，你大致可以肯定他并不富。还有，如果他们确实穷，你就没法子可想了。要是你收不到租，你自己也会穷的。”

“那是的确的，”亚瑟道。

“你总不能把伦敦的穷人统统包下来，”潘克斯继续说道。“你总不能白给他们房子住。你总不能打开大门，让他们一个个都随便住进来。你知道了这个道理就不会这么干了，你不会的。”

卡斯贝先生摇摇头，平和而慈祥，表示了一个笼统的意思。

“如果有人租了你的一个房间，每星期租金半克朗，到了一个星期过后，他没交半克朗租金，你对那一个说：那你为啥要租房子？如果你拿不出钱来，那你为啥又要租房子？你都在那里干什么，钱到哪里去了？你这么干是什么意思？你是在干什么？你对那种人就是这么说的；要是你不这么说，那你就更丢脸了！”潘克斯先生说到这里发出了一个奇特而令人吃惊的声音，是鼻子里面使劲哼了一下之后发出的声音，不过只是声音而已，没有别的东西跟出来。

“你在这里的东面或东北面，有一块这样的房地产，是吗？”克莱南问道，他不知道这话应该对哪一个人讲才好。

“哦，相当大一片，”潘克斯说道。“东面还是东北面你倒不必讲究，你说哪个方向都行。要紧的是你要投资得当，回笼要快。你得看准了地方才行。你不会看势行事——你不行。”

在德高望重的老人的寓所里还有一个第四位和最有本色的人物，这个人也在餐桌前就座。这是一个使人咋舌的矮小老妇，她的脸像一个瞪着眼睛的木头娃娃，太低廉了，没有什么表情，一顶硬邦邦的黄色假发，高低不平地套在她的头顶上，仿佛玩这个木头娃娃的孩子在假发上钉了一枚钉子，这才把它固定住了。这个矮小的老妇另一个引人注目的地方是，玩这木头娃娃的同一个孩子似乎用一件像调羹似的钝家伙，在她脸上剜了几个地方；她的面部，尤其是她的鼻子尖，可以看到几个凹痕，凹痕大致与那件家伙相符合。这个矮小的老妇还有一个引人注目的地方，那就是她没有名字，只叫作F先生的姑妈。

她在下述情况下闯入了来客的视线；当第一盆菜端上桌子来时，弗罗拉说，也许克莱南先生还没有听说过F先生留给她一件遗产吧？克莱南在回答她时暗示道，他希望F先生即便没有将他所拥有的全部财产留给了他所崇拜的妻子，也把大部分财产留给了她。弗罗拉说，哦是的，她说的不是这个意思，F先生确实立了一个很漂亮的遗嘱，可他还另外给她留下了一份遗产，那就是把他的姑妈交托给了她。说完这话，她便走出房间去取她的这一遗产，再回到房间时，她得意洋洋地带来了“F先生的姑妈”。

来客在F先生的姑妈身上能发现的主要特征是，模样极为严酷，板着脸儿一言不发；有时她又喜欢打断人家的谈话，插进一句话来，语调低沉而含有威胁，说的话又与旁人在议论的事没有丝毫关系，完全是风马牛不相及的东西，真叫人目瞪口呆，莫明其妙。F先生的姑妈可能会按照她自己的思路插进几句话来，这思路可能是精妙的，或许甚至是敏锐的；然而，她这种思路的线索却找不到。

晚餐精制，烧得很透(因为可敬老人的家庭主张安安静静地咀嚼)，先是一些汤，接着是煎鳎鱼，一黄油碟虾酱，一盆土豆。席间的谈话仍旧是关于收租的事。F先生的姑妈在用恶毒的目光对在座的人注视了十分钟之后，说出了以下可怕的话。

“我们住在亨莱的那个时候，巴恩士的鹅被补锅的人偷走了。”

潘克斯先生勇敢地点了点头，说道：“说得对，太太。”可是克莱南听了这两个人的神秘对话，却一下子吓住了。另一个情况的出现，使这个老妇蒙上了一层令人恐惧的外表。尽管她一直瞪着眼睛，但她从不承认她看见了哪一个人。那个彬彬有礼的陌生人，譬如说，想就土豆的问题征求一下她的想法。想要用他的富有意味的举动来引起她的注意是毫无希望的，他还有什么法子？没有一个人会说：“F先生的姑妈，请允许我好吗？”每个人都像克莱南那样，把调羹放下来，缩手缩脚，害怕了。

桌子上有羊肉，有牛排，有苹果馅饼——就是没有与鹅有丝毫联系的东西——其实晚餐就像毫无吸引力的筵席那样进行着。从前，克莱南坐在那张餐桌上是什么也不注意，眼睛只注视弗罗拉的；现在：关于弗罗拉，他所观察的主要之点是，他违背自己的心愿注意到，她非常喜欢黑啤酒，带着感伤大喝其白葡萄酒，倘若她确实有点肥胖，那也是事出有因，理由非常充足的。那最后一位可敬的老人食量一直很大，他实实足足吃下了大量食物，并表现出一个给别人喂食的好人的慈祥。至于潘克斯先生，他总是那样急急匆匆，并且不时拿出他的肮脏的小本子，这个小本子就放在身边(也许小本子里记着拖欠房租的人的名字，拿出来查一查，仿佛这是最后一道甜食)，他吃起东西来宛如铲煤一般；而且，他吃东西声音极响，还从嘴里落下许多来，不时地发出一下“呼哧”声，仿佛他这只船就要开动了。

在晚餐上，弗罗拉从头至尾都把现在对吃与喝的欲望与过去对浪漫的爱情的欲望结合在一起了，见了她这模样，克莱南害怕得只望着菜碟子不敢抬起头来；因为，他只要朝她看上一眼，她便报以藏有神秘意味或警告的一瞥，仿佛他们是在策划一个阴谋。F先生的姑妈一声不响地坐在那里，用带着极大愤慨的表情藐视他，直至桌布取走、细颈盛水瓶放好，这时她又发表了高见——像时钟那样打断别人的谈话，一点也不征求一下别人的意见。

弗罗拉刚说过这么一句话：“克莱南先生，我请你给F先生的姑妈倒一杯葡萄酒，好吗？”

“伦敦桥附近的纪念碑①，”这位老太太听了弗罗拉的话立即宣告，“是伦敦大火②之后造的；伦敦大火可不像烧掉你叔叔乔治的工场的那种大火。”

潘克斯先生怀着先前的勇气说道：“是吗，太太？说得对！”然而，F先生的姑妈似乎被想象中的矛盾所激发，也许因了其他不公正的对待，非但没有就此闭嘴，反倒又作了如下宣告。

“我讨厌蠢货！”

这样的见解本来几乎已经是非常聪敏的了，现在她又直接对准了这位客人，使这样的见解染上恶意的及人身攻击的特性，因此，必须

---

① 为纪念伦敦大火而树的一座石柱，高二〇二英尺，于一六七一至一六七七年间建成，坐落在伦敦桥北面的桥头，因为那是大火的起点。

② 即一六六六年九月爆发的那场大火。这场大火烧毁了圣保罗大教堂以及八十九座其他教堂与一万三千二百座房屋。五天之内大火借着风势波及城内三百八十七英亩与城外七十三英亩的面积。一般都以为因祸得福，大火结束了大瘟疫，其实大火并未烧及贫民窟。

让F先生的姑妈离开这个房间。弗罗拉悄悄地完成了这项使命；F先生的姑妈也不反抗，只是一路上怀着不共戴天的敌意问道："他到这儿是来干什么的？"

弗罗拉回到房间里来的时候解释了一番，说她这份遗产是个聪明的老太太，只是有时候脾气有点儿古怪，而且"总说讨厌"——对于这样的怪癖，弗罗拉并没有别的想法，却似乎感到挺骄傲。在这件事情上，弗罗拉一直是那样地和善，克莱南现在既然已从老妇在场时的恐怖中解脱出来，尽管这件事是老妇引起的，他对她也不想说什么了；他们平平安安地又喝了几杯酒。克莱南见潘克斯号拖船即将起锚，那可敬的老人也就要就寝，他便找了个借口，说是要去看望母亲，并询问潘克斯先生要朝哪个方向走。

"进城，先生，"潘克斯答道。

"一起走好吗？"亚瑟道。

"很高兴，"潘克斯道。

在这个时候，弗罗拉喃喃地在克莱南耳边断断续续地说着，的确有过那么一阵子不过过去与现在当中隔了个大裂口他也不再受到金链条的束缚她仍然崇敬已故的F先生她明天一点半一定在家命运之神的教令已经追不回来了她觉得最最难以想象的是他正好在下午四点钟的时候会在格雷公馆花园西北角散步。他在分手的时候想把手伸给现在活着的弗罗拉——不是那个已经消逝的弗罗拉，或者那美人鱼——可是弗罗拉却不肯伸出手来，不能伸出手来，她全然缺少把她自己和他与他们那已一去不返的地位分开的力量。他相当悲痛地离开了这座房子；比先前更加头昏目眩，倘若不是因为他很幸运地被拖船拉走，他离开之后这一刻钟内还不知道要漂流到哪里去。

当他在清凉的空气中，又没有弗罗拉在场的情况下开始头脑清醒过来的时候，他发现潘克斯在全速前进，咬着本来已经所剩无几的指

F 先生的姑妈被带走了

甲，并且不时地发出几下“呼哧”声。上述这些情况，加上他一手插在裤子口袋里，以及他那顶磨得很粗糙的帽子前后颠倒地戴着，显而易见，这便是他思考问题时的状态。

“多么清新的夜！”亚瑟说道。

“是的，夜很清新，”潘克斯表示赞同。“你是头一回到这里来，我看你对空气的好坏，感觉比我灵。说实在的，我是没闲工夫去管空气的好坏。”

“你的日子有这么忙？”

“是的，我老是要找几个人，还要照看一些东西。不过我喜欢忙忙碌碌，”潘克斯说，步子又加快了一点。“人活着干啥？”

“没别的了？”克莱南问道。

潘克斯反问了一句：“还有什么别的？”这句话以最扼要的方式概括了压在克莱南生活中的思想包袱；他没有回答。

“我就是拿这句话来问每周向我们交租的房客的，”潘克斯说道。“他们有些人听了这句话就板起脸儿对我说，老爷，你看我们穷虽然穷，可我们总是又苦、又累、没命地干活，睁开眼睛就没一刻停过。我就跟他们说，你们活着不这么干还能怎么样？这一问便将他们的嘴巴封住了。他们一句话也回答不出。你们活着还有什么别的？一句话便说闷了。”

“啊，唉，唉，唉！”克莱南叹息道。

“你瞧瞧我，”潘克斯说道，继续谈他的每周交租的房客问题。“你说说看，我觉得自己活着还有什么别的？什么也不图。一大清早就被从床上喊醒，起来就忙，你规定我吃饭的工夫多少也不在乎，填饱了肚子就行，吃完了又得去忙。老叫我不停地干，我叫你老是不停地干，你又去叫别人老是不停地干。你就是这样不停地干，在这个商品化的国家里，‘尽人之本分’。”[1]

当他们又默默地走了一段路之后，克莱南说道：“你就没有什么兴趣吗，潘克斯先生？”

“什么叫兴趣？”潘克斯冷冰冰地反诘道。

“就是爱好。”

“我有个赚钱的爱好，先生，”潘克斯说道，“要是你告诉我怎么赚。”他又那样“呼哧”地哼了一下，他的同伴第一次发现，这就是他笑的方式。无论从哪个方面观察，他都是古怪的人；他未必是十分认真的，然而，他以简短、严峻、突如其来的方式说出这些原则性的道道来，仿佛是机械装置的运转所致，这似乎就与说笑取乐毫不相干了。

“依我看，你书读得不多吧？”克莱南说道。

“我只读信件和账本，别的什么也不看。除了与最最亲近的亲属有关的广告之外，我什么也不收集。如果那就叫兴趣，我是有的。你们家不是从康沃尔[2]的克莱南家族分出来的吧，克莱南先生。”

“据我了解不是的。”

“我知道你们不是。我问过你母亲，先生。她的性格太犟，决不肯错过一个机会的。”

“要是我是从康沃尔的克莱南家族分出来的呢？”

“那你一定可以听到对你们有利的生意了。”

“确实！我很少听说对我们有利的生意，很久没听说了。”

“有一宗康沃尔房地产没人肯要，先生，而且康沃尔姓克莱南的一个也没去谈这笔生意，”潘克斯说道，一面将他的小本子从上衣口袋里取出来，又放回去。“我要从这里走了。祝你晚安。”

---

① 见《圣经·传道书》第十二章第十三节。

② 英格兰西南一郡。

"晚安！"克莱南说道。然而，这只拖船由于突然减轻了负担，背后没有沉重的东西拖着，早已"呼哧呼哧"地开远了。

他们两人是一道穿过史密斯广场①的，现在潘克斯走了，只有克莱南独自一人站在碉楼的拐角处。那天晚上他也无心走进他母亲阴郁的房间，他是那么郁闷，即便是站在一片荒野上，他的心情也不见得会比现在显得更加郁闷，更加凄凉。他踏着缓慢的脚步折入阿尔德斯门街②，一面思索，一面沿街朝圣保罗大教堂走去，意欲挑选一条通衢大道，看看大街的灯火与繁华。正在这时，在同一侧的人行道上有一群人向他拥来，他见势退向一旁，紧贴着一家店铺，让这群人过去。当他们向他走过来时，他见到他们都簇拥着几个男人肩上扛着的什么东西。他很快发现扛的是一个担架，这担架是急忙中用窗板之类的东西做成的；窗板上有一个人躺着，人群七嘴八舌地谈论着，一个人提着沾了污泥的一包东西，另一个人拿着一顶沾了污泥的帽子，见此情景他心里想，是发生了一件意外的事故。担架从他面前过去之后才五六步路，便在路灯下停住了，几个扛的人换了一下肩；簇拥着的人群也随着停下来，此时，他便处在这一群人中间。

"出了事情送医院吗？"他问身旁一位老人，老人站在那里直摇头，颇有交谈之意。

"是啊，"那人说道，"是那些邮车惹的。真该法办、罚款，这些邮车。邮车从孩儿巷和木柴街飞也似的冲出来，一个钟头十二或十四英里

---

① 原先这个广场是在伦敦城墙外面。十二世纪时那是个每星期五好马群集交易的地方。一八五五年前，该广场还是个赛马场，还举行圣徒巴塞勒缪节交易会(Bartholomew Fair)，同时还是个法场。一八五五年以后牲口交易市场迁址。现在它是伦敦的肉类交易中心。

② 阿尔德斯门街(Aldersgate Street)，南北走向。从第三章可知，克莱南母亲家在奇普赛德街与泰晤士河之间。他从北往南沿阿尔德斯门街往左可至母亲的家，往右则可至圣保罗教堂。

那么快，邮车老这么快。可事情就是怪，也没老见人被邮车碾死的。”

“但愿这个人没被轧死吧？”

“我哪儿知道！”那人说道。“要是没死，也不能说是因为那些邮车来势不凶。”说话的人抱着两臂，慢条斯理地开始向站在一旁要听他说话的人骂起那些邮车来，谁愿听就同谁说；纯然是出于对受害者的同情，几个声音都说他说得有理；有一个声音对克莱南说：“它们真是人人讨厌，这些邮车，先生。”另一个说：“昨天晚上我就看到一辆，到了一个男孩面前半英寸那么近才带住。”另一个说：“我就看到一辆邮车碾死一只猫，先生——亏得是一只猫，要是你妈怎么办？”听他们的口气，一个个都是说，倘若他正巧是一个对舆论有影响的人，运用他的影响指责那些邮车那是最恰当不过了。

“嘿，土生土长的英国人这辈子每天晚上都提防着，别让这些邮车碾死了，”第一位老人争辩道；“他知道邮车什么时候冲出巷子，会把他碾得断胳膊断腿的。一个可怜的外国人，不知道这种事情，不出事才怪呢！”

“他是个外国人吗？”克莱南说道，并探过身去瞧一瞧。

有的说“是法国人，先生”，有的说“是葡萄牙人，先生”，有的说“是荷兰人，先生”，有的说“是普鲁士人，先生”，还有的说都不是这些国家来的。就在人们七嘴八舌的时候，他听见一个微弱的声音用意大利语和法语说要一点水喝。听他这么一开口，人群中都议论道：“哦，可怜的人，他说他是好不了啦；准没错！”克莱南请大家让开路，因为他听懂了这个可怜的人说的话。人们立即让出路来让他走到前面与那人搭话。

“要紧的是他想喝点儿水，”他说道，并环视了一下四周。（十几个好心人立即分散去取水。）“你伤得厉害吗，朋友？”他用意大利语问担架上的人。

“是的，先生；是的，是的，是的。我的腿伤了，我的腿伤了。听到这熟悉的音乐似的语言，真叫我高兴，尽管我伤得厉害。”

“你是来旅行的吗？慢！你瞧水来了！我给你喝一点。”

他们将担架搁在一堆铺路石上。担架搁在那里离地面不高也不低，他只要俯下身去，便可以轻松地用一只手扶起那人的头，用另一只手将杯子凑到那人的嘴边。一个身体结实、皮肤黝黑的矮小的人，黑发，洁白的牙齿。显而易见，是一张富有生气的脸。挂着耳环。

“好极了。你是来旅行的吗？”

“没错，先生。”

“没来过伦敦？”

“没错，没错，一点也不熟悉。今天这倒霉的晚上刚到。”

“从哪个国家来？”

“马赛。”

“嘿，真巧！我也是！差不多跟你一样不熟悉这儿，不过我是这里出生的。我前不久刚从马赛回国。别灰心丧气的。”他擦了一下那人的脸，挺起腰来，把那人扭动的身体上的外衣轻轻地盖回去，只见那张脸恳求地望着他。“我不会离开你，等有人好好照料你的时候再说。鼓起勇气！你会好得多的，半个钟头就会好的。”

“啊！Altro，Altro！”那可怜的矮小的人说道，语气中还有一点儿不信任；当他们将他抬起来时，他伸出右手，手背朝外用食指在空中摇了摇。

亚瑟·克莱南转过身来，走在担架的旁边，不时地说上几句鼓励的话，陪着他到了附近的圣徒巴塞勒缪[1]医院。那一群人中只让抬担

---

① 《圣经》故事中所说的十二使徒之一，他是被活活剥去皮而死，故刀子即其象征。其纪念日为八月二十四日。

架的人与他进入医院。那个伤残的人立即被沉着而有条不紊地抬到一张桌子上躺下，由一名外科医生仔细作了检查。这位医生就在旁边，招之即来，呼之即到，如同灾难一样，说来就来了。“他英语一句也听不懂，”克莱南说道；“他伤得厉害吗？”“我们先查明伤势，”那外科医生说道，一面继续检查，表现出认认真真的乐趣来，“查明才能下结论。”

那外科医生先是在病人腿上用一只手指头碰一碰，然后两只手指头，接着用一只手摸一摸，然后两只手去按，接着又在他的腿背与腿肚子上按几下，然后是上下摸一摸，然后是这个方向，然后是那个方向。这样又摸又按之后，那外科医生对一起参加检查的另一位先生所关心的问题提出了表示赞同的意见，最后在病人的肩膀上拍了一下，说道：“他不会有什么痛苦的。他受得了的。难是难了一点，不过我们不想这一回就把他这一条腿截了。”克莱南把这几句话翻译给病人，病人感激不尽，他是个感情外露的人，此时他拉住翻译和医生的手就吻，一连吻了几下。

“伤势严重，是吗？”克莱南问道。

“是——的，”外科医生说道，仿佛艺术家带着若有所思时表现出来的乐趣，思索画架上的作品。“是的，够严重的。膝盖上部是复合骨折，下部是脱臼。上下两处都妙极了。”他又在病人的肩膀上友好地拍了一下，仿佛他真正感到这病人的确是个很好的人，那条腿以一种使科学感兴趣的方式折断，他也很值得称赞。

“他会说法语吗？”外科医生问道。

“哦，会，他会说法语。”

“那他在这里就没问题了。——你勇敢一点，只要稍微熬一下就行了，朋友，应该觉得庆幸，一切都会好的，跟现在一样，”他用法语补充道，“又可以好好儿地下床走路的。现在我们再检查一下有没有别的问题，看看肋骨怎么样。”

别的没有什么问题，肋骨正常。克莱南留下来，待到一切能办的事都熟练而迅速地办完——这位天黑还在异国他乡赶路的可怜的流浪者，令人感动地恳求他留下来——病人检查完毕便被扶到床上躺着，克莱南又在病床边上陪着，直至病人合上眼。甚至在这个时候他还不走，拿出自己的名片，在上面写了几个字，说自己明天再来探望，然后把名片留下来，待病人醒来时好交给他。

所有这些手续花去了这么长的时间，待到他走出医院大门的时候，已经是晚上十一点钟了。他已经在考文特花园租了一间寓所，这时他便从白雪山和霍尔勃恩街①抄近路朝那里走去。

现在克莱南又是独自一人走在街头。在经历了刚才发生的这件事情所引起的挂念与同情之后，他现在自然静心思索起来了。他一边走，一边思索，没走上十分钟便禁不住想起了弗罗拉，这也是很自然的事。她必然使他回想起了他的生活，唯有蹉跎岁月，并无所谓幸福。

他到了寓所之后，便在奄奄一息的炉火前坐下，如同他曾经站在他的老房间里临窗凝视窗外林立的熏黑了的烟囱时一样，他收回凝视的目光，脑海中浮现出一幕幕阴沉沉的回忆，并通过回忆来到了他的生存的那个阶段。此时他也是同样的心境。如此漫长、如此荒凉、如此空虚。没有童年时代；也没有青年时代，只有一段能记起的往事。这段往事到了那一天才证明原不过是一桩蠢事而已。

尽管这段往事于他人是无关紧要的，然而对他来说却是一件不幸的事。因为，他的回忆中所有严酷、冷峻的事物经验明之后仍然是现实中存在的——视之能见、触之能及，仍然是顽固不化的，先前无法

① 这条大街与阿尔德斯门街相交，克莱南由北往南走，向右拐弯即折入这条街。

克服的阴郁并没有丝毫的松懈——而他所经历的往事中那段温情脉脉的回忆，却经不起同样的检验，消融了。前一次晚上，当他睁着眼睛做起梦来的时候，他就曾预见到这一点；然而，当时他并没有这样的感触；而现在，他感觉到了。

他是这样做梦的一个人，因为他这个人在本性中有一种根深蒂固的信念，一种对他的生活中并不存在的一切文雅、高尚的东西的信念。尽管他是在自私的环境与冷酷的交易中长大的，然而，这一信念拯救了他，使他成为一个品德高尚、慷慨大方的人。尽管他是在冷漠与严酷中长大的，然而，这一信念拯救了他，使他具有一颗热情而富有同情的心。尽管他是在由于太邪恶、无理而无法追求的信条(把依人类创造者的形象造就人类，颠倒成依犯错误的人的形象造就人类创造者)的指导下成长的，然而，这一信念使他否认了这个信条，并在谦卑中表现出仁慈，怀着希望和宽厚。

而且，这一信念还使他摆脱了终日抱怨的软弱性与冷酷的自私心理，使他不至因为这样的一种幸福和这样的一种美德没有出现在他的人生小道上，没有为他起过很大的作用，便觉得这一信念不存在于伟大的构想中，即使一旦发现也可能沦为最卑鄙的东西。虽然他的心是一颗失望的心，然而他那颗心是如此坚定，如此健康，绝不与如此污秽的空气相容。他独自一人身处黑暗之中，然而这颗心却会进入光明之中，看见这光明照耀着他人，并为之欢呼。

因此，他坐在奄奄一息的炉火前，想着到了那个晚上他所走过的路便觉悲伤，然而他并没有在他人已经走到的那条路上撒下毒物。他竟然失却了这么多东西，在他这样的年龄他竟然到处寻找与他做伴走上那下坡路的支柱并为之欢呼，那是应有的抱憾。他望着那炉火，熊熊的火光就从那炉火隐没，余辉就从那炉火消逝，余烬便在那炉火中暗淡，化为灰烬，他心里思索着："我也将经历这一番变化，并从此消逝，多快呀！”

回顾他的一生，如同从一棵结满果实、开着花朵的绿树往下爬，当他从那些枝条上爬下来的时候，只见这些枝条一枝枝枯干、坠落。

“从我幼年时候的不幸的压抑算起，经历后来严酷、无情的家庭生活，然后我出走，经历长期流落他乡的生活，然后又归来，受到母亲这样的欢迎，从此与她发生了往来，直至今天下午与可怜的弗罗拉见面，”亚瑟·克莱南说道，“我找到了什么！”

他寓所的门被轻轻地推开了，几个说出的字使他感到吃惊，仿佛是在作出一个答复：

“小杜丽！”

第十四章

小杜丽的晚会

亚瑟·克莱南急匆匆地站起来，看见她站在门口。这部人物传记有时须用小杜丽的双眼来作观察，并且须从观察他入手。

小杜丽朝一间昏暗的房间里张望，对她来说那是一间宽敞的房间，摆设华丽。当她站在门口，两眼胆怯地望着这间房间的时候，考文特花园在人们心目中的形象，致使这房间在她眼里显得比事实上更加昏暗了。在人们心目中，考文特花园是显贵的，这个地方有出名的咖啡馆①，到这里来的绅士们穿着镶金边的外套，佩着剑，他们争吵，他们决斗；在人们心目中，考文特花园是奢华的，这个地方冬天有论畿尼买一束的花卉，有论畿尼买一磅的菠萝，有论畿尼买一品脱的青豆；在人们心目中，考文特花园是美妙的，这个地方有一座巨大的剧院②，为衣着华丽的老爷、太太们展示了奇妙、美丽的景物，那是可怜的芬妮与可怜的叔叔所永远不敢抱有奢望的地方；在人们心目中，考文特花园是荒凉的，这个地方有各种各样的拱形建筑，她刚才就遇见过那些衣衫褴褛、面目悲惨的儿童，像一群小老鼠和大老鼠，他们走起路来躲躲闪闪，在垃圾堆中觅食，互相挨着身子取暖，还遭到人们的驱赶(你们这些巴纳克尔家族的人，瞧一瞧这些小老鼠和大老鼠，因为他们就在上帝的面前啃着我们的基础，会啃得连屋顶也塌下来，压住我们的脑袋的！)；在人们心目中，考文特花园是万物麇集的地方，那里到处都有古今之谜，离奇的事物，既有巨富，亦有贫困，既有美，亦有丑，既有美丽的乡村风味的花园，亦有污秽的街沟，一切都混杂在一起。

起初坐在椅子上，面对着熄灭的炉火，然后转过身来，惊讶地看见了她，这个人便是她要寻找的人。这个面色黝黑、表情严肃的人，他笑得那般令人愉快，他的举止态度是那般坦率，那般体贴入微；然而在他的严肃表情中，有某种使人联想起他的母亲的东西，只是二者迥然而异，她的严肃是刻板的，他的严肃是温和的。此刻，他带着全神贯注与询问的目光注视着她，在他这样的目光面前小杜丽的两眼总是垂下来，此刻她的两眼依旧垂下了。

“我的可怜孩子！半夜了还到这里来？”

“我说了一声小杜丽，先生，是有意让您有个准备。我知道您一定会感到非常惊讶的。”

“你是一个人来的吗？”

“不是，先生。我和玛吉一起来的。”

玛吉心里想，现在由于通报了她的名字，她走进房间已让人有了充分的思想准备，于是她也就从门外的楼梯口走出来，咧嘴一笑。然而，她立即又收了笑，毫无表情地板着脸儿。

“我连炉火也没有生，”克莱南说道。“你又是——”他本来是要说衣衫单薄的，然而他没有将暗示她生活之贫苦的话说出来，改了一下口，说道，“天又是这么冷。”

他把他原先坐着的那把椅子搬近火炉，叫她坐下来；接着赶忙取

---

① 如威尔咖啡馆（Will's Coffee House），因诗人屈莱顿常去光临而声名大振；勃顿咖啡馆（Button's Coffee House）为瓦里克伯爵夫人的仆人勃顿所建（1712 年）。散文家艾迪生与瓦里克伯爵的寡妇伯爵夫人一七一六年结婚，艾迪生及其他文学家亦常去光临。

② 考文特花园剧院系丑角大师约翰·里奇（John Rich，1682—1761）于一七三二年所创建，一八〇八年与一八五六年（是年三月该章刚完成不久）两度烧毁。一八四七年成为英国皇家意大利歌剧院，一八五八年新剧院开放。

了木柴与煤块，堆在一块，生旺了炉火。“你的脚就像石块一样，孩子；”他俯下身子，跪着一条腿生火的时候正好碰到了她的脚；“往炉子靠近一点。”小杜丽急忙道了谢。这样很暖和，这样很暖和！他觉得她把单薄、破旧的鞋子藏起来了，这使他心里很难受。

小杜丽并不因为一双可怜的鞋子而羞耻。他了解她的身世，原因不在这里。小杜丽担忧的是，倘若他看见了她的那双鞋子，他是会责怪她的父亲的；说不定他还会想：“他为什么今天还要吃上一顿美餐，却让这个小姑娘受冰冷的石块的折磨！”她并不相信别人的这种思索是合情合理的；她根据自己的经验只知道人们往往会有这样的错觉，而人们有时会有的这种错觉也是她父亲的一个不幸之处。

“我现在先不说别的事，”小杜丽开口道，她坐在苍白的炉火前，又抬头望着那张脸，只见那张脸上显露出关心、怜悯与保护的和谐神色，在这和谐的神色中，她觉得这张脸是那般神秘，其神秘的程度远远不是她所能理解的，她几乎无法揣测；“可以让我先告诉您一件事情吗，先生？”

“行，孩子。”

她听见他一而再，再而三地称她为孩子，便表现出一丝不快来。她感到奇怪，他竟然能看出她这不快，竟然会考虑到这样一件小事；可是他马上又说道：

“我想用一个亲切的字眼，可又想不出别的来。既然你刚才用一个他们在我妈妈家里叫你的名字向我通报，既然我常常依照这个名字想起你，那就让我叫你小杜丽吧。”

“谢谢您，先生。叫这个名字我倒更加喜欢。”

“小杜丽。”

“小妈妈，”玛吉插嘴作了纠正，她进屋便打起瞌睡来了。

“都一样，玛吉，”小杜丽说道，“都一样的。”

“都一样吗，妈妈？”

“都一样的。”

玛吉哈哈一笑，然后又立即打起呼噜来。在小杜丽的眼睛里，在小杜丽的耳朵里，这笨拙的形象，这笨拙的话音，实在是非常地令人愉快。当她的脸又与那个表情严肃、面色黝黑的先生的目光相遇时，她的脸上洋溢了将她的大孩子引为自豪的表情。她心中纳闷，当他注视她和玛吉两人的时候，不知他心里在想些什么。她心里想，他是可以做一个多好的爸爸呀。她还想，有了这样的一种表情，他是会劝告和珍爱他的女儿的。

“我想要告诉您的事情，先生，”小杜丽说道，“是，我的哥哥放出来了。”

亚瑟听了这话非常高兴，并希望他今后能变好。

“我想要告诉您的事情，先生，”小杜丽说道，她那矮小的身躯，她那话音，都在颤抖，“是，我不能知道是谁的慷慨使他释放了——我不能去问一问，也不会有人告诉我，也不能怀着一颗感激之心去向那位先生道谢！”

他也许不需要感谢，克莱南说道。很可能他还要感谢别人（并有充分的理由），让他有办法、有机会为她尽微薄之力，而她完全应该得到全力相助的。

“我想要说的，先生，是，”小杜丽说道，颤抖得越来越厉害了，“如果我知道，如果我可以知道，他是谁，我就要告诉他，他永远、永远不会知道我是如何感受到了他的仁慈，我父亲是如何感受到了他的仁慈的。我要说的，先生，是，如果我知道，如果我可以知道，他是谁——可是我不知道，我不可以知道——这一点我是明白的！——我就要告诉他，我不向上帝祈祷要求祝福他、报答他，我是再也不能躺下来安睡的。如果我知道，如果我可以知道，他是谁，我就要在他面前跪下来，拉起他的手来吻一下，恳求他别将手收回去，恳求他将手举着——啊，只举一分钟也好——让我感激的泪水滴在他的手上，因为我没有别的感激可以向他奉献！”

小杜丽已经拉起他的手来吻着，而且本来是要在他面前跪下来的；可是他彬彬有礼地劝阻了她，让她重又坐回到椅子上去。她的两只眼睛，她说话时的语调，对他所表达的谢意，其效果远远超出了她的想象。他无法如同往常那样镇静地说出话来，“好啦，小杜丽；好啦，好啦，好啦！我们就假定你已经知道了这个人，假定你可以这样地表示，而且已经这样表示过了。你现在告诉我这个完全不能与他等同的人——我只不过是一个请求你对他信任的朋友——为什么你深更半夜走出来，到底有什么事情使你要穿过大街小巷，走这么远的路，深夜到这里来，我的瘦弱、娇小的，”“孩子”二字又一次到了他的嘴边，“小杜丽！”

“今天晚上我和玛吉，”她说道，并暗暗地竭力控制自己的感情，这于她早已是十分自然的了，“到我姐姐做事的剧院去过了。”

“哦，那真是个好地方，”玛吉突然插嘴道，她似乎有想睡就能睡、想醒就会醒的本领。“差不多和医院一样好。就是剧院里没有鸡吃。”

说到这里，她打了一个寒噤，又呼呼地睡了。

“我们到那里去，”小杜丽说道，朝她要照看的人瞟了一眼，“是因为我有时候想亲自去看看，弄清姐姐是在那里好好儿地做事；我想在姐姐和叔叔都不知道的时候亲眼去看一看。要这样做其实也是很难得的，因为我不外出干活就得和爸爸一起呆着，就连我外出干活了还得急忙赶回家来陪着他。不过今天晚上我是假作外出聚会的。”

当她怯生生、犹豫不决地供认的时候，她抬起眼睛望着那张脸，并从那张脸上如此明白无疑地看出了那表情的含义，她作出了回答。

“哦，没有，当然没有！我长这么大从来没有参加过聚会。”

在他的目光的注视下，她停了一会儿，然后说道：“我希望这没有什么不好。如果我不稍微假装一下，我是什么事也办不成的。”

她担心他心里在责怪她，因为她千方百计为他们着想，为他们操心，观察他们的行动，可是他们并不知道，也不感激她；也许还为了假设的疏忽而责备她。然而，他心中真正在想的是，这个具有坚强意志的瘦弱的身躯，穿着单薄破旧的鞋、单薄的衣衫，竟还假装愉悦和欢快。他问那假装的聚会在哪里举行？在她干活的一个地方，小杜丽回答道，两颊绯红。她关于外出聚会并没有多说什么；只简单提了一下让她父亲放心。她父亲认为那不是什么盛大的聚会——其实他可以那样假设的。她朝自己披着的头巾瞟了一下。

“我晚上离开家里，”小杜丽说道，“这还是第一回。伦敦是这样大，这样冷清，这样荒凉。”在小杜丽的眼里，在黑暗的夜空下，伦敦的广大是多么地可怕；她说出这一番话来的时候，浑身禁不住一阵战栗。

“不过，我到这里来找您麻烦的，”她补充说道，又一次竭力控制自己的感情，“倒不是为了这些。我姐姐找到了一位朋友，她和我说起过，是一位太太，这使我很有些替她担心。我离开家里第一个原因就是这件事。离开那里之后，我就从您以前住的地方经过(有意从那里经过)，看见窗口有灯光——”

不是第一回了。不是，不是第一回了。在小杜丽的眼里，以前在晚上经过那里时，那个窗口的外部宛如一颗远方的星星。她离开自己平时走的路线，拖着脚步，又累又恼，抬起头来望一望那窗口，心中寻思着这位远方归来的表情严肃、脸色黝黑的先生，他曾以朋友和保护人的身份与她交谈过。

“我有三件事情，”小杜丽说道，“要是您是一个人呆着，要是我可以上楼来，我就想把事情告诉您。第一件事情，是我刚才想说，可是怎么也不能——永远也——”

“别说了！别说了！这事已经说过了，已经解决了。我们说第二件事吧，”克莱南说道，并微笑起来，消除她的不安，让通红的炉火照着她，把桌子上放的葡萄酒、蛋糕、水果推到她的面前。

“我觉得，”小杜丽说道，“这是第二件事，先生——我觉得克莱南太太一定是发觉了我的秘密了，一定是知道我从哪里出来，又回到那里去的了。我是说，我住的地方。”

“真的？”克莱南立即作出了反应。他略加思索，问她为什么会这样想。

“我看，”小杜丽回答道，“弗林特温奇先生一定是在盯我的梢。”

克莱南转过脸来，两眼望着炉火，皱起眉头，思索起来，问道，为什么；为什么她会这样想？

“我碰到他两回了。两回都是我快到家的时候。两回都是我晚上回家的时候。两回我心里都想（虽然都很可能是我想得不对），看他那样子他决不是偶然碰见我的。”

“他说过什么没有？”

“没有；他只不过点了点头，脑袋朝一边歪着。”

“他那脑袋真见鬼了！”克莱南心里想道，眼睛仍旧望着炉火；“他那脑袋总是朝一边歪着。”

他从沉思中惊醒过来，劝她喝一点儿葡萄酒，尝一点儿吃的东西——劝她吃一点东西也真不好办，她是那样胆怯，那样害羞——然后他又若有所思地说道：

“我母亲对你的态度有什么变化没有？”

“哦，一点也没有变。她还是那个样子。我心里纳闷，我是不是最好把我的身世同她说一说。我纳闷我是不是可以——我的意思是说，您是不是希望我将自己的身世同她说说清楚。我心中纳闷，”小杜丽说道，她用一种恳求的神情望着他，见他盯着她，便一点点移开了自己的视线，“是不是您会劝告我该怎么处理这件事。”

“小杜丽，”克莱南说道；这个称呼，在他们两人之间，按照不同的语气，按照不同的上下文，已开始代表百种温柔的词语了；“你什么也不要去说。我去和我的老朋友艾弗莉太太好好谈一谈。你什么也不要说，小杜丽——你就吃一点桌子上的东西。我请求你就吃一点吧。”

“谢谢您。我肚子不饿。也不，”当他悄悄地将杯子放到她面前的时候，小杜丽说道，“也不渴。——我看，也许玛吉想吃点什么。”

“过一会儿我们就要她找口袋把这里所有东西都装下去呢，”克莱南说道；“不过，把她叫醒之前，我们还得说说这第三件事情呢。”

“对。您不会生气吧，先生？”

“我向你保证，毫不保留地保证。”

“我说出来您会觉得奇怪。我也不知道该怎么说才好。您千万不要以为我说出来不合情理，或者是忘恩负义的，”小杜丽说道，她又感到不安起来，而且比以前更甚了。

“不会，不会，不会。我可以肯定，你说出来一定是非常自然，很有道理的。不管你说什么，我一点儿也不担心，对你说的话我会有什么不正确的理解。”

“谢谢您。您还会再来看望我的爸爸，对吗？”

“对。”

“您太好了，想得太周到了，还写信给他，说是您明天要来。”

“哦，那有什么！是写过信。”

“不知您能不能猜到，”小杜丽说道，两只小手紧紧地握在一起，她两眼望着他，她心灵中的严肃态度全都集中在她的目光中，“我要您别去做的事情？”

“我看我是猜得到的。不过我可能做错事。”

“不，您没有错，”小杜丽说道，并摇摇头。“如果我们非常、非常需要，没有便不行，那就让我来向您提出要求。”

“我一定，——我一定。”

“不要教他提出要求来。就算他提出了要求，您也要装作听不懂的样子。别跟他说。别让他说，别让他问，您就能对他有一个较正确的看法。”

克莱南说——说得不很明白，因为见她焦灼的眼睛里闪烁着泪花——她的意愿在他看来是神圣的。

“您并不了解他，”她说道；“您并不了解他的真实情况。您怎么能了解他呢，突然间就在那里见到他，好好儿的，并不像我那样，一点点地了解的！您对我们那么好，那么体谅，那么真心，所以，我希望，与别人相比，在您的眼里他的形象会好一些。我想起来就难受，”小杜丽激动地说，两手捂住流下的热泪，“我想起来就难受，在这世界上，您正好会在他落难的时候见到他！”

“别这样，”克莱南说道，“别这样难过。别这样，别这样。小杜丽！这一点我们现在已经很明白了。”

“谢谢您，先生。谢谢您！我竭力想控制自己，不把这个意思说出来；白天，黑夜，我把这件事想了又想；可是，当我知道了您一定会再来看望他，我就下决心一定要同您说说明白。这倒不是因为他让我觉得羞耻，”她很快擦干了眼泪，“而是因为对他我比谁都了解，是因为我爱他，并为有他而感到自豪。”

一块石头落下了，小杜丽便急着要走。玛吉已经完全醒了，她睁大两眼远远地望着那些水果、蛋糕，格格地笑着，真想吃上几个。克莱南给她倒了一杯葡萄酒，那是他能办到的转移目标的最好办法。她一口口地喝下去，发出咕咕的声音；她每喝一口便捂住喉咙，两只眼睛睁得大大的，上气不接下气地说道：“哦，味道真好！跟医院里一个样！”见她喝尽了酒，说了这番赞美的话，他便叫她拿过篮子(她到哪里都拎着篮子)，把桌子上所有好吃的东西都装进去，叮嘱她要特别小心，一点也不要遗漏了。这一切使玛吉乐呵呵的，见她乐呵呵的，小妈妈也很高兴，这在当时的情况下，对于刚才的交谈可以说是很好的转折。

“可是门恐怕早就上锁了，”克莱南说道，他突然记起这件事来。“你准备上哪儿去？”

“我准备到玛吉住的地方去，”小杜丽答道。“我不会有什么事的，会好好儿照顾自己的。”

“我得陪你们到那里去，”克莱南说道。“我不能让你一个人到那里去。”

“不会有什么事的。就让我们自己去吧。让我们自己去吧！”小杜丽请求道。

她的请求是那么认真，倒叫克莱南觉得尴尬，干涉了她不该由别人过问的事情：由于他十分明了玛吉的住处是最不该问及的地方，这样的感觉便更甚了。“走吧，玛吉，”小杜丽说道，情绪很快活，“我们不会有什么事的；我们现在认得路了，玛吉对吗？”

“对，对，小妈妈；我们认得路的，”玛吉格格地笑道。说完她们便走了。小杜丽转过身来，说了一声：“上帝保佑您！”她的声音非常轻，不过也许她的声音听起来会非常响亮——谁知道呢！——像大教堂全体唱诗班的声音那么响亮。

亚瑟·克莱南先让她们拐过了街角，然后在后面远远地跟着；倒不是想再一次偷看小杜丽的私事，而是要眼看着她平安无事走到她所熟悉的地方，让自己放下心来。远远看去，她是那样矮小，那样脆弱，对于这阴郁潮湿的天气是那样毫无抵抗能力，在需要她照顾的人晃动的身影旁边快步走着。见此情景，由于他心中的同情感，由于他习惯于将她看作是与这粗俗的世界截然不同的孩子，因此他仿佛感到真想将她抱在怀里，把她送到她的路途的终点。

最后，她们来到了马夏尔西狱所在的那条主街[①]，这时候他见她们放慢了脚步，没多久便折入了一条横街。他停下了，觉得他没有权利再往前走去，便慢慢地回身离开了。他一点也没有怀疑过她们会冒了无处投宿直至天明的危险；对于事情的真相他直到很久、很久以后才明了。

然而，当她们在一片漆黑中的一家陋舍门前停下来，并且在门前侧耳听了一阵仍不见有响动的时候，小杜丽说道："玛吉，这就是你住的好地方，我们可不能惊动人家。因此，我们只能敲两下门，还不能敲得很响；要是我们这样敲门还叫不醒他们，也只好逛到天亮了。"

第一回，小杜丽举起手来小心翼翼地敲了一下，竖起耳朵听了听。第二回，小杜丽又举起手来小心翼翼地敲了一下，竖起耳朵听了听。万物无声无息。"玛吉，我们得全靠自己的本事了，亲爱的。我们得耐着性子，等到天亮了。"

这是一个寒冷的黑夜，当她们又从原路走到那条主街的时候，迎面吹来了潮湿的风，还听得时钟敲响一点半。"只要等五个半钟头，"小杜丽说道，"我们就可以回家去了。"家离得这么近，要说回家去，回去瞧一瞧，那也是自然而然的事。她们走到锁着的大门前面，朝大门里的院子窥探。"我希望他睡得好好的，"小杜丽说道，在大门的一根铁条上吻了吻，"不要惦念我。"

---

① 即 Borough High Streel。

那大门是这样熟悉，这样像一位伙伴，她们便把玛吉的篮子放在门的一角，当作坐垫，两个人身子挨在一起，坐在那里休息了一些时候。街上空无一人，静悄悄的，小杜丽并不觉得害怕；可是，当她听见远处传来脚步声时，或者看见街灯光下有一个影子在移动时，她就惊跳起来，悄声说道："玛吉，我看见一个人啦。我们走！"玛吉听了她这么一说，就多少有些烦恼地醒来，到别处去走一圈，然后又回来。

只要吃点东西还是一桩新鲜、有趣的事，玛吉就没事儿似的。可是，这样的时候一过，她又抱怨起夜的冷来，哆嗦着、唠叨着。"很快就会天亮的，亲爱的，"小杜丽耐心地劝道。"哦，你是没事儿的，小妈妈，"玛吉接话道，"可我是个可怜虫，我只有十岁。"最后，到了深夜，街上真的非常地寂静，小杜丽将玛吉沉重的头靠着自己的胸口，安慰她快睡。这样，她坐在门口，事实上是孤零零一个人了；她抬起头来望着星星，看着云儿在她们头顶掠过——这便是小杜丽晚会上的舞。

"要是真是一个晚会就好了！"她坐在那里曾经这么想过。"要是天又亮、又暖和、又美丽，要是这是我们的家，要是我亲爱的可怜人儿是晚会的主人，从来没有在大墙里呆着，那该有多好啊！要是克莱南先生是我们客人中的一个，我们都随着快乐的音乐的节拍跳起舞来，大家都那样快乐，那样无忧无虑，那该有多好啊！我真想知道——"这样的一幅奇妙的情景浮现在她的眼前，在她抬头望着星星的时候，她想得出神了；想着，想着，直至玛吉又烦躁起来，想站起来再走一走。

三点钟，三点半钟，她们已经走过了伦敦桥。她们听到河水拍打在障碍物上的声音；她们听着可怕的声音，透过河面上黑黝黝的雾气，从桥上往下望去；她们看见了水面上一小块一小块闪亮的河水，那是桥面上灯火的反光，就像魔鬼的眼睛在闪烁，迸发出对罪孽与痛苦的可怕的迷恋。她们从蜷缩在角落里的无家可归的人们身边擦过。她们快步跑着，避开了醉汉。她们碰上躲在街角，吹着口哨，彼此打着手势的鬼鬼祟祟的人，心怦怦地跳着，或者飞快地跑开。小杜丽尽管什么地方都是个带头人、是个领路人，但是也有这么一回年轻的外表露出喜悦神情，假装紧紧跟着玛吉、什么都要听她的样子。她们不止一回在路上遇见一群吵吵嚷嚷的人或者偷偷摸摸的人，听见其中有人对旁边的人说："让那女人和孩子先走过去！"

就这样，那女人和孩子走过去了，朝前面走了，教堂顶上传来五点钟的钟声。她们慢慢地朝东走着，已经在盼着第一道灰白的曙色，正在这时背后有一个女人走来。

"你带着这孩子在干什么？"她对玛吉说。

她年纪很轻——年纪太轻，不该到这里来，天知道！——既不丑陋，也不可恶。她说起话来声音沙哑，不过并不是生来就是沙哑的嗓子；声音里甚至还可以听出动听的调子来。

"你自己在干什么？"玛吉反问道，因为她找不到更加合适的话来回答。

"我不说你就不知道吗？"

"我才不知道呢，"玛吉说道。

"混日子。好了，我已经说了，你说吧。你带着孩子干什么？"

那假设的孩子只是低着头，并将身子紧紧挨着玛吉。

"可怜的孩子！"那女人说道。"你就没一点良心，现在这个时候你还带她到这可恶的大街上来？你就不长眼睛，不看看她这样瘦弱，这样娇小？你就没一点脑子(看来你是没脑子的)，不可怜可怜这双冰冷、哆嗦的小手？"

她朝那一边走了一步，用自己的双手捧起那只手，抚摩着。"吻

小杜丽的晚会

一吻我这个可怜而失望的人[1]吧，亲爱的，”她说道，一面俯下身子，“告诉我，她要带你到哪里去？”

小杜丽朝她转过脸去。

“哇，我的上帝！”她说着倒退了一步，“你是个大人呢！”

“你就别管了，”小杜丽说道，抓住了那个女人突然松开的手。“我不怕你。”

“那样说你害怕了反倒好一些，”她答道。“你没妈吗？”

“没有。”

“没爹吗？”

“有，很好的爹。”

“回家找爹去吧，怕我吧。放开我。晚安！”

“我先得谢谢你；就让我真像个孩子那样同你说话。”

“你不能这样干，”那女人说道。“你良心好，又天真；可你不能用孩子的眼睛来看我。我以为你是个孩子，要是我知道你不是个孩子，我是不会来碰你的。”她奇怪而放肆地叫了一声，转身走了。

天空上还不见曙色，然而黎明已经来到了回声四起的大街铺路石上；来到了四轮运货马车、二轮运货马车、公共马车上；来到了奔赴各自工作地点的工人中间；来到了赶早开门营业的商店里；来到了市场的交易中；来到了河边熙熙攘攘的人群中。在耀眼的灯火中可以看出，新的一天即将来临，因为灯火中呈现出的光彩比先前暗淡得多了；空气愈见其凛冽，夜在惨然而逝，也都说明新的一天即将来临。

她们又回到了那大门口，心想此刻可以等待开门了；然而空气是那样阴湿、寒冷，小杜丽只得带着睡眼蒙眬的玛吉到处走动。从教堂

---

① 即妓女。

门[1]前走过的时候，她看见那里有灯光，门也开着；她们登上台阶，朝里面张望。

“谁在那里？”一个矮胖的老头大声问道，他正在戴一顶睡帽，仿佛他要到教堂地下室去睡觉。

“无关紧要的人，先生，”小杜丽答道。

“站住！”那人喊道。“让我瞧一瞧你！”

她正往外走的时候，听了这句话后又转过身来，她和她要照管的人便与那老头面对面地站定了。

“我说呢！”他说道。“我认识你。”

“我们彼此多次见过面，”小杜丽说道，认出了这位教堂司事，或者叫做牧师助理，或者叫做教堂堂守，叫什么都行，“我在这里做祷告时见过。”

“还有呢，我们的登记簿上记下了你的出生年月，你知道；你是我们这里难得碰到的人之一。”

“真是？”小杜丽说道。

“那当然。这孩子是——我说，你怎么会这么早就出来的？”

“昨天夜里我们被关在门外，现在等着进去呢。”

“不会是当真的吧？十足还得等一个钟头呢！到法衣室[2]里来。那里你可以烤火，因为漆匠在那里干活。我这是在等漆匠呢，要不然我不会呆在这里，准没错。我们这儿难得碰到的人之一可不能冻着，我们能办到就得让你暖暖和和的。走吧。”

他是个很好的老头，和和气气的；他把法衣室里的炉火拨旺了，就在书架上寻找那一本登记簿。“在这儿，你瞧，”他说道，把那一本

① 即圣乔治教堂。

② 教堂法衣室存放牧师法衣、簿册、圣器等。

取下来，拿在手中翻着。“这儿你找得到自己，千真万确的。艾米，威廉·杜丽与芬妮·杜丽之女，生于圣乔治教区，马夏尔西狱。我们对人家说，你就住在那里，出生以后，连一天、一夜都没离开过那里。我说得对不？”

“说得对，到昨天夜里为止。”

“上帝！”他带着钦佩的目光打量着她，这时他想起了别的事，他说道，“不过，我心里很难过，你身体太弱了，太疲倦了。等一等。我到教堂里拿垫子来，你和你的朋友躺在炉子旁边。不要担心大门开了你还不去找你爸爸。我会来叫你的。”

他不一会儿便拿了垫子进来，铺在地上。

“行了，你瞧。又是千真万确的。噢，不要谢。我自己也有女儿。虽说她们没生在马夏尔西狱里，不过我要是办起事情来也像你爸爸他们那样，我的女儿说不定也会的。等一等。我得在垫子下面放点什么让你当枕头。这是一本死亡登记簿。好极了！我们把邦根太太也登记上了。不过，这种本子叫人感兴趣的是——不是上面写着什么人，而是什么人没写上——谁就要写上去，你知道，什么时候要写了。这才叫人感兴趣。”

他沾沾自喜地回头望了一眼他临时做的枕头，就走开了，让她们睡上一个钟头。玛吉已经呼呼地睡了，小杜丽不久也便入睡，头枕着合上的命运之书册，上面那几页神秘的空页并没有来打扰她。

这便是小杜丽的晚会。是这个大京都的耻辱、背弃、悲惨和暴露；是凄凉之夜的潮湿、寒冷、难挨的时光和飞驰的云。这便是小杜丽的晚会；当一个雨天的早晨出现第一道灰白色的曙光的时候，小杜丽赴了她的这个晚会后，精疲力竭地回家了。

第十五章

弗林特温奇太太又做了一个梦

城中那座孱弱的老屋，披着烟灰的外衣，将整个身子都靠在也显出颓败的模样、与房屋一起败落的支架上，它从来不曾有过健康与快活的时候，对于降临头上的一切则听之任之。倘若有太阳照到它的时候，那也只不过是一道光线而已，而且那光线不上半个小时也就消失了；倘若有月光照到它的时候，那也只不过是在它那悲怜的外衣上投下几处斑痕而已，使它显出愈加悲惨的模样来。那些星星，毫无疑问，在夜色清晰、烟雾消散的时候，冷漠地瞅着它；而一切恶劣的天气则以难得的忠诚伴随着它。当别处的雨、冰雹、霜冻、消融都已过尽，而这一处阴沉的院子里，雨、冰雹、霜冻、消融都毫无例外地迟迟不肯结束；至于积雪，在它早已从黄变成了黑之后，你在几个星期里仍然可以在那里见到，积雪淌着肮脏的泪水，苟延残喘。这一处地方并没有别的信徒追随。至于街上的喧嚷声，巷内马车车轮的辘辘，只有在马车经过门口时一闪而入，又一闪而出：让侧耳倾听的艾弗莉太太感到她仿佛是个聋子，由于那突然的响声的出现让她又恢复了听觉。口哨声、歌声、谈话声、笑声，以及一切人声笑语，也都有这种情形。这些声音瞬息之间过了缺口，又继续朝前响将过去。

克莱南太太房间里炉火与蜡烛的不同光亮，是打破此地死气沉沉的单调的最大变化。她房间的那两扇狭小窗户，整天亮着炉火阴郁的光，整夜亮着炉火阴郁的光。那炉火，就像她本人一样，难得有激烈闪光的时候；炉火像她一样，通常是闷着的，不紧不慢、不慌不忙地燃着。然而，短暂的冬日，刚过了午后天色便已昏黄，就在那许多个时辰里，在大门上方的墙壁上映照着变幻不定的歪歪斜斜的形象：她自己坐在轮椅上，弗林特温奇先生歪着脖子，艾弗莉太太则不停地忙进忙出，这些歪歪斜斜的影子就像大型的幻灯机上投来的影子，在墙上徘徊。当杜门不出的病人夜晚歇息之后，这些形象也便渐渐消逝：最后是艾弗莉太太的放大了的影子老是不停地移动，直至影子最终向空中溜走，仿佛她像女巫那样消失了。然后，一盏毫无变化的孤灯亮着，灯光在黎明时变得惨白，最后艾弗莉太太的影子在她尚在女巫似的睡梦中探将过来，将它一口吹灭。

倘若这小小的病房炉火真是一堆篝火，召唤某一个人，而且是世上最没有料想到的某一个人，来到这必须光顾的地点，那就奇了。倘若这小小的病房灯光真是一盏守夜的灯，每夜在那个地方亮着，直至真的等来了预定要发生的事件，那就奇了！一大群旅行者，他们冒着太阳，顶着星星，爬过尘土飞扬的山，越过令人困乏的平原，穿过陆地，渡过大海，如此奇怪地来来往往，走到一起去，彼此之间结下纷繁的关系，众多的旅客中，到底会是哪一位，对于旅途的终点没有丝毫疑惑，而稳步一直朝这里走来？

时间将会告诉我们。荣耀的职位和卑微的职位，将军的地位和鼓手的地位，西敏寺里贵族的塑像和大海之中水手的吊床，主教冠和救济院，议长席位和绞刑架，御座和断头台——走向所有地位的旅行者，都已经踏上征途；然而这条征途有各种奇异的岔道，只有时光将告诉我们，每一个旅行者各自将走向何处。

一个冬日的下午，时近黄昏，弗林特温奇太太由于白天一直昏昏欲睡，这时做了这样的梦：

她觉得她在厨房里正准备了茶壶烧茶，两只脚搁在火炉围栏上，撩起睡衣下缘取暖，面前是炉栅中央的渐渐熄灭的炉火，两边是冷冰冰、黑洞洞的深沟。她觉得就在她这样坐在那里，思索着生活对一些人来说恐怕是一个相当枯燥无味的发明的问题的时候，突然她听到背后有一个声音，让她大吃一惊。她觉得上个星期也是这样吃惊过一回，而且那响声是非常神秘的——是一种窸窣声，像三四下急促的脚步声；随即便有一阵惊动、一阵颤抖传到了她的心头，仿佛那脚步声振动了地板，又仿佛她被一只可怕的手拍了一下。她觉得这一拍，使她过去以为这屋子有鬼的恐惧又复萌了；于是她飞奔着上了厨房的楼梯，也不知道是怎么上去的，只想跑到人多的地方去。

艾弗莉太太觉得她到客厅的时候，只见她那老头子的办公室的门开着，房间里并不见有人。她走进靠近临街的门的小房间里，走近刀劈开似的窗子，透过窗玻璃，想把自己怦怦直跳的心与出了鬼的屋子外面活的东西连在一起。这时候，她在大门上方的墙壁上看到了楼上两个机灵的人在谈话的影子。于是她手提着鞋子上了楼，一则是要靠近那两个机灵的人，这样大多数的鬼都可对付，一则是要听听他们在说些什么。

“别来跟我胡说八道的，”弗林特温奇先生说道。“我可不理你这一套。”

弗林特温奇太太恍惚中觉得她站在门的背后，门微开着，她那老头子说的这些狂妄的话她听得一清二楚。

“弗林特温奇，”克莱南太太说道，还是她通常有力而低沉的语气，“你身上有一个愤怒的恶魔。可得提防着呢。”

“一个也好，十几个也好，我才不管呢，”弗林特温奇先生说道，他的语气有力地表明，恶魔越多越够格，“要是有许许多多的恶魔，一个个都会说：别来跟我胡说八道，我也不会来理睬你那一套的——不管它们喜欢也好，不喜欢也好，我都会叫它们这样说的。”

“我到底干了什么事，你这个怒气冲冲的人？”她那有力的声音问道。

“干了什么？”弗林特温奇先生说道。“劈头盖脑冲我来。”

“如果你的意思是说，我向你提出规劝——”

“我没有的意思你可别往我嘴里塞，”杰拉米说道，还是固执己见，坚持自己的比喻说法。“我是说劈头盖脑冲我来。”

“我向你提出规劝，”她又说道，“那是因为——”

“我不要听！”杰拉米大声说道。“劈头盖脑冲我来。”

“那好吧，我劈头盖脑冲你来，你这心眼儿不正的人，”（杰拉米逼得她改用他的说法，正暗自高兴，）“那是因为那天上午你多此一举，暗示了亚瑟。我有权利指责你那样做跟背信弃义没什么两样。你不是这个意思——”

“我不要听！”自相矛盾的杰拉米接嘴道，把承认的话又反悔了。“我是这个意思。”

“我看，得让你一个人说去，爱怎么说便怎么说，”她似乎是非常气愤地停顿了一下之后答道。“跟一个存心不想听我说话，又那样鲁莽、固执的老头说话，真是白费力气。”

“哼，这一套我也不会理睬的，”杰拉米说道。“我没有存这样的心。我跟你说了，我是这个意思。你这个鲁莽、固执的老太婆，你想知道我为什么是这个意思吗？”

“你毕竟只是学我的话罢了，”她说道，拼命抑制心头的怒火。“是的。”

“那就是为什么了。因为你没有对他开脱他老子的罪责，你本来是应该这么干的。因为，在你对自己发脾气以前，而你又不——”

“住嘴，弗林特温奇！”她用一种不同的语气大声说道。“再说出一个字你就会太过分了。”

老头儿似乎也这么想。又是一下停顿，他换了一个位置，然后语气更缓和地又说道：

“我是要告诉你这是为什么。因为，在扮演自己的角色之前，你该先扮演亚瑟老子的角色。亚瑟的老子！对亚瑟的老子我并不特别喜欢。亚瑟的老子地位并不比我高多少的时候——就手头的东西来说，他比我还穷——他的叔叔兴许宁可要我而不要他老子来照看他的继承人的时候，我就在这屋子里为亚瑟老子的叔叔效力了。他在客厅里饿肚子，我在厨房里饿肚子；这就是我们地位上的主要区别；他在上头，我在下面，我跟他只不过隔一排吓人的楼梯。那个时候我从来不喜欢他；我不记得哪个时候非常喜欢他过。他是个拿不定主意、下不了决心的人，他年轻的时候什么都被吓跑了，只不过是个孤儿。他把你，把他叔叔给他挑的妻子，带进这屋子的时候，我用不着朝你再看一眼(那时候你是个漂亮的女人)就知道掌权的该是谁了。打从那以后你就是依靠自己的。现在也要依靠自己。别去依靠死人了。”

“我没有——照你的说法——依靠死人。”

“可是，要是我屈服了，你就想这么干的，”杰拉米嚷道，“那就是为什么你要劈头盖脑冲我来的道理。你不可忘掉我是没有屈服过。我看，我竟然会费这么多口舌为亚瑟的老子辩解，你感到吃惊了吧？唔？你回答不回答都不要紧，因为我知道你感到吃惊，你自己心里也知道你感到吃惊。那好吧，我告诉你这是怎么回事。说到脾气，也许我这人有点古怪，不过这就是我的脾气——我不肯让别人完全照他们自己的想法办。你是个倔强的女人，聪明的女人；要是你主意已定，怎么也拉不回来的。谁还能像我一样对你这么一清二楚的？”

“怎么也拉不回来，弗林特温奇，要是我自己觉得有理。补上这一句话。”

“你自己觉得有理？我说了，你是这地面上最倔强的女人(或者说我是这个意思)，要是你决心要把你的目的说成是有理的，当然，你会这么做的。”

“哼！有理无理我是根据《圣经》上说的，”她激动地说道，带着非常严肃的强调语气，从紧接着的声音听起来，她似乎要狠狠地用手臂捶一下桌子。

“别来这一套，”杰拉米平心静气地说道，“眼下我们不会谈这个问题。不管怎么说，你要执行你的意志，让什么事都服从你的意志。哼，我可不服你那一套。我对你一直是忠诚的，叫干啥便干啥，由你牵着鼻子跑。可我不能同意糊里糊涂跟你跑，我不会同意，我从来没同意过，永远也不会同意的。要把别人一个个吞下去，那好啊。我的脾气的特点，太太，就是不愿让人活活吞掉。”

也许这便是他们两人之间原先达成协议的主要原因。也许，正是看到了弗林特温奇先生身上这么大的性格的力量，克莱南太太认为与他结盟是值得的。

“这个问题说够了，说得太多了，”她心情郁郁地说道。

“要是你再劈头盖脑冲着我来，”一口咬定、不肯放松的弗林特温奇说道，“那你就等着吧，我还会说的。”

艾弗莉太太梦见她老头子的影子这时候在房间里来回不停地走着，仿佛是为要消一消气，她梦见自己在这个时候跑开了；可是，当她在幽暗的客厅里站着竖起耳朵听着、浑身发抖的时候，并不见他走出来，她受到鬼与好奇心的驱使又蹑手蹑脚地回去，站在门外去哆嗦了。

“请把蜡烛点上，弗林特温奇，”克莱南太太这样说道，显而易见，她是要把他重新引导到他们通常的情绪上来。“吃茶点的时候就到了。小杜丽就要来了，会发现我还在黑地里呆着。”

弗林特温奇先生手脚麻利地点了蜡烛，并放在桌子上，说道：

“你准备拿小杜丽怎么办？她要永远到这里来干活吗？永远赶到

这里来用茶点吗？老是这个样子，永远在这里来来去去的？”

“你怎么可以对我这样一个残废的人说什么‘永远’呢？我们一个个还都不是像田里长的草一样被砍倒，[①]我不是好多年前就被镰刀割去了吗？从那以后，我便躺在这里，等着让人收到谷仓里。”

“哎，哎！可打从你躺倒以来——可没到死的时候——一点也没有——许许多多的娃娃，年轻人，漂亮的女人，棒棒的男人，一个个都逃不了，都砍倒、搬掉了；你却还在这里，你瞧，毕竟还没多大变化。你跟我，命也许还长着呢。我说永远，意思是说（尽管我不是很有理想的）我们一辈子。”弗林特温奇先生这样解释的时候，非常镇静自若，并且平心静气地等着她的答复。

“只要小杜丽安分，手脚勤快，需要我能给她的一点儿帮助，并且受之无愧；我看，只要她还是天天到这儿来，除非她自己说不来了，用不着我开口。”

“就这些，没别的啦？”弗林特温奇说道，一面抚摩着他的嘴与下巴。

“除了这些还要有什么！除了这些还能有什么！”她突然间大声道，严厉而惊讶的语气。

弗林特温奇太太梦见他们中间隔着一支蜡烛对看了一二分钟，她总觉得有个印象，他们两人是你盯着我、我盯着你的。

“你倒是知道不知道，克莱南太太，”艾弗莉的老头子将声音放得很低问道，脸上露出丰富的表情，与他这句问话的简单意图似乎显得极不相称，“她住在哪里？”

“不知道。”

---

① 参阅《圣经·诗篇》第九十章第五至七节：“你叫他们如水冲去，他们如睡一觉。早晨如生长的草早晨发芽生长，晚上割下枯干。”描述上帝的愤怒。

“你想不想——唔，你想不想知道？”杰拉米说道，猛扑过去，仿佛把她抓住了似的。

“我要是想知道，早该知道了。我什么时候不可以问她？”

“这么说你是不想知道啰？”

“不想知道。”

弗林特温奇先生意味深长地长舒了一口气，用先前的重重的语气说道：“因为我是在一个偶然的机会——听明白了！——发现的。”

“不管她住在哪里，”克莱南太太说道，语气平淡无变化，而且严厉，一字一板说得清清楚楚，仿佛这些字分别写在一块一块的铁板上，她是一块一块地拿起来照着念的，“她既然瞒着，那么她就该永远不让我知道。”

“毕竟，也许你最好，不管怎么样，还是不知道的为好，对吗？”杰拉米说道；他说的话很别扭，仿佛这些话是照着他自己歪歪扭扭的模样吐出来的。

“弗林特温奇，”他的女主人与合股人突然间用力喊道，倒叫艾弗莉吓了一跳，“你为什么要来挑唆我？你看看这间屋子。所有听了叫人高兴的变化与我隔绝了，那些我不想知道的事情也与我隔绝了。假如这样一来就弥补了我关在这窄小的地方的苦恼——我并不抱怨受了这种折磨；你知道我从没有诉过苦——假如这就是对我多少年来被关在这里的补救，那你为什么偏偏倒不肯让我舒服一些？”

“我就偏不让你舒服一些，”杰拉米回敬了一句。

“那就别再提了。别再提了。让小杜丽把事情瞒着我好了，你也把事情对我瞒着。让她来来去去，不要去盯她，不要去盘问她。让我受苦吧，让我享受享受这样的处境里的一点愉快吧。你像个恶魔似的折磨我，你就这么好过？”

“我不过是问了一下。没别的。”

“我已经说了。所以，别再提它了。别再提它了。”这时候传来了轮椅在地板上移动的声音，艾弗莉的铃拉响了，一阵急促的抖动声。

在那个时刻，艾弗莉是怕她的丈夫，倒不是怕厨房里的那个响声，她尽力轻手轻脚而又飞快地偷偷走开，爬下了厨房的楼梯，上来的时候有多快，现在下去也有多快，重新坐回到炉前的椅子上，又撩起睡衣，最后还把围裙罩在头上。铃又响了一遍，接着又响了一阵，接着就不停地响着；艾弗莉全不理睬一声声急促的召唤，她坐在那里，围裙罩在头上，喘一喘气。

终于，弗林特温奇先生拖着双脚走下楼梯，来到客厅里，一路上一边咕哝，一边喊着：“艾弗莉，老婆子！”艾弗莉仍旧坐在那里，围裙罩在头上，这时，他手执蜡烛，跌跌撞撞从厨房楼梯上下来，悄悄地侧着身子走到她身边，一把拉下她头上的围裙，推醒了她。

“噢，杰拉米！”艾弗莉惊醒过来大声道。“你真把我吓了一大跳！”

“你这是怎么回事，老婆子？”杰拉米问道。“不知道拉了多少回铃了，叫你呢！”

“噢，杰拉米！”艾弗莉太太说道，“我做梦了！”

弗林特温奇先生记起来她以前也有过这么一回，就把蜡烛凑近她的脑袋，仿佛他想要把她点着，把整个厨房都照亮。

“你就不知道她要吃茶点了吗？”他问道，露出了狰狞的牙齿，同时在艾弗莉太太坐的椅子的一条腿上踢了一脚。

“是吗，杰拉米？茶点吗？我也不知道碰见什么了。可是，我在那里——做梦之前，杰拉米，吓了我一大跳，怪可怕的，所以我想，准是这么一回事。”

“呜！懒婆娘！”弗林特温奇先生说道。“你在说些甚么？”

弗林特温奇两口子

“这么怪的声音，杰拉米，这么怪的响动。在厨房里边——就在这里。”

杰拉米先是举起蜡烛，望着熏黑了的天花板，接着把蜡烛往下移，望着潮湿的石铺地板，然后又拿着蜡烛转了一圈，朝四周斑斑点点的墙壁望了一望。

“老鼠，猫，水，阴沟，”杰拉米说道。

艾弗莉太太一下又一下地摇头，表示都不是的。“不对，杰拉米；我以前也遇见过。是在楼上，有一回是在楼梯上，我是晚上从她的房间出来到我们自己房里——一阵窸窣声，在我背后发抖似的拍了一下。”

“艾弗莉，老婆子，”他把鼻子凑到她的嘴唇边，闻一闻，看看有没有烈性酒的味儿，然后狰狞可怕地说道，“你要不马上准备好茶点，老婆子，你又要听到窸窣声，又要拍你一下，把你弹到厨房那一头去的。”

经他这么一说，弗林特温奇太太忙乎起来，急急匆匆到了克莱南太太的房间里。然而，尽管如此，她现在已经是死心眼了，认定这座阴暗的房子里是出事了。从此以后，每到白天过尽，她便从没有安宁过，围裙不罩在头上，她是从不上楼，从不下楼的，生怕看见什么东西。

由于对于鬼的恐惧，由于做了奇怪的梦，弗林特温奇太太那天夜里便心神不宁、提心吊胆的。恐怕要到了这部传记的后头，才可以见到她从这种精神状态中恢复过来的迹象。处在她所有新的所见所闻的这种迷糊、朦胧之中，由于她周围的事物对她来说都是神秘莫测的，她在旁人眼中也开始变得神秘莫测了；她很难明白这座房子及其里面发生的一切，而她自己也变得叫人捉摸不透。

她还没有将克莱南太太的茶点准备妥，便听得轻轻的敲门声，那轻轻的敲门声总是说明小杜丽来了。艾弗莉站在一旁，看着小杜丽在客厅里摘下那顶平平常常的帽子，看着弗林特温奇先生默默地搔着下巴。就像等着看惊人的结果一样，仿佛那一来是会叫她魂飞胆丧，也会叫他们三个人都粉身碎骨的。

吃过茶点之后，又听得一阵敲门声，是亚瑟来了。艾弗莉下楼去开门。亚瑟一进门便说："艾弗莉，我真高兴原来是你。我想问你一件事。"艾弗莉立即回答道："看在上帝分上，什么也别来问我，亚瑟！我半条命已经吓没了，还有半条命做梦做完了。啥事也别来问我！我可不知道搞的什么鬼，卖的什么药！"——她拔腿便跑，再也没有走近过他。

艾弗莉太太既没有读书看报的兴趣，而假如她想做针线的话，在这阴沉沉的房间里，光线又不足，因此现在每晚也只好在昏暗中坐着。亚瑟·克莱南回来的那天夜里，她就曾经从这昏暗中站出来过。她坐在那里，脑子里尽是一些没有头绪的念头与疑惑，想的是她的女主人，她的男人，以及屋子里的响声。在举行刻板的礼拜仪式的时候，由于脑子里尽是这些念头，艾弗莉太太的目光便会朝门口转移，仿佛她就等着哪个黑影在这种合适的时候出现，使做礼拜的人多出一个来。

除此之外，会引起那两个机灵的人对她表现出明显的注意的话或事情，她是不说的，是不做的，除非在某些时候，一般也是在睡觉前大家都无话可说的时候，她会突然间从昏暗的角落里窜出来，面带恐怖的神色，跑到坐在克莱南太太小桌子旁看报的弗林特温奇先生身边，悄声说道：

"听，杰拉米！喂！那是什么声音！"

即便有什么声音，这时候也没有了，而弗林特温奇先生就会大吼起来，仿佛她将他打倒了，他当时身不由已地朝她扑过来，一边大吼："艾弗莉，老婆子，你得吃点药，老婆子，这样的药！你又在那里说梦话啦！"

第十六章

某某人的向往

克莱南继续保持与弥格尔斯一家的来往的时机到了，他恪守当初在伤心园界内与弥格尔斯先生订下的约定，在一个星期六，他起身朝特威肯翰①而去，弥格尔斯先生在那里有自己的一所乡村住宅。天气又晴朗又干燥，而且他去国多年，英国的哪一条乡村道路对他来说都有无限的兴趣，因此，他将行囊交马车带走，自己则步行出发了。外出步行一次，这件事本身就能给他带来新的乐趣，是他远离家乡以后难得使他的生活显得丰富多彩的一种乐趣。

他路上经过福勒姆②与普特耐，为的是在石南丛生的荒地跋涉而怡然自得。荒地上阳光灿烂；当他在去特威肯翰的路上走了一程时，他发觉自己这一路已经走过了许多空气更加新鲜，但很少为人所知的地方了。在有益于身体健康的步行中，在令人愉快的乡村道路上，这些地方一个个很快地出现在眼前。孑然一身在乡村道路上步行而脑子里又不想事情，那是不容易办到的。哪怕是在朝英国的尽头走去，然而，他仍旧还有许多尚未理清的事情要思考。

首先就是老在他脑子里转的事情，即今后他的生活该怎么办的问题：他要找一个什么职业做，该到哪里去寻找这样的职业。他远非是富裕的，由于他日复一日拿不定主意、无所事事，他继承的遗产已成了他更大忧虑的起因。往往是当他开始考虑如何扩大这份遗产，或将其储蓄起来的时候，他的担忧又复萌了：有人要他来主持公道，而他并没有办到；仅这个问题，即便走尽最漫长的道路，也是想不完的。此外，还有他与他母亲的关系的问题，这一关系现在是平安无事的，但他们决非处于相互信任的地位，他每周去看望他母亲几趟。小杜丽是他主要的并经常考虑的问题：因为他的生活境遇与她本人的身世结合在一起，使这个小小的人儿在他心目中成了唯一与他有联系的人，在她与他自己的关系中，一方是天真无邪地依靠他，一方是热心地保护她；这些关系是充满了怜悯、敬重、无私的关心、感恩，以及同情的关系。一旦想到她，想到凭借能排除障碍的死亡之手让她父亲释放的可能——这是唯一他所能预见的情况的变化，有了这一变化，他便可以改变她的全部生活方式，排除她坎坷道路上的障碍，使她有一个家，从而使他自己能借此成为如他所希望那样的她的一位朋友——他便根据那样的观点将她视为自己的养女，从此静心歇息的可怜的马夏尔西狱之女。即便他的思虑中还有最后一个问题，而这个问题又是在特威肯翰那边，这个问题的轮廓也是极不清晰的，也只不过是这些问题在他眼前浮现时出现的弥漫的气氛而已。

他已经穿过荒地，正要将它置于身后的时候，他见前面有一个人，那人已在他前面走了多时了，他走近那个人的时候，他心里想他认识那个人。这个印象是从那人迈着矫健的步子时脑袋的晃动、观察事物时的动作等特征中得来的。而当那个男人——因为这是个男人的形象——把头上的帽子往后一推，停下来观察他面前的某个物体的时候，他知道那人便是丹尼尔·多伊斯。

“你好呀，多伊斯先生？”克莱南赶上他时说道。“又见到了你，真高兴，而且是在比拖拖拉拉部正常的地方见到你。”

---

① 泰晤士河畔一小城，在伦敦圣保罗教堂之西南，相去十二英里。狄更斯也常步行，甚至更长。英国诗人亚历山大·蒲柏(Alexander Pope，1688—1744)在那里生活了二十五年。

② 福勒姆过去是流氓、无赖出没之地。

“哈！弥格尔斯先生的朋友！”那个社会的罪犯喊道，搁起了正在演算的几道心算题，向他伸过手来。“见到你很高兴，先生。我把你的姓名忘了，能原谅我吗？”

“当然。那也不是什么了不起的名字。不是巴纳克尔。”

“对，对，”丹尼尔说道，哈哈地笑。“我知道了。叫克莱南。你好吗，克莱南先生？”

“我倒希望，”亚瑟说道，两人一块儿走着，“也许我们是到同一个地方去的，多伊斯先生。”

“你说的是特威肯翰？”丹尼尔说道。“这话真叫我高兴。”

他们很快便成了知己，一路上谈着各种话题，走起路来也轻松了。这位聪明的罪犯是个非常谦虚、非常有见识的人；他虽然是个单纯的人，但由于他非常习惯于将在观念上是独特而大胆的设想，与实行起来需要耐心和细心的事情联系起来，所以他绝非一个普通的人。起初，很难引导他谈些他本人的事情，他避而不谈亚瑟朝那个方面启发的话题，总是轻轻带过，说：哦，是的，他做过这样的东西，做过那样的东西，这一件是他做的，那一件是他发明的，不过，这也是他的职业，你知道，是他的职业；后来，他慢慢地相信了，他的同伴是真正对他的经历感兴趣，于是，他坦率地解答起来。这样，亚瑟了解到，他是英格兰北方一个铁匠的儿子，父亲去世之后，他母亲送他跟一个锁匠当学徒；他在锁匠铺子里“搞出了几样小玩意儿”，由于这个缘故，他解除了订下的师徒契约，并得到了一件礼物，这件礼物使他实现了自己的强烈愿望，跟一位技师学手艺。在那个技师指点下，他辛苦做工，刻苦学习，艰苦生活，干了七年。学徒期满之后，他“在车间里干活”，每周拿工资，又干了七八年；那以后他到了克莱德河岸城[①]，在

---

① 苏格兰西南部一城（克莱德河流经此城），近格拉斯哥，苏格兰造船工业中心。

那里学习，拿锉刀，使铁锤，提高了理论的与实践的知识，这样又是六七年。当时有人建议他到里昂去，他接受了，在里昂，他受聘到德国去，到了德国之后他又接受建议去了圣彼得堡，他在那里干得很不错——从来没有这么好过。然而，他自然觉得还是自己的祖国好，希望在国内出名，干什么都可以，说什么也要在国内干。就这样，他回国了。回到英国他便一本正经地干起来，创造发明，并付诸实施；他艰苦奋斗，经过十二年不断的请求与效力，终于加入了大不列颠荣誉军团，拖拖拉拉部拒之于门外的人的军团，并且佩上了大不列颠勋章——巴纳克尔家族与斯蒂尔特斯托金家族倒霉勋章。

“这实在太遗憾了，”克莱南说道，“你会朝那个方面动脑筋，多伊斯先生。”

“不错，先生，在某种程度上那话是不错。可是人应该做什么呢？如果他倒了霉，命运安排他为国家做了点有利的事，他就得给牵着鼻子跑。”

“就不可以撒手吗？”克莱南问道。

“他可不能这么干，”多伊斯说道，带着若有所思的微笑摇着头，“他脑子里没有想过默默无闻地过一生。他脑子里想的是活着就要做一个有用的人。你对待生活的态度是，你要奋斗到生命的终结。对待创造发明，人人也都是这样的态度。”

“换句话说，”亚瑟说道，对他这位心平气和的同伴越来越钦佩了，“你到现在还没有最后丧失信心？”

“即使我是丧失了信心，我也没有这样的权利，”多伊斯答道。“这道理现在也是说得通的，同过去一样。”

在他们默然无语走了一小段路程之后，为了想做到既能转换他们的直接话题，而又不至于让人听了觉得突兀，克莱南问多伊斯先生是否有替自己分担一部分忧虑的经营合股人。

“没有，”他答道，“目前没有。我刚开始操办的时候倒有一位，他是个很好的人。可是他去世好多年了；他死了以后我心里也很别扭，不想再找人，这样我自己就将他那一股买下，从此便一个人干了。这里还有一个问题，”他说道，并停顿了一下，两只眼睛流露出兴致勃勃的笑意，同时握起右手搁在克莱南的手臂上，大拇指的自如动作非常独特，“没有一个发明家是做得了实务家的，你知道。”

“是吗？”克莱南说道。

“唔，实务家们这样说的，”他说道，又迈开双脚，并且放声大笑起来。“我不明白，为什么我们这些倒霉的人会被人看成是缺乏实际头脑的人，可是人们一般都这样认为；甚至连我在世界上的最好的朋友，我们那边的那么杰出的朋友，”多伊斯说道，朝特威肯翰晃了一下脑袋，“你知道不知道，他也对我流露出保护的神气来，把我看作是连自己也管不好的人。”

亚瑟·克莱南禁不住也开怀大笑起来，因为他体会到了这个说法的真切。

“因此我觉得，我得找一个实务家，而且是一个没有犯过创造发明罪的人，来做我的合股人。”丹尼尔·多伊斯说道，并摘下帽子，用手摸了摸额角，“即使那样做只是为了尊重一下流行的说法，为了维护工厂的名誉。我看他是不会觉得我办工厂非常疏忽大意、毫无章法的，不过这话得由他来说——不管他是谁——不该我自己说的。”

“这么说，你还没有选定人？”

“没有，先生，没有。我是刚决定要挑个人。问题是，跟过去相比，现在事情多了不少，我人老了，光工厂就够我忙的了。要看书，要写信，作为一个负责人，跑跑国外也是很必要的，这样一来我就不可能样样都过问。如果今天上午到星期一上午这段时间里，能抽出半个钟头的空来，我要就解决这个问题的最好办法，与我的——我的保姆和保护人，进行商谈，”多伊斯说道，两只眼睛又流露出笑意来，“他是办理实事的在行人，这方面他是很有经验的。”

讨论了这件事情之后，他们又谈了一些无关紧要的话题，一直谈到他们路途的终点。在丹尼尔·多伊斯身上可以注意到一种沉着、不很显露的矜夸神情——一种镇静自若的认识，即，凡是过去是正确的东西，现在仍然是正确的，而不管家族的海洋中所有的巴纳克尔家族的人说些什么，真理就是真理，一点不多，一点不少，即便那家族的海洋枯竭了，情形亦是如此——这种神情表现出某种高尚来，尽管这种高尚并不带有官气。

由于他非常熟悉这所住宅，所以领着亚瑟从最能领略这所房子姿态的那条路到了面前。这是一处非常引人入胜的住所(并不因为其略微显得怪诞而逊色)，坐落在临河的路上，是弥格尔斯家住宅应有的模样。房子就在园子内，在这五月里，园子当然显得新鲜、美丽，正如宝宝现在正处于妙龄一样。园子四周有绿树浓荫、茂盛的常青灌木的围绕，正如宝宝有弥格尔斯先生与弥格尔斯太太的保护一样。这所住宅是从原有一座旧砖瓦房改建的，砖瓦房一部分拆除了，另一部分改建成现在的住房；因此，一边是年久而坚固的，它代表弥格尔斯先生与弥格尔斯太太，一边是年轻而景色如画的，它代表宝宝。此外还有后来增加的建筑，即靠着住宅搭的暖房，它的色彩就难说了，因为装了深颜色的彩色玻璃，而比较透明的部分则在阳光照射下呈现出耀眼的反光，时而像一团火，时而像一连串的水滴；它可以代表泰蒂柯伦。在视野中还有那恬静的河水与渡船，在那里训导居住在房屋里的人，说：你们，无论是年长的还是年轻的，热情如火的还是心平气和的，焦虑不安的还是心满意足的，那河水总是那样地流淌。让那心随便怎样地激荡，渡船船头漾起的波永远唱着同一个调子。年复一年，任凭渡船漂流，河水依旧是照那样的速度流淌，这儿是灯芯草，那儿是睡莲，没有动摇，没有焦灼，依旧是顺着这条路稳步向前；可是你们，在那时光流动的道路上，是那样地变化无常，那样地心烦意乱。

门铃才刚拉响，弥格尔斯先生便出门来迎客了。弥格尔斯先生才刚出门，弥格尔斯太太也走出来了。弥格尔斯太太才刚走出来，宝宝也出来了。宝宝才刚出来，泰蒂柯伦也出来了。登门造访者可从未曾受到过这样的好客迎迓。

“我们就在这里，你瞧，”弥格尔斯先生说，“封闭起来，克莱南先生，关在我们自己的家庭圈子里，仿佛我们再也伸不出去了——就是外出走动——再也不能了。不像马赛吧，唔？这儿听不见 allons，听不见 marchons，对吗？”

“另有一番美景，真好！”克莱南说道，并环顾四周。

“可是，上帝保佑！”弥格尔斯先生兴奋地说道，饶有兴味地搓着双手，“呆在隔离检疫站里倒是非同一般地爽快，对不对？你知道不知道，我是老想着再回去呢？我们那一行人可真难得。”

这是弥格尔斯先生改不了的习惯。他在旅行的时候老是事事不满，而不旅行的时候又老想着要出去。

“要是现在是夏季，”弥格尔斯先生说道，“而为了你起见，为了让你看到这里最佳的景致，我真巴不得是夏季，要是现在是夏季，你两耳只听得鸟儿的叫声，要听见你自己的说话声可真不容易。我们是讲究实际的人，所以从来不让人家把鸟儿赶跑的；而那些鸟儿呢，因为我们是讲究实际的人，所以也成群结队飞到我们这儿来。看到你真是高兴，克莱南(要是你允许的话，我就不加上先生两个字了)；我衷心地向你保证，我们高兴极了。”

“我还没有听到过这么叫人高兴的称呼哩，”克莱南说道——接着他回想起小杜丽在他自己房间里说的话，如实地补充说，“只有一次是例外——自从我们来回踱步，眺望脚下的地中海到如今。”

“啊！”弥格尔斯先生接话道。“当时那样子真有点儿像瞭望一样，对吗？我不喜欢有一个军人政府，不过，间或在这附近稍微来一点儿 allons 和 marchons 我也不反对——少许来一点。这儿非常安静。”

弥格尔斯先生脑袋犹豫不定地摇了摇，对他这个隐居之处的幽静说了这样的一句颂扬之词，随即领着客人进屋去。屋子大小正好，正合适；屋里与屋外一样，很漂亮，布局有条不紊，很舒适。从框架与家具都有物覆盖，帘幕都包扎妥当这一点，可以看出这一家人居无定所的习惯的痕迹；不过，在他们外出期间，整座住宅的布置总是仿佛他们始终是在后天便要回家的那个样子，弥格尔斯先生这一个怪念头也是不难看出的。倘若说及他周游海外所收集的物品，那真是不胜枚举，这里真好比是一个性格温和的海盗的住所。有从意大利中部获得的古物，都是那一类行业中最好的现代工场制作的；从埃及(也许还有伯明翰①)拾得的木乃伊残片；威尼斯购得的狭长的平底船模型；瑞士的村庄模型；赫丘拉尼恩城②与庞贝城镶嵌成花纹状的铺筑材料残片，仿佛僵硬的切碎的小牛肉片；墓中取的骨灰，维苏威火山的熔岩；西班牙扇子，斯佩齐亚③草帽，摩尔人拖鞋，塔斯坎人发夹，卡拉拉雕塑，特拉斯塔凡尔尼尼领结，热那亚丝绒与金银细丝饰品，那不勒斯珊瑚，罗马玉石浮雕，热那亚珠宝，阿拉伯灯笼，教皇亲自圣化的念珠，说都说不尽的破烂玩意儿。世界各地的风景画，有相同的，也有不同的；有一个小房间，专门用来布置几幅黏糊糊的老圣徒肖像，筋肌粗得像鞭索，头发像海神头发那样粗，皱纹就像刺花，油

---

① 英国仅次于伦敦的第二大城市，金银、珠宝饰物的制作亦有盛名。

② 意大利西南那不勒斯湾的古城，公元前七十九年，维苏威火山爆发，将它与庞贝城一起掩埋。

③ 意大利西北一海港。

漆涂了一层又一层，一个个圣徒都成了捕蝇器，变成了现在土话中说的粘蝇纸。弥格尔斯先生说及这些搜集到的画时的见解也没有什么特别。他不会鉴赏，他说，只是他喜欢的是例外；他是当作便宜货觅来的，人家都说这些是好货。有个人，本来是应该懂得一点主题的，可他却把那幅《圣贤捧读图》（一个特别显得油污的老先生，披着毯子，用披肩上的天鹅绒作胡须，全身布满了裂纹，就像油腻的馅饼皮）说成是格尔西诺[①]的大作。至于塞巴斯蒂安·德·皮欧姆波[②]，你就自己去判断吧；倘若这不是他后期的风格，问题就产生了，他是谁？提香[③]，也许是，也许不是——也许他只是加了几笔。丹尼尔·多伊斯说，也许他没有作过修饰，可是弥格尔斯先生却装作没有听见多伊斯的话。

弥格尔斯先生让客人将他收藏的东西一一看过之后，便领着他们走进自己那间面前是一片草坪的舒适房间。房间一半布置得像梳妆间，一半像办公室。就在这个房间里，在一张柜台一样的桌子上，放着一台称黄金的铜天平，一个铲钱的勺子。

“我把它们放在这里，你们看，”弥格尔斯先生说道。“我在这两件器具的面前一连站了三十五年，过去我不想混日子，就像现在也不想——在家里闲着。我离开银行不想再回去的时候，我向他们要了这两件东西，带回家来。我马上说到这件事，否则你们会认为我就坐在账房间里（像宝宝说我的那样），像二十四个黑奴那首诗里的国王一样，数着我的钱。”

克莱南的目光转到了墙上挂的一幅逼真的画像，画像里两个漂亮

① 格尔西诺(Guercino，1591—1666)，意大利画家。

② 塞巴斯蒂安·德·皮欧姆波(Sebastian del Piom bo，1485—1547)，意大利威尼斯画派画家。

③ 提香(Titian，1477—1576)，意大利画家。

的小女孩手挽着手。“不错，克莱南，”弥格尔斯先生说道，声音放得更低了。“那就是她们两个。大约十七年前画的。就像我常对妈妈说的，她们那个时候还是小宝宝。”

“她们叫什么名字？”亚瑟问道。

“啊，肯定的！你只听说过宝宝，不知道别的名字。宝宝的名字叫米妮，她姐姐叫莉莉。”

“您该知道，克莱南先生，上面那两人中的一个就是我吧？”宝宝自己这样问道，此刻她站在门口。

“我可能会认为，两个都是你，两个仍旧都很像你。实际上，”克莱南说道，一忽儿看看漂亮的真人，一忽儿看看画像，然后又看看真人，“我现在也还是说不清，哪个是你，哪个不是你。”

“你听见没有，妈妈？”弥格尔斯先生兴奋地对他夫人说道，她跟在她女儿的后面。“始终一模一样，克莱南；没有一个人分得清。你左边那个是宝宝。”

画像正巧就挂在一面镜子旁边。当亚瑟又看着那画像的时候，他通过镜子的映照，看见泰蒂柯伦正从门口经过，她停下来听着房间里说的话，气愤而又鄙夷地皱起眉头，走开了，眉头的一皱，使那张美丽的脸庞变丑了。

“好了！”弥格尔斯先生说道。“你们打老远赶来，都想脱下靴子来的。至于丹尼尔嘛，你不把脱靴子的家伙给他，他是想不到把他的靴子脱下来的。”

“为什么想不到？”丹尼尔问道，意味深长地朝克莱南一笑。

“哦！你想的事情可多啦，”弥格尔斯先生说道，并拍了拍丹尼尔的肩膀，仿佛他的弱点绝不能听之任之的。“数目字，大齿轮，小齿轮，连杆，螺丝，气缸，还有许许多多的东西。”

“干我们这一行的，”丹尼尔觉得很有趣地说道，“通常小的东西是算在大的东西里面的。不过，不要紧，不要紧！你喜欢的，我也喜欢。”

克莱南在他房间里的炉前坐下来时，情不自禁地沉思起来，这个正直、热情、和蔼的弥格尔斯先生，他的心中是否会有长成了拖拖拉拉部这棵大树的小种子的微粒。他处处都胜过丹尼尔·多伊斯这种奇怪的优越感，似乎并非植根于多伊斯的个人性格上，倒是植根于他是个创导者、一个不落俗套的人这样一个简单事实。是这一点使他产生了这样的想法。倘若他没有另一个问题要考虑(这个问题早在他被关进马赛隔离检疫站之前就在他脑子里盘旋了，此时又想起来，并且是那样地迫切)，刚才那个想法或许会在脑子里逗留一小时，直到他下楼进餐的时候的。这个问题归结起来便是一句话：他是否应该让自己去爱上宝宝?

他的年龄是她的一倍。(他把搁在一起的两条腿换了一下位置，又重新计算了一遍，可是算的结果仍然没少。)他的年龄是她的一倍。唔！若论外表，他很年轻，若论身体与体力，他很年轻，若论他的心，他很年轻。一个人四十岁当然不能算老；而且有很多人不到那个年龄还没条件结婚，或者不会结婚呢。另一方面，问题是在于，不是他对这一点怎样想，而是她怎样想。

他相信弥格尔斯先生对他的看法是老到成熟的，他知道他对弥格尔斯先生和他尊贵的夫人是真诚的。他预料得到，把他们如此宠爱的漂亮独生女交给哪个丈夫，这对于他们的父母之爱是个考验。他们也许至今还未曾有这么大的毅力思考过这样的问题。然而，她越是漂亮，越是可爱，越是讨人喜欢，他们便必定越是有必要面对这样的考验。旁人可以赢得赞许，他为什么不能?

想到这里，那个念头又回到脑子里，问题不在于他们怎样想，而是她怎样想。

亚瑟·克莱南是一个性情孤僻的人，自己感到自己有许多不足；他在心里把漂亮的米妮竭力赞美，对自己则竭力贬低，因此，一旦接触到这个问题，他便没有了信心。他准备下楼进餐的时候，主意已最后拿定，他不让自己去爱宝宝了。

他们只有五个人，围着一张圆桌坐，大家的确都感到非常愉快。他们有那么多的地方、那么多的旅伴值得回忆，他们坐在一块儿是那么毫无拘束，那么快活（丹尼尔·多伊斯坐在那里有时像个兴意正浓的看牌的人，有时正巧可以插上一句，讲上一点自己的苦涩经历），他们简直可以会面十回、二十回的，而彼此之间并不需要有很多的了解。

“还有韦德小姐，”他们谈起好多旅伴之后，弥格尔斯先生说道，“有谁碰见过韦德小姐没有？”

“我碰见过，”泰蒂柯伦说道。

她当时取来小姐要她去拿的一个小斗篷，正在俯下身子，给她披上，一听这话便抬起乌黑的双眼，令人感到意外地说了这一句话。

“泰蒂！”她的小姐大声道。“你碰见过韦德小姐？——在哪儿？”

“这儿，小姐，”泰蒂柯伦说道。

“怎么看见的？”

泰蒂柯伦不耐烦地瞟了一眼，在克莱南看来，那似乎是在说：“我两只眼睛看见的！”不过，她只是说出了这么一句话：“在教堂附近看见的。”

“我真不明白，她到那儿做什么！”弥格尔斯先生说道，“我看不会是去做祷告吧。”

“是她先写信给我的，”泰蒂柯伦说道。

“哦，泰蒂！”她的小姐喃喃道，“你把手拿开。你手放着我就感到似乎是另一个人在碰我！”

她是无意地很快说了一句，但一半是说着玩的，是一个父母的宠儿常有的表现，并没有过分的任性与不快，话刚出口她便哈哈地笑起来。泰蒂柯伦紧闭着饱满而红润的嘴唇，两手交叉在胸前。

“您是不是想知道，先生，”她眼睛望着弥格尔斯先生问道，“韦德小姐信中说了些什么？”

“唔，泰蒂柯伦，”弥格尔斯先生说道，“既然你这么问了，而我们这儿坐的都是朋友，因此如果你乐意说，也许你还是讲给我们听听吧。”

“我们在国外旅游的时候，她就知道我们住在哪儿，”泰蒂柯伦说道，“她那时候还发现我不很——不很——”

“不很愉快是吗，泰蒂柯伦？”弥格尔斯先生提示道，并且平心静气、小心谨慎地朝乌黑的眼睛摇着头。“你别急——数二十五下，泰蒂柯伦。”

她双唇又紧闭了，并深深地吸了一口气。

“是这样的，她给我的信中说，要是我受了委屈，”她低头望着小姐，“要是我心里头犯愁，”她又低头望着小姐，“我可以去找她，她会待我好的。她要我好好儿想一想，想好了就到教堂附近跟她说去。我就这样去了，去谢谢她。”

“泰蒂，”小姐说道，她举起自己的两只手，好让另一个人握住，“我们分手的时候，韦德小姐差不多吓死我了，我真不喜欢去想她这个时候会不知不觉地离我这么近。哦，泰蒂！”

泰蒂一动不动地站了片刻。

“哎？”弥格尔斯先生说道。“再数二十五下，泰蒂柯伦。”

她也许数到十二下，便俯身去吻了吻那只爱抚的手。那只手碰着那漂亮的鬈发的时候，拍了拍她的面颊。泰蒂柯伦走开了。

“哎呀呀，”弥格尔斯先生把放在他右边的旋转碗碟架转了一下，把糖转到自己这一边，同时轻轻说道，“要是这姑娘不是生活在讲究实际的人当中呀，那她就会走到邪路上去，毁了一生的。我和妈妈心里都明白，这理由就因为我们都是讲究实际的人，有时候那姑娘看见我们老在疼爱宝宝，她的整个性格便会暴躁起来，见了我们很不顺眼。没有爹爹妈妈来疼她，可怜的人儿。这可怜的姑娘，满脸的怒气，一肚子的怨恨，星期日听到第五诫[①]时，那副模样，我真不愿去想。每逢这种时候，我总对她说，祈祷吧，说上二十五下，泰蒂柯伦。”

除了他的“哑巴招待员”即旋转碗碟架之外，弥格尔斯先生还有两位不是哑巴的侍女，那就是客厅侍女。红红的脸庞，明亮的双眼。那是餐桌排场中极为醒目的部分。“为什么不可以有呢，你们说？”在谈到这种事情时，弥格尔斯先生说道。“我就常跟妈妈说，要是你办得到，为什么就不可以有漂漂亮亮的东西饱一饱眼福呢？”

一个叫梯吉特太太的，在弥格尔斯一家人在家的时候，她一身二任，既是厨子又是管家；他们不在家时，她便只做管家。这样，加上梯吉特太太，这一家的仆人便全有了。弥格尔斯先生感到遗憾，由于梯吉特太太所尽之职性质的关系，她这时候不能到场，然而，他希望，明天可将她介绍给新来的客人。他说，她是这所宅子的重要一员，他所有的朋友都认识她。上面那角落里挂的便是她的画像。他们一家人外出的时候，她总是穿上丝睡衣，戴上乌黑的鬈发，就是画像里那个样子（她在厨房里的时候头发是灰褐色的），在早点室里坐定，拿出布肯大夫著的《家庭医学》[②]，总是翻到那两页，然后把眼镜放在翻开的书上，坐在那里凝视着百叶窗，天天如此，直至他们回来。

---

① 《圣经》故事中所谓“摩西十诫”之五：孝敬父母者福寿绵长。见《圣经·出埃及记》第二十章第十二节。

② 《家庭医学》（1769）十九世纪初叶多次印行。威廉·布肯（William Buchan）著经典家庭参考书。

据说，无论他们离家多久，都无法劝她离开百叶窗前的座位，也无法叫她取消布肯大夫的陪伴：然而，弥格尔斯先生确信，这位学识渊博的开业医生的论述，她一生中连一个字也没有拜读过。

晚上，他们坐在一起玩老式纸牌；宝宝一忽儿凑近她爸爸的手看牌，一忽儿又弹起钢琴，时断时续地唱着。她是个娇生惯养的孩子；可是她怎么会不娇生惯养呢？有谁常与如此柔顺、美丽的人儿呆在一起而不被她那讨人喜欢的脾气所影响？只因她的出现，房间便觉生辉，有谁在这座房子里度过一晚而不爱她的？这便是克莱南心中所思考的，尽管他在楼上时已作出了最后的决定。

由于他脑子里这样思考着，他该跟牌而没有跟。“哎呀，你在想什么，亲爱的先生？”感到吃惊的弥格尔斯先生说道，他们两人是搭档。“对不起。我没想什么，”克莱南答道。“下次可得找点事情想想；那才叫人喜欢呢，”弥格尔斯先生说道。宝宝笑着说，他是在想韦德小姐。“这话怎么讲，宝宝？”她父亲问道。“是啊，怎么讲！”亚瑟·克莱南说道。宝宝两颊微红，又转身去弹琴。

他们散伙睡觉，这时亚瑟听见多伊斯问主人，明天上午吃早饭之前是否可以用半小时时间与他谈一件事？主人欣然应允之后，亚瑟又在房间里多呆了一刻，因为关于那件事他自己有话要与主人说。

“弥格尔斯先生，”他说，这时房间里只剩下他们两人，“你还记得那时你劝我径直回伦敦吗？”

“记得清清楚楚。”

“你还说了些别的中肯的话，是我当时很需要的，你记得吗？”

“那些话有多么重要我倒不敢说，”弥格尔斯先生说道；“不过，我当然还记忆犹新，我们在一块儿大家都很愉快，真可谓无所不谈。”

“我照你的劝告去办了；我摆脱了由于种种原因让我感到痛苦的一件差事，现在希望能竭尽全力，尽我所有，从事另一件工作。”

“对！那是怎么说也不能算仓促的，”弥格尔斯先生说道。

“呃，我今天到这儿来的时候，了解到你的朋友，多伊斯先生，要找一个经营业务的合股人——不是搞机械的合股人，而是能想方设法将实践机械知识时所需要的经营尽善尽美的合股人。”

“一点不差，”弥格尔斯先生说道，两手插在口袋里，脸上流露出过去一丝不苟的办事表情，那是手拿勺子、面对天平时的表情。

“多伊斯先生在我们交谈中偶然提到，找这么一个合股人想听听你的宝贵意见。如果你觉得我们的意见与机遇有可能相符，也许你可以同他说一下，就找我吧。当然，我这么说时还不了解事情的细节，也许于谁都不妥也未可知。”

“那是，那是，”弥格尔斯先生说道，那语气的谨慎是手拿勺子、面对天平时才有的。

“不过那是个数字、账目的问题——”

“一点不差，一点不差，”弥格尔斯先生说道，表现出对于数字的稳妥来，那是手拿勺子、面对天平时才有的。

“——假如多伊斯先生觉得可以考虑，而且你也认为可行，我很乐意谈谈看。因此，假如你现在就同意为我出力，我将不胜感激。”

“克莱南，承蒙信任，我当欣然允诺，”弥格尔斯先生说道。“你嘛，是个办实事的人，有些话你当然不会说出口，我也就不点明了，不过我可以自信地表白一句，这事会有点儿名堂的。有一点你尽可以放心，丹尼尔是个老实人。”

“这一点我是非常放心的，所以我当机立断，找你谈了。”

“你得指点指点他，你知道；你得替他掌好舵；你得替他把好关；他这个人爱想入非非，”弥格尔斯先生说道，他这话显而易见只不过是指多伊斯老做些新鲜事，想些新法子；“不过，他是个老实人，货真价实的老实人，好吧，晚安！”

克莱南回到了他的卧室，又在炉火前坐下，主意已定，他很高兴已决定不去爱慕宝宝了。她是那样美丽，那样和蔼，那样容易接受给予她温柔的天性与天真的心的任何真诚印象，使得有幸表白爱情的人，成为男人中最幸运、最让人嫉妒的人，想到这里，他真觉得高兴，自己已经作出了那个决定。

但是，由于这也可能成为作出相反决定的理由，他又顺着思路在心中想了一番。也许，那是要让自己感到心安理得。

“假如有一个人，”他的思路是这样的，“他成年[①]大约已有二十年了；他青年时代的境遇使他性格胆怯；他生活的进程使他成为一个颇为严肃的人；由于他长期侨居他乡，从未接近过温柔的东西，因此，他自知缺乏为别人所有而又使他羡慕的许多微妙可爱的品格；他没有和善的姐妹站在她面前；他没有能给他带来安慰的家介绍她去；他是这块国土的陌生人；他没有一笔财产可以给这些缺陷作任何弥补；他一无所有，唯有这真诚的爱与凡事都须行为端正的总愿望——假如有这样的一个人，将踏进这座房子，为这位可爱的姑娘的诱惑力所折服，并坚信自己能够赢得她；这将会是多么惊人的向往啊！”

他轻轻地打开窗子，凝视窗外静谧的河水。年复一年，任凭渡船漂流，河水依旧是照那样的速度流淌，这儿是灯芯草，那儿是睡莲，没有动摇，没有焦灼。

他为何要烦恼，为何要伤心？他所想见的并非他自己的向往。并无一人有这样的向往，就他所知并无一人有这样的向往，为何要为此而烦恼？然而，这向往又确实使他烦恼。他曾经想过——有时，他一时停止了思考——还是一走了之为好，像河水那样，单调地流走，对于痛苦的麻木与对于幸福的麻木都融合在一起。

---

① 英国法定成年年龄为二十一岁。

第十七章

某某人的情敌

第二天早晨用早点之前，亚瑟走出屋子四处溜达。此时晨光熹微，而且他还有一个小时的空闲，他便搭上渡船，过了河，在穿过草坪的小径上信步。待他回到纤路上，只见渡船在河对岸，有一位先生在向渡船喊话，等着过河去。

这位先生看上去还不到三十岁。他衣冠楚楚，表情活泼、愉快，矫健的身子，肤色深暗。当亚瑟走下篱笆阶梯，来到河边的时候，那个候船的人朝他看了一眼，然后又干起他的事情来。他正无聊赖地把石子踢进水里，他用脚跟挖出石子，然后又将石子拨到一定的地方，动作颇有点特别，使亚瑟觉得那动作中有一种狠心的神气。我们多数人都可以从一个人做某一件极其细小的事情的方式上，得到类似的印象：摘一朵花，排除一个障碍，或者甚至毁坏一件没有生命的东西。

这位先生在专心想事情，这从他的脸上可以看出来，他并不留神那条纯种纽芬兰犬。那条狗朝他双目注视，而且还来回注视每一颗石子，它跃跃欲试，主人示意便会跳入河里。可是，渡船过来了，它仍不见主人有任何暗示，待到渡船靠拢，主人便抓住它的颈圈，拉着它上了船。

“今天上午不行，”他对那条狗说。“你弄得湿淋淋的，可不能跟女士们在一起，卧倒。”

克莱南跟在那个人与那条狗的后面，到了渡船上，并且坐下来。狗听从了主人的吩咐。那个人只是站着，两只手插在口袋里，遮住了

渡船

克莱南的视线。船一到对岸，主人与狗一齐轻轻一跳，上了岸，走了。见他们一走，克莱南心里高兴。

当他顺着与园门相接的小巷走去的时候，教堂的钟敲响了早餐的时刻。[①]他刚伸手拉铃，便听得墙内一阵深沉的犬吠声向他袭来。

“昨天夜里可没听见狗叫，”克莱南心里想道。一个脸庞红红的女仆出来开门，门开时，只见草坪上站着那条纽芬兰犬和那个人。

“米妮小姐还没有下楼来，先生们，”见他们都一齐到了花园里，那两颊绯红的女看门人说道。然后她又对狗的主人说：“先生，这是克莱南先生。”说完便踏着轻快的步子走了。

“真奇怪，克莱南先生，我们竟刚刚碰见过，”那个人说道。主人这么一开口，狗不叫了。“请允许我作个自我介绍——亨利·戈文。这个地方真美，今天早晨格外好看！”

他举止毫不拘束，而且声音悦耳；然而，克莱南仍旧觉得，倘若他没有作出决定不去爱慕宝宝，他是会讨厌这个亨利·戈文的。

“我看您对这里很陌生吧？”见亚瑟对这个地方一味赞叹，这个戈文说道。

“很陌生。我是昨天下午才到这里的。”

“啊！当然，现在还不是最好看的时候。他们上次外出之前的那个春天里，这儿一直都很美。我真希望您看到了当时这儿的美景。”

倘若没有他那样经常想起来的那个决定，克莱南真想把他扔到埃特纳[②]火山口上去，来回报他这种客套。

“这三年里，我很高兴，在许多情况下到这里来观赏过，这真是——一个天堂。”

---

① 教堂与渡口仅几步路之遥。

② 西西里东部一座活火山，高 10 758 英尺。

他把这个地方叫做天堂，也真够机灵，脸皮也真够厚的，倘若总是不把那个明智的决定考虑在内，至少是可以这么说的。只不过是因为他先看到她从屋子里出来，才把这个地方叫作天堂，这样就在她听得见他说话的时候把她当天使看待的，真是个该死的东西！

哦，你瞧她多么喜悦，多么快活！瞧她多么喜爱那条狗，狗对她多么熟悉！她两颊的红晕加深了，她的举止焦急不安，她的双眼没有抬起，她心中的愉快飘忽不定，这一切是多么富有意味呀！克莱南什么时候见过她这样的表情？这倒并非是说能找到什么理由，说明他会，或者说可能，或者说一定，或者说应该①见到她这样的表情的，也并非是说，他自己曾有过要见到她这样的表情的愿望；然而——他什么时候见过她流露出这样的表情！

他站在离他们很近的地方。这个戈文，他说了一通天堂之类的话之后，便朝她走过去，拉起了她的手。那条狗的大爪子搭在她臂上，脑袋伏在她可爱的胸前。她笑着欢迎他们，对那条狗太亲热了，实在、实在太亲热了——那是说，假定还有爱慕她的第三个人站在那里望着他们。

她此刻脱开了身，朝克莱南走来，向他伸过手来，并向他问好，她举止妩媚，仿佛要挽住他的胳膊，要他陪着她走进屋子里去。这个戈文并无异议。那是肯定的，他知道，他太有把握了。

弥格尔斯先生见他们三位（倘若把那条狗也算在内便是四位，它是第二个最令人讨厌的）进屋用早餐的时候，他那愉快的脸上飘过了一片阴云。这一片阴云，还有弥格尔斯太太投来的目光中流露的不安，都没有逃过克莱南的视线。

---

① 会，可能，一定，应该，指流行了几十年的林德利·穆雷（Lindley Murray）的《语法读本》（1795）上说的情态动词 might，could，would or should 的用法。

“哎，戈文，”弥格尔斯先生说道，说话时甚至抑止住了一声叹息；“今天上午你怎么样？”

“都跟往常一样，先生。我和雄狮[①]不想浪费一星期一次登门拜访的大好时光，所以一早出门，从金斯顿[②]走到这里。那是我现在的活动中心，在画几幅速写。”接着他便把怎样在渡口遇上克莱南先生，又是怎样一块儿来这里，说了一遍。

“戈文太太好吧，亨利？”弥格尔斯太太问道。（克莱南聚精会神了。）

“我妈妈很好，谢谢您。”（克莱南心不在焉了。）“我冒昧地给您今天的家庭晚宴带来了另外一位客人，希望不至于给您，或者给弥格尔斯先生增添麻烦。我也是拗不过他，”他解释道，同时将脸转向弥格尔斯先生。“那个小伙子在信中主动向我提出来的；他是个名门出身，所以我想，把他带到这里来，您大概不会介意的。”

“这个小伙子是谁啊？”弥格尔斯先生问道，流露出异样的得意来。

“他是巴纳克尔家族的人，泰特·巴纳克尔的儿子克赖伦斯·巴纳克尔。他在他爸爸的部里做事。有一点我是可以担保的，那就是，大河不会因为他的来访而遭殃的。他不会放火烧了大河[③]的。”

“喔？喔？”弥格尔斯说道。“他是巴纳克尔家族的？我们对于那个家族是略有所知的，呃，丹，对吗？不过，上帝呀，他们可是官场中的上层人物呢！我想想。这个小伙子和台西默斯勋爵[④]会是什么关

① 狗名。

② 泰晤士河畔一城镇，在特威肯翰以南三英里。

③ 此处大河即指泰晤士河。英语有句谚语 set the Thames on fire（火烧泰晤士河），意即“不会做出惊人之举”。

④ 勋爵是对侯爵、伯爵、子爵、男爵的尊称。

系呢？这位爵爷，在一七九七年，与琪米玛·比尔伯里夫人结了婚，她是第三次联姻生下的二女儿——不对！我搞错了！那是塞拉费娜夫人——琪米玛夫人是第十五代斯蒂尔特斯托金伯爵与尊敬的克利门梯纳·吐兹伦[①]第二次联姻生下的大女儿。很好。这个小伙子嘛，他的父亲与斯蒂尔特斯托金家的结了婚，而他的父亲是与他表妹结婚的，表妹是巴纳克尔家族的。那个跟巴纳克尔家的结婚的父亲的父亲，是跟一个姓卓德尔贝的结婚的。——我说得稍微远了一点，戈文；我想搞搞清楚，这个小伙子跟台西默斯勋爵到底是个什么关系。”

“这个好办。他爸爸是台西默斯勋爵的侄子。”

“台西默斯——勋爵——的——侄子，”弥格尔斯先生纵情地重复着，并且闭起双眼，这样一来便什么也打乱不了他对那个家系图充裕风韵的体味了。“我的上帝，你说得对，戈文。是侄子。”

“所以，台西默斯勋爵是他的叔祖。”

“别忙！”弥格尔斯先生说道，他有一个新发现，于是睁开了眼睛。“那么，他妈妈那边，斯蒂尔特斯托金夫人是他的姨婆了。”

“那还用说。”

“喔，喔，喔？”弥格尔斯先生说道，怀着浓厚的兴趣。“真是吗，真是吗？见到他我们会很高兴的。我们虽则是卑微，但一定尽力款待他；我想，我们千万不可让他饿肚子的。”

这一段对话刚开始的时候，克莱南原以为弥格尔斯先生会毫无恶意地大发脾气，就同在拖拖拉拉部里那样，当时他一边嚷嚷，一边揪住多伊斯的衣领，拉着他冲出门去。然而，他的好朋友有一个弱点，那是我们谁也不必费举步之劳便可找到的，也是拖拖拉拉部里的哪一点经历都无法在他身上长久抑制的。克莱南望着多伊斯；然而，多伊

---

① “哈兹伦”原文为Toozellem，与tosell them谐音，即“出卖他们”，意即“糊弄”。

斯早先已有所了解，他望着盘子，没有示意，也没有说话。

“我非常感谢您，”戈文说道，不再往下说这个话题了。“克赖伦斯是头大蠢驴，不过，他也是一个世上最可爱、最最好的人！”

早餐还未用完，大家便已经感觉到，这个戈文认识的每一个人，倘若多少不是头蠢驴，也多少是一个混蛋；不过，尽管如此，他们又都是世上最可爱、最讨人喜欢、最淳朴、最真诚、最善良、最亲切、最最好的人。不管前提是什么，最终达到这一个固定不变的结论的过程，倘若由亨利·戈文说出口来，便是这样的：“每一个人情况各有所异，但是我总是一一记录在案，而且准确细致得出奇，将他们每个人的善恶仔仔细细，逐一罗列。这项工作我做得这样认真，我真可以高兴地对你们说，我发现最没有用的人也都是最最可爱的人；我有充分的理由可以提出一个令人高兴的结论，诚实的人与无赖混蛋之间的区别，比起人们通常所想象的要小得多了。”这一令人兴奋的发现说来也巧，结果等于：他一方面似乎慎重地发现大多数人身上的优点，一方面实际上是将人们的优点贬低了，不能算优点的倒张扬了；不过，那是这种态度唯一令人不愉快的或危险的特征。

然而，这种说法似乎丝毫也没有像巴纳克尔家系图那样给弥格尔斯先生带来这么大的喜悦。在那天早晨之前从不见遮住弥格尔斯先生的阴云，克莱南发现，现在却又频频在他的脸上飘过；在他夫人秀美的脸上，也笼罩着不安地注视他那表情的同样的阴影。有好几回当宝宝抚摸那条狗的时候，克莱南似乎觉得她父亲见了她的举动颇不高兴；有那么一回，当戈文站在那条狗的另一头，与她同时俯下身去，亚瑟似乎觉得，弥格尔斯先生匆匆走出房间时只见他两眼涌出了泪水。也许这也是事实，也许是想得多了一些，但他总觉得宝宝自己对这些细节并非一无所知；她带着比通常更加细腻的感情，试图向她的好父亲表示，她是多么热爱他；正是由于这个理由，无论是去教堂祈祷，还是走出教堂的时候，她总是走在大家的后面，挽着她父亲的胳臂。事情是显而易见的，当亚瑟后来独自一人在花园里散步的时候，他就有那么一瞬间，见她在父亲的房内，紧紧挨着她的父母，千般温柔，万般亲昵，还伏在她父亲的肩上抽泣。

那一天下午，天下起雨来，因此，他们都只想呆在屋里，浏览弥格尔斯先生收藏的东西，用聊天来消磨时间。这个戈文，说起自己来话很多，而且信口开河，非常有趣。他似乎是个职业画家，还在罗马呆过一些时间；可是，他身上总有一种轻佻、漫不经心、间或为之的味道——无论是对于艺术的事业心，还是在这方面的造诣，其脚步的蹒跚是显而易见的——对于这一点，克莱南简直觉得不可理解。

于是，克莱南与丹尼尔 · 多伊斯一块儿站在那里望着窗外的时候，便向他讨教。

“你了解戈文先生吗？”他低声问道。

“我在这儿见过他。他们一家人在家时，他每个星期天都来。”

“从他自己说的听起来，他是个艺术家啰？”

“也算是一个吧，”丹尼尔 · 多伊斯以一种不客气的语气说道。

“什么样的一个？”克莱南笑着问道。

“嘿，他逛进了艺术之门，像蓓尔梅尔街[①]俱乐部玩铁圈球那样不紧不慢，”多伊斯说道，“我真怀疑，艺术这种东西是不是可以这样冷冰冰地对待的。”

仔细询问之后，克莱南了解到戈文这家人是巴纳克尔家族很远的分支；那个做父亲的戈文原先是在国外一个公使馆里做事的，拿了养老金退休后在一个什么地方做了一名没有什么名气的长官，临死时手里拿着刚领取的薪金，高尚地忠于职守，直至最后一口气。鉴于他出

① 伦敦西端一条大街，此处多俱乐部。

色的公务，当时当权的巴纳克尔家族的人向君王奏了一本，赐给他的遗孀二三百镑的年金；后来当权的巴纳克尔家族的人又给她在汉普顿宫谋了一套幽暗、宁静的住房。这个老太太现在还在那里住着，悲叹世风的每况愈下；一起住的还有两家的其他几个老太太、老妇人。她的儿子亨利·戈文先生，从他的父亲即那个地方长官那儿继承了那一点非常靠不住的生活资助，那一点非常微薄的收入，要建立家庭总也是一个难字；何况要担任公职，机会渺茫，而他刚成年时也只是在农业上有些才能，只能种植野燕麦而已。最后他宣布他要做一名画家；一则他老是舞弄画笔，一则是要叫未把他供养起来的巴纳克尔家族的主要当权人物伤心。就这样，事情一件件来了，先是几位名门贵妇人着实吃了一惊；然后他的杰作选在晚上到处传开了，人们心醉神迷，说是地道的克劳德[①]风格、地道的奎普[②]风格的作品，毋庸置疑的杰作；然后台西默斯勋爵购买了他的画像，他还把议长与内阁成员一下子都请来赴宴，用他自己的庄重、严肃的神态说道："你们知道不知道，我觉得那幅画像表现了真正无比的美德？"总之，有社会地位的人竭尽全力，要把他捧成一个红人。然而，事与愿违，一切企图都化为泡影。带有偏见的舆论固执地抵制。他们横下心来，就是看不中台西默斯的画像。他们坚决地认为，除了他们自己的事情之外，一个人随便做什么事，总得要担当得起，从早到晚地努力，全心全意地干，竭尽全力地从事。因此，到如今，戈文先生就像一口破旧的棺材，它既不是穆罕默德的，也不是别的什么人的，悬在两点之间[③]：既嫉妒

① 克劳德(Claude Gellée，1600—1682)，法国风景画家。

② 奎普(Cuyp，1620—1691)，荷兰画家。

③ 伊斯兰教创始人穆罕默德在麦地那坟墓里的棺材，据说是悬在空中的。英国探险家、作家勃顿(R. F. Burton，1821—1890)一八五三年寻访麦地那与麦加，于一八五五年出版游记，曾一度引起轰动。

他已经弃置的，又嫉妒他望尘莫及的。

关于戈文先生，克莱南在那个雨声淅淅沥沥的星期天下午与后来所发现的情况，要而言之便是这样的。

晚宴预定时间过了一个小时左右之后，小巴纳克尔才到，陪伴他的是那镜片；弥格尔斯先生出于对巴纳克尔家族的尊敬，那一天把漂亮的客厅侍女撤下来，换上了两个脸色毫无光彩的男人来当招待。小巴纳克尔一见亚瑟便无比惊讶、张皇失措了，无意中喃喃自语起来："喂！——你听我说，你知道！"这样过了一阵子他才头脑清醒过来。

即便是在那个时候，他一有了机会便把他的朋友拉到窗口，由于全身虚弱，说起话来也是带着浓重的鼻音。他说道：

"我想跟你说句话，戈文。喂。那个人是谁？"

"我们主人的一位朋友。不是我的。"

"他是个很厉害的激进分子，你知道，"小巴纳克尔说道。

"是吗？你怎么知道的？"

"啊，先生，前两天他死缠着我们的人，那样子可厉害了。找到我们家里，又缠住我父亲，我们弄得没法子，只好把他轰出门去。后来又回到我们部里，缠住我不放。喂。从没见过这么个人。"

"他要干什么？"

"啊，先生，"小巴纳克尔说道，"他说他想了解一下，你知道！闯到我们部里——预先又没约定——说是他想了解一下！"

小巴纳克尔说出这件事来的时候，他由于既惊讶又觉得愤愤然，两只眼睛睁得圆圆的，倘若不是宣布入席用餐，及时地让他放松放松，那么他那两只眼睛是会因为睁得太大而伤着的。弥格尔斯先生（他一心只想了解戈文先生的伯父与伯母的近况）请求他陪同弥格尔斯太太进入餐厅。当他在弥格尔斯太太右边入座时，弥格尔斯先生喜形于色，仿佛他一家子都在座似的。

前一天的自然的魅力都已烟消云散。菜肴没有热气，引不起食欲，而且煮过了头；围着餐桌坐的人也是如此，没有热情，没有兴致，而且都很不自在——而这一切都是这个小可怜虫，死气沉沉的小巴纳克尔引起的。他什么时候都无话可说，现在他更是成了这种场合表现出来的弱点的牺牲品，这一弱点的流露完全是由于克莱南在场之故。他总是抑制不住要不停地朝那位先生转过脸去，望着他，这就叫他那镜片倒了霉，掉进汤盘里，掉进酒杯里，掉进弥格尔斯太太的盘子里，或者挂在脖子背后像拉铃的绳子，还有几回也真有失体统，让脸色毫无光彩的男仆把镜片送到他的胸前。这件家伙老是掉下来，硬是不肯夹在他的眼皮里，这么一来他变得胆怯了，而且，每一次转脸朝那位神秘的克莱南看一眼之后，他就变得愈来愈蠢笨了，因此，他老是把汤匙、叉，以及餐桌上放的毫不相干的餐具往眼睛上送去。当他发现自己闹了这些笑话之后，更加不知道该怎么办才好，然而，他一点也没有忘记转脸朝克莱南瞅上一眼。每当克莱南张嘴说话，这个倒霉的年轻人便清清楚楚地感到有一种恐惧向他袭来，仿佛他又要采用某种狡猾的手段，回到那个老问题上来，想了解一下，你知道。

因此，疑问就可能产生了，除了弥格尔斯先生之外，还有谁会觉得非常愉快。不过，小巴纳克尔真让弥格尔斯先生神往。正如故事里说的，一小瓶金水倒出来之后便变成了一股喷涌的泉水，[①]同样，弥格尔斯先生似乎有这样的感觉，他的餐桌上来了这么一丁点儿巴纳克尔香味，他便觉得整个巴纳克尔家族风韵在屋里缭绕了。在这一点香味面前，他的坦率、美好、真正的品格已经黯然失色了；他已经不那么从容，他已经不那么自然，他在追求并不属于他的东西，他已经神魂颠倒了。这是弥格尔斯先生身上多么奇怪的特性，哪里还能找到第

---

① 参看《一千零一夜》两个姐姐嫉妒妹妹的故事。

二个这样的例子来！

终于，淅淅沥沥的星期天捱到了淅淅沥沥的夜晚；小巴纳克尔坐上出租马车回家去，无力地抽着烟；那个令人生厌的戈文走着回去了，陪伴他的是那条令人生厌的狗。宝宝和和气气的，整天都在竭力以友好态度对待克莱南，不过克莱南在吃过早饭以后便颇有点冷淡了——那就是说，他原是会友好相待的，倘若他对她有爱慕之心。

他回到了他的卧室，并且又在炉火前的椅子上坐下来，这时多伊斯先生来敲门。他手里举着蜡烛，来问克莱南，明天准备怎么走，几点钟走。这个问题解决之后，克莱南同多伊斯说起了这个戈文——这个人本来老是会在他脑海中盘桓的，倘若他是克莱南的情敌。

“对一个画家来说，这样混下去可不妙，”克莱南说道。

“是的，”多伊斯接话道。

多伊斯先生站在那里，一手拿着烛台，一手插在口袋里，目不转睛地注视着蜡烛的火苗，脸上露出平静而又有所觉察的神色，他感到他们还有一些话要说。

“我看得出，上午他来了之后，我们的朋友有一点变了，情绪不太好，你看出来没有？”

“是的，”多伊斯接话道。

“不过他的女儿没有变，你看是吗？”克莱南说道。

“是的，”多伊斯说道。

两人一时都没有话。多伊斯先生仍旧望着蜡烛的火苗，慢吞吞地接着说道：

“事情是这样的，他曾两次带着女儿出国去，那是想要把她与戈文先生分开。他总觉得她有可能喜欢戈文的，他对于这样的婚姻能否有希望，是有疑问的，并为此感到十分痛苦。我和他的想法一样，我想你也是会有同样的想法的。”

“他们——”克莱南噎住了，咳嗽起来，没有说下去。

“是啊，你着了凉啦，”丹尼尔·多伊斯说道。不过，眼睛没有看他。

——“他们两人订过婚了，当然是这样的，对吗？”克莱南轻描淡写地说道。

“没有。就我所知道的，当然没有订过婚。那位先生倒是提过要求的，不过没有订过婚。这一次从国外回来以后，我们的朋友答应让他每星期来做一次客，不过就这一点。米妮是不会瞒着她爸爸、妈妈的。你跟他们一道旅游过，我想你知道他们之间的联结是多么紧密，甚至远远超出了眼前的生活范围。至于米妮小姐与戈文先生之间的关系如何，我看我们都明白的。”

“啊！我们是够明白的啦！”亚瑟激动地说道。

多伊斯先生对他说了声：“晚安！”他那语调仿佛是一个听到了一声悲哀的(虽不能说是绝望的)感叹的人的语调，因而他想在发出这一声感叹的人的心头，注入一点鼓励与希望。这样的语调可能也是他，作为一个爱想入非非的人的古怪脾气的一部分；因为，倘若克莱南并没有听见这样的一声感叹，怎么偏偏他却听见了呢？

雨哗哗地落在屋顶上，嗒嗒地落在地面上，雨水从常青灌木上滴下来，从没有叶子的树枝上滴下来。雨哗哗地下着，郁闷地下着。这是一个淌着泪水的夜。

倘若克莱南没有下定决心不去爱慕宝宝；倘若他有爱慕宝宝的向往；倘若他渐渐地说服了自己，在那一件事情上，倾注他天性中的全部的诚挚，倾注他的希望的全部力量，倾注他那成熟性格的全部财富；倘若他果真这么办了，同时又发现一切都已失却；倘若如此，那一夜他便会难以诉说地悲伤。事实上——

事实上，雨哗哗地下着，雨郁闷地下着。

第十八章

小杜丽的求爱者

小杜丽并非长到了二十二岁还没有遇上求爱者。即便是在灰黄色的马夏尔西狱里面，永远年轻的弓箭手①，间或也从发霉的弓上射出几支无羽的箭，并且还射中了几个狱中人。

然而，小杜丽的求爱者却不是狱中人。他是一个看守的多愁善感的儿子。他父亲希望到时候能将一把清白的钥匙这一遗产留给他；从他刚成年的时候开始，父亲便让他熟悉他的职责范围了，对于将这把监狱铁锁在他们家保留下去这件事，他父亲是颇有雄心大志的。在继承这件事尚未决定的时候，他在他母亲开的一家整洁小巧的烟店里做个帮手。烟店就在马贩子巷的拐角(他的父亲是个不在监狱留宿的看守)，通常可以在监狱大墙内获得不少的顾客。

许多年以前，当他感情的对象还惯常在门房高高围栏边的扶手椅上坐着的时候，比她大一岁的小约翰(姓奇弗利)就带着惊奇而喜爱的目光注视着她。与她在院子里玩耍的时候，他最爱玩的游戏是装作把她锁在角落里，然后又装作让她出来，真的亲她一下。等他长大了，眼睛够得着监狱大门大铁锁的锁孔时，他好多回丢下父亲的午餐或晚餐不管，因为他是在大门外边，可以丢下不管，而自己只管站在那里，一只眼睛顶着寒气，从那个通风孔里去朝她窥视。

倘若小约翰在少年时代还不太看得透一切，因而对忠诚曾显得不积极，那个时候，年少不谙事往往使他对忠诚不在意，就像穿靴子不扎带子，同时也很幸运地不知道还有所谓消化器官，那么，他很快又扎紧了，对于忠诚显得振作了。到了十九岁那年，为了祝贺她的生日，他用粉笔在她住处对面那堵墙上写了几个字："欢迎仙子哺育的姑娘！"到了二十三岁，每逢星期日，就是这双手，向马夏尔西狱之父、他心灵中的女王之父，颤抖着奉上他带来的雪茄。

小约翰身材矮小，两条相当孱弱的腿，非常稀疏的浅色头发。有一只眼睛（或许便是那只过去常从锁孔里窥视的眼睛）视力也相当差，而且比另一只稍大一些，仿佛没有眼神。小约翰还显得十分温顺。然而他的心灵是伟大的。富有想象，胸怀坦白，忠心耿耿。

尽管在主宰他的感情的人面前显得太谦卑而缺乏自信，然而，小约翰把他的感情的对象的明与暗的各个方面都考虑得极为周到。他顺着思路想着，找到了极乐的结论，他发现，可以毫不自夸地说，两人是很相配的。倘若事遂人愿，他们两人结合在一起，她是马夏尔西狱之女，而他，便是铁锁的看守人。那是非常相配的。倘若他当了一名常住监狱的看守，她是可以正式地住进她租了这么多年的卧室的。那是非常地恰到好处的。倘若你踮起脚跟，就可以从那卧室望见高墙的外面；如有一个红花菜豆棚，一两只金丝雀，这个地方真成了凉亭了。这真是一个令人心旷神怡的想象。此外，还有于两人都很重要的一点，那把铁锁还有合乎情理的魅力。世界都锁在外面了（只留下锁在里面的那一点儿）；至于世间的烦恼与纷乱，于他们只不过是传闻而已，因为他们只能从到债务人圣地来朝圣的人嘴里听说；楼上有凉亭，楼下有门房；他们便沉浸在牧歌式的家庭之乐中，随着时光飘流。小约翰含着泪水完成了这幅图画的描绘：他在紧靠监狱大墙的毗邻教堂墓地里树起了一个墓碑，刻下了下面感人的碑文："约翰·奇弗利，尽隔墙马夏尔西狱看守之职凡六十年，而任看守长之职则五

---

① 罗马神话里的爱神丘比特。

十个寒暑也。为人一世，众口一词，可敬矣，而卒于公元一千八百八十六年十二月卅一日，享年八十有三也。其妻艾米，未婚时姓杜丽，可亲可爱，诚然也。夫之既亡，妻也悲，苟延未及四十又八小时，而卒于前述之马夏尔西狱。生于斯，长于斯，卒于斯，其妻也。”

奇弗利夫妇对于儿子的爱情并非一无所知——其实，他的爱慕之情，在某些特殊的时候，使他心烦意乱，竟然惹得他用暴躁的态度对待顾客，坏了生意——相反，他们夫妇俩倒也是想得很美满的。奇弗利太太，一个小心谨慎的女人，她希望丈夫留神，倘若他们的约翰能与小杜丽结合，那么他掌管铁锁的前景当然便更加可靠了，因为小杜丽也可以说享有这座监狱的一点权利的，而且在那里受到尊重。奇弗利太太希望丈夫留神，倘若说他们的约翰有可靠的收入与公职，那么小杜丽也是出身不俗的；她(奇弗利太太)的意见是，两半合成一块，那就全了。奇弗利太太是作为母亲说这话的，并非从中斡旋，她接着就从一个不同的角度希望丈夫别忘了他们的约翰意志并不坚强，他的爱情照现在这样虽然还没惹得他做出蠢事来，也已经够叫他苦恼、烦躁的了，因为谁也说不准要是他给惹烦了是否会做出蠢事来。妻子这一番道理给了说话不多的奇弗利先生的思想这么大的影响，有好几个星期天的早晨，他真的为他孩子的(照他的说法)“走运”而祝愿，即他认为这样的寄希望于好运，对于他儿子在那一天表白爱情并取得成功是不可少的一步。然而，小约翰一直没有拿出胆量来表白爱情；大抵正是在这种时候，他心情纷乱地回到烟店里，便冲着顾客发泄了怒气。

这件事情就同任何别的事情一样，小杜丽自己是绝不会受到重视的。她的哥哥与姐姐也知道这一点，他们以分等级为手段来达到一种地位，并从这一地位出发，炫耀他们的家庭体面这一悲惨的破烂货。那可怜的求婚者常在监狱里踯躅，想瞧上一眼他亲爱的人，小杜丽的姐姐见了他总要嘲笑一通，借此来炫耀他们的家庭体面。她的哥哥总是以高贵的兄弟的身份出现，趾高气扬地在小小的九柱戏场地昂首挺立，主张抓住人家的脖子，某个不知姓名的先生要抓住某个未提姓名的自负的小伙子的脖子这种可能性已日见其甚了。她的兄弟便是以这种方式来炫耀他家的体面以及他本人的体面的。如此般利用家庭体面的人，在杜丽家族中也并非仅仅他们两个人。不是的，不是的。当然，马夏尔西狱之父对于这件事想来是一无所知的；他那可悲的尊严是不会让他看到如此渺小的事情的。然而，一到星期天，他总可得到奉送的雪茄，而且还沾沾自喜；有时候甚至屈尊俯就，与雪茄的馈赠者在院子里一同溜达（这时，那馈赠者是非常自豪、抱着很大希望的），并且态度慈祥地在馈赠者面前抽起烟来。对于老奇弗利的殷勤，他也同样非常愿意接受，同样能屈尊俯就的。老奇弗利值班时一见他进门房，总是让出扶手椅，拿过报纸来给他；甚至还说，倘若夜幕降临之后他想静静地到前院去望望大街，那也没有什么大不了的。倘若他没有接受这一好意来望望大街，那不过是因为他对此已没有什么兴趣了；因为别的东西他能有的都有了，有时候还说："奇弗利是个很客气的人；对人很客气，很尊重。小奇弗利也是个很客气的人；真是个有礼貌的人，对人家在这里的地位考虑得非常仔细、周到。奇弗利这一家人真是个有教养的家庭。他们的举止态度真使我高兴。"

忠心耿耿的小约翰对这一家一直是非常敬重的。他从来也没有想到过要揭穿他们的假体面，相反，对他们的拙劣的迷惑手法总是怀着敬意的。至于她哥哥的当众侮辱虽则叫人感到愤愤然，可他总感到，即便他不是一个生来性格平和的人，朝着那位不可冒犯的先生喋喋不休或者捋起袖子来，那也将是很不道德的举动。他只觉得遗憾，他的高尚思想竟会把人触犯了；然而他依然觉得这件事也并非与高尚品德水火不相容的，并且试图安抚、劝慰那豪侠的心灵。她的父亲，一位落拓的绅士——精神高尚、举止雅致的绅士，对他总是那样宽容——他是非常敬重的。她的姐姐，他觉得有点虚荣与傲慢，但她是很有才艺的年轻女子，她对于过去仍然耿耿于怀。这本能地证实了小杜丽的品质，以及她的与众不同，正是这一点使得这个可怜的年轻人去敬重她，他爱她就因为她是这样的一个人。

马贩子巷拐角处的这家小烟店是一间乡村式的平房，马贩子巷监狱[①]院子的空气使它得益匪浅，那个舒适的机构高墙下的一条幽静的通道，又让它受益无穷。由于烟店原是小本经营，也就无能力装饰一个与真人一样大小的苏格兰高地人模型，[②]不过，商店门柱上做了一个托架，上面摆了一个小的高地人模型，看上去像个面容憔悴的长翅膀的小天使，他喜欢穿褶叠短裙当然是很必要的。[③]

一个星期天，小约翰提早吃了一顿烤制食物的中餐，就从装饰了这样一个小模型的大门里走出来，去办一件每逢星期天必定要办的事；他没有空着两手，而是带着他要奉送的雪茄烟。他整整齐齐穿了一件青梅色外套，一块黑绒大领，对他这样身材的人来说那是够大的了，一件丝背心装饰了金色小枝。一条当时很流行的简朴的围巾，画的是淡黄色地面、淡紫色野鸡的一片林苑；一条马裤装饰了那么多条子，看上去一条裤脚就是一把三弦鲁特琴；一顶礼帽很高，而且很硬。当小心谨慎的奇弗利太太见了她的约翰除了这一身打扮之外，还戴上了一副小山羊皮白手套，一根像小路标一样的藤手杖，手杖上端镶有一个象牙做的手，指给他该去的那条路的方向[④]；当她看见他这一身出门远行的全副装束，到了拐角向右走的时候，她告诉当时在家

---

① 即萨莱郡监狱(1798—1879)，现已拆毁。

② 烟草商店标志。

③ 苏格兰男子穿褶叠短裙。

④ 引用莎士比亚《麦克白》第二幕第一场中的一句话。

的奇弗利先生说，她心里知道吹的是什么风。

那个星期天的下午，狱中人正在款待相当多的来访客人，而监狱之父也已收拾好了房间，准备收受人们奉送的礼物。小杜丽的求爱者穿过监狱院子之后，怀着一颗怦怦直跳的心上了楼，曲起手指在监狱之父的门上敲了敲。

“进来，进来！”一个仁慈的声音答道。监狱之父的声音，她父亲的声音，马夏尔西狱之父的声音。他坐在椅子上，头戴一顶黑绒帽，手里拿着一份报纸，桌子上无意中放着一枚三便士和一枚六便士的硬币，还放好了两把椅子。谒见所需的一切都已准备就绪。

“哦，小约翰！你好，你好啊？”

“我很好，谢谢您，先生。我希望您也很好。”

“是的，约翰·奇弗利；是的。没什么不好的。”

“我很冒昧地，先生，给您——”

“唔？”马夏尔西狱之父到了这个时刻总是抬起双眉，和蔼地表现出激动的样子，微笑着表现出漫不经心的神色。

“——几支雪茄，先生。”

“哦！”（那一瞬间特别感到惊讶。）“谢谢你，小约翰，谢谢你。不过，其实，恐怕我太——不吗？呃那好吧，那我就不说了。那就请你，小约翰，放到壁炉架上去吧。坐，坐。你不是个生客，约翰。”

“谢谢您，先生，我知道。艾——”说到这里，小约翰把那顶大帽在左手上转着，就像一只慢慢转动的鼠笼①；“艾米小姐很好吧，先生？”

“好，约翰，好；她很好。她出去了。”

“是吗，先生？”

---

① 内有一轮子在转动。

“是的，约翰。艾米小姐出去透透风了。我家孩子常常外出。不过，他们那个年龄，也很自然，约翰。”

“那是的，我知道，先生。”

“透透风。透透风。是的。”他的手指头在桌子上轻轻地敲着，两只眼睛仰望着窗口。“艾米出去到铁桥上透风去了。近来她老喜欢到铁桥去，好像她就喜欢到那里去散散步。”他又与小约翰交谈起来。“我想，你爸爸现在没上班，是吗，约翰？”

“是的，先生，他要到傍晚才来。”那顶大帽又转起来，转了一会儿之后，小约翰站起来说道，“恐怕我得走了，日安，先生。”

“这么快就走？日安，小约翰。别，别，”没有一点架子，“手套别脱下来，约翰。戴着手套握手。你不是个生人，你知道。”

小约翰受到了小杜丽父亲的热情接待，怀着无比喜悦的心情下了楼。他在楼梯上遇见了几个狱中人，他们带着客人来见马夏尔西狱之父，正在这个时候，杜丽先生刚巧靠在楼梯扶手上特别清楚地喊道，“多谢你送了一点纪念品，约翰！”

小杜丽的求爱者很快就在铁桥收费盘上投下了一个便士，走上桥来，四处寻找那个人人皆知、深受爱慕的人。起初，他生怕她不在那里；然而，当他继续朝中塞克斯那一头[①]走去的时候，他看到了她，只见她一动不动地站着，望着桥下的河水。她正陷入沉思，他心中纳闷，她到底会在想些什么。那里有城中住宅的密密层层的屋顶和林立的烟囱，与一周中其他六天比起来，这一天黑烟少得多了；远处可以看到桅杆与教堂尖顶。也许她想的就是这些。

小杜丽沉思了这么久，而且是那样地全神贯注，因此，尽管她的求爱者默默地站在那里，照他的想法已经很久了，有两三回转身往回

① 在泰晤士河北岸。

走，然后又走回来，站到原来的地方，她仍旧一动不动。于是，他终于下决心朝前走去，似乎想装作是无意地从她身边经过，与她说话。那个地方非常静，现在不与她说话，那就没有机会了。

他继续向前走去，她似乎没有听见他的脚步声，他一直走到了离她很近的地方。当他叫了一声："杜丽小姐！"她大吃一惊，后退了几步，脸上露出了恐惧与颇有点像讨厌的表情，这真让他感到说不出的惊慌。她以前也常常避开他——实际上很长、很长时间以来，她总是这样。看见他朝她走来，她总是转身悄悄走开，一回回总是这样，因此，倒霉的小约翰无法认为这是偶然的。然而，他还是希望那也许是因为她害羞，性情孤独，预料到了他现在的想法之故，决不会是出于厌恶。现在这瞬息间呈现的表情告诉他道："又是你！这世上的人，我最不愿意看见的就是你！"

那只不过是瞬息间的表情而已，因为她抑制住了，用她温和的声音低声道："哦，约翰先生！原来是你？"可是，他知道那是什么滋味，她也知道那是什么滋味；他们站在那里你看我、我看你，都感到不知所措。

"艾米小姐，恐怕我同你说话打搅你了。"

"是呀，我——我来这里是要一个人在这儿呆着，我以为就我一个人。"

"艾米小姐，我很冒昧地找到这里来，那是因为我刚才去看望杜丽先生时，他偶然说起，你——"

她突然间喃喃道："哦，爸爸，爸爸！"语调令人心碎，同时她转过脸去，他因而比先前更加惊慌了。

"艾米小姐，我希望，不会因为说出了杜丽先生，我让你觉得不自在了。你放心，我见到他时他好好儿的，心情也很好，他对我比平常还要和气；因为他很客气地说，我在那里也不是个生客，说什么都使我感到非常高兴。”

叫她的求爱者感到难以名状地惊愕的是，小杜丽两手捂住别过去的脸，站在那里晃动着身子，仿佛感到浑身疼痛，喃喃说道：“哦，爸，您怎么可以这样！哦，亲爱的爸爸、爸爸，您怎么可以、怎么可以做出这样的事来！”

那可怜的人站在那里注视着她，心头充满了同情，然而不明白她这是什么意思；最后，她取出手绢，捂住仍旧别过去的脸，然后急匆匆地走开。他起初呆呆地站着不动，然后急忙跟上去。

“艾米小姐，请停一停！请你停一停好吗？艾米小姐，要是非得走，就让我走吧。要是我不得不认为是我把你逼走的，那我是会发疯的。”

听了他那颤抖的话音，并非装模作样的郑重的语气，小杜丽停住了。“哦，我不知道该怎么办，”她激动地说道，“我不知道该怎么办！”

小约翰从来未曾见过她有失去镇静的自我控制的时候，从她孩提时代起他就知道她是个稳重、能抑制自己感情的人。看见她是那样痛苦，觉得此刻发生的一幕又是自己引起的，这对小约翰是个打击，他感到震惊，从那顶大帽一直到人行道都为之震动。他感到有必要向她作一番解释。他很有可能被误解了——以为他是某个意思，或者以为他做了什么事，而这些其实他连想都不曾想过。他请求她听他解释，只要做到这一条，那便是对他的极大恩惠。

“艾米小姐，我心里很清楚，你们家比我们家高贵得多。这一点要瞒是瞒不住的。姓奇弗利的人，我从来没有听说过有个绅士的，在这么重大的一件事情上，我是决不会那么卑鄙，会说一句假话的。艾米小姐，你高尚的哥哥，你很有志气的姐姐，他们都看不起我，这我心里非常明白。对我来说，要做的就是尊重他们，希望能得到他们的友好相待，站在我低下的地位上，——因为，我心里很清楚，不管是做烟业生意，还是当监狱看守，地位都是低下的——敬仰他们高尚地位上的名望，希望他们好，希望他们幸福。”

那可怜的人说的的确句句都是真心话，他的大帽是硬邦邦的，他的心是软乎乎的，这真是个鲜明的对照（还有他的脑袋，也许也是软乎乎的）。的确让人感动。小杜丽恳求他切不可贬低自己，也切不可贬低他自己的地位，尤其不可以为她会觉得自己的地位比人家高贵。听她这么一说，他心里才有了一点安慰。

“艾米小姐，”他嗫嚅道，“很久以来——我好像觉得有好多好多年了——反反复复有好多好多年了——心头一直埋着一个心愿，想同你说一桩心事。我可以说出来吗？”

小杜丽不自觉地又从他身旁倒退了几步，隐约间又流露出先前的表情；她克制住了，但没有回答，只是迅速地朝桥中央跑去。

“我可以——艾米小姐，我只求问你一句话——我可不可以把话说出来？我已经这样不走运让你痛苦了，可是我一点没有什么恶意，老天在上！要是你不允许，我是决不会说出来的。我可以一个人去悲伤，我可以独自伤心；我为什么还要叫另一个人悲伤，叫另一个人伤心，而这一个人正是我愿意从这围墙上跳下去，换取她一瞬间的快乐的人！这也不是什么高尚的举动，因为这样做并没有什么了不起的。”

他那悲痛的情绪，他那壮观的表情，也许叫人觉得他可笑，然而，他的体贴入微又叫人觉得可敬。小杜丽从这一点上明白了该怎么对待。

“约翰·奇弗利，请你，”小杜丽颤抖着，但是情绪平静地答道，“既然你这样体谅别人，问我是否你还要再说下去——那就请你，不要再说了。”

“永远别说，艾米小姐？”

“是的，请你别说了。千万不要再说了。”

“啊，上帝！”小约翰气喘吁吁地答道。

“不过，或许要请你让我，对你，说几句话。我想郑重地，尽量明明白白地告诉你。对于我们，约翰——我是指我，我哥哥，还有我姐姐——你切不可认为我们跟别的人家有什么不同的地方；因为，不管我们过去是怎么样的(其实我一点也不知道过去是怎么样的)，那也早就过去了，再也不会是那个样子了。不管是你也好，别的人也好，还是那样看待我们的好，不要像你现在这样看待我们。”

小约翰悲哀地坚决表示，他一定将她的话铭记在心，由衷地乐意去做她吩咐做的事。

“至于我，”小杜丽说道，“你要尽量把我少想；想得越少越好。你真想到我的话，约翰，也就记着，我不过是你看见的一个在监狱里长大的孩子，她始终关心着的是一连串的职责；一个懦弱、离群、安分、没人保护的姑娘。我特别要提醒你记住，我到了大门的外面，我就没有人保护了，就是孤零零的一个人了。”

她要他做什么，他是都肯尽力去办的。可是为什么杜丽小姐定要他把这句话记着呢?

“因为，”小杜丽接着说道，“我知道，我这样便可以完全相信你不会忘记今天的，不会再同我说什么了。你心胸那样宽阔，因此我知道这一点我是可以相信你的；我的确相信你，我一定永远相信你。我马上就要让你知道，我完全相信你。比起我所知道的别的地方来，我们现在站着说话的这个地方我更喜欢；”她脸上淡淡的红晕渐渐消失，而在她的求爱者眼里，那红晕正是在这时又出现的；“而且我经常还会到这里来。我明白，我很有必要让你知道这个意思，这样我可以完全放心，你一定不会再到这儿来找我了。我——完完全全放心的！”

她可以放心的，小约翰答道。他是一个伤心、可怜的人，但是，她的话对他来说是高于法律的。

“那就再见了，约翰，”小杜丽说道。“我祝你有一天娶一个好太太，过幸福的日子。我相信你应该过幸福日子的，一定能过上幸福日子的，约翰。”

她说完话向他伸过手来，这时，那件有小枝装饰的背心——倘要说出真相来，那只不过是一块廉价衣料而已——里裹着的那颗心膨胀了，变成了一颗绅士的心；这个可怜的普通、矮小的人身躯已容纳不了这样的一颗心，于是乎泪水突眶而出。

“啊，不要哭；”小杜丽怜悯地说道。“不要哭，不要哭！再见，约翰。上帝保佑你！”

“再见，艾米小姐。再见！”

于是他转身走了：就在他别转身来的时候，他见她在一条长凳边上坐下来，她不但将瘦小的手扶住粗糙的护墙，而且将脸也贴在墙上，仿佛她的头是那样沉重，她的心是那样悲伤。

这里是一个说明人的打算会非常荒谬的动人事例，只见小杜丽的求爱者大帽拉下来，几乎遮住了眼睛，立绒的领子竖起来，仿佛天下起了雨，青梅色的上衣扣起了纽扣，遮住小枝装饰的背心，小型的指路牌总是无情地指着回家的路；他在僻静的小街上悄悄地走着，一边走一边构思树在圣乔治教堂墓地上的一块墓碑上重写的碑文：

“此地埋着约翰·奇弗利的朽骨，为人一世，庸庸碌碌而已。死于一千八百二十六年年终。伤心潦倒，临终时只求书**艾米**二字于其骨灰之上，其父母悲痛万分，依死者遗愿照办。”

第十九章

马夏尔西狱之父二三事

威廉·杜丽与弗莱德里克·杜丽兄弟俩，在监狱院子里来回走着——毫无疑问，他们是在监狱院子高贵的，即装有唧筒的那一头散步，因为，监狱之父认为遇事不可有失身份，因此，他不到监狱院子贫苦人那一头[①]的孩子们中间去，除非是星期日早晨，或者是圣诞节，或者别的举行典礼的时候。逢年过节他是必到的，且非常准时，到了那种时候，他就伸手抚摩那些婴孩的头，祝福小债务人，态度之慈祥，颇有感化的作用——兄弟俩一起在监狱院子里来回信步，这情景委实令人难忘。行动自由的弗莱德里克，如此地自卑、伛偻、衰弱、憔悴；身陷囹圄的威廉，如此地优雅显贵，优越感溢于言表，因自觉具有地位而显得仁慈；因此，即便别的暂且不提，单就这一方面而论，见了这兄弟俩，也委实令人惊叹。

小杜丽与她的求爱者星期日铁桥会面发生的时候，正是他们兄弟俩在院子里信步的时候。那一天为维护身份的操劳业已结束，当时接见室里座无虚席，他还会见了几个新来的人，无意中放在桌子上的一枚三便士和一枚六便士硬币，已在无意中增加到十二先令[②]，马夏尔西狱之父吸着雪茄，提起了精神。他在院子里信步的时候，态度和蔼地调节自己的脚步，以便与他兄弟拖曳的步子合拍，并不以自己的优越感而傲慢自居，而是对这个可怜的人关怀备至，非常耐心，从他那两片嘴唇之间吐出的每口烟，带着他对他兄弟虚弱多病的宽容，那烟袅袅上升，似要绕过插了尖铁的高墙飘去。见他这般光景委实令人惊叹。

兄弟俩

威廉的兄弟弗莱德里克两眼蒙眬，双手颤抖，伛偻着脊背，心中迷惘，在威廉的身旁顺从地拖曳着双脚，听从他的保护，如同对在他已经迷失了方向的迷宫般的世界里发生的每一件事情，他都逆来顺受一样。常不离手的那一张捏皱了的白里泛黄的纸握在手中，他不时地展开，抓出一撮来吸一下。颤抖着抓起来的一撮鼻烟吸过之后，他就瞟一眼他的哥哥，对哥哥毕竟还是敬佩的，然后他便倒背双臂，在哥哥身边拖曳着脚步，过一会儿又抓起一撮鼻烟，或者停下脚步，环顾四周——兴许突然发现没带着他的双簧管。

夜色渐渐深了，探监的人也一批批离去，然而院子里仍旧到处是人，因为狱中人大抵都在屋外，送朋友们到门房。兄弟俩在院子里走着的时候，身陷囹圄的威廉左右顾盼，接受人们的敬意，并宽厚地提一下帽子表示会意。同时，他以引人注目的气派，保护着行动自由的弗莱德里克，免得与人群撞个满怀，也不至于被人群挤到墙角上去。就整体而言，狱中人是不会轻易动情的，然而，即便是他们，尽管表现方式各有所异，见了这兄弟俩，也委实感到惊叹。

“今天晚上你情绪不太好，弗莱德里克，”马夏尔西狱之父说道。“有什么事吗？”

“什么事？”他瞪了一下，然后又垂下了头和眼睛。“没有，威廉，没有，没有什么事。”

“要是你能想开一点，振作起精神来，弗莱德里克——”

“哎，哎！”老人匆忙接口道。“可我不行。我不行。别这样说。都是过去的事了。”

---

① 原文为 The Poorside，债务人监狱分高档区与一般区，居住在后者区域的债务人要申报财产，四十先令以下者可以获得救济。马夏尔西狱这一区域其实是很小的。

② 英国旧币十二便士为一先令，二十先令为一英镑。

马夏尔西狱之父见有一个与他关系很好的狱中人从跟前走过，他瞟了一眼，仿佛是说："这个人，他是个身体衰弱的老人；可是他是我的兄弟，先生，我的兄弟，他天性的呼声是有力的！"同时，他伸手拉着他兄弟丝丝缕缕的袖子，避开钩住唧筒的把手。倘若他也能拉住他的兄弟，免遭厄运，而不是将他连累，那么，他作为一个手足情深的领路人、旷达之士与朋友，其性格之完美则毫无缺陷了。

"威廉，我看，"他那深情关切的对象说道，"我太累了，回家睡觉去。"

"亲爱的弗莱德里克，"另一个说道。"我不留你了；别迁就我吧。"

"我看，由于熬夜，由于气氛热闹①，由于上了年纪，"弗莱德里克说道，"我身体虚弱了。"

"亲爱的弗莱德里克，"马夏尔西狱之父听了这话说道，"你看你对自己的身体已经很注意了吗？你看你的生活习惯像——我可不可以说像我一样一丝不苟、很有规律吗？至于你的那个怪癖，我刚才已经说过，现在就不要再说它了，不过，我怀疑你是不是呼吸了足够的新鲜空气、有足够的活动了，弗莱德里克。这儿有一片广场，你随时都可以来活动活动。既然你来过这儿，为什么不多来活动活动呢？"

"哈！"另一个喟然叹道。"对，对，对，对。"

"可是，光说对对是没有用的，亲爱的弗莱德里克，"马夏尔西狱之父语气婉转地劝道，"对的就要去行动。你想想我吧，弗莱德里克。也好拿我做个榜样。由于需要，由于岁月推移，我学会了该怎么办。你看见我在广场上散步，在房间里坐着，到门房去闲聊，或者读报，或者会见客人，或者进食，或者饮酒，那都是有一个规定的时刻的。这么多年来，连艾米也知道了，我进餐(举个例子说)就必须是准

① 他由于在剧院吹单簧管，气氛显然是热闹的。

时的。艾米长大了，也逐渐懂得了这样安排生活的重要性，她是多么好的一个孩子你是知道的。”

弟弟昏沉沉地拖着双脚，只是又一次喟然叹息而已，“哈！对，对，对，对。”

“我的好兄弟，”马夏尔西狱之父说道，一面将手搭在他兄弟的肩上，语气婉转地劝导他——因为他身体虚弱，只能语气婉转，可怜的好兄弟；“这种话你以前说过，也不能说明什么问题，弗莱德里克，即使你是一本正经的。我真想叫你振作起来，我的好弗莱德里克；你应该设法振作起来。”

“对，威廉，对。那是没有疑问的，”另一个说道，同时抬起眼睛来望着他的脸。“不过，我可不像你。”

马夏尔西狱之父耸耸肩膀，谦逊地表示自己并不怎么样，同时说道，“哦！你是可以跟我一样的，亲爱的弗莱德里克；如果你肯的话，你是可以办到的！”出于他的力量所表现出来的宽容大度，他克制了自己，没有再敦促他那颓丧的兄弟。

在监狱各个角落里，可以看到许多人在相互告别，这是星期日晚上常见的情景；各个阴暗的地方，总有可怜的女人，不是妻子便是做母亲的，抱着新进来的债务人哭泣。监狱之父也有过这样的时候，见自己的妻子哭起来，他自己也在监狱院子的阴暗处抽泣。然而，那是多年以前的事了；此刻他已经是经历了漫长航程的船上的乘客，他已不再晕船，对于新近刚从港口上船的乘客表现出的那种弱点，他感到颇不耐烦。他真想责备他们几句，发表自己的见解，不哭便不能过日子的人，是无权在这里呆着的。这样的哭泣，打破了普遍的和谐气氛，他常常对此流露出怏怏不乐，即便不是诉诸言语，在态度上也是有所表现的。对于这一点大家心里都非常明白，因此，犯禁的人倘若见他来了，往往便另找地方哭泣。

在今天这个星期日之夜，他陪着他弟弟到了大门口，一脸忍让、宽容的神情，因为他当时性情平和，又那样宽宏大量，并没有把人们的哭泣看在眼里。门房耀眼的煤气灯光下①，有几个狱中人在取暖；有几个人在送客，有几个不送客的人则瞅着铁锁不住地开与关，一面相互交谈，也与奇弗利先生说上几句话。监狱之父跨进门来，人们当然当作一件大事了。奇弗利先生举起手中的大钥匙，在帽子上碰了一下(虽则是短暂的一晃)，并希望监狱之父身体还不错。

"谢谢，奇弗利，身体很好。你呢？"

奇弗利先生怒气冲冲地低声说了一句：哦！他身体好着呢。人家问他身体怎么样，而他又正是情绪不好的时候，他一般就用这句话来回答的。

"今天小约翰来拜访过我，奇弗利。我告诉你，奇弗利，他那样子可英俊啦。"

奇弗利先生说他知道了。然而，奇弗利先生也得承认，他希望那小子在这种事情上别乱花钱了。因为，他花了钱有什么结果没有？结果只有苦恼嘛。而要想苦恼嘛，哪里都有，不必花钱呢。

"怎么会是苦恼，奇弗利？"仁慈的监狱之父问道。

"没有啥大事情，"奇弗利先生答道。"没关系。弗莱德里克先生出去吗？"

"对，奇弗利，我这兄弟回家睡觉去。他累了，不大舒服。当心点儿，弗莱德里克，当心点儿。晚安，我的好兄弟！"

弗莱德里克与他哥哥握了握手，同时抬起手在油腻的帽子上碰了一下，与门房里呆着的人告别，慢吞吞地拖着两只脚，从奇弗利先生刚打开的门里走出去。马夏尔西狱之父的脸上流露出既和蔼又焦虑的

① 煤气灯于一八四二年全部被取代。

长者的神情，希望他的兄弟不至于出什么事。

“请您再等一会儿关门，奇弗利，让我看着他走出过道，看着他走下台阶。当心哪，弗莱德里克！（他身体很虚）当心台阶！（他脑子很糊涂）穿马路得当心哪，弗莱德里克。（我实在不喜欢让他这么随随便便到处走动，他完全有可能会被撞倒的。）”

他说过这几句话之后脸上流露出的表情说明，他有许多忐忑不安的疑虑，并有作为一个保护人的不少担忧。他转过身来，面对着聚集在门房里的人：他的兄弟不能呆在挂了铁锁的大门里面，实在太可怜见儿了，这个意思是如此显而易见，因此，聚集在那里的狱中人都明白了他这种想法。

然而，他并不能毫无保留地赞同这样的说法；相反，他说道，不对，先生们，不对；可不要误解他的意思。他的兄弟弗莱德里克身体是很虚的，那是很明显的事，对他（马夏尔西狱之父）自己来说，如果知道他兄弟平安无事地呆在大墙里边，他或许会好受一些。然而，可不能忘记，要在许多岁月里在那里生存下去，那是需要有各种各样的品格的——他并不是说要有高尚的品德，而是说品格——精神上的品格。那么，在他的兄弟弗莱德里克身上有这些特别的统一的品格吗？先生们，他是个大好人，一个非常文雅、可亲、可敬的人，又有孩子般的单纯；可是，尽管大多数别的地方他都去不得，这个地方他就行吗？不行，他很自信地说道，不行！而且，他说道，弗莱德里克只能以现在这种角色自愿来去，而绝不可以别的角色呆在这里的！先生们，随便哪一个人到这狱中来呆上一些时候，他都必须具有坚强的意志，去尝遍种种滋味，而且还要能经受得住。他的好兄弟弗莱德里克是这样的人吗？不是。他们现在就看到，他已经不行了。厄运压垮了他。他没有足够的收缩能力，没有足够的灵活性，因此，在这样的一个地方，要呆上很长时间，而又能保持自尊，仍意识到自己是一个有教养的人，对他来说是难办的。弗莱德里克没有（如果他可以使用这一说法的话）足够的能力，从任何一个细小的殷勤关注，以及——以及——在那种场合可能得到的纪念品中，既看到人性之美德，即那种能使狱中人作为一个整体而激奋起来的高尚精神，同时又不使自己变节堕落，不辜负一个有教养的人的称号。上帝保佑，先生们！

他的说教到此完了。他就是利用这样的说教，抓住时机，开导门房里聚集的人的。说完之后，他转身重新走进了灰黄的院子，一路上遇见因没有外套而只穿睡衣的狱中人，遇见因没有皮鞋而只穿海滨浴场用的拖鞋的狱中人，遇见原先是做蔬菜及水果买卖的壮实的狱中人，穿着灯芯绒的齐膝短裤，现在已经没有了忧虑，遇见原先当职员的瘦弱的狱中人，穿着一身没有纽扣的黑服，现在对生活已经不再抱有希望；遇见他们时他都表现出自己可怜寒酸的尊严，最后踏上他那幢房子破败、寒酸的楼梯，跨进自己那个寒酸的房间。

房间里，晚餐桌子已经摆好，椅子放在炉边，椅背上挂着那件灰色旧睡衣，他的女儿将那本小祈祷书[①]放在口袋里——愿她是在为给所有的犯人与被囚禁的人带来怜悯而祈祷！——并站起身朝他迎上来。

那么，叔叔已经走了？她替他换去了外套，并递过他那顶黑色的立绒帽子，然后这样问道。走了，叔叔回家去了。爸爸去散步还开心吗？哦，也说不上，艾米；说不上。不开心？是不是感到不很舒服？

她走到他的身后，亲切地俯身靠在椅子上。这时，他低垂着头，两眼注视着炉火。他感到有些忐忑不安，仿佛有一种羞辱感；不一会儿，他说话了，说起话来前言不搭后语，而且十分困窘。

“奇弗利像是有——我，嗯！——我也不知道有什么，像是遇上什么事了。他今天晚上不——呃！不像往常那样热情、那样礼貌。事

① 即《公祷书》。

情——嗯！——事情倒是小事情，不过，我却被弄糊涂了，亲爱的。我心里老觉得不能忘记，”他两只手转过来又转过去，并且目不转睛地盯着两只手，“不能——嗯！——不能，过我这样的生活，我总是一副可怜相，有事情要求这些人，一天到晚都得靠他们。”

她手臂放在他的肩上，然而，他说话的时候她并没有注意他的脸。她俯下身子，眼睛却望着别处。

“我——嗯！——我不明白，艾米，什么地方得罪了奇弗利。他一般都是很——很礼貌的，很尊重人家的。可是今天晚上他很——很不愿跟我多说话。那里别的人也是这样！噢，天哪！我要是得不到奇弗利跟他的同事的支持，得不到他们的称赞，会饿死在这里的。”

他说话的时候，两只手一忽儿摊开一忽儿又捏拢，像两片阀门一样；老觉得有那种耻辱感，弄得他畏畏缩缩，自己也不知道自己在说些什么了。

“我——呃！——我总不明白那是什么缘故。我的确想不通那是什么道理。过去这儿有一个叫杰克逊的，一个名叫杰克逊的看守(我看你记不起来了，亲爱的，那时候你很小)，他——嗯！——他有一个——兄弟，这个人的——弟弟向——向我们有一个狱中人——相当有名的狱中人，可以说是非常有名的人——不是他的女儿，是妹妹——献殷勤——至少，还不能说是献殷勤——而是钦佩——很钦佩。这个有名的狱中人名叫马丁上尉；他向我讨教一个问题，问我他的女儿——他的妹妹——因为对那个弟弟太——呃！——太坦白，结果担着把那个看守哥哥也得罪的风险，这样做是不是犯得着。马丁上尉是一个有教养的人，很有自尊心的人，我请他先说说他——他自己的想法。马丁上尉(他在部队里很受人敬重)毫不犹豫地说，他好像觉得他的——嗯！——妹妹并没有发现那个年轻人有什么很明白的表示，好像是她在启发他——我也记不清马丁上尉是不是的确是说启发他；其实我看他是说为了她爸爸——要说哥哥才对——的缘故，她也将就了。我一点儿也不知道怎么说着说着，会说到这件事情上去了。我想，大概是因为我弄不明白奇弗利怎么会这样的缘故；不过，说到两边的关系，我看也没——”

他的话说到这里中断了，仿佛她忍受不了听他诉说带来的痛苦，她慢慢地伸过手去，捂住了他的嘴巴。一时间房间里寂然无声，他一动不动地在椅子里缩作一团，她仍旧挽着他的脖子，并将头伏在他的肩膀上。

一只长柄煮锅放在炉子上，里面是他的晚餐，她站起身来，去把煮锅里的晚餐替他盛好，端到餐桌上摆起来。他坐在自己通常坐的地方，她也坐到自己通常坐的地方，这样他便吃起来。这时候他们还没有彼此瞧过一眼。他一点一点地开始吃了；他重重地放下刀与叉，又猛然抓起来，啃了一口面包，仿佛面包得罪了他，还有其他一些类似的动作，可见他心里烦躁了。最后，他把菜盘子一推，大声嚷嚷起来。而且是莫明其妙地语无伦次。

“我吃也好，饿也好，那有什么关系？像我这样的倒霉日子活到头了，是现在，是下个星期，是明年，那有什么关系？我对人家有什么用处？一个可怜的犯人，靠人施舍，靠残羹剩菜活命；一个贫穷、丢脸的可怜人！”

“爸爸！爸爸！”见他站起来时，她在他面前跪下了，向他伸出了双手。

“艾米，”他又说道，并竭力抑制自己的声音，剧烈地颤抖着，怒不可遏地看着她，仿佛他发疯了。“我告诉你，要是你也能像你妈妈一样了解我，你就不会相信那就是你隔着铁笼子才看到的那个人了。那个时候我很年轻，很有才干，很英俊，完全依靠自己——上帝啊，我是那样的呀，孩子！——出人头地，人人眼红。见了我眼红哪！”

“亲爱的爸爸！”她试图按住他那只在空中挥舞的手臂，可是他挣扎着，把她的手甩开。

“我要是那个时候有一幅画像，管它画得怎样不像，你总也可以感到骄傲，你可以感到骄傲。可是，这种东西我一幅也没有。就让人家拿我作前车之鉴吧！谁也别忘了，”他激动地说道，同时用憔悴的目光环顾四周，“要知道他过去的走运和体面，那么总得保存下来一点东西，让他的子女根据那点线索能知道他过去是个怎么样的人。除非我死了以后，这张脸又回到早已不存在的那个模样——听人家说是有这种事情的，我不知道——否则我的子女决不可能知道我是个什么模样的人。”

“爸爸，爸爸！”

“啊，蔑视我，蔑视我吧！别过脸去，不要望着我，别听我说话，别让我说话，为我脸红，为我大哭——你也这样，艾米！这样对待我吧，这样对待我吧！我自己也是这样对待自己了！我现在心肠也硬了，落到这么个地步了，还老是管这些干什么。”

“亲爱的爸爸，我的好爸爸，我心爱的爸爸！”她用两只手臂紧紧搂着他，使劲拉住他又坐下来，并抓住他挥起来的胳膊，要让它挽在自己的脖子上。

“别动了，就挽住我的脖子吧，爸爸。看着我，爸爸，亲一亲我，爸爸！就想一想我吧，爸爸，就一会儿！”

他依然是那个疯疯癫癫的样子，只是渐渐地忍不住悲哀地低声哭起来。

“不过我在这里还是很受人敬重的。我起来抵抗，顶住了它。我并没有被彻底打垮。你到外面去问一问，谁是这里的首要人物。他们会说，就是你爸爸。你到外面去问一问，谁决不可怠慢，谁总是受到无微不至的关心。他们会说，你的爸爸。你到外面去问一问，从这里到大门外面，谁的丧礼（这肯定要在这里办了，我知道不可能是在别的地方的）会引起更多的议论，也许叫人更加伤心。他们会说，你爸爸的丧礼。行了。艾米！艾米！你爸爸是到处被人瞧不起的吗？他就没有什么东西可以补救了吗？除了他的落拓、败落，你就记不得他有别的什么了？他入土之后，一个可怜的被抛弃的人，入土之后，你对他就不会有什么感情了吗？”

他老泪纵横，感伤地可怜起自己来，最后不再反抗，由着她搂住自己，任凭她体贴，把他灰白的头贴住她的面颊，为他的不幸而悲痛。不一会儿，他因想起了别的事情又恸哭起来。他抓住她搂着的双手，大声道，啊，艾米，失去了妈妈、孤苦伶仃的孩子！啊，这些年来只见她为他细心照料、辛苦劳累！然后他又为自己而恸哭，无力地对她说，假如她能看到他是现在已消逝的那个模样，她会更加热爱他，他也就可以把她嫁给一位绅士，那个绅士也会因为她是他的女儿而感到自豪，而且（说到这里他又大哭起来）她会骑着自己的马儿，与她的慈父并行，人们（实际上他指的是给了他现在已经放进衣袋里的十二先令的那些人）怀着敬意，在尘土飞扬的道路上跋涉。

就这样，他时而沾沾自喜，时而悲观失望，然而无论是悲还是喜，他始终是个身陷囹圄之人，浑身冒着监狱的腐败气息，灵魂沾染了监狱的污秽，在他亲爱的孩子面前展示出他业已堕落的面貌。除了她，谁也不曾见过他的屈辱表现得如此淋漓尽致。刚才在门房听过他的讲演的狱中人，现在正在房间里嘲笑他，对于那个星期日之夜马夏尔西狱黑暗的画廊里展示的是一幅多么严肃的图画，他们并不怎样关心。

过去有一位最孝顺的女儿——也许——她像她母亲照料她那样，照料身陷囹圄的父亲。①小杜丽，她尽管是并非英雄的现代人的后

---

① 西拉库斯（意大利西西里岛东南部一港口，公元前七三四年为迦太基人建立的古城）国王伊凡德被囚禁，其女儿尤弗拉西娅用自己的乳汁喂父亲。

裔，而且只是个英国人，然而，她远远超过了古人，用自己天真无邪的胸脯安慰她父亲那颗破碎的心，倾注了一股爱与忠贞之泉，在她父亲这些饥饿的岁月里，这爱与忠贞之泉从未干涸，从未衰竭。

她用言语抚慰他；请求他宽恕，倘若她没有（或者似乎没有）尽到做女儿的本分。她说，即便他是命运的宠儿，并为世人所公认，她对他的尊重也不可能比现在还甚，这真是老天也承认的。他的眼泪干了，他不再因软弱而抽泣，同时也不再有那种耻辱感，又恢复了常态。这时，她重新热了剩下的晚餐，在他身边坐下来，欣喜地看着他吃菜、喝酒。因为，此刻他坐在那里，头戴黑色立绒帽子，身穿灰色旧睡衣，又显得那样地高尚；而且，倘若此时哪个狱中人登门求教，他必定俨然是一位大道德家契斯特菲尔德勋爵①式的人士，即马夏尔西狱伦理礼节大师。

为了不使他重又陷入悲痛，她与他谈论起他的衣着来；说到衣着，他兴致勃勃地说，对啦，真的，她说的那些衬衫非常称心如意，因为他的那几件都已破旧，而且买的是现成的，都不合身。由于此时他兴致正浓，又正处于正常的心境，他就指着门后面挂着的外套对她说：倘若马夏尔西狱之父穿着袖子已经磨破的衣服到狱中人当中去，他便给那些衣着原就邋遢的狱中人树立了一个不修边幅的坏榜样。他还抬起脚来指着鞋跟说了一句笑话；不过，说到领结，脸色便一本正经了，同她说定，等到她有钱了，一定要替他买新的。

他安安静静地抽着雪茄，她则替他铺好床，把狭小的房间整理干净，让他休息。由于此刻夜已经深了，也由于刚才心情悲哀、情绪激动，他这时感到疲惫不堪，就推开椅子站起来，为她祝福，祝她晚

① 契斯特菲尔德勋爵（Lord Chesterfield，1694—1773），英国政治家、作家。他的《家书》（1774）提出了老于世故的训诫。

安。在这段时间里，他一回也没有想过她穿的衣服，她穿的鞋子，她需要的什么东西。除了她自己，天底下再也找不出第二个人来，对她所缺的东西会那样不放在心上。

他亲了她许多回，也说了许多遍“祝福你，亲爱的孩子。晚安，亲爱的孩子”。

然而，由于她看到了他那个模样，她那颗善良的心遭受到那么深的创伤，因此，她很不愿意把他一个人撇下，生怕他又陷入悲哀、绝望。“亲爱的爸爸，我不累；您上了床，我马上就回来好了，坐在您的床边。”

他流露出保护人的神气，问她是不是觉得孤单冷清？

“是的，爸爸。”

“那你一定要来，我的孩子。”

“我不会有一点声响的，爸爸。”

“别为我操心了，孩子，”他说道，非常和蔼地一口答应了。“那一定要来。”

她回来时见他似乎已打起盹来，她于是拨弄了一下微弱的炉火，轻手轻脚的，免得把他惊醒。可是他还是听见了声音，问是谁在那里？

“就艾米一个人，爸爸。”

“艾米，孩子，你过来。我想同你说句话。”

她跪在床前凑过脸去，他就在低矮的床上抬起身来，并伸出手来让她用两手握住。啊！此刻他心中百感交集，既是一家之主，又是马夏尔西狱之父。

“我的心肝宝贝儿，你在这儿可吃够了苦啦。没有一个伴儿，没有一点儿消遣，恐怕只有许多的忧虑，是吗？”

“别想那些，爸爸。我从来也不觉得怎么样。”

“你知道我的处境，艾米。我没法子为你操点儿心；不过，我能办到的，我都办了。”

“我知道，亲爱的爸爸，”她答道，并且亲了他一下。“我明白，我明白。”

“我在这儿已经是第二十三个年头了，”他说道，并突然顿了一下，那不是什么抽泣，而是无法抑制的对自己加以肯定的声音，倒是一个高尚意识的瞬息间的迸发。“为了我的孩子们我已经尽心竭力了——我是这么尽了力啦。艾米，我的宝贝，你们兄妹三人，我是最喜欢你的；我心里想的总还是你一个人——不管我为你尽了什么力，亲爱的孩子，我总是有什么给什么的，没有一句怨言。”

只有明了如何探索各色各样人的心灵与奥秘的贤哲之士，才能把握一个人，尤其是像这样一个落拓的人，会自欺欺人到何种程度。就目前状况来看，那也已经够了。他躺下来，两眼湿润，心境平和，样子庄严，而他那落拓的一生，仿佛是一份遗产，已经留给了他心爱的女儿，苦难的生活如此沉重地压迫着她，也只有她的爱才能拯救他，使他有了即便是现在这样的景况。

那孩子没有丝毫疑虑，也从来未曾有过疑问，因为，她是知足常乐，是不会看到他头上的光环的。可怜的爸爸，善良的爸爸，最忠诚、最和蔼、最亲爱的爸爸，这些字眼便是她劝他安静歇息时说的，并没有别的话。

那一夜她并不曾离开过他。仿佛她做了一件亏心事，虽怀着深切的爱，也无法弥补那过错，他入睡了，她还坐在床边，间或屏住呼吸轻轻地吻他一下，悄声地用亲昵的话呼唤着。她间或站到一旁，免得挡住微弱的炉火，炉火映照了他沉睡时的脸，她注视着，心中纳闷，此刻他是否就是过去走运、幸福时候的模样；因为，他曾作过想象，到那个骇人的时光他有可能会恢复过去的模样，这想象如此深深地触动了她的内心。一想到那个时光，她又在他床前跪下来，心中祈祷，“哦，免他一死吧！哦，就让他留在我身边吧！哦，瞧一瞧我亲爱的爸爸，受尽苦难、遭受厄运、今非昔比的最最亲爱的爸爸！”

只是到了东方发白，使他有了庇护、有了勇气的时候，她才最后吻了他一下，离开了狭小的房间。待到她蹑手蹑脚下了楼梯，穿过空荡荡的院子，爬上自己的阁楼时，大墙外面没有炊烟的屋顶与远处乡间的小山，在清净的晨光中已经依稀可辨。她轻轻推开窗子，朝东方望着底下的监狱院子，大墙上的尖铁已经染红了，旭日喷薄着升上天空，那些尖铁便在阳光中显现出紫色的图案。尖铁可从未曾显得如此般尖锐、冷酷，铁栅也从未曾显得如此般沉重，监狱的区域也从未曾显得如此般郁闷、窄小。她想象着波涛翻滚的河川上的日出，想象着辽阔大海上的日出，想象着优美多姿的景色中的日出，想象着百鸟苏醒、林木呼啸的大森林中的日出；她低头俯视那旭日普照的活人的坟墓，那里有她的父亲，他度过了二十三个年头，于是她心头的悲伤与怜悯迸发了，她说道：“没有，没有，我一生中从未见过他！”

第二十章

出入上流社会

倘若小约翰·奇弗利有写一篇讽刺家世自豪感的文章的意愿，并且有这样的能力，他大可不必撇开他那心爱者的家庭，另去寻找一个报复的实例。他可以在那个豪侠的哥哥与娇美的姐姐身上，找到充分的说明。他们如此沉溺在平庸的经历中，又对他们家的姓氏表现出如此的高傲感；如此不假思索地向最贫穷的人乞讨或借用，谁的面包都吃，谁的钱都用，谁的杯子拿起来便喝，喝完又摔掉。他们是一生中自始至终都要乞求家世体面的骷髅幽灵来吓唬他们的恩主的，倘若能画出他们一生中的肮脏事实，那将会使小约翰成为第一流的讽刺家。

梯普出狱之后倒也颇有出息地当了一名弹子戏记分员。至于他是怎么被释放的，他也真懒得去问一问，因此，克莱南其实也大可不必花大力气去向普罗尼希先生一再强调这个问题。不管是谁向他表示敬意，他总是毫不踌躇地以他自己的敬意来接受那样的敬意，事情亦便到此为止，没有了下文。事情便是这么简单，他也从监狱大门出来，转身便当了一名记分员。现在偶尔见他光临监狱九柱戏场地，身穿一件绿色紧身长外套（旧货店买的），耀眼的领子，锃亮的纽扣（崭新的），喝狱中人的啤酒。

这位先生放荡不羁的性格中，有一点是毫不动摇的。那便是他尊重、钦佩他的妹妹艾米。这样的感情并没有促使他解除妹妹哪怕是一刻的不安，也从没有为她起见而行为有所约束或收敛；然而，尽管他的爱打着马夏尔西狱的那种烙印，他仍然是爱妹妹的。他清楚地领悟到，她牺牲自己的生活是为了父亲，至于她为他本人所尽的心，他从不曾想过，在这两个方面，那同一种浓重的马夏尔西狱的色彩，是清晰可见的。

这位血气方刚的年轻人，以及那位姐姐，是从什么时候起有意地搬出那家庭骷髅①，来吓唬那些狱中人的，本故事倒也说不准，也许约摸是在他们开始吃起监狱施舍的救济来的时候。毋庸置疑，他们越是生活困难、经济拮据，那骷髅越是会大模大样地从坟墓里走出来；当那颇为寒酸的东西行将出笼的时候，那骷髅每每总要出来可怕地炫耀一番的。

星期一早晨小杜丽起得迟，因为她父亲起得迟，起身之后便要准备他的早餐，整理他的房间。但是，她没有约定要出去干活，因此，她便呆着不走，一直陪在他身边，呆到她找到玛吉作帮手，把他房间里的一件件东西都整理妥当，目送他下楼作晨间散步（二十码左右），然后到咖啡馆去看报时为止。她这时才戴上宽边女帽外出：因为早已急着快一点外出。与往常一样，见她经过门房外出时，那里的闲谈便会中断；一位熟悉情况的狱中人这时便会用胳膊肘碰碰一位星期六夜里刚进来的狱中人，暗示道："你看。她来了！"

她是想去看看姐姐的，可是待到她走到克利泼尔斯先生的学校时，她才知道姐姐与叔叔已经到他们受雇的剧院去了。因为路上她就曾想到可能会碰不上他们，并且想好了要是碰不上便找到剧院去，于是，她又迈开双脚，朝剧院走去。剧院也在河的那一边，路并不远。

小杜丽几乎说不出剧院是什么样的，就同她说不上金矿是什么样的一般。经人指点，她找到了一扇鬼鬼祟祟的门，那门有一种彻夜洞开的奇特气氛，而且那门似乎也自惭形秽，躲藏在一条小巷内。这样

① 英语所谓"家庭骷髅"应作"家丑"解。

到了门口，她踌躇了，不敢往里面走；而且她看见门口还有六七个胡子刮得光光的人闲坐着，帽子戴得也非常奇怪，那模样与狱中人也没有什么不同①，这般光景更叫她不敢走进门去了。不过既然觉得与狱中人没什么差别，她便上前向他们询问起来，说是要找杜丽小姐。经她这么一问，他们让开路来，让她走进一间黑洞洞的大厅——要说这大厅像个什么东西，倒可以说还是像一盏熄灭的污秽的大灯——大厅里她可以听见远远的有音乐声与跳舞的脚步声。有一个太不透风，身上都长了蓝色的霉的男人，像一只大蜘蛛一般，坐在角落的窟窿里看着这个黑洞洞的地方；他告诉她，一有小姐或先生过去，他便叫她或他带口信给杜丽小姐。一位小姐走过来，她手里拿着一卷乐谱，乐谱一半塞在暖手筒里，一半露在外面。她头发那样乱蓬蓬的，衣服又是那样乱七八糟，仿佛倘能将她熨得平直一点便是替她做了一件大好事一般。不过，她人倒很和气，并且说道："跟我来；我马上就把杜丽小姐给你找来。"杜丽小姐的妹妹听她这么一说，便紧跟着她，在黑暗中一步一步地摸索，一点一点走近发出音乐声与跳舞的脚步声的地方。

最后她们走到了飞扬的尘土当中。尘土中有许多人来来往往，还有各种各样说不出是什么形状的柱子、隔板、砖墙、绳索、滚筒，都是那么乱糟糟的，煤气灯光和日光是那么混乱地交杂在一起，她们真好像是来到了宇宙图案的反面似的。小杜丽一个人站在那里，一直有人撞在她身上，就在这个时候听到了她姐姐的叫喊，她目瞪口呆了。

"哟，上帝呀，艾米，你怎么跑到这儿来了！"

"我想来看看你，亲爱的芬妮；我明天要出去一整天，又知道你今天会整天忙着，我想——"

---

① 失业的演员，在等着上场去跑龙套。

“真没想到，艾米，你会跟在后面！我可从来没想到！”她姐姐一见面便说着这种很不客气的话，同时领着她走到了尘土飞扬的场地中稍空的地方。那里堆满了各种金椅子和金桌子，还有许多小姐随便找个东西坐着，嘁嘁喳喳地说着闲话。这些小姐一个个都该熨一熨，一个个一面说着闲话，一面都非常奇怪地东张西望。

姐妹俩刚走到这里，一个戴苏格兰帽的令人生厌的小伙子从左边的一根柱子探出脑袋来，说道：“小姐们，你们声音轻一点！”说完便不见了。紧接着，一个留着一头黑长发的活泼的先生，从右边的一根柱子探出脑袋来，说道：“亲爱的，你们声音轻一点！”说完也不见了。

“你跑到这些职业演员里面来，艾米，我真连想都没有想过！”她姐姐说道。“嗐！你怎么找到这儿的？”

“我也说不清。告诉你说我在这里等着的那位小姐人真好，是她带我进来的。”

“不声不响的，可真有两下子！我看你呀，哪里都会去。我可没这个本领，艾米，尽管我世面见得比你多。”

她是一个平平常常干家务的小丫头，不像别人有那些重大和正经的经历，把这一条定为家法已经是这个家的习惯了。这一家世的虚像即坚持家世尊严，反对她所做的事情。对她做的事情并不能过分看重。

“行了！你是想要说什么事呢，艾米？当然你总有什么事要说的，是我的事吗？”芬妮问道。她说起话来仿佛她这个比她小两三岁的妹妹，就像一个老把人看扁的奶奶似的。

“也没什么大事情；不过，你同我说起过那个送你镯子的太太，你——”

那个令人生厌的小伙子从左边那个柱子探出脑袋来，说道：“注

杜丽小姐和小杜丽

意了，小姐们！”说完便不见了。那个留着一头黑长发的活泼的先生从右边的那个柱子探出脑袋来，说道：“注意了，亲爱的！”说完也不见了。这时候小姐们一个个都站起来，开始抖起身后的裙子来。

“说呀，艾米，”芬妮说道，也像别的小姐一样抖了抖身后的裙子；“你是要说什么？”

“打从你同我说过有位太太送你一个镯子，你给我看过以后，芬妮，我总有点为你担着心，真的想再问问清楚，要是你肯告诉我的话。”

“好了，小姐们！”戴苏格兰帽的小伙子说道。“好了，亲爱的！”留黑长发的先生说道。她们都一下子不见了，音乐声与跳舞的脚步声又响起来了。

小杜丽在一把金椅子上坐下来，突如其来的这些打岔的声音弄得她头晕。她姐姐与别的小姐消失已经好长时间了；她们走后，只听见一个声音（听起来像是那个留黑长发的先生的声音）随着音乐的节奏不停地喊着：“一，二，三，四，五，六——跳！一，二，三，四，五，六——跳！站稳了，亲爱的！一，二，三，四，五，六——跳！”最后，那声音停下来，她们都又走出来，多少有点儿气喘，用披肩裹着身子，准备到街上去。“等一会儿，艾米，让她们先走吧，”芬妮轻声说道。很快便剩下她们俩；那个时候，也没有什么更加重要的事情了，只听见那个小伙子从原来的柱子后探出脑袋来，说道：“明天大家十一点钟到，小姐们！”那个留黑长发的先生从原来的柱子后探出脑袋来，说道：“明天大家十一点钟到，亲爱的！”两个人还是各自习惯的腔调。

待到只剩下她们两个人的时候，有什么东西卷起来，或者是用别的办法搬走了，于是她们面前出现了一个空荡荡的大井孔。只见芬妮朝井底喊道：“喂，叔叔！”小杜丽这时候眼睛已经适应了黑暗，模模糊糊看出了井底的叔叔。她见叔叔站在一个阴暗的角落里，他的乐器就装在破烂的盒子里，夹在腋下。

从这个老人的神情看来，仿佛远处那些高高的露出一条条狭长天空的楼座的窗，便是他运气尚好的那一点，他从那里开始下降，渐渐地，落到了深坑的底部。许多年来，他每周要在那里呆上六个夜晚，然而，人们从未曾见过他的眼睛移开过乐谱，还打包票说他从未看过一出戏。这里有不少传说，说他连那些普普通通的男主角与女主角也认不出来；滑稽戏演员为了打赌，有多少个夜晚用尽噱头，朝他装“怪相”，可他纹丝不动。剧院里的木工有一句笑话，说他人死了还不知道是怎么回事；常来光顾这个深坑的人说他一辈子都在乐池里度过，不管是白天还是黑夜，不管是星期日还是别的什么日子。他们曾试过几回，隔着栏杆递过几撮鼻烟给他，对这一好意他总是表示感谢的，从他刹那间显现出来的举止态度看来，仿佛绅士风度仍然依稀可辨：除此以外，随便什么时候，他只关心乐谱上标明哪里是单簧管吹的，别的事情他从来不去过问；在他个人的生活中，单簧管是用不上的，他也便什么份儿也挨不到了。有人说他穷，有人说他是富有的守财奴；然而他什么也不说，低垂的脑袋从不抬起来，拖着两腿走路的姿势一点不改，从不让那没有弹性的脚离开地面。尽管这时候他等着侄女来喊他，然而他的侄女喊了他三四遍他才听见；看见来的不是一个侄女，而是两个，他也并不感到意外，只是声音颤抖地说道：“我就来，我就来！”然后顺着一个散发出地窖气息的地下通道钻过去。

“这么说，艾米，”她姐姐说道，这时他们三人已经从门里出来，就是那扇总觉得难以为情，与别的门不一样的门，叔叔本能地挽起艾米的胳臂，觉得那是靠得住的胳臂；“这么说，艾米，你想知道我的事啰？”

她漂亮，因此沾沾自喜，颇有点卖弄的神情；然而，她倒还谦和，并没有因为既有美姿又见过世面而显得高人一等，同她妹妹仍可以说是平等相待，这谦和之中便有很多的家世因素。

“凡是与你有关的事，我都关心，芬妮，都挂念。”

“那是的，那是的，你是最好的艾米。我要是真有点让人心烦的话，我可以肯定，你会觉得，有了我这样的地位，又觉得自己超出了这个地位，这是多么了不起呀。我不管，”马夏尔西狱之父的女儿说道，“是不是人家也不很平常。他们谁也没像我们这样败落的。他们都呆在自己的那个地位上。平平常常。”

小杜丽和善地瞧着说话的人，但没有打断她的话。芬妮掏出手绢，气呼呼地揩着眼睛。“我不是出生在你出生的地方，你知道，艾米，也许这样一来事情就不一样了。亲爱的妹妹，我们把叔叔打发走以后，你什么都可以知道了。我们把他带到菜馆里去，他要到那里去吃饭。”

她们同他一起一直走到了一条肮脏的街上一个肮脏的橱窗跟前，肉、蔬菜、布丁的腾腾热气到处弥漫，橱窗几乎已经不透明了。然而，街上的人仍然能窥见放在盛满了肉汁的铁盛器里的一条烤猪腿，上面撒着洋苏叶与洋葱；窥见类似的盛器里一块油腻的烤牛排和冒着泡泡的滚热的约克郡布丁；窥见切得很薄的夹心小牛肉片；窥见一个火腿刚切去一片又冒出油来；窥见一个浅缸里装满了烘土豆，一个个都粘在一块儿；窥见一二束煮青菜，以及别的丰盛美食佳肴。菜馆的店堂内用几块木板隔开，隔板后面有些顾客在寂寞地往嘴里塞着刚买的菜肴，他们觉得把食物装在肚子里，比起拿在手上带回家去方便得多了。他们望着那一样样菜肴的时候，芬妮打开手提网袋，从里边摸出了一个先令，递给叔叔。叔叔眼睛并没有看那枚东西，不过，没多一会儿他便猜到了，口中喃喃道：“吃菜？哈，对，对，对！”说罢便慢慢吞吞地走进去，消失在腾腾热气里面。

“来吧，艾米，”她姐姐说道，“跟我来，要是你还走得动，到坎汶迪希广场哈莱大街[1]去。”

她随口说出这个有名的地址的神气，以及她那顶新宽边女帽(这帽子轻纱似的，其实并不实用)的一晃，真使她妹妹惊讶；不过，她说愿意到哈莱街去，说罢她们朝那个方向迈开了双脚。

她们到了那个豪华的目的地，芬妮找到了一座漂亮的房子，敲了敲门，说是要找莫多尔太太。出来开门的男仆虽然头发涂了粉，他背后还有两个男仆，也涂了发粉，然而他不但说莫多尔太太在家，还请芬妮进屋。芬妮跨进门去，拉着她妹妹；她们走上楼梯，前面有发粉领着，后面的发粉留下来，就这样进了一间宽敞的半圆形客厅。客厅有好几间，这一间里挂着一只金鸟笼，鸟笼外一只鹦鹉用嘴咬住鸟笼，两条多鳞的腿倒悬空中，做出种种奇怪的倒立姿势。人们见过完全不同的别种鸟抓在金丝上的时候也会做这种动作。

这个房间比小杜丽想象中的什么房间都华丽得多了，其实谁见了都会觉得它奢华的。她惊讶地望着姐姐，真想问她一句话，可是芬妮朝她皱起眉头提醒了一下，指了指连接另一间房间的挂了门帘的通道口。紧接着，那门帘动了一下，一位夫人用戴满了戒指的手撩起门帘，走进客厅，又把门帘放下。

这位夫人的年轻与姿色并非出自自然之手，她的年轻与姿色乃是出自女仆之手。她，一对大而无情的漂亮眼睛，黑而无情的漂亮头发，宽而无情的漂亮的胸脯，作了一番精心细致的打扮。她扎了一条束发带，从头上绕到下巴，也许她是得了感冒之故，也许是束发带与她的脸庞相称之故。瞧她那下巴，仿佛照放肆的话来说，是男人的手肯定从来没有“捏”过一下的，倘若确有这样的无情的漂亮下巴，那便是这个被那条镶边的箍扎得那么紧绷绷的下巴了。

---

① 伦敦一条名医集中的街道，维多利亚王朝后期成为医学中心。

芬妮和小杜丽拜访莫多尔太太

“莫多尔太太，”芬妮说道。“我的妹妹，太太。”

“见到你妹妹我很高兴，杜丽小姐。我不记得你还有一个妹妹。”

“我没有说起过我有个妹妹，”芬妮说道。

“哎！”莫多尔太太屈起左手的小拇指，仿佛是说，“我早看出来了。我知道你没提起过！”（她凡有动作都是用左手做的，因为她两只手并不配对；两只手中左手白净得多，也胖得多。）接着她又说道：“坐。”然后自己便在一张长榻上妖艳地躺下来。长榻就在靠近鹦鹉的地方，上面放了一套大大小小深红色与金色的垫子。

“也是个职业舞蹈演员吗？”莫多尔太太拿起一个单片眼镜望着小杜丽，说道。

芬妮回答说不是的。“不是，”莫多尔太太放下眼镜说道。“没有职业舞蹈演员的样子。讨人喜欢；可是没有职业演员的样子。”

“太太，我妹妹，”芬妮说道，在她身上可以看出敬仰与傲慢交杂的奇怪神情，“因为是姐妹，她一直要我告诉她，我怎么会有幸认识您的。我本来就说好了要再来见您一回，我想我就自作主张，把她带来，这样也许您可以同她说一说。我希望她能知道是怎么回事，也许您也愿意说给她听听的。”

“你觉得，你妹妹这年纪——”莫多尔太太提醒了一句。

“她其实比看起来年纪大多了，”芬妮说道，“跟我差不多。”

“上流社会，”莫多尔太太说道，同时小拇指又屈了一下，“对年纪轻轻的人太不好说（其实对大多数的人都不大好说），所以，你这么一说，我听了倒很高兴的。我希望，上流社会不那么专断，我希望它不那么苛求——鹦哥，住嘴！”

鹦鹉非常尖厉地叫了一下，仿佛它的名字就叫上流社会，仿佛它认为应该苛求。

“可是，”莫多尔太太又说，“事实是这样我们也只好这样啦。我们知道它是虚假的，形式的，追求名利的，非常吓人，可是，除非我们做了热带海岛上的野人（我要是做了小野人才哆呢——听说住在那儿很有意思，气候也宜人），否则我还得去求它。这也是命该这样。莫多尔先生他是个做大生意的人，他有大宗的买卖，他的财富和影响也是很广大的，可就连他——鹦哥，住嘴！”

鹦鹉又厉声尖叫了一下；它把话接得那么连贯，于是莫多尔太太也不必再把话说完了。

“既然你姐姐恳求我，说说让她觉得非常光彩的情况，”她又说道，这一回是对小杜丽说的，“借此结束我们两人个人之间的交往，我就不能拒不同意她的要求啦，那是一定的。我有一个儿子（我第一次结婚时还很年轻），二十二三岁。”

芬妮双唇紧闭，两只眼睛有点洋洋得意地望着她的妹妹。

“一个二十二三岁的儿子。他有点放荡，年轻人这种事情，上流社会是见得多的，他也很容易动感情，也许这个毛病他是遗传的，我自己就是生来很容易动感情。都是最懦弱的人。我的感情会一下子激动起来。”

这番话，还有别的，她说得像个雪人那样，都是冷冰冰的；说话的时候把她们姐妹俩都忘记了，偶尔才记起来，明显地是在跟抽象的上流社会说话。考虑到上流社会起见，她间或还理一理衣服，有时还把躺在长榻上的身体挪动一下。

“所以说他是很容易动感情的。当然，如果我们在自然的状态下，那也算不得什么倒霉的事，可是我们并不是处在自然的状态下。当然，这也真叫人伤心的，特别是我自己觉得伤心。我嘛，只要能有办法，就可以证明一下我是个自然的孩子；不过，的确是这么一回事。上流社会压制我们，支配着我们——鹦哥，住嘴！”

鹦鹉用弯嘴拧了拧鸟笼的几根横木，并伸出黑舌头舔了舔之后，突然迸发出一阵大笑。

“对你这样有头脑、见识广、有教养的人，我也不必多说，”莫多尔太太说道，躺在深红色与金色的大小垫子上——说着便拿起单片眼镜以便帮助自己恢复记忆，自己是在与谁说话，——“舞台对那种性格的年轻小伙子有时是很有魅力的。我说舞台，那是指舞台上的女人。因此，当听说我的儿子恐怕是被一个跳舞的迷住了，我心里就明白，那在上流社会通常是什么意思，总以为她是歌剧院里的舞蹈演员，因为出入上流社会的年轻小伙子往往进了歌剧院便被迷住了。”

她那两只白净的手上下揉着，此刻倒是留神着那姐妹俩；手上的戒指相互摩擦，发出粗糙的声音。

“你姐姐也会告诉你的，在发现那是个什么剧院的时候，我大吃了一惊，心里感到非常难受。可是，当我发现你姐姐一面拒绝了我儿子的殷勤(我要补充一句，她是用非常意想不到的方式拒绝的)，一面反倒勾引他向她提出结婚的要求的时候，我心里非常痛苦——刀割似的。”

她用手指顺着左眉摸索，并将眉毛理平整。

“我心烦意乱，那是只有做母亲的——出入上流社会的母亲——才很容易犯的毛病。在那种情况下，我决定亲自到剧院走一趟，向那个跳舞的说说我心里的想法。我向你姐姐说明了身份。叫我感到吃惊的是，我发现她在许多方面都跟我预料的不一样；当然别的倒也没有什么，可是她见了我就表现出——我说什么好呢？——是不是可以说她身上有一种维护家世尊严的样子？”莫多尔太太笑起来。

“我同您说过，太太，”芬妮说道，脸涨得通红，“尽管您知道我处在这样的环境中，但我比别人要高贵得多，因此我觉得我的家世跟您儿子的家世是一样高贵的；我说过，我有一个哥哥，他要是知道这些情况，也会这样说的，不会把有这样的亲戚看作是什么光彩的。”

“杜丽小姐，”莫多尔太太透过眼镜冷冰冰地望了望她之后说道，“那正是我根据你的请求就要同你妹妹说的。你把当时的话回忆得那么准确，抢先了一步，我得谢谢你。我马上，”她对小杜丽说道，“(因为我是一个好动感情的人，)从手臂上拿下一个镯子，要你姐姐让我把它戴在她的手臂上，表示我的喜悦，我们能够在当时可以说是共同的基础上，来交换对这个问题的看法。”(这件事倒是千真万确，这位太太来剧院找人的路上买了一件廉价而又好看的东西，心里已有了打算，要笼络人心。)

“我还同您说过，莫多尔太太，”芬妮说道，“也许我们是不幸的，但是我们并不卑贱。”

“我看，是这个话，杜丽小姐，”莫多尔太太表示同意。

“我还同您说过，莫多尔太太，”芬妮说道，“要是您跟我说起了您儿子在上流社会有很高的地位，那么您在猜想我的出身的时候有点自己骗自己就不大可能了；我说过，我父亲的地位，即使是在他现在出入的上流社会(至于什么样的上流社会，还是让我一个人知道为好)，也是非常高的，那是一致公认的。”

“说得很对，”莫多尔太太接话道。“记忆力真令人佩服。”

“谢谢您，太太。也许您可以向我妹妹说说其余的事情。”

“要说的也只不过很少几句话了，”莫多尔太太说道，瞅了瞅那宽大的胸脯，这个宽大的胸脯对于她要有足够宽的地方容纳她的无情似乎是至关重要的，“不过，也是为了你姐姐的面子。我把明摆着的事情都同你姐姐说过；她出入的上流社会——虽则也可爱，我也不否认，但要我们出入的上流社会承认它，那是想也别想了；而且局面又会非常尴尬，她那样自豪的家庭最终会处于那种局面，我们自己会迫不得已瞧不起这种尴尬局面，对于这种局面(考虑到上流社会的影响)我们也会因为嫌恶而躲避的。总而言之，我是考虑到了你姐姐那种可敬的自豪感的。”

“请您告诉我妹妹，如果您愿意，莫多尔太太，”芬妮气呼呼地噘嘴道，同时把轻纱似的帽子一挥，“我已经很荣幸地同您的儿子说过，我不想再同他说什么了。”

“呃，杜丽小姐，”莫多尔太太表示同意，“也许我以前就应该提一提这个意思。如果说我没有想起这句话来，那也许是因为我脑子转到当时的忧虑上去了，我是担心他转不过弯来，而你呢，也许还有什么话要对他说。我还同你姐姐说过——我又是指非职业演员杜丽小姐——一旦这样的婚姻实现了，我的儿子会一无所获，会变成个货真价实的叫花子的。（我说这话只是把它作为我要说的一个事实，并不是拿它来说明这话对你姐姐有过影响，要说影响只有那种审慎和合法的影响，那种影响，就像我们的人为的制度一样，在这些方面我们谁都必须受到影响。）最后，你姐姐说了些很漂亮的话，也很有胆量，我们完全谅解了，决不会出什么危险的；你姐姐也很有礼貌，同意由我到我的成衣店里挑选一两件给她，表示一下我的心意。”

小杜丽露出了难受的神色，转过困惑的脸，朝芬妮望了一眼。

“还有呢，”莫多尔太太说道，“她还答应让我有幸进行今天这一次最后的会面，大家客客气气地分手。在这样的一个时机，”莫多尔太太又补充道，并从长榻上起来，把什么东西放到了芬妮的手中，“杜丽小姐我想是会允许我用我这种平平淡淡的方式，怀着良好的祝愿，向她说上一声再见的。”

姐妹俩一齐站起来，都站在靠近鹦鹉笼子的地方；这时候那只鹦鹉用嘴啄着脚爪上抓的一把饼干，一边啄，一边吐，身体高傲地摇晃，脚却不动，似乎在嘲弄她们俩，并且突然间将身体倒挂，借助它那无情的嘴与黑舌，在全鸟笼的外边绕了一圈。

“再见啦，杜丽小姐，请接受我的良好祝愿，”莫多尔太太说道。

"要是我们能够见到千福年[①]，或者跟千福年差不多的太平盛世，我个人便可以认识许多又可爱、又有才华的人，不过，我现在却没有这个福气。我就喜欢一种比较原始的社会。过去我念书的时候，常听说一首诗，诗里写的是，瞧那可怜的印第安人，他那什么的心灵[②]！如果几千个出入上流社会的人真可以去当印第安人，那我立即报名；不过，既然我们出入上流社会，那我们就不可能成为印第安人，真可惜——再见啦！"

她们走下楼梯，前面有发粉领路，后面还有发粉护送，姐姐是傲慢的，妹妹却是谦卑的；她们被送出了门，来到没有发粉陪同的坎汶迪希广场哈莱大街。

"哎？"她们默默地走了一阵之后，芬妮说道，"艾米，你就没话说啦？"

"哦，我不知道该说些啥！"她答道，心里难受极了。"芬妮，你当初不喜欢这个小伙子吗？"

"喜欢他？他跟白痴差不多。"

"我真觉得不是滋味——你别生气——可是，因为是你问我有什么话要说的，我真觉得不是滋味，芬妮，你怎么会让这位太太来送你东西呢。"

"你这个小傻瓜！"她姐姐说道，拉着她的胳膊使劲晃动。"你就没一点儿志气吗？可事情就是这样！你没有什么自尊心，你没有应该有的自豪感。就像你会让小奇弗利那种小人跟在屁股后面一样，"说话时带着极为鄙夷的口吻，"你会听任我们家的人被人家踩在脚底

---

① 指耶稣再亲临人间统治一千年，见《圣经·启示录》第二十章第一至第五节。

② 狄更斯此处引诗人蒲柏(1688—1744)哲理诗《人论》中一句，"什么的心灵"，诗中作"未开化的心灵"(untutored mind)。

下，也一点儿不反抗呢。”

“你可别这么说，亲爱的芬妮。我是尽力为了我们家的人好。”

“你是尽力为了我们家的人好！”芬妮重复说道，一面快步地拉着她走。“你就肯让这种女人，这种人只要你稍稍懂一点儿事就会知道的，她们要多虚伪便有多虚伪，要多无礼便有多无礼，——你难道就肯让这种女人，把一只脚踏在我们家的人的身上，反过来还要向她道个谢？”

“不肯，芬妮，我当然不肯。”

“那就要让她破点儿财，你这个低贱的小丫头。别的你能叫她怎么样？叫她破点儿财，你这个小傻瓜；用这钱给我们家的人增点光！”

她们俩一路上没有再说什么话，默默地回到芬妮与她们叔叔住的寓所。她们回来的时候，见老人在房间的角落里凄凄惨惨地练着单簧管。芬妮要做菜，有好几样要准备，既要准备牛排，又要准备黑啤酒，还要准备茶点；她气呼呼的样子，似乎就她一个人在干，其实这些事情都是她妹妹不声不响地在干。终于，芬妮坐下来又吃又喝了，吃的时候，她把餐桌上的用具拉过来、推过去的，就连面包也叫她生气，颇像昨天夜里她爸爸那个样子。

“要是你瞧不起我，”她说道，眼泪唰唰地涌出来，“就因为我是个跳舞的，那你干什么要叫我去学跳舞呢？这都是你害的。你就是要我在这个莫多尔太太面前低三下四，把腰一直弯到地上，她要说啥就让她说啥，她想怎么样就让她怎么样，我们家的人她没一个瞧得起，还当着我的面这么说。就因为我是个跳舞的！”

“噢，芬妮！”

“还有梯普，他也真可怜。她会尽说他的坏话，她爱怎么说就怎么说，谁也不会来对她说一个不字——依我看是因为他吃过官司，受过审，还有各种别的事情。嗐，那也都是你弄出来的，艾米。你至少可以说句话让人来帮他辩护。”

这个时候，叔叔一直在角落里悲凉地吹着单簧管，有时候他把单簧管从嘴里移开一会儿，离嘴大约一英寸左右，注视着她们姐妹俩，心里隐隐约约感到是有人说了什么话了。

“还有我们的爸爸，我们可怜的爸爸，艾米。因为他是不自由的，不能站出来，不能为自己辩护，你就肯让这些人肆无忌惮地侮辱爸爸。要是你因为自己到外面去干活所以不为自己想想，那你至少也该同情同情他呀，我是要这么想的，因为你知道他这么多年来受的苦。”

这一阵痛骂使可怜的小杜丽实在觉得冤枉。想起昨天夜里的事，就好像冤枉之上又加了一个带钩的刺。她没有回答，而是从桌子边转过椅子来，面朝着火炉。叔叔又停顿了一阵之后，吹响了一个凄凉的哀号声，并继续吹起来。

只要芬妮的怒气未消，她就对着茶杯、面包发泄，然后便嚷嚷起来，说她是世上最倒霉的女孩子，真不如死了的好。发泄了一通之后，她的哭又成了悔恨，并站起来，伸出两臂抱住她的妹妹。小杜丽要阻止她说话，然而，她说她一定要说，非说出来不可！于是，她一而再，再而三地说“原谅我，艾米”，“宽恕我，艾米”，语气几乎与刚才说她只觉得悔恨一样激动。

“可是，真的，真的，艾米，”当她们又亲亲热热地紧挨着坐在一起时，她说道，“我希望，我也这么想，要是你对上流社会稍微再多了解一点，你的想法就不一样了。”

“也许是会不一样的，芬妮，”脾气温和的小杜丽答道。

“不是么，你爱呆在家里，整天在那里关着也不怨，艾米，”她姐姐接着说道，渐渐地又开始摆出架子来，“我整天在外面，上流社会接触也多了，可能慢慢地变得高傲、神气——也许不该这样过分，是吗？”

小杜丽答道：“是的。哦，是的！”

“你知道，你脑子里想的是饭菜呀，衣裤呀，我脑子里想的却是我们的家世。哎，是不是这么回事，艾米？”

小杜丽又高兴地点头道：“是的。”说高兴，也只不过是高兴在脸上，心里却不怎么高兴。

“特别是我们都明白，”芬妮说道，“你那么真心真意对待的这个地方当然有一种风气，那的确是这个地方才有的风气，有了这样的风气，它的确就跟上流社会别的方面不一样了。好了，再吻我一下，亲爱的艾米，我们都会同意说我们两人可能都对，你呢，真是个文文静静、不爱出门、喜欢家的好姑娘。”

姐妹俩促膝交谈的时候，单簧管非常悲凉地哀号；但芬妮宣布该走了，她也没同叔叔明说，而是将他的乐谱一盖，从他嘴里抽出单簧管，悲凉的调子于是戛然而止。

到了门口，小杜丽与他们分手，匆匆地赶回马夏尔西狱。与别处相比，此地天色也暗得特别早，那天夜里她走进这个地方宛如钻进了一个深深的壕堑。大墙的阴影笼罩了每一件物体。她推开昏暗房间的门，那个身穿灰色旧睡衣、头戴立绒黑帽的人，朝她转过身来，他身上也一样笼罩了阴影。

“为什么不把我也罩在里面！”小杜丽心里说道，手仍旧拉着门把手。“芬妮说的也不是没有道理的。”

第二十一章

莫多尔先生的病症[1]

那庄严的宅第，坎汶迪希广场哈莱大街的莫多尔大宅之上的阴影，并非普通院墙的阴影，那阴影更不是隔街相望的别的庄严宅第的门面投下的。哈莱大街上隔街相望的两排房屋，与无可挑剔的上流社会一样，都板着脸儿，怒目瞠视。在这一点上，大宅及身居宅内的人也真那么相像，以致常见两排大宅里的人在餐桌前就座是相向而坐的，而且在各自的傲慢气氛中，表现出房屋的那种毫无生气的表情，注视着大街的对面。

忠于这条大街的餐桌前的两排人，与这条大街有多么像，这是无人不知，无人不晓的。毫无表情、千篇一律的二十座房屋，都须用同样的方式去叩门、拉铃，都有同样呆板的台阶相接，都有同一式样的栏杆圈围，都砌着同样不实用的太平梯，太平梯顶上又都是同样妨碍手脚的固定物，而这一件件都须无一例外地给予高度的评价——谁人没有在这样的环境中进过餐？面目凄然、年久失修的房屋，间或可见的凸窗，外墙涂了石灰的房屋，正面新装修的房屋，只有长方的房间的街角房屋，百叶窗放下的房屋，家族纹章永远挂着的房屋，收税人念头一闪，来登门造访，却不见有人在家的房屋——谁人没有在这样的环境中进过餐？谁也不愿要，因而贱卖脱手的房屋——谁人不认识？一位失望的绅士终身占有的房屋，外表虽好，却一点也不适合他居住——谁人不知道那种幽灵出没的房屋？

关于莫多尔夫妇，坎汶迪希广场哈莱大街并非只知道有其人而已。哈莱大街外来的人是有的，哈莱大街对他们并不了解；然而，对莫多尔夫妇，哈莱大街是乐意恭恭敬敬的。上流社会也是知道莫多尔夫妇的。上流社会说："我们要批准他们；我们要了解他们。"

莫多尔先生是个富翁；他是个极有胆量的人；是个没有耳朵的弥达斯，此人能点物成金。[②]凡好事都有他参与，从金融直至建筑业。议会当然有他参与。市政方面有他，那是必定的。他是这个主席，那个托管人，还是什么会长。最有权威的人士对公司发起人说："那么，你们起什么名字呢？想用莫多尔这个名字吗？"回答说没有，于是权威人士说："那我就不加以考虑啦。"

这个伟大而幸运的人，大约在十五年前，给那个宽大的胸脯，即须有宽广的余地以便充分表现其无情的那个胸脯，买了一套深红色与金色的饰品。那不是一个让人偎依的胸脯，但那是顶呱呱的挂珠宝的胸脯。莫多尔先生需要有挂珠宝的地方，为了这个目的，他便将这胸脯买下了。换了斯托与莫蒂默[③]，也会出于这同一考虑，娶这个女人的。

他这一考虑，与他别的一切考虑一样，是稳妥的，并且也是成功的。珠宝显示了巨大的功效。那胸脯挂满了珠宝，出入上流社会，吸引了人们普遍的注意。上流社会认可了，莫多尔先生满意了。他是一

---

① 有意思的标题，取自塞缪尔·华伦(Samuel Warren)的"伪造者"，《一名已故医生日记摘抄》(1838)。

② 弥达斯是希腊神话中公元前八世纪末至公元前七世纪初小亚细亚境内弗里吉亚的国王。关于他有两个故事。一是，阿波罗与牧神潘比赛音乐，裁判说阿波罗好，而当时在场的弥达斯冒失地说潘好，于是受到阿波罗的惩罚，将他的耳朵变成了驴耳朵。狄更斯说没有耳朵，实指没有长(驴)耳朵。二是，他要求神给予他点金术，然而他马上便后悔，因为手到之处，一切都变成了金子，包括他的女儿。他要求放弃点金术，神叫他在派克托拉斯河沐浴，河也从此有了金沙。

③ 著名的新邦德街(New Bond Street)珠宝商。

个最无私的人，——他是一切为了上流社会，虽然巨富，又终日筹划，却尽人之所能，不为自己打算。

换句话说，可以这样认为：他想要的一切他都有了，否则，就凭他这无穷的财富，他也同样可以获得一切。但是，他的愿望是竭尽全力满足上流社会(不管需要的是什么)，把上流社会向他提出的一切要求，都看作是向他表示的敬意。在人们面前他的言谈举止并不出众；他用不着为自己多说什么；他是个沉默寡言的人，额头宽大，向前突出，并且非常机警，两颊是那种特殊的暗红色，色调滞重，而不是鲜艳。他对于袖口，表现出一种颇为不安的神色，仿佛那两个袖口由于有与他相通的秘密，而急于把他的两只手遮住是理所当然的。他话虽不多，但根据他说的话来看，也是个平易的人；说到信任，无论公私，话语是直截了当、斩钉截铁的；对于人人都应事事处处尊重上流社会这一点，他是毫不放松的。在这同一个上流社会中(倘若这个上流社会便是到他家赴宴，受到莫多尔太太接待，出席音乐会的上流社会)，倒不能说他有多少兴致，在这种场合他大抵是靠着墙壁或关起门来不露面的。倘若上流社会未光临莫府，而是邀他外出赴会，他似乎便有点疲惫的样子，总的说来倒更想打瞌睡；然而，他仍旧总是扶掖、出入上流社会，对上流社会的捐款，总是十分慷慨。

莫多尔太太的第一个丈夫是个上校，在他的主持下，这宽大的胸脯曾与北美的白雪比赛，结果表明，在白的方面稍逊一筹，至于冷的方面，她一点也不落后。上校的儿子便是莫多尔太太的独生子。他长了个笨脑袋，有一副高高的肩膀，他的相貌总的说来不像个青年，倒像个胀大的儿童。由于他看不出有多少智力，因此他的同伴中流传了一个说法，他在新不伦瑞克省的圣约翰城①出生的时候，那里正下严

---

① 圣约翰城是加拿大新不伦瑞克省的一个不冻港。

霜，把他的脑子也冻结了，从那以后便从来没有解冻过。还有一说，他小时候，由于一位保姆的疏忽大意，从很高的窗子上摔下来，头正好着地，几个可信的见证人还听见过“嘭”的一声响。可能这两种说法都是后来产生的；因为这位年轻人（他的名字意味深长，叫斯巴克勒①），不管是向各色各样不中看的小姐求婚，还是评论任何一个他求过婚的有出息的小姐，他都只有这样一句话，她是个“挺好的姑娘——也蛮有教养——一点也不是傻乎乎的”。

智力这么有限的一个继子，对另一个人来说可能是个累赘；然而，莫多尔先生不是替自己找一个继子，他要给上流社会找个继子。斯巴克勒先生在禁卫军里混过，各种赛马会，各种客厅，各种宴会，他都常常光顾，是个远近闻名的人，因此，上流社会对这位继子是很满意的。莫多尔先生应该觉得这件皆大欢喜的好事是称心如意的，只是弄到这个斯巴克勒先生代价过高了一点。即便照现在这样，他是莫多尔太太的独生子，莫多尔先生给上流社会找了斯巴克勒这个继子，花的代价也绝不能说是低廉的。

那天晚上，就在小杜丽坐在父亲身边缝制新衬衫的时候，哈莱大街的大宅内正在设宴款待。来宾中有宫廷中的大人物，有市政方面的大人物，有平民院的大人物和贵族院的大人物，有法官大人，有律师大人，主教大人，财长大人，有禁卫军骑兵队的长官，有海军部的长官，——所有确保我们平平安安过日子，但有时候也捉弄我们的大人物，都大驾光临了。

“我听说，”主教大人对禁卫军长官说道，“莫多尔先生又发了一笔大财。他们说有十万英镑。”

禁卫军长官听说是二十万。

① 英语 sparkler，可指“烟火、花炮”，也可以指“才华焕发的人”。

财长大人听说是三十万。

律师大人用指头摆正了他那可爱的双片眼镜，有多少他也说不清，不过可能是四十万。这是一种令人心花怒放的演算与数字排列，其结果很难估计。这是一种须有全面了解的实例，而要全面了解，就要有习惯性的运气与特征性的勇气，我们整整一代人是难得遇上一回的。不过，好在这里有修士[1]贝罗斯在场，他了解这一大宗银行款项的内幕，也许能提供更多的情况。修士贝罗斯估计这一大笔有多少呢?

修士贝罗斯要走过去向那胸脯鞠躬，他只能顺便说上一句，他听人家说得确确实实，总数有五十万英镑。

海军部长官说莫多尔先生真了不起。财长大人说他是英国的一支新势力，完全能够买下整个平民院。主教大人说，想起来便叫人高兴，这笔财富流入了一位时时想着为上流社会维护最大利益的绅士的钱盒。

莫多尔先生本人在这种场合通常是姗姗来迟的，因为，别的人已经甩了那些小商号的白天的事务，而他因大企业的事务冗繁，还不能脱身。今天这个家宴，他是最后一个到。财长大人说，莫多尔的事务让他吃了一点苦头。主教大人说，想起来真叫人高兴，这笔财富流入了一位对于财富是态度恭顺的绅士的钱盒。

染发粉！前呼后拥有那么多的染发粉，多得宴会也加入了发粉味。染发粉的粉尘飞进了菜肴，上流社会的肉食吃上去也有了第一流的男仆的滋味。莫多尔先生领着一位伯爵夫人下楼来。这位伯爵夫人遮掩在一件特大衣裙的中央，她的身体与这衣裙一对照，犹如卷心菜心外面长了密密层层的菜叶。倘若这么一个粗俗的比喻还可以说得

① 是不出家的男修士。

通，那么，那件衣裙下楼时便像编制得花团锦簇的花屋人[①]，谁也说不上里面是什么样的小人用手撑着。

上流社会人士在筵宴上想要的，没想要的，他们都尝遍了。让上流社会看的，吃的，喝的，一样样，一件件，都有了。主人希望上流社会能大饱眼福、口福；因为，莫多尔先生他自己要吃的那一点，花十八个便士就行了。莫多尔太太是那样华美。那一天要说华美，挨下来便是那总管家了。他是宾主中最端庄的一位。他什么事也没有，然而，他站在一旁观看，那是难得有人能办到的。他是莫多尔先生给上流社会的最不妥的一件礼物了。莫多尔先生并不想要让他站着，这位高大的人物朝他望着的时候，莫多尔先生感到非常尴尬；然而，多多益善的上流社会是要的——并且真得到了。

到了宴会通常的时刻，那看不见的伯爵夫人撑着花屋退去，美人儿的空缺便由那胸脯补上。财长大人说：朱诺[②]。主教大人说：朱迪丝[③]。

律师大人与禁卫军长官讨论军事法庭的问题。修士贝罗斯与法官大人也插话。别的大人们也都一对对交谈。莫多尔先生默不作声地坐着，眼睛望着桌布。有时一位大人招呼了一声，把他自己在讨论的问题向莫多尔先生提出来；然而，莫多尔先生并不怎么留心听取，或者也只是难得有一回从自己的心算中脱出来，递过葡萄酒去，再没有别的举动。

---

① 在英国每逢五朔节（五月一日），人们制一木架或枝条架，呈尖顶形，外覆树叶与花朵，人居其中游行。狄更斯指的并非一八五六年才流行的女裙撑架，而是指当时仍很普遍的一种裙子。

② 朱诺（Juno），罗马神话中的天后，朱庇特之妻，意即有气派的美人。

③ 朱迪丝（Judith），《伪经》中说，她是古代犹太人的虔诚女人，亚述人兵临城下，是她潜入敌营，取了敌统帅的首级，救了全城。

当那些大人物站起来时，他们有那么多的人想单独与莫多尔先生说上几句，因此，他也只好站在餐具柜旁接见，待到他们从门口退出时，他再一一核对。

财长大人希望他能冒昧地表示祝贺，祝贺英国的闻名世界的资本家①与巨商之一（他在屋子里把这个别具一格的意见已经反复想了好几遍了，现在说起来就很顺口）取得了一个新成就。扩大这样的人的胜利，便是扩大这个国家的胜利与财源，他一谈到这个问题——财长大人告诉莫多尔先生说——爱国之心便不觉油然而生。

"谢谢您，老爷，"莫多尔先生说道，"谢谢您。我骄傲地接受您的祝贺，我很高兴您也赞同。"

"哎，我并不是毫无保留地赞同嘛，亲爱的莫多尔先生。因为，"满脸堆笑的财长大人拉着莫多尔先生的胳臂转向餐具柜，风趣地说道，"走到我们当中来，助上一臂之力，也不值得劳您的大驾呢。"

莫多尔先生感到无上的荣光，因为——

"不，不，"财长大人说道，"一位既有实践知识，又有远见卓识的著名人士，可不能苛求他要按照那种要求来对待事情，可不是那种要求。倘若我们有幸能够，由于偶然掌握了情况，向一位如此卓越的人士提出要求——到我们当中来，并凭借他的影响，他的知识，他的声望，为我们造声势，那么，我也只能作为义务向他提出。事实上，是作为他对上流社会所承担的义务。"

莫多尔先生表示，上流社会犹若他的掌上明珠，它的要求高于一切其他需要考虑的事情。财长大人走开了，律师大人走上前来。

律师大人用指头摆弄着他那诱人的双片眼镜，同时以毫不讨好的陪审团的低声调，希望能得到鉴谅，因为他要向把一切邪恶的根源转

---

① 资本家一词还没有获得马克思赋予的意义。

化为一切美德的根源的最伟大人士之一，向一位甚至在我们这个商业国度的年鉴里长期以来映照出耀眼光辉的人士——要向他，毫无偏见地，并且，用我们律师学究式的术语来说，作为amicus curiœ[①]，陈述一件因偶然机会而了解到的事。他曾受委托调查某一非常可观的地产的产权，这个地产位于东部某郡——其实，是位于，莫多尔先生知道我们律师喜欢讲究措词的确切，是位于东部两个郡的交界处。这个，产权嘛，是完全靠得住的，地产嘛，打算出售给一个对于——钱(又是陪审团的低声调，又是诱人的双片眼镜)，能支配自如的人，而且条件须相当有利。这件事，律师大人那天刚刚获悉，他曾经想过："我不胜荣幸，今晚将与我的尊敬的朋友莫多尔先生共进晚餐，我一定完全秘密地提及这个机会。"这样的一笔买卖，不仅牵涉到合法的、政治的巨大影响，而且还有大约六笔年值相当可观的教堂奉献。至于莫多尔先生动用他的资本，甚至充分发挥他那活跃、充沛的才智，已经是不在话下，这一点律师大人是心里有底的；然而，他想唐突地提醒一下，他心里有一个问题，一个当之无愧地拥有如此高的地位、如此闻名欧洲的声望的人，他具有的这样的影响，是否应归功于——我们不会说应归功于他个人，而是说应归功于上流社会；发挥这样的影响，是否应为了——我们不会说是为了他本人，也不说是为了他那个党派，而是说为了上流社会的——利益。

莫多尔先生又一次表示，他本人是一心一意为了他始终关怀的那个目标的，律师大人也就手拿那诱人的双片眼镜，走上了主楼梯。这时，主教大人在无意中悄悄地朝餐具柜这边走来。

可以肯定地说，世间的一切财物，主教大人偶然间才找到这样的话说道，倘要疏通到比较满意的渠道上去，也只有经过大智大贤之神

① 拉丁文，意即协助法庭解释某些法律问题的人。

手汇集起来才行，因为那些大智大贤，一方面懂得财富的正当价值（主教大人这时竭力装出仿佛他本人是相当贫困的神态），另一方面又懂得，倘若财富管理有方，分配得当，对于普天下父老兄弟所具有的重要性。

莫多尔先生谦恭地表示相信，主教大人说的不会是他本人，同时又前后矛盾地对主教大人的高见表示了自己无比喜悦的心情。

然后，主教大人——他斯斯文文地伸出他那条漂亮的腿，朝旁边让了让，仿佛在对莫多尔先生说“主教服别去管它；只是形式而已！”——向他的好朋友说了这么一件事：

老朋友是否曾想过，上流社会或许会不无道理地希望一个事业如此兴旺、其尊位上树立的榜样又能如此左右上流社会的人，愿意就资助一二个非洲传教馆一事掏出几个钱来。

莫多尔先生表示，这个想法会得到他的充分关注的。于是，主教大人又说了另一件事：

老朋友是否关心过我们“另行捐助要人联合会”的事宜；是否想过，在那个方面也掏出几个钱来就是圆满地实践了一个伟大的思想。

莫多尔先生作了一个类似的答复，主教大人听后说明了一下为什么要提出这个问题的理由。

上流社会是期待像他的好朋友那样的人士来完成这样的事情的。不是说他期待这些人士出资，而是上流社会对他们的期待。这正如并非我们的“联合会”想要“另行捐助要人”，而是上流社会觉得没有他们便会一直忐忑不安而痛苦万分。他恳求他的好朋友放心，老朋友时时处处对上流社会的最大利益所表现出的关注，他本人是铭记在心的；他认为，他的祝愿老朋友再接再厉，繁荣再繁荣，发达再发达，诸事如愿，便是既考虑到那些利益，又表达了上流社会的感情的。

说了这一番道理之后，主教大人上了主楼梯，别的大人也逐一跟在他后面飘悠悠上了楼梯，最后楼下只剩下莫多尔先生一个人。这位先生，眼望着桌布出神，弄得总管家心头生起一股贵人的怒气，他才慢慢吞吞地跟着别人上楼去，在主楼梯上的人流中，成了一个无关紧要的人。莫多尔太太接待宾客，最珍贵的珠宝挂着让人观赏，上流社会登门所求的都得到了，莫多尔先生坐在一角，喝着价值二便士的茶，并得到了比自己原先想得到的更多的东西。

晚间到场的大人物中还有一位名医，他谁都认识，谁也都认识他。他一进门便走到在角落里喝茶的莫多尔先生身旁，并碰了一下他的手臂。

莫多尔先生一惊。“哦！原来是您啊！”

“今天好些吗？”

“没有，”莫多尔先生答道，“我没好。”

“真可惜，上午没见到您。请您明天来，要不我来找您。”

“啊！”他答道。“我明天乘车过来时来找您。”

两人简短交谈时，律师大人与主教大人正好站在旁边，由于莫多尔先生被人群挤到了一旁，他们俩于是就那简短的对话向医生讨教。律师大人说，有一个脑力的紧张点，任谁也是无法逾越的；那个紧张点因脑组织及体质特点的不同而不同，他曾有机会注意过他的几个做学问的兄弟；然而，只要超越那个许可点，仅一丝之差，就会出现意气消沉与消化不良。为了避免对神圣的医学说三道四，他这时（又是陪审团的低声调，又是那诱人的双片眼镜）问道，莫多尔的病症是不是这样？主教大人说，他年轻的时候曾在一个短时期内习惯在星期六编写讲道，这个习惯所有年轻的神职人员都务必要防止的。当时他常常觉得有一种意气消沉的感觉，他以为是用脑过度之故。当时他寄住在一个善良的妇人家中，她为他拿了一个刚下的鸡蛋，取蛋黄，打散，和入一杯上等雪利酒，加肉豆蔻，加白砂糖，服后有奇效。他倒没有试图要提出如此简单的疗法，以供掌握伟大医术的著名教授参考，而是冒昧地询问，是否可以采用一种温和而又味浓的刺激剂，让表现为复杂筹算的紧张，让精神状态(力所能及地)恢复正常？

“对，”医生说道，“对，你们二位说得都对。可是，我也可以告诉二位，我认为莫多尔先生什么病也没有。他的体魄像头犀牛，消化力像只鸵鸟，结实得像只牡蛎。至于神经系统嘛，莫多尔先生秉性冷静，并非易激动的人；不妨说，就像阿基里斯①那样刀枪不入的。这样的人会无缘无故地觉得不舒服，你们也许会感到奇怪。不过，我觉得他没有病。他也许有某种藏得很深的隐疾。我说不出。我只能说目前我还没有诊断出有这种病症。”

那胸脯上不见莫多尔先生病症的阴影，她此刻只是展示最珍贵的宝石，要与珍宝商柜子里琳琅满目，同样超绝的宝石比高低；年轻的斯巴克勒先生身上不见莫多尔先生病症的阴影，他此刻只是在各个房间逡巡，心里想的只有一个目的，那便是寻找确无可取之处而又不傻乎乎的小姐；巴纳克尔家族与斯蒂尔特斯托金家族的人脸上不见莫多尔先生病症的阴影，他们两家大大小小都到了；在场的人谁的身上都不见这阴影。就连他本人，当他在人群中走动，接受人们的敬意时，他自己病症的阴影也是极为淡薄的。

莫多尔先生的病症。上流社会与他本人在别的所有事情上还有许多交道要打，因此，即便他真有病症，也很难想象这病症纯乎是他自己的事情。他有那种藏得很深的病症吗？有哪个医生诊断出这种病症吗？别忙。在那个时候，马夏尔西狱大墙的阴影才是真正笼罩一切的阴影，无论白昼黑夜，无论春夏秋冬，这阴影都可以在杜丽一家身上看见。

---

① 据希腊神话，阿基里斯出生后，他母亲抓住他的脚踵将他浸入冥河中，使他能刀枪不入，但是脚踵抓在手中，没有浸到水，从而留下了一个致命的弱点。

第二十二章

一 个 谜

克莱南先生并没有因为他拜访马夏尔西狱之父越来越频繁而越来越获得他的好感。在奉献纪念品的大问题上他表现出的麻木，并不适于在监狱之父的胸中唤起对他的钦佩，相反，倒容易在那敏感的区域引起反感，并且被看作是高尚感情方面的一个明显的缺陷。监狱之父，出于他性格的自信，颇以为克莱南先生是很能体谅他人的，然而，他发现克莱南先生很难说具有这种体谅他人的品质，于是，由此而产生的对那位先生的失望感渐渐地笼罩了监狱之父的心头。事情已经到了这个地步，监狱之父甚至在家中私下说，恐怕克莱南先生并非有高尚天性的人。他说，他作为马夏尔西狱的首脑与代表，每当克莱南先生来访表示敬意，他是很乐于会见的；然而作为个人之间的交往，他并不觉得能与他相处。似乎他身上还缺少一点什么（他又不知道缺少的是什么）。不过，监狱之父并没有流露出这种不快，表面上仍旧是很客气的，而且，对他是很关注的；也许还抱着希望，认为尽管他不是个禀性积极、主动的人，会像先前一样未经提醒便能奉献纪念品，但是，在那个方面完全协调一致，表现出一个有求必应的绅士的态度来，仍然是不会与他的性格有什么抵触的。

克莱南先生作为一个从外边来的人，他第一次露面的晚上，说来也巧，就被锁在监狱大门之内；作为一个从外边来的人，他调查过马夏尔西狱之父的事情，颇有魄力地想将他保出狱去；作为一个从外边来的人，他还非常关心马夏尔西狱之女。凭着这三条，克莱南先生不久便成了一位著名的来访者。克莱南先生在奇弗利先生值班时受到的礼貌对待，并没有使他感到突然，因为奇弗利先生与其他看守的礼貌态度之间，他几乎是不加区分的。然而，有一天下午，奇弗利先生倒是突然间叫他吃了一惊，态度与他的同事有显著的不同。

奇弗利先生要赶走呆在门房里的人，自然有行使职权的妙法，那一天下午，他巧妙地将呆在门房里闲聊的狱中人一个个都打发走了，这样，待到克莱南先生走出监狱时，门房里便只有他一个人守着。

“(私密)我有件事向您讨教，先生，”奇弗利先生用一种神秘兮兮的样子说道；“您打哪条路回去？”

“从伦敦桥那边走。”他感到十分惊讶，只见奇弗利先生站在那里，那把大钥匙贴着他的嘴，纯乎是“沉默之喻”。

“(私密)我还想向您讨教一件事，”奇弗利先生道，“您能不能打马贩子巷绕个道儿？您能不能想法儿找一下这个地址？”说着递过一张小名片给他，印这张名片目的是要在奇弗利公司业务关系人中间散发。他们都是烟草商以及纯哈瓦那雪茄、孟加拉平头雪茄、美味古巴烟进口商，特制鼻烟等等的零售商。

“(私密)不是谈烟草生意，”奇弗利先生道。“事情是这样的，是我那老伴。她很想跟您说件事，先生，那是跟——是的，”奇弗利先生说道，见克莱南流露出表示领会的表情，他点了点头，“是跟她有关的事。”

“我一定立即去见您的太太。”

“多谢了，先生。多谢，多谢。您绕道儿不到十分钟的路。请打听一下奇弗利太太！”外门上有一个小拉门，有时想着要看看门外的来客，他便从里面把小门一拉。奇弗利先生已经开门让他出去了，这时他拉开小门，又这样关照了几句。

亚瑟·克莱南手里捏着这张名片，根据上面写的地址，朝那边走去，并且很快便到了那里。烟店很小，店内一位相当体面的妇人，坐在柜台里面做着针线活。小罐子装的烟丝，小盒雪茄，大大小小的烟斗，几小罐鼻烟，一件鞋拔模样的量烟丝的工具，烟草零售商的全部家当都在这里了。

亚瑟上前自报了姓名，并说是应奇弗利先生之请求，答应登门造访的。他认为，是同杜丽小姐有关的事情。奇弗利太太立即放下手中的活儿，从柜台里面的座位上站起身来，一面悲叹地晃着脑袋。

“您现在就可以见他一见，”她说道，“要是您肯到里面去瞧一眼。”

说罢这几句叫人摸不着头脑的话，她便领着客人进了店堂后面的小客堂，客堂里有一个小窗，朝着一个很小的幽暗的后院。后院里几根晾衣绳上晒着洗净的床单和桌布，试图晾一晾干(可空气太少，晒也是白搭)；飘拂的床单与桌布之间，一把椅子上坐着一个郁闷不乐的矮小的年轻人，宛如湿漉漉的小船甲板上仅存的一名舟子，连船帆也无力卷起。

“我们约翰，”奇弗利太太说道。

为了避免显得缺乏关心，克莱南问，他在那里做什么？

“他只肯这样坐着散散心，”奇弗利太太说道，又晃了晃脑袋。“他不肯到外边来，就说这后院，没衣服晾着他也不肯去，不过，要是晾了衣服，遮住了，邻居瞧不见里面，那他在里面一坐便是几个钟头。他会的，几个钟头。他说，坐在那里就跟在树丛里一样！”奇弗利太太又晃了晃脑袋，一面同所有做母亲的人一样，撩起围裙去擦拭眼睛，一面又领着客人进入店堂内。

“请坐吧，先生，”奇弗利太太说道。“我们约翰这事跟杜丽小姐有关，先生；他这是因为她才伤心着呢，我不知道问得问不得，您说这事闹僵了，做父母的该怎么补救一下呢？”

奇弗利太太模样大方，由于她话说得中肯，又善于辞令，在马贩子巷，她是颇受人敬重的。此刻，她说这一番话时表现得极为镇静，话音刚落，她又晃着脑袋，擦起眼泪来。

“先生，”她接着说道，“您跟那家子很熟，对他们又很关心，您说句话他们是肯听听的。要是您肯说句话，能叫两个孩子快快活活的，为了我们约翰，也为了他们两个人，那我就求您了。”

“您刚才说起了小——”亚瑟接话道，显得不知所措，“您刚才说起了杜丽小姐；我认识她的时间很短，在这段时间里，关于她，我常常习惯于用一种跟您完全不同的眼光来考虑的，所以，您这么说倒叫我很吃惊。她认识你们儿子吗？”

“一块儿长大的，先生，”奇弗利太太说道。“从小一块儿玩的！”

“她知不知道你们家孩子喜欢她呢？”

“喔！上帝保佑您，先生，”奇弗利太太说道，仿佛浑身一阵洋洋自得的颤抖，“他们星期天常常见面，哪一回她心里头都知道他是喜欢她的。别的要是不提它，光这根手杖早就说明了。像约翰这么个小年轻，不会无缘无故喜欢上象牙手杖柄的。我自己第一回是怎么看出来的？也是从这儿发现的哩。”

“也许杜丽小姐不会像您那样一眼便看出意思来的，您说对不？”

“那么从嘴里说出来，先生，”奇弗利太太说道，“她总明白的。”

“确实吗？”

“先生，”奇弗利太太说道，“确确实实，就跟我现在确实站在这屋子里一样明明白白，没错。我就在这屋子里亲眼看见我那儿子出去的，我就在这屋子里亲眼看见他回来的，我心里很清楚，他说了！”

奇弗利太太上面那几句详细而反复的说明，非常惊人地加重了她的语气。

“我能不能问一声，他怎么会变成这个愁眉不展的样子，而叫您心里老担心着的呢？”

“事情嘛，”奇弗利太太道，“就发生在我亲眼看见约翰回到这屋子的同一天。从那以后，他跟过去像换了个人似的，从我跟他爸爸七年前到这儿一季度付一次钱租了房子住下那一刻起，从没见过他是这样的！”由于奇弗利太太奇特的组织话语的能力，她这几句话便产生了像供词那样的效果。

“这件事您怎么看的，我可否冒昧地问一下呢？”

“没关系，”奇弗利太太说道，“这件事我一定真真实实向您说明，真真实实，就跟我是真真实实站在这家店铺里一样。我们约翰谁见了都夸，谁见了都说有出息。她小时候在那个院子里玩总是有我们约翰在一块儿的。他那个时候就认识她了。那个星期天下午他在这客堂里吃完饭就出去了，是去跟她会面，是事先约好的，还是没有约好，那我倒说不上。他向她求婚了。她哥哥、姐姐眼界可高了，瞧不起我们约翰。她爸爸心目中只有他自己，女儿是他的，谁也不给。这么一来就难了，她跟我们约翰说：‘不行哪，约翰，我不能嫁给你，我谁也不能嫁，嫁人我可从来也没有想过，我脑子里老想的是牺牲自己，再见吧，找个别的配做你妻子的人，把我忘了吧！’就这么一回事，她就这样命里注定要做他们的忠实奴隶，可他们要叫她给他们做忠实的奴隶，哪里配得上啊。就这么一回事，我们约翰就这样什么也没味啦，只想坐在床单、桌布里头挨冻，坐在那个后院里，就在我刚才领您去看过的那个后院里坐着，伤心得整天愁眉苦脸的，那真叫我做妈的着急哪！”说到这里，这个善良的女人指指那个小窗，从那窗口可以看见她的儿子心情郁闷地坐在无动于衷的树丛中；她随后又晃了晃脑袋，擦拭着眼睛，恳求他，为了这两人起见，施展他的影响，转忧为喜，让这些令人伤心的事变成皆大欢喜的事。

她对这件事的来龙去脉的说明是那样地自信，她在小杜丽与她父亲、哥哥、姐姐的关系方面又是那样毋庸置疑地以正确的估计为前提的，因此，对方的态度克莱南便觉得难以肯定了。他现在已经是以关切的态度来对待小杜丽，这关切是那样奇特——这样的关切使他认为小杜丽与她所处的粗俗、低下的环境是截然不同的，尽管这种关切是在看到了这样的环境之后才产生的——以致认为她与后院里的小奇弗利先生，或任何一个这样的人相爱，这种想法令人感到失望，感到不快，简直还感到痛苦。另一方面，他心里又琢磨着，她与他相爱，同不与他相爱一样，她也同样是忠实、可靠的；将她变成一个沉溺家事的仙子，从而使她在心底里与她唯一所熟悉的人隔绝，那只不过是他自己想入非非的向往，而且也并非是好意的向往。然而，她那富有稚气与飘忽若仙的外表，她那羞怯的举止，她那敏感的语声与双眸，她那出于她自己的个性而引得他关注的种种表现，以及她与周围的人之间的极大差别，凡此种种，与这一新提出来的看法是不协调的，是决然不会协调的。

他心里反复琢磨这些事情——其实，他一面听她述说，一面已经在琢磨了——然后告诉这位可敬的奇弗利太太，尽管放心由他随时尽心竭力，促成杜丽小姐的幸福，促成她的心愿，倘若他有能力去做，倘若他能了解到她的心愿。同时，他还提醒她，千万不可臆测，千万不可只看表面；不要再提起这件事，要严守秘密，免得杜丽小姐知道了不高兴；并且特别关照，叫她设法取得儿子的信任，把心里的话都倒出来，以便确实地弄清事情真相。奇弗利太太认为，担心她儿子未把话都说出来，其实是多此一举，但是又说她会设法弄清真相的。她晃了晃脑袋，仿佛她原先想得好好的，希望能从这次会面中得到安慰，然而，实际上并不尽如人愿，不过，他好心好意上门来，她仍然是感谢他的。他们客客气气地告别，亚瑟离开烟店走了。

街上是熙熙攘攘的人群，他心头是一团团的思绪，人流与思绪交杂在一起，他只觉得心如乱麻。于是，他避开了伦敦桥，没有从那边走，而是折入旁街，朝稍稍清静一点的铁桥方向走去。他双脚还未踏上铁桥，就看见小杜丽在前面走。那天天气宜人，微风轻拂，她似乎刚到那里，来呼吸一下新鲜空气。他离开她父亲房间的时候她也在场，那只是一个钟头里面的事。

这是个很适时的机遇，他想在没有第三个人在场的时候观察她的表情，观察她的举止态度，此刻正是个好时机。他加快了步伐；可是，还没等他走近，她已经转过脸来了。

"是我惊动了你吗？"他问道。

"我想我知道走过来的是谁，"她答道，有些踌躇。

"你知道是我，小杜丽？你一点也不会想到是我的。"

"我没有在等什么人来。不过，我听到脚步声，我想就是您——听得出是您的脚步声。"

"你要到什么地方去吗？"

"不，先生，我就在这里走走，散散心。"

他们一起走着。她又恢复了先前对他非常相信的态度；她朝周围看了一眼，然后抬头望着他的脸，说道：

"事情真是奇怪。也许您是绝不能明白的。我有时候有一种感觉，仿佛到这里来散步几乎是冷酷无情的。"

"冷酷无情？"

"看河水，看辽阔的天空，看许许多多东西，看这万千变化、种种运动。然后又回去，您知道，见他仍旧呆在那受监禁的同一个地方。"

“哦，不错。可是，回去之后，你一定记住，你要把这些事物的精神、影响，带回去，让他提起精神来。”

“我带回去？但愿如此！我担心您是想得太美好了，先生，以为我有那么大的力量。要是您进了监狱，我能给您带来这样的慰藉吗？”

“能，小杜丽。肯定能！”

从她那嘴唇的一阵痉挛，以及她脸上一闪而过的一阵急剧的激动，他推断，她心里想着她父亲。他沉默了一会儿，为的是让她镇静下来。此刻挽着他胳膊颤抖的这个小杜丽，较先前更不符合奇弗利太太的理论了，然而，她与他脑子刚出现的一个新的想象是不会水火不相容的，即也许还有另外一个人，在无望的——更加新的想象——在无望的、无法到达的远方。

他们转身往回走；克莱南这时说道，玛吉来了！小杜丽抬起头来，吃了一惊，他们两人面对着玛吉，而玛吉一见是他们两人，突然站住不动了。她是在急匆匆地走路，脑子里想着许多事情，直至他们站在面前，才认出来。她正处在一个良心非常不安的时刻，连她的篮子也突然一惊。

“玛吉，你答应我陪着爸爸的。”

“我是肯陪着的，小妈妈，可他就是不让我陪。要是他想差我出去我就非得走。要是他说：‘玛吉，你去送一封信，快去快回，要是有个满意的答复，就给你一枚六便士。’我非得送。嗐，小妈妈，一个十岁的可怜虫不听行吗？还有，要是梯普先生——要是我走出门的时候刚好碰上他进来，要是他对我说：‘玛吉，上哪儿去？’要是我说：‘我上某某人那儿去，’要是他说：‘那我也来它一封。’要是他走进乔治小酒店①，写了一封信，要是他把信交给我，说：‘这封信也

① 自治城大马路一家小酒店，现仍有部分存留。

送到同一个地方，要是有一个满意答复，我就给你一个先令。’那也不是我的错哇，小妈妈！”

从小杜丽垂视的两眼中，亚瑟看得出来，她料到这两封信是写给谁的。

“我是到某某人那儿去的。瞧，那就是我要去的地方，”玛吉说道。“我是到某某人那儿去的。不是到你这儿来的，小妈妈，跟你没有什么关系——是跟你有关的，你知道，”玛吉对亚瑟说道。“你到这边来，某某先生，让我把东西交给你。”

“我们不会那样计较的，玛吉。就站在这里，给我吧，”克莱南低声说道。

“那好吧，到马路对面去，”玛吉憋住嗓子大声道。“可不能让小妈妈听见哪，要是你走开了，某某先生，不在这儿东走西逛的，那么小妈妈就怎么也不会知道的。这可不能怪我哇。叫我做什么我就得做什么。他们同我说这些，真不怕羞。”

克莱南走到路的对面，急忙拆了信。那父亲的信中说道，他原先满怀希望，以为城中会汇款来给他，可他的希望落空了，万万没有料到现在会处于这样异常的境地，于是提笔写了这封信，因为他不幸身陷囹圄凡二十三年（下面划了两条线），无法脱身，亲自登门，倘非这个缘故，他必定亲自登门的——于是提笔写了这封信，请求克莱南先生借给他三英镑十先令款子，并附亲笔签字借据一纸。那儿子的信中宣称，他知道，他已经最终有了一件非常令人满意的永久性职业，克莱南先生听了一定会很高兴的，因为他有了职业，就有希望做一个有出息的人了；可是，他的雇主一时无力支付他到那个时候的拖欠工资（在这种情况下，该雇主请求他宽宏大量，暂时克服一下，他相信，在人与人之间，他是决不应该缺乏这种精神的），同时，由于一位虚情假意的朋友的欺骗行为，由于眼下食物价格昂贵，他简直被逼得完蛋了，除非他在当晚五时三刻募集到八英镑的款子。克莱南先生知道了一定会高兴，梯普的这笔款子，由于对他的正直老实非常相信的几个朋友动作迅速，款子已经替他募集到了，只是还差一英镑十七先令四便士这个小数目；这个数目的借款，为期一个月，是会带来通常的善果的。

克莱南先生取出铅笔与小本子，当场便回了信；对于那父亲的请求，他如数奉上，至于那儿子的要求，他婉言拒绝了。他然后叫玛吉把复信带回去，并给了她一个先令，倘若由于她没有完成这项增补的重大任务，因此得不到这个先令，她会感到非常失望的。

他回到小杜丽那边，他们又像先前一样走着，这时，她突然说道：

"我想我还是回去吧。我还是回家去吧。"

"你别难受，"克莱南说道。"我已经复了信。信上没说什么。你知道是什么信。信上没说什么。"

"可我怕，"她接着说道，"我怕丢下他，丢下他们哪个人我都怕。我一走开，他们就要出乱子——不过他们也不是有意要这样——连玛吉也会出乱子。"

"玛吉可怜见儿的，她跑个腿儿，那是一点也没什么可指责的。她把事情瞒着你，那毫无疑问只是免得你多操心。"

"对，但愿是这样，但愿是这样。不过我还是回家去吧。"

"偏又是我收了这两封信，你心里难受，不会是因为这个缘故的，"克莱南说道，露出叫人放心的微笑。"你尽管放心，我是你的知心朋友，亲爱的小杜丽。我就跟你一样。"

"哦，跟我不一样，不一样！我跟你相差很远、很远！就在几天前姐姐说我在监狱里生活惯了，身上都带了监狱的风气和特点。那肯定是这么回事了。看见这些事物时，我就知道肯定是这么回事了。该我呆的地方是在那里。到了那里我就觉得好过一些。在那里什么事情也可做一点，而我跑到这儿来，我也太冷酷无情了。再见，我真还是呆在家里好！”

“别把那个地方叫做家，孩子！”他请求道。“你把那个地方叫做家，我听了老觉得痛苦。”

“可那儿是我的家呀！还有哪里我可以叫做家的？我为什么一时间把那个家忘了呢？”

“随便做什么有益、正确的事情，亲爱的小杜丽，你都没有将它忘记。”

“但愿没有忘记，啊，但愿没有忘记！不过，我还是在那里呆着的好；好多了，更能尽女儿的本分，心里也愉快得多。请您别和我一起走了，让我一个人回去。再见。上帝保佑您。谢谢，谢谢。”

他觉得还是尊重她的恳求吧，因此，当她那瘦小的身影迅速离开他身边的时候，他站在那里，一步也没有动。她那飘忽的背影消失了，这时，他转过脸去，望着河面，凝神沉思起来。

不管什么时候，倘若她发现这两封信，都会感到非常痛苦的；然而，会像现在这样痛苦，而且是那样无法控制自己吗？

不会。

她亲眼看见她父亲毫不加掩饰地乞讨，她恳求过他不要送钱给她父亲，那个时候她就是非常痛苦的，然而那时的痛苦并不像现在这样。刚才似乎有什么事情致使她变得格外敏感。那么，在无望的、不可到达的远方有什么人吗？抑或是因为铁桥下翻滚的混浊河水使他自己也联想起了这同一条河的上游，那里渡船船头哗哗地响着单调的水流声，河水依旧是那样的速度，静静地流淌，这儿是灯芯草，那儿是睡莲，没有动摇，没有焦灼，因而使他心头萌发了这种怀疑吗？

他在那里伫立，久久想着他那可怜的孩子，小杜丽；在回家的途中，他想着她；夜已深了，他还想着她；夜过去了，又一个白天来临，他还想着她。而那可怜的孩子小杜丽，也想着他——太忠实了，啊，太忠实了！——在马夏尔西狱大墙阴影笼罩下想着他。

第二十三章

机器运转

弥格尔斯先生对于克莱南托付给他去和丹尼尔·多伊斯谈的那件事，操办起来动作如此迅速、麻利，时隔不久，事情便办得妥妥当当，并在一天上午九点钟登门造访，给克莱南报讯儿来了。

“承蒙你的看重，多伊斯高兴极了，”他这样说着，开始谈起正经事来，“他现在最迫切的愿望是，请你亲自查看一下工厂的事务，能对情况有一个全面的了解。他保存簿册、资料的地方的钥匙已经交在我手里——一串儿都在我衣袋里——他要我做的只有一件事，‘克莱南先生应该与我绝对平等，凡是我知道的，他也要了解，要为他提供这样的手段。假如事情谈不妥，他应该替我保密。假如这第一步我也没法把握，那我就不能跟他合作了’。瞧，明白了吧，”弥格尔斯先生说道，“丹尼尔·多伊斯就是这样的一个人，一目了然。”

“非常正直的人。”

“啊，不错，那还用说。那是毫无疑问的。古怪，又非常正直。不过，非常古怪。嗐，你相信不相信，克莱南，”弥格尔斯先生说道，对他朋友的古怪脾气津津乐道，“整整一个上午，我在那个什么园——”

“伤心园？”

“在伤心园整整磨了一个上午，总算说通，才肯谈这件事，你相信吗？”

“这是怎么回事？”

“这是怎么回事，我的朋友？谈这件事的时候，我刚说出你的名字，他就说不行。”

“提到我，就说不行？”

“我刚提到你的名字，克莱南，他就说：‘绝对不行！’他这话是什么意思？我问了。没有什么意思，弥格尔斯；那绝对不行。为什么绝对不行？说出来你简直不相信，克莱南，”弥格尔斯先生心里暗暗笑道，“可事实就是这样，绝对不行，因为你跟他一起到特威肯翰来的时候，你们渐渐地话谈得很投机，并且在交谈中他曾提到想找一个合股人的打算，因为当时他以为你已经最后稳稳当当地有生意做了，就跟圣保罗大教堂那样稳稳当当。‘因为，’他说，‘假如我同意考虑克莱南先生的意见，他可能会想，我表面上无所不谈，心里头实际上早有了狡猾、阴险的打算了。我可不能让人家有这种想法，’他说，‘我自尊心极强，可不能让人家有这种想法。’”

“我倒是怀疑——”

“你当然可以，”弥格尔斯先生打断了他的话，“我也跟他说了。可我是磨了整整一个上午才说通的；这事要不是我(他早就喜欢跟我打交道了)去办，换一个人我怀疑是说他不通的。唉，克莱南。这个事务式困难克服了以后，他便提出，在同你接触之前，要我先翻阅一下那些簿册、资料，并提出我本人的意见来。那些资料我翻过了，意见也有了。‘归结起来说，你是赞成，还是反对？’他说。‘赞成，’我说。‘那好，’他说，‘你可以去了，我的好朋友，让克莱南先生掌握提出他自己看法的手段吧。为了让他能够不受别人影响、完全按照自己的意思形成看法，我将离城，过一个星期再回来。’他现在已经走了，”弥格尔斯先生说道，“这件事总算圆满结束啦。”

“这件事倒叫我，”克莱南说道，“非常赞赏，我得说，他的坦率，他的——”

“古怪，”弥格尔斯先生插话道。“是这句话！”

克莱南还未说出口的话并不完全是这个意思，然而他克制住了，没有打断他这位现正兴冲冲的朋友的话。

“现在嘛，”弥格尔斯先生说道，“你觉得什么时候妥当便可把簿册、资料审阅起来啦。凡是你可能想要加以说明的，我都已经替你说明过了，不过，我一点也没有偏袒哪一方，就作过一点说明，没说别的。”

那一天午前，他们便到了伤心园，开始作详细调查。多伊斯先生管理企业事务的方法上的些微特别之处，有经验的人一眼便能察觉，但这些特别之处几乎总是涉及一个困难在某种程度上的巧妙简化，涉及一条通往预期目标的平坦道路。他的资料尚待整理，要开发他的企业的能力需要有人协助，那也是显而易见的；然而，他多年经营所得的全部成果清清楚楚作了阐述，使人一目了然。他并没有弄虚作假，来对付即将进行的调查；一切都仍旧是原先那种真实的样子，虽然有些杂乱，但没有掺假的痕迹。账目条款都是他自己的笔迹，处处都有，写得很粗糙，并不很精确，但都很明白，而且意图也都很明确。亚瑟倒认为，越是用心良苦、样子花哨的东西——例如拖拖拉拉部的档案材料也许会给人以这样的印象——可能越是不实用，因为那些东西原就是不让人看懂的。

花了三四天工夫专心致志调查之后，对于必须熟悉的那些情况，他已经了如指掌了。弥格尔斯先生一直陪着他，他称黄金的天平与勺子有一盏明亮小巧的安全灯，哪个昏暗的地方需要他去照亮，他都是非常乐意的。他们两人商定了买下这个企业一半股份所需的公公正正的数目，然后由弥格尔斯先生拆封，取出一纸上面写着丹尼尔·多伊斯估的价，这个价其实还低一些。因此，待到丹尼尔回城，他发现事情实际上已经办妥了。

“我现在可以坦率地说一句，克莱南先生，”他客客气气地与克莱南握了一下手，说道，“假如当初到处奔走寻觅一位合股人，我看要找个更加合我心意的，是不可能的。”

“我也有同感，”克莱南说道。

“我倒要说，你们两个人，”弥格尔斯先生插话道，“是很好的搭档。你要用你的求实精神，克莱南，管着他点儿，而你嘛，要一心扑在工厂里，丹，用你的——”

“求虚精神？”丹尼尔提示了一句，并微微一笑。

“你爱这么说就这么说吧——二位都应鼎力合作。我嘛，我是个讲究实际的人，对你们二位我都会大力协助的。”

买卖手续花了一个月时间便宣告完毕，这件事办完之后，亚瑟手头的个人资金便只剩几百英镑了；但买下这一半股份却给他开辟了一个活跃而充满希望的事业。他们这三位朋友在这吉兆之际共进晚餐；工人们及其妻子儿女也欢天喜地，举行会餐；甚至整个伤心园的人都举行会餐，而且菜肴丰盛。然而，总共还不到两个月工夫，食物匮乏现象在伤心园又成了司空见惯的事情，丰盛的菜肴也因此丢在脑后了；合股的企业似乎也没有什么新鲜货色，只不过门柱上涂了“多伊斯-克莱南”罢了；就说克莱南本人吧，他自己仿佛管理企业已经多年了，并没有新鲜感。

归他一人使用的一个小账房间，坐落在低矮、狭长的车间尽头。房屋为木结构，配有玻璃窗，里面放着长凳，老虎钳，各类工具，皮带，轮轴；蒸汽机需要这些工具零件的时候，便一件件都搬出去，仿佛去执行一项自己毁灭自己的使命，把这个企业碾成尘土，把工厂敲成碎片。地板上、屋顶上都有大的活门，分别与楼顶与楼下的车间相通。一束阳光便从这活门中射进屋内，教克莱南想起了儿童看的古代绘图故事书来，那里面说，一束束类似的阳光为亚伯的被谋杀作证。[1]噪声离得较远，被隔离在账房外面，站在屋内只听得混杂在一起的嗡嗡声，间或夹杂了周期性的丁丁当当声。不慌不忙干活的人黑乎乎的，沾满了铁屑粉尘，粉尘在一条条工作长凳上飞舞，粉尘飞扬起来，钻进了账房间的地板缝隙。车间有一扶梯，可通下面的外院，扶梯下面放着大型砂轮机，专门供磨工具之需。整个说来，在克莱南眼中，此处气氛既奇妙又实际，换了这么个环境，他是很高兴的；他现在正忙于第一步工作，即把一叠叠的业务文件资料整理得井井有条，每当他坐在案头抬眼瞧见这一幅景象时，对于他所从事的新鲜工作，总有一种喜悦感。

有一天，他也是这样从案头抬眼瞧这一幅景象时，他不觉吃了一惊，只见一顶宽边女帽吃力地爬上扶梯来。这非同寻常的一幕后面还有一顶宽边女帽。接着他发现这第一顶宽边女帽是戴在F先生的姑妈头上，那第二顶帽子是戴在弗罗拉的头上。瞧弗罗拉那样子，她把那份遗产在陡峭的扶梯上往上推时，倒是相当吃力的。

尽管克莱南总的说来见了这两位不速之客并不是喜出望外的，然而他还是立即开了账房间的门，将她们从车间里救上来；用一臂之力把她们拉上来，倒委实是更加少不得的，因为F先生的姑妈已经被什么东西绊了一下，并且舞动她手中拎着的硬邦邦的网袋，真要威胁蒸汽动力，拿它当作一个死顽固了。

“我的上帝，亚瑟，——我该叫你克莱南先生，这样好多了——到这里面来我们可是爬着上来的这儿也没有防火梯那可怎么下去F先生的姑妈在扶梯上已经滑了几下撞得青一块紫一块的你也呆在机器铁

① 见《圣经·创世记》第四章第一至第五节，亚伯为亚当与夏娃所生的次子，为其兄所杀。

疙瘩中间你说说吧，从来也没同我们说一声！”

说完这些，弗罗拉又换不过气来。她这样说着的时候，F先生的姑妈一直在拿阳伞擦她非常看重的脚背，并恶狠狠地瞪着眼睛。

“真没有良心那天走了以后就没来看过我们，当然话也得说回来我们家也没有什么可叫人留恋的而你倒是更加心满意足地忙着，那是没话说的，我不知道她漂亮吗还是深蓝的眼睛还是乌溜溜的眼睛，倒不是说我希望她哪个方面都没法跟我比因为我心里非常明白我让人见了就要凉了半截的你一心一意的那毫无疑问也是应该这样的不过亚瑟我说了些什么也不要放在心上我自己也说不上是怎么回事我的上帝！”

这个时候他已经在账房间里搬了两把椅子让她们坐。弗罗拉一屁股坐在椅子上时，又向他投去了往昔的目光。

“你说说多伊斯-克莱南这名字多神气，多伊斯是何许人，”弗罗拉说道；“很好说话的人那是一定的也许结过婚也许有个女儿，真是这样吗？这样一来人家就懂这合股的意思了一切便明明白白，这事儿一点也不必跟我提起因为我知道我是没这个权利问这种事的过去铸的那金链条，已经断了合情合理的。”

弗罗拉脉脉含情地拉住他的手，又用活泼可爱的目光朝他看了一眼。

“亲爱的亚瑟——这是习惯的力量，叫克莱南先生怎么说都要妥当一些适合现在的情况——我得请求你谅解我的冒昧不打招呼便闯进来不过我想凭着现在已经凋谢不会再开出花儿来的旧日的交情总可以陪着F先生的姑妈来向你表示祝贺道个喜的，比在中国的时候要强得多了这是否认不了的路也近得多了只是这儿太高！”

“我见到你真高兴，”克莱南说道，“我非常感谢你，弗罗拉，非常感谢你的好意，还惦记着我。”

工厂访客

“我自己不管怎么说心里想得很多，”弗罗拉接话道，“因为我明明白白已经死过不下二十回埋过不下二十回了不管以前有过什么事情毫无疑问你是的的确确还记着我的总之是这么一回事就算是这么回事吧我倒最后还想说一句话，最后我还想说明一下——”

“亲爱的芬沁太太，”克莱南慌忙抗辩道。

“喔可别叫那个讨厌的姓，就叫我弗罗拉吧！”

“弗罗拉，你还犯得着再来作一番解释吗？我看你什么也不必再作说明了。我没有什么想法了——我已经没有一点儿想法了。”

这时候他们的谈话被扯开了，因为F先生的姑妈无情而可怕地说出了下面这句话：

“到多佛去的路上有里程碑的呢！”

她是怀着对人类如此置人于死地的仇视放出这颗炮弹的，因此克莱南手足无措，也不知道怎样分辩才是；因为，这么一位可敬的太太大驾光临已经使他心里不安，不知如何是好了，而这时候显然她对他又是极为憎恶的。她坐在那里喘着气，表现出讥讽、轻蔑的样子，两眼瞪着很远的地方，见这模样他也只能张皇失措地朝她眨眼而已。然而，弗罗拉听了这句话也不觉得怎么样，仿佛这句话是非常贴切、非常顺耳的一般；顺着她的口气高声地说F先生的姑妈是个精力充沛的人。可能是她的这句恭维话叫她来了兴致，也可能她正是火头上，这个杰出的女人又补充了一句：“他行就让他去领教领教吧！”她把她那个硬邦邦的网袋(一个庞大的装饰品，样子就像化石一般)别扭地动了一下，那是表明克莱南先生活该倒霉，那句挑战性的话便是冲着他的。

“最后有一句话，”弗罗拉又接下去说道，“我是在说我有最后一句话想说明一下，我和F先生的姑妈在你忙公务的时候本来是不会来打扰的F先生也是办公务的尽管做的是酒类生意不过公事总一样还是公事不管你怎么个叫法办公习惯总还是一样的F先生他自己就是那样下午五点五十分他的拖鞋就总是在门口垫子上放好了早晨七点五十分他的靴子便放在炉子围栏里面了非常准时的不管是天晴下雨天明天暗——所以要是没有什么正经事那是不会闯进来的说正经事那也是一片好心所以我们也希望你也会领情的亚瑟，克莱南先生这个称呼更加妥当一些，要不就叫多伊斯-克莱南可能更加像公事公办的样子。”

“你就不必说那些表示歉意的话了，”亚瑟恳求道。“你什么时候来都是欢迎的。”

“你真是待人以礼说这些话亚瑟——话一出口才想起来该叫一声克莱南先生才对，那是早已一去不回的日子里养成的习惯那是千真万确的所以经常在静悄悄的夜晚沉睡的锁链还没有把人捆住之前甜蜜的回忆就会给人带来从前的光明——真是待人以礼不过恐怕礼貌是礼貌的真话却没说出来，因为已经干起机器制造厂来了可是连一行字一张名片也没寄给爸爸——我没说寄给我尽管过去是寄的不过那已经是过去的事了而严酷的事实现在我的上帝别放在心上——你得承认不像是这个样子。”

这一回弗罗拉说起话来连停顿也没有了；与上次的会面相比，这一回她更加前言不搭后语，更加滔滔不绝。

“不过其实，”她马上又接着说道，“也没有什么别的可以期待的为什么要期待呢假如是期待不到的那为什么还要去期待呢我绝不是责怪你也不责怪任何人，当你妈妈和我爸爸没完没了把我们都弄得烦死了把金杯敲成了两半——我说的是割断了我们的情意不过我知道你是明白我的意思的假如你还不明白那也没有什么假如你不在乎的话那么我就要补充几句——当他们断送了我们之间的美好情意弄得我们倒在沙发上大哭一场差不多哭得断了气至少我是差不多哭得断了气这么一来一切都变了样答应与F先生结婚我知道事情是不会有什么好结果的可是他心里也很不踏实那样萎靡不振他甚至胡言乱语要是找不到药店买的什么油[1]他便要跳河了我去找来了总也是为他好。”

“我的好弗罗拉，这事儿我们以前已经解决了。解决得好好的了。”

“你有这样的想法那是明明白白的，”弗罗拉接话道，“因为你的态度很冷静，要是我不知道你是在中国我会瞎猜想以为你到北极去了，亲爱的克莱南先生不过你是对的我不能责怪你可是说到多伊斯-克莱南公司嘛我爸爸的地产也在这一带所以我们从潘克斯那里听说了要是他不说我们就一点情况也不会知道的我很满意。”

“不要这么说，不要这么说。”

“真是胡说八道不说怎么行亚瑟——多伊斯——克莱南——比叫你一声克莱南先生顺口一些也不怎么让人恼火——因为我知道你也知道那是不能否认的。”

“可是我倒否认这一点，弗罗拉。我原是想过不久便来你们那里作个友好拜访的。”

“啊！”弗罗拉说道，并不耐烦地将头往后一仰。“可能是吧！”她又用昔日的目光朝他看了一眼。“不过潘克斯同我们说了这件事以后我就决定要跟F先生的姑妈来看看因为爸爸——是在那之前——正好提起她的名字还说你很关心她那时我就说喔上帝有事情做为什么不把她弄到这儿来呢倒把活儿送到外面去叫人做。”

“你说的**她**，”克莱南说道，听到这里他已经不知所云了，“你是不是说F先生的——”

“喔，亚瑟——要叫一声多伊斯-克莱南才是想到过去的事情我就很容易那样称呼——谁听说过F先生的姑妈干针线活还在白天出去找活儿干的！”

---

① 实指 vitriol（硫酸）。

“白天出去找活儿干！你说的是小杜丽？”

“哎当然是说她，”弗罗拉答道；“我听到过的最奇怪的名字也比不上她这个最奇怪的名字，就像乡下哪个有关卡栅栏的地方的名字或者可爱的小马驹或者小狗或者小鸟儿或者花籽店铺里买的什么要撒在花园里或花盆里长出带斑点的芽儿来的东西。”①

“这么说，弗罗拉，”亚瑟说道，突然对谈话来了兴致，“卡斯贝先生已经跟你提起过小杜丽啰？他说什么啦？”

“喔爸爸的脾气你是知道的，”弗罗拉答道。“真叫人哭笑不得他坐在那里没事儿似的两个大拇指不停地绕着圈儿你要是两只眼睛瞧着他会叫你头晕的，我们谈起你的时候他说——我不知道是谁先说起这件事的亚瑟(多伊斯-克莱南)不过肯定不是我开的头，至少我希望不是我引起的不过你真的得原谅我在那件事上也没有别的可说了。”

“当然，”亚瑟说道。“一定。”

“你真好说话，”弗罗拉噘起嘴说道，并羞答答地蓦地住了嘴，样子非常动人。“那是没话说的，爸爸说你非常郑重其事地说起过她我说的话刚才都已经告诉你了没别的要说的了。”

“没别的了？”亚瑟说道，颇有点失望。

“不过潘克斯告诉我们你已经干起现在这个行当来了他横说竖说真是你我们还不大相信后来我跟F先生的姑妈说我们来问你一问假如需要的话就叫她到我们家来干活不知道各方是否都合意因为我知道她经常到你妈家干活我知道你妈的脾气很不好亚瑟——多伊斯-克莱南——否则我是怎么也不会跟F先生结婚的这个时候也许我又会在胡说八道了。”

---

① 据 T. W. Hill 的研究，一名植物学家读了这段话之后，把治疗狂犬病的矮科香雪球花命名为“小杜丽”。

“多谢你想到这些，弗罗拉。”

可怜的弗罗拉回答说，他能有这样的想法她感到很高兴，并表现出毫不加掩饰的真挚感情来，这真挚的感情比起她用往昔年轻时候的目光朝他看上一眼，对她来说显得更加相称。她的话说得那样真心诚意，克莱南真愿意花极大的代价立即换取他过去对她的评价，并且把它与这美人鱼一起永远扔掉。

“弗罗拉，我觉得，”他说道，“你能给小杜丽做的活儿，以及你能对她表示的好意——”

“是的我会的，”弗罗拉迅速地说道。

“我完全相信的——对她是极大的帮助和支持。我觉得我没有权利把我知道的她的一些情况告诉你，因为那些情况是我私下了解到的，并且是在迫使我严守秘密的情况下了解到的。不过我很关心这个小家伙，也很尊重她，这些我无法向你表达。她的生活是磨难与献身的生活，是默默行善的生活，这样的生活是你无法想象的。一想起她来我的心就会触动，更不用说去说她的遭遇了。就让我这样的一种感情来代替我未能说给你听的话吧，凭着我这样的感情能让她得到你的友好相待，并表示我的感激之情。”

他又一次向可怜的弗罗拉坦率地伸出手去；可怜的弗罗拉又一次无法坦率地握住他的手，觉得公开地握手没什么意思，认定这又是过去那样的阴险诡秘的举动。她拿起披肩的一角裹住手握了一下，这举动使他感到惊讶，却使她觉得很得意。这时，她朝账房间前面的玻璃窗望出去，看见有两个人走过来，便兴冲冲地大叫起来：“爸爸！别作声，亚瑟，千万别作声！”说完便一脚高一脚低地退回到椅子前，由于极大的意外和少女似的激动，她表现出与即将昏厥惊人地相似的样子。

这个时候，那可敬的老人跟在潘克斯的后面，傻乎乎地笑着，朝账房间走来。潘克斯在前面开了门，将他拖进里面，然后自己停泊在一个角落里。

“我听弗罗拉说，”那可敬的老人带着他那和蔼可亲的微笑说道，“她要来这里看望，要来这里看望。既然外出了，我想我也来走一趟，也来走一趟。”

他借助他那双蓝眼睛，闪亮的脑袋，长长的白发，在这宣告（就这一宣告本身而言，它并不深刻）中，注入了仁厚的智慧，令人难以忘怀。这仁厚的智慧似乎很值得列入贤哲之士所阐述的最崇高的情操。他在为他搬过来的椅子上坐下来，并在与克莱南谈话时还宣布：“你现在干起新的行当来了，克莱南先生？我祝你万事如意，先生，祝你万事如意！”他似乎出于慈善之心做了一件惊人之举。

“芬沁太太刚才同我说，先生，”亚瑟表示了一番谢意之后说道；已故的F先生的遗孀这时做了一个手势，对他搬出那个可敬的姓来极为不满；“她想把您荐给我母亲的那个年轻女针线工临时雇来做点活。我还为这件事向她道谢呢。”

那可敬的老人动作笨拙地转过头去，望着潘克斯，那助手见此情景便将刚才聚精会神地拿在手中的小本子收起来，把他挂上了拖船。

“你没荐过她，你知道，”潘克斯说道；“你怎么会荐呢？你对她了解点啥，你一点也不了解。人家同你说起过这名字，你托给别人了。你就做了这事。”

“哎！”克莱南说道。“既然她可以一荐，那也还是一回事。”

“她有个好着落你很高兴，”潘克斯说道，“可要是没个好着落，那也不能怪罪你呀。瞧现在这样子，那功劳也不是你的，要是说到有什么怪罪的，那也落不到你头上。你没作过啥担保。你对她啥也不了解。”

“这么说，她家哪一个人，”亚瑟说道，冒昧地随便问了一句，

“你都不熟悉吧？”

“熟悉她家的人？”潘克斯接话道。“你怎么会跟她家的哪一个人熟悉呢？你从来也没听说过他们。你哪能熟悉从来没听说过的人，你说对不？你想总不会吧！”

潘克斯说这些话的时候，那可敬的老人坐在那里，一直只是安详地微笑；和蔼可亲地根据情况的需要或点头，或摇头。

“要说作个证人嘛，”潘克斯说道，“你大概也知道作个证人是怎么回事。全是胡说八道，完全是的！就拿伤心园你那些房客来说吧。要是你说行的话，那他们一个个相互都可作证人，可你让他们作证人，又管什么用？不找一个证人而是找两个证人，那也好不了。一个尽够。一个付不出房租的人，找了第二个付不出房租的人作保，说他能付的。这跟长了两条木头腿的人，找了第二个长了两条木头腿的人来作保，说他长了两条皮肉做的腿，是一个道理。把他们两个拉在一起，谁也没法来个走路比赛。要是你一个也不想要的话，那你找着了长四条木头腿的，比长两条的更麻烦。”潘克斯先生喷出他那股汽来，话就算说完了。

紧接着一阵沉默；F先生的姑妈刚才说了那句话以后直挺挺地一直坐在那里，像个昏死过去的人。这时候她打破了沉默。她先是猛然抽搐了一下，没有精神准备的人见了她这样子，神经是会受到惊动的；然后，她以极大的憎恶说道：

“铜把手上的圆疙瘩，里面空空的，你没法儿叫它变成个有头有脑的。你们乔治大伯活着的时候你就没法儿，现在他死了就更没法儿叫它变啦。”

潘克斯先生接话也不迟钝，而且像通常那样泰然自若：“真是吗，太太？哎呀呀！真没想到是这么回事。”然而，尽管他留着神，可是，F先生的姑妈说的话倒叫在场的几个人闷闷不乐起来。首先，因为遭受贬低的那所理智的圣殿即克莱南的那颗没有伤过人的脑袋，是遮掩不过去的；其次，因为在这种场合谁也不明白所指的是谁的乔治大伯，或者叫了一声那个名字会招来什么样的幽灵。

因此，弗罗拉说道(尽管对于她那遗产仍旧不免颇有几分自诩与自得的意味)，F先生的姑妈“今天很兴奋”，她觉得他们还是离开这里吧。然而，F先生的姑妈确也兴奋，她听了这话竟出乎意料地勃怒起来，并表示决不离开；而且还加上了几句伤人感情的话，说倘若“他”——人家一听便明白是指克莱南——要想赶她走，“就叫他从窗口扔她出去吧”；还迫切地表示了她的愿望，想看看“他”怎么个扔法。

潘克斯先生的机智似乎能胜任调停可敬老人水域内出现的任何紧急事件，在此刻这种尴尬局面下，他把帽子往头上悄悄地一戴，悄悄地从账房间那扇门出去，过了一会儿又悄悄地回来，脸上是装出来的生气勃勃的模样，仿佛他是在乡间呆了几个星期刚回来似的。“嗨，哎呀呀，太太！”潘克斯先生嚷道，一面十分惊讶地捋着头发，“是您哪？您好哇，太太？您今天多精神！看见您真叫人高兴。请让我来挽着您的胳膊，太太；我们俩一块儿去走走，就我跟您，要是您肯给个面子的话。”就这样他陪着F先生的姑妈走下了账房间角落里的一个扶梯，样子那么豪侠，办法也很灵。那具有可敬老人风度的卡斯贝先生这时候站起来，和和气气地，跟在后面，看他那神情仿佛此举是他所为；让他的女儿在跟着站起来时，对她先前的情人用意乱情迷的悄悄声(她非常爱这样说话)说，他们这辈子也受够苦了；而且还神秘地暗示了一句，都是已故的F先生引起的。

待到克莱南又是单独一人的时候，他过去关于他母亲与小杜丽的疑虑使他苦恼起来，旧日的思虑与疑惑在心头翻腾。她们一齐涌上了他的心头，与他此时正机械地执行的任务搅和在一块。就在这时，有一个影子落在他的案头，他抬起头来想查看是哪儿来的影子。那是潘克斯先生的人影儿。他的帽子歪戴在耳朵的上方，仿佛他那干草叉似的硬头发像弹簧一样张开了，把帽子顶到了一旁；两只乌溜溜的眼珠滴溜溜地转，显得那样好奇；右手的指头塞在嘴巴里，以便咬那几个指甲；左手的指头塞在裤袋里备用，待需要时与右手交换。潘克斯先生这时候的人影儿透过窗玻璃落在那些簿册、资料上面。

潘克斯先生表示询问地将头微微一歪，问道，他是否可以再进来？克莱南点了一下头，作了肯定回答。潘克斯先生走进房间，来到桌子跟前，并将双手在桌子上一撑，站定了，随着呼哧的一声响，开始说起话来。

“F 先生的姑妈平息下去了，我想是这样吧？”克莱南问道。

“没事了，先生，”潘克斯答道。

“真是不走运，我惹得那位太太心中生了强烈的憎恶，”克莱南说道。“你知道这是什么缘故吗？”

“她知道这是什么缘故吗？”潘克斯问道。

“我看她并不知道。”

“我看她并不知道，”潘克斯说道。

他取出那本小本子，翻开，又合拢，然后放在他帽子里，那顶帽子就放在他身边的桌子上。他两只眼睛朝帽子底上的小本子瞅了一眼。所有这些动作都表现出深沉的思索。

“克莱南先生，”他思索了一阵之后说道，“我想了解一点情况，先生。”

“跟这家公司有关？”克莱南问道。

“不，”潘克斯说道。

“那么跟什么有关，潘克斯先生？那是不是说，你想从我这里打听一点情况？”

“对，先生；不错，我想从你这里问一点情况，”潘克斯说道，“要是我能说服你提供一点情况给我。A，B，C，D. DA，DE，DI，DO。照字典上的排列方法。是Dorrit。就是杜丽这个姓，先生。”

潘克斯先生又哼出一个奇怪的呼哧声，随后就啃起右手的指甲来。亚瑟用锐利的目光注视着他；他也注视着亚瑟。

“我不明白你的意思，潘克斯先生。”

“我要了解的就是这个姓。”

“你想了解些什么呢？”

“哪些都行，只要你能够告诉我，只要你肯告诉我。”这句将他的愿望都包罗在内的总括性的话，说出来的时候显然伴随着潘克斯先生那台机器的剧烈颠簸。

“你来找我这就奇了，潘克斯先生。我觉得颇不寻常，你会抱着这样的目的来找我。”

“事情也许是很不寻常的，”潘克斯说道。“事情也许是不平常的，不过仍旧是正经事。长话短说，是正经事。我是个办正经事的人。在这个世界上，要是不找正经事干，我还干什么事？没事儿啦。”

克莱南原就怀疑这个冷冰冰、老板着脸的人是否真那么郑重其事，现在仍有那样的疑问，因此，他又转过头去，两眼注视着这人的脸。那脸仍旧与以前一样长满了胡须，一样邋遢，与以前一样急切、敏捷，克莱南看不出在这张脸上潜伏着能说明那隐约显露出的嘲弄，但在他说话的口吻中似乎可听出这样的意味来。

“不过嘛，”潘克斯说道，“这件事实事求是说起来，也不是我主人的事。”

“你说的主人是卡斯贝先生吗？”

潘克斯点了一下头。“是我的主人。来一个假定吧。假定说，在我主人家里我听说那个姓——克莱南先生想要效力的年轻人的姓。假定说，普罗尼希在伤心园第一次向我主人提起这个姓。假定说，我找了普罗尼希。假定说，我规规矩矩向普罗尼希问了一点情况。假定说，普罗尼希虽说欠我主人房租，拖了六个星期，但是他不肯告诉我。假定说，两个人都说克莱南先生知道。就来这样一个假定吧。”

“还有呢？”

“还有，先生，”潘克斯答道，“假定说，我去找他。假定说，我就来了。”

这个忙碌的潘克斯他那些干草叉似的头发一根根都竖起来，他吐气、吸气非常响亮而又短促；他倒退了一步（拿拖船用语来说，船尾打半车），仿佛要让整个邋遢的外壳亮个相，然后又全速前进，敏捷的目光交替着一会儿落在放着他那小本子的帽子上，一会儿又落在克莱南的脸上。

“潘克斯先生，你说得那么神秘，我不想说什么，不过，我愿意尽量坦率地同你说。我问你两个问题。第一——”

“行啦！”潘克斯说道，竖起他那啃去了指甲的肮脏的食指。“我明白了！‘你的动机是什么？’”

“正是！”

“动机嘛，”潘克斯说道，“是正当的。跟我主人没关系；眼下要说也说不清，眼下要是说出来也很可笑；不过动机是正当的，就是想为姓杜丽的年轻人效力，”潘克斯说道，他那食指仍旧竖着，算是给人以提醒。“还是说动机是正当的吧。”

“第二，也就是最后一个问题，你想知道些什么情况？”

克莱南第二个问题还没有说出来，潘克斯先生就从帽子里取出了他那个小本子，小心翼翼地塞进上衣里面的胸口衣袋里，扣上衣袋纽扣，眼睛则一直注视着克莱南，停了一会儿，然后发出一声呼哧声，答道：“什么样的补充说明，我都想知道。”

克莱南禁不住笑起来，那呼哧呼哧的蒸汽小拖船，对于那条笨拙的卡斯贝号大船竟会那么有用，只见它等待着，注视着他，仿佛它是在窥测机会闯进来，没等他来得及抵抗那个行动，便从他那里掠走它所需要的一切；尽管从潘克斯先生迫不及待的神情中，已经可以看出使心头萌发种种猜疑的迹象。他略微思索了一番，决定在他力所能及的范围内，给潘克斯先生透露一点主要情况；因为他心里很清楚，倘若潘克斯先生从他这里什么也了解不到，他会想出别的法子去了解，这一点是十分肯定的。

于是，他首先要求潘克斯先生记住，他自己自愿表示过，了解这些情况与他主人不相干，还说过他自己的动机是正当的(这两点，浑身煤灰色的矮小的人又兴致勃勃地重复了一遍)；同时，他坦率地告诉潘克斯先生，至于杜丽一家的家世，抑或他们先前的居住地，他并没有什么情况可提供的，他对于这一家人的情况，只知道现在似乎只剩下五个人了，仅此而已；即两个兄弟，一个没有成家，一个死了妻子，留下三个孩子。关于这一家人的年龄，他也向潘克斯作了介绍，那是他的估计，大抵不错；最后，他对潘克斯谈到了马夏尔西狱之父的地位，以及取得现在这样的声望所经历的世事沧桑。潘克斯怀着极大的兴趣，听取克莱南的述说，他渐渐地听得入了神，而呼哧声也越来越惊人了；他似乎从克莱南叙述中的那些最令人心酸的故事里，获取了最愉快的感受，在克莱南说到威廉·杜丽遭受长期监禁这一节时，潘克斯似乎尤其完全陶醉了。

“最后，潘克斯先生，”亚瑟说道，“我只有这么一句话。出于与个人毫不相干的理由，我对于杜丽一家是尽量不去谈它的，尤其是在我母亲家里，”(潘克斯先生点了一下头)“对于这一家的情况我要尽量多了解一点。像你这样一个如此忠实的干正经事的人——唔？”

因为，潘克斯先生这时突然间异常用力地发出呼哧一声响。

“没啥，”潘克斯先生说道。

“像你这样一个如此忠实的干正经事的人，对于公平交易想必是完全理解的。所以，我想同你来一个公平交易，在你力所能及的范围内，你也应该向我提供关于杜丽一家的情况，就像我向你提供了情况一样。我事先并没有同你说好条件，你听了也许会觉得我的办事习惯并不很聪明，”克莱南接着说道，“不过我喜欢凭信誉办事。办事全凭滴水不漏的原则，对此我是见识得多了，所以，老实说吧，那种做法我是已经腻烦了。”

潘克斯先生大笑起来。“是一桩交易，先生，”他说道。“走着瞧吧，我会守信用的。”

他说完这句话默然无声站着，一面注视着克莱南，嘴却不停地啃遍每一个指头；显而易见，他心里一面却在将他所听到的情况仔仔细细铭记下来，因为此刻提供情况的人就在眼前，记忆上的空缺尚可弥补。“行了，”他沉默了片刻之后终于又说道，“现在我得走了，今天是伤心园的收租日子。不过，还有件事想说说。一个瘸腿的外国人，拄一根拐杖的。”

“哎，哎。我明白了，你有时候确实要找证人，对吗？”克莱南说道。

“要是他付得起钱，先生，”潘克斯答道。“你能弄到手的都要拿，你硬是不肯放手的东西都要留着。这样就叫办正经事。那个瘸腿的外国人，拄一根拐杖的，他要在伤心园弄一间顶楼房间。他能行吗？”

“我行，”克莱南说道，“我愿为他担保。”

“那就行了。伤心园嘛，我非要坚持的是，”潘克斯一面说一面在他小本子上作了记录，“说话算话。你知道，我要他们说话算话。

要么给钱，要么拿财产抵押！在伤心园我们就靠这一句话。那个瘸腿外国人，拄一根拐杖的，他说是你叫他来的；不过他也会说(谁叫谁来的这种事)是莫卧儿大帝叫他来的。他住过医院，对不？”

“住过。因为遇上了车祸。他刚出院不久。”

“我听人家说，先生，让他住进医院可花钱了，哪个人担当得起？”潘克斯说道。他又发出引人注目的响声。

“我也听人家这么说，”克莱南说道，语气淡漠。

潘克斯先生当时已经作好准备立即就可起航，所以一下子便开足马力，没有什么信号，也没有什么表示，他似乎刚刚走出账房间，便呼哧呼哧地下了扶梯，直奔伤心园。

那一天，潘克斯来了之后，伤心园便投入了一片惶惶不安之中。那狠心肠的潘克斯在伤心园各处游弋，他严厉训斥伤心园的居民一个个迟迟不交租金，他要人们说话算话，告诉人们搬出去、立即就走，把拖欠房租的人说得一无是处，他人还没有到，大家已经惊慌万状，他人去了，大家还是惶惶不安。人们三五成群，被必然要遭殃的心理所驱使，悄悄地聚集到他去的地方，躲在屋子外面偷听他对房客说的断断续续的话；听说他从楼梯上下来了，人们常常还没有来得及各自走散，他早已经站在他们身旁了，要他们交出拖欠的房租，弄得人们一个个都发呆了。那一天，伤心园各个角落都可以听见他的责问：“你们都在搞什么？”“你们这算什么意思？”潘克斯先生不想听人们的种种借口，不想听人们的牢骚，不想听人们的改悔，什么也不要听，他要的只是无条件交出的现钱。他满头大汗，直喘粗气，上窜下跳，没有一定的方向；他越来越热烘烘的，越来越黑污污的，把伤心园那股潮水搅得乱糟糟，一片混沌。在人们见到他冒着汽呼哧呼哧地踏上伤心园出口处台阶的顶上，在地平线上消失之后足足过了两个钟头，那股潮水仍旧还没有平静下来。

那天夜里，在伤心园人们通常的聚集地点，汇集了三五成群的几伙人。这些人众口一词，都说潘克斯先生是个狠心肠的人，不好对付。说起来真叫人可惜，实在可惜，像卡斯贝先生这样的一位绅士，竟然会把自己的房租交到他的手里，竟然会看不清他的真面目。因为（伤心园的人说），要是一位绅士长了一头那样的头发，一双那样的眼睛，自己把管起房租来，太太，那就不会叫人犯愁，叫人讨厌了，事情就会大大地不一样啦。

就在那同一天晚上，同一个时辰，那可敬的老人——那骚乱还尚未开始的午前就心气平和地飘然过了伤心园，他当时有一个明白的意图，即凭着他那隆起的亮光光的脑袋，以及脑袋四周长长的银丝，建立起这种信任——就在那同一个时辰，那艘配备齐整的战舰，那个骗子，在家中踉踉跄跄走进了他那精疲力竭的拖船的狭小码头，一面伸出两个大拇指绕着圈儿，一面这样说道：

“今天的事糟透了，潘克斯，今天的事糟透了。我总觉得，先生，而且为我自己想想，我一定要把话说得重一点，我是说你应该多收些房租回来的，多收些房租回来的。”

第二十四章

算　命

就在那同一个夜晚，普罗尼希先生来找小杜丽。普罗尼希先生说明来意，要同小杜丽说句话，单独地说句话。他不停地咳嗽，咳得那么厉害，人们禁不住要想，她父亲对于她做缝纫女工这项职业的态度，完全证明了这么一个道理：像两眼什么也看不见的人那样的盲目是没有的。普罗尼希先生就这样在门外的公用楼梯上与小杜丽说起话来。

“今天有一位太太到我们家来过，杜丽小姐，”普罗尼希粗声粗气地说道，“跟她一起的还有一个女人，我可从没碰见过这么个老刁婆。她的话说得人都闷了，那个样子，喔，天哪！”

好心眼儿的普罗尼希起初总没法儿将 F 先生的姑妈从他心头驱走。“因为，”他辩解道，“说句老实话，她可是个说话最尖酸刻薄的老太婆！”

终于，他花了很大力气，总算不再去想这个值得观察的对象了，说道：

“不过现在这个时候她也没啥要紧的。另外一个太太，她就是卡斯贝先生的闺女；要是卡斯贝先生不富裕，日子也不好过，那也怪不得潘克斯。因为，潘克斯嘛，他不假，他的确不假，他真的不假！”

普罗尼希先生，与他通常的态度一样，说起话来虽然颇让人摸不着头脑，但语气却是有意识地强调的。

“她到我们那儿来嘛，”他接着说道，“为的是要捎一句话，要是杜丽小姐肯到那名片上写的地方走一遭——那地方就是卡斯贝先生家，是那儿，那儿后面有潘克斯的办公室，他在那儿的确不假，真不敢相信——她说能让杜丽小姐来家干活很高兴。她特别还说到她是克莱南先生的老朋友，好朋友，她希望自己也能做一个对他的朋友能帮点儿忙的朋友。这些是她说的话，她想问一问杜丽小姐明天早晨是不是能来，我跟她说，我去找你，小姐，问你一下，今天夜里我再到那里走一趟就说行，要是你明天没工夫，那么什么时候？”

“我明天可以去，谢谢您，”小杜丽说道。“您真是个好人跟我说这件事，不过您一直是个好人。”

普罗尼希先生非常谦逊地否认了自己的这些优点，说着便推开了房门，让小杜丽又进了房间，而他自己则跟在她的后面，非常明显地是要装出他们并没有走出过房门的样子，这样一来，她父亲看见他们一起说话也不会有很大的疑心。然而，他和蔼可亲，一点儿也没有意识到什么，所以并不留神。普罗尼希在谈话间，把先前作为狱中人所承担的义务，与现在作为监狱外的穷朋友所享受的特权，都糅杂在一起了，而且还掺入了泥水匠地位之卑微。他说了一会儿话之后便告辞了；但在他走出监狱大门之前，他还到监狱各处去走了一圈，看了一会儿九柱戏，因为他是这儿的老居民了，此时百感交集，心中暗自思量，说不定哪一日命运又要叫他回到这里来呢。

第二天一大清早，小杜丽将家中事全交托给玛吉，便动身前往可敬老人的府上。尽管走铁桥让她破费了一个便士，她还是走了那条路，而且到了桥上还放慢了脚步。八点还差五分的时候，她已经将手搭在了可敬的老人家大门的门环上了，那门环挺高，她得踮起脚来，才够得着。

她把芬沁太太的名片交到出来开门的年轻女人的手中，那年轻女人告诉她说“弗罗拉小姐”——弗罗拉在丈夫去世后回到了父亲家里住，又同过去做闺女时一样称起小姐来——还没有从卧室下来，不过，就请上楼到弗罗拉小姐的起居室里坐吧。她上楼进了弗罗拉小姐的起居室，如同这是她应尽的职责一般，进了室内便见供两人自自在在地用餐的早餐桌已经摆好了，桌子上另外还放了一个盘子，准备好了一个人吃的早餐。那年轻女人走了，过了一会儿她又进来，说，请小杜丽坐到靠火炉的椅子上，把帽子脱下来，在这里不必拘礼。可是小杜丽由于羞怯，而且在这种场合还不习惯于做到毫无拘束，总觉得忐忑不安，手足无措，因此，在弗罗拉过了半个小时之后匆匆走进起居室时，小杜丽仍旧坐在靠门口的地方，连帽子都还戴着。

弗罗拉觉得很抱歉，让她等了这么久，哎呀呀她怎么坐在靠门口的地方冻着她原是想得好好的进门来就见她坐在炉边看报纸的，是不是那个粗心大意的姑娘没有转告她的话，她在那里干等着的时候真的一直戴着帽子，哎呀呀我的上帝快让弗罗拉来把帽子脱下来！弗罗拉以世上最和蔼的态度脱下小杜丽的帽子，看到了那张脸庞，她感动得惊叫了起来："嗨，你是个多么可爱的小姑娘啊，亲爱的！"说着便像最温良的女人那样，举起双手，捧住她的脸，挤了挤。

这只不过是瞬息之间的话与动作。小杜丽还没来得及去想这态度多么善良，弗罗拉已经朝餐桌大步走去，做着种种动作，并且开始滔滔不绝地管自说起话来。

"真太抱歉偏偏今天早晨我会起得晚了因为我原来想的原来希望的是等你一到就来同你会面让你知道只要亚瑟·克莱南稍微有些关心的人我一定关心的告诉你我从心底里欢迎你我心里太高兴了，可他们倒好你到了也不来叫我一声我恐怕还在那里呼呼地睡要是你知道是这么一回事要是你冷鸡也不喜欢吃热火腿也不喜欢吃我得说许多人恐怕是不喜欢吃的只有犹太人喜欢吃他们吃东西有很多忌讳我们得尊重他们不过我得说他们把显然是一文不值的滑头货卖给我们以假乱真我希望他们也能有同样的顾忌讲点良心要是你知道是这么回事要是你这些东西都不吃那我就会犯难的，”弗罗拉说道。

小杜丽向她道了谢，腼腆地说，奶油面包和茶有这些她通常就——

“喔尽瞎说我亲爱的孩子说这话我可不要听，”弗罗拉一面说话，一面转身冒冒失失地拿起烧水的热茶壶，往小茶壶里倒水的时候她探头去张望了一下，热水溅到眼睛里，弄得两眼眨个不停。“你到这儿来就要跟朋友跟同伴一个样你知道要是你允许我冒昧地这么说的话要是你连朋友同伴都不能算我可真的会丢面子的，不光这些亚瑟·克莱南还说过这样的话——亲爱的你太累了。”

“不累，小姐。”

“你脸色苍白没吃早饭就赶了这么远的路恐怕你住在离这儿很远的地方应该乘马车来的，”弗罗拉说道，“哎呀呀有什么法子能让你身子舒服舒服？”

“我真的没有什么，小姐。我非常非常感谢您，我真的没有什么。”

“那就请立即喝点茶，”弗罗拉说道，“还有这鸡翅膀这块火腿也吃下去，我就别管了也不要等我因为我总是亲自把这盘子端去给F先生的姑妈的她就在床上吃早餐她还是个非常可爱的老太太非常机灵，门后挂的那是F先生的画像也很像只不过额角画得太宽大了至于一根柱子大理石的路面栏杆一座山我可从来没有看见他到过那个地方做酒类买卖也不可能碰上这么个地方的，他是个很了不起的人可一点也不是这个模样。”

小杜丽朝那画像瞅了一眼，对于那件艺术品的有关方面就很不理解了。

“F先生是一心爱着我所以他一刻没看见我就难受，”弗罗拉说道，“不过当然我也说不上要是我做新媳妇的时候他没有过早地离了人间他这样爱我会爱到什么时候，是个高尚的人但不是个富有想象的人有男子汉气概可是平平凡凡没有浪漫色彩。”

小杜丽又朝那画像瞅了一眼。那画家画的肖像的头部，从智慧的角度来看，即便用在莎士比亚的身上，也显得头重脚轻的。[①]

“不过，浪漫色彩，”弗罗拉接着又说道，一面忙着给F先生的姑妈准备吐司面包，“这话在F先生向我求婚的时候我就公开同他说过了你听了一定会非常吃惊他向我求婚有过七回一回是在出租马车上一回是在游船上一回是在教堂的一条靠背长凳上一回是在腾布里奇温泉[②]的一头毛驴背上其余三回则是跪在地上，浪漫色彩随着亚瑟·克莱南青少年时代的过去也无影无踪了，我们俩的父母把我们拆散了我们就成了铁石心肠的人严酷的现实取而代之，F先生话倒说得很漂亮他说这件事他都清清楚楚他甚至反倒喜欢这一局面于是乎就答应了批准了这就是生活你瞧亲爱的可我们没有毁了自己而是屈服了，我端盘子进去你就好好儿吃一顿早餐吧。”

她端着盘子走了，只留下小杜丽一个人，回味她前后不相连贯的话的意思。没多久她又回到起居室；终于自己也吃早餐了，一边吃一边说着话。

“你瞧亲爱的，”弗罗拉说道，同时拿了一种像白兰地味似的液体，倒了几调羹，放在茶里，“没法子我只好遵照医嘱一点也疏忽不得可是我这么个可怜的人喝这种东西可真不好喝也许我年轻的时候受了打击之后就一直没有恢复过那时候与亚瑟分手以后就在隔壁房间里哭呀哭的，你认识他很久了吗？”

---

① 在英国人眼里，莎士比亚当然可以看作是智慧的代表；而且，从我们通常所见的莎翁像来看，他的额角极宽大。

② 英国东南部肯特郡(Kent)一温泉。

当小杜丽明白过来这句话是在问她的时候——要听明白弗罗拉的话可得要有相当的时间，因为她的这位新的保护人说起话来像飞那么快，她怎么也跟不上——她马上答道，克莱南先生一回国她便认识了。

“这话倒说的是他不回国你是不可能认识他的除非你到过中国要不然的话你跟他通过信那都是不可能的事，”弗罗拉接话道，“因为在外面跑的人一般多多少少都喝白兰地搀水的烈酒你一点也不是这样至于通信往来有什么可写的？那倒是一点不错除非茶，这么说你第一次认识他是在他妈妈家里是不是真在他妈妈家里认识的，非常聪敏非常坚定可是她的严厉叫人觉得很可怕——要是做戴铁面具的人①的母亲这才相称。”

“克莱南太太对我一向很好，”小杜丽说道。

“真的吗？那肯定我听了也很高兴因为她是亚瑟的母亲我对她过去没有什么好感现在你说她好那我听了自然也感到愉快，尽管我喳喳喳喳地说着话我肯定是这么说话而她坐在那里朝我瞪着眼睛像命运女神②坐在小孩跑车里——这样比较真太吓人了——蹩脚的比喻可那不是她的缘故——她把我看成了什么样的人我从来不知道也没法子想象。”

“我要不要找个什么活儿做，太太？”小杜丽问道，并胆怯地四下张望；“我能有活儿做吗？”

---

① 在法王路易十四统治时期，有一个闻名的犯人在各个不同监狱中囚禁了四十多年，最后于一七〇三年十一月九日死于巴士底狱。在从一个监狱押往另一个监狱时，他总是戴着黑绒面罩。但不是铁面具。这名犯人的名字从未透露过，死后埋葬时只写了“M. de Marchiel”（德·马尔希雅先生）。大仲马采纳伏尔泰的建议，在一部小说中把他写成是路易十四的兄弟，一个私生子。

② 希腊神话、罗马神话中有所谓“命运三女神”，分别掌握人的出生、生命、死亡三大命运，以残酷无情著称。

“你这个闲不住的小精灵，”弗罗拉接话道，同时又倒了一杯茶，又喝了医生嘱咐她要吃的几调羹药，“你先别着急我们最好还是先来私下说一点我们的共同的朋友的事情——这个说法至少对我来说是太冷冰冰了我不是那个意思，不过共同的朋友这个说法非常恰当——先讲个形式跟你不相称只适合我那就像被狐狸咬的斯巴达男孩了①，我希望我举出这个例子来打比方能得到你的谅解因为所有到处乱跑凑热闹的讨厌男孩中那个男孩是最讨人嫌的。”

脸色非常苍白的小杜丽重又坐下来听弗罗拉说话。“我还是一边干活一边听您说话，好吗？”她问道。“我一边听您说话一边也能干活。假如行的话，我很想干点儿活。”

她心情的迫切充分说明了她不干点儿活就觉得左右不自在，见这情景弗罗拉答道：“哎亲爱的你爱做什么活就做吧，”同时，她拿过一个放着白色头巾的藤篮。小杜丽高兴地将藤篮放在身旁，取出随身带着的小针线盒，穿好针线，开始锁起边来。

“你的手指多灵巧，”弗罗拉说道，“可你真没有什么不舒服吗？”

“哦，没啥，真没啥！”

弗罗拉将两只脚搁在火炉围栏上，摆出架势一五一十说起过去的浪漫故事来。她慷慨激昂，抑扬顿挫，将头一仰，富有感慨地一声长叹，两条眉毛不住地牵动，而且她还偶尔，但不是经常，瞟上一眼俯身干着活儿的小杜丽那张平静的脸。

“你要知道亲爱的，”弗罗拉说道，“不过你肯定已经知道了不只

---

① 斯巴达为古希腊主要城邦之一，斯巴达人以刚毅、勇悍、艰苦著称。一个斯巴达母亲把盾牌交到出征的儿子手里时会对他说，要么举着盾牌回来，要么躺在盾牌上抬回来。此处说的是一个偷了一只狐狸的男孩将狐狸藏在斗篷里，狐狸咬穿了他的肚子，他也不泄露秘密。

因为我已经说过事情的大致情况而且还因为我觉得某某人的名字就刻在我的额角上事情是明明白白的在我被介绍给已故的 F 先生之前我就跟亚瑟·克莱南订过婚了——公开场合需要慎重一点的时候叫他克莱南先生在我这里就叫他亚瑟——我们俩是心心相印的那时候是人生的青春时代那是狂喜的时代那是热情奔放的时代那是一切的一切都是最最美好的时代，可就在那个时候我们俩被拆散了我们都成了石头一般冷漠的人亚瑟就是怀着这样的冷漠漂洋过海到中国去了我也做了已故的 F 先生的石雕新娘。”

弗罗拉说这些话的时候声音十分低沉，颇有点沾沾自喜的神情。

“再说说，”她说道，“那天早晨的情绪当时心都已经冷了 F 先生的姑妈坐在一辆玻璃马车里跟在后面那辆马车人们都说一定是一辆破车子否则出门才穿过两条马路是绝不会坏的 F 先生的姑妈就用灯芯草垫子的椅子被人抬着回家就跟十一月五日[①]那个模样叫我是怎么也不会让人这样抬的，别的用不着噜苏单说那顿纯粹是装装样子的早餐就在楼下那个餐室里办的爸爸因为腌鲑鱼吃得太多结果病了好几个星期我跟 F 先生到大陆旅游去了加来[②]那儿在码头上人家为了我们大打出手结果我们两个人走散了不过没有永远分开那是后来的事了。”

石雕新娘几乎连气也不喘一口，滔滔不绝地说着话，摆出洋洋自得的态度，说的话又前后不相连贯，人有时候说话也偶尔会如此。

“那些日子里梦一样的生活我就不去说了，F 先生情绪很好胃口也很好烧的菜他很喜欢他说酒淡了一些不过味不错一切都好，我们回来后就在紧贴伦敦码头小鹅街三十号的住所定居下来，那时候我们还

---

① 每年十一月五日英国城乡都有烧营火的习惯，同时还可以看到儿童拉着自制小车，边推边唱，小车上坐一穿破衣服的草人。这一风俗与纪念一六〇五年十一月五日“火药阴谋”有关，详见第十章关于“火药阴谋”的注释。

② 法国北部港市，与英国多佛相望。

没有完全觉察女佣把空着不用的那张床的鸭绒偷出去卖掉。后来痛从下身到了上身带着 F 先生一块儿上了天。”

F 先生的遗孀，朝那幅画像望了一眼，摇了摇头，擦起眼睛来。

“我怀念 F 先生一个很可敬的人非常体贴的丈夫，只要说一声要吃芦笋餐桌上就有了要是想喝一点什么美味的东西只要有这个意思一个小瓶就来了跟变魔术一样这不是什么叫人欣喜若狂的东西不过让人感到舒适安逸，我回到了爸爸家里多少年来生活虽然说不上快活可也与外界没有关系后来有一天爸爸招呼也不打就闯进门来说是亚瑟·克莱南在楼下等着见我，我就下了楼只见他别问我当时只见他是个什么样子只知道他还是一个人没结婚什么也没变。”

弗罗拉此时为自己抹上了一种阴郁神秘的色彩，倘若是别人，这神秘必定会使人停下手中的活来，然而她身旁那双灵巧的手却不受影响。那双手仍在不停地动作，头一直低着，目不转睛地注视着双手缝出的针脚。

“也别问我，”弗罗拉说道，“我现在是不是还爱着他也别问他现在是不是还爱着我或是会出现什么样的结局什么时候能看到结局，我们周围的人都在眼睁睁地看着说不定我们注定是要天各一方去伤心的说不定再也不会重新结合在一块儿了我们一句话也没说一点气也没透一个眼色也没流露一切都必须死守秘密因此我们都没怎么大惊小怪的即使我对亚瑟似乎会冷淡一些或者亚瑟似乎会对我冷淡一些我们都有关系重大的理由要是我们明白了这一点那就行了别作声！”

弗罗拉说这一连串话的时候心情非常急切，仿佛她真相信自己说的一切。她说着说着又显得完全像美人鱼似的，这时候已没多大疑问，不管她说了些什么她实际上都是相信的。

“别作声！”弗罗拉又说了一遍，“我现在已经都跟你说了，我们两个人之间已经建立了信任别作声，为了亚瑟起见我愿永远做你的朋友亲爱的姑娘以亚瑟的名义你也可以永远信赖我的。”

灵巧的双手停下活儿，并将它放在一旁，这个矮小的人儿站起身来吻了一下弗罗拉的手。“你身上很冷，”弗罗拉说道，举止态度又回复到她那自然、善良的样子，这一变化收到了极大的效果。“今天你就别干活了我看你是身体不舒服我说你体质不好。”

“我只觉得有点儿激动，因为您待人这么好，还有克莱南先生，好意地将我交托给他早就熟悉、早就爱慕的人。”

“嗐真的亲爱的，”弗罗拉说道，只要自己有时间仔细想一想，她总表现出坦诚的态度，“这件事现在还是不要再说它了，因为我毕竟不可以去说它的，不过没有什么要紧稍稍躺一会儿吧！”

“我要做我想要做的事情身体总是吃得消的，再过一会儿我就没事儿了，”小杜丽答话道，并且露出了一丝微笑。“您真叫我感激不尽，就这么回事，没别的。要是我在窗口呆一会儿，我就什么事也没有了。”

弗罗拉把窗打开，叫她在靠窗的椅子上坐下来，并且非常体谅，自己又坐回到原先的地方。那一天刮着风，凉风吹拂小杜丽的面颊，不一会儿她便恢复了面色，没过多久她便又回到放藤篮的地方坐下，她那双灵巧的手又灵巧地干起活儿来。

她一面静静地干着针线活，一面问弗罗拉，不知道克莱南先生说起过她住在什么地方没有。听见弗罗拉作了一个否定回答，小杜丽说，她明白他为什么对这件事这么谨慎，不过她觉得倘若她把这个秘密告诉弗罗拉，肯定他会同意的，因此，只要弗罗拉点头，她现在就会这么做的。见弗罗拉给了一个鼓励的答复，她把自己的身世作了扼要的叙述，说到自己是简单几句话，对她的父亲则作了一番热烈的赞颂；弗罗拉听着小杜丽的述说，表现出自然的疼爱，表明她是充分理解的，这时候她并没有语无伦次的样子。

进餐的时间到了，弗罗拉伸手挽住这个她新结识的她要照顾的人的手，领着她走下楼梯，将她介绍给那可敬的老人和潘克斯先生，那两位已经坐在餐室里等着用餐了。（F先生的姑妈此时呆在卧室里，暂且无事。）小杜丽受到了那两位先生各自不同方式的欢迎；那可敬的老人似乎给了她不可估量的帮助，因为他说，见到她非常高兴，见到她非常高兴；而潘克斯先生发出了他最喜欢的呼哧声，算是向她致意。

在那种陌生的场合，小杜丽随便怎么样也是会显得羞怯的，尤其是弗罗拉还硬要她喝上一杯葡萄酒，尝一尝餐桌上最好的菜；而潘克斯先生在场更使她大大地拘谨起来。看见这位先生的举动，她起初心里嘀咕，还以为他是专给人画肖像的，因为他目不转睛地注视着她，并且还频频地瞟一下放在身边的那个小本子。然而，她发现他并没有在画速写，而他谈的又只是生意经，于是她便心中狐疑起来，也许他是她父亲的某个债权人的代表，那个小本子上就记着欠他们的债务。照她这样的观点看来，潘克斯先生的呼哧声就表示受了伤害与很不耐烦的情绪，而他的大声呼哧则成了提出偿还债务的要求。

然而，潘克斯先生本人反常的前后矛盾的举动又使她警惕起来。她离了餐桌，已有半个钟头，此刻正独自一人坐着做针线活，弗罗拉在隔壁房间里，是“去躺一会儿”。就在弗罗拉去躺一会儿的同时，屋子里弥漫了一股喝上几口的东西的味。那可敬的老人已经在餐室里熟睡了，他那慈善的嘴张着，脸上盖着一块黄颜色的手帕。就在这悄然无声的时刻，潘克斯先生轻手轻脚地到了她面前，彬彬有礼地朝她点着头。

“是不是有点儿冷清，杜丽小姐？”潘克斯问道，声音放得很低。

“不冷清，谢谢您，先生，”小杜丽答道。

“你忙着，我知道，”潘克斯先生说道，并蹑手蹑脚地一步步朝房间里面走。“那些东西是什么呢，杜丽小姐？”

“头巾。”

“哦，是嘛！”潘克斯说道。“叫我怎么也说不上来的。”那些头巾他瞧也没瞧上一眼，两眼只是紧盯着小杜丽。“也许你心里头在琢磨，我是什么人。要我说出来吗？我是个算命的。”

听了这几句话，小杜丽开始怀疑他是个疯子。

“我这人是整个儿交给我的主人了，”潘克斯说道，“他在楼下吃中饭时你见过他了。不过，我有时候，也干点儿别的行当；私底下，完全是私底下，杜丽小姐。”

小杜丽眼望着他，心里将信将疑的，也颇有些惊恐。“我希望你肯让我瞧瞧你的手掌，”潘克斯说道。“我想仔细瞧一下你的手掌，我不想惹人讨厌。”

他其实非常让人讨厌，是真不该呆在那里的，但她还是将针线活放在膝盖上，停了一会儿，并且伸出戴了顶针的左手。

“劳累了好多年了，唔？”潘克斯说道，轻轻地，伸出又粗又短的食指碰了一下她的手掌。“不过要是不劳累我们活着为了啥？什么也没有。嘿！”他观察着她的掌纹。“这是什么，上面有铁条？这是监牢！这是什么，一件灰白的睡衣，一顶黑色绒帽？这是父亲！这又是什么，夹着一个单簧管的？这是叔叔！这又是什么，穿跳舞鞋子的？这是姐姐！这是什么，东游西荡，好吃懒做？这是哥哥！这是什么，整天为他们操劳？嘿，这就是你，杜丽小姐！”

她抬起头来惊讶地注视着他的脸，四只眼睛相遇了，她想，他尽管双目锐利，但是与她在餐桌上所想的不一样，他此刻看上去是一个欢快得多、文雅得多的人。他的目光马上又转移到了她的手上，她也就失去了证实或纠正自己所得的印象的机会。

“嘿，真是见鬼了，”潘克斯喃喃道，他那笨拙的指头顺着她手上的一条掌纹摸着，“那不是我吗，躲在这儿的角落里！我在这儿想干什么？我背后还有什么？”

他的指头慢慢往下移，到了她的手腕上，又绕过手腕，装作要查看一下她的手背，算一算他背后究竟有什么。

“有害处吗？”小杜丽微笑着问道。

“真是见鬼了！”潘克斯说道。“你说说这值多少？”

“那该问你了。我不是算命的。”

“说得对，”潘克斯说道。“这值多少？你总有一天会看到的，杜丽小姐。”

他慢慢地松开了手，伸开两只手的全部指头去捋他那干草叉似的头发，头发一根根都直立起来；慢慢地，他又重复说着：“你记着我说的话，杜丽小姐。你总有一天会看到的。”

她不禁表现出非常惊讶的神情，即便仅仅是由于他对她的身世了解如此深刻之故。

“啊！对啦！”潘克斯指着她说道。“杜丽小姐，绝对不该这样？”

她比先前更加显得惊奇了，而且有一点骇怕了，她两眼望着他，等着他解释那最后一句话。

“绝对不该这样，”潘克斯说道，非常郑重其事，模仿人们感到惊讶时候的表情与动作，样子非常可笑，然而也并非有意如此。“绝对不可以那样。千万不可露出在哪个时候，哪个地方，见过我的样子来。我是个无名小卒子。千万别露出见到了我的样子来。千万不要说起我。要装作没注意我那样。你同意不同意，杜丽小姐？”

“我也不明白该怎么说，”小杜丽回答道，显得十分惊异。“为什么要这么问？”

“因为我是个算命的。吉卜赛人潘克斯。你的命我还没好好儿算过，杜丽小姐，所以我现在还不能跟你说，根据那只小手手背指出我背后是什么。我跟你说过，你总有一天会看到的。我们说定了，杜丽小姐？”

“说定了我——不——要——”

“离开这儿之后你就不要来注意我，除非我先打招呼。看到我来来去去，你也要装作没看见的样子。这很好办。有我没我都不碍事，我也不漂亮，我也不是个一日不见就叫人想的人，我只不过是我家主人的死要钱的人。你只要记着一桩事情就行了：‘哦！吉卜赛人潘克斯给我算过命——他以后还要接着给我算命——我总有一天会看到的。’我们说定了，杜丽小姐？”

“是——的，”小杜丽结结巴巴地说道，他已经说得她心神不宁了，“我看就这样吧，只要你不来害人家。”

“好！”潘克斯先生说道，同时瞟了一眼隔壁房间的墙壁，俯下身子凑过来。“人是挺老实的，是个挺好的女人，就是说话没脑子，说起话来不着边际，杜丽小姐。”说罢，他搓着双手，仿佛他对这次会见感到非常满意，呼哧呼哧喘着粗气走到了门口，出了门又彬彬有礼地点了一下头。

倘若小杜丽感觉到了她刚认识的那个人举动非常古怪，自己竟然也成了那个奇怪协议的一方，从而整天闷闷不乐，无比烦恼，那么，她的烦恼并没有因了后来发生的事情而有所减轻。在卡斯贝先生的家中，潘克斯先生一旦有机会，总是意味深长地朝她看上一眼，朝她发出一下呼哧声——与他先前那样的表现比较起来，他这样的举动倒也没有什么了不得的——不只如此，他还开始无时无刻不在她的日常生活中出现。她在街上看见他，经常看见。她到卡斯贝家去总是可以在那里遇上他。她到克莱南太太家去的时候，他随便找个借口便可找上门来，仿佛是要盯住她。使她感到惊讶的是，过了还不到一个星期时间，有一天晚上，她竟然在监狱门房里见到他，坐在那里与当班的看守聊天，而且看样子他与那看守还很有交情。另一件让她感到意外的事是，她发现他在监狱里面也同样有说有笑的；她听说在她父亲星期天接待客人的时候，他也在场；她看见他与狱中人朋友肩并肩地在院子里散步；据传闻她了解到，有一个晚上他在常在监狱酒吧里集会的社交俱乐部里一下子出了名，因为他给那个机构的成员发表了一篇演说，唱了一首歌，让在场的人喝了五加仑的淡啤酒——外边传说还要神乎其神，说他还招待了一蒲式耳的虾子。普罗尼希先生作为忠实的朋友常来监狱拜访，这样的一些现象他是亲眼所见的，这些现象在普罗尼希身上产生的效果给小杜丽留下的印象，仅次于这些现象直接给小杜丽留下的印象。这些现象使普罗尼希先生张口结舌、目瞪口呆。他只会怔怔地朝潘克斯瞪眼，有时候只是低声嘀咕，伤心园里的人简直不能相信，这人就是潘克斯；然而他从未再多说一句话，也从未再做一个手势，甚至对小杜丽亦是如此。然而，最令人感到神秘莫测的是，也不知道是怎么搞的，潘克斯先生竟然结识了梯普；有个星期天，只见他挽着梯普的胳臂，在监狱里溜达。在这段日子里，他从不留意小杜丽，只有一二次他正巧从小杜丽身边走过，而且附近再也没有第三个人；当时，他投来友好的目光，并且发出一个表示鼓励的呼哧声，顺便说了一句："吉卜赛人潘克斯——算命的。"

小杜丽仍旧与往常一样，不停地干活，不停地努力，对这一切感到疑惑不解，然而，与她年幼时候将许多更加沉重的心事埋在胸中一样，现在的疑惑她也从不吐露。然而，她那颗逆来顺受的心悄悄地发生了变化，并且还在继续发生变化。日子一天天地消逝，她也一天天变得愈加孤僻。进出监狱大门不让人注意，到了别处便让人忽略、让人忘却，对她自己来说，这便是她的主要愿望。

她有一间非常适合她那孱弱的身体与敏感的性格的房间，只要不妨碍她的职责，她也是一有空闲便爱躲进这个房间里。到了下午，她常有空闲的时候，常常有来客与她父亲玩上几回牌，这时候便用不着她陪，还是走开的好。到了这个时候，她总是匆匆穿过院子，爬上一级级通往自己那间屋子的楼梯，在靠窗的地方坐下来。小杜丽坐在窗口凝神沉思，大墙上的那些尖铁就会融合成种种形象，坚固的铁条就会编织成种种轻盈的图案，种种金黄的色彩就会抹在锈斑上。想着想着，有时候夺眶而出的泪水模糊了双眼，冷酷的图案上就会增添歪歪斜斜的线条；然而，不管是美化的还是冷漠的，她总爱在孤寂中将它上上下下、里里外外地打量，眼中所见的一切都打上那个不可磨灭的印记。

小杜丽的卧室，是一间阁楼，而且是地地道道的马夏尔西狱中的阁楼。尽管室内布置得很整洁，阁楼总是面目丑陋的，阁楼里只不过是整洁与通风，抵消了这丑陋，别的几乎没有摆什么东西；因为她能够买得起的一点儿装饰物，都摆到她父亲的房间里去了。然而，这样一个丑陋的处所，她却日渐变得更加喜爱了；孑然一身在这阁楼里坐上一会儿，便成了她最称心的休息。

因此，在潘克斯的行动让人感到神秘莫测的日子里，有一天下午，她坐在靠窗口的地方，听见玛吉熟悉的脚步声响上楼梯来时，她心里甚至忐忑不安起来，生怕有事要她离开这阁楼。随着玛吉脚步声越来越近，越来越响，她焦虑不安，心中害怕了；待到玛吉终于进了阁楼，小杜丽好容易才答上话来。

“小妈妈，请你，”玛吉上气不接下气地说道，“你一定得下去见见他。他来啦。”

“谁，玛吉？”

“嗐，当然是克莱南先生啰。他就在你爸爸屋子里，他跟我说：玛吉，就请你跑一趟，就说是我。”

“我身体不大舒服，玛吉。我还是别去了。我想躺一会儿。瞧见啦！我现在躺一会儿，脑子静一静。代我向他表示感谢，就说你见我这么躺着，要不然我一定会来的。”

“好吧，可这不大客气，小妈妈，”玛吉睁大眼睛说道，“你还转过脸去，不好！”

玛吉对于怠慢人的举动眼光是很尖锐的，而且要想个法子来怠慢人也很聪明。“用两只手把眼睛也遮住吧！”她接着说道。“要是你不想看到我这么个可怜虫，那你干脆还是就说吧，可别那样对我爱理不理的，叫人多伤心，多难受，我才十岁，可怜见儿的！”

“我是要让脑子静一静，玛吉。”

“那好吧，要是哭一哭脑子能静一静，小妈妈，那我也哭一场吧。可别光你一个人哭去，”玛吉劝说道，“要不你也太贪心了。”说着，她便呜呜地哭起来。

要劝玛吉回去照小杜丽说的那样去传话，那是非好说歹说不可的；不过答应给她讲一个故事——她早就很爱听故事了——但有一个条件，她必须认认真真地办这件事，让她的小妈妈独自一个人呆上一个钟头，而且玛吉自己也有些担心，恐怕自己已经不像刚才上楼梯时那样高高兴兴的了，这二者结合在一起，终于奏了效。就这样，她下楼走了，一路上念念有词，不停地重复着小杜丽教她说的话，生怕忘了，她还在原先说定的时刻，回到了阁楼上。

“他非常难过，我可以告诉你，”她一到就宣布，“他还想给你找个医生。他明天还要来，他说了，我看哪，他知道了你头疼今晚他是睡不好觉的，小妈妈。哦天哪！你哭啦！”

“我想是哭了，就一会儿，玛吉。”

“一会儿！喔！”

“不过现在都好了——全都好了，玛吉。头疼也好多了，不涨了，我现在感觉很舒服。我很高兴刚才没有下楼去。”

她这个睁大眼睛的大孩子亲亲热热地搂住了她；捋平了小妈妈的头发，用冷水敷了敷她的额角和眼睛（她那双笨拙的手做起这件事倒很娴熟），又将小妈妈搂了搂，见她开朗了一些自己也欣喜若狂，又让她坐到了靠窗的椅子上。这时，玛吉自己拖过椅子对面她听故事时常坐的那只箱子（本来轻轻一拉就可以的，她却使出很大力气去拖），在箱子上坐下来，然后双手抱住膝盖，表现出对听故事抱着如饥似渴的兴趣的神态，睁大了眼睛，说道：

“讲吧，小妈妈，讲个好听一点儿的！”

“讲什么呢，玛吉？”

“哦，讲个公主的故事，”玛吉说道，“正正式式的公主。谁都不信的，你知道！”

小杜丽思索了一会儿；她那被残阳映红了的脸上，掠过了一丝带点悲伤的笑，开始讲起故事来：

“玛吉，从前，有一位很好的国王，只要是他想要的，他什么都有，不光是他要的，远远不止呢。他有金子，银子，钻石，红宝石，还有别的各种各样的财宝。他有一座座的宫殿，他有——”

“一所所医院，”玛吉插嘴道，两只手仍旧抱着膝盖。“他应该有医院，因为医院里可舒服了。有鸡吃的医院。”

“对啦，他有好多好多，样样东西他都有好多好多。”

“那么，也有烘土豆啦？”玛吉问道。

“有好多好多。”

“哟！”玛吉非常开心地叫道，并搂了一下膝盖。“那好极啦！”

“这个国王有个女儿，人们从来没见到过这么聪明、这么美丽的公主。她小的时候，老师还没教她功课，她早就已经懂了；她长大了以后，成了一位天下才女。在公主住的宫殿附近，有一座小屋，小屋里住着一个穷苦的矮小女人，孤苦伶仃，没有别的人。”

“是个老太婆，”玛吉说道，黏糊糊的嘴唇发出咂的一声响。

“不是，不是个老太婆。她还很年轻。”

“她怎么不害怕，”玛吉说道。“你再往下讲。”

“公主差不多每天都要从小屋门口经过，她每次乘着漂亮的马车从那儿经过的时候，总看见那个矮小女人坐在纺车前纺纱，她朝那女人看看，那女人也朝她看看。所以，有一天，马车到了离小屋一点儿路的地方，她就叫车夫停下来，她跳下马车，走到小屋门口，朝里面张望，和往常一样，只见那个矮小女人坐在纺车前纺纱，她朝公主看看，公主也朝那女人看看。”

“就好像比一比谁眼睛瞪得过谁，”玛吉说道。“再往下讲，小妈妈。”

“那个公主真是个与众不同的公主，她有本领猜出人家的秘密，她对那个矮小的女人说：你为什么把它藏在那里？公主这么一问，那个女人立即就明白，公主知道她为什么孤零零一个人住在那里，坐在纺车前纺纱，于是她跪在公主面前，请求她千万别把她的秘密说出去。于是，公主说道：我绝对不会把你的秘密说出去。我要看一看。于是，那个矮小的女人关上小屋窗户的窗板，又把门拴紧，浑身上下不住地哆嗦，唯恐有人会怀疑她，然后打开了一个非常隐蔽的地方，让公主看一个幽灵。”

“哟！”玛吉说道。

“这是某个人的幽灵，这个人早已死了；这个人已经走得远远的了，怎么也叫不应，永远，永远也不会再回来了。这幽灵非常耀眼；那个矮小的女人给公主看这幽灵时，她从心底里感到自豪，把它看作是一件非常、非常宝贵的东西。公主看了一会儿以后，对那矮小的女人说：你就每天这么守着它？她低下双眼，悄悄回答说：是的。于是

公主的故事

公主又说：给我说说这是为什么。听了这句话，那女人回答说，没有一个这么体贴、善良的人是这样走的，这就是为什么当初会那样的缘故。她还说，谁也不惦记它，他走了谁也不会难受，某人走了，去找等着他的那些——”

“某人他是个男人吗？”玛吉插嘴道。

小杜丽胆怯地回答说，是的；然后她又接着说道：

“——去找等着他的那些人，这件事谁都记得，也没有瞒着哪个人。那公主回答：啊！可是如果住在小屋里的人死了，那个幽灵就会被人家发现的。那矮小的女人回答说：不会；到了那个时候，这幽灵就会无声无息地进入到她自己的墓里，永远也不会被发现的。”

“唔，肯定不会发现的！”玛吉说道。“你再往下讲。”

“那公主听了这话大吃一惊，这你恐怕也猜得到，玛吉。”

（“我想她一定会吃惊的，”玛吉说道。）

“于是，她决定留意那个矮小的女人，要看看怎么个结果。她每天乘着她的漂亮的马车，从小屋门口经过，从门口望进去，见那矮小的女人总是孤零零一个人坐在纺车前纺纱，她朝那女人看看，那女人也朝她看看。终于，有一天纺车没有一点声响，也没有那矮小女人的影子。公主就问别人，为什么纺车停着，那矮小女人到哪里去了，人家告诉她说，纺车停着，那是因为没有人来摇它了，那矮小的女人已经死了。”

（“他们应该把她送医院去，”玛吉说道，“到了医院里她会好的。”）

“公主因为看不到那个矮小的女人，她哭了，过了一会儿，她擦了擦眼泪，跳下马车，马车就停在过去常常停的地方，她走到小屋门前，朝屋里张望。如今没人再朝她张望了，她也没有人可以张望了，于是，她立即推门进去，去寻找那个非常宝贵的幽灵。可是她找遍各个角落，什么也没有找到；这时她知道了，那个矮小的女人说的是真话，那幽灵谁的麻烦也不会找的，它已经无声无息地进到她自己的墓里了，她已经与幽灵一起安息了。

“讲完了，玛吉。”

小杜丽讲完故事的时候，落日的余辉映红了她的脸，照得她睁不开眼睛，于是她举起手来遮在面前。

“她一定是个老太婆吗？”玛吉问道。

“那个矮小的女人？”

“啊！”

“我不知道，”小杜丽说道。“不过，即使那矮小的女人怎么怎么老，事情也还是一个样的。”

“真会那样！”玛吉说道。“唔不过我看说得也是。”她坐在那里，睁大眼睛，咧着嘴笑。

玛吉睁大眼睛，久久坐在那里，于是小杜丽只好哄她从那只箱子上离开，她自己也站起来，倚窗望着楼外。她朝下面的院子望去的时候，正巧看见潘克斯先生进来，在他从房子下面走过时，只见他抬头朝她斜看了一眼。

“他是谁呀，小妈妈？”玛吉问道。当时她也已经走到了窗口，伏在小杜丽的肩上。“我老看见他进进出出的。”

“我听见人家叫他算命的，”小杜丽说道。“不过，他能不能算许多人过去的命或者现在的命，我还怀疑呢。”

“那个公主的命也不会算吗？”玛吉问道。

小杜丽凝神沉思，望着楼下黑黝黝的监狱深院，摇了摇头。

“那个矮小的女人的命，也不会算？”玛吉问道。

“不会，”小杜丽说道，落日余辉将她的脸映照得红通通的。“我们还是走开，别再站在窗口了。”

第二十五章

合谋者及其他人

潘克斯先生自己的住处在潘登维尔。他寄住三楼一位自由职业者家中，生活极为简朴。这位房东家临街大门之内还有一门，门底下装有弹簧，门开时发出“啪”的一声响，仿佛一个机关。房东还在内门顶上的扇形玻璃窗上写着：一般事务代理人、会计师、债务官司代办人，腊格居庐。

屋前有一小花园，沿着干燥的马路，马路旁有几棵树，树叶稀疏，积满了尘土，模样抑郁，窒息得透不过气来。门顶上这一弯字样，虽极为简洁，却显得很有气派，给小花园增添了一丝光辉。一位教授书法的先生住二楼，他在花园的栏杆上装了玻璃画廊，里面展览了他的学生的大作，有未授六课时书法课之前、他的孩子们摇晃着桌子时写的，有授完六课时书法课之后、他的孩子们被管住时写的。潘克斯先生租的只限于一间通风的房间；他与房东腊格协商了一个条件，即考虑到某一等级的房租已经规定得非常明白，而且口头上也早已提及，因此，腊格先生和腊格小姐(他女儿)在后厅享用的星期日的早餐、中餐、茶点，或晚餐，他都应有权一起享用，一日三餐或茶点他或者任选一种，或全部享用，凭他挑选。

腊格小姐亦有少许财产，在附近还有很大名气。这二者都与一位中年面包师有关。他就住在附近。他伤透了她的心，挫伤了她的感情。于是，她只得在腊格先生的帮助下，到法院告了那面包师，就撕毁婚约一事，要求赔款。那面包师当时在法庭上被腊格小姐的律师驳斥得哑口无言，按照那律师辩护词中每一个形容词价值约十八便士来计算，赔偿损失款额达二十畿尼。他的赔偿损失还涉及其他有关方面，所以，他现在仍旧不时受到潘登维尔一带年轻人的纠缠。然而，腊格小姐则不一样，她受到至高无上的法律的保护，她拿出所得赔款为大家做好事，因此，人们对她怀着敬意。

腊格先生有一张圆而白的脸，仿佛他身上全部血色早已挤净。他长一头乱蓬蓬的黄头发，仿佛炉子旁用的破扫帚。腊格小姐脸上布满了浅黄色小斑，大小如同衬衫纽扣，她那一头黄色鬈发，其实并不茂盛，只是因为杂乱而显得浓密。几年来，潘克斯先生到了星期天，通常与腊格先生和腊格小姐坐在一起，共同进餐，而且，大致每星期总有两回，一起吃些晚点，诸如面包、荷兰干酪、淡啤酒之类。腊格小姐见了处在结婚年龄的男人总怀有惧怕心理，不怕的男人很少，潘克斯先生便是一个。潘克斯先生自己觉得尽可以放心，理由有两个，这就是，第一，“再来一下是要不得的”，第二，“他本人实在是配不上”。由于有这双层保险，潘克斯先生便无拘无束地与腊格小姐交谈，不住地发出“呼哧”声。

先前，他在潘登维尔也没有多少事情可干，或者说，无事可干，唯一的事便是晚上到那里睡觉；然而，由于现在不同了，他成了一个算命的，他常常在半夜以后与腊格先生单独坐在前客厅那间小办公室里，而且，甚至在那种不是时候的时刻之后，他的卧室仍旧亮着蜡烛灯。尽管他作为他业主的死要钱的收租人，仍旧要尽心尽职，不得懈怠；尽管那种差使已经是吃力不讨好了，酷似一个玫瑰花花坛，到处都长着刺；然而，一个新的行业又老是要求他去尽力。到了晚上他将那可敬的老人的缆绳解下之后，还是去拖了一条无名的船，从新开动起来，驶向别的水域。

从结识老奇弗利先生到认识他的和和气气的妻子与他的垂头丧气

的小子，这个过程也许并不难；然而，难也罢，易也罢，潘克斯先生没多久也都办到了。第一次到监狱来过之后还不到一二个星期，他便已经坐在那家烟店里与主人谈得很投机了，尤其是，他与小约翰谈了很多，相互间已经非常了解。这一番努力很有效果，他终于把那垂头丧气的牧羊人引出了树林，诱使他去执行神秘的使命；从此，他便开始一回回地离家外出，隔多久外出一次也没有一定，而且一去总是要过两三天才回来。做事谨慎的奇弗利太太见儿子一反常态异常惊讶，真想训斥儿子这种举动是有损于门柱上装饰的那个苏格兰高地人的典型形象的，然而一想到两个有力的理由，她的话并没有说出口来。一个理由是，她那小子约翰对办正经事产生了很大的兴趣，虽则她觉得事情还只是刚开了个头——她觉得这事儿对他萎靡不振的情绪是很有益处的；另一个理由是，潘克斯先生私下已经答应过，他占用了她小子的时间，会给她钱的，数目不小，离家一天就给六七个便士。这意思还是他自己先说出来的，而且话说得非常干脆，“要是你们家约翰，太太，不敢拿这钱，那也不能说你也不该接着，你还不明白？这件事嘛，就我们两个知道，太太，咱们办事归办事，这钱你就收下吧！”

对这些事情，奇弗利先生心里怎么想，或者，这些事情他知道多少，是多还是少，从他自己嘴里是问不出来的。前面已经说过，他是一个沉默寡言的人；在这里还可补充一句，由于职业关系，他养成了一切东西都要牢牢锁起来的习惯。如同他将马夏尔西狱的债务人锁得牢牢的一样，他把自己也小心谨慎地上了锁。甚至他吃饭从不细嚼缓咽，总是一口口吞食，那也可能是一个整齐划一的整体的组成部分；然而，毫无疑问，就所有其他方面的目的来说，他管住那张嘴巴，就与他管住马夏尔西狱大门是一样的。他从来不无缘无故地开口说话。倘若有必要说出什么话来，他就张开一点儿，张开的时间长短全然视情况而定，说完重又关闭。他的开口说话，甚至还同看守马夏尔西狱大门一样，能省一分力便省一分力。倘若他看到有一位来访者朝监狱大院进来，他便让另一位想走出门去的等上片刻，这样，只要转动一次钥匙，便可满足两个人进出的需要；同样，倘若他觉得有一句话即将到达嘴边，他便会将另一句原先想说的话暂留片刻，将两句话一齐说出口去。至于解答他的内心认识如何在他脸上呈现的钥匙，马夏尔西狱大门的钥匙同样是清晰易辨的标志，因为这把钥匙揭示了进出其大门的各人的地位与身世。

潘克斯先生的心竟然会被打动，在潘登维尔设宴款待客人，这在他的日历上可谓空前绝后的事情。然而，事情真发生了，他邀请了小约翰赴宴，甚至还将他带到腊格小姐危险的(因为是昂贵的)魅力所及的范围之内来了。筵席定在一个星期天，腊格小姐特地为这次筵席操办，亲自动手将牡蛎塞在羊腿里，送往面包房——不是面包坊，是烘面包的地方。橘子、苹果、胡桃等果品食物也制作了。潘克斯先生在星期六晚上还带回了朗姆酒，好让来客开一开心。

丰盛的物质享受并非款待来客的主要部分。这次款待的特色是一种被忽略了的家世信任与同情。那天，小约翰手上没拿象牙柄手杖，身上没穿金黄色小枝状图案的背心，也没有阴霾罩住和煦的阳光，下午一时半他一到，潘克斯先生便将他介绍给黄发的腊格父女，说他便是他常常提起的倾心杜丽小姐的年轻人。

“我很高兴，”腊格先生说道，特别强调了他那样的身份，“能够有此荣幸与您结识，先生。您的感情使您脸上为之增光。您年纪轻轻；您的感情永存，也愿您不朽！倘使我的血肉之躯尚存，而感情已经泯灭，先生，”腊格先生说道，他是个说话滔滔不绝的人，而且人们一致认为非常善于辞令；“倘使我的血肉之躯尚存，而感情已经泯灭，我就在遗嘱里写上五十英镑，留给能为我了却此生的人。”

腊格小姐发出了一声叹息。

“我的小女，先生，”腊格先生说道。“阿奈斯苔西娅，你对这位年轻人的这种爱情现状并不陌生。我的女儿经受过自己的种种磨难，先生，”腊格先生如若把“种种”二字略去改为“一种”，话便说得更加明白了，“她对您是能深表同情的。”

一见面就说上这一番令人伤感的话，几乎叫小约翰困窘不已，他于是在表情上也流露出来。

“我所羡慕您的地方，先生，就是，”腊格先生说道，“让我来拿着您的帽子——我家衣帽钩可不多——我把您的帽子放在角落里，那边不会有人踩着的——我所羡慕您的地方，先生，就是您自己感情之奢华。我这种职业里，有时候就不允许我们有那种奢华。”

小约翰表示感谢，并说他只希望自己是做了正正当当的事，做了表明他是一心一意爱着杜丽小姐的事。他希望自己不会有私心杂念；他但愿自己是无私的。他愿在自己力所能及的范围内为杜丽小姐尽力，而将自己全然置之度外；他愿自己是做到了。他所能尽力的委实不足挂齿，但是他但愿自己是做到了。

“先生，”腊格先生说道，同时拉起小约翰的手，“您真是个让人见了受益匪浅的年轻人。您是一个我真想让您出庭作证，去感化法学界同行的心灵的年轻人。我希望您此刻食欲正浓，有拿起刀叉一饱口福之意吧？”

“谢谢，先生，”小约翰答道，“我这些日子吃得不多。”

腊格先生把小约翰拉到一旁。“拿我家小女的情况来说，先生，”他说道，“我说的是，在她为了维护她的被践踏的感情和女人的权利，成了腊格与鲍金斯一案的原告的那个时候。我认为，奇弗利先生，当时我是可以让人知道知道的，倘使我当时觉得值得一提，我家小女当时所消费的固体食物的量，一周总和还不超过十盎司。”

“我看我吃的量比这个数稍微多一点，先生，”小约翰接话道，话语踌躇，仿佛他承认了这一点颇有些不好意思。

“可是您那种情况总没有活人鬼相吧，”腊格先生说道，露出人们争辩时候的微笑，并做出争辩时候常有的手势。“注意，奇弗利先生！没有活人鬼相！”

“没有，先生，当然没有，”小约翰头脑单纯地补充了一句，“要真是那样我会很伤心的。”

“凭人们所了解的您的为人之道，”腊格先生说道，“我就料想您会有这样的看法。倘使我家小女听见了，先生，她的情绪会受到很大影响。看见这羊肉我就高兴了，她没有听见我们说话。潘克斯先生，这一回你坐我对面。亲爱的，你坐奇弗利先生对面。我们受到这样的款待，那就让我们(还有杜丽小姐)表示真心感谢吧！”

倘若筵席之前腊格先生的开场白没有那种严肃的打趣的味道，事情就会是仿佛杜丽小姐也要来入席的样子了。潘克斯听出了这打趣话的味道，神情仍然与通常一样，同时举起刀叉吃起来，神情仍然与通常一样。腊格小姐由于迟来一步，此时也频频伸出刀叉吃着羊肉，羊肉很快就吃到了骨头。一块奶油面包布丁也全然没有了踪影，相当可观的干酪与红葡萄也照此法办理荡然无存了。这时上了甜食。

这时，趁着掺水朗姆酒尚未倾注，潘克斯先生的小本子取出来了。紧接着的公事手续简短，却也奇特，颇有点合谋策划的气氛。潘克斯先生翻开小本子，里面密密麻麻，快记满了；他从小本子里摘下几段，分别写在桌子上放着的一张张小纸条上；在这同时，腊格先生聚精会神地望着潘克斯，小约翰则凝神沉思，眼前一片朦胧。潘克斯先生扮的是主谋的角色，他一条条抄完之后又核对了一遍，并作了更正，然后放好小本子，把小纸条握在手上，俨然是一个玩牌的老手的模样。

“这个，贝德福郡[1]有一个教堂，”潘克斯说道。“谁要？”

“倘使别人都不要，先生，”腊格先生接话道，“我要的。”

潘克斯先生扔出了这张牌，眼睛又看着手上的纸条。

“这个，约克郡[2]要去调查，”潘克斯说道。“谁要？”

“约克郡我不很熟悉，”腊格先生说道。

“那么也许，”潘克斯接着说道，“那就可不可请你，约翰·奇弗利？”

小约翰答应了一下，潘克斯扔给他这张牌，然后又看手上。

“伦敦的一个教堂；还是我来吧。一本家用《圣经》；也还是我来吧。那我就有两张了。我两张，”潘克斯重复了一句，望着手中的牌直喘粗气。“这张是达拉姆郡[3]的一个牧师，给你，约翰，顿斯特勃尔的老海员，给你，腊格先生。我两张，对不对？不错，我两张。一块碑石；我三张。死胎婴儿；我四张。这样暂时就是这些了。”

这一切都是在悄悄中办理的，而且说话时压低了嗓子。所有的牌分完之后，潘克斯先生一面发出“呼哧”声，一面伸手到自己衣服胸口袋里，拖出了一个帆布包：他小心翼翼地从包里取出钱来，分成两小份，作为旅费。“钱用起来真快，”他一面将钱推过去给那两人一人一份，一面犯愁地说道，“用得真快。”

“我只能向你说明，潘克斯先生，”小约翰说道，“我感到非常遗憾，我手头不宽裕，连我自己的费用也付不起，我也只能说明，要考虑我路上用两条腿走着去要花的时间，是不好的。因为不给钱、不给报酬，两条腿走得抬不起来，没有比这更叫我喜欢的事了。”

---

① 英格兰中部一郡。

② 英国东北部一郡，其首府同名。

③ 英格兰东北部一郡。

这位年轻人的公允，在腊格小姐的眼里显得那么好笑，她实在憋不住，立即起身离开了大家，坐到楼梯上，待到止住了笑才回房间里来。在这个时候，潘克斯先生两眼直瞪着小约翰，不免表现出几分同情，一面慢慢地、若有所思地拧着帆布包，仿佛他拧的是这个包的脖子。他将这个包放入衣袋时，那小姐回到了屋子里，替各位准备掺水朗姆酒，也没忘了给自己留一份，斟满了又一一递过酒杯去。待到大家都拿到了一杯酒之后，腊格先生站起来，默然无语地举起杯子，一直伸到餐桌的中央。他用这个姿势邀请其他三位也举起酒杯来，为合谋而一齐碰杯。这个仪式在某个程度上说很顺利，本来也可以有始有终、圆满结束的，倘若腊格小姐碰完杯、将杯子移到唇边时并没有正巧看着小约翰；然而，就在她看着小约翰的时候，便想到他那令人嗤之以鼻的可笑的公允，于是乎又憋不住了，把一口香甜可口的掺水朗姆酒全喷了出来，慌乱中赶紧离了席。

这便是潘克斯在潘登维尔招待的那次空前绝后的筵席，这便是潘克斯过的忙碌而奇怪的生活。在他醒着的时候，才显得是他摆脱了事务的困扰，毫无目的地东走西逛，与人闲聊，借以自娱的唯一时刻，——便是他对伤心园里寄住的拄拐杖的瘸腿外国人开始产生兴趣的时候。

那个外国人，名叫施洗约翰·卡瓦莱托——伤心园人都管他叫施洗先生——是这样的一个说话唧唧哝哝、一刻不停、态度平易、遇事总很乐观的矮小的人，他之所以引起潘克斯的注意，可能是在于两相对照所产生的力量。他孑然一身，无依无靠，又没有气力，用来与他周围的人交际的唯一的语言中几个最不可少的词语他也几乎说不出，然而他对于命运的好坏却又听其自然，表现出一种轻松愉快的态度，这种态度真叫那一带的人觉得新奇。他没有什么东西可吃，酒则更说不上，除了身上穿的，除了人们从未见过的一只随身带来的小小包裹里装的之外，他再没有别的衣服，然而他第一次一瘸一拐在伤心园走来走去，态度谦恭，逢人便露出两排洁白的牙齿，总是讨好人，全然是乐呵呵的样子，却又仿佛他的家境极为富裕似的。

一个外国人，不管是坏脚还是好脚，要与伤心园的人接近，就像爬山一样——费力。那是因为，第一，他们一个个隐隐约约都认为哪一个外国人身上都带着一把刀子；第二，他们认为外国人应该回到自己的老家去，这是天经地义的国法似的公理。他们从来也未曾仔细想过查一查、问一问，倘若人们普遍承认这条公理，他们会有多少同胞要从世界各个角落回到他们的身边；他们认为这条公理是独特的、与众不同的英国式公理。第三，他们脑子里总觉得，这个外国人不是英国人，由于他的祖国的做法与英国的做法背道而驰，英国不做的事他的祖国却做，英国做的事他的祖国倒不做，结果他的祖国发生了种种灾难，这种局面便是对外国人的一种天谴。可以断言，他们的这种观念是巴纳克尔家族与斯蒂尔特斯托金家族长期精心培育而成的。这两个家族总是向他们宣告，有时是官方的，有时是非官方的，倘若对这两个大家族不唯命是听，哪个国家都不可能有希望得到上帝的庇护；一旦他们相信了这一点，这两个家族又在私下诋毁他们，说他们是天底下最抱有偏见的臣民。

因此，这一点不妨可以称为伤心园人的政治立场；不过，他们反对外国人呆在伤心园还有别的理由。他们认为外国人都是穷光蛋；而且尽管他们自己也穷得不能再穷了，然而这种景况并未减弱他们这一异议的力量。他们认为外国人都受到武力与刺刀的胁迫；而且，尽管他们倘若有什么不满，脑壳也会立即给敲出裂口来，然而那敲脑壳的东西是件钝家伙，并没有多大作用。他们认为外国人都是伤风败俗的；而且，尽管他们自己国内间或也有审判，偶尔也有一两件离婚案，然而那与伤风败俗毫无关系。他们认为外国人没有独立的精神，例如从来未曾由台西默斯·泰特·巴纳克尔爵士护送着，一群群的人参加选举，迎着飘扬的旗帜，耳畔是“统治吧，布里吞尼亚”[①]的乐曲。不必噜苏了，类似的看法他们还有许多许多。

这个拄拐杖的瘸腿外国人，须要竭尽全力去战胜这些阻力；他倒也并非单枪匹马去抵抗，因为亚瑟·克莱南先生把他介绍给了普罗尼希夫妻二人(他住在同一座房子的顶楼)，不过他的抵抗仍旧是很艰难的。好在伤心园人都心地善良；而且他们发现这个矮小的人一瘸一拐，整天乐呵呵的，堆着一脸的笑容，也不做坏事，也没拔出刀子，也没做什么无耻的伤风败俗的事，吃的多是面糊和牛肉，常常在晚上逗着普罗尼希太太的孩子玩，这么一来，他们开始觉得，尽管他也别希望变成一个英国人，然而那种苦难也很难落到他的头上。这么一来，他们也就一个个和他平等相待，叫他一声“施洗先生”，不过他们拿他当小孩子一样看待，见他做出活泼的动作、说出孩子气的英语来时便放肆地哈哈大笑——还不只是笑他，因为他一点儿也不在乎这些，而且他自己也跟着哈哈地笑。他们与他说话总是放开嗓子喊，仿佛他是个十足的聋子。为了要教给他纯正的英语，他们编了一套句子，如同土人与科克船长[②]说的英语一样，也像礼拜五与鲁宾逊·克鲁索[③]说的英语一样。普罗尼希太太在这方面本领尤其大；她由于会说“Me ope you leg well soon”[④]这样的话而出了名，所以伤心园的

---

① 英国诗人詹姆斯·汤姆逊(James Thomson，1700—1748)所作假面剧《艾尔佛莱德》中的一首歌，这首歌有两句歌词为“统治吧，布里吞尼亚！统治大海的波涛！/布里吞人绝不会做奴隶”。颇有点爱国的味道，但也宣扬英国要统治海洋。布里吞尼亚即英国。

② 科克(Captain Cook，1728—1779)，英国航海家与探险家。

③ 英国小说家笛福(Daniel Defoe，1659？—1731)的《鲁宾逊漂流记》中的人物。

④ 正确的英语应为 I hope your leg will be well soon，即“我希望你的腿过不了多久便会好”。

人都说，讲这样的英语就和讲意大利语实在已经没有多少区别了。就连普罗尼希太太自己也开始觉得，她对于那种语言有一种天然的需要。他渐渐地与人们混熟了，人们也搬出日常用具来，教他大量的词汇；那些家庭主妇一见他在伤心园露面，便飞快地冲出门来，嚷道："施洗先生——茶壶！""施洗先生——畚箕！""施洗先生——撒粉罐！""施洗先生——咖啡壶！"她们一面嚷着，一面出示这些器具，这么一来，也使他感到盎格鲁-撒克逊语言①实在难得可怕。

就在他取得这样的进展的时候，就在他居住此地大约是第三个星期的时候，这个矮小的人吸引了潘克斯先生的好奇。他爬上了那个阁楼，由普罗尼希太太陪同作翻译。他一进屋，见里面没有家具，施洗先生的床就铺在地板上，另有一张桌子，一把椅子。他用几件简单的工具做些雕刻，非常愉快的样子。

"喂，老兄，"潘克斯先生说道，"给房钱哪！"

他钱已经准备好了，包在一纸包里，笑呵呵地递过来；然后他做了一个自如的手势，右手五个指头一伸，表示有那么多的先令，接着又用手横空一划，表示是六便士的零头。②

"喔！"潘克斯先生说道，两眼惊讶地注视着他。"都在这儿啦，是吗？你倒是个挺爽气的房客。好啊好啊。不过，我没料到会收到你的房钱。"

普罗尼希太太这时态度谦和地插了话，对施洗先生解释道："E please. E glad get money."③

---

① 公元五世纪至十二世纪的古英语，此处实指典型的英语。

② 参看狄更斯著：《意大利风光》，书中写道，意大利人能做出各种手势，表示各种不同的意思。

③ 即"他很高兴。他收了钱很高兴"。正确英语应为："He's pleased. He's glad to get the money."

这个矮小的人笑了，并点点头。这张笑眯眯的脸对潘克斯先生有非同一般的吸引力。“他那条腿怎么样啦？”他问普罗尼希太太。

“哦，他好多了，先生，”普罗尼希太太答道。“照我们估计，他下个星期就脱得了手，不用拐杖了。”（这是一个非常难得的好机会，不可错过，所以普罗尼希太太显露了一下她的才能，带着情有可原的自豪，对施洗先生解释道：“E ope you leg well soon.①”）

“他还是个乐天派，”潘克斯先生说道，非常钦佩地望着他，仿佛他是一个机械装置的玩具。“他怎么过日子？”

“这个嘛，先生，”普罗尼希太太答道，“他倒有一手雕花的手艺，你瞧他现在手里雕的。”（他们两人说话的时候，施洗先生一边望着他们的脸，一面将正在雕的花递过来。普罗尼希太太代表潘克斯先生，将话用她那种意大利语的表达方式翻译道：“E please. Double good.”②）

“靠这个他能过日子吗？”潘克斯先生问道。

“他过日子也花不了多少，先生，大家都说，他这么干，早晚总可过上好日子的。克莱南先生给他找的活，还在隔壁那个厂子里给他找点儿零活——一句话，他知道他要的时候就给他干一点。”

“那么，他不干活的时候，做些什么呢？”潘克斯先生问道。

“这个嘛，他也不做什么，先生，我看这是因为他腿不方便的缘故；不过他常在这园里走走，跟人聊天，可又听不大懂人家说的话，人家也听不懂他，他和小孩儿逗着玩，坐着晒晒太阳——他到哪儿都一屁股坐下来，就跟坐扶手椅那样——他又是唱，又是笑！”

“笑！”潘克斯先生也说了一句。“瞧他那模样，我看好像他长的那一颗颗牙齿都老在笑。”

---

① 意即“他希望你的腿不久就会好”。

② 意即“他很高兴。非常好”。

“不过嘛，他一走到园的那一头的台阶顶上的时候，”普罗尼希太太说道，“他总是要东张张西望望，样子可怪了！所以我们有些人就觉得他是在朝自己老家那一头张望，有些人觉得他是要瞧瞧有没有他不想见着的人在那里，有些人却不知道这到底是怎么回事。”

对于普罗尼希太太说的这一切，施洗先生似乎已经大致有了一个了解：或者说，由于他头脑的机灵，他已经瞥见了她悄悄地做了一个张望的动作，并明白了她的意思。不管怎么说，他闭起了双眼，抬起头来，那神情仿佛是一个人对自己所做的事情完全是理直气壮的，并且用他自己的语言说，没有什么要紧的。Altro!

“Altro 是什么意思？”潘克斯问道。

“嗐！像煞是哪儿都用得的字眼儿，先生，”普罗尼希太太答道。

“是这样吗？”潘克斯说道。“那好啊，老兄，祝你 altro。再见。Altro！”

施洗先生乐呵呵地将这个字眼重复说了好几回，而潘克斯先生只用这个字眼回敬了一回，他说这个字眼的味儿就淡得多了。从那以后，吉卜赛人潘克斯夜晚拖着疲惫的双脚回家去的时候，往往习惯地要到伤心园转一下，悄悄地爬上楼去，从施洗先生房门口往里张望，倘若见他在家，便打个招呼：“喂，老兄！Altro！”施洗先生听见这一招呼，便会报以频频的点头与微笑，并一叠连声地说：“Altro, signore[①], altro, altro, altro！”如此般简洁地交谈了一下之后，潘克斯先生就下楼回家去，脸上流露出恢复了疲劳与一身轻松的表情。

---

① 意大利语，意即“先生”。

第二十六章

某某人的心境

倘若亚瑟·克莱南先生并没有最终作出明智的决定，毅然决然地控制自己的感情，不去爱慕宝宝，那么，他便会在烦恼中度日，整天进行那艰难的内心斗争。这样的内心斗争，绝对不是在讨厌亨利·戈文先生(即便对他没有抱明明白白的厌恶态度)的倾向，与认为这样的倾向是委实犯不着有的自言自语之间进行的一种争辩。性格豁达大度的人是不容易产生强烈的厌恶感的，而且也不会立即便承认有这样的厌恶感，即便这种厌恶感表现得是如何冷静；然而，当具有这种豁达大度性格的人的内心遭到恶意的侵蚀，并且在这个时候能够发现这一恶意之源并非那般冷静时，这种豁达大度的人便感到痛苦万状了。

因此，倘若不存在上述那一深思熟虑之后作出的决断，亨利·戈文先生便会在克莱南的心头笼罩上阴云，而且屡次在他心头浮现的便会是这位亨利·戈文先生，而不是别的让他感到愉快的人与事了。事实亦是如此，戈文先生似乎转移到了多伊斯先生的脑海中去了；无论是怎么回事，在他们两人的闲聊中，对戈文先生有话可说的，通常倒正是多伊斯先生，而不是克莱南。他们两个人坐在一块闲聊现在是常有的事，因为这两位合股人，在城中一条大街上一座大房子里共同占有一部分房间，那条大街也是伦敦的一条很有气派的老式街道，近伦敦城墙，离英格兰银行不远。

多伊斯先生那天到特威肯翰去了。克莱南推辞了，没有同去。当时，多伊斯先生刚回到家里。他回家后在克莱南的起居室门口探头进去，向他说了声晚安。

“进来，进来！”克莱南说道。

“我见你在看书，”多伊斯一面说着一面走进门去，“我想打扰你一下不要紧的。”

倘若克莱南已经作出的那个重要决定并不存在，他恐怕真的不知道自己在看些什么；真的不会把这本书看上一个多钟头的，尽管书就摊开在面前。他很迅速地合拢了书。

“他们好吗？”他问道。

“好，”多伊斯说道；“他们很好。他们都很好。”

丹尼尔有一个像工人那样的老习惯，喜欢把手帕塞在帽子里。他摸出手帕，擦了擦额头，慢条斯理地重复说道：“他们都很好。我看米妮小姐的气色尤其好。”

“乡间宅第有客人没有？”

“没有，没有客人。”

“你们，你们四个人一天怎么过的，”克莱南高高兴兴地问道。

“我们有五个人，”他的合股人答道。“还有一位叫什么名字的。他也在。”

“他是谁？”克莱南问道。

“亨利·戈文先生。”

“啊，那是一定的！”克莱南兴奋地说道，异乎寻常地活泼。“对！——我把他忘了。”

“你大概记得我曾经说过，”丹尼尔·多伊斯说道，“星期天，他是必定到的。”

“对了，对了，”克莱南接话道；“我现在记起来了。”

丹尼尔·多伊斯还在那里擦额头，一个劲地重复说道：“对。他也在那里，他也在那里。哦，对，他也在那里。还有他那条狗。它也在那里。”

“弥格尔斯小姐非常喜欢——那条——狗，”克莱南说道。

“非常喜欢，”他的合股人表示赞同。“她对狗的喜爱超过了我对那个人的喜爱。”

“你是指那位——？”

“我指的是那位戈文先生，明明白白是指他，”丹尼尔·多伊斯说道。

两人的谈话暂时中断，这时，克莱南掏出表来上发条。

“也许你下结论略嫌仓促了一点，”他说道。“我们下结论——我是就一般的情况来说的——”

“那是肯定的，”多伊斯说道。

“很容易受许多方面因素的影响，这些因素往往是不公正的，而我们自己几乎还没有意识到，因此，我们对这些需要考虑的因素有必要保持一点防备。举例来说吧，那位——”

“戈文先生，”多伊斯平心静气地说道，这个名字几乎总是需要由他替克莱南说出口来。

“年轻，英俊，举止大方，头脑机灵，有才能，又经历过各种世事。要找一条不偏不倚的理由，说明为什么会对他抱有偏见，那也许也是一件难办的事。”

“对我倒不是件难办的事，我想，克莱南，”他的合股人说道。“依我看来，现在他给我的老朋友家带来的是担忧，今后给他们带来的恐怕是悔恨。依我看来，他使得我的老朋友整天犯愁，脸上的皱纹越加深了，他越是靠近我的老朋友的女儿，他越是经常地盯着她的脸。总之，依我看来，他在那位漂亮、可亲的人儿身边撒下了一张网，他是怎么也不会使她幸福的。”

“我们说不上来，”克莱南说道，他的语气几乎是一个苦恼的人的语气，“他不会使她幸福。”

“我们说不上来，”他的合股人接过话来说道，“这个地球还会转上一百年，不过，我们认为这一点是非常可能的。”

“是啊，是啊！”克莱南说道，“我们应该乐观一点，即使不能做到宽宏大量（在这个例子上也没有宽宏大量的机会），我们至少也应该设法公正一点。我们并不会因为他在接近他所追求的漂亮目标上取得了成功，就尽说他的不是；她把自己的爱给予她认为配得到她的爱的人，对于她这种天生的权利，我们也不会提出疑问来的。”

“也许是这样，我的朋友，”多伊斯说道。“也可能是，她太年轻，太娇生惯养，见的世面太少，太没有经验，结果是分不清好与坏。”

“这就远远不是我们能够纠正的了，”克莱南说道。

丹尼尔·多伊斯态度严肃地摇了摇头，说道：“我看恐怕是这么一回事。”

“因此，归结起来说，”克莱南说道，“我们应该牢牢记住，我们不可以说戈文先生的什么不是。对他抱着偏见那也实在太可悲了。所以，就我个人而言，我不去贬低他。”

“我个人该抱什么态度也说不准，因此我保留反对他的权利，”另一个说道。“不过，要说我还说不准自己该抱什么态度，你的态度我是清清楚楚的，克莱南，你是个多么正直的人，非常让人尊敬的人。晚安，我的朋友，我的伙伴！”仿佛他们的谈话中隐藏着性质严重的问题，他说这话时挥了挥手；然后他们分了手。

到这个时候，他们已经有好几回拜访过这一家人了，每一回去拜访，他们总是可以看出，在亨利·戈文先生不在场的时候，偶然提起他来，克莱南与戈文在渡口偶然相遇的那天早晨聚集起来的那种把弥格尔斯先生快活的阳光遮掩的阴云，又会重新出现。倘若克莱南心中此时容纳下了被禁止的感情，那么，现在这个时刻便成了真正痛苦的时刻了；然而在实际上，毫无疑问，一点也没什么大不了的——没有什么大不了的。

同样，倘若他的心中接纳了那位禁止入内的客人——有了那种爱慕之情，而他却能默默地度过现在这个阶段的思想状态，使自己挣脱出来，那也许倒是应该略加赞美的。他不懈地努力，不受诱惑，在处于他人生经历的这一新阶段时不染上恶习，不以卑劣手段追逐满足一己的私欲，而是坚持了讲究名誉与豁达大度的某一高尚原则，这不懈的努力中也许倒有几分美德可言。他甚至决定千万不可从此不登弥格尔斯先生的家门，以免给那姑娘带来即便是微小的痛苦，仅因为他要达到使自己免受痛苦的自私目的，而结果却使她变成了他认为会使她父亲感到遗憾的疏远的根由，在这一决定中也许倒有几分美德可言。他总是谦虚而诚实地面对事实，认为戈文先生的年龄与她更加相称，他的仪表与举止远比自己富有魅力，这谦虚与诚实之中也许倒有几分美德可言。这样的态度以及其他种种表现毫无装腔作势之嫌，处处是大丈夫的气度，镇定自若，前后如一，然而他内心的痛苦(这痛苦像他的生活与身世一样怪异)是非常剧烈的，所有这些态度与表现中也许倒有某种默默起作用的意志力。然而，他已经作出了那样的决定，当然也就无所谓诸如此类的美德可言了；没人会有这样的一种心境——没人会有。

不管有这样的心境的人是没有的也好，确有其人也好，对于戈文先生来说，他全不关心。不管是在什么场合，他依旧是泰然自若，仿佛克莱南竟然会思索这个重大问题，其可能性太小，也太可笑，简直叫人想都不敢去想。戈文先生对于克莱南总是报之以殷勤，待之以大方，这一态度本身(倘若是在他没有作出那个明智决断的假设情况下)也许会成为他的心境中一个非常不舒服的因素。

“我真觉得遗憾，你昨天没和我们在一块，”第二天来拜访时，亨利·戈文先生对克莱南说道。“我们在河上游那边快活了一天。”

亚瑟说他已经听说过了。

“是你的合股人说的吧？”亨利·戈文接着说道。“这个老头真是个好人！”

“我非常敬重他。”

“天哪，他是个最好的人啦！”戈文说道。“这么鲜，这么嫩，相信这么奇妙的东西！”

戈文的话常常有许多粗鲁的词语，虽则是不明显，然而在克莱南听来，总觉得很不顺耳。这就是一例。他只是重复地说了一句他很敬重多伊斯先生，对戈文先生的话也没有多加理会。

“这人真有趣！傻乎乎地混日子到了他那个岁数，一生中也不留下什么，也不带走什么，瞧他这样子也真好玩。叫人想起来心里头就热乎乎的。这么天真，这么单纯，这么好的人！我说的一点不假，克莱南先生，跟这么一个天真的人一对照，你就感到自己十足的俗气和可恶了。我说的是我自己，我得补充说明一下，不包括你。你也是纯真的。”

“谢谢你的夸奖，”克莱南说道，他觉得很不自在；“我看你也是这样吧？”

“马马虎虎，”另一个说道。“跟你说句心里话，我是相当纯真的。我不是个大骗子。要是你买了我的一幅画，我跟你说句心里话，那是不值这么多钱的。要是你买了另外一个人的画——随便哪个比我高明千百倍的大教授的画——就有可能你给的钱越多，他骗你就骗得越厉害。他们都这么干。”

“画家都这样？”

“画家，作家，爱国者，别的凡是有市场的人，都这样。我所知道随便哪一个，几乎都是这样，你给他十英镑，他就骗你十英镑；给他一千英镑——骗你一千英镑；给他一万英镑——骗你一万英镑。有多大成就，就有多大欺骗。不过这个世界多美好啊！”戈文激情洋溢地说道。“这个世界多好，多妙，多可爱啊！”

“我倒是这样想的，”克莱南说道，“你说的那个信条，奉行的人主要是——”

“是巴纳克尔家族的人吗？”戈文笑着插话道。

“是那些堕落到为拖拖拉拉部撑门面的政界的绅士。”

“啊！别那么严厉，尽说巴纳克尔家族的人的不是了，”戈文说道，又哈哈地笑起来，“他们都是些很可爱的人！就说可怜的小克赖伦斯吧，虽说他是这家的天生的白痴，其实他也是个最讨人喜欢、最可亲的傻瓜！啊，天哪，你说他傻吧，他倒也蛮聪明的，你知道了会吓一大跳的！”

“是的。吓一大跳，”克莱南态度冷漠地说道。

“不过，话得说回来，”戈文兴奋地说道，并表现出他那富有特征性的凡事都加以权衡的本领，能将这大千世界中的一切问题都转化为同样的无足轻重的问题了，“尽管我不否认拖拖拉拉部到头来会把一个个人、一件件事都砸了，不过，我们这一代人恐怕是见不到的——而且这个部是个培养绅士的学校。”

“对于那些花钱培养这些学生的人来说，这是一所非常危险、非常令人失望、费用非常高的学校，我倒这么想，”克莱南说道，一面摇着头。

“啊！你这人真厉害，”戈文接话道，显出轻描淡写的神情来。“我现在明白了，怪不得你把那个小傻瓜克赖伦斯几乎吓得人都发呆了。在傻瓜当中，他是最让人敬重的（我真的非常喜欢他）。不过，咱们别再去说他了，他们那一家别的人也别去多说了。克莱南先生，我想把你介绍给我妈妈。就请你帮个忙，给我这个机会吧。”

在那个爱慕宝宝的某某人的心境中，是不会有克莱南很不愿意的事情的，也不会有他想竭力回避而又不知所措的事情。

“我妈妈住在汉普顿宫凄凉的红砖地牢里，过着最原始的生活，”戈文说道。“如果你肯去见一见面，你挑一个日子，也好让我陪你到那边去吃顿饭，你会觉得没趣，而她是会高兴得不得了的。说真的，就是这么一回事。”

听他说了这样的话，克莱南还能说什么呢？他那内向的性格中，有许多方面由于没有经验、未曾实行过而呈现出极大的质朴来；由于他的淳朴与谦逊，他也只能说他非常愉快听凭戈文先生作出安排。于是他把这个意思告诉了戈文先生，会面的日子也定下来了。克莱南想到那一天，心里就充满了恐惧，那一天到来的时候，又成了非常不愉快的一天，他们一起出发到了汉普顿宫。

那座庄严而破旧的建筑里居住的庄严的人，在当时似乎像某种文明的吉卜赛人在那里扎了寨。他们的家庭呈现出权且安身的气氛，仿佛一旦事态转好，他们便要从这里搬走；他们自己也流露出怀有满腹怨言的神色来，仿佛他们由于没有得到好一点的境遇而终日耿耿于怀。阔气的帘幕及其代用品，门一开时也或多或少便能看得见；屏风还不到通常的一半那么高，放在拱顶的走道上，隔成了一间间的餐室，并且遮掩了阴暗的角落，那里面便是小厮们晚上睡觉的地方，他们的头就枕在那些刀与叉之间；那些窗帘你见了就觉得它们什么也遮不住；窗玻璃虽然有，但也是不能让人看见的；摆在那里的各种形状的东西，从那样子看来怎么也想不到这里面藏着隐私，是一张床；墙上的活板门作了伪装，显而易见里面便是煤窖；虽然挂了“此路不通”的牌子，然而一看便知里面是通小厨房的门。这些东西又生出种种有话不明说的心理与装扮巧妙的秘密来。来访的客人总是目不转睛地望着主人，装作并没有闻到相距仅三英尺之远的厨房烧菜的味儿；面对着无意中打开的小客室的人，装作没有看见里面的瓶瓶罐罐；薄薄的一层帆布将房间隔成两半，客人的头就靠在帆布上，另一边男仆与女佣在大声嚷嚷，然而客人却装作坐在太古时代的静谧中。这种性质的社交通融小汇票无穷无尽，在文明的吉卜赛人相互间是取不尽、用不完的，相互间是默认的。

这些吉卜赛人中，有的脾气暴躁，因为有两个心理上的折磨常使得他们心情乖戾，意乱心烦：一是，他们觉得从没有得过公众的多大好处；二是，他们觉得公众已经进入了这座建筑。这第二个大冤屈使个别的人感到非常痛苦——尤其是星期日一到，他们有一个时期真巴不得地上会裂开一个大口子，将公众全部吞噬；然而由于宇宙安排上的应受谴责的马虎，这个希望发生的事还不曾发生。

替戈文太太看门的仆人在她家已经有好多年了，他对于公众也有一肚子牢骚，这事与邮务部的一份职业有关，这份职业他已经盼了不少时候了，可是到现在还没有派他去。他心里也一清二楚，公众是怎么也没法弄他进去的，然而他硬认为是公众将他拒于邮务部门外的。由于受了这冤屈(也许还有薪金方面的一些苛刻与不道德的对待)的刺激，他现在变成了一个不修边幅的人，而且精神颓丧起来；现在见了克莱南，就把他当作迫害自己的一伙下流的人的一分子，羞辱了他一顿。

不过，戈文太太见面时对待克莱南却是屈尊俯就的。他发现她是个仪态优雅的老夫人，从前定是个美人儿，到了现在这个年龄，她仍然很有姿色，无需在鼻子上搽粉，而且两只眼睛下面竟然还有一抹红晕。她对待克莱南的态度上有点儿傲慢；另一位老太太也是这个态度，那人黑眉目、高鼻梁，她一定有什么真家伙，否则她也不会存在，但是这真家伙当然不会是她的头发，不会是她的牙齿，不会是她的身段，不会是她的气色；那个头发花白的老先生也是这样的态度，一副威严而阴沉的外表；他们两人都是来共进午餐的。但是，由于他们都在世界各个地方的英国使馆里呆过，而由于一个英国使馆要得到拖拖拉拉部的好评，莫过于以极大的卑视对待它的同胞（否则，英国使馆便变得与别的国家的使馆一样了），因此，克莱南感到，总的说起来，他们并不把他放在眼里。

那外表威严的老先生原来就是兰克斯特·斯蒂尔特斯托金爵士，拖拖拉拉部多年来一直拥护他作为大英帝国女王陛下在国外的代表的。他便是一个冷凝器①，这位高贵的冷凝器先生在国外供职时，曾使几个欧洲宫廷冰冻过几下，他那冰冻的效果极为显著，弄得外国人一提起英国人，一个个肚子都冰冷了，因为他们万分有幸，在四分之一世纪里，凡说起英国人便记起他来。

他现在已经退休，不在国外供职了，因此（戴了一个白色大领结，样子宛若冻得硬实的雪堆）热心地给午餐带阴凉来了。餐桌上的菜肴颇有点游牧民族的风味，盘子、碟子又是五花八门，希奇古怪，这又让人觉得其中有一丝无所不在的吉卜赛特征；可是那尊敬的冷凝器先生较之银器或瓷器餐具，不知要好多少，有了他，这顿午餐真是妙不可言了。他给午餐带来了阴凉，酒冰了，肉汤冻了，蔬菜也冻熟了。

除了上面那几位之外，房间里还没有说到的就只有一个人了：一个又矮又小的小厮，他服侍那个没觅到邮务部差使的恶毒的人。倘若这个小子的外衣纽扣解开，剖出他的心来，人们也可以发现，他这

---

① 原文为 refrigerator，非指今日之“冰箱”，而是当时工业上用的冷凝器，是一个容器，内贮冷水，用以从各类蒸汽收集酒精之类。此处的比喻，似应理解为此人肚子的大，又爱吃冷食及冷饮料，可见其心肠的冷酷、态度的冷漠。

个与巴纳克尔家族非亲非故的门徒，也在巴望觅一个政府部门里的差使了。

戈文太太是略带忧郁的面容，那是为了她那不争气的儿子，竟然落到那个地步，做一名追求低级的艺术的人，去巴结那下流的公众，而不去维护自己生来就有的权利，在鼻子上穿一个圈圈，标榜自己是个公认的巴纳克尔门下的人。她在午餐上便是带着这样的面容，带头评说起那不幸的年代。克莱南到了那个时候才第一回发现，原来这个宏大的世界是绕着这么小的轴心转的。

“只要约翰·巴纳克尔，”戈文太太在彻底揭露了时代的堕落之后说道，“只要约翰·巴纳克尔丢掉那个最令人遗憾的讨好暴民的念头，就会万事大吉的，我觉得国家也就会安稳了。”

高鼻梁的老太太表示赞同，不过她作了一点补充，倘若奥古斯塔·斯蒂尔特斯托金发一个总命令，出动骑兵冲锋，她觉得国家也就会安稳了。

那高贵的冷凝器先生表示赞同；不过他作了一点补充，倘若威廉·巴纳克尔和都铎·斯蒂尔特斯托金在携起手来，组成了一个出色的联合的时候，大胆地堵住报界的嘴，凡是胆敢对任命的国内或派往国外的权威人士的所作所为说东道西的报纸编辑①，均依刑罚论罪，那么，他觉得国家也就会安稳了。

大家一致同意，国家(巴纳克尔家族与斯蒂尔特斯托金家族的另一个叫法)需要加以保护，然而这国家何以到了需要保护的地步，却不清楚。只有一条是清楚的，即问题都涉及约翰·巴纳克尔、奥古斯

① 《泰晤士报》编辑约翰·德莱恩(1841—1877 年供职该报)揭露过许多丑闻，他派出的战地记者威廉·亨利·拉萨尔从克里米亚发回的通讯，均使保守党人惊恐万状。

塔·斯蒂尔特斯托金、威廉·巴纳克尔以及都铎·斯蒂尔特斯托金，均涉及巴纳克尔家族与斯蒂尔特斯托金家族的徒子徒孙们，因为除了暴民之外，这些事与谁也无关。这便是他们席间谈话的要点，克莱南还不习惯于聆听这种谈话，自然觉得很不是滋味，他也不知道自己默默地坐在那里，听着将一个伟大的民族缩小到这么小的范围的这种谈话，是不是有不妥之处。然而，他记得在议会辩论中，无论是关于这个民族的躯体的生活，还是关于这个民族的灵魂的生活，问题通常是涉及约翰·巴纳克尔、奥古斯塔·斯蒂尔特斯托金、威廉·巴纳克尔与都铎·斯蒂尔特斯托金，涉及巴纳克尔家族与斯蒂尔特斯托金家族的徒子徒孙们，问题通常是两个家族之间的关系，绝不是别的什么人；他没有去说暴民这方面的作用，他心里明白，暴民已经习惯这一套了。

亨利·戈文先生似乎有些幸灾乐祸，让那三个谈话的人相互争辩，自己从中渔利，让克莱南听着他们的谈话而惊怪，自己坐着看好戏。对于将他抛弃的那个阶级，对于尚未吸收他的那个阶级，他都同样表现出极大的鄙视，因此，就他个人来说，眼前所发生的一切并没有让他感到忧虑不安。克莱南与这些可敬的人坐在一起只觉得左右不自在，只觉得孤独，而亨利·戈文先生心绪健康，见克莱南如此不自在、如此孤独，倒感到高兴；倘若克莱南此时处在那某某人的不懈地抗争的地位，他恐要怀疑亨利·戈文先生的幸灾乐祸了，并且会竭力克服这种猜疑，认为是卑劣的念头，即便当时他仍在席间。

那高贵的冷凝器先生，他的落后于时代绝不下一百年，可是，在一两个钟头的时间里却落后了大约五百年，并发表了适合于那个时代的庄严的政治预言。发言结束了，他冰了一杯茶，自己喝了，他走了，冷却到了最低温度。

至于戈文太太，她在过去的尊严日子里，常习惯于在自己身旁留一把扶手椅，那是给受召见的忠实奴仆坐的，一个挨着一个地传呼作简短的谒见，以示她的特殊关怀。此时，她将扇微微一挥，邀请克莱南过去坐下。克莱南听命起身，在兰克斯特·斯蒂尔特斯托金刚坐过的那把三脚凳子上坐下来。

“克莱南先生，”戈文太太说道，“能与你认识认识我感到高兴，虽则是在这么个不方便到了令人讨厌的地方——只能说是一座兵营而已——除此以外，我还有一件事非常非常想给你说说。这是，我看，跟我儿子第一次有幸与你结识时有关系的事。”

克莱南点了一下头，算是对他尚未完全听懂的话，作出了一个通常总是适用的回答。

“你先给我说说，”戈文太太说道，“她真的漂亮吗？”

倘若他是处在某某人的尴尬处境，他会觉得要回答戈文太太的话是非常尴尬的；实际上连要笑一笑，问一声“是谁？”也会非常尴尬的。

“哦！你知道！”她接话道。“亨利的这股热情。这种可悲的空想。咄！假如我说出那名字来也是一种光彩的话——她叫密克尔斯——密格尔斯小姐。”

“弥格尔斯小姐，”克莱南说道，“非常漂亮。”

“男人在这些方面的看法那样经常地出差错，”戈文太太接话道，并摇着头，“因此，我坦白地向你承认，我觉得到现在还是一点也不能肯定，她是漂亮还是不漂亮，尽管如此郑重其事、严肃认真地证实亨利的事是非常重要的。我看，他是在罗马碰上那一家子的吧？”

倘若是某某人，听了这两个字眼是会很生气的。克莱南回答道：“很抱歉，我恐怕没有听懂您的意思。”

“无意中认识那一家子的，”戈文太太说道，并用她那把收拢的扇子(一把绿色大扇子，她用来遮脸的)的扇骨敲着身旁的小桌子。

“碰见了他们。见到了他们。偶然撞见了他们。”

“那一家子?”

“对。密格尔斯一家子。”

“我真的说不上,”克莱南说道,“我的朋友弥格尔斯先生,第一次是在哪里将亨利·戈文先生介绍给他的女儿的。”

“我可以非常肯定地说,他是在罗马碰上她的;不过,别去管它是在哪儿了——总归是一个地方。还有(这事我只和你一个人说),她出身是不是很卑贱?”

“说真的,太太,”克莱南接话道,“我自己出身毫无疑问是非常卑贱的,所以对人家我就更不配说三道四了。”

“非常干脆!”戈文太太说道,并冷漠地展开她那把遮脸的扇子。“妙!照你这么说来,我看得出你心里边觉得她的举止态度和她的相貌是很相称的,是吗?”

克莱南的态度一时显得很不自然,接着他点了一下头。

“那就让人宽慰了,我希望你说的是对的。亨利似乎同我说过你和这一家子到国外一起旅游过,对吗?”

“我和我的朋友弥格尔斯先生,还有他的太太,他的女儿,在国外有好几个月一起旅游过。”(倘若是那个某某人,回想起那些日子来,怕是很痛苦的。)

“真叫人宽慰,因为你对他们一定了解得很多。你知道,克莱南,这件事说起来已经很长久了,至今我还是没有改变过来。因此,能有机会跟像你这么个非常了解这件事的人谈谈,我心里就宽慰得多了。真是个恩赐。我觉得,真是个福分。”

“请原谅,”克莱南接着说道,“亨利·戈文先生对我并非无话不谈的。我绝不是您想象的那样对情况非常了解。您的误解倒使我处境非常为难。关于这件事,我与亨利·戈文先生一句话也没有说起过。”

戈文太太朝房间另一头瞟了一眼，只见她儿子坐在沙发上，与那位主张骑兵冲锋的老太太玩牌[1]。

“他对你并非无话不谈？对，”戈文太太说道。“这件事你们一句话也没有说起过？对。我可以想见的。不过，你们两人之间可以有不用言语表达的信任，克莱南先生：由于你们在那些人中间一起亲密相处，我绝不会怀疑，在你们两人之间关于我现在说的这件事情上，有着那种信任。也许你听说过，我心里曾经感到非常痛苦，就因为亨利竟然追求起——行！”她耸了耸肩膀，“非常高尚的追求，我相信，有的画家，就画家而言，倒是地位很高的人；但是，在我们的家庭里，从来没有人超出过业余爱好的范围，而且那也是情有可原的爱好，假如觉得有一点——”

戈文太太突然停住，叹息了一声，这时，克莱南尽管断然表现出度量宽大的态度，但是总不免觉得，即便如现在这样的情形，这个家庭要超出业余爱好的范围，危险性也是极小的。

“我们的亨利，”这位母亲又接着说道，“非常固执己见，说怎么样便怎么样；况且，这些人自然是千方百计要拖住他，所以，克莱南，我也不抱多大希望，他们不会一刀两断。我是怕这位姑娘财产只有一点儿；亨利不这样固执情况会好得多的；不会有什么东西可以弥补这种结合的不足的；但是，那也是他自己找的苦；假如我在短时间内无法补救，那我也没法子了，只能听之任之，对这些人我也只能将就将就了。你给我说了这些情况，无比感谢。”

见她耸了耸肩膀，克莱南又态度很不自然地点了一下头。然后，他脸涨得通红，显出一片不安的神色，欲说又止，踌躇不定，但终于

① 原文为 écarté，法语，即两人玩的牌戏。

他还是说了，说话的声音比先前更加低了：

“戈文太太，我总觉得我有责任要尽，但又不知道如何履行才是，话虽这么说，我履行责任的时候，一定要请您多加考虑。您是误解了，极大地误解了，假如我可以冒昧地称之为误解的话，这误解似乎要加以纠正的。您是以为弥格尔斯先生及其一家人千方百计，我想您说过——”

“千方百计，”戈文太太重复了一句，她眼睛望着克莱南，神情自若，态度固执，并举起那把绿色的大折扇，遮住映到脸上的炉火光亮。

“要把女儿嫁给亨利·戈文先生的？”

这位太太平心静气地表示赞同。

“那绝不是这么一回事，”亚瑟说道，“连我也了解，弥格尔斯先生对这件事是心里很不高兴的；他还想了各种言之成理的办法来阻止，希望能叫这件事从此了结。”

戈文太太收拢了那把绿色大折扇，拿起来拍拍克莱南的胳臂，又拍拍自己露出微笑的双唇。“唔，当然，”她说道。“我说的就是这个意思。”

亚瑟注视着她的脸，等待她解释解释这句话的意思。

“你真的是认认真真的吗，克莱南先生？你还不明白？”

亚瑟并不明白；并且这么说了。

“唔，难道我不了解我的儿子，难道我不明白要拖住他就得用这个办法吗？”戈文太太说道，语气鄙夷；“难道密格尔斯家的这些人不明白？至少我明白的事他们总该明白吧。哦，他们可是头脑机灵的人哪，克莱南先生：明明白白的，是生意人！我知道密格尔斯这家子原先是有一家银行的。这家银行该是很有点好处可得的银行，假如他和经理关系很好的话。这件事真是干得妙哇。”

"我恳切地请求您，太太——"亚瑟插话道。

"哦，克莱南先生，你怎么真会轻易便信了人家呢！"

听她说起话来语气这么高傲，见她用扇子拍着两片嘴唇态度那么鄙夷，克莱南心里真是痛苦极了，于是他非常郑重其事地说道，"真的，太太，那样说是不公正的，完完全全是毫无根据的猜疑。"

"猜疑？"戈文太太重复了一句。"不叫猜疑，克莱南先生，这叫确有其事。这件事干得的确非常老练，似乎将你完全蒙骗了。"她发出了笑声；坐在那里又用扇子拍着嘴唇，并且仰着头，仿佛她是在补充说道，"我才不信这一套呢。这些人串通一气，一唱一和，又要保持那样的体面，什么事都做得出来的，我心里一清二楚。"

事也有巧，就在这时，牌打完了，亨利·戈文先生从房间那一头走过来，说道："妈妈，假如您这一次就和克莱南先生谈到这里，那我们就走了，我们还有老长一段路要赶呢，天已不早了。"克莱南先生听他这么说也便站起身来，因为他也只能如此；而戈文太太，直至这最后一刻，投向他的仍旧是那同样的目光，扇子仍旧拍着样子同样鄙夷的两片嘴唇。

"我母亲同你交谈了老长的时间，"他们出了房间，关上了门之后，戈文这样说道。"我真希望她不至于唠唠叨叨，叫你讨厌吧？"

"一点也没有，"克莱南答道。

他们到这里来乘的是一辆敞篷四轮轻便马车，出了门没多久便跳上马车，上路回家去。戈文驾着马车，点了一支雪茄；他递给克莱南一支，被谢绝了。无论他如何避免，他还是那样沉默寡言，凝神思索起来，戈文见他这个神态又问起来："我真担心是我妈妈唠唠叨叨，让你讨厌了吧？"听他这么一说，克莱南从沉思中振作起来，答道："一点儿也没有。"不一会儿又陷入了沉思。

倘若是处在致使那某某人忐忑不安的心绪中，他的沉思大抵是会围着他身边坐着的这个人转的。他便会记起那天早晨，他第一次看见这个人用脚跟挖出地上的石子，便会在心里问自己："他也会同样漫不经心、同样冷酷地将我踢走吗？"他便会想，戈文要把他介绍给他的母亲，是因为他知道他母亲要说的话，知道这么一来就使克莱南处于与情敌面对面的地位，他用不着向克莱南吐露自己的心事，便可摆出傲慢的姿态，让人望而却步吗？他便会想，即便戈文没有这样的心计，他带自己到那个地方去是要取笑自己藏在心头不愿吐露的感情，借此折磨自己吗？这些理也理不清的思绪有时便会因涌上心头的羞耻感而中断，受到自己坦诚性格的规劝，觉得怀有这样的猜疑，即便是一闪而过的猜疑，便是放弃了自己决心遵循的高尚的、切勿嫉妒他人的宗旨。在那样的时刻，他内心的斗争便会非常地激烈；抬起头来，与戈文的目光相遇，他便会心头一惊，仿佛他做了一件伤人感情的事。

那以后，他望着面前黑糊糊的道路，以及道旁飘忽不定的物体，他便会渐渐地重又陷入沉思，"我心中也真纳闷，我们，我与他，在这更加黑糊糊的人生道路上，将走向何方？在那朦胧的远方，我们，还有她，将有什么样的归宿？"一想起她，他心头又会忐忑不安起来，感到有一阵充满内疚的疑虑，倘若讨厌起他来，甚至应视为对她的不忠，倘若自己会如此轻易地对他抱有偏见，那么自己与当初相比，更加显得无法与她相配了。

"我看得出你心情很不好，"戈文说道；"我真担心，一定是我妈妈的唠唠叨叨让你感到非常厌烦了。"

"说真的，一点儿也没有，"克莱南说道。"没有什么——一点也没有什么！"

第二十七章

二十五下

潘克斯先生的想要搜集有关杜丽一家人的情况，克莱南离乡背井多年之后回到国内向他母亲说明的疑虑，这两者之间是否有一点儿可能的联系，这样一个疑问时时在克莱南心头浮现，而且在这一段日子里常常使亚瑟·克莱南心中七上八下的，总不得安宁。潘克斯先生到底已经了解到杜丽一家人的什么情况，他真还想摸清这家人的什么情况，他的头脑里已经想得够多的了，到底为什么还要再去搜集情况，这些便是常常使克莱南迷惑不解的问题。出于无聊的好奇，去浪费时间与精力，查出个究竟来，潘克斯先生决不是这样的一个人。潘克斯先生的心里有一个具体的目的，那是克莱南不会怀疑的。而潘克斯先生通过不懈的努力达到了那个目的，是否可以猝不及防地揭示出致使他母亲亲手扶持小杜丽的秘密理由，这倒是他要好好思考一番的。

倒并非他的补偿他父亲在世时铸成的冤屈的愿望与决心，还有什么优柔寡断、犹豫不决的，因为冤屈应该真相大白，并且应当受到补偿。一个假设的使人受屈之举的阴影，在他父亲去世之后一直在他心头徘徊不去，这个阴影是那样模糊，那样难以捉摸，也许它本来便是一件他无法想见的事实造成的结果。并非优柔寡断，犹豫不决；而是，倘若他的疑虑最终证明是理由充足的，他随时都愿意捐献他拥有的一切，并重新开始自己谋生。他童年时代接受的凶残、邪恶的教育从未曾在他心中生根，所以他信奉的道德规范的第一条便是，他必须以实际的谦卑，首先要在地上牢牢站稳脚跟，绝不能靠插上言词的翅膀飞上天去。职责也是在地上，补偿也是在地上，行动也是在地上：首先是这些，这些是升天的陡峭路上的第一步。门，也是狭的，路，也是窄的；较之用空洞的表白与徒劳的人云亦云铺成的方便之路，更狭、更窄；夸大别人的缺点与肆意攻击他人——这一切尽是些廉价之物，分文不值。

决不是的。使他忐忑不安的并非出于一己私利的惧怕或犹豫，而是出于一种不信任，生怕潘克斯可能会不遵守他们之间达成的默契，生怕他在有了发现之后，可能会不向他透露信息便采取某种措施。另一方面，当他回忆起与潘克斯的那一番谈话，以及他觉得那个怪人完全有可能会那样做的一点儿理由，他有时候就会觉得奇怪，怎么会对这件事如此耿耿于怀。他在这个大海里颠簸，仿佛一叶扁舟在咆哮的大海上颠簸一样，他颠簸摇摆，到不了安全的港口。

小杜丽自己从他们两人通常的交往中消失了，这仍于事毫无补益。她老是往外跑，她老是呆在自己房间里，他真开始惦念起她来，开始发现她的位置出现了空白。他曾去信给她，询问她身体是否有好转，她也曾回过信，非常感激、非常郑重地告诉他，千万不要为了她之故而感到不安，因为她好好儿的；然而他照他们两人的往来情况看来，已经很久没见到她了。

一天晚上他去会见了她的父亲，她父亲说她外出探望朋友去了——她外出拼命干活，以此挣钱为他做一顿晚餐的时候，他总是这么说的——他回到了自己的住处，推门进去，只见弥格尔斯先生非常焦灼地在他房间里来回踱着。他一推开门，弥格尔斯先生停下脚步，转过身来，说道：

“克莱南！——泰蒂柯伦！”

“怎么回事？”

“丢了！”

“啊，我的天哪！”克莱南愕然道。“你是在说什么？”

“连数到二十五下都不肯，先生；好说歹说都没用；只数到八下，转身就出去了。”

“离开了你们家？”

“一直没有回来过，”弥格尔斯先生说道，不住地摇头。“你不知道，这姑娘性情暴躁，自尊心非常强。她现在人走了，套上几匹马也拉不回来了，古老巴士底狱①的铁窗也锁不住她的。”

“这是怎么回事？你坐下来，快给我说说。”

“要说是怎么回事，一下子也说不清；因为你非得自己也有这个性情暴躁的可怜姑娘那种令人遗憾的脾气，不然你就没法子真正理解。事情是这样的。近来这些日子里，我和宝宝还有妈妈经常坐在一块儿商量。我也不瞒你了，克莱南，我们这些日子里商量的事情，同我心里希望的不一样，不是什么叫人高兴的事；我们又谈起再一起出国旅行的事了。提出出国旅行来，我实际上是别有用意的。”

那个某某人的心怦怦直跳。

“说是别有用意，”弥格尔斯先生停顿了一下之后又说道，“我也不瞒你说了，克莱南。我这个宝贝闺女有些不对头，我是很不愉快的。也许说的是谁你也猜到了。亨利·戈文。”

“你说出这名字，我也不是毫无思想准备的。”

“嗐！”弥格尔斯先生长叹了一声，说道，“上帝呀，我真希望你用不着来听这种话。可是，偏又是这么一回事。为了对付这件事我跟妈妈什么办法都想了，克莱南。我们曾经婉言规劝，我们曾经希望时过境迁，我们曾经设法出国回避。可是，到现在，一个办法也不灵。我们最近几次就是商量想至少再离家一年，目的是想这样一来可以彻

① 法国巴黎的国家监狱，法国大革命时被捣毁。

底割断联系，一年不往来。说起这件事宝宝很不高兴，所以我和妈妈也很不高兴了。”

克莱南说，他完全能够相信的。

“唉！”弥格尔斯先生用辩解的口气接着说道，“我是一个讲究实际的人，我相信妈妈也是一个讲究实际的人，我们都承认，在家庭里面，我们人人确实会将小事变成大事，碰到一点儿小事便会大惊小怪的，那种做法是会叫那些在旁边看的人非常讨厌的——我是说那些完全不相干的局外人，你知道，克莱南。不过，话得说回来，宝宝高兴还是不高兴对我们来说，那可是性命攸关的事；但愿我们这样小题大做，是情有可原的。不管怎么说，泰蒂柯伦原是该体谅我们这种心情的。你说说，是不是这么回事？”

“我的确是这么想的，”克莱南接话道，以极重的语气，承认这一非常有限的期望。

“错了，先生，”弥格尔斯先生说道，并且非常悲伤地摇着头。“她受不了啦。这姑娘真是的，她是又气又恼，心里头是又苦闷又烦躁，我见到她总是一回回轻轻对她说：‘二十五下，泰蒂柯伦，二十五下！’我真心地希望她能够不停地数到二十五下，不管是白天还是黑夜，数到二十五下就不会有什么事了。”

弥格尔斯先生脸色阴沉，这种时候，他心地的善良反倒比他高高兴兴、快快活活的时候，叫人看得更加分明。他用手抹着脸，从额角抹到下巴，并又摇起头来。

“我同妈妈说（倒不是非同她说不可，而是她会一个人将事情憋在心里头的），我们都是讲究实际的人，亲爱的，我们都了解她的身世；在这个苦恼的姑娘身上，我们看得到像她这么个可怜姑娘还没有来到人世的时候，她母亲心里头翻腾着的苦楚；我们别去计较她的脾气了，妈妈，我们眼下不要把它放在心上了，亲爱的，下一次我们就利用她身上的好脾气来开导她。就这样我们也没有说她什么。可是，尽管我们是苦口婆心，似乎事情就注定要发生似的；一天夜里，她终于大吵大闹起来。”

“怎么闹，为什么闹？”

“要是你问为什么闹，”弥格尔斯先生说道，这一问倒叫他心慌意乱了，因为他脑子里尽想着如何安慰那姑娘，并没有多考虑这个家庭的问题，“我也只能说还是我刚才又说过一遍的话，意思同我跟妈妈说的话差不多。要说怎么闹，那天夜里我们当着她的面跟宝宝说了声晚安(我得承认，说得非常亲热的)，她也就陪着宝宝上楼去了——你记得的，她是宝宝的女仆。也许宝宝因为是心情不好，差她做事的时候语气不像平常那样，而是有一点儿生硬：可我想也没想过我有权利说这种话；宝宝一直是很体贴、很温和的。”

“天底下最温和的小姐了。”

“谢谢，克莱南，”弥格尔斯先生握了握克莱南的手说道；“你是常常见她们在一块儿的。唉！不一会儿我们便听见这个叫人伤心的泰蒂柯伦大声嚷嚷，在发脾气了，还没等我们问个究竟，宝宝便浑身哆嗦着回到楼下，她说泰蒂柯伦把她吓坏了。泰蒂柯伦紧跟着下了楼，气呼呼的样子。‘我见了你们三个人就讨厌，’她说道，朝着我们直蹬脚。‘这一屋子的人我都恨透了。’”

“这时候你就——？”

“我？”弥格尔斯先生说道，态度极为诚恳，连戈文太太见了也会深信不疑的，“我说，数二十五下，泰蒂柯伦。”

弥格尔斯先生又抹了一下脸，并摇了摇头，表现出深切的遗憾。

“她数数已经非常习惯了，克莱南，就是在那种时候，那个怒气冲冲的情景你从来没见过，就是在那种时候，她突然间止住了，两眼直瞪瞪地望着我，我记得是数到了八。可是，她怎么也控制不住自己，再也数不下去了。数到了八她忍不住了，可怜的姑娘，还有十七下她早忘得一干二净。这时候她心头的怒气全都迸发出来了。她讨厌我们，她跟着我们吃够了苦，她忍受不了，她不愿再忍受下去，她横了一条心要出走。她年纪比她的小姐还要小，她会留下来，眼看着她老是被捧得高高的，看作是唯一年纪小的人、大家都关心的人，像宝贝儿似的让人宠爱吗？决不。她不愿意，她不愿意，她不愿意！假如她泰蒂柯伦，在童年时代也像她的小姐那样有人爱抚，有人照料，我们以为她会是个什么样子呢？跟她一个样吗？啊！也许会胜过她几十倍呢。我们表现出彼此间你爱我、我爱你的样子的时候，我们是在取笑她了；我们就是做了这样的一件事；我们取笑她了，弄得她脸上火辣辣的。整座房子里的人，上上下下都做了这样的事。他们一个劲地夸他们的爹爹、妈妈、兄弟、姐妹；他们喜欢一个个搬出来夸上一通，就当着她的面。还有那个梯吉特太太，那就是昨天晚上的事，带着她的小孙女，小孙女要拿我们给她（泰蒂柯伦）起的不好听的名字[①]叫她，梯吉特太太可乐坏了；还笑话这个名字。嗐，谁不会这样；我们算老几，怎么可能有这种权利，当她像小狗、小猫那样给她随便起个名？可是，她什么也不管。她不想再从我们这儿得到什么好处；她把这个名字扔还给我们，她要走。她说走就要走，谁也别想拦住她，我们别想再去找到她。”

弥格尔斯先生滔滔不绝地说着事情的经过，当时的情景历历如在眼前，越说越激动，这时他就与他所说的泰蒂柯伦当时的情绪几乎一样，面红耳赤，异常激动。

“哦，唉！”他擦了一下脸说道。“当时要跟这个激动得直喘气的姑娘讲讲道理也是白费力气（她妈妈该是个怎么样的身世，那也只有

---

① 参看第二章，泰蒂，英文为 Tatty，有“破烂”之意，源于苏格兰方言。

天知道)；所以，我平心静气地对她说，天这么晚了，可不能走，我向她伸过手去，陪着她到了卧室里，还把整座房子外面的门都锁上了。可是，今天早晨，她走了。”

“她现在的情况便不清楚了，对吗？”

“不清楚了，”弥格尔斯先生答道。“我今天找了整整一天。她一定是一大清早便走的，悄悄地走的。我们住处周围地方，连个影儿也没找到。”

“慢！”克莱南想了一会儿之后说道。“我看你想见见她吧？”

“是啊，当然想；我想再给她一个机会；妈妈和宝宝想再给她一个机会；嗐！你本人也是嘛，”弥格尔斯先生劝导似的说道，仿佛惹得生气的绝非是他，“你也想再给这个暴躁的可怜姑娘一个机会嘛，我知道，克莱南。”

“我要是不这么想，那就奇怪了，心肠狠了，”克莱南说道，“因为你们都这么宽厚，我怎么会不这么想呢。我要问你的是，你们可曾想到过那个韦德小姐？”

“想是想到过的。我是到住处附近挨家挨户找遍之后才想到了韦德小姐的，而且，要不是回到家里见妈妈和宝宝都说泰蒂柯伦必定是跑到她那儿去了，我连想也没有想过当时就应该考虑到韦德小姐呢。这时候，毫无疑义，我记起那天你第一回到我们家用餐时她说的话来。”

“你知不知道要到哪里去找韦德小姐？”

“说句老实话，”弥格尔斯先生答道，“就因为我在这个问题上怎么也想不出一个名堂来，你才看到我到这儿来等你的。有时候一些古怪的印象，总是会莫明其妙地传到家里来，我们家里也有一个这种古怪的印象，这个印象似乎哪一个人都不是明明白白从某某人那里听来的，可是似乎人人都含含糊糊从某一个人那里听到过，后来又记不得了，说她住在这儿附近，或者曾经在这儿附近住过。”弥格尔斯先生递过一张纸条，上面写着格罗符诺①一带的一条冷冷清清小街的名字，就在公园巷②附近。

“上面没写门牌号码呀，”亚瑟仔仔细细看着这张纸条，这样说道。

“你是说没写门牌号码，亲爱的克莱南？”他的朋友接话道。“什么也没有！就连这条小街的名字吧，说不定也是个道听途说的呢，因为就和我跟你已经说的那样，我们家的人谁也说不上他们是从哪里听来的。不过，话得说回来，查还是可以去查一查的；而且，我倒想找个伴儿一块儿去，不想一个人去寻，你嘛，又是跟那个冷冰冰的女人在国外一块儿旅行过的，所以我想也许——”他话还没有说完，克莱南便重又拿起帽子，等于替弥格尔斯先生接了话，并且说道，他就可以走了。

已经是夏季天气了；一个昏暗、炎热、灰蒙蒙的傍晚。他们乘了马车，到了牛津街③的中心地段，在那里跳下马车，一头扎进了纵横交错的大街小巷，大街是忧郁庄严的气派，小巷也竭力装出庄严的气派，而到头来反显得更加忧郁。在公园巷附近，街巷纵横交错，宛若迷宫。杂乱无章的街角房屋，在暮色中蹙起了眉头。这些房屋，有异邦格调的古老门廊与附属建筑，带着某个倒行逆施的时代、在某个倒行逆施的人统治下产生的恐怖气氛，仍然要人们世世代代盲目赞叹，

---

① 格罗符诺街在海德公园(Hyde Park)东南，南北走向，北端止于海德公园。

② 公园巷(Park Lane)是公园东侧大马路，南北走向，南端止于公园东南角，近格罗符诺街。

③ 牛津街(Oxford Street)是海德公园东北的一条大马路，东西走向，西端止于海德公园，与公园巷相通。书中两人该是从寓所(近英格兰银行)出发，顺牛津街西行，跳下马车后，折入小街，由北往南，过贝克莱广场，南至马房街(近格罗符诺)。

并决然照此办理，直至房屋倒塌。依附着的小住宅，整个屋架给人以压抑感，从仿照广场①的主教大人宅第高大门厅的矮小的门，直至俯视马房街马粪堆的闺房狭窄的窗，无不如此，从而使黄昏显得阴郁。摇摇欲坠的住宅，其式样无疑是时髦的，然而谁住了都不舒服，只能关住阴湿的气味而已，看那模样，这些住宅似乎是高楼大宅近亲繁殖的恶劣后果；这些住宅后加的小弓形凸窗与阳台都用细铁柱撑着，仿佛淋巴结核病人支了两根拐棍。到处都可看到门前挂的丧徽，包含了纹徽学的全部学问，阴沉沉地面对着街路，仿佛一个大主教在讲解人世之浮华。商店极少见，虽有也不显眼；因为舆论根本不起作用。面包点心店老板心里有数，他的账簿里记着谁的名字，明确这一点，他便可高枕无忧，橱窗里放几个玻璃圆筒，装几滴薄荷油，放上五六种陈年的葡萄干冻样品，便行了。水果店摆出几个橘子就算是迎合了一般人的心理。光是一个青苔做的篮子，一旦放上几个鸟蛋，禽蛋贩子要给贱民们说的话都装在里面了。这些街巷里的人似乎(到了这个季节，到了这个时刻，总是这种情形)都到外面去进餐了，又似乎谁也不会款待他们这些要来进餐的人。门口台阶上，仆从们懒洋洋地坐着，一身五颜六色的艳丽羽毛，头部则是白的，宛如世上早已绝种的大鸟；管家都是些隐居模样的孤独者，他们各自对于别的哪个管家都抱着不信任的态度。白天公园里马车的辘辘声此刻已经消逝；路灯已经在点了；不怀好意的小马夫，穿着紧绷绷的外衣，两腿的歪与心眼的歪相配，他们两个一伙地闲逛，嘴里嚼一根干草，交换着用来骗人的秘密。在人们心目中，训练起来到外面跟着马车跑的花狗，总是与豪华的马车联系在一起，因此只看见花狗在外面跑而不见那样的马

① 似指贝克莱(Berkeley，1685—1753，爱尔兰大主教与哲学家)广场，在格罗符诺东侧。

车，只陪着帮手来回报讯儿，让人觉得花狗也有些屈尊了。到处都有隐蔽的酒店，它们并不需要人们的资助，穿便衣的绅士们在那里也不很受欢迎。

上述最后一项，是这两位朋友沿着马路查找的时候发现的。在他们查找的这条马路上，看不出一点儿与韦德小姐这么一个人有些联系的线索，哪儿也没有。这条马路是许多支路中的一条，又长、又齐整、又狭小、又冷清、又郁闷，仿佛砖石与泥灰的出殡。他们两人在几家狭小的门口打听了一番，还碰到过一个垂头丧气的少年，他站在楼梯顶上，下巴搁在木楼梯一旁陡峭的小滑槽顶端；这样的挨户查询仍旧是一无所获。他们在街的一边从头查找到尾，又在街的另一边从头查找到尾，当时正巧有两个大声嚷嚷的卖报的人宣告一个从前未曾发生过、今后也不会再发生的非常事件，沙哑的喉咙拼命地喊叫，叫喊声传到了密室里；然而，仍旧是毫无结果。最后，他们来到了当初跳下马车步行的那条街的街角，停下了脚步，这时天色已经很暗了，而他们还是一无所获。

且说他们在街上查找的时候，有好几回从一座肮脏的房子前经过，房子显然空无一人，几个窗口上都有招贴，是将这座房子出租的启事。这些招贴在砖石与泥灰的出殡中，倒别具一格，与众不同，差不多可以算作是一种装饰。也许是因为这些招贴使这座房子在克莱南脑子里单独留下了一个印象，也许是因为他与弥格尔斯先生两次打这儿经过时都一致认为，“非常清楚，她不会住在这儿”，所以，他现在提出他们应该回到那座房子去试一试，倘若真没人住再回家。弥格尔斯先生同意了，他们又回到了那座房子门前。

他们敲了一下门，他们拉了一下铃，里面没有一点动静。“没有人住着，”弥格尔斯先生一面竖起耳朵听着，一面这样说道。“再试试，”克莱南说道，又敲了一下门。这样又敲了一下之后，他们听到底下有了动静，听得有人拖着脚步朝门口走上来。

狭小的门洞太暗，所以他们也无法看清出来开门的是一个什么人；不过这人好像是个老妇人。“对不起，我们打扰您了，”克莱南说道。“请问您一下，韦德小姐住哪儿？”黑暗中的那个人出乎意外地答道：“就住这儿。”

“她在家吗？”

因为不见回答，所以弥格尔斯先生又问了一句：“请问，她在家吗？”

又停了一阵之后，“我看她在的，”那人的声音突然说道；“你们还是进屋吧，我去问一问。”

两人一下子就被关进了这座又窄又黑的屋子里；而那人窸窸窣窣地走了，并从一个高处对他们说：“请上来吧，碰不到什么东西的。”他们朝着一个微弱的光亮摸上楼去，那光亮原来是透过窗照进来的路灯，那个人影将他们丢在一个密不通风的房间里不见了。

“真怪，克莱南，”弥格尔斯先生轻声道。

“是怪，”克莱南赞同道，也是同样轻声地。“不过我们找对地方了；这是紧要的。有亮儿了！”

那是一盏灯；拿灯的是个老妇人：非常邋遢、满脸皱纹、浑身干瘪。“她在家，”她说（听声音知道就是先前说话的那个人）；“她一会儿就来。”那老妇人将灯放在桌子上，撩起围裙掸了掸手，她不洗手就老是这样掸也未可知。她两只模糊的眼睛朝来客打量了一阵，然后走了。

他们要见的这位小姐，即便她现在是住在这所房子里，似乎也只是在这里投宿的，仿佛她投宿在东方的一家有院子的旅店里。房间中央有一小块地毯，有几件一眼就可看出并非房间原来就有的家具，杂乱堆放着的皮箱与旅行物品，这些构成了她这间房间的全部摆设。以前在这里常住的某一个人，忽然在这间叫人透不过气来的房间里放了一面大穿衣镜和一张镀成金色的桌子；不过桌子如同去年的花朵一样，早已褪了色，而穿衣镜是一片模糊，似乎镜子用法术将它照见的大雾迷蒙与阴雨天气都保存在里面。来客这样将房间观察了一会儿之后，正好房门被推开了，韦德小姐进了门。

她仍旧与上一回大家分手时一个模样。一样地漂亮，一样地轻蔑，一样地不露声色。她看见他们两位也不吃惊，也不流露别的感情。她叫他们坐下；而她自己则不坐，心里面立即料到他们会来一段引入正题的开场白。

“我看，”她说道，“我已经猜到了你们今天登门赏光的目的了。我们就来个开门见山吧。”

“这目的嘛，小姐，”弥格尔斯先生说道，“是为泰蒂柯伦。”

“我说嘛。”

“韦德小姐，”弥格尔斯先生说道，“烦劳您告诉我一下，您是不是知道她的情况？”

“当然知道。我知道，她在我这里。”

“那么，小姐，”弥格尔斯先生说道，“请允许我告诉您，我很高兴叫她回去，我太太和我女儿都很高兴叫她回去。她和我们相处很久了，我们不会忘记我们是应该对她负责的，我希望我们知道该如何去原谅她的。”

“你希望你们知道该如何去原谅她？”她接话道，语调不高不低，且有节奏。“原谅什么？”

“我以为我的朋友是想说，韦德小姐，”亚瑟·克莱南见弥格尔斯先生不知如何应答，便插话道，“原谅这位可怜的姑娘有时候好发脾气，总觉得自己处处比不得人家。脾气一发，有时候就把过去相处得好好儿的日子都忘了。”

这位小姐将目光转移到他身上，发出“嗤”的一声笑。“真的吗？”她的回答就这样的一句话。

她听取了克莱南的话之后，依然站在桌子边，态度是那样泰然自若，毫不动声色，倒叫弥格尔斯先生两眼怔怔地望着她，仿佛是着了魔似的，连求助一下克莱南再回敬她一句都不能够。亚瑟等了一会儿，感到极为窘迫，便说道：

“也许，可以的话，还是让弥格尔斯先生见见她吧，韦德小姐您看呢？”

“那很好办，”她答道。“来吧，姑娘。”她说话时已经把一扇门推开，并且拉着姑娘的手，进了房间。看着她们两人一块站着真叫人觉得奇怪：那姑娘的另一只手绞着上衣的胸口，既犹豫不决，又怒气冲冲；而韦德小姐泰然自若的脸一刻也不离开那姑娘，这泰然自若的神态(如同面纱能使人想起它所遮掩的脸的形象)，极其有力地使旁观者意识到了她性格中蕴藏着的不可遏止的激动。

“你看这儿，”她说道，仍然是先前那个不高又不低的语调，“这儿是你的保护人，你的主子。他愿意领你回去，亲爱的，要是你识抬举、想回去的话。你又可以做他那漂亮女儿的陪衬了，又可以做她可爱的任性的奴仆了，又可以做他们家用来炫耀家庭仁慈的玩具了。你又可以让人叫唤那个可笑的名字了，他们高兴的时候便喊上几声，过后又把你丢在一边，就像你活该这样被喊被扔在一边似的。(你的出身，你知道；你千万不可忘了你的出身。)你又可以被带到这位先生的女儿那里，哈莲特，在她面前供起来，当作活的提醒物，让她一天也不忘记自己的高贵，不忘记她那仁慈的屈尊。这一件件好处你又可以失而复得，还有许许多多同样的好处，我相信，我这样说的时候，你心里都记得起来的，这许许多多的好处，你要是还躲在我这里，那就一件都捞不到了——这一件件你都可以失而复得，只要你同这两位先生说，你是多么卑下，多么后悔，只要你跟他们回去请求宽恕。你看怎么样，哈莲特？你愿意走吗？”

在这些话的刺激之下，那姑娘怒火越来越往上冒，脸涨得越来越红，她抬起乌溜溜的眼睛看了一下，一面将绞着上衣胸口的手捏得更紧，回答道：“我宁愿去死！”

韦德小姐仍旧站在那姑娘的身旁，仍旧拉着她的一只手，她心平气和地朝他们两人看了看，笑着说道：“先生们！你们看这怎么办？”

可怜的弥格尔斯先生听到自己的动机与行动遭到如此般的歪曲，他感到无法形容地惊愕，因为惊愕，他张口结舌，一直插不进话去；可此刻他恢复了说话的能力。

“泰蒂柯伦，”他说道，“因了我还是叫你这个名字，好姑娘，我自己明白，我给你起这个名字的时候，并没有什么不好的意思，完全是一片好心，我自己明白，你知道这——”

“不知道！”她说道，并且又抬起眼睛来看着，那只不停地绞着胸口的手差不多要把自己撕开来。

“是的，现在你不知道，也许是的，”弥格尔斯先生说道，“这位小姐两只眼睛逼着你，泰蒂柯伦，你是不知道的，”她朝他们两人瞅了一眼，“我们看得出，她是在给你施加影响；也许现在你不知道，不过以后你会知道的。泰蒂柯伦，我和我的这位朋友都知道，这位小姐说这些话的时候是气呼呼的，怀有敌意的，尽管她将这怒气和敌意拼命压下去，可那是随便哪个人，只要是曾经见过她的人，怎么也不可能忘记的，不过，我不想去问问她，即便是在她气呼呼、怀有敌意的时候，她说的这些话自己是不是都相信。我也不想问问你，要是你还记得我这个家，记得这个家所有的一切，你信不信她这些话。我只想同你说，你对我，或者是对我说的话是没有什么要表白的，也没有什么要请求宽恕的地方；我只想要你做一件事，数二十五下，泰蒂柯伦。”

她朝弥格尔斯先生望了一眼，接着很不满地说道：“我不要。韦德小姐，请带我走开吧。”

她内心进行的激烈的斗争此刻并不见缓和；这内心的斗争纯乎是恼怒的对抗与固执的对抗之间的斗争。她脸涨得通红，心怦怦地跳，并且呼呼地喘着气，在这种情况下，她不可能抓住机会回头走。“我不要。我不要。我不要！”她不断地重复这句话，声音低而含糊。“宁可先把我撕个粉碎。我宁可先把自己撕个粉碎！”

韦德小姐已经放开了手，此时她仿佛要保护那姑娘似的，将手挽住她的脖子，过了一会儿她转过身来，仍旧带着先前那种笑，仍旧是与先前一样的语调，说道：“先生们！你们看这怎么办？”

“喔，泰蒂柯伦，泰蒂柯伦！”弥格尔斯先生激动地说道，不但态度严肃而且是在恳求她。“你听听这位小姐说话的口气，你瞧瞧这位小姐的面孔，想一想这位小姐安的是什么心，想一想你面前是什么样的前途。我的孩子，不管你会怎么想，这位小姐对你施加的影响——真叫我们吃惊，我也不去说叫我们听了实在觉得可怕的话了——是出于比你还凶狠的恼怒，比你还暴躁的脾气。你们两个怎么能呆在一起呢？你们两人呆在一起会造成什么样的结果呢？”

“我是一个人呆在这儿，先生们，”韦德小姐说道，语气没有变，态度也没有变。“爱说什么就说什么吧。”

“讲点礼貌得看这位受蒙骗的姑娘的，小姐，”弥格尔斯先生说道，“在她现在这种情况下是应该这样的；尽管甚至在你当着我的面极大地伤害了她的时候，我还不想一点儿礼貌也不讲。很抱歉，我要当着她的面提醒你——我非说不可——在我们大家的眼里你是个神秘人物，和我们哪个人都没有共同之处，可她偏又倒霉地落到了你的手里。我虽然不了解你是何许人，可是你瞒不住人，也无法瞒住人，你

二十五下

身上有个多么邪恶的灵魂。要是上帝作了安排，天底下有你这么个女人，不管你出于什么目的，你竟会幸灾乐祸把一个姐妹弄到她这样的地步(我这么个年纪，这种事情也见识得多了)，我要提醒她小心提防你，也要提醒你自己当心自己。”

“先生们！”韦德小姐平心静气地说道。“假如你已经把话说完了——克莱南先生，也许你愿意劝劝你的朋友——”

“我还要争取呢，”弥格尔斯先生坚决地说道。“泰蒂柯伦，我的可怜的好姑娘，数二十五下吧。”

“你可不能拒绝这个善良的人给予你的希望，给予你的期望呵，”克莱南说道，语调低而有力。“到你还没有忘记的朋友这儿来吧。再想想！”

“我不要！韦德小姐，”那姑娘说道，她胸脯气得鼓鼓的，说话时还用手按住喉头，“你带我走！”

“泰蒂柯伦，”弥格尔斯先生说道。“你再听我一句话！孩子，我没有别的要求，就只一件事！数二十五下吧！”

她两手紧紧地掩住耳朵，由于用力，把乌黑的头发也抓乱了，并决然转过身去，脸朝着墙壁。弥格尔斯先生作出这最后一次请求的时候，韦德小姐两眼紧盯着那姑娘，嘴上带着那奇怪而关切的笑，同时那只借以抑制感情的手抚住自己胸口，在马赛的时候，她便是这样将手抚住胸口，瞧着这姑娘在痛苦中挣扎的。随后，她伸出手臂挽住那姑娘的腰肢，仿佛她已从此永远将那姑娘掌握在手中了。

她转过脸，打发走这两位来客时，脸上流露出明显的得意神色。

“这是我最后一回有幸见到你光临，”她说道，“你还说过你不知道我是何许人，也不知道我在这儿施展影响的基础，既然如此，我现在可以说你心里明白了，那是建立在共同的理由上。你那个伤心的玩物是个什么样的出身，我也是个什么样的出身。她没有名字，我也没有名字。她的冤，便是我的屈。我没有什么别的可再对你说的了。”

这些话是对弥格尔斯先生说的，他伤心地离开了。由于克莱南走在后面，她也对他说了几句话，同样是外表上的镇定自若，同样是不高不低的语调，然而这时候她的笑却是在冷酷的脸上才能见到的笑：那是一种似笑非笑的笑，鼻孔动了一下，两片嘴唇则未见动静，并非渐渐地收拢的笑，而是刚一笑便立即消失的笑：

“我希望，你那个亲爱的朋友戈文先生的太太会幸福的，既有比那姑娘的血统和我的血统高贵得多的血统，又有正等着她的巨大财富。”

第二十八章

某某人的消失

弥格尔斯先生虽然为了重新叫回他应照顾的人已作了努力，但并不肯就此罢休，他给那姑娘写了一封规劝信，也给韦德小姐写了一封，信中没有说别的话，只是表示自己的善意。信寄出了，然而他的规劝并不见回音。那固执的姑娘先前服侍的小姐后来又亲自动笔给她寄过一信，原以为好歹总可以叫那姑娘软下心来的，但也同样并不见回音（三封信过了几个星期都退回来了，一封都没有人收①）。在这种情况下，弥格尔斯先生便指派他的太太不妨一试，亲自登门见她们一下。他这位可敬的太太别说见她们一见，人家连门都没让她进。这么一来，弥格尔斯先生便来求助克莱南再作一下尝试，看有何妙法。克莱南欣然允诺，可结果只是发现那房子已经空空，并已交那老妇人看管，至于韦德小姐，她已经走了，那几件零星家具也都不见了，那老妇人嘛，你半克朗的金币给她多少，她都会收下的，还会满心欢喜地谢谢捐赠人，可是要说收了钱就该提供一点儿情况，那她是什么也说不出的，只会老拿出那关于屋内装饰物如何处置的备忘录来给你看，那便是房地产经纪人家的小子放在客厅里的。

即便是在这种挫折面前，弥格尔斯先生依旧不愿舍弃那负心的姑娘，任其陷入绝望，也许她性格的乐观的一面会战胜她性格的悲观的一面也未可知。因此，一连六天，弥格尔斯先生在几家晨报上刊登了启事，措词非常谨慎、含蓄，大意是倘若有哪个年轻的人近日草率离家，随时可以来特威肯翰他家住地，一切都可以一如既往，也不必担心会受到什么责备。这样的一则启事带来的意想不到的后果，使惊慌失措的弥格尔斯先生平生第一回意识到，在伦敦，每天必定有几百个年轻的人草率离家；因为，对不上号的年轻的人结伙成群找到了特威肯翰，他们由于没有受到热情接待，通常都提出赔偿要求，不只是索取到特威肯翰来的往返车马费，还要给他们损害费。一则启事招来的不速之客也不仅仅是这样的一些人。大批专营投书乞讨的人，似乎老在如饥似渴地窥测可以挂上一封信的钩子，无论是多么小的一个钩子，他们来信说，他们读到那则启事之后，便萌生了一个念头，可以信心十足地谋取十先令至五十英镑不等的款额：倒不是因为他们知道那个年轻人的下落，而是因为他们觉得捐赠多寡不等的款额便可大大宽慰登启事的人的心。几个投机公司发起人也利用了这个机会给弥格尔斯先生来了信；比如说，他们告诉他，他们是经一位朋友的说明才注意到这则启事的，因此，他们谨此表示，倘若他们打听到了那个年轻人的下落，当速去信告知，在此同时，倘若他能捐款，使某一完全新颖的“水泵”达到尽善尽美，那将给人类带来最愉快的成果。

正当弥格尔斯先生及其家人由于这些令人灰心失望的事情接踵而来，开始很不情愿地认为泰蒂柯伦已经无法再找回的时候，新成立的、充满生气的多伊斯-克莱南公司的那两个合伙人，以私人身份，在一个星期六来到了特威肯翰乡间宅第，准备逗留至星期一。那大股东乘上马车走了，而那小股东则拄着手杖步行。

他迎着幽静的夏天的残阳，走近了他旅途的终点，穿过了河畔的草坪。他此刻有一种安宁感，一种卸脱了忧虑的沉重负担的感觉，那是乡间的宁静在都市居民心头唤起的感觉。目之所及，万物可爱而静

---

① 1840年前罗兰·希尔(Rowland Hill)邮政改革前邮资是收件人支付，因此信件可以拒收。

谧。葱茏的树木，茂盛的青草，点缀其间的野花，河中的小绿洲，水面上漂动的灯芯草丛与簇拥的睡莲，随着涟漪与傍晚的空气送到他耳畔的远处小舟上的悦耳的人语，都体现了乡间的幽静。偶尔一条鱼跃出了水面的扑哧声，船桨的击水声，还未归巢的鸟的啁啾，远处的犬吠与牛叫声——所有这一切声响中，其主宰一切的声息便是幽静，这幽静似乎将他紧紧包围在每一缕使芬芳的空气更加甜蜜的气息之中。天空中一条条长长的红与黄的晚霞，还有那西沉的太阳的灿烂踪迹，又显出一种神奇的宁静。远处紫色的树梢，以及近处阴影自下慢慢往上爬的绿荫顶上，也是同样的一片安宁。岸上的真景与河中的倒影已经分不清界线了；无论是岸上还是水中，都是那样地毫无动静，那样地清晰，而且，对于这位注目者宽慰的心来说，这真景与倒影虽那么深刻地包含了庄严的生与死之奥秘，又是那样充满希望，让人放心，因为两者都是美丽的，既那么温柔又那么仁慈。

当克莱南看见那倒影似乎是越来越深地沉到水下的时候，他停下脚步，这不是第一回，而是许多回了，他要看一看周围的景物，好让他眼睛所看到的一切深深地印在他的灵魂里。就在他又慢慢地上路的时候，他看见面前的小道上有一个人，他也许已经将这个人与这黄昏及其给予他的印象联系在一起了。

那走过来的人便是米妮，只有她一个人。她手中拿着几朵玫瑰花，一见是他，她似乎站定了，在等着他。她的脸就朝着他这边，她好像是从与他相反的方向走来的。从她的举止看来，她有些心烦意乱，那是克莱南以前从未曾见过的；他走近她的时候，立即便感到她是有意到这里与他说话的。

她伸过手来挽着他，并且说道："你看见我一个人在这里觉得奇怪吧？可是黄昏是这么可爱，我走着走着便到了这儿了。我当时心里想，或许会遇见你也未可知，这么一想便信心十足了。你老走这条路的，对不对？”

在克莱南回答说他最爱走这条路的时候，他感到搭在他胳膊上的手哆嗦了一下，并看到她手中的玫瑰花抖动了一下。

“我给你一朵玫瑰，你要不要，克莱南先生？这些是我从花园里出来时采的。其实，可以说这些花都是为你采的，因为我想很可能会见着你的。多伊斯先生一个多钟头前就到了，他告诉我们说你步行到这里来。”

他从她手中接过几朵玫瑰花时，自己的手也抖动起来，并且谢了谢她。他们此刻已经走到了两排树木之间。他们折入林间小道是因他之故还是因她之故，那是无关紧要的。他一点儿也说不清那是怎么回事。

“这一带气氛肃穆，”克莱南说道，“不过在这个时候这里倒很舒适。走过这里的浓荫，到了那一头的明亮的露天，我们便可以走最近的路到渡口，然后回家，我想。”

她戴一顶朴素的采花时用的帽子，穿一身薄薄的夏装，一头棕色的浓发自然而舒展，她那动人的双眸抬起来朝他注视了一下，目光中既有对他的关切和对他的信任，又有一种对他的羞怯的悔憾，两者引人注目地交融在一起，使她显得那样美丽，因此，那一回回在他脑海中萦回的他那个狠下的决断，对于他此刻心之宁静究竟是有益的——或者说对于他此刻心之宁静是不妥的，他也说不清。

她打破了两人间一时的沉默，问他是否知道爸爸已经在考虑再度出国旅行了？他回答是已经听说过了。她打破了两人间的又一回沉默，颇有些犹豫地加了一句，说爸爸已经打消这个念头了。

听见了这句话，他立即想道：“他们要结婚了。”

“克莱南先生，”她说道，更羞羞答答地犹豫了，而且说话的声音是那样轻，他只好低下头去听她说。“我很想给你说说我的心里话，要是你不介意，肯听一听的话。我早就想给你说说我的心里话了，因为——那时候我觉得你很可以说是成了我们的朋友。”

“不管什么时候，我除了为此而感到自豪之外，怎么会有别的想法呢！你就说出来让我听听吧！请相信我。”

“我怎么也不会怕相信你的，”她接话道，并坦然抬起眼睛望着他。“我觉得，要是我知道该怎么说，早就说给你听了。可就算是现在吧，我还是不知道该怎么说出来。”

“戈文先生，”亚瑟·克莱南说道，“完全应该感到幸福。上帝保佑他的太太和他本人。”

她要向他表示感谢的时候，哭泣起来了。他劝慰她，拉起她拿着玫瑰花、挽着他的手臂的那只手，把她手里其余几朵玫瑰也接过来，并放到嘴上吻了吻。在这个时刻，他似乎觉得，他自己终于第一回放弃了那个在某某人心中闪烁的、行将破灭的希望，这种希望使那颗心既是多么痛苦又是多么烦恼；从这个时刻起，就任何一个类似的希望或前景而言，那个某某人在自己的心目中，已经成了一个很年老的人了，那个人生阶段于他已成了往事。

他将玫瑰花插在胸口，两人又向前走了一会儿，慢慢地，默默地，在浓荫底下。然后他问她，语气欢快而又亲切，她还有什么别的话要对他，对她的这位比她大许多岁的朋友、她父亲的朋友说的呢？有没有她愿意寄托于他的信赖呢？有没有她要向他请求的帮助呢？有没有她能让他感到最后的喜悦，觉得自己在力所能及的范围内给予她一点绵薄的有助于她幸福的帮助呢？

她正准备答话，但她被某种微弱的、暗藏着的悲伤或同情所触动——这到底是什么呢？——结果她眼泪夺眶而出，又这样说道：“噢，克莱南先生！善良、宽厚的克莱南先生，你一定要告诉我你不责怪我吧。”

“我责怪你？”克莱南说道。“我最亲爱的孩子！我责怪你？不！”

她两手一齐挽住他的手臂，无限信赖地抬头望着他的脸，又匆匆地向他说了几句话，大意是她从心底里感谢他（倘若这心真是诚挚之所在，她真是从心底里感谢的），这以后，她逐渐地镇静下来，他们在暮色渐渐加深的林下慢慢地，几乎无声地朝前走去，其时也少不了由他不时说上几句勉励她的话。

“呃，米妮·戈文，”克莱南终于说道，并带着微笑；“你不想再问我什么啦？”

“哦！我还有很多事情要求助于你呢。”

“那就好！我是这么想的；你没有叫我失望。”

“你知道在家里大家多么宠爱我，我又是多么爱这个家。你也许连想象都没法想象，亲爱的克莱南，”她非常焦虑不安地说道，“我会出于自愿，出于我自己的选择，离开这个家，可是我是非常爱这个家的！”

“我是相信的，”克莱南说道。“你看我会怀疑吗？”

“不会，不会。可连我自己也觉得奇怪，我非常爱这个家，家里的人又非常宠爱我，可我又会忍心把这个家丢在一边。这样做似乎也太不负责任了，太忘恩负义了。”

“我亲爱的孩子，”克莱南说道，“那也是顺应天理和时光的变迁的。哪一个家都是这样的。”

“是的，我知道；可要是我一走，这个家就会留下很大的一片空白，这一点并非所有人的家都会和我家一样的。这倒不是说，世上就没有比我更加好、更加可爱、更加有才干的姑娘了；倒不是说我就那么了不起；我是说他们是拿我当心肝宝贝儿似的！”

宝宝深情的心无比激动，她描绘今后会出现的情景时，又抽泣起来了。

“我知道我一旦走了，那最初的日子里爸爸会感到家中发生了多大的变化，我也知道，那个时候一到，最初的日子里我对他来说就绝不可能像这许多年来那样了。到了那个时候，那个时候比随便什么时候都紧要，克莱南先生，我恳求你要常想着他一点，要是你抽得出空，隔些时候就要来陪陪他；同他说，你知道我虽然离开了他，可我比过去随便什么时候都还要爱他的。因为没有比你——他自已，就在今天，同我谈话的时候就是这样说的——没有比你更叫他喜欢的人了，没有比你更叫他信赖的人了。”

这些话透露了父女之间发生的事情，它仿佛一块沉重的石头，坠落在克莱南感情的深井中，水因此而盈溢了，满到了他的眼眶里。他轻松愉快地，然而并非如他所竭力要表现的那样轻松愉快地说道，那是他应该尽力的：他说他向她许下忠诚的诺言。

“若要说我没有提到妈妈，”宝宝说道，她那天真无邪的悲伤使得她变得愈加激动，在这样的悲伤中她也愈加美丽了，这是克莱南即便是现在也不敢让自己这么想的——为了这个缘故，他在林木逐渐稀疏的地方，数起从他们两人停留的地方，至渐渐暗下去的亮处之间的树木来——“那是因为妈妈到了这个时候是更容易理解我的，对我的离去会有不同的感想的，也会用不同的方式去盼着未来。可你是知道的，她是个多么亲切、诚心的妈妈呀，你也定会记着她的；你会不？”

米妮完全可以信赖他的，克莱南说道，米妮完全可以信赖他去履行她要求他办到的一切的。

“另外，亲爱的克莱南先生，”米妮说道，“因为爸爸同另一个人，他的名字我也用不着说了，他们两人相互之间都还不很看得上，相互还不很了解，不过我想他们今后总会做到这一点的；因为我有了一种新生活，那是我的责任，我的骄傲和我的乐趣，去促使他们相互之间有进一步的了解，使他们见了面都高高兴兴的，彼此引为骄傲，他们都深切地爱着我，这就促使他们要相互热爱；噢，你是一个善良、正直的人！因此，在我第一回与家分手的时候(我要到很远的地方去)，请你劝爸爸再迁就他一点，同时利用你的巨大影响，叫爸爸在心里不要对他抱有偏见，也使他在爸爸的心目中，有一个真实的形象。你是一个心地高尚的朋友，你能不能帮我这个忙呢？”

可怜的宝宝！自欺的孩子，思想错误的孩子！人们相互之间的自然的关系，什么时候发生过这样的变化；根深蒂固的分歧什么时候有过这样的和解！人家的女儿已经试过多少回了，米妮；从来也没有成功过；什么结果也没有，只有失败。

克莱南心里这样想。这样的话他没有说出来；现在说为时已晚了。他答应履行她要他办的事，她也完全明白，他是会去办的。

他们此时已走到了林间小道的最后一棵树。她停住了脚步，缩回了她的手臂。她说话时仰起脸来望着他的眼睛，刚从他衣袖上放下来的那只手哆嗦着抚摩了一下插在他胸口上的一朵玫瑰花，那是她对他的又一个恳求，她说道：

“亲爱的克莱南先生，在我感到幸福的时候——我是幸福的，尽管你刚才看见我哭了——我不能忍受我们之间蒙着疑云。若是你有什么要宽恕我的地方(不是我故意伤了你的感情的事，而是我可能无意中给你带来的烦恼，或者是我没有尽自己的能力避免的烦恼)，那就凭着你那颗高尚的心，今晚就宽恕我吧！”

他俯身望着她那张坦诚的脸，她也不退缩，仰望着他的脸。他在她脸上吻了一下，回答道，上帝知道他并没有什么要宽恕她的。在他又一次俯身注视她那张天真无邪的脸的时候，她低声道：“再见啦！”他也这样说了一声。这一声便是与他过去抱的一切希望告别了——与某某人过去的一切焦躁不安的疑虑告别了。不一会儿，他们走出了林间小道，手挽着手，如同他们走进林间小道时一样；树林似乎在他们身后的黑暗中合拢了，像他们自己回顾过去时的感觉一样。

他们出了树林立即便听到了弥格尔斯夫妇与多伊斯先生的说话声，他们是在花园门边说着话。克莱南在他们的话声中听见了宝宝的名字，便大声道："她在这里，在我这里。"他们走过去时，那边颇有点儿惊讶，还有一阵笑声；然而大家都碰在一起的时候，笑声止了，宝宝悄然走了。

弥格尔斯先生，多伊斯，以及克莱南，并没说话，只是在刚升起的月亮银光下，沿着河边来回走了一会儿；接着，多伊斯一个人慢下了脚步，然后进了屋。弥格尔斯先生与克莱南又默默地一起来回踱了一阵，这时，弥格尔斯先生终于开口了。

"亚瑟，"他说道，在他们两人的交往中，他第一回这样亲热地称呼他，"我们两人在一个炎热夏天的早晨，在马赛俯瞰码头，也这样来回踱着步子的时候，我同你说，宝宝那个死去的小姐姐，在我和妈妈的心目中也跟着宝宝一起长大，跟着宝宝一起变了模样，我的话你还记得吗？"

"记得很清楚。"

"我对你说，我头脑中总没法将她们两个孪生姐妹分开来，在我们的想象中，宝宝是什么样儿，另一个也是什么样儿，我的话你还记得吗？"

"记得，记得很清楚。"

"亚瑟，"弥格尔斯先生说道，声音低得多了，"今天晚上我想象得更远了。老伙计，我今晚觉得好像我那死去的女儿你过去非常地爱恋，可是到她长成像宝宝现在这个样儿的时候，你却失去了她。"

"多谢你了，"克莱南喃喃地说道，"多谢你了！"并用力捏了一下弥格尔斯先生的手。

“你进去吗？”弥格尔斯先生立即说道。

“再呆一会儿。”

弥格尔斯先生进屋去了，只剩下他一个人。他又在静谧的月光下沿着河边踱了约摸半个钟头之后，他将手伸到胸口，从衣袋里取出那一束玫瑰花。也许他要把花贴在心口，也许他要把花贴着嘴唇，然而他显然是在河边俯下身去，轻轻地将花放到了流淌的河水上。花儿在月光下显得苍白而又缥缈，河水携着花儿流走了。

他进屋的时候室内的灯火已经通明，灯光映照着一张张脸，他自己的脸也不例外，这些脸不多一会儿都流露出安详的欢快。他们海阔天空地聊天(他的合股人闲聊起来可从来没有这般左右逢源、滔滔不绝)，聊够了便上床，上床就睡了。然而那些玫瑰花，在月光下是那样地苍白而又缥缈，在水面上漂走了；一束花是如此，那些曾经怀在我们胸中，埋在我们心田里的大事，亦何尝不是如此，也离开了我们，漂向那永生的大海。

漂走了

第二十九章

弗林特温奇太太续梦

城中那座房屋，在所有这些事务进行的时候，依然是一片死气沉沉的气氛，屋内那个残疾人，依然过着那周而复始的同样生活。早晨、中午、夜晚，早晨、中午、夜晚，伴随着单调，相互交替着，总还是同样机械顺序的同样迟缓的回复，宛如一架慢条斯理走动的钟表机械。

人们可以想见，那轮椅也有其相关的记忆与浮想，如同作为一个人的落脚点的每个地方都有其相关的往昔与记忆一样。现已铲除的街道与变了样的房屋，是坐在轮椅上的人非常熟悉的过去呈现的景象；分别至今虽然时光流逝，然而并没有什么变化，或者竟是毫无变化的人，是过去留在人们心目中的形象；这样的一些记忆与浮想，在阴沉岁月的漫长过程中，必定还有很多的。在我们个人与繁忙的生活割断了来往的那个时刻，便叫那繁忙生活的时钟停止摆动；当我们戛然止步的时候，便以为整个人类也都静止不动了；不能用比我们自己毫无变化与褊狭的生活中一个萎缩的标准大得多的标准，来衡量我们目不能及的地方的变迁；这便是许多残疾人的心理弱点，几乎所有隐居者的心理病态。

这个面目严峻的女人，坐在她那单独的一个阴暗的房间里，秋去冬来，回顾得最多的是哪些景象，哪些人物，除了她自己，那是无人知道的。弗林特温奇先生的歪脖子形象，就像某一种奇怪的机械力，每天出现在她面前，咄咄逼人，倘若她没有多大抵抗的话，他也许是会绞得她放弃那样的回顾了；然而她的坚强让他感到棘手。就艾弗莉太太而论，带着张皇失措的神色面对她的老头子和她那残疾的女主人，天黑以后她在屋里走路便用围裙蒙住自己的头，总是听着会有什么奇怪的响动，而且有时候也的确听见过奇怪的响动，怎么也不能从她自己这种骇人的、模模糊糊的梦游状态中摆脱出来，这些已经够她受用的了。

照艾弗莉太太的观察，这屋子里在做着一笔相当厉害的生意，因为她那老头子在那间小办公室里忙得不可开交，他现在接待的人比几年来常进这屋子的人多得多。这种情形也是没有什么可大惊小怪的，因为这座房子早就已经是人迹罕至了；然而他的确是又是收信，又是会客，又是记账，又是联络。而且，他还在外面跑，到别的账房去，跑货栈，上码头，出入海关，常往加勒汇咖啡馆[①]和耶路撒冷咖啡馆[②]跑，常往谈生意的地方跑；这么一来，老见他忙进忙出的。有时候他还在晚上，克莱南太太并不怎么特别需要他做个伴的时候，常到附近的酒店坐坐，看看晚报上登的货运消息和股票收盘价格，甚至还与常上那个地方坐坐的商船船长聊上几句。每天到了某个时候，他便与克莱南太太碰个头，谈谈业务；艾弗莉老是蹑手蹑脚的，东听听西望望，在她眼里看来，这两个机灵的人在赚大钱了。

弗林特温奇先生的这个神志恍惚的女人所处的精神状态，现在已经开始在她的目光与行动上明明白白地表现出来，因此，那两个机灵的人很不把她放在心上，觉得她从来便不是一个精明的人，现在则越

---

① 加勒汇咖啡馆(Garraway's Coffee House)在伦敦交易胡同(Change Alley)原证券交易所附近，一六七〇年开张，一八六六年关闭，大约于一八七三年拆除。这里是商人、银行家常来常往的地方，多年来一直被看作是洽谈生意的地点。

② 耶路撒冷咖啡馆(the Jerusalem Coffee House)原设在交易胡同，到了一八五六年，咖啡馆已迁往考柏大厦(Cowper's Court)了。

来越痴呆了。也许是因为她那个模样儿不是个生意人的样儿，也许弗林特温奇先生觉得要她这么一个人做老婆会在买主的心目中对他的眼光起疑心，不管是什么道理，他关照她，关于他们两人的夫妻关系不许吐露一个字，在这屋子里的三人范围之外，再也不许她叫他杰拉米。她老是忘了这一条警告，使她做出愈加惊慌失措的举动来，因为弗林特温奇先生有个习惯，常为她的疏忽大意而发火，她走上楼梯的时候，他便从后面跳出来，揪住她猛推，想到这儿她便常常提心吊胆的，说不定下一回她又会这样被他在半路上截住。

那一天，小杜丽在克莱南太太房间干完了漫长的一天的活，正在收拾布块线头，准备回家去。艾弗莉刚开门让进屋的那个潘克斯先生，正在那里询问克莱南太太的身体情况，一面还说道："我是碰巧从你们这儿路过，"他是代他的主人，进来问问克莱南太太近来身体可好。克莱南太太双眉紧锁，正盯着潘克斯先生看。

"卡斯贝先生他知道，"她说道，"我是不会有什么变化的。我这儿等着的变化是那大变化。"

"是吗，太太？"潘克斯先生接话道，眼睛却瞄着那小针线女工跪在地上拾起地毯上的布块线头。"您气色不错，太太。"

"我是得熬着点儿的地方便熬着，"她回答道，"你嘛，得干什么就去干。"

"谢谢您，太太，"潘克斯先生说道；"我就是这么想的。"

"你常路过这儿，是这样吗？"克莱南太太问道。

"嗯，是啊，太太，"潘克斯说道，"近些日子常路过这儿；近些日子这一带是常来的，因为有这样那样的事。"

"你代我说说，请卡斯贝先生和他的女儿不必为我操心。他们要是想来看看我，他们知道我总归是在这儿的。他们也用不着操这个心，派个人来。你也用不着费这个力走一趟。"

"一点也不费力，太太，"潘克斯说道。"您看上去气色真的好得不得了，太太。"

"谢谢。晚安。"

她这样打发他走，同时还将手直指房门，那样干脆，那样直截了当，潘克斯先生也就没法子再硬呆下去了。他抓了抓他的头发，一脸最快活的表情，同时又朝那个矮小的人儿瞄了一眼，说道："晚安，太太；艾弗莉太太，你不必送了，我知道门在哪儿。"说完，他呼哧呼哧地走了。克莱南太太手托着下巴，目送着他，眼睛紧盯着，充满了恶狠狠的不信任；那个艾弗莉，只是看着克莱南太太，仿佛她是着了魔了。

慢慢地，若有所思地，克莱南太太将目光从潘克斯出去的房门，转移到了从地毯上站起来的小杜丽身上。克莱南太太更加用力地将下巴撑在手上，她两只眼睛警惕而下垂，这个残疾女人坐在那里注视着小杜丽，直到她的目光吸引了小杜丽的注意。小杜丽见克莱南太太这样注视着她，脸一阵绯红，她低下了眼睛。克莱南太太仍旧坐在那里注视着她。

"小杜丽，"她终于开口了，这样说道，"这个人你熟不熟？"

"我跟他一点不熟，太太，不过我在外边碰到过他，他还跟我说过话。"

"他跟你说什么话？"

"我也听不懂他说的话，他很怪。不过也不是什么粗鲁、叫人不舒服的话。"

"他为什么要到这儿来看你？"

"我不知道，太太，"小杜丽说道，非常地坦白。

"你知道不知道他到这儿来是看你的？"

"我是这么想过的，"小杜丽说道。"可是他为什么要到这儿来或者到别的什么地方，来看我，太太，我想不出。”

克莱南太太两眼望着地板，她的脸坚强而刻板，她陷入了沉思。从她这张脸的表情来看，她在思索她心中的一件事，近来她就是这样思索那个似乎从她视线中消失的形象的。过了一些时候她才从沉思中振作起来，又恢复了她那刻板的镇定。

小杜丽这期间一直在等待离开这里回家去，然而又怕一走动把克莱南太太惊动了。她这时试探着离开她站起来之后一直在那里一动不动的地方，并轻手轻脚地绕过那轮椅。到了轮椅旁边，她停了一会，说了声“晚安，太太”。

克莱南太太伸出手来，拉住了小杜丽的手臂。经她一拉，小杜丽心慌意乱了，站也站不稳。也许在刹那间，关于那个公主的故事，在她脑海中闪过。

“你给我说说，小杜丽，”克莱南太太说道。“你现在有好多朋友吗？”

“很少很少，太太。除了您，就只有弗罗拉小姐和——还有一个。”

“是指，”克莱南太太说道，不弯曲的手指又指着那房门，“那个人吗？”

“哦，不是他，太太！”

“是他的哪个朋友，也许是吧？”

“不是，太太。”小杜丽郑重地摇了摇头。“哦，不是！绝不像他，也不是他那个样子的人。”

“行了！”克莱南太太说道，几乎像要笑出来。“不关我的事。我问你，那是因为我对你有点兴趣；是因为我想，要是你没有别的可以帮助你的朋友，我是能做你的朋友的。是不是这样？”

“是的，太太；的确是这样。我到这里来有好多回了，这段日子里，多亏有您，还有您给我的活儿，要不然，我们就什么都缺呢。”

“我们？”克莱南太太重说了一遍，同时朝那块表望了望，这块表原是她已故丈夫的，现在总是放在她桌子上。“你家有很多人？”

“现在，只有我和爸爸。我是说，只有我和爸爸全靠我们所挣得的东西过日子。”

“你们吃了好多苦吧？你和你爸爸，别的人你们还会有谁？”克莱南太太问道，不慌不忙、若有所思地不停摸弄着那块表。

“有时候日子很不好过，”小杜丽说道，细声细语，胆怯而毫无抱怨；“不过我想也不比——要说过日子——许多人过的日子苦。”

“这话倒说得是！”克莱南太太马上接话道。“这倒是真的！你是个善良、体贴的姑娘。你也是个知恩的姑娘，否则我就是看错你了。”

“那也是理该这样的。这样做也没什么好夸奖的，”小杜丽说道。“我说的是真的。”

克莱南太太温存地将她的这位小裁缝拉过来，让她低下头来，在她的额头上吻了一下，她会有这样的温存，那是梦中的艾弗莉从未曾梦见过的。

“现在你走吧，小杜丽，”她说道，“不然你回家就晚了，可怜的孩子！”

艾弗莉太太自从她第一回沉湎梦境到现在，她一回回做的所有那些梦中，倒从未曾梦见过像这件事那样令人惊讶的事。她不禁产生了这样的一个想法，下一回该见到另外那个机灵的人来亲一亲小杜丽了，以后便是两个机灵的人抱成一团，伤心泪下，可怜起天底下每个人来了。她伴送那轻盈的脚步走下了楼梯，好去把外门拴上的时候，心里的这个想法直叫她发愣。

她到了楼下开门让小杜丽出去的时候，只见潘克斯先生并没有离开此地，换了没有这么怪的地方，又没有这么怪的事情发生的时候，人们按常理总以为他早该走了，而他却还在屋外的院子里走来走去。他一见小杜丽出得门来，便迅速走到她身旁，用一个手指按着鼻子说道（艾弗莉太太是听得一清二楚的）：“吉卜赛人潘克斯，算命的。”说完便走了。“上帝保佑，这里头又冒出一个吉卜赛人和算命的来了！”艾弗莉太太惊叫道。“怪事！”

她站在洞开的门口，因这谜而不知所措了，而门外是雷声大作的风雨之夜。云在飞驰，风在怒号，风刮得附近人家未扣紧的百叶窗噼啪地响，刮得满身锈迹的烟囱帽与风信标骨碌碌地转，风绕着毗邻的一个窄小的教堂墓地呼啸，仿佛它就是要将死人刮出墓穴。立时，低沉的雷声在天空四面八方隆隆地响，似乎威胁着对风要将死人刮出墓穴的亵渎行为实行报复，并瓮声瓮气地说道：“让他们安息吧！让他们安息吧！”

艾弗莉太太一听见打雷、一看见闪电心里就害怕，与她害怕这座幽灵作祟的房子比别处暗得早、暗得出奇相仿佛，她此刻站在门口，不知道是该进去还是出去，直到一阵狂风刮来，门重重地撞在她身上，将她关在门外，是进还是出的问题才算解决。“这可怎么办，这可怎么办！”艾弗莉太太喊道，身处这最使人心烦的梦中，只是不停地绞着双手；“这个时候就她一个人在里边，叫她下来开门跟叫墓地里的死人来开门没啥不一样！”

在这叫天天不应、叫地地不灵的时候，艾弗莉太太撩起围裙罩在头上当作兜帽来挡雨，一边叫喊一边在这孤零零的铺石的院子里来回奔跑了几趟。她为什么在这个时候弯下腰来，从门锁洞里朝里窥探，仿佛一只眼睛也能开门，这奥秘也很难解释；不过，这种事情大抵是人们落到了同样的处境都会做出来的，而且她是这样做了。

正当做出这样的一个姿势的时候，她蓦地惊跳起来，并发出一声短促的尖叫，觉得肩膀上有件东西碰了一下。那是一只手拍了一下；

一个男人的手。

那人的穿着像个旅行者，戴一顶毛皮士兵便帽，披一件宽大的斗篷。他模样像外国人。浓密的头发，浓密的小胡子——颜色乌黑，只有毛发蓬松的端部呈红色——一个高耸的鹰钩鼻。见艾弗莉太太吓了一跳，发出尖厉的叫声，他哈哈地笑起来；他哈哈地笑的时候，那小胡子便朝上往鼻子挪，那鼻子便朝下往小胡子挪。

“怎么回事？”他用明白易懂的英语问道。“什么东西把你吓了？”

“是你，”艾弗莉喘着气。

“是我，太太？”

“还有这阴森森的夜，还有——一切东西，”艾弗莉说道。“还有这儿！刮了大风，把门碰上了，我进不去。”

“哈！”那先生说道，是非常淡漠的态度。“真是吗！你知不知道这儿有个叫克莱南的？”

“上帝保佑，我还会不知道，我还会不知道！”艾弗莉嚷道，经那人这么一问，她恼了，两手又绞起来。

“这儿哪一幢房子？”

“哪一幢！”艾弗莉嚷道，说了这句话她又朝锁洞里窥探。“不是这幢房子还有哪一幢？她就一个人呆在房间里，手脚不便，没法儿爬起来管管自己，也管不了我，另外一个机灵的人出去了，我的上帝！”艾弗莉嚷道，想到这一连串的问题她只是直跺脚，“要不是我稀里糊涂的，哪有这种倒霉事！”

那先生见这件事也关系到自己，也便稍微热心了起来。他朝后退了几步，把这座房子打量了一下，视线立即落到了靠近客厅门口的小房间的那扇狭长的窗上。

“那个手脚不能使唤的太太是在哪个房间，太太？”他问道，他那个笑起来的样子实在特别，使得艾弗莉太太的两只眼睛总是朝他紧紧盯着。

“就那上面！”艾弗莉说道。“就那两扇窗。”

“哈！我这个头儿倒可以，不过，没有扶梯我也没福气进去。这样吧，太太，坦白说吧——坦白是我性格的一个方面——要不要让我替你把门开开？”

“要，那敢情好，先生，替我这个倒霉的人帮个忙，马上就动手吧，”艾弗莉嚷道，“说不定她现在就在那里喊我去呢，说不定她把自己烧着了，已经烧焦了，谁也说不准她现在出了什么事，可我还在这里稀里糊涂瞎想一通！”

“慢，好太太！”他伸出一只光滑白皙的手来，示意她别着急。“我猜想，今天办公的时间过了吧？”

“哎，哎，哎，”艾弗莉嚷道。“早过了。”

“那么，我就出个公道的点子。公公道道也是我性格的一个方面。我从邮船上下来，刚上岸，你瞧我这样子。”他叫她看，那件斗篷湿漉漉的，一双靴子泡了水；在这之前她已经发现他一头乱蓬蓬的长发，脸色蜡黄，仿佛乘了船在海上颠簸了几日，冻得那么厉害，两排牙齿禁不住直打架。“我从邮船上下来，刚上岸，太太，这天气把船耽搁了；这鬼天气！这么一来，太太，一件该办的事，要是天帮忙，在该办公的时间里早办完了（我说该办的事，那是因为是件关系到钱的事），可到现在还没有办。所以，要是我帮你开了门，你就在附近找个靠得住的人来替我办这一件事，那我就替你设法把门开开。要是你不肯这么办，我就——”说到这里，他露出同样的那种笑，暗示地装出要走的样子来。

艾弗莉太太非常高兴采取那先生提出的折衷办法，表示愿意按这个条件办。那先生立即就请她帮个忙，替他把那件斗篷拿一拿，自己朝那狭窗跑了几步，纵身一跳抓住了窗台，踩着墙上的砖往上爬，不一会儿手便抓到窗框，朝上用力推开了窗。他一条腿跨进了窗里，回过头来朝艾弗莉看了一眼，他的眼睛那样凶恶，艾弗莉太太突然浑身一阵冰凉，心里想，倘若他进了屋便朝楼上去，把那残疾人谋杀了，她哪有法子拖住他？

幸亏他并无意要杀人；因为他没多久便从屋内开出门来。“行了，好太太，”他说道，一面接过斗篷，披在身上，“要是你肯帮个忙——那是什么！”

从未听见过这么奇怪的声音。显然是就在附近的奇怪的震动声传到了空气里，然而这种震动声是压抑住的，仿佛是从很远的地方传来的。一阵颤动声，一阵隆隆声，一阵轻而干的东西落下来的声音。

“到底是什么声响？”

“我也说不上是什么东西，不过这样的声音我老是听见的，”艾弗莉太太说道，两只手紧紧拖住那位先生的胳臂。

他怎么也不能算是一个很有胆量的人，尽管她在这梦一样的时刻吓得惊跳起来，她也觉得他不能算是个很有胆量的人，因为他颤抖的嘴唇已经发白了。不过听了一会儿动静之后，他也不当一回事了。

“哼！没什么！行了，好太太，我听你说起有个机灵的人。劳驾你带我去见见这个机灵人，好吗？”他一只手拉住门的把手，仿佛她不带他去，他马上就会再把她关在门外。

“那么，先生，我关在门外的事你可不能说出去，”艾弗莉悄声道。

“一句话也不说。”

“还有，我朝那边拐过去，你站在这里可不许动，要是她喊人，你也不许答话。”

“太太，我是一尊雕像——一动也不动。”

艾弗莉已经拐过去不见人影了，可她心里总放不下心，生怕就在她转身的时候他偷偷摸摸爬上楼去，于是她又回到门道来，偷偷地看看他。只见他仍旧站在门口，说他是站在屋内倒不如说他是站在屋外更恰当一些，仿佛他一点也不喜欢黑暗，一点也不想探究这黑暗中的秘密，这时，她才飞快赶到邻近那条马路，叫人带口信给酒店里的弗林特温奇先生，他很快就从里面出来了。两个人一齐回家——女的走在前面，弗林特温奇先生在后面快步跟着，心里在想着不等她进屋就要抓住她狠狠地推撞了——只见那先生黑地里在原处站着，并且还听得克莱南太太在房间里厉声喊着："是谁啊？怎么回事？怎么没人答应？楼底下是哪个人哪？"

第三十章

一位绅士的诺言

弗林特温奇先生与弗林特温奇太太，前后（艾弗莉在前，杰拉米在后）只差一步，在暮色中气喘吁吁地赶到这座老屋的门口，把那陌生人吓了一大跳。“我的老天爷！”他惊呼道。“喔，你从哪里钻出来的？”

这两句话是对着弗林特温奇先生说的，那陌生人的话倒过来又把弗林特温奇先生着实吓了一大跳。他眼盯着那个陌生人呆住了；他掉过头来看了看，以为背后还有人站着而自己还不知道；回过头来又盯着那陌生人，话也说不出，心里也不知道那陌生人说的话是什么意思；他又朝他妻子望望，想听听她怎么解释；见她什么话也没有，他一把揪住她，使出浑身力气把她推撞，把她头上戴的帽子也晃落在地上。他一边推撞，一边咬牙切齿地狞笑，说道：“艾弗莉，老婆子！你得吃点药了，老婆子！这都是你在玩弄的花招哇！你又在说梦话啦，太太。这是搞的什么名堂？他是什么人？你要干什么？你说出来，不说我就把你掐死！我只能给你这么一条出路。”

倘若艾弗莉当时还有能力去挑一条出路，她挑的出路便是毫无疑义地被掐死；因为她听到这个命令时一个字也不说，而是将掉了帽子的脑袋一个劲地前后晃动，只等着自己受惩罚。但是，那个陌生人见此情景，却摆出见义勇为的样子，从地上拾起她那顶帽子，插了嘴。

“请允许我，”他说道，并将一只手搭在杰拉米的肩上，这时杰拉米住了手，放了他抓获的人。“谢谢。请原谅。瞧你们这寻开心的样

弗林特温奇先生暴躁地推搡着

子，我知道你们是夫妻俩了。哈哈！瞧见夫妻之间寻寻开心总叫人觉得有意思。听！能不能让我提醒一下，楼上黑洞洞的有个人叫得越来越凶了，很想问问这儿楼底下出了什么事了，不是吗？”

一提起克莱南太太的喊叫，弗林特温奇先生恍然大悟，他进了门厅，朝楼梯上叫着：“没有事，我在这儿，艾弗莉给你拿灯来。”又转身对心慌意乱正在重新戴帽子的艾弗莉说道：“你给我滚，快到楼上去！”说着又转身面对着那个陌生人，说道：“你，先生，你有何公干呢？”

“我恐怕是，”那陌生人说道，“要找你麻烦，还是点一支蜡烛吧。”

“对，”杰拉米表示同意。“我是想点蜡烛的。我去点蜡烛，请你就站在这里别动。”

这位来客站在门口，但是，待弗林特温奇先生转过身去，他便朝这所老屋里的昏暗处挪了挪，目光跟着弗林特温奇先生移到了那小房间里面。弗林特温奇先生在里面摸索，要找一盒火柴。找到了火柴，原来是受潮的，要不便是没法擦亮的；他一根接一根地擦着，火柴只能擦出一点暗淡的亮光，照见他那张皱着眉头的脸，并在他手上洒几点苍白的火星，却擦不出点亮蜡烛的火来。那陌生人利用正好能照见弗林特温奇先生面容的一点亮光，目不转睛地，惊讶地，瞧着他的脸。杰拉米终于点亮了蜡烛，这时他发现那陌生人一直在打量着他，因为他看见那陌生人的脸上露出包含了这张脸大部分表情的令人疑虑的笑，笑容驱散了这张脸上最后一丝儿眉头紧锁的警惕。

“请进吧，”杰拉米说道，并关了大门，这一回轮到他将这位笑眯眯的来客从头到脚打量起来，“就到我账房间里来。——没有事，跟你说没有事！”心烦地只把话说了一半，又转脸去回答楼上的人的问话，艾弗莉虽然在楼上横劝竖劝，她还是不相信。“我不是说了没有事吗？这女人真是的，她自己就没一点儿头脑啦！”

“胆子小，”那陌生人说道。

“胆子小？”弗林特温奇先生拿着蜡烛在前面走着，回过头来反问道。“一百个男人里头有九十个比不上她胆子大，先生，我敢说这句话。”

“尽管还是个残疾人？”

“残了有好多年了。是克莱南太太。这个家叫克莱南的就只有她一个了。我的合股人。”

弗林特温奇先生穿过客厅的时候说了几句表示解释的话，大意是说到了晚上那个时间，他们一般是不见客的，大门总是紧锁了。他说着话，领着客人来到了他自己的办公室，那是间很有点像用来办公的房间。进屋后他把蜡烛放在桌子上，竭力歪起脖子，对那陌生人说道：“请便吧。”

“布兰德瓦便是鄙姓。”

“布兰德瓦。我没听说过，”杰拉米说道。

“我看，”对方又说道，“巴黎方面恐怕已经通知过你——”

“我们没有接到过巴黎方面关于一个叫布兰德瓦的人的通知，”杰拉米说道。

“没有？”

“没有。”

杰拉米取了一个他最习惯的姿势站着。笑眯眯的布兰德瓦先生拉开斗篷，将手伸进上衣胸口的口袋里，但那只手停住了，闪烁的眼睛(弗林特温奇倒觉得那两只眼睛靠得太紧了)里含着笑，说道：

“你跟我的一位朋友太像了！不过跟刚才我想的不完全一样。刚才在外边昏暗中我一时真把你当作同一个人了——这事我该向你道歉；请允许我道个歉；有错便爽爽快快地承认，我希望，这也是我的坦白性格的一个方面——不过，话得说回来，你真像得出奇。”

“是吗？”杰拉米坚持说道。“可我并没有从哪儿接到过关于一个名字叫布兰德瓦的人的通知。”

“正是这样，”那陌生人说道。

“正是这样，”杰拉米说道。

克莱南商号在国外的有关贸易机构方面的这种疏忽，并没有让布兰德瓦先生感到丝毫的气馁，他从上衣胸口的口袋里取出了一个小本子，从里面夹着的信中挑出一封，递给弗林特温奇先生。“毫无疑问这笔迹你是很熟悉的。也许你看了信便明白了，也用不着什么通知书了。这种事情你比我内行得多了。说起来也真不幸，我是算不了什么生意人的，只能是人们给的（一个任意的）名称叫绅士。”

弗林特温奇先生接过信，只见巴黎寄出的日期之后写道，“兹代表我公司一家享有盛名之国外贸易机构，介绍本城布兰德瓦先生”，等等，等等；“请提供他所需之方便，给予贵处有能力给予之关照”，等等，等等；“并借此机会请贵处鼎力协助，倘能解决布兰德瓦先生所需之费用，见票即付，姑且说五十英镑（£50）”，等等，等等。

“行啊，先生，”弗林特温奇先生说道。“请坐。凡我公司力所能及，总好说——我公司的生意，已今非昔比，现在照着老办法，主张稳妥，先生——我公司将非常高兴，鼎力协助。从这封信上的日期看，我们现在还来不及接到关于这件事的通知书。带那个通知书的邮船耽搁了，可能你就是乘这条邮船来的。”

“我知道乘的就是这条耽搁的邮船的，先生，”布兰德瓦先生说道，他那白皙的手从上至下摸了一下那鹰钩鼻，“我这脑袋与肚子也遭了罪：都是给这讨厌难熬的天气害的。你看见我半个钟头前从邮船下来，上岸时候那个可怜样子了。我是几个钟头前就该上岸的，要那样我也用不着道歉了——请允许我道个歉——因为我来得太不是时候，怪吓人的——不过，你说不吓人；请允许我再道一回歉——那尊敬的太太，克莱南太太，在她楼上病房里。”

自信，以及正当的谦恭，起了很大的作用，那弗林特温奇先生已经在想，这是个很有教养的人。想虽则是这么想，但他对那个来客仍旧是毫不屈从的样子，他摸着下巴说道，办公时间已经过了，他今晚能为布兰德瓦先生效什么力呢？

“对啰！”那绅士说道，并将披了斗篷的肩膀耸了耸，“我得换换衣服，吃点喝点，找个睡觉的地方。请你介绍个地方，因为我在这儿举目无亲，钱倒是毫不在乎的小事，就住一晚。地方嘛，越近越好。没别的地方，就邻近那条街吧。”

弗林特温奇先生慢条斯理地说着：“像你这么个举止的一位绅士，附近很难找一家旅馆让你——”布兰德瓦先生便打断了他的话。

“什么举止不举止！亲爱的先生，”他啪的一声弹了一下指头。“一位世界公民无所谓什么举止不举止的。我虽则寒酸，倒是个绅士，我的天！这我倒不否认，不过，我对吃住的方式也不是讲究得那么死板。今天夜里，有个干净的房间，一盘热乎乎的菜当晚餐，一瓶不很凶的葡萄酒，我就满足了。不过，我要这些东西，可又懒得多走一步路去东找西找的。”

“这儿，”弗林特温奇先生说道，他的目光一时与布兰德瓦先生的炯炯双眼相遇，只见他两眼焦躁不安，这时，弗林特温奇先生比平时更显得审慎了；“这儿有一家咖啡旅店，就在附近，照这么一说，这个地方我看你倒还去得；只不过没什么派头。”

“我不要什么派头！”布兰德瓦先生挥了一下手道。“就劳驾你带我去看看，替我介绍介绍（要是我不会让人讨厌的话），那我就谢谢你了。”

弗林特温奇先生听那人这么一说，找到了帽子，拿着蜡烛在布兰德瓦先生前面照着，又穿过了门厅。他把蜡烛放在墙壁上的托架上，壁上黑乎乎的嵌板已经松动透了风，差不多可以拿它当熄灯器了。他一面放好蜡烛，一面心中想道，得上楼去同那残疾人说一声，他要不了五分钟便可回来。

“劳驾您，”听见弗林特温奇先生说要上楼打个招呼，那来客说道，“替我递个名片上去。请您代我说一下，假如我一个陌生人上她那儿坐上几分钟，不会让她受不了，不会让她觉得不方便的话，那么，我换了这一身湿衣服，再吃上一点东西，喝一点儿酒之后，就来拜会她，我将很高兴来拜会克莱南太太，表示我个人的问候，由于在这么个安静的地方把各位惊动了，我要表示歉意。”

杰拉米非常迅速，一下子便办完了，回到楼下他说道：“她很愿意跟您会会面，先生；不过，她也知道，她卧病在床，那房间也没有什么特别的地方，所以她要我跟您说说，要是您主意改变了，她也不会硬要您坚持您说过的话的。”

“改变主意，”那殷勤的布兰德瓦接话道，“那就怠慢了一位太太；怠慢一位太太那对女人就不够豪爽了；对女人豪爽也是我的性格的一个方面！”说完这一番话，他拉起拖在地上的湿斗篷往肩上一撩，与弗林特温奇先生到了咖啡旅店；还带上了路上找的脚夫，他正在大门口外面提着他的皮箱等着。

这家旅店平平常常，布兰德瓦先生的态度，可谓谦恭之至。旅店老板娘是个寡妇，她与两个女儿在小酒吧接待了布兰德瓦先生，可是布兰德瓦先生的谦恭，真叫这小酒吧左右为难，难以为情；第一次提出的接待他的那间斗室嵌了装饰板壁，里面放一个九穴台球[①]盘，可是房间太小，容不下他的谦恭；这谦恭又叫这一家人家庭节日里用的小客厅难以招架，但是她们最后还是把它留给了布兰德瓦先生。就在这小客厅里，布兰德瓦先生穿着干净的衣服，衬衫还洒了香水，头发

① 类如一种桌上高尔夫球的台球戏。

梳得溜光，两个食指一边一个很粗大的戒指，表链露了一大截在外面，在等着他的晚餐。他弓起两腿，懒洋洋地坐在窗座上，那模样(尽管戴了钻石饰物情形很不同)令人可怕地，令人惊讶地觉得酷似一个叫里高先生的人，那人在马赛邪恶地牢里的一间牢房的铁格栅石座上，也是这样靠着等吃早餐的。

布兰德瓦先生吃晚餐那个狼吞虎咽的样子，与里高先生吃早餐时那个狼吞虎咽的样子，也极为相似。他那将身旁每一样食物往嘴里塞的贪婪，以及他的一面大嚼到嘴的食物，一面眼盯着尚未到嘴的食物，也与里高先生一模一样。他见了一件件妇人才喜欢的小玩艺儿似的摆设，不分青红皂白便扔，拿起人们爱用的椅垫便扔在地上，当作搁穿靴子的脚的软垫，他一屁股便坐在精巧的盖布上，横下肥大的身躯、靠上硕大的黑溜溜的脑袋，揉皱了身下的盖布，这些举动说明他全然不替旁的人想想，他这些行为的背后也是那同样兽性的自私。两只在一盆盆菜肴间来来去去、动作轻巧的手，也同样有过去抓在铁窗上的那双手的灵巧。而在他再也吃不下去，坐在那里一个挨一个吮着那细长的手指，又拿起餐巾擦拭的时候，倘若有像葡萄叶一样的东西，那么这便是两幅酷肖的图画了。

这个人露出最狰狞的笑，小胡子往上挪，鼻子往下挪，他那平滑的眼睛仿佛与他那染得溜黑的头发同属一类，仿佛他两只眼睛与光线碰到光亮的表面便能反射一样，具有天生的反光的特性；始终正确、从不失灵的自然力，在这个人身上刻上了这个印记：当心！倘若自然力的警告不见成效，那也并非自然力的过错。任何这种情形的出现，是不该去责怪自然力的。

布兰德瓦先生吃完了晚餐，擦净了指头，从衣袋里掏出一支雪茄，又坐在窗座上，悠悠自得地吸着烟，偶尔还望着从两片张开的薄嘴唇之间吐出的一缕轻烟，说起话来：

“布兰德瓦，你一定要跟上流社会来个反守为攻，我的小子。哈哈！好小子，你这个头开得不错，布兰德瓦！到了节骨眼上，英语、法语你都是顶呱呱的，温暖的家庭少不了的人！你目光敏锐，你说话风趣，你举止大方，你态度谦和，你相貌堂堂；的确[①]，你是一个绅士！活要活得像个绅士，好小子，死也要死得像个绅士。不管怎样较量，你一定要赢他们，他们都要承认你的才干，布兰德瓦。你要叫那使你蒙受不白之冤的上流社会屈服于你的勇敢精神。真他妈的。你的勇敢是天理，你的勇敢是天性，我的布兰德瓦！”

这个绅士一面喃喃说着这样的自我安慰的话，一面吸尽了雪茄，喝干了葡萄酒。吸完了烟，喝干了酒，他便坐起来；最后还严肃地说了这样几句话：“就这么干吧！布兰德瓦，你是个聪明人，可得保持警惕哪！”说完，他站起来，又回到克莱南商号去了。

出来开门的是艾弗莉太太。她照她那老头子的吩咐，已经在门厅里点了两支蜡烛，楼梯上又点了一支。她领着布兰德瓦到了克莱南太太的卧室。那里边已经备好了茶，还按照等着接待来客时的惯例，在房间里略加布置。这种布置在遇有最重要的事情时，历来也是微不足道的，至多也不过是摆出一套瓷器茶具，床上挂起朴素而暗黑的帐帏了。至于别的，棺架似的沙发，背后支着断头台垫木似的方木，穿了寡妇服的人，仿佛要上断头台的囚犯；炉火上覆盖了一层湿的炉灰；炉栅上也覆盖了薄薄的一层湿的炉灰；炉上的茶壶，黑色染料的气味；一切都是十五年来的那个样子。

弗林特温奇先生引见了那绅士，交托克莱南商号考虑斟酌。克莱南太太面前放着那封信，她点了一下头，请他坐下。两人眼睛都紧紧盯着对方。那也不过是出于非常自然的好奇。

---

① 原文为 in effect，从法语 en/effect，但英文则有歧义，仿佛他非“绅士”。

“我感谢您，先生，还想到像我这么个残疾的女人。到这儿来谈生意的人，几乎没有人还想到来会见一个如此被人忽视的人。盼望他们该来看看我，那是毫无意思的。离久则情疏啊。破例有人来看我，我是感激的，不过，对于离久情疏这一常例，我也无怨言。”

布兰德瓦先生以他那非常具有绅士派头的口吻说道，他怕是在这么个不合适的时间，如此唐突地闯将进来，让她感到不安了。关于这一点，他已经表示过深深的歉意，是与这位——他请求原谅——不过，这位先生的尊姓大名却还不知道——

“弗林特温奇先生，他在本商号供职已有多年了。”

布兰德瓦先生是弗林特温奇先生最驯服的仆人①。他恳请弗林特温奇先生接受他本人最诚挚的敬意。

“我丈夫已经故世，”克莱南太太说道，“我儿子已经弃商改了行，我们这个老商号里，现在只有弗林特温奇先生这一个代表，没有别的人了。”

“那您是什么角色呢？”那绅士提了这样一个莽撞无礼的问题。“您一个人能顶两个男人。”

“我一个妇道人家，”她接话道，眼睛只是微微朝杰拉米那边斜睨了一下，“不可能在业务上担当重要的角色，即使我有这样的才干；因此，弗林特温奇先生将我们两人的利益结合在一起，业务便由他去经理。现在的局面已是不同以往了；不过承蒙我们的一些老朋友（主要是写来这封信的人）还没有将我们遗忘，他们交托我们要办的事情，我们还是有能力一如既往，尽力操办的。不过，说这话您并不感兴趣。您是英国人吗，先生？”

“说实话，太太，我不是；我既不是生在英国，也不是在英国长

---

① 原为公文署名之前的套语，此处是故作诙谐的自谦之词。

大的。实际上，我哪个国家的人都不是，”布兰德瓦先生说道，一面伸出他那颀长的腿，用手捶着，“我是五六个国家的人。”

“您常在外边跑吗？”

“不错。天哪，太太，我是世界各地到处跑哇！”

“可能您没什么牵累。您还没有结婚吧？”

“太太，”布兰德瓦先生说道，并非常别扭地垂下眉头，“我仰慕你们女性，不过我还没有结婚——从来没有结过婚。”

艾弗莉太太站在他近旁，正在桌子上倒茶。她身临梦境似的状态，在他说这几句话的时候眼睛碰巧朝他望着，她仿佛觉得自己发现了他那双眼中的一种引她注目的表情，使她盯着那对眼睛，无法把目光从那儿移开。她那样的一种发现使得她两只眼睛紧紧盯着他，而茶壶却并不放下，这样的姿势不但她自己感到难受，而且显而易见还让他感到很不舒服；他们两人的不舒服，又引起了克莱南太太与弗林特温奇先生两人的不安。紧接着便出现了几分钟鬼似的时刻，这时候只见他们一个个都张皇失措地瞪着眼，也不知道这是为什么。

“艾弗莉，”她的主人先开了口，“你这是怎么啦？”

“我也不知道，”艾弗莉太太说道，那只空着的左手伸出来指着那来客。“不是我。是他！”

“这个善良的女人在说什么？”布兰德瓦紧张地说道，他脸发了白，火辣辣的，他慢慢地从座位上站起来，脸上是那样可怕的愤怒的表情，这愤怒与他说出来的话之无力，形成了令人惊讶的对照。“叫人怎么能理解这个善良的人！”

“没法子理解，”弗林特温奇先生迅速朝那边弯过脖子去，说道，“她连自己说什么也闹不清。她是个白痴，是个神志不清的人。她非得灌点药，非得灌点儿这样的药！你给我滚开，老婆子。”他又在她耳边说道：“你趁早给我滚开，趁你现在还知道自己是艾弗莉，趁现在我还没有把你抓在手里晃得你肚子里都化成了泡沫。①”

艾弗莉太太预感到她本人会遭的难，见她丈夫伸手抓住了茶壶，她也便松了手，撩起围裙蒙住头，一转身便不见了踪影。那来客渐渐地露出了笑，并重又坐下来。

“还得请您原谅她，布兰德瓦先生，”杰拉米说道，这时是他在倒茶了；“她神经有毛病，又发了；她说的是胡话。要放糖吗，先生？”

“谢谢；我不喝茶。——请原谅，我看这块表，真是块好表！”

茶几搬过来放在沙发的旁边，这样，在茶几与克莱南太太自己那张桌子之间便只留下很小的一点空间。布兰德瓦先生出于对女人的殷勤，站起来将克莱南太太的茶递过去（她那碟面包已经在桌子上放好了），就在他将茶杯往她伸手可及的地方放的时候，这块总是放在她面前的表引起了他的注意。克莱南太太蓦地抬头看着他。

“我可以看看吗？谢谢。一块非常漂亮的老式表，”他将表拿在手里说道。“用起来笨重，不过很沉，是真货。真货我都很喜欢。我虽然是这么一个人，我本人倒也讲一个真字。哈！一位绅士的表，配了内外两个老式的盒子。我把里面的盒子取出来看看，可以吗？谢谢。咦？是从前的绸衬布，还镶了珠子！我在年纪大的荷兰人和比利时人那里经常看到的。做工非常精巧！”

“那也是老式的了，”克莱南太太说道。

“的确。不过，依我看，不至于像这块表那样老式吧？”

“我想是吧。”

“真奇怪，他们怎么会把这些数目字弄得这么复杂！”布兰德瓦先生说道，一面抬起头来，又带着他那种笑。“那么，这是 D.N.F. 吧？差不多什么都可以代表。”

---

① 一瓶啤酒用力晃动之后便会冒出大量泡沫。此处比喻似源于此，意即猛推猛撞。

“是这三个字母。”

他们两人谈话的时候，弗林特温奇先生一直没有插话，却一直在一旁留意，手里拿着茶杯。他张大了嘴巴，一副准备将茶杯里盛的东西一下倒进肚子的样子，开始这样大口大口地喝起来：他总是要等嘴巴里装得满满的才肯往肚子里咽；总是没等得及装满一嘴巴，又在想着喝第二口了。

“D.N.F.，我想一定是哪个温存、可爱、迷人的美人儿了，”布兰德瓦先生又朝那表盒看了一眼之后说道。“照这样的假定，我真仰慕她的声望。真叫人遗憾，我心地平和，太容易仰慕人家了。这里头可能是恶，也可能是德，不过，仰慕女性的美貌与贤德，是我这性格三个方面的组成部分，太太。”

弗林特温奇先生到这个时候又已经倒了一杯茶，倒了这一杯茶他又与先前一样，大口大口地喝着，眼睛却盯着那残疾人。

“也许你是无所依恋之故，先生，”她接着布兰德瓦先生的话说道。“这三个字母，依我看来，不是要代表哪个人名字的首字母。”

“也许是一句座右铭，”布兰德瓦先生随便说了一句。

“是一句话。依我看来，这三个字母只代表 Do Not Forget[①]！”

“很自然，”布兰德瓦先生说道，递回表，退后一步，坐到自己的位子上，“您是永不忘的了。”

弗林特温奇先生喝干了杯子里的茶，不仅咽了比先前更大的一口，而且在新的情况下又继续一言不发：这便是说，他仰起头来，杯子却依旧没有离开嘴唇，两只眼睛依旧望着那残疾人。她以深思熟虑的有力语调作出回答的时候，表现出了面部的力量、性格的坚定与顽强的全神贯注的样子，在她是如此，倘在别人身上表现出来，那便成

① 英语，意即“永不忘”。

了手势与动作了。她回答道：

“是的，先生，我是永不忘的。像我这样多年来一直过着一种如此单调生活的人，是绝对不会忘的。过着一种闭门思过生活的人，是绝不会忘的。自知有罪（我们大家都是如此，人人如此，亚当的子子孙孙都如此！）要赎，有和要谋，并不等于说想忘记也是正当的。因此，我早就不去想它了，我既没有忘记，也不想忘记。”

弗林特温奇先生听他们说话的时候，手却不停地晃着茶杯底上的剩茶，一圈圈地晃着，然后一口喝下，把茶杯放在茶盘里，然后便将目光转移到布兰德瓦先生的身上，仿佛是要问他对此有何高见？

“‘自然’两个字，太太，”布兰德瓦先生说道，并非常自如地点了一下头，伸出白皙的手按在胸前，“表达了我的全部意思，这两个字，我可以自豪地说，我是充分理解与领会的（要是不领会，我便不成其为布兰德瓦了），知道怎样用法。”

“请你原谅，先生，”她接过话来说道，“假如对于有没有寻欢作乐、见异思迁、彬彬有礼、向人献殷勤与接受人家的殷勤两者都熟悉的绅士我也要怀疑——”

“哦太太！天哪！”

“——假如一面很明白我处在这种情况下自己所得是什么，一面又怀疑这样的人有没有。我不想对你说什么长篇大论，”她眼睛看着面前叠得齐齐整整的泛黄的硬皮书，“（因为你有你的想法，结果如何也是你自己承担。）我要说的就是这么几句话：我决定自己的人生航程的方向，靠的是领路人，严格考验、训练过的领路人，有了他们，我绝不会在海上遇难——绝不会的——同时，我假如忽略了这三个字母所传达的忠告，我就连现在经受的磨练的一半也受不了了。”

真令人惊异，她怎么会抓住这个机会与某个看不见的对手辩论的。也许，她是在与自己的理智辩论，老在那里责备她自己，责备她自己的欺骗。

“假如我身在健康与自由的生活中，忘记了自己的无知，或许会抱怨我现在这种遭罪的生活的。我决不忘记；过去也未曾忘记的。假如我忘记了：这块土地，即这大地，是明明白白专为用泥土捏成的人留下的阴郁、苦难、熬煎的土地，那么也许我对这块土地上的浮华还会有几分爱恋。但是我并没有这种爱恋。假如我不懂得：我们，每一个人，都是某种必须任其发泄的愤怒的对象（天经地义的对象），仅仅采取行动来抵抗这愤怒是无济于事的，那么也许我会因囚禁在这里的我，与从那边大门出入的人之间命运之不同而长叹。但是，我以为，选中我去赎我正在这儿赎的罪，记牢我在这里一定会记牢的道理，奋力达到我在这里已经奋力达到的拯救，那是上帝对我的仁慈与恩典。我所经受的磨难，假如不这样理解，那就对我毫无意义了。因此，我什么也不会忘，什么也没有忘。因此，我感到非常知足了，我说我比千千万万的人幸运。①”

她说完这些话之后，伸手拿起那块表，把它不偏不倚放到桌子上一直放这块表的地方。然后，她又静坐了一会儿，手依旧没松开那块表，眼睛一动不动地盯着它，并且颇有点蔑视的神情。

在克莱南太太长篇大论讲述的时候，布兰德瓦先生聚精会神地听着，两只眼睛紧紧盯着这位太太，同时若有所思地用两只手摩挲着他的髭须。弗林特温奇先生早就有些不耐烦了，他这时插了话。

“行了，行了，行了！”他说道。“这道理已经是明明白白的了，克莱南太太，你说得很虔诚，头头是道的。布兰德瓦先生，我看，也

---

① 此处说的是基督教加尔文（Jean Calvin，1509—1564）教派的观点，人的拯救是前世注定的，并通过上帝的仁慈，只赐给少数特选的人。见加尔文著《基督教原理》（1536）。

不是什么虔奉宗教的人。”

“正好相反，先生！”那绅士反对道，并啪的一声弹了一下指头，表现出轻蔑的样子。“很抱歉！虔奉宗教也是我性格的一个方面。我这个人敏感、热情、正直、富于想象。一个敏感、热情、正直、富于想象的人，弗林特温奇先生，必定如此，要不便是个无用之辈！”

布兰德瓦先生昂首阔步，离开了椅子（这个人，与有类似特征的所有的人一样，不管做什么事，总爱把事情办得过分夸张一些，尽管这过分有时也仅仅是毫厘之差而已），朝克莱南太太走近，准备向她告辞，这时候，弗林特温奇先生的脸上流露出一丝儿猜疑，似乎觉得这人也许真是个无用之辈。

“我说的这些话在你看来似乎是一个老病妇的自我吹嘘，先生，”她又说道，“尽管真的是因为你偶然的提及，我才谈了我自己，谈了我的弱点。你既然能够想得这么周到，来看看我，那么我希望你也能同样想得周到一点，别将我说的话放在心上。请你不必对我表示敬意了。”因为他显然是准备向她表示敬意的。①“弗林特温奇先生会高兴地为你效力的，我希望你住在这座城里会感到非常愉快。”

布兰德瓦先生向她道了谢，拿起她的手吻了几下。“这是一间古老的房间，”他说道，突然表现出活跃的样子来，到了门口又朝四下里望了望。“我因为只想着办事，所以也没有注意它。这是一间真正的古老的房间。”

“是一座真正的老屋，”克莱南太太带着冰冷的笑说道。“是个不起眼的寓所，房子倒是一件古物。”

“说得对！”来客兴致勃勃地说道。“要是弗林特温奇先生能陪我出去顺路看看这座老屋的房间，那我是求之不得了。我就喜欢看看古

---

① 法国式的亲吻两颊。

老的房屋，说起我的爱好来，那可多了，不过我最喜欢古老房屋。我喜爱奇特的东西，各种各样的奇特，研究研究。我本人就被人家叫作奇特的人。说是奇特，那也算不得什么优点——我有更大的优点，也许是有——不过我也许是奇特，那是因为一件偶然的事。同情，是同情！”

“我得预先同你说明，布兰德瓦先生，你会发现这座房屋很暗，很简单，”杰拉米说道，拿起一支蜡烛。“不值得你一看。”但布兰德瓦先生在杰拉米背上友好地拍了一下，只是哈哈地笑；就这样，此人又朝着克莱南太太在自己手上吻了一下，两人一齐走出了房间。

“楼上不想去看吧？”杰拉米站在楼梯的平台上说道。

“正好相反，弗林特温奇先生；要是你不觉得讨厌，我很想上去看看。”

于是，弗林特温奇先生一步步爬上楼梯，布兰德瓦先生紧跟在他后面。他们来到了那大间阁楼卧室，就是亚瑟回家那天夜里睡的卧室。“你瞧，布兰德瓦先生！”杰拉米打开阁楼卧室的门，说道，“我希望你觉得还值得爬这么高来看看。我承认我犯不着爬这么高。”

由于布兰德瓦先生欣喜若狂，他们又去看了另外几间阁楼与过道，然后又爬下楼梯。到了这个时候，弗林特温奇先生已经注意到，他从不见那来客仔细看过哪一个房间，只是匆匆扫视一下，倒是老是见他盯着他——弗林特温奇先生。他心里有了这一发现之后，到了楼梯上便转过身来，再试他一试。四只眼睛相遇了；就在两人四目相对的那一瞬间，那来客露出挪动鼻子与小胡子的丑陋模样，装出了（他们出了克莱南太太卧室以后，每一回到了这样的时候，他都是如此）一个无声的笑，样子凶残。

由于弗林特温奇先生个子比那来客矮得多，因此他非常难受地让人居高临下地瞅着，处于外表上的劣势；又由于他先下楼，通常又是比后面那个人低一二级楼梯，当时的劣势便愈见其大了。他暂时没有再一次回头去观察布兰德瓦先生，一直到他们进了已故的克莱南先生的卧室，这一偶然的高矮的悬殊才消除。但是，当他蓦地扭过身来盯着那人时，他见那人的表情并无丝毫改变。

“非常令人惊叹的老屋，”布兰德瓦先生笑道。“这么神秘莫测。这儿你听到过什么怪声响没有？”

“怪声响？”弗林特温奇先生接话道。“没有。”

“也没有看见什么魔鬼？”

“没有，”弗林特温奇先生说道，表情倔强地扭转身来望着问这句话的人，“以那个名字，以那个身份光临的角色，一个也没有见过。”

“哈哈！我看，这儿有幅画像。”

（他依旧望着弗林特温奇先生，仿佛他便是画像。）

“如你所说，先生，是幅画像。”

“弗林特温奇先生，请问画的是谁？”

“已故世的克莱南先生。她的先生。”

“是那块了不起的表的前主人，对吧？”来客问道。

弗林特温奇先生朝画像看了一下，又扭转身来，又发现自己是那同样的表情与笑的对象。“不错，布兰德瓦先生，”他尖刻地答道。“是他的表，在他之前是他叔叔的，上帝知道他叔叔之前是哪一个的；这个家的家谱，我能告诉你的就这些了。”

“那是个很出众的人，弗林特温奇先生，楼上我们的那个朋友。”

“不错，先生，”杰拉米说道，整个谈话过程中，他就像松了把手的靠螺旋转动的机器一样，老是扭过头来；这时他又扭过头来看着那来客；因为那人的表情从来没有丝毫改变，而他老是觉得只好后退一点。“她是个了不起的女人。很强的毅力——极大的意志力。”

“他们一定生活得很幸福，”布兰德瓦说道。

“谁？”弗林特温奇先生的头又朝他扭了一下，问道。

布兰德瓦先生用右手的食指，指指楼上残疾人的卧室，用左手的食指，指指那画像，然后两手叉腰，两腿用力分开，站在那里俯视着弗林特温奇先生，一面笑着，这时鼻子向前进，小胡子往后退。

“跟多数别的结了婚的人一样，我看一个样，”弗林特温奇先生说道。“我也说不上。我不清楚。一家有一家的秘密，所有家庭都一样。”

“秘密！”布兰德瓦立即大声道。“你再说一遍，老弟。”

“我是说，”弗林特温奇先生答道。布兰德瓦先生在他面前如此突然地膨胀了，弗林特温奇先生觉得自己的脸几乎碰着了那人膨胀开来的胸膛。“我是说一家有一家的秘密，所有家庭都一样。”

“那是呀，”那人说道，伸手拍拍杰拉米的两个肩膀，并且将他前后晃动着。“哈哈！你说得对。是呀，是呀！秘密？妈的！有的家庭里还有魔鬼自己的秘密，弗林特温奇先生！”这么说着，他在弗林特温奇先生两个肩膀上拍了几下，仿佛他是在用友好而有趣的方式，用他自己说的一个笑话取笑他，然后举起双臂，头后仰，握起双手抱在脑后，突然发出一阵大笑。这时候，弗林特温奇先生要想再扭过头来瞧一瞧他已是枉然了。他终于笑完了。

“好了，请把蜡烛递给我，”他停了笑，这样说道。“我想仔细瞧瞧那了不起的女人的丈夫。哈！”他拿着蜡烛，伸直了胳膊。“也是一张表情坚定的脸，不过是不同的性格。瞧他的样子好像是在说——怎么说——‘永不忘’——他是不是这样说的，弗林特温奇先生？天哪，先生，他是这么说的！”

他把蜡烛递还给杰拉米时，又朝他瞧了瞧；然后，他与杰拉米一起悠然步出房间，到了门厅，说这座老屋真是迷人，是一座叫人看了非常高兴的老屋，即便出一百英镑他也一定要来看看的。

布兰德瓦先生的言语、行动异样地放荡，这放荡又引起了他整个举止态度的变化，他的一举一动与先前大不一样，显得更加粗俗、鲁莽，更加激烈、露骨。弗林特温奇先生的盖了一张皮的脸，是不会有很多变化的，在布兰德瓦先生言语、行动异样地放荡起来的时候，他依旧保持着他的无动于衷，表情无丝毫变化。也许在那来客的表情友好地变化的时候，杰拉米的脸此刻似乎略嫌长了一点，除此之外，他在外表上依旧保持着稳定不变的镇静。他们察看完毕，来到了门厅一侧的小房间里，杰拉米站在房间里，端详着布兰德瓦先生。

“我很高兴，你心满意足了，先生，”他不动声色地说道。“我没有料到。你似乎心里头非常高兴。”

“我心里高兴极了，”布兰德瓦接话道。“我说的是真话！心情从来没这么好过。你有过预感没有，弗林特温奇先生？”

“我恐怕不明白你说的这个词儿是什么意思，先生，”那先生说道。

“比如说现在，弗林特温奇先生，模模糊糊地感觉到有一种快乐要来了。”

“我眼下也说不上意识到了这样的一种感觉，”弗林特温奇先生接话道，态度极为严肃。“我要是发觉自己有这样的感觉了，就告诉你。”

“我嘛，”布兰德瓦说道，“我嘛，老弟，今晚有一种预感，就是说，咱们俩会变成一对老朋友的。你发觉这种预感有了吗？”

“没——没有，”弗林特温奇先生认认真真想了一会儿之后说道。“我还不能说有了。”

“我有很强的预感，咱们俩会成为一对很要好的老朋友的。——你还没有那种感觉吗？”

“还没有，”弗林特温奇先生说道。

布兰德瓦先生又抓住杰拉米的两个肩膀，来来回回摇了他几下，依旧是先前那个快活样子，然后伸手挽住他的胳膊，请他到外面去喝上一瓶葡萄酒，像他自己一样，做一个诚诚恳恳、深谋远虑的老家伙。

弗林特温奇先生没有丝毫犹豫，接受了这一邀请，两个人冒着大雨，到了这位旅行者留宿的地方。入暮以后雨一直在下，哗哗地倾泻在窗上、屋顶上、人行道上。雷、电早已消失了，然而雨却在倾泻。到了布兰德瓦先生留宿的房间以后，那个豪爽的绅士叫了一瓶波尔特红葡萄酒；他（身体瘦削，性情温和，但他手之所到，一件件精巧的东西都被他砸了）蜷曲起身子坐到窗座上，而弗林特温奇先生则在他对面的椅子上坐下来，两人中间放一张桌子。布兰德瓦先生说要拿这旅店里最大的杯子喝酒，弗林特温奇先生表示赞同。他们斟了满满的两杯酒，布兰德瓦先生闹闹嚷嚷地举起酒杯先用他的杯口去碰弗林特温奇先生的杯底，然后又用他的杯底去碰弗林特温奇先生的杯口，为他所预见的老朋友之谊干杯。弗林特温奇先生举杯为他祝酒，态度严肃，并且来者不拒，一饮而尽，话却不说。布兰德瓦先生每碰一回杯（碰杯是在每一回斟满酒的时候），弗林特温奇先生也举起酒杯，毫不动声色地碰一回，别说是不动声色地把自己这一满杯倒进肚子里，就连他那酒伴的一满杯他也倒得下：因为，除了他多一个上颌之外，他简直就是一个酒桶。

总之，布兰德瓦先生发觉，把波尔特葡萄酒一杯杯往缄默无言的弗林特温奇先生肚子里灌，并不能撬开他的嘴，只能是封上他的嘴。而况，看他的样子，长夜痛饮他也完全能奉陪；要是有机会，他明天还可以继续痛饮一整天，接下去明晚还能痛饮一整夜；而布兰德瓦先生没有喝多少便朦朦胧胧觉得自己话说得太多，牛皮吹得太大了。于是，三瓶酒饮尽之后，他便结束了款待。

“你明天一定来找我们吗，先生？”分手的时候，弗林特温奇先生一本正经地说道。

“哎呀呀，”那个人说道，同时双手抓住弗林特温奇先生的衣领。“我一定来找你；不用担心。再见，我的弗林特温奇。咱们分手了，你记住，”说到这里他用法国南方的习惯，拥抱弗林特温奇先生，并在他面孔两面声音响亮地吻了吻；“记住一位绅士的诺言！我可以向你发誓，你一定可以再见到我！”

他第二天没有露面，尽管通知书已如期送到。到了晚上去打听的时候，弗林特温奇先生意想不到地得知，他已经结了账，取道加来回大陆去了，然而，杰拉米沉思良久，豁然开朗，他相信布兰德瓦先生一定会遵守自己这一回许的诺言，一定可以再见到他。

第三十一章

精　神

在这座都市人群熙熙攘攘的通衢大道，无论是哪一个人，无论是在哪一天，都可以遇见一个模样消瘦、满脸皱纹、面色昏黄的老人（人们会以为他是从星星上掉下来的，倘若天上真有一颗星星如此昏黄，让人们怀疑隐现出如此微弱的一点星光），只见他蹒跚而行，神色惊慌，仿佛街上的嘈杂与喧嚷使他惊慌失措，颇有点骇怕。这个老人始终是一个瘦小的老人。即便他曾经是一个壮大的老人，现在也已萎缩，变成一个瘦小的老人；即便他一直是一个瘦小的老人，现在也已枯萎，变成愈加瘦小的老人了。他那件外套的颜色、式样，无论是在哪一个年代，无论是在哪一个地方，从不曾流行过的。一眼便可看出，这件外套并不是他穿的，哪一个活人都不会穿这样的外套。哪个成衣批发商遵照命运安排，裁制了五千套这种质地的外套，命运又将这件旧外套借给了这个老人，一长串没有穷尽的许多老人中的一位。这件外套上总钉着形大而色暗的铜纽扣，与别的纽扣毫无相似之处。这个老人也戴一顶帽子，一顶沾满污垢、磨去了绒头，然而却还挺括的帽子，戴在他那个形状的可怜的脑袋上，横戴竖戴总不服帖。他那粗糙的衬衫，他那粗糙的领结，也并不比他的外套、他的帽子好，一样是不服帖的；也同样并不是他穿的，不是他戴的——哪个人都不会穿这样的衬衫、戴这样的领结。然而，这个老人穿戴了这一身衣着，表现出特地为了外出才穿戴、才讲究一番的那种不习惯的神情；仿佛他的大半生是只戴睡帽、只穿睡衣过来的。这个老人就是穿戴了这样的一身衣着，像一只活到了荒年的第二个年头的乡下老鼠，来到城里来拜访都市老鼠，穿过猫儿盘踞的都市，胆战心惊地朝都市老鼠的家而去，他就这样走过大街，穿过小巷。

有时候在节假日里，时已近黄昏，还可以看见他走起路来较平时更显得有些颤巍巍的，他老眼昏花，眼眶里湿漉漉、黏糊糊的。那个时候这个瘦小的老人便是喝醉了。只要稍稍多喝了几口他便不行了；要是喝上半品脱的酒，他便两腿飘飘了。一些可怜他的熟人——十有八九都是些偶然认识的熟人——请他喝点儿啤酒，他便来了兴致，这一来，他便要经过比往常更长的日子才能再外出走动。因为，这个瘦小的老人的回家，是到救济院里去；在他举止态度正常的时候，他们不让他经常外出的(尽管我觉得他们是可以让他经常外出的，因为他外出见见天日、走动走动，也没有几年了)；在他举止态度不正常的时候，他们更是将他看得牢牢的了，让他与另外四五十个老人呆在一块，他们都是一样的人，见了一个便知道所有别的人是什么样子了。

普罗尼希太太的父亲——一个可怜、瘦小、芦柴似的、尖声说话的老先生，犹如一只疲惫不堪的鸟儿；他过去的行当，照他自己的话说，是捆音乐手脚的，后来倒了大霉，一直就没有过出头的日子，一直不知道能不能有出头的日子，一直都是只有出去、没有进来的，一直没有找到过出路，眼前总是没法走通的路，——他是自动躲避到那救济院里去的，那救济院是法律规定的他那个区的善人撒玛利亚(但没有给过人两个便士，这倒是恶劣的政治经济学①)，那是在普罗尼希先生吃了官司，关进马夏尔西债务人监狱之后。在他女婿生活困苦还

---

① 据《圣经·路加福音》第十章第三十五节，善人撒玛利亚(the Good Samaritan)给店主两个便士，以便照料落入窃贼手中的人。此处作者是讽刺冷酷的新《贫困法》(the Poor Law，1834)，新法的原则很简单，即，凡是需要救济的人，必须到救济院里去。

没到那步田地之前，老南迪（在那个合法的避难所里，人们一直管他叫老南迪，不过，伤心园里的人却叫他一声南迪老先生）在普罗尼希家壁炉边也有过一角之地，普罗尼希家食橱里也有他吃的一口食、一滴酒。他现在还是希望能重新享有那一点家庭中的地位，倘若运气朝他女婿点头微笑的话；尽管他这样希望，可是运气依旧是板着脸儿，他依旧是心头甜酸苦辣滋味相同的一伙瘦小老人的一员，而且今后必定会是他们的一员的。

不过，他虽则贫困，虽则穿的是从来不曾流行过的外套，虽则住的是救济院的老人舍，他女儿对他的敬仰并不因此泯灭。普罗尼希太太为她父亲的天赋才能感到自豪，仿佛他们推荐他当了大法官。她有一个坚定不移的信念，认为他的举止态度优美而贴切，她之所以有这样的信念仿佛他是当了宫廷大臣。这个可怜的瘦小的老人会唱几首无力而乏味的小曲，都是些早已过了时的，唱的尽是克洛伊①、菲丽丝②、斯特莱芬③为维纳斯之子的爱所折磨④；对普罗尼希太太来说，坐在歌剧院里是听不到如此低声的心灵颤动与啁啾之类的音乐的，他便是在这心灵颤动与啁啾中，唱出这些小曲的，犹如小孩子摇的声音微弱的破手风琴。到了他的“外出日”，他目之所及不再是那些风中残烛的老人，而是外部世界的斑驳风光，这种时候，普罗尼希太太待到他吃饱了肚子，又喝了半便士的波尔特红葡萄酒，对他说：“给大家唱一支歌，爸爸。”她心里的滋味是既有喜，又有悲的。这时候他

---

① 古希腊牧歌传奇《达夫尼斯与克洛伊》（一般认为是公元三世纪朗戈斯所作）中的女主人公。

② 古罗马诗人维吉尔（Publius Vergilius Maro，公元前70—公元前19）《牧歌》中的乡村少女。

③ 英国诗人锡德尼（Sir Phillip Sidney，1554—1586）散文体小说《阿卡迪亚》中的憔悴恋人。

④ 即指相思之苦。

便给大家唱克洛伊，倘若他兴致很高，还唱菲丽丝——至于斯特莱文，他进了救济院之后，几乎便不唱了——这样唱完之后，普罗尼希太太便说道，她觉得，像爸爸这样的歌手，哪里都没见过，说罢便擦起眼睛来。

在这种时候即便他是从宫中来的，也别说是从宫中来，即便他就是那个高贵的冷凝器先生，新近从国外宫廷凯旋，被介绍给诸位，并在他最后惨败之际而擢升，普罗尼希太太也不会如此般兴高采烈地搀扶着他走遍伤心园。“爸爸来了，”她把他介绍给一位邻居时会这样说。“爸爸过不久就跟我们一块儿过，不走了。爸爸气色很好，对吗？爸爸歌唱得比以前还要好；你要是刚才听见他唱歌，你怎么也忘不了的。”至于普罗尼希先生，他娶了南迪先生的女儿，同时也把这些看法印到自己心里了，只是他总不明白，这么个多才多艺的老先生怎么发不了财。他经过一番思索，把这老先生的发不了财，归咎于他年轻的时候没有用严格训练去开发他的音乐才能。“既然你有这个才能，”普罗尼希先生争辩道，“那你干什么要做捆音乐手脚的事？我看哪，道理就在这儿。”

老南迪有个保护人：一个保护人。他有个对他非常慈善的保护人，那保护人的慈善表现得非常铺张——表现得带有几分歉意，仿佛他经常找一个对他的举动赞不绝口的人作证，由于这个老人的糊涂与贫困，那保护人也真没有办法，只好对他大方一点，这种大方是远远超出人们预料的。老南迪到马夏尔西狱去过几趟，那是在他女婿蹲在这债务人监狱的短时间里，他常去找他的；他非常幸运地获得了那国家机构之父的保护，随着时日的推移，这种保护逐渐有了很大的改善。

杜丽先生是经常接见这个老人的，仿佛老人是某个封建时代的封臣，来向他进见。他还摆出一些酒菜茶点来款待他，仿佛那老人迢迢千里，从佃户们都处在原始生活条件下的某个边远地区，前来向他表示效忠。他仿佛有过一闪而过的念头，觉得自己总无法否认，那老人倒可以算作他的一名老家臣，一名值得称道的忠心耿耿的老家臣。他在人前说起那老人时，常漫不经心地称之为老佣工，无论是见了那老人，还是那老人走了以后说起他的衰老模样，马夏尔西狱之父常有一种特别的沾沾自喜。他常觉得非常惊诧，这可怜的人，他还能在人前抬得起头来。“在救济院里，先生，在教区联合办的救济院里：没有清静，没有来客，没有地位，没有尊重，没有特色。非常可悲呀！”

那一天是老南迪的生日，救济院里放他出来。不过，那天是他生日他倒没提起，否则他们会把他关在里面的；因为这样的老人原就不该出生[①]，还过什么生日。他仍与往常一样地穿街过巷，来到了伤心园，与女儿、女婿一块儿进了餐，然后又给他们唱菲丽丝。他小曲还没来得及唱完，小杜丽就来了，她是来看看他们最近生活怎么样了。

“杜丽小姐，”普罗尼希太太说道。“爸爸来了！他气色很好，对吗？你听他嗓子多好！”

小杜丽向老人伸过手去，笑着说道，她很久没有见到他了。

“是呀，他们对我可怜的爸爸也太狠了，”普罗尼希太太说道，脸拉得越来越长了，“让他换个地方，吸点新鲜空气，对他会有好处，可他们连半点儿也不答应。不过，他过不多久就回家来，再也不走了。您说是吗，爸爸？”

“是呀，亲爱的，我希望如此。到时候就来，要是上帝愿意。”

这时候普罗尼希先生发表了一篇演讲，遇上这样的机会，他是必定要发表演讲的，而且一回回都是一字不差。他的演讲词如下：

“约翰 · 爱德华 · 南迪。先生。只要这间屋子里还有几口吃的，

① 狄更斯此处是辛辣地讽刺说穷人人口过多的马尔萨斯(1766—1834)人口论。

还有几口酒什么的好喝，我们就举双手欢迎您老来分上一口。只要这间屋子里还生得起一把火，还挤得下一张铺，我们就举双手欢迎您老来挤一挤。要是这间屋子里真的啥也没有了，我们也一样欢迎您老分上一份，就当它还有一点儿，不管是多是少。我要说的就是这个话，我说的是真话，我不骗您老，故此哪一个出面来说句话就是要请求您老，因此上您老干吗不留下来呢？”

普罗尼希先生发表这一篇简洁的演讲，总好像他是(毫无疑问他的确是)花了很大力气才理出个头绪来的。听了他这一番话，普罗尼希太太的父亲尖声答道：

“我非常感谢你，托玛斯，我心里非常明白，你是一片好意，就是为这个我非常感谢你。可是，不行啊，托玛斯。我要等到不会因为多我一个就得从你们孩子嘴巴里省下一口的时候，我也不管是吃什么，也不管你们把这事叫做什么名堂，事情总归还是一个样，还一样得叫他们省下一口来，虽则我也希望这个时候会来，很快就会来那也万不能的，不行的，托玛斯，不行的！”

普罗尼希太太在他们两个人说话的时候，撩起围裙的一角，别过脸去，这时候她又转过身来，告诉杜丽小姐，爸爸打算过河去看望看望，要是杜丽小姐并不觉得到那边去有什么让人不愉快的地方。

杜丽小姐的回答是，“我就是直接回家去的，要是他肯跟我一块回去，我很乐意照顾他——很乐意，”小杜丽说道，她总是非常体谅弱者的感情，“和他做个伴儿。”

“听见吧，爸爸！”普罗尼希太太非常兴奋地说道。“您这不成了一个活泼的年轻小伙啦，跟杜丽小姐一块儿去走走！让我把您的颈巾理一理，打一个像模像样的漂亮领结，因为，要说有哪个像模像样的美男子的话，爸爸，您就算一个嘛。”

他的女儿说了这个颇有孝心的笑话之后，便把他打扮了一番，又亲亲热热地拥抱了他，然后站在门口，怀里抱着那个瘦弱的孩子，让那个强壮的孩子自己跌跌撞撞跟下楼梯。她目送着她那瘦小的老父亲挽着小杜丽的胳臂，蹒跚着走了。

他们在路上走得很慢，小杜丽挽着他从铁桥那边走，还在桥上坐下来歇了一会儿。他们在桥上望着下面的河水，谈起了船只。老人在交谈中说，倘若运回了一船满满的黄金给他，他要如何处置（他的打算是给普罗尼希一家子和他自己在一个茶园里租一座富丽堂皇的寓所，他们后半辈子便住在那里，生活由侍者照料），那一天就是那老人的特殊的生日。他们走着走着，只差五分钟便要到达目的地了，这时，就在她自己住处那条街的拐角，他们遇见了芬妮，戴一顶新帽子，她也是到同一个地方去。

“好哇，我的天哪，艾米！”那小姐无比吃惊地嚷道。“你怎么做出这种事情来！”

“这种什么事情，亲爱的芬妮？”

“哼！我是很愿意相信你的，”那怒火中烧的小姐回敬道，“可是恐怕连我也不会相信这种事情，哪怕是你干的我也不会去相信的！”

“芬妮！”小杜丽激动地说道，她心被刺痛了，感到惊讶。

“喔！别芬妮、芬妮的了，你这个卑鄙的小丫头，别叫什么芬妮了！想不到在光天化日之下，在这大街上，挽着个叫花子！”（这最后一个词儿说出嘴来仿佛是气枪射出的一颗弹丸。）

“噢芬妮！”

“我跟你说了别芬妮、芬妮的，我不会睬你这一套的！这种事情我从来没见过。你老是一个心眼儿要我丢脸，哪个时候都是这样，真正可耻。你这可恶的小丫头！”

“照顾一下这个可怜的老人，”小杜丽心平气和地说道，“就丢了哪个人的脸了？”

"是的，小姐，"她姐姐答道。"你应该明白是让人丢脸的。你心里也明白是叫人丢脸的。你是因为知道这种事情是让人丢脸的才这么做的。你生活的主要乐趣就是叫我们一家人老别忘了我们倒的霉。你活在世上第二大乐趣就是要跟低下的人来往。可是，话得说回来，假如你不知道什么叫体面，我是要讲究的。请你允许我去走我的路，你可别来找麻烦。"

说完这些话，她便窜向对面的人行道。那个让人感到耻辱的老人，与她们相距一二步（因为小杜丽在芬妮冲着她说话的时候，因为惊愕，已经放开了那老人的胳膊），一直恭恭敬敬地弯着腰，不耐烦的过客将他推推撞撞，还不住地咒骂他，因为他挡了路。他这时又走到他同伴的身边，昏昏沉沉地说道："我希望你尊敬的父亲没什么事吧，小姐？我希望你们府上没有什么事吧？"

"没事，没事，"小杜丽接话道。"没事，谢谢您。让我再挽着您，南迪先生。我们很快就到了。"

她挽起他的胳臂，又与先前一样，与他边走边谈，来到了马夏尔西狱的门房，里面值班的是奇弗利先生。他们进去了。事也有巧，他们出了门房，手挽着手朝狱中走去的时候，那马夏尔西狱之父正信步朝门房方向走来。一见他们迎面走来这一情景，他心中很觉得七上八下，心灰意懒了；他——对与往常一样，见了他这位尊敬的监狱之父便手拿礼帽，恭恭敬敬立定的老南迪，装作全然没有看见的样子——掉转身来，急急匆匆进了自己那幢房子的门洞，上了楼。

在这倒霉的时刻，小杜丽将这倒霉的老人置于自己的保护之下，她匆匆地向这老人交代了几句，叫他先等一等，答应去一下就回来找他。说罢，她便急忙跟在父亲的后面，也上了楼。在楼梯上她见芬妮就在她身后，带着被挫伤的自尊，怒气冲冲地上楼来。父女三人几乎是同时走进房间；那监狱之父在椅子上坐下来，垂下脑袋，两手捂住了脸，并发出了一声叹息。

“当然，”芬妮说道。“非常正确。可怜受苦的爸爸！哼，我希望你相信了吧，小姐！”

“怎么啦，爸爸？”小杜丽激动地说道，俯身问她的父亲。“是不是我让您不高兴啦，爸爸？我希望，不是我让您不高兴吧！”

“你希望，真是的！我相信！噢，你”——芬妮停了一停，想找一个有力的字眼——“你这个下贱的小艾米！你这个地地道道的监牢坯子！”

他挥了挥手，制止了芬妮这些怒气冲冲的斥责，并抬起头来，脸朝着他的小女儿，悲哀地直摇头。他一边抽泣，一面说道：“艾米，我知道你的意图是无辜的。可是你伤到了我的灵魂了。”

“意图是无辜的！”气愤难消的芬妮插话道。“她的意图是肮脏的！她的意图是卑鄙的！她的意图是要一家人倒霉！”

“爸爸！”小杜丽脸色惨白，浑身哆嗦地说道，“我很对不起。请您宽恕我吧。告诉我这是怎么回事，让我下次不再犯！”

“告诉你是怎么回事，你这个装模作样的小东西！”芬妮嚷道。“怎么回事，你自己明白。我已经跟你说过了，现在别再胆大包天，还想不认账！”

“别说了！艾米，”父亲说道，掏出手绢在脸上擦几下，然后抽搐着把手绢抓住在手中，放到膝盖上，“我是尽了我一切努力，让你在这儿与众不同的；我是尽了我一切努力，让你在这儿有个地位的。我也许成功了；我也许失败了。你也许心里明白；你也许不明白。我不想说什么话。除了耻辱，我在这儿是什么都忍受着的。幸运的是，我没有蒙受耻辱——到今天为止。”

说到这里，他那抽搐的手又松开了，他举起手来，又用手绢擦拭眼睛。小杜丽在他身边跪着，恳求的手拉着他的胳臂，悔恨地望着他的脸。一阵悲伤之后，他又一次紧紧捏住手绢。

“幸运的是，我到今天为止都没有蒙受耻辱。我经受了这许多艰难困苦，身上一直保持了那种——精神，还有——还有我身边的那些人，都服从，假如我可以用这个字眼的话，那种精神，由于大家服从了那种精神，我才没有蒙受——哈——耻辱。可是今天，现在这一刻，我感到了切肤的耻辱。”

“当然！还会有别的什么倒霉事！”气愤难平的芬妮嚷道。“大摇大摆、洋洋得意，跟一个叫花子呆在一块儿！”（气枪又来了。）

“可是，亲爱的爸爸，”小杜丽激动地说道，“我并没有自以为是地去伤您的心啊——没有哇！老天有眼，我没有哇！”她痛苦万分地紧紧握起双手。“我只是恳求您别难受，恳求您别把这件事放在心上。可是，要是我不知道您自己对那老人那样同情，对他那样关心，见了他总是高兴的，我就不会带他到这里来了，爸爸，我真的不会带来的。我非常不应该地做了一件事，我是做错了。我是不会故意要您流泪的，亲爱的爸爸！”小杜丽说道，她的心几乎要破碎了，“不管我在世上会得到什么，也不管我在世上会失掉什么，我也不会故意让您流泪的。”

芬妮一半是气，一半是悔恨，不住地在抽泣，到这时她开始哇哇地哭起来，并且说——在她怒气似消未消的时候，在她又跟自己过不去，又跟别的人过不去的时候，这位小姐总是这样说话，这一回又是这样——她真想一死了事。

这时候，马夏尔西狱之父搂过小女儿，贴在自己胸前，轻轻拍着她的头。

“好了，好了！不要再说了，艾米，不要再说了，孩子。我一定快快儿地把这事忘了。我，”他歇斯底里地活跃起来，“我——过一会儿就会忘得一干二净的。我亲爱的孩子，你说的一点也不错，我见了我的老佣工总是高高兴兴的——就这个样，就这个样——我也的确——哈——总是处处同情，处处保护那个——嗯——软弱的信徒①——我相信我这样说他也没有什么不妥当的——只要我这样的处境中还能办到。的的确确的，是这么一回事，我亲爱的孩子。同时嘛，我既对他这样，又要保持——要是我可以用——哈——要是我可以用这个字眼——精神。合适的精神。世上也还有一些东西，”他停了说话，只听得抽泣声，“跟那精神是格格不入的，要挫伤那精神的——很伤那种精神的。我不是说我见到我的好艾米用关心和——哈——谦卑来对待我的老佣工——伤我心的不是这件事。我说的是，要是我直截了当地把这件令人痛苦的事说得明明白白，那就是我看见我的孩子，我自己的孩子，我自己的女儿，从大街上走到这个狱中来——笑呀！笑呀！——手挽着手，跟一个——喔我的上帝，一个穿号衣的！”

所谓“号衣”，这个不幸的绅士指的是那件毫无款式、从未流行过的外套，他气喘吁吁地说出这个字眼，语声几乎无法听见，手停在空中，捏着那块手绢。他那激动的感情，倘若未被叩门声所打断，还会继续诉诸痛苦的言词。叩门声又重复了一下，芬妮(她仍旧说想一死了之，实际上她还不只是想死，真想现在就把她埋葬了)听到叩门声后，喊了一声：“进来！”

“哦，小约翰！”监狱之父道，换了一个不同的，而且平静的语气。“什么事，小约翰？”

“您的一封信，先生，还是刚刚交到门房，还有口信，我想，我自己正好到门房，先生，我还是自己送到您屋子里吧。”说话人的注意力被小杜丽的可怜样子极大地扰乱了，他见小杜丽跪在她父亲脚

① 语出《圣经·以赛亚书》第三十六章第六节。原义为“断芦苇”。

边，别过脸去，没有看他。

“是吗，小约翰？谢谢你。”

“信是克莱南先生给您的，先生——是答复——他的口信说，先生，克莱南先生还向您致意，他说，他很愿意在今天下午来拜访您，希望能见到您，也见见”他的注意力越来越被小杜丽扰乱了，“艾米小姐。”

“喔！”监狱之父朝信封里瞟了一眼（里面夹着一张钞票），他脸有些红了，并且又在小杜丽头上拍了拍。“谢谢了，小约翰。很好。多谢你的关心了。没有人在等吧？”

“没有，先生，没有人等着。”

“谢谢你了，约翰。你妈妈好吗，小约翰？”

“谢谢您，先生，她不像我们大家希望的那样好——实际上，我们除了爸爸，谁都不怎么好——不过，她还是很不错，先生。”

“回去代我们大家都问个好，好吗？回去说我们都衷心问候，请转告一下，小约翰。”

“谢谢您，先生，我一定转告。”小奇弗利先生转身告辞，心中不觉自然地又当场替自己拟就几句全新的墓志铭，大意如下：此处安放约翰·奇弗利之遗骨，因于某年某月某日，目睹其一生崇拜之亲爱者悲伤涕零之态，触目惊心，实难强忍，旋即返回其难以安抚之双亲寓所，以己之轻率之举，了此残生。

“好了，好了，艾米！”小约翰把门关上出去以后，监狱之父说道，“我们就不要再提这件事了。”刚才那短短一幕使他的情绪骤然好转，此刻已经是轻松愉快的了。“我们只顾说话，我的老佣工在哪里？我们不该再把他一个人撇在那儿，要不然他会以为我们不欢迎他，要是那样，我心里会痛苦的。你去叫他来呢，我的孩子，还是我去叫？”

“要是您不介意，爸爸，”小杜丽竭力止住哭泣说道。

“我当然愿意去，亲爱的孩子。我忘了；你眼圈还很红呢。行了！想开一点，艾米。别为我难受了！我现在又好好儿的了，亲爱的，又好好儿的了。到你自己房间里去，艾米，要有高高兴兴的样子，好见克莱南先生。”

“我宁可呆在自己房间里，爸爸，”小杜丽接话道，她觉得比刚才更难于使自己稳定情绪。“我真不想见到克莱南先生。”

“喔，瞎说，瞎说，我的孩子，别说傻话。克莱南先生是个很有绅士风度的人——很有绅士风度。有时候有些沉默寡言；不过我倒要说他非常有绅士风度。你不来这里会见克莱南先生那怎么行，亲爱的，尤其是今天下午。好了，你去吧，开朗一点，艾米；去吧，开朗一点，我的好闺女。”

听了她父亲这一番话，小杜丽孝顺地站起身来，听从了：她走出房间时只停留了片刻，吻了一下她的姐姐，表示和解。那位小姐这时候心里极为苦恼，一时间也将她通常借以发泄心头苦恼的愿望淡薄了，心中萌发一个聪敏的念头，并说出口来，她真巴不得老南迪快点死掉，大可不必到这里来制造麻烦，像一个叫人可恶、叫人生厌、不安好心的卑鄙小人，尽在两姐妹中肇事生非。

马夏尔西狱之父，此刻甚至已经口中哼起小曲来了，头上戴的黑丝绒帽子略向一旁歪着，情绪已经大不相同，他下了楼来到院子里，发现他的老佣工仍在大门内侧站着，手里拿着那顶帽子，一动也没有动过。“来吧，南迪！”他非常和蔼地说道。“上楼去吧，南迪；这儿的路你熟的；为什么不上去呀？”他甚至在这个时候向那老人伸出手去，嘴里说道：“你好呀，南迪？很不错吧？”听了这些话，那歌唱家答道：“感谢您，尊敬的先生，见了阁下您，我就更加高兴了。”两个人在院子里一块走着的时候，马夏尔西狱之父把老人介绍给了一个新近进来的犯人。“我的一位老熟人，先生，我的老佣工。”接着他又说道，“把帽子戴起来吧，我的好南迪；戴上帽子。”显得关怀备至。

他的关怀还不止这些；因为他还叫玛吉准备茶点，关照她去买一些糕点，鲜黄油，鸡蛋，冷火腿，还有虾；叫她去采办这些点心时，他还交与她一张十英镑的钞票，并仔细叮嘱她别错了找头。这些准备工作已操办得基本就绪，他的小女儿艾米也已经带了针线活计回来，正巧克莱南先生在这时上了楼。马夏尔西狱之父非常客气地接待了克莱南先生，并请他一同吃茶点。

“艾米，我的宝贝，对于克莱南先生，你比我更加熟悉。芬妮，亲爱的，你跟克莱南先生也是熟悉的。”芬妮摆出傲慢的态度承认了；凡是遇到这样的一些场合，她暗中总是这样的看法：人们在策划一个大阴谋，他们不愿理解这个家庭，或者说不愿给予充分的尊重，以此达到侮辱这个家庭的目的，此人便是合谋者之一。“这一位嘛，克莱南先生，你一定是认识的，他也是我的老佣工，老南迪，一个很忠心耿耿的老人。”（他说起那人来总是将他当作一个年迈的人，可是那人却比他自己要小两三岁。）“等等，我想想。你认识普罗尼希吧？我女儿艾米同我说过，你认识那个可怜的普罗尼希，是这样吗？”

“哦对！”亚瑟·克莱南说道。

“哎，先生，他就是普罗尼希太太的父亲。”

“是吗？能见到他我很高兴。”

“要是你知道他还有好多优良品德，你就会更加高兴了，克莱南先生。”

“我希望，我认识了他，就会了解他的优良品德了，”亚瑟说道，他暗暗地同情那个伛偻着背、表现出俯首贴耳神色的人。

“今天是他的假日，他是来看看老朋友的，老朋友一个个见了他总是都很高兴，”马夏尔西狱之父说道。然后他用手掌掩住嘴巴补充了一句：“在救济院，这可怜的老人。出来一天散散心的。”

此时玛吉在她的小妈妈的默默帮助下，已经布置好了餐桌，茶点也好了。天气很热，监狱里又不通风，因此那扇窗子推开到了最大程度。“叫玛吉在窗座上铺一张报纸，亲爱的孩子，”监狱之父洋洋自得地说，并且略微放低了声音，对小杜丽说道，“我的老佣工可以在那边吃，我们坐这里。”

于是，普罗尼希太太的父亲坐在那里美滋滋地吃起来，他与他很乐于结交的朋友之间隔着一条大约一英尺(标准尺寸)的鸿沟。普罗尼希太太的父亲，受到了另一位父亲，即马夏尔西狱之父的豁达大度的保护，克莱南从未见识过这类事情；他陷入了沉思，思索起这种保护的许多奇妙之处。

这些奇妙之处最引人注目的也许要算他，马夏尔西狱之父，说起他的老佣工身心的弱点与缺陷时，表现出来的津津乐道的态度了。仿佛他是一位仁慈的动物看守员，正在就他展出的不伤人的动物的衰老作现场解说。

“不想再吃一点火腿吗，南迪？嗐，你吃得这么慢！”（“他剩下的几颗牙齿，”他向在座的人解释道，“也已经咬不动了，可怜的老伙计。”）

过了一会儿他又说道：“不吃点虾吗，南迪？”（见南迪没有立即回答，他解说道：“他耳朵越来越不灵了。要不了多久他就要聋了。”）

又过了一会儿他问道：“你在你那个地方围墙里面的院子里，是不是经常走动走动哪，南迪？”

“不走的，先生，不走的。我也不大喜欢走动。”

“是呀，那倒是真的，”他表示同意。“很自然的。”（然后他又悄悄地对在座的说："腿也不行了。"）

后来，他表现出通常那种毫不斤斤计较的宽厚态度，问那个老佣工，他的小外孙有几岁啦？

"约翰·爱德华，"那佣工说道，慢慢地放下手中的刀与叉，开始想起来。"几岁，先生？让我想一想。"

马夏尔西狱之父敲敲自己的额头。（"记性也差了。"）

"约翰·爱德华，先生？唉，我真忘了。我一下子还说不出来，先生，到底是两岁零两个月，还是两岁零五个月。反正不是零两个月就是零五个月。"

"别为难你自己了，不用再去想到底几岁，"他接话道，表现出无穷的忍耐性。（"非常明显，智力衰退了——老人过着那种生活，不中用啦！"）

他认为自己在那个老佣工身上发现了许多新情况，这些发现越是多，他似乎就越是喜欢那老人；他吃完茶点之后离开椅子站起来，与他的老佣工道别，因为那老人暗示说，尊敬的先生，他的时间怕是不多了，得赶回去，这时候，马夏尔西狱之父竭力装出自己身体很硬朗、很强健的样子。

"这个不叫一先令，南迪，知道吗，"他说道，一面将一枚硬币放在那老人手中。"我们叫这是烟丝。"

"尊敬的先生，我感谢您。这钱是买烟丝的。我感谢艾米小姐和芬妮小姐，向你们表示敬意。祝您晚安，克莱南先生。"

"你记住了，别忘了我们，知道吗，南迪，"马夏尔西狱之父说道。"记住了，你要再来，只要你有一个下午的空的话。出来了，不来看望我们可不行，不然的话我们会嫉妒的。晚安，南迪。下楼梯可得要小心哪，南迪；楼梯高高低低，都坏了。"他说完这些话便在楼梯口站定了，望着那老人走下楼梯；他回到房间里，脸上流露出庄重

消遣老佣工

自得的神情，说道：“叫人看了心里很难受，克莱南先生，尽管你心里也有一些安慰，因为他自己倒并不感到难受。这可怜的老汉完全不中用了。精神垮了，完蛋了——都压碎了——精神都在他身上研成粉末了，先生，全都研碎了！”

由于克莱南先生有意要留下来，因此他对这些见解该怎样说的都说了，并与发表这些见解的人一起站在窗口，而此时，玛吉与小妈妈则在洗杯盘，一一收拾。他注意到，他的同伴站在窗口，态度仿佛一个和蔼可亲、平易近人的君主；当楼下院子里他的任何一个臣民抬头向他致意时，他的点头会意几乎便是他赐的福。

小杜丽在桌子上做针线活，玛吉在床上做她的事，而芬妮戴上帽子开始系帽带，已经在准备离开了。亚瑟还有事，所以还坐着。正在这时，没听见敲门声门就推开了，梯普先生走进门来。他吻了一下跑过去迎接他的艾米，并向芬妮点了一下头，又朝他父亲点了一下头，皱起眉头朝客人看了一眼，也没有招呼，便坐了下来。

“梯普，亲爱的，”小杜丽轻声轻气地说道，对他的态度感到吃惊，“你没看见——”

“知道，知道，艾米。要是你是说你们这儿有哪个客人坐着——我是说，要是你说的是这个，”梯普回答道，他将脑袋朝靠近克莱南那一边的那个肩膀用力一歪，“我知道了！”

“你就这么一句话？”

“就这么一句话。我看，”停顿了一会儿之后，这个高傲的年轻人又补充说道，“我说就这么一句话，那客人想必是明白的。一句话，我看客人心里是明白的，他明白他没有拿我当一个有教养的人看待。”

“我不明白这句话的意思，”梯普提到的那个令人讨厌的人心平气和地说道。

“不明白？那好啊，你要听得明白一点，先生，那就请听我说说吧，我向一个人提出一个很有礼貌的请求，一个很迫切的请求，一个很慎重的请求，请求借一点数目很小的、临时急需的款子，是他很容易办到的——注意，他很容易办到的！——而那一个人回信给我说，他请求原谅，我认为他没有把我当作一个有教养的人看待。”

马夏尔西狱之父一直默默地打量着他的儿子，此刻待儿子话刚说完，便气呼呼地说了一句：

“你怎么敢——”然而他的儿子打断他的话。

“我说爸爸，你也别来问我敢不敢了，因为那都是胡言乱语。至于我对坐在这里的这个人采取的这种做法嘛，你应该为我表现了一种高尚的精神而感到骄傲才是。”

“就是嘛！”芬妮激动地说道。

“高尚的精神？”父亲说道。“是的，高尚的精神；合适的精神。这么说起来，我的儿子教给我——我——精神啦！”

“行了，我们别为这事伤脑筋了，爸爸，也不要为这事吵吵嚷嚷了。我是完全明白了，坐在这里的这个人并没有把我当有教养的人看待。这事就这么了结了。”

“可事情没有了结，先生，”父亲说道。“可事情不能这样了结。你已经完全明白了？你已经完全明白了？”

“不错，我是完全明白了。这么一句接一句问我干什么？”

“因为，”监狱之父接话道，他已经上了火了，“你没有权利把荒谬的勾当——哈——不道德的勾当，还有——嗯——大逆不道的勾当看作是应该的。别，克莱南先生，请您别劝我，先生。别劝我闭起嘴巴；这里面牵涉到一个——嗯——一个大道理，这个大道理比起——哈——比起礼貌待客来，还要紧。我反对我儿子说的话。我——哈——我本人讨厌他说的话。”

“嘿，跟你有什么关系，爸爸？”那儿子回过头来说道。

“跟我有什么关系，先生？我也有我的——嗯——精神，先生，我的精神不能容忍你这种话。我，”他又取出手绢，擦了擦脸，“这种话是对我的非礼，是对我的侮辱。假定说，我自己在某一个时候——哈——或者说有时候，也提出一个——嗯——一个请求，一个措辞礼貌的请求，一个很慎重的请求，一个急切的请求，向某一个人借一点数目不大的、临时急需的款子。假定说，借那一点款子也是他很容易办到的，结果也是没有答应，那个人也告诉我说，他请求我原谅。我是不是也要听我自己儿子的教训，说我也没有受到一个有教养的人应有的对待，我——哈——我也要听信他的话？”

他的女儿艾米婉言劝说他要冷静一点，可是他怎么也不肯冷静下来。他说，他火气上来了，不能容忍这种说法。

他还想要问一句，他是不是要在他自己家中，就当着他自己的面，由他自己的儿子来教训他？让他自己的亲生儿子把这样的耻辱加到他头上吗？

“你是自己硬把它拉到自己身上的，爸爸，这些屈辱都是你自己在说的，”那年轻人憋着一肚子气说道，“我自己完全明白的事情，跟你一点也没有关系。我说的这些话，也跟你没有关系。你把别人的帽子都往自己头上套干什么？”

“我要说的是，这事跟我大有关系，”父亲说道。“我要非常气愤地向你指出，先生，指出——嗯——这个——哈——假如别的东西不会吓得你说不出话来，你老子的地位的微妙与独特会的，先生，竟提出这种——哈——这种不合情理的歪理来。还有，即使你大逆不道，先生，即使你抛弃了一个孝字，难道你——嗯——就不是一个基督徒了？你是——哈——一个无神论者？我倒要问问你，一个人这一回请求你原谅，而就是这同一个人——哈——也许下一回就满足了你提出的款子，你却诬蔑、指责这个人，这难道是基督教精神吗？不让人再有一个机会，那也是一个基督徒的态度吗？”他越说越表现出很有点宗教色彩的热烈情绪。

“我看得清清楚楚，”梯普先生站起来说道，“今晚在这里是听不到合情合理、公公正正的话的，所以，我也没有办法，还是快点儿走吧。晚安，艾米。别生我的气。我很遗憾，在这里会发生这种事，你也在这里，是的，我很遗憾；不过，要我统统丢开我信仰的精神，那是办不到的，即使为了替你想想，也没法子，好妹妹。”

说了这几句话，他戴上帽子，出了房门，一块儿走的还有芬妮小姐；她朝克莱南瞪上一眼，在这位小姐看来，她也没有多大热情去作出少一点对立情绪的表示，只能用瞪眼与他告别，这说明她早已将他看作是一大帮合谋者中的一员了。

他们兄妹俩走了之后，马夏尔西狱之父起初颇有重又陷入沮丧的样子，而且本来也真会重新陷入沮丧的，但正在这时，不过一二分钟的时间，一位先生正是时候地上楼来，要陪他到酒吧。那位先生便是克莱南无意中被关在马夏尔西狱里的那天晚上见到的那个人，这人对于流传的司法官损人肥私、滥用专款一事，有一种难以言状的怨言。他是作为一名代表，来陪同监狱之父去出任主席的；因为这是一个重大场面，监狱之父曾经答应主持狱中人的这个聚会的，借此时机共同享受一点儿和睦滋味。

“你瞧，克莱南先生，”监狱之父说道，“我在这里所处的地位就是这样的不协调。可这是为公众尽责！我明白，对于为公众尽责这一点，能够一下子认识到的人，莫过于你自己了。”

克莱南请他一刻也不要耽误。

“艾米，亲爱的孩子，假如你能劝说克莱南先生再呆一会儿，我就可以放放心心地由你来为我们这个不像样的家尽主人之谊了，你也许可以解释解释，让克莱南先生抹掉脑子里那个——哈——吃完茶点之后发生的不愉快的事情，不幸的事情。”

克莱南叫他放心，这件事并没有在他脑子里留下什么印象，因此也不需要抹掉什么东西。

“亲爱的先生，”监狱之父说道，并把那顶黑色绒帽提了提，又握住了克莱南的手，两个动作合在一起，表明那天下午他已经无差错地收到信，及夹在信中的东西，“上天永远保佑你！”

于是，克莱南留下不走的目的终于达到，他可以在没有别的人在场的时候与小杜丽谈一谈。玛吉是不能算一个的，她在场。

第三十二章

再 算 命

玛吉坐在靠窗的那一头，做着手中的活计，头上戴着那顶很大的白色帽子，帽子有很宽的绉边，将她那从侧面望见的一点点脸部全都遮掩了(她已经没法再露出脸儿来了)，她那只听使唤的眼睛紧紧盯着手头的活计。由于宽大的帽缘绉边的遮掩，也由于她另一只眼睛很不管用，她与坐在窗子对面的她的小妈妈完全隔开了。主席就位之后院子过道上啪哒啪哒的脚步声已经少得多了；狱中的人流都被有力地吸引到了那个和睦的方向。几个灵魂里没有音乐①、口袋里没有钱的人，此时在那里闲荡；探监的妻子与愁眉苦脸、未见过世面的狱中人那种司空见惯的情景依旧滞留在角落里，仿佛破蛛网与诸如此类既不雅观、叫人见了又很不舒服的东西在别处的角落里悬挂着一样。除了狱中人因进入梦乡而大受其益的深夜之外，这个时刻便是狱中所经历的最安静的时刻了。偶尔听到的酒吧里拍打桌子的声响，表明一丁点儿的和睦已经圆满结束；这声响也许是表明监狱之父向他的团结在一起的儿孙们提议的祝酒或向他们表达的感想，在他们这些儿孙中间引起了反响，得到了他们一致赞同。间或也有这种情形，哪个人一人唱的歌，声音比大家的嚷嚷更加洪亮，听到这歌声的便知道，有一个自负的男低音在唱那蓝色的大海，唱那狩猎场，唱那驯鹿，唱那高山顶上，唱那石南丛中；然而马夏尔西狱的司法官却非常明白，他对那人唱的歌只有一个固定不变的理解。

亚瑟·克莱南走过去，在小杜丽身旁坐下来，她这时双手颤抖得那么厉害，连手中的针也拿不稳了。克莱南伸过手去，轻轻地按住她手中的针线活，说道：“亲爱的小杜丽，就让我把你的东西放一放吧。”

她顺从了他。他拿起她的针线活，放到一旁。她两只手哆嗦着握在一起，但他将她的一只手拉住了。

“最近一些日子我真是难得才见到你呀，小杜丽！”

“我事情忙不过来，先生。”

“可是我还是到今天，”克莱南说道，“才偶然中听说，你常到住在我那边的那些好心人家去。到了那边，你为什么不来找我呢？”

“我——我也不知道。其实，我是想可能你也在忙着事情。你现在一般也是很忙的，对不对？”

他注视她那哆嗦着的瘦小身影，他注视她那低垂的脸庞，他注视她那刚抬起来朝他看了一下又低下去的双眼——他注视着，流露出那么多的温存，几乎也有那么多的焦虑。

“我的孩子，你的态度变化真大！”

此刻她已经哆嗦得几乎无法控制了。她轻轻地抽回自己的手，放到自己另一只手上，在他面前坐着，低垂着头，整个身体都在颤抖。

“我的小杜丽呀，”克莱南无限深情地说道。

她淌下了两行热泪。玛吉蓦地转过头来，至少盯着他们看了一分钟；但是她没有插嘴。克莱南停顿了一会儿，又接着说道。

“我不能忍心，”他说道，“望着你哭；不过，我希望你哭出来，也好让沉重的心舒服一点。”

“是这样，先生。不过也没有别的事。”

---

① 莎士比亚《威尼斯商人》第五幕第一场第六十三行有云：天使般的歌声就在“永生的灵魂里”。俗人的灵魂里不会有。

“唉，唉！我是怕你把刚才这里发生的事想得太多了。也不是什么了不得的事；一点也没什么要紧的。我也真不巧，夹在里面。就让这件事跟眼泪一起流走吧。这件事是不值得流一滴眼泪的。一滴眼泪？流眼泪这种小事一天重复几十回我也高高兴兴地赞成，只要你能避免一刻的痛苦，小杜丽。”

她此刻已鼓起了勇气，更加像她往常的态度那样，回答道：“你真太好了！可是就算这种事里面没有什么可以感到遗憾、感到羞耻的，也太不应该这样对待，让你——”

“别说了！”克莱南说道，一边笑着，一边用手掩住她的嘴唇。“你心头藏着那么多的往事，要叫你见事就忘，你真的是不会的。我也不是什么了不起的人，从来也不是什么了不起的人，只不过是一个你说过愿意相信的朋友罢了，这一点还要我再提醒你吗？不必了。你还记得的，对不对？”

“我是这么去想的，否则我那个做了错事的哥哥在这里的时候，我早就会把那个诺言给忘了。你一定肯想想他是在这个地方长大的，一定不会苛求于他的，可怜的哥哥，我知道！”她一边说着，一边就抬起头来望着他，这时候，她的眼睛直盯着他的脸，她从来没有这样看他过，并且突然换了语气说道，“你不会是病了吧，克莱南先生？”

“没病。”

“也没有痛苦？也没有伤了心？”她焦灼不安地问道。

这一回是轮到克莱南把握不定该如何应答了。最后他回答道：

“说句老实话，我是有一点苦恼，不过现在已经好了。我的苦恼在脸上表现得这么清楚吗？我是该再忍着点儿，再克制点儿的。我以为我做到了。这点我得向你学习。还有谁能教会我这样做呢！”

他从来也没有想过，没人能像她那样洞悉他内心的一切。他从来也没有想过，这天底下就找不出任何人，能够用她所具有的眼光与眼力来看待他了。

“不过，这也好，我想说的事情也用不着顾虑了，”他接着说道，“因此，我也就用不着因为说了谎话、自己对自己不老实而心里想的是一个样，脸上装的又是一个样了。此外，跟我的小杜丽说说心里话也是一种特权、一种乐趣。那就让我坦白地承认吧，我忘了我自己是多么地严肃，忘了自己已经这么大年纪了，忘了我多少年来由于在遥远的国度里过着既单调又毫无幸福可言的生活，追求这样一些东西的时光早已消逝，可我自己却一点也没有注意到——我把这一切全部忘记了，我心里想，我爱着一个人。”

“这个人我认识吗，先生？”小杜丽问道。

“你不认识，我的孩子。”

“不是为了你之故而对我非常善良的那个小姐吗？”

“弗罗拉。不是，不是。你以为——”

“我从来没有这样想过，”小杜丽说道，与其说是说给他听的，倒不如说是自言自语。“我心里对此事倒确实有点儿纳闷。”

“唉！”克莱南说道，坚持接受了玫瑰花的那天黄昏心头涌现的那种感情，坚持觉得自己已经老了，已经是与温柔乡不沾边的人的感情，“我找到了自己的错误，后来我也想过一会儿——总之，我想得很多——也就明白了。明白了这些以后，我算了算自己的年龄，又琢磨了一下自己现在的情况，想想过去，又想想今后，我发现过不了几年我的头发就要白了。我发现我已经爬到了山顶，走尽了山顶上的平地，马上就要走下坡路了。”

他竟然不知道，他这样说话给那颗逆来顺受的心带来多么剧烈的痛苦！而他说这些话，却是为了要让她放宽心，是为了替她着想。

“我发现，这样的时光已经一去不复返了，我再也不能去追求那些对我来说是多么优美，多么美好，对我，或者是对与我有关系的人又是多么有希望、多么幸福的事情了，这样的时光再也不会重新来临了。”

啊！他竟然不知道！他竟然不知道！他竟然看不到他手中握着的这把匕首，看不到这把匕首在他的小杜丽忠诚的、淌着鲜血的胸膛上刺了多么无情的伤口！

“这一切都已经过去了，我也已经不想这些事了。我为什么还要把这些说给小杜丽听呢？我为什么还要向你，我的孩子，说明我们之间的年龄差别，为什么还要在你面前回想我早已无缘、相当于你全部年龄而又正呈现在你面前的岁月呢？”

“因为你相信我，我希望。因为你知道，事情不触动我是不会触及你的；你知道，凡是让你高兴的事，我也高兴，凡是让你不高兴的事，我也不高兴，因为我非常感激你，所以跟你是一个想法。”

他听出了她话声中的激动，他看到了她那张诚挚的脸，他看到了她那清澈、真诚的双眼，他看到了急剧跳动的胸脯，她的胸脯是会喜悦地向他扑来，挡住插向他胸膛的致命的匕首，而且在气息奄奄之际说出一句“我爱你！”至于他，对于她的诚挚，他心中绝不会有丝毫怀疑的。绝不会有的。在她这债务人监狱的家中，他看到了这个忠诚的瘦小的人，穿着破烂的鞋，穿着她那寒酸的衣衫；一个身体纤弱的孩子，一个灵魂坚强的英雄；在他眼里她的家庭身世闪烁发光，使一切都黯然失色。

“当然是由于这些缘故，小杜丽，倘若不提及另外一个缘故。我跟你毫无亲属关系，我们又这样不同，我年龄又比你大得多，所以，我更适合于做你的朋友，做你的参谋。我是说，我更加可以让你信任；你在别人面前可能会感到的拘束，哪怕是一点儿，在我面前就会化为乌有。为什么你要对我避得远远的？你说给我听听。”

“我在这儿呆着好些。我的地方、我的用处是在这里。我在这里呆着好多了，”小杜丽声音微弱地说道。

“那天在桥上你也这么说。事后我想得很多。你就没有什么秘密可以说给我听听，要是你愿意说，愿意抱着希望、带着安慰，就给我说说好吗？”

“秘密？没有，我没有什么秘密，”小杜丽很不安地说道。

他们一直是在低声说话；这是因为说这些事情自然都是用这种语调的，倒不是说他们留着神，不想让在那里干活的玛吉听见。突然之间，玛吉又转过头来瞪了他们一眼，这一回她却插了一句嘴：

“嗨！小妈妈！”

“唔，玛吉。”

“要是你肚子里没什么秘密好给他说说，那你就给他讲讲那个公主的故事吧。你知道，她心里头有秘密。”

“公主有秘密？”克莱南很吃惊地说道。“那是个什么公主，玛吉？”

“咦！你怎么找一个十岁的女孩子的麻烦，”玛吉说道，“这样来抓可怜虫的辫子。谁说过公主有秘密啦？我从来也没说过这种话。”

“对不起。我以为你说了。”

“没有，我没说过。要想知道秘密的是她，我怎么会说呢？有秘密的是那个矮小的女人，她老在纺车上纺纱。所以，她就对她说，你为什么把它藏在那里？所以，另外一个人对她说，不，我不知道；所以，另外一个人对她说，知道，你知道；接着她们两个都找到了橱子，就在里面。她不肯到医院去，所以，她死了。你都知道，小妈妈；你给他说说。因为那倒是个像像样样的秘密，真是的！”玛吉很兴奋地说道，很有点沾沾自喜。

亚瑟望着小杜丽，要她解释解释这是怎么回事，见她是那么羞怯而两颊绯红的样子，倒引起了他的注意。不过，她对他说，那只是有一天她编给玛吉听的一个童话故事，也没有什么意思，要把这个故事再说一遍给别人听听，她真觉得难为情的，即便她还记得当初是怎样讲的，她也是不好意思再说了。既然如此，他也不再追问了。

然而，他接着又回到了自己的话题上。他先是恳求她要常常去看他，还提醒她，他现在已经不可能对她表现出比过去更多的关心了，今后也不可能比过去更加不辞劳苦地为她的生活而奔走了。她非常热情地作了回答，她对这些是非常了解的，她决不会忘记这些的，于是，他又接着说到了第二件、也是更加难以说明白的事——他心中的猜疑。

“小杜丽，”他说道，一面又拉过她的手，说话的声音比刚才轻得多了，那是为了不至于让小房间里的玛吉也听见，“还有一件事。我一直很想同你说说；有好多次我都想找机会同你谈谈。别为我多想了，因为要说起年纪来，我是可以做你爸爸、做你叔叔的。只要常记着，我差不多是个老头儿了。我知道，你的全部诚心都集中在这间屋子里的，怎么也无法叫你抛弃你在这里所担当的职责的。这一点我假如还把握不定的话，那我早就请求你，早就请求你的父亲，由我来供养你，给你找一个更加合适的地方。不过，你也许关心着——我不是说现在，尽管现在也可能——也许，在另外一个时候，关心着另外一个人；一种不一定就与你倾注在这里的感情不相容的关心。”

她脸色非常、非常苍白，默然无语地摇着头。

“可能是有的，亲爱的小杜丽。”

“没有。没有。没有。”她慢慢地说道，每说一句就摇一下头，带着孤寂凄凉的神色，他很久以后还记得起她这时的神色。他清清楚楚记起这神色是在很久以后，就在这些大墙之内，就在那一间屋子里。

“不过，假如事情真是这样，就跟我实说吧，我亲爱的孩子。把事情的真相告诉我吧，向我指出这样的关切的对象吧，我会衷心地对你，善良的小杜丽，满怀热情，满怀敬意，满怀友情，满怀尊重，一定尽力给你以永久的帮助。”

“哦，谢谢你，谢谢你！可是，哦，没有，哦，没有，哦，没有！”她一面说着这些话，一面望着他，同时将两只因干活而变得粗糙的手握在一起，语气依然与先前一样地顺从。

“我现在也不是一定要你说出来。我只是请你毫不迟疑地相信我。”

“你待我这么善良，我还能不信任你吗！”

“这么说你完全相信我了？不会有什么苦恼或者忧愁瞒着我了？”

“几乎没有。”

“你现在已经没有了？”

她摇摇头。然而她脸色非常苍白。

“今天晚上我躺在床上，思虑又会回到——那是一定的，因为我每天晚上都是如此，即使我没有见到你——这个伤心的地方，那时候我可以相信，这间屋子之外，这间屋子住的人之外，现在已经没有了折磨小杜丽心头的悲伤了，对吗？”

她听了这些话似乎很高兴——那也是他很久以后还记着的——更加活泼地说道：“对，克莱南先生；对的，你可以相信！”

摇摇晃晃的楼梯，只要有人上下，房间里通常立即便知道的；就在这时，听得一阵急促的脚步声，楼梯也吱吱嘎嘎直响，而且还听得另一个声音响上楼来，仿佛一台小型蒸汽机，蒸汽太多，不知道往哪里送，呼哧呼哧地朝房间响将上来。蒸汽机上来得很快，一下子便接近了房间，这时响声更大了；蒸汽机敲了一下门之后，从声音听起来仿佛它蹲下来了，呼哧声透过锁洞进了房间。

还没等玛吉去开门，潘克斯先生便从外面把门推开了；他站在门口，只见他没有戴帽子，光着的头一片乱蓬蓬的，他隔着玛吉朝里面望着克莱南与小杜丽。他手里有一支点燃的雪茄，一进屋便带来了一股酒味与烟味。

“吉卜赛人潘克斯，”他气喘吁吁地说道，“算命的。”

他站在那里笑着，腌腌臜臜的样子，朝他们呼呼地喘气，神情非常奇怪。仿佛他现在已不是他主人的跑腿，而是马夏尔西狱、司法官、全体看守、全体债务人的洋洋自得的拥有者。他这样沾沾自喜的时候，把那支雪茄送到了嘴唇之间（一眼便看出他不是个会抽烟的人），猛抽了一口，抽的时候还紧紧地闭上了右眼，结果是浑身一阵痉挛，发抖起来，几乎喘不过气。然而，即便是他浑身痉挛的时候，他还是竭尽全力，重复他自我介绍时爱用的一句话：“吉—吉卜赛人潘—潘克斯，算命的。”

“我在跟别的一些人一起参加晚会，”潘克斯说道。“我也唱歌了。我也一起唱三部轮唱了。我是一窍不通的。没关系。管它是什么，我都参加。会唱不会唱不要紧的，只要嗓子粗就行。”

起初，克莱南还以为他是酒喝多了。然而，他不久便发现，尽管他喝了酒也许有点昏沉沉（也许是更加清醒），然而他的兴奋，其主要成分倒不是用麦芽酿制的，也不是从谷类或浆果蒸馏的[①]。

“你好哇，杜丽小姐，”潘克斯说道。“我想，我绕道儿到这儿来呆一会儿，你不会介意吧。我听说克莱南先生在这儿，杜丽先生说的。你好哇，先生？”

克莱南谢了谢，并说见他这么快活很高兴。

“快活！”潘克斯说道。“我是开心得不得了哇，先生。我一刻也

---

① 麦芽酿制，指的是啤酒；谷类等蒸馏的，指的是白兰地、威士忌之类。总之，潘克斯的兴奋主要不是喝醉了酒之故。

不能停留，要不然人家会惦记着我的，可我不愿让人家惦记我——唔，杜丽小姐？”

他似乎对与小杜丽说话并朝她看上一眼，有无穷的乐趣；与此同时他的一根根头发兴奋地竖了起来，宛如一种黑羽毛的大鹦鹉。

“我到这儿还不到半个钟头。我知道杜丽先生在主持晚会，我说过，‘我要去拥护他当主席！’按理说我是应该到伤心园去的；不过，我可以明天再去找他们的麻烦。——唔，杜丽小姐？”

他那乌溜溜的小眼睛像通了电似的闪烁。他伸手捋头发的时候，连头发也在闪烁。他浑身都充了电，似乎你用手指在身上随便哪个部位触一下，他都有可能毕剥作响，放出火花来。

“这儿都是说话投机的人哪，”潘克斯说道。——“唔，杜丽小姐？”

她见了他有点害怕，也不知道该如何回答才是。他哈哈地笑，并朝克莱南点了点头。

“别去管他，杜丽小姐。他是我们的人。你在别人面前可不要管我怎么说，那是我们说好了的，不过我们指的别人不包括克莱南先生。他是我们的人。他知道内情。对不对，克莱南先生？——唔，杜丽小姐？”

这个怪人的兴奋劲很快引起了克莱南的兴趣。小杜丽非常吃惊地注意到了他的反应，并且发现他们两个人在迅速地交换眼色。

“我刚才说了一句话，”潘克斯说道，“可我倒是把刚才说的话忘了。哦，我想起来了。这儿都是说话投机的人哪。我一个个都招待过了。——唔，杜丽小姐？”

“你真大方，”她说道，并且又看见他们两个人交换了一下眼色。

“没什么，”潘克斯说道，“不客气。我有遗产了，那倒是真的。手脚大一点也花得起。我想要招待招待这儿的人。院子里摆上桌子。

一捆捆面包，一捆捆烟斗，一堆堆烟丝。烤牛排、葡萄干布丁人人有份。一人一夸脱浓浓的黑啤酒。要是大家喜欢，上头又准许，那就一人再加一品脱葡萄酒。唔，小杜丽？”

他的举止态度，尤其是小杜丽见克莱南对他的举止态度越来越领会（因为潘克斯先生每一回朝她说话，每一回做出大鹦鹉的动作，她都要朝他看看），使小杜丽懵懂了，她感到莫明其妙，只见她双唇翕动作为回答，却说不出一句话来。

“哦，对了，还有！”潘克斯说道。“你那小手手背会告诉你我们在搞什么名堂，这事会明白的，我说过，你一定可以盼到那一天的。你会盼到的，一定会盼到那一天的，亲爱的。——唔，杜丽小姐？”

他戛然而止，不说了。他头上又伸出乱蓬蓬、黑乎乎的草叉子似的头发，宛如一个大爆竹最后一声钝响迸发出星星点点的火花。这些草叉子是从哪里冒出来？那是个令人莫明其妙的谜。

“可人家会惦记我的，”他又说起那句话来；“我不愿让人家惦记着。克莱南先生，我跟你也说好了的。我还说过，到时候你会明白，我是说话算数的。你现在会发现我还是那样，先生，要是现在你肯跟我出去一会儿。杜丽小姐，祝你晚安。杜丽小姐，我祝你发大财。”

他伸出双手迅速地与她握了握手，呼哧呼哧地下楼去了。亚瑟跟在潘克斯的后面，脚步是那样急急匆匆，到了楼梯最后一个拐弯的平台时，险些儿撞到潘克斯身上，差一点撞得他滚到院子里去。

“我的老天爷，到底是怎么回事？”两个人一起冲到院子里的时候，亚瑟这样问道。

“先别急，先生。腊格先生。我先介绍介绍他。”

他一面说着这几句话，一面把另一个没戴帽子的人招呼过来，那人手中也有一支雪茄，身上也是一股酒味和烟味。那人尽管不像潘克斯自己那么兴奋，然而，倘若不是由于与潘克斯先生的疯疯癫癫相比，而使他的兴奋显得黯然失色、算得上是清醒的话，那么，他那个样子与疯疯癫癫也差不多。

“腊格先生，这是克莱南先生，”潘克斯说道。“先别急。到唧筒这边来。”

他们三个人便挪了个地方，到了唧筒边上。潘克斯先生一到那边便把头伸到唧筒出水口下面，叫腊格先生抓住手柄一下下用力抽水。腊格先生一一照办，潘克斯先生呼哧呼哧抬起头来，浇了一下凉水倒也有点作用，然后掏出手帕擦了擦。

“这一下清醒得多了，”他对怔怔地站在那里的克莱南气喘吁吁地说道。“不过，说句老实话，听她爸爸坐在主席位子上讲话，而我们自己心中早有数了，看见她在楼上那个房间里穿那样的衣服，而我们自己心中早有数了，那滋味也够——给我擦擦背，腊格先生——再高一点，先生——行了！”

就在马夏尔西狱院子的过道上，就在那夜色昏暗之中，天底下的人中倒是潘克斯先生，对家住潘登维尔的“一般事务代理人、会计师、债务官司代办人”腊格先生指手划脚、差这差那的。他差使完毕之后，便抓住克莱南先生的外衣纽扣，拉着他到了唧筒后面，气喘吁吁地从衣袋里取出一卷材料。腊格先生也气喘吁吁地从衣袋里取出一卷材料。

“慢！”克莱南悄声道。“你们有了发现了。”

潘克斯先生一脸兴味浓厚的表情，这种兴味是无法言传的，他答道：“我们倒是这么想的。”

“是不是牵连到哪个人？”

“什么牵连，先生？”

“扣压什么的，或者什么不正当做法？”

“什么也没有。”

“感谢上帝！”克莱南心里说道。“好吧，让我看看。”

“有一点你要搞清楚，”——潘克斯呼哧呼哧地响着，并且兴冲冲地展开纸卷，话简短而有力地从嘴里喷出来，“家谱呢？表四在哪儿，腊格先生？哦！行了！都在这儿。——有一点你要搞清楚，我们还是今天刚刚全部搞完。一两天里面还不能算是合法的。最多是过一个星期。我们白天黑夜地查，查了多少天我也说不清。腊格先生，你知道有多少天了？没关系。别算它啦。你说了反倒叫人糊涂。你得把这事告诉她，克莱南先生。你要等我的回音。大致总数写在哪里，腊格先生？哦！在这儿！瞧见了，先生！你就把这个转告她。那人就是你们的马夏尔西狱之父！”

第三十三章

莫多尔太太的苦衷

戈文太太现在也不去多说弥格尔斯这一家人的短处了，从而服从了不可回避的命运的安排，并且听任自己的人生哲学作出牺牲，她在会见亚瑟的时候已经预料到了这种可能性了。因此，她已经果断地作出决定，不再反对儿子的婚事。在她准备作出这个决定，以及在她最后愉愉快快地下决心的时候，她可能不仅是出于她的母爱，而且还受到三个方面明智考虑的影响。

这三个方面的考虑中，第一条不妨说是，她的儿子从来未曾表示出丝毫想求得她的应允的意思，也从未怀疑过他自己可以不求得母亲应允的能力；第二条不妨说是，一旦她的亨利与一个经济很宽裕的人的宝贝独生女结了婚，由一个感恩的国家(以及一个巴纳克尔家族的成员)赐予她本人的年金，便不会受到子女的任何一点侵犯了；第三条不妨说是，亨利所欠的债必须由他的岳父在教堂圣坛栏杆前替他付清。倘若除这三方面的审慎考虑之外，再联系到这样的情况：戈文太太应允儿子的婚事是在她得知弥格尔斯先生自己已经同意之后，而且弥格尔斯先生反对这桩婚事一直是事情的唯一障碍，那么，并不怎样显赫的已故行政长官的这位未亡人精明的脑子里日夜思考这些想法，也就显得极为可能了。

然而，她在她的亲朋好友当中，依旧维护她自己的个人尊严，巴纳克尔家族血统的尊严，即，她总是口口声声表示，这桩婚事是非常不幸的事；她自己被这桩婚事弄得非常伤心；这件事完全是借姿色来迷人，亨利是被迷得神魂颠倒了；她是早就反对这桩婚事的，可是做母亲的又有什么办法呢；以及诸如此类的话。她已经要求亚瑟·克莱南，作为弥格尔斯家的朋友，为这件荒唐的事作证；在走出这一步之后，她现在为了这同一个目的，接着便直接与弥格尔斯家接触了。在她与弥格尔斯先生的第一次会见中，她自己退了一步，装出她是很不高兴地但又是非常得体地屈从了不可阻挡的压力的样子。她以非常礼貌、非常有教养的态度佯装制造困难的是她——而不是他，现在又是她终于松了口；作出牺牲的是她——而不是他。她又以同样假惺惺的态度，同样很有礼貌的巧妙手段，蒙骗了弥格尔斯太太，如同一个魔术师把一张牌塞到了这位天真的太太手中；而她的儿子带了她那位未来的儿媳妇来见她时，她搂住她说道："亲爱的，你手法多高明，把亨利迷住了！"与此同时，她还当着他们俩的面落下几滴眼泪，湿润了鼻子上搽的粉，使那些粉一片片跟着泪水落下来；那是一个虽然微妙，却很动人的信号，说明她内心是很痛苦的，并以此显示她承受不幸的镇静态度。

在戈文太太(她既以作为上流社会的化身而自豪，又与那权力保持着亲密无间的联系)的朋友当中，莫多尔太太是坐在头排的。的确，汉普顿宫的吉卜赛人，对暴发户莫多尔，无一例外地都是鼻子翘得老高的；然而，他们又会鼻子向下，低三下四地去崇拜他的财富的。在鼻子作上下补偿调整这方面，他们是颇像财政大臣、法官、主教以及其他一伙人的。

戈文太太在作出了上述仁慈的应允之后，找到了莫多尔太太这里，作一个自我凭吊式的拜访。为了这个目的，她乘了一辆单匹马拉的马车(在英国历史上的那个时期，这种马车被很不恭敬地叫做药丸盒子)，进了城。这辆马车是一个"假私济私"的小本经营马车出租者的，马车是他自己赶的，他的"假私济私"出租马车，或一天，或一个钟头，对象是汉普顿宫大多数的老太太；然而，整辆马车应被默认为是租车人暂时占有的私有财产，同时，这个“假私济私”的马车出租者，就个人而言，应当只认识占有马车的租车人，不认识旁的人的，这在那一片营地中是一个礼节问题。因此，那些世间最大的“假私济私”的人，即拖拖拉拉部里的巴纳克尔家族成员，也总是装作除了他们紧紧在握的“假私济私”①之外，不知道有别的“假私济私”的。

莫多尔太太在家，躺在深红与金黄相间的软垫的长榻上，离她不远处的一根横杆上，那只鹦鹉歪着脑袋，眼睛盯着她，仿佛那鹦鹉是把她当作一只美丽的大种鹦鹉了。戈文太太进屋来找莫多尔太太，手里拿一把从不离手的绿色扇子，遮一遮照到脸部红润处的光线。

“亲爱的，”戈文太太与莫多尔太太说了一会儿无关紧要的话之后说道，一面用这把扇子拍拍她这位朋友的手背，“现在只有你能给我安慰了。我跟你说起过的亨利那桩事情，就要办了。这事你有什么想法呢？我很想问问你呢，因为你很能代表上流社会，很能表达上流社会的想法。”

莫多尔太太又瞧了瞧上流社会常常不忘了瞧上一眼的胸脯；在发现莫多尔先生与伦敦珠宝商的这一处陈列橱窗依然有条有理之后，她回答道：

“关于男人的结婚，亲爱的，上流社会的要求是，他应该趁结婚之机重新获得财产。上流社会要求，他应该趁结婚之机发笔财。上流社会要求，他应该趁结婚之机获得像样的固定收入。要是不这么办，上流社会就不明白男人还结婚干什么。鹦哥，住嘴！”

因为，在她们上方的笼子里的鹦鹉主持了她们之间的会晤，仿佛

---

① 拖拖拉拉部的巴纳克尔家族成员之“假私济私”显然当读作假公济私的。

它是一名法官(其实它也真像一名法官),发出一声尖厉的叫声,表示宣布解说完毕。

"有时候,"莫多尔太太说道,一面把她最得意的那只手的小指微微屈起,借助这一美妙的动作,使她说的话更显得巧妙;"有时候有这样的情形,一个男人并不年轻、文雅,但是很富裕,而且已经获得了像样的固定收入。那是另一码事了。在这种情况下——"

莫多尔太太耸耸雪白的双肩,手按在她的珠宝架上,止住了一声咳嗽,仿佛她是要说:"一个男人要想这种事情干什么,亲爱的。"这时鹦鹉又尖厉地叫了一声,她便拿起眼镜看着它,说道:"鹦哥!你给我住嘴!"

"不过,年轻人,"莫多尔太太又说道,"我说的年轻人指什么样的人你是知道的,亲爱的——我是说前途无量的做儿子的人——他们必须借结婚之机使自己处于进入上流社会的有利地位,要不然,他们做出蠢事来,上流社会真的是会很不满意的。这些话听起来太俗气了,"莫多尔太太说道,同时将身子靠在长榻上,又拿起眼镜看着,"你说呢?"

"不过是真话,"戈文太太说道,一脸说教者的神情。

"亲爱的,这是一点儿也用不着多争辩的,"莫多尔太太接话道;"因为上流社会对于这个问题嘛,早已有了定论,没有什么别的话要说了。要是我们是处在非常原始的条件下,要是我们住在树叶盖的屋子里,家里有的只是牛羊牲畜,并没有开什么银行户头(说起这种情形,真是美极了;亲爱的,我的天性里,是有点喜爱牧歌式的东西),那么一来,样样事情便好办了。可是我们并不是住在树叶盖的屋子里,我们家里也没有牛羊牲畜。我给爱德蒙·斯巴克勒说明这两种情形的区别,有时候也真够吃力的。"

戈文太太听见莫多尔太太提起这个年轻人的名字时,便用那把绿

上流社会表达了关于婚姻问题的观点

扇子半遮了脸，回答道：

“亲爱的，你知道这个国家现在的困境——约翰·巴纳克尔作了这些不应该的让步！——因此嘛，你也就知道了我为什么会穷得像什么似的缘故了。”

“像教堂里的耗子①？”莫多尔太太微笑着提示道。

“我是说另外一句俗话里说的穷人——约伯②，”戈文太太说道。“两句俗话都一样。因此嘛，也用不着隐瞒，你的儿子和我的儿子条件大不一样。我还可以再说一句，亨利有才能——”

“才能爱德蒙倒是没有，”莫多尔太太非常和蔼地说道。

“——他有才能，可又不得志，”戈文太太接着说道，“两个合在一块儿，逼得他去追求——哦天哪！你心里明白，亲爱的。既然亨利的不同条件是这个样子，现在的问题是，我自己能够迁就的最低下的婚配，不知该是怎么样的了。”

莫多尔太太这时正全神贯注地瞧着自己的胳臂（样子漂亮的胳臂，镯子就该戴在这样的胳臂上），一时也就没有答话。默然无声使她从全神贯注中振作起来，她于是抱着两臂，极为镇定自若，两眼直盯着她的朋友，一面询问道：“是——么？还有呢？”

“还有嘛，亲爱的，”戈文太太说，态度已经不像先前那么轻快了，“我倒很想听听你的看法了。”

那鹦鹉刚才一声尖叫之后一直单腿立着，但这时候它突然一阵大笑，然后两条腿勾着，身子上下牵动，是嘲弄人的样子，牵动完了又用一条腿立着，同时使劲把脑袋歪向一边，等着听听莫多尔太太的答话。

---

① 英语俗语 as poor as a church-mouse（穷得像教堂里的耗子），意即“一贫如洗”。

② 英语俗语 as poor as Job（穷得像约伯），意即“一贫如洗”。约伯为《圣经》故事中的希伯来族长，是“熬苦与贫穷”的代表。

“听起来好像开口就是钱，要问你男方娶了女方将得到多少，”莫多尔太太说道；“可是上流社会也许是有点儿开口就是钱的味道，你知道，亲爱的。”

“照我所知道的看起来，”戈文太太说道，“我看我可以说一句，亨利会还清欠的债——”

“欠好多债？”莫多尔太太眼睛透过镜片，问道。

“哦也不怎么样，我倒要说，”戈文太太说道。

“平常说的那么回事；我明白了；是这样，”莫多尔太太说，是轻松的语气。

“那个爸爸每年还可以补给他们三百，也许加在一块儿数目还不止这些。这笔钱，在意大利——”①

“哦！去意大利？”莫多尔太太说道。

“让亨利去学习。你也用不着为难，去猜是怎么回事了，亲爱的。那种叫人讨厌的绘画——”

的确。莫多尔太太急忙插话，免得她这位苦恼的朋友伤心起来。她明白的。不要再说什么了！

“这些，”戈文太太心灰意懒地摇着头，“就这些。就，”她重复地说着，一面暂时收拢她那把绿扇子，用扇子轻轻拍着下巴(她那下巴已经慢慢要变成双下巴了；现在不妨说是一个半下巴)，“就这些！等到那两个老的死了，我看事情就多了；不过，怎么把事情稳住，别让它闹起来，我倒也说不上来。这么说起来，我真但愿他们永远活下去。亲爱的，这种事还得由他们这样的人来稳住。”

至于莫多尔太太，她对于她的朋友即上流社会，是深知底里的，

---

① 在十九世纪二十年代，三百英镑是很可观的一笔，作者在意大利旅行，热那亚一套公寓全家人居住，一年才花二百七十三英镑。

她知道上流社会里的母亲是什么样的，知道上流社会里的女儿是什么样的，知道上流社会里的婚姻市场的行情，知道那些高等买主在搞什么阴谋、在想什么对策，知道如何进行讨价还价，因此，在她那宽大胸脯里面的内心深处，她在想这倒是一个够大的骗局。然而，她明白戈文太太对她抱着什么希望，也知道戈文太太要编造给她听的话里的真情，因此，她也便非常巧妙地表现出热情的态度，而且还加上了她自己必不可少的一番渲染。

“就这些啦，亲爱的？”她说道，并且友好地舒了一口气。“唉，唉！那也不是你的错。你也没有什么可以埋怨自己的。你是很有意志力的人，你应该坚强一点，既来之，则安之嘛。”

“那姑娘的一家子，”戈文太太说道，“当然是想尽了一切法子——照那些律师的说法——把亨利弄到手，并依法占为已有。”

“当然他们是千方百计的，亲爱的，”莫多尔太太说道。

“我是一个劲地反对的，从早到晚、白天黑夜伤透了脑筋，就为的是要亨利跟她一刀两断。”

“当然你是伤透了脑筋的，亲爱的，”莫多尔太太说道。

“可都是白费心思。我是彻底地败下来了。你给我说说，亲爱的。我终于没法子，只好勉勉强强应允亨利娶了个上流社会以外的人的女儿，我这样做对吗？还是我这样做是暴露了不可原谅的弱点？”

听了这个明明白白的请求，莫多尔太太安慰了戈文太太(用的是上流社会女教士的口气)，说她的做法是应该受到高度赞扬的，她是应该深受人家同情的，她的表现是最最高尚的，经受了考验，变得更加高尚了。至于戈文太太，她当然透过她自己那块破旧的帘幕看得一清二楚的，她也明白，莫多尔太太透过这块帘幕也看得一清二楚的，她当初是一个心眼反对这桩婚事，现在却变了一个面孔应允了，然而，应允是应允了，她却是表现得非常自得、非常庄重的。

两人的磋商是下午四五点钟的时候进行的，当时坎汶迪希广场哈莱大街那一带已是车声辘辘、马蹄声四起了。磋商一直进行到莫多尔先生回家来，他每天忙碌，要让大不列颠的声名在文明世界的各地越来越受人敬重，能够重视全球性的商务交往，并使技术与资本高度结合。因为，尽管人们即便是瞎猜猜也说不上莫多尔先生到底在忙些什么，只知道他是在发大财，然而，每逢礼节性的场合，人们说起莫多尔先生的忙碌来，一个个都用的是上面那几句话，不问一个究竟便接受那样一些说法，那是对骆驼与针眼①比喻的结论性的最新解释，而且非常有礼貌。

就一个把这件宏伟工作作为己任的绅士而言，莫多尔先生显得有些粗俗，倒很像在处理庞杂的业务时，他与哪一个下等人在偶然中调换了一颗脑袋。他在自己的宅第里心情忧郁地闲步，心中倒也没有什么明白的意图，只是想借此避开那个总管家，而正是在这个时候，他无意中来到这两位太太的面前。

“请原谅，”他说道，同时心慌意乱地突然止了步；“我不知道这儿有人，还以为只是一只鹦哥。”

尽管如此，既然莫多尔太太说了“你就进来吧！”而戈文太太也说她要走了，并且已经站起来准备告辞，他也便进去了，站在离她们远远的一个窗口，望着窗外，被外套袖口弄得很不自在的两手交叉在面前，手腕紧抓着，仿佛他自己逮住了自己。他做出了这个姿势之后就立即又陷入了沉思，只是在他的夫人躺在长榻上喊他的时候，他才从沉思中振作起来，那时候戈文太太离开大约已经有一刻钟了，室内只有他们两个人。

---

① 《圣经·马太福音》第十九章第二十四节上说：“富人要进入上帝之国，比要叫骆驼穿过针眼还难。”

“唔？说什么？”莫多尔先生转身朝她说道。“怎么啦？”

“怎么啦？”莫多尔太太重复了一句。“我看你好像是我的苦衷一句也没听见。”

“你的苦衷，莫多尔太太？”莫多尔先生说道。“我不知道你心里头也有苦衷。抱怨什么呢？”

“抱怨你，”莫多尔太太说道。

“哦！抱怨我，”莫多尔先生说道。“是怎么——我怎么——我有什么不是你要抱怨我，莫多尔太太？”

他以这种步步退却、心神不定、若有所思的态度，费了很长时间才问出这一句话来。他说完这句话，朝那鹦哥伸出食指来指着，那仿佛是一个模糊的表示，说明他认为自己是这宅第中的主人。那只鹦哥立即伸出尖嘴啄了他一下，算是表达了它对这个问题的见解。

“你刚才说，莫多尔太太，”莫多尔先生说道，并将被鹦鹉啄痛的手指塞到嘴里，“你是抱怨我？”

“抱怨，要把这个抱怨是正正当当的道理说得更加明明白白，我也只有把它再重新说一遍了，”莫多尔太太说道。“我还不如对这一堵板壁说去。还不如对鹦哥说去好得多呢。它起码还会叫一声呢。”

“我看，莫多尔太太，你总不会要我也叫吧，”莫多尔先生一边说一边坐下来。

“我是不知道，”莫多尔太太回了一句，“不过，你这么愁眉苦脸、心神不定的，倒不如也像鹦哥那样叫几声的好。但人家至少知道，周围发生什么事情，你总是晓得的。”

“一个人叫是可以叫几声的，但叫管叫，他周围到底有了什么事情还是不知道，莫多尔太太，”莫多尔先生忧郁地说道。

“也可以像你现在这个样子，顽固不化的，一声也不叫，”莫多尔太太接话道。“那倒是真的。你要是想明白我对你的抱怨，告诉你吧，说出来是许多简简单单的话，那就是你要是不会跟上流社会打成一片，那你真不该挤到上流社会里去。”

莫多尔先生两手抓住头上那几根仅有的头发，拼命地拉，这样，在他从椅子上跳将起来时，似乎是抓住头发把自己提起来的。他一面跳起来，一面大声道：

“哼，我倒要问问，莫多尔太太，谁像我这样为上流社会尽力效劳？你没看见这些房屋，莫多尔太太？你没看见这些摆设，莫多尔太太？你没照照镜子、瞧瞧你自己，莫多尔太太？你知道所有这一切的代价吗？所有这一切又是为了谁，你知道吗？难道你还要对我说，不该挤进上流社会吗？要我不该如此？我流水一般地花钱，我几乎可以说——是——是把自己捆到一辆撒钱的车子上，这辈子就是这样天天撒钱，跑到哪里钱就撒到哪里，撒遍了上流社会，现在倒要我不该进入上流社会？”

“请你别光火，莫多尔先生，”莫多尔太太说道。

“光火？”莫多尔先生说道。“光你就够让我恼火的了。我为了要跟上流社会打成一片，做了这么多事，你连半点儿也不知道。我为上流社会作出的牺牲，你什么也不知道。”

“我知道，”莫多尔太太接话道，“你见的人都是这块土地上的佼佼者。我知道你在这个国家整个上流社会中间进出。我还认为我知道（其实，对此我不必可笑地装模作样，我知道我是知道的）是谁在支持着你这么干，莫多尔先生。”

“莫多尔太太，”这位绅士说道，一面擦着自己那张暗红、暗黄的脸。“我这些都知道，不比你差。假如你不是个给上流社会增添光彩的人，假如我不是上流社会的施主，你跟我就不会呆在一起了。我说的上流社会的施主，那是指给上流社会提供吃、喝、玩等种种昂贵东西的人。可是，现在反倒说我不配呆在上流社会里，尽管我给上流社会尽了这么多力——为他们尽了这么多力，反说我不配，”莫多尔先生重复了一句，说得那样声嘶力竭，使得他的夫人把眼皮也抬起来了，“尽了这么多力——这么多！——现在反倒说我连呆在上流社会里的权利都没有，这倒是个了不起的报答。”

“我是说，”莫多尔太太镇定自若地说道，“你应该让自己的态度多一点 *dégagé*①，少一点出神的样子，从而适应上流社会。照你现在这个样子，你走到哪里都老是想着自己的公务，那种样子明明白白地是俗里俗气的。”

“我怎么老想着公务，莫多尔太太？”莫多尔先生问道。

“你怎么老想着公务？”莫多尔太太说道。“你自己照照镜子去。”

莫多尔先生的眼睛无意中朝离他最近的那面镜子望去，他那翻腾的血慢慢地涌上了太阳穴，问道，是不是要请个人来查一查他的消化力？

“你有医生，”莫多尔太太说道。

“他对我没什么作用，”莫多尔先生说道。

莫多尔太太这时把话扯开了。

“还有一点，”她说道，“消化力不消化力没有什么好说的。我说的不是你的消化力。我说的是态度。”

“莫多尔太太，”她的丈夫接话道，“说到态度，那得求你了。你管态度，我管钱。”

“我也不是要你，”莫多尔太太说道，自自在在地躺在长榻上，“把人家迷住。我不是要你把这件事当作了不得的事去对付，也不要你装出迷人的样子。我只要你什么也不要发愁——或者表面上什么也不愁——就跟别人一样，什么心事也没有。”

---

① 法语，意即“洒脱”。

“我说过我在愁什么啦？”莫多尔先生问道。

“说过？没说过！你要是说了，那谁也不会来找你啦。可是你脸上看得出。”

“看出什么？我怎么让人看出了？”莫多尔先生急忙追问道。

“我已经跟你说过了。你脸上让人看出你到了哪里都操着公务的心思，想着你的计划打算，却没把它们留在城里，留在别的办公务的地方，”莫多尔太太说道。“也没装出是这个样子。装一装就行了：我也不要求别的。反过来说，要是你做了个木匠，你就不会有多大心思去琢磨你一天里的计算呀，组合呀，你还会是你平时习惯的那个老样子，不会去多想了。”

“一个木匠！”莫多尔先生重复了一句，抑制住了一口气，像是一声呻吟。“做个木匠我看倒也没什么不好，莫多尔太太。”

“我的抱怨是，”太太接着说道，没有去理睬他的低声咕哝，“那种做法不是上流社会的风气，你那种态度是该改一改的，莫多尔先生。要是你不相信我的看法，你还可以去问问爱德蒙·斯巴克勒。”房间的门这时已经被推开了，莫多尔太太此时拿起眼镜打量她儿子探进来的脑袋。“爱德蒙；你进里边来，叫你呢。”

斯巴克勒先生只不过是探进脑袋来，向房间里四下张望，没有进屋(仿佛他是朝屋子里四下张望，寻找那个不傻乎乎的小姐)，他一听这句话，身体也跟着脑袋进了房间，站到了他们俩的面前。莫多尔太太用几句适应他的智力的简单的话，向他说明了她与莫多尔先生在谈的问题。

这个年轻人在他的衬衣领子上焦灼不安地摸索着，仿佛这领子便是他的脉搏，而且他又有疑病症，这样摸了一阵之后，他说道：他听到小伙子们说起过这个话。

“爱德蒙·斯巴克勒听说过这个话了，”莫多尔太太说，并表现出不死不活的得意。“哼，毫无疑问大家都听说过这个话了！”其实，她这句话也不是什么毫无道理的推测；因为随便是到了哪里，随便与哪些人相比，倘若要说对面前出现的人与事会留下一点印象的，那最麻木的也许要数斯巴克勒先生了。

“我看哪，叫爱德蒙·斯巴克勒告诉你吧，”莫多尔太太说道，一面把她那只最得意的手朝她丈夫一挥，“他是怎么听人家说的。”

“我也说不上，”斯巴克勒先生又像刚才一样按脉搏似的，摸了摸他的领子，说道，“我也说不上这事是怎么引起的——因为我老记不住事情。不过呢，我是跟那个好看得不得了的姑娘的哥哥在一块儿——也很有教养——她也不是傻乎乎的——是在那个时候，跟——”

“行了！就别说那个妹妹了，”莫多尔太太说道，颇有点儿不耐烦了。“哥哥说什么了？”

“什么也没说，太太，”斯巴克勒先生说道。“跟我一样的人，话不多。跟我一样，说不出话来的。”

“有人说过话的，”莫多尔太太接话道。“谁说了别管他。”

（“我告诉你是一点也记不得了，”斯巴克勒先生说道。）

“那就告诉我，他们说什么了。”

斯巴克勒先生又按了一下他的脉搏，心里经过了一番认认真真的思索之后才回答道：

“小伙子们说起我的老头子——这不是我的话——有一两回拼命夸我的老头子，说他钱多得不得了，知道——是个大买主，钱庄大老板，还说——可又说他老把公务挂在心上。他们说他走到哪里就把公务带到那里，就背在他自己背上，活像——活像做服装生意的犹太人，做着大买卖。”

“这正是，”莫多尔太太说道，一面从长榻上起身，一身飘拂的衣裙，“我的苦衷。爱德蒙，挽着我上楼去。”

室内只有莫多尔先生一个人了，他在思索如何使自己更好地适应上流社会的风气。他从九扇窗一扇挨着一扇地望出去，见到的九处似乎都是茫茫的一片。这样凝视了一阵之后，他走下楼去，到了底楼，两眼只盯着那里的所有地毯；然后又回到楼上，两眼只盯着二楼所有那些地毯；仿佛这些地毯是阴沉沉的深渊，与他那受压抑的心灵是毫无二致。他与平时一样，又毫无目的地走过所有的房间，就像一个与这些房间无一丝一毫联系的人。纵然莫多尔太太竭尽全力宣告，她一个时期里有许许多多个晚上在家会见客人，然而她的宣告莫多尔先生从不在家会见客人，却无法比莫多尔先生自己宣告的更加广泛、更加明白无误。

最后他遇见了那总管家，一看见这位仪表堂堂的仆人，莫多尔先生便哑口无言了。这位大人物使他黯然失色，他悄悄地溜进了更衣间，在那里一直呆到外出赴宴。他与莫多尔太太一块儿乘上了她自己的那辆漂亮的四轮马车，前去赴宴。在酒宴上，财长大人、法官大人、主教大人，一个个羡慕他，吹捧他，说他是个势力巨大的人，真是竭尽了吹捧之能事；午夜后又过了一个钟头，他单独一人回家了，并立即由那总管家接下马车，送进他自己的府第，他就像一个无足轻重的人，喟然叹息着上了床。

第三十四章

一长串巴纳克尔家族成员

亨利·戈文先生与那只狗，早已是那处乡间宅第的常客，现在，结婚的日子也已经择定。届时将汇集巴纳克尔家族的成员；目的是让这个非常高贵、非常庞大的家族成员的光临能给这桩婚事增添光彩，只要如此黯淡无光的一桩婚事能吸收多少光彩，他们的光临便能给予多少光彩。

出于两个理由，要让巴纳克尔家族的全部成员都汇集在一起是不可能办到的。其一，因为哪所房子都容纳不了这个显赫的家族的全部成员及其亲属。其二，因为凡是太阳或月亮照得到的地方，只要有一方码大不列颠占有的地面，并设有公职的，那个公职便是一个巴纳克尔家族的成员担任的。只要哪一个无畏的航海家在地球任何一个地点插上一杆旗子，以大不列颠的名义占有了它，这一发现立即便会被获知，拖拖拉拉部立即便会派出一名巴纳克尔家族的成员，送出一个公文递送箱。于是，巴纳克尔家族遍布全世界，四面八方都有——向东南西北各处送出公文递送箱。

但是，虽说普罗斯佩罗[①]本人的如此灵验的魔咒也无能为力，没法将每一片海洋与每一块陆地上的巴纳克尔家族的成员(他们在那里终日无所事事——除了捣乱——尽日肥私囊)都召回国内，不过，要汇集一长串巴纳克尔家族成员倒还是完全行得通的。这件事，戈文太太是亲自操办了；她还为了在名单上加上新的名字而经常来找弥格尔斯先生，并在这位先生有空(这段时间他一般总是没空的)，不在为审阅、偿付他未来女婿的债务而坐在他那间存放天平与勺子的房间里忙碌的时候，与他坐下来商谈。

对弥格尔斯先生来说，有一位在婚礼上要邀请的客人的是否到场，与盼望巴纳克尔家族最高贵的人的光临相比，要使他感到一种更亲近的兴趣与关切；尽管弥格尔斯先生对于如此高贵的客人的光临会给他带来的荣耀绝非茫然无知。这位客人便是克莱南。然而，克莱南在那个夏天黄昏在林间小道中许过他视为神圣的诺言，并且，由于他心地豪爽，他认为既然已经许下诺言，便应承担许多不言而喻的义务。在任何时候，他都应该将自己置之度外，对她则给予得体的帮助，决不食言；作为第一步，他高高兴兴地回答弥格尔斯先生说："我当然要来的。"

他的合股人，丹尼尔·多伊斯，倒颇像弥格尔斯先生面前的一块绊脚石，使这位可尊敬的先生感到为难，他焦灼不安的心头总还是把握不定，丹尼尔与那些巴纳克尔官僚坐到一块之后，是否一定不会造成爆炸性的局面，即便是在婚礼早餐会上。然而，那社会罪犯到特威肯翰来了，他对弥格尔斯先生说，他作为老朋友不必拘礼，也是为了给他以方便，请求弥格尔斯先生就不要邀请他了。这么一来，弥格尔斯先生焦灼不安的心放下了。"因为，"丹尼尔说道，"就我与他们的关系而言，我对他们是履行公职，为公众服务，他们对我是采取挫伤我的心灵的手段，阻止我这样做，既然如此，我看我与他们还是不要装作观点一致的样子，坐到一块儿来吃喝了。"弥格尔斯先生觉得他那朋友的古怪脾气很有趣；他说道："好说，好说，丹，你要胡思乱想就去想吧。"对丹尼尔表现出施恩态度，他的宽容与平常相比更加

① 莎士比亚《暴风雨》中被废黜的米兰大公，他用魔咒重新获得了他与女儿米兰达所丧失的地位与财富。

表现出保护人的神情。

待到有了机会与亨利·戈文先生谈心的时候，克莱南曾通过所有文雅而谦逊的方式向亨利·戈文先生表示，他坦率而无私地希望与亨利·戈文先生友好相处，只要他的友谊能被接受。戈文先生这一面也依旧是往常那样的无拘束，依旧表现出往常那样的信任，然而，这信任也说不上是什么信任。

“你看，克莱南，”有一天，离婚礼还有一个星期，他们在那处乡间宅第附近散步，戈文先生在谈话中偶然说道。“我是个落得一场空的人。这个嘛，你已经知道了。”

“说句实话，”克莱南颇有点困窘地说道，“我一点也不知道是怎么回事。”

“哎，”戈文接话道。“有这么一个朋党，或者说是一个集团，或者说是一个家族，或者说是一个宗派，你怎么叫都行，我是其中的一员，他们要供给我，办法多得很，他们都行，可到头来是一场空，他们一点也不想给。现在好了，成了个可怜见儿的画家。”

克莱南刚说出“可是反过来说——”戈文便打断了他的话。

“不错，不错，我知道。我非常幸运，有这么一位美丽、迷人的姑娘爱着我，我也是一心一意爱着她的。”

（“这有什么好说的？”克莱南心里想道。他这样想的时候自己又觉得羞愧了。）

“又找了这么个岳父，是个大好人，很大方的老头。不过，话得说回来，我这一点希望稀里糊涂被他们打破了以后，我幼稚的脑袋里又稀里糊涂地产生了别的出人头地的念头，我稀里糊涂地不再抱那一点希望了以后，我就抱着那些念头进了寄宿中学，可如今呢，什么出人头地的可能都没有了，所以我是个落了个一场空的人。”

克莱南心里在想(这么想的时候，他又觉得羞愧了)，在生活中落了个一场空的思想，是不是说明他在标榜自己的身份地位，是不是这位新郎在他的追求中已经有害无益地作了标榜之后，现在又把标榜地位作为他的财产带进了这个家庭？抑或这是一件充满希望、前途广阔之事？

“不能说是伤心地落了一场空吧，我想，”他想了一会之后这样说道。

“咄，哪能呢；不能说是伤心，”戈文哈哈笑道。“我们那个家族的人，我真不会伤心给他们看呢——尽管他们都是很好的人，我对他们很有感情。再说，让他们看看，我没有他们也行，他们一个个都可以去见魔鬼，这倒也是件有意思的事情。还有，大多数人在生活中都落了个一场空，多多少少都是这样，遭了失望的打击。不过这是个很可爱的世界，我喜欢它！”

“现在你面前是一片美景，”亚瑟说道。

“跟这条夏日的河川一样美，”戈文热情奔放地说道，“呵，我真羡慕这条河，我真想跳下去跟它赛一场。这是古老世界最美的地方！还有我的职业！这是最高尚的古老职业，对不对？”

“我看，你是兴致勃勃、富有抱负，”克莱南说道。

“还有欺诈，”戈文接着补充说道，哈哈地笑着。“我们不会忘记还有欺诈。我希望我不会被欺诈压倒；可是我是个希望落了空的人，这弱点怕是要暴露出来的。我说不定没本事严肃地顶住它的。说句心里话，我觉得有点危险，怕是被逼得没法子，会办不到的。”

“办不到什么？”克莱南问道。

“不松劲。挨到我的时候，也像前面那个人一样，吸上一口水烟，然后把水烟壶往下传。[①]劳作，读书，忍耐，投身于绘画，多少

---

① 指沉溺于社会合作的虚像。

个时日闭门作画，放弃享乐而潜心作画，在作画中度日，如此等等，都要保持虚假的外表——总而言之，按照规则，把水烟壶往下传。”

“但是，一个人看重自己的职业，不管是什么职业，觉得自己决心维护这个职业，并且为这一职业赢得应有的尊重，这些总是好事情；是不是这样？”亚瑟分析道。“你的职业嘛，戈文，倒真需要你去这样追求，去献身的。坦白地说，我觉得论道理，所有的艺术都应该如此。”

“你真是个大好人哪，克莱南！”戈文大声道，并停顿下来注视着他，仿佛怀着无法抑制的钦佩。“你是多好的人哪！你从来没有失望过。那是一眼就看得出的。”

倘若戈文是有意说这个话的，那是太冷酷无情了，所以克莱南心里坚信不疑，戈文不会是有意说的。戈文却没有停下来，他把一只手搭在克莱南的肩上，笑容满面、轻松愉快地接着说道：

“克莱南，我真不愿驱散你描绘的艳丽美景，只要能生活在这样的玫瑰色迷蒙中，我给多少钱都行(假如我有钱)。可是，干我这一行，干多少都是为了出卖。我们大伙儿做什么都为了要出卖。假如我们不是为了卖价尽可能高地出卖，那么我们就不应该去干了。既然是活儿，就得干；不过干起来是够容易的了。除此之外，什么都是骗人的。这个嘛，就是你认识一个希望落了空的人的一大收获，或者说是一大损失。你听到了真相。”

不管克莱南听到了什么，也不管是称得上真相还是别的什么，这句话深深地印在了他的脑子里。岂但是印在脑子里，而是如此牢固地扎了根，他真觉得有些担心起来，亨利·戈文对他将永远是个麻烦，而且至此为止，他并没有因某某人及其毫无定见、焦躁不安与矛盾心理的消逝而得到一点益处，或者说他一点益处也没有得到。他发现，他心中的斗争仍然经常在进行，他答应非要让戈文在弥格尔斯先生心目中留有彬彬有礼的举止态度不可，但他又不得不看到戈文的举止态度毫无彬彬有礼之处，这便是他内心中的二者之间的斗争。而且，他扪心自问，自己从未吹毛求疵，挑剔戈文的这些毛病，这些毛病他本也不愿意看到，没有发现这些毛病倒也是他的一大安慰，然而他却无法借此理直气壮地凭着良心去排除他心头的疑虑，生怕他歪曲、丑化了戈文的形象。因为，他总忘不了过去发生的事情；他心里明白，他过去曾经讨厌戈文，至于讨厌戈文的理由，也无非是因为他碍了自己的事。

由于有这些思虑的困扰，他现在已经在盼着他们的婚礼早些操办，盼着戈文与他那年轻妻子早日离开，盼着早日由他自己来履行诺言，完成自己承担下来的慷慨大度的使命。婚礼前的这最后一个星期，的确是全家上上下下每一个人坐卧不安的日子。无论是在宝宝面前，还是在戈文面前，弥格尔斯先生总是喜气洋洋的；然而，克莱南已经不止一次地发现弥格尔斯先生一个人呆坐着，模模糊糊地看着面前的天平与勺子，并且还经常看见他在花园或别处，在那一对恋人不注意的时候，在他们俩背后凝视，与昔日一样的阴沉沉的脸，戈文就像一抹阴影，投在他的脸上。在为大喜日子的到来而布置房间时，许多让人记忆起父亲、母亲、女儿过去一起外出旅行的小纪念品是免不了要搬动、打乱的，这些小纪念品也便从这个人传到另一个人；有时候，他们正在端详他们过去一起度过的日子的这些无声见证物时，即便宝宝自己也常常禁不住感到伤心而抽泣起来。弥格尔斯太太嘛，在做母亲的人当中，要数她最无忧无虑、最忙忙碌碌的了，她一面忙碌一面哼着歌，逗得大家都高高兴兴的；然而她，这个心地善良的人呢，也常躲到贮藏室里，一个人哭得眼圈都红了，哭完了出来，把哭红眼睛说成是腌洋葱与胡椒害的，说罢又唱起歌来，唱得比先前更加清晰。梯吉特太太由于在布肯《家庭医学》一书中找不到治疗受伤的心灵的方子，情绪非常不好，而且常常回想起米妮幼儿时候的动人情景，因此常见她闷闷不乐。倘若是米妮儿时的情景使她激动不安的时候，她一般总是悄悄地捎去一个口信，说她身上穿那样的衣裙不便到客厅里出入，她请求能在厨房里一睹“她的孩子”的芳容；她的孩子来到厨房，她便不住地在她脸颊上亲吻，一迭连声心肝宝贝儿地叫唤，一个劲地搂着她，不住地擦着泪水，不停地说着恭喜的话，也顾不得砧板、擀面杖、馅饼皮子之类的东西，只是竭尽全家喜欢的老仆人之亲热，这亲热也的的确确是亲热。

然而，要到来的日子都一个个来到了；大喜日子是择定了的，这日子也终于到了；随着大喜日子的到来，应邀赴宴的巴纳克尔家族的成员，也都到了。

来的巴纳克尔家族成员中，有家住格罗符诺广场马房街的拖拖拉拉部泰特·巴纳克尔先生，携同其衣裙奢华的夫人泰特·巴纳克尔太太(娘家姓斯蒂尔特斯托金)，即那个将季度清账日拖得那么长的人。一行人中还有三位衣裙奢华的泰特·巴纳克尔小姐，瞧她们的样子是那样地多才多艺，仿佛随时都能引发，然而她们并不尽如人意，一触即发，随着一道闪光发出一声钝响，而是发火缓慢，异常迟钝。还有一位是小巴纳克尔，他也是拖拖拉拉部的，人们总觉得这个国家的船舶吨位税是处在他的保护之下的；他把船舶吨位税丢到了一边，说句老实话，他丢下工作来赴宴丝毫也不会损害这种保护的效率。还有一位是非常可爱的巴纳克尔家族的年轻人，他身上继承了巴纳克尔家族的富有生气的一面，也是在拖拖拉拉部里供职的，他高高兴兴、愉愉快快地协助操办这桩喜事，用他那有声有色的方式，将这件喜事当作是“如何不了了之”在教会方面的官方形式与所有权之一来操办。巴纳克尔家族的年轻人还有三位，来自三个政府部门，所有感官的反应都是无味二字，调料实在放得太少了，他们光临婚礼仪式，宛如他们

“光临”尼罗河、罗马古城、新歌手演唱会或耶路撒冷。

不过，大家伙还在后头。台西默斯·泰特·巴纳克尔勋爵也亲自驾到，他享有拖拖拉拉部的名气[①]——浑身散发出公文递送箱特有的气味。不错，台西默斯·泰特·巴纳克尔勋爵光临了。他是凭借一个义愤填膺的意见，进入官场上层的，这个意见即，尊敬的先生们，我要坚信一条，对于这个自由国家的大臣来说，他应该去限制其国民的慈善事业，阻止他们的施舍之举，束缚他们的热心公益之精神，压抑他们的奋发创业之精神，控制他们的自立自强之精神。换言之，那意见即是说这位伟大的政治家要永远坚信一条，对于这条航船的舵手来说，他绝不可能在岸上假公济私，肥私囊，发横财；一船水手只要拼命使劲，没有他也不会让船沉没。因了这一崇高的发现，因了“不了了之”这一大诡计，台西默斯勋爵长期维持了巴纳克尔家族的最高荣誉；让上下两院任何一名鲁莽的议员就如何办事去作一回尝试吧，例如提出一项议案去保证如何办事，只要台西默斯·泰特·巴纳克尔勋爵在他的席位上起立，在拖拖拉拉部的欢呼声中表现出义愤填膺的严肃神情，庄严地宣告：尊敬的先生们，我要坚信一条，对于这个自由国家的一名大臣来说，他应该去限制其国民的慈善事业，阻止他们的施舍之举，束缚他们的热心公益之精神，压抑他们的奋发创业之精神，控制他们的自立自强之精神；这时，这项议案实际上便已名存实亡、彻底埋葬了。发现了这架责任机器，便是发现了政治永动机。尽管这架机器在所有政府部门周而复始不停地运转，但它绝不会损坏。

威廉·巴纳克尔也与他这位高贵的朋友兼亲戚台西默斯勋爵一起

---

① 暗指帕默斯顿勋爵（1784—1865），讥讽他身体、精神、道德上的衰败。此人曾任英国外交大臣（1830—1834，1835—1841，1846—1851）、首相（1855—1858，1859—1865），在其任内两次发动侵略中国的鸦片战争，镇压太平天国革命。

光临了。他与都铎·斯蒂尔特斯托金结成了名闻百世的联盟，他随时都可拿出自己的如何不了了之的独特秘方来；有时他请议院议长直接来不了了之，说道："先生，首先，请求您向议院说明，关于那位尊敬的先生要迫使我们走这条道路，我们过去有过什么样的先例。"有时他要求那位尊敬的先生就这方面的先例提出他自己的高见；有时他对那位尊敬的先生说，他(威廉·巴纳克尔)要查一查这方面的先例；而经常发生的情形是，他当场便给予那位尊敬的先生一记闷棍，指出那是毫无先例的。然而，不管采取什么方式，"先例"与"迫使"在任何情况下，都是这位能干的拖拖拉拉主义者两匹配合默契的战马。尽管那可怜的尊敬的先生二十五年来一直徒劳地试图迫使威廉·巴纳克尔走这条道路——然而威廉·巴纳克尔仍旧向议院，同时(转了一二道手)向全民提出质疑，他是否要被迫走这条道路。尽管叫那位可怜的尊敬的先生列举走这条道路的先例，是与事情的本质与事态的发展格格不入的——然而威廉·巴纳克尔遭了那样的嘲笑仍旧会感谢那尊敬的先生，会与他就那个问题短兵相接，会当面一口咬定，走这条道路是毫无先例的。也许人们是会提出异议，威廉·巴纳克尔的意见并非高明的意见，否则天下受了他的高见蒙骗的这块土地也不会被创造出来，即便草率之中铸成大错创造了这块土地，也会是一片混乱。可是，"先例"与"迫使"双管齐下，吓得多数人什么异议也不敢提了。

光临婚宴的还有一个巴纳克尔家族的人，那人非常活跃，接二连三、极为迅速地跳过了二十个官位，而且常常是一身而二三任，他是深受器重的诡计发明者，他的那个诡计在巴纳克尔家族执政的各届政府中应用，取得了巨大成功，为人们所推崇。这个诡计即，在议会上向他提出某一方面的一个问题时，他就给你一个关于另一个方面的问题的答复。这个诡计作用非常巨大，他也因此而在拖拖拉拉部中享有崇高的威望。

到场的还有几个在议会中不很有名的巴纳克尔家族成员，他们尚未得到什么实惠，还处于证实他们是否称职的试用期内。这些巴纳克尔家族的人靠在楼梯上，或者躲在过道上，等候吩咐是在议会里补员，还是不补员；他们的洗耳恭听，他们的唯唯诺诺，他们的欢呼雀跃，他们的慷慨激昂，无不听从这个家族的家长们的旨意；他们假装在纸上写下对于别人动议的意见，他们迟迟不拿出不愉快的议题，或者推迟到深夜，或者推迟到会议将要结束的时候，然后怀着纯洁的爱国之心惊呼时间太晚了；每当受了派遣，他们便深入民间，并庄严宣告，台西默斯勋爵使贸易从昏迷中苏醒了，使商业从昏厥中振兴了，他使谷物产量翻了一番，他使干草收成增长了四倍，他还防止了大量黄金流出英格兰银行。此外，巴纳克尔家族的这些人都是由这个家族的家长们派来的，就像扔出没有人头的一张张小牌一样，让他们出席公开集会，出席午餐会；到了这些会上，他们就替高贵而尊敬的亲戚们说话，替他们的种种业绩作证，凡举杯祝酒，总是吹捧巴纳克尔家族的人。他们根据同样的旨意，还会在大小选举中候选；只要在极短的时间里通知一声，不管条件如何没有道理，他们都会把自己的座位让出来，让别的人来坐下；他们替人打杂，他们巴结讨好，他们假公济私，他们营私舞弊，他们遭了侮辱依旧一声不响，他们办起公事来倒是不知疲倦。在整个拖拖拉拉部里，凡是登记半个世纪中有可能会出现空缺的职务名单中，上至财政大臣，下至驻中国的领事，再往上到印度总督，每一张名单上，无不写着这些求官心切、紧追不舍的巴纳克尔家族成员一些人，或者每一个人的名字。

光临婚礼的巴纳克尔家族各类成员必然只是少数几个，因为来的人总共四十个也不到，从不计其数的巴纳克尔家族成员中分出来的人能有多少！然而，分出来的尽管是少数，到了特威肯翰乡间宅第，却成了一大群，把房子都挤满了。一个巴纳克尔家族成员(在一个巴纳克尔家族成员协助下)，为这对新人主持了婚礼，而亲自引弥格尔斯太太入席用早餐，则是台西默斯·泰特·巴纳克尔勋爵理所应当的事了。

宴请按常理该是非常热闹的，但实际并不那样尽如人意，那样自然。弥格尔斯先生见来了这么多高贵的客人，尽管心里非常感激，但他被他们冷落了，所以他的态度大不如往常。戈文太太是正常的，可是这也无济于事，帮不了弥格尔斯先生的忙。反对这桩婚事的不是弥格尔斯先生，障碍在于巴纳克尔家族的高贵，后来巴纳克尔家族的高贵作了让步，现在双方令人宽慰地取得一致意见。婚礼始终沉浸在上述那种假设造成的气氛中，尽管谁也没有说出口来。巴纳克尔家族的人，他们感到，就他们而言，因他们的光临而光彩大增的眼前这桩喜事办完之后，他们也便与弥格尔斯夫妇毫不相干了；对弥格尔斯夫妇来说，他们也有同样的感觉。至于戈文嘛，他对这个家族有着满腹怨言，倘要说他抱有什么仁慈的目的同意他母亲请这些人来，那么他或许也同样有意要叫他们心中烦恼烦恼的。他作为一个落得个一场空的人，在维护自己的权利的同时，在他们面前公然宣扬了他的绘画与他的贫困，他对他们说，他希望终将为他妻子挣得面包与干酪，并请他们当中那些人(比他本人走运)在得到了什么好看的东西，买了一幅画的时候，一定要记着穷画家。台西默斯勋爵嘛，他在议会宝座上是个神奇的人，到了这个地方却原来是一个满嘴空话的人：他用一连串的陈词滥调祝愿新娘与新郎幸福，这些话连他的忠实门徒们听了都会毛骨悚然：他似乎将令人眼花缭乱的语言迷宫错当作了宽阔的大道，像一头笨拙的大象，洋洋自得地大摇大摆，从不曾想到要走出这迷宫。那个泰特·巴纳克尔先生不能不感到在座的有一个人，此人差一点打扰了他一辈子坐着让托玛斯·劳伦斯爵士画一幅完全是官方身份的肖像的好事，只要有可能进行这种打扰的话：而那个小巴纳克尔这时倒真的非常气愤地对他的亲戚即另外两个极其无味的年轻人说，这儿有一个人，听我说，就是他闯到我们部里，预先也没约好，说他想了解一下，你知道；他还对那两个人说，你听我说，要是这个人他现在准备闹一闹，他会的，你知道（因为你简直没法搞清，这么个没有教养的激进分子肚子里在搞什么鬼），并且准备对我们说，你听我说，他现在就想了解一下，你知道，那才有趣呢；你们说对不？

那个日子里最愉快的时刻，对于克莱南来说，正是最痛苦的时刻。弥格尔斯夫妇俩最后来到宝宝的身边，在那间挂着两幅画像的房间里（那里没有客人坐着），准备一起陪伴着她到门口——她再一次跨进门来就不会是昔日的宝宝，没有了昔日的欢快了，这个时候三个人的自然与淳朴，那是天底下什么也无法比拟的。连戈文也感动了，他听见弥格尔斯先生说："哦，戈文，你要照顾好她，你要照顾好她！"便非常恳挚地回答道："您别太伤心了，先生。我发誓一定好好照顾她！"

于是，宝宝带着最后几声哭泣，说着最后几句亲热的话，向克莱南投去最后一眼，表示了对他允诺的充分信任，然后坐进了马车，她的丈夫向车窗外挥着手，他们出发，登上了去多佛的旅程。不过，就在他们要启程的时候，那忠诚的梯吉特太太，一身丝晨衣，一头漆黑的鬈发，蓦地从她躲的地方冲出来，拎起她自己的两只鞋子，就朝马车直扔过来；①当时那些高贵的客人都靠在窗口，见了这突如其来的情景，感到无比惊讶，一个个都目瞪口呆了。

由于上述客人此刻也已经无须作陪，而且巴纳克尔家族的几位重要成员又是急急匆匆的（因为他们当时刚好派出一二只邮船，倘若不

---

① 那是预祝宝宝好运，讨个吉利。

叫它们在大海上像荷兰水手[1]那样漂泊，那邮船就有径直开往目的港的危险，他们还要作出准备让许许多多重大事务停顿下来的烦琐安排，否则就会有立即办完的危险[2])，因此，他们都各自离去了；临行前他们和蔼可亲地把那无处不流露的自信传达给了弥格尔斯夫妇俩，即凡是他们到这里来所做的一切，都是要为弥格尔斯夫妇俩作出牺牲之故而做的，他们对这个最不幸的人放下官架子来的时候，总是向约翰牛先生[3]传达这样的自信的。

这座房子留下了一个悲伤的空白，那父亲、母亲以及克莱南的心中，也留下了一个悲伤的空白。弥格尔斯先生只求助于一个回忆，这一个回忆的确对他很有益处。

“回想回想，毕竟也是叫人高兴的事，亚瑟，”他说道。

“回想过去？”克莱南说道。

“嗯——不过我是说来的客人。”

当初，那些客人的到来，使他变得地位非常低下，心情非常不愉快，然而现在，那些客人的光临倒真对他大有裨益。“真叫人高兴，”他说道，那天夜里他老是重复这句话。“这么多高贵的客人！”

---

① 传说中注定要在大海上漂泊一直到世界末日的荷兰水手。

② 拖拖拉拉部的宗旨是如何不了了之，绝非如何去办事。

③ 约翰牛(John Bull)即典型的英国人。

第三十五章

在小杜丽的手背上看潘克斯先生后面是什么

就在这个时候，潘克斯先生为了履行他与克莱南之间签下的协定，向克莱南透露了他那吉卜赛故事的始末，并给克莱南算了小杜丽的命。小杜丽的父亲是一笔大产业的当然继承人，这笔产业一直被埋没，也没有人来提出要求，而且逐年增大。他的继承权现在已十分明确，也没有什么纠纷产生，马夏尔西狱一道道门洞开了，马夏尔西狱的大墙塌了，他只需拿起笔来画上几下，便是一个富翁了。

潘克斯先生在追查这笔产业全部收入的所有权时，始终表现出任何事物都不能迷惑的睿智，表现出任何事物都不能困扰的耐心与缜密。“那天晚上我跟你一块儿过史密斯广场时，同你说了我是个什么样的收租人，”潘克斯说道，“那个时候，先生，我一点也没有想到我收租会收出这种事儿来。我同你说过，你不是康沃尔郡的那个克莱南家族的人，那个时候，先生，我一点也没有想到，今天我竟会告诉你谁是多塞特郡的杜丽家族的人。”然后他详细地说出事情的始末。他在小本子上记下了那个姓氏，起初也只是觉得这姓氏奇怪。他以前也经常遇见完全相同的两个姓氏，甚至就在同一个地方，却相互之间毫无血缘上的关系，无论是近是远，所以，他见了杜丽这个姓氏，起初也并没有多大留意；只不过心里老是琢磨，倘若那个瘦小的缝纫女工知道了有一笔巨大的财产她自己也可以沾上一点儿光，那么，她的生活状况会发生多么惊人的变化。他当时有了这个想法之后，心里一直老想着这件事，因为他发现这个默默无语的小缝纫女工身上有非常不寻常的气质，这种不寻常的东西使他感到舒服，也引起了他的好奇。他便在黑暗中一步步地摸索，一口一口地“像地鼠那样啃，先生”（这是潘克斯先生的原话）。“像地鼠那样啃”是个新的说法，为了要使这句话更加显得生动形象，潘克斯先生说这句话时把两只眼睛也闭起来，还把眼睛上面披着的头发抖得乱蓬蓬的。刚开始啃的时候，他经常是突然之间看到了亮光，看到了希望，又突然之间只见一片黑暗，毫无希望，然后又看到了亮光，接着又是一片黑暗，总是反反复复的。他后来在狱中交了几个朋友，交朋友当然是为了要像别的人一样地进进出出；他看见的第一线希望之亮光便是杜丽先生，还有他的儿子，在不知不觉之中露出来的：他是轻而易举地便与两人认识了的；他与这父子二人谈得很多，都是闲谈（“不过，你会发现的，我一直是在啃，”潘克斯先生说道）；在丝毫也没有引起双方怀疑的情况下，他从这父子二人的谈话中，摸到了两三件关于他们家世情况的琐事，而且，由于他已开始有了自己编排的线索，这些情况又可以提示别的情况的存在。最后，潘克斯先生觉得事情已经非常明白，他已经真正找到了一笔巨大财产的当然继承人，现在他要办的就是完备法律手续这一步了。在追查这件事情的问题上，他要求房东腊格先生严守秘密，然后让这位先生成了他啃地洞的伙伴。他们找了约翰·奇弗利作为他们唯一的办事员和代理人，因为他们知道他爱谁。现在英格兰银行的大老板、法律界的权威都认为他们的辛劳已经圆满结束，然而到现在这时刻为止，他们尚未向别的人透露过这个消息。

“所以嘛，先生，”潘克斯讲完事情的始末说道，“要是整个事情到了最后一点儿也没什么结果，比如说到我在监狱院子里给你看那些材料的那个晚上的前一天，一切都完了，或者就说到了那天晚上，什么希望也没有了，那样一来，落得个一场空的只是我们两个人，赔本的也只是我们两个人，谁也没关系。”

在潘克斯先生讲着事情始末的时候，克莱南几乎一直不停地握着他的手。在潘克斯先生讲述事情经过之前，克莱南虽然心里已有所准备，然而这样的思想准备依然没有让他平静下来，他听了潘克斯先生刚才那句话之后依旧是惊愕不已地说道："亲爱的潘克斯先生，弄清这件事情一定花了你好多钱哪。"

"不错，先生，"洋洋自得的潘克斯说道。"不少哇，尽管我们能省的地方就省。我告诉你吧，开销真难哪。"

"真难！"克莱南重复了一句。"可整个事情中的困难你都一个个出色地克服了！"又握了握他的手。

"我跟你说说我是怎么克服的，"心花怒放的潘克斯说道，把头发捋得都竖起来，像他自己一样开心。"第一，我个人所有的，都用上去了。我也没多少，不够哇。"

"我心里真难受极了，先生，"克莱南说道；"不过，这倒不是说现在有什么要紧的。那你怎么办？"

"我嘛，"潘克斯回答道，"我就问主人借了一笔。"

"问卡斯贝先生借？"克莱南说道。"他是个好心的老头儿。"

"高尚的老头，你说是不？"潘克斯先生说道，同时接连不断地发出最淡漠的呼哧声。"大方的老家伙。很相信人的老头儿。慈善的老家伙。仁慈的老头儿！我答应付他百分之二十的利息[1]，先生。不过，我们干的这一行里，没百分之二十是办不成事的，少一点也不行。"

亚瑟不觉局促不安起来，因为他自知在无比欣喜之中，颇有一点言语草率了。

"我告诉那个——浑身冒着仁慈的老基督教徒，"潘克斯先生接

---

① 据企鹅版(2003)注释本，20%利息高得离谱，5%是合理做法。

着说道，似乎对用上“浑身冒着仁慈”这个描述性的说法非常得意，“我手头有个小项目；很有希望；我告诉他是个很有希望的项目；但是还缺一点儿资本。我向他提出要借一点钱，就记在我的期票上。钱借给我了，百分之二十：这二十他一本正经地加进去了，一块儿放到我的期票上，好像是本金的一股一样。要是我借了他的钱没办成事情，那我今后七个年头里，做他的讨租人工钱打对折，活儿要加倍。不过，他是地地道道的可尊敬的人；按照这种条件——随便什么条件都行——为他效力，那对人可有好处哇。”

亚瑟怎么也说不出一句很有把握的话，潘克斯是否真这样想。

“那一点儿钱用完了以后，先生，”潘克斯接着说道，“尽管我节省着用钱，花一个便士就是流了一滴血，可钱还是用完了，用完了之后我就把这件事露给了腊格先生。我向腊格提出要借些钱（要不就向腊格小姐借；都一样；她过去在一桩民事诉讼官司中得了一点儿钱）。钱借给我了，利息百分之十，他觉得利息太高了。不过腊格先生是个红头发的先生，头发也剪得很短。他的帽子嘛，很高很高。他的帽边嘛，很窄很窄①。与九柱戏里的柱子不会有仁慈冒出来一样，他身上也冒不出仁慈来。”

“你做了这么多事情，潘克斯先生，”克莱南说道，“应该给你本人很大的报酬。”

“我不怀疑会给我报酬，先生，”潘克斯说道。“我没说过要多少报酬。我倒是跟你有过协定；现在好了，我都还清了。我自己掏出来的钱还我，稍微加点儿利息，把腊格先生的账结清，要能再给一千英镑我就算发财了。那件事我就交托给你了。现在我准许你把这些情况告诉那家子了，你看怎么办合适就怎么办吧。艾米·杜丽小姐今天上

---

① 十九世纪英国丑化犹太人的基本特征，即红头发、戴平顶卷边圆帽等。

午要到芬沁太太那儿去。这事儿越快越好。不会说你把这事儿办得太快的。”

这两个人的谈话是在克莱南的卧室里进行的，当时他还没有下床。因为，潘克斯先生一大清早就敲门进来，自己上楼找到了他的卧室；进了卧室他也没有坐下来过，也没有站定过，只是在克莱南的床边详详细细地说着事情的全部经过(一面说一面给他看各种各样的证明材料)。这时候他说，他要“去找腊格先生”，似乎他情绪兴奋，要再叫腊格先生擦一回背清醒清醒；他卷起证明材料，与克莱南又热情地握了一下手，开足了马力，呼哧呼哧地下楼去了。

克莱南决定直接到卡斯贝先生家去，那是当然的。他穿好衣服，出了门，动作委实迅速，结果是他拐过弯来，到了那可敬的老人的宅第所在的那条街，却发现自己差不多比她早到了一个钟头；不过，他并不因此而怏怏不乐，他可以趁机悠闲地蹓上一阵，也好让自己静下心来。

当他重新回到那条街，在锃亮的铜门环上敲了几下之后，开门的人告诉他说她已经来了，现在在楼上弗罗拉的早餐室里。他上楼到了早餐室，小杜丽并不在那里。不过弗罗拉在，看见他进屋，她一下子惊愕了。

“哎呀呀，亚瑟——多伊斯-克莱南！”这个女人兴奋地说道。“谁会想到在这个时候会见到你请原谅我穿这件晨衣还没换衣服因为说句老实话我真没有想到会是你我这件晨衣格子花纹都褪了色了这就更不好了不过我那位小朋友现在在给我做一件，倒不是因为我得给你说这件事因为你一定知道是有这样的事情的我是说她在给我做一件裙子，说好了是吃过早餐以后拿来试穿的是这个道理不过我但愿裙子不至于浆得不好的。”

“我应该向你道歉，”亚瑟说道，“这么早，这么突然到这儿来；

不过，我把这缘故说明之后，你一定会谅解的。”

“在已经永远消逝的过去亚瑟，”芬沁太太接话道，“请原谅我多伊斯-克莱南叫起来更加确切得多尽管毫无疑问听起来疏远得多不过景色遥看更迷人①，至少我没有这个意思要是我有这个意思我看迷人不迷人大抵还是由这景色本身决定的，我这话又扯得远了你一来我又胡思乱想了。”

她温柔地朝他瞟了一眼，然后又接着说道：

“我刚才是要说在已经永远消逝的过去因为亚瑟·克莱南——多伊斯-克莱南自然是不大相同的——不看时候就到这里来就要叫他道歉那真是一件奇怪的事了，不过那是过去的事了过去的事是回不来的除非是他自己的事那是可怜的F先生说的那个时候他和黄瓜一样冷静所以他从来不吃黄瓜。”

亚瑟进来的时候她正好在沏茶，此刻她已经急急匆匆地沏完了茶。

“爸爸无聊地坐在后厅里，”她放下茶壶盖，悄声地、非常神秘地说道，“一面敲开新下的蛋一面读报上的金融新闻活像‘啄木鸟啄树’②根本用不着让他知道你来了，我们的小朋友嘛你是很了解的等她在楼上那张大桌子上裁好衣服下来她是尽可以放心的。”

这时候，亚瑟用最少的几句话，告诉她说他就是要来找他们的小朋友的；并把他要告诉他们的小朋友的事对她说了。听到这一令人震惊的消息，弗罗拉紧握起双手，浑身发抖，流下了同情与喜悦的泪水，表现出她的确是个好心肠的人的样子。

---

① 引自英国诗人托玛斯·坎普贝尔（Thomas Campbell，1777—1844）二十二岁前写的第一首，也是他最长的一首诗《希望之乐》。

② 取自当时颇流行的一首歌的歌词。

“哦天哪让我先回避一下，”弗罗拉捂住耳朵说道，一面朝门口走去，“否则我知道我会厥倒的会大叫起来弄得大家都更加不好受，这可爱的小东西今天早晨还是这么干干净净的可就是这样的可怜现在却发了财真是吗她真该发财！我可不可以把这事说给F先生的姑妈听听亚瑟不叫你多伊斯-克莱南就这一回只要这么叫你没有什么不合适的话。”

亚瑟只是用点头表示什么称呼都行，因为她一开口谁也插不上嘴了。弗罗拉也点了点头表示感谢，然后匆匆离开了早餐室。

小杜丽的脚步声已经在楼梯上响了，转眼之间她已经走到了门口。尽管他竭力让自己的脸色放平静，然而却怎么也无法表现出平常的表情，以致小杜丽一见他的脸便扔下了手中的针线活，大声叫道：“克莱南先生！你怎么啦？”

“没什么，没什么。我是说，没有发生什么晦气的事。我是来告诉你一件事的，不过是一桩好运气①的大事。”

“好运气？”

“非常好的运气！”

他们站在一扇窗的旁边，她两眼炯炯有神，注视着他的脸。他伸出一个胳臂将她搂住，因为他见她可能会昏厥的。她也伸出一只手来拉住他那只胳臂，这样既可以将他的胳臂作为依靠，又可以保持两人之间的相对位置，这样，无论他们两人哪一个的姿势变化也不会晃动她那全神贯注的目光。她两片嘴唇似乎重复了一句“非常好的运气？”他也重复了一句，说出声来。

“亲爱的小杜丽！你爸爸。”

听到“爸爸”这两个字，那苍白的脸上立即出现了变化，她的内

① 英语“好运气”也有“一大笔钱”的意思。

心感情已经在脸上略有所流露了。那都是包藏着痛苦的表情。她呼吸轻而急促。她心跳得很快。他真想将这瘦小的人儿再搂近一点，然而他发现那双眸在恳求，叫他不可激动。

“你爸爸这个星期内就可以自由了。他自己还不知道这件事；我们得离开这里，去找他，把这件事告诉他。你爸爸几天之内就可以自由了。你爸爸几个小时之内就可以自由了。记着，我们得离开这儿，去找他，把这件事告诉他！”

他说了这一番话才把她惊醒过来。她两眼闭起来，但又睁开了。

“好运气还不止这些呢。非常好的运气还不止这些呢，我亲爱的小杜丽。要不要再说一点给你听听？”

她两片嘴唇动了一下，意思是说“好的”。

“你爸爸自由了以后就不是个穷人了。他什么也不要愁了。要不要再说一点给你听听？记着！这件事他一点也不知道，我们得离开这儿，去找他，把这件事告诉他！”

她似乎在请求他再等一等。他把她搂在怀里，过了一会儿，他俯身侧过耳朵听着。

“你是说要我再说下去？”

“是的。”

“他将是个富翁了。他已经是个富翁了。有一大笔钱现在就等着交到他手里，是该他继承的遗产，从今以后你们都成了很富裕的人了。你是最勇敢、最善良的孩子，我感谢上帝，你得到了报答！”

他吻她的时候，她把头别过去，朝着他的肩膀，并且抬起胳臂伸向他的脖子；她叫唤着，“爸爸！爸爸！爸爸！”昏厥了过去。

于是，弗罗拉回来照料小杜丽，她围着沙发忙个不停，一面热心照料，一面前言不搭后语地絮絮叨叨，那样子委实令人困惑不解，凡是有一点责任感的人都不该贸然下个断语：到底她是要催促马夏尔西狱从无人取的股息中拿出一汤匙来，因为对小杜丽有用；还是她在祝贺小杜丽的父亲有了十万瓶嗅盐；还是她在解释她在五万磅方糖上滴了七万五千滴薰衣草油，并且劝小杜丽服用这种弱兴奋剂；还是她把多伊斯与克莱南的额角浸在醋里，让已故的F先生多通通风。而且，另有一股喧嚷声从隔壁卧室灌到耳朵里，那是F先生的姑妈，从她的声音来判断，她似乎是摆平在床上，等人送早餐进去；这个毫不留情面的女人，躺在那间房内，只要她听到一点什么话，便痛骂几句，说什么"别信是他的功劳！""这事他也没什么好表功的！""我看哪，要他掏出点儿钱来，早着呢！"一句句都是要诋毁克莱南在这个发现中的功绩，都是要发泄F先生的姑妈对他抱有的、由来已久的憎恶。

然而，纵然有天下一切高超技艺与热心照料，要叫小杜丽迅速清醒过来，真正起作用的倒是她此刻心情的焦虑，她心里焦虑的是要去找她爸爸，要把这令人欢欣的消息带给他，他已经有了那种幸福，而他自己还不知道，她焦虑的是一刻也不能让他在监狱里这样呆着了。"陪我去找我的爸爸。请陪我去吧，把消息告诉我的爸爸！"那是她刚清醒过来后说的两句话。她的爸爸，她的爸爸。她什么话也没有说，只是喊着她的爸爸，她什么也没有去想，只记着她的爸爸。她跪在地上，举起她的两只手，说不尽心头的感激，而这感激也是为了她的爸爸。

这一幕情景，触动了弗罗拉的好心肠，她就在早餐室的杯碟面前，一边不住地淌着眼泪，一面滔滔不绝地说起来。

"我倒要说呀，"她一面抽泣一面说道，"我从来没有这样难受过自从你妈妈和我爸爸不叫你多伊斯-克莱南就这么一回不过给这可爱的小东西一杯茶你至少要让她润一润嘴亚瑟请你一定要这么做，F先生最后一场病的时候我也没难受过因为那种事不一样痛风可不是无所谓的毛病尽管大家看着都不好受而倒霉的是F先生一条腿搁起来酒生意也就出事了因为他们多多少少是私下里干了谁会去怀疑，我看这事就像个梦一样今天早晨别的事什么也不去想它了现在可好了金矿银矿是真的，可你知道你一定得喝一点亲爱的因为要是你还得靠一茶匙一茶匙地喂身体就好不了也没法子把这件事说给他听了，恐怕最好还是照我的医生开的方子试一试因为尽管那东西吃到嘴里一点儿也不好吃可我硬是吃了药吃下去身体就好了，你真不想吃嗐不是这么说的亲爱的我真不想吃可我还是吃了那是应该的，大家都会来祝贺你有的是认认真真的有的就不一定许多人会真心真意地来祝贺你可谁也比不上我你尽管放心我是从心坎儿里祝贺你尽管我知道我老要说错话傻里傻气的，亚瑟是会责备我的就这一回不叫多伊斯-克莱南好吧再见了亲爱的愿上帝保佑你祝你非常非常幸福请原谅我的冒昧，我说呀那件衣服我哪个人都不叫来做了就让它照现在这样放在那里留个纪念起个名字叫做小杜丽不过嗐这种名字也实在太奇怪了我从来没听见过也从来没这么叫过你现在好啦再也不会这么叫了！”

弗罗拉就这样与她最喜爱的人告别了。小杜丽向她道了谢，一回又一回地与她拥抱；最后，她与克莱南一起，离开了那座房子，乘上了马车直奔马夏尔西狱。

马车在那熟悉的污秽的街上驶过，那是一趟虚幻得出奇的旅程，困惑感不觉油然而生，仿佛马车离开了一条条污秽的街，升入财富与华美之幻境。亚瑟对她说她不久就可坐在自己的马车里驶过截然不同的地方，到了那个时候，所有这些熟悉的经历就要烟消云散，一听这些话，她惊慌失措了。然而，亚瑟把话题从她转向她父亲，对她说他要坐在他自己的马车里，他多么威伟庄严，她听了以后扑簌簌地落下了喜悦与天真自豪的泪水。亚瑟领会了，她的心能理解的幸福都在她父亲身上，所以，亚瑟总是让这一个形象呈现在她面前；于是他们满心喜悦地穿过监狱附近的穷街陋巷，把那大喜讯带给他。

当值班的奇弗利先生开门让他们进了门房的时候，他在他们脸上看到了使他感到十分惊讶的一种表情。在他们两人匆匆进了监狱内之后，他仍站在那里望着他们的背影，仿佛他发现他们两人回来时身旁各有一个鬼影陪伴。从他们两人身旁擦过的两三个狱中人，也停下来望着他们的背影，不一会儿都到了奇弗利先生那里，在门房的台阶上，他们几个人凑在一起了，在他们当中自然而然地传出了窃窃私语：马夏尔西狱之父即将被释放。没过多久，监狱最偏僻的房间里也知道了。

小杜丽从外面把门打开了，他们俩进了房间。他坐着，身穿灰色的旧晨衣，头戴黑色的旧帽子，在窗口阳光下坐着看报。他眼镜拿在手中，他是刚转过身来；无疑他起初感到惊讶是听到楼梯上响起了她的脚步声，他知道她要到夜里才回来的；他又一次感到惊讶是见到亚瑟·克莱南陪她来。他们两人走进屋来时，脸上都表现出了不寻常的表情，这种表情已经引起了院子里的人的注意，此刻又使他惊诧了。他没有起身，没有说话，但他把眼镜与报纸在身边的桌子上放下，眼睛看着他们，口微张，双唇哆嗦。亚瑟伸过手来时，他去握了一下，然而没有了他通常的威严；然后他转身望着他的女儿，她紧挨着他坐着，两手搭在他肩上。他两眼紧盯着她的脸。

"爸爸！今天早晨我高兴极了！"

"你怎么会这么高兴的，亲爱的？"

"是克莱南先生，爸爸，他给我带来跟您有关的消息，太叫人高兴了，太奇妙了！要不是他心地善良、脾气儿好，预先让我心中有了准备，爸爸——让我心中有了准备，爸爸——我看哪，我是说什么也挺不住的。"

她心情的激动是非同寻常的，两行热泪淌下了脸颊。他蓦地将手捂住胸口，眼睛盯着克莱南。

“镇静些，先生，”克莱南说道，“先思考一会儿吧。先思考一会儿人生最光明、最幸运的事情吧。我们大家都听说过意想不到的喜事。意想不到的喜事并没有完，先生。虽则是难得遇到，可是并没有完。”

“是吗，克莱南先生？没有完吗？没有完吗，对——”他拍拍自己的胸口，而没有说出“我”字来。

“是的，”克莱南说道。

“是什么意想不到的事，”他问道，左手按着胸口，这时候他住了嘴，同时用右手把眼镜在桌子上放稳。“是什么意想不到的事在等着我？”

“我暂时不回答，先倒要问一下另外一个问题。请告诉我，杜丽先生，什么意想不到的事你最难预料，又最合你心意。你不要怕想象意想不到的事，也不要怕说出是什么样的事。”

他两眼紧盯着克莱南，这样看着的时候，他似乎变成了一个非常衰老、非常憔悴的人。窗外灿烂的阳光照耀着高墙，照耀着高墙顶上的尖铁。他慢慢地伸开了原来按着胸口的那只手，指着窗外边的高墙。

“墙倒了，”克莱南说道。“不见了！”

他依旧保持这样的姿势，两眼紧紧盯着克莱南。

“取而代之的，”克莱南说道，一字一句、清清楚楚，“是多少年来一直无缘的、尽情占有与尽情享用的财富。杜丽先生，现在已经没有一丝一毫的疑问，你再过几天就可以自由了，就可以万事顺利了。我衷心向你祝贺，祝贺你时来运转，祝贺你有了幸福的未来，你不要多久便可把在这里陪伴着你的宝贝——这是你别处所能获得的所有财富中最好的宝贝——把你带在身边的宝贝，一齐带向那幸福的未来。”

说完这一番话，克莱南握了握他的手，松开了；他的女儿，与他脸贴着脸，在这万事顺利之时用双臂搂住了他，如同她在他漫长岁月的逆境中，用她的爱，她的辛劳，她的诚实拥抱了他一样；她倾诉着心头的爱，充满了感激，充满了希望，充满了喜悦，充满了幸福的狂喜，而这一切又都是为了他。

“我将看到他完全变了样，那是我过去从未看到过的。我将看到再也不会有乌云笼罩我亲爱的爸爸。我将看到他完全变了样，那是我可怜的妈妈很久以前看到的模样。哦亲爱的，亲爱的！哦爸爸，爸爸！哦感谢上帝，感谢上帝！”

他任凭她亲吻，任凭她爱抚，可是他没有报以同样的亲吻，同样的爱抚，他只是用一只胳臂挽住她。他话也没有说一句。他凝视的目光此刻一半在她身上，一半在克莱南身上，他开始颤抖了，仿佛他非常冷。亚瑟对小杜丽说明要到咖啡馆去买一瓶葡萄酒，然后便急急匆匆尽快赶去了。他在酒吧里等着从地窖里取酒的时候，几个兴致勃勃的人问他出了什么事，他只是匆匆地回答说，杜丽先生继承了一笔财产。

他手拿着一瓶葡萄酒回到楼上时，只见她已经让她父亲坐到安乐椅上了，并且解开了他的衬衣与领结。他们拿一只平底玻璃杯，倒了一杯酒，送到他的嘴边。他尝了一口之后，自己接过杯子，一饮而尽。没过多久，他仰起头靠在椅子上，大哭起来，一面用手帕遮着脸。

在他这样哭了一阵之后，亚瑟觉得这是说明这件大喜事的有关细节，好将他的注意从这件意想不到的大喜事上转移的好时机。于是他便慢慢地，并且用了平静的语气，尽他的能力，详详细细说明了事情的始末，并对潘克斯所尽之力的真实情况说了许多话。

“他应该给予——哈——他应该给予为数可观的报偿，先生，”马夏尔西狱之父说道，他从安乐椅上蓦地站起来，以急促的步子在房间里来回走动。“请你放心，克莱南先生，凡是有关的人，人人都应该——哈——都应该给予优厚的报答。我决不让一个人说，我亲爱的先生，我没有满足他提出的要求。我要偿还那个——嗯——我从你那里获得的预支款，先生，我特别乐意这样做。我请求你，在你方便时尽早告诉我，我的儿子向你预支了多少。”

他在室内来回地走动并没有什么特定的意图，然而他依旧是没有一刻静止。

“每一个人，”他说道，“都不可以被忘记。我离开这里的时候是万万不可以还欠着哪个人的债的。凡是对我本人以及我一家人是——哈——以礼相待的人，他们都应该给予报答。奇弗利应该报答。小约翰应该报答。我尤其希望，尤其想要，在金钱方面表现得慷慨大方一些，克莱南先生。”

“请你允许我，”亚瑟说道，并将钱袋往桌子上一放，“给予一些资助以备眼前急用，行吗，杜丽先生？我来的时候想到应该带一点钱，也好解决紧急的需要。”

“多谢先生，多谢。一个钟头之前我还不好意思伸手接过来的，现在我倒是一下子就答应收下。我非常感谢你临时借给我这一笔款子。纯粹是临时的，但是非常及时——非常及时。”他已经将钱捏在手中，拿着钱来回不停地走动。“先生，请你把这笔款子加上去，加到以前的预支款上去，就是我刚才说的；并且也请你细心一点，别把你预支给我儿子的钱漏了。我只要求——哈——我只要求你光口头上报个总数就行了。”

话说到这里，他的目光落到了他女儿身上，他停了一会儿，亲了亲她，并在她头上拍了拍。

“要找个做女人头饰的，我的宝贝，还有你那些朴素的衣裙要赶快统统更换，这些都是很必要的。也还得给玛吉解决解决，她现在这个样子也——哈——也很不体面，很不体面。还有你姐姐，艾米，你哥哥。还有我的弟弟，你的叔叔——可怜的人哪，我相信这么一来会叫他振作起来的——应该派人去把他们叫到这儿来。应该把这件事告诉他们。我们给他们说这件事时要谨慎一点，不过，应该立即把这件事告诉他们。从现在这一刻起，就不要叫他们——嗯——不要叫他们再做什么事了，这是我们对他们应尽的责任，也是对我们自己应尽的责任。”

这是他多少年来第一次表示，他们在外干活谋生一事，他是暗中默许的。

正当他手中依旧捏着那只钱袋，来回不停地在室内走动的时候，楼下院子里传来了一阵欢呼声。“消息已经传开了，”克莱南说道，他站在窗口望着院子。“你来见见他们，好吗，杜丽先生？他们都非常郑重其事，而且很明显他们都希望能见见你。”

“我——嗯——哈——我坦白地说我本来是很想，亲爱的艾米，”他说道，依旧在房间里来回走动，动作更加焦躁不安了，“把我的衣服先更换几件的，还想买一块——嗯——一块带链的表。可是，倘使现在这个模样也一定要见一见，那就——哈——那就一定要见一见。把我衬衫领子扣紧，亲爱的孩子。克莱南先生，我要一个蓝领结，劳驾您——嗯——替我找一下，就在您旁边的那个抽屉里。把我外套胸口的纽扣扣上，我的宝贝。这样扣紧了胸部就——哈——就显得宽一些。”

他举起颤抖的手，将他那花白的头发捋了捋，然后拉过克莱南和女儿艾米让他们搀着自己，他一边靠着克莱南的胳臂，一边靠着艾米的胳臂，在窗口露面了。狱中人非常热诚地向他欢呼，他也举起手来向他们飞吻，态度温文尔雅，流露出保护人的神情。他从窗口又退回到房间中时，他说了句“可怜的人！”流露出一种非常同情他们的悲惨遭遇的口吻。

小杜丽心里焦灼不安，说他应该躺下来，让心静一静。亚瑟对她说，他要去通知潘克斯，现在可以尽快出面了，把这桩皆大欢喜的事一办到底，但是小杜丽悄声地请求他陪一陪她，待她父亲真正镇静下来，安下心来。他二话没说便应允了；她给她父亲铺好了床，恳求他躺下来。又过了半个多钟头，他怎么也不肯躺下来，只是在房间里不停地走动，思索着两个可能，到底是赞成还是反对司法官说的，让全部狱中债务人聚到那座临街的官邸窗口，观看他本人与他一家人乘上马车，与此地永别——他说，他觉得这种场面让狱中人见了是很壮观的。然而，渐渐地，他开始提不起精神，感到疲劳了，终于，他摊开身子在床上躺了下来。

她一如既往地在他身旁坐定了，为他打扇，让他额角凉爽一些；正当他似乎就要睡着的时候（手始终抓住那钱袋不放），他出人意外地坐起来，说道：

“克莱南先生，请教您一件事。能不能说，亲爱的先生，我可以——哈——现在就可以走出门房——嗯——去外边走走？”

“恐怕不行，杜丽先生，”他作了一个并非他所愿意的回答。“还有些形式要完成；尽管你在这儿的停留现在也不过是个形式罢了，不过我看恐怕这个形式也还是要再遵守一段时间的。”

他听了这些话，又落下眼泪。

“只要过几个钟头就行了，先生，”克莱南让人振奋地劝说他。

“几个钟头，先生，”他突然感情冲动地回敬了一句。“你把钟点说得多么轻巧，先生！你说说看，先生，对于一个被闷得透不过气来的人来说，一个钟头是多么长时间？”

这是他在那个时间里的最后一回流露感情；因为，他又淌了一阵泪水，暴躁地抱怨他透不过气来之后，他慢慢地也便睡着了。克莱南在这间静静的房间里坐着，望着躺在床上的那个父亲，望着为父亲打扇的那个女儿，他思绪万千，许多事情一齐涌上了心头。

小杜丽也在那里想事。她轻轻拨开他那花白的头发，在他的额头亲了亲之后，她望着朝她走近的亚瑟，悄声地把心里想的事说出来。

“克莱南先生，他离开这儿得先还清他的债务吗？”

“那当然。全部还清。”

“他欠了债关到这里，关到我这么大，比我年龄还长，那些债都要还吗？”

“那当然。”

她的表情中有几分将信将疑与不满的神色，有几分并非一切都满意的神色。他感到惊讶，竟发现这样的神色，问道：

“他要这样做你高兴吗？”

“你呢？”小杜丽渴望地问道。

“我？真心诚意地感到高兴！”

“那我明白了，我应该高兴。”

“你是不高兴吗？”

“我觉得似乎太冷酷了，”小杜丽说道，“他失去了这么多年月，吃了这么多苦，到头来还要还清所有的债务[①]。我觉得他要用生命与金钱一齐偿还似乎太冷酷了。”

“我亲爱的孩子——”克莱南刚张开口。

“是的，我知道我不对，”她胆怯地分辩道，“不要说我不好；我是在这里长大的，所以也就有这样的想法。”

能叫许多东西毁灭的监狱，在小杜丽心灵上留下的烙印只不过是

---

① 到一八六九年才废除的法律规定，不管在监狱里呆多少年，所欠债务还得偿还的。

如此而已。尽管她心头的迷惑产生于她对可怜的囚犯即她的父亲的怜悯，然而这是克莱南第一次见到的监狱环境在小杜丽身上留下的污迹，也是克莱南最后一次见到的监狱环境在小杜丽身上留下的污迹。

他心里这样想着，克制了自己没有再说话。他这样想着的时候，她的纯洁，她的善良，在他眼前呈现出闪烁的光彩。小污点反而使她的纯洁、她的善良显得更加完美了。

由于她自己的感情不再激动，由于室内寂静气氛的影响，她的手慢慢懈怠了，停下了扇，头垂下了，靠在了她父亲身边的枕头上。克莱南轻手轻脚地站起身来，没有一点响动地开了门，又关上门，出了监狱，带着安宁，来到了闹嚷嚷的街上。

第三十六章

马夏尔西狱成了孤儿

这一天终于到了，杜丽先生及其一家人将永远离开这债务人监狱，监狱内那条踏了多少年的通道上的石块再也碰不见他们了。

出狱前那段时间其实很短，然而他老是抱怨拖得太长了，对于这种拖延，他还向腊格先生瞪过眼。他对腊格先生态度傲慢，还威胁说要另外请人。他曾要求腊格先生切不可利用提供给他的职务占便宜，而应当尽职，先生，而且要雷厉风行。他对腊格先生说，他了解，律师也好，代理人也好，都是什么样的人，还说，他是不会上人家的当，让人利用的。听见这位先生恭恭敬敬地说明他已经竭尽全力了，芬妮小姐则对他出言不逊；她真想问一问，已经对他说过十几遍了，钱是无所谓的，他还有什么不会办，她表示怀疑，他是忘记了自己是在对谁说话。

至于那司法官，他已经当了多年司法官了，杜丽先生以前从来未曾与他有何分歧，现在却对他极为苛刻。那官员在表示他个人对杜丽先生的祝贺的同时，曾经说过，杜丽先生离开这座监狱之前，他可以免费提供他宅邸里的两个房间给杜丽先生居住。杜丽先生当时向他道了谢，并回答说他再考虑一下；可是那司法官刚出门，他便坐下来写了一封措词刻薄的信给他，信中说，他过去从未荣幸地接受过一回他的祝贺(这倒是真话，尽管事实上也没有什么可以值得向他祝贺的事)，还说，他代表他本人以及他全家人要求准许他回绝司法官的建议，并对此深深表示感谢，这是情理之中的事，因为这个建议是毫无偏见的，它纯然是独立于一切世俗观念之外的。

尽管他的兄弟对于他们的时来运转表现出的兴趣是如此黯淡，以致使人产生他并不知时来运转是怎么回事的疑问，然而，杜丽先生叫他请来为自己定制服装的袜商、成衣商、帽商、靴匠也给他兄弟量了尺寸，准备做新的；他吩咐将他所有旧衣服都搬出去烧毁。至于芬妮小姐与梯普先生，若论衣着之入时，外表之高雅，他们是无须多加指点的；以上三人在这段时间里就一齐住进了附近最高级的旅馆——尽管诚如芬妮小姐所说，最高级的那也是无所谓的。为了要在那家旅馆进出，梯普先生雇了一辆双轮双座马车，一名马车夫，是一辆非常漂亮的车，常见它光顾马夏尔西狱院子外面的自治城大马路，通常一来便是两三个钟头。那里还常可看到一辆小型朴素的两匹马拉的四轮马车；芬妮小姐从这辆马车下来，或者登上这辆马车时，她总要炫耀一番旁人可望而不可即的各式女帽，弄得司法官的小姐们一个个心烦意乱的。

在这短短的一段时间里，有一大堆事务要处理。其中一件事即石碑大院①的两位律师，佩德尔先生与普尔先生，受当事人爱德华·杜丽先生之委托，致函亚瑟·克莱南先生，并附去二十四英镑九先令八便士一款，该款为本金及按年息五分计算所得之利息之和，据二位律师之当事人陈述，此即为其所欠克莱南先生之款。佩德尔与普尔二位先生在发函与汇款的时候，又接到他们的当事人的委托，提醒克莱南先生，现在偿还的预支款(包括买门票的钱)并非主动向他借的，并告诉他说，倘若这预支款并非公开以他的名义提出的话，他是绝不会收下的。至此，他们请求他签收，并顺致问候，他的忠诚仆人谨启。在不日将变成孤儿的马夏尔西狱之内，作为其多年监狱之父的杜丽先生本人也有一大堆事务要处理，说是事务，主要是由于狱中人要求从他

---

① 伦敦桥北石碑附近一个铺石大院。参看第十三章注。

那里得到小笔款子所引起的问题。对于这样的一些要求，他的反应是极为慷慨大方的，并且他的慷慨解囊也并非草草率率的；他总是先发书面通知约定时间，请求人可以到他屋子里拜访，届时他便在堆积如山的文件当中接见请求人，他一面递过捐款(因为每逢这样的场合他总是说，“这是捐款，并非借款”)，一面总是诲人不倦：大意是他，任期届满的马夏尔西狱之父，希望作为一个即便在那个地方也是可以保持他个人的自尊与人们对他的尊重的榜样，为人们所永记不忘。

狱中人并不嫉妒。因为他们对于历史如此久长的一位狱中人有他们个人及传统的敬重，除此之外，这个事件也是这监狱的光荣，使这座监狱也在报上出名了。也许他们有些人心里非常清楚，这种事情在机运的巧遇中也可能是会让他们撞上的，或者说类似的事情今后有一天还会让他们撞上也未可知，然而，他们更多的人心里也的确是这样想的。因此，这件事并没有惹得他们气恼。马夏尔西狱之父离去了，自己则被遗落了，还是那样地穷困，一想到这里有些人便心灰意懒的；然而即便是这些人，他们也从不嫉妒这一家人的绝处逢生。到了上流社会里面，嫉妒就会多了。二流运气的人似乎也可能比不上狱中人那样地宽宏大量，他们的度日是一手来一手去，有这顿没下顿的——从当铺伙计手中接过东西来，才有今天这一顿餐。

他们拟了一个给他的请愿书，装在一个很精致的镜框里(不过这篇请愿书后来并没有陈列在他的私邸，也没有保存在家世资料中)；对于这个请愿书他作了慈祥的回答。在这答复的文件中，他以威严的态度非常郑重地声明，他已经获悉他们表示的忠诚，对于这请愿书的诚挚，他是充分相信的；并且再次告诫大家要学习他的榜样——至少就获取一笔巨大财产而言，毫无疑义，他们都是非常乐意效法的。他还借此机会邀请他们出席盛大的招待会，即由他在院子里招待全体狱中人。他表示，在招待会上他将为所有他即将遗弃的人祝酒，为他们的健康与幸福干一杯告别酒。

他后来并没有亲自在这次会餐中入席(会餐在下午二时举行，现在他的晚餐是六时从旅馆里送来的)，不过他的儿子光临了，在主桌上坐了首席，态度非常潇洒、动人。他本人步入就餐者中间，跟他们一个个单独地招呼，他看到菜肴的质量都是他预订时所要求的，并且都上齐了。总的说来，他颇有点像古代分得采邑的贵族，情绪难得地好。会餐结束之前，他斟了满满一杯马得拉陈葡萄酒，祝他的宾客健康、幸福；他说他希望大家都吃得高高兴兴的，更重要的是，他希望大家在会餐后整个晚上都能玩得高高兴兴的；他说他祝大家好；他说他欢迎各位。人们在欢呼声中为他的健康干杯，然而他毕竟没有古代贵族的气度，正当他要答谢的时候，他像一个胸膛里还跳动着一颗心的奴隶，抑制不住感情，在大庭广众面前哭泣了。这一表现取得了巨大成功，尽管他自己以为失败了，接着他便说道："为奇弗利先生和他的同僚们干杯。"他事先给了奇弗利先生与他的同僚们每人十英镑，他们现在都在座。奇弗利先生在举杯祝酒时说道："您答应锁起来的，都锁起来；可是记住，用那个上了脚镣的非洲人的话来说，您也是个男人，也是个兄弟。[①]"该敬酒的都敬过了，于是，杜丽先生斯斯文文地装着样子，玩了一回九柱戏，陪他的是在狱中待的岁月仅次于他的人；过了一会儿便让别的狱中人去玩了。

不过，所有这些事情都发生在那个最后日子的前一天。现在，那个日子来到了，他与他全家人要永远离开这座监狱了，监狱中他们来回踏了多少遍的通道上铺的石块从此再也见不到他们了。

他们动身的时间定在中午。动身时间一到，没有一个狱中人呆在

① 指英国瓷器浮雕，精致，圆形，一七八六年有一种圆浮雕是上了脚镣的黑奴，上写："我不也是个男子，也是个兄弟吗？"

屋子里，也没有一个看守缺席。这后一等级的先生一个个都穿了星期日做礼拜才穿的衣服，至于那些狱中人，大多数都视情况的许可，尽量表现得高高兴兴的。甚至还竖起了两三面旗子，小孩子扎起了一截儿缎带。在这样一个难堪的时刻，杜丽先生本人保持了严肃而有风度的庄重。他倒是频频朝他的兄弟顾盼，因为他对于他兄弟在这一重大场合的举止态度是颇不放心的。

“亲爱的弗莱德里克，”他说道，“假使你让我挽着胳臂，我们就一块儿到我们的朋友当中去走走。我想，亲爱的弗莱德里克，我们手挽着手一起走，那也是合情合理的。”

“哈！”弗莱德里克说道。“对，对，对，对。”

“假使，亲爱的弗莱德里克，假使你，在不使自己感到很不自在的情况下，能够略微(请原谅，弗莱德里克)，略微让你的举止态度再文雅一点——”

“威廉，威廉，”他的兄弟摇着头说道，“那些玩意儿是你才配的。我不知道怎么才算文雅一点。都忘了，都忘了。”

“可是，我亲爱的兄弟，”威廉接话道，“假使不为别的，就为那个缘故，你也真应该设法振作起精神。你忘记的东西，现在就该开始找回来了，我亲爱的弗莱德里克。你的地位——”

“唔？”弗莱德里克说道。

“你的地位，我亲爱的弗莱德里克。”

“我的地位？”他看看自己的样子，又看看他哥哥的样子，然后深深地吸了一口气，说道，“哈，不错！对，对，对。”

“我亲爱的弗莱德里克，你的地位现在是很好的。你作为我兄弟的地位是非常好的。我知道，照你那种认认真真的性格，你也是应该设法别辜负了这样的地位，我亲爱的弗莱德里克，还应该给这个地位增光。别给这个地位丢脸，而是要给这个地位增光。”

“威廉，”那兄弟非常懦弱地说道，并且叹息了一声，“你要我怎么样我就怎么样，我的大哥，只要是我力所能及的。不过请发发善心，别忘了我的能力是很有限的。你今天要我做什么呢，大哥？说吧，是什么事，你说一声就是。”

“我亲爱的弗莱德里克，没什么事。这种事情是不能拿来烦扰你这样的善良的心的。”

“尽管说吧，”他的兄弟说道。“威廉，为你做点力所能及的事，我这颗心并不觉得这有什么烦扰不烦扰的。”

威廉举起手来抹了一下眼睛，带着威严的满足，喃喃地说道：“难为你的一片好心，我的可怜的好兄弟！”然后又大声说道：“那么，我亲爱的弗莱德里克，假使我们一起走的时候，你要是能表现出对这个场面很感兴趣的样子——表现出你在关心这个场面——”

“你是要我怎么样地关心呢？”他那顺从的兄弟问道。

“哦！我亲爱的弗莱德里克，叫我怎么跟你说呢？我只会说离开这些好人的时候我自己心里的想法。”

“对了！”他的兄弟兴奋地说道。“你这么说我就好办了。”

“我觉得我心里在想，我亲爱的弗莱德里克，而且心里各种滋味都掺在一块儿了，不过主要还是同情，我心里在想，我走了以后他们怎么办呢！”

“真是这样，”他的兄弟接话道。“对，对，对，对。我们一块儿走的时候，我就考虑这件事。我哥哥走了他们怎么办呢！可怜的人哪！没有他，他们可怎么办哪！”

十二点钟刚响过，有人通报说马车在外院停好了，这时，兄弟两人手挽手，走下楼来。爱德华·杜丽先生（以前叫梯普）和他妹妹芬妮跟在后面，也是手挽着手；他们后面下来的是普罗尼希先生和玛吉，交给他们两个办的是把家中那些还值得搬走的东西都搬走，他们跟在后面，拿着大大小小的包裹物品，搬到运货马车上堆放起来。

狱中人与看守，在院子里等着。潘克斯先生与腊格先生在院子里等着，他们是来办理他们的工作的最后一道手续的。小约翰在院子里等着，值此一颗破碎的心即将死去之时，心中在给自己拟一篇新的墓志铭。德高望重的卡斯贝，在院子里等着，他的神情中流露出无限的仁慈，以致许多热情的狱中人无比激动地握住他的手，还有许多狱中人的妻子、姐妹都来吻他的手，毫不怀疑这一切都是他干的。与这样一个地方有关的那些常见的角色，在院子里等着。那个含糊其辞地诉说司法官侵吞“专款”的人，在院子里等着，他是清早五点钟便起床了，抄完了一份根本无法读懂的那桩交易的始末，这份抄本，他作为一份头等重要的文件交托给杜丽先生妥善保管，意欲让政府感到吃惊，迫使司法官倒台。那个无力偿还债务的人在院子里等着，他的竭尽全力老是为了要负债，别人是千方百计地跳出这监狱，而他，则是千方百计地要钻进这监狱，可人家老是宣布他无罪，老是捧他；而他旁边的那个无力偿还债务的人——只不过是个哭哭啼啼、拼死拼活的小店主，由于整日提心吊胆生怕负债，已经只剩下半条命了——总觉得要找一个长官把自己臭骂一通、骂完之后便把他放了，也真是一件难事。那个养了许多子女、背了许多重累的人，在院子里等着，他的落拓人人都感到惊讶；那个没有一个子女而财源富庶的人，在院子里等着，他的倒霉没有一个人感到惊讶。院子里等着的有老是准备明天出去，而到时候又老是推迟的人；院子里等着的是昨天刚进来的人，可他们对这时运的突变比大墙内那些饱经风霜的鸟儿还要眼红、还要愤慨。在院子里等着的人中，有的人纯然是由于自卑自贱，在这个发了大财的狱中人及其家人面前畏畏缩缩，低垂着脑袋；在院子里等着的人中，有的人畏畏缩缩、低垂着脑袋，的确是由于他们的眼睛只习惯于他们囚禁与贫困中的阴暗，无法忍受如此灿烂的阳光的照耀。在院子里等着的有许多人，他们的一个个先令都落入了他的口袋里，已经让他买了吃的、买了喝的；然而，这样的人却一个也没有因为过去曾资助过几个先令，此刻便毫不顾忌地与他拉起关系来！与此相反，关于这些笼中鸟倒可以说，他们见了那只即将如此壮丽地获得自由的鸟，显得有些难以为情，看得出来，他们想退回到笼子里面去，似乎见他过来便有些心慌意乱。

以兄弟两人为先导的这支小小的队伍，穿过上述那些观众，慢慢来到了大门口。他走了以后这些可怜的人怎么办，这一个想法常在杜丽先生心中萦回，因而他感到高贵，他感到悲哀，然而他并非因此而沉湎其中。他轻轻地拍拍孩子们的脑袋，宛如罗杰·德·喀弗利爵士去做祷告①，他喊着站在人群后面的人的教名②，他对在场的人都是一样地屈尊，为了安慰他们，他走着，周围似乎是一圈金灿灿的镂刻文字，“放心吧，孩子们！忍一忍！”③

终于三声真诚的欢呼宣告他已经出了大门，马夏尔西狱已经是一个孤儿了。欢呼声的回音还未在监狱大墙之间消失，这一家人已经登上了马车，仆从已经将马车踏级拿在手中。

就在此时，而不是在这之前，“我的天哪！”芬妮小姐突然喊起来，“艾米呢？”

她父亲以为她是与她姐姐一起的。她姐姐以为她“不在这儿就在那儿”。他们每一个人都以为像往常一样，到了该找她的时候，在她该找的地方，总是可以平安无事地找到她的。这次出发也许是他们共同生活中有史以来第一个没有她在场的情况下完成的行动。

---

① 参看艾迪生《旁观者》第112期。《旁观者》没有相关的画，但作者的朋友C.R.雷士利(C.R.Leslie)有一幅拍脑袋的画。

② 只喊教名给人以亲切感。

③ 仿《圣经·旧约·以赛亚书》第四十章第一节：“安慰，安慰我的百姓！”

分析这些情况大约花去了一分钟，这时芬妮小姐从面对通向门房的狭长通道的马车座位上站起来，气呼呼地涨红了脸。

“我倒要说句话了，爸，”她大声说道，“这种事情实在丢人！”

“什么丢人，芬妮？”

“我倒要说，”她重复了一句，“这种事情实在太可耻了！甚至在这样的时候，也真的几乎要叫人真想去死！你瞧那丫头艾米来了，穿那一身又丑又旧又破的衣服，这一身衣服她说什么也不肯脱了，爸，我求爹爹告奶奶似的不知求过她多少回了，要她换下来，可她就是一回回地说不换，答应到今天才换，说什么她与您在那里面呆多久就要穿多久——这种话完完全全是最最低级的胡思乱想的废话——你瞧那丫头艾米把我们脸都丢尽了，一直丢到这最后一刻，在这最后一刻还要丢我们的脸，让人家抱出来，到头来还是穿那身衣服。而且又是让那个克莱南先生抱出来！”

在她一迭连声谴责的时候，这过错也得到了证实。克莱南来到了马车车厢门口，怀中抱着那个失去了知觉的瘦小的人。

“大家把她忘了，”他说道，是一种并非没有责备的怜悯的口吻。“我跑到她房间里(是奇弗利先生告诉我的)，房门开着，我见她昏倒在地板上，这孩子。瞧她那样子是想去换衣服的，似乎是太激动了昏过去的。说不定是欢呼声吧，否则也许早就发生了。当心她这只可怜冰冷的手，杜丽小姐。别让她滑下来。”

“谢谢您，先生，”杜丽小姐接话道，眼泪夺眶而出。“我相信我知道该怎么办，要是您允许的话。哎，艾米，眼睛睁一睁，你要听话呀！噢，艾米，艾米，我真烦死了，真羞死了！你快醒醒，亲爱的！噢，马车干什么还不走！求求您，爸，快走吧！”

仆人往克莱南与马车车厢之间一站，厉声道：“给个方便吧，先生！”说着便把踏级往里一推，他们驾着车走了。

马夏尔西狱成了孤儿

Charles Dickens

小杜丽

Little Dorrit

㊦

〔英〕查尔斯·狄更斯——著　金绍禹——译

上海译文出版社

下卷　富有

第一章

旅 伴

那是秋天时节，黑暗与夜色悄悄地正朝着阿尔卑斯山最高的山脊爬上来。

这个时节，在大圣伯纳德山口[①]瑞士一边的峡谷地带，以及日内瓦湖沿岸一带，正是采摘葡萄酿酒的季节。空气里充满了采集起来的葡萄散发的气味。一只只篮子，一个个食槽，一个个木盆，都装了葡萄，堆放在暗洞洞的村户门口，堵塞了陡峭而狭窄的乡村小街，大路上，小巷内，整天都在搬运。撒落在地上、被来往行人踩烂了的葡萄到处可见。提着满满一篮子葡萄，踏着沉重的脚步回家的农妇，背上用带子扎着孩子，孩子手上抓着拾来的葡萄，也不再吵闹了；那白痴坐在通向瀑布的大路旁边的木屋屋檐下，一面在太阳下晒他的大脖子，一面大口嚼着葡萄；牛羊吐气时送来强烈的葡萄叶与葡萄藤的气息；每一家小酒店里坐着的人，吃的是葡萄，喝的是葡萄，聊的是葡萄。可惜的是，这一片葡萄丰收景象的成熟感竟一点也没有赋予色淡、味酸、涩口的葡萄酒，而葡萄酒之为葡萄酒，毕竟是由于它是用葡萄酿制的呀!

那天阳光明媚，从早到晚空气都是那样和暖，那样透明。耀眼的金属尖顶与教堂屋顶，相去甚远，难得看清，此时却闪烁着闯入眼帘；积雪覆盖的山巅是如此清晰，那些未见惯的人，忘了中间相隔的那个地带，竟把那些崎岖的高冈峻岭，看作是人们的夸张，只凭目力所测，真会觉得几个钟头便可轻轻松松地登上山去。在峡谷地带享有盛名的山峰，有时一连几个月都休想看得见它们的踪影，眼下却是从早晨起就背靠蓝天，显得那样清晰，近在眼前。虽然当落日染红的山峰褪了色，变成了冷飕飕的一片白的时候，这些山峰似乎神态庄严地渐渐模糊，仿佛即将隐去的幽灵，这时，尽管天空底下已经是一片黑暗了，却只见孤独的几个山峰，依然轮廓清晰地显现在暮霭与阴影之上。

在这些僻静的地方，在这些僻静的地方之一的大圣伯纳德山口上，观察那渐渐往山顶弥漫的夜色，它仿佛一片上涨的河水。当夜色最后升到大圣伯纳德修道院围墙上的时候，那饱经风霜的建筑，仿佛成了又一艘诺亚方舟[②]，漂浮在那影影绰绰的波涛之上。

当一些骑在骡背上的游客还在爬山时，黑暗已经赶在他们之前，上升到了粗糙的修道院围墙了。在火辣辣的白天，他们曾经停下来喝过冰雪开始融化的溪流里的水。到了这高山之上，白天的炽热已经变成了冷而稀薄的夜的空气之刺骨严寒，在山麓行走途中所见的赏心悦目之美此时也让位给岩石裸露之荒凉了。一条巉岩相接的山道便是他们现在走着的路，在这条山道上，骡子排成一列纵队，从一块岩石攀到另一块岩石，从这块岩石转到那一块岩石，仿佛他们是在一个巨大的废墟里，顺着一个毁坏的楼梯往上攀登。途中既见不到一棵树，也看不到一点青草，只有那可怜的棕色苔藓一丛丛在岩石缝中挨冻。路旁躺着发黑的柴禾枝桠，指着上面的修道院，仿佛被积雪掩埋的先前的旅行者的幽灵，在他们的遭难地出没。作为躲避突然生成的暴风雪之用的岩石洞穴挂满了冰凌，它们仿佛一个个都在低声诉说此地的危

---

① 阿尔卑斯山上从瑞士进入意大利的山口。山口上有一旅游者客店，为圣徒伯纳德所创建。

② 见《圣经·创世记》第七章第六至九节。

险；一圈圈、一团团缭绕不绝的雾气，在呻吟着的风的追逐下四处弥漫；山上经常发生的危险便是雪，山上的全部防御措施也都是为了对付这雪，雪，此时被风卷着，急剧地落下。

那一纵队骡子，由于劳累了一天，已经疲惫不堪，此时在陡峭的山道上一步一步缓慢地朝上绕呀绕的；走在最前面的那头骡子由一名徒步的向导牵着，那向导头上戴一顶宽边帽，身上穿一件圆滚滚的外套，肩上扛着几根登山时用的长竿，另一名向导正在与他交谈。那一队骑在骡背上的人则没有一个说话的。刺骨的严寒，旅途的疲劳，新产生的呼吸急促感，既有点像刚从非常清澈的水中钻出来那样，又有点像在一直不停地抽泣一样，使得大家因此都保持着沉默。

终于，石梯顶上一道亮光在飞雪与迷雾中闪烁。向导吆喝着骡子，骡子竖起了垂下的脑袋，旅行者们的舌头放松了，他们突然之间活跃起来，接连地打滑，不停地攀登，伴随着叮叮当当的响声，咿哩哇啦的谈话声，他们到达了修道院的门口。

别的骡子早就到达了，有驮农民的，有驮货物的，把修道院门口的积雪踩成了一片泥浆。鞍座，辔头，货架，一串串的铃铛，骑在骡背上的人，灯笼，火把，麻袋，草料，啤酒桶，奶酪，一桶桶蜂蜜、奶油，一件件、一捆捆各种形状的草包，就在这积雪融化了的泥潭中，就在这门口的台阶上横七竖八地挤成了一团。在这茫茫云海之中，一切都被云雾包围着，一切又似乎都化作了云雾。人呼出的气是云雾，骡子吐出的气是云雾，灯光四周包围着云雾，由于云雾弥漫，听见身旁有人说话，却看不见说话的人，尽管他们说话的声音以及所有别的声音都令人奇怪地清晰。云雾缭绕的一队骡子被匆匆地拴在墙上的套环上，倘若一只骡子咬了别的骡子，或踢了别的骡子，这时整片云雾便会被搅乱了：只见有人冲进这片云雾，只听得从里面传出人的喊声、骡子的叫声，而站在旁边的人却不知道是出了什么事。修道院有一个大马房，占了整个底层，有门与外相通，那一片混乱便发生在这扇门的外边，就在这一片混乱之中，那大马房不断地往外吐着云雾，仿佛整座凹凹凸凸、不整齐的建筑里面什么也没有，只有那云雾，仿佛它一旦吐尽了云雾便要倒塌，任凭飞雪卷落在光秃秃的山顶上。

这里，在活着的旅行者当中只听得一片嘈杂与忙乱；而在离此五六步的一座装了铁栅门的屋子里，尽管也同样是云雾缭绕，也同样是飞雪扑打，然而静悄悄地聚集在那里的却是死去的旅行者，他们都是在山上找到的。那是一位许多年前在途中遇上了暴风雪的母亲，她依旧站在角落里，怀中抱着婴孩；那是个在恐怖或饥饿中将胳臂抬起来凑到嘴边时冻僵的男人，在经过这么多年以后，此时他依旧用他那干燥的嘴唇贴着他的胳臂。那真是令人毛骨悚然的一群人，神秘莫测地聚到一起来了！那位母亲怎么也不会料到这样的命运，“我们周围聚集了这么多旅伴，聚集了这样的旅伴，我从来也没见过他们，我从来也不会看见他们，我就在这一群旅伴中，就在这大圣伯纳德山口上，抱着我的宝宝，永不分离，一代代的人会到这里来看望我们，他们从不知道我们的名字，一点也不知道我们的经历，只知道我们的归宿。”

刚才那些活着的旅行者很少想过死去的人，或者根本没有想过。他们想得更多的是在修道院门口跳下骡背，坐到修道院的火炉前暖暖身体。那一群骡子开始安顿到马房里去了，纷乱也已经渐渐转为安静，人们摆脱了这纷乱之后，便一面哆嗦，一面急匆匆地跳上台阶，进了修道院。进了修道院，便闻得一阵气味，从拴牲口的底楼冒上来，犹如巡回展出的动物笼子里冒出来的气味。修道院内有拱顶结实的回廊，巨大的石柱，巨大的楼梯，坚厚的墙壁，壁上挖了凹陷的小窗——抵御高山暴风雪的工事，仿佛暴风雪便是进犯的敌人。修道院内有阴暗的圆顶卧室，室内奇冷，然而为游客的到来而布置得干净而周到。最后要提一提的是，修道院内还有一间供游客闲坐与用餐的客厅，那里已经摆好了一张桌子，客厅内生了熊熊的炉火，炉火吐着通红的、高高的火舌。

旅客们在两位年轻的教士分配好他们宿夜的卧室之后，便即刻来到这间客厅里，围坐在火炉旁边。这些旅客分三组；其中第一组由于人数最多，且很有派头，所以行动最缓慢，他们在上山的路上，被另一组旅客赶上了。他们这一组人包括一个上了年纪的太太，两个头发花白的绅士，两位小姐，以及这两位小姐的兄弟。陪他们的人（不包括四个向导）有一个旅游从仆、两个男仆、两个女仆：这一支实力雄厚的累赘人马则在这同一修道院别处安顿了。在上山途中赶上来紧紧在后面跟着的那一组旅客只有三个人：一位太太，两位先生。第三组旅客是从大圣伯纳德山口意大利那一面的峡谷上山的，他们最先到修道院，一行四人：一个红脸、肚子里咕咕叫、嘴上一声不响、戴着眼镜的德国家庭教师，带着三个少年即他的学生旅行，三个学生也都是红脸、肚子里咕咕叫、嘴上一声不响、戴着眼镜。

这三组旅客围坐在火炉边，一个个毫无表情地你看我、我看你，等着吃晚餐。他们当中只有一个人，即三人组的其中一位先生，想引得人们交谈一番。他是同他自己的人交谈，然而话是说给那一组很有派头的人的家长听的，而且，听他说话的口气，在座的人谁愿意搭讪，也可包括在内。他说，这一天也真漫长，他很同情女士们。他说，两位小姐中有一位恐怕不是个强壮的旅行者，也可能不是个常旅行的人，两三个钟头之前已经累得不行了。他说，他从背后望去，见她骑在骡背上仿佛是精疲力竭了。他说，他后来有两三回有幸向其中一位落在队伍后面的向导问起，那位小姐怎么样了。他说，他高兴地得知，她已经振作起精神了，还得知，那只不过是一时的不适而已。

他说，他相信(话说到这时，他已经吸引了那家长的目光，而且此时是面对着他说话了)他能得到允许，表示一下自己的愿望，她此刻不会有什么事吧，希望她也不必后悔走了这一趟路。

“我非常感谢您，先生，我女儿，”那家长接话道，“现在已经完全恢复了，兴趣也很高。”

“恐怕没爬过山吧?”那一味巴结的旅客说道。

“没爬过——哈——没爬过山，”家长说道。

“不过您是常爬山的，对吗，先生?”那一味巴结的旅客猜想道。

“我倒是——哈——相当习惯的。近几年没爬过。近几年没爬过，”那家长挥了一下手答道。

那一味巴结的旅客见他挥了一下手，便点头表示会意，然后将目光从家长那儿移到另一位小姐身上。他至此尚未问及这位小姐，只不过将她看作是他怀有很敏感的关切的女士中的一员而已。

他希望她并没有因旅途的疲劳而身感不适。

“不适倒的确是不适，”那小姐说道，“不过也不疲劳。”

那一味巴结的旅客夸她话说得很恰如其分，不适与疲劳是不同的。他的意思正是如此。女士们碰上骡子这种谁都知道是不顺从的牲畜，那是毫无疑义地一个个都必定会觉得很不适意的。

“我们当然啰，”那小姐说道，颇有保留的态度，也很傲慢，“到了马蒂尼也只好将马车和行李车留下来。你要的东西不可能都带到这个车马不通的地方，舒适的东西都得丢在山下，那就不会方便了。”

“真是一个鬼地方，”那一味巴结的旅客说道。

那上了年纪的太太，她是衣着一丝不苟的典范，她的举止是尽善尽美的，仿佛一台机器，她听到这里轻声地插进一句话来。

“不过，同别的不方便的地方一样，”她说道，“这个地方是一定要来观光的。作为一个人们经常提起的地方，这里是应该来观光的。”

“哦！我一点也不反对来这里观光，我告诉你，杰纳勒尔太太，”另一个随随便便地回了一句。

“太太，您，”那一味巴结的旅客说道，“以前到这儿来游览过吗？”

“是的，”杰纳勒尔太太回答道，“我以前来过。我建议你，亲爱的，”她对刚才那位小姐说道，“脸不要对着这火热的柴火，遮一遮，因为你的脸被山风和飞雪吹打过了。还有你，亲爱的，”她对另外一个年纪小一点的小姐说道，小姐听从了，立即遮了脸；而前一位小姐只是说了句：“谢谢您，杰纳勒尔太太，我舒服极了，我喜欢这样烤火。”

那位兄弟，刚才就离开椅子去把放在客厅里的钢琴打开，他吹了一阵口哨，又把钢琴盖上，此刻他又踱着步子回到火炉边，戴上了眼镜。他的的确确是一身旅行的装束。这个世界似乎还是嫌不够大，容不下与他的装备相称的旅行。

“这些家伙弄一点晚餐要花这么多时间，”他慢条斯理地说道。“真不知道拿什么给我们吃！你们哪一位知道？”

“我看不会是吃烤人肉的，”三人组里的另一位先生这样说道。

“我看不会。你什么意思？”他质问道。

“我的意思，你是不会烤了给大家当晚餐的，所以，也许你能给我们大家行个方便，不要在大家要烤的炉火面前去把自己烤了，”另一位这样回答道。

那年轻人从容不迫地在炉边站着，歪斜的眼镜对着面前的人，背对着熊熊的炉火，两只胳臂夹住了外衣，他那样子真像是一只鸡或鸭什么的，扎好了要放在火上烤似的。他听见这样一句回答，突然变了脸色；就在他要对方把话说个明白时，大家发现——一双双眼睛当时都转移到了说话人身上——与那人一起的年轻、漂亮的太太，头靠在那人的肩上昏过去了，并没有听见面前发生的事。

“我看，”那位先生放低声音说道，“我还是把她直接送到卧室里去吧。你去叫个人拿盏灯来好吗？”他对他的同伴说道，“叫他们带路，好吗？在这个乱七八糟的陌生地方，我真不知道要走哪条路呢。”

“我去把我的女仆叫来，”个子高一点的那位小姐叫道。

“我来给她喝一口水，”个子矮一点的那位小姐说道，她还没有开口说过话。

两位小姐分别按各自的建议行事，这么一来，帮手也就不缺了。其实，待到两个女仆赶到（由那旅游从仆陪着，免得路上有人同她们说起外国话来把她们吓呆了），看那光景，怕是帮手太多了。那先生看到了这情景，同时把这个意思对那位瘦弱而年轻一点的小姐简短说了几句，就将他妻子的胳膊搁在自己肩上，抱起她，送她走了。

他的朋友没有走，与别的旅游者一块儿呆着，他没有再走近炉火，只是在客厅里慢腾腾地来回踱着，若有所思地捻着他的两撇黑髭须，仿佛他与刚才的反唇相讥有关。就在那个受到讥讽的人站在一角表现出受了屈辱的样子的时候，那家长态度傲慢地喊住了这位先生。

“你那位朋友，先生，”他说道，“有——哈——有点儿急躁；而他心里一急躁，也许就有一点忽视他应该——嗯——应该——不过这事我们就不去说它了，我们就不去说它了。你那位朋友有点儿急躁，先生。”

“可能是这样，先生，”另一位说道。“可是，话也不能光这么说。来这里之前，我同那位先生，还有许多别的有趣的旅伴在日内瓦碰到一起来了，我也有幸在日内瓦的旅馆里认识了那位先生，也有幸

旅客们

在后来几次游览的时候，同那位先生一起做伴，一起交谈。所以，我是不愿听到——绝不，即使出自有您这样的体面与身份的人之口，先生——有损那位先生声名的话的。”

“这样的话，先生，你根本不用担心会从我嘴上说出的。我说你那位朋友有点急躁那个话的时候，并没有这样的意思。我之所以要说那个话，是因为毫无疑问，我儿子，无论是从出身——哈——还是从教育来看，都是一个——嗯——一个有教养的人，关于炉火对在座的诸位来说都是同样可以享受的这个问题，随便哪一位，只要谦和地表示一下这个意思，他是立即就会接受的。这件事，原则上说，我——哈——因为我们都——嗯——在这种场合机会是均等的——我认为是对的。”

“行！”那人回答道。“就到此为止！我特此向您儿子敬礼。请您儿子接受我向他表示深切敬意的保证。此外，先生，我倒承认，坦率地承认，我那位朋友有时候说话爱讽刺。”

“那太太是你朋友的夫人吗，先生？”

“那太太是我朋友的夫人，先生。”

“她很漂亮。”

“先生，谁也比不上她。他们俩还是新婚第一个年头。他们一半是新婚旅游，一半是艺术性旅行。”

“你朋友是画家啰，先生？”

这位先生举起右手吻了一下手指，并朝天上伸直手臂送了个飞吻，算是答复。他仿佛是在说，我要把他作为不朽的画家，奉献给神！

“但他是个出身名门的人，”他补充说道。“他的亲属都是最有名望的。不能说他只是个画家：他的亲属都是很高贵的。他其实是可以弃绝他的亲属的，自豪地，气恼地，讽刺地(这两个词儿我认为都是有情可原的)弃绝他们；可是他保持了这种关系。根据我们交往中他流露的一星半点儿，我看出这一点来的。”

“哎！我希望，”那高傲的绅士说道，并表现出最后不再谈论这件事的神情，“那位太太的微恙也许只是暂时的。”

“先生，我希望如此。”

“只是疲劳了，我想。”

“不完全只是疲劳，先生，因为她骑的骡子今天打过滑，她从鞍上摔下来。摔得不重，没人扶她自己就起来了，又骑上骡子，跑在我们前面，哈哈地笑呢；可是到了傍晚的时候她抱怨说腰上摔了个肿块。我们跟在你们后头上山的时候，她不止一次说起腰痛。”

为数众多的那一行人的家长，态度和蔼而并不冒失，到了这时他似乎觉得已经表现得太谦卑了。他不再说话了，客厅里约摸沉默了一刻钟，才见晚餐送进来。

晚餐送进来了，也来了一名年轻的教士（这里似乎没有年老的教士），他坐了首席。晚餐与瑞士旅馆里的平常的晚餐一样，修道院在天气暖和的时候自己种的葡萄酿的上等红葡萄酒也应有尽有。那画家心平气和地走进客厅，在别人都坐下来之后他才就座，也没有明显地流露出刚才与那位全身旅行装束的旅客争吵过的表情。

“请问，”他端过他那一盆汤，向主人询问起来，“你们修道院远近闻名的狗①现在养了好多吧？”

“先生②，院内有三只。”

“我在下面回廊里看到三只。不用说就是那三只了。”

主人身材修长，两眼炯炯，是皮肤黝黑的年轻人，举止文雅，他的外衣是一件黑色长袍，上有交叉的白色条子，像吊带。他与那些传统

---

① 即下文所谓圣伯纳德狗，最初为圣伯纳德山口修道士所养，皮毛黄褐或白，头大，性聪敏，用来寻救雪中迷失的旅客。

② 原文为法文 Monsieur。这里的修道士都说法语，尽管当中除了瑞士人、法国人之外，还有德国人、意大利人。

的纯种圣伯纳德修道士毫无相像之处，如同他与传统的纯种圣伯纳德狗毫无相像之处一样。他听了客人问话后答道，不用说就是那三只了。

“我觉得，”那画家说道，“有一只狗我以前看到过。”

那是可能的。那是一只很有名的狗。当它(那只狗)奉命下山为修道院请求支援的时候，先生就很容易在峡谷或湖边哪个地方看到它的。

“我想，下山求援每年是有一定的时候的吧？”

先生说得对。

“总离不了狗。狗很重要。”

先生说对了。狗很重要。人们都关心狗，那是正当的。它也是一条远近闻名的狗，小姐会注意到的。

小姐注意起来稍微迟缓了一点，仿佛她还不很习惯于听法国话。不过，杰纳勒尔太太替小姐注意到了。

“问问他，那只狗救活了许多人吗？”那个被挖苦得变了脸色的年轻人，用他自己的英国话说道。

那主人也不需要由人先把话翻译成法国话。他当即用法国话回答道，“不是。不是这只狗。”

“怎么不是？”那同一位先生问道。

“对不起，”主人泰然自若地接话道，“如果给它机会，它毫无疑问是行的。比如说，”他正在切小牛肉，准备一盆一盆递给各位，这时他笑吟吟地看着那位刚才被挖苦得变了脸色的年轻人说道，“我就非常相信，先生，假如你给它一个机会，它就会热情似火地赶去尽它的职责的。”

那位画家旅客哈哈地笑起来。那一味巴结的旅客(他一脸迫不及待的焦灼样子，生怕他自己那一份晚餐没吃足)一面拿起一片面包擦拭沾在他上髭上的几滴葡萄酒，也凑过来说话。

“师傅，旅游观光的人，”他说道，“在这个时候来这里，是不是有点儿晚了？”

“是呀，是晚了点儿。不过，最多再有两三个星期，我们这儿就要冬雪封山了。”

“到了冬雪封山的时候，”那个一味巴结的旅客说道，“像画里面说的那样，就由狗来扒，小孩子给埋了！”

“对不起，”主人说道，他并不怎么明白所指的是什么。“怎么叫像画里面说的狗来扒，小孩子给埋了？”

还没等人接上话来，那画家又插话了。

“你知不知道，”他隔着他那同伴的晚餐冷冷地询问道，“冬天的时候谁也不会来走这条路，只有走私的人来，也只有这些人才会有事要走这条路的，唔？”

“哦天哪！不知道；从来没有听说过这种事。”

“我看是这样的。由于他们看天气的本领相当地大，所以他们也没有多少事情可以叫狗去干的——这么一来，这些狗便差不多绝种了——尽管这个款待旅客的处所对他们来说倒是来去极为方便之地。我听说，他们常把子女都留在家里，不带来的。这真是个好主意！”那个画家兴奋地说道，说话的语气突然间激动了起来。“真是个绝妙的好主意。这是世上最妙的主意儿啦，真叫人热泪盈眶，天哪！”说完这一番话，他又继续吃他的小牛肉，一副泰然自若的神态。

这一番话细细咀嚼起来有不少嘲讽的怪话在里面，因此，这些话听起来便不很顺耳，尽管说话的人举止文雅，相貌标致，而且这一番话中含有贬义的那几句说得又极为高明，倘若听者是一个并不很熟悉英语的人，那是很难听懂的，或者即便听懂了，也很难就因此而动怒的：说这番话的语气也真是太普通、太平淡了。刚才说话的那个人在一片沉默之中吃完了他那一份小牛肉，此刻又同他的朋友说起话来。

“你瞧我们这位主人先生，”他依旧用先前的语气说道，“他尚未进入壮年时期，就能举止文雅，彬彬有礼，谈吐谦逊，为我们尽主人之谊！那真是君王的风度！设想与伦敦市长大人一起进餐（要是你能得到邀请的话），观察观察两者的不同。这个可爱的人，我从未见过这么清秀的脸，一张完全是画一样的脸，他离开了一种辛劳的生活，上了山，到了这个我不知道海拔多少英尺高的地方，在这世间只图（我希望，他除了在一个一流的膳厅里进餐之外）为你我这样的庸碌可怜之辈提供食宿，至于食宿费，就听我们的尊便！咦，这不是一种美好的牺牲吗？这一点还不足以叫我们感动吗？难道因为那些模样有趣的获救的人，在一年十二个月的那八九个月的日子里，没有在这儿抱住口衔木壶、个性聪敏的狗的脖子，我们就可以给这个地方抹黑吗？不能！上帝保佑。这是个了不起的地方，光荣的地方！”

那一行高贵的人的家长，即那位头发花白的绅士，胸膛气得鼓鼓的，仿佛胸膛里憋着的怒气是抗议将他也归入可怜之辈的行列。那画家话音刚落，他自己也理论起来，态度十分庄严，表明他把在大多数情况下都要起带头作用，看作是他义不容辞的责任，他只是短时间内放弃了那个责任罢了。

他很认真地向主人表达了他的见解，认为他冬天住在这里，生活一定是非常沉闷的。

主人向先生承认，是有一点儿单调。在这里，一年中连续有一段时间里呼吸都困难。天气非常寒冷。你要顶住的话就得年轻，需要力量。不过，有了这两条，又有老天保佑——

对，那是很好的。“可是这禁闭，”那花白头发的绅士说道。

有许多日子，即使是天气很恶劣的时候，也可以到外面四处走走。到外面走走，去活动活动，成了习惯了。

“可是这走动范围，”花白头发的绅士强调说道。“这么小。这么——哈——非常狭窄。”

先生一定记得山上还有避难所要查看，到那些地方去也要走好多路。

先生仍旧强调说，可是从另一方面来看，这地方这么——哈——嗯——这么小小的一块。还不光是这一点。这儿总是一个样，总是一个样。

主人露出一个表示异议的微笑，两只肩膀轻轻地耸起来，又轻轻地放下去。他说，这话也对，不过请允许他说明一点，几乎所有事物都有其不同的观察角度。先生与他在看待他那种可怜生活时，不是站在同一个观察角度上。先生不习惯于过禁闭的生活。

“我——哈——对，非常正确，”花白头发的绅士说道。这句表示异议的话似乎给了他极大的打击。

先生是位英国旅客，愉愉快快的旅行所必需的东西应有尽有；毫无疑问，有钱，有车，有仆人——

“一点不错，一点不错。毫无疑问的，”那绅士说道。

先生不大善于把自己放在无权作出选择的人的地位上去想想，即无权选择我明天要到这里来，后天要到那里去；我要跨越这些障碍，我要扩大那些界限。先生也许不明白，人的思想在这种事情上是如何自我调节，适应需要的影响的。

“不错，”先生说道。“我们就——哈——不要再讨论这个问题了。你说得——嗯——非常确切，我心悦诚服。我们不要再说了。”

晚餐已经吃完，于是他一面说着一面拉过自己的椅子，又坐到炉边原来坐的那个地方。由于餐桌大多数座位上都很冷，所以别的客人也都回到炉边原来坐的地方，想好好儿烤一烤火再去睡觉。当这些客人吃完晚餐站起来时，那主人与在座各位一一点头，祝大家晚安，然后告辞。不过先前那一味巴结的旅客询问他们可不可以弄一点热葡萄酒；那主人回答说可以，而且不一会儿便叫人送来了，那旅客便坐在圈子中央，对着暖烘烘的炉火，立即忙着给其余的人斟起酒来。

那个年纪轻一点的小姐，原先是默默地坐在那黑暗的角落里（在这幽暗的客厅里，炉火是主要的亮光，那盏灯暗昏昏的，烟多亮少），留神人们议论那位不在客厅里的太太；就在那位旅客给其余的人斟酒的时候，她悄悄地出去了。她轻轻地把门带上之后，却又不知该朝哪条路走；不过，她在回声响亮的过道与好多道路中犹豫了片刻之后，来到了主回廊拐弯处的一个房间里，只见仆人们坐在那里吃晚餐。她向仆人们要了一盏灯，并且向他们问明了去那位太太卧室的路。

那间卧室可从大楼梯上去，就在上面那层楼。她一路走去，只见一处处光溜溜的白墙上都有一扇铁栅门，她一面走一面心中想道，这个地方颇有点像一座监狱。那位太太卧室（即牢房）的拱门并没有关紧。她在门上敲了两三下而不见答应之后，便轻轻地推开门，朝里张望。

那太太闭着眼睛，脸朝外躺在床上，为了防止受冻，身上盖了毯子，还裹着那件她从昏迷中醒过来之后盖的便袍。窗洞深处放了一盏昏黄的灯，几乎照不见卧室的拱顶。来客胆怯地走到床边，细声细气地说了一句："你好些了吗？"

那太太已经睡熟了，细声细气的话声音太低，没法惊醒她。她的来客站在床边一动不动，两眼紧紧注视着她。

"她很漂亮，"她自言自语道。"我从来没见过这样漂亮的面容。哦，跟我多么不相像啊！"

说这种话倒也有些怪，然而这句话里却另有意思，因为她说这句话时，两只眼睛里噙着泪水。

"我知道我想的一定是对的。我知道那天夜里他说的是她。要是任何别的事情，我是很容易猜错的。可是这件事不会，这件事不会！"

她伸手悄悄地，爱抚地将睡着的人的一缕散落的头发拨开，然后又去抚摩露在毯子外面的手。

“我喜欢看着她，”她轻声自言自语道。“我喜欢看看让他如此深为动心的东西。”

她的手还没来得及抽回来，那睡着的人就睁开了双眼，并且吃了一惊。

“请别惊慌。我不过就是楼下旅客中的一位罢了。我上来问问你好些了没有，不知要不要让我帮你什么忙。”

“我想，你已经很好的了，派你家仆人来帮我忙，对吗？”

“那不是，不是我；那是我姐姐。你好些了吗？”

“好多了。只不过是一点小擦伤，那以后我一直很当心，现在差不多没事了。刚才我只觉得头晕，一下子就昏过去了。当初也痛；不过，最后倒是痛得我一下子昏倒了。”

“让我陪陪你，等有人来了我再走，可以吗？你喜不喜欢？”

“我真喜欢你留着，因为这儿太冷清了；不过，恐怕你呆在这儿太冷了。”

“我不怕冷。我也没那么娇弱，即使看起来是这样。”她立即将放在床边的两把简陋的椅子搬过一个，坐了下来。另一个也立即拉过自己身上那件旅行便袍的一角，披在她的身上，这样把便袍盖在她身上时，她的手臂就搁在她的肩上了。

“你那样子很像个善良的保姆，”那太太朝她微笑着说道，“所以，你好像是从家里赶来看我的。”

“听你这么说我真高兴。”

“我刚才醒来之前正好在做梦回到家里。我是说我结婚之前的老家。”

“在你还没有离家这么远之前。”

“我过去离家比这里还要远得多呢；不过那个时候家庭中最亲的人就在身边，所以什么也不想念。我睡在这儿就感到孤独了，有点想念的时候，就做梦回去了。”

她说话的时候，语气中听起来很悲伤地有亲切和悔恨的声音，这使她的客人别过脸去，一时不敢再看着她。

“这真是一个奇怪的机会，把我们两个终于带到一起来了，共同盖着这件你替我披上的便袍，”来客停了一会儿之后说道；“因为你知道，我想我一直在找你，找了好些时候了。”

“找我？”

“我想我是带着一张便条，准备一见到你就把这张便条交给你的。就是这张。我想准没错，这张条子是写给你的。是不是给你的？”

那太太接过便条，回答说是给她的，然后就看起来。她的客人在她接过信去看时一直注视着她。信很短。她凑过脸去在她客人的面颊上吻了一下，并且握了一下她的手，这时她自己的脸绯红了。

“他介绍给我的可亲的年轻朋友，也许在某个时候能给我带来宽慰，他信上这么说。我第一次见到她，她便真的给我带来了宽慰。”

“也许，你不，”来客有些踌躇——“也许你不了解我的身世吧？也许他从未对你说起过我的身世吧？”

“没说起过。”

“哦，是啊，他为什么要说呢！现在我自己也没有一点儿权利去说它，因为他恳求我不要去说它。事情也没有什么了不得的，不过，对你来说，我的身世也许可以说明我为什么请你不要在这里谈起这封信的理由。你也许看到了跟我一起的我们家的人了？他们有的人——我只给你说到这一步——有点儿傲慢，带着一点儿偏见。”

“你再把信拿回去吧，”另一个说道，“那样我丈夫就肯定不会看见了。要是信留在我这里，偶然间让他看见了，他说不定会说起这张便条来的。你把它拿回去放在胸口衣袋里，保险一点，好吗？”

她小心翼翼地收起那张便条。她那瘦小的手还拿着那张便条，她们就听见外面回廊里有人走动。

“我答应过他，”来客站起来说道，“我见到了你以后(我不会见不到你的，迟早会见到你的)，就给他去信，告诉他你是否康健、愉快。我最好说你身体健康、心情愉快，好吗？”

“好的，好的，好的！就说我很好、很愉快。告诉他我亲切地感谢他，我永远不会忘记他的。”

“明天早晨我来看你。以后我们不要很久肯定又会再见面的。晚安！”

“晚安。谢谢你，谢谢你。晚安，亲爱的！”

两个人道别的时候，那来客走出门去的时候，她们都是急急忙忙、焦躁不安的样子。她原以为会碰上迎面朝卧室走来的那太太的丈夫；然而回廊上的那个人并不是他：这人就是用面包擦拭上髭上沾的几滴葡萄酒的那个旅客。他听见背后有脚步声便转过身来——因为他正在黑暗中朝别处走。

他是非常地彬彬有礼的，由于这种彬彬有礼，他就不会让这位小姐自己拿着灯下楼去，或者让她独自一个人下楼去的。他从她手中接过灯，在手中举着，以便让灯光能照到脚下的石级上，他走在后面，一直把她送到晚餐室里。她一步步走下楼去，当时她几乎就要畏缩、哆嗦起来，好不容易才掩饰住；因为这个旅客的相貌特别叫她厌恶。晚餐之前她就一个人坐在那个静悄悄的角落里，心里揣测着，在她经历过的那些场面、那些地方，他会是个什么角色，她越想越觉得他使她感到厌恶，这厌恶又使他变得简直令人毛发倒竖。

他以他那伴着微笑的礼貌跟着她下了楼，又跟着她进了晚餐室，又在炉边他那最舒服的座位上坐下。烧木柴的炉火火苗已经渐渐低落，炉火上下跳动，在黑暗中映照在他的脸上，他就在那里坐着，伸直了两腿烤着，一面将热葡萄酒喝得一干二净，他那又大又长的影子落在墙上，落在天花板上，也在学着他的模样。

旅途疲劳的旅客们已经走了，其余的人都已上床歇息，只剩下那小姐的父亲，他坐在炉边的椅子上打着盹。那旅客是一路摸索着上楼到卧室里去取那一小瓶白兰地的。他一面把白兰地倒进剩下的那一点葡萄酒中，一面这样向他们解释着，并且带着新的酒兴不停地喝着。

"请问一声，先生，你们是不是要到意大利去？"

那花白头发的绅士这时已经醒了，正打算回卧室去。他作了一个肯定的答复。

"我也是！"那旅客说道。"到时候鄙人希望能有幸在比这个阴沉沉的山顶优美，条件比这里温和舒适的地方，向你们表示敬意。"

那绅士点了一下头，态度冷淡得可以，并说道，他谢谢了。

"我们这些可怜的绅士，先生，"那旅客说道，一面用手将他的小胡子抹干，因为他的小胡子浸到葡萄酒与白兰地里去了；"我们这些可怜的绅士旅行不像王子，不过生活的殷勤与礼貌对我们是宝贵的。祝您健康，先生！"

"先生，我感谢你。"

"祝你们杰出的一家人健康——祝漂亮的小姐，您的女儿们健康！"

"先生，我再次表示感谢。祝您晚安。亲爱的，我们的——哈——我们的人都在吗？"

"他们都叫得应的，爸爸。"

"请允许我！"那旅客说道，他见那绅士挽着他女儿的胳臂穿过客厅，朝门口走去，便立即起身去开门。"晚安！希望能再次见到您！明天见！"

当他以最文雅的姿势，带着最优美的微笑吻了吻他的手的时候，那小姐又朝她父亲身边靠了靠，生怕从他旁边经过时碰到他身上。

“唔！”那一味巴结的旅客说道，客厅里只剩下了他一个人时，他的举止收敛了，他的语调降低了。“要是他们都去睡了，唉，我也得走哇。他们都那么急匆匆的。在这么个又冷又静又凄凉的地方，再过两个钟头睡觉也会觉得夜是够长的！”

他仰起头来把杯子喝干的时候，目光落到了放在钢琴上的旅客登记册上，册子是摊开的，旁边放了笔和墨水，仿佛在他走开的时候，当晚留宿人的名字都登记在上面了。他把登记册拿在手中，只见登记了下面这些名字。

威廉·杜丽先生 弗莱德里克·杜丽先生 爱德华·杜丽先生 杜丽小姐 艾米·杜丽小姐 杰纳勒尔太太	与一批随从人员。自法国前往意大利。

亨利·戈文先生与太太。自法国前往意大利。

在那几行字下面，他加了几个又小又密的字，最后一个字母拖了又长又细的一笔，活像抛向其余几个人名字的套索：

布兰德瓦。巴黎。自法国前往意大利。

写完之后，他的鼻子朝下往小胡子挪，他的小胡子朝上往鼻子挪，走出客厅，到分配给他的那间斗室里去了。

第二章

杰纳勒尔太太

杰纳勒尔太太在杜丽一家这一行人中具有的重要性足以使她在那本旅客登记册上占得一行位置的，因此，将这位有修养的夫人作一番介绍是必不可少的。

杰纳勒尔太太是有大教堂的某城牧师中的上层人士之女，在这个城市里，她一直是个开一代新风的人，并尽一个未婚女子之能，一直坚持到了快四十五岁的时候。有一位面容刻板的六十岁的粮秣员，以军纪严厉出名。她在这个有大教堂的城市上流社会中仪态庄重地驾着那辆礼仪四马马车，这种庄重的仪态，引起了他的倾慕，并请求能与她并肩坐在那冷漠的礼仪马车座位上，驾驭那四匹马。他的求婚为这个女子所接受，于是，那粮秣员非常有礼貌地坐到了礼仪后面，杰纳勒尔太太便驾着这礼仪四马马车，直至那粮秣员去世。在他们共同驾驭四马马车的途中，他们撞倒了几个阻挡礼仪大道的人；然而，他们总是表现得堂而皇之，而且处之泰然。

那粮秣员去世时，葬礼上的布置，按当时的需要，可以说是一应俱全(礼仪马车的四匹马全部都套上拉他的灵柩，马儿身上装饰了羽毛，盖上了黑丝绒饰物，灵柩角落里饰了盾形纹徽)，他一死，杰纳勒尔太太便打听他在银行里到底有多少尘灰[①]存着。真相在这时候才泄露出来，那粮秣员背地里早已打了她的主意，在结婚之前他花钱买了几年的年金，向她求婚的时候他说他的收入来自存款的利息，而将花钱买年金的事瞒了。因此，杰纳勒尔太太发现，她的财产大大减少了，倘若她不能圆满地调节她的思想，她也许真会觉得，不久前的葬礼上宣布那粮秣员不能带走任何财产[2]，这项宣布的准确性是大有疑问的。

在这种情况下，杰纳勒尔太太想起了一计，她也许可以找一个名门闺秀，做“塑造其心灵”，补女子仪态之欠缺的事。或者，她可以把她的礼仪套在某个富裕的女继承人或寡妇的马车上，既做这辆马车的驭者，又充当其卫士，驾着它穿过上流社会的迷宫。杰纳勒尔太太把这个想法与她牧师方面的亲戚和粮秣员方面的亲戚都谈了，反应是极为热烈的，倘若这位太太没有这方面的毋庸置疑的长处，他们的热烈真让人觉得仿佛他们是要甩掉她这个包袱。有影响的人士都是一片赞美的言词，举荐杰纳勒尔太太，说她是个集敬、识、德、雅于一身的非凡的人；某德高望重的副主教甚而至于洒泪记下证明她的才德的话(那是根据他可以相信的人说的话写的)，尽管他一生当中从未有幸见到过杰纳勒尔太太，也从未有过这样的精神上的满足。

杰纳勒尔太太就这样受委派去执行使命，她仿佛是由教会与政府委派的，她历来处于优势，觉得自己是能够保持这个优势的，便以高价招标开始执行她的使命。一段时间过去了，却并不见有人来投标抢购杰纳勒尔太太。终于，一位祖上在郡中居住的贵族之后，因妻子去世，身边只有一个十四岁的女儿，与这位太太开始了谈判；也许那是杰纳勒尔太太天生的尊严的一种表现，也许是杰纳勒尔太太人为制定的方针的一个方面(但不管是哪一种，当然是二者必居其一)，她的举止态度仿佛是人家要找她，而不是她在找人家，因此，那鳏夫一个劲

---

① 在《圣经 · 旧约》故事的时代，人将泥土、尘灰撒在头上表示哀悼，此处指银行里的存款，颇有讽刺意味。

② 《圣经 · 提摩太前书》第六章第七节，“因为我没带什么东西到世上来，也不能带走什么去”。

地缠着杰纳勒尔太太，直至最后说服她答应塑造他女儿的心灵与仪态。

杰纳勒尔太太尽这一责任，大约花去了她七年的光阴，在这七年中，她到过欧洲大陆，那里的五花八门的浩瀚事物，她大抵都见识过了，对于那些事物，重要的是凡受过上流社会熏陶的人，都应用别人的眼光来观察，而绝不应用自己的眼光。托付给她的人最后已经塑造完毕，这时，不但小姐的婚事已经决定，就连她的鳏夫父亲的亲事也都有了安排。这样一来，那鳏夫便觉得留着杰纳勒尔太太既不方便，开销也太大，于是他突然变得几乎与先前那个副主教一样地为她的才德所感动，凡是在他以为有机会将领受她那非凡品质之福泽转让给他人的所有地方，他都广泛传播对她那非凡品质的赞美言词，杰纳勒尔太太的名声便变得比以前更可尊敬了。

正当这个完美无缺的人、这位女中豪杰以这样高尚的地位准备被出租的时候，刚继承了财产的杜丽先生向他存钱的银行提出，他想找一位太太，人嘛，须是有教养的，有才有识，出身名门望族，熟悉上流社会，既能胜任他两个女儿的教育，又可充当她们的监护人或者出入上流社会的陪伴者。杜丽先生的银行，如同那贵族之后的鳏夫的银行一样，立即回答道："杰纳勒尔太太。"

杜丽先生追求着如此幸运地遇上的显赫人物，同时又发现了杰纳勒尔太太全部熟人所提供的一致证明都具有上面已经说过的感情色彩，于是，他不辞辛劳，来到了那鳏夫居住的那个郡，要见一见杰纳勒尔太太。他见面后发现，杰纳勒尔太太是个品格比他的最高期望还要优秀的女人。

"请您原谅，"杜丽先生说道，"我倘若询问一下——哈——要付多少酬——"

"喔，真是的，"话也没让人说完，杰纳勒尔太太便接过来说道，

“这倒是我想避开不谈的事。我跟我这里的朋友们可从来也没有谈起过这个问题；这个问题我一直觉得很棘手，杜丽先生，我自己真没法子去克服。我希望您总是明了的，其实我不是一个家庭教师——”

“啊不不不！”杜丽先生说道。“请您千万千万别以为，太太，别以为我是这样想的。”他因为有将人当作家庭教师之嫌，而真的涨红了脸。

杰纳勒尔太太严肃地点了一下头。“因此，我不可能给要我提供的帮助定一个价，倘若我能够自愿地提供这样的帮助，那于我便是一种乐趣，可是，仅仅是为了报酬那我是不能提供的。我也不知道，与我这种情况相似的，该怎么找去，到哪里去找。那是我所特有的。”

毫无疑问。可是，这个问题又该怎样（杜丽先生并非不自然地暗示了一句）对待才是呢？

“我并不介意杜丽先生私下向我这里的朋友们打听打听，”杰纳勒尔太太说道——“尽管这样打听对我来说也是很不愉快的事——问问他们，每一个季度他们在我银行账下一般是记多少数目的。”

杜丽先生点头表示谢意。

“请容我再补充一点，”杰纳勒尔太太说道，“我只能在这个基础上继续谈下去。此外，我是不会接受二等或者低等的待遇的。倘若我十分荣幸能被推荐给杜丽先生的子女，大家相互认识——我想说起过是两个女儿吧？——”

“两个女儿。”

“我要接受的话，条件只能是完全平等的，我作为伴侣，作为保护人，作为良师，作为朋友。”

尽管杜丽先生自觉身份高贵，但是他感到似乎她能有条件地接受下来，已经是她的一片好意了。他心里是这样想的，嘴上也差不多都把这个意思说出来了。

“我想，”杰纳勒尔太太又重复问道，“你们是说两个女儿吧？”

“两个女儿，”杜丽先生又说了一遍。

“这样的话，”杰纳勒尔太太说道，“我的朋友们一般在我银行账下所记的款(不管最后定下来是多少)之外，应该再加三分之一。”

杜丽先生急忙将这个棘手的问题与那鳏夫说了，他得知，那鳏夫一般每年要记三百英镑在杰纳勒尔太太的账下的，他不必多费心思计算，便得出结论，他是应该付给四百英镑的酬金的①。由于杰纳勒尔太太是一件表面富有光泽的东西，凭这表面的光泽，就可以表明，这件东西价再高也是值得的，因此，他正式提议，要求容许他不胜荣幸地、无比欣喜地将她看作是他家的一名成员。杰纳勒尔太太承认了那份崇高的特权，就这样来到了这里。

论外表，杰纳勒尔太太，连同她那与外表关系极大的裙子，都是模样显贵、威风凛凛的；体态很有福相，走路窸窣有声，衣裙宽大而有威风；她总是在那礼仪后面正襟危坐。她可以——实际上是已经——上登阿尔卑斯山之巅，下入赫丘拉尼恩城之底，却不会乱了衣裙的一个褶缝，不会失落一枚胸针。倘若她的面容，她的头发，颇有点面粉似的外表，仿佛她居住在一个超凡娴雅的磨坊里，那是因为她一生下来便全身上下具有白垩土的颜色，倒不是因为她靠搽蓝紫色的粉来修饰自己的肤色，也不是因为她的头发已经花白了。倘若她的眼睛没有表情，那可能是因为她的眼睛并没有什么要表达的。倘若她脸上皱纹极少，那是因为她的心之所思，从来不曾在她脸上留下它的名字，也没有刻下别的什么字。她是个冷漠、柔顺、泄了气的女人，从来没有过容光焕发的时候。

---

① 十九世纪四十年代，一般家庭教师工钱在二十至五十英镑一年，杜丽先生给出的工钱高得离谱，比戈文太太给她儿子和儿媳的三百英镑都要多。

杰纳勒尔太太是没有见解的。她塑造心灵的办法，是防止心中形成见解。她心中有一套小而圆的思想凹槽即轨道，就在这一套轨道上她开动了别人见解的小火车，这些小火车相互绝不会超越，也都没有一个目的地。甚至她的礼仪也不会怀疑世上有所谓不正当的行为；然而杰纳勒尔太太是采取回避的办法来排除不正当行为的，装作世上并无所谓这类东西的样子。这是她又一个塑造心灵的办法——把所有疑难之物一件件都塞进食橱里，将它们锁起来，并且说这些东西并不存在。这是最方便的，也是什么办法都无法比拟的最妥当的办法。

令人吃惊的事情是切不可对杰纳勒尔太太说的。事故、痛苦、犯罪，都是不可以在她面前说的。激情到了她面前就该去安息，血气就该化作乳汁与水。这一切都被七折八扣除去之后，在世上剩下的那一丁点儿便是杰纳勒尔太太的粉饰范围了。在她的那种塑造的过程中，她把粉饰用的最小的刷子浸到最大的罐子里，凡须加以考虑的事物，其表面都要一一加以粉饰。裂纹越大的，杰纳勒尔太太越要加以粉饰。

杰纳勒尔太太说话的声调有粉饰，杰纳勒尔太太的办事方式有粉饰，杰纳勒尔太太身体四周有一种粉饰的气氛。当杰纳勒尔太太沉睡在善良的圣徒伯纳德的怀抱中，他盖的房屋屋顶上落下了鹅毛大雪，她的梦——倘若做过梦——也应该是被粉饰过的。

第三章

途　中

灿烂的朝阳照得人两眼昏眩，雪停了，雾退了，山上的空气那样清新，那样轻盈，呼吸山间空气的新的感觉是仿佛人已进入了新生。让人更抱有这种幻觉的是，坚实的地面似乎也消失了，山是层层叠叠、耀眼的一片白茫茫，似乎它是在头顶的蓝天与山底下的大地之间飘浮的云的区域。

雪地里有几个黑点，宛如一根细线上打的结。黑点从修道院门口开始，顺着山道朝下曲折蜿蜒，但一段段路是断开的，还没有连接在一起。这些黑点便是修道院的教士在忙碌，将山道上的积雪铲除。门口的积雪，由于出出进进人的踩踏，已经开始融化了。骡子接二连三地牵出来，拴到墙头的环上，驮上了货物；一串串的铃铛挂起来了，驮上的重物安放妥当了，赶车人与骑骡的人说起话来声音美妙极了。起得最早的旅客，有的已经重新上了路；无论是修道院附近幽暗的湖畔平顶上，还是昨日上山时走的山道上，那些移动着的小小的人与骡子，一路上响着清脆的铃声，传来和谐、悦耳的语声，四周那一片寥廓，使旅行者与骡子的队伍显得大大缩小了。

昨夜的那间晚餐室里，旧炉火轻盈的炉灰上，又生起了新火，炉火映照着桌子上的家常早餐：面包、奶油、牛奶。炉火也映照着杜丽家的旅游从仆，他在给他们一行人准备茶点，那是他随身带来的，他随身携带的还有另外几件少量的必需品，那主要是备着在强壮的身体感到不适时使用的。戈文先生，巴黎的布兰德瓦，他们都已经用过早餐了，此刻正在湖边来回散步、抽烟。

“戈文，唔？”那旅游从仆已经走了，让他们一家吃早餐，这时梯普，即那位爱德华·杜丽先生，喃喃说道，一面翻着那本旅客登记册。“这么说戈文是个愣小子的名字啦，那倒真有意思！要是犯得着的话，我要拧下他的鼻子。可我也犯不着——算他走运。他妻子怎么样了，艾米？我看你是知道的。这种事情你一般都知道。”

“她好些了，爱德华。不过他们今天不走。”

“喔！他们今天不走！又算那个家伙走运了，”梯普说道，“否则我跟他会干起来也不一定。”

“大家都说她今天最好静静在这儿躺一天，不要下山，免得骑在骡背上颠得很，累着了，到明天再走。”

“我也真这么想。不过，听你那话，好像你在那里侍候过她。你不会是又回到（杰纳勒尔太太不在）又回到老习惯去了吧，艾米？”

他一面问艾米，一面狡黠地斜眼观察芬妮小姐，还观察他的父亲。

“我只不过是去问问她，要不要我替她帮个忙，梯普，”小杜丽说道。

“你不要叫我梯普，艾米丫头，”那年轻的绅士皱起眉来说了一句；“因为那是个旧习惯，这种习惯你也该改一改了。”

“我不是有意这样叫的，亲爱的爱德华。我忘了。过去一直叫惯了，所以一时我觉得这个叫法似乎就是个正确的叫法了。”

“唔对呀！”芬妮小姐插嘴道。“叫惯了，正确的叫法呀，过去呀，说了一连串的词儿！真是胡说八道，你这个小丫头！你对这个戈文太太这么感兴趣，其中的缘故我是一清二楚的。你是瞒不了我的。”

“我是不会瞒你的，芬妮。别生气。”

“哦！生气！”那小姐突然扭转身子说道。“我可没那个耐心。”（这的确是句真话。）

“芬妮，”杜丽先生扬起眉毛说道，“请说说这话是什么意思？你把话说得明白一点。”

“哦！没什么事，爸，”芬妮小姐说道，“不是什么大事情。艾米知道我说的是什么。昨天以前她就认识，或者说是听说这个戈文太太了，她还是自己来承认吧。”

“我的孩子，”杜丽先生转身对他的小女儿说道，“你姐姐——说的——哈——那个莫明其妙的话有根据吗？”

“我们不管怎样驯服，”还没等她回答，芬妮小姐便插话了，“也不会在这寒冷的山顶上，偷偷摸摸跑到人家的房间里去，跟人家坐在一块儿挨冻的，除非我们原先就对人家有所了解。要猜戈文太太是谁的朋友那也不很难。”

“谁的朋友？”她父亲问道。

“爸，我很遗憾地说一句，”芬妮小姐接话道，她平日常常苦心积虑要使自己激动起来，表现出横遭虐待、无限悲伤的情绪来，这时候她的确激动起来了。“我认为她是那个叫人非常讨厌、非常不愉快的人的朋友，那个人，照我们的经验看来总以为他应该是很能体谅人的，可是他一点儿也没有这样的心，就在我们家人人都明白是不会再说得明显一点的一个场合，他是当着众人的面，又非常恶毒地侮辱了我们，伤害了我们的感情。”

“艾米，我的孩子，”杜丽先生说道，冷漠严厉之中夹杂了庄严的慈爱，“是这么回事吗？”

小杜丽温和地答道，是这么回事。

“是这么回事！”芬妮小姐激动地说道。“当然！我早说过！现在呀，爸，我要最后说一句话，”这位小姐有一个习惯，老爱最后说一说同一件事情，每天都要说，有时候一天要说上几遍。“这实在太丢脸了！我要最后说一句，这种事应该制止了。我们经受了只有我们自己才知道的那一切，难道还不够，还要让一个本来是最应该体谅我们的人，一回又一回地，有计划地当众侮辱我们吗？难道我们这辈子每时每刻都要忍受这种不近人情的对待吗？我们就永远不允许将它忘记吗！我再说一遍，这事实在太丢脸了！”

“唉，艾米，”她的哥哥摇着头说道，“你自己知道，只要我办得到，我总是支持你的，多数情况下我都支持的。可我也不能不说，老实说吧，我真觉得你表示兄妹之情会用这么古怪的方式，对一个用男人之间的交往中最没有绅士派头的态度来对待我的人，你却老那么护着他。他这个人嘛，”他用要叫人信服的语气补充说道，“肯定是个卑鄙下流的贼，你知道，要不然，他这种表现是绝对不会有的。”

“再看看，”芬妮小姐说道，“再看看你这种举动的后果！这么一来我们还有希望受到我们仆人的尊敬吗？一点也没有了。你看我们这儿有两个女仆，还有爸爸的男仆，还有一个侍从，一个旅游从仆，还有所有那些随从，可现在倒好，就当着他们的面，我们家有一个人端着一平底玻璃杯的冷水，满地里忙，像个下人！哼，一个警察，”芬妮小姐说道，“要是见了个叫花子昏倒在马路上，他才有像你这个艾米丫头昨夜当着我们面在这个屋子里满地里忙乎的样子，拿起平底玻璃杯满街地跑呢！”

“这种事情偶然来一下我也不怎么在乎，”爱德华先生说道；“可是你那个克莱南——照他自己该这么个叫法——就是两码事了。”

“他是一条阴沟里淌出来的水，”芬妮小姐接话道，“都是一样的货色。是他先跑到我们这儿来多管闲事的。我们什么时候要他来过！就说我吧，我常常对他这个人表示过，他不找上门来，那真是我莫大的喜悦。他还那样明目张胆地伤害了我们的感情，他就是要幸灾乐祸、出我们的丑，否则他绝对不可能，绝对不会做出那种事情来的；还有，服侍他的朋友，那不是我们要降低身份了吗！哼，那个戈文先生对你这样的态度，我才不觉得奇怪呢。我们过去受的苦，人家才开心呢——现在正在那儿幸灾乐祸呢，这个时候你还盼着人家用别的态度对待你呀！”

“爸爸——爱德华——真不是的！”小杜丽恳求道。“我们姓什么，戈文先生和戈文太太，他们过去哪个都没听说过。我们家的情况，他们过去也好、现在也好，一点都不了解。”

“那就更加糟糕了，”芬妮反驳道，找什么样的借口来减轻一下她都决不理睬，“因为他们不了解那你什么借口也没有了。要是他们了解我们家的情况，那你还会觉得该向他们去讨好了。那样一来嘛，就是个又愚蠢又可笑的错误了，不过，错误我倒会谅解的，可是，本来应该是我们最最亲近的人，却有意、故意地出丑丢脸，那是我不会谅解的。绝不会的。我不会谅解的。我只会加以谴责。”

“我绝不会故意叫你生气的，芬妮，”小杜丽说道，“尽管你对我这样凶狠。”

“那你就应该更加当心着点儿，艾米，”她姐姐说道。“假如你是偶然做出这种事情来的，那你就应该更加当心点儿。假如是挨到我出生在一个奇特的地方，在奇特的地方长大，连个礼仪也不懂，我想我就应该认为自己每走一步非得仔细想想不可，‘我是不是会不知不觉地把自己亲近的人也都连累了？’要是换上我，我想这就是我该考虑的。”

这时候杜丽先生插了话，一来是要借他的权威阻止说这些痛苦的事情，二来是凭着他的智慧指出其中的道理。

“亲爱的孩子，”他对小女儿说道，“我请求你——哈——不要再说什么了。你姐姐芬妮话说得厉害了点儿，不过也不是毫无道理的。

你现在要——嗯——维护一个高贵的地位，这个高贵的地位不是你一人拥有的，而是我——哈——拥有的，是——哈嗯——我们拥有的。我们。凡是身处显贵地位的人，一个个都有责任使自己博得人们的尊敬，尤其是我们这个家庭更是如此，这理由嘛我——哈——就不多说了。随时注意要使自己博得人们的尊敬。随从嘛，要使我们自己博得人们尊敬，就得让他们——哈——疏远些——嗯——待遇低些。低些。因此，你任何时候都要表现出你不是靠他们服侍的，完全是自己动手的样子，使你自己免遭我们家侍从的闲话，这一点是——哈——非常重要的。”

“是嘛，谁还能怀疑？”芬妮小姐激动地说道。“样样事情归结起来就是这一条嘛！”

“芬妮，”她父亲煞有介事地接话道，“请允许我，亲爱的。我们现在来谈谈——哈——谈谈克莱南先生。我坦率地说，我并不，艾米，赞同你姐姐的观点——那就是说不完全赞同——嗯——不完全——在克莱南先生的问题上，我愿意将他看作是——哈——一般来说——是一个有礼貌的人。嗯。一个有礼貌的人。我也不会查问克莱南是否在哪个时候，的确是冒失地硬闯到——哈——闯到我这儿来。他知道人们——嗯——都寻求与我交往的，他的托词可能是，他将我看作是一个政府人士。然而，我——哈——对克莱南先生的肤浅了解(是很肤浅的了解)是有其一定的环境的，”杜丽先生说到这里神情变得极为庄严，令人肃然起敬，“那种环境使得克莱南先生要与我本人，或我家任何一名成员，在目前的情况下重新寻求往来——哈——那对他来说是极为不妥的。倘使克莱南能有足够的体谅他人之心，觉得任何这样的企图都是不妥当的，那么，我作为一个可信赖的人，一定——哈——尊重他所表现出来的对人的体谅。相反，倘使克莱南先生并没有那种体谅他人之心，那么，我一刻也不能——哈——与心灵这样——嗯——粗俗的人有任何往来。不管是哪种情况下，我们可以看出，克莱南先生嘛，我们是完全不加以考虑的了，我们与他毫无关系，他与我们也毫无关系。哈——杰纳勒尔太太！”

杜丽先生招呼的那位太太一出现，并在早餐桌前坐定了，议论也就此结束。没过多久，那旅游从仆通报说，男仆、侍从、两名女仆、四名向导、十四头骡子，全部整装待发；于是，早餐桌上的一桌子人都往外走，到了修道院的门口，加入那支队伍。

戈文先生手拿雪茄与铅笔超然独立，布兰德瓦先生倒是到场了，向女士们表示他的敬意。当他殷勤地将四檐低垂的帽子脱下来向小杜丽致意时，她心里想，与他昨夜在炉火映照下表现出的相貌比起来，他现在站在雪地里，黑乎乎、披着斗篷的样子更显得阴险凶恶。然而，由于她父亲与她姐姐对他的致意都报以善意，她也便抑制自己，没有表现出对他的厌恶感，免得一旦有所流露，这种情绪便会成为她因在监狱里出生而带来的又一污点。

然而，当他们沿着崎岖、弯曲的山道下山去而修道院仍旧看得见的时候，她却不止一次地回头看，只见那布兰德瓦先生老站在一个凸出的地方，望着他们这一支队伍，他的背后是一片金色的雾气，那是从修道院烟囱升起的笔直的、高高的烟。渐渐地他变成了插在雪地里的一根黑手杖，这以后过了好久，她依然觉得仿佛看得见他那种笑，看得见他那个高鼻子，还有那两只距那鼻子太近的眼睛。甚至在黑手杖也消失了以后，修道院也已经看不见了，几片早晨的轻云遮住了下面的山口，她还是觉得，山道旁边骇人的枯枝桠似乎都是指向他的。

他们沿着山道下山，到了较为和煦的地带以后，那个比积雪还靠不住，也许心比雪更冷、更难融化的巴黎来的布兰德瓦，此时才渐渐从她脑海中消失了。又是温暖的阳光，又是从冰川及积雪的山坳处淌下的涧水，喝一口便沁人心脾，他们又来到了瑞士乡村的松树林中，又走到了瑞士乡村的岩石为床的山涧旁，又踏上了瑞士乡村绿草如茵的高地与谷地，又看到了瑞士乡村的小木屋和粗糙、弯曲的树篱。有时候道路开阔了，她可以与她父亲骑着骡子并排行走。她父亲非常漂亮地穿着裘皮与毛织衣服，富有，自由，侍候的人前呼后拥，他两眼却望着远方，领略各处的壮丽景色，面前并无给人以痛苦的屏障遮挡他的视线，在他身上投下它的阴影，这个时候能朝他看上一眼，她觉得也心满意足了。

她的叔叔早已从往昔的阴影中摆脱出来，现在已经穿上了他们给的衣服，作为对这个家庭的声誉的献祭，已经斋戒沐浴了几回，他给他们带着，每到一地总表现出某种安分的本能的愉快，这似乎表明，精神之爽，环境之变，使他大受其益。在所有其他方面，除了一个方面之外，他没有焕发一点光彩，有的只是从他哥哥身上反射过来的光彩，他哥哥的显贵、富有、自由、庄严，使他毫无私心杂念地感到高兴。他默默无语，不爱与人交往，倘若能够听他哥哥说话，那么他也便没有了说话的必要；他也没有让人家来侍候他的愿望，于是仆人们便都去侍候他的哥哥了。他身上发生的唯一引人注目的变化则是他对他小侄女的态度不同了。他的态度一日日越来越变为一种明显的尊重，年长的对年轻的是很少有这样的尊重的，而且，也许人们还会说，这样的尊重更少有表现得像他那么恰如其分的。在芬妮小姐作最后的宣告的那些时候，他就会利用紧接着的机会，以极尊重的态度在他小侄女面前脱下他灰白头发上的帽子，扶着她跳下马车，或者搀着她上车，或者表示其他方面的关心。然而他的这种表现从来不是生硬、勉强的，总是十分朴实、自然、真诚。他也决不会答应——即便是在他哥哥的要求之下——把他安排到她前面的位置去，也不会答应遇事要比她优先。他对于她的应该受到尊重是那样地耿耿于怀，就在这一回从大圣伯纳德山口下山途中，他竟突然朝侍从大发雷霆，因为那侍从尽管在她跳下骡背时就站在旁边，却疏忽大意，没有抓住脚镫；他骑在一头倔骡上朝那侍从冲去，把他逼到一处角落里，还说要把他踩死，吓得随行人一个个都无法形容地目瞪口呆了。

他们这一行人为数众多，旅店老板们对他们都是无比崇敬的。每到一地，他们总是人未至而气派早已传开了，因为那旅游从仆的马已先期到达，了解包的豪华房间是否已经收拾。他是这一家人队伍的先头。那大型旅游马车随后到达了：车厢里坐着杜丽先生，杜丽小姐，艾米·杜丽小姐，以及杰纳勒尔太太；车厢外面则是部分随从，还有（如果天好）爱德华·杜丽先生，驭者的位子总是留给他的。后面那辆便是弗莱德里克·杜丽先生的双轮马车，雨天里那个空位子便是爱德华·杜丽先生的。后面是行李车，上面是其余的随从，沉重的行李物品，在前面的车辆扬起的尘埃中跟随着，能沾上的污泥、尘土它都沾上了。

这一家从山顶观光回来的时候，马蒂尼的旅馆大院里装点的便是这些车辆。大院里还有别的车辆，因为途中同行的人很多，从斑驳陆离的意大利式四轮马车，到整洁的英国式马车，各种各样都有。那意大利式的四轮马车宛如英国市场上买的秋千的主体下面装了有轮子的木盘子，再在顶上装一个没有轮子的木盘子。然而，旅馆还有一点装饰却是杜丽先生未曾预料的。他包的房间里有一间多出了两个陌生的旅客。

旅馆老板手拿帽子站在大院里，反复对那旅游从仆说，他真是倒霉透了，他真是可怜极了，他真是痛苦极了，他是最最可怜、最最不幸的讨厌东西，长了个木头猪猡脑袋。他说，他当时真不该答应下来，可是那个非常时髦的太太硬是求他让他们呆在这个房间里用一顿餐，只用半个钟头这么一点儿时间，他真被缠得没法子可想。半个钟头那么一点时间过去了，那个太太和那个先生在那里吃点儿甜食，喝几口咖啡，账也结了，马也备好了，他们马上就走；可是，那也要怪倒霉的命运，那也是上帝的诅咒，他们到现在还没有走。

杜丽先生走到楼梯脚下正巧听到老板这一番辩白，这时他心中怒气之盛，那是什么都比不上的。他感到家世尊严遭了暗杀者之手的打击。他有自己的尊严感，他这种意识是非常敏感的。在别的人对于伤害他尊严的事实还无觉察的时候，他便能发现这种伤害他尊严的图谋。由于他感到有许多锋利的手术刀一刻不停地在剖他的尊严，他的生活成了痛苦。

"你竟冒了，先生，"杜丽先生说道，脸涨得通红，"天下之大不韪——哈——把我的房间拿去给别的人使用，真有这样的事吗？"

实在太对不起了！主人也真正倒霉，被那个那么时髦的太太缠得没法子。他恳求阁下可别发火。他就靠阁下的仁慈了。要是阁下开个恩，到特地为他收拾的客厅里去只要坐五分钟，一切都会解决的。

"不，先生，"杜丽先生说道。"我哪一间客厅都不进去。我就离开你这个地方，也不吃、也不喝了，不进门了。你怎敢做出这样的事情来？你拿我当什么人——哈——把我同别的先生们分开？"

哎呀呀！主人叫天底下的人都来作证，阁下是全体高贵的人里面最和蔼可亲、最庄重、最可敬、最尊贵的人。若要说他把阁下与别的人分开，那只不过是因为阁下更高贵，更受人爱戴，更宽宏大量，更有声望。

"别跟我来这一套，先生，"杜丽先生怒气冲冲地回答道。"你公开侮辱了我。你对我竭尽侮辱之能事。你怎么敢这么大胆？你给我解释呀。"

唉，天哪，真是的，主人已经再也说不出话来了，他现在只好道歉，只好求助于阁下如此出名的宽宏大量，别的法子什么也没有了，你叫他怎么解释呢！

家世尊严受到了伤害

“你听着，先生，”杜丽先生说道，恼怒得喘不过气来，“你把我——哈——跟别的人分开对待；你对别的有钱有身份的人是一种态度，对我又是一种态度。我要你回答，为什么？我倒要领教领教——哈——你有什么权利，谁批准你的。回答呀，先生。说呀。你回答是为什么。”

请允许旅馆主人将意思向旅游从仆先生作个谦恭的说明，阁下他平日那样通情达理，怎么不明不白地大发脾气。要他回答为什么是说不出的。请旅游从仆先生向阁下说明一下，除了忠实的仆人他刚才已经很荣幸地向阁下说明的那个理由之外，阁下还要怀疑他还有什么理由，那是阁下搞错了。那个很时髦的太太——

“行了！”杜丽先生厉声道。“你给我住嘴！我不想再听你说那个很时髦的太太了；我也不想再听你说话了。你看看这一家——我的一家——比哪个太太都要高贵的一家。你非常不恭敬地对待这一家；你对这一家是非常无礼的。我要你破产。哈——备马，装车，我不再进这个人的店门了！”

这一场争吵没有一个人插过嘴，听懂这场争吵已超出爱德华·杜丽先生的法语口语能力之外，同时也绝不在小姐们的能力之内。不过，芬妮小姐此刻怀着无比辛酸扶着父亲，用她的本国语言说道，事情非常清楚，这个人的无礼是有特别的缘故的；她说她认为要紧的是要想个法子治一治他，迫使他不敢把这一家与别的富有人家两样对待。他的傲慢无礼会有什么理由她倒说不上来；不过理由他一定是有的，非叫他说出来不可。

当时在大院里的所有向导、赶骡子的、看热闹的，都七嘴八舌地加入到这场怒气冲冲的争吵中来，此刻见那旅游从仆一个人把马车往外拖，大家都受到很大的触动。他拖马车时来了许多人帮忙，每个车轮拥了十几个人，马车是拖出来了，代价也很大，惹起了哇啦哇啦的一片闹声；接着，在从驿栈牵来套车的马匹还没有到的时候，便开始装车了。

可是，由于那很时髦的太太的四轮马车已经套了马，停在旅店门口，那主人悄悄地溜上楼去报告他处境的为难了。他的溜上楼去，大院里的人原先并不知，此刻大家才明白过来，因为只见他陪着那太太与那位先生下楼来，还见他意味深长地做了一个手势，叫那两个人看看杜丽先生伤了尊严的样子。

“实在抱歉了，”那位先生离开那位太太，走过来说道。“我是个沉默寡言的人，也不会说话——不过这位太太迫切地希望大家不应争吵的。太太——其实，她是我的母亲——她要我说一声，她不希望争吵。”

遭了伤害仍然气呼呼的杜丽先生向那位先生行了礼，也向那位太太行了礼，态度冷淡，是不容商量、不可战胜的样子。

“不，不过真的——哎，老兄；你！”那位先生就是这样地向爱德华·杜丽先生求援的，见了他如获至宝似的不放过，仿佛他便是大救星，他便是及时雨。“咱们俩把这件事解决解决吧。太太真不愿意争吵。”

爱德华·杜丽先生被抓着纽扣拉到了一旁，他一脸圆滑、机敏的样子，回答道：“这个嘛，你得承认，你预先包了许多房间，这些房间便是你的了，这时候在你房间里冒出别的人来，你见了是会不高兴的吧。”

“是的，”另一个说道，“我明白这是叫人不高兴的。我承认。不过，就让咱们俩把这件事解决解决吧，不要争吵起来。这件事一点也怪不得这个人，是我母亲不好。她是个非常非常出色的女人，那是一点儿也不含糊的——也是很有教养的人——这个人见了她真是愣了。弄得他一败涂地。”

“假如是这么回事的话——”爱德华·杜丽先生话刚说出口。

“我说的是老实话，是这么一回事。所以，”那位先生说道，又回到了他的主要论点上，“干什么要争吵呢？”

“爱德蒙，”那太太站在门口说道，“我希望你已经作了，或正在作让这位先生和他一家满意的解释，这事不能怪罪这位好客的主人的，是吗？”

“放心吧，太太，”爱德蒙答道，“我花足了力气正跟人家商量，看行不行呢。”然后他两眼直盯着爱德华·杜丽先生，过了一会儿他表现出非常知心的样子，突然间说道，“老兄！就这样说好了，行吗？”

“我知道，毕竟，”那太太说道，举止优美地朝杜丽先生这边走了几步，“还是我自己立即说明一下的好，我对这个好心人说过，这件事引起的后果嘛，我一个人承担，我在人家不在的时候，占用了一位陌生人的一套房间，占用了进一顿餐这么长（或者说这么短）一段时间。我不知道这个房间的合法主人这么快就会回来，也不知道他已经回来了，要不然呀，我早就赶紧将我非法占用的房间还给他，并亲自向他说明情况，表示歉意了。我说了这些话，相信——”

那太太举起眼镜来一看，一时间愣住了，站在两位杜丽小姐面前张口结舌了。在此同时，站在由这一家人，这一家的专用车辆，这一家的全体仆人组成的壮观场景最前面的芬妮小姐，则用一个胳膊紧紧挽住她的妹妹，叫她原地呆着，另一个胳膊扬起来，神气十足地扇着，不屑一顾地将那太太从头到脚打量着。

那太太很快便镇静了下来——因为她便是莫多尔太太，可不是随随便便吓唬得住的——并且接着又补充说道，她说了这些话，相信她对于自己的冒昧无礼已表示了歉意，这位彬彬有礼的主人也恢复了声誉，要说声誉，那于他是非常、非常宝贵的。在杜丽先生那种尊严的祭坛之前，这些话都是膜拜时点的香，因此，他听了这一席话之后，作了仁慈的回答；他说，他的人要——哈——把车马拉回去，他不再——嗯——理会他当初看作是侮辱，而现在倒是看作是一种荣幸的举动了。他的话说到这里，那胸脯向他屈了一下；至于那胸脯的所有者，她对于表情运用是得心应手的，这时她向这两姐妹报以讨人喜爱的微笑，说了一声再见，仿佛这两位富家小姐她是早就非常羡慕的，只是过去一直未能如愿，不曾见过面。

然而，那个斯巴克勒先生，他可不是这样的。这位先生也在他那位贵妇人妈妈愣住的时候发了呆，他怎么也没法子重新活动起来，而是僵硬地站在那里，望着以芬妮小姐为主体的整个壮观的场景。听见他母亲说“爱德蒙，我们准备得差不多了；你挽着我的胳臂好吗?”的时候，从他两片嘴唇的动作看来，他似乎是想要说几句话来作为回答，而且这要说的那几句话又是最经常地体现他那超群的才能的，然而他的肌肉不见放松。他那身躯真是僵硬了，到了马车车厢门前，倘若他的母亲没有及时地助他一臂之力，从车厢里拉他一把，他要弯一下腰钻进车厢，恐怕是颇有些困难的。他一进马车车厢，四轮马车后背小窗上的遮布不见了，他的眼睛取而代之。只要那么小的一个物体还看得见，他眼睛就不移开，可能那物体早已看不见了，他的眼睛仍旧盯着(那样子仿佛盘中的鳕鱼会发生难以言传的意外之事)，宛如放大的项链上挂的小盒子，里面藏的画像眼睛走了样。

这意外的相遇使芬妮小姐开心极了，并且使她有了许多事后可以得意洋洋思考思考的材料，于是，原先暴躁的态度也有了很大变化，耐心得多了。第二天这支队伍又上路的时候，她带着一种新的喜悦上了车；她心情的兴奋真可谓溢于言表，连杰纳勒尔太太也颇觉意外了。

小杜丽真高兴，因为没有人来找她的茬儿，而且只见芬妮也是乐滋滋的样子；不过她在这支队伍中扮演的是沉思的角色，默默无语的角色。她在旅游马车车厢里，在她父亲的对面坐着，脑海中回忆着马夏尔西狱的房间，她此刻的存在便是一个梦。她眼睛看见的一切又新鲜又奇妙，然而这一切并非是真实的；在她想来，这些山峦与这些景色如画的乡间的幻影随时都会消逝，马车会随着一个急转弯，一阵颠簸，戛然停在熟悉的马夏尔西狱门前。

没活儿做真叫人感到不自在。可是假如她一个人溜到一个角落里待着，没有哪个人要她去操心，没有什么东西可以筹划、操办，心里头也没有别人的心事让她发愁，那么与这种滋味比起来，没活儿做真不及它一半那么不自在呢。尽管这滋味叫人更加不自在，可还有比这更叫人不自在的，因为她与她父亲之间有了一个空间，这个空间现在是别的人呆着，在那里照料她的父亲，那里已经一点儿也用不着她去了。起初，一座座的山不像她熟悉的经历还在其次，更加不像她所熟悉的经历的是，她不能再去照料他了，所以她真的无法叫自己适应这个局面，而且还试图去保持她过去对他尽的职责。然而，他与她单独谈过，他说人们——哈——地位高贵的人们，亲爱的，必须非常谨慎地迫使他们的侍从对他们表示尊敬；倘若多塞特郡杜丽家族唯一能找到的一个分支里的她，即他的女儿艾米·杜丽小姐，被人知道——嗯——自己忙忙碌碌地去做——哈嗯——一个仆人做的事，那是与尊敬二字格格不入的。因此，亲爱的孩子，他——哈——要她遵从父命，牢牢记住她自己是一位名门闺秀，她现在的言谈举止——嗯——都须有恰如其分的自尊，保持小姐的身份；因此，他要求她千万不可去做招惹——哈——风言风语的事。她是毫无怨言地服从了的。所以，才有了现在这一幕，只见她坐在这辆豪华的马车的车厢角落里，两只顺从的小手交叉着放在面前，先前她两只脚还踏在旧有的人生基地上，而此刻，她甚至已完全脱离了那基地的最后立足点。

正是从这个地位上，她发现她所见到的一切都是幻景；当她整天在她自己心灵生活中历经其空茫境地的时候，所见的景色越是令人惊异，便越像自己心灵生活的虚幻。在辛普朗山口①的隘路，那里有万丈深谷、轰鸣的瀑布、景色奇妙的道路，还有马车车轮有一处落空或者那些马有一匹未站稳便意味着毁灭的危险地段，朝意大利迤逦而下的山路，当崎岖的山崖裂口越走越宽，他们出了阴暗、郁闷的牢笼的时候面前展现的那一片美丽国土——这一切都是梦——唯有那熟悉的马夏尔西狱是现实。不，就连熟悉而鄙陋的马夏尔西狱，在她想象这座失去了她父亲的监狱时，它的基础也动摇了。她简直不能相信，那债务人监狱里一切依旧如她所熟知的一样，债务人仍旧在狭小的院子里徘徊，简陋的房间仍旧每间都住了人，看守仍旧在门房里站着，把人放进来，把人放出去。

对父亲过去狱中生活的回忆，宛如一曲悲歌的主调，常在小杜丽心头萦绕，她常常从出生地的梦中醒来，便又陷入整整一天的梦幻中。她在涂漆的房间里醒来，往往都是一座开始坍塌的宫殿里失去了先前气派的客厅，她的梦便从这里开始；秋日里发红而滋蔓的葡萄叶悬垂在窗玻璃上，窗外发白开裂的庭院里的橘树，底下小街上是一群修道士与农民，不管窗外景象是多么千姿百态，然而放眼望去，每一小块地面上都可以见到悲惨与壮丽在搏斗，而悲惨，借助命运之力，将壮丽打垮了。在这一幕之后接踵而至的是纵横交错的光溜溜通道与柱廊，这一家人的队伍已经在底下四方的院子里等候，马车、行李都由仆人们拉出来，一天的旅程即将开始。接着，在另一个涂漆的房间

---

① 辛普朗山口为阿尔卑斯山上连接意大利与瑞士的山口，狄更斯《意大利风光》有记。一九〇五年在山口附近修筑了一条辛普朗铁路隧道，长 12.4 英里，第一次世界大战时炸毁，一九二一年修复。

里用早餐，那个房间布满了潮湿的痕迹，是一片凄凉的感觉；然后出发了，这时候她老是觉得不自在，因为她总是提心吊胆的，生怕自己在出发仪式中表现出来的派头还不够大，与她的地位不相称。因为，接着那旅游从仆（拿他个人来说，要是在马夏尔西狱内，他满可以成为一个受人重视的外国绅士的）就亲自报告说，一切已经准备完毕；接着，她父亲的私人男仆便煞有介事地侍候他穿上旅行斗篷；接着，是芬妮的女仆与她自己的女仆（她是小杜丽心头的一块大石头——起初她见了这女仆真想哭，她一点儿也不懂如何使唤她），走上前来服侍她们俩；接着，她哥哥的男仆上前整理他主子的行装；接着，她父亲向杰纳勒尔太太伸过手去，她叔叔也向杰纳勒尔太太伸过手去，让她挽着，他们于是在旅店老板及侍者们的护送下，所向披靡地下得楼去。楼下就聚集着一群人，观看他们跨进马车车厢，他们上车的时候，许多人不住地点头哈腰，许多人伸手乞讨，马儿不住地昂首甩尾，踢腿蹬蹄；就这样他们的马车飞也似的穿过臭气熏人的狭街，颠簸着出了城门。

在这整整一天中出现的幻景中，还有一条条道路，绵延几英里的道旁树林中，爬满了生机盎然的发红的葡萄树，一圈圈、一环环紧扣在一起；有一片片橄榄树林；有山腰上的白色村镇，外表非常可爱，然而村镇里面的肮脏与贫困却惊骇人心；有道旁竖着的十字架；有深蓝色的湖泊，湖上有美丽的湖心小岛，点缀着成簇的画舫，是色彩艳丽的篷，是形状美丽的风帆；有日渐坍塌的巨大建筑；有杂草滋蔓的空中花园，茁壮的杂草的茎，仿佛深深的楔子，迸裂了拱顶，使墙壁布满了裂纹；有石坡的小巷，巷内一条条石缝都有蜥蜴窜出窜进；到处都有各种类型的乞丐：有可怜的，有古怪的，有饿慌了的，有逍遥自在的，有小乞丐，有老乞丐。往往到了驿站与别的休憩地，这些可怜的人对她来说似乎便是那一天里的唯一真实的事物；有许多回，当她备在身边分送给这些人的钱都分完之后，她便交叉握起两手坐着，默然沉思地望着与头发花白的父亲拉着手的小姑娘的瘦小背影，仿佛这背影使她忆起了已经消逝的日子里发生的事。

还有一连逗留一个星期的地方，住的是富丽堂皇的卧室，每天吃的是珍馐美肴，乘着马车领略许许多多的奇观，走过绵延不绝的华丽建筑，在巨大的教堂的阴暗角落里歇息；那里有闪烁着的金银制作的灯，映照着一个个圆柱与拱顶，铺砖的地板上到处都有正在忏悔的跪着的人影；那里雾气弥漫、香烟缭绕；那里有画像，有怪诞的偶像，俗丽的神坛，又高又宽，全都映照着透过彩色玻璃的柔和的光，巨大的门帘悬挂在门道上。他们离开这些城市，又继续旅行，又穿过葡萄园与橄榄树林间的大道，穿过肮脏的小村庄，村庄内没有一间卑陋小屋的污秽的墙上看不到裂口，没有一个窗子有一英寸完整的玻璃或窗纸；那里似乎没有能维持生命的东西，没有吃的，没有做的，没有种的，没有可以寄托希望的，除了死亡便无事可做。

他们也到过整座城都是华丽大厦的地方，大厦内正当的主人都被驱逐了，大厦都变成了兵营：一伙伙懒洋洋的士兵从庄严的窗口里探出身来，窗口大理石建筑上晾着这些士兵的衣裤，在人们的想象中，他们仿佛一群群老鼠，正在(高高兴兴地)啃着支撑大厦的支柱，他们不久便必将连同这些大厦一齐被砸烂，压到底下大街上另外一群群士兵，另外一群群神甫，另外一群群间谍的脑袋上，这些都是尚待毁灭的面目狰狞的人。①

这一家人的队伍，历经这样的一幕幕情景之后，进入了威尼斯。到了这里，队伍解散一些时候，因为他们要在威尼斯住上几个月，下

① 此处指奥地利对意大利北部的侵占。

榻的地方在大运河[①]畔的一座宫殿（相当于整个马夏尔西狱六倍的大小）里。

小杜丽完成了任务之后迷惑了，她在这一登峰造极的幻景里，坐下来沉思。这里所有的街道都是河水铺设的，这里打破那日日夜夜死一般的寂静的只有那柔和的教堂钟声，汩汩的桨声，以及平底船的艄公在流淌的街路拐弯处的吆喝声。这一家人开始了快活的日子，到处游览，以夜当白昼，不知夜之将尽；然而，她胆战心惊不敢与他们一齐快活，只求应允她一人呆在屋子里。

门口涂漆的柱子上总是系着停泊在那里等候的平底船，有时候她便跳上一只平底船——倘若她能逃脱那个严酷的女仆的困扰，那女仆实质是她的主子，而且是个非常苛刻的主子——乘上船，游遍这陌生的城。别的平底船上坐的友善的人开始相互打听，他们遇见的那个瘦弱、孤独的姑娘是谁，为何一个人交叉两手坐在船上，忧郁、惊讶地四处观望。小杜丽从来没有考虑过，她以及她的举动有什么可值得人家来注意的，她依然是我行我素，带着默默的、惊恐的、迷惑的表情，游历这城。

然而，她最爱呆的地方是她自己房间的阳台，那里俯瞰着大运河，底下还有别的阳台，头顶却没有。阳台是巨石砌的，由于岁月久远而发黑，它是在怪诞的想象中砌就的，这怪诞的想象从东方传到了这怪诞想象的集合里；倚在底部宽阔的凸出的阳台上，向四处眺望，这时的小杜丽确实是小，由于她一到傍晚别的地方都不愿去，就爱倚着阳台，不久她也便引起了人们的注意，从下面经过的平底船上，许多双眼睛就会仰望着她，许多人说：那个人是一个瘦小的英国姑娘，她总是一个人呆着。

---

① 威尼斯城主运河。

对这个瘦小的英国姑娘来说，这些人并非现实；她并不知道有这样的一些人。她总是望着那落日，日落时呈现出的狭长、低垂的紫与红的条纹，以及高高地映照在天空上的火红的霞光：晚霞把高大的建筑映照得那样红，把建筑的轮廓映照得那样明亮，使得这些建筑物那坚固的墙看起来仿佛是透明的一般，坚厚的墙是从里面放出光来。她总是望着这些霞光消逝；然后，她望上一阵下面的黑乎乎的平底船，那些载了去听音乐会、去赴舞会的客人的船，接着又抬起头来，仰望闪烁的群星。过去的时候，她自己不是也有过群星闪烁下的外出聚会吗？此刻再想想那熟悉的马夏尔西狱大门，多么使人感慨万端啊！

她总是回忆起那熟悉的大门，回忆起她自己在夜深人静时坐在大门口，玛吉的头靠在她身上；回忆起与那个截然不同的岁月联系在一起的另外一些地方与另外一些情景。然后她又倚着阳台，望着下面的河水，仿佛那些地方与那些情景，都在水下。这样想着的时候，她便会沉思地凝视汩汩流淌的水，仿佛在整个想象中，河水枯竭了，又在面前显现了她生活的债务人监狱，显现了她自己那熟悉的房间，熟悉的狱中人，熟悉的来访者：一切都是从未变动过的永存的现实。

第四章

小杜丽的来信

亲爱的克莱南先生：

我现在是在威尼斯我自己的房间里给您写信，心想，您收到我的信一定会很高兴的。可是，我知道，您读我的信就不会像我给您写信那样高兴了；因为您周围的一切仍旧是您见惯的一切，您没有什么可以让您怀念的——除非您想念着我，可是这样的想念只能是很短的一段时间，而且是难得才会出现的——可是我的生活中，一切都是那样地陌生，我有那么多的怀念。

我们在瑞士的逗留尽管只有几个星期，但却似乎是几年前的事。我们在瑞士的时候，我遇见了年轻的戈文太太，她当时与我们一样到山顶观光。她告诉我说，她很好，也很愉快。她要我转告您，她亲切感谢您，永远不会把您忘记的。她非常信任我，我与她没说上几句话就爱上她了。不过那也没有什么奇怪的；见了这样漂亮、这样可爱的人，哪个人不爱她！随便哪一个人爱上了她我都不会觉得奇怪。真的，绝不会。

假如我把话说出来，我希望，您知道以后是不会为戈文太太感到不安的——因为我记得您说过您对她抱有一个真诚的朋友的关心——我是说，假如我告诉您，我真愿她与一个跟她更加相配的人结婚。戈文先生似乎是爱她的，而她当然是非常爱他的，可是，我觉得他还不够严肃认真——我说的不是那一个方面——我是指随便什么事情。我心里总是免不了要想，假如我是戈文太太，（那会是个多么大的转变，我要脱胎换骨才能像她！）我一定会觉得，我太孤独了，太迷茫了，因为缺少一个意愿上坚定不移的人。我甚至还想，她也有点感觉到了这种欠缺，几乎是不自觉地感觉到这一点。可是注意，您切不可因这一点而不安起来，因为她“很好，很愉快”。她长得非常漂亮。

我想过不多久再与她见面，其实我这几天已经盼着在这里见到她了。为了您，我一定尽自己的能力做她的好朋友。亲爱的克莱南先生，在我并没有别的朋友的时候（这并不是说我现在有了别的朋友，我没有交新朋友），您成了我的朋友，我知道，您并不觉得这有什么值得一提的，可我是非常看重的，也是我永远不会忘记的。

我多么想知道——不过最好谁也不要写信给我——我亲爱的爸爸替普罗尼希先生夫妻俩出本钱让他们开了店以来，生意非常兴隆，还有老南迪先生愉愉快快地跟他们和他的两个外孙一块儿生活，一遍又一遍地唱他的歌。我想起我那可怜的玛吉，总禁不住要落下眼泪，我还想，我走了以后她起初一定会感觉到的没有她的小妈妈的空虚，不管他们都待她多么好。请您去代我问好，告诉她一个绝不能同别人说的秘密，我们分手之后，她心里的难受远远比不上我心里的难受呢，请您转告她好吗？请您告诉他们，我天天都想起他们，到哪里我的心都是忠于他们的，请告诉他们好吗？啊，要是您知道我是多么忠诚，您几乎会因我离得这么远但又这么高尚而可怜我！

我可以肯定地说，要是您知道我亲爱的父亲现在身体很好，所有这一切变化对他都很有益处，他现在与您过去常见到的那个样子比起来，的确是非常不一样了，那您一定会很高兴的。我觉得，我叔叔也有很大变化，尽管他在过去是毫无怨言，现在也从来不特别高兴。芬妮非常漂亮，非常机灵，非常聪敏。对她来说，做一个大小姐是很自然的事；她已经适应我们新的时运，而且是非常从从容容的样子。

说到这里我想起我自己，我怎么也不能适应，有时候我差不多不抱一点希望，以为自己是没法适应的了。我发现我学也学不会。杰纳勒尔太太一直跟我们在一块儿，我们说着法语，说着意大利语，她还辛辛苦苦在许多方面培养我们。我说我们讲法语和意大利语，那是说他们在讲。至于我嘛，我太笨了，一点儿也跟不上。我一开始打算、思考、尝试，我的这些打算呀，思考呀，尝试呀，又统统朝老路上跑了。我又会开始操心起每天的开支，操心起我的亲爱的爸爸，操心起我的活计，接着我突然间记起来，现在已经用不着这样操心了，这事本身就那样新鲜，那样不可能，害得我又胡思乱想起来。除了您，我是不会有勇气同任何一个人说起这种事的。

所有这些新的天地、绝妙的风光也一样。它们都非常美丽，它们让我感到惊讶，可是我的心思却没法集中起来——连自己也不了解自己了，假如您还能明白我这话的意思的话——去观赏这些天地、这些风光，而本来我是应该去观赏的。在这之前的经历与现在的这些天地、风光都奇怪地混在一起了。例如，我们在山上的时候，我常常感到(克莱南先生，我甚至对您也有些犹豫，不知道要不要同您说这样一件无聊的事)，好像马夏尔西狱一定就在那大岩石的背后；还有克莱南太太的那个房间，我在那里干了这么多日子的活，还在那里第一次见到了您，我好像感到她的房间一定就在那积雪后面。您还记得我和玛吉到您考文特花园的寓所里来的一个晚上吗？当我天黑从马车车窗朝外望去的时候，我一回又一回地想象着，我看见了您那个房间就在我眼前，一连几英里就在我们马车旁边飞驰。那天夜里我们两个人被关在大门的外面，我们靠着铁门坐着，我们站起来四处走，一直走到第二天早晨。我经常抬头望着星星，还从现在这个房间的阳台上抬头看星星，我觉得我又回到了那条街上，与玛吉一起，关在门外。与我分别，留在英国的那些人也是一样。我在这里坐在平底船上游览的时候，我就会突然间朝别的平底船看去，好像希望在那些船上见到那些人。要是见到他们我真是会喜出望外的，不过，我看第一眼是不会使我感到意外的。在我沉浸在想象中的时候，我想他们可能在某个地方；我几乎盼着在桥头，在码头，能见到他们亲切的脸。

我遇到的另一个麻烦对您来说似乎是很奇怪的。除了我自己，恐怕对谁都是很奇怪的，而且我也甚至觉得奇怪：我常常抱着过去那种悲伤的同情，对——我不必写出这两个字来了——他。尽管他变了样，尽管我看到这一点之后总是感到无法形容地幸福和感激，但是，过去那种悲伤的同情感有时仍然会产生，而且是非常强烈的，我真想搂住他的脖子，告诉他我多么爱他，伏在他胸前哭上一阵。这样哭过一阵之后我一定会高高兴兴，感到自豪，感到幸福。可是我知道，我不能这样做；他是不喜欢我这样做的，芬妮是会光火的，杰纳勒尔太太会大吃一惊的；所以我让自己镇静下来。可是我在使自己镇静下来的时候，我却在克服心里的那种感觉，那就是我感觉到我已经与他疏远了；我感觉到甚至在所有的仆人和侍从照料之下，他还是被抛弃的，他需要我。

亲爱的克莱南先生，关于我自己的情况，我已经写得很多了，可是我还得再写一点，否则在这封散漫的信中我要说的最重要的一件事情就会遗漏了。我所有这些可笑的思想，我是非常大胆地向您供认了，因为要说有谁能理解我的话，我知道您是一定能理解的，而且假如您不能理解的话，您也比任何其他的人更能谅解我的——在所有这些思想中，有一个想法差不多没有——从来没有——在我心头消失过，这个想法就是，我希望您有的时候，在清静下来的时刻，是在想我。我得告诉您，关于这个问题，就在我走之后，我就犯愁，那是我非常非常想急于解除的。我早就有些担心，您是会用新的眼光来看待我的，或者是把我看成是与以前不同的人。您可不能这样，那是我受不了的——如果您真是这样，我会非常不愉快的，您没法想象的不愉快。要是我知道，现在在您眼中只要有一点觉得我变成了一个陌生人，一个比以前您对我非常好的时候更加陌生的人的话，那我会非常伤心的。我要向您请求的是，您千万不可将我看作是一个富翁的女儿；您也千万不可将我看作是比您第一次看见我时穿得好、日子过得好的人。我请求您只把我当作一个您如此亲切地保护的，衣衫破旧的瘦小姑娘而记在心上，是您遮住了她那褴褛的衣衫，挡住了雨水，是您靠着炉火擦干了她的双脚。我请求您在想起我(要是您真的想起我)，想起我的真正感情，我的由衷的感激的时候，永远地，毫不改变地，把我看作是

您可怜的孩子

小杜丽

又及：

特别要记住，您不可为戈文太太感到不安。她的口信是："很好，很愉快。"她看上去非常漂亮。

第五章

总有点儿不对头

这一家在威尼斯已经住了一两个月，频繁地出入伯爵、侯爵的府第，很少有空闲时候的杜丽先生，才预先决定从一天时间里抽出一个钟头来，作为与杰纳勒尔太太商讨问题之用。

杜丽先生心里预先规定的那个时候到了。他派他的贴身男仆丁克勒先生到杰纳勒尔太太的房间(大约相当于整个马夏尔西狱的三分之一)走一趟，去向那位太太问候，并转告她，他希望能与她面谈一次。由于那时还是上午，这一家各人都还在自己房间里喝咖啡，离在褪了色的厅里聚集一堂用早餐还有几个钟头(该厅曾一度显得奢华，可现在却弥漫了湿漉漉的水蒸气，弥漫了深沉的忧郁气氛)，所以，那男仆可以找到杰纳勒尔太太。杜丽先生派遣的这位特使见她坐在一小方地毯中间。与铺石的大理石地板的大小相比较，那地毯实在小得可怜，瞧她坐在那里的模样，仿佛她把地毯摊开来是要试穿一双现成的鞋子是否合脚；也仿佛她得到了《一千零一夜》三王子之一用四十袋钱买下的一块神毯，①当时正值心念一动，便坐到了神毯之上，飞进了与这块毛毯毫不相干的富丽堂皇的大厅里。

听了那特使的话，杰纳勒尔太太放下手中已经喝尽的咖啡杯回答说，她愿意立即前往杜丽先生的房间，免去他前来她的房间的举步之劳(这是他殷勤地提议的)，于是，那特使开了门，陪着她前往拜会。从杰纳勒尔太太的房间到杜丽先生的房间，要经过神秘的楼梯和走廊，要走相当长的路——杰纳勒尔太太的房间被一条狭窄的旁街与对面地牢似的住宅遮挡了，那条旁街上有一座又矮又阴沉的桥[②]，街对面的住宅的墙上布满了上千条从上而下的污迹与水痕，仿佛这些墙上每一个歪歪斜斜的缝隙，几个世纪来一直向亚得里亚海流淌着红褐色的泪——而杜丽先生的房间：窗户如英国房屋整个正面那样大，窗外景色是伸向蓝天的美丽的教堂圆顶，凌驾于河水之上，现出它们的水中倒影；还有那冲刷着楼下门厅的大运河汩汩的水声，停在水中的他的平底船与艄公，他们听候他的意愿在一片低矮的木柱之间昏昏欲睡地晃荡。

杜丽先生穿一身华丽的晨衣，戴着帽子——那条蛰伏的幼虫在马夏尔西狱人之中等待了这么久，现在已经面目一新，变成了一只珍稀的蝴蝶——站起身来迎接杰纳勒尔太太。搬一把椅子给杰纳勒尔太太。要舒服一点的椅子，我说先生；你是在做什么，你是在忙碌什么，你在搞什么名堂？行了，你走吧！

“杰纳勒尔太太，”杜丽先生说道，“我刚才非常冒昧地——”

“这没有什么，”杰纳勒尔太太插话道。“我是随时听候您的吩咐的。刚才我已经喝过咖啡了。”

“我刚才非常冒昧地，”杜丽先生又说了一遍，并表现出庄重的安详，仿佛一个说话不容人纠正的人，“请求您能允许我单独与您稍微谈谈，因为我心里很有些担心，就是我那——哈——我那小女儿。太太，我那两个女儿性格非常地不同，您一定注意到了吧？”

杰纳勒尔太太回答的时候交叉着戴了手套的两手(她的手套是从不离手的，而且手套上从不见有皱褶，永远是服服帖帖的)，说道：

---

① 参看《一千零一夜》“艾哈迈德王子与仙子佩丽·巴奴的故事”。

② 狄更斯虽说写的是大运河畔的宫殿，心目中其实是在写古时犯人斩首之前必经的“叹息桥”。

“有很大的不同。”

“关于这一点，您能否不吝赐教？”杜丽先生说道，同时表现出与他那庄重的安详并不抵触的尊敬。

“芬妮嘛，”杰纳勒尔太太接着说道，“有坚韧的意志，肯独立思考。艾米呢，没有。”

没有？啊，杰纳勒尔太太，您去问一问马夏尔西狱的铺路石，问一问那里的铁栅。啊，杰纳勒尔太太，您去问一问教她做针线活的女帽和头饰工匠，问一问教她姐姐跳舞的舞蹈先生。啊，杰纳勒尔太太，杰纳勒尔太太，就问一问她的父亲我吧，我是多亏有了她；您听我说说这个被遗忘的瘦小人儿从童年到现在的遭际吧！

这样的恳求并没有在杜丽先生的脑海中浮现。他望着杰纳勒尔太太，只见她坐在那里，依然是礼仪马车驭者座位上她那通常的正襟危坐的姿势，他若有所思地说了一句：“对，太太。”

“请注意，”杰纳勒尔太太说道，“我不希望我的话被理解成芬妮身上已经不存在须加以改进的东西那样的意思。不过，她身上材料是有的——也许，真的，稍微多了一些。”

“太太，请您能不能说得，”杜丽先生道，“说得——哈——更加明白一点！我还不大理解我大女儿怎么——嗯——材料太多了。什么材料？”

“芬妮嘛，”杰纳勒尔太太接着说道，“目前个人见解太多了。完美的教养使人不会有个人见解的，而且从来不好表现。”

杜丽先生生怕自己在完美的教养方面也显得有所欠缺，就急忙回答道：“毋庸置疑，太太，您说得是。”杰纳勒尔太太接过话，毫无感情，也毫无表情，说道：“我看是如此。”

“可是您知道的，我亲爱的太太，”杜丽先生说道，“我的两个女儿在她们很小的时候，便不幸地失去了她们可怜的母亲；同时，由于我直到最近才被确认为是我这财产的继承人，因此，她们一直跟着我，一个比较起来是穷的，然而总是很有自尊心的绅士，过着一种——哈嗯——无声无息的隐居生活！”

“我并没有无视，”杰纳勒尔太太说道，“她们的周围环境。”

“太太，”杜丽先生继续说道，“对于我的女儿芬妮，在她目前受指导的情况下，同时又有如此的一个榜样时时出现在她面前——”

（杰纳勒尔太太合拢了她的双眼。）

“——我是没有什么担忧的。芬妮的性格有适应性。可是我的小女儿，杰纳勒尔太太，真是我的一桩心事，真叫人心烦、苦恼。我必须让您知道，她一直是我最疼爱的孩子。”

“关于这样的偏爱，”杰纳勒尔太太说道，“那是没有什么好说的。”

“哈——是的，”杜丽先生表示赞同。“是的。呃，太太，我心里非常苦恼，我见艾米好像跟我们不是一家人似的。她不爱同我们一起外出；我们这里来了客人她就不知所措的样子；我们的兴趣爱好很明显地不是她的兴趣爱好。换句话说，”杜丽先生表现出不偏不倚的严肃样子，归纳道，“这就表明，艾米——哈——总有点儿不对头哇。”

“我们是否可以这样说，”杰纳勒尔太太说道，并略加粉饰，“所谓有点儿是与地位的新奇有关的呢？”

“请原谅，太太，”杜丽先生很快说道。“一位绅士的女儿，尽管——哈——这位绅士本人过去曾经有一段时间相比较而言远非富裕——相比较而言——他的女儿也是在——无声无息的隐居环境中——嗯——长大成人的，但是她也没有必要一定觉得这个地位非常新奇的。”

“对，”杰纳勒尔太太说道，“对。”

“因此，太太，”杜丽先生说道，“我不揣冒昧，”（他特别强调了这句话，并且重复了一遍；仿佛他既坚决又礼貌地硬是要求，他的话这一回是不容再分辩的了。)“我不揣冒昧要求面谈，以便在会见时我可以向您提出这个问题，并询问一下您不知有何高见？”

“杜丽先生，”杰纳勒尔太太接过话来说道，“自从我们住进这儿以来，我曾就塑造一种举止态度这个总题目，与艾米商谈过几次。从她与我的交谈中可以看出，她对于威尼斯是极为惊讶的。我也曾经劝告过她，最好不要表现出惊讶的神情来。我还向她指出过一点，著名的古迹寻访家尤斯特斯先生[①]对于威尼斯就不很以为然；他曾将里阿尔托桥[②]与西敏桥、黑衣修道士桥作过对照，结果是里阿尔托桥黯然失色。在您说了上述那些话之后，我也就没有必要再说我尚未证明我的论点是成立的那种话了。您要我提出意见，这使我感到荣幸之至。我一直有一个看法(假若我的看法是毫无根据的假设，请您一定原谅)，即杜丽先生是习惯于对别人的思想施加影响的。”

“嗯——太太，”杜丽先生说道，“我曾经是人数不少的一个社团的——哈——首长。您的看法是正确的，我并非不习惯于——一个有影响的地位。”

“我的看法得到这样的确证，”杰纳勒尔太太接着说道，“我感到高兴。我因此信心更足了，并愿意建议杜丽先生应该亲自与艾米谈一谈，让她明白他的意见与愿望。而且，她既然是他最疼爱的，毫无疑问也是对他很有感情的，她就更加有可能服从他的影响。”

“您的建议我是有所考虑的，太太，”杜丽先生说道，“不过——哈——我有些迟疑，这样一来我是否会——嗯——闯到了——”

“闯到了我的职责范围吗，杜丽先生？”杰纳勒尔太太态度慈祥

---

① 尤斯特斯(John Chetwode Eustace)，著有《意大利古迹寻访记》(1841)一书。

② 威尼斯连接里阿尔托岛与圣马可岛的一座桥。

地说道。“那是无妨的。”

“那好，既然是您同意了，太太，”杜丽先生接着说道，同时拉了一下小铃，叫他的贴身男仆进来，“我立即去叫她过来。”

“杜丽先生是否要我留在这里？”

“假如您没有别的事情要忙，也许您不会介意再待上一二分钟——”

“没有关系。”

于是，杜丽先生告诉男仆丁克勒去找到艾米小姐的女仆，然后叫那女仆告诉艾米小姐，就说杜丽先生要在他自己房间里见她。杜丽先生在吩咐丁克勒时，态度严厉地看着他，并且在那男仆走出门去之前他一直用警惕的目光注视着，他心中狐疑，或许这个人脑子里在想着于他们的家世尊严有害的事；或许这个人在到他们家当仆人之前甚至已经风闻过一则狱中笑话，此刻或许又嘲弄地想起那则笑话。倘若丁克勒正巧笑一笑，也不管这笑是多么微弱，多么无害，杜丽先生直至临死的那一刻仍会坚信事情正是如此的，什么都无法说服他改变这一想法的。然而丁克勒也算是幸运，他正好倒是个表情严肃、镇静的人，既是如此，他自然也就逃脱了威胁着他的隐藏的危险。而由于在他回来的时候——杜丽先生又注视着他——他报告艾米小姐已到，那样子仿佛艾米小姐是来参加葬礼的，这么一来，他便在杜丽先生的心目中留下了一个模糊的印象，他是个行为端正的小伙子，由一个寡母抚养成人，认真读过《教义问题手册》的。

“艾米，”杜丽先生说道，“刚才我与杰纳勒尔太太谈了一会儿话，我们谈的就是关于你。我们一致认为，你在这里似乎一点也不自在。哈——这是怎么回事呢？”

一阵停顿。

“我想，爹，我需要一点时间。”

“‘爸爸’才是比较好的称呼方式，”杰纳勒尔太太说道。“‘爹’这个叫法太俗气了，亲爱的。此外，说‘爸爸’这个词时，你就有一个漂亮的嘴形。爸、泼、波、不伦、不类，这些都是练习嘴形的非常合适的词：尤其是不伦、不类。①假如你有时候一齐说——例如在走进房间的时候——爸、泼、波、不伦、不类，你就会发现，这样做对于塑造一种举止态度是很有用的。”

“孩子，”杜丽先生说道，“你一定要记着——嗯——杰纳勒尔太太的教诲呀。”

可怜的小杜丽颇有点绝望地朝杰出的粉饰迷瞟了一眼，答应了去试一试。

“艾米，你刚才说，”杜丽先生接着说道，“你觉得你需要时间。要时间去做什么？”

又是一阵停顿。

“渐渐习惯于我生活的新奇，我说的就是这个意思，”小杜丽说道，她那双深情的眼睛望着她父亲；她很愿意服从杰纳勒尔太太的教诲，也很想让父亲高兴，这时，她即便没有叫出“不伦”、“不类”来，也险些儿朝她父亲叫了一声“跛鸡②”了。

杜丽先生皱起了眉头，绝没有高兴的表情。“艾米，”他接着说道，“我要说，在我看来这些已经花了你好多时间了。哈——你真叫我吃惊。你真叫我失望。这样的一些小小麻烦芬妮都克服了，可你——嗯——你为什么克服不了？”

“我希望不久便会进步的，”小杜丽说道。

---

① “爸、泼、波、不伦、不类”原文为 Papa，Potatoes，Poultry，Prunes Prism，均以 P 开头，说时须收缩起嘴唇，形状很小，似乎维多利亚时代的英国女子也是不可轻易“露齿”的吧。而后两个词合在一起又有“装腔作势”之意，故如是译。

② 原文为 Poultry，意“家禽”。

“希望如此，”她父亲说道。“我——哈——我真诚地希望如此，艾米。我叫你来，目的是我要说——嗯——一本正经地说，当着杰纳勒尔太太的面，因为对于杰纳勒尔太太，我们每一个人都是不胜感激的，感激她非常热心地同我们在一起，不管是这回——哈——还是别的时候，”杰纳勒尔太太闭起了双眼，“一本正经地说，我——哈嗯——对你并不满意。你让杰纳勒尔太太白费心思了。你——哈——弄得我也非常为难。你一直是我（我也已经告诉过杰纳勒尔太太了）最疼爱的孩子；我一直是做你的——嗯——做你的朋友、做你的伙伴的；作为回报，我请求——我——哈——我真心请求你能努力使自己适应——嗯——环境，尽自己的本分，做什么事都要与你的——你的地位相称。”

杜丽先生说话比平日更显得有些时断时续；因为说到这件事他就激动了，而且急于要把语气格外加重一点。

“我真心请求你，”他又说了一遍，“要注意这件事，认认真真花点心思，自己的行为举止要设法既做到与你——哈——艾米·杜丽小姐的身份相称，又要让我称心满意，也要让杰纳勒尔太太称心满意。”

那太太在提到她的名字时又把双眼闭起来了；然后，她慢慢地睁开眼睛，站起身来，说了这些话：

“假如艾米·杜丽小姐在塑造外表方面，能够多多留意，并且愿意接受我本人在这方面给予的绵薄帮助，那么杜丽先生是用不着再担心、犯愁的了。我是否可以趁这个机会说一个与我们现在谈的问题有关的实例？那就是，我注意到我的一位非常亲密的年轻朋友，曾经向流氓、瘪三投去关注的目光，这样做是极不得体的举动。是不应该对他们加以注目的。凡是令人不快的事物都是不应该去注目的。文静的外表深刻地反映出高尚的教养，可上述习惯除了妨碍反映高尚教养的文静的外表之外，它绝不可能与纯洁的心灵相容。一个真正纯洁的心灵是不理睬任何并非完全妥当、完全安宁、完全美好的事物的存在的。”表达了这一高尚感情之后，杰纳勒尔太太动作轻盈地行了一个屈膝礼，退席了，她的嘴形所表示的是“不伦”、“不类”。

小杜丽无论是在说话的时候还是保持沉默的时候，她都保持内心的严肃和她那深情的表情。她那表情到此刻为止一直没有蒙上阴云，即便有过也是倏忽即逝的。然而，此刻只剩下他们父女两人，她那双轻轻握在一起的手，指头颤抖了，脸上流露出了抑制着的激动。

颤抖与激动却并非为了她自己。也许她心里感到了一点痛苦，然而她此时的心烦意乱却并非为了自己。过去，她的思虑是为了他，现在她的思虑依旧是为了他。自从他们有了财富以来，她心头隐约中便有了一种忧虑，她忧虑的是即便到了现在她也无法看到他进债务人监狱之前那样的常态了，现在这隐约中的忧虑已经开始在她心中逐渐明朗起来了。她感觉到，在他刚才对她说的那一番话中，在他对待她的整个举止态度上，可以看到早已熟悉的马夏尔西狱大墙的阴影。尽管那阴影变了一个形状，然而它依旧是过去那悲凉的阴影。她开始认识到了，尽管是悲伤的、不情愿的，任何一个人生阶段都敌不过监狱铁门里度过的四分之一世纪的，她并非是一个坚强得足以驱散这恐惧的人。因此，她也没有什么要责怪他的；他也没有什么可指责的，在她忠诚的心中也没有别的激情，唯有这深切的同情与无限的爱。

这就是为什么此刻即使他坐在她面前的沙发上，在一个明媚的意大利白日的灿烂光辉里，室外是奇妙的都市，室内是一座古宫殿的壮丽气氛，然而她此刻仍旧只见他身处他那马夏尔西狱住处早已熟悉的阴暗之中，她很想坐到他的身旁去，去安慰他，重又树立起对他的信心，重又对他有些用处。即便他洞悉了她在想些什么，他也是不会赞同那些想法的。他坐在沙发上焦虑不安地动弹了一阵之后便站起来，来回走着，显出非常不满的样子来。

“别的您还有什么要想对我说的没有，亲爱的爸爸？”

“没有，没有。没有别的话。”

“我很难过一直没有让您高兴过，亲爱的爸爸。我希望现在您对我没有什么不高兴的了。我一定比过去更加努力地照您的愿望去适应周围环境——因为其实我一直是在努力的，只是我失败了，我知道。”

“艾米，”他蓦地转身对着她说道。“你——哈——老要叫我伤心。”

“叫您伤心，爸爸！我！”

“有一件——嗯——一件事，”杜丽先生说道，两眼只是巡视这个房间的天花板，连看也不看一眼那侧耳倾听、虽然惊讶却毫无怨言的脸庞，“一件痛苦的事，一连串发生过的事情，我是想要——哈——把它抹得干干净净的。你姐姐是懂的，她当着我的面责备过你；你哥哥也是懂的；这件事——哈嗯——每一个体谅的，敏感的人都懂，可就是你——哈——我感到遗憾，就是你不懂。你，艾米——嗯——独有你，就你一个人——老是叫人想起那件事，虽则你嘴上没说。”

她伸出她的手来，放在他的胳臂上。她没有别的表示。她轻轻地抚摩着他。那颤抖的手倘若将意思传达出来便是：“想想我吧，想想我是怎么样干活的，想想我的许多忧愁吧！”然而，她却一个字也没有吐露。

在她那手的抚摩中传达给他的是责怪，那是她未曾预料的，否则她早将手缩回来了。他开始为自己辩解了；态度激烈，说话结结巴巴，是气呼呼的样子，是漠然置之的态度。

“我在那里呆了这些年。我当时被——哈——一致公认为那个地方的首长。我——嗯——我让你在那里受人尊重，艾米。我——哈嗯——我使我一家在那里有了地位。我应该得到报答。我要求给我报答。假如我说，把它从地面上抹去，重新开始吧。这样说过分了吗？我要问，这样说过分了吗？”

他这样漫无边际地说着的时候，并不曾朝她看过一眼；他只是朝空中做着手势，对着空中说话。

“我经受了苦难。可能我比谁都明白我经受了多少苦难——哈——我说比谁都明白！假如我能够将它丢到一旁，假如我能把我过去受苦受难的痕迹擦净，能够出现在世人面前——哈——以一个丝毫无损、没有一处污点的绅士的身份出现——那么，我希望我的子女也要——嗯——同我一样，把这可恶的经历从地面上扫除干净，我这一点希望太大了吗——我再说一遍，我这一点希望太大了吗！”

尽管他的样子十分激动，但是他这样叫嚷是小心谨慎地压低了嗓子的，他生怕自己的话被男仆偷听了去。

“遵照我的希望，他们都办到了。你姐姐办到了。你哥哥办到了。可是，你，我最疼爱的孩子，在你还是一个——嗯——抱在怀里的孩子的时候，我就把你当作了我的人生中的朋友和伙伴的，你却没有办到。就你一个人说办不到。我为你提供了宝贵的帮助，让你去办到它。我让一位惯于社交、富有教养的太太——哈——杰纳勒尔太太，陪着你，目的就是为了让你去办到。我结果倒感到不满，这是奇怪的吗？我为自己表示的不满，还有必要去申辩吗？不！”

他话虽这么说，申辩还是继续申辩，怒气冲冲的情绪也并没有冷静下来。

“我小心谨慎地与那位太太交谈，得到证实之后，才表示了自己的不满的。我——嗯——当然是在很有分寸地同她交谈的，否则我——哈——我要抹掉的东西就会被那位太太摸了底的。我是自私的吗？我这些怨言都是为了自己才说的吗？不。不是。主要是为了——

哈嗯——你起见，艾米。”

从他说话的思路看来，他最后说出的这条理由，是他此刻刚刚想到的。

“我说过我很伤心。我现在还伤心着呢。我——哈——一定会伤心下去的，不管如何叫我别伤心。我伤心哪，我的女儿，她躺在——嗯——金银堆上，还要垂头丧气，躲躲闪闪，说什么自己配不上这命运。我伤心哪，她竟然会——哈——故意把我们大家抹掉的东西再搬出来；她似乎——嗯——我差一点儿说是明明白白急于——要对那些有钱有势的人宣布，她是在一个——哈嗯——连我自己也不愿说出来的地方出生的，长大的。不过，我一面是伤心，一面又主要是为了你，艾米，而怨恨，这也没有——哈——前后矛盾的地方，一点也不矛盾。我是为了你；我再说一遍，我是为了你。正是为你着想，我才希望你，在杰纳勒尔太太的协助下，塑造一个——嗯——一个外表。正是为你着想，我才希望你有一个——哈——一个真正纯洁的心灵，并且(用杰纳勒尔太太的惊人之语来说)不要去知道那些并非完全妥当、完全安宁、完全美好的事物。”

在他说最后那一段话时，他就像一个没有调节好的警报器，声音颤抖着越来越低了。她依然在他胳臂上抚摩。他沉默了；他抬起头来又朝着天花板注视了一会儿之后，低下头来看着她。她低垂着头，他看不到她的脸；然而她的抚摩是亲切的，宁静的，而且她那忧郁的身躯所表现出来的并不是责怪——什么也没有，有的只是爱。他呜呜地哭起来了，如同监狱里她后来一直在他床边坐到天明的那个夜晚那样哭起来；他大声嚷道，他虽然有了财富，但是个可怜落拓的人，是个没出息的可怜虫；他紧紧将她抱在怀里。“别哭了，别哭了，亲爱的爸爸！您亲一亲我吧！”她只是说着这几句话。他的眼泪很快便干了，比上一回要快得多了；一会儿以后他便对他那男仆摆出高傲的架子，借此补救自己淌了几滴泪水的失态。

除了届时将要述及的一个突出例子之外，在他既有自由又有财富的生活中，这是他唯一的一回对他女儿艾米说起过去的日子。

闲话休提，只见此时用早餐的时候已经到了；早餐时候一到，芬妮小姐从她房间过来了，爱德华先生也从他房间过来了。这两位赫赫有名的年轻人，都因为天天以黑夜当白日，身体有点儿糟了。芬妮小姐嘛，她早已做了她所谓"进入社交界"的无法满足的狂热的牺牲品；从日落到日出，几十回地投身到社交界中去她也是情愿的，只要她有这么多机会、要去便能去得的话。爱德华先生嘛，他也有广泛的交往，每天夜间大部分时间也总见他没有空闲的时候(说他总是忙着，大抵也是忙着掷骰子，不掷骰子也还是一些性质差不多的事)。因为，这位先生，在他时来运转，有了钱之后，早已有心要与最高尚的伙伴来往，也不需要再教他什么的，因此条件十分有利于他：他过去的因祸得福，对于贩马与弹子戏记分等行当是了如指掌的，这好处使他至今受用不尽。

早餐时，弗莱德里克·杜丽先生也露面了。这位先生住在这座宫殿的最高层，在那个地方，他倘若玩起手枪来别的人也是不大可能会觉察的，因此，他的小侄女曾经壮了壮胆提出过把单簧管再还给他的建议。单簧管是杜丽先生亲自下命令没收的，不过她设法把它留下来了。尽管芬妮小姐竭力反对，说这是低等的乐器，还说她讨厌这种乐器的声音，然而还是妥协了。可是，后来发现他自己吹单簧管也吹够了，既然它已经不再是他挣块面包吃的工具，他便再没有去吹过一回。他无意中又养成了一个新的习惯，常常拖着脚步到画廊里去，手里总是离不了那捏皱了的鼻烟纸(那是老叫芬妮小姐光火的事，她曾经说要买一个金烟盒给他，免得拿着那个东西给这个家丢脸，可是买了金烟盒他又偏不肯用)；常在那些著名的威尼斯人画像面前一站便是几个钟头。他那蒙眬的双眼从那些画像里看出了什么：他对这些画像感兴趣是只因它们是画像而已，还是他将这些画像与已经一去不复返的荣耀(就像他的意志力一去不复返一样)混淆在一起了，这些疑问是一直没有弄清楚过的。然而他一丝不苟地在画像面前献上了他的爱，并显而易见地从这一追求中得到了乐趣。这样过了几天之后，有一回正好小杜丽陪着他看画像。这样一来他的喜悦明显地增添了，所以她后来便经常去陪他，而且那最大的喜悦自从他落拓之后也曾经让人觉得并非与他无缘，如今在这些流连中这种喜悦油然而生了，他每逢这样的时候便搬一把椅子给她坐着，一幅画像一幅画像看过去，而他自己则站在后面，也不管她的异议，总是默默地将她置于高贵的威尼斯人之前。

这一天，在这全家人的早餐上，他说他们前一天在画廊上看见那位女士和先生，就是他们在大圣伯纳德山口上遇见的那两位。“我忘了他们姓什么了，”他说道。“我看你还记得他们吧，威廉？我看你记得吧，爱德华？”

“我是记得清清楚楚的，”后者说道。

“我倒也说是的，”芬妮小姐说道，一面把头往后一仰，朝她妹妹瞟了一眼。“可是，我说呀，我们是决不会想起他们来的，要是叔叔不把这件事抖出来的话。”

“亲爱的，多怪的字眼呀，”杰纳勒尔太太说道，“无意之中说起，或者偶然提到，那样说不是更加合适一些吗？”

“多谢您指教，杰纳勒尔太太，”这位小姐接话道，“是的，我看是的。总的来说，我爱用自己的字眼。”

芬妮小姐接受杰纳勒尔太太的建议，总是采取这样的态度的；不过，她也总是将这样的建议记在心里，下一回就会用上的。

“即使叔叔不说，芬妮，”小杜丽说道，“我也会跟你们说我们碰见过戈文先生和戈文太太的。我最近一直没见到过你，你知道。我是想好了要在早餐时说这件事的；因为我想去看看戈文太太，想同她再熟悉熟悉，要是爸爸和杰纳勒尔太太不反对的话。”

“哟，艾米，”芬妮说道，“我说我非常高兴，你总算表示想在威尼斯跟人家再熟悉熟悉了。不过话得说回来，戈文先生和戈文太太是不是就值得来往，那还很难说呢。”

“我说的是戈文太太，亲爱的。”

“那当然，”芬妮说道。“不过，我看哪，没有议会个人法案[①]，你没法子把她跟她丈夫拆开的。”

“爸爸，您觉得，”小杜丽询问道，她有些把握不定，有些踌躇，“我去看看她，有什么异议没有？”

“实在是，”他答道，“我——哈——杰纳勒尔太太意见如何？”

杰纳勒尔太太的意见是，由于她未曾有幸结识上述那位女士与那位先生，她对于眼下这一件东西也没法作一番粉刷的。她只能从粉刷这种行业所遵循的总的原则出发，说一点意见，这个问题主要取决于我们现在谈的这位女士那方面的情况，因为她是作为那边的代表和杜丽家族这样在上流社会有如此为人瞩目地位的一个家庭往来。

听了杰纳勒尔太太这一番话，杜丽先生脸上现出愁眉不展的样子来。就在他要(此刻他是在将这女士的出场与那个名叫克莱南的多事的人联系在一起，那人他在过去某个时期里还稍有所记忆)将戈文这个姓名最后抹去的时候，爱德华·杜丽先生插了话。他举起杯子遮住眼睛，刚说到这样一句话：“喂——你们几个！你们都出去好不好！”这话是对那几个正在端过菜来的仆人说的，算是有礼貌地表示，他们

---

① 英国一八五七年《婚姻动机法案》通过之前，真正的离婚须通过议会个人法案(即牵涉个人利益的法案)。

暂时没有事了。

那些仆人听从了命令，这时，爱德华·杜丽先生接着说起来。

“也许嘛，这是一个策略问题，让你们大家都知道这两个姓戈文的人——就我个人来说嘛，我不能说对他们，至少是对那个男的，有多少好感——他们与那些大人物是有往来的，要是这么说事情就有什么不一样的话。”

“依我看，这倒是，”那个女粉刷师说道。“极有讲究的。这里说的来往的人，因为他们真的是显赫的、受人尊敬的人家——”

“要说这一条嘛，”爱德华·杜丽先生说道，“我可以提供一点情况由您自己去判断吧。也许，您是知道赫赫有名的莫多尔这个姓名的吧？”

“大名鼎鼎的莫多尔！”杰纳勒尔太太惊呼道。

“正是这个莫多尔，”爱德华·杜丽先生说道。“他们是跟他有关系的。戈文太太——我指的是那个寡妇，我那个有礼貌的老兄的母亲——同莫多尔太太关系好着呢，我知道那一男一女是同莫多尔他们有往来的。”

“假如是这样，那也用不着再找一个更加无可否认的保证了，”杰纳勒尔太太对杜丽先生说道，她说话时举起手套，低下头，仿佛她是对一尊看得见的木雕偶像顶礼膜拜。

“我出于——哈——好奇的动机，要请问一声我的儿子，”杜丽先生说道，态度发生了绝对的变化，“你是怎么了解到——嗯——这一及时的情况的？”

“说起来也很简单，先生，”爱德华·杜丽先生说道，“您马上就可以知道的。第一，莫多尔太太就是您在那个叫什么来着的地方交涉过的女人。”

“马蒂尼，”芬妮小姐插话道，是一脸漠不关心的神色。

“马蒂尼，”她哥哥随声附和道，并且微微点了一下头，微微眨了一下眼；芬妮小姐见了哥哥的举动会意了，先是显得很吃惊，接着便笑起来，终于是绯红了脸。

“那怎么可能呢，爱德华？”杜丽先生说道。“你告诉过我，你交谈过的那位先生姓——哈——斯巴克勒。就是嘛，你还给我看过他的名片。嗯。斯巴克勒。”

“这没错，爸爸；可是这也不等于说他母亲一定也姓斯巴克勒。莫多尔太太以前就结过婚的，他是她的儿子。她现在到了罗马了；您不是要到罗马过冬天吗？到了那里我们可能会了解到她更多的情况了。斯巴克勒刚到这里。昨天夜里我就跟他呆在一块儿的。总的说起来嘛，斯巴克勒人倒很不错，不过，因为有一位小姐弄得他神魂颠倒的，所以说起有一件事情来，他真叫人讨厌的。”说到这里，爱德华·杜丽先生透过杯子望着对面坐着的芬妮小姐。“昨天夜里我们正好谈论旅途上的见闻，刚才告诉您的情况，我就是从斯巴克勒那儿听来的。”他说完了；但是依旧透过杯子看着芬妮小姐，他的脸大大地歪曲了，那不是装出来的歪曲，而是因为他一则要用眼睛透过杯子看人，二则是脸上还流露出极为诡谲的笑。

“照这么说起来，”杜丽先生说道，“我认为，我说对于你满足自己愿望的要求，我没有异议，而是——哈——正好相反，我的这个说法是表达了——哈嗯——杰纳勒尔太太的观点，也是表达了我自己的观点，艾米。我希望我可以——哈——为你这个愿望欢呼，”杜丽先生表现出鼓励和宽恕的态度说道，“这是一个好兆头。结识这些人是十分正确的。是一件非常妥当的事情。莫多尔先生这个名字是一个——哈——闻名世界的名字。莫多尔先生是干大事业的。他的事业给他赚了这么多的钱，这些钱真是被看作——嗯——国家的财富的。莫多尔先生是当代的伟人。莫多尔这个名字是时代的名字，请代表我把一切事情都做得像个样子，对戈文先生与戈文太太要有礼貌，因为我们要——哈——对他们我们当然是要以礼相待的。”

杜丽先生非常漂亮地表达了他的认可，事情也就解决了。叔叔将盆子往旁边一推，也无心吃他的早餐，他的举动并没有为人所注意；不过，他任何时候都是不大为人所注意的，除非是小杜丽。仆人们又被叫进来了，早餐接近了尾声。杰纳勒尔太太站起身，离开了餐桌。小杜丽站起身，离开了餐桌。就在爱德华与芬妮坐在位子上隔着桌子悄声地谈着什么，杜丽先生坐在位子上一边吃无花果，一边看一份法国报纸的时候，叔叔蓦然间将那三个人统统吓住了，只见他推开椅子站起来，拍着桌子说道：“哥哥！可不能这么干！”

即便他用人家听不懂的外国话大喝一声，然后立即呜呼哀哉了，他也决不会把人吓成这个样子的。那报纸从杜丽先生手中落下来了，他坐在那里发了呆，拿在手中的无花果还没有送到嘴边。

“哥哥，”老人说道，颤抖的声音里输入了惊人的力量，“可不能那么干！我是爱你的；你知道我是很爱你的。这么多年来，我从没有对你不忠诚过，一个念头也没有的。我尽管老弱无力，可是要是有人说你的坏话，不管是什么人，我会随时把他打倒。可是，哥哥，哥哥，哥哥，你可不能这么干！”

这样一个老弱的人会突然间这样认真起来，这真叫人觉得异乎寻常。他两眼变得炯炯有光，灰白头发一根根竖起来，他额角上、脸上消失了二十五年的显示意志力的斑块又暴出来了，他的手由于有了活力，动作又一次变得刚健了。

“亲爱的弗莱德里克！”杜丽先生声音微弱地喊道。“怎么啦？你这是怎么回事？”

“你怎么敢，”老人转身朝着芬妮说道，“你怎么敢这么干？你是没记性的吗？你是没有心肝的吗？”

“叔叔！”芬妮叫道，她吓坏了，落下了眼泪，“你干什么骂得这么凶？我做了什么事啦？”

“什么事？”老人接话道，同时指着她妹妹的椅子，“你那可亲、可贵的朋友到哪儿去了？你那忠诚的保护人到哪儿去了？你那胜过母亲的人到哪儿去了？你的妹妹一个人担负这么多人的责任，可你竟敢对她盛气凌人的？羞人哪，你这不老实的丫头，羞人哪！”

“我是爱艾米的，”芬妮小姐说道，她一面抽泣，一面泪汪汪的，“就像爱我的性命一样——比我自己的性命还宝贝呢。我不该受到这样的对待的。我感激艾米，我爱艾米，一个人能够做到的我都做到了。我真希望还不如死了的好。我从来没有这么恶毒地让人冤枉过。就因为我为家庭名誉多操心了。”

“别来同我说什么名誉不名誉的！”老人大声道，是极为轻蔑、极为愤怒的口吻。“哥哥，我反对盛气凌人。我反对忘恩负义。我反对我们这儿的一些人，他们也经历过我们经历的岁月，也受过我们受过的苦，倒摆出了不起的架子，不管这架子只让艾米受了一刻的委屈，遭了一刻的痛苦。只要看看摆出了不起的架子带来了那样的后果，我们就可以明白，那了不起的架子是个臭架子。这臭架子是该叫我们遭报应的：哥哥，我要听从上帝的意志，反对摆出了不起的架子来！”

他将手高高举起来，狠狠捶在桌子上，那真会像铁匠的锤子一般的。然而，在片刻的寂静之后，那拳头松了劲，变得像通常那样的无力了。他又像通常一样地拖着双脚，走到他哥哥身旁，一手搁在哥哥的肩上，平息了怒气说道：“威廉，亲爱的，我觉得非说不可；请原谅，因为我觉得非说出来不可！”然后他又伛偻着背，走出了这个宫殿餐厅，如同他是走出马夏尔西狱的那个房间一般。

芬妮一直在抽泣，一直是眼泪汪汪的，此刻她依旧是这个样子。爱德华则惊讶地张着嘴巴，却说不出话来，不知所措的，只是瞪着眼睛。杜丽先生也愣住了，心烦意乱的，全然不能为自己作一点辩护。这时倒是芬妮先开了口。

“我可从来，从来，从来没有受到过这样的对待！”她抽泣着说道。“从来没有碰到过这样粗暴、这样不讲道理的事，这么凶狠、这么不留情面，真丢人！还有可爱、善良、文雅的小艾米，要是她能知道无意中就因为她的缘故我受到了这种对待，那她会怎么想呢！可我是不会告诉她的！绝不会的，好妹妹，我是不会告诉她的！”

听她这么一说，杜丽先生才说出话来。

“亲爱的，”他说道，“我——哈——同意你这个决定。最好还是——哈嗯——别把这件事告诉艾米。她要是——嗯——要是知道了，心里会很难过的。哈。那是肯定的，她心里会很难过的。不把事情告诉她那是想得周到的，是对的。我们都——哈——都不说出去。”

“可叔叔也太狠心了！”芬妮小姐嚷道。“喔，我决不原谅叔叔的凶狠不讲道理！”

“亲爱的，”杜丽先生说道，尽管他脸依然是异乎寻常地苍白，然而他说话的声调已经恢复了正常，“我必须要求你不可说这样的话。你要记住，你叔叔——哈——可不是他原先那个样子了。你要记住，你叔叔的情形要求——嗯——我们尽量忍着点儿，尽量忍着点儿。”

“我看呀，”芬妮表现出同情的样子说道，“说得宽厚一点，他一定是哪里有些不对头了，要不然在天底下所有的人当中，他决不会偏偏对我这样凶狠的。”

“芬妮，”杜丽先生以一种富有深厚兄弟感情的口吻接话道，“你知道，你叔叔有许许多多的优点，可现在他——嗯——他是个多么衰弱的人；凭着我对他的感情，凭着你知道我一贯对他怀有的忠诚，我恳求你，去——哈——去说说你自己吧，可别伤了我的兄弟情分。”

这样一来，事情也就收场了；爱德华·杜丽先生不但从头到尾没有说过一句话，而且到最后依旧是心中迷惑，不知可否的样子。芬妮小姐那一天大抵都在一回回热烈地拥抱她的妹妹，不是送她胸针，便是希望自己还不如死了的好，这样一来，倒叫她妹妹心中有了许多因亲热而生出的不平静。

第六章

总有点儿对头

处于亨利·戈文先生那种迟疑不定的心理状态；在两股势力中①，厌烦地告别了其中一股，而求得另一股势力的器重又缺乏必要的条件，于是在中立地带心情忧郁地踯躅，把两股势力都咒骂了一通；处于这种状态便是处于对心灵有害的状态，那是随着时间的推移也不可能好转的。日常生活中算出来的最糟糕的算术题是不正常的算术家演算的，他们对于别人的才干与成就老习惯于做减法，对于自己的才干与成就从不做加法。

以流露不满情绪的大话表达自己希望的破灭，并借此寻求某种报偿，这种习惯也是一种充满了堕落的习惯。接踵而来的便是对始终如一原则表现出某种懒懒散散的马虎与草率。贬斥应受赞扬的，抬高不该受赞扬的，便是其倒行逆施的乐趣之一；不管是何种诡计，绝不可能因玩弄真理而不反遭其害的。

对于绘画艺术中所有那些毫无可取之处的表现，戈文说过他自己的见解，在这方面，他是世间最无偏见的人了。他会说这样的一个人小指上的力(假定他什么力也没有)，比另外的一个人(假定他很有力)整个身、心的力还要大。倘若有人持有异议，指出那竭力推崇的是毫无价值的东西，他便会代表他那门艺术回答道："老兄啊，我们不画毫无价值的东西画什么？我别的什么也不画，我招认了，把它作为一件礼物送给你。"

把穷挂在嘴上吹嘘，是他忧郁心境中的又一事件，尽管他这样的吹嘘别有意图，是要表明他原是应该富的；正如他会公开颂扬和贬低巴纳克尔家族的人，生怕人家忘了他也是这个家族的一员，那道理是一样的。话虽如此，这两个话题他是常挂在嘴上的；而且他说起这两个问题来，手法是如此巧妙，真叫人觉得他尽可以一个月里天天吹捧自己，却没法使自己在任何人心目中显得是个了不起的人物，倒不如将自己的要求稍稍贬低几句，反而使人觉得自己了不起，吹捧还不及贬低一半的灵验。

他与他妻子不管走到哪里，人们总是很快便从他这同样轻松的话语中明白了，他是违抗了他那些高贵的亲属们的意志结的婚，而且是花了九牛二虎之力，好说歹说总算说服他们赞成要她。他是从来不说这种话的，相反，他似乎听了这样的说法还嗤之以鼻；然而，尽管他竭力贬低自己，他却总是站在高人一等的地位上说话的。还在他们度蜜月的时候，米妮·戈文便感觉到了，她往往被看成是一个娶了穷媳妇的贵人的妻子，然而由于这贵人的豪侠的爱，那贵与贱之间的不相当也便抵消了。

他们到威尼斯是巴黎来的布兰德瓦先生伴同的，而在威尼斯，巴黎来的布兰德瓦先生又与戈文频繁来往。他们在日内瓦第一次碰上这位殷勤的先生时，是撵他走还是留着他，戈文还颇有点踌躇不定；约摸有一天一夜心里乱糟糟的，也没有想出一个满意的解决办法来，结果他想起拿出一枚五法郎硬币，用抛硬币来定去留，“反面为去；正面为留”，听从明断去留的硬币的叮的一声响。然而，事也有巧，他的妻子说过她讨厌这个一味讨好人的布兰德瓦，而旅馆里的人大都对他没有什么好感。就凭着这一点，他决定将布兰德瓦留着。

倘若并非处于心情非常激动的情况下——实际上心情并不激动，

---

① 两股势力指家庭和艺术。

为什么要这样固执呢？与巴黎的布兰德瓦相比，戈文占了极大的优势，完全能够将那位先生撕成碎片，看一看他到底是用什么货色做的，可是他为什么要与这样的一个人交往呢？第一，他反对他在妻子身上观察到的第一个独立的愿望，因为她父亲替他偿还了债务，同时，他很想趁早抓住机会表示一下自己的独立性。第二，他反对大多数人的情绪，因为，尽管他要成为别样的人非常可能，然而他终是一个脾气很坏的人。他喜欢说在任何一个文雅的国家，具备布兰德瓦这样的高雅举止的朝臣都可以获得最高的荣誉。他喜欢将布兰德瓦作为文雅的典范，并利用他来讽刺别的因个人的风度而沾沾自喜的人。他态度严肃地抗议道，布兰德瓦的鞠躬是完美无缺的，布兰德瓦的谈吐是很吸引人的，布兰德瓦使人感到愉快的毫不拘束的态度售价十万法郎（倘若并非一种礼物，也并非不能出售），那是极为廉价的。这个人举止态度上的那种装模作样，人们早就注意到，是他以及每一个这样的人身上不可缺少的一部分，不管他们原先的举止是怎么样的，这犹如太阳是属于太阳系那样肯定无疑。这种装模作样，戈文是当作漫画来看的，他随时都可以拿它作为一种幽默手法，去讽刺许许多多必然多少也有些装模作样的人，只是布兰德瓦的装模作样过火一些罢了。他就这样与布兰德瓦交往起来了；他就这样随着习惯的形成，不假思索地加强这些意愿，无意中从布兰德瓦的闲谈中获得了消遣，不知不觉地便有了一个习惯，把他看成了自己的朋友。他就这样与布兰德瓦交往起来，虽然他认为布兰德瓦是靠赌台上的聪明与类似的手段过日子的；虽然他怀疑布兰德瓦是个胆小鬼，而他自己则是敢想敢干的，是有胆量的；虽然他完全清楚米妮讨厌布兰德瓦；虽然他毕竟一点也不在乎布兰德瓦，因此，倘若他有确凿的个人之间的事由使她厌恶布兰德瓦，那么，他是会毫无追悔地将布兰德瓦从威尼斯最高处的窗口扔出去，让他跌到这个城市最深的河里。

小杜丽原是很想独自一个人去拜访戈文太太的；然而，由于芬妮在叔叔大发脾气之后心里仍然有些委屈，尽管事情已经过去了一天一夜，她仍坚持要陪小杜丽一块儿去拜访戈文太太，因此姐妹两人便上了停泊在杜丽先生窗口下面的一条平底船，由那旅游从仆陪同，雄赳赳地来到了戈文太太的寓所。的确，她们姐妹两人的模样对戈文太太的寓所来说是太庄严了。诚如芬妮所抱怨的，这寓所是在“冷冷清清的角落里”，她们找到这处寓所是穿过了横七竖八的狭窄的水上街道的，也就是这一位小姐，她轻蔑地说，这些水上街道都是些“臭水沟”罢了。

寓所房子就在一块小荒岛上，从外表上看起来，房子仿佛是从别处分裂出来的，碰巧漂到了现在这一个停泊点，一齐漂来的还有一棵葡萄树，与躺在葡萄叶底下的可怜的人需要训导一样，这棵葡萄树的藤蔓也亟需整理。房子周围的景物是：一座四周绕着篱笆与脚手架的教堂，教堂已经进行了这样久的假定的修缮，就连为修缮而搭的脚手架似乎也已经搭了一百年，渐渐在倒塌了；晾在太阳下晒的是许多衬里衣裤；许许多多房屋相互挤在一起，东倒西歪，都已偏离了中线，仿佛亚当时代以前的干酪，切成奇形怪状的一块块，里面爬满了蛆虫；乱七八糟的窗子，窗洞里的格子窗框已经歪歪斜斜了，窗口大抵都悬有湿漉漉的脏物。

这所房屋的二楼是一家银行——对于从英国一个城市给全人类带来法规的任何一位从事商务的人士，到这个地方来都是一次惊人的体验——有两名瘦职员，像两只风干的鸽子，他们戴绿丝绒的帽子，帽子上还有金黄的流苏，他们蓄着胡子，站在一个小房间的小柜台里面。小房间里看得见的物品只有一只空的铁保险箱，箱子的门开着，一只盛水的细颈瓶，墙上裱的是玫瑰花饰；然而，他们根据合法的要求，只要将手伸到看不见的地方，就能够抓出大捧大捧抓不完的五法郎硬币来。银行下面是一套三四间的房间，窗子上都装有铁条，活像关囚犯的牢房。银行上面便是戈文太太的寓所。

尽管住处的四壁污迹斑斑，仿佛传教士的地图从墙上冒出来传播地理知识；尽管房间里的古怪家具已经褪色、霉烂，样子十分可怜，而船底的污水与杂草丛生的河岸在退潮之后到处弥漫的那种威尼斯臭气，非常熏人；然而这住处里面倒比可能出现的情况好一些。开门的是一个笑吟吟的男人，像一个改邪归正的刺客——一个临时雇的仆人——他领着客人进了屋，到了戈文太太坐的房间：他通报说有两位漂亮的英国小姐来看望太太了。

在做针线活的戈文太太将针线活往一个有盖的篮子里一放，有点匆忙地站起身来。芬妮小姐对她异乎寻常地客气，并且像见多识广的人那样老练地说了些通常说的无关紧要的话。

“爸爸说非常抱歉，”芬妮接着说道，“他今天没空(他到了这里老是没有闲着的时候，我们在这儿的熟人实在太多了！)；他特地关照我把他的名片带给戈文先生。这件事他至少同我说过十几回了，为了能毫无差错地完成他交给我办的任务，请允许我现在就把名片放到桌子上，让我好安下心来。”

她拿出了名片，从容不迫地放到了桌子上。

“知道你们认识莫多尔家的人，”芬妮说道，“我们都非常地高兴。我们希望我们两边也可以借着这一层关系来往起来的。”

“他们是戈文先生家的朋友，”戈文太太说道。“我本人还没有得到机会被介绍给莫多尔太太呢，不过，我想到了罗马以后我是要去见她的。”

“真的？”芬妮接话道，带着和和气气地将自己的优越感压制下去的表情。“我看你会喜欢她的。”

“你和她非常熟悉吗？”

“这个嘛，你知道，”芬妮毫不掩饰地耸了耸她那美丽的肩膀，说道，“在伦敦嘛，我谁都认识。她，我们是在来这里的路上遇到的；我跟你老实说吧，爸爸起初很生她的气，因为我们派人预订的房间，有一间让她占用了。不过，那件事当然很快便解决了，我们后来又都客客气气的。”

尽管小杜丽从进门到现在还没有得到机会与戈文太太谈一谈，然而她们两人心里是默契的，能够做到这一点那就行了。她一直以有增无减的浓厚兴趣注视着戈文太太；她那说话的声音也使小杜丽激动；她旁边的一切，她周围的一切，以及凡是与她有关的一切，都没有逃过小杜丽的双眼。与别的情况——只有一个例外——比较起来，她在这里更加能够敏锐地注意最不起眼的东西。

“那天夜里过后，”这时候小杜丽说话了，“你身体一定很好了吧？”

“很好，亲爱的。你好吗？”

“哦！我一直很好，”小杜丽胆怯地说道。“我——很好，谢谢你。”

小杜丽的结结巴巴，说了一半又收回去，那道理不外是她说话的时候戈文太太碰了碰她的手，她们的目光也碰到了一起。她那温柔的大眼睛里流露出小心谨慎地提防着的表情，这表情眨眼之间便使小杜丽住了嘴。

“我丈夫说起你来是非常喜欢的，听他一说，我还差不多真妒忌起你来了呢，你不知道吗？”戈文太太说。

小杜丽绯红了脸，摇了摇头。

“要是他把对我说的话告诉你，他就会对你说，你是他见到过的人当中最文雅、最伶俐的了。”

“我可没有他说的那样好，”小杜丽说道。

“我也想是不是真这样；不过有一点是肯定的，我一定要去告诉他你来了。要是我不去告诉他一声就让你——还有杜丽小姐——离开这里，那么我是怎么也不能得到饶恕的。我可以去告诉他吗？请你谅解一个画家画室里的杂乱和邋遢，怎么样？”

这两句问话是对芬妮小姐说的。芬妮小姐非常和气地答道，她非常感兴趣，非常高兴。戈文太太走到一扇门的旁边，朝里面看了看，很快又回来。“给亨利个面子，进去吧，”她说道。“我知道他会很高兴的！”

走进房间时，第一个面对着小杜丽的目标便是那巴黎的布兰德瓦，披一件大斗篷，戴一顶贼溜溜的宽边软帽，站在房间角落里的平台上，那模样与他在大圣伯纳德山口顶上站着，山道上的光枝桠似乎都朝上指着他时一样。布兰德瓦朝她笑，小杜丽倒退了几步。

“别害怕，”戈文说着便从门后面的画架旁走出来。“就布兰德瓦一个。今天他是扮一个模特儿。我是在对他进行研究。把他利用起来可以节约我好多钱。我们穷画家没有钱找模特儿。”

巴黎的布兰德瓦脱下宽边软帽，朝小姐们扬了扬，但并没有离开那个角落。

“实在抱歉得很！”他说道。“我这个教授对我要求严格，我怕动了姿势。”

“那你就别动，”两姐妹走到画架旁边时，戈文冷漠地说了一句。“让两位小姐至少要看看这幅拙作的原型，她们看了原型便知道我画的是什么了。你们瞧，他这么站着。是等待猎物的刺客，是等待拯救祖国的著名的贵族，是等待加害于人的卑鄙敌人，是等待为人做好事的天堂使者——你们说他最像什么就是什么！”

“像米欧教授，他是一个穷绅士，等待向文雅与美貌表示敬意，”布兰德瓦接话道。

“也像卡迪沃·索吉托·米欧，”戈文接过话来说道，同时用画笔在画中的脸部其对应的真人的脸已经移动过的部位点了点，“他是个刚行过凶的杀人犯。布兰德瓦，把你那只洁白的手露出来。伸到斗篷外面。别动了。”

布兰德瓦的手不稳；不过他笑了，一笑，手自然就要动。

“他曾经跟另外一个杀人犯或者是一个受害者搏斗过一场，你们瞧，”戈文说道，同时以迅速、焦灼、不熟练的笔触，画上了手纹，“这些就是象征。老兄，伸到斗篷外面来！圣马可之体，你在想什么！”

巴黎的布兰德瓦又因为笑而动起来，结果他的手就动得更厉害了；他一忽儿举起手来捻他的小胡子，小胡子看上去像是湿润的；一忽儿又摆出画家要求的姿势，略微多了一点神气的样子。

他的脸正好对着画架旁边小杜丽站的那个方向，因此，他始终注视着她。小杜丽一旦被他那双奇怪的眼睛所吸引，她便无法移开自己的眼睛，他们一直相互盯着。她此刻颤抖了；戈文已经感觉到了，以为她是见了在他旁边那条大狗心中惊恐，因为她用手在抚摩那只狗的脑袋，狗又刚刚低声地嗥过一声。见此情景，戈文朝她瞅了一眼，说道：“它不会咬你的，杜丽小姐。”

“我倒不是怕狗，”她几乎是与戈文同时地说道；“可你来瞧瞧它好吗？”

戈文突然间扔下了画笔，用双手抓住了那狗的项圈。

“布兰德瓦！你怎么会这么傻，去惹它！我的天哪！真该死，它会把你撕成碎片的！坐下！雄狮！听见我的话没有，你这不安分的东西！”

那条大狗，尽管项圈勒得它差不多透不过气来，依然死死地将整个躯体顶着它的主人，硬要窜到房间那头去。它已经伏下来准备纵身一窜，就在这时，主人抓住了它。

天性强于驯服

“雄狮！雄狮！”大狗此时用后腿站立起来，主人与狗进行着一场搏斗。“回去！坐下，雄狮！你快走开，布兰德瓦！你到底在它身上用了什么妖术了？”

“我什么也没有惹它。”

“你快走开，要不然我是抓不住这头畜生了！你快到房间外面去！见鬼，它会咬死你的！”

布兰德瓦跑了以后，那大狗凶狠地嗥了一声，并且又挣扎了一下；然后，就在那条狗服从的时候，怒气并不亚于狗的那个主人，在狗的脑袋上揍了一下，并且站在它的面前，用靴子后跟狠狠地踢了它许多下，结果它的嘴角一下子便沾了血。

“好了，给我到角落里去坐下来，”戈文说道，“要不然我拖你出去宰了！”

雄狮听从命令到了角落里，它坐下来舔着嘴角和胸口。雄狮的主子停了一会儿换口气，然后重又采取通常的冷静态度，转身去对他受了惊的妻子和妻子的客人说话。可能整个事情经过还不到两分钟。

“好了，好了，米妮！你知道它一直脾气很好，很听话的。布兰德瓦一定惹过它了，——朝它做鬼脸。狗也有它喜欢的，也有它讨厌的，布兰德瓦并不是它很喜欢的人；不过话得说回来，你一定会说它的好话的，米妮，因为它过去可从来没有过这个样子的。”

米妮心里太乱了，说不出什么连贯的话来回答他；小杜丽已经在给她说些安抚的话；芬妮已经喊叫过两三回了，此刻抓住戈文的胳臂挡着；雄狮惹了这一场惊慌，也深感惭愧，夹着尾巴，灰心丧气地走到女主人的脚下。

“你这凶恶的畜生，”戈文说道，并又抬起脚来踢它。“你要为这件事忏悔。”又抬起脚来一脚一脚地踢它。

“喔，请不要再惩罚它了，”小杜丽激动地说道。“别让它难受了。瞧它多驯服！”在小杜丽的恳求下，戈文饶了那大狗；她为它说情、讨饶那也是合乎情理的，因为它的确是俯首贴耳、又后悔又可怜的样子，狗能够做到的也只能是这样了。

要从惊恐中恢复过来，又像没事儿一般，使这一次拜访无拘束地进行下去，这并不容易，即便芬妮，在最融洽的情况下，也不能做到一点也不受影响。在姐妹两人告辞之前他们之间进行的那种进一步的交流，使小杜丽觉得，她已经看出，戈文先生过分把他的妻子当作一个漂亮小姑娘看待了，即便是他对她的爱的表示上。对于她知道在那个表面之下必定蕴藏着的深邃的感情，他似乎毫无觉察，这使她真怀疑，他本人是否有这种深邃的东西蕴藏着。她心中疑惑，他的缺乏严肃性，是否便是他的缺乏这种品格的自然结果，是否人就如同船儿一样，在水太浅、水底又尽是岩石的河里，船锚无法固定，船儿要到处漂泊。

他送她们下了楼梯，一面走一面打趣地说，像他这样可怜的人只能住这样可怜的地方，对此他表示歉意，还说他的亲戚们，即那些高贵伟大的巴纳克尔家族的人对于这样的住处是会深感惭愧的，待到他们赐给他体面的住处，他便可以在体面的住处款待她们了。他们到了河岸边，布兰德瓦已经在那里向她们致意了，经历了刚才那惊险场面以后，他脸色真是白得可以，然而，他对于刚才的事并不在意——说起那雄狮来，还哈哈地笑。

姐妹两人告别了戈文与布兰德瓦，又同来时一样，雄赳赳地划走了。而他们两人站在堤岸上的葡萄树下，戈文懒洋洋地摘了一把葡萄叶，一片片地扔到水里，布兰德瓦点燃了一支香烟。姐妹俩的船还没行多久，小杜丽便发觉芬妮的举止态度越发卖弄了起来，而当时情况下似乎并没有如此行事的必要。小杜丽从船上的窗与开着的门望出去，寻找芬妮卖弄的因由，只见另一只平底船显然是在尾随她们。

这只平底船采用种种巧妙办法，一路追随着她们，时而窜到前面，然后停下来让她们经过；时而在水面较宽的地方与她们齐头并进；时而紧跟在船尾。而那芬妮渐渐地也不掩饰了，她是在对那船里面的一个人卖弄风骚，与此同时，她又装作没有看见那个人。在这种情况下，小杜丽终于问那人到底是谁?

芬妮听后简短地答道:“那个呆子。”

“谁? ”小杜丽说道。

“我的亲妹妹，”芬妮接话道(从这话的语气听起来，倘若是在叔叔大发脾气之前，她就要说： 你这小傻瓜),“你反应真慢! 那是小斯巴克勒。”

她放下了靠她这一边的窗，身体向后靠着，胳膊肘搁在窗上，毫不在意的样子，一边用那把珍贵的镶金边的西班牙黑扇子扇着。那只尾随着的平底船又迅速滑行到了前面，船窗口有一个人迅速朝这边张望了一下，芬妮卖弄风情地笑起来，并且说道:“你见过这么傻的呆子没有，亲爱的? ”

“你说他是不是想一路跟着你? ”小杜丽问道。

“我的好妹妹，”芬妮接过话来说道，“一个呆子发急了会做出什么事情来，那是我没法打包票的，不过我想那是非常可能的事。这也并不是什么老远的路。我想，他要是急着看我一眼，兜遍威尼斯也不算远呢。”

“他很想吗? ”小杜丽一脸天真地问道。

“哎，亲爱的，要我回答，这实在是一个尴尬的问题，”她姐姐说道。“我看他是想的。你还是去问问爱德华吧。我猜想，他同爱德华说了很想的。我知道，他老这么缠着我，弄得他自己在娱乐场，在别的游乐的地方洋相百出了。不过你还是去问爱德华吧，要是你想知道知道的话。”

“我真纳闷他为什么不上门来，”小杜丽想了一阵之后说道。

“亲爱的艾米，要是我知道他要上门来，你立即就不会纳闷了。他今天就上门来我也不觉得意外。这个人，我看哪，是在等着鼓足勇气。”

“他来了你见他吗？”

“是啊，亲爱的，”芬妮说道，“那总是要见的。瞧，他又来了。你看他。哦，你这傻瓜！”

斯巴克勒先生不用说是一脸怯懦的样子；眼睛凑在窗前就像是玻璃上的泡泡一样，除了这个真正的理由之外，他想把船突然停下来，是根本找不出别的理由的。

“你问我是不是要见他，亲爱的，”芬妮说道，她摆出优美的漠然置之的态度，几乎与莫多尔太太一样地镇定自若，“你说的是什么意思？”

“我的意思是，”小杜丽说道，“——我看我的意思倒是你说的意思，亲爱的芬妮，对吗？”

芬妮又笑起来，那态度既谦和，又淘气，又和蔼；她伸过胳臂搂着她妹妹，娇声娇气地说道：

“你跟我说说，我的小乖乖。我们在马蒂尼碰见那个女人的时候，你觉得她是怎么对付那个局面的？你有没有觉察她一下子便拿定的主意？”

“不知道，芬妮。”

“那我来跟你说说吧，艾米。她心里已打定主意了：我在现在这种完全不同的情况下，绝不可再提起过去那次会面的，我也绝不可装作知道这两个姑娘便是当时的两个姑娘。这就是她的逃出困境的计策。那一回我和你离开哈莱街的时候，我同你说什么了？要说世上有蛮横无理、口是心非的女人，她便是一个。不过，要说蛮横无理嘛，亲爱的，那她是会找到同她针锋相对的人的。”

那把西班牙扇子朝芬妮胸脯上意味深长地一扇，便富有情感地表明，该到哪里去找一个这样的角色。

“不但如此，”芬妮继续说道，“而且她还同样关照那个小斯巴克勒；若要允许他来追求我，她先得把那颗世上最最滑稽可笑的骷髅头(因为你真没法子把它叫作脑袋的)好好儿开导开导，要他装作是在那旅店大院里第一回碰见我的。”

“为什么呢？”小杜丽问道。

“为什么？哦，天哪，亲爱的妹妹！”(又完全是“你这傻乎乎的小丫头”的口吻)“怎么问出这样的话来呢？我说不定可以做一个大木瓜的相当称心的对象，你这还看不出来？她把瞒骗强加到我们头上，一面把责任从她自己肩上(我承认，她的肩膀倒也是很不错的肩膀)推卸掉，一面装作是，”芬妮小姐说道，很自负地朝自己看了一眼，“很体谅我们的感情似的，难道你这也看不出来？”

“可是不管她怎么样，我们都可以把事情原原本本说出来嘛。”

“不错，可我们才不干呢，”芬妮反驳道。“不干；我才不会做这种事呢，艾米。找借口的不是我；而是她，我要她吃点儿苦头。”

在这洋洋自得、无比兴奋的时候，芬妮小姐一只手扇着那把西班牙扇子，一只手紧搂着她妹妹的腰，仿佛她是要掐死莫多尔太太。

“我才不干呢，”芬妮又说了一句。“她会发现我是将计就计。她开的头，我奉陪了。我还要依靠时运给我的帮助，继续密切我跟那个女人的关系，最后我还要当着她的面，把我家裁缝做的衣服赏给她的女仆，要比她上次送给我的漂亮十倍，贵十倍！”

小杜丽默然了：她心里明白，任何关系到家庭尊严的问题，她是不配说三道四的；而且她也不愿无谓地重又失去新近意外得到的姐姐对她的好感。她虽别有想法，然而她没有说。芬妮十分清楚她在想些什么；她了解得太清楚了，所以她立即就问了艾米。

她的回答是：“你是想鼓励斯巴克勒先生吗，芬妮？”

“鼓励他，亲爱的妹妹？”她姐姐说道，带着鄙夷的笑，“那就要看你怎么理解鼓励了。不会的，我不想给他鼓励。我倒是要把他当作一个奴隶。”

小杜丽严肃而又疑惧地朝芬妮的脸看了一眼，不过芬妮是决不会因为旁人这样的举动而控制自己的。她收起了那把镶金边的黑扇，然后拿扇子在她妹妹的鼻子上敲了一下；瞧她那神情，仿佛她是一个自傲的美人，是一个伟大的人士，她在与一个朴实的朋友寻开心，是在半真半假地开导她的朋友。

“我要他做我搬这搬那的奴仆，亲爱的，我要他听从我的调派。要是我没有叫他的妈也听从我的调派，那也不是我的错。”

“你是不是觉得——亲爱的芬妮，千万别生气，我们现在一块儿都好好儿的——那条路的终点你已经看得清清楚楚了？”

“我不能说我甚至已经眼巴巴地在盼望了，亲爱的，”芬妮回答道，表现出毫不在乎的样子；“一切都要等机会嘛。这些不过是我心里的打算罢了。这些打算倒也真花了我不少的时间，你瞧，我们已经到家了呢。那个小斯巴克勒就在门口，打听里面住的是谁。当然，那都是非常巧的事情！”

而实际上，那个求婚者正好在平底船里站起身来，手里拿着他的名片盒，装作在问一个仆人。事情的这种巧合，引起了紧接着发生的好笑事情，他在两位小姐面前丑态毕露，倘若是在古代，他的出丑便不可能会被看作是求婚的吉兆；因为两位小姐船上的艄公被那只船追了一路已经很不耐烦了，这时候便十分巧妙地划过船来，与斯巴克勒的船只是轻轻地一撞，便叫这位先生像九柱戏里的一根特大号柱子，晃倒在船里，在他梦寐以求的小姐面前跌了个四脚朝天，让人只看见两只鞋的鞋底：而他那更加高贵的身躯则在舱底他的一个仆人的怀里挣扎着。

然而，当那芬妮小姐十分关切地询问，那位先生跌伤了没有？斯巴克勒先生却站起了身，神色比预料中的要镇静得多了，脸上红一块白一块，自己搭了腔，结结巴巴地说：“一点儿也没事。”芬妮小姐已

斯巴克勒先生跌了个四脚朝天

经不记得过去曾经与他见过面，说着也便管自走去，同时冷漠地点了一下头，可就在这时他自报了姓名。即便他自报了姓名，她依旧是茫然的样子，因为她想不起这个名字。他又解释了一番，说他曾经很荣幸地在马蒂尼见到过她，她这才记起来，并希望他母亲一切都好。

“谢谢你，”斯巴克勒结结巴巴地说，“她好得不得了——至少可以说混得过去。”

“是在威尼斯吗？”芬妮小姐说道。

“在罗马，”斯巴克勒先生回答道。“我是一个人在这里，一个人。我自己来看爱德华·杜丽先生的。其实，也是来看杜丽先生的。实际上，来看看一家人。”

芬妮小姐态度亲切地转身询问侍从，她父亲、她哥哥是否在里面？听见回答说都在里面，斯巴克勒先生便谦恭地伸过他的胳臂。芬妮小姐挽住了胳臂，就在斯巴克勒先生的陪送下，登上大楼梯，即便此刻他依旧相信（这一点是没有理由去怀疑的）她可一点也不是傻里傻气的，那他可就是在自欺欺人了。

他们到了一间散发出霉味的客厅，里面暗黑的海绿色窗幔帘幕都已褪色了，磨损了，破碎了，现在的模样仿佛要与漂泊不定的水草攀起亲来，水草有从窗下漂过的，有爬在墙上为关在门窗里的眷属哭泣的。芬妮小姐一跨进这间客厅，便暗中派人请她爸爸和哥哥。他们尚未露面的时候，她便坐在椅子上大显身手，议论了一通但丁，把个斯巴克勒先生彻底征服了——但丁在这位先生心目中是一个非常狡猾的怪人，常在佛罗伦萨大教堂的外面，坐在一个凳子上，头上披了树叶，也说不清他坐在那里干什么。

杜丽先生欢迎来访的客人，态度极温良，举止极优雅。他详细地询问了莫多尔太太。他详细地询问了莫多尔先生。斯巴克勒先生说（说得确切一点，他的话是从他衬衣领子上断断续续搔出来的），莫多尔太太在乡间的家里早就呆腻了，布莱顿的房子也呆腻了，当然啰，你知道，伦敦连一个人也没有了，她也不可能在那里再呆下去了，今年又不想探亲访友到人家家里去，所以就决定到罗马来呆一阵子，到了罗马，像她这么个女人，相貌漂亮谁人不知，又不是傻里傻气的，不可能不会成为个大忙人的。至于莫多尔先生嘛，他是老在伦敦商界和别的那种地方的人当中来往的，在商界、银行界什么的又是这么一个了不得的杰出人物，斯巴克勒先生真要怀疑这英国的财政体系少了他是不是还行呢：不过，他的工作对他来说有时候也太忙乎了一点，要是他能暂时抽个空儿换个全新的地方、换个全新的气候，对他就更好了，对于这一点，斯巴克勒先生倒是一点儿也不隐瞒的。至于他本人嘛，斯巴克勒先生对杜丽一家说，他们走到哪里他便要跟到那里，有相当特别的事情要办。

谈话取得了这样巨大的成功是需要时间的，然而到底还是取得了成功。既然谈话取得了成功，杜丽先生便希望斯巴克勒先生过一会儿与他们一块儿进餐。斯巴克勒先生欣然接受，杜丽先生便问，比如说，今天打算做什么呢？由于他今天什么事也没有（他通常忙的事，他做起来特别在行的一件事），主人当即便与他约定了；还要他晚上陪小姐去看歌剧。

筵席时间一到，斯巴克勒先生钻出水面，仿佛维纳斯之子的酷似母亲①，模样庄严地登上了大楼梯。倘若芬妮上午是妩媚的，此刻她便是三倍的妩媚了，由于配上了极相称的颜色，因此她的衣裙是非常得体的，又表现出一种毫不在乎的神情，这样就使斯巴克勒先生套上了双层的思想枷锁，并死死地钉住了。

---

① 按希腊神话故事，维纳斯是“爱情之母”，“爱情女神”，她是从地中海—希腊岛附近大海浪花泡沫中诞生的。此处的钻出水面是说乘了船来赴宴。

“我听说，斯巴克勒先生，”席间主人发问道，“你跟——哈——戈文先生是知交。是亨利·戈文先生吗？”

“一点不错，先生，”斯巴克勒先生答道。“实际上，他母亲与我母亲是老相好了。”

“假如我想到这一层，艾米，”杜丽先生说道，他表现出的赐恩神情之庄严，真堪与台西默斯勋爵大人相比，“你就该捎信给他们，请他们今天来入席了。我们可以差几个人去——哈——去接他们，把他们接到这里来。我们也可以腾出——嗯——一只船来，专门去接他们。真后悔忘了这件事。明天请提醒我一下。”

对于亨利·戈文先生会不会接受他们的恩惠，小杜丽并非没有疑虑；然而，她依然答应不会忘了提醒的。

“请问，亨利·戈文先生画——哈——画不画肖像？”杜丽先生问道。

斯巴克勒先生认为，他什么都画，要是他能有活儿干。

“他没有自己专门的活动①？”杜丽先生问道。

斯巴克勒先生因受爱情的激励，此刻是心花怒放，他于是回答道，说到专门的活动，一个人就得有专门的鞋：比如说，打猎要有猎鞋，玩板球要有板球鞋。可是，他认为亨利·戈文先生并没有什么专门的鞋。

“没有特长？”杜丽先生问道。

特长这个词儿对斯巴克勒先生来说实在也太不好记了②，而且他的脑筋因为刚才说了那几句话已经用完了，因此他答道：“谢谢，不用了。我难得吃这种东西。”

---

① “活动”原文为 Walk，此处意为“职业”，“人生活动方式”，但常见的意义是“走”，故试以“活动”二字译之，以显杜丽先生用词特点，以及斯巴克勒之呆。

② “特长”英语为 speciality，原文是说这个词儿太长，因为有五个音节；意译为“太不好记”。

“唔！”杜丽先生说道。“我本人非常乐意赠送一件——哈——纪念品给一个有这样的关系的人，表达我想增强他的兴趣的愿望，培育——嗯——他的天才的嫩芽。我想我应该请戈文先生来为我画像。倘使画成之后——哈——双方都感到满意，那么，今后我还要请他为我的一家试试笔。”

那极为大胆而独特的念头，在斯巴克勒先生的心中闪现，即他有了一个机会可以说一说，这一家有的人(他特别显著地强调“有的人”)没有一位画家能画得惟妙惟肖的。然而，他缺乏用来表达这个意思的一组词语，这个意思也便化为泡影了。

更叫人感到悔恨的是，芬妮小姐非常赞成画像这个主张，而且还催促她爸爸快点去请。她说，她猜想戈文娶了一位漂亮的妻子，却失去了更加美好、更加重要的机会；村舍里的爱情[①]，画画谋生，这实在太有意思了，所以她请求她爸爸授权给戈文先生，画得像还是不像不要管：不过，事实上她和艾米都知道他能画，因为她们那天在他画架旁边看到过非常逼真的画像，而且还有机会拿画像与实物作过对照。这一番话说得斯巴克勒先生(也许说这些话原是要让他)心烦意乱了；因为一方面这些话说明芬妮小姐是很容易被柔情所打动的，另一方面她又十分天真地对他的爱慕表现得毫无意识，真把他折磨得脑袋上的两颗眼珠骨碌碌直打转，对一个未知的情敌是一肚子的醋意。

筵席散后，又钻入水中，到了剧院又钻出水来，登上大楼梯，前面领路的是他们的一个艄公，仿佛是领路的人鱼，手里还提一个大布灯笼。就这样，他们进了包厢，斯巴克勒先生进入了一个痛苦之夜。由于剧院里是暗的，包厢是亮的，因此，几位来看望的人便在演出时进包厢闲坐了；芬妮小姐对他们很感兴趣，并且摆出那样妩媚的姿态

---

① 村舍与宫廷一样，也有爱情，十九世纪常说的谚语，不过常伴有讽刺。

与他们聊天(因为她与他们有一些有趣的秘密话要说，关于远处包厢里的人到底是谁也有一些有趣的争论)，真叫可怜见儿的斯巴克勒先生憎恨起整个人类来了。不过，在演出结束时，他得到了两回安慰。她在整理斗篷时把那把扇子交在他手里拿着，在下楼梯时又得到了可喜的特权，伸出胳臂让她挽着。斯巴克勒先生心里想，这些零零星星的鼓励，已经能够叫他支持下去了；杜丽小姐也是这个想法，那绝非不可能。

提着灯笼的人鱼在包厢门口等候了，别的人鱼提着别的灯笼在许多门口等候了。杜丽家的人鱼把灯笼放得很低，以便照亮台阶，斯巴克勒先生注视着芬妮小姐那双被照亮的脚闪烁着与他并排走下楼梯时，他在先前的精神枷锁之上又套上了一副。在这里闲逛的人中还有巴黎的布兰德瓦。他说着话，与芬妮并排地朝前走着。

小杜丽与她哥哥和杰纳勒尔太太(杜丽先生留在家中)走在前面；但是到了码头边上的时候，他们都聚到一块儿来了。小杜丽发现布兰德瓦就在身旁，扶着芬妮跳上船去，便又吃了一惊。

“戈文今天见漂亮的小姐来拜访非常高兴，”他说道，“可后来却倒了霉。”

“倒了霉？”可怜的斯巴克勒松了手，芬妮一面坐下来，一面这样重复了一句。

“倒霉了，”布兰德瓦说道。“他的狗，雄狮。”

他说这句话时小杜丽正好由他扶着手。

“它死了，”布兰德瓦说道。

“死了？”小杜丽重复了一句。“那只威武的狗？”

“是的，小姐！”布兰德瓦说道，一边笑着一边耸着肩膀，“有人把那只威武的狗毒死了。它跟威尼斯总督[1]一样，不会再有了。”

---

① 一七九七年，拿破仑一世摧毁了威尼斯共和国，也废除了总督。

第七章

多半是不伦不类

杰纳勒尔太太总是在马车驭者座位上正襟危坐，保持礼仪的尊严，她是尽心竭力要给她那非常亲爱的年轻朋友涂上表层的，杰纳勒尔太太的非常亲爱的年轻朋友是尽心竭力接受她的塑造的。尽管她过去在劳苦的生活中非常刻苦努力，达到了许多的目的，然而她从来没有像现在这样刻苦努力，去实现杰纳勒尔太太的粉刷。让那只塑造体面的手给她粉刷，常使她犯愁、使她非常地不自在，这倒是的确的；然而，在这一家落拓的时候，她服从了家庭的需要，现在这一家显赫的时候，她也同样服从了家庭的需要，在这件事情上她绝没有放纵自己的个人意愿，正如她在过去节省午餐以便让她父亲吃上晚餐的日子里，绝不考虑自己的饥饿一样。

她遭受"杰纳勒尔磨难"期间所得到的一个安抚，对她来说是令人鼓舞的，也使她由衷感激，而这在一个不很诚挚、不很亲爱的人，一个并未经受过她那样的斗争与牺牲的人看来，这个安抚未必是合乎情理的；其实，在生活中也经常可以观察到，像小杜丽这样的人，就周密思考而言，还不及她们那些人的一半。她姐姐继续对她表现出亲切，便是小杜丽感觉到的这种安抚。她并不在乎这种亲切的表现形式是宽容的恩赐；她已经习惯这种恩赐了。她也并不在乎自己被摆到了隶属的位置，成了一辆光彩照人的车上的侍从，而芬妮小姐则坐在车上的显赫位子上，要求人们向她致意；她不想找一个好一点的位置。她历来钦慕芬妮的秀美、雅致与伶俐，此刻也不再寻思她现在总爱紧紧追随芬妮，此中有多少应归咎于自己的意愿，有多少应归咎于芬妮的意愿，她只是把她那颗宽厚的心蕴含的全部姐妹情奉献给她。

杰纳勒尔太太灌输到家庭生活中的是大量的不伦不类，芬妮小姐永无休止地在社交界进出，这两者混合在一块儿，在底层便只剩下很少一点儿自然沉积物了。鉴于这种情况，能与芬妮说些心里话对小杜丽来说便愈见其可贵了，更增添了这样的机会给予她的安慰。

“艾米，”芬妮对她说道；那一天晚上屋里只有她们两个人，度过了这么累的一天之后，小杜丽已经非常疲乏了，尽管芬妮再带着生活的极大喜悦跑跑交际场也并不在话下，“我要给你这小脑袋装点儿东西。我看你是猜不到我要说的是什么。”

“我看那是不可能的，亲爱的，”小杜丽说道。

“猜吧，我先提示一句，丫头，”芬妮说道。“杰纳勒尔太太。”

表现形式五花八门的“不伦不类”，令人生厌地整天占着上风——一切都是讲表面粉刷，样子好看，其实空空——看小杜丽的样子，仿佛她希望杰纳勒尔太太裹紧毯子平平安安睡上几个钟头。

“嗨，猜得着吗，艾米？”芬妮问道。

“猜不着，亲爱的。除非是我做了什么，”小杜丽说道，并且颇有点惊恐的样子，她说的意思是做了有意让那粉刷的表层龟裂，让光泽的表层变得粗糙的事。

小杜丽的疑惧使芬妮觉得非常有趣，她拿起那把心爱的扇子（因为她就坐在梳妆台的旁边，那里放满了无情的器具，大都可以闻到斯巴克勒的爱情气息），一个劲地用它敲她妹妹的鼻子，并且还不停地笑。

“喔，我们的艾米，我们的艾米！”芬妮说道。“我们的艾米是个多么胆小的小傻瓜！不过这件事倒不是什么好笑的事。相反，我心里烦死了，亲爱的。”

“这事同我没关系，芬妮，所以我也不关心，”她笑着说道。

“啊！可我得关心，”芬妮说道，“待我把你开导开导，宝贝，你也会关心的。艾米，难道你就从来没觉得有人对杰纳勒尔太太非常非常客气吗？”

“谁对杰纳勒尔太太都很客气，”小杜丽说道。“因为——”

“因大家怕她三分所以就对她客气？”芬妮打断她的话说道，“我不是说这个；完全是两回事。哎！你难道从来没觉得，艾米，爸对杰纳勒尔太太非常非常客气？”

艾米嘴上喃喃地说“没有”，瞧她那神情已经愣住。

“没有；我也希望没有。可是实际上是这样，”芬妮说道。“他是这样，艾米。记住我的话。杰纳勒尔太太早打爸的主意了！”

“亲爱的芬妮，杰纳勒尔太太早打人家的主意，你说这种事可能吗？”

“我说这种事可能吗？”芬妮反问道。“亲爱的，我明白。我跟你说，她打爸的主意。还不止这个呢，我告诉你，爸的眼里她是个神奇的人，是才能的榜样，是我们家少不得的人，他真的是每时每刻都准备着要与她打得火热呢。我看哪，这么一来，事情就妙了！真是的，我要拿杰纳勒尔太太做妈妈啦！”

小杜丽没有回答“真是的，我要拿杰纳勒尔太太做妈妈啦”这句话，而是表现出忧虑的样子，一本正经地问芬妮怎么会得出这些结论来的。

“天哪，我的好丫头，”芬妮话语刻薄地说道。“你还可以再来问我怎么知道我把一个男人迷住了！不过，我当然是知道的。这种事常常有的；不过我一直都知道的。现在说的这件事我也知道，也都是这么一回事，我想。不管怎么说，这事我知道。”

“你从没听爸爸说过什么吗？”

“说过什么？”芬妮重复了一句。“我最最亲爱的好丫头，日子还不很长，他有什么必要说呢！”

“你也从没听杰纳勒尔太太说过什么？”

“真正要命，艾米，”芬妮说道，“她是那种说什么话的女人吗？事情不是明明白白的吗？她眼下什么都用不着做，只要端端正正坐着，套上恼人的手套，拖着裙子到处走就行了。说过什么！要是她玩惠斯特[①]的时候手里握着一张王牌，她是不会说出来的，丫头。她打的时候那张牌就会出来了。”

“至少，你也会估计错的，芬妮。你说你会不？”

“哦，对，我是会的，”芬妮说道，“可我现在没错。不过，我很高兴，你也能想出这么一个退路来，亲爱的，我很高兴，你既能暂时接受我的说法，又能冷静地想到这么一个可能性。照这个样子看来我倒希望这一层关系你是能够承受的。我是不可能的了，也不想走着瞧。我要先跟小斯巴克勒结婚。”

“哦，芬妮，你说什么也不会跟他结婚的。”

“说实在的，艾米，”那小姐态度非常冷淡地回答道，“我甚至不能肯定地对此作出回答。谁能料到会发生什么事。特别是因为我以后会有很多机会，对那个女人，就是他妈妈，来一个以牙还牙。我绝不会不利用这个计策的，艾米，那是非常坚决的。”

这时姐妹俩不再说什么了；然而，刚才说的那些话，使杰纳勒尔太太与斯巴克勒先生这两个形象在小杜丽心中占据了很突出的位置，从那以后，这两个人她一直想得很多。

杰纳勒尔太太早就涂上了自己的表层，因其表层之完美，在表层之下的一切（倘若有）都遮掩了，因此那里的一切是观察不到的。无可

---

① 桥牌前身。

否认，杜丽先生对她是非常客气的，并且也非常敬重她；然而，芬妮她老是那么轻率，事情尽管如此，她也会动辄出错的。至于斯巴克勒的问题，情况并不相同，哪个人都知道这里面是怎么回事，小杜丽看到了，常常反复思考着，有许多的疑虑，有许多的惊异。

可与斯巴克勒先生感情之深相提并论的，也只有把他当奴隶的人的喜怒无常、冷酷之甚了。有时候她会将他抬举到如此引人注目的地位，倒叫他乐得格格直笑；过了一天，或者过了一个钟头，她又会将他忘得一干二净，将他抛入如此默默无闻的深渊，他只得拙劣地装作咳嗽的样子唉声叹息了。他的无时不在从没有触动芬妮，尽管他与爱德华是一刻也没法分开，甚至于那位先生想出去串串门的时候，他斯巴克勒也只好烦恼地溜出去，像一个合谋者一样，乘伪装起来的船，穿秘密的门，走偏僻的街；尽管他如此急切地想知道杜丽先生是否安好，他真的每隔一天便登门询问，仿佛杜丽先生是害了间歇热；尽管他的船如此频繁地在最重要的窗口前面划过来又划过去，真叫人心中纳闷，他也许是为了一笔巨额赌金在打赌，要在一千个钟头里划上一千英里①，尽管每当他倾心的人那只船一出门，斯巴克勒的船便迅速从水中埋伏地点出发追逐，仿佛她是个女走私犯，他是个海关官员；尽管如此，然而，他如此忠心耿耿的侍候从未曾打动过她的心。可能正是由于经常暴露在海风、海水里使他那体格天生的素质得到了巩固的缘故，斯巴克勒先生外表并不见消瘦；然而，不管因了何故，他想借拖垮身体之法感动他倾心的人是如此般毫无希望，相反，他倒是一天比一天粗壮，他那个与其说是个小伙子倒不如说是个大孩子的外貌特征，演变成了非同一般的红润润与胖乎乎。

布兰德瓦来访表示敬意，杜丽先生和蔼可亲地把他看作是戈文先

---

① 狄更斯时代真有人一千小时走了一千英里路，完成之时以烤全牛盛会庆祝。

生的朋友接见了，并且向他说明了要授权戈文先生使他尊容永远留给子孙后代的想法。布兰德瓦听了之后竭力称赞，杜丽先生也念头一转，心想布兰德瓦一定乐意转告他的朋友有一个专门为他留着的大好机会。布兰德瓦以他自己的自然的优美态度，接受了这一委托，并表示定在一个钟头之内完成这项使命。在他向戈文透露这个消息时，那位艺术大师把布兰德瓦痛骂了一顿，整整骂了十几遍(因为他没有恩赐也恨，有恩赐也恨)，他很想与他朋友大吵一场，竟然带这个消息给他。

“也许这是我精神世界里的毛病，布兰德瓦，”他说道，“但是，要是我知道你在这件事中扮演的角色，我真想一死了之。”

“真是要命，”布兰德瓦说道，“我也不想干，可是我想我是在为朋友效劳呢。”

“把暴发户的工钱塞进自己的衣袋里？”戈文皱起眉头反问道。“你是不是这个意思？告诉你那个朋友，把他的脑袋画到酒店的招牌上去吧，去叫画招牌的人画吧。我是谁？他又是谁？”

“画家，”这位使节接话道，“布兰德瓦是谁？”

戈文对布兰德瓦是谁这个问题毫不感兴趣，气呼呼地对杜丽先生嗤之以鼻，不加理睬。可是，到了第二天，他又不假思索地谈起了这件事，并且带着轻蔑的笑：“喂，布兰德瓦，我们什么时候到你那个艺术赞助者家去啊？我们打短工的，不管什么活，有活就干嘛。我们什么时候去找这活儿干呢？”

“你想什么时候去，”挫伤了感情的布兰德瓦说道，“随你的便。这跟我有什么关系呢？关我什么事？”

“我可以说给你听听同我是什么关系，”戈文说道。“是面包和奶酪。人总要填饱肚子！咱们走吧，布兰德瓦。”

杜丽先生当着他两个女儿的面，当着斯巴克勒先生的面接见了他们。事情也真巧得很，斯巴克勒当时正来他们家看望。“你好啊，斯巴克勒？”戈文随随便便地问了一句。“待到你只好靠你的天生智力过日子了，老弟，我希望你日子比我过得好一些。”

这时杜丽先生又说起了他提出的建议。“先生，”戈文态度非常优雅地听了杜丽先生的说明之后，笑着说道，“干这一行我可是一个新手，这里面的奥妙我并不内行。依我看来，我应该从各个方面对你进行观察，告诉你你是个第一等的尝试对象，并且考虑什么时候我才能抽出足够的时间来，怀着应有的热情，专心致志地为你画像，我要为你画的是一幅精美的画像。我要告诉你，”他又笑起来，“在那些可爱的、天才的、虔诚的、杰出的人，我的画家同行们的营垒里面，我觉得我是个货真价实的叛徒，因为我的骗术玩弄得还不够高明。可是我生来便不会这一套，现在要学又太迟了。事实嘛是这样的，我是个很蹩脚的画家，不过同大多数人相比也不见得特别蹩脚。假如你打算扔掉一百畿尼左右的钱，我可是个跟富贵人家的穷亲戚通常那个穷样子一个样的人，我对你是会感激不尽的，假如你要把这许多钱都扔给我的话。拿了钱我会尽自己的最大努力的；假如我尽了最大的努力还是一个糟字，嘿，就算是这样吧，你也许得到了一幅无名小辈画的蹩脚的画像，而不会是一幅大名鼎鼎的人画的蹩脚的画像。”

这个腔调虽然不是杜丽先生所预料的，然而总的说来还是很合他的意的。从话里听起来，这位先生有很高贵的社会关系，又非一般的工匠，因此是会对杜丽先生尽心尽职的。他对于将自己交托到戈文先生手中一事表示了他的满意，并且相信，在他们的私人关系方面他一定会日益加深对戈文先生的了解的。

“你非常客气，”戈文说道。“我与拿画笔的同行（那都是地面上最最可爱的人）交往以来，也没发誓要与社交界断绝往来，我很高兴，间或也能闻到过去那种幽微的火药味，虽然过去真将我轰得上不沾天、下不着地，迫使我干起现在这个工作。你不会觉得，杜丽先生，”说到这里他又笑起来，毫不拘束的样子，“我已经沾染了这项手艺的通病——因为不是这么一回事；不过，说实在的，不管我走到哪里，我难免要流露出来的，天哪，虽然我喜爱这项手艺，尽自己最大努力去尊重它——假如我提议订个合同规定一下时间，还有地点，你不会这么想吧？”

哈！戈文先生既然已经如此坦诚了，杜丽先生绝不能——嗯——再抱有那种怀疑了。

“我又要说，你非常客气，”戈文说道。“杜丽先生，我听说你要到罗马去。我有朋友在罗马，我也要到那里去。我计划要在你面前献的丑，就到那里去献吧——不在这里献丑了。我们大家在这里还要逗留的时间都很仓促；虽然在威尼斯，两只衣袖没有磨损得丝丝缕缕的穷酸的人中，是找不到比我再穷的人了，不过，我还没有完全摆脱业余画家的气息——你瞧，又把这项手艺连累上了！——还不能急忙中为了区区六便士，召之即来，来了便能作画。”

戈文先生先前说的话，杜丽先生听了印象很不错，相比之下，刚才这番话也没有给他任何不好的印象。他说的这些话是杜丽先生第一回设家宴款待戈文先生与戈文太太的序曲，这些话使戈文在新家庭中非常巧妙地处于他通常的地位。

这些话，也使他妻子在新家庭中处于通常的地位。芬妮小姐心里特别清楚，戈文太太的美貌使她的丈夫付出了很大的代价；在巴纳克尔家族里面也曾为她之故而闹得很不安宁；那未亡人戈文太太几乎心都碎了，她曾经对这桩婚事坚决反对，后来也是出于做母亲的感情，才算同意了。杰纳勒尔太太也很了解，这两个人的情缘也弄得家中非常伤心、非常不和睦。关于正直的弥格尔斯先生，谁也没有提起；只是说，像他那样的一个人想叫他女儿跳出自己卑微的家庭，嫁个大户人家的人，那也是很自然的，谁也不可因为他千方百计要这样嫁女儿而去责怪他的。

对于这一极易为人所接受的说法中提到的那个女人，小杜丽表现出的关注是非常认真的，是非常机警的，因此，她的观察是绝不会有错的。她看得出，戈文太太的生活蒙上了一层阴影，其部分原因也是因了这样的一种说法，她甚至还本能地认识到，这种说法毫无真实性可言。然而，这种说法却是有影响的，在她与戈文太太交往的路上设置了障碍，因为这种说法促使“不伦不类”学校对戈文太太表现得非常客气，而不是对她表现得十分亲热；小杜丽作为那所学校强迫入学的公费生，是非得恭恭顺顺地遵守这些校规不可的。

然而，一种富有同情心的谅解已经在两人之间树立起来了，有了这样的谅解，即便是再大的困难，她们也是能够克服的，即便是在一种更有限的交往中，她们也是能够建立起友谊的。仿佛发生的事情决计有利于促进这一友谊似的，她们发现各自对巴黎的布兰德瓦都感到厌恶，而且她们还有一种新产生的信念，她们对巴黎的布兰德瓦的厌恶是意气相投的；人们对令人讨厌的爬行类动物表现出本能的憎恶，她们两人对布兰德瓦的厌恶，便是那种本能憎恶意义上的厌弃与憎恶。

她们两人之间，除了这种主动的意气相投之外，还有一种被动的意气相投。布兰德瓦对待她们两人的态度完全是一样的；布兰德瓦对待她们两人的态度都同样可以看出是别有一种意思在里面，她们知道他对别人是没有这种意思的。这种差异，其表现太不显眼，别的人是注意不到的，然而她们知道这种差异是存在的。他那邪恶的双眼稍稍一转，他那光滑、白皙的手轻轻一举，他那老是动个不停的脸上的鼻子微微往下一挪，小胡子微微往上一挪，都能够同样向她们两人传达与她们本人有关的神气。仿佛他这样说道：“我在这一带私下里是很有势力的。我自己心里有数。”

她们两人对于这一点的感受，从来没有像他在离开威尼斯之前来杜丽先生家道别的那一天那样深切，她们两人也从来没有像那一天那样，如此明明白白地意识到各自都有如此深切的感受。戈文太太到杜丽先生家来也是为了同样的目的，他进来时她们俩正巧呆在一起；家中别的人都出去了。她们坐在一块儿还不到五分钟，那奇怪的举动似乎向她们传达这样的话：“你们刚才是要议论我。哈！看我现在就叫你们议论不成！”

“戈文要到这里来吗？”布兰德瓦说道，带着微笑。

戈文太太回答说他不来。

“不来！”布兰德瓦说道。“那么你离开这儿时，允许你忠实的仆人我陪你回家。”

“谢谢了；我不回家去。”

“不回家去！”布兰德瓦说道。“那我是绝望了。”

他也许是绝望了；然而，他虽然绝望，却还不至于绝望得就此罢休，溜之大吉，让她们两个人呆在一块儿。他坐在那里，向她们说着最漂亮的恭维话，谈着他最精采的话题；然而，他谈话之间一直向她们两人传达这样的意思：“不行，不行，不行，亲爱的女士们。瞧我现在就明明白白让你们议论不成！”

他把这个意图以如此深刻的含义传达给她们，并且表现出了如此穷凶极恶的顽固，戈文太太终于站起身来准备告辞。他伸手给戈文太太准备陪她下楼，她却依然握着小杜丽的手，提醒似的捏了一下，同时说道：“不用了，谢谢你。不过，要是你肯去看一下我的船夫在不在那里，我将非常感谢。”

这样一来，他也别无他法，只得在她们两人之前先走了。就在他手拿着帽子下楼去时，戈文太太悄声道：

“他把狗害了。”

“戈文先生知道这事吗？”小杜丽悄声问道。

“谁也不知道。别朝我看；看着他。他马上会转过头来的。谁也不知道，不过我可以肯定是他害的。你说呢？”

“我——我看是这么回事。”小杜丽答道。

“亨利喜欢他，不会说他不好的；对他太大方了，太坦白了。不过，我和你一样，都很肯定，我们对他的看法是一点也不过分的。他跟亨利争辩说，狗样子那么凶，要朝他扑过来的时候，已经吃了毒药了。他的话亨利相信，但我们不相信。我看他在偷听，不过他听不见。再见，亲爱的！再见！”

最后两句话说得很响亮，因为那机警的布兰德瓦停下脚步，转过头来，站在楼梯脚下，抬头望着她们。可以非常肯定地说，瞧他这时的表情，尽管非常地和善，然而让人见了仿佛一个真正的慈善家希望做的最合适的事，莫过于举起一块大石朝他的脖子砸去，将他砸进从他站的黑黝黝的拱形门洞面前淌过的河水中去。由于并没有这样的造福人类的施主在场，他便把戈文太太扶上了船，自己站着不动，望着船从狭窄的视线中消失；这时，他才上了自己的船，在后面跟着。

小杜丽有时候曾经想过，此刻她转身走上楼梯时又想，他进出她父亲的家太随便了。可是，由于杜丽先生也加入了他大女儿的社交热，这么多的各种各样的人也是这样非常随便地进进出出的，所以他的自由出入她父亲的家门也就不是例外了。结识朋友，让他们了解自己的富有与显赫，这十足的狂热已经侵入杜丽家族了。

对于小杜丽本人来说，他们所生活的这同一个社会，总的来看，极像一个高等的马夏尔西狱。许多的人到国外来，似乎极像人们到监狱里来；有由于欠了债的，有由于闲得发慌的，有由于是亲戚关系的，有由于好奇的，有由于在国内处处不适应的。他们到了这些外国城市，凡事都由旅游从仆与当地随从照料，正如债务人被投进了监狱一般。他们在教堂里、在画廊前徘徊，那样子也极像过去在监狱院子里走动的阴郁样子。他们通常都是明天或下个星期又要离开的，心里头很少有拿定主意的，难得做一件他们说过要做的事，也难得到他们说过要去的地方去：所有这些，又极像监狱里的债务人。他们付了好多钱住上很差的房间，他们竭力诋毁一个地方，可是一面又装作很喜欢的样子：这正好又是马夏尔西狱的风气。他们走的时候，留下来的人一个个都羡慕，可是谁都装作不想走的样子：那又是不折不扣的马夏尔西狱的习惯。某些词语、说法他们是老挂在嘴边的，这些词语都是旅游者当中才用的，正如College与Snuggery[1]这样的词是监狱里才听得懂一样。他们也都同样不能认认真真做成一件事情的，与监狱里的人常有的情形一样；他们相互影响，越变越糟糕，与监狱里的人中常见的一样；他们穿着邋遢的衣衫，养成了懒懒散散的生活习惯：依然总像马夏尔西狱里的人一样。

这一家在威尼斯逗留的日子一天天过去，现在已经届满，他们携带随行的人，动身朝着罗马而去。他们一路上经历了与先前一模一样的意大利风光，越是往前走，景象越是污秽、越是凄凉，就这样，他们终于来到了连空气也发生了病变的地方，到达了他们的目的地。科索大街[2]一所漂亮的住宅已经替他们预订了，他们便在那里住下来，在这座城中，一切事物似乎都在千方百计地在其他事物的废墟之上永久停滞了——唯有那河水，它遵循着永恒的法则，从它无数壮丽的源泉出发，奔腾向前。

在这里，小杜丽似乎觉得，他们生活圈子里的那种马夏尔西狱的

① College通常指大学，此处俚语用法即“监狱”，Snuggery指“酒吧”。

② 罗马城的主要大街之一。

风气发生了变化，“不伦不类”占了优势。每个人都是长了别人的两条软木腿，到圣彼得大教堂和梵蒂冈去游览的，每一个人都是用了别人的筛子去筛选肉眼可见的每一个物体的。谁也没有说事物是什么样的，而是人人都在说杰纳勒尔太太们、尤斯特斯先生或者别的什么人说过的话。全体旅游者似乎是一堆自愿牺牲作为祭品的人，他们被捆绑了手脚，交给了尤斯特斯先生及其随行人，将他们的智力的内部组织依照那神圣的牧师的趣味加以排列。那些嘴不会说、眼看不见的现代人，小心翼翼地摸索着，穿过古代庙宇、坟墓、宫殿、元老院议事厅、剧院、竞技场高低不平的遗迹，一遍遍不停地重复着“不伦不类”，试图使嘴形达到标准的要求。杰纳勒尔太太真是适得其所了。谁都没有发表见解。在她的周围，装饰面的涂抹正在以惊人的规模进行着，其间未曾表现出一丝儿勇气，也未曾出现过真正的言论自由。

就在他们到达罗马之后没多久，“不伦不类”的又一变体隐隐约约地引起了小杜丽的注意。莫多尔太太有一天一大清早便来他们家拜访，那年冬天，她在不朽城[①]过着那种活动圈子很大的生活；当时，她与芬妮两人手中的剑你来我往的，剑法的娴熟几乎叫她那文静的妹妹像闪烁的轻剑一般地直眨眼。

“我真高兴极了，”莫多尔太太说道，“我们的相识在马蒂尼开了个那么不幸的头，现在又见面了。”

“在马蒂尼，当然是的，”芬妮说道。“高兴极了，的确是的！”

“我从我儿子爱德蒙·斯巴克勒那儿听说，”莫多尔太太说道，“他打那回偶然碰见以后，跟大家已经很好了。他回来以后说起威尼斯真是兴奋极了。”

“是吗？”毫不在乎的芬妮说道。“他在那里呆了很多日子吗？”

① 即罗马。

“要问这个嘛，我可以叫杜丽先生说说，”莫多尔太太说道，一面将胸脯转向那位先生；“因为爱德蒙非常感谢杜丽先生，让他在威尼斯过得很愉快。”

“哦，那没有什么，”芬妮接话道。“我看爸爸曾经很有兴致地邀请斯巴克勒先生来过两三回，——不过，那不算什么大不了的。我们有这么许多人来往，谁来了我们都是客客气气的，所以说要是他有那样的兴致，那就更加没有什么大不了的了。”

“不过呢，亲爱的，”杜丽先生说道，“不过呢——哈——我那样做感到分外的高兴，能够——嗯——千方百计地，尽管是区区之举，不足挂齿的，表示——哈，嗯——崇高的敬意——与天下其余的人共有的敬意，对于像莫多尔先生这样的如此杰出、如此高贵的人士，我是怀着这样崇高的敬意的。”

那胸脯以其极为动人的姿态，听取了这一番表示敬意的话。“莫多尔先生嘛，”芬妮说道，并趁机把话题一转，不再去谈论斯巴克勒先生，“你得知道，那是爸爸常常谈起的，莫多尔太太。”

“我非常——哈——失望，太太，”杜丽先生说道，“因为我听斯巴克勒先生说，莫多尔先生是不大可能——嗯——到国外来的了。”

“唉，就是嘛，”莫多尔太太说道，“他也真是忙，到处都要请他去，我看他是不可能出国的。他已经好多年没出过国了。杜丽小姐，你，我想，多少年里是差不多老在国外的。”

“哦那是呀，”芬妮拖长了声音毫不怕羞地说道。“有好多好多年了。”

“我也真这么猜想呢，”莫多尔太太说道。

“是这样，”芬妮说道。

“不过，我相信，”杜丽先生又接着刚才的话说道，“即便我不能有——嗯——极大的便利，在阿尔卑斯山或者说地中海的南面，与莫多尔先生认识，我回英国之后也将会有那样的荣幸的。这荣幸是我特别向往的，也将是我特别看重的荣幸。”

“我敢肯定，”莫多尔太太一直拿着眼镜无比钦慕地看着芬妮，这时说道，“莫多尔先生也是会一样看重的。”

小杜丽依旧与往常一样，总是沉思，总是孤独的样子，尽管她现在并非独自一个人呆着。她起初还以为这你来我去的谈话无非是敷衍的“不伦不类”罢了。可是，有一回，他们已经回访过莫多尔太太，并受到了很气派的接待之后，在他们自家的早餐桌上，她父亲唠唠叨叨不住地说，他想认识莫多尔先生是有一个临时冒出来的目的，即他想就他那笔财富的处置问题，听听那个奇人的高见。这时候，小杜丽开始觉得，那“不伦不类”是真有所图的，并且她自己也产生了好奇心，想见一见当代这个鼎鼎大名的显赫人物。

第八章

贵族未亡人戈文太太明白了，这绝对不行

正当威尼斯的河渠与罗马的废墟沐浴着阳光，让杜丽一家游览时，正当无数支旅行铅笔每日画下比例、特征、相貌均与世间所见不相协调的两城速写之时，多伊斯-克莱南公司却在伤心园终日繁忙，那里从早到晚都可听见铁与铁的有力打击声。

那年轻的合股人如今已经将业务理得井井有条了；而那年长的合股人，由于能脱出身来从事他自己精巧装置的设计，已经为提高工厂的名望做了许多工作。作为一个机灵的人，他必然得去闯那重重的难关，那是统治势力曾一时在他那一类犯罪之徒的道路上千方百计设下的；然而那不过是统治势力的正当防卫，因为“如何去办”显然必须看作是“如何不了了之”的不共戴天的敌人。在这一点上可以找到拖拖拉拉部竭尽全力维护的以下明智原则的基础：警告每一位机灵的英国臣民遇到危险要机灵一点；困扰他，阻挠他，招引强盗(即让他的补救变得捉摸不定，变得困难重重，变得代价昂贵)来抢劫他，运气最好的也是让他在短期享有之后便将财产没收，仿佛将发明创造与重罪等同论处。这一原则始终获得巴纳克尔家族成员的高度评价，其所以如此，那也同样是正当的；因为一个能有所发明创造的人必定是认真的，而巴纳克尔家族成员别的是不在话下的，但是就厌恶认真，就害怕认真。那也是非常正当的；因为在一个时时处处都遭受大量认真折磨的国家里，恐怕只需极短的时间，就会连一个巴纳克尔家族的人都不会呆在职位上了。

丹尼尔·多伊斯面对他那个充满艰难与困苦的局面，他顶住了，他任劳任怨地干着活，为了干活而干活。克莱南的竭诚合作，给了他安慰，因此，克莱南除了在业务方面干得出色之外，对丹尼尔·多伊斯来说还是道义上的支持。这家公司兴旺了，两位合股人成了忠实的朋友。

然而，丹尼尔·多伊斯忘不了多年前的那项设计。以为他会把那项设计忘了的想法是不通情理的；倘若他会轻易忘却，他当初就不会设计了，也不会有耐心与恒心把设计完成的。克莱南有时便是这样想的，因为他见丹尼尔常常在晚上研究模型与图纸，然后又喟然叹息着将模型与图纸收起来，嘴里则喃喃自语说这项设计与当初一样，是正确的，借此自我安慰。

倘若对于作了这么大的努力，结果却大失所望这件事无动于衷，毫不同情，那么，克莱南便认为作为一个合股人不言自明的义务所包含的应尽的责任便未能尽到。克莱南在这件事上的兴趣是稍纵即逝的，然而在他因偶然机会从拖拖拉拉部门前经过时，它又重新萌生了，而且就因为他具有这种感情之故。他请他的合股人把这项发明给他介绍介绍；“我不内行，多伊斯，”他要求道，“还得请你多体谅。”

“不内行？”多伊斯说道。“假如你下点功夫，你就会成为个很内行的人的。你跟我一样，在理解这种事情方面是很有头脑的。”

“我很遗憾地补充一句，是完全无知的头脑，”克莱南说道。

“我不懂什么无知不无知，”多伊斯接话道，“我也不要听你说这种话。一个有见识的人，在各方面有了提高，自己也有了长进后，是决不能说对某一件事完全是无知的。我并不特别爱故弄玄虚。什么样的人对我作出评判我都不在乎，只要有公正、清晰的说明，只要他具备我已经说过的那些条件便可以了。”

“无论怎么说，”克莱南说道，“——这话听起来似乎我们是在相互吹捧，不过我们知道我们没有吹捧——我是占了近水楼台的便宜的，听听你非常公正、清晰的说明。”

“行！”丹尼尔用沉着、平静的口气说道，“我尽量说得公正、清晰一些。”

他有能力将自己对事物的理解对你作出说明，这种能力往往是与这种性格的人一致的，还能以当初这事物对他自己的头脑所产生的直接影响与清晰程度，说明他的意图。他的演示是如此条理清晰，如此简洁易懂，别人是不容易将他误解的。认为他必定是个爱空想的人这个模糊的传统观念，与他的目光和大拇指在图纸上准确、敏捷的移动这样的一些表现，这两者纯然是毫不相容的，这不相容之中包含了几乎是可笑的成分。你只见他的目光与大拇指在图纸上准确、敏捷地移动，在个别的地方非常耐心地停留，然后又非常仔细地移到别的地方去，因为要讲清道理，就得从那些地方追寻细微的线索，而且在每一个重要的环节上，他总是要把每一点都说透彻了，说圆满了，才肯向听他讲解的人继续讲解仅一行之隔的下一个问题，这个方法他是从不变更的。他的结束他的说明也非同寻常，与他的讲解相比毫不逊色。他从来不说：我发现了这个改装设备，或者我发明了那个组合装置，而是让你看整个装置，仿佛这是造物主亲手制造的，他碰巧见着了。他对此是那样地谦逊，与他内心的赞美融合在一起的是如此可爱的一片敬意，而且他如此自信地认为，这项发明是建立在无可辩驳的规律之上的。

不仅是在那天晚上，而且是从那以后一连几个晚上，克莱南一直醉心于这一调查。他的调查越是深入，他越是频频地窥视那俯伏研究的白发脑袋，窥视那双对自己的发明充满了欣喜与热爱之情的锐利眼睛——这项发明尽管是经历了十二年漫长岁月才完成的，然而它依然是探索他那颗心的工具——他越是觉得，不再争取一下便放弃这项发明，这样的态度与他的年富力强是不相称的。他终于说道：

“多伊斯，这件事的命运最后归结为这样一句话——这项发明是与天知道还有多少件遭难的发明一起被埋没呢，还是再从头来一遍？”

“是的，”多伊斯接话道，“这就是那些贵族老爷和绅士十二年以后的观点。”

“也真够狡猾的！”克莱南尖刻地说道。

“这是司空见惯了！”多伊斯说道。“我可不能自己牺牲自己，我现在是这么大一个公司中的一分子。”

“是放弃它，还是再从头来一遍？”克莱南一面沉思一面说道。

“当初归结起来就是这么一句话，”多伊斯说道。

“那么，我的朋友，”克莱南惊跳起来，抓住他那干活人的粗糙的手，兴奋地说道，“我们就应该再从头来一遍！”

多伊斯惊诧了，急匆匆地——对他来说——回答道：“不行，不行。还是丢在一边的好。丢在一边好多了。人家总有一天会知道的。我可以暂时放一放。你忘了，好心的克莱南，我已经把它丢在一边了。事情都已经了结了。”

“不错，多伊斯，”克莱南接话道，“我承认，就你的努力与你遭到的挫折而言，事情是了结了，可是就我的努力和挫折来说事情没完。我比你年轻；那个可爱的部里我只进去过一回，在他们眼里我是新的猎物。好吧！我要再找他们去。你还是照你那样干，同我们合股到现在一样。我呢，除了我现在干的事之外，再增加一项（对我来说再加上一点是很好办的），要叫公众对你有个公正的对待；要是我没有什么成功的消息可以报告，我就不同你再谈这件事了。”

要丹尼尔·多伊斯允诺总不免有些勉强，而且还一再要求克莱南把这件事放一放。然而，说来也很自然，他是会渐渐地被克莱南说服的，是会让步的。他终于让步了。就这样，亚瑟又担当起旷日持久而又毫无希望的困难工作：要千方百计打进拖拖拉拉部里去。

那个部的接待室里不久便老见到他这个人，那个部的看门人领着他到接待室去的那种情形，通常颇有点像人家把一个扒手送进警察局里去；两者间的主要差别是，后一类公事的意图是要把扒手留下来，而拖拖拉拉部的意图是要把克莱南撵出去。然而，他是横了一条心，要缠住这个鼎鼎大名的部不走的，于是乎一连串的手续从此便又重新起程了，填表格、发函件、做记录、立备考、签字、会签、会签的会签、退回去、报上来、横向的手续、交叉的手续、弯弯曲曲、曲曲弯弯的手续，没有一个完结。

这里又牵涉到拖拖拉拉部的一个特点，我们这部纪实以前未曾触及过的。当这个可敬的部遇到麻烦，遭到某一个怒气冲冲的议员(那些地位低一点的巴纳克尔家族的人几乎怀疑他是让魔鬼附了身了)的攻击，而指责的又并非哪一件具体事例的真相，而是说作为一个机构，它完全是令人憎恶的、疯狂的；于是，在议院里代表这个机构的高贵的议员巴纳克尔阁下就会宣读一项关于拖拖拉拉部所完成的大量公务(为了避免公务的公务)的声明，借以回击那位议员，并将他打得落花流水。于是，那位高贵的议员巴纳克尔阁下就会拿起一份记着几个数字的材料，征得议院的许可，请求诸位先生听一听。于是，地位低下的巴纳克尔的人便会喊道(服从命令)："好！好！好！""念吧！"于是，先生，这位高贵的议员巴纳克尔阁下说，他认为这份小小的文件能叫头脑最顽固的人心悦诚服(巴纳克尔家族的小人物发出一阵嘲弄人的笑声和欢呼声)，从这份小小的文件中可以看出，在这一财政年度上半年的短短时间里，这个老是遭到诋毁的部(欢呼声)已经投出与收到信件计一万五千封(高声欢呼)，做了三万四千份记录(热烈欢呼)。不仅如此，这个部的一位聪敏的先生(他本人又是一位可贵的公仆）曾替他就这同一个时期内消耗的信笺算过一笔奇特的账。这笔账是他这份短短的文件的一部分；他从这笔账中得出一个惊人的事实，该部用于公务的大页书写纸[1]一张张接起来可以将牛津街两旁的人行道从头至尾全都铺满，仅留出大约四分之一英里作停车用（一阵欢呼声与笑声）；至于带子——扎繁琐公文的红带——这个部用去的量，倘若连起来扎成美丽的彩饰，尽可以从海德公园角一直挂到邮政总局[2]。于是，那高贵的议员巴纳克尔阁下，便在一片神圣的狂欢爆发的时候坐下来，让那粉身碎骨的议员倒在战场上。目睹他的惩戒性的毁灭，谁也不敢暗示一句，拖拖拉拉部干的事越多，办成的事便越少，也不敢说拖拖拉拉部能给予倒霉的大众最大的幸福便是什么也不要干。

由于亚瑟·克莱南现在又多了这一件事——许许多多有用的人为了这样的一件事，事情还未办成便呜呼哀哉了——他手头要办的事就够多的了，这样一来，他的生活也便谈不上所谓丰富多彩了。他按例常到他母亲的死气沉沉的病房看望，以及少不了的到特威肯翰弥格尔斯夫妇那里的拜访，次数也不少，要说他生活的变化，许多个月来也只有这一点变化。

他常想念小杜丽，又伤心又痛苦。小杜丽走后会常使他非常思念，对此他是有思想准备的，但是如此想念她，他是毫无准备的。他只是通过经验才充分认识到，她那熟悉、瘦小的身影离开了他的生活之后，他的生活中出现的是多么大的一片空白啊。他也感觉到，他必须放弃这个瘦小的人会回来的希望，因为他对他们的家庭特性的了解非常充分，所以他确信，他与她之间，为一片辽阔的地带所隔绝。他

---

① 为 13 英寸 × 16 英寸。

② 大约超过三英里。

过去对她的关切，以及她过去对他无限信任的寄托，在他心中都涂上了一抹忧郁的色彩：这关切与这寄托这么快便发生了变化，这么快便与别的藏在心中的亲切感情一起悄然成了过去。

他收到她的来信心中万分感动，但是他依然是那样敏感地觉得，将她与他远远分开的不只是路途的遥远。这封信帮助他更加清楚、更加敏锐地看到了这一家人为他安排的地位。他发现，她是暗地里感恩戴德地记着他，他们因为怨恨监狱，怨恨与监狱有关的事物，终于也怨恨起他来了。

在所有这些每天都在围着她进行的冥想中，他对她的看法却不同，依然如过去那样。她是他的天真的朋友，他的娇弱的孩子，他的亲爱的小杜丽。他自从让玫瑰花在河面上漂走的那一夜起，便有了一个爱将自己看作是比实际年龄老得多的人的习惯，而现在这一情况的变化，倒是与这个习惯奇异地一拍即合的。他对她持有的一种看法尽管是亲切的，然而，由于遥远，他没有想到，这样的看法对她将会产生难以述说的痛苦。他推测她未来的命运，推测她会有的丈夫，对她怀着真挚的爱，可这种爱会将她心中最宝贵的一滴希望吸尽，并会使她的心破碎。

他周围的一切都使他的那种把自己看作是一个上了年纪的人的习惯根深蒂固起来，而他在米妮·戈文那件事情上竭力抑制的那种向往（尽管按月份、季度算来那也不是很久以前的事），已经最终从这样的一个上了年纪的人身上消逝了。他与她父亲和母亲之间的关系就像丧偶的女婿与岳父母之间会有的关系一样。倘若那个已经去世的孪生姐妹能活到风华正茂时才去世，倘若他又正是她的丈夫，那么，他与弥格尔斯夫妇之间的交往可能也正如现在这样。这样的情绪不知不觉地促使他将内心的想法变成了习以为常：他已经与人生的那个时期无缘了，他已经不再想它了。

他总是听他们说起米妮，她在信中告诉他们她是多么幸福，她又是多么爱她的丈夫；可是，每当谈到这个话题，他总是看到弥格尔斯先生脸上浮现出那种旧日的阴云。自从米妮结婚以来，弥格尔斯先生便一直没有以前那样的满面春风。宝宝走后他也一直没有振作起精神来。他还是同一个和气、坦率的人；然而，他老是转过脸去凝视他那两个女儿的画像，而画像又只会用一种表情看人，因此，他的脸仿佛不知不觉中也从那两幅画像接受了一个特征，过去脸部有种种表情的变化，现在它却是流露出一个失落的表情。

一个寒冷的星期六，那天正好克莱南也在那处乡间宅第，未亡人戈文太太来了。她乘了汉普顿宫的马车，而且这马车又号称是这么许多私人车主个人专用的马车。她在那把遮荫的绿色大扇掩护下，跳下马车，赐驾弥格尔斯先生与弥格尔斯太太。

“弥格尔斯爸爸、弥格尔斯妈妈，你们两个可好哇？”她说道，一面挑逗她的地位低下的亲戚。“你们最近什么时候收到过我那个可怜的人的信，听说过他的近况吗？”

我那个可怜的人是她的儿子，这种称呼儿子的方式，非常婉转地叫人记起她儿子做了弥格尔斯一家阴谋诡计的牺牲品的不实之辞，但说出来又绝不会得罪了什么人。

“还有那个可爱的美人儿，”戈文太太说道。“她，你们有没有比我更新的消息？”

这句话又非常巧妙地藏着言外之意，即她的儿子仅仅是被美貌所俘虏的，而且他被美貌迷住之后，便放弃了人世间的一切利益。

“当然啰，”戈文太太说道，她并没有聚精会神地听人家给她的答复，“听说他们仍旧过得很幸福，这倒是个难以形容的安慰。我那个可怜的人是个这么不安分的脾气，一直都非常习惯于东跑西跑的，习惯于在各种各样的人当中挑挑拣拣，与谁都合得来，所以这就是生活中的最大安慰。我看，他们是穷得像老鼠了吧，弥格尔斯爸爸？”

弥格尔斯先生遭了这么一问，非常地不自在起来，他答道：“我希望不至于如此，太太。我希望他们有那一点儿收入是能够将就着过的。”

“喔！我亲爱的弥格尔斯！”那位太太接话道，一面拿她的绿扇子敲敲他的胳臂，然后对着大家机敏地用扇子遮住嘴巴打了个呵欠，“你怎么能这么说呢，你是一个熟悉世故的人，说起世上的办事认真的人来你也算一个——因为你知道你是非常认真的，够我们这些不——”

（这样的一句话就把弥格尔斯先生说成了一个狡猾的阴谋家，话的意图又与刚才说的一样了。）

“——你怎么能说靠那一点儿收入将就着过的话呢？我那个可怜的人！叫他靠那几百英镑将就着过日子！还有那个可爱的美人儿。叫她将就着过！弥格尔斯爸爸！不行！”

“呃，太太，”弥格尔斯先生严肃地说道，“那么我很遗憾地承认，亨利实际上当然已经从他财产中预支了。”

“我亲爱的好心人——我同你是不拘礼节了，因为我们也算是亲戚了；——当然是的，弥格尔斯妈妈，”戈文太太快活地嚷道，仿佛这荒唐的巧合是第一回闪过她的脑海，“也算是亲戚了！我亲爱的好心人，在这个世界上，我们谁都没法让一切都照我们自己的意图办的。”

这句话又与先前的意图一致了，它富有教养地向弥格尔斯先生表明，到现在为止，他的阴险企图是卓有成效的。戈文太太觉得这句话太有分量了，于是她话就多了；她又重复说道：“可不是一切。对，对；在这个世界上我们切不可指望一切的，弥格尔斯爸爸。”

“我能不能问一声，太太，”弥格尔斯先生反问道，而且脸色有点儿难看了，“是谁在指望一切呢？”

“哦，谁也没有，谁也没有！”戈文太太说道。“我正好要说——可你打了我的岔。你这爱打岔的爸爸，我是要说什么呢！”

她放下她那把绿色大扇，一面想着要说的是什么，一面若有所思地望着弥格尔斯先生；是丝毫无助于那位先生将颇为激动的情绪冷静下来的举动。

“啊！对啦，毫无疑问的！”戈文太太说道。“你一定记得我的那个可怜的人总爱抱着期望。他的那些期望也许是实现了，也许是没有实现——”

“那么，我们就说他的那些期望没有实现，”弥格尔斯先生听了说道。

那贵族未亡人气呼呼地朝他瞪了一下；但是那只是一瞬间的举动，她将头一仰、扇子一遮也就过去了，此时她依然说着她想好了要说的话，与先前一个态度。

“怎么说都是一回事。我那个可怜的人一直习惯于这类事情，当然，当初你是知道的，结果会怎么样你也是心中有数的。我自己嘛，我总是清楚预见到后果的，我现在也并不感到意外。你嘛，也不必感到意外。事实上，你不可能感到意外。你一定早就心中有数了。”

弥格尔斯先生朝他妻子望了望，又朝克莱南望了望；他咬了咬嘴唇，咳嗽几声。

“我那个可怜的人现在倒好，”戈文太太继续说道，“对他说了，他自己也要有一个孩子了，他的家庭要添人口，开销可就大了！可怜的亨利！可是现在有什么办法：现在木已成舟了，说什么都来不及了。不过千万别拿预支财产当什么新发明，弥格尔斯爸爸；因为那样做太过分了。”

“太过分了，太太？”弥格尔斯先生问道，他想叫她解释一下。

“行了，行了！”戈文太太说道，同时将手很有意味地一扬，让他处于他那卑微的地位上，“对我那个可怜的人的妈妈来说，是太过分了，她今天这个时候受不了的。他们两个人结合得牢牢的，拆是拆不开的了。行了，行了！这些我知道！你就不必再同我说这些了，弥格尔斯爸爸。我心里非常明白。我刚才说了什么啦？我是说他们现在仍旧很幸福，那倒是个莫大的安慰。但愿呀，他们还会过得幸福的。但愿呀，那美人儿会尽心尽力让我那个可怜的人过得幸福，让他心满意足的。弥格尔斯爸爸，弥格尔斯妈妈，这件事我们就别再多说什么啦。我们对这桩事情的看法从来就没有想到一块儿过，我们今后也是不会想到一块儿的。行了，行了！现在我满意了。”

的确，话说到现在，戈文太太在维护她那神秘得出奇的地位方面，在规劝弥格尔斯先生切不可以为靠小家子气便能领受联姻的荣耀方面，她说得出的话都已经说了，至于别的话，她倒也不想再说什么的。弥格尔斯太太投来恳求的一瞥，克莱南也做了一个富有意味的手势，倘若弥格尔斯先生都听从了，他也就会克制自己，任凭她如此般洋洋自得，而不会对她多加理会了。然而，宝宝是他心中的宝贝，是他心中的骄傲；过去，她是照耀这个家的明媚阳光，倘若说他能够做到比那时更加尽心支持她，更加深情地疼爱她，这个时候就该是现在了，因为，现在她虽然是这个家的每日的光荣与欢乐，但是她已经不在身边了。

“太太，戈文太太，”弥格尔斯先生说道，“我这一辈子都是个坦率的人。假如我想——无论对自己也好，对别的人也好，对大家也好——说些文绉绉、拐弯抹角的话，我是不可能说明白的。”

“弥格尔斯爸爸，”那贵族未亡人接话道，同时露出了和蔼的微笑，不过，她两颊上的红润却比平时显得艳丽了一点，因为那两处红润的四周比平时苍白得多了，“可能是说不明白的。”

“因此嘛，尊贵的太太，”弥格尔斯先生说道，一面竭力克制自己，“我希望我可以在不得罪人的情况下，请求别人不要对我尽说这种转弯抹角的话。”

“弥格尔斯妈妈，”戈文太太说道，“你家先生真叫人猜不透。”

她转身去与那位可敬的太太说话是一个计策，目的是要叫她开口说话，同她吵，还要吵赢她。弥格尔斯先生干预了，不让她的计策得逞。

“妈妈，”他说道，“你不精明，亲爱的，你绝不是对手。我请求你保持沉默。行了，戈文太太，行了，我们要明智一点；我们要和气一点；我们要公正一点。你不要可怜亨利，我们不可怜宝宝。不要只看一面，亲爱的太太；片面是不慎重的，是不周到的。大家都别说我们希望宝宝会叫亨利过得快活，甚至我们希望亨利会叫宝宝过得快活的话，”（弥格尔斯先生说这番话时，他自己的样子并不快活）“应该是我们希望他们相互关心，大家都过得快活。”

“那是啊，就这样行了，爸爸，”那心地善良、很容易相处的弥格尔斯太太说道。

“嗐，妈妈，不行，”弥格尔斯先生接话道，“还不能就这样行了。我不能就说到这里不说了；我还得再说三五句话。戈文太太，我希望我没有神经过敏吧。我看我没有神经过敏的样子。”

“真的，你看不出，”戈文太太说道，为了加重语气，她又是摇头，又是挥动她那把绿色大扇。

“多谢了，太太；这就好。不过，尽管如此，我还是觉得有点儿——我并不想使用一个激烈的字眼——我能不能说是伤了自尊心呢？”弥格尔斯先生问道，既坦率又很有节制，语气中还带着表示和解的意思。

“你爱怎么说就怎么说吧，”戈文太太答道。“与我没有丝毫关系。”

“不，不，你可不能说这种话，”弥格尔斯先生说道，“因为这样说话就不是善意的回答了。我觉得有点儿伤了自尊心，因为我听到了什么早已料到的后果啦，什么现在是木已成舟，来不及啦，诸如此类的话。”

“是这样吗，弥格尔斯爸爸？”戈文太太说道。“我倒不觉得意外。”

“喔，太太，”弥格尔斯先生争辩道，“我原以为你至少会感到意外的，因为在这样一个微妙的问题上故意伤了我的自尊心，当然是不高尚的。”

“你知道，”戈文太太说道，“我是不能替你的良知负责的。”

可怜的弥格尔斯先生惊讶万分，目瞪口呆了。

“要是我很不幸地必须携带一顶帽子，拿来给你戴着，而且非常合适，”戈文太太接着说道，“这帽子的式样如何，我请你就不要来责怪我了，弥格尔斯爸爸！”

“啊呀呀，太太！”弥格尔斯先生禁不住叫起来，“那就等于是说——”

“哟，弥格尔斯爸爸，弥格尔斯爸爸，”戈文太太说道，每当这位先生情绪激昂起来的时候，她的举止态度便显得异常地从容不迫，非常地动人，“也许，为了避免误会，这话还是我自己来说吧，免得劳您的大驾为我说了。那就等于说，你的话是开头的。要是行的话，下面就让我接着说吧。那就等于是说——并非我要坚持这么说，甚至是重新提起来，因为现在说它是没意义的了，我唯一的愿望就是既来之，则安之，时至今日，将就将就就是了——我自始至终一直是反对你们办的这桩婚事的，我是到了很迟的时候才非常勉强地同意的。”

“妈妈！”弥格尔斯先生激动地说道。“你听见这话没有！亚瑟！

你听见这话没有！”

“这间屋子不大也不小，”戈文太太说道，并且一面摇着扇子，一面环顾室内，“坐在这里面谈话，不管从哪个方面看都是挺合适的，因此嘛，我琢磨着，坐在哪个角落都是听得见我说了什么的。”

沉默了片刻之后，弥格尔斯先生才算稳稳当当地在椅子上坐定下来，不至于他再一开口说话便会从椅子上跳将起来。终于他说道：“太太，我是很不愿意再提起这些话来的，不过我得提醒你，别忘了在这桩不幸的事情上，我历来的意见和态度是怎么样的。”

“哦，亲爱的先生！”戈文太太说道，并带着问罪的意思一面笑着一面摇头，“我告诉你，你那些意见和态度我当时心里是明明白白的。”

“太太，在那个时候以前，”弥格尔斯先生说道，“我从来不知道什么叫不愉快，在那个时候以前，我从来不知道什么叫忧愁。那是个对我来说那样苦恼的时候，我真——”总而言之，对于那个苦恼的时候，弥格尔斯先生真的已经说不出话，只是掏出手绢掩住脸。

“事情的经过我都是一清二楚的，”戈文太太说道，她用她那把扇子半遮了脸，两眼神情自若地注视着。“正如你求助了克莱南先生一样，我也可以求助于他嘛。他知道我是否求助过他。”

“我是非常不愿意介入你们这回的谈话的，”克莱南说道，各方的人都想听听他的话，“更何况我还想与亨利·戈文先生保持最妥帖的谅解与最明白的关系。真的，我抱着那样的愿望是有非常有力的理由的。戈文太太把促成这桩婚事的某些观点归咎于我这位朋友，那是在办这件事情之前与我谈话时说的；我当时是竭力给她说明事情真相的。我指出过，我知道他(我过去了解他，现在也了解他)对这桩婚事是竭力反对的，不但是思想上，而且在行动上。”

“明白了吗？”戈文太太说道，并朝着弥格尔斯先生将两手一摊，仿佛她便是大法官，她是向他指出，他还是招认了的好，因为他已经毫无理由可为自己申辩了。“明白了吗？很好！行了，弥格尔斯爸爸，弥格尔斯妈妈！”说到这里她站起身来；“请允许我冒昧地结束这场难解难分的争论吧。我不想再说了，这场争论的好处我也不想去说它了。我只想说，凡是经验，人们都可以从中学得一些道理，这件事是经验教训的又一个证明；我只想说，这种事情到头来是不会有好结果的——照我那个可怜的人自己的说法，这种事情是划不来的，总而言之，这是绝对不行的。”

弥格尔斯先生问，是什么事情？

“出身这样截然不同的人，”戈文太太说道；“由于这种偶然的机会，由于儿女亲事的缘故碰到一起，尽管他们被不幸的遭遇拉到一起、可是又没法用相同的眼光对待这不幸的遭遇，这样的人要想在一起好好相处，那真是枉费心机。这是绝对不行的。”

弥格尔斯先生刚说出：“太太，请允许我说——”

“不，不！”戈文太太接话道。“何必要说呢！这是明摆着的事。这绝对不行的。因此，要是你觉得可以，我走我的路，你走你的道，谁也不麻烦谁。我嘛，随便什么时候都会高高兴兴地接待我那个可怜的人的漂亮妻子的，我将一直同她最最亲亲热热地相处。不过，这种亲亲热热的关系嘛，虽则一半是亲人，一半是外人，一半是阳，一半是阴，事情有趣倒是有趣，其实是不切实际的。我告诉你，这是绝对不行的。”

那贵族未亡人笑吟吟地行了个屈膝礼，她的行礼与其说是面朝着房间里坐的哪一个人，倒不如说她是给这个房间行礼，然后她便最后向弥格尔斯爸爸与弥格尔斯妈妈告辞了。克莱南走上前去搀扶她上了那“药丸盒子”，那是装汉普顿宫里所有的“药丸”用的；她带着贵妇人那样的沉着神情上了车，车子便启动离去了。

从那以后，那贵族未亡人便常常怀着轻轻松松、无忧无虑的心情，给她那个熟人讲述，她在遭了一番艰难之后，悟出了一个道理，即你没法了解亨利妻子那边，死皮赖脸地要缠住他的那些人。对那些人避而远之将会使她最爱说的借口更加堂而皇之了，也可以省了她不时会遇上的麻烦，而且也不必担心会失去什么(因为，那美人儿已经被牢牢地拴住了，而她的父亲是一心疼着她的)，这个结论她是否事先就已经有了，那只有她自己心里最明白。不过，本书对此也自有评论，而且答案毫无疑义是肯定的。

第九章

刚露面又不见了踪影

“亚瑟老弟，”第二天的晚上，弥格尔斯先生这样说道，“我和妈妈一直在商量这件事，我们要是再这样下去，日子是不会好过的。我们那个高雅的亲戚——昨天到这儿来的那个可爱的太太——”

“我理解，”亚瑟说道。

“甚至那个和蔼、谦恭、为上流社会增光的人，”弥格尔斯先生接着说，“恐怕也会把我们乱说一通的。为了她起见，亚瑟，我们什么都能忍受；可是，要是我们忍受也好，不能忍受也好，对她还是一个样，我们心里想，那样的话我们也真不想受那个气。”

“说得好，”亚瑟说道。“你再说下去。”

“你知道，”弥格尔斯先生继续说道，“这么一来我们可能会跟我们的女婿闹别扭的，甚至会跟我们的女儿闹起别扭来，还会惹起许许多多的家庭纠纷。这个道理你知道不？”

“的确是呀，”亚瑟接话道，“你说的话很有道理。”说话之间他还朝弥格尔斯太太斜睨了一眼，她总是很聪敏的样子；她那诚实的脸上流露出了她内心的恳求，希望他在弥格尔斯先生处于目前心境的时候，能给他以鼓励。

“所以，我们，我跟妈妈很想把行装打点一下，”弥格尔斯先生说道，“再到人们呼喊‘鼓起劲’、‘向前进’的地方去。我的意思是，我们很想离开英国，直接取道法国到意大利去，去找宝宝。”

“依我看哪，”亚瑟回答道，他是被弥格尔斯太太那张聪敏的脸上

（她当初一定是很像她的女儿的）流露出的母亲的期待所感动了，“没有比这个更好的了。要是你问我的意见，那就是你明天就动身。”

“可是，真是这样吗？”弥格尔斯先生说道。“妈妈，这是不是说支持我的主张了？”

妈妈回答说确实如此，她说话的时候，朝克莱南看了一眼，向他传达了谢意，那样子使他感到非常愉快。

“亚瑟，事情是，我的女婿已经又负了债了，”弥格尔斯先生说道，过去的阴云又笼罩了他的脸，“我看我又得替他还债。即使是为了这个缘故，我也是应该到那边去看看的，去友好地看看他。还有个缘故，因为妈妈老是无端地着急（可说起来也很自然），为宝宝的身体着急，说现在这个时候是不能让她在那边呆着心里觉得孤单的。亚瑟，不用说那是个很远的地方，不管是什么情况下，对这个可怜见儿的宝贝来说总是个陌生地方。那个地方远虽然远了一点，但是要让她像那个地方随便哪个太太一样好好地得到照料。可你知道不知道，金窝银窝，总比不上自家的草窝，”弥格尔斯先生说道，并且在这句俗话后面新加上一句自己编的话，“虽说是罗马，我们一去就有了自己的家。”

“都说得很有道理，”亚瑟说道，“都是应该走一趟的充足理由。”

“你有这个意见我真高兴；你这么一说我主意便定了。妈妈，亲爱的，你可以去准备准备了。我们失去了可爱的翻译（亚瑟，她会非常漂亮地说三种外国语；你有好多回听见她说了），妈妈，你得尽你的本事，帮我过好这一关。我老是要别人帮我闯关，亚瑟，”弥格尔斯先生摇了摇头说道，“老是要别人帮助。除了名词之外，我见了什么都觉得窘，——要是遇上个难字眼，我也要窘的。”

“喔我想起来了，”克莱南接话道，“那个卡瓦莱托。要是你看得中就叫他同你们一起去吧。我这儿也少不了他，不过，你把这个人好好儿地带回来就是了。”

“唔！我非常地感谢你，老弟，”弥格尔斯先生经过一番考虑之后说道，“不过我不准备要他。不要了，我看有妈妈在，过得了关的。卡瓦——路露(我一听这名字心里就先窘起来了，听起来怪像一首喜剧歌曲里的齐唱)，你那样少不了他，我真不好意思带走他。更要紧的是，我们什么时候再能回国，那是没法说准的；遥遥无期地带他走那是绝对不行的。这座房子也是今非昔比了。这里也只不过是比过去少了两个小精灵，一个是宝宝，一个是她那个可怜见儿的女仆泰蒂柯伦；可是这儿现在总是空荡荡的。一旦离开了这座房子，什么时候再能回到这里来也就没有一个准儿了。不用了，亚瑟，有妈妈在，也过得了关的。”

也许他们自己终究会有个法子的，克莱南想道；因此，他也就不坚持自己的提议了。

“要是你不嫌麻烦，能过来到这儿来住住，换换环境的话，”弥格尔斯先生又说起话来，“那我就会很高兴地觉得——我知道，妈妈也会这样想的——你将会带来一点儿生气，这所房子住满了人的时候所习惯的那种生气，叫这所老屋又活跃起来的，那边墙上那两个宝宝有时候也是目光亲切的。你和这个地方，你和她们，是那么有缘分，亚瑟，我们大家一个个都会高高兴兴的，要是真能够——唔，我想想——外出旅行，这天气不知是好是坏？”弥格尔斯先生的话收起来了，他清了清嗓子，站起来望着窗外。

他们一致认为天气是非常有希望的；克莱南尽朝那个不必忌讳的方向闲聊，这样总算是毫无拘束了，这时候他把话题小心谨慎地转到了亨利·戈文身上，并且说要是在与他交往的时候谨慎一点，他倒是性格又机灵、又可爱的人；克莱南还说起，亨利·戈文对他妻子的爱那是不容置辩的。克莱南这一番话对善良的弥格尔斯先生倒也真有些效果，他听了克莱南的颂扬的话之后心里是欢欢喜喜的；他还叫妈妈作证，说起他们女儿的丈夫，他唯一良好的心愿便是和和睦睦地拿友谊来换取友谊，拿信任来换取信任。几个钟头之后，这所乡间宅第内的家具开始包好罩好，以便在夫妇俩出国期间保管好——或者照弥格尔斯先生的说法，这所房子开始把它的头发包在纸包里了——几天之后，爸爸和妈妈就已经走了，梯吉特太太与布肯医生已经又与过去一样，在客厅的窗前就座，亚瑟的孤独脚步已经在花园小径枯黄的落叶上窸窣走动了。

由于他喜欢这个地方，所以他几乎每个星期都要到这里来拜访。有时候他是独自一个人，星期六来，星期一离开；有时候他的合股人陪他一块儿来；有时候他来了只是在这所宅子和花园里信步走上一两个钟头，见一切都是好好儿的，他便又回伦敦去了。不管是什么时候，也不管是在什么情况下，只见梯吉特太太，一头卷曲的黑发，手中捧着布肯医生那本书，总坐在客厅的窗前，盼着这一家子归来。

有一回他来到这所宅子时，梯吉特太太一见面便说道："克莱南先生，我有件事要对您说，您听了会大吃一惊的。"这儿说的有件事实在叫人太吃惊了，所以，就在开了门，克莱南先生走进园门的时候，梯吉特太太为了这件事情真的离开了客厅窗前那个座位，来到了花园的小径上。

"是怎么回事，梯吉特太太？"他问道。

"先生，"这位忠心耿耿的女管家把他带进客厅，然后关上门，说道；"要说我这辈子见到了那个走了邪道、受了蒙骗的孩子的话，那我昨天黄昏天色模糊的时候倒的确见到了她本人了。"

"你说的不会是泰蒂——"

"柯伦，没错，我是说她！"梯吉特太太说道，她要透露的秘密一下子便说出来了。

“在什么地方？”

“克莱南先生，”梯吉特太太接着说道，“当时我在等玛丽·珍给我泡茶，平时用不了多久，可这一回我等久了，等得久了我两只眼睛也睁不开了。我没睡着，也没像人家说得准确一点儿的在打瞌睡。说老实话，照人家正正规规的说法我是闭着双眼留着神呢。”

克莱南并没有细问这一奇怪反常的情况，他只是说：“是这样。还有呢？”

“还有，先生，”梯吉特太太接着说道，“当时我在想心事，一会儿想这件事，一会儿想那件事。你也会这样东想西想的。哪个人都会这样东想西想的。”

“是这样，”克莱南说道。“还有呢？”

“我说一会儿想这件事，一会儿又想那件事，”梯吉特太太继续说道，“克莱南先生，我也用不着对您说明我是在想这一家子。因为，哎呀呀！一个人想心事，”梯吉特太太说这句话的时候，表现出好辩与头脑清醒的神色，“不管怎么样天南地北地想，总还是多多少少要想心里那些最要紧的事的。那是一定的，先生，哪个人都是免不了的。”

亚瑟点头表示赞同这一发现。

“我敢大胆地说一句，先生，你也觉得是这么一回事，”梯吉特太太说道，“我们大家都觉得是这么一回事。我们各人生活中的地位不同，可谁都是这样想心事的，克莱南先生；思想是没一个规矩的！①——刚才我说了，当时我在想心事，一会儿想这件事，一会儿又想那件事，心里老想着这一家子。不光是想这一家子的现在，还想

---

① 源于莎士比亚《第十二夜》第一幕第三场，“Thought in free”。

这一家子的过去呢。因为，一个人在天色渐渐暗下来的时候真是那样一会儿想这件事，一会儿又想那件事的话，我总觉得，现在也好，过去也好，都一齐来了，你只有理出一个头绪来，好好想一下，才能说得清哪件事是现在的，哪件事是过去的。”

他又点了点头；他怕说出声来，免得多说了一句话又会给梯吉特太太的健谈提供一个新的话头。

“由于这个缘故，”梯吉特太太说道，“我眨了眨眼睛，看到了她真的人影儿在朝门里面张望，这时候我就又闭起眼睛，倒没有惊跳起来；因为那个真的人影儿跟过去她还在这座宅子里的时候完全一个样，跟我和你一样都没变，所以当时我根本没有想过她已经离开这里了。可是，先生，我又眨了眨眼睛，发现那人影儿已经不见了，这时候那人影儿弄得我骇怕了，我吓得跳起来。”

“你一直朝外边跑了？”克莱南问道。

“我拔腿就往外边跑，”梯吉特太太表示同意地说道；“您信不信，克莱南先生，整个天空亮晶晶的，根本就没有人影儿，连那姑娘的一个指头影儿也没有。”

亚瑟也不管这个新奇星群的天空里是有还是没有，他只是问梯吉特太太，她自己有没有到门外去看过？

“我前后左右都找了，”梯吉特太太说道，“就是没有她的影子。”

他接着问梯吉特太太，她自己觉得前后两次眨了眨眼睛，相隔多长时间？梯吉特太太的答复尽管详详细细，然而到底是五秒钟还是十分钟，她也说不出一个肯定的时间。一问到这方面的细节她便非常显然是茫然无知的神情，而且非常清楚是在呼呼大睡中吓得惊醒过来的，因此克莱南倒觉得这种现象只是做了一个梦罢了。克莱南不想伤梯吉特太太的心，因此他没告诉她她心中的谜并不真实，而是将这个想法藏在心中离开了这座宅子；这个想法或许本会一直藏在心里的，要不是不久发生了一个情况，使他改变了看法的话。

入夜，他正沿着河滨大马路①走着，走在他前面的是那点路灯的人。被雾气笼罩的街灯，在他的手中一盏盏闪亮了，宛如许许多多灿烂的向日葵一齐怒放，——就在这时，一队运煤马车从河埠头上缓慢爬上坡来，堵住了人行道上的人流，迫使他戛然止步。他原就是三步并作两步走着，而且心里又在想着事情，两个举动突然的被遏制引得他如同在这种情况下人们通常反应的那样，重又朝四周看了看。

就在他抬头的时候，他立即看见前面走着的——当中隔着几个人，然而离他还是非常近，他只要一伸手便能拉住他们——泰蒂柯伦与一个相貌特别的陌生人：一个昂首挺胸的男人，高鼻子，黑胡子，胡子颜色之虚假，犹如两眼表情的虚假一样，看他披着厚斗篷的方式，很有点外国人的神态。他的衣着与总的外貌颇有点外出旅行的人的模样，而且他似乎是刚与那姑娘碰头不久。他俯下身体（个子比她高出很多）听她说话的时候，总是要回过头来，带着怀疑的目光，仿佛一个人，他并非不习惯于怀疑自己，以为自己的脚步也许还不坚定。正是在他回头之际，克莱南看见了他的脸部；当时他的目光落在他背后的几个人身上，然而也并非一定就看见了克莱南的脸，或看见了别的哪个人的脸。

他刚又掉过头去，仍旧是俯着身子，听那姑娘说话，堵塞的人行道又畅通了，被截住的人流又朝前流去。他一面仍旧俯着身子，听那姑娘说话，一面与她并排朝前走着，而那克莱南，在他们后面尾随着，他决定来一个一不做二不休，遇上这意外的事倒要看个究竟，看看他们到底上哪儿去。

---

① 伦敦中西部与泰晤士河并行之大街，此地旅馆、剧院云集。

他刚定下这个主意（尽管他也没花多少时间），他又一次突然被迫止了步，如刚才道路堵塞叫他停了脚步一样。他们突然折入阿台尔菲①，——显然是那姑娘在领路——并一直朝前走去，仿佛他们是要到俯瞰泰晤士河的高台街②去。

在今天，到了那个地方，那条通衢大道上的嘈杂声总是会突然中止的。嘈杂声一下子消失殆尽，这变化宛如在耳朵里塞进了棉花团，也像脑袋被严严实实地包住了。在那个时候，这样的对照还要明显得多；因为当时河面上并没有小汽船，没有船埠头而只有滑溜溜的狭梯和人行道，对岸没有铁路，附近也没有吊桥和鱼市场，附近那座石桥③也没有车马人流，河面上移动的也只有船夫们的平底船和运煤船。密密层层、黑压压的一长排一长排的运煤船牢牢地停泊在淤泥里，仿佛它们再也不动了，天黑之后便使河滩变得阴森森的，一片沉寂；把河上仅有的一点儿活动远远地挤到河心去了。一旦夕阳西下，这一带便成了一个萧索荒凉的地方，它面前的河面也便是一片萧索荒凉了，若说萧索荒凉也不仅是日落之后，每当家中还有东西可吃的人正准备回家吃去，而那些家中并无东西可吃的人尚未偷偷摸摸出来乞讨或偷窃之时，那气氛的荒凉与萧索也不逊色。

克莱南在街角停下脚步，观察那姑娘与那陌生人沿着大街走去的时刻，也正是这样的时刻。那个陌生人的脚步在响着回声的铺石路上，发出了很大的声响，所以他并不愿意去加上自己的脚步声。可

---

① 阿台尔菲（the Adelphi）为河滨大马路（the Strand）与泰晤士河之间的一小区域，为建筑师罗伯特·亚当兄弟所设计（1768），此地现大部为互不相关的现代建筑所取代。

② 高台街（the Terrace）亦为亚当兄弟所设计（1768—1774），近查林十字街（Charing Cross）的一区域，现已大大变样。

③ 早年的滑铁卢桥（1817—1939）。

是，在他们拐过弯去，走到了通向高台街区的阴暗角落的阴暗之中时，他便跟上去，尽量装出若无其事的模样，仿佛一个偶然路过此地的赶路人。

待到他拐过那阴暗的角落，他们已经走在高台街上，朝着一人影走去，那个人影也正朝他们走来。倘若那人影儿是单独一人，那他在这样的灯光下，在这样的雾气中，离开这么长的距离，碰见那人时第一眼也是认不出的；然而那姑娘的人影儿提醒了他，他立即便认出那人影儿就是韦德小姐。

他在拐角处停下不走了，装出等待什么人似的回头望着大街，仿佛他是与人约好了在这儿碰头的；不过他小心留神着那边的三个人。他们走近之后，那个男人脱下帽子朝韦德小姐鞠了一躬。那姑娘似乎说了几句话，仿佛她是在介绍他，或许是在解释为什么他来迟了，或者来早了，诸如此类的话；然后她便退后了一二步，独自在一旁站着。韦德小姐于是便与那个男人来回走起来；那男人看上去举止态度非常有礼貌，非常客气；而韦德小姐看上去态度非常高傲。

他们走到拐角处又转身往回走时，她说了一句："要是我自讨了苦吃，先生，那也是我自己的事。你自己管自己的去吧，别来问我什么事。"

"哎呀呀，小姐！"他说道，并且又朝她鞠了一个躬。"那是我对您的坚强意志的无比崇敬，对您的美貌的由衷仰慕。"

"我不需要哪个人来说我坚强，也不需要人家来说我美，"她说道，"当然也不想听你说这些话，并不例外。你接着汇报吧。"

"您原谅我了？"他问道，是殷勤已经收起了一半的神情。

"我们是给你钱的，"她说道，"你要的就是这个。"

那姑娘是因为不能听这件事还是因为事先已经知道了不少情况，才在他们背后跟着，克莱南也没法下个定论。他们转身，她也转身。

她两手交叉放在面前，一面走一面望着下面的大河；他没有露面，她的举动他能见到的也就是这些。说来也真幸运，正巧有一个闲逛的人，真在那里等人；他有时候靠着栏杆望着下面的河水，有时候走到阴暗的拐角处，望着大街，这一来倒让亚瑟不很引人注目了。

韦德小姐与那男人又走回来时，她说了一句："你得等到明天。"

"请多多原谅！"他接着说道。"实在抱歉！这么说今天晚上就不方便吗？"

"今晚不行。我告诉你，给你之前我得先过过目。"

她在路中央停下不走了，仿佛是要结束商谈。他当然也停下不走了。那姑娘也停下不走了。

"我有个小麻烦，"那男人说道。"小麻烦。不过，咄！同这么一件大事比起来，算不得什么。我今晚正巧没有钱。我在这座城里是存了不少钱的，可是我想等凑足了一个整数再去银行取钱。"

"哈莲特，"韦德小姐说道，"你跟他——这位绅士——商量一下，明天送点钱去给他。"她说绅士这个字眼的时候是含含糊糊，一带而过的，与其说是加重语气，倒不如说是鄙夷的口吻，说完便慢慢地朝前走了。

那男人又鞠了一个躬，那姑娘与他在后面跟着，一边同他说着话。他们走开的时候，克莱南想看上一眼那姑娘。他看见她那双乌溜溜的眼睛紧紧盯着那个男人，流露出审视的表情，他看见他们并排朝高台街另一头走去时，她与那男人中间保持着一点距离。

还没等克莱南弄清那边的事情，人行道上一阵响亮的异样的橐橐声引起了他的警觉，他知道那个男人已经独自一人回头走来了。克莱南慢悠悠地朝着栏杆的那个方向走到了路的中央；那人快步走过去，他那斗篷的一角撩起来挂在肩上，口中哼着一段法国歌曲。

夹道中此刻除了他前后不见一个人影。那个闲逛的人已经逛得不见踪影了，韦德小姐与泰蒂柯伦都已离去。他此刻更是决意要看看她们到底去干什么了，决意要摸一点情况好向他的好朋友弥格尔斯先生通个讯儿，所以他一直走到了高台街的尽头，同时小心谨慎地四下里察看。他估计得不错，她们无论如何先是要朝与她们刚分手的那个朋友相反的方向走的。他不一会儿便在附近的一条横街看见了她们，这条横街另一头是走不通的，显而易见，她们是要捱时间让那个男人走得离她们远一点儿。她们两人手挽着手，不慌不忙地从横街这边走过去，到了头又从横街对面走回来。待到她们走到了街的拐角处，她们改变了步伐，仿佛有一件事要办，而且还有很长的路要赶的人那种步伐，她们就这样稳步走着。克莱南也不懈怠，紧紧跟在后面。

她们穿过河滨大马路，穿过考文特花园（在他旧居窗下走过，那天夜晚，亲爱的小杜丽到过他这里），然后折向东北角，到了泰蒂柯伦起了她现在这个名字的那座大楼，拐了个弯，到了格雷公寓路。克莱南到了这一带路便很熟了，这是托弗罗拉的福，更不必提那可敬的老人与潘克斯了，他要盯住她们是易如反掌的。他正开始惊诧她们接下来可能会到什么地方去的时候，这惊诧已经算不得什么惊诧了，因为他此刻以更加出神的惊诧看见她们折入了那可敬老人家所在的街。这更加出神的惊诧也随之变得无所谓惊诧了，因为他紧接着又以比刚才的出神的惊诧更加出神的惊诧看着她们在那可敬老人家门前站定了。在那锃亮的铜门锤上轻轻敲了两下，门开了，从里面闪出一道亮光，照到了门外的路面上，门开后只有简短的一问一答，又重新关上了，她们已经进了屋。

亚瑟看了看四周围的物体，以便确定自己并没有在做怪梦，然后又在这座房子前面来回踱了一阵，他才上前去敲门。开门的依然是平日开门的那个女仆，她立即将他带到了楼上弗罗拉的起居室里，依然是平日那样的敏捷。

与弗罗拉在一块儿的只有F先生的姑妈，这位可敬的贵妇自自在在地坐在炉边的一把安乐椅上，领受着茶点和吐司面包的喷香。她身旁便是一张小桌子，膝盖上摊一块洁白的手帕，上面放着两片吐司面包，正等着供她享用。F先生的姑妈低头望着冒着热气的茶杯，望着茶杯里冒出的热气，轻轻地吹着茶杯上的热气，仿佛一个居心叵测的中国巫婆在装神弄鬼。然后她放下手中的大茶杯，大声道："讨厌，他还想到再回来！"

令人悼念的F先生的这位决不通融的亲戚，她的计算时间是凭借她那敏锐的感觉，而并非靠了钟，从上面这一声叫嚷听起来，似乎她以为克莱南还离开没多久；而从他冒冒失失地去见她到现在，其实至少已有三个月了。

"喔哟哟亚瑟！"弗罗拉兴奋地说道，站起来给予他热情的欢迎，"多伊斯-克莱南真没想到真叫人感到意外因为尽管离机器铸造厂也不远有时候当然也可以去走一趟的即使不是别的时候中午也行只要一杯雪利酒一小块三明治拿食橱里随便什么冷肉夹着都行朋友之间这也没有什么不合适味道也没有什么不好的因为你知道你是外面店里买的人家卖东西就要赚你一点钱要不然他们总不会毫无目的地开店的那是合情合理的不过嘛没见过也没听说过也希望今后不会有，因为像F先生说的那样如果见到了才相信那么没有见到也可以相信要是你没有看见你完全可以相信人家没有记着你这倒不是要你亚瑟·多伊斯-克莱南老把我记着为什么要人家记着因为那些日子早过去了马上再拿一杯茶过来告诉她新烤的吐司面包请坐到炉子旁边来。"

亚瑟非常急于要说明他的来意；然而他一时无法启口，他想说也不行，因为他从她这些话里听出了责备的意思，而且看得出她看见他来真是很高兴的。

"好了请跟我说说你知道的关于那个文静可爱的小姑娘的情况

吧，”弗罗拉说道，并拉过自己坐的椅子坐到他的旁边，“还有她的时来运转各种情况当然现在是到处旅游数不清的马太离奇了，当然一个盾形纹徽和直立起来的野兽作为它的标志好像这个纹徽是野兽龇牙咧嘴制作的一件复制品哦天哪，她身体可好吗那毕竟是头等重要的事情因为身体不好富了又有什么意思F先生一阵阵剧痛的时候他总是说一天有六先令的薪金衣食则自理也没有痛风那要好得多了，这倒不是说他那个样子就能过日子了他是绝对办不到的也不是说那个可爱的小姑娘尽管老是看见她脸上是这样一种表情但并不是说她现在已经有那样的危险了她太瘦小了可是她样子那么虚弱上帝保佑！”

F先生的姑妈已经将一片吐司面包吃到硬皮了，她此时一本正经地将那硬皮递过来交给弗罗拉，弗罗拉替她吃了这块硬皮，将它看作是一件应该做的事。F先生的姑妈于是便把十个指头一个接一个慢慢地放到嘴里吮得湿漉漉的，并且以完全相同的顺序将十个指头放在洁白的手帕上擦干；然后又拿起另一片吐司面包，开始啃起来。就在她如此般按部就班地忙着的时候，她两眼看着克莱南，表情是那样地严肃，他觉得他也应该将眼睛盯着她，虽则是违背他个人意愿的。

“她和她全家人一起到了意大利了，弗罗拉，”在那位令人望而生畏的太太又啃起来的时候他这样说道。

“她真到了意大利了吗？”弗罗拉说道，“那儿到处种着葡萄和无花果还有熔岩项链和手镯[①]那个诗歌之乡有燃烧的山尽管风光奇异叫人难以相信要是弹风琴的人从附近的地方逃出来没有被烧焦那是谁也不会奇怪的因为他们年纪轻轻还带出了白鼠[②]真太仁慈了，她真到了那个人人向往的地方啦对周围的一切都不了解还有临死的角斗士梵蒂冈宫的贝

---

① 掩埋了赫丘拉尼恩与庞贝城的火山废墟中找到的物品。

② 十九世纪初及中叶在伦敦街头卖艺的意大利移民。

尔迪薇拉[①]虽然F先生他并不相信因为他情绪好的时候提出过异议他说这些雕像不可能是真的因为这些雕像要么披挂了一身奢华的衣衫衣衫上又尽是皱褶要么身上一丝不挂从没有见过介乎两者之间的，这当然是不可能的尽管也许是由于贫富两极所引起的这样说也许能解释得通。”

亚瑟想插进去说一两句话，然而弗罗拉又急忙接着说起来。

“还有保存下来的威尼斯[②]，”她说道，“我看你是到过威尼斯的是保存得好还是不好也是众说纷纭还有通心面他们要是真像魔术师那样吃通心面为什么不切得短一点，你熟悉亚瑟——亲爱的多伊斯-克莱南至少不是亲爱的而且非常肯定不是多伊斯因为我没有这福分不过请你原谅——你熟悉曼图亚这个地方跟做女外套有什么关系[③]因为我从来没有想通过。”

“我认为这两者之间，弗罗拉，没有什么联系，”——亚瑟刚开始说话又被她打断了。

“确实没有联系对不对我也从来没信过我这个人就是这样往往轻易就信了因为没有别的解释我也就信了，哎呀过去真有过的亲爱的亚瑟那肯定是的不能叫亲爱的也不能叫亚瑟不过你是懂我的意思的那个时候一个妙主意能叫某某人的眼前一片灿烂等等不过现在眼前是一片雾蒙蒙的什么都已经过去了。”

亚瑟想说一点截然不同的事情的愿望越来越强烈，这个愿望此刻已经非常明白地在他脸上表现出来了，这一来弗罗拉住了嘴，温存地看着他，问是怎么回事？

“我很想同一个人谈谈，弗罗拉，这个人现在就在这座房子

---

① 此处说的是罗马与梵蒂冈宫的两类雕塑。

② 英国剧作家奥特维（Thomas Otway，1652—1685）的剧本《保存下来的威尼斯》，女主人公为贝尔迪薇拉。

③ 曼图亚（Mantua）为意大利北部城市，女外套（manteau）的异体字也作mantua。

里——毫无疑问是在卡斯贝先生那里。我看见这个人进了这座房子的，这个人受人蒙骗，非常可悲地从我的一位朋友那里离家出走。”

“爸爸那里客人这么多这么怪，”弗罗拉站起身来说道，“要是别的人而不是亚瑟我说什么也不敢为他到楼下跑一趟的可是为了你我套了潜水器下海底我也肯去不要说是下楼到餐室去了而且我马上就回来要是我下去之后你能照顾F先生的姑妈又不在乎她的态度。”

弗罗拉说了这许多话，走之前又朝他看了一眼，然后窸窸窣窣出了房门，丢下克莱南一个人，面对这位交托给他的可怖的人，心里也真是提心吊胆的。

F先生的姑妈吃完她那片吐司面包之后，她的态度的第一个变化，是鼻子又响又长地吸了一下。克莱南感到他不得不将她这一表示看作是对他本人的蔑视，因为这一表示所包含的令人沮丧的意思是明明白白的，在这种情况下，他悲哀地望着这位虽有偏见却很了不起的太太，因为这一表示便是从她那里来的，他希望他的逆来顺受、屈从驯服能解除她的敌意。

“别老看着我，”F先生的姑妈说道，她由于心怀敌意而颤抖。“把这个拿着。”

“这个”便是那块吐司面包的硬皮。克莱南一脸感激的表情，接受了这个礼物，并且一动不动地将它拿在手中，颇有点窘迫的样子。而那个F先生的姑妈，放开嗓子，声音变成了相当响亮的叫嚷，说道：“这家伙，他的肚子倒很傲慢的！他傲慢得连硬皮也不吃！”说着便从椅子上站起来，朝着他的鼻子挥舞她那令人肃然起敬的拳头，拳头近得已经擦到他的鼻子了，然而他依然是那副窘迫的样子。倘若弗罗拉没有及时回来，看到了他此刻的窘迫处境，更加糟糕的后果就会发生的。弗罗拉丝毫没有困窘或惊讶的样子，倒是用赞同的口吻向老太太道喜，说她“今晚兴致很好”，一面说着一面将她拉过去让她重又坐回到椅子上。

“这个家伙，他的肚子倒很傲慢的，”F先生的亲戚在椅子上重又坐下来，说道。“叫他吃草料去！”

“哦，我看他不喜欢吃这个，姑妈，”弗罗拉接过话道。

“叫他吃草料去，我说了，”F先生的姑妈说道，并朝弗罗拉背后的她那个仇人瞪了一眼。“傲慢的肚子只能吃草料。叫他把这个吃了，一口也不能剩下。讨厌，叫他吃草料去！”

弗罗拉敷衍着，装作带他去吃一顿草料，说着便拉着他到了楼梯口；即便是在这个时候，F先生的姑妈依旧用难以表达的尖刻语气，一而再，再而三地说他是“家伙”，“肚子傲慢”，并且反复坚持说要把她竭力主张的马饲料拌好给他吃。

“这么难走的楼梯还要拐这么多的弯亚瑟，”弗罗拉悄声说道，“你把手搂住我披肩下面好不好？”

克莱南按照要求的姿势下楼去，心头有一种非常可笑的感觉，到了餐室门口才如释重负似的把搂着她的那只手松开；其实，即便是在那里也很难推开她，因为她仍旧偎倚在他的怀里，口中喃喃道：“亚瑟你千万不可把这件事告诉爸爸的！”

她陪着克莱南进了餐室，只见那可敬的老人一人在里面坐着，穿布拖鞋的脚搁在火炉围栏上，两只大拇指绕着圈，仿佛他从来就没有停下来过。而少年时期的可敬老人，时年十岁，在他头顶的镜框里注视他，而神情也并不比他更镇定。两个光光的脑袋都一样地亮，一样地笨，一样地尽是疙瘩。

“克莱南先生，很高兴见到你。但愿你身体很好，先生，但愿你身体很好。请坐吧，请坐吧。”

“我刚才想，先生，”克莱南一面坐下来一面说道，并且四下里看了看，脸上流露出大失所望的神情，“不会只看到您一个人在这里的。”

苛刻的 F 先生的姑妈

“啊，是吗？”那可敬的老人说道，很亲切。“啊，是吗？”

“我早同你说了你知道爸爸，”弗罗拉激动地说道。

“啊，不错！”可敬的老人接话道。“是的，是这样。啊，不错！”

“请问一下，先生，”克莱南急切地问道，“韦德小姐走了吗？”

“叫什么小姐？哦，你管她叫韦德，”卡斯贝先生道。“叫得对。”

亚瑟连忙问道：“您管她叫什么？”

“韦德，”卡斯贝先生道。“哦，一直叫她韦德。”

亚瑟望着那张慈善的面孔，那银丝般的长发，而卡斯贝先生则不住地用大拇指绕圈子，还望着炉火笑，仿佛他仁慈地希望炉火将他烧了，这样他自己就可以给予宽恕。这样注视了一会儿之后，亚瑟说道：

“请您原谅，卡斯贝先生——”

“不能这么说，不能这么说，”可敬的老人说道，“不能这样说。”

“——可韦德小姐有一个人陪着她来的——一个姑娘，是我的一位朋友抚养大的，韦德小姐要左右那姑娘的行动不能算是很可取的事，我倒很想趁此机会向她保证，她那些保护人现在依然关心着她呢。”

“真的，真的吗？”那可敬的老人问道。

“所以，您能否把韦德小姐的住址告诉我呢？”

“哎呀呀！”可敬的老人说道，“也太不巧了！要是她们在这里的时候你来问一下多好！我注意过那个姑娘，克莱南先生。一个漂亮、丰润的姑娘，克莱南先生，乌黑的头发，乌黑的眼睛。我没说错吧，我没说错吧？”

亚瑟表示赞同，并换了一个表情又说了一遍："能否请您把住址告诉我？"

"哎呀呀！"可敬的老人用亲切的语气惋惜地说道。"咄，咄，咄！多可惜，多可惜！我这儿没她的住址，先生。韦德小姐在国外住的时候多，克莱南先生。她好多年来都是这样，她也太（我要是可以这样说人家，说一个女人家的话）反复无常、捉摸不透了，克莱南先生。我也许要过很久很久才能再见到她。我也许永远也不能再见到她的。多可惜，多可惜！"

克莱南此刻明白了，他要求那可敬的老人帮忙与求那幅画像帮忙一样，都是没有指望的；然而他还是说道：

"为了让我刚才提到的朋友能够如愿以偿，同时，我保证尽到您也许出于您的本分而要求严守秘密的义务，卡斯贝先生，您能否给我介绍一点关于韦德小姐的情况？我在国外见过她，我在国内也见过她，可是我对她一点也不了解。您给我介绍介绍她的一点情况行吗？"

"说不出，"可敬的老人接话道，并表现出极端的仁慈，晃了晃他的大脑袋，"实在无可奉告。哎呀呀！多可惜，她呆了这么一点时间，你呢，又耽搁了！她作为秘密的业务代理人，业务代理人，我有时候要付给这位小姐一点钱；不过，你了解这些情况，先生，对你有什么用处呢？"

"倒真是没有一点用处，"克莱南说道。

"真没有一点用处，"可敬的老人表示赞同，他慈善地望着炉火笑，脸上呈现出喜色。"你说得非常中肯，克莱南先生。真的，没有一点用处，先生。"

他坐在那里，两个光滑的大拇指不停地绕着圈子，这在克莱南看来是颇有点象征性的，说明了倘若继续在这个问题上追问下去，他便会用这个方式兜圈子，决不会透露这个问题的什么新内容，也决不会叫这个话题的谈论有何微小的进展的，因此，这倒非常有助于叫克莱南领悟了，深信自己的苦心积虑是徒劳无益的。他是尽可以从从容容地去想这个问题的，因为卡斯贝先生非常习惯于把诸事都交托给他脑袋上的疙瘩和白发，嘴上则可以什么也不说，以此来应付一切局面，他知道他的力量即在于缄默。就这样，卡斯贝端坐在那里，两个光滑的大拇指绕呀绕的，把他那光亮的脑袋与额头上的每一个疙瘩都装得慷慨仁慈起来。

面前既然是这样的光景，亚瑟也便起身要走了，就在这时，从潘克斯这条稳当的船在不外出巡航时要翻身检修的内码头，传出这条汽船朝着他们呼哧呼哧开过来的声音。在亚瑟听来，那呼哧声是故意让人觉得是从远处响过来的，仿佛潘克斯先生试图引起旁人的注意，倘若有人正巧留神着的话，他是从远处听不见的地方开过来的。

潘克斯先生与克莱南握了握手，他把带着的几封信交给他的雇主签字。潘克斯先生在与克莱南握手的时候只是用左手的食指在眉头上搔了几下，鼻子也只哼了一声，然而克莱南比以前能更好地理解他的意图了，此刻他已经明白，潘克斯今晚的事已差不多办完，他想到外面去与克莱南说一点事。因此，克莱南向卡斯贝先生，向弗罗拉(碰到她事情便不很顺当了)告辞之后，就在潘克斯先生要经过的路线附近慢慢地踱起步子来。

他只不过等了一会儿工夫潘克斯先生便露面了。潘克斯先生又与亚瑟握了握手，一面又意味深长地哼了一声，然后摘下帽子伸手把头发抓得一根根都竖起来。这时候亚瑟认为他已经明白了潘克斯先生的暗示了，他可以将潘克斯看作是对刚才发生的一切了如指掌的人，说话不必转弯抹角。因此，他劈头就问：

“潘克斯，我看刚才她们真已经走了，是吗？”

“已经走了，”潘克斯回答道。“她们真的已经走了。”

“他知不知道那个女人的住址？”

“说不准。我看他总应该知道的。”

潘克斯先生不知道吗？是啊，潘克斯先生不知道她的住址。潘克斯先生知不知道她的什么情况？

“我想，”这位人士回答道，“她自己了解的身世，我也都了解。她是某人的孩子——谁的孩子都像——谁的孩子都不像。假如叫她在伦敦的一个房间里，跟论年纪都可以做她的爹妈的六个人呆在一块儿，那么，就她所知，这六个人里面可能就有她的爹妈。他们可能就在她见过的屋子里，还活着，他们可能就在她到的教堂墓地里，已经死了，她兴许会在大街上碰见，她兴许随时都可能偶然相识；可是她一点也不知道他们就是她的爹妈。她一点也不知道她的爹妈是干什么的。她也不知道还有没有亲戚。过去从来没听说过。以后也绝不会知道的。”

“也许，卡斯贝先生会给她启发启发，你说呢？”

“那也可能，”潘克斯说道。“但愿如此，可我不知道。他早就有钱(就我知道的，钱不会很多)代人保管着了，她实在没钱用了他就拿出一点来给她。有时候她也很了不起的样子，很久不来要钱；有时候她穷得很，非拿些钱去不可。她的生活过得很痛苦。一个女人，要是比谁都凶，又动不动就光火，做起事来又不顾后果，心里老想报仇，那是绝对过不了舒服日子的。今晚她就是来要钱的。说是她有特别的用途。”

“我看，”克莱南若有所思地说道，“我正巧知道是个什么用途——我是说这钱是要落到谁的口袋里去了。”

“真的吗？”潘克斯道。“要是订了合同什么的，我倒要建议对方要扣得死一点。别看她年轻、漂亮，我也决不会信她的，哪怕是我错怪了她；不会，不会，把我主人两倍的家当给我，我也不信她的！除非是，”潘克斯又加了一个保留条款，“我得了拖了多年的病，又想快一点好。”

亚瑟很快回顾自己对她所作的观察，觉得与潘克斯先生的观点颇相吻合。

“我觉得奇怪的是，”潘克斯接着又说道，“我那个主人，他是她抓得住的唯一跟她身世有关的人，可是她从来没有干他一家伙。话说到这里，我可以悄悄地说给你听听，我有时候真想亲手去干他一家伙。”

亚瑟听了这话吃了一惊，说道：“天哪，潘克斯，可别说这种话！”

“你明白我的意思，”潘克斯说道，并伸出那只五个黑乎乎的指甲都用嘴啃过的手，拉住亚瑟的胳臂；“我没说要割了他的气管。不过，我发誓，要是他做得太过分了，我就要割了他的头发！”

潘克斯先生换了一副面孔，说出这一骇人的威胁之后，板起严厉的脸来，鼻子哼了几下，呼哧呼哧地开走了。

第十章

弗林特温奇太太的梦越做越离奇了

亚瑟·克莱南在拖拖拉拉部阴暗的接待室里，与各种各样的捣乱分子做伴儿，花去了好多时光，他们都是些犯罪分子，早已注定要被拖拖拉拉部的轮子活活碾死的。他在拖拖拉拉部的接待室里呆着，使他连续三四天获得了充裕的时间，可以慢悠悠地将前不久见到韦德小姐与泰蒂柯伦的那一幕情景，从头到尾再回忆一遍。他从当时所见的情景里，也想不出个所以然来，不多也不少，想来想去总还是这些，因此，虽不能就此满足，也只得作罢，不去多想了。

在这几日里，他没有到他母亲的阴森森的老屋去过。按常例他应该到那边去走一遭的夜晚又到了，于是他便在夜里将近九点钟光景向他的合股人告辞，离开了寓所，朝着他青少年时期的冷酷的家那个方向，慢慢地走去。

在他的头脑里，那老屋总是忿怒的、神秘的、悲惨的；而他的头脑又很敏感，常觉得那附近的地方也多少是在那老屋的阴影笼罩之下。一个阴沉沉的夜，他慢慢地走去，途中经过的昏暗的街似乎都藏了令人感到压抑的奥秘。空无一人的账房间，那里账本、簿册这类奥秘都锁进了柜子里，锁进了保险箱里；还有银行，那里的奥秘便是那些坚固的房屋与楼梯井，钥匙都放在很少几个人的秘密口袋里，只有很少几个能保守秘密的人才知道这些奥秘；这巨型压榨机所有分散的压榨者也有其各自的奥秘，这些压榨者当中，无疑有形形色色的掠夺者、伪造者、背信弃义者，只要天一亮，他们便要原形毕露；他尽可以认为，这些藏起来的东西，给空气带来了阴沉滞重的气氛。他越来越走近这阴影之源，这阴影也越来越深重，这时，他想着人迹罕至的教堂地下室里藏的奥秘，在地下室里用铁匣子私藏金银财宝的人，自己倒过来也用类似的匣子被埋藏起来了，然而他们害人的心未死；他又想着大河的奥秘，大河浊流翻滚，在藏了奥秘的黑沉沉的杂乱房屋之间流淌，两旁这些杂乱房屋密密层层，绵延许多英里，挡住了流通的空气，遮断了疾风吹不停、飞鸟常往来的旷野。

在他走近老屋，而那阴影仍旧在不断加深的时候，他父亲曾经住过的那个悲凉的房间在他脑海中浮现了。在他父亲病榻旁边除了他再无别的守夜人的时候，他自己曾经亲眼看着那张恳求的脸与他父亲一起消逝，而老屋的那个悲凉的房间又时常为这张恳求的脸所困扰。那个房间停滞的空气是个奥秘。整座住宅的阴沉、霉味、尘土也是个奥秘。而居于这一切的中心的是他的母亲，她铁板似的脸，不屈不挠的意志，牢牢地掌握着她自己以及他父亲一生的全部奥秘，态度严峻地，面对面地与一切生命的最后一大奥秘相抗衡。

老屋的院子即围场在一条又窄又陡的街上，有临街的门。就在他已经折入这条街的时候，他背后响起了另一阵脚步声，进了这条街，而且跟得这么紧，真把他逼得撞到墙上去了。由于他当时头脑里充满了这些思绪，一点也没有想到竟会被人撞到墙上，因此，还没等他来得及回到周围的现实中来，那个赶路的人倒不慌不忙地嚷了一声："对不起！不能怪我！"说完便走了。

待到他回到现实中来所需的那一瞬间闪过之后，他发现，已经在他前面大步走去的那个人，正是近日里老是在他脑海里出现的人。这并非是借助于那人在他脑子里留下的印象才形成的偶然的相像。他的确就是那个人；的确就是他跟踪的与那姑娘一起走的人，就是他暗中听见与韦德小姐说话的那个人。

这条街是一段很陡的下坡路，而且曲曲弯弯，那人(尽管没有醉，然而却是喝什么烈性酒喝得满脸通红的样子)走得又是那么快，克莱南朝他看的时候，他已经不见了人影了。克莱南并没有要盯住那人的明确意图，然而倒也是情不自禁地想再观察他一会儿，于是他就加快了脚步，要绕过挡住那人的去向的街上的弯道。待他赶到那个弯道，已经看不见那人了。

他在靠近他母亲家的门口站定时，朝街上望去：然而街上空无一人。街上也没有大得能遮住那个人的一片阴影；街上近处也没有他可能绕过去的弯道；也没有一点儿开门关门的那种听得见的声响。尽管如此，他还是断定，那个人手中必定有一把钥匙，必定是开了临街那许多房屋中的哪一扇门进去了。

他一面想着这奇怪的机遇和奇怪的一瞥，一面走进他母亲家的院子。就在他纯乎是出于习惯朝他母亲卧室那透着微光的窗口望去的时候，他的目光正巧遇上了刚才跟丢了的那个人。那人就靠在那个荒废的小围场的铁栏杆上，抬头望着那几扇窗口，管自一个人在发笑。那个地方的许多野猫有几只常常在夜间出来到那里来觅食，见了他也都吓了一跳，似乎见他停下来不动它们也停下来不动，这时候有的蹲在墙头上，有的蹲在门顶上，有的蹲在安全的落脚处，都在瞪着他，眼睛与他的眼睛丝毫没有什么不一样。他停下来作这样的观望也不过一会儿工夫，立即又朝前走去，一面走一面撩起斗篷的下沿挂在肩上，踏上了塌陷得高低不平的台阶，在门上响亮地敲了一下。

克莱南虽则是惊讶，但也并未因惊讶而钉住了双脚，而是毫不犹豫地拿定了主意。他也走上前去，也踏上了台阶。那个老兄一脸吹牛说大话的人的神气，眼睛盯着他，管自唱起来：

“谁这么晚走过这条路？

Compagnon de la majolaine
谁这么晚走过这条路？
花开烂漫！”

唱完了他又敲了一下门。

“你等不及了，先生，”亚瑟说道。

“是等不及了，先生。哎呀呀，先生，”那陌生人接话道，“等不及那是我的脾气！”

他们两个人听见艾弗莉太太开门之前小心谨慎拉上门铁链的响声，都一齐朝那边转过头去。艾弗莉手里拿一支耀眼的蜡烛，只把门拉开一点儿，嘴上问道，是什么人这么晚了把门敲得那么响？“哎呀，亚瑟！”她又吃惊地说了一句，因为她先看到了他。“决不会是你敲的吧？哦，上帝保佑！不是你，”她大声道，因为她这时看到了另一个人。“他又来了！”

“一点不假！他又来了，亲爱的弗林特温奇太太，”那陌生人嚷道。“把门打开，好让我跟我亲爱的朋友杰拉米拥抱！把门打开，好让我立即去拥抱弗林特温奇！”

“他不在家，”艾弗莉说道。

“叫他来！”那陌生人嚷道。“把我的弗林特温奇叫来！你告诉他，就说他的布兰德瓦老弟来了，刚到英国就来这儿了；告诉他，他的小子来了，他的傻小子，他的宝贝儿来了！把门打开，美丽的弗林特温奇太太，同时也好让我上楼去，去向我的女主人表达我的问候——表达布兰德瓦的敬意！我的女主人一向生活得很好吧？好极了。那就把门打开吧！”

叫亚瑟愈加吃惊的是，艾弗莉太太朝他瞪着双眼，仿佛她在警告他，这位先生可不是他该多管闲事的人，而且她还拉开了门铁链，打开了门。那陌生人一点礼节也不讲，径自朝门厅内走去，把个亚瑟甩在后面跟着。

“那就快去！那就去找他！把我的弗林特温奇找来！去通报我的女主人，我来了！”那陌生人嚷道，脚踩得铺石的地板叮当地响。

“请你告诉我，艾弗莉，”亚瑟一面义愤填膺地将那人从头到脚地打量，一面大声而且严厉地说道；“这位先生是谁？”

“请你告诉我，艾弗莉，”那陌生人也接着同样地说道，“这位——哈，哈，哈！——这位先生是谁？”

不迟不早，正在这时听到克莱南太太在楼上卧室里嚷道：“艾弗莉，让他们两个人都上来。亚瑟，你就到我这儿来！”

“亚瑟？”布兰德瓦摘下帽子拿在手中，并将手一伸，叉开的两腿啪地一下靠拢了脚跟，朝亚瑟大幅度地鞠了一个躬。“我的女主人的儿子？我是我的女主人的公子的忠实仆人！”

亚瑟又朝那人看了一眼，态度依旧是与先前一样，没有恭维的意思，爱理不理地转过脚跟，上楼去了。那来访者也跟在亚瑟后面上楼去。艾弗莉太太从门背后拔出钥匙，动作利索地悄悄出了门，去找她的老头子。

倘若有一个旁观者，而且听说过布兰德瓦先生上一回到那间卧室来的事，那么他一定看出了这一回克莱南太太接待这位来访者态度的不同了。她的脸上是不会流露出这种态度的变化的；她那很有节制的态度，她那一成不变的语调，都表明她是十分注意分寸的。所谓前后两回她的态度的不同，纯然在于她见他一踏进房门，目光便一直没有离开过他那张脸，纯然在于他开始饶舌的时候，她有两三回从她正襟危坐的椅子上略微向前探了一下身，两手则支在双肘上，一动也不动；仿佛她要给他定一定心，过不了多久他爱说多少便可说多少，她一定洗耳恭听。也不能说亚瑟没有注意到这一点；尽管这一回的态度与前一回的态度之差别，他是无法观察的。

“太太，”布兰德瓦说道，“请您把我介绍给您的公子先生吧。我好像觉得，太太，您的公子先生好像对我有一肚子的牢骚似的。他很不客气。”

“先生，”亚瑟连忙接过话来说道，“我不管你是什么人，也不管你是怎么到这儿来的，倘若我是这屋子的主人，那我是会立即将你撵出门去的。”

“可是你不是主人，”他母亲说道，连看也没有朝他看上一眼。“你要发泄不合情理的怒气，可很不幸的是，你并不是这儿的主人，亚瑟。”

“我也没有说要做这儿的主人，妈妈。假若我反对这个人在这里的一举一动，非常非常反对，我假若在这儿可以说了算的话，毫无疑问，我真的一刻也绝不允许他呆在这里，我说反对，那也是替您着想。”

“假如有必要反对，”她接着说道，“我有话可以自己说。我当然应该自己说。”

他们两人所争论的对象进了门便自己坐下来，此时哈哈地大笑起来，并且拿手拍着腿。

克莱南太太无论是怎样直接针对她的儿子说话，眼睛却始终盯着布兰德瓦，她说道：“你没有权利因为有哪一位先生(更不必提另外一个国家来的先生)与你的标准不相符，就恶语伤人，也没有权利按你自己的戒律去纠正他的态度。很可能那先生出于同样的理由，也反对你的一举一动呢。”

“我希望如此，”亚瑟接话道。

“这位先生，”克莱南太太继续说道，“上一回来的时候，带了与我们有商务关系又极受人敬重与极负责的人士签具的介绍信。这一回这位先生来这里有何贵干，我一无所知。我一点也不知道他此行的目的，他这一回来访到底是什么性质，我倒是连作一个大致猜想也办不到；”她非常慢、非常有力地加重这几句话的语气时，她那通常总是皱着的眉头锁得更紧了；“但是，等这位先生准备说明他的来意的时候——因为等弗林特温奇回来后我就要请这位先生给我和弗林特温奇说明一下——毫无疑问，一切就会明了，他再次来访多多少少仍旧与我们通常业务有关的，办理业务，这既是我们的公务，也是我们的愿望。不可能会是别的什么事的。”

“我们会明白的，太太！”那个商务代理人说道。

“我们会明白的，”她表示赞同地说道。“这位先生和弗林特温奇是熟人；这位先生上一回到伦敦来的时候，我记得听说过他和弗林特温奇还上过酒店，一块儿吃过一顿的事。这间卧室外面发生的事，我是不可能了解得很多的，外面那种世俗小事的调子我也没有多大兴趣；不过我记得听说过这件事。”

“对，太太。是真的。”他又哈哈地大笑起来，用口哨吹起了他在门外唱的那个曲子的重唱句。

“因此，亚瑟，”他母亲说道，“这位先生是作为熟人，而不是作为陌生人，到这儿来的，非常遗憾，你的不合情理的怒气竟然会发泄在他身上。我非常遗憾。我来对这位先生这样说。你是不会这样说的，我知道；因此，我代表我本人和弗林特温奇说这个话，因为，这位先生的事情是与我们两人有关的。”

这时，听见了楼下门锁里插进钥匙的声音，接着听见门开了，随后又关上了。不紧也不慢，过了一会儿，弗林特温奇先生便到了；那来客见他进门便从自己椅子上站起身来，大声地笑着，走过去紧紧地将他搂住。

弗林特温奇先生接受友谊的拥抱

“最近怎么样，我亲爱的朋友！”他说道。“近况如何啊，我的弗林特温奇？很不错？这样就更好了，这样就更好了！啊，你真可爱！你生气勃勃，就像春天里的鲜花！啊，好兄弟！好朋友，好朋友！”

他一面对弗林特温奇先生一迭连声地说着恭维话，一面一手抓住一个肩膀将弗林特温奇一个劲地摇晃，弄得那个在这种情况下更显得身体干瘪、脖子弯曲的先生东倒西歪站不住脚，宛如一个很快便不会再转的陀螺。

“上一回我有一个模模糊糊的感觉，我们的关系和交往会更加密切的。你有这种感觉吗，弗林特温奇？已经有这种感觉了吗？”

“哼，没有，先生，”弗林特温奇先生回了一句。“没什么特别的。你就不能坐下来吗？我看，你是不是想再弄一点那种葡萄酒，先生？”

“啊！你这家伙！你这馋鬼！”来客兴奋地说道。“哈哈哈哈！”作为戏弄对方的最后一招，他将弗林特温奇一推，重又坐下来。

亚瑟在一旁注视着这一切，心头充塞着惊讶、怀疑、愤恨、羞辱，竟说不出一句话来。弗林特温奇先生，刚才被最后推了一下之后已经踉踉跄跄倒退了两三码，此刻他已经站稳了，脸上的表情则纹丝不变，完全是先前的样子，只是由于气喘吁吁的，有一些影响罢了。他站定之后便拿眼瞪着亚瑟。比起通常所遇到的情形来，此刻在弗林特温奇先生的外表上，他那沉默寡言与毫无表情的样子也没有一点儿变化：在他身上唯一觉察得到的不同是，通常总是在耳朵下面的领结上的结，此刻已经挪了位置，转到脑后去了：领结在脑后变成了一个装饰物，颇有点像囊装假发①，倒使他的外貌有了一点优雅感。

克莱南太太的目光一直没有离开过布兰德瓦（她的瞪眼颇有点效果，仿佛朝一只劣种的狗瞪眼所产生的效果），正如她一样，杰拉米的

① 十八世纪的流行假发。

目光也一直没有离开过亚瑟。这仿佛是他们达成了默契似的，他们两人各有分管的范围。就这样，在紧接着的一阵沉默中，杰拉米站在那里搔着下巴，注视着亚瑟，仿佛他一直用一件工具将他心里的想法挤出来。

过了一会儿，那来客仿佛觉得沉默使人心烦，他便站起身来，很不耐烦地将身子转过来，背朝着那燃了这么多年的神圣的炉火。见此情形，克莱南太太说话了。她第一次将一只手动了动，非常微小的一个动作，叫人离开的动作，并且说道：

“我们要谈正经事，请离开，亚瑟。”

“妈妈，我要离开也是很勉强的。”

“勉强不勉强你都别去管它，”她接话道。“请你离开吧。挑一个别的日子，什么时候都行，只要你觉得有责任到这里无聊赖地呆上半个钟头，到时候再来吧。晚安。”

她伸出套了手套的手指，以便让他按照他们通常的做法，握一下手，他却在她的轮椅边俯下身来，在她脸上吻了一下。当时他心里想，她的面颊比平日更显得不自然，更显得冷淡。亚瑟重新站起来时，顺着她的目光，朝弗林特温奇先生的好朋友布兰德瓦先生望去，这时，布兰德瓦先生用中指与大拇指啪的一下捻出了一记带着蔑视的响亮声音。

“我让你的——你的商务关系户呆在我妈妈的卧室里，弗林特温奇先生，”克莱南说道，“我是感到非常意外的，是非常不自愿的。”

亚瑟话里说的那个人又用中指与大拇指啪的一下捻出了一记响亮的声音。

“晚安，妈妈。”

“晚安。”

“我过去有个朋友，我的好伙计弗林特温奇，”布兰德瓦站在炉火前，叉开两腿，说道，很显然，他说这话的目的是要叫正离开此地的克莱南停下脚步来，这么一来，克莱南到了门口也便放慢了脚步；“我过去有一个朋友，他听说过许多关于这座城市和这座城市风气的阴暗面，到了夜里他真的不敢单独与两个有意要拉他入伙的人说句真话——嗐！即使是在像这儿一样的名门宅子里也不敢——除非他是身强力壮的，他们两个人都敌不过。咄！多么胆小的人，我的弗林特温奇！呃？”

“下流坯子，先生。”

“就是！下流坯子。不过，他是绝对不会对他们说真话的，我的弗林特温奇，除非他早知道他们不必动手，只要几句话就能够说得他哑口无言。在这种情况下，他是连一杯水也不会喝的——即使是在像这儿一样的名门宅子里也不敢——除非他看见他们俩有人先喝了一口，并且咽下去了！”

克莱南觉得不屑插嘴，而且也真的是说不出话来似的，因为他已经差不多憋住了，所以，他在走出房间的时候只是朝那来客瞟了一眼。而那来客又用手指头捻出了表示告别的啪的一声响，朝他笑了笑，他的鼻子往下朝小胡子挪，他的小胡子往上朝鼻子挪，露出了一个丑陋不祥的笑。

“看在上帝分上，艾弗莉，”在她替他打开了漆黑一团的门厅的门，他摸索着走出去，并看见了黑夜的天空时，克莱南悄声对她说道，“他们是在这儿干什么？”

她自己那个模样也可谓令人毛骨悚然：她站在黑暗中，撩起的围裙罩在头上，就这样捂在围裙里用低而闷的声音说着话。

“什么也别来问我，亚瑟。我自己做梦已经做了这么久了。走吧！”

他出了门，她马上便在他身后把门关上了。他抬起头来望着他母亲卧室的窗，被黄的窗幔遮挡的昏暗灯光，似乎跟着艾弗莉说出了回音，喃喃道：“什么也别来问我。走吧！”

第十一章

小杜丽的来信

亲爱的克莱南先生，

因为我在上次的信中说过，最好谁也不要给我写信，而且，我现在再给你写一封短信，除了你要拆开信来读一读之外，也不会给你增添别的麻烦(也许你可能连读信的空闲也没有，不过我希望你总会抽出空儿来的)，所以，我现在准备花一个钟头时间再写一封信给你。这一回，我是在罗马给你写信的。

我们比戈文先生和戈文太太先离开威尼斯，不过他们在路上的时间不如我们久，而且走的也不是同一条路线，因此我们到罗马的时候，他们已经在一处寓所住下来了，是个叫“格里高利大道”的地方①。我看这个地方你是知道的。

好吧，我就尽量把我所知道的他们的情况告诉你，因为我知道这是你最想听听的。他们住的不是个很舒适的地方，不过我第一回到他们那里去时也许想法与你会有的想法不一样，我不觉得有什么不好，那是因为你到过许多国家，碰到过许多不同的风俗习惯。当然，要是最近的不算，与我以前所习惯的任何一个住所比起来，他们的寓所要强很多很多——强几百万倍了；我觉得我不是用自己的眼光来观察的，而是用她的眼光。因为我一看便知道，她一直是在一个温暖、幸福的家庭里生长的，即使她并没有怀着无比的热爱告诉过我。

话一说就远了。他们住的地方是一个陈设相当简单的寓所，有一个相当暗的公用楼梯可走，这个寓所实际上就是黑洞洞的一个大房间，戈文先生就在这里面画画。窗子上谁都可以从那里向外张望的地方都堵死了，墙上给粉笔和木炭涂满了，那是以前在那里住的人涂的——哦，照我看来，有人在那里住了好多年了！屋子里拉了一块帘幕，它的颜色已经从红变成暗褐色了，这帘幕的里面就算是私人起居室。我第一回到那里去看她时，她是一个人坐着，手里的针线活落到了地上，她仰着头从窗子上方望着外面的晴空。我同你说这些时，请你千万不要焦虑不安，不过，总的说来，那个地方并不像我所期待着会有的那样通风、那样明亮、那样活跃、那样愉快、那样充满生气。

由于戈文先生替爸爸画像的缘故（假如我没有看见过他画这幅肖像，我真不太相信画的就是爸爸），我从那时候起便有了很多机会可以与她呆在一起，如果没有这个好运气，我就不会有这么多的机会的。她非常孤独。她真的非常孤独。

我把第二回见到她的情形也告诉你，好吗？有一天，下午四五点钟的时候我去了，当时正巧我可以单独一人去看她。当时她正一个人在用餐，她一个人吃的菜是从外面送进来的，她就坐在生着火的火盆面前，我看得出，除了送菜进来的老头儿之外，没有人陪她，或者说她不会有人来陪的。他在给她讲一个噜噜苏苏的故事（城墙外面的强盗被一尊圣徒的塑像逮住的故事），给她解闷——这是我离开的时候他告诉我的，“因为，”他说道，“我自己也有一个女儿，虽然没有她这么漂亮。”

我想，我现在应该提一提戈文先生，然后我把还有多少她的情况要说的都告诉你。他一定非常爱慕她的美貌，他一定因为有她而自豪，因为大家都夸她美，他一定非常喜欢她，我也不怀疑他的确如

① 十八世纪时此地被称作“英国区”（the English ghetto），是外国游人与艺术家青睐的地方。

此——不过跟别人不一样。他是怎么样一个人你是知道的，而且，假如他的作风在你的眼里也与我的看法一样，是草率的，是令人不满的，那么，我想的就不会错了，这种作风倒是很适合于她的。假如他这种作风在你看来并非像我说的那样，那么我真的觉得我完全是想错了；因为你至今未变的可怜孩子对于你的知识与仁慈的信任，远远不是她的话语能说得清的，即使她想说一说的话。不过你不要怕，我不准备说。

由于(这也是我的想法，假如你也这样想的话)戈文先生的紊乱和不满作风之故，他是难得专心做他的事的。他从来没有善始善终、非常耐心地做过一件事；他拿起事情来，把事情扔下，做事情或者没做完就扔下，都是同样毫不在乎的样子。他给爸爸画肖像的时候我听他在同爸爸说话，当时我坐在那里纳闷，会不会他对别的人一个也不相信是因为他连对自己也不相信的缘故。是不是这样？我不知道你看到这里会有什么看法！我知道你会怎么说，我几乎还能够听到你在铁桥上对我说话的那种语气。

戈文先生常常到据说是这里最高尚的人当中去——尽管他与这些人在一块儿的时候，他也不是觉得很有意思或很喜欢的样子——她有时候也陪着他，不过最近她是很少外出的。我觉得我已经看出来，他们说起她来，态度是前后矛盾的，好像她与戈文先生结婚就是得到了什么很大的个人利益似的，虽然也就是这些人，又会说，他们做梦也没有想过要与他攀亲，也没有想过要把自己的女儿嫁给他。除此以外，他还到乡间去，想画些速写；凡是有旅游者的地方，他就有许多熟人，而且很有名气。除了这些以外，他还有一个无论是在家里，还是在外面，常常陪着他的朋友，尽管他对待他这个朋友很冷淡，他对这个朋友的态度也是捉摸不定的。我可以非常确实地告诉你(因为是她亲口这样说的)，她不喜欢他这个朋友。我见了这个人也觉得非常讨厌，所以这个人最近不在这里，我心头也真舒了一口气。她心头更是大大地舒了一口气！

但是，我尤其要让你知道的事情，以及为什么我甚至一面怕话说出来会叫你感到有一点无谓的不自在，一面又仍旧决定要把这么多事情告诉你的理由，是这样的。她是那样真诚，那样忠实，那样透彻地懂得她所有的爱和忠顺永远都是属于他的，因此，你完全可以肯定地说，她将永远爱着他，永远敬仰他，永远赞美他，永远掩盖他的一切缺点，直至她离开人世。我觉得她掩盖了他的一切缺点，还将永远掩盖下去，甚至欺瞒自己，不愿知道他的一切缺点。她已经把心交给他了，因此，这颗心是永远也取不回的；不管他使这颗心受了多大的痛苦，他永远也无法使这颗心的感情枯竭。这道理的真确，你比我懂得多了，因为你什么都懂的；可是，我总藏不住心里的话，要告诉你，她表现出多么美好的天性啊，凭你对她作出多高的评价，也绝不会过分的。

我信写到这里还没有称呼过她的名字，不过，我与她现在已经是很好的朋友了，我们安安静静地坐在一块儿时我才喊她的名字，她和我说话也喊我的名字——我说的名字不是我的教名，而是你给我起的名字。她开始叫我艾米的时候，我把自己的简短身世说给她听了，还告诉她，你一直是叫我小杜丽的。我还对她说，小杜丽这个名字比别的哪一个名字都亲切得多了，于是她也就叫起我小杜丽来了。

或许你现在还没有收到她爸爸或妈妈的信，可能还不知道她已经有了一个男孩儿了。他是两天前才出生的，正好是他们到这儿一个星期的时候。男孩儿的出世叫他们感到非常高兴。不过，既然我什么都要告诉你，我就得对你说，我觉得他们俩在戈文先生面前是很拘束的，他们好像觉得他对待他们的那种嘲弄态度，有时候就是蔑视他们对她的爱。就在昨天我在她那里的时候，我看见弥格尔斯先生脸色一变，站起来就朝外面走，好像他是怕自己真说出那样的话来，要是他没有靠他那个办法压住心里的火的话。不过，我真的觉得，他们两个老人都那样体贴人，那样和气，那样通情达理，因此他不会对他们做出那种事来的。他心肠也太狠了，没有为他们再稍微多想想。

我加了上面这个句号之后放下笔来把已经写好的这些话从头看了一遍。起初我好像觉得我是一本正经地要把这么多道理弄个明白、说个清楚似的，所以我真有一点不想把信寄出去。可是，稍微再仔细想一想之后，我又觉得增添了一点信心，你看了信马上就会明白，我这样留神不过是为了你，不过是注意到了在我看来是因为受到你在这些事情上的关心的催促才去注意的事情。真的，你可以放心，这些都是真话。

在这封信里，关于这方面我的话现在已经说完了，剩下要说的也没有什么了。

我们都很好，芬妮的态度一天天好起来了。你简直没法想象她现在待我是多么好，为我费了多少心。她有一个向她求爱的人，这个人一直跟着她，先是从瑞士一路跟到意大利，后来又从威尼斯一路跟到罗马，他刚告诉我一个秘密，他说她到哪里他就要跟到那里。他同我说这种事，我听了脸上真是火辣辣的，很不好受，可是他会的。我不知道说什么才好，不过终于我对他说，我觉得他最好别跟。因为芬妮(不过这话我没有对他说)太活泼，头脑太机灵，与他不相配。可是他还是说他要跟的。我当然没有向我求爱的人。

假如你看这封长信的时候确实看到了这里，你也许会说，小杜丽肯定不会连旅游情况也不给我写一点就结束这封信的，现在她肯定要说点旅游情况了。我觉得现在是要说一点了，可是我也不知道要同你说些什么。离开威尼斯之后我们到过许多好地方，例如热那亚和佛罗伦萨，还游览过那么多好风光，想着这些风光加在一起有那么多，我的头差不多都晕了。可是，叫我说给你听还不如你来说给我听，你能够说的要多得多，为什么我要拿我的叙述和描绘来叫你厌倦呢?

亲爱的克莱南先生，既然我以前有勇气告诉你，我旅游时心里的常见障碍是什么，我现在也不吞吞吐吐地不敢说了。有一件我常常想的事是这样的——这些城市虽然老，但是它们的年龄本身，照我的思想，也没有什么好感到奇怪的，奇怪的倒是，在我甚至连天底下不止两三个这样的城市都不知道的那些时候，在我一点也不知道我们过去的高墙外面的事情的那些时候，这些城市竟然一直就有了。这个想法里面有一种悲伤的东西，我也不知道这是为什么。我们去参观比萨的那座著名斜塔的那一天，天气晴朗，阳光灿烂，斜塔和附近的建筑显得那样古老，天和地显得那样年轻，斜塔落在地面上的影子又显得那样柔弱、那样隐蔽！我起初想的不是斜塔有多么美丽，想的不是斜塔有多么奇怪，而是想："哦，有多少回大墙的影子罩着我们的房间，有多少回那疲惫的脚步在院子里来回踱着——哦，有多少回这个地方也像今天一样沉静，一样可爱！"想到这里我克制不住了。我的心是那样激动，眼泪也涌出眼眶了，虽然我尽力地抑制。我常常——常常有同样的感受。

自从我们的时运发生变化以来，虽然我自己觉得好像梦做得比以前多了，可是你知道不知道，我总是梦见自己真的是年纪非常小的人？你可能会说，我年纪并不很大。是不很大，可是我说的并不是这个意思。我老是梦见自己是个学做针线活的孩子。我常梦见自己又回到了那里，在院子里看到了陌生的脸，我倒觉得是我完全忘记了的脸；不过，我也同样常常梦见自己是在这里的国外——在瑞士、在法国、在意大利——是在我们到过的某一个地方——但是我总归还是那个小女孩。我梦见自己走上楼去见杰纳勒尔太太，穿的是我第一次能记事时穿的衣服，衣服打着补丁。我一回又一回地梦见在威尼斯我们招待许多客人时我在餐桌前就座，我为我可怜的妈妈戴着孝，那是我八岁的时候穿的孝服，孝服早已破旧得丝丝缕缕、没法再补，可我还穿在身上。我觉得在座的客人会想，我穿这一身破烂的孝服，与我爸爸有这么多财富是多么不相称；我这样明明白白地将他们闭口不说的事暴露出来，我会惹得他生气的，还有芬妮和爱德华，也会生气的，会叫他们丢脸的，这样的想法使我感到非常悲痛。可是我这样想着的时候也没有从小女孩变成了一个大姑娘；而且就在那同一个时刻，我梦见自己怀着悲痛心情入了席，一面计算这酒席要花多少钱，一面想着这些钱到底应该怎样偿付，想着想着，那心头的悲痛也就全消了。可是，我们时运的变化这件事却从来没有入过梦；我也从来没有梦见过你和我在那个难忘的早晨回来宣布这个消息；我甚至从来也没有梦见过你。

亲爱的克莱南先生，可能是我在白天想你——还有别的一些人——想得太多了，因此已经没有什么思念留下来，到晚上来想你了。因为我现在该向你承认，我常常思念家乡——我要向你承认，我是那样热切，那样焦灼地想回家乡，有时，在没有人看见我的时候，我真渴望回家乡去。我忍受不住了，再也不愿转身远去。在我们往回走的时候，即使是走回几英里，而且也知道我们不多久又要走远，我心头就会稍稍轻松一点。我是多么深情地热爱我那样贫困、你那样仁慈的地方。啊，多么深情，啊，多么深情！

天知道你可怜的孩子何时才能再回到英国。我们都喜欢这里的生活（除我之外），什么时候全家回国也没有打算。我亲爱的爸爸说起过明年晚春的时候要回伦敦一趟，有几件与财产有关的事要办，可是我并不抱着什么希望，他不会带我一起走的。

在杰纳勒尔太太的教导下，我已经努力取得了一点进步，我希望我现在已经不像过去那样笨了。过去同你说起过的两种难学的语言，我现在已经开始能说，能听懂，差不多是很会了。我上次给你写信的时候，没想起那两种语言你都会；不过我后来记起来了，还给了我很大的促进。上帝保佑你，亲爱的克莱南先生。别忘了

你的感恩的、亲爱的

小杜丽

又及：

特别要记住，米妮·戈文是值得你极其深情地记在心中的。无论你怎样赞美她，无论你怎样高度评价她都是不会过分的。上一封信我把潘克斯先生忘记了。要是你碰见他，请代你的小杜丽向他问候。他对小杜丽非常好。

第十二章

本章开了一个重大的爱国商讨会

莫多尔的鼎鼎大名在全国一天天变得越来越大名鼎鼎了。谁也不知道，享有如此盛名的莫多尔曾给任何人，无论是活人还是死人，带来过何种益处，或是曾为任何世间俗事带来过何种益处；谁也不知道，他身上有什么才干或言论，曾放出过最微弱的一线烛光，为任何人照见亚当的子孙所走的迷宫中的纵横交错之路，诸如忙碌与消遣之路，痛苦与享乐之路，劳与逸之路，事实与想象之路；谁也没有丝毫的理由认为，捏出这一个为人们敬仰的人所用的泥土，并非最最常见的泥土①，而是泥土里面塞了用来黏合的芯子，仿佛一尊人类偶像为防止破碎而在里面塞东西一样。所有的人都知道(或者说他们认为他们都知道)他发了大财；光凭这一条，就叫他们拜倒在他的脚下。那些最愚昧的野蛮人从地洞里爬出来，朝一根木头，或者朝一条虫跪拜，祈求愚昧的灵魂所信仰的神明的好感；可他们的行为却比这些野蛮人更加堕落，更加不可饶恕。

不仅如此，这种礼拜的高等的牧师们，他们把与此人的会面当作对自己卑微地位的抗议。平民百姓对此人的礼拜是从不问个究竟的——尽管他们心里十分明白是什么缘故——而祭坛上的主持人们则是通常总要与他会面的。他们出席他设的筵席，他也出席他们设的筵席。他的身上总是附着一个幽灵，时时对这些高等的牧师说：“此人的脑袋，此人的两个眼睛，此人的说话方式，此人的举止态度；这些便是你们所信任的征象，你们爱敬仰的征象吗？你们都是拖拖拉拉部的工具，人类的统治者。一旦你们这些人有五六个人倾轧斗殴，大地母亲似乎便养育不出别的统治者了。你们之所以合格，是不是在于你们具有对此人又信、又拍、又捧这一人类高一等的学问？抑或是，倘若你们能够正确判断他在你们面前一出现我总要向你们显示的征象，你们高人一等的诚实是否也是你们具备的条件？”这倒是两个相当令人窘迫的问题，莫多尔先生在城中走到哪里，这两个问题便跟他到那里；须将他们问得哑口无言，这是达成了默契的。

在莫多尔太太旅居国外期间，莫多尔先生仍旧把大宅的门洞开着，以便让络绎不绝的客人们进进出出。这些客人当中有几个立即便和蔼可亲地占领了这所宅邸。三四位高贵而又活泼的妇人常常相互询问：“我们星期四到亲爱的莫多尔的家中来用餐吧。我们请谁呢？”我们亲爱的莫多尔于是便会接到指示；便会心情抑郁地与宾客一起入席，散席后则在他自己的客厅里走过来又走过去，除了老是碍手碍脚之外，他唯一引人注目的地方是招待宾客与他毫不相干。

这位伟人生活中的“复仇幽灵”——总管家，他的严厉却没有丝毫的放松。那胸脯不在时他便站在一旁观察这些吃客，如同那胸脯在家时他站在一旁观察这些吃客一样，他的目光对莫多尔先生是致命的。他是一个非常严格的人，从不克扣一盎司的菜肴，从不克扣一瓶葡萄酒。倘若酒菜够不上他的标准，他绝不允许设宴。他的摆筵席是为了维护他自己的尊严。倘若宾客们想吃完上的菜，他是不允许有异议的；不过上菜是为了维护他的地位。他站到餐具柜旁的时候，似乎宣布：“我接受的职责即看着现在摆在我面前的这一切，我要看着的就是这一切。”倘若说他失却了那个主持一切的胸脯，那是作为他自己的尊严的一部分，由于不可避免的情况，暂时被剥夺了。正如他也可能失落餐桌中央的一

---

① 见《圣经·但以理书》第二章第三十一至三十五节，尼布甲尼撒的梦。

件装饰品，或一个上等的冰酒器，所以那东西已经送到银行里了。

莫多尔先生要大摆邀请巴纳克尔家族成员出席的筵宴，并发出了请柬。台西默斯勋爵将应邀前来赴宴，泰特·巴纳克尔先生将应邀前来赴宴，那个举止文雅的小巴纳克尔将应邀前来赴宴；巴纳克尔议员合唱队，在议会闭会期间离开首都到了外地，到处游说，为他们的头目歌功颂德，他们也有代表前来赴宴。不言而喻，这将是一个盛大的场面。莫多尔先生打算要与巴纳克尔们交往了。他与那尊敬的台西默斯之间已经进行了几次微妙而简短的会谈——举止文雅的小巴纳克尔任谈判代表——莫多尔先生也决定了，他要将他那极端的刚直与巨大的财富这颗砝码放到巴纳克尔那架天平上。恶毒的人觉得有官商勾结之嫌；这也许是因为，倘若营私舞弊的勾当能够赚取人类永久的敌人的忠诚，毋庸置疑，那些巴纳克尔也是会与他勾结的——为了国家的利益，为了国家的利益。①

莫多尔太太给她这位崇高的丈夫写过信，关于她这位丈夫，倘若说将威丁顿②时代以来的所有英国商人卷成一团，全身涂上三英尺厚的金，那么他就有些比不上了，这话纯然是左道邪说——莫多尔太太在罗马接二连三地给她这位丈夫写过信，信中一味催促他说，现在该为爱德蒙·斯巴克勒作些准备了，否则就会坐失良机的。莫多尔太太向他说明了，爱德蒙的事情非常紧急，倘若他立即办成一桩有利的交易，今后的好处那是享受不尽的。在这个重大问题上，莫多尔太太使用的动词语法里，只有一个语气，即祈使语气；这个语气里也只有一种时态，即现在时③。

---

① 应读作“出卖给了魔鬼”。

② 即理查德·威丁顿(Richard Whittington，1358? —1423)，英国商人与慈善家，三任伦敦市长。

③ 根据英语语法学，祈使句表示命令，只有一种时态，即现在时，并非莫多尔太太所特有，此处仅说明事情的紧迫。

莫多尔太太的动词如此紧迫地放在莫多尔先生面前，要他作出词形变化，他那怠惰的心境颇有点激动了，他那长外套的袖口颇有点颤抖了。

就在处于这激动状态的时候，莫多尔先生向总管家表示了要设一特别家宴的意思，他回避他，只是朝着总管家的鞋子转动他的眼珠，并不曾将眼睛抬起来，注视这个彪形大汉的思想的标志①。所谓特别家宴，并非一个很盛大的筵席，而是一个很特别的家宴。总管家也表示，他对于站在一旁观看最奢华的筵席并无异议，只要是能够办到的：大摆筵席的日子现在已经来到了。

莫多尔先生站在他的一间客厅里，背朝着炉火，等待他的显要客人的光临。他几乎不曾或者说他从来不曾随意地背着炉火站立的，除非他真正是独自一人的时候。倘若总管家在场，他绝对不会做出这样的举动来的。倘若他那个咄咄逼人的仆人就在这个时候走进屋子里，他便会抓住自己的手腕，那样子就同警察一样，在炉前地毯上走过来又走过去，或者在奢华的家具摆设之间蹑手蹑脚地走动。炉火通红的时候，那鬼鬼祟祟的影子似乎从它们躲藏的地方窜出来了，炉火渐渐熄灭的时候，那鬼鬼祟祟的影子似乎又窜进了它们躲藏的地方，这些影子便是他叫自己显得毫无拘束的足够见证。这些见证甚至太多了，倘若他瞥见这些影子时的不安目光可以理解为有着某种意思的话。

莫多尔先生的右手拿着晚报，晚报上写的尽是莫多尔先生。他的惊人的事业，他的惊人的财富，他的惊人的银行，这些便是当天晚报的丰富食粮。那惊人的银行，是许许多多莫多尔奇迹中的最新一个，他既是银行的发起人，又是银行的创办人，又是银行的经理。此外，莫多尔先生在这些辉煌的成就面前又是那样谦虚，他那样子真是更像一个自己的房子实属扣押财产的人，并不像一座巨大的商业太阳神铜

---

① 即总管的双眼。

像，叉开双腿站在炉边地毯上，望着渺小的船只驶进港来赴宴①。

瞧，船只进港了！那举止文雅的小巴纳克尔是第一个到达；可是那律师大人在楼梯口赶上了他。那律师大人与通常一样，由于戴着双片眼镜，略带陪审团那种低沉声调，显得颇有点神气，他见了这位可爱的小巴纳克尔，真是喜出望外；他发表高见说，用我们律师的话来说，我们将列席大法庭审理，听取一场特殊辩论，对吗？

"真的吗？"那个活泼的小巴纳克尔说道，他名叫费迪南德，"此话怎讲？"

"这个嘛，"那律师大人笑道。"你不知道，我怎么能知道？你身居圣堂深处的内殿，我是挤在圣堂外面赞美的人群里。"

那律师大人，根据他要打交道的主顾的不同情况，手法既能轻柔，也能强硬。与费迪南德·巴纳克尔打交道，他手法之轻柔，宛如游丝。那律师大人也总是很谦虚，将自己贬低一番——他自有一套说法。那律师大人是一个丰富多彩的人；但是他的各种图案的编织物，贯穿着一条主线。在他的眼中，他与之打交道的每一个人，都是一位陪审员；只要他办得到，他一定要说服这个陪审员。

"我们这位杰出的主人与朋友，"那律师大人说道，"我们这颗灿烂的商界巨星；——他打算从政了？"

"打算？他当议员已经有些时候了，你知道，"那可爱的小巴纳克尔答道。

"不错，"律师大人说道，发出了与特殊陪审员打交道时才有的轻松喜剧的笑：这种笑与他的低级喜剧的笑大不相同，他的低级喜

---

① 太阳神铜像立于古希腊罗得岛港口，高一百英尺，叉开两腿，船只从其脚下经过，为西方所谓古代"世界七大奇观"之一。狄更斯这句话从莎翁《裘力斯·恺撒》中化出："他叉开双腿站在这狭小的世界上/犹如一尊太阳神巨像……"（第一幕第二场）

剧的笑是他奉献给普通陪审团的滑稽行家的："他当议员是有些时候了。可是我们这一颗明星到目前为止一直是一颗优柔寡断、犹豫不定的星，对吗？唔？"

倘若是一位普通的证人，一定会被他这一声"唔？"所诱惑，作出一个肯定的答复来的。然而，他们一起上楼时，费迪南德·巴纳克尔机警地看看那律师大人，什么话也没有说。

"正是如此，正是如此，"律师大人点着头说道，因为他绝不会就这样缩回去的，"因此我说我们将列席大法庭审理，听取一场特殊的辩论——我的意思是说这是一个严肃、庄重的时刻，用麦克希思队长的话来说，届时'法官聚集：光景可怕！'你瞧，我们做法官的都够开明的了，随便引用麦克希思队长的话，虽然队长对我们很刻薄。然而，我觉得我可以引用队长自己说的一段话来作证，"律师大人说道，一面幽默地微微晃动脑袋；因为，当他滔滔不绝说起法律事务来，他总是神气十足、精神振奋，表现出世间最优雅的风度；"拿队长自己供认的话来作证，他说法律，总的说来，至少意在不偏不倚。因为，队长是这样说的，假若我没有把他的话说错了，"他将手中的双片眼镜在他同伴肩上轻松喜剧式地碰了碰，"我那学问渊博的朋友会纠正我的：

'大大小小罪恶都要罚，
你罪我罪绳之都有法，
为何同行不见有好人，
抬头已到泰彭绞刑架①。'"

---

① 见英国诗人、剧作家约翰·盖依(John Gay，1685—1732)剧本《叫花子的歌剧》(1728)。主人公麦克希思是一个强盗。泰彭(Tyburn)为伦敦旧时犯人处绞刑的地方。莫多尔十九世纪二十年代的伪造罪实应处以绞刑。

那律师大人说着这几句话，两人不觉来到了客厅，莫多尔先生便在这客厅里，站在炉前。莫多尔先生见那律师大人走进门来，嘴上说着这样几句话，不觉大吃了一惊，那律师见状连忙解释说，他是在引盖依剧本中的台词。“当然啰，他不是我们的威斯敏斯特议会大厦里的权威人士，”他说道，“可是，对于一个具有大致现实的、像莫多尔先生那样的具有对世界的认识的人来说，他却也不是一个可鄙的人。”

瞧莫多尔先生的样子，仿佛他是想他要说上几句话，可是后来瞧他那样子仿佛他又不想说什么了。就在这想说又作罢的间歇，通报主教大人驾到。

主教大人带着温顺的样子走进客厅，然而步子却有力而迅速，仿佛他想穿上七里格的靴子[①]，走遍世界各地，人人都心满意足他才放心。今晚的场面会有什么意义重大的事，主教大人是心中无数的。这便是他品行上的最突出的特点。他态度干脆，精神饱满，性情快活，和蔼可亲，动作利索；然而他头脑的简单，着实令人吃惊!

那律师大人悄悄地走过来，用他最最客气的话语询问主教大人的太太玉体是否康健。主教大人的太太说来也有点不巧，正值坚信礼，得了感冒，然而也仅此而已，其他一切都好。主教大人的公子也很好。他们小两口子带着孩子，在乡间履行牧师职责。

巴纳克尔议员合唱队的代表随后也光临了，接着到的是莫多尔先生的医生。那律师大人，无论他当时是在与什么人闲谈，也无论他正在闲谈什么，他的目光，他的双片眼镜，总留出一点儿，注意从门口进来的每一个人，他用非常巧妙的方式悄悄来到他们面前，然而又不

---

① 见欧洲童话《小矮人》。只有拇指大小的主人公得到一双七里格(一里格约合三英里)的靴子，步幅惊人，可日行千里。

让人察觉他的举动，站在陪审团每一位先生面前，找他们各自最关心的话题闲谈。倘若是巴纳克尔议员合唱队中的某些人，他说起那个睡眼惺忪的议员便哈哈大笑，那议员那天晚上到了议会外面的走廊里，投错了票；倘若是别的人，他便悲叹当时的改革精神，这种精神甚而至于对公益事业及公益金表现出很不自然的关心，而要遏制它又谈何容易；见到了医生，他又简要地说上几句关于一般医疗卫生的事；他还向他请教了一点有关一位专业人士的事，那是一个有毋庸置疑的渊博学问和高尚举止的人——不过，这些用最漂亮的言词说明的个人情况介绍，他认为也可以用来说明医术方面的别的教授（陪审员的低沉声调）——前天他正巧需要此人出庭作证，经向他反复追问之后了解到，他声称自己是这一新疗法的倡导者之一，在律师大人看来，这种新疗法是——呃？——唔，律师大人想来是如此；律师大人心里想，也希望，医生会告诉他说是如此。医生们有分歧的地方不要擅自下结论，并把这件事看作是一个常识问题，而并非具有所谓法律深度的问题，倘若如此，在律师大人看来，这一新疗法便是——他能否当着如此伟大的医学权威的面说——“吹牛皮”？啊！受到这样的鼓励，他便壮大胆子了，他敢于说是“吹牛皮”；此刻律师大人放下心来了。

泰特·巴纳克尔先生此时已经到场了，他就像塞缪尔·约翰逊博士的著名熟人①一样，脑子里只有一个想法，而这个想法又是错的。这位杰出的绅士与莫多尔先生坐在炉火映照下的黄色长榻上，不同的

---

① 似指哥尔斯密（Oliver Goldsmith，1728—1774）在《威克菲尔牧师传》出版前与英国词典编纂家、大文豪、批评家塞缪尔·约翰逊博士（Samuel Johnson，1709—1784）的结识，见勃士威尔《约翰逊博士传》。勃士威尔写道，哥尔斯密曾对他说，他的小说（即《威克菲尔牧师传》）卖了四百英镑，其实，这部小说是约翰逊博士好说歹说才与书商定下了六十英镑，并用这钱给哥尔斯密付了房钱；当时他并未成名。

坐相，两副沉思的面孔，相互之间也没有交谈过一句话，模样儿酷似对面墙上挂的奎普[①]画里的两头母牛。

就在这时，台西默斯勋爵驾到了。总管家到此时为止，很有节制，通常所起的作用只发挥一部分，只是望着进来的宾客(而且与其说欢迎，不如说是蔑视)，然而此刻他却一反常态，与勋爵大人一起上了楼，并禀报大人驾到。由于台西默斯勋爵是一位极有势力的贵族，因此，下院那位腼腆的年轻议员，见勋爵大人进来便闭起了双眼，他是巴纳克尔家族抓到的倒数第二条鱼，他是应邀在这个场合纪念他的被捕获的。

然而，台西默斯勋爵见到议员很高兴。他也很高兴见到莫多尔先生，很高兴见到主教大人，很高兴见到律师大人，很高兴见到医生，很高兴见到泰特·巴纳克尔，很高兴见到议员合唱队，很高兴见到他的私人秘书费迪南德。台西默斯勋爵尽管是天底下最伟大的人物之一，然而要他做出巴结讨好的样子却并不出色，费迪南德甚至教他见了那里的人都要打招呼，同时要说见了他们很高兴的话。勋爵大人经历了这一阵兴奋与谦恭之后，静下心来进入了奎普式的画面，成了这一组里的第三头母牛。

律师大人觉得他已经对陪审团的所有其他成员非常了解，现在该抓住他们的发言人，于是，他立即悄悄地走过来，他的双片眼镜拿在手中。律师大人把天气作为与官场的谨慎无丝毫牵连的问题，提出来供陪审团发言人考虑。那律师大人说道，他听人家说(正如大家总能听到人家说的那样，尽管是谁说的，为什么要这样说，将永远是个谜)，今年吃不到水果了。台西默斯勋爵没听说他家的桃树有什么毛病，不过，他倒认为，倘若他的家人说的话不错，他就吃不到苹果

① 奎普(Cuyp，1620—1691)，荷兰画家。

了。没苹果？律师大人是一脸的惊讶与焦虑。实际上，即便地面上一个苹果也没有，对他来说，也仍旧是一回事，然而，他对这个苹果问题表现出的关切，的的确确是痛苦的。呃，台西默斯勋爵，这事——因为我们爱找麻烦的律师喜欢打听消息，永远也说不清这会对我们有多么大的用处——台西默斯勋爵，这事该归咎于什么呢？台西默斯勋爵倒不敢就这个问题提出什么理论说明。倘若是别的人，这样的回答就会叫他无话可说了；然而那律师大人仍旧兴趣盎然，一味追问道："那么，梨子呢？"

那律师大人当了多年的检察总长之后，人们还说起他这一绝招。台西默斯勋爵回忆起一棵梨树的故事，这棵梨树从前是种在伊顿公学[①]他的女舍监家后屋附近的花园里的，他一生唯一的笑话多年来便一直在这棵梨树上。这是个简洁而易传播的笑话，笑话之成为笑话，在于伊顿梨子与议会对子[②]间的差别；可是，关于这个笑话，倘若缺乏对这种树的彻底、深刻的了解，而要体会其中的高雅情趣，这在台西默斯勋爵看来，似乎是无法办到的。因此，先生，历史起初对于这样的一种树一点也不了解，渐渐地在冬天找到了这种树，帮着它越过了一个个季节，看到它发芽了，看到它开花了，看到它结果了，看到果实成熟了，总而言之，那样精心勤劳地把这棵梨树培育成之后，才爬出卧室的窗口偷了它的果实，因此，那些没有赶上时候的听众非常感谢，这棵树是在台西默斯勋爵进校之前就种下的，是在那以前接枝的。律师大人全神贯注，焦虑地倾听这些梨子经历的沧桑，这焦虑的

---

① 伊顿公学(Eton College)在伦敦以西伊顿城，是培养英国政界人材的中学，一四四一年为英王亨利六世所创建。

② 原文伊顿梨子的"梨子"(Eton pears)与议会对子的"对子"(Parliamentary Pairs)这两个词同音，故如是译。所谓议会对子，指议会中事先商定同时弃权的两派议员。

心情早已压倒了他对苹果的关切，从台西默斯勋爵严肃地以“你说起梨子倒使我记起了一棵梨树”这句话开头的那一刻起，到他说完“就这样，我们经历了人生的一个个变迁，从伊顿梨子转移到了议会对子”这句含义丰富的结束语时止。那律师大人当时是那样全神贯注，他只得跟着台西默斯勋爵走下楼梯，甚而至于就在他的旁边就座，为了将这故事听完。到了这个时候，那律师感到他已经完全掌握那个发言人，他也可以津津有味地入席了。

这是一个令人垂涎的筵席，虽然他毫无食欲。摆满桌子的珍馐美味，做得华丽，摆得也华丽；最上等的水果；最最浓郁的酒；精巧奇妙的器皿，有金的，有银的，有瓷的，有玻璃的；无数东西，尝一口是鲜的，闻一下是香的，看一眼是美的，一件件凑在一起，摆成这筵宴。啊，这个莫多尔是个多么奇妙的人，多么伟大的人，多么了不起的人，多么幸福、多么令人羡慕的人——归结起来一句话：多么富有的人哪!

他吃的依旧是平日的菜，花十八个便士的粗食，依旧与平日一样，吃了也不消化，奇妙的人都是一个样，他也没有什么话要说的。幸好台西默斯勋爵与那些崇高的人物是一样的，旁人都没有必要去找他们闲谈，因为他们随便什么时候头脑里也不会闲着，总是在思量自己的伟大。他们的相对无言倒叫那腼腆的年轻议员两只眼睛一下可以睁好久，把面前的菜都看清了。可是，每当台西默斯勋爵张开嘴巴说话时，年轻议员便又将两只眼睛闭起来。

那个讨人喜欢的小巴纳克尔，还有那律师大人，他们两位是筵席上的饶舌者。主教大人本来也是可以非常讨人喜欢的，可是他头脑的简单妨碍了他，叫他可爱不成。他很快便被甩在后面了。倘若关于秘密地进行的什么事情略有暗示，他立即便懵懂了。世间俗事对他来说太深奥了，他一点儿也弄不明白。

例如，那律师大人曾顺便说过这样的话，他感到非常高兴，听说我们不久将稳稳当当地受益于地地道道的与明明白白的聪明才智——并非表面的与故意卖弄的聪明才智，而是完全地道、实在的聪明才智——我们的朋友斯巴克勒先生的聪明才智。

费迪南德·巴纳克尔笑出声来，并且说哦不错，他也觉得是这样。投票毕竟是投票，总是欢迎的。

莫多尔先生，律师大人深感遗憾，今天没有能与斯巴克勒先生见面。

“他与莫多尔太太一起到国外去了，”那位先生出神地坐着，拿大汤匙在袖子上擦，这时慢慢地从他那长时间的凝神冥思中惊醒过来，接过那律师大人的话说道。“也并不是说他非得到场不可。”

“有了莫多尔这个富有魅力的大名，”那律师大人以陪审员的低沉声调说道，“毫无疑义，对所有的人来说已经够了。”

“呃——对——我看是的，”莫多尔先生表示赞同地说着，并将那大汤匙放在一旁，两只手很不雅观地插到了外套的袖口里。“我相信，那边，在我的控制范围之内的人是不会有什么异议的。”

“都是模范选民！”那律师大人说道。

“我很高兴你对他们表示赞许，”莫多尔先生说道。

“那么，另外两个地方的那些人，”那律师大人继续说道，他目光略微朝坐在他旁边的高尚人物移了一下，锐利的双眼晶亮闪烁，“我们律师总是好奇，总爱管闲事，总爱搜集点点滴滴的情况，以聊补杂家头脑所了解情况之不足，因为，你无法确切了解何时、何地这些点滴情况可能在哪个角落里起点作用；——另外两个地方的人，呃？他们如此值得称道地服从具有如此般胆量、如此般声望的巨大影响，与日俱增的影响；那些涓涓细流是被壮丽的大河，也就是那些沿着令人惊奇的河道流淌，并造就了周围的沃野的激流如此平静地、轻易地吸收，就仿佛是受到了自然规律的影响一般；因此，那些涓涓细流，其流向完全在掌握之中，并能清晰地对其作出预报，情形是不是这样呢？”

那律师大人的滔滔不绝，使莫多尔先生颇有点心烦意乱了，只见他不停地抬起头来盯着他旁边的那只盐罐，过了一会儿他支支吾吾地说道：

“他们心里，先生，对于自己对社会的责任是完全明白的。我为了那个目的派给他们的人，都会当选的。”

“真叫人高兴，”那律师大人说道。“真叫人高兴。”

此处说及的三个地方，是这个岛国的三个名存实亡的小地方，包括三个很小的偏僻选区，那里的人愚昧无知，整日酗酒，醉醺醺的，肮脏不堪，原先是选举人虽少，议会里仍有代表的地方，现在则成了莫多尔操纵的选区。[①]费迪南德·巴纳克尔还是他那从容不迫的样子，哈哈地笑起来，并且轻描淡写地说，他们是一群很可爱的人。那主教大人，茫茫然的样子，完全沉浸在冥想中，思想在平平静静的道路上徜徉。

“请问，”台西默斯勋爵问道，目光扫视在座各位，“我听人说，有一个人在债务人监狱里蹲了很多年，结果倒是个富人家出身的人，还继承了一大笔的钱，这是怎么回事？我听说过好多年了，一人一个说法。这件事你知道吗，费迪南德？”

“我知道的只有这么一些，”费迪南德说道，“即他找过我有幸与之有联系的那个部，”这个聪明伶俐的小巴纳克尔脱口而出，随便地

---

① 英国议会一八三二年通过了“议员选举修正法案”（Reform Bill），废止了“名存实亡”（rotten）的选区与“一人或一个家族操纵”（pocket）的选区。其实，到了一八五六年，虽没有秘密投票，腐败现象依然猖獗。

说了一句这样的话，仿佛是说，这样的一些套语我们是很熟悉的，可是我们也得叫它维持下去，我们也得叫它保持生气勃勃的样子；“没完没了的麻烦，弄得我们一回回地狼狈。”

“狼狈？”台西默斯勋爵重复了一句，并且停顿了一下，揣摩着这个词儿，态度十分庄严，致使那腼腆的议员把两眼闭得紧紧的。“狼狈？”

“确实是一桩令人十分为难的事，”泰特·巴纳克尔先生说道，表现出一副非常严肃的恼怒的样子。

“他的事情，”台西默斯勋爵说道，“是什么性质的；这些——呃——狼狈样子又是怎么回事，费迪南德？”

“哦，说是故事，那的确是个故事，”那人回答道；“这类故事有多离奇，它便有多离奇。这个杜丽先生（他姓杜丽），在许多许多年以前，仙子还没有走出银行，把大笔财产交给他的时候，曾为履行一项后来其实并没有履行的合同签过一个契约，在这个契约的约束下，他就承担了对于我们的责任。他当时是一家大商行的股东——经营酒呀，纽扣呀，葡萄呀，鞋油呀，麦片呀，羊毛呀，猪肉呀，风纪扣呀，铁器呀，糖浆呀，鞋子呀，各种各样凡是部队、海员那样的人要用的都有——后来商行破产了，由于他们债权人也包括我们，拘押状以国王的名义，用科学的方式发出了，如此等等。等到仙子下凡，他要把债务向我们还清，哦，天哪，要说什么叫核查、复核，什么叫签字、连署，那就看我们那个忙不停的样子吧，我们花了六个月的时间才弄清楚该收多少钱，该怎么开收据。这真正是公务的一大胜利，”这个漂亮的小巴纳克尔畅怀笑着说道。“你一辈子也没见过这么多的表格。‘唉，’一天，律师这样对我说，‘要是我想叫这个部付两三千英镑给我，而不是收，我也绝不会有这么多的麻烦的。’‘说得对，老兄，’我对他说，‘今后你就会知道，我们这儿是有事可干的。’”那讨人喜欢的小巴纳克尔说完之后又畅怀笑了起来。他确实是个无拘无束、讨人喜欢的人，他的举止态度非常地可爱。

泰特·巴纳克尔先生对此事的看法便不那么轻快了。他对于杜丽先生借偿还债务之机打扰了拖拖拉拉部一事，心中很有些愤愤的，并且认为，在过了这么多年之后再来偿还债务是太随便了。然而，泰特·巴纳克尔可是个一排纽扣紧紧扣到头，卡着喉咙心里有话出不了口的人，因此，他是个神态庄严的大人物。凡是不善于表态的人，都是神态庄严的大人物。凡是不善于表达的人，都是人人信赖的人。无论储存起来、从不使用的解纽扣的能力是否使人类着迷；无论纽扣紧扣，智慧是否便浓缩、增多，纽扣解开，智慧是否便挥发；然而，赋予了庄严神态的那个人是个纽扣紧扣，不善于表达的人则是确凿的。人们决不会说泰特·巴纳克尔先生享有目前这样的身价的，除非他总是将外衣上的一排纽扣紧紧地一直扣到他那白色领结为止。

“请问，”台西默斯先生说道，“达丽先生——还是杜丽先生——是否有子女呢？”

主人见没有人答应，便说道：“大人，他有两个女儿。”

“喔！你与他熟悉？”台西默斯先生问道。

“莫多尔太太与他熟悉。斯巴克勒先生也跟他熟悉。其实，”莫多尔先生说道，“我倒觉得，爱德蒙·斯巴克勒对其中一位小姐很有好感。他很容易动感情，而且——我觉得——这倾慕之心——”说到这里莫多尔先生住了嘴，眼睛望着桌布：他平日总是这样，见有人注意他或者听他说话，他便两眼只盯着桌布。

那律师大人异乎寻常地欣喜，莫多尔家与那个家庭现在已经有了往来。他压低嗓门，对桌子那边坐着的主教大人坦白说道，这是“物以类聚”所依据的那些自然法则的一种类推例证。他将富有吸引富有的这种吸引力看作是极为有趣、极为奇怪的性质——模模糊糊地与磁力、重力相关的性质。在人们议论这个问题的时候，那主教大人已经徜徉归来，悠然回到地上，他表示了赞同的意见。他说，对上流社会来说的确非常重要，一个人在处于一个尴尬处境，即出乎意料地发现自己在这社会中被赋予了一种力量，而无论这种力量对社会是好抑或是坏，他竟然可以说是与更加合法、更加强大的优胜力量融合在一起了，这种力量的影响(如同设宴款待我们的这位朋友所具有的)常常是在与上流社会的最大利益相一致的情况下产生的。因此，我们看到的并不是相互匹敌、相互竞争，一强一弱的两支火焰，各自都放出火红的、摇曳不定的光，我们看到的是一道混合、柔和的光，它那暖和的光线在整片国土上散发出宜人的温暖。那主教大人对于自己的论证似乎非常得意，讲得非常地详尽；那律师大人当时(并不想丢弃一个陪审员)则装出拜倒在他的脚下，聆听他的教诲的样子。

由于筵席加甜点持续了三个钟头，那腼腆的议员遮在台西默斯勋爵的影子里，因此，虽然他吃了、喝了，但是，他身体冷得快，暖得慢，他在筵席上一直是冷飕飕的。台西默斯勋爵宛如矗立在平展展的原野上的一座高塔，似乎高高伸出在桌布上，遮挡了尊敬的议员的光线，冻得尊敬的议员刺骨地冷，使他产生了一种可望而不可即的悲哀感。当他请这位不幸的旅行者举杯喝酒时，他踏着蹒跚的脚步，投下了最最阴暗的黑影；当他说“先生，祝你健康！”时，他的周围是一片萧瑟与荒凉。

终于，台西默斯勋爵手端着咖啡杯，开始在画像中间徘徊，使得人人心中萌生了有趣的猜测，不知他会不会停止徘徊，让弱小的鸟儿飞到楼上去；然而待到他朝着那个方向展开他那壮丽的翅膀，小鸟儿才得以如愿。在迟疑了片刻之后，他又张开翅膀伸了几下，然而并没有飞走，而是凌空翱翔，落到客厅里。

这时候，出现了一个令人不知所措的局面，每逢特地请两个人来赴宴，以便坐在一起商讨商讨，总是出现这样的局面。人人（除主教大人之外，因为他毫无疑心）都心里有数，摆这个筵席请人来吃喝，是特地为了让台西默斯勋爵和莫多尔先生坐在一起谈上五分钟。如此精心筹备的机会现在来了，从这个机会来到的那一刻起，似乎就让人觉得，仅仅依靠人的智巧，要叫这两个头领呆到同一个屋子里去是没法子办到的。莫多尔先生与他那个高贵的客人一个在东、一个在西，各自徘徊，说什么也不肯走到一起来。那可爱的费迪南德要引台西默斯勋爵到莫多尔先生身边来观赏那些青铜马，然而没有如愿。接着是莫多尔先生有意回避，走开了。他要叫莫多尔先生过去给台西默斯勋爵讲解那些举世无双的德累斯顿[①]花瓶的来历，然而没有如愿。接着是台西默斯勋爵一面在鼓起勇气，一面又有意回避，走开了。

“这种事情你碰到过没有？”费迪南德一回回的尝试都没有结果，便这样问那律师大人。

“见得多了，”律师大人回答道。

“非得我来硬拖一个，你硬拖另一个，都拖到一个确定的角落去，”费迪南德说道，“否则，怎么也办不成事情的。”

“好哇，”律师大人说道。“你不在意的话，我来拖莫多尔；我可不去拖爵爷。”

正当律师大人左右为难的时候，费迪南德笑出声来了。“两个人都见鬼去吧！”他一面说，一面看看表。“我想走了。他们到底为什么不能走到一块儿来呢！两个人都明白他们要想得到什么，想要干什么。你瞧他们两个！”

他们两个人依旧是一个在东、一个在西，各自徘徊，都那样荒唐可笑，装出谁也没有将对方放在心上的样子，然而他们的真实想法都

---

① 现为德国东南部一城市，位于易北河上，产陶瓷。

写在各自的脊背上，这种荒唐样子要说可笑，真是最明白不过的了。那主教大人刚凑到律师大人与费迪南德那儿三人一块儿说话，然而，他头脑的简单又致使他插不上话去，又叫他懵懂了，这时，只见他走到台西默斯勋爵那里，想凑上去说话。

“我看，我得找莫多尔的医生来稳住他，”费迪南德说道；“而我自己得把我那个卓越的本家抓住，办得到便来软的——办不到便来硬的——定叫他来碰个头。”

“既然你看得起我，”律师大人带着那最最狡黠的笑说道，“要我助上菲薄之力，我当然欣然效劳。我认为这不是一个人所能完成的。不过，倘若你能将爵爷稳住在最里面那间客厅里(此刻他在里面兴致正浓呢)，那么，我一定把我们亲爱的莫多尔引到你们面前，绝不会再走开的。”

“一言为定！”费迪南德说道。“一言为定！”律师大人说道。

律师大人抓住双片眼镜的带子得意洋洋地晃着，对众陪审得意洋洋地用低沉的声调说着，同时用前所未闻的偶然方式出现在莫多尔身旁，于是他紧紧抓住这个机会，提起了一件小事，特别希望莫多尔凭他的实践知识，给予指教，这时候的律师大人看上去是个奇人，一副煞有介事的样子。(说罢他便挽住莫多尔先生的胳臂，小心地拉着他就走。)是一位银行家的事，我们不妨称他为A.B.，他预支了数目相当可观的一笔钱，我们假定是一万五千英镑，给他的客户或称顾客，照他的称呼即P.Q.，(此时，他们正朝台西默斯勋爵走去，他紧紧挽住莫多尔先生。)作为对偿付这项给予这位我们假定是一个寡妇的P.Q.的预支款的担保，A.B.手中握有一纸完全保有的地产——我们不妨称之为布林吉特·多得尔斯——的地契。现在的问题是这样的。关于布林吉特·多得尔斯森林的砍伐、整枝问题，其有限权利属P.Q.之子，当时已成年，他，我们不妨称之为X.Y.——可是说这些真太无聊了！当着台西默斯勋爵之面，为留住主人像切干草似的尽说那些法律方面的枯燥无味的话，这实在是太无聊了！下次再找机会说吧！律师大人真后悔极了，一句话也不想再说了。能否请主教大人给他说上几句话？（他此刻拉过莫多尔先生在长沙发上坐下，与台西默斯勋爵并排，现在他们可以谈了，否则便时乎时乎不再来了。）

此时，除了那总是丝毫没有领会发生了什么事情的主教大人之外，其余的宾客都是异常兴奋、异常关切的样子，在隔壁客厅里凑在一起，围坐在炉边，装作无拘无束地闲谈许许多多琐事似的，而人人都是心不在焉，大家的思想与目光却都偷偷地溜到了那两个躲在一旁的人。议员合唱队格外地紧张，也许是生怕什么好事从他们身上转移而胆战心惊的。只有那主教大人一人沉着镇静，不紧不慢地说着话。他是在与那大名鼎鼎的医生谈放松喉咙的问题，这是年轻的助理牧师太会犯的毛病了，还谈及如何缓解牧师中非常流行的这种毛病的办法。那医生一般来说总是认为，避免这种毛病的上策是，在你确定以朗诵为职业之前，先要懂得如何朗诵。那主教大人将信将疑地说，他是否真的这样认为？那医生说，毋庸置疑，他是这个意见。

在此同时，费迪南德是客人中唯一留在外围作战的人；他大致是处于围坐炉边的人与并排坐在一旁的人的中间，仿佛台西默斯勋爵是在给莫多尔先生动一个外科手术，或者莫多尔先生在给台西默斯勋爵动一个外科手术，随时都需要他去包扎伤口也未可知。实际上，过了一刻钟，台西默斯勋爵便叫了他一声：“费迪南德！”他过去坐下来，在商讨会上又坐了五分钟。接着便听得议员合唱队里传出了没有完全放开的惊叫声，因为，台西默斯勋爵起身告辞了。又由于费迪南德的辅导，要他做到深得人心，他与在场的宾客一一握手，态度十分洒脱，甚至还对那律师大人说了一句：“我希望我的 Pears 的故事没有叫你厌倦吧？”律师大人听后答道：“大人，是伊顿梨子呢，还是议会对子

爱国商讨会

呢？”很干脆地说明，他已领会了这个笑话的意思，并且隐隐约约地表示，他在有生之年里，决不会把它忘却的。

泰特·巴纳克尔先生胸口满载着庄严与神气，接着告辞了；再下来告辞的是费迪南德，去看歌剧。其余的人有的又呆了一会儿，坐在嵌银的桌子边，手握着倒了金色的甜酒的杯子，戴着的戒指已经黏糊糊了，抱着一线希望，愿莫多尔先生能说些什么话。然而，莫多尔先生依旧与平日一样，在他的客厅里走过来，又走过去，懒洋洋的，茫茫然的，一句话也不说。

过了一两天之后，全城宣布了一则任命，举世闻名的杰出的莫多尔先生的妻子的前夫之子，爱德蒙·斯巴克勒先生，被任命为拖拖拉拉部的又一名大臣；并且已经告示所有忠实的信徒，应该吹起喇叭，欢呼这一任命，将这一任命看作是端庄、仁慈的台西默斯对于一个伟大的商业国家里永存的那个商业利益，所作出的端庄、仁慈的敬意表示——如此等等，不一而足。因此，在体现政府敬意的这一表示的支持之下，那奇妙的银行，以及所有其他的奇妙事业，发达了，兴旺了；一个个惊讶地张望的人来到坎汶迪希广场哈莱大街，就是要看一眼这有才干的神童居住的房子。

那些惊讶地张望的人，看见总管家在需要表现出谦恭态度的时候，站在客厅门口望着外面，他们便说，瞧他多么地富有，不知他在那奇妙的银行里存着多少钱。然而，倘若这些人能对那可敬的复仇女神①有进一层的了解，他们便不会对此感到惊诧了，对于钱的数目也会说得不多不少，非常地恰如其分了。

① 见希腊神话，亦即报应女神，在她面前善有善报，恶有恶报。

第十三章

流行病的蔓延

制止精神疾病的传染，至少是与制止人体疾病的传染同样困难的；这种疾病会像瘟疫那样毒害极大，速度极快地传播；一旦传开之后，它的传染便不分什么职业，不分身体条件，概莫能外，它会抓住身体最强壮的人，它会在最不会得病的人身上暴发；这些都是经验牢固地认定的事实，诚如我们人需要呼吸一样。倘若那些感染了疾病的人，即那些因其体弱或因其恶习让这些恶性疾病乘虚而入的人，在毒害尚未传播的时候，能立即被抓起来，关在与外界隔绝的地方（姑且不说迅速地将他们闷死），那便是给人类带来了不可估量的幸福。

正如一堆大火熊熊燃烧时，会使空气中充满轰隆声，直至很远的地方，因此，影响巨大的巴纳克尔们扇起来的神圣的火焰，也使空气中越来越响亮地回荡着莫多尔这个名字。这个名字挂在每一个人的嘴上，这个名字送进了每一个人的耳朵。过去没有出现过莫多尔先生这样的一个人，从来没有出现过，今后也决不会再出现这样的人的。前面我们已经说过，谁也不知道他有什么功劳；然而谁都知道他是世间最伟大的人物。

伤心园那个地方，是个半便士的铜币也不会乱花的地方，在那个地方，人们对于这个万民之灵的关心，与证券交易所里的人一样，非常地强烈。普罗尼希太太现在伤心园的上等地带，就在石阶的顶上，开了一家小巧的商店，经销日用小杂货，做些一般的小买卖，还叫她的瘦小老父亲和玛吉做个帮手，她老是靠在柜台上与顾客聊天，没完没了地尽说他的事。普罗尼希先生在附近一个小型建筑公司里入了小小的一股，他无论是站在脚手架的顶层，还是站在屋顶的瓦片上，手拿泥刀，总说，人家真告诉他了，只有莫多尔先生，知道吗，才能叫咱们一个个眼睁睁盼的一件件事情都舒舒贴贴的，才能叫咱们一个个都跟心里想的一样，平平安安地回家去，知道吗，太太平平的。普罗尼希先生和普罗尼希太太家仅有的一位房客，施洗先生，在伤心园人的窃窃私语中是很出名的，都说他过着清苦的生活，省吃俭用攒下的钱，都投资到莫多尔先生的一家企业里去了。伤心园的女人们，她们到小店里来买茶叶不过几个盎司，可是要说的话倒有一英担，她们告诉普罗尼希太太说，太太，她们的表妹玛丽·安是做衣服的，她说了，他的太太呀，做的衣服要装三马车呢。她很漂亮，太太，比得上天底下随便哪个地方的人，胸衣硬衬跟大理石似的。还说，照她们听到的看来，太太，是她为前夫生的儿子到政府里面做官去了；他当过将军，还指挥过部队，打过胜仗，要是你听到的话都可以相信的话。还听说有这样的事，莫多尔先生说过，要是他们要叫他把整个儿政府都买下来，他什么好处也不要就会买下来的，不过他不肯这么做，去蒙受损失。还说，太太，别以为他这么做了会有什么损失，因为他的路呀，你一定会说，没有一句假话，都是用金子铺的；不过嘛，也怪可惜的，后来也没有做出什么漂亮的事情来，让他好真的把它买下来；因为，是他们，也只有他们知道面包和鲜肉涨的价，是他们，也只有他们知道，两样东西都可以，也一定会跌价的。

狂热在伤心园那样猖獗，那样厉害，就连潘克斯先生的收租日也没有使病人的狂热间断。到了这样的时候，那疾病便换了个奇怪的症状，让感染了疾病的人依靠叫唤那个具有魔力的名字，寻找不可思议的借口与安慰。

“喂，行了！”潘克斯先生会对拖欠房租的人这样说道，“付房钱吧！喂！”

“我家没钱，潘克斯先生，”拖欠房租的就这样回答。“我说我身边连一枚六便士的银币也没有，先生，那说的都是实话。”

“那也不行，你知道，”潘克斯先生就这样回答他。“你总不会希望这样能行吧，你说呢？”

拖欠房租的人就垂头丧气的，承认“是这个话，先生”，不会抱这种希望的。

“我家主人是不要听这种话的，你知道，”潘克斯先生接着便这么说。“他叫我来不是要我来听这句话的。行了！付钱吧！”

那拖欠房租的人便答道：“哦，潘克斯先生。要是我是那个人人嘴上都挂着他那名字的富人——要是我姓莫多尔的话，先生——我马上就付，很高兴付房钱给你。”

讨价还价说房租的事一般总是在门外或者伤心园入口进行的，旁边总站着几个兴致勃勃的伤心园的人。他们听到这样的一句话的时候，总是喃喃地低声附和，仿佛这样说话很令人信服；至于那个拖欠房租的人，不管先前是怎样地茫然若失，怎样地惴惴不安，然而这句话一说出了口，他总是颇有点高兴的样子。

“先生，要是我就是莫多尔先生，你也不会说我的不是了。你放心，是这么回事！”那拖欠房租的人会晃一下脑袋继续说道。“要是那样我早付房钱了，潘克斯先生，也用不着你开这个口了。”

这时候旁边听的人又会附和他，意思是说，要他把话说得再公允一点是不可能的，话说到这一步，简直同交出房租来没有什么两样的。

潘克斯先生此时也只得一面记下那人的名字，一面说道：“行啊！那就让经纪人来，撵你出去；你就等着吧。跟我说什么莫多尔先生不管用。咱们都一样，谁都不是莫多尔先生。”

“对，先生，”那拖欠房租的人便会回答道。“我只不过愿你是他，先生。”

站在一旁的人便会立即附和：很同情地答道：“只不过愿你是他，先生。”

“要是你就是莫多尔先生，你就更好说话了，先生，”那拖欠房租的人就说，兴致越加高了，“各方的人都有好处。我们有好处，你也有好处。那样一来呀，先生，你也用不着找哪一个人的麻烦了，先生。你就用不着找我们的麻烦了，你就用不着自己找自己的麻烦了。你心里头就会轻松得多了，先生，你也就会让别的人轻松了，你会的，要是你就是莫多尔先生的话。”

这一番与个人毫不相干的恭维话，说得潘克斯先生禁不住羞怯起来，他这样被人数落之后一直未能恢复元气。他只会啃指甲，呼哧呼哧地走开，去找第二个拖欠户。他刚才丢下的那个拖欠房租的人，四面围了随声附和的伤心园人，他们当中在传播荒唐、怪诞的谣言，莫多尔先生的零用钱有多少，一个个听了感到极大的宽慰。

潘克斯先生经历了许多个收租日，也碰了许多回钉子。有一个收租日，收了一天的房租，也是这样碰了一个钉子之后，潘克斯先生腋下夹着他那个笔记本，摸到普罗尼希太太小店那个角落。潘克斯先生的目的倒不是为了专门的事情，而是串串门罢了。他过了难熬的一天，想稍微快活快活。这个时候，他已经与普罗尼希一家交上了朋友，差不多也是这样的季节，他常常到他们家坐坐。大家说起杜丽小姐的时候，他也总是有好多话说。

普罗尼希太太小店的客厅是在她亲自监督下布置的，靠店堂的那一面，还来了一点创造，普罗尼希太太对此真有说不出的高兴。客厅的诗意之浓重在于客厅的墙壁漆得像一座茅屋的外部；那位画家还用了真的门，真的窗，为了要与门、窗大小极不相称这一点一致起来，他采用了效果极好的手法。并不艳丽的向日葵与蜀葵，画得非常茂盛，在这所村舍里长得郁郁葱葱，烟囱里升起了一股浓烟，说明屋里有好酒好菜，也可能是烟囱近来不曾扫过。画里还有一条忠实的狗，从门槛里奔出来，跑到了那常客的脚边；花园木栅栏里面竖着一座圆形的鸽舍，四周满是鸽子。门上（关着便能看到）有黄铜名牌模样的东西，名牌上写的是“快活村，托·普罗尼希与玛·普罗尼希”，这合股关系，说明他们是夫妻。什么诗歌，什么绘画，它们给予人的想象的魅力，都不及这所仿制的别墅名牌上两个名字的结合那样叫普罗尼希太太陶醉。普罗尼希放工回家，总习惯靠在这别墅上抽他的烟斗，这时候他的帽子便遮没了那鸽舍以及围满鸽舍的鸽群，他的脊背掩盖了那所村舍，插在口袋里的两手便毁了这姹紫嫣红的花园，使邻近的乡村变成了荒野，在普罗尼希太太看来，这些都是无关紧要的。对普罗尼希太太来说，它依旧是一座美丽的别墅，一种妙不可言的假象；普罗尼希的眼睛比茅屋山墙卧室还高出几英寸，也没有什么关系。走出别墅关上门，来到店堂，听着父亲在别墅内唱着歌，对普罗尼希太太来说纯然是一首牧歌，是黄金时代的再现。其实，倘若这个闻名的时代果真再现，或者果真存在过，这样的时代是否就能造就出比这个可怜女人更值得衷心赞美的儿女，恐怕仍有疑问。

店门上的铃的叮当声提醒了普罗尼希太太，有客人到，她便走出“快活村”看看来的会是谁。“我猜准是你，潘克斯先生，”她说道，“因为正是你晚上该来的时候了，对不对？你瞧，爸爸来了，他听见门铃声就出来招待了，像个手脚麻利的小伙计。你瞧他气色好吗？爸爸见你来了比见了顾客还要高兴呢，因为他就爱聊聊天；要是给他说说杜丽小姐，那他就更乐了。你从没听见过他有像现在这么好的嗓子，”普罗尼希太太说道，她自己的声音在颤抖了，她感到那样自豪，那样欣喜。“他昨儿晚上给我们唱斯特莱芬了，唱得那样动听，把普罗尼希都从椅子上唱得站起来，扶着桌子一本正经地讲了话，

‘约翰·爱德华·南迪，’普罗尼希对爸爸说，‘我从来没有听您唱颤音唱得像我今晚听到的这样。’不过，潘克斯先生，真叫人高兴的，你说是不？”

潘克斯先生见了那老人已经用他最友好的方式，呼哧过几声了，这时听了普罗尼希太太的话又作了一个肯定的答复，并且漫不经心地问，那个乐呵呵的“Altro”老弟是不是回来了？普罗尼希太太回答说没有，还没有，虽然他到西端[①]，带了他的雕刻品，还说好了吃茶点前就回来。于是，她便很客气地硬叫潘克斯先生到“快活村”里坐坐，他到了里屋便见刚放学回家的普罗尼希大少爷。他略微翻了翻这位小大学生一日里做的功课便发现，正在学写粗体正楷写到了M并且又是学得好的小学生，都要抄写“Merdle，Millions”[②]。

“既然咱们说到了大笔钱财，”潘克斯先生说道，“普罗尼希太太，你的生意怎么样？”

“生意真不错，先生，”普罗尼希太太接话道。“亲爱的爸爸，请您到店堂里，把窗稍微擦一擦，您的眼光好，擦完了就吃茶点，好吗？”

约翰·爱德华·南迪跑着小步出了屋子，他总是乐滋滋地听从他女儿的吩咐。普罗尼希太太在这个老人面前提起钞票的事情老是没命似的怕，生怕说漏了嘴就可能惹得他使起性子来，又回到救济院里去。她父亲一走，她也就放了心，可以把真实的话同潘克斯先生说说。

“生意不错这倒真的是老实话，”普罗尼希太太放低了声音说

---

① 即伦敦西部商业区、影剧院、饭店等集中地，亦是奢华的住宅区。狄更斯时代西端与东端（贫民窟）差距极大，西区是上流社会居住区。

② 即“莫多尔，千百万”。两个词均以M开首。在学校中，“莫多尔”这个名字已成了巨富的代名词，可见作者所谓精神疾病当时传染之猖獗。

道；“来买东西的人很多。麻烦的事情，先生，就是这赊账的事。”

这一个麻烦，大多数做伤心园居民们的生意的人都觉得大伤脑筋，对于普罗尼希太太的生意来说，这也是一块很大的绊脚石。当初她在杜丽先生的资助下开了这家店，伤心园人都颇有点兴奋的样子，对她的开店都决心拥护的，这样一来便让人性大大增添了光彩。她早就是他们这些伤心园人的一员，他们都认为她是应该得到他们慷慨地表示的感情的，因此他们都怀着极大的同情发誓要上普罗尼希太太店里购物，无论出现什么困难，决不去光顾别的店铺。由于受到这些高尚情操的支配，他们甚至一反常例到她的杂货店里来买些小奢侈品、黄油之类他们用不惯、吃不惯的东西；他们见了面都说，要是他们真破了个老规矩，难道不也是为了一个邻居、为了一个朋友吗？要不是为了一个邻居、为了一个朋友，那么，破个老规矩要为谁呢？在这种情绪的激发之下，买卖做得非常地兴隆，店里的存货以最快的速度一销而空。简而言之，只要伤心园人接过东西便付了钱，生意真也就顺顺当当做起来了；然而，由于他们到店里来只是赊，实际赚的利润还从未在账上出现过。

潘克斯先生一面思索着普罗尼希太太诉的苦，一面把头发抓得一根根都竖起来，那模样活像只刺猬，就在这个时候，那个南迪老先生带着神秘的表情又回到了别墅里，要他们出去看看施洗先生的奇怪举动。施洗先生似乎遇上了什么把他吓着的东西了。三个人都到了店堂里，透过窗子望出去，只见那施洗先生脸色苍白，神色慌张，做出以下的奇怪举动。先是见他躲在通到下面的伤心园的台阶顶上，一面朝街上东张张西望望的，并且小心翼翼地把脑袋朝店门这边探出来。在非常焦急地张望了一阵之后，他从躲的地方走出来，脚步灵活地朝街上走去，仿佛他去了就不回来了；然后他蓦地转过身来，又用同样的脚步，装出同样的姿势，朝街的另一头走去。他沿着街回头走，也没有比先前多走出几步，便穿过街，不见了人影。直至他又从台阶上下来，突然身体一扭跨进店门，说明他绕了一个不被人注意的大圈子，到了伤心园另外一头，即多伊斯-克莱南那边，穿过伤心园，冲进店堂，直至这时，他刚才最后一个举动的目的才算明白。他急忙关上店门，这时他已是上气不接下气了，那也是怪他不得的；他的心跳得比他关门时摇得叮叮当当直响的小门铃还要快。

“喂，老弟！”潘克斯先生说道。“Altro，老弟！你是怎么啦？”

施洗先生，即卡瓦莱托先生，他听得懂英语，现在已经几乎与潘克斯先生本人一样，还能够说得很好。然而那个普罗尼希太太，却自告奋勇地充当翻译，还表现出情有可原的虚荣，因为她那一点本领差不多叫她变成了意大利人。

“他要知道，”普罗尼希太太说道，“什么出毛病[①]？”

“到里面快活小别墅去，Padrona，”施洗先生接话道，手背朝外伸出右手的食指，情绪紧张地摇着，这一动作显得鬼鬼祟祟的样子。“到那边去！”

普罗尼希太太对于称她一声“Padrona”是很感到自豪的。这个称呼照她看来意思与其说是主持家政的女主人，倒不如说是会讲意大利语的大能人。她立即便同意了施洗先生的请求，他们一齐进了别墅。

“他希望你不怕，”普罗尼希太太接着说道，换了一种手法来翻译潘克斯先生的话，依旧如平日那样富有机智。“什么发生了？Peaka Padrona！”

“我看见一个人。”施洗先生答道。“我碰见他。”

---

① “他要知道(Eask know)”与“什么出毛病(What go wrong？)”均为不正确的英语，故如此译，下同。

“他？哦他？”普罗尼希太太问道。

“是个坏人。最坏最坏的人。我早就希望再也别看见他。”

“哦你知道他坏？”普罗尼希太太问道。

“没有关系，Padrona，他是个坏人我是非常了解的。”

“他看见你？”普罗尼希太太问道。

“没有。我但愿他没看见。我想他没看见。”

“他说，”普罗尼希太太然后又作了一番翻译，颇有点自负地对她父亲与潘克斯说道，“他碰见了一个坏人，不过他但愿那个坏人没看见他。——为什么，”普罗尼希太太转而又用她的意大利语问道，“为什么愿坏人不见？”

“亲爱的 Padrona，”她如此精心保护的这个矮小外国人接话道，“请别再追问。我再说一遍，没什么要紧的。我怕这个人。我不想见到他，我不想让他知道我在这里——再不让他知道了！行了，亲爱的。别想它了！”

这件事情叫他这样讨厌，把他平日乐呵呵的神情一扫而光，所以普罗尼希太太便不再追问下去：而且放在炉边铁架上的茶也已经泡了好些时候了，她更不想再多问。然而，她虽不再多问什么，心里却依然少不了诧异、奇怪；潘克斯先生也是如此，他见这个矮小的人冲进门来之后，富有意味的吐气和吸气便一直呼哧呼哧地响着，犹如火车头拖了沉重的货物爬着陡坡。那个玛吉，现在衣服穿得比以前好多了，然而依旧舍不得丢掉那顶极大的帽子，她一开头便站在大家的背后张大嘴巴、睁大眼睛，尽管这件事刚问了几句便煞了车，然而张大的嘴巴与睁大的眼睛并没有因此而缩小一点。然而，话确也没有再问下去，尽管各人心里似乎依旧有许多想法：连那两个普罗尼希少爷也不例外，他们吃晚餐的样子，似乎他们这么吃奶油面包差不多已经是多此一举了，因为最坏的人很可能马上就要进来吃掉他们，想起来真叫

猜想施洗先生见到了什么

人痛苦。施洗先生渐渐地开始轻声说上几句话；但他一直坐在门后靠窗的椅子上没有动一动，虽然他平日从不坐在那里。门铃每响一下他便会吃一惊，并偷偷地窥探，手抓住那一小块窗帘的一角，拉过窗帘来遮住自己的脸；显而易见他心里仍然很不踏实，担心他害怕的那个人会像凶悍的猎犬那样万无一失，顺着他走过的路线、绕过的弯，找上门来。

两三个顾客，还有普罗尼希先生本人，先后推进杂货店的门，把个施洗先生这样忙了一阵，弄得在场的人一个个目光都落到了他身上。茶点吃完了，孩子们也都上了床。普罗尼希太太正打算用婉转的话语提出一个尽她本分的建议，叫她父亲给大家唱一曲克洛伊，就在这时，门铃又响起来了，克莱南先生跨进门来。

克莱南近来一直埋头翻阅账本与信件；因为，在拖拖拉拉部等候室里一天天的消磨，极大地打乱了他的时间。此外，前不久在母亲家中发生的事情也使他变得心情沮丧，坐卧不安。他看上去憔悴而孤独。他自己也觉得是如此；然而，他从账房间出来回家去，还是到伤心园的这一头来转一下，想把他又收到了小杜丽的一封信的消息告诉他们。

这个消息在别墅内引起了一阵激动，把大家的目光都从施洗先生身上吸引开了。玛吉立即从后面挤到前面，她似乎真想把她的耳朵、鼻子、嘴巴、眼睛一齐儿动用起来，获取有关她那小妈妈的消息，只是她的眼睛让泪花蒙住了。克莱南要她放心，罗马有医院，医院里的人都非常和气，她听了特别地高兴。由于小杜丽信中特地问候潘克斯先生，他的声望又提高了。每一个人都是高高兴兴、兴趣盎然的，克莱南的一番苦心也有了好报。

“您太累了，先生。我给您泡一杯茶去，”普罗尼希太太说道，“要是您肯将就着到别墅里喝一点；的确，还得好好儿谢谢您呢，这么好心地把我们记在心上。”

普罗尼希先生认为，他作为主人，应该说几句他个人的感谢话，于是，他用常常表达他的礼貌与真诚相结合的最高理想的形式表示了他的感谢。

“约翰·爱德华·南迪，”普罗尼希对这位老人说道。“先生。一点也不装模作样的举动，又没有一星半点儿的傲慢，这不是您常常能够见到的。因此，您要是看见了这样的举动就应该对人表示表示感恩，因为，要是您不表示，活在世上不去感恩，结果呢，只有自己活该倒霉。”

南迪先生听了这几句话回答道：

“我是打心坎儿里和你一个想法，托玛斯，你这些高见跟我肚子里琢磨的是一个样儿的，因此上你就不要再说了，这个想法也不会再变卦的，这个想法是说这事做得好，托玛斯，做得好，这个想法你跟我都一样，大伙儿也一定会有这个想法的，要是大伙儿没有不同的想法，那就是大伙儿只有一个想法，真真实实的一个想法，托玛斯，一个想法！”

亚瑟这时说了话，但不像他们那样一本正经的，他说他只是表示了一下自己这样微不足道的一点关心，就受到了他们的高度评价，心里委实欣喜；还说，至于说请他喝茶，他还没吃晚饭，累了一整天了，准备径直回家喝上几杯，否则他早就愉快地接受这样客气的邀请了。由于潘克斯先生已经在那里开大蒸汽准备出发，他最后便问这位先生能否与他同行？潘克斯先生说这样的安排再好不过了，于是两人便离开了“快活村”。

“假如您愿意与我一起到我寓所去，潘克斯，”到了街上亚瑟这样说道，“愿意与我一起无论好坏有什么就吃一点，那简直便是一个慈善之举了；因为，我今晚又是困顿，又是烦恼。”

“别说是这样的事，”潘克斯说道，“您假如有事要办，再大的事您要我去办，我也愿意的。”

自从潘克斯先生在马夏尔西狱大院里指手划脚，对腊格先生差这差那以来，在这个怪人与克莱南之间，一种默契与协调一直在不断改善。在那一家子离开马夏尔西狱那个难忘的日子，这两个人曾经站在一起望着马车离去，马车离去之后他们又一起慢慢走开。在小杜丽寄回第一封信时，要说对她的情况表示关切的，莫过于潘克斯先生了。第二封信当时就放在克莱南的上衣胸口衣袋里，信中特地指名问候潘克斯先生。虽然他以前从未向克莱南说过什么或表示过什么，虽然他刚才说的意思，就用来表达这个意思的词语来说是很微不足道的，然而，克莱南早就有一个越来越深的信念，潘克斯先生，以他自己那种古怪脾气，渐渐地与他一脉相通了。所有这些细绳搓在一起，就使潘克斯那天晚上成了一根正合适的缆。

“我是单独一人，”亚瑟边走边说道。“我的合股人不在家，到外地我们公司的分厂去忙去了，你一切可以听便。”

“谢谢。你刚才没有对矮小的 Altro 特别留意吧？”潘克斯问道。

“是啊。怎么啦？”

“他是个机灵的人，我喜欢他，”潘克斯说道。“他今天遇上点麻烦了。你知不知道叫他心烦有什么因由？”

“你怎么会有这个想法！我一点也不知道。”

潘克斯先生说明了他问这个话的理由。亚瑟感到非常地意外，一点儿也说不出一个所以然来。

“也许你可以去问问他，”潘克斯说道，“因为他是个外国人，对吗？”

“问他什么？”克莱南问道。

“他心里想什么。”

“要问的话，我想，我先得自己留心他的确有心事藏着，”克莱南说道。“我了解他时时处处都那样勤劳，那样知恩（仅为一点小事），那样信得过，我要是这样做，似乎是在猜疑了。那样就是很不公道的。”

“不错，”潘克斯说道。“可是，嗐！你不要去做哪个人的业主嘛，克莱南先生。你想得也太多了。”

“要说这样的话呢，”克莱南笑起来，“我在卡瓦莱托身上倒没有一大股产权。他搞的雕刻也是他的生计。他保管工厂的钥匙，隔天值个夜班，笼统说起来，他充当的角色像个女管家罢了；不过，尽管我们有什么事都叫他做，但也没有多少可以发挥他的聪明才智的工作。不！我嘛，与其说是他的业主，还不如说是给他当个顾问。假如说我是他的常年律师，做了他的钱老板，那倒还实在一点呢。说起做他的钱老板，潘克斯，当今这么多人脑袋里翻腾的投机，竟然也在小卡瓦莱托的脑袋里翻腾起来，你说怪也不怪？”

“投机？”潘克斯反问了一句，并且发出一下呼哧声。“什么投机？”

“那些莫多尔企业。”

“哦！投资，”潘克斯说道。“嗯，啊！我刚才不知道你是在说投资。”

他回答之迅速，引得克莱南朝他看了一眼，而且心中狐疑，不知他的话是否还有弦外之音。然而，由于他说这句话时正巧是他加快脚步，机器相应开大了马力的时候，亚瑟也就没有追问下去，他们不一会儿也便到了他的寓所。

炉前摆了一张小圆桌，圆桌上摆出了汤加鸽肉馅饼的晚餐，还有一瓶好酒，这样一来潘克斯先生的机件都被润滑了一遍，效果好极了。因此，在克莱南取出东方烟管①，一个留给自己，一个递给潘克

---

① 可能是八到九英寸长的烟管，一端是玉烟嘴，一端是小铜烟盅，是主人公回国时在中国买的。

斯，一起抽起烟来的时候，这位先生已经是乐也陶陶了。

他们就这样默默地抽了一会烟，潘克斯先生就像一艘汽船，顺风、涨潮、无浪，所有其他的航行条件都于他有利。他先说了话。他说道：

“不错。应该叫投资。”

克莱南脸上依然是先前的表情，只说了一声“哦”。

“你瞧，我话又回到这里了，”潘克斯说。

“对。我知道你话又回到这里了，”克莱南接话道，心中却并不知其所以然。

“投资竟然把个小 Altro 的脑袋也翻腾起来，这真是件怪事，是吗？”潘克斯一边抽烟一边说道。“你刚才是不是这样说的？”

“我说的就是这个意思。”

“嗯！可你想一想整个伤心园都发热了。想一想到了收租日，随便走到哪个角落，他们一个个见了我都是这个样。不管他们是付得起也好，付不起也好。莫多尔，莫多尔，莫多尔，老把莫多尔挂在嘴上。”

“很奇怪，这些人的莫多尔热怎么会风行起来的，”亚瑟说道。

“怎么会的？”潘克斯接着说道。他又抽了一会儿烟，先前酒菜下肚之后抽起来还是津津有味的，现在已经是枯燥无味了。他又说：“因为，你知道，这些人不懂他们崇拜的对象。”

“一点儿也不懂，”克莱南表示赞同。

“一点儿也不懂，”潘克斯兴奋地说道。“数字，他们一点也不懂。钞票问题他们一点也不懂。从来没有算出答案来过。从来就没有去计算过，先生。”

“假如他们——”就在克莱南要往下说的时候，潘克斯先生面不改色地呼哧着发出一个声响，用的力气远远超出了往常用的全部力气，无论是鼻孔里的力，还是支气管里的力，都那样大，克莱南便也呆住了。

“假如他们？”潘克斯以询问的口吻重复了一遍。

“我刚才想你——说，”亚瑟说道，支支吾吾的，不知道应该把刚才打断他的话叫做什么。

“没什么，”潘克斯说道。“还没说呢。过一会儿说。假如他们？”

“假如他们懂这些，”克莱南说道，他有点不知所措，不知道他这位朋友是什么意思，“呃，我想他们就会懂得更多道理了。”

“怎么讲，克莱南先生？”潘克斯迅速问道，并且还产生了一种奇怪的效果，仿佛他现在投出来的重磅炸弹，是在他们谈话开始便已经装好了的。“你知道，他们是对的。他们原先倒没这个意思，可是他们还是对的。”

“像卡瓦莱托一样，去同莫多尔先生做投机买卖，也是对头的？”

“的的确确，先生，”潘克斯说道。“我已经去摸过情况了。我作过了计算。答案已经有了。非常稳当，是真家伙。”话说到这时，潘克斯先生大大地舒了一口气，同时尽他的最大肺活量，用力吸了一口东方烟管，他一面又是吸又是喷，一面将机灵的目光频频地投向克莱南。

在这样的时候，潘克斯先生开始将自己身上携带的危险的传染病传播开来了。这便是这些疾病[①]的传播方式；这便是这些疾病人不知鬼不觉的传播方式。

“我的好潘克斯，”克莱南加重了语气问道，“你的意思是说，我

① 作者暗指一八四九与一八五四年的流行性霍乱；并非是说霍乱是由呼吸道传染，而是说精神传染病与人体传染病一样，是在不知不觉中传染的。

们不妨举个例子，你也愿意以这样的利息把你上千英镑的钱投出去啰？”

“没错，”潘克斯说道。“我已经干起来了，先生。”

潘克斯先生又深深地吸了一口，又长长地喷了一口，又久久地朝克莱南机灵地凝视了一遍。

“我跟你说，克莱南先生，我已经摸过情况了，”潘克斯说道。“他是个财源丰富的人——资本巨大的人——在政府里有影响的人。是现在流行的最靠得住的方案。稳当的，可靠的。”

“咦！”克莱南接话道，他先是表情严肃地看着潘克斯，接着又表情严肃地望着炉火。“我真没想到！”

“咄！”潘克斯回答道。“别说这种话，先生。这也是你该这么干的事。你为什么不可以像我一样呢？”

潘克斯先是从谁那里传染上了这种流行病，他是没办法说明白的，仿佛他是不知不觉地发起高烧来的。这些流行疾病，也像人体上的许多疾病一样，起初是在人的恶习中生长的，然后在他们的不知不觉中传播，经过了一个时期，便传播到许多本身既非无知，也没有恶习的受害者身上。潘克斯先生自己也许便是从这一类人身上得来的疾病，也许不是如此；然而，他却是以这一类型的人出现在克莱南面前的，从他身上传播开来的传染病也就更成了恶性疾病。

“你真投了资，”克莱南已经改用投资这个词了，“拿出你的上千英镑，潘克斯，是吗？”

“没错，先生！”潘克斯喷出一口烟，非常自信地回答道。“但愿只不过是十英镑！”

却说那天晚上有两件事情沉重地压在克莱南那孤独的心头：一是他的合股人迟迟未能实现的希望；一是他在母亲家的所见所闻。交了这位朋友，并且觉得这位朋友他是可以信任的，在这样的慰藉中，他便想到了这两件事，而这两件事，以越来越大的力，又将他带回到了他的出发点。

事情的发生是极简单的。他撇开了投资问题，又透过他那烟斗上的烟，默然无语注视了一阵炉火之后，便对潘克斯解释了一番他是怎么样忙着与那个重要的国家部门打交道，以及为什么要与那个部打交道的。“过去是多伊斯的棘手问题，现在还是他的棘手问题，”他最后说了这么一句，流露出这件事情引起的真诚的同情。

“是棘手，”潘克斯表示赞同。“不过，你在为他操办，克莱南先生？”

“你指什么？”

“操办公司的财务？”

“是啊。尽我的能力。”

“再管得好一点，先生，”潘克斯先生说道。“要弥补他辛辛苦苦又没个好结果。要叫他认清时机。他一个埋头苦干的工匠，照那个样子是永远得不到好处的。他要靠你呀，先生。”

“我是尽力而为，潘克斯，”克莱南很不自在地说道。“对这些新的企业，我毫无经验，要说充分衡量，加以考虑，我怀疑自己是否合适。我老了。”

“老了？”潘克斯叫起来。“哈，哈！”

潘克斯先生对于克莱南的这个想法感到惊讶，并且大不以为然，弄得他令人吃惊地笑，接连不断地发出呼哧呼哧声，不停地喷着烟，使人觉得他这一连串的动作中表达了如此毋庸置疑的真诚之意，因此，他的严肃认真是不容怀疑的。

“老了？”潘克斯大声说道。“妙，妙，妙！老了？真妙，真妙！”

无论是这几声惊叹，还是接连不断的呼哧声，都表明，潘克斯先生对于这样的情绪断然不会有一刻的认真考虑的，亚瑟于是也便作罢，不再说下去。其实，亚瑟见他肚子里的气要挤出来，烟管的烟要挤进去，烟与气之间在激烈冲突，真使他害怕潘克斯先生会有个意外。第二个话题就这样作罢，于是他谈起了第三个话题。

“少年也好，老年、中年也好，潘克斯，”他趁着出现了有利的停顿的机会说道，“我现在是处在焦躁不安、心神不定的情绪中，这样的情绪甚至使我不得不怀疑，现在似乎是属于我的东西，是否会真属于我。要不要让我给你说说是怎么回事？我非常信任你，怎么样？”

“假如你觉得我配让人信任，”潘克斯说道，“那你就信任我吧，先生。”

“我当然。”

“可以！”潘克斯先生作出了一声短促的答复，而且突然间还伸出了他那黑乎乎的手，使他的话显得更加有力、更加令人信服了。亚瑟热情地握住潘克斯伸出来的手。

于是他将心中的忧虑，他亲眼看见的那一幕情景，扼要地向潘克斯先生交了底，其间尽量地把他过去的疑惧程度说得轻一点，始终做到既让人明白意思，又决不直接提到是他母亲，只是含含糊糊地说是他家的一位亲戚。潘克斯先生以极大的兴趣听着，连那诱人的东方烟管也置之不理，将它与壁炉架上的火钳等器具放在一起，他在此期间只是从头至尾将两手在头发上绞着，做出一头的圈圈和钩子，待到情况介绍完毕，他那模样便仿佛是造化的雇工哈姆莱特与哈姆莱特父亲的幽灵在对话。①

“又要叫我回过来，先生，”他于是大声说道，并在克莱南膝盖上

① 莎士比亚《哈姆莱特》第三幕第二场，哈姆莱特在给静听的宫廷演员讲表演艺术时说，表演拙劣的演员是“造化的雇工（朱生豪译文）造出来的”。

拍了一下，叫人吓了一跳，“又要叫我回到投资的问题上来了，先生！对你把自己变成个穷人，以图补救不是你害人家的一个冤屈，对此我什么也不说。那是你自己的事。男子汉大丈夫自己要长脑袋。我嘛，要说的是这样的。怕自己要用钱来挽救你的亲人不被揭露出来，不会丢脸——那你就去拼命赚钱嘛！”

亚瑟摇了摇头，但是他又若有所思地注视着潘克斯。

“拼命让自己富起来，先生，”潘克斯使出了全身力气，语气强调地规劝他听从他的忠告。“用正正当当的办法让自己富起来。那是你的责任。也并非为你自己，是为了别人。不要丢了机会。可怜的多伊斯(他倒真的是老了)全靠你了。你家亲戚全靠你了。你还不知道都得靠你呢。”

“行了，行了，行了！”亚瑟接话道。“今晚别再说了。”

“再说一句，克莱南先生，”潘克斯回答道，“说完就不说了。你为啥把全部赢余都交给那些贪心的人，交给那些恶棍，交给那些骗子？为啥你要把所有的赢余都交给我的业主，交给像他一样的那伙人？可你一直这么干的。我说的你，就是像你这样的人。你自己知道你是的。嗐，我这辈子是天天见识这种事的。别的什么也没见着。去发现这种勾当是我的分内事。因此我说呀，”潘克斯规劝道，“去干去赢吧！”

“可是干起来倒亏了，怎么办？”亚瑟说道。

“决不会，先生，”潘克斯道。“我已经摸过情况了。声名大着呢，到处都知道——财源丰富的人——资本巨大的人——地位很高的人——认识做大官的人——对政府有影响的人。决不会倒霉的！”

在说完这一番收尾的话之后，潘克斯先生便渐渐地静下心来；还使劲将原先一根根竖起来的头发都捋得服服帖帖的；并且又从火钳旁边拾起那烟管，装满了烟丝，抽完了一管烟丝。他们没有再说什么；

不过，两个人默默地寻思同样的问题，倒也并不寂寞，这样一直坐到半夜才分手。告辞的时候，潘克斯先生在与克莱南握过手之后，在呼哧呼哧出门去之前还伸过两臂拥抱了克莱南。亚瑟认为，他这一举动是明确表示，他可以毫不犹豫地依靠潘克斯的，倘若他确实需要帮助；无论是与他们那一晚谈论的事情有关的，抑或是任何别的以任何方式牵涉他本人的事情。

第二天一整天他总时时想起昨晚谈的话，即便注意力集中在别的事情上时也免不了。他想到潘克斯先生上千英镑的投资，想到潘克斯先生已经“摸过情况了”。他想到潘克斯先生在这件事情上态度之乐观，想到他并非日常都是性格乐观的人。他想到那重要的国家部门，想到多伊斯日子好过了他有多么高兴。他想到那个在他记忆里叫做“家”的地方的阴森不祥，想到了使那个地方较从前愈见其阴森不祥的不断阴沉的黑影。他又注意到，无论他走到哪里，他都能看到，都能听到，都能接触到莫多尔这一鼎鼎大名；他甚至觉得，伏案坐上一两个小时，要想不让这一鼎鼎大名通过某一媒介作用于他身体感官之一者，那是十分困难的事。他开始觉得，这个名字竟会无孔不入，似乎除了他谁也没有产生不信任感，这也是非常奇怪的。尽管实际上他想到这里便开始记起来，甚至他也没有产生不信任感；他只是碰巧对它敬而远之罢了。

在这样的一种疾病猖獗之时，这样的征候通常便是患病之症状。

第十四章

听取忠告

黄色的台伯河[①]河畔的大不列颠人在获悉他们那位聪明机智的同胞斯巴克勒先生，被委任为他们的拖拖拉拉部里的又一名大臣时，他们对于这条新闻并没有表现出比看到英国报纸上刊登的任何其他新闻——任何其他事故或犯罪——更加密切的注意。有些人只是哈哈一笑；有些人则表现出全然原谅的态度，他们说，这项职务其实也是一个清闲差事，无所事事，俸禄丰厚，哪一个傻瓜，只要会拼写自己的姓名的，都合适；有些人，而这些人都是更加严肃的政治上的贤哲之士，说道，台西默斯作出贤明决策，巩固了自己的地位，在台西默斯的委派权力范围之内的所有地方，其唯一的宪政目的便是巩固他自己的地位。有少数悲观的大不列颠人，他们并不赞同这一条信仰；然而，他们的不同见解纯乎是理论范畴的。从实际的观点来看，他们之所以无精打采地将此事丢在一旁，是因为他们认为这是某处，或不知何处的某些不为人所知的大不列颠人的事。同样，在国内也有许许多多的大不列颠人，在长达二十有四小时之内坚持认为，那些看不见又让人不知其名的大不列颠人“理当承担起来”；他们认为，倘若这些大不列颠人默认了，就应该承担起来。然而，这些玩忽职守的大不列颠人是由什么阶级组成的；这些不走运的人藏到哪里去了；他们为什么要藏起来；他们忽视自己的利益的事怎么会不断地发生，而与此同时，许许多多别的大不列颠人则茫然不知所措，对于他们的从不关心他们那些利益不知应作何解释；所有这些疑问，无论是在黄色的台伯河河畔，抑或是在黑色的泰晤士河河畔，人们都感觉模糊。

莫多尔太太在接受人们对此事道喜时，也传播着这一则消息，表现出一种烘托这件大事的毫不在意的优雅态度，犹如宝石底座衬托了镶嵌着的宝石一般。是啊，她说道，爱德蒙接受了这项职务。莫多尔先生希望他接受下来，他也就接受了。她希望爱德蒙会喜欢这项职务，不过，她倒真的并不了解。这样一来，公务便常常要将他困在城里，而他是很喜欢乡村的。然而，话虽如此说，这也不是一个令人厌烦的职务——这的确是一项职务。无可否认，这件事对莫多尔先生来说是一大光彩，倘若爱德蒙真喜欢，于他也并非一件坏事。他能有些事情可做的确也是一件好事，他忙了一阵能有所收获的确也是一件好事。至于对爱德蒙来说这件事是否就比在军队里那阵子开心，那还须再看看了。

那胸脯便是这样说的；她似乎是把事情说得毫不重要的样子，而实际上在这样说的时候又把事情说得更加地了不起了，她在这方面的手法是非常娴熟的。至于那被台西默斯抛弃的亨利·戈文，他把从庶民门至阿尔巴诺那一带②的所有熟人都走访遍了，两眼几乎（但是并非真正地）含着热泪，向人们宣布，斯巴克勒是脾气最温顺，心灵最纯洁，总之是公地上吃草的最可爱的公驴③；只有一件事能使他（戈文）心头的喜悦，较之他（那可爱的公驴）的获得这个职务所带来的喜悦更甚，那便是倘若他（戈文）自己获得这一职务。他说，这项职务是

---

① 台伯河（Tiber）亦即特韦雷河（Tever），发源于亚平宁山脉，经罗马，流入第勒尼安海，全长四百〇五公里。

② 庶民门即不朽城罗马的北城门，罗马郊外十二英里处有阿尔巴诺城。“大平原上的阿尔巴诺城，有美丽的湖，湖畔林木环抱；城中产葡萄酒。”（见狄更斯《意大利风光》）

③ 原文 jackass，既指公驴，也引申为笨蛋。

斯巴克勒最得心应手的。要做的事什么也没有，而没有事可做是会叫他欣欣然的；可以领取的俸禄是可观的，他会欣然收受的；这项任命是可喜的、合适的、第一流的；他怀有如此深厚感情的可爱驴子如此令人赞叹地被拴起来，令他感到无比喜悦，在他喜悦无比之时，他几乎宽恕了那施主对他本人的冷落。他的仁慈也并不至此收起。他在所有的社交场合都煞费苦心地引出斯巴克勒先生，让他在大庭广众出头露面；虽然这体贴入微的举动到头来总叫那位年轻绅士心里觉得郁郁寡欢、可悲可怜，然而戈文先生用心之友善，也是毋庸置疑的。

那是毋庸置疑的，倘若不是因为事也有巧，在实际上这用心之友善受到了斯巴克勒先生爱慕的对象的怀疑。芬妮小姐现在是处境尴尬，人们普遍都知道她是那样的一个对象，而她无论对斯巴克勒先生如何反复无常，随心所欲，也未能将他从身边打发走。由于他的言谈举止比往常更加显得可笑，因此，对人们将她与这位先生相提并论，就足以使她感到名誉受到了损害；因此，由于就机警、敏捷而言，她是绝无可挑剔的，她有时便为他解围，免受戈文的奚落，帮了他的大忙。然而，她为他解围时又为他感到羞耻，是甩开他还是愈加坚定地鼓起他的勇气，总是拿不定主意。她心烦意乱，只觉得自己一天天地在把握不定的心绪中越陷越深。同时她又感到，莫多尔太太必定在幸灾乐祸，这种疑虑一直折磨着她。处于这种心乱如麻的心境，那就不必大惊小怪，芬妮小姐在一天夜晚参加了莫多尔太太家的音乐舞会回家后，心里会是那么地不安宁了。她坐在梳妆台前，气呼呼地真想哭出来，她妹妹过来亲亲热热想安慰她几句，她却一把将妹妹推开，胸脯一起一落，宣布她见了谁都讨厌，愿自己还不如死了的好。

“亲爱的芬妮，你是怎么啦？告诉我。”

“怎么啦，你这小地鼠，”芬妮说道。“要是你还不是个比瞎地鼠还要瞎的人，你就怎么也不会来问我了。你敢装模作样说头上还长着眼睛，可又来问我怎么啦，真是的！”

“是斯巴克勒先生吗，亲爱的？”

“斯巴——克勒——先——生！”芬妮重复了一句，含着无情的嘲弄，仿佛在太阳系里，他是最不可能闯入她的心的。“不是，瞎眼蝙蝠小姐，不是。”

紧接着她便后悔不该奚落、咒骂她的妹妹；一边抽泣一边说道，她知道她弄得自己叫人讨厌，可是大家都在逼她这样的。

“我看你今晚是不舒服，芬妮。”

“胡说八道！”这位小姐回了一句，又气呼呼的了；“我跟你一样，好好儿的。也许我倒可以说，比你还行呢，这也不是什么说大话。”

倒霉的小杜丽，她想说上几句能免受斥责的安慰的话，然而又不知道该说什么才是，终于还是觉得不说为妙。起初，芬妮对小杜丽的保持沉默心里也是愤愤的；她对着镜子数落起来，在一个女孩子看来，要说有惹人生气的妹妹的话，所有惹人生气的妹妹中，最惹人生气的便是死气沉沉的妹妹。她说她明白自己有时候脾气很不好；她明白她把自己弄得让人讨厌；她说要是她把自己弄得让人讨厌了，除了对她明白指出之外，别的办法是不会有一半的效果的；可是她又说，碰上一个死气沉沉的妹妹惹得她生气时，却从没有人向她指出过，这样一来，结果必然是她免不了会激怒起来，弄得自己让人讨厌的。除此之外（她怒气冲冲地对着镜子说），她也不想要人家来宽恕她。她如果老是低三下四地要一个妹妹来宽恕，那也不是一个正经的榜样。这就是此中的诡计——不管她本人喜欢不喜欢，她总是被置于让人宽恕的地位。最后，她禁不住泪如泉涌，待到她妹妹走过来在她身边坐下安慰她时，她说道：“艾米，你真是个可爱的人！”

“哦，我的宝贝，我说给你听，”她妹妹的温和使她平静下来，这时她说道，“现在是这样的，事情不可能、也不应该照眼下这个样子进行下去的，无论如何，现在这个样子必定不会再继续下去的。”

这一番话虽然非常绝对，但是意义含糊，因此，小杜丽便接着说道：“我们商量商量。”

“对极了，亲爱的，”芬妮一边擦拭眼睛，一边回答道。“我们商量商量。我现在头脑又清醒了，你应该给我出出主意。你愿意给我出出主意吗，亲爱的妹妹？”

就连艾米听了她姐姐的这个说法也笑了，不过她说道：“我愿意，芬妮，尽我所能。”

“谢谢，亲爱的艾米，”芬妮接着说道，并且吻了吻她妹妹。“你是我的精神支柱。”

芬妮怀着深情拥抱了她的精神支柱，然后从桌子上拿过一瓶花露水，又叫侍女取了一块精巧的手绢。然后她把这位女仆打发走，这一晚不必侍候，自己则接着等待听取忠告；为了凉快，她不时拿手绢擦拭眼睛与额角。

“我的宝贝，”芬妮这样开头，“我们两人性格也好，观点也好，都很不相同(再吻我一下，亲爱的)，我说出来的话会叫你大吃一惊，那真是很可能的。我要说的话是，亲爱的，尽管我们有财产，可是就人际交往来说我们仍旧是处于劣势的。你不大听得懂我的意思，艾米，是吗？”

“你再说上几句，”艾米和和气气地说道，“我肯定会懂的。”

“呃，亲爱的，我的意思是，我们，毕竟还是时髦生活中的后来者。”

“毫无疑问，芬妮，”小杜丽插了一句表示热情赞美的话，“你是不是一个后来的人，现在谁也不用来查了。”

“哦，亲爱的妹妹，也许还不能这么说，”芬妮说道，“不过你能说这样的话，真太好了，真太亲了，你真是个好丫头。”说着她又拿手绢来，在她妹妹的额角上拭了拭，然后又在手绢上喷了一点花露水。“不过，你是大家都知道的，”芬妮又说道，“都知道你是最最可亲的小丫头！我们言归正传，好妹妹。爸是很有教养的，见识也广，不过嘛，有些小地方他跟别的像他这么富有的绅士就有一点不同：一来是因为他过去熬过的日子之故，可怜的爸；二来是，我想，是因为他和别人说话的时候，他常常觉得他们都在想他过去的事。叔叔嘛，亲爱的妹妹，他是完全上不了场面的。虽然他是个好人，我也非常热爱他，可是从人际交往方面来说，他是太吓人了。爱德华的排场，用度，都大得吓人。我并不是说他这样的作风有什么不文雅的地方——我决不是这样的意思——可是我倒真觉得他钱花得不正当，觉得，要是我可以这样说的话，他在加在他头上的所谓挥霍浪费的名声里，钱花得不值得。”

“可怜的爱德华！”小杜丽叹息道，一声叹息包含了他们的全部家史。

“是的。还有可怜的你和我，”芬妮颇有点尖刻地说。“非常正确！还有，亲爱的，我们没有妈妈，我们有一个杰纳勒尔太太。我再说给你听听，宝贝，要是我可以把一句普普通通的谚语意思反过来，用到杰纳勒尔太太身上，那就是说，杰纳勒尔太太是一只会捉老鼠的斯文的猫。①这个女人，我完全肯定、完全相信，要做我们的后妈了。”

“我简直不能想象，芬妮——”芬妮堵了她的嘴。

“行了，别来跟我争，艾米，”她说道，“因为我比你懂。”由于

① 原来的谚语是“斯文的猫捉不住老鼠”。原文“斯文”一词为“in gloves”（戴手套），杰纳勒尔太太的手套是不可须臾或缺的。

她感到自己又言语刻薄起来，因此，她又用手绢拭了拭她妹妹的额角，又在手绢上喷了一点花露水。“我们再言归正传，亲爱的。这么一来，我就遇上一个问题了(我很有自尊心，我有胆量，艾米，这你都是知道的：恐怕是太厉害了)，我是不是要下个决心，担当起帮助全家渡过困难的重任呢？”

“这话怎么说？”她妹妹焦灼不安地问道。

“我不愿意服服帖帖地让杰纳勒尔太太做起后妈来，”芬妮说道，并没有回答妹妹的话；“我也不愿意，不管是在哪个方面，服服帖帖地听从莫多尔太太的指挥，也不愿意服服帖帖地让莫多尔太太来折磨我。”

小杜丽将自己的手握住了那只拿着花露水瓶的手，神情更加显得焦灼不安了。芬妮此时开始用手绢用力地擦拭额角，尽拿额角出气，一面时断时续地说着话。

“他，莫明其妙的，查问怎么回事也没什么意思，总之是谋到一个很好的职务，那是哪个人都不能否认的。这是一个很好的关系，那也是哪个人都不能否认的。至于说聪明不聪明的问题嘛，我心里也真怀疑，聪明的丈夫是不是真和我合得来。我不会服从的。我不可能对他俯首帖耳的。”

“喔，我亲爱的、亲爱的芬妮！”小杜丽劝说道，因为她听明白了她姐姐话里的意思之后，仿佛浑身笼罩了一阵恐怖。“如果你爱上了一个人，所有这些感觉都会改变的。你爱了一个人，就不再是你原来的自己了，相反，你在热烈地爱他的时候，完全会着迷、会忘了自己的。你爱了他，芬妮——”芬妮拿着手绢去擦拭的手停住了，两眼紧紧注视着她。

“喔，真的！”芬妮激动地说道。“真的吗？哎呀，有些人对有些论调了解得多清楚！他们说人人都有一种论调，我似乎毫无疑问已经发现了你的论调了，艾米。行了，你这丫头，我不过是说着玩的，”拿手绢在她妹妹额角上擦了一下；“不过，你也别像个傻乎乎的小丫头，这些乱七八糟、不会有的事，你别胡思乱想，没完没了地老去想它。行了！好了，我也不说这些玩笑了。”

“亲爱的芬妮，让我先说一句，我宁愿我们再去干活，勉勉强强过日子，也不愿看到你富有了，同时又嫁给斯巴克勒先生。”

“让你说一句，亲爱的妹妹？”芬妮反问了一句。“哦，当然，什么话我都会让你说的。我希望，没有限制你什么。我们俩坐在一块儿就是为了商量商量。说到嫁给斯巴克勒先生，我今天晚上一点也没有想嫁给他的意思，亲爱的妹妹，明天早晨也不会有的。”

“会有一天吗？”

“照我现在所知道的，是不会有那么一天的，”芬妮冷漠地回答道。然后，她突然间由冷漠变成了焦躁不安，又补充了一句，“你这个小丫头，你还说什么聪明的男人！说什么聪明的男人，这句话说得很漂亮，说起来也容易；可是聪明的男人在什么地方？我可没发现在我身边的人中有这样的人！”

“亲爱的芬妮，来这里这么短的时间——”

“不管时间长还是短，”芬妮插话道，“我们现在的处境我已经受不了啦，我不喜欢我们现在的处境，已经没有什么东西会诱使我去改变这种处境了。别的女孩子家，完全是不同的出身、不同的境遇，她们对于我说的话，对于我会做出来的事情，可能会不明白。让她们去吧。她们的想法是她们的身世和她们的性格引起的；我的想法是我的身世和我的性格逼的。”

“芬妮，我亲爱的芬妮，你知道凭你的条件，你是可以做一个远远超过斯巴克勒先生的人的妻子的。”

“艾米，我亲爱的艾米，”芬妮学着艾米的话反驳道，“我知道我很想有一个更加明确、更加出名的地位，有了这样的地位我就可以更加理直气壮起来，对付那个无礼的女人了。”

“因此你就——请原谅我问出这样的话来，芬妮——因此你就和她的儿子结婚？”

“唔，也许是，”芬妮说道，并且露出沾沾自喜的笑容。“要达到那个目的，比这一着差一点的法子可能有好多，我亲爱的妹妹。还有嘛，那个无礼的东西也许在想，把她儿子这个白痴甩给我，然后再把我撵走，那就是一大成功了。可是，也许她连想也没想过，要是我和她儿子结了婚，我会怎么样反戈一击呢。我会到处与她作对的，我要和她比试一番。我要和她斗上一辈子。”

芬妮说到这里放下了手中的花露水瓶子，在房间里走着；说话的时候她就停下脚步，站着一动也不动。

“有一桩事我肯定要做到的，我的好妹妹；我会叫她变老。我一定会的！”

她说完这句话又在房间里走起来。

“我会拿她当老太婆看待的。我会装作很了解——即使我不了解，我一问她的儿子就清楚了——她的年龄情况的。艾米，她就会听见我说：亲切地，非常本分地、非常亲切地说：像她这么个年纪，是多漂亮的人哪。这样，我自己显得年轻了，立即就可以叫她显得老多了。我可能没她那么漂亮；我觉得，关于这个问题我也不是个公正的评判人；不过，凭我的漂亮容貌，完全可以成为她的一根肉中刺了。我会成为她的肉中刺的！”

“我亲爱的姐姐，你就为这点事逼自己过一种不幸的生活吗？”

“那不会是一种不幸的生活的，艾米。那会是一种我适应的生活。是自己愿意的，还是条件逼迫的，那无关紧要；这样的生活，比起差不多所有其他的生活来都好，对我更合适。”

她这些话里有一种凄凉之感；然而，随着一声短促自豪的笑，她又在房间里走起来，从一面大镜子前走过去之后，她又停下了脚步。

“苗条！苗条，艾米！这个女人身材苗条。我承认她身材苗条，决不否认。可是，是不是苗条得超过了所有的人，连比也没法跟她比了？说老实话，我自己也说不上来。她因为结了婚，想穿什么就穿什么；要是一些还要年轻得多的姑娘也像她那样想穿什么就穿什么，我们就会看到是怎么个结果了，我亲爱的妹妹！”

她的这个思想里有着令人愉快、让人得意的滋味，品味着这滋味，她又回到了她的位子上，情绪快活多了。她握住她妹妹的两只手，高高地举起来，一面望着她妹妹的面孔笑，一面拍着四只手：

“艾米，她忘得一干二净的那个舞蹈演员——那个和我没一点相像的地方的舞蹈演员，我从来没有提醒过她的舞蹈演员，哦，亲爱的，绝不提醒她！——竟然能叫那个女人一辈子看她跳的舞，就在她面前跳，伴着略微打破她那种无礼的宁静的乐曲。只有略微一点，我亲爱的艾米，只有略微一点！”

她注意到了艾米面孔上流露的严肃、恳求的表情，于是，她放下了四只手，只伸出一只手去堵住艾米的嘴。

“哦，你别来跟我争辩，丫头，”她用更严肃的态度说道，“因为争辩是没有用的。这些论调我比你懂得多了。我还谈不上定什么主意呢，不过也可能的。好了，我们这件事已经谈得太多了，可以去睡觉了。你这个最好、最亲的小丫头，晚安！”说罢，芬妮便将她那精神支柱搁在一边，然后——已经听取了这么多忠告了——暂停听取意见。

从那以后，小杜丽在观察斯巴克勒先生的征服者对待他的态度时，对于他们两人之间发生的一切之重视便有了新的理由。有时候芬妮似乎全然无法忍受他智力上的低弱，有时候她对此无法容忍的感觉是那样强烈，几乎真想将他永远甩开。她也有与他稍微合得来的时候；他也有让她高兴的时候，她的高人一等之感似乎也有抵消天平另一端的时候。斯巴克勒先生是个最忠诚、最驯服的情郎，倘非如此，他遭受的折磨足以迫使他逃离磨难之地，让他与他那令人销魂的女人之间相隔之遥远至少是一个在罗马，一个在伦敦的。然而，他就如同一只被汽艇拖着的小船一样，并无所谓自己的意志可言；任凭她喜怒无常，他都是毫无怨言地跟随他这位冷酷的情人，喜也好，怒也好，他总是一样，是受不可抗拒的冲动的支配。

在斯巴克勒先生被汽艇拖着航行的时候，那个莫多尔太太当着芬妮面几乎无话说，而在人前说起芬妮来话则很多了。她仿佛是被迫举起眼镜朝芬妮看的，在一般的交谈中，她也是在非敷衍一下不可时才勉强说出几句称赞芬妮的容貌的话的。在芬妮听到这些赞美的言词时（一般来说她总是听得到的），她谈话所表现出的蔑视，并不表明与那不偏不倚的胸脯妥协；相反，那胸脯的最厉害的报复，倘若把埋在心里的话说出来，便是："一个娇生惯养的美人儿——可是凭着她的脸庞和身段，谁会惊怪？"

叫小杜丽当顾问的那个晚上之后，大约过了一个月或一个半月，小杜丽开始觉得她发现斯巴克勒先生与芬妮之间有了一些新的了解。斯巴克勒先生仿佛是遵守某一条约，倘若不先看一看芬妮的脸色，他几乎是不会张开嘴来说话的。那小姐呢，她这样地小心谨慎，是绝不会再投过眼色来的：不过，倘若允许斯巴克勒先生说什么，她便默不作声；倘若不让他说话，她便自己说开了。而且，有一点已经很明白，每当亨利·戈文想做出一点友好举动，引出斯巴克勒，是绝对引他不出来的。事情也并不就此了结，芬妮还会非常凑巧地立即说出含义很尖刻的话，然而又不很明确是针对谁而发，于是那个戈文，也便立即退缩了，仿佛他将一只手伸进了蜂箱。

还有另外一件事情，虽然事情本身倒也并非了不得，然而这件事情使小杜丽原先的忧虑更加深了。这就是，斯巴克勒先生对她的态度，改变了。态度变得友爱了。有几回，她呆在宾客人群的外围——无论是在他们自己的寓所，在莫多尔太太的寓所，还是在别的什么地方——她常发现斯巴克勒先生悄悄地伸过手臂搂住她的腰。对于这一关注举动，斯巴克勒先生从未作过一点儿解释；他只是微微一笑，仿佛这是应该的，并流露出笨拙、满足、和气地享有的神色，对一个思想如此迟钝的人，这是很说明问题的，具有某种预兆。

有一天，小杜丽呆在家中，怀着一颗沉重的心，想着芬妮的事情。他们寓所客厅那一厢有一个房间，无规则的凸窗占了房间的大半，俯视着大街，将科索大街①上上下下的熙熙攘攘、变化无穷的景象一览无余。英国时间下午三四点钟，从这个凸窗望下去的景象非常富有生气、非常别致；小杜丽常喜欢坐在这里冥思苦想，很有点像她在威尼斯常坐在阳台上消磨时光那样。有一天她也是这样坐着，有人在她肩上轻轻地拍了一下，芬妮说道："嘿，亲爱的艾米，"说着便在她身旁坐下来。她们坐的地方一半伸在凸窗里；倘若窗下大街上有一列队伍什么的经过的时候，②她们常在凸窗上垂挂色彩鲜艳的绸布，在椅子上或跪或坐，望着窗外的景象，眼前是一片艳丽的色彩。然而那一天并没有游行的队伍，小杜丽颇有点意外，芬妮竟会在那个时辰回家，因为通常这个时候她是外出骑马去的。

"嗨，艾米，"芬妮说道，"小丫头，你在想什么？"

"我在想你，芬妮。"

---

① 据狄更斯《意大利风光》记载："科索大街是一条一英里长的街。大街两旁有商店、高楼大厦、私人住宅，有的地方与广场相通。几乎每一座房子都有形状各异、大小不同的阳台。"

② 狄更斯在回忆《意大利风光》所记的狂欢节等节日时的情景。

“不会吧？真巧极了！我告诉你这儿还有另外一个人。你不会也在想这另外一个人吧，对吗，艾米？”

艾米真的也在想这另外一个人；因为，这人便是斯巴克勒先生。然而，她伸出手去给他时，嘴上并没有这样说。斯巴克勒先生走过来，在她另一侧坐下，她感觉到那只友爱的手在她背后伸过来了，显然是一直伸过去把芬妮也搂住了。

“哎，我的小妹妹，”芬妮叹了一口气说道，“我想你知道这是什么意思了？”

“她很漂亮，大家都喜欢，”斯巴克勒先生结结巴巴地说道——“她一点儿也不傻乎乎的——事情说好了——”

“你用不着解释，爱德蒙，”芬妮说道。

“嗯，亲爱的，”斯巴克勒先生说道。

“总之，宝贝，”芬妮接着说道，“一句话，我们订婚了。我们得把这事告诉爸爸，不是今天晚上便是明天，看机会了。这样就完了，不要再说别的什么话。”

“我亲爱的芬妮，”斯巴克勒先生无限崇敬地说道，“我想跟艾米说句话。”

“行，行！哎呀呀，就说吧，”小姐说道。

“我相信，亲爱的艾米，”斯巴克勒先生说道，“要是说有一个一点儿也不傻乎乎的姑娘，和你有才又有貌的姐姐差不多的——”

“这些我们都知道，爱德蒙，”芬妮插嘴道。“别说这事了。别再说我们都不是傻乎乎的了，你就说些别的什么吧。”

“嗯，亲爱的，”斯巴克勒先生说道。“你可以放心，艾米，对我自己，我自己，什么幸福也比不上——就跟这么幸运地选中一个可爱的姑娘差不多一点也不——”

“喂，爱德蒙，喂，”芬妮打断了他的话，并且用那美丽的脚在地板上轻轻地踩了一下。

“亲爱的，你说得很对，”斯巴克勒先生说道，“我知道我这是习惯了。我想要说的是，对我自己，我自己，什么幸福也比不上——就跟和这么一个最最可爱的姑娘结合多幸福差不多——比不上和艾米建立亲切的关系给我带来的幸福。我自己嘛，”斯巴克勒先生很有气概地说道，“要我一下子就说说别的什么议论，我是不够格的，我自己也知道，要是你征求上流社会的意见，大家的意见都会说我不够格；不过关于艾米的议论，我是够格的！”

斯巴克勒先生吻了她一下，以示证明。

“一副刀叉，一个房间，”斯巴克勒先生接着说道，他与他的雄辩的先人们相比，变得噜噜苏苏了，“永远交艾米使用。我看，我的老头子，他一定会很自豪地招待一个我这样敬重的人的。要说我的母亲，”斯巴克勒先生说道，“她是个非常出色的女人，不——”

“爱德蒙，爱德蒙！”芬妮小姐与先前一样叫道。

“谦恭顺从，我发誓，”斯巴克勒先生辩解道。“我知道我是有这个习惯，我崇敬的姑娘，我非常感谢你费心纠正我的毛病；不过各方面的人都说我的母亲是非常出色的女人，她真的一点也不是这样。”

“那可能是真的，也可能不是，”芬妮回答道，“不过你不要再说了。”

“我不说了，亲爱的，”斯巴克勒先生说道。

“那么你真的没有什么再要说的了，爱德蒙，是吗？”芬妮问道。

“有好多好多，我崇敬的姑娘，”斯巴克勒先生说道，“我说了这么多，向你道歉。”

斯巴克勒先生借助一种灵感，发现她问的话意思就是，他是不是最好走开？他于是收回了他那搂着她们的友爱的手，干脆地说他想他该恭敬有礼地告辞了。他走的时候，还是得到了艾米的祝贺，她虽然心情不安而且痛苦，还是竭力尽了这份职责。

待他走后她说道：“噢，芬妮，芬妮！”转身朝着明亮的凸窗里的姐姐，扑在她的胸脯上，哭起来。芬妮起先是笑；然而立刻就将自己的脸贴着她妹妹的脸，也哭了——那么一会。那是芬妮最后一回表示，在那件事情上，她心中有着隐藏的、压抑的，或者抑制的感情。从那个时刻起，她所选择的路便出现在她的面前，她以她自己专横固执的脚步踏上了这条路。

第十五章

不存在这两个人不能结合的正当理由或障碍①

杜丽先生的大女儿告诉他说，她已经接受了斯巴克勒先生的求婚，与他订婚了。杜丽先生听了大女儿说的话，立即表现出极大的尊严，又表现出无限的做父亲的自豪；随着赖以结识各方人士的有利地位前景的扩大，他的尊严也膨胀了，而由于芬妮小姐顺顺当当服从了他的人生大目标，他做父亲的自豪油然而生了。他教她懂得，她的崇高志向在他心中激起了和谐的共鸣；他为她祝福，称她是一个洋溢了本分与正直、充满为增强家族声望而自我献身的精神的孩子。

到了芬妮小姐允许斯巴克勒先生登门的时候，杜丽先生对他说，他不加掩饰地认为，斯巴克勒先生如此恭敬地提出的联姻要求，与他本人的感情十分相合；因为它既与他女儿芬妮的自发感情一致，又与时代的伟人，莫多尔先生，建立了一种使人心花怒放的家族关系。他也说到了莫多尔太太，用的尽是赞美的言词；说她是女界的主角，富有声望，富有雅致，富有仁慈，富有美貌。他感到他有责任指出(他相信，一个有如斯巴克勒先生那样情理通达的人，是能够将他的意思领会得非常透彻的)，他认为斯巴克勒先生的求婚还不能说已经明确地决定了，这件事的确定尚待他能有幸与莫多尔先生作几次信件往来；尚待他能有幸确知他的决定与那位名人的观点如此一致，他(杜丽先生)的女儿便能够依照这种关系得到应有的待遇。他的要求她在“偌大世界的眼睛”里保持这种关系，完全是正当的，是由她的人生地位、她的嫁妆、她的前程所保证的，而且他相信他可以使用“偌大世界的眼睛”的说法，是不至于显出唯利是图的用心来的。他说这一番话是因为他一方面是一个稍具有一点身份的人，另一方面又是一个身处父亲地位的人，二者都要求他作这样的申明；然而，他作这样的申明的时候，也不会如此地言不由衷，不向斯巴克勒先生指出，他的求婚虽然暂时搁置，却是非常乐观的，虽然附加了条件，却是可以接受的，他感谢斯巴克勒先生对于他本人以及他一家的敬意。最后，他又说了一大堆话，而且更是泛泛而论，涉及——哈——作为一个自立的绅士的地位，是关于——嗯——作为一个可能是太溺爱孩子、尽说好听话的父亲的地位。将所有这些归结为简短的话，那便是，他的接受斯巴克勒先生向他女儿的求婚，活像他在已经消逝的日子里接受狱中人给他的三四个半克朗金币。

这一大堆的话倾泻在斯巴克勒先生简单的脑袋上，他目瞪口呆了，他回答时话虽不离谱，却只是简短的几句；这同样的话不多也不少，只是说他早就看出芬妮小姐一点儿也不是傻乎乎的，他毫不怀疑，这对于他的老头子来说是不会有什么事的。话说到这里，他那爱慕的对象便立即堵住了他的嘴，仿佛关上带弹簧盖的盒子一样，命他走开。

此后不久，杜丽先生便去向那胸脯致意，而那胸脯对杜丽先生的接待却是非常审慎的。莫多尔太太已经从爱德蒙那里听说过这件事了。她起初感到非常意外，因为她并不觉得爱德蒙是个可以结婚的人。上流社会并不觉得爱德蒙是个可以结婚的人。然而，她当然看到，作为女人当然会看到（对于这些事情，我们女人的确是本能地注意到的，杜丽先生！），爱德蒙是被杜丽小姐迷住了，她还公开地说，

---

① 出自《公祷书》（*the Book of Common Prayer*）：“你们中间若有人确实知道他们结此圣婚，或有甚么妨碍不合理之处，须当证明。”

杜丽先生把这样可爱的姑娘带到国外来，把他的英国同胞弄得神魂颠倒，对此他是有很大责任的。

“我是否可以很荣幸地认为，太太，”杜丽先生说道，“斯巴克勒先生选择爱慕对象这件事——哈——您是应允的啰？”

“我向您保证，杜丽先生，”那个太太说道，“我个人，是高兴的。”

杜丽先生听后是非常开心的。

“我个人，”莫多尔太太又说了一遍，“是高兴的。”

莫多尔太太是漫不经心地把“个人”这个词重复了一遍，杜丽先生却记在心里，并希望莫多尔先生是不会不应允的。

“我是不能替莫多尔先生给一个肯定的答复的，”莫多尔太太说道；“先生们，尤其是上流社会称为富豪[1]的那些先生，对于这一类事情嘛，总是有他们自己的想法的。不过嘛，我倒觉得——只不过是说一点看法，杜丽先生——我觉得，总的来说，”说到这里她扫视了一下自己，然后从容不迫地补充说道，“莫多尔先生会相当高兴的。”

杜丽先生在听到莫多尔太太说起上流社会称为富豪的先生们时，他咳了几声，仿佛他内心的某些不同见解要冲出喉咙似的。莫多尔太太是看在眼里的，并且接着杜丽先生的暗示说下去。

“虽然实际上，杜丽先生，也根本没有必要由我来说那样的话，只不过是因为直率了一点，对一个我非常尊敬的人，一个我希望我能够非常幸运地与之建立更加叫人高兴的关系的人，说出了心底里藏着的想法罢了。因为，您很可能会用莫多尔先生本人的观点去考虑这样的事情，我不会看不到这一点的，只不过实际上是环境所造成的缘故，使得从事商务交易变成了莫多尔先生的偶然的运气，或者是偶然

---

① 原文是“capitalists”。

的晦气，而且不管他的商务交易规模有多大，还是可能把他的眼界缩小一点的。至于说商务上的道理嘛，我的确是非常无知的，”莫多尔太太说道；“不过，我恐怕，杜丽先生，出现这样的情形也不是不可能。”

莫多尔太太在杜丽先生与莫多尔先生之间巧妙地玩弄的跷跷板游戏，是要他们将一个抬起来，一个压下去，一个压下去，一个抬起来，谁也赢不了谁，这对于杜丽先生的咳嗽委实是一剂镇静药。他极为客气地说，他须请求允许，对于人们，即便是既有才艺，又通情理的莫多尔太太(听到这样的恭维她欠了欠身)，提出的看法，表示异议，他不敢苟同：像莫多尔先生这样事实上是与其他人从事的小买卖截然不同的企业，会出现比扩大、增进培育了这样的企业的天才低下的倾向。“您就是宽宏大量的化身，”莫多尔太太接话道，并且露出她那最动人的微笑；“我但愿是这样。不过我坦白，我对于商务的想法，几乎是迷信的。”

这时，杜丽先生又恭维了几句，大意是：商务，如同在商务方面是十分宝贵的时光一样，那是奴隶之所为；莫多尔太太的最大意愿是支配一切情感，是不宜与之交往的。莫多尔太太笑出声来，并对杜丽先生说了一个想法，话一出口，那胸脯便一片红晕——这是她最美好的财产之一。

“我说了这么多，”她接着解释道，“也只是因为莫多尔先生总是对爱德蒙表现出最大的关切，总是表示最强烈的愿望，要开辟他的前程。爱德蒙的公务身份我想您是知道的。爱德蒙的私人身份就完全取决于莫多尔先生了。由于我对于商务的愚笨无能，我告诉您，别的我就不知道了。”

杜丽先生又一味地表达他自己的意见，认为商务不该是以美貌征服人、姿色动人的人之所为。然后他提出，要以一位绅士、一个做父亲的人的身份，给莫多尔先生去函。莫多尔太太听后便诚心——或者说存心，二者纯然是一个意思——表示赞同，而且自己在下一班邮车先发出一信，寄往世界第八大奇观①。

杜丽先生在他的书信中，如同他与人就书信中涉及的大问题进行交谈、对话一样，围绕中心议题堆砌了华丽的辞藻，仿佛书法先生装饰抄写本与数码本一样：书法先生将基本算术规则的标题画成一只只天鹅、老鹰、鹫头飞狮以及别的种种书法游戏，他们还将自己脑子里、肚子里的大写字母搬出来，变成笔和墨水的狂舞。不过，他书信的意图还是说得够明白的，于是也就让莫多尔先生能够装得颇像样的，说是已从此处获悉了他的尊意。于是，莫多尔先生复函杜丽先生。杜丽先生复函莫多尔先生。莫多尔先生复函杜丽先生；不久也便宣布，互致信函的权威人士已经取得了一个令人满意的了解。

现在，而不是在此之前，芬妮小姐突然出场了，穿戴迥然而异，俨然是新角色。现在，而不是在此之前，她使斯巴克勒先生全神贯注着她的光彩，她为他们两人争了光，为十人、二十人争了光。过去因为没有明确的地位与身份，曾惹得她无比烦恼，现在她已经不再感到名不正、言不顺了，因此，她这条华美的船在已经确定的航道上平稳行驶，以一种显示出她那扬帆前进的素质的沉着和平稳，开始漂行。

“现在第一步已经安排得这样妥当，所以，我觉得，亲爱的孩子，”杜丽先生说道，“我现在要——哈——正式地，通知杰纳勒尔太太——”

---

① 西方有所谓古代“世界七大奇观”之说，并且先后有两种说法。从狄更斯的《意大利风光》来看，他采用的是下面一种说法：一、罗马竞技场；二、亚力山大城的地下墓穴；三、中国的长城；四、英国索尔兹伯里石梁；五、比萨斜塔；六、南京琉璃塔；七、君士坦丁堡圣索菲亚清真寺。此处莫多尔太太的信是寄往伦敦莫多尔先生，显然将他的家视作世界第八大奇观了。

“爸爸，”芬妮一听到这个名字便立即打断他的话，“我认为这件事跟杰纳勒尔太太没有一点儿关系。”

“亲爱的孩子，”杜丽先生说道，“这是礼貌之举，对——嗯——一位太太，很有教养，非常文雅的——”

“喔！杰纳勒尔太太的教养、文雅我已经腻了，爸爸，”芬妮说道。“杰纳勒尔太太叫我讨厌了。”

“讨厌——”杜丽先生重复了一句，他又是吃惊，又是生气，“讨厌杰纳勒尔太太！”

“我真讨厌她，爸爸，”芬妮说道。“我确实认为我的婚姻跟她没有一点关系。让她自己去管自己的婚姻打算好了——要是她有这种打算的话。”

“芬妮，”杜丽先生接着说道，是一种严肃而加重的缓慢语气，与他女儿的轻率形成显明的对照，“我恳请赐教，说明——哈——你说这话的意思。”

“我的意思，爸爸，”芬妮说道，“是要说，假如杰纳勒尔太太真有什么她自己的婚姻打算的话，我觉得她闲下来的时候也够她琢磨的了。假如她没有这种打算的话，那就更好；不过，她有打算也好，没有打算也好，要把我的事通知她，这种光荣我还是不想要。”

“容我问你一声，芬妮，”杜丽先生说道，“为什么不？”

“因为我订婚的事，您不告诉她，她自己以后也会知道的，爸爸，”芬妮顶了一句。“我觉得，她也够留神的。我看我是见过她这么留神的。这事就让她自己去留神吧。假如她自己还是发现不了，我结婚以后她就知道了。爸爸，假如我说从现在起到结婚，这段时间对杰纳勒尔太太来说已经够长的了，我希望您别说我对您没有感情。”

“芬妮，”杜丽先生接话道，“我真吃惊，我真伤心，你竟会用这种——嗯——这种变化无常、莫明其妙的敌意口气对待——哈——杰纳勒尔太太。”

“爸爸，请您别把这叫做敌意，”芬妮强烈要求道，“因为我可以告诉您，我认为杰纳勒尔太太不配由我去表示敌意。”

一听这句话，杜丽先生从他椅子上站起来，两眼直瞪着，眼光里充满了严厉责备，一动也不动地站在他女儿面前，态度威严。他的女儿摆弄手臂上的镯子，时而瞧着他，时而两眼避开他，说道：“好吧，爸爸。我真感到遗憾，要是您不要听这个话；不过，我也是不得已。我不是个孩子了，我也不是艾米，我有话就得说出来。”

“芬妮，”杜丽先生在一阵威严的沉默之后，气吁吁地说道，“假若我恳求你呆在这里别走开，让我正式地通知杰纳勒尔太太，一位模范的太太，她是——嗯——这个家庭信得过的成员，我把——哈——我们商量的大事通知她；假若我——哈——不仅是恳求，而且——嗯——坚持非这么办不可——”

“哦，爸爸，”芬妮直截了当地打断他的话说道，“要是您把这件事说得这么重大，我这个做女儿的也只好依从了。不过，我希望我在这件事情上是可以有自己的想法的，因为，我在这种情况下免不了是会这样的。”于是，芬妮顺从地坐下了，从对抗转变为顺从，这两种截然相反的情绪转折处便是蔑视了；她的父亲，对于芬妮的话倘若不屑回答，便是不知如何回答了，此时把丁克勒先生喊到面前。

“杰纳勒尔太太。”

丁克勒先生一动不动地站着，在与这位女粉刷师有关的事情中，他还不习惯接受这样简短的命令。在这一动不动的态度里，杜丽先生看见了整座马夏尔西狱和全体狱中人给予他的纪念品，于是他朝着男仆勃然大怒了：“你怎么敢这样，先生？你这是什么意思？”

“请您原谅，先生，”丁克勒先生辩解道，“我是想知道——”

“你什么也不想知道，先生，”杜丽先生满脸通红，非常激动地说道。“别对我说想不想的。哈，你就是不想。你是存心要愚弄我，先生。”

“我向您保证，先生——”丁克勒先生话刚说了一半。

“别向我保证啦！”杜丽先生说道。“我不要一个仆人来保证。你是存心要愚弄我。你得离开我这里——嗯——所有的仆人都得离开我这里。你还站在这里等什么？”

“就等您的话呢，先生。”

“你在说谎，”杜丽先生说道，“已经吩咐过你了。哈——嗯。我向杰纳勒尔太太问候，我要请她到我这里来，要是她确实方便的话，只要几分钟。这些话便是给你的吩咐。”

丁克勒先生在执行这一使命时，也许将杜丽先生大发雷霆的话也说了。不管是怎么回事，总之，外面很快便听见了杰纳勒尔太太裙子的窸窣声，她一路走来——你几乎可以说她是一路跳过来的——动作异乎寻常地迅速。不过，到了门口她镇静下来了，如同通常那样地冷漠，拖着裙子进了屋。

“杰纳勒尔太太，”杜丽先生说道，“请坐。”

杰纳勒尔太太展示了一条表示感谢的优美的曲线，然后在杜丽先生搬过来的椅子上坐下来。

“太太，”这位先生接着说道，“既然承蒙您担当了我两个女儿的——嗯——培养，既然我也相信，凡是涉及她们的事都——哈——不能说是与您无关的——”

“绝不是无关的，”杰纳勒尔太太以最平心静气的态度说道。

“——因此我想通知您，太太，我的坐在这里的女儿——”

杰纳勒尔太太朝芬妮微微点了一下头。而芬妮却朝杰纳勒尔太太深深地点了一下头，然后又高高地抬起来。

“——我的女儿芬妮——哈——已经订了婚，要与斯巴克勒先生结婚，斯巴克勒先生您是熟悉的。这样嘛，太太，您将能卸下您一半棘手的任务——哈——棘手的任务。”杜丽先生朝芬妮气呼呼地瞪了一眼，重复了一句。“不过，我希望，至于您目前一片真心在我家所拥有的地位——嗯——在别的方面，直接的也好，间接的也好，一点也不会因此而削弱。”

“杜丽先生，”杰纳勒尔太太回答道，她那双戴了手套的手，一上一下地叠放，摆出了堪称表率的安详姿势，“从来都想得那样周到，我的友好帮助，总是常记在心上。”

（芬妮小姐咳了一声，这一声咳嗽无异于是说：“你说对了。”）

“杜丽小姐毫无疑问是依据条件的许可，作了最周密的考虑的，我相信，杜丽小姐愿让我对她表示我最真诚的祝贺的。解除情感的束缚，”说到情感这个字眼的时候，杰纳勒尔太太闭起了双眼，仿佛眼睛看着人家她是说不出这个字眼的；“征得近亲的赞同；加固一座家庭大厦的自豪建筑；这些通常都是吉祥的事。我相信，杜丽小姐是愿让我向她表示最热情的祝贺的。”

说完这一番话杰纳勒尔太太顿一顿，为了调整她的面部表情，她心里补充说道：“爸，波，普，不伦，不类。”

“杜丽先生，”她说出声来，补充道，“从来都是非常恳切的；杜丽先生本人以及杜丽小姐，这么早就将这件知心人之间才说的大事告诉我，这是对我本人的尊重，我还愿意说这是我本人的荣誉，我请求让我对此表示谢意。我的谢意，我的祝贺，同样也是杜丽先生和杜丽小姐理所应当享有的。”

“对我说来，”芬妮小姐说道，“我听了这些话是非常高兴的——难以表达地高兴。杰纳勒尔太太，知道您没有表示一点反对意见，我也松了一口气。真的，心里一块大石头落了地。要是您插手提出反对意见的话，杰纳勒尔太太，”芬妮说道，“我也真不知道该怎么办呢。”

杰纳勒尔太太两个手套交换了位置，右手手套搁在上面，左手手套放到了下面，她露出了“不伦、不类”的微笑。

“铭记您的赞许，杰纳勒尔太太，”芬妮说道，也报之以微笑，没有一点儿“不伦、不类”之类的成分在内，“将理所当然地成为我婚后生活的最高目标；忘记您的赞许毫无疑问便是十足的卑劣行径了。不过，假如我要纠正您刚才说的话里的一个小小错误，凭您的和蔼可亲，我相信您是不会有异议的，同时我希望爸爸也不会有异议的。最最十全十美的人也会出差错，所以甚至您，杰纳勒尔太太，也犯了一个小小的错误。关于这件知心人中才说的大事，您把尊重和荣誉说得这么好，杰纳勒尔太太，我没有一点儿疑问，您的话是最叫人感动、最叫人高兴的；可是，这尊重与荣誉并非是我给予的。听取您对于这件大事的宝贵见解本该是我应有的高尚品德，而我实际上没有这一品德，也就不能默认的。这完全是爸爸的意思。对于您的鼓励与关怀，我深深感激，可是，这个要求是爸爸提出来的。您说了这么好的话，杰纳勒尔太太，同意我的订婚，真叫我心里一块大石头落下了，我一定得感谢您，而您真没有什么可感谢我的。我希望我离家以后您永远会赞同我的行动，也希望我妹妹会长久做您屈尊俯就最合适的对象，杰纳勒尔太太。”

芬妮以她的最有礼貌的态度发表了这一通演说，说完之后她便带着妩媚的举止、快活的神情离开了房间——一出门她便绯红着脸飞奔上楼去，窜到她妹妹面前，唤她是小睡鼠，一个劲地推她，要她睁开眼睛，把楼下发生的事告诉她，还问她现在觉得爸爸怎么样？

至于对待莫多尔太太的态度，这位小姐表现得非常有主张，非常沉着；不过也尚未有决意要将敌意公开化的情绪。她们之间偶尔也有小小的冲突，比如在她觉得莫多尔太太是在恭维她的时候，在莫多尔太太显得格外年轻，显得非常得意的时候；不过，莫多尔太太遇上这种时候，总是立即结束这些论争，躺到长榻的软垫上，表现出最妩媚的冷漠态度，并且把注意力转移到别的地方。上流社会(因为这位神秘的人物也进入了罗马的七丘[1])也发现，芬妮小姐订婚之后，态度大有改变。她比以前更容易接近，更加直率，更加可爱，不像以前那样严厉；这样一来，现在她便有一大群追求者，许多爱慕她的人，而有女儿要出嫁的太太们便咬牙切齿地愤恨了，她们觉得自己的女儿因为对杜丽小姐不满的缘故，厌恶起上流社会来，树起一杆叛逆的旗子。杜丽小姐对于她所引起的焦躁不安心中很是欢喜，她不但自己本人态度傲慢地出入社交场合，而且还态度傲慢地甚至有意引起人们的注目，领着斯巴克勒先生，在社交场合招摇过市：似乎是对每一个人说："假如我自己觉得合适，在你们中间得意洋洋地昂首阔步，并让这个拘押的懦弱俘虏，而不是让另外一个坚强的人，陪在我的身旁，那也是我自己的事情。我喜欢这么干就行了！"斯巴克勒先生嘛，他是什么事也不会说一个不字的；相反，他是带他到哪里便到那里，叫他干什么便干什么，他觉得让他那位选定的未婚妻引人注目，便是使他自己引人注目的最简捷的办法，在大庭广众面前人人见了他都点头，他心里的确是感激不尽的。

在这样的事态中，冬天过尽了，春天也已经来到，现在斯巴克勒先生须回到英国去赴任，以表现与引导那个国家的天才、学问、社交、精神、见识。产生了莎士比亚、弥尔顿、培根、牛顿、瓦特的国土，产生了一大批古今抽象哲学家与自然哲学家的国土，产生了群星璀璨的自然与艺术的征服者的国土，召唤斯巴克勒先生回来管起这片国土，免得它毁于一旦。斯巴克勒先生无法抗拒他的国家灵魂深处发

① 古罗马城墙便建于七丘之上，作者以七丘指当时意大利上流社会。

出的痛苦呼喊，宣告他必须回去。

鉴于这一情况，斯巴克勒先生应于何时、何地，以何种形式，与这位一点也不傻乎乎的、天底下第一位女子结婚的问题，便变得十分迫切。这个问题的解决办法，在经过一段时间的略加保密之后，芬妮小姐亲自告诉了她的妹妹。

“哎，丫头，”一天她特地叫来她妹妹，并对她说道，“我给你说点事。这还是刚说定的事；当然啰，这事一说定我就跑来找你了。”

“是你的婚事，芬妮？”

“我的宝贝丫头，”芬妮说道，“你别抢在我的前面说出来。你这急性鬼，你就让我一五一十地把我的心里话说给你听嘛。至于你猜的，要是我咬文嚼字理论起来，我的回答只能说不对。因为实际上现在说的是爱德蒙的婚事，连一半都说不上是我的婚事。”

小杜丽愣住了，也许她的发愣并非是无缘无故的，她不知该如何理解这样的细微区别。

“我的处境并不尴尬，”芬妮提高嗓门说道，“我并不急着办事。衙门里也不要找我去当官，我也不想到别的什么地方去投票。可是爱德蒙不好办。爱德蒙一想到要一个人回去，就垂头丧气了，说真的，让他一个人去是靠不住的，我并不主张。因为，假如有可能——一般总是可能的——做出一件傻事来，他是一定会做的。”

她把可以稳稳当当地寄托在她那未来丈夫身上的信赖，作了一个不带任何偏见的归纳，她说完便带着一脸一本正经的神色，摘下戴在头上的宽边软帽，手拿住帽带，贴着地面晃动。

“因此，要说是哪个人的问题的话，那该是爱德蒙的问题，不能说是我的问题。不过我们就不要再说这个了。从表面上来看，事情是明明白白的。唉，我最亲爱的艾米！现在一个问题产生了，他要一个人去呢，还是他不要一个人去，另一个问题也跟着产生了，我们就在这里马上结婚呢，还是我们过几个月后在国内结婚？”

“我知道我要失去你了，芬妮。”

“你真是个性急的小丫头，”芬妮一面克制一面又不耐烦地说道，“抢在我前面把话说了！亲爱的，你听我说完好不好！那个女人，”她说的当然是莫多尔太太，“要在这里呆到复活节；所以，我要是在这里结婚，然后同爱德蒙一块儿回伦敦，那我就占了她的上风了。那倒是很有意思的。还有，艾米。那个女人要是撇在一旁了，我倒也不能说一定很反对莫多尔先生向爸提出的，要我跟爱德蒙住到那座房子里去——你知道的——你曾经跟一个舞蹈演员到那里去过，亲爱的——等到我们自己选中了房子，装饰好了再搬出来。还有，艾米。爸爸一直想单独回伦敦一次，在春天里，——你瞧，要是我跟爱德蒙在这里结婚，我们也可以到佛罗伦萨去旅游，爸爸就可以赶到那里，我们就可以三个人一块儿回家。莫多尔先生已经请爸跟他一起住到我刚才说的那座房子去，我想他是愿意的。不过，他的事他自己作主；因此他是不是跟我们一起回去的问题(这个问题一点也不是什么大问题)，我就说不准了。”

爸爸的事情爸爸自己作主，斯巴克勒先生的事情他自己一点也作不了主，从芬妮说话的态度来看，关于这二者之间的差别她的话是很有说服力的。可是她妹妹并没有注意到这一区别；因为她心里只想着两件事，一是想到不久就要分离，感到非常遗憾，一是她依然希望在回伦敦的安排中将她也包括在内，至于别的，她什么也没有留神。

“事情的安排就是这样的吗，亲爱的芬妮？”

“安排！”芬妮重复了一句。“嗐，真的，丫头，你真有点不好弄。你知道，我还特别留神，别把话说得让人听了有这样的意思呢。我要说的就是，某些问题冒出来了；说问题嘛，就是这一些。”

小杜丽思索的目光亲热地、默默地迎上了姐姐的目光。

"嗐，我的可爱的丫头，"芬妮说道，拎着帽带，颇有点不耐烦了，"老盯着我看也没用。小猫头鹰才瞪眼睛呢。我是找你来听听意见的，艾米。你说说我该怎么办呢？"

"你是不是觉得，"小杜丽略微犹豫了一下之后，用劝说的语气问道，"你是不是觉得，芬妮，通盘考虑一下，要是你推迟几个月结婚，是不是最合适呢？"

"不行，小顽固，"芬妮非常严厉地回答道，"我绝不考虑这样的事情。"

这时，她干脆扔掉了手中的帽子，一屁股坐到一把椅子上。可是，她差不多是立即变得亲亲热热的，又从椅子上跳将起来，跪在地板上将她妹妹连人带椅子一齐儿抱在怀里。

"别以为我办事匆忙，别以为我对人不客气，亲爱的，因为我实际上不是这么个人。可你也真是个怪脾气的人！我已经大事化小事了，可你恼得人真想一口咬下你的脑袋。我不是跟你说了，爱德蒙一个人是靠不住的？难道你不知道他一个人走是不行的？"

"知道，知道，芬妮。我知道你说过了。"

"我知道你是知道的，"芬妮接过话来说道，"嗐，我的宝贝丫头！要是让他一个人走是不行的，我想，这话的意思不就是说我要与他一块儿去吗？"

"似乎——是这么一回事，亲爱的，"小杜丽说道。

"因此，最亲爱的艾米，在听了为使那个目的行得通所作的安排以后，我是不是可以觉得，总的说来你也是会劝我这样安排的呢？"

"似乎——是这么一回事，亲爱的，"小杜丽又这样说道。

"很好啊！"芬妮流露出无可奈何的神色激动地说道，"所以我想非这么办不可了！好妹妹，我觉得有疑虑，又有必要消除这种疑虑的时候，我立即就来找你了。我现在解决了。就别再管它了！"

芬妮以这样的完美方式，屈从了姐妹情意的劝告和环境的压力之后，变得十分的厚道了：仿佛一个人为了她最亲密的朋友，放弃了自己的个人爱好，并且因作了这样的自我牺牲而感到一阵内心的喜悦。“我的好艾米，”她对妹妹说道，“毕竟你是最最可爱的小丫头，非常懂道理；我真不知道没有你我该怎么办！”

她一面说话一面将她妹妹抱得更紧了，是真正的亲热拥抱。

“我决不是在动脑筋甩了你，艾米，因为我希望我们姐妹俩几乎应该是不可分离的。唉，宝贝，我现在要劝你一句话了。留下你一个人在这里陪着杰纳勒尔太太——”

“我要一个人留在这里，陪着杰纳勒尔太太？”小杜丽轻声说道。

“嗯，不错，宝贝丫头，一直到爸爸回来！要么你叫爱德华做个伴，那是肯定不行的，即使他在这里也不会跟你做伴儿，要是他去了那不勒斯或是西西里，那肯定就更加不行了。我刚才要说的话是——不过你是这么一个可爱的小害人精[1]，定叫她伤脑筋的——你一个人留在这里陪着杰纳勒尔太太，艾米，你可不能让她不知不觉地把你笼络过去了，要你相信她在照顾爸，爸在照顾她。要是她有法子，她会的。戴着她那副手套，小心谨慎的，她那种狡猾样子我是知道的。可你是绝不会明白她的意图的。爸回来了要是他对你说，他脑子里在考虑让杰纳勒尔太太做你妈妈（这个打算不会因为我走了就变得不大可能了），我给你的劝告嘛就是，你马上就说：‘爸爸，容我坚决反对。这件事芬妮提醒过我。她反对，我也反对。’艾米，我的意思倒不是说，你的反对意见有可能会产生一点儿效力，也不是说我觉得你有可能会怎样坚决地去反对的。可是，这里面涉及一个大道理——儿女孝

① 英国剧作家、演员苏珊娜·珊特利芙尔夫人（Mrs Centlivre，1669—1723）的《爱管闲事的人》（1709）的剧中人物，是个管了闲事、坏了人家计划的人。

心的道理——我请求你要尽可能让你周围的人一个个都感到坐立不安，切不可什么话也不说，就服服帖帖地让杰纳勒尔太太当了我们的后妈。我没有要你说到便做到——实际上，我知道，爸爸夹在里面，你是不会说那种话的——我不过是想激发你的责任感。至于说要我帮助什么，或者说我对这样的婚配会提出反对意见，你放心，我不会见死不救的，亲爱的。我的地位是一个结了婚的女人，又并非毫无姿色——习惯于(这个地位总是会习惯的)反对那个女人——从这样的一个女人的地位能具有的影响，不管它有多大，我都要把它施加到杰纳勒尔太太的脑袋上、她的假头发上(我可以肯定不是真的头发，尽管这么难看，尽管头脑正常的人似乎不会花这个钱去买的)，你看着吧！”

小杜丽听取了这一劝告，并没有说什么反对的话，可是也没有说什么可以让芬妮相信她会照此办理的话。芬妮现在好比是正式结束了她的单身生活，已经安排好了她的俗事，因此，她接着便以富有特性的热情，筹备着她身份上的庄重变更。

结婚前的筹备即派一名女仆在旅游从仆的保护下前往巴黎，采办新娘的全套服装。在本书里用一个英语名称来叫“新娘的全套服装”那就太低级庸俗了，可是本书(根据本书所遵循的通俗原则，它用哪一种语言写的，便坚持使用那一种语言)又不能采用法语名称来说“新娘的全套服装”。这两位代办人采办的华贵、漂亮的服装，从巴黎回来，历时几个星期，穿过从巴黎至罗马的广阔地带，到处都有海关，镇守的是大群邋遢的穿制服的叫花子，他们面对这些锦绣衣装，没完没了地重复“乞丐的乞求”，仿佛他们每一个勇士都是古代的贝利萨鲁斯[①]：这些叫花子是这么多，倘若那旅游从仆不花上一蒲式耳

① 拜占庭帝国大将(卒于565年)，因为被指控谋反而遭监禁(562年)，半年后重又复职。此处所说的是他后来双目失明，常站在街头向路人乞讨“银币”的故事。

半的银币来解除他们的穷困，这些服装还未曾到达罗马，早就被叫花子们翻过来扔过去，撕成破烂了。然而，这些服装，历尽这一类危险，一步步地，成功地运回来，完好无损地到达了路途的终点。

到了罗马，这些服装只向经过挑选的女观众展示。在这几个女观众的温柔的胸中，这些服装激起了难以平息的感情。与此同时，婚礼的筹备也在积极进行，届时婚礼上的一些财宝将公开展示。早餐请帖已经向罗穆路斯①缔造的城中半数的英国人发出；另一半人已经作好安排，整装待发，到了那庄严的日子便志愿前来张罗、指点外面各种杂务。最高傲、最杰出的英国 Signor Edgardo Dorrit②，他乘了马车（他在那不勒斯贵族的开导下粉饰自己的外表）碾过深深的泥泞与车辙，飞快地赶回，给这庄严的日子增添光彩。最高级的饭店，以及饭店里的全部厨工，都行动起来，准备筵席。杜丽先生的汇票差不多造成了都尔洛尼亚银行的挤提存款。英国领事在他整个任期内从未见识过这样的婚礼。

这一天来到了，坎皮托尔③的母狼见了也会眼红得龇牙咧嘴，要看个究竟，这些岛国来的蛮子如今是怎样操办这些事情的。被军队拥上王位的万恶的国王④，尽管雕塑家竭力美化他们杀气腾腾的塑像，却依然掩盖不了他们的狰狞面目，也会离开塑像的底座，与新娘私奔。已经堵塞不通的老喷泉，从前那里是斗剑士洗手的地方，此时也会重新恢复生气，为这典礼增添光彩。那女灶神神殿也会从废墟上再

---

① 据罗马神话，战神玛尔斯（Mars）与贞洁的处女伊利亚（Ilia）生孪生子罗穆路斯和雷穆斯，于是伊利亚被处死。孪生兄弟在台伯河畔为一母狼救起，哺育长大，后建罗马城，罗穆路斯为罗马第一位皇帝。

② 即芬妮哥哥爱德华，此处仿意大利文来写他的名字，即爱德华·杜丽先生。

③ 坎皮托尔（Capitol）即罗马七丘之最小者。

④ 放荡的罗马国王，由禁卫军拥上王位。

现，特地要向这庄严时刻表示赞许。是会有这可能的；只是其实并没有。犹如有感觉的生物一样——有时甚至像受封的贵族老爷和夫人一样——真动起来也会轰轰烈烈的，可是事实上什么也没有。婚礼庆典进行得很有气派，人们无不称道：修道士有穿黑袍的，有穿白袍的，有穿黄褐色长袍的，他们都停下来目送一辆辆马车；到处流浪的乡下人，披着羊皮外衣，在屋外窗下坐着尖声嚷嚷；志愿的英国人鱼贯而入；这一天已经到了晚祷时刻：喜庆日也过去了；上千座教堂传来了钟声，丝毫也没有受到这喜庆的影响；圣徒彼得也不承认他与这一天的喜庆有何关系。①

然而，到那个时候，新娘在去佛罗伦萨的旅途上，第一天的路程已经差不多走完了。这样的婚礼，它们的特点是人们只注意新娘。谁也不留意新郎。谁也不留意第一女傧相。即便假定有许多人在找小杜丽(她担任的便是第一女傧相)，由于新娘的显耀，谁也看不到她的。就这样，新娘登上了漂亮的四轮马车，新郎只是作为配角陪伴着她；马车在整洁的路面上滚动了几分钟，便开始颠簸起来，穿过绝望的深渊，穿过满目毁灭与废墟的漫长道路。据说，从这同一条路走过的还有别的新人马车，从前有过，后来也有过。

倘若小杜丽那一晚觉得芬妮走后自己感到有点孤单，有点消沉，要解除她情绪的低落，意气的消沉，什么方法都不如让她能够像过去那样坐在她父亲身旁干活，照料他的晚餐和饭后的休息来得灵验。然而这个方法现在是不可能的了，因为他们都坐在华丽的马车上，那个杰纳勒尔太太便是这辆马车的驭者。要说晚餐！倘若杜丽先生要用晚餐，他现在有一名意大利厨师，一名瑞士糕点师傅，他们一定是要戴上教皇法冠那般高的帽子，在楼下备有铜平底锅的实验室里，玩弄了

---

① 罗马有圣彼得教堂。

炼丹术士的花招之后，他方能进餐、吃糕点的。

那一夜他是一副诲人不倦的说教家的面孔。倘若他能干脆地表示一番慈爱，他倒更能给小杜丽以安慰；然而，她对他是言听意从、毫无怨言——她什么时候对他不是言听意从、毫无怨言！——并且顺着他的脾气、尽说他的好话。杰纳勒尔太太终于要离开餐室了。她每天晚上离开餐室时的礼节一直是她的最最冷淡的礼节；仿佛她觉得必不可少的是应把人的想象冻得像石头一样僵硬，免得它跟在她的身后。她做的刻板的准备动作，仿佛是一排士兵的优美操练，做完了准备动作，她便退下了。这时候小杜丽用胳臂挽住她爸爸的脖子，向他道了晚安。

“艾米，我亲爱的孩子，”杜丽先生拉住她的手说道，“一天结束了，这一天真——哈——真叫人难忘，我真高兴极了。”

“您还有点累了呢，亲爱的爸爸，是吗？”

“不累，”杜丽先生说道，“不累：要是疲劳是在一个如此般——嗯——充满最纯洁的欣喜的日子里产生，我是感觉不到疲劳的。”

小杜丽见他有如此的心情，也感到非常高兴，她从自己的心底里流露出微笑。

“亲爱的孩子，”他接着说道。“今天这个日子——哈——倒树立了一个好榜样。一个好榜样，我亲爱的宝贝女儿——嗯——是为你树立的。”

小杜丽听了他的话心中非常不安，不知道该说什么才好，尽管他停下话，仿佛是期待她说出几句话来。

“艾米，”他又说起来，“你亲爱的姐姐，我们的芬妮，已经订了——嗯——婚约，非常明白是为了要扩大我们——哈——我们的关系的基础，是要——嗯——加固我们在社会上的关系。亲爱的孩子，我相信，可以给你找一个合适的伴侣——哈——那个时候也不会太远的。”

“哦不要！我就跟您呆在一起。我求您让我跟您呆在一起！我什么也不想，只求跟您呆在一起，好好照顾您！”

她说这样的话时宛如一个突然受惊的人。

“不行，艾米，艾米，”杜丽先生说道。“说这种话太没能耐，太傻里傻气了，太没能耐，太傻里傻气了。你的地位叫你——哈——要把责任挑在肩上。这个责任就是要扩大这个地位，要——嗯——做一个对这个地位来说是名副其实的人。至于说照顾我嘛，我可以——哈——自己照顾自己的。或者说，”他停顿了一会又补充说道，“假如我真需要照顾，我——嗯——在上帝的保佑下，是能受到照顾的。我——哈嗯——不能，我亲爱的孩子，不能打主意把你留在我的身边，把你——哈——好像是当作牺牲品了。”

唉，真不是时候，在这时开始表白那种自我克制；在这时做出自我克制，还表现出因此而得益匪浅的神气；在这时还相信真能做到自我克制似的！

“别说了，艾米。我明明白白地说一句我不能这么干。我——哈——不可能这么干。我的——嗯——良心不允许我这么干。因此，我的宝贝，我借这个机会，今天这个令人难忘的、我非常高兴的日子提供的机会——哈——庄严地宣布，现在我的心愿，我生活的目的，就是要为你——哈——找一个合适的（我再说一遍，合适的）丈夫。”

“哦，不要，亲爱的爸爸！请求您不要！”

“艾米，”杜丽先生说道，“我心里完全相信，假若我拿这件事去请教随便哪一个有较多的社会知识，有一颗更能体贴人的心，又有理智的人——我们不妨举个例子，比如请教——哈——杰纳勒尔太太——对于我说的话里面的真诚和得体——嗯——是不会有意见分歧的。不过，根据以往的——嗯——以往的经验，我是了解你的本分和孝顺的，所以，我完全相信，也不必再说什么的。我眼下——嗯——也没有对象提出来供你考虑，我的孩子；我心里还没考虑过哪个人呢。我不过是希望我们应当——嗯——相互了解的。嗯。晚安，我身边留下的唯一亲爱的孩子。晚安。上帝保佑你！”

即便那天夜里小杜丽脑子里真闪过一个念头，觉得在他时来运转发了财，在他心里想再娶妻子来取代她的时候，他现在会毫不在意地将她丢弃，即便她有过这个念头，她终于也将它打消了。她现在仍旧是忠于他的，如同她在最最艰难的日子里一样，当时她独自一人照料着他的生活，度过了那艰难困苦的岁月，因此，她打消了这个念头；在她含着眼泪，辗转反侧的时候，她也没有别的更加难熬的思想，只觉得他现在遇事总是从他们现在的富有出发去考虑，从老是挂在他心上的忧愁出发去考虑，他老担忧的便是他们应该富有下去，他们应该更加富有起来。

他们坐在那辆华丽的马车上，由杰纳勒尔太太驾驭，又度过了三个星期的时光，然后他才出发前往佛罗伦萨去与芬妮会合。小杜丽真乐意陪伴着他前去，仅仅是为了自己的爱的缘故，然后再独自从那里回到罗马，思念亲爱的英格兰故乡。然而，虽然那旅游从仆已经跟着那新娘到了佛罗伦萨，可是跟她父亲去的还有那个男仆；而且，只要花了钱能够雇到任何一个仆人，陪伴她父亲北上的差事也不会轮到她的。

在罗马的那个家只有她们两个住着的时候，杰纳勒尔太太对待生活是从容不迫的——那就是说，如同她能做到从容不迫地对待任何事情一样；小杜丽则经常乘上给她们两人雇的那辆马车外出，独自一人走下马车，到古罗马的废墟中去漫游。巨大的古代圆形竞技场的废墟，古代神殿的废墟，古代弓形纪念碑的废墟，古代人行大道的废墟，古代墓冢的废墟，这些废墟不但呈现出当时她所看到的实际的模样，而且对她来说，也就是马夏尔西狱的废墟——是她昔日生活的废墟——是过去居住在马夏尔西狱内的人脸和身躯的废墟——是它的爱、它的希望、它的忧愁、它的欢乐的废墟。这位孑然一身的姑娘坐在一截断柱上，呈现在她眼前的是两个沦为废墟的活动范围与苦难；在那萧瑟荒凉的地方，在蔚蓝的苍穹底下，她同时看到了这两个废墟。

然后便会有杰纳勒尔太太出现：抽走了一切事物的生气，如同自然与艺术抽走了她身上的生气一样；将“不伦、不类”写在尤斯特斯先生的书上，不管在何处，只要能得手；不管在何处，她只寻找尤斯特斯先生之流，别的一概视而不见；抓住那些最枯燥乏味的古迹的琐细遗骨，然后囫囵吞下，不留丝毫人的痕迹——酷似一个戴了手套的食尸鬼。

第十六章

成　了

这一对新人到了伦敦坎汶迪希广场哈莱大街，接待他们的是总管家。这位大人物对他们俩并不关心，不过总的来说，心中也容得下，并不讨厌他们。人们还得继续要娶亲，要出嫁，否则也就不需什么总管家了。正如要国家就是为了要收税，所以要家庭就是为了要有管家。那总管家无疑在想，自然的发展要求使富豪们维持下去，为了他的缘故。

他因此便放下了架子，站在门厅入口处望着刚到的马车，并没有讨厌得直皱眉头，而且还非常优雅地对他手下一个人说："托玛斯，帮忙卸行李。"他甚至还陪着新娘上去拜见莫多尔先生；不过，他这个举动应该看作是他对女性的尊敬(他是女性的爱慕者，因为众所周知，有一位公爵夫人的妩媚动人曾使他为之倾倒)，并非他本人向这个家庭承担的义务。

莫多尔先生贼溜溜地站在炉前地毯上，等着迎接斯巴克勒太太。在他上前去欢迎的时候，他的手似乎朝袖子里面退缩，他朝她递过去这么一大截的袖口，这种欢迎方式仿佛是人们通常说的盖伊·福克斯[①]所表现的了。而且，他吻过她以后便紧紧抓住自己的手腕，后退到脚垫和桌椅中间，仿佛他又是来抓他自己的一名警官，命令自己道："行了，别来这一套！喂！你知道，我已经当场抓住你了，你乖乖地跟我走吧！"

斯巴克勒太太被安顿到了一套华丽的房间里——绒毛、丝绸、印花棉布及细亚麻布的内室——她感到，至此她的胜利是巨大的，她已经一步步取得了成功。在她结婚的前一天，她曾经当着莫多尔太太的面，带着毫不在乎却又和蔼可亲的神态，赏给莫多尔太太的女仆一点小小的礼品(手链、宽边软帽、两套衣服，全部都是新的)，价值是莫多尔太太以前送给她的礼物的四倍。她现在已经住进了莫多尔太太自己的房间，为了使房间更加配得上她来居住，室内还略加装饰。她靠在椅子上，周围都是奢华的摆设，凡是金钱能买到的，凡是人们脑子想得出的，这里是应有尽有；这时，她在想象中看到，那个与她思想中的欣喜若狂节拍一致的白皙的胸脯，正在与那个闻名了这么久的胸脯竞争，并且已经使之相形见绌，取而代之了。高兴吗？芬妮一定是很高兴的。她现在不再想寻死了。

那旅游从仆不赞成杜丽先生下榻在朋友的家中，主张带他住到格罗符诺广场布鲁克街的一家旅馆里。莫多尔先生吩咐一大早便备好他的马车，好让他吃了早饭即会见杜丽先生。

马车那样明亮，马儿那样光泽，马具那样锃亮，仆人的服装是那样诱人、那样耐穿。一套华丽、体现身份的车马装备。是姓莫多尔的人才有的车马装备。早起的人望着在大街上辘辘驶去的马车，带着敬畏的口气说道："那是他！"

是他的马车，一直驶到布鲁克街才停下。接着，这个华丽的珠宝盒子里走出一块珠宝；他这块珠宝并不闪烁，而是恰好相反。

旅馆办公室里一阵骚动。莫多尔！老板虽然是个生性傲慢的人，还刚赶过两匹纯种马到城里去过，此时他走出办公室，前来领着莫多尔上楼去。职员及仆人们挤到狭道里候着，偶尔也有人在门口或角落里守着，就是要朝他看上一眼。莫多尔！啊，他就是太阳，他就是月

---

① 英国历史上"火药阴谋"的执行者，衣着怪异。详见上卷第十章注。

亮，他就是星星，这个伟人！他是富有的人，他把《新约全书》作了一些修改，已经进入了天国[①]。他是爱邀请谁一起进餐便能办到的人，是个发了大财的人！他登上了楼梯，而楼梯下面人们已经站定了，以便他下楼时人影能落到他们身上。得了病的人也被扶着来了，坐在这位使徒必经之路上——他们都是没有进入上流社会的人，他们没有发财。

杜丽先生穿着晨衣，手拿报纸，正在用早餐。那旅游从仆语声激动地说道："密斯麦戴尔[②]！"杜丽先生跳将起来，过度紧张的心怦怦直跳。

"莫多尔先生，这真是——哈——荣幸。请允许我表示——嗯——我本人对这一令人无比兴奋的关怀之举的——哈嗯——认识，高度的认识。我非常了解，先生，您的时间是非常紧张的，您的时间是——哈——极为宝贵的。"杜丽先生怎么也没法将"极为"一语说得直截了当叫自己感到满意。"您——哈——这么大清早便抽出极宝贵的时间光临敝处，真是——哈——我无上的荣光，我以极大的敬意表示感谢。"杜丽先生在与这位伟人说话时毫无疑问是颤抖了。

莫多尔先生发出了几个微弱的、只给自己听的、支支吾吾的声音，可是这几个声音毫无意义；最后他说道："我很高兴见到您，先生。"

"您非常客气，"杜丽先生说道，"真客气。"这时候客人已经在椅子上坐定，一只大手摸着疲惫的额角。"我希望，您身体好吧，莫多尔先生？"

---

① 《圣经·马太福音》第十九章第十六至二十四节（新约第一卷）。耶稣对十二门徒说过，进天国的只有像孩子一样的人，为钱财所蛊惑的人是进不了的。

② 旅游从仆是法国人，他是要说"莫多尔先生"，可是说得不准。

“我身体好，跟我——对，我身体跟我平时一样好，”莫多尔先生说道。

“您的事务一定很多。”

“事务还可以。不过——哦不是的，事务多少跟我没什么关系，”莫多尔先生一面说，一面四处张望。

“消化欠佳？”杜丽先生提示了一句。

“很可能。不过我——哦，我还算好的，”莫多尔先生说道。

他那两片嘴唇相接的地方，可以见到一丝丝黑色的痕迹，仿佛一根细小的火药导火线在这里燃过；倘若他脾气原来是比较急躁的话，那么那天早晨他的心情必定是非常烦躁的，从他外表看来，他就像这样的一个人。这一神态，以及他举起手来摸一下额角的沉重的动作，才促使杜丽先生关切地询问起来的。

“莫多尔太太，”杜丽先生接着献媚道，“您也许猜到了，我离开罗马时，您那位——哈——举世所瞩目的——嗯——无人不赞美的夫人，上流社会主要魅力之体现，她还在那里。我离开的时候她的身体非常地好。”

“莫多尔太太，”莫多尔先生说道，“人们都说是个非常有魅力的人。她当然是这样。我知道她是很有魅力的。”

“谁还会有别的想法？”杜丽先生附和道。

莫多尔先生在闭起的嘴巴里拌着舌头——他那舌头似乎相当僵直，相当不听使唤——润了润嘴唇，又举起手来摸了一下额角，又四处张望了一阵，尤其是椅子的下面。

“可是，”他说道，第一次盯着杜丽先生的脸看，并且目光立即便落到了杜丽先生背心的纽扣上；“假如我们要说什么魅力，您的女儿才应该成为我们的谈论中心。她非常地漂亮。无论是容貌，无论是身段，她都是非同一般。昨天晚上小两口子到家的时候我见了这样的风韵，真感到惊讶。”

杜丽先生心里委实欣喜无比，于是他说——哈——他情不自禁地要口头向莫多尔先生表示，正如他信中已经说过的那样，对于他们两家的结合，他是多么地荣耀，多么地高兴。他伸出自己的手来。莫多尔先生把这只手端详了一会儿，拉过来放在自己的手上，仿佛他自己那只手是一只黄黄的菜盘子，仿佛又像一块鱼片，他握了一会儿，然后又交还给杜丽先生。

“我想好了一大早就赶马车过来，”莫多尔先生说道，“想帮上一点儿忙，也许我可以帮您一点什么；来告诉您一下，我希望您至少肯光临敝处，今天与我一起进餐，假使您回伦敦期间，事务并不繁多，那就每天一同进餐。”

这样的厚待真让杜丽先生欣喜若狂了。

“您回伦敦要住很久吗，先生？”

“眼下我还没这个打算，”杜丽先生说道，“没打算要——哈——住半个月以上。”

“路上跑了这么多日子，只呆半个月太少了，”莫多尔先生说道。

“嗯。是啊，”杜丽先生说道。“不过事情是——哈——我亲爱的莫多尔先生，我觉得国外生活非常适合于我的身体，适合于我的爱好，还有，我这一次回伦敦——嗯——只有两个目的。一个是，这个——哈——我现在已经得到的，而且也是我非常看重的，特别的幸福和——哈——荣幸；第二个目的，是要安排一下——嗯——如何使用，换句话说，合理使用——哈嗯——我的资金。”

“这个嘛，先生，”莫多尔先生又将舌头拌了一阵之后说道，“假如我在这方面对您还帮得上忙的话，您只管吩咐。”

杜丽先生说到这件棘手的事的时候，话说得比平日更加支支吾吾了，因为对于这么一个无人不称道的权势人物会有什么态度，他心里并不十分有底。他心中还有顾虑，倘若他谈话中提及任何个人的资本和财产，对于这么一个做大生意的人来说，是否有小家子气之嫌。现在莫多尔先生态度非常和蔼地主动表示给予帮忙，他的顾虑大大地打消了，便立即抓住这句话，对莫多尔先生说了一大堆感激不尽的话。

“像您这么直截了当的忠告和支援——哈——给我的巨大帮助，”杜丽先生说道，“我简直是——嗯——坦白跟您说，连想也不曾想过。虽然毫无疑问我在任何情况下，也会像——哈嗯——这个文明世界的别的人一样，也会步您莫多尔先生的后尘的。”

“您知道我也差不多可以说我们是亲戚了，先生，”莫多尔先生说道，一面对地毯的图案感到格外有兴趣，“因此，您有事尽可以来找我帮忙的。”

“哈。您真慷慨，真慷慨！”杜丽先生兴奋地说道。“哈。非常慷慨！”

“对于一个照我的说法不过是圈外人的人来说，”莫多尔先生说道，“目前是不容易挤进哪一笔生意里去的——当然我说的是我自己的生意——”

“当然，当然！”杜丽先生兴奋地说道，用的是暗示并无别的什么生意的语气。

“——除非是出高价。用我们习惯上说的就是很长的数字。”

杜丽先生情绪很轻松地哈哈笑起来。哈，哈，哈。很长的数字。妙。的确很生动！

“不过嘛，”莫多尔先生说道，“我一般倒是在自己手中留一点权，就是说行使一点优先权——人们一般爱说这是照顾——算是对我的关心和操劳表示一下意思。”

“是一切为公的精神和气质，”杜丽先生提示。

莫多尔先生做了一个干咽的动作，似乎是将一切为公的精神和气质这样的品质像吞药丸子似的囫囵吞下了；接着又说道：“作为是一种报答。假使您觉得行，我会设法怎样行使我这一点有限的权力(因为人们都眼红，而且权力是有限的)，为您争取争取。”

“您想得很周到，”杜丽先生答道。“您想得很周到。”

“当然，”莫多尔先生说道，“在这些交涉当中，必须有最最严格的廉正、诚实；人与人之间必须有最最纯洁的诚意；必须有未受到过指责的，而且是无可指责的信任；否则，事情就没法进行下去。”

杜丽先生满含热情地为这些高尚的情操叫好。

“因此，”莫多尔先生说道，“我只能在某种程度上给您优先权。”

“我理解。在明确的程度上，”杜丽先生说道。

“明确的程度。完全光明正大。不过，假如要我给您参谋参谋嘛，”莫多尔先生说道，“那是另一回事了。我的话不一定有用，不过——”

哦！不一定有用！(杜丽先生是决不容许对此加以贬低的，即便只是最微小的迹象，即便是出自莫多尔先生本人之口。)

“——不过，我想说就可以说，因为我与我的同胞之间是纯洁的光荣结成的关系，并没有什么影响我说出一点意见的东西，要是我想说的话。而且，”莫多尔先生说道，他此刻正全神贯注地看着窗外经过的垃圾车，“只要您觉得合适，我随时都可以听从您的调遣。”

杜丽先生又表示了感谢。莫多尔先生又摸了几下额角。平静，无声。莫多尔先生，在端详杜丽先生的背心纽扣。

“我的时间相当宝贵，”莫多尔先生蓦地站起来，仿佛他在这一段时间的静默中是在等候他那两条腿，此刻这两条腿刚到，“我要到商界去走访走访。要不要让我送您到哪里，先生？您要在哪里下车就在那里让您下车，您要乘到哪里便送您到那里，我将非常乐意。我的马车听由您使唤。”

杜丽先生想到他要到他的银行里去办事。他的银行便在商业区。那真是方便；莫多尔先生会送他到商业区去。不过，他去穿外套当然不便让莫多尔先生干等着了。行，他可以等着，而且应该等一等的；莫多尔先生硬是要等他穿好外套。于是，杜丽先生到了隔壁房间，让男仆替他穿戴起来，五分钟之后他走出房间，真是光彩夺目。

这时，莫多尔先生说道：“请允许我，先生。挽住我的胳臂！”于是，杜丽先生是靠在莫多尔先生的胳臂上走下楼梯的，在楼梯上他看到了那些崇拜者，并感觉到莫多尔先生的光彩反照在他身上。于是，乘上了马车，朝商业区辘辘驰去；人们朝他们注目；花白头发上的礼帽摘下来挥动着；人们一个个都向这位神奇的人物点头、鞠躬，这样的顶礼膜拜，无论哪一个礼拜日，无论是在西敏寺还是在圣保罗大教堂里，都是看不到的——不可能见到的，我的上帝，绝不可能的！（这也许值得形形色色的谄媚者好好思考的。）这真是令人欣喜若狂的梦境，杜丽先生只觉得自己站在这辆知名的凯旋战车上，雄赳赳地朝着那个与之相称的目标，金灿灿的伦巴底街[①]前进。

到了伦巴底街，莫多尔先生硬要下车，自己步行，把他这辆不像样的马车交给杜丽先生使用。于是，这梦境中的狂喜愈加动人了，杜丽先生一个人走出银行，由于莫多尔先生已经离去，人们便都朝他注目，马车轻捷地前进，他在想象中听到人们频频地大声说道：“做莫多尔先生的朋友，真了不起！”

尽管那天的宴会未曾预料，也没有这样的准备，然而一批地位显赫的人还是光临了，他们并非泥土所捏成的，而是一种目前不为人所知的高级材料制成的，他们的光临为杜丽先生女儿的婚姻带来了显赫

---

① 伦巴底街(Street of the Lombards)，伦敦的金融中心。

的福分。杜丽先生的女儿，在那一天，非常严肃地开始了她与那个当时不在场的女人的竞争；而且这场竞争一开始便如此成功，杜丽先生简直可以宣誓，倘若有此必要，斯巴克勒太太生来便是在奢华的生活环境中宠惯的，她根本从未听说过英语里有马夏尔西狱这样粗俗的字眼。

第二天，第三天，以及那以后的每一天里，一回回的筵席，一批批的宾客，使杜丽先生享尽了无上的荣光，名片像舞台上的雪片一样向他飞来。杜丽先生既然是声名显赫的莫多尔的朋友与姻亲，律师大人、主教大人、财长大人、议员合唱队，人人都想与他结识，与他亲近起来。每当杜丽先生因事外出到伦敦东端去(这是常有的事，因为他在那个地区的生意惊人地兴旺)，他在商业区莫多尔先生的无数办事处随便哪里一出现，这杜丽的大名一提起，便准保见到那伟大的莫多尔。于是，随着杜丽先生越来越意识到这一层姻亲关系真的已经使他出名，这梦境中的狂喜便每时每刻愈加生动了。

只有一件不会给他带来金银财宝，同时又并非轻松的事，而老是挂在杜丽先生的心头。这就是那个总管家。这个彪形大汉筵席上一本正经地站在一旁看着的时候，他的注意杜丽先生的态度，在杜丽先生看来是可疑的。杜丽先生穿过门厅，走上楼梯去入席的时候，那管家便用无神的目光紧紧盯着，使杜丽先生感到很不喜欢。杜丽先生入席之后举杯喝酒的时候，他透过酒杯还是看见那管家用冷漠、幽灵般的目光打量着他。他担心，那总管家必定认识哪个狱中人的，因而必定在狱中看见过自己——也许人家带他来见过自己。杜丽先生有机会便盯住那总管家看个仔细，然而他总记不起在别的什么地方见过这个人。最后他得出一个结论，认为这个人不知什么叫礼貌，这个大汉并没什么情操。然而，这样的想头还是没有让他放下心来；因为，不管他爱朝哪里寻思，那总管家总是用傲慢的目光注意他，即便那目光落在菜碟子上和别的餐桌装饰物上的时候，也还总在留意他；那目光一直没有放过他。向他暗示这样拿眼睛看人是会使人不自在的，或者问他一下这到底是什么意思，那样做毕竟太唐突了，是不可取的；他在与他的主人以及主人的客人间的关系上，态度是非常严肃的，他从不改变这个态度，冒昧地与别人说话，即便是一丁点儿的冒昧。

第十七章

下落不明

杜丽先生回伦敦要逗留的时间再过两天便要结束了，他当时正打算穿好衣服让总管家再拿眼睛将他审查一番(总管家的审查对象总须特地为他穿戴起来)，恰好见旅馆的一个仆人手里拿着一张名片走进来。杜丽先生拿过名片一看。嘴里说：

“芬沁太太。”

那仆人毕恭毕敬地站在一旁等着，没说一句话。

“你呀你，”杜丽先生极为气愤地冲着那仆人说道，“你说说，你把这么个可笑的名字给我是什么目的。我一点也不熟悉这个名字。先生，芬沁？”杜丽先生说道，也许是拿他当替身发泄他对总管家的怒气。“哈！你说芬沁是什么意思？”

那个你呀你似乎说芬沁与说别的任何名字一样，都是一回事，因为他一面回答说“是一位太太，先生”，一面避开了杜丽先生的严厉目光。

“先生，我不认识叫这个名字的太太，”杜丽先生说道。“把这张名片拿回去。男的也好，女的也好，我不认识什么芬沁不芬沁的。”

“请原谅，先生。这位太太说了，她知道您可能不认识这个名字。不过，她要我说一声，先生，她过去很荣幸地认识了杜丽小姐。这位太太说了，先生，是年纪最小的那个杜丽小姐。”

杜丽先生蹙起了眉头，想了一下，回答道：“先生，告诉芬沁太太。”把芬沁这个名字说得特别重，仿佛这件事应由这个无辜的仆人一个人负责，“叫她到楼上来吧。”

就在那片刻的停顿的时候，杜丽先生心里思量，倘若不让她上来，她便有可能在楼下留一个口信，或者说什么话的，很不体面地涉及过去的生活情况的口信或闲话。于是，让步了，于是，弗罗拉由那个你呀你领着上楼来了。

“无论是这个名字，还是您本人，太太，我要认识，还不曾有此荣幸呢，”杜丽先生手拿名片站着，他那神态表明，即便他有此荣幸，那也谈不上是什么第一等的荣幸，“搬一把椅子，先生。”

那个要负责的人吃了一惊，听从了吩咐，然后踮起脚出去了。弗罗拉撩起面纱，身上一阵害羞的激动，接着作了自我介绍。在此同时，一种奇特的混合的香味弥漫了整个房间，仿佛是错把一些白兰地倒进了薰衣草香水瓶里，或者是错把一些薰衣草香水倒进了白兰地瓶子里。

“杜丽先生我得向您道一千个歉的而实际上一千个道歉对这样的打扰还嫌太少了这种打扰我知道对一个女人来说实在是太冒昧了而且还是单独一个人可是尽管这事太不好办甚至显而易见是很不妥当的但我想总的说来也还是个最好的办法尽管F先生的姑妈是很乐意陪我来的而且她作为一个很有魄力很有气概的人是可以打动一个具有毫无疑问是因为经过了这么多的世事变迁必定会获得的那种生活知识的人的，因为F先生他本人屡次说尽管在布莱克希斯[1]附近受过良好教育费用高达八十畿尼那对父母来说是很大的数目而且人走了把金银餐具也不带走可是那只是渺小的表现算不上是价值的所在还说第一年当旅行推销员对一样东西的出售有很大的代办权谁也不肯让买卖再少下去

---

[1] 布莱克希斯(Blackheath)，英国大伦敦的一个住宅区，西北距伦敦十公里；狄更斯小说常提到此地，大卫·考坡菲被送去读书的学校就在此地。

那是做酒类买卖之前很久很久第一年学到的东西比在那个由一个公学拥有学位的人办的专科学校里学了整整六年的东西还要多，虽然为什么一个单身会比一个结了婚的人还要聪明我现在还是不明白过去也从来没有弄明白过请您原谅那不是主要的。”

杜丽先生两条腿在地毯上生了根，宛如一尊迷惑的塑像。

“我应该公开承认我没有什么要求，”弗罗拉说道，“不过我的认识这个可爱的小姑娘在境况发生变化之后也是一件随自己挑选的事情可是当时不是这个意思上帝知道给她这么个缝纫女工一天半个畿尼也不能算是一种帮助正好相反至于说有什么低贱的地方那是绝对不能这么说的干活的人就应该得到工钱的说真的我还真希望干活的人活儿再多一点荤菜再多吃一点腰疼腿疼的毛病轻一点真是可怜的人。”

“太太，”杜丽先生说道，这位已故的芬沁先生的遗孀停下来换一口气的时候，他也费了很大力气才喘过气来；“太太，”杜丽先生说道，脸涨得通红，“倘使您的意思是指——哈——我的一个女儿先前的——嗯——她每天消费——哈嗯——的有关事宜，太太，我请求说明一下，这件事——假定真的——哈——有这样的事，我的确是不了解的。嗯，我知道了是绝不会应允的。哈，绝不会！绝不会！”

“这件事也不必再多说了，”弗罗拉接着说道，“我本来也是绝对不会提起这件事的只是觉得这件事倒是一封很好的唯一的介绍信不过这是个事实毫无疑问的您尽管放心好了我现在身上穿的这套衣服就可以证明做得真好尽管我也不能否认身材好的人穿了就更合适了因为我的身材太胖了可是怎么样才能减肥我一点也没办法，请原谅我又扯远了。”

杜丽先生毫无表情地退回到椅子前，弗罗拉朝他投去安慰的目光，一面摆弄着手里拿的阳伞；杜丽先生于是在椅子上坐了下来。

“这个可爱的小姑娘，”弗罗拉说道，“那天早晨她浑身无力脸色苍白身上又冷那是在我家里或者至少可以说在我爸爸家里虽然那不是我完全保有的财产也还是可以说是长期租用的租金不过是意思一下就是了当时亚瑟——那是我们年轻的时候的坏习惯照现在特别是在同一个不相识的人说话而且这个不相识的人又是一个很有身份的绅士那就该叫他克莱南先生——他带来了一个叫做潘克斯的人告诉他的好消息我也就鼓起勇气来了。”

一听到这两个名字，杜丽先生蹙了一下眉头，睁大着双眼，又蹙了一下眉头，疑惑不定的样子，一面将手指按住嘴唇，如同他很久以前那样疑惑不定，说道："请您就——哈——随便说吧，太太。"

“杜丽先生，”弗罗拉说道，“您非常地仁慈允许我再说下去您这样地仁慈对我说来似乎也是非常合乎情理的因为虽然是更加显得庄重我还是看到了相像的地方当然仍旧只是相像罢了，可是我来这里打扰您的目的是我自己的主意一点也没有找哪一个人商量过最明白不过的是我没有找过亚瑟——请您原谅是多伊斯-克莱南我自己也不知道在说些什么是克莱南先生一个人——因为使这个由一条金链与一切都是仙境一般的显赫时代联系在一起的人摆脱烦恼对我来说是价值连城的事倒不是说价值连城是多少我也有一点儿知道我是用价值连城这个说法来指我所有的一切而且还要大。”

杜丽先生并没有十分重视她最后说的那几句话的严肃、郑重，他只是重复说道："请您随便说吧，太太。"

“我心里很清楚事情不会真的是这样，”弗罗拉说道，“但是那是可能的既然是可能的所以当我很高兴地在报纸上看到您已从意大利回国了还准备再回意大利去我就决定不妨试试看因为您或许会遇见过他或者听人家说起过他要是真是这样那对大家是多么大的幸福多么大的安慰啊！”

“请允许问一下，太太，”杜丽先生说道，他听了这些话以后脑子里是乱糟糟的一团，“是谁——哈——到底是谁，”他无可奈何提高嗓子重复了一遍，“你现在到底是说谁？”

“是意大利来的外国人他在伦敦失踪了您肯定也跟我一样在报纸上已经看到过了，”弗罗拉说道，“不是从名叫潘克斯的人那里私下听来的他那里听到有些人坏着心眼偷偷搬弄的骇人的坏消息很可能都是些照他们自己的眼光说人家的坏话还有亚瑟——真没办法改口多伊斯-克莱南——他的难受和气愤那是一定的。”

事也有巧，对于一件要加以说明才能为人所理解的结果很庆幸的是，杜丽先生既没有听说过这件事情，也没有在报纸上看到有关的新闻。这样一来倒弄得芬沁太太不住地道歉，因为她在衣裙的衬边缝里将手伸到口袋里的确非常地不容易，不过她终于掏出了一份警察局的传单，传单上说有一位名叫布兰德瓦的外国人，由威尼斯抵达伦敦，在某个晚上，在伦敦城的某一个地区，无缘无故地失踪了；据说他在某个时刻，进入过某座房子；据那座房子的住户称，他大约在午夜前多少分钟时离开那座房子；从那以后谁也没有再见过他。传单上说的内容，有准确的时间与地点，对这位如此神秘地消失的外国人的特征也有非常详细的描述，杜丽先生都非常仔细地看了。

“布兰德瓦！”杜丽先生说道。“威尼斯！这些详细说明！我认识这个人。他到我住处来过。有一个出身很好(不过现在家境很糟)的绅士，我——嗯——我是他的保护人，跟他非常熟悉。”

“听您这么一说我就更加要劳您驾务必帮忙了，”弗罗拉说道，“您回去的时候请您一路上各个角落到处寻找一下这位外国人所有旅馆里橘树林中葡萄园里火山边上到处打听一下他的下落因为他一定在哪个地方的问他为什么不站出来说一下他在哪里让各方都消除疑问呢？”

“请问您一下，太太，”杜丽先生又提起那传单上写的，说道，“克莱南商号是指谁？哈。我看到这里提到过这个名字，就是据说布兰德瓦先生进去过的那所房子的居住人提到的；克莱南商号是谁？这个人是不是就是我过去——嗯——有一点——哈——短时间略有相识，我记得你刚才也提到过的那个人？是不是——哈——就是那个人？”

“那人其实是完全不同的一个人，”弗罗拉回答道，“腿不会动而是坐轮椅上虽然是他的母亲却是一个最冷酷、严厉的人。”

“克莱南商号是个——嗯——母亲！”杜丽先生惊叫道。

“除了她还有一个老头，”弗罗拉说道。

从杜丽先生的神态看来，他仿佛在听了弗罗拉的话之后必定即刻便神志不清了。弗罗拉突然迅速地分析了一番弗林特温奇先生的领结，说他仿佛是一个卑鄙小人，他与克莱南太太之间没有一点儿分界线的痕迹，几乎是一个人，然而她这个说明也无助于使杜丽先生恢复神志。男人和女人，腿不能动，轮椅，卑鄙小人，冷酷、严厉，绑腿，这一切混合在一块，把杜丽先生完全惊呆了，他那个样子真的叫人觉得可怜。

“不过我不想再多打扰您一分钟了，”弗罗拉说道，他那情状她已经觉察到了，但是她一点也不知道那是她引起的，“假如您肯以一个绅士的身份答应在去意大利的途中以及到意大利以后您愿意在各个地方寻找这个布兰德瓦先生假如您找到了他或者有他的消息务必叫他站出来让各方都消除疑问。”

到了这个时候，杜丽先生已经略微从惊愕中清醒过来，已经能够语意颇连贯地说，他是应当将此看作是责无旁贷的事。弗罗拉事告成功，当然兴高采烈的，并起身告辞。

“我这里真是千恩万谢了，”她说道，“而且我名片上也写了地址为的是万一有什么事要与我个人联系，这样我也就不想向可爱的小姑娘问候了因为这个做法不一定受欢迎而且事实上也已经不再有什么可爱的小姑娘了事情已经有了变化所以为什么要这样办呢不过我本人与F先生的姑妈都衷心祝愿她万事如意也不想自称我们给过什么帮助这事您就尽管放心好了而是正好相反因为她要做的事她都做了比我们许多人做的事还要多，更不用说她尽量把事情做得非常出色的话了我本人就是我们许多人中的一个因为自我开始从F先生去世的打击中振作起来以来我就说过我要学弹风琴了风琴我是非常喜欢的可是说出来也很难为情我到现在还是一个音符也不懂，晚安！”

杜丽先生送她到了房间的门口，待到他稍有工夫使自己的头脑清醒过来的时候，他发现这一会面又把与莫多尔的家宴格格不入的忘却的回忆一件件都召回来了。他写了简短的信函派人送出去，推说那天因故不能前往，并立即在旅馆里订了酒菜送到自己的房间。他这么做还另有一个理由。他在伦敦逗留的时间很快便要到期，已经答应的事情也要在这两天里作些准备；他回意大利的计划也定了；对布兰德瓦失踪一事作些直接的查询，并能够将他自己亲自调查的结果带回去转告亨利·戈文先生，他认为，有鉴于他身份的重要，他是应该这样做的。因此他决定利用今晚自由行动的方便到克莱南公司去走一趟，那份传单上有地址，找起来是很方便的；亲自去看看那个地方，到那里问几个问题。

在这家旅馆可能的情况下，又有旅游从仆允许，他非常简单地吃了一餐，为了要从与芬沁太太会见引起的惊愕中更加振作起来，餐后又在炉边睡了一会儿，醒来以后便独自一人乘上一辆轻便出租马车①出发了。他在那个堕落的时代里已经没有人头悬挂、只是一片孤寂的

① 原文为 hackney cabriolet，法文 cabriolet 指单马双轮轻便马车。

西城门①下经过的时候，圣保罗教堂深沉的钟声敲响了九点钟。

他穿过狭街小巷，穿过河滨大马路接近他的目的地时，伦敦那一带地方在这样的一个时辰在他眼里似乎比他原来所想象的那个模样显得更加丑陋。自从上一次到过这一带以来，已经过去了许多漫长的岁月；他对这一带了解并不多；在他眼里这一带有一种神秘萧瑟的外表。这一点在杜丽先生脑子里产生了巨大的影响，因此当他的马车夫一路上问了不止一回路之后终于停下来，并且极为自信地说他们要找的人家的门就在这里的时候，他站在那里真的犹豫起来了，他手拉住出租马车车厢的门，颇有些害怕这个地方的神秘样子。

这个地方历来是阴郁的，那个晚上这里也的确是一样地阴郁。门口的墙上，一边一张贴了两张传单，随着灯在晚风里忽明忽暗，阴影在传单上移动，颇有点像指着传单上一行行字的手指头的影子。很显然这里已经设下了监视人员，注意着周围的动静。在杜丽先生停下脚步的时候，有一个人从路的对面朝院子里面走去，另一个人从院子里面哪个黑暗的角落朝外面走来；两个人一里一外走动的时候都在注视着他，并且都在近处站定了。

由于这院子里面只有一幢房屋，并没有什么可疑惑不定的，于是他踏上了那幢房屋的台阶，伸手去敲门。房子二楼有两个窗口亮着微弱的灯光。他敲门的时候，那门响起了凄凉、空洞的声音，仿佛这屋子里面是空的；然而，房子并非无人居住，因为里面亮起了灯光，并

---

① 西城门原文为 Temple Bar，即圣殿骑士(一一一八年左右在耶路撒冷建立的保卫圣墓与来圣地的香客的骑士组织成员)在伦敦住处建筑物之前的屏障，在伦敦舰队街(Fleet street)与斯特兰街即河滨大马路(Strand)交叉处，是伦敦市管辖区西端的门户，故改译“西城门”。一七四六年之前，西城门上是悬挂阴谋反叛分子头颅的地方，据说最后一颗萎缩的头颅从城门大铁钉上坠落下来大约是在一七七二年。杜丽先生是一八二五年前后的人，因此，他从西城门下经过的时候，城门上是没有人头，只有一片孤寂了。西城门于一八七九年拆除。

且几乎是在顷刻之间便听到了一阵脚步声。灯与脚步声一齐到了门口，随着吱嘎一声链条响，便有一个女人将脸与脑袋都用自己的围裙遮起来，站在门缝里。

“是谁啊？”那女人问。

杜丽先生见了她这般模样非常吃惊，他回答说他是从意大利来的，还说他想提一个有关他认识的那个下落不明的人的问题。

“嗨！”那女人提高了沙哑的嗓门嚷道。“杰拉米！”

听见这一声叫喊，一个干瘪的老头出来了，杜丽先生心里想，从这老头的鞋套来判断他认出这老头便是那卑鄙小人了。那女人见了干瘪老头就胆战心惊的，因为见他走近她便拉下了遮在头上的围裙，露出了一张苍白、充满恐惧的脸。“把门开开，你这蠢货，”老头儿说道；“让这位先生进来。”

杜丽先生走进灯光昏暗的门厅时，不禁回头看了看他的马车夫和出租马车。“说吧，先生，”弗林特温奇先生说道，“您有什么想问的，在这里您尽可以问；在这里是用不着保密的，先生。”

没等杜丽先生说话，楼上便传来一个声音，虽然是个女人的声音，却有力而严厉：“是什么人？”

“是什么人？”杰拉米接话道。“又来查问了。一位从意大利来的先生。”

“带他上楼来！”

弗林特温奇先生嘴里咕哝着，仿佛他觉得带这个人上楼去是毫无必要的；可是他转身对杜丽先生却说：“是克莱南太太。她爱怎么样就要怎么样的。我给您带路。”他于是在前面领着杜丽先生登上那发黑的楼梯；而这位先生，上楼的时候不觉自然地回过头来看看身后，只见那女人跟着，她又与刚才那个恐怖样子一样，将围裙遮在头上。

克莱南太太的账册都打开了放在那张小桌子上。“哦！”她两眼盯着来客，上下打量着他的时候突然说道。“您是从意大利来的，先生，是吧。呃？”

杜丽先生当时也说不出明确一点的话来回答她，只是“哈——呃？”了一下。

“那个下落不明的人在什么地方？您是不是来告诉我们他的下落的？我希望您是这个意思吧？”

“完全不是这样，我——嗯——是来打听消息的。”

“我们很不走运，这儿是打听不到消息的。弗林特温奇，拿传单给这位先生看。再给他几张带走。拿灯过来让他看传单。”

弗林特温奇照她的吩咐拿过灯来，杜丽先生从头看到尾，仿佛他原先并不曾看过这张传单；他真高兴可以趁这个机会让自己情绪镇定下来，因为这座房屋的外貌，这房屋里的人的模样已经叫他觉得颇有点心慌意乱的了。他的眼睛盯在纸上，他却感到弗林特温奇先生的眼睛与克莱南太太的眼睛都在盯着他。他抬起头来的时候发现，他的这种感觉并非是他自己的胡思乱想。

“现在，您跟我们一样，”克莱南太太说道，“我们知道的，先生，您也都知道了。布兰德瓦先生是您的朋友吗？”

“不是——是一位——嗯——一个认识的人。”杜丽先生回答道。

“也许，他没有托您办什么事吧？”

“我？哈。当然没有。”

她那锐利的目光移开了，在朝弗林特温奇先生脸上注视了一会儿之后，渐渐地落到了地板上。杜丽先生发现，他原是来问一问情况的，现在倒成了查问的对象，这使他感到困窘，于是决心扭转这种未曾预料的局面。

“我是——哈——一个有产业的人，目前在意大利居住，与我一起的有我的子女，我的仆人，还有——嗯——我的相当大的家庭。我是在伦敦作短时间停留，是来办理——哈——与我的地产有关的事宜，听说了这一桩奇怪的失踪事件，因此我想亲自来了解一下第一手的情况，因为有——哈嗯——在意大利有一位英国人我回去一定会见到的，他与布兰德瓦先生交往密切，每天都来往。他是亨利·戈文先生。您可能知道这个名字。”

“从来没有听说过。”

克莱南太太说了这么一句话，弗林特温奇先生也重复了这句话。

“因为我想——哈——把事情的来龙去脉向他说得连贯、完整一点，”杜丽先生说道，“我能不能问——就问三个问题？”

“三十个，要是你想问。”

“您认识布兰德瓦先生好久了吗？”

“不到一年。这位弗林特温奇先生，他会查查账册，告诉你他是什么时候介绍给我们的，是巴黎什么人介绍的。假如那样办，”克莱南太太又加了一句，“你觉得有些满意的话。对我们是说不上满意不满意的。”

“您常见到他吗？”

“不。两回。一回是在以前，还有——”

“就那一回，”弗林特温奇先生提示了一句。

“就那一回。”

“请问，太太，”杜丽先生说道，随着他的神气的恢复，他越来越觉得他就是治安委员会里担任某项重要职务的人；“请问，太太，为了让我有幸——哈——聘用，或者说保护，或者就让我说——嗯——认——认识的那位绅士更加满意，我能不能询问一下——这张印刷品上说的那个晚上，布兰德瓦先生到这里来是办公事吗？”

“办他所说的公事，”克莱南太太说道。

“这——哈——请原谅——这公事的性质能不能说？”

“不行。”

要越过这个回答的障碍显然是不切合实际的。

“这个问题以前也有人提过，”克莱南太太说道，“回答也都是，不行。我们的事务无论怎样不重要，我们都不喜欢向全城的人公开。我们的回答是，不行。”

“我的意思是，比如说，他没有带走什么钱吧？”杜丽先生说道。

“他没有拿过我们什么钱，先生，没有在这里拿过钱。”

“我想，”杜丽先生说道，目光从克莱南太太身上移到弗林特温奇先生身上，又从弗林特温奇先生身上移到克莱南太太身上，“您自己给自己也没法子解释这件神秘的事情，是吗？”

“你为什么这样想？”克莱南太太反问道。

杜丽先生被这一句冷酷严厉的反问扰乱了心绪，他连个为什么会这样想的理由也找不到。

“我对这件神秘事情的解释，先生，”在杜丽先生尴尬地沉默了一会儿之后，她继续说道，“那就是我毫不怀疑他是到什么地方去了，要不就是在什么地方藏起来了。”

“您知不知道——哈——为什么他要在什么地方藏起来？”

“不知道。”

这句话的“不”与刚才说的那个“不”一模一样，又竖起了一道障碍。

“你是问我，我是不是会给我自己解释这个失踪事件，”克莱南太太话语严厉地提醒他，“并不是问我，我是不是会给你解释这个事件。我并不想给你作出解释，先生。我知道我无权给你作解释，就像你无权要我作解释一样。”

杜丽先生表示抱歉地点了一下头作为回答。当他退后一步准备说没有别的话再要问的时候，他不禁注意到她坐在那里是多么阴郁、多么凝神，只是将两眼盯着地板，并流露出一种一等到底的神色；而这同一种表情又是多么相像地反映在弗林特温奇先生的脸上，他在离她椅子不远处站着，两只眼睛也紧紧盯着地板，他的右手则轻轻地搓着下巴。

就在这个时候，艾弗莉太太(当然，便是那个系着围裙的女人)手中拿着的烛台失落在地上，大声叫道："喔！啊上帝！又来了。听，杰拉米！喔！"

即便真有响声，那声音也是那样轻轻的一点儿，她必定是已经养成了一个竖起耳朵听声音的改也难的习惯了；然而，杜丽先生认为他真听到了一点什么，像枯树叶飘落下来的那样。那女人的恐怖心理在极短的时间里似乎把三个人都触动了；他们都竖起耳朵听着。

弗林特温奇先生是第一个起来走动的人。"艾弗莉，老婆子，"他说道，同时悄悄朝她走过去，捏起拳头，由于真想抓住她晃几下，胳膊肘都在发抖了，"你又在耍老花招了。等会儿你又要梦游了，老婆子，又要变你那一套古里古怪的戏法了。你得吃点药。我送这位先生出去回来，再来给你调一剂这么舒舒服服的药，老婆子；这么舒舒服服的药！"

在艾弗莉太太心目中，这药想起来全然不是舒舒服服的；然而，那个杰拉米并没有再细说他那治病的药，他只是从克莱南太太那张桌上又拿起一支蜡烛，说道："喂，先生；要不要让我照着你下去？"

杜丽先生说了声谢谢，下楼去。弗林特温奇先生开了门，送走了杜丽先生，然后关上门，挂上了链条，没有一刻的耽搁。他一出门便又遇上那两个人，一个朝外走，一个朝里走，他踏上在外面等着的马车，马车起步走了。

马车还未走出多远，车夫便停了车，告诉杜丽先生，在那两个人一齐要求之下，他已经对他们说出了他的姓名、门牌、住址；还对他们说了他接他上车地方的地址，在他停车的地方招呼他的时间，他到这里来走的路线。马车夫说的这些话，无论是在杜丽先生又在炉边坐下来的时候，还是他上床睡觉的时候，都没有冲淡那晚的奇遇在他脑子里引起的反复思考。整整一晚他的心都在那幢阴郁的房子里，他看见那两个人毫不动摇地等待，听到那个用围裙遮了脸的女人听见响声时的喊叫，找到了那个下落不明的布兰德瓦的尸体，那尸体一忽儿在地窖里，一忽儿又封在一堵墙里。

失踪和幻想

第十八章

空中城堡[①]

有了财富、有了地位的人，他们的烦恼也真多。杜丽先生觉得，他没有必要亲自上门到克莱南公司去，也没有必要提及他知道叫那个名字的多事的人，想到这些，他便觉得沾沾自喜，然而，他回意大利去时是否要打马夏尔西狱前经过，看一看那熟悉的大门使他内心斗争起来，这一内心斗争使得那沾沾自喜的滋味在它依旧还留在心头的时候，一夜之间便消失了。他已经决定回去时不打那儿走了；而且在他的马车夫提议从伦敦桥过去，再从滑铁卢桥过江回来的时候，他竟然对马车夫大发雷霆，弄得马车夫十分惊讶——因为从这条路线走去他几乎就望得见他过去被囚禁的地方了。然而，尽管如此，这个问题还是在他心头引起了斗争；因了某个奇怪的缘由，或者是无缘无故地，他隐约间总觉得不满。甚至在第二天莫多尔筵席上，这件事总叫他不高兴，因此他老是时不时在心里翻来覆去地想着，那神态与他周围坐着的上流社会人士是极不相称的。那总管家会对他有什么看法，这位大名鼎鼎的人物总是能够用他那迟钝的目光猜透他心里反复思考的事情，想到这里便让他觉得恼怒万分。

告别筵席真是丰盛极了，这筵席以非常光彩的方式结束了他的伦敦之行。芬妮表现出某种程度的自立神态，并将这神态与她的青春、美貌所赋予的魅力结合在一起，仿佛她已经结婚二十年了。他觉得他不用担心了，可以对她放手了，让她自己去走显贵之路，并且还希望——但是不放松他对他最心爱的孩子的保护，也不损害他心爱的孩子的腼腆优点——他能再有这样的一个孩子。

“亲爱的孩子，”分别的时候他对她说，“我们一家指望你——哈——显示我们家的尊贵，并且——嗯——维护我们家的尊严。我知道你是绝不会让我们失望的。”

“不会的，爸爸，”芬妮说道，“我说，您可以放心的。代我向最最亲爱的艾米表示最最真诚的问候，过不了多久我就给她写信去。”

“要不要让我带个口信给——哈——别的什么人？”杜丽先生暗示地问道。

“爸爸，”芬妮说道，她眼前立即出现了杰纳勒尔太太的身影，“不用了，谢谢您。您真好，爸，可是我得请求您原谅。我没有别的口信要捎，谢谢您，亲爱的爸爸，我没有别的您听了会高兴的口信要捎。”

他们父女俩在一间外客厅里分手告别，当时那里只有斯巴克勒先生陪着他的夫人，并恭恭敬敬地等待着上前握手的最好机会。就在斯巴克勒先生被批准参加这告别会见时，莫多尔先生贼溜溜地进了客厅。他倒不是比芬小姐[②]的孪生兄弟，因此，相比之下，他衣袖里的胳臂看上去是长得多了。到了客厅里，他硬说要陪杜丽先生下楼去。杜丽先生无论怎样反对都是白搭，他也只好去享受这样的荣光了，由这位杰出人士陪同，到了门厅的出口处。在他这一次难忘的访问期间，这位杰出的人士（杜丽先生站在台阶上握着他的手时便对他说了）对杜丽先生真是无微不至地关怀与帮助。他们父女俩就这样分了手；

---

① 原文为 A Castle in the Air，字面意思为“建造在空中的城堡式建筑”，意为“空想”，与汉语“空中楼阁”意类同。

② 萨拉·比芬（1784—1850）是个侏儒艺人，出生时便无四肢。

杜丽先生一头钻进了他的马车，心头尽是得意洋洋的滋味，因此，虽然他那旅游从仆原是到地狱里来与人告别的，倒让他有机会瞧见了这一告别场面的壮丽，杜丽先生对此并不觉得有丝毫的遗憾。

在杜丽先生到达旅馆的时候，上述那个场面的壮丽依然使他喜形于色。他在旅游从仆以及旅馆五六个仆人的伺候下走下马车，态度安详而庄重地穿过门厅，就在这时，嗬！前面走过来一个人，把杜丽先生惊得张口结舌，怔怔地站住了。是约翰·奇弗利，身穿一套他最好的衣服，胳臂下夹了他那顶高帽子，象牙手柄的手杖样子文雅却妨碍了他的举止态度，手里还有一捆雪茄！

"喂，小伙子，"看门人说道，"就是这一位绅士。这个年轻人硬说要等您，先生，他说您见了他会很高兴的。"

杜丽先生朝这个年轻人瞪着眼睛，竭力忍着，并用最温和的语气说道："啊！小约翰！你是小约翰，我想；是不是？"

"对，先生，"小约翰答道。

"我——哈——就想是小约翰！"杜丽先生说道。"让这个年轻人上来吧，"他一面走去，一面转身对随从们说道，"哦对，让他上来吧。叫小约翰跟我来。我到楼上去跟他说话。"

小约翰在后面跟着，他微笑起来，心里非常高兴。杜丽先生的套房到了。蜡烛点亮了。随从们退下了。

"喂，先生，"当房间里只剩下他们两人、没有旁人听他们说话的时候，杜丽先生朝着小约翰转过身来，一把揪住了他的衣领，说道，"你这是安的什么心思？"

约翰的脸上呈现出的惊讶与骇怕——因为他原是等着接下来让杜丽先生来拥抱的——是那样有力地表现出来的惊讶与骇怕，杜丽先生见了也就松了手，只是朝着他直瞪眼睛。

"你怎么敢做这种事？"杜丽先生说道。"你怎么敢到这里来找我？你怎么敢来侮辱我？”

“我侮辱您，先生？”小约翰激动地说道。“哦！”

“是的，先生，”杜丽先生回答道。“侮辱我。你到这里来找我就是侮辱，就是无礼，就是大胆。谁也没有要你到这里来。谁派你到这里来的？到底——哈——你到这里来干什么？”

“我原来想，先生，”小约翰说道，是一张苍白、震惊的脸，在杜丽先生一生中——即便是他整个囚禁时期内——要说望着他的有过多么苍白、震惊的脸，这张脸便有多么苍白、多么震惊，“我原来是想，先生，您是不会介意收下一捆——”

“你那该死的一捆，先生！”杜丽先生怀着无法抑制的盛怒嚷道。“我——嗯——不抽烟。”

“实在非常对不起，先生。您过去抽的。”

“你要是再说这种话，”杜丽先生嚷道，他已经完全发狂了，“我就拿拨火棍揍你！”

约翰·奇弗利退到了门口。

“站住，先生！”杜丽先生嚷道。“站住！坐下。真该死，你坐下！”

约翰·奇弗利在最靠近门口的一把椅子上坐下来，杜丽先生此刻则在房间里走过来走过去的；起先脚步迅速；后来便慢下来了。他还走到窗口，站在窗前额头顶着玻璃。突然间，他转过身来说道：

“你到这里来还有什么别的事，先生？”

“别的什么事也没有，先生。哦我的天哪！不过是想说，先生，我希望您身体康健，不过是想问问艾米小姐好吗？”

“这跟你有什么关系，先生？”杜丽先生反问道。

“按理说，先生，是跟我没关系。的确，我从来没有想过要缩短我们之间的距离。我知道这是失礼的举动，先生，不过，我决没有想

老友的接待

到您会如此反感。请相信我的话，相信我这个人，先生，”小约翰激动地说道，“我虽然样子可怜，可是，如果我有过这样的想法，您可以相信，我的自尊心太强是绝对不会到这里来的。”

杜丽先生感到羞愧了。他回到窗前，额头顶着窗玻璃过了一会儿。他再转过身来的时候，手里拿着一块手绢，用手绢在擦眼睛，样子像是疲劳了，觉得不舒服。

“小约翰，我很难过，对你发脾气，可是——哈——过去的一些事情想起来是不愉快的，你——嗯——是不该到这里来的。”

“我现在感觉到了，先生，”约翰·奇弗利接话道；“可是我以前不明白，上帝知道我是没有坏心眼的，先生。”

“是的，是的，”杜丽先生说道。“这个——嗯——我是相信的。哈。伸过你的手来，小约翰，伸过你的手来。”

小约翰伸过手去；然而杜丽先生已经使这双手变得麻木了，现在什么也无法改变他的脸色了，这张脸依然是苍白、震惊的表情。

“哎！”杜丽先生说道，慢吞吞地与他握手。“再坐下，小约翰。”

“谢谢您，先生——不过我还是站着好。”

杜丽先生自己坐下来。他痛苦地抬起头，一动不动，这样过了一会儿，然后朝客人转过脸去，竭力装出从从容容的样子：

“你爸爸怎么样，小约翰？他们——哈——他们都好吗，小约翰？”

“谢谢您，先生。他们都很不错，先生。他们一点也没有叫什么苦。”

“嗯。你还是做——哈——你的老行当，我想，是吗约翰？”杜丽先生说道，一面朝他刚才觉得反感的那捆讨厌雪茄瞥了一眼。

“一半是，先生。我现在还干我的，”约翰踌躇了一下，“——爸爸的差事。”

“哦是吗！”杜丽先生说道。“你就——哈嗯——守着——哈——”

“铁锁吗，先生？是的，先生。”

“事情烦吧，约翰？”

“是的，先生；眼下我们心里老觉得很闷的。我也不知道是怎么回事，不过我们一般老觉得很闷。”

“就这个时节，小约翰？”

“基本上是一年到头都是这样，先生。我也不知道有过对我们来说是大不一样的时候。我祝您晚安，先生。”

“等一会儿，约翰——哈——等一会儿。嗯。把雪茄留给我吧，约翰，我——哈——请求。”

“行，先生。”约翰用颤抖的手把雪茄放到桌子上。

“等会儿，小约翰；再等一会儿。这对我真是一桩——哈——一桩很高兴的事能送一点——嗯——纪念品，交这么一个可靠的信使带回去，分给——哈嗯——他们——他们——根据他们各人的需要。你会不会不肯拿，约翰？”

“决不会的，先生。有许多人，我想他们有了这个就好办了。”

“谢谢你，约翰。我——哈——我来写，约翰。”

他的手在颤抖，所以写了好长时间，终于用颤抖的手写下了歪歪斜斜的字。这是一张一百英镑的支票。他将支票折起来，放到小约翰手里，并紧紧握住他的手。

“我希望你会——哈——原谅——嗯——刚才发生的事情，约翰。”

“别去说它了，先生，千万别说了。我的确绝对没有什么恶意。”

然而，只要约翰呆在这儿，那么什么也没法使他的脸色恢复其自然的色彩与表情，也没法恢复约翰的自然的举止态度。

“呃约翰，”杜丽先生说道，最后握了一下他的手，然后松开了，“我希望我们——哈——都同意我们一起都说了心里话；你出去的时候对谁也不会说什么话——嗯——让人觉得——哈——过去我——”

“哦！您放心好了，先生，”约翰·奇弗利回答说，“我尽管可怜、卑贱，先生，可是我的自尊心太强、性格太诚实，这种事是不会去干的，先生。”

杜丽先生却并没有太强的自尊心和太诚实的性格，他走到了门口，侧着耳朵听，也许这样他可以亲耳听到约翰是真的一直朝外面走出去，还是停下来与哪个人说些什么话。毫无疑问，他径直从大门走出去了，离开旅馆迅步到了街上。杜丽先生一个人呆坐了一个钟头之后，按铃叫来了那旅游从仆。旅游从仆进得门来，见他把椅子放在炉前地毯上，背朝人、脸朝炉火坐着。“你可以把那捆雪茄拿去路上抽，要是你喜欢的话，”杜丽先生毫不在乎地将手一扬说道。“哈——带烟来的是——嗯——这点小小物品是——哈——我过去一个佃户的儿子送的。”

第二天早晨太阳升起来的时候，杜丽先生的马车已经上了通向多佛的路。在这条路上，每一个穿红上衣的驿车左马驭者，都是那些开设起来不留情地抢劫旅客的黑心驿馆的招牌。由于在伦敦与多佛两地之间的人，他们的全部心思便是抢劫，因此，杜丽先生在达特福遭了抢，在格雷夫森德遭了抢，在罗彻斯特遭了抢，在西丁勃恩遭了抢，在坎特伯雷①遭了抢。不过，既然那旅游从仆的职责就是要保护杜丽先生免遭强盗抢劫，所以他每到一个驿站便破点财，收买驿车的左马驭者：这样一来，这些红上衣们都高高兴兴地上了路，在沿途时起时

① 五处均为英格兰东南伦敦与多佛沿途市镇。

伏都有规则的春天风光里闪烁，身后是钻在马车车厢舒适角落里的杜丽先生，前方是尘土飞扬的大道上又一座白垩土冈。

第三天早晨太阳升起来的时候，他已经到了加来。由于他现在与约翰·奇弗利之间横了一条英吉利海峡，他心里也就开始觉得安全了，并且发现国外的空气呼吸起来也比英国的空气显得轻松。

他又走上了很难走的法国道路，朝着巴黎前进。杜丽先生由于完全恢复了情绪的平静，因此在行进的途中，在那舒适的马车车厢角落里，开始筑起他的空中城堡来了。显然，他要着手建造的是一座非常巨大的古城堡式建筑。他整天急匆匆地砌上一层层的塔楼，又匆匆地拆下一层层的塔楼，这边添一栋厢房，那边加一堵雉堞墙，仔细砌造围墙，加固防御建筑，还在这巨大建筑内部增添一些装饰性的构造，要把它建成无论哪个方面都是富丽堂皇的一座古城堡式建筑。他那张沉思的脸如此清楚地表明了他此刻忙着的事情，就连驿馆的每一个眼睛不瞎的瘸腿人，从马车车厢窗口塞进一个小破铁皮盒子，以上帝的名义要你行个好，以圣母的名义要你行个好，以所有圣徒的名义要你行个好，也与他们的同胞拉布隆①一样——倘若他此刻也在场——知道杜丽先生在干些什么，尽管拉布隆是拿一名英国旅客来作他特殊相面学论文的题目。

杜丽先生到了巴黎，并要在那里休息三天，因此他常常一个人出去逛马路，一面看看商店的橱窗，特别是珠宝店的橱窗。最后他步进了一家最有名气的珠宝店，说要替一位女士买一件小礼物。

他是在同一个讨人喜欢的小女人说这话，这是个活泼的女人，穿着十分雅致，她在一个绿色天鹅绒的小房间里拿着一本本小巧玲珑的

---

① 拉布隆(Charles Le Brun，1619—1690)，法国画家，写过两篇这类题目的论文；狄更斯对拉布隆的批评被后来的科学证明是正确的。

账本，你简直不相信在这些账本上划线是要登记商品，而不是在上面亲吻，她把它们放在一张小巧玲珑、油光发亮，看上去就像是一块糖果的桌子上，从这个小房间里走出来，照应杜丽先生。

那么，举个例子说，那个小女人说道，先生您是想要什么样的礼物呢？一件情人礼物吗？

杜丽先生微笑起来，并说，呃，嘿！也许是的。他知道什么呢？这种事永远都有可能；因为女性是那样可爱。她能否麻烦拿几件给他看看？

很愿意，那小女人说道。她又得意又高兴地拿出好多来给他看。哦对不起！请先注意，有情人礼物，有结婚礼物，那是不同的。举个例子说，这副叫人心醉的耳环与这条项链多相配，人们就管它叫情人礼物的。这串手链和这个戒指它们的美是这样雅致，这样超绝，不知先生您是否同意，人们是管它叫结婚礼物的。

也许这是个妥当的办法，杜丽先生暗示了一下，一面微笑着，把两种都买了，先送情人礼物，后送结婚礼物，怎么样？

喔唷！那小女人说道，一面把两个小巧的手的指头顶着指头，那真是太大方了，那真是特殊的殷勤！毫无疑问，那个对礼物这样着迷的女士，见了这些礼物一定会喜欢得放不下手的了。

杜丽先生把握不定是否会喜欢得放不下手。不过，举个例子来说，那个活泼的小女人说道，她对这一点是非常有把握的。于是，杜丽先生各买了一种礼物，并且很阔气地付了款。后来他逛完马路回到旅馆的时候，把头抬得高高的：因为事情很清楚，他现在已经造好一座巨大的城堡式建筑，比巴黎圣母院的两座方形塔楼要高出好多好多。

杜丽先生全力以赴，不停地建造他的空中城堡，而把这巨大建筑的图样只留给自己一个人欣赏，就这样一面做他的白日梦，一面匆匆赶往马赛。他不停地把他的空中城堡一层层地造呀，造呀，没有一刻的停顿，没有一刻的歇息，从早晨一直造到晚上。晚上入睡之后，他就把大块的建筑材料悬在空中；重又醒来之后，他继续忙碌，把悬在空中的一块块建筑材料安装就位。在杜丽先生建造他的空中城堡的时候，那旅游从仆在隆隆马车声中，在车厢外的位子上，抽着约翰·奇弗利的上等雪茄，在身后留下一丝儿轻盈、淡薄的青烟——也许他此刻用杜丽先生的少许碎银两造了一两座空中城堡呢。

凡是他们途中经过的城市，没有一座加固了城防工事的城是像杜丽先生的空中城堡那样坚固的，没有一座大教堂的尖顶是像杜丽先生的空中城堡那样高的。无论是索恩河，还是罗讷河，它们奔腾速度之快，都不及他那无可匹敌的建筑；地中海之深也深不过他那建筑的基础；而远远望见的地中海海岸大道上的风光，美哉热那亚的山丘与港湾，也都比不上他那座建筑的美丽。杜丽先生带着他那座无与伦比的城堡式建筑，来到了契维塔韦基亚城肮脏的白色房屋与更加肮脏的重罪犯人当中，然后又从这里碾过沿路堆积的臭气熏人的垃圾，急急匆匆地继续朝罗马赶路。

第十九章

空中城堡风雨交加

太阳下山已经整整四个钟头了，大多数的旅行者都不喜欢天色很晚还在罗马城墙的外面走着，而此刻则比那个很晚的时辰还要晚。就在这样的时刻，杜丽先生的马车还没有完成它的最后一个疲乏、困人的路程，在罗马城郊外孤寂的大平原上辘辘行进。粗鲁的牧人与样子凶悍的农民，他们在天还亮着的时候，还可见到，使路途不怎样冷清，然而此刻他们已经跟着太阳走了，荒野上只有一片空旷。在道路的几个拐弯的地方，看到地平线上一道惨白的亮光，仿佛布满废墟的土地吐出的一口气，它表明那座城市依然离他很远；然而，这道可怜巴巴的亮光是难得见到的，而且也是没有多久便见不到了。马车又陷入了这黑糊糊的枯海的一个深谷里，在好长时间里，除了这个枯海凝固不动的波涛与黑沉沉的天空之外，别的就什么也看不见了。

尽管杜丽先生要建造他的空中城堡，脑子没有空闲，然而到了这么一个荒凉的地方，他也不是十分踏实的。与他离开伦敦以来的那段时间相比，到了这里，每当马车转弯，每当左马驭者吆喝的时候，他都显得格外留神了。坐在驭者座上的男仆显然是在哆嗦了。那旅游从仆在这隆隆的马车声中，心里也并不完全舒坦。杜丽先生每一回放下车窗，回头朝他看（杜丽先生是经常要这样看的），的确见到他是抽着约翰·奇弗利的雪茄烟，然而他一般总是一面抽烟，一面站起来，像一个心中疑惑不定的人那样，四处张望，保持着警惕。这样回头望了一阵之后，杜丽先生就又拉起车窗，心中思考着，那些左马驭者一个个都是刺客模样的人，倘若他在契维塔韦基亚宿夜，第二天一早才出发，心里就踏实得多了。不过，想尽管是这么想，一有空他便又去忙着筑他的城堡了。

此时，眼前出现了断壁颓垣，有倒塌的场院，咧着大口的窗洞，歪斜的墙壁，无人居住的屋子，泄漏的水井，破损的水槽，影影绰绰的柏树，一片片藤蔓交错的葡萄树，他们从大路折入一条歪斜、凌乱的长长的巷子，在这条巷子里面，从丑陋的房屋到脚下使马车颠簸摇晃的路，一切都在颓败——此时，这些物体表明，他们已经快要到达罗马了。此时，马车突然晃了一下，戛然煞住了，这在杜丽先生的心头引起了疑惑，是匪徒来抢了，会把他拖到路旁的沟里去，抢他的钱财；直至他又放下车窗朝车厢外一望，这才发现，刚才叫他吓了一大跳的也没有什么骇人的，只不过是个出殡的队伍罢了，他们机械单调地唱着，从马车旁边经过，模模糊糊地呈现了肮脏的法衣，惨红的火把，晃动的香钵，一个教士面前扛着的一个大十字架。火把照出他是一个模样丑陋的教士；他神情阴沉沉的，眉骨突出；当他与光着头朝车窗外看望的杜丽先生四目相对时，那教士唱歌时动起来的嘴唇似乎是在威胁这位自尊自大的旅客；还有他手的动作，其实是在回敬这位旅客的致意，而看起来似乎是在加强他那威胁的力量。杜丽先生这样想着。当那教士从杜丽先生面前走过，出殡队伍抬着他们的死者零零落落走开的时候，因了建造城堡的劳累与旅途的困顿，又因见了那位教士，杜丽先生变得胡思乱想起来。杜丽先生那一行人马也走上了与他们截然不同的道路；不多时，他们带了从欧洲两大首都购得的满满一马车的奢侈品，已经在(像掉过头来的西哥特人[①])叩响罗马的门

① 西哥特王阿拉利克(Alaric)于公元四一〇年征服罗马，大肆掠夺，方向正与杜丽先生相反。

户了。

杜丽先生家里的人那一晚并没有在等他来。他们是等过他的；可是，他们见他没有到便以为要到明天才来了，天一黑他是不会在这种地方赶路的，他们一点儿也没有想到会比那个时刻还要晚。因此，当他的马车停在自己家门口的时候，出来迎接他们的只有那一个看门人。杜丽小姐不在家吗？他问道。在。她在屋里。好，杜丽先生对集合在一起的仆人们说；那么就让他们站在那里别走开；让他们帮助卸车；他自己进去找杜丽小姐。

于是，他登上了他家的大楼梯，缓慢地，吃力地，并且在几个空无一人的房间里探头进去张望了一阵，直至在一个小接待室里看见亮着一盏灯。这是一个挂了窗帘的隐蔽角落，像一个帐篷，是在另外两个房间的里面；他通过那两个房间之间的夹道走近这个小房间的时候，这个小间看起来暖和，色彩鲜明。

这个小间有一个挂着厚帷幕的门道，然而没有门；当他走到这里站定，并且没让人觉察地朝里面看时，他感到了一阵痛楚。肯定不像嫉妒吧？因为为什么要像嫉妒？里面只有他女儿和他兄弟坐着；他，把椅子靠着火炉，享受柴火的温暖；她，坐在一张小桌子旁，忙着一件刺绣活。考虑到这幅静物画中的悬殊差别，画中的人物很像过去那个样子；他兄弟与他的相像一时间是足以在这幅画中代表他的。他在离这里很远的地方，许多个夜晚就是这样面对炉火闲坐的；她就这样坐着，一心想着的是他。然而在过去悲惨的贫困中当然是没有什么可以嫉妒的。那么，他心头的痛楚又是从何而来的呢？

"您知道吗，叔叔，我觉得您正在变得年轻起来了？"

她叔叔摇了摇头，说道："从什么时候开始的，亲爱的孩子；从什么时候？"

"我觉得，"小杜丽接话道，一面不停地绣着，"您过去这几个星期里已经变得年轻起来了。这么快活，叔叔，这么利索，这么有兴趣！”

“我亲爱的孩子——都是你呀。”

“都是我，叔叔！”

“是啊，是啊。你给了我许许多多的好处。你对我想得这么周到，对我这么亲切，这么体贴地设法不让我知道你是在关心我，我真是——唉，唉，唉！我记在心里了，我的宝贝孩子，记在心里了。”

“这一点也算不得什么，都是您自己新的瞎想想，叔叔，”小杜丽快快活活地说道。

“唉，唉，唉！”老人喃喃道。“感谢上帝！”

她停了一会儿手中的活朝他望着，她的目光使她父亲先前的那种痛苦在心头复萌了；在他这不幸的、脆弱的心头复萌了，他心头如此充满了矛盾、犹豫不决、前后不一的情绪，充满了这个无知生活中令人恼怒的琐细烦恼，弥漫了夜尽之后的早晨才能驱散的迷雾。

“自从这里留下我们两个人以来，”老人说道，“你瞧，我跟你随便多了，我的宝贝。我说我们两个人，因为我没把杰纳勒尔太太包括在内；我不喜欢她；她跟我一点儿关系也没有。不过，我知道芬妮见了我就不耐烦。我也不觉得有什么大惊小怪的，也没有什么抱怨的，因为我心里明白我一定是妨碍了她，虽然我尽量设法避开一点。我知道我跟我们的客人都合不来。我的哥哥威廉，”老人夸奖地说道，“跟君王都合得来；可你叔叔不行，我亲爱的孩子。弗莱德里克·杜丽丢了威廉·杜丽的面子，他心里也是十分清楚的。啊！怎么，是你爸爸来了，艾米！我亲爱的威廉，欢迎你回来！我亲爱的兄弟，看到你我真高兴！”

（他说话的时候转过头来，看到了站在门道里的他。）

小杜丽发出一声喜悦的叫喊，便将双臂搂住了她爸爸的脖子，一次又一次地亲他。她爸爸有一点儿不耐烦了，有一点儿上了火。“我很高兴总算找到你了，艾米，”他说。“哈。真的我很高兴——嗯——总算见到有人来迎接我了。似乎这么——哈——没有人盼着我回来，说真的我当时就开始——哈嗯——觉得我道一声歉也许是应当的——哈——居然冒昧地赶回来。”

“因为天这么晚了，我亲爱的威廉，”他弟弟说道，“所以我们都想你今晚是不会回来的。”

“我身体比你壮实，亲爱的弗莱德里克，”他哥哥接过话来说道，显出虽讲究兄弟情谊但态度很严肃的样子，“我希望我能够毫无妨碍地在——哈——我喜欢的任何时刻旅行。”

“当然，当然，”另一个接着说道，真担心他把对方得罪了。“当然，威廉。”

“谢谢你，艾米，”当她帮助他脱下披风时，杜丽先生接着这样说道，“我没有人帮也行。我——哈——用不着来麻烦你，艾米。能不能给我一小块面包、一杯葡萄酒，这——嗯——这会不会太麻烦？”

“亲爱的爸爸，要不了一会儿您就可以吃上晚餐了。”

“谢谢你，我亲爱的孩子，”杜丽先生说道，脸上流露的是表示责备的冷漠神色；“我——哈——怕是给人增添麻烦了。嗯。杰纳勒尔太太一切都好吧？”

“杰纳勒尔太太抱怨说头疼，还说觉得疲劳；所以，我们见您没来就说不等了的时候，她就去睡觉了，亲爱的爸爸。”

或许杜丽先生在想，由于他没有到达而造成的失望使杰纳勒尔太太感到困乏，这在她那一面也是合乎情理的。不管怎样，他脸上的表情是放松了，并且带着明显的满意情绪说道：“听你说杰纳勒尔太太身体不好我真太遗憾了。”

在这简短的对话中，他的女儿一直在观察着他，已经颇有点超出她通常的那种关切了。在她看来仿佛他是变了一个模样了，或者是他的面容是疲惫不堪了，他已经注意到她的表情，并且憋着气；因为，当他脱去旅行斗篷，到了炉火旁边的时候，他重又气呼呼地说道：

"艾米，你在看什么？你在我脸上看出什么来了，让你——哈——把你的担忧都集中到我身上，态度那样——嗯——那样特别？"

"我自己并不知道，爸爸；请您原谅。又见到了您我眼睛也亮了；就这个。"

"不要说就这个，因为——哈——并不是就这个。你——嗯——你觉得，"杜丽先生用带有责问意思的加重语气说道，"我现在的面色不好。"

"我刚才觉得您有点儿累了，亲爱的爸爸。"

"那你是看错了，"杜丽先生说道。"哈，我不是累了。哈，嗯。我比离开的时候气色要好得多了。"

他如此般动辄生气，她为自己辩解的话也就一句也不说了，而是默不作声地倚在他身旁，搂住他的胳臂。在他这样站着的时候，一边是艾米，一边是他的兄弟，他呼呼地打起盹来，过了好长一会儿，然后惊醒了。

"弗莱德里克，"他别过脸去对他兄弟说道，"我劝你立即睡觉去。"

"不用，威廉。我呆在这里等你用餐。"

"弗莱德里克，"他反对说，"我请求你去睡觉。我——哈——这是亲自要求你去睡觉。你是早该上床睡去了。你身体非常虚弱。"

"哈！"老人说道，他除了顺着他哥哥的意之外没有别的愿望。"唉，唉，唉！我确实是虚弱。"

"我亲爱的弗莱德里克，"杜丽先生接着说道，对于他兄弟的越来越虚弱，表现出令人吃惊的自身优越感，"那是毫无疑问的。见你这样虚弱我心里也是痛苦的。哈。你这个样子让我很难受。嗯。我见你的气色很不好。这种事情你是不行的。你应该更加小心，你应该非常地小心。”

“我得去睡吗？”弗莱德里克问道。

“亲爱的弗莱德里克，”杜丽先生说道，“去，我请求你！晚安，兄弟。我希望你明天会好一点起来。瞧你那神色，我一点也不满意。晚安，亲爱的兄弟。”他这样慈爱地打发走他的兄弟之后，还没等这老人走到房间外面，自已又打起盹来了：倘若不是他女儿的双手紧紧地搂住他的胳臂，他已经跌倒在木柴上了。

“你叔叔的脑子已经很糊涂了，艾米，”他这样惊醒过来之后说道。“他有点——哈——前言不搭后语了，说起话来越来越——嗯——断断续续的，我——哈嗯——从来没有见过他这样的。我走了之后他有没有得过病什么的？”

“没有，爸爸。”

“你——哈——有没有注意到他有很大变化了，艾米？”

“没有哇，亲爱的爸爸。”

“衰老多了，”杜丽先生说道。“衰老多了。我的可怜、可亲、越来越衰弱的弗莱德里克！哈。就算他过去已经是那个样子了，他也是——嗯——衰老得叫人痛心！”

他的晚餐给他送到这小间里来了，放到他刚才看到她坐着干活的那张小桌子上，这晚餐转移了他的注意。她还像已经消逝的日子里那样坐在他的身旁，这还是那些日子结束以来的第一回。房间里就只有他们两个人，她替他端菜，替他倒酒，就像她过去在债务人监狱里习惯的那样。所有这一切是现在发生的，这是他们继承了财产以来的第一次。刚才见他生了气，此刻她也害怕老注意他；不过，在他用晚餐的时候，她注意到有两回他突然间抬起头来看着她，看看四周，仿佛今昔之间的联想是如此强烈，他真需要根据他自己的视觉来作出判定，他们确实不是坐在过去狱中的屋子里。他两次都伸手去摸脑袋，仿佛他想起了他那顶旧的黑色帽子——虽然那顶帽子他是不光彩地在马夏尔西狱送掉了，到了那个时刻帽子始终没有获得自由，还戴在他的继承人的头上，在监狱院子里游荡。

他晚餐吃得很少，但是吃了很长时间，念头老是转到他兄弟越来越衰弱的体质上去。虽然他对他兄弟表示了最大的惋惜，但是说起他兄弟来，他话语几乎是刻薄的。他说可怜的弗莱德里克——哈嗯——尽胡言乱语。没有别的字眼可以来形容了：尽胡言乱语。可怜的人哪！想起来也真悲伤，艾米与他呆在一起一定是极无聊、乏味的——脑子糊涂，又一个劲地唠唠叨叨，可怜、可亲、可敬的人哪，脑子糊涂，又一个劲地唠唠叨叨——亏得还有杰纳勒尔太太在，她也可以把无聊乏味减轻一点。真太遗憾了，他又带着刚才那种满意情绪重复说，那个——哈——不平凡的女人身体不好。

小杜丽出于她对父亲处处留意的爱，对那天夜里他说的最无关紧要的话或做的最无关紧要的事，她都是不会忘记的，虽然她并没有任何直接相关的理由去追忆那一夜。她总忘不了，他受到联想起来的旧事的影响，四下里张望的时候，总是立即大谈特谈他离开意大利回到伦敦去之后围绕着他的显赫财富与显赫宾客，大谈特谈他与他一家人须维护的高尚地位，想借大谈特谈这些事情来使她忘记旧事，也许要使自己忘记旧事。她也没有忘记，在他的全部谈话与全部举止态度里渗透了两股齐头并进的暗流；一股是要向她表示，没有她在身边他过得多么好，他是多么不必依靠她；一股是，他几乎时明时暗、莫明其妙地在埋怨她，仿佛在他离开意大利回伦敦去的日子里，她可能已经不把他放在心上也未可知。

他对她说了莫多尔先生表现出的威风，又对她说了莫多尔先生俯就他时表现出的殷勤，这自然就使他把话题转到了莫多尔太太身上。这个转移真是太自然了，因此，虽然他话语之间大抵都异乎寻常地缺乏前后的连贯性，但是他还是立即便提起她来，询问她情况如何。

“她很好。下星期她就要走了。”

“回国？”杜丽先生问道。

“途中还要停留几个星期。”

“她一走，在这里是巨大的损失，”杜丽先生说道。“在国内——哈——倒是巨大的收获。对芬妮来说，还有对——嗯——其他的——哈——上流社会里的人。”

小杜丽思考的是那场必定会展开的竞争，她很轻声地表示赞同。

“莫多尔太太准备举行一次盛大的告别聚会，亲爱的爸爸，聚会之前还要摆筵席。她一直在说希望您能够及时赶回来。她已经邀请了您和我一块儿去出席宴会。”

“她——哈——非常地友好。定在哪一天？”

“是后天。”

“明天写信告诉她，就说我已经回来了，并且将——嗯——感到高兴。”

“要不要让我陪您上楼到您房间去，亲爱的爸爸？”

“不要！”他答道，生气地回过头来；因为他已经在往外走了，仿佛他老要忘了告辞。“你不用陪了，艾米。我不需要扶。我是你爸爸，不是你体弱的叔叔！”他说到这里突然止住，这一句回答的话说出来突然，此刻也一样突然地止住了，然后说道：“你还没有吻过我呢，艾米。晚安，我亲爱的孩子！我们应该嫁——哈——我们现在应该让你出嫁了。”说罢他便上楼到自己房间去，行动愈加缓慢，愈加疲惫，几乎是一到楼上，便把男仆打发走了。他接着要办的事便是四下寻找他巴黎购得的物品，他打开这些物品的盒子，仔细查看了一遍之后，便把它们都锁起来，放好了钥匙。这样忙了一阵之后，一则他打起盹来，一则他不停地筑他的空中城堡，他出神地坐了很长时间，结果，当他悄然上床的时候，萧瑟的罗马城郊大平原东缘已经泛起了一抹晨光。

杰纳勒尔太太第二天很及时地派人上来传话，向杜丽先生问候，并希望他在经历了旅途的疲劳之后已经恢复好了。他派人下来传话，向杰纳勒尔太太问候，并转告她，他的确已经恢复得很好了，精神也很好。然而，他到了下午很晚的时候才从他房间里出来；虽然他这时已经把自己穿戴得整整齐齐，准备与杰纳勒尔太太和他女儿一起乘马车外出兜风，但是他的神情绝非如他自己所说的那样好。

由于那天家中没有客人来访，因此只有一家四个人一起进餐。他领着杰纳勒尔太太入席，坐他的右边，态度极为客气；小杜丽在与叔叔一起跟着入席时，不禁注意到他不但又穿得非常讲究起来，而且对杰纳勒尔太太的态度也非常地细心。这位造诣高超的太太粉饰的完美外表，致使她外表上的文雅色彩一丁点儿变动都是很不容易的，但是小杜丽觉得她在杰纳勒尔太太那霜一样冷漠的眼角，看到了因得意而引起的轻微融化。

尽管这一桌家宴有一种在这几页文字里可以称之为“不伦不类”的正经味道，杜丽先生在家宴进行过程中有几次还是呼呼地睡着了。他不时打起盹来，就跟前一天夜里一般，来得那样突然，那样短促而深沉。他第一回这样呼呼地打起鼾来的时候，杰纳勒尔太太几乎是惊呆了；可是，后来杜丽先生每一回打鼾症状又重新出现的时候，她却文雅地念叨起来，“爸，波，普，不伦，不类”；她把她那行之有效的经念得很慢，这样，正当杜丽先生从瞌睡中惊醒的时候，她的经也恰好念完。

他又痛苦地感觉到了弗莱德里克的倦怠（这只是他自己的想象，

实际是并不存在的)，并在家宴结束，弗莱德里克也已经离开之后，私下为这个可怜的人在杰纳勒尔太太面前解释了几句。“他是最可敬、最可亲的兄弟了，”他说道，“可是——哈嗯——完全衰老了。不幸得很，垮得很快。”

“先生，这弗莱德里克先生，”杰纳勒尔太太道，“总是心不在焉，显得疲惫，但是让我们希望他还不至于那样糟。”

然而，杜丽先生却绝不肯放过他。“垮得很快，太太。一个废人，不中用的人。就在我们眼前，一点点衰弱下去了。嗯，善良的弗莱德里克！”

“您走的时候，我相信，斯巴克勒太太非常好，非常幸福，是吗？”杰纳勒尔太太在为弗莱德里克发出了一声冷漠的叹息之后问道。

“她身边，”杜丽先生回答道，“都——哈——都是怡情——嗯——悦性的人和事。幸福，我亲爱的太太，就在于有了一个——嗯——丈夫。”

杰纳勒尔太太有一点焦急不安；她似乎敏感地将这个字眼与她的手套一起放到了一边，仿佛无法捉摸这个字眼会引出什么结果。

“芬妮，”杜丽先生继续说道，“杰纳勒尔太太，芬妮她有高尚的品德。哈。有志气——嗯——有意志，有——哈——对于地位的认识，有维护这种地位的决心——哈嗯——魅力、美貌、天生的高贵。”

“毫无疑问的，”杰纳勒尔太太(略带一点过分的拘谨)说道。

“夹杂在这些品格当中的，太太，”杜丽先生说道，“芬妮还——哈——表现出一个美中不足叫我感到——嗯——感到不自在，感到——哈——我得加一句，生气；不过嘛，我相信现在可以说是结束了，即使是对她自己来说，对于别的人来说当然——哈——是结束了。”

“杜丽先生，”杰纳勒尔太太接话道，戴着的手套又有点焦急不安了，“您这是在说什么呢？我真没法——”

“别说下去了，亲爱的太太，”杜丽先生插话道。

杰纳勒尔太太随着话音的变弱，说出了这几个字：“没法想象。”

那以后，杜丽先生就打了一个盹，约摸一分钟，然后又带着抽搐似的敏捷，从瞌睡中惊醒过来。

“杰纳勒尔太太，我说的是——哈——芬妮的强烈的抵触情绪，或者叫——嗯——我不妨说——哈——嫉妒，她有时候会产生这种情绪，反对——哈——我把我现在很荣幸地与坐在一起亲密交谈的太太——的权利——嗯——那样看重。”

“杜丽先生，”杰纳勒尔太太接话道，“实在太客气了，实在太看重了。即使我想象过，杜丽先生对于我尽的力非常看重，而杜丽小姐对此真的十分厌恶，即使真有过这样的时候，我也在这种实在太高的评价中，找到了我的安慰和补偿。”

“对于您尽的力的评价，太太？”杜丽先生说道。

“对于，”杰纳勒尔太太用令人难忘的优美态度重复了一遍，“我尽的力的评价。”

“仅仅是对于您尽的力吗，亲爱的太太？”杜丽先生说道。

“我大胆地说一句，”杰纳勒尔太太回驳道，还是先前那个令人难忘的态度，“是对于我尽的力的评价。因为，我还有什么别的，”杰纳勒尔太太说道，她的手套做了一个略带疑惑的动作，“可以说——？”

“那就是——哈——您自己，杰纳勒尔太太。哈嗯。就是您自己以及您的优点，”杜丽先生这样回答。

“杜丽先生是会原谅我的，”杰纳勒尔太太说道，“假若我说此时、此地并不适于继续探讨现在这种谈话。杜丽先生是会谅解我的，假若我提醒一下，杜丽小姐就在隔壁房间里，而且我在说她的名字的时候能看得见她的人。杜丽先生是会宽恕我的，假若我说我感到焦急不安，并且还发现有时候我以为已经克服的弱点又变本加厉地回潮了。杜丽先生是会允许我退下的。”

“嗯。也许我们这个——哈——有趣的交谈，”杜丽先生说道，“下一回可以再继续；除非这个谈话是，而我希望不至于是——嗯——杰纳勒尔太太——所十分讨厌的。”

“杜丽先生，”杰纳勒尔太太说道，她屈着身体站起来时两眼没有抬起来，“应永远受到我的尊敬和服从。”

接着，杰纳勒尔太太态度庄严地告退了，并没有如同一个不很杰出的女人通常会有的那样，在她身上流露出一丝惶恐。杜丽先生在这个谈话中自己的态度上带有几分庄严、赞美的谦恭——很像在教堂里所见到的一些人的表现，很像他们在祈祷时的举止——总的来说，他对自己的表现是非常满意的，对杰纳勒尔太太也是非常满意的。这位太太在回来吃茶点的时候，又略微打扮了一下，加了一点粉，擦了一点头油，在精神方面也不无加强；这后一方面的加强，在对待杜丽小姐的态度上，表现出非常亲热的关怀，对待杜丽先生的态度上，她表现出既热情又完全符合礼仪的关心。晚上就寝之前，她起身告退，这时杜丽先生拉住了她的手，仿佛他是准备拉着她到庶民广场去在月光下跳小步舞，他便是这样极其庄重地引着她到了房间的门口，然后举起她的手，在指头上吻了一下。他接了一个可想而知尽是指关节的吻，闻到的又尽是脂粉的气息，与她分了手之后，他慈爱地为他的女儿祝福。就这样暗示了将有惊人事情发生之后，他又去就寝了。

第二天上午他一直关起门来呆在房间里；但下午天色还早的时候，他叫丁克勒来传话，向杰纳勒尔太太表示最衷心的问候，并请她陪杜丽小姐到外边去散散步，不必等他了。他还未下楼，他女儿已经穿戴好了准备出席莫多尔太太的筵席。那以后他才下楼，就他的衣着而言，他是令人满目生辉的，然而，他的面容是难以形容地消瘦与衰老。但是由于他显而易见是肯定要生她的气的，倘若她还要问他身体可好，因此，她只是在他面颊上亲了一下，然后怀着焦急的心情陪着他前往莫多尔太太住处。

他们要走的路很短，可是马车还没有走出一半的路，他又在筑他的空中城堡了。莫多尔太太接待他时给予他特别的优待；那胸脯保养得非常好，最是自满自足的时候；筵席是非常地精美的，宾客是非常精心地挑选的。

宾客中大抵是英国人；此外席间也有通常遇见的法国伯爵，通常遇见的意大利侯爵——起装点作用的社会里程碑，总是能够在某些地方见到他们，外表也都很少有变化。餐桌很长，筵席也很长；小杜丽被两撇黑色小胡子与一个白色大领结遮挡了，她一点儿也看不见她的父亲，直至一个仆人在她手里塞了一张字条，并低声转告她，莫多尔太太要求她马上看一下字条。莫多尔太太用铅笔写着："请过来和杜丽先生说说话。我怕他是不舒服。"

就在她不被人注意地急匆匆朝他那边走过去时，他在座位上站起来，俯身靠着餐桌叫喊着她，以为她仍旧在她位子上坐着：

"艾米，艾米，我的孩子！"

先不说他那奇怪、焦急的表情，也不说他那奇怪、焦急的语声，仅他这个举动便是如此异乎寻常，以致他一做出这个举动便立即使席间出现了一片沉静。

"艾米，我亲爱的孩子，"他又重复了一句。"你能不能去看看鲍伯是不是在看门！"

她就在他身旁站着，并且拉着他，可是他仍旧固执地以为她坐在她的座位上，因此依然俯身靠着餐桌喊着："艾米，艾米。我感觉不大舒服。哈。我也不知道这是怎么回事。我特别想见见鲍伯。哈。所有那些看守呀，就他是你的好朋友，也是我的好朋友。去看看鲍伯在不在门房，请他到我这里来。”

所有的客人此时都惊愕了，大家都站起来。

“亲爱的爸爸，我不在那里，我在这里，就在您旁边。”

“哦！你在这里，艾米！好。嗯。好。哈。叫鲍伯。要是他现在换了班，不在看门，那就叫邦根太太去喊他来。”

她态度婉转地设法叫他离开；可是他不听她的，不肯走。

“我告诉你，孩子，”他气呼呼地说道，“没有鲍伯扶着我这个狭楼梯上不去。哈。叫人把鲍伯找来。嗯。叫人把鲍伯找来——所有的看守数他最好——叫人把鲍伯叫来！”

他不知所措地四处张望，在发现了在他四周的许许多多张脸之后，便对他们演讲起来：

“女士们，先生们，现在——哈——由我负责——嗯——来欢迎你们光临马夏尔西狱。欢迎光临马夏尔西狱！地方——哈——很小——很小——场院或许稍大一些；不过你们住上一些时候就会觉得很明显是大起来了——住上一些时候，女士们，先生们——这儿的空气，总的来说是很好的。风是从——哈——萨里①山丘上吹过来的。是从萨里山丘吹过来的。这儿是酒吧。嗯。靠狱中人捐助的一小笔款——哈——来维持的。考虑到这一点，酒吧供应——热水——一般厨房用具——还有家庭中的一些小小方便。熟悉——哈——马夏尔西狱的人，都喜欢叫我监狱之父。我也习惯了新来的人向我致意的时候叫我——马夏尔西狱之父。当然，倘若久居此地能赢得如此——哈——光荣的称号，我是可以接受——嗯——给予的荣誉的。这是我

① 英格兰东南一郡，在伦敦之南。

的孩子，女士们，先生们，我的女儿。是在这里出生的！”

她并不因为在监狱里出生而觉得羞耻，也没有因为他而羞耻。她脸色苍白，感到害怕；但是她唯一要做的事是安抚他，叫他离开，都是为他考虑。她站在他与那些惊讶的脸之间，转过身来伏在他的胸口，抬头望着他的脸。他用左臂搂着她，不时听得见她亲切地请求他跟她一起离开。

“在这里出生的，”他又重复了一句，并且落下了眼泪。“在这里抚养大的。女士们，先生们，这是我的女儿。她父亲是一个不幸的父亲，但——哈——始终是一位绅士。穷，那是肯定的，但——嗯——自尊。始终是自尊的。现在已经有了一个——嗯——不能说不常有的习惯——哈——崇拜我个人的人——仅仅崇拜我个人的人——都喜欢在表达他们承认我在这里的半官方职位的愿望时，奉献——哈——小小的贡品，形式通常是——哈——纪念品——金钱纪念品。在接受这些人——哈——对于我——嗯——为了在这里树立一种风气——一种风气——而作的微薄努力自愿表示称赞的时候，我请诸位能理解，我并没有因此而累及我的名誉。哈。没有累及我的名誉。哈。不是个叫花子。不是；我绝对不理睬这个雅号！同时，我也不要激励我带有偏见的朋友的高尚情感，对考虑是否要承认这些奉献是——嗯——完全应该接受的做法，很瞧不起。恰好相反，这些都是最应接受的。即使不以我个人的名义，也以我孩子的名义，我是十二分坦白地承认的，而同时又保持——哈——我可不可以说我个人的尊严？女士们，先生们，上帝保佑各位！”

到了这个时候，那胸脯经受的极大羞辱致使大多数的宾客都退到别的房间里去了。少数几个迟迟没有离开的人到了这个时候也跟着旁人走了，小杜丽和她的父亲此刻只有仆人陪着，除了仆人就他们自己了。他对她来说是最最亲爱的人，最最宝贵的人，他现在就跟她一起

不曾预料的餐后演说

走，好吗？见她热情地恳求，他回答说，没有鲍伯他怎么也上不了那窄小的楼梯的，鲍伯在哪里，就没有一个人去找一下鲍伯！她假装去寻找鲍伯，拉着他迎着涌进屋内准备参加晚上聚会的快乐的人群，到了屋外，扶着他跨进一辆刚刚卸空的马车，把他带回了家。

他那罗马宫殿的宽大楼梯在他的越来越模糊的眼里收缩了，变成了他那伦敦债务人监狱的窄小楼梯；除了她，他不许任何人来扶他，他的兄弟除外。他们在没有旁人帮忙的情况下将他扶到房间里，让他在床上躺下来。而从这个时辰开始，他那可悲的、伤残的心灵，已经是只记得它折断了翅膀的那个地方，它一直在摸索的梦也已经收尽，他只知道有一个马夏尔西狱，别的什么也没有。听见街上的脚步声，他就以为是监狱院子里他所熟悉的疲惫的行人。到了该是监狱大门上锁的时刻，他就要所有陌生的人都回去睡觉。到了该是监狱又开门的时刻，他便那样心急地要见一见鲍伯，弄得他们也只好瞎编了一通，说鲍伯——那个时候已经死了好多年了，善良的看守——得了感冒，不过希望他明天可以出门走动，也可能后天，最多是两天之后吧。

他变得消瘦了，身体那样虚弱，连自己的手都抬不起来。可是，他仍旧按照他多年的习惯，保护他的兄弟；见他兄弟站在床边，他就会略带自满情绪地，一天几十回地说："我的好弗莱德里克，坐下吧。你真是很虚弱。"

他们试着叫杰纳勒尔太太来跟他谈谈，然而他一点儿也不认识她。在他的头脑里有一种有害的猜疑，认为她要挤走邦根太太，取而代之，还说她老是喜欢喝酒。他用极不慎重的说法指责她；还那样急着要他女儿去找司法官，请求他把她赶出去，这样一来，这头一回尝试失败之后，他们再也没有让她露过面。

除了有一回他曾问了一声"梯普是不是到外面去了？"的话之外，关于他不在身边的两个孩子的记忆，似乎已经从他脑子里消失了。但是，那个替他尽了这么多职，而得到这么少的报酬的孩子，他却从来没有忘记过。这并非是他使她免受了被遗忘的待遇，也并非是他生怕她由于在床边守夜和疲乏而消耗了体力；在这些方面他现在操的心并不比他以前通常操的心多了几分。并不是，他是照他过去的习惯来爱她的。他们又回到了债务人监狱里，她在服侍他，他老是需要她，没有她，转身也不可能；有时候，他甚至告诉她，他为了她的缘故经受了许许多多的苦，想起来也是心满意足的。她呢，俯伏在他床上，把平静的脸贴着他的脸，倘能使他复原，她献出自己的生命也是情愿的。

在他连续两三天这样没有一点痛苦地越来越不中用的时候，她观察到他让他那块表的走动声搅得心烦意乱——一块华而不实的金表，走起来声音很响，仿佛除了这块表，除了时间，世上就没有别的东西在走动。她让表走到停下来；可是他依然不安定，并且表示那不是他要的东西。终于他振作起精神解释了一番，他想用这块表来筹款。当她假装把表拿出去募一笔款子的时候，他显得十分高兴，后来他尝了一点儿葡萄酒和果冻，津津有味的样子，这是他前所未有的事。

他不久便使事情明白了，情况的确是这样；因为，过了一两天，他把衣袖上的纽扣、手上的戒指也打发走了。由她出去办这些事情他真是高兴得令人吃惊，似乎觉得这样做无异于作了最有条理、最精打细算的安排。在他的小宝石，或者他身边所能看到的这一类小玩意儿都打发走了之后，他的衣衫引起了他的注意；说起来也不能全信，但也不能不信，他的生命维持了一些日子就是因为他高高兴兴地一件件，一样样，把这些东西都送到了想象的当铺里去的缘故。

小杜丽就这样地连续十天，俯伏在他的枕边，与他脸贴着脸。有时候她实在太疲倦了，竟然会有一会儿工夫他们一齐儿都呼呼地睡着了。然后她又醒来；一面簌簌地落着无声的眼泪，一面追忆那贴在她脸上的是什么，并且看到一个比马夏尔西狱高墙的阴影更深的阴影，悄悄地爬上了枕头上那张珍爱的脸。

悄悄地，悄悄地，那座巨大的空中城堡图样的轮廓，一条一条地，全都融化了。悄悄地，悄悄地，原先爬满纵横交错的线条的面容，现在变得清晰、空茫。悄悄地，悄悄地，反映债务人监狱铁栅以及大墙顶上歪歪斜斜的尖铁的烙印，消失了。悄悄地，悄悄地，那张脸变成了一种比她过去在那灰白头发下看到的要年轻得多，并像她一样的相貌，渐渐地安息了。

她叔叔起初完全发狂了。“噢我的哥哥！噢威廉，威廉！你倒先走了；你一个人走了；你走了，我倒留着！你，那样有教养，那样杰出，那样高贵；我，一个可怜、无用、什么事也不能做的人，是谁也不会想念的人！”

这一席话对她眼下还是有好处的，即她须考虑他，去帮助他。“叔叔，亲爱的叔叔，您自己别伤心，也别让我伤心！”

老人对于最后几个词并非充耳不闻。要说他的确开始节制自己的悲伤，那也是为了不让她伤心。对于他自己，他已经不关心了；可是，他以他那颗正直的心，这颗麻木了这么多年现在苏醒的时候却受到刺激的心尚有的全部力量，去尊重她，祝福她。

“啊上帝，”他们离开房间之前，他握起那双布满皱纹的手搂着她，激动地说道。“你看见了我亲爱的亡兄的女儿！我用我半盲而又有罪的双眼看到的一切，你都已清楚、明亮地察觉了。在你面前，她一根头发也不会受到伤害。你一定会支持她，直至她最后的时刻。我知道来世你也会给她好报！”

他们俩坐在旁边的一个昏暗的房间里，几乎一直坐到了半夜，默默地、伤心地一块儿坐着。有时，他的悲痛会像最初表现出来那样突然迸发，以求它的缓解；然而，除了他微弱的力量不多时便经受不住如此的极度悲伤之外，他每一回突然悲伤起来的时候总又会记起她的话，总是自己责备自己，重又安定下来。他每一回极度伤心起来的时候唯一说出来的话，便是常感叹他的哥哥离去了，一个人离去了；感叹他们在人生之初便是一起的，他们一起遇上了不幸，他们在多年贫困之中是生活在一起的，直至那一日为止他们一直是在一起的；感叹他的哥哥一个人离去了，一个人离去了！

他们两人分手了，心情沉痛，悲伤。她不肯让他到别的地方去，只让他呆在他自己的房内，并且她还看着他和衣在他自己床上躺下，亲手将他盖好。然后她倒在自己床上，熟睡了：那是疲乏、安宁的睡眠，虽然这样的睡眠仍旧未完全摆脱那无时不在的痛苦意识。睡吧，善良的小杜丽。一直睡到天明！

这是一个月夜；然而，月亮很迟才爬上来，因为那时早已过了望日。当月亮高高拴在静静的空中的时候，月光透过半关的格子窗，洒在那肃穆的房内，在这个房间里，一个生命新近才结束踯躅与徘徊。两个安静的人在这个房间里：两个人，一样地安静、无声，一样地被一个不可逾越的距离，与休养生息的大地以及这块大地上所有的事物隔绝，虽然他们不久便要埋到这块大地上。

一个人躺在床上。另一个人脚跪在地板上，身体伏在床上；他双臂自如、安然地放在毯子上；他脸朝下，因此他的双唇贴着他用最后一口气俯身触到的那只手。这两个兄弟已经到了他们的圣父的面前；他们远离了这个世界的暮年的惩罚；超越了这个世界的迷蒙与昏暗。

夜晚

第二十章

引出下一章

旅客们从邮船跳上岸到了加来的码头。海水朝着低水位退去，加来是个低洼的地方，也是个气氛低沉的地方。沙洲上的海水原就只够将邮船载进码头；此刻连沙洲也露出一片在海面上，看起来仿佛一头刚钻出水面的懒洋洋的海上怪物，在朦胧中呈现出好像睡着时候的形象。瘦细的灯塔全是白色，灯光时时掠过海滨，仿佛它是曾经一度脸色红润、模样结实的一座大厦的鬼影，此时它刚被海浪拍打过，在滴着悲伤的眼泪。长排细细的、黑乎乎的木桩，是那么污秽、潮湿，又被风雨所剥蚀，加上涨潮时携带的海藻此刻像花圈似的缠绕在这些木棍的周围，是可能会被当作很不雅观的海上墓地的。每一个被海浪拍打、风雨冲刷的物体，在辽阔、灰暗的天空底下，在风与大海的咆哮声中，在朝它猛扑过来的卷起的浪花面前，是那样低矮，是那样渺小，人们禁不住惊讶起来，竟然还有加来留在世界上，它那低矮的门，低矮的墙，低矮的屋顶，低矮的渠道，低矮的小丘，低矮的海堤与平直的街，竟然并没有像孩子们在海滩上筑的堡垒，被不停地侵蚀的、围困在四周的海水所冲垮。

旅客们在湿淋淋的木桩和木板中间一步一滑地走，在湿漉漉的台阶上跌跌撞撞地爬，又遇上许多难忍的困难，在这以后，他们总算登上了他们在码头上的毫不舒适的旅程；城中所有的法国歹徒与所有的英国逃犯（该城人口的一半）都拥到这里来，使得旅客们仍无法从迷惑中恢复过来。在四分之三英里长的路上的肉搏中，这些旅客受到所有英国人的仔细检查，遭到所有法国人将他们当作战利品争、夺、抢之后，终于挣脱出来进入了城街道，朝他们各自的方向走去，背后被人紧紧追赶。

被不止一个烦恼折磨的克莱南，便置身于这帮狂热之徒中。他把他的一个最无防御能力的同胞从最危急的困境中解救出来之后，此刻独自走着自己的路；或者说是尽自己所能几乎是独自走自己的路的，因为他后面有一个当地人，穿一件未脱脂的羊毛衣服，戴一顶同样材料的帽子，在相隔大约五十码的地方追着，口中不停地在后面喊："Hi! Ice-say! You! Seer! Ice-say! Nice Oatel!"①

然而，就连这一个好客的人也终于被甩掉了，克莱南平安无事地赶自己的路。尽管英吉利海峡与海滨是那样喧哗，在城中倒是一派宁静的气氛，与那种喧哗相比较，城中的单调乏味则是可人的。他又遇上了一群群同胞，他们曾经一度将自己看得太了不起，就像某些惹人生厌的花一样，此刻则成了区区野草，一个个都是这种落伍的神情。他们一个个还有一种天天外出闲逛上很短一点时光的神情，这顿时便使他想起了马夏尔西狱。但是，他见了他们仅仅是产生了这样的想法，也没有再多加留意，他只是寻找某一条街和某一个门牌号码，那是他心里记着的。

"潘克斯这么说的，"他站在与这个地址对得上号的一座晦暗的房子前，自言自语道。"我看他了解的情况是正确的，他在卡斯贝先生未装订成册的文件中的发现是不容怀疑的；不过，要是没有他给的地址，我说什么也不相信会是这么个地方。"

这仿佛是一座死的房子。穿过路去便是一堵没有窗洞的死墙，房

① 这个法国人说的是法国腔的英语，应为"Hi! I say! You! Sir! I Say! Nice hotel"，即"嗨！喂！先生！喂！有好旅馆"。

子一侧有一关死的门道，在门上悬垂的铃拉手上拉一下便有两声死板的铃声，门锤上发出死板的敲在扁平面上的声音，这种声音似乎连透过一扇破门的力量也没有。然而，门在一根死弹簧上吱嘎一声开了；他踏进一个死气沉沉的天井时便随手关了门，没多一会儿到了后厢便止了步，迎面是又一堵没有窗洞的死墙，曾经有人在这儿花了些工夫把几丛匍匐植物牵引到墙上，在洞室里凿了一个小喷泉，还在这里竖过一个塑像作为点缀；然而匍匐植物枯死了，小喷泉干涸了，塑像也不复存在了。

房子的入口处是在左侧，门口也像外面的门道一样，贴了两张打印的招贴，分别用法语和英语写成，告示有家具现成的房间出租，拎包入住。一个身体壮实的乐呵呵的农妇，一身的穿戴只见是长统袜、衬裙、白帽子、耳环，她便站在这黑洞洞的门道里，露出两排漂亮的牙齿说道："Ice-say!　Seer!　Who[①]？"

克莱南用法语回答说是找一位英国女士；他想见一位英国女士。"那就请进，到楼上来，"那农妇答道，也说法语。他进去了，并且上了楼，跟着她爬上了一个黑洞洞、光溜溜的楼梯到了二楼的一间后厢房。站在这里，眼前便有一幅阴郁的景象，看到死气沉沉的天井，看到枯死的几丛匍匐植物，看到干涸的小喷泉，看到塑像已经不复存在的底座。

"鄙人是布兰德瓦先生，"克莱南先生说道。

"很高兴，先生。"

那农妇就这样走开了，让他一个人在房间里四处观察。这个房间是在这样的一座房子里常见的那个式样。阴冷，呆板，黑洞洞的。打蜡的地板，很滑。在里面溜冰，空间还不够大；舒舒服服地坐在里面

① 法国口音的英语："喂！先生！找谁？"

做任何别的事情也不合适。红白两层窗帘遮起来的窗，草编的小垫子，一张小圆桌，桌子底下几条腿都是乱七八糟地凑合起来的，还有灯芯草坐垫的笨椅子，两张红丝绒的扶手椅大得叫人坐在上面觉得不舒服，一个写字台，玻璃灯罩是几块玻璃拼成的，一对俗丽的花瓶，插了很不像的人造花；两个花瓶之间是一个摘下头盔的希腊勇士，把一个时钟献给法国守护神。

等了一阵之后，与另一个房间相通的一扇门开了，进来一个女士。她见了克莱南非常地惊奇，她的目光扫视四周寻找另外的人。

“请原谅，韦德小姐。就我一个人。”

“报告给我的可不是你的名字。”

“是的，这我知道。请原谅。我的名字送进去你是不大可能来见我的，我已经有过这个经验了；我就大胆地说了我正在寻找的一个人的名字。”

“请问，”她接过话来说道，并且一面那样冷淡地叫他坐，结果他依旧是站着，“你说的是个什么名字？”

“我说了布兰德瓦的名字。”

“布兰德瓦？”

“是你熟悉的名字。”

“奇怪，”她蹙起眉头来说道，“你竟然还要把讨厌的关心硬加到我和我的熟人身上，加到我和我的事情上面，克莱南先生。我真不懂你这是什么意思。”

“请原谅。你知道这个名字吗？”

“这个名字跟你有什么关系？这个名字跟我有什么关系？这个名字我知道也好，不知道也好，跟你有什么关系？我知道好多名字，我忘记了更多的名字。这个名字也许是属于这一类的，或者也许是属于另一类的，或者也许我从来也没有听说过。我不知道有什么理由为这个名字来检查自己，或者让人家来检查。”

“假如你允许我，”克莱南说道，“我一定把我为什么追查这个问题的理由告诉你。我承认我是在追查，我得请你原谅我这么做，非常郑重地请求原谅。这个理由完全是我个人的。我一点也没有暗指这是你的理由的意思。”

“那么，先生，”她接话道，并重复她先前的邀请，叫他坐下，态度也略有改变，不如先前那样傲慢：在她自己坐下的时候，他也就接受了她的邀请。“我至少是很高兴的，知道这一回不是为你的什么朋友的女奴来的，她被剥夺了选择的自由，她是我拐走的。请便吧，我倒要听听你的理由。”

“首先，要把我们现在说的人确定一下，”克莱南说道，“我说的这个人是一些日子之前你在伦敦碰头的那个人。你还记得在河边——阿台尔菲一带——与他碰头的情景吗？”

“你真太莫明其妙了，竟管起我的事情来了，”她回答道，并且板起面孔很不高兴地瞪着他。“你是怎么知道的？”

“我请求您别生气。纯粹是碰巧的事情。”

“什么碰巧的事情？”

“就一件事，在街上看到你们，见你们碰头的。”

“你是在说你自己，还是说别的什么人？”

“我自己。我看见的。”

“肯定那是在大街上，”她气渐渐地消了，这样经过一阵思考之后说道。“也可能几十个人看到。就算他们看到了，那也说明不了什么。”

“我也没把我看到了这一点当作什么了不得的事，我（除了把它作为我之所以到这里来的理由之外）也没有把我的来访与这件事联系起来，我要请求你的帮助，也是与此无关的。”

“哦！你得请求帮助！我觉得，”那张漂亮的脸表情严厉地看着他，“你的态度软下来了，克莱南先生。”

他没有用言语来辩驳，只是做了一个轻微的动作对她的话表示异议。他接着便说起布兰德瓦失踪的事，这件事可能她已经听说了吧？没有。不管这件事他觉得如何地可能，她可从来未曾听说过这种事情。他可以四下里看看（她说道），然后自己去判断，什么样的普遍流传的消息，会有可能传到一个关在屋子里的忧愁的女人的耳朵里，尽管这个消息正在到处传开。他相信她真不知道。接着，她还问他说的失踪是怎么一回事？既然她问起了，他也便详详细细地说起事情的经过来，并且也简略提及了他心情的焦急，急于要弄个明白此人到底出了什么事，急于要驱散笼罩着他母亲家的隐藏的猜疑。她听着他的叙述，既表现出明显的吃惊神情，又表现出比他先前在她身上观察到的更多藏而不露的关切样子；然而她的这些表现仍旧掩盖不了她的冷漠、傲慢、事不关己的态度。等他说完，她只说了这几句话：

“你还是没有告诉我，先生，我同这件事有什么关系，也没有说要求什么帮助。能否就请你说一说？”

“我猜想，”亚瑟说道，依旧竭力要想叫她的嘲弄的态度缓和下来，“因为你有联系——我可不可以说，有秘密联系？——跟这个人——”

“你当然可以说，你要说什么就说什么，”她说道；“可是你的猜想，或者是随便哪个人的猜想，我是不同意的。”

“——我猜想，至少你与他有个人之间的联系，”克莱南说道，改变了他阐明观点的方式，希望话说出来后不致遭到反对，“所以，你能够给我说一点关于他的出身，他的职业，他的习惯，常住的地点方面的情况。你能给我一点小小的线索，有了这个线索，我就可以用最便当的办法打听到他的下落，这样一来，或者是叫他露面，或者是确定他现在的情况。这就是我要求你帮的忙，我提出这个要求心里是痛苦的，希望你能对此有所体谅。假如你觉得有理由对我提出什么条件，我不会提出任何问题，一定尊重。”

“你碰巧看见我在街上与那个人碰面，”她说道，她使克莱南感到懊丧，显然她脑子里想的是这件事情引起的她自己的心事，而没有考虑他的请求；她这样思索了一阵之后说道。“那么你以前认识这个人？”

“以前不认识；是后来。我以前从来没有见过他，不过，就在他失踪的那个晚上我又一次见到他。事实上，在我母亲房里见到他的。我走的时候他还在那里。已经了解的有关他的所有情况，你看了这上面写的都可以清楚了。”

他递给她一张印刷品传单，她接过来，表情镇静，全神贯注地看。

“这上面写的比我对他的了解还要多，”她把传单递还给他说道。

克莱南的表情表明他非常失望，也许还表明他有疑心；因为，她用同样冷漠的口气补充说道：“你不相信我说的话。可是，实际上是这么一回事。至于说个人之间的联系嘛，似乎他与你母亲之间有着个人之间的联系。可是你说你相信她说的话，相信她不了解他的其他情况！”

这些话里面，以及在她说这些话时伴随着的笑里面，听得出有足以表达怀疑的暗示。克莱南的血涌到了他的面颊上。

“好吧，先生，”她说道，对于重复这一打击表现出冷酷的快乐，“你希望我要如何地坦率我便可以做到如何坦率。我愿意承认，假如我真关心我的名誉（其实我并不关心），或者我有一个好名声要维护（其实我并没有，因为我一点也不热衷于人们对我名声好坏的评价），那么，我就会觉得与这个人有联系便是大大损害了我的名誉。可是他从来也没有进过我的家门——从来也没有与我坐在一块儿，谈到半夜。”

她这样把他的话题掉过来针对他，就为她过去的怨恨报了仇。照她的性格她是绝不会宽恕他的，而且她这个人是不择手段的。

“他是一个认钱不认人的卑鄙小人；我第一次在意大利见到他到处游荡(我不久以前在意大利)，就在那里雇了他，我正好有一件事要完成，他是用得着的工具；这些对你没有什么不好说的。总之一句话，为了我自己的乐趣——为了满足一种强烈的感情——一个拿了钱便能替我奔走的探子，我付钱雇他是合算的。我给这个人钱了。我还觉得，假如我真想作一笔这样的交易，假如我真能给足他钱，假如他真能在黑夜里，又没有一点风险，干掉哪一个人，他是真会毫无顾忌地去干的，就像他已经毫无顾忌拿了我给的钱一样。这些话，至少可以说，是我对他的看法；我知道，我这个看法与你对他的看法相差并不远。你母亲对他的看法，我倒要猜想(向你学习这也猜想，那也假定)，那是很不相同的。”

“我的母亲，让我提醒你一下，”克莱南说道；“她第一回跟他联系正好是生意不顺利的时候。”

“好像她最后一回与他联系，也是因为很不顺利的生意，”韦德小姐接话道；“那一回的办公时间很晚。”

“你的话是说，”亚瑟说道，他已经深感到她攻击的力量了，此刻正因受到她的这些无礼攻击而痛苦，“这里面还有什么——”

“克莱南先生，”她镇定自若地打断了他的话，“记住我说到这个人时是没什么含含糊糊的。他这个人，我再毫不遮掩地说一遍，是一个认钱不认人的卑鄙小人。我认为，这么一个卑鄙的小人总是到他有利可图的地方去的。假如我没有给他有利可图的机会，你也就不会看见我和他在一块儿了。”

她硬是将这件事情的阴暗面置于他的面前，而他自己心头也有一个半遮着的阴影，克莱南因此感到苦恼，于是，他无话了。

“我说这些话是当他还活着的，”她又说了一句，“不过就我所知，他也可能已经不在人世了。也可以说是就我所关心的事来说。我再没有能让他有利可图的机会了。”

亚瑟·克莱南发出一声沉闷的叹息，脸上露出失望的表情，缓缓地站起身来。她并没有也跟着站起来，而是带着怀疑的目光，在他站起来的时候朝他凝视了一阵之后，气愤地收缩起两片嘴唇，说道：

“他是你亲爱的朋友戈文先生的亲密伙伴，是不是？你为什么不请你的亲爱的朋友帮忙？”

否认他是一个亲爱的朋友的话到了亚瑟的嘴边；然而他想起了他过去的思想斗争与作出的决定，没有把话说出来，只说道：

“自从布兰德瓦动身回英国之后，戈文先生就一直没见到过他，除此以外，戈文先生对于此人就说不出别的话了。他是戈文先生在国外偶然机会下认识的人。”

“在国外偶然机会下认识的人！”她重复了一句。“不错。你的亲爱的朋友现在有了多么好的一位太太，就需要所有他能结交的人来跟自己消遣消遣了。我讨厌他的妻子，先生。”

她说这个话的时候表现出来的忿怒，由于她竭力地抑制倒反显得更引人注目，把克莱南的注意力吸引住了，使他在原地站定。那忿怒从盯着他的两只黑眼睛中冒出来，那忿怒在她鼻孔里抖动，那忿怒甚至把她吐出的气也激怒了；然而，她的脸除了这样的表现之外，却是镇静的，一种蔑视的镇静，她的态度是优美的，平静而高傲，仿佛她始终是处于漠不关心的状态。

“韦德小姐，我要说的话归结起来就是，”他说道，“人家不可能挑起你在我看来是无人能分享的情绪。”

“要是你想问，你可以去问问你的亲爱的朋友，”她接话道，“问他对这个问题是什么看法。”

“我和我的亲爱的朋友的关系绝没有，”亚瑟顾不得以前作出的决定说了这样的话，“亲密得非常有可能去谈论这个问题，韦德小姐。”

“我讨厌他，”她接话道。“比对他妻子还要讨厌，因为我曾经够傻的，自己也够冒失的，差不多爱上了他。你只不过是在平平常常的场合看到过我这个人，先生，在这平平常常的场合我看你认为我是一个平平常常的女人，比大多数人稍微固执一点。要是你对我的了解就只停留在这一点上，那你就不懂我说讨厌的意思；要是你不了解我观察自身，观察我周围的人是多么地谨慎，你就不可能懂我的意思。因为这个缘故，我有好多时候曾想着要把我所经历的告诉你——我并不是要叫你说一句好听的话，因为我并不看重这一套；而是要让你在想起你亲爱的朋友和他的亲爱的妻子的时候，能理解我说的讨厌是什么意思。要我把写好了放着给你看的东西拿出来给你，还是要我别拿出来？”

亚瑟请她拿给他看。她走到写字台前，开了锁，从里面的抽屉里取出几张折起来的纸。她也不想听他的安慰的话，也不面对着他说话，只是管自己说话，仿佛她是对着自己的镜子说话，为自己的固执性格辩解，在把那几张纸递给他的时候她只是说：

“现在你会明白我说讨厌的意思了！不说了。先生，不管你见到我是临时、简朴地寄居在伦敦的一座房子里还是加来的一间公寓里，你总见哈莲特和我呆在一起。也许你走之前想见见她。哈莲特，进来！”她又喊了一声。喊了两声之后，哈莲特，以前的泰蒂柯伦，进来了。

“是克莱南先生来了，”韦德小姐说道；“不是为你来的；他不找你了。——我想到这个时候你已经不想找她了，是吗？”

“既无权力，也没有影响——是的，”克莱南表示同意。

“不是来找你的，你看；不过还是为了找一个人。他要找那个叫布兰德瓦的人。”

“我在伦敦斯特兰街看见你跟他在一起的那个人，”亚瑟提示了一句。

“要是你知道他的什么情况，哈莲特，不是说他是从威尼斯来的——这个我们都知道——那就都给克莱南先生说说。”

“他别的情况我也不知道了，”那姑娘说道。

“你满足了吧？”韦德小姐问亚瑟。

他没有理由不相信她们；因为姑娘的态度是那样自然，她的话几乎是令人信服了，即便他先前还有些疑惑。他回答道：“我得到别处去打听消息了。”

他并非说走便走了；但是，他在那姑娘进来之前便站起来了，她显然以为他即刻就要走了。她迅速朝他瞅了一眼，说道：

“他们好吗，先生？”

“谁？”

她在要说“他们每一位”的时候住了嘴，并朝韦德小姐看了一眼，然后说道：“弥格尔斯先生和弥格尔斯太太。”

“上次我听说的时候，他们俩都好。他们都不在国内。对了，我想问你一下。人家看见你到那里去过，是真的吗？”

“哪里？人家说在哪里看见我了？”那姑娘说道，闷闷不乐地垂下眼睛。

“在乡间宅第花园门口张望，是吗？”

“没有，”韦德小姐说道。“她从来没有到那边去过。”

“你错了，”那姑娘说道。“上一次我们在伦敦的时候我到那里去过。有一天下午你留下我一个人的时候我去过。我是在花园门口张望过。”

“你这个没骨气的姑娘，”韦德小姐极为蔑视地说道；“难道我们的全部友谊，我们的全部谈话，你诉的所有过去的苦，只有这么小的一点效果？”

“站在花园门口看上一眼也没有害处，”那姑娘说道。“我从窗子里望进去见这一家人不在。”

“你为什么要跑到那里去？”

“因为我想瞧一眼。因为我感到我想再看看那个地方。”

在两张美丽的脸庞你对着我，我对着你的时候，克莱南感到，这两个不同脾性的人一定是老在那里互相厮杀的。

“哦！”韦德小姐说道，冷漠地控制了自己的目光，并且移开了；“我把你从你那样的生活中解救出来，是因为你明白了你过的是什么样的生活，假如现在你想看一看我把你解救出来之前你过那种生活的地方，那是另一回事了。可是，那就是你对我表示的诚实吗？那就是你对我的忠诚吗？那就是我跟你定下的共同的奋斗目标吗？我对你的信任你是不配享有的。我对你表示的好意你是不配得到的。你并不比一条摇尾巴的狗高等，你还是回到比用鞭子抽你还狠毒的人那里去吧。”

“要是你在还有别人在场的时候把他们说成那个样，那你就会挑起我站到他们那边去了，”那姑娘说道。

“你回去吧，”韦德小姐反驳道。“你回去吧。”

“你心里很清楚，”这一下是哈莲特反驳了，“我是不会回去的。你心里很清楚，我已经跟他们一刀两断了，永远不可能回到他们那里去的，永远不会回去的，永远也不愿回去的。那就不去说他们了，韦德小姐。”

“你喜欢他们的富裕生活，不喜欢你这里过的比不上他们富裕的生活，”她接着回答道。“你吹捧他们，小看我。我还能期望什么呢？我本来就应该知道的。”

“并不是这么回事，”那姑娘说道，脸涨得通红，“你说的并不是你的真心话。我知道你要说的是什么意思。你是暗地里在责骂我，只有你一个人好依靠。因为我只有你一个人好依靠，所以你以为随便什么事情，你高兴就可以叫我做，不高兴就可以不许我做，可以随便侮辱我。你跟他们一样坏，像极了。不过我是不会驯服的，不会被压得服服帖帖的。我要再说一遍，我去看看那座房子是因为我常常想，我要再去看一回。我要再问一下他们现在怎么样了，因为我过去喜欢他们，有时还想到过他们待我好。”

听她说到这里，克莱南说他相信他们还会客客气气地接待她的，倘若她真想回去。

“决不！”那姑娘非常激动地说道。“我决不会做那种事的。这个嘛，韦德小姐比谁都清楚，虽然她因为把我变成了一个依靠她的人而笑骂我。我也知道我是一个依靠她的人；我也知道，让我想起我是一个依靠她的人，这在她是非常高兴的。”

“一个好借口！”韦德小姐说道，她的怒气，她的高傲，她的尖刻，并不亚于先前；“可是这个借口太拙劣了，没法掩盖我在这个借口里明白看到的东西。我的贫穷是没法与他们的钱财相比的。你还是立即回去吧，还是立即回去吧，咱们一刀两断！”

亚瑟·克莱南看着她们两个人在这阴暗狭窄的房间里，在相距几步的地方站定，各自都是傲慢地怀着一腔的怒火；各自都是非常固执地折磨自己的心，折磨对方的心。他说了几句告辞的话；然而，韦德小姐几乎连头也没有点一下，那个哈莲特，装出一个可怜的随从与女奴的那种羞辱样子(但是尽管如此，也并非没有反抗的态度)，让人觉得仿佛她是太卑贱了，不配去注意别人，也不配让别人来注意她。

他走下黑洞洞的、曲折的楼梯到了天井里，心里越发感觉到那堵没有窗洞的死墙、几丛枯死的匍匐植物、干涸的喷泉、塑像不复存在的底座造成的阴郁。他反复思索着追查失踪了的可疑分子的下落，一切努力都一无所获，他反复思考在那所房子里见到的与听到的一切，就这样乘上载他越过海峡的那艘邮船回到了伦敦，回到了英国。在途中，他打开了那几张纸，看到了下一章抄录的内容。

第二十一章①

一个自寻烦恼的人的身世

我因为不是一个傻瓜而倒霉。我从年纪还很小的时候就发现了我周围的人以为瞒过了我的事情。如果我常常能够做到人家叫我信什么我就信什么，而不是常常看出事情的真相，那么，我就会像大多数傻瓜那样顺顺当当地过日子了。

我童年时代是跟一位奶奶过的；那就是说，是一位在我心目中代表了那一层关系的一位太太，她是自己称起奶奶来的。她是无权做奶奶的，可是我——因为是一个到了那个程度的小傻瓜——一点也没有怀疑过她。她家里有几个她自己家的孩子，还有几个别人家的孩子。全都是女孩子；一共十个人，包括我在内。我们都一块儿生活，一块儿上学。

我开始发觉那些女孩子是多么坚决地用可怜我的态度来照顾我的时候，一定是我十二岁光景。她们告诉我，我是个孤儿。我们当中没有第二个孤儿了；我看出来(这就是不是一个傻瓜的第一个缺点)她们带着傲慢的同情安慰我，带着优越感安慰我。我粗心大意，没有把它看作是一个发现。我常常气她们。我几乎没有办法引她们与我吵架。要是我与她们哪个人真吵开了，她们一两个钟头以后必定会来找我，开始和好。我一回又一回气她们，我从来没遇见过她们等着我吵起来的。她们表现出她们的虚荣与屈尊俯就，老是原谅我。大人的小影子!

她们有一位是我的好朋友。我非常亲热地爱这个傻乎乎的小东西，那个亲热样子我现在每回想起来没有不感到羞耻的，虽然我当时还不过是一个孩子，而她也是不配得到那种亲热的。她的性格脾气照她们说是一种和和气气的脾气，亲亲热热的脾气。她能做到对她们每一个人都流露出可爱的表情和微笑，而实际上她就是这样的。我认为，那个地方除了我自己之外，没有一个人知道她的这个态度是有意要伤害我的感情，是故意羞辱我！

可是，对这位不配得到我的爱的姑娘，我却是如此地喜欢，我的生活真因我对她的感情而被搅得不安宁。我因为照她们说法是“气她”，因此常常受到她们的教训和侮辱；所谓“气她”，换句话说即指责她卑鄙不老实，还向她指出，我把她的心看透了，弄得她大哭了一场。可是，我还是爱她，真心诚意地爱她；有一次我还与她一起回家度假。

她在家里比在学校里时还坏。她有一大群堂姐妹和熟人，我们在她家里跳舞，也到别家去跳舞，不管是在她自己家还是在别家，她知道我爱她反倒气我，折磨得我忍受不了。她的计策是要她们一个个都喜欢她——就用这个方法来惹我嫉妒得要命。是要与她们一个个都是亲亲热热的——就用这个方法惹我发狂似的嫉妒她们。等到晚上卧室里只有我们两个人的时候，我就骂她是一个我知道得一清二楚的卑鄙的人，听了我这个话她就不停地哭呀哭呀，说我心狠，这时候我就将她紧紧搂着，一直到早晨：我还是跟以前一样地爱她，而且常常还感到仿佛我真不愿意这样痛苦，宁可这样搂着她投进大河的河底——沉到水里我们两个都已经死了，我还要搂着她。

这一切结束了，我也解脱了。这一家有个姑妈，她不喜欢我。我

---

① 狄更斯的朋友、他的传记作者福斯特对他说，这一章写得最不好。狄更斯也不无悔恨地承认，他当时想的是十八世纪英国作家菲尔丁和斯莫莱特的小说。

怀疑这一家是否有哪个人很喜欢我；不过，我决不要她们来喜欢我，因为我一心喜欢这一个女孩子。那个姑妈是一个年纪轻轻的女人，她用两只眼睛注意我的时候样子很严肃。她是个无耻的女人，并且公开地用怜悯的眼光看我。就在过了前面说过的那样的一个夜晚以后，我在用早餐之前从楼上下来到花房里去。夏洛蒂(我那个假心假意的小朋友的名字)比我早到那里，当我走进去的时候，我听见这个姑妈在对她说我。我停下来站着不动，藏在树叶后面，听她们说话。

那个姑妈说："夏洛蒂，韦德小姐要把你拖得没命的，不能这样继续下去了。"我是一字一句重复我听到的话。

哼，她说什么了？她有没有说，"是我把她拖得没命的，是我在折磨她，我是刽子手，可是她每天夜里都对我说，她真心地爱我，尽管她尝够了我让她受的苦"？没有；我的第一个难忘的经验是和我对她的了解一致的，是和我的全部经验一致的。她开始哭泣，掉下了眼泪(博取她姑妈对她的同情)，并且说道："亲爱的姑妈，她有个不幸的脾气；除了我之外，学校里别的姑娘也都尽力要把她脾气改好；我们都尽了力。"

听她说完，那个姑妈抚摸着她，好像她说的不是什么卑鄙的话，不是虚伪的话，而是说了什么了不起的话似的，还继续无耻地装腔作势，回答说："可是，我亲爱的孩子，什么事情也都有个合乎情理的限度，我看哪，你给了她这么好心的帮助，她不该给你带来不断的无益的痛苦，可是这个可怜、可悲的姑娘却给你带来了痛苦。"

这个可怜、可悲的姑娘，如同你可以预料的那样，她从藏身的地方站出来，说："送我回家。"我对她们哪个人，她们两个人中任何一个，都没有再说第二句话，只是说："送我回家，不送我就自己一个人走回去，白天黑夜地走！"我回到家里就对我假定的奶奶说，除非在那个姑娘回来之前，或者在她们随便哪个回来之前把我送走，到别的地方去上学，否则我宁愿扑到炉子里去，把我两只眼睛都烧瞎了，也不愿忍受着去看她们阴险的脸。

接着我就到少女们那里去，我发现她们也好不了。说的话是漂亮的，装的样子是漂亮的；可是，她们标榜自己，贬低我，没有把我迷惑，我还是将她们看透了，她们也好不了。我离开她们之前，听说了我并没有奶奶，没有一个正式的亲属。我根据这个消息给我的启示去看我的过去，也看我的将来。这个启示使我想起了许多过去不注意的事情，人们假装关心、体贴我的时候，或者假装帮助我的时候，他们一个个对我都是幸灾乐祸的样子。

有一位代理人替我保管着一小笔财产。我要做一名家庭教师。后来我成了一名家庭教师；到了一个穷贵族的家庭，这个家庭有两个女儿——年幼的孩子，但是做父母的希望有可能的话她们能在一个家庭教师教育下长大。那个母亲又年轻又漂亮。她从一开始就装出一本正经的态度来对待我。我把怒火压在心里；可是，我肚子里非常清楚，这是她表现自己的方式，即她喜欢时时记着她是我的女主人，要是她觉得高兴，她就可以用不同的态度去对待她的仆人。

我现在说，对她的这个态度我当时没有冒火，实际上当时我也没有冒火；可是我当时用不让她感到满意的办法向她表明，我是懂她的意思的。她硬要我喝酒，我就喝水。要是餐桌上遇上有什么上等的菜，她总是递给我，可是，我总是谢绝，去吃没人吃的菜。她的恩赐碰上这些钉子就是碰上了一个严厉的驳斥，使我自己感到是独立的，不需要别人恩赐。

我喜欢那两个孩子。她们羞羞答答，可是总的来说喜欢跟我亲热。可是，这个家庭还有一个保姆，她红润润的脸，老是讨嫌地装出高兴、和气的样子。她是她们两个人的保姆，我见到她们之前她已经博取了她们的感情。要是没有这个女人，我差不多会听从命运的安排了。她在两个孩子面前老是来与我竞争的巧妙手法，是会蒙骗许多处于我这种地位的人的；可是，我一开始就看穿了她的手法。她借口整理我的房间，借口侍候我，借口照管我的衣服(她做着所有这些事情，不停地忙碌)，老在我面前呆着，从不离开。她的许多巧妙手法中，最狡猾的是她假装要叫孩子更加喜欢我。她常常把孩子领到我这里来，常常哄她们到我这里来。“到好心的韦德小姐这里来，到亲爱的韦德小姐这里来，到漂亮的韦德小姐这里来。她非常喜欢你们。韦德小姐是一个聪明的小姐，她读过好多好多的书，她讲的故事会比我知道的好听得多、有趣得多。过来听韦德小姐讲故事！”当我看透这些愚昧的阴谋心里直冒火的时候，我怎么能够吸引她们的注意呢？当我看见她们天真的脸上露出惧怕表情，她们的胳臂紧紧抱住她的脖子，而不是抱住我的脖子的时候，我怎么会觉得奇怪呢？这时候她就会抬头朝我看着，抖去她抬头的时候落到她脸上的孩子们的发卷，说，“她们不要多久就会来找你的，韦德小姐；她们非常单纯，非常可爱，小姐；不要为这件事灰心丧气，小姐”——得意洋洋地对我说话！

这个女人还有一桩事情。有时候，当她发现她已经用这种办法真使我陷入郁闷不乐的沉思的时候，她就会把孩子们的注意力引到这上面来，让她们看出我跟她之间存在的差别。“别作声！可怜的韦德小姐不舒服。别嚷嚷，亲爱的，她头痛。来安慰安慰她。来问问她好点没有；来叫她躺下。我希望你心里没什么事吧，小姐。别伤心，小姐，别难受！”

事情变得不能容忍了。有一天我一个人坐着，而且是很激动地感到我再也不能忍受下去的时候，那个夫人即我的女主人来了，我对她说我非走不可。我没法子忍耐着跟那个女人朵丝呆在一块儿。

“韦德小姐！可怜的朵丝对你是真心的，她什么都肯为你做！”

我事先早知道她会这样说的；对此我是早有思想准备了；我只回答说，我是不配回我的女主人的嘴的；我非走不可。

“我希望，韦德小姐，”她接话道，立即使用了一本正经的口吻，那是她常常想遮又遮不住的态度，“决不会是因为自从我们碰到一起来之后，我说的什么话或做的什么事情的缘故，你才说出‘女主人’这个叫人听了不舒服的字眼的。我肯定是完全无意的。请告诉我是怎么一回事。”

我回答说，我对我的女主人没有什么抱怨，也没有什么抱怨要对我的女主人诉说；可是，我非走不可。

她犹豫了一会儿，然后在我旁边坐下来，并按着我的手。好像这样的荣幸就能把什么记忆都抹去了！

“韦德小姐，恐怕你是不幸的，是那些我没法子解决的原因引起的。”

我笑了笑，想起了这个字眼联想起来的经验，说：“我想，我有个不幸的脾气。”

“我没有这样说。”

“这是什么事情都可以解释的简便方法，”我说。

“也许是这样；不过我没有这样说。我想提出来的，是完全不同的事。我和我的丈夫在这件事情上交换过想法，那是在我们痛苦地发现你同我们不是无拘无束相处以后。”

“无拘无束？哦！你们都是这样高贵的人，太太，”我说。

“我真不幸运用了一个会传达——很明显是有了——与我的本意完全相反的意思的一个字眼。”（她没有料到我的回答，这使她感到难为情了。）“我的意思不过是说，你跟我们没有快活地相处。这事情要说也真难；不过，从一个少女到另一个少女，也许——总之，我们是担心你可能是看到了一些最不能怪罪于你的家庭事务，使你情绪受到了折磨。如果是这样的话，那么我们恳求你别因为有这些事情而让心里苦恼了。我丈夫他自己，正如谁都知道的，以前有过一个很亲的妹妹，她实际上并不是他的亲妹妹，可是在家里人人都热爱她，尊重她——”

我立即就发现，他们收我进来是为了那个死去的少女，不管她是谁，为了在我身上找到满足，为了利用我；我在那个保姆对这件事情的了解中发现了一个怂恿举动，要人家像她刚才那样刺激我；我还从两个孩子躲避我时的神态中发现了一个模糊的印象，我不像别的人。当晚我就离开了那个地方。

在经历了一两个短暂而又非常相似的遭遇以后(这些经历与现在说的事无关)，我到了另一个人家，这一家只有一个学生：一个十五岁的女孩子，她是个独生女。这一家的父母是上了年纪的人，是有地位的人，很有钱。除了许多别的客人之外，一个由他们抚养大的侄子也是这一家的常客；他开始对我殷勤起来。我是很坚决地对他冷淡的；因为，我到那里时就决定，谁也别想来可怜我，我也不要哪个人的恩赐。可是，他给我写来了一封信。后来我们就订了婚。

他小我一岁，而且就算考虑到这一点，他也还是一脸的稚气。他当时告假从印度回国的，他在印度有一个职务，不久就要提拔荣升了。再过半年我们就准备结婚，还要到印度去。我就要在这个地方留下来，而且就在这里结婚。对于这一个打算没有一个人提出过任何反对的意见。

我不能避而不说他爱慕我这句话；可是，假如我能说，我一定会说的。虚荣心与这句话是没有一点关系的，因为，他对我的爱慕使我苦恼。他一点儿不掩饰他对我的爱慕，弄得我觉得在富人们中间好像他因为我长得好看而把我买下的，并且把他买的人拿出来让人看，以证明他的做法的正确。我发现，他们心里掂量着我，而且很想观察观察我的全部价值到底是什么。我决定不让他们知道。我在他们面前一点也不动摇，一句话也不说；宁可让他们哪一个人把我杀了，我也决不尽力争取他们的点头同意。

他对我说，我没有充分表现出自己的价值。我对他说我充分表现了，正是因为我这样做了，而且还要始终这样坚持下去，我才不肯低三下四地去争取他们对我的好感的。当我又对他说我希望他不要在他们的面前表现出对我的感情的时候，他感到担忧，甚至还感到震惊；不过，他说，为了让我心里平静，他甚至愿意牺牲自己真诚的感情冲动。

他有了这个借口以后就对我采取了以牙还牙的态度。他会一个钟头一个钟头地呆着可是又和我离得远远的，宁可找一个别的人说话也不来和我搭腔。半个晚上我都是一个人呆坐着，没有人来理睬，而他在和他的小表妹即我的学生攀谈。我那时候已经从人们的目光中发现，他们认为这两个人比起我跟他两个人，更显得相称一点。我坐在那里，揣摩着他们的思想，直至我感到他的幼稚的外貌使我变得可笑，直至我憎恨自己竟然爱他。

因为，我的确曾经爱过他。尽管他不配得到我的爱，尽管他很少想到过我因为爱他而感受到的所有这些痛苦——是本来可以使他完完全全地，令人高兴地，一辈子属于我的那种痛苦——但是我爱着他。我忍耐着，听他的表妹当着我的面夸他，让她去假装以为这样说会使我高兴，可是她心里完全明白她这样说刺痛了我的心；我是为他忍耐着。在我当着他的面坐在那里，回想自己遭到的轻蔑和冤屈，寻思我是否应该立即离开这个地方，永远不再看到他的时候——我是爱他的。

他的姑妈(是我的女主人，请你记着)故意地，有意地，增添我心里的磨难和烦恼。她就喜欢唠叨我们今后到印度去以后要过的生活的方式，唠叨他提拔以后我们要经营的公司，以及我们要款待的宾客。她指出我结婚以后的生活将与我当时做仆人的低贱地位形成对照，这种无耻的手法触犯了我的自尊心。我压住自己心中的怒火；不过，我告诉她说她的意图我是领会的，她唠叨这些事情使我烦恼，我就装作谦卑的样子来回报她。她说的那些事情，对我来说实在是太大的荣幸了，我就对她这样说。我恐怕自己是承受不了这么大的变化的。一个小小的家庭教师，她女儿的家庭教师，居然变得这么了不起，真难以想象！我用这样的话来回答她，弄得她非常不安，弄得他们都非常不安。他们明白我完全理解了她的意思。

就在我心里感到最苦恼的时候，就在我心中对我的恋人感到非常气愤，恨他的负心无情义，我为了他经受了数不清的痛苦和懊丧，他却实际上一点也不关心，就在这种时候，你的亲爱的朋友戈文先生跨进门来。他与他们早就关系很好，不过前一些日子他到国外去了。他进门以后一眼便明白了当时的情形，他理解我。

他是我一生中遇到的第一个理解我的人。他到这屋子来了还不到三趟，我就知道我每一个心理活动当中都有他跟着。这一点从他对他们每一个人，对我，以及对整个事情的冷淡而随便的态度上，我是看得清清楚楚的。这一点，从他对我未来的丈夫轻易表示的钦佩中，在他对我们订了婚约、对我们的前程表示的热情中，在他对我们未来的富裕表示的满怀希望的祝贺，以及说到自己的贫困的时候流露出来的失望中——都一样地空洞，一样地打趣，一样地充满嘲弄——我是看得清清楚楚的。他使得我越来越气愤，越来越可鄙，那就是他总是将我周围的每件事情展示在我面前，而且还带上一些对这类事情的可恨的启发，而他自己又假装展示出来的是让我，也让他自己赞叹的事情最美好的一面。他就像德国人画的系列版画中乔装改扮的死神；不管他搂住的是什么样的人，年轻的也好，年老的也好，漂亮的也好，丑陋的也好，一起跳舞也好，一起唱歌也好，一起玩也好，一起祷告也好，他都把它变成可怕的东西[①]。

这样你就会明白，当你的亲爱的朋友夸我的时候，他实际上是在安慰我；当他安慰我这个苦闷的人的时候，他揭开了我身上每一个刺骨疼痛的伤口；当他说我的那个“忠诚的情郎”是“天下最可爱的年轻小伙子，有一颗最温和的心”的时候，他触及了我过去的担忧，叫我成了十分可笑的人了。这些也并不是什么了不得的帮助，你也许会说。可我是欢迎的，因为，他的这些安慰言词引起了我内心的共鸣，使我自己的认识更加坚定。我不久就开始喜欢与你的亲爱的朋友呆在一起，比谁都喜欢。

当我发现(我几乎也是不久就发现的)这件事引起了别人的妒忌的时候，我反而更加喜欢这个交往了。我没有受到过人家的妒忌吗？就我一个人忍受这些滋味吗？不。让他知道知道这是什么滋味！我很高兴他也要尝尝这个滋味；我很高兴他会受到深深的触动，体会到内中的滋味了，而且当时我希望他已经感觉到了。还不仅仅是如此。与戈文先生相比，他是胆小的。戈文先生知道怎样在平等的条件下与我说话，知道怎样去解剖我们周围的可怜的人们。

事情就这样一直继续到那个姑妈，即我的女主人，自己来找我说话的那个时候。这种事情也是没什么值得一提的；她知道我没什么意图；可是，她根据自己的想法建议，她知道很有必要提这么个建议，即我还是稍微少跟戈文先生有说有笑的好。

我问她，她能够为我有意要做的事担当什么责任？她总是可以，

---

① 宗教改革运动时期德国肖像画家、版画家霍尔倍因(Hans Holbein, 1497？—1543)，晚年定居英国，此处指他所作的意在讽刺罗马天主教会的《死神舞》(1523—1524)。

她回答道，为我的非恶意的事担当责任的。我谢了谢，可是我说我喜欢自己负责，喜欢服从自己的意愿。她家别的仆人们可能感谢主人给了一个好的评语，可是我不要什么好评语。

我们还说了一些别的话，这倒促使我去问她，她怎么知道很有必要向我提出一个建议，要我听从呢？她是不是欺侮我出身低微，或者欺侮我是个雇用的？我并不是从肉体到灵魂都是出钱买的。她似乎是认为她的杰出的侄子到出售奴隶的集市上买了一个老婆。

事情结束了，这样的结果本来或迟或早都可能会有的，可是她一下子把事情了结了。她表现出虚伪的同情对我说，我有个不幸的脾气。又一次听到这种过去刺伤我的心的恶毒的话，我没有再把气憋在心里，相反，我把我对她的了解，把我亲眼所见的她的为人，一古脑儿都倒出来了，还向她暴露了自从占据了与她侄子订婚这个可鄙地位以来，我心里遭受的一切。我对她说，戈文先生是我落魄的时候得到的唯一的安慰；这个气我已经憋得太久了，发泄得太晚了；但是，我再也不想看到他们哪个人了。我也没有再看到他们。

你的亲爱的朋友跟到了我的隐避地，对于断绝这一关系，开了不少玩笑；虽然他也为这些很好的人（他们本来就是他遇见的最好的人）感到惋惜，还觉得很可悲，拍几只小小的家蝇要如此大动干戈。没多久他就坚决地表示，而且比我当时猜想的要诚实得多，他实在是不配被如此有才能、如此有个性的女人所接受的；可是——算了，算了！——

你的亲爱的朋友只要是合他的心意的，他就寻我的开心，寻自己的开心；他还提醒我说，我们都是生活在世上的人，我们都了解世上的人，我们都知道并没有风流韵事这种东西，我们都准备好了各人走各人的路，像有见识的人那样去自找出路，我们都认为，今后我们随便什么时候再见到了，大家都应该像世上最好的朋友那样相见。他是这样说的，我当时没有反对过。

没过多久我就得知他向现在这个妻子求婚，她的父母带着她离家出国，避开了他。我当时就恨她，完全跟现在一样地恨她；因此，我自然不可能有别的愿望，我就希望她去嫁给他。可是，我心里七上八下的，很想看一看她——这样地好奇，我真觉得这是我当时难得有的一件有趣的事情。我有时也出去旅游：外出旅游，后来就与她碰上了，也碰上了你。你的亲爱的朋友，我看，当时你还不认识，他还没有对你作出友谊的任何明显表示，但是，现在他已经把友谊给予你了。

我发现与那些人一起的有一位姑娘，在这位姑娘所处的地位的各个方面，有一个与我的情形奇怪地相似之处，对她的性格我感兴趣，我也感到高兴，因为在她的性格中我很清楚地看到了对傲慢的恩赐与自私态度的反抗；这种傲慢的恩赐与自私态度他们是自称为善良、保护、仁慈以及别的好听名堂的，而这种反抗精神，我说是我性格中生来就有的。我还经常听人说，她有“一个不幸的脾气”。鉴于我十分了解这个简单易用的词语的含义，同时我也很需要有一个能理解我经历的事情的伴儿，我想我要设法把这位姑娘从她的枷锁和冤屈感中解脱出来。我获得了成功，这就没有必要再说了。

从那以后我们就一直呆在一块儿了，靠我的微薄收入共同生活。

第二十二章

谁这么晚走过这条路?

亚瑟·克莱南是在事务非常紧张繁忙的时候，抽出空来作了这次毫无结果的加来之行的。世界地图上某一个拥有宝贵财富的未开化的大国，需要几名工程师去工作，他们应能巧于发明，决然实行：是有实际经验的人，他们能够利用近在手边的最好的材料造就他们的独创精神认为必需的人和财物；他们在把这样的材料用来达到他们的目的时，如同他们在构思他们的目的时一样，既大胆又富有才智。这个大国，由于它是一个未开化的国家，一点也不懂应将国家的伟大目标收藏到一个“拖拖拉拉部”里去，犹如浓郁的葡萄酒应该贮藏到避光的地窖里去，直至葡萄酒失去了酒力和香味，直至葡萄园里干活的[①]和榨葡萄的劳动者尸骨化成了灰。这个大国有典型的愚昧无知，凡事都以最坚定、最有力的“如何去办”的观点为准则；从来不重视，从来不宽恕那个伟大的政治科学，“如何不了了之”。其实，这个国家表面上是为实施“如何不了了之”这一技术与手艺的任何开明臣民说话，实际上却是采取扼杀的野蛮手段。

于是，他们所需的人，就要到处寻找，并且找到了：这一做法本身便是一种很不文明、很不正常的手段。一经找到，他们便得到了极大的信任，受到了极大的尊重(给予这样的待遇又表明了政治上的极端愚昧)，并邀请他们立即光临，从事他们该做的工作。总而言之，他们被当作想要办事的人，与另外的想要将事情办成的人协作。

丹尼尔·多伊斯便是入选者之一。在当时还不能预知他是要离开几个月，还是几年。为他的出国作准备，认真地为他处理他们的合股企业所有大小事项及收益，这些都要求在短短的时间内花大力气去办，结果是克莱南夜以继日地忙。他在繁忙工作之后的第一个闲暇悄悄地渡过了海峡，然后又同样匆匆地悄然回来，与多伊斯作出国前的饯行谈话。

对他，亚瑟现在尽力而谨慎地，说明了他们合股企业的盈与亏，任务与前景。丹尼尔以他那耐心的态度倾听这一切，对克莱南的说明极为钦佩。他核对了账目，仿佛这些账目是一件远比他至今所制作的零件更为精巧的机械装置，他后来又站在那里看着这些账目，一面两手抓住帽檐将帽子举在头顶，仿佛在全神贯注地思考一台奇妙的机器。

“都很漂亮，克莱南，有条有理的。不能再明白了。不能再好了。”

“我很高兴你同意了，多伊斯。那么，你走了以后我们的资本的管理，还有我们的企业有时可能需要的那个数目的资本的转换——”他的合股人打断了他的话。

“要说这个问题，以及所有其他的这一类问题嘛，都由你拿主意吧。你务必继续在所有这一类事情上代表我们两个人去处理，就像你历来在做的一样，同时减轻我心里已经宽松得多了的负担。”

“不过，就像我常常对你说的，”克莱南接话道，“你过于小看自己处理事务的本领了。”

“也许是这样，”多伊斯笑着说道。“也许不是这样。不管怎么说，我有一个钻研得比这种事务更加多，也更加适合我去做的工作。我完全信得过我的合股人，我也感到满意，他会做得恰到好处的。如

① 见《圣经·马太福音》第二十章第一至第十六节。

果说到钞票和钞票数目我有个偏见的话，”多伊斯伸出那只工人的灵活的大拇指按住他那合股人外套的翻领，继续说道，“那就是反对投机生意。我想我没有任何别的偏见了。我觉得我抱着这个偏见只是因为我脑子里从来没有好好考虑过这个问题。”

“你绝不应当把这样的看法叫做偏见的，”克莱南说道。“我亲爱的多伊斯，这个看法是最合理的判断。”

“我很高兴你这样认为，”多伊斯接话道，灰色的眼睛流露出和善与快活的表情。

“说来也巧，”克莱南说道，“刚才，就是你从市里回来之前还不到半个钟头，我同潘克斯也在说这件事情，他是到这里来随便坐坐的。我们两个都说，丢弃稳当的投资动别的脑筋，是最常见的，也是最危险的蠢事之一，就是那种常常可以叫作罪恶的蠢事。”

“潘克斯？”多伊斯说道，伸手到脑后把帽子往上推了推，带着满怀信心的神情点点头。“对，对，对！是个小心谨慎的人。”

“他的确是个很小心谨慎的人，”亚瑟接着说道。“真可以说是小心谨慎的样板。”

他们两人都对潘克斯先生小心谨慎的性格感到满意，从他们两人谈话的表面便可看得十分清楚，而且似乎不只是溢于言表的满意。

“好吧，”丹尼尔望着他的表说道，“我的可靠的合股人，时光不等人哪，而且我的行李物品都在底下门口放着，要准备动身了，所以就让我最后说一句话吧。我想要请你答应我一个请求。”

“你提什么要求都行。——除了，”克莱南很快提出了他的例外，因为他的合股人的脸部表情很快就让人猜出了他的意思，“除了要我放弃你的发明。”

“我就是这个请求，你知道就是这个请求，”多伊斯说道。

“这个嘛，我说不放弃。我明明白白地说一句，不放弃。我既然把事情开了个头，就一定要从那些人嘴里得到一个明确的理由，一个可靠的意见，得到像个真正的回答的东西。”

“你不可能得到，”多伊斯接话道，一面摇着头。“相信我的话吧，你永远得不到的。”

“至少，我要试一试，”克莱南说道。“试一试不会有什么害处。”

“对你有没有害处，我倒没有把握，”多伊斯回答道，并表示劝说地将手放在克莱南的肩上。“我倒是受了害的，我的朋友。这件事弄得我人也老了，精力也没有了，心里也烦多了，什么希望也不抱了。一个人失去了耐心，觉得自己受到了不公正的对待，那对他是不会有什么好处的。我甚至已经觉得，毫无结果地让他们一回回地拖延和回避，也已经弄得你有点不像从前那样开朗了。”

“那也可能是个人的烦恼造成的一时的现象，”克莱南说道，“而不是衙门里的折磨造成的。还没有呢。我还没有挫伤呢。”

“这么说你不答应我的请求了？”

“肯定是不答应的，”克莱南说道。“我要是甘心情愿地这么快就退下阵来，而一个年纪大得多，更加容易受到利害关系影响的人却不屈不挠地斗争了这么久，我会感到可耻的。”

由于无法打动克莱南的心，丹尼尔·多伊斯也就握了一下他的手，最后朝账房间四周看了看，与他一起走下了扶梯。多伊斯将要到南安普敦[1]去和他的同行人组成的小批人员汇合；门口停了一辆马车，装备齐全，行李堆放整齐，准备载他前往目的地。工友们都聚集在大门口为他送行，一个个都为他感到骄傲。“祝您幸运，多伊斯先生！”人群中有一个人说。“您到哪儿都行，人家会知道他们得了个

---

① 英格兰南部一港口城市。

能人啦，一个他识得干活家伙，干活家伙识得他的能人，是个一干到底的能人，是个能干的能人，要说他不是个能人，那到哪儿去找能人去！”这个站在人群背后自告奋勇说话的人，以前没有人知道他有这样的口才，现在他发表的演说博得了人们三声欢呼；从那以后，发表演说的人也就成了一位知名人士。在人们三声欢呼的时候，丹尼尔向他们全体由衷地说了一声：“再见，工友们！”马车便不见了，仿佛空气的冲击将马车吹出了伤心园。

施洗先生作为一个身处受信任地位的感恩报德的小个子，也夹在工友们中间，他尽了一个普通外国人的最大能力，也与人们一起高呼。其实，天下没有人能像英国人那样用欢呼来激励人心，他们热烈地欢呼的时候，确实是如此动人地激发人们的情绪、振作人们的精神，这轰动的场面真像是他们全部历史的潮流，只见历史上的所有旗帜，从撒克逊人阿尔弗莱德王时代以来的旗帜，一齐挥舞。施洗先生在潮流面前有点被卷走的样子，就在他感到十分惧怕而喘着粗气的时候，只见克莱南示意他跟上楼去，叫他把这些账册一本本放回原处。

在出发以后紧随着出现的平静气氛中——每一次小别，总是预示着威胁整个人类的大别离，就在这小别离之后紧接着出现的最初的茫然若失之中——亚瑟站在他的桌子面前，神情恍惚地望着窗外的一线阳光。然而，他那获得了自由的注意力却又立即回到了他思想深处最关心的问题，开始第一百回寻思发生在他在母亲家碰见那个人的神秘夜晚，印在他心上的每一件事情。又是那个人在弯弯曲曲的街上撞上了他，又是他跟踪那个人，后来又不见了，又是他碰上那个人在院子里抬头望着那座房子，又是他跟踪那个人，在门口台阶上与他站在一起。

“谁这么晚走过这条路？

Compagnon de la majolaine!

谁这么晚走过这条路？
永远乐悠悠！”

他回忆起这首儿童游戏歌曲有许多回了，这并不是第一回，那个家伙与他一起站着的时候，就哼过这首歌的歌词，然而，他一点也没有意识到此刻自己已经脱口唱出声来了，因此他听到下一节歌词时吃了一惊，

“它是打更人最爱的花，
Compagnon de la majolaine!
它是打更人最爱的花，
永远乐悠悠！”

卡瓦莱托恭恭敬敬地提示了一下歌词和曲调；他以为克莱南是没有了下面的词而突然中断的。

“啊！你会唱这首歌，卡瓦莱托？”

“嗯啊，是的，先生，在法国他们人人都会唱。我有许多次听小孩们唱了。上一回这首歌我听见唱的时候，”从前叫卡瓦莱托的施洗先生，在他的回忆回到故土的时候，他往往在说英语时会用上他本国语言的句法结构①，“是一个动听的小孩子嗓子唱的。一个小孩子嗓子，很悦耳，很天真。Altro!”

“上一回我听见唱这首歌，”亚瑟接着说道，“那嗓子完全和悦耳相反，完全和天真相反。”他与其说是对他的伙伴说话，倒不如说是在自言自语，还说出了那个人接下来说的这句话，“妈的真要命，先

① 此处指上文“上一回这首歌我听见唱的时候”，原文仿意大利语语法写作“The last time when it I have heard”，句中it提前。中译亦仿此法。

生，性情急躁也是我的脾气！”

“嗬！”卡瓦莱托叫了一声，目瞪口呆了，脸上的血色霎时间褪尽。

“你怎么啦？”

“先生！你知道上一次我是在哪里听见这首歌吗？”

他以他那意大利式的迅速动作，两手做了一个如钩的大鼻子模样，把他那两个眼睛往上一块儿挤，抓乱自己的头发，上唇朝外翘起来代表浓密的上髭，撩起想象中的斗篷沉重下缘的一角披在肩上。没有见过意大利农民说话的人，是无法相信他的迅速动作的，他迅速地做这些手势的时候，还装出一个很引人注目、很阴险的微笑。整个动作变化过程之快仿佛一道光线在他身上一闪而过，他在这同一个时刻又在他保护人面前脸色苍白、目瞪口呆地站定了。

“我真弄不明白，”克莱南说道，“你到底是什么意思？你知不知道一个名字叫布兰德瓦的人？”

“不知道！”施洗先生说道，并摇着头。

“你刚描述了你听到那首歌曲时在场的那个人，对不对？”

“不错！”施洗先生说道，并不住地点头。

“他不就是布兰德瓦吗？”

“不叫这个名字！”施洗先生说道。“Altro! Altro! Altro! Altro!”他只是一个劲地否认那个名字，脑袋与右手食指一齐儿都用上了。

“慢！”克莱南兴奋地说道，将那张传单摊开在桌子上。“这个人对吗？我读出来你听得懂吗？”

“全懂。都听得懂。”

“你再来看看。你到这儿来，我一面读你一面看。”

施洗先生走过去，敏捷的目光注视着每一个字，心情极为急躁地一面看一面听，听完之后将两手啪的一声敲在那张传单上，仿佛他两手狠狠地抓住了一个令人厌恶的家伙，急切地望着克莱南，嚷道：

“就是这个人！瞧他！”

“这对我太重要了，”克莱南心情非常激动地说道，“你怎么也想象不到有这么重要。告诉我你是在哪里认识这个人的。”

施洗先生很慢很慢地松了抓着传单的手，神情非常地困窘，并且倒退了两三步，一面假装拍去手上的灰，非常违心地回答道：

“在马——马赛。”

“他是干什么的？”

“是个犯人，是——Altro！我看是的！——一个，”施洗先生又悄悄地走近，悄悄地说了一句，“暗杀犯！”

克莱南倒退了，仿佛这个词给了他一击：这个词使得他母亲与那个人的往来显得太可怕了。卡瓦莱托跪下一条腿，做出许许多多的动作，请求听他说明他怎么会与这样的卑鄙之徒混在一起的。

他非常诚实地说明这是由一桩走私生意引起的，他到时候便从监狱里释放出来，也就从此与过去那些人不来往了。他说，在索恩河畔的夏龙城一家名叫“天亮”的旅店里，一天晚上，就是这个以前虽然叫做里高，当时却已化名拉尼埃的暗杀犯，把他从床上惊醒；那个暗杀犯提出他们两个人一起去找出路；他见了那个暗杀犯如此骇怕、如此厌恶，于是天一亮便逃走了，他说从那以后心里就一直害怕再见到那个暗杀犯，害怕因为与他熟悉而被认出来。他说话的时候，在暗杀犯这个词上加了强调与沉着的语气，那是他自己的语言所特有的方式，并不能使这个词在克莱南听起来觉得不很可怕。他这样将事情经过叙述了一遍之后突然跳将起来，又啪的一声捶在那张传单上，嚷道：“瞧这同一个暗杀犯！他在这里！”态度颇为激烈，倘若是表现在一个北方①出身的人身上，那必定是十足的疯了。

---

① 英语中所谓“北方”可指英国或欧洲北部，此处指有别于意大利的英国人等。

他激动得忘乎所以的时候，起初将自己最近在伦敦见到过这个暗杀犯的事忘却了。在他后来想起来的时候，这件事倒叫克莱南希望，卡瓦莱托认出那个人的日子可能是在他拜访他母亲的那个晚上以后；然而，卡瓦莱托对于时间、地点记得太准确、太清楚了，叫人丝毫也不用怀疑事情是发生在那个日子之前。

“听好，”亚瑟很严肃地说道。“这个人，我们在这上面都看到了，无影无踪了。”

“我真是太满意了！”卡瓦莱托虔诚地抬起头来说道。“非常感谢上帝！这可恨的暗杀犯！”

“还不能这么说，”克莱南接话道；“因为，假如我没有听到他的进一步的消息，我是不会有一个钟头的安宁的。”

“行了，恩人；那完全是另外一回事了。万分抱歉！”

“喂，卡瓦莱托，”克莱南说道，轻轻地抓住他的手将他转过身来，于是他们两人四目相对，“我心里明白，虽然我帮助你只能是一点儿，但是你是最最真心地感恩的人。”

“我可以发誓的！”另一个嚷道。

“我知道。假如你能够找到这个人，或者弄清楚他现在的情况，或者得到他后来的什么消息，你是一定肯给予我帮助的，这种帮助要大大超出我在这个世界上能得到的别的帮助，你是肯让我（以更加充足得多的理由）来像你对我一样地表示感激的。”

“我不知道该到哪里去找，”这个矮小的人激动地说道，并在激动之中吻了一下克莱南的手。“我不知道从何着手，我不知道到哪里去找。可是，胆子大一点！行！没关系！我现在立即就走！”

“除我之外谁也不要说，卡瓦莱托。”

“Al-tro！”卡瓦莱托嚷道。他飞快地走了。

第二十三章

艾弗莉夫人允诺有条件地说出她的梦

施洗先生，即约瓦尼·巴普蒂斯塔·卡瓦莱托[1]，走了以后，克莱南独自一人开始了他疲惫的一天，而施洗先生丰富的表情与动作依然历历在目。他想把注意力集中到忙碌公事或不断的思考上去，然而这样的尝试是徒劳的；那老在心头萦绕的问题死死地缠住了他的注意力，他怎么也无法让注意力集中到任何别的问题上去。仿佛一个罪犯被脚镣锁在又深又清澈的江中停泊的一条小船上，罚他永远只看见江底被他溺死的人的尸体，不管从他身边淌过的是多么浩瀚的江水，他只看见尸体一动不动、一成不变，只是漩涡使尸体放大了，拉长了，它那可怕的面貌时而胀大，时而缩小；同样地，亚瑟在透明的思想与想象稍纵即逝，一个紧接一个来去变化的潮流底下，发现有一个牢固的、暗黑的，怎么也推不动的东西，那是他试图竭尽全力要摆脱却又无法逃脱的东西。

他现在肯定了，布兰德瓦，不管他的真名叫什么，是最坏的人之一，这样，他心头烦恼的重负便更加沉重了。尽管失踪的事应在明天作出解释，然而他的母亲与这样的人有往来的事实却是无法变动的，这种往来是秘密的往来，她对他是言听计从，害怕他。他希望，这一情况除他自己以外，也许谁也不知道；然而，了解这一情况之后，他又怎么能将它与他过去模糊的担忧分开？他又怎么能相信在这样的关系中没有任何罪恶的东西？

她决不肯与他谈论这个问题，他也知道她的不肯屈服的性格，这样一来他也就更觉得孤单无助了。一方面觉得耻辱与暴露已经逼近她以及他父亲的亡灵，一方面自己又如同被一堵铜墙[②]所截，无法去帮助他们，这个境地犹如梦的压迫一般。他带回故土，而且一直不曾忘却的决心，偏偏就在他觉得恐怕是最需要这个决心的时候，却由于他母亲横下了一条心，而被她亲自摧垮了。他的劝告，他的力量，他的活动，他的金钱，他的信誉，他所有的聪明才智，都变成了废物。倘若她有像古代神话中说的魔法，能将朝她看上一眼的人变成石头[③]，她也不会比坐在这间阴暗卧室里，把这张不容妥协的脸对着他的时候，表现得更加凶狠，更加使他完全瘫痪(他那痛苦的心头似乎是这样的感觉)。

然而，那一天的发现产生的影响，与他所思考的这些事情联系在一起，促使他采取更加坚决的行动。他对于自己的决心之正当是充满了信心的，同时，又意识到威胁他们的危险正在从四面逼近，驱使他作出决定，倘若他母亲仍旧不给予商讨的余地，他就孤注一掷，求助于艾弗莉了。倘若能够说服她谈一些情况，尽她的能力破除笼罩着这座房子的神秘气氛，他就会从他自己模模糊糊地、每度过一个时辰就更加明显地感觉到的瘫痪中摆脱出来。这是他经过一天的犯愁引出的结论，这也是他在天黑时付诸行动的决定。

他来到他母亲那所房子后，第一件使他失望的事，是见门洞开着，还有那个弗林特温奇先生站在台阶上抽烟斗。倘若事情在通常情况下是顺利的，艾弗莉夫人听见他的敲门声便会出来开门的。现在情况不同往常，显得很不顺利，房子的门洞开了，弗林特温奇先生站在台阶上抽烟斗。

---

① 即施洗约翰·卡瓦莱托这一名字的意大利语说法。

② 语出《圣经·耶利米书》第十五章第二十节。

③ 指希腊神话中的蛇发女怪美杜莎。

“晚上好，”亚瑟说道。

“晚上好，”弗林特温奇先生说道。

烟从弗林特温奇先生嘴里歪歪扭扭地吐出来，仿佛这烟先通过他那歪歪扭扭的身躯，又回到他歪歪扭扭的喉咙里，然后才吐出来，与歪歪扭扭的烟囱里冒出来的炊烟，以及歪歪扭扭的江中升起的雾气融合。

“有什么消息吗，”亚瑟说道。

“我们没有什么消息，”杰拉米说道。

“我说的是那个外国人，”亚瑟解释道。

“我说的是那个外国人，”杰拉米说道。

他身体歪斜地站着，领结上打的结子歪到了耳朵下面，表情是那样地冷酷，见到这副样子，克莱南心头不免思考起来，而且远非第一回这样思考了，弗林特温奇先生是否为了达到他自己的目的把布兰德瓦甩了？现在成问题的会不会倒是他的秘密和他的安全？他矮小的个子，伛偻的背，也许并不具有攻击力；然而他可是个像一棵老杉木那样坚韧的人，像一只老乌鸦那样狡猾的人。这样的一个人，倘若他走到一个年轻得多、力气大得多的人背后，有意结果他的性命而不手软，在那个孤零零的地方，又是夜晚的时辰，要下手是十拿九稳的事。

在克莱南的思绪处于悲观状态的时候，这些思绪在他心里老想着的那个主要问题之上漂浮，而弗林特温奇先生，此刻歪着脖子，眯起一个眼睛，站在门口，抬头望着对面的房屋，一面抽着烟，脸上带着凶相；仿佛他是要把那烟斗的烟管咬下来，而不是享受这抽烟的乐趣。然而他是在享受抽烟的乐趣，自得其乐地享受。

“下一次你来这儿，亚瑟，我看你是会来给我画肖像了，”弗林特温奇先生俯下身去磕烟灰时，冷冷地说。

亚瑟颇有些困窘、难堪，倘若他先前很不礼貌地盯着他看的话，那他为此向他表示歉意。“不过我心里一直在思考这件事，”他说道，“所以我出了神。”

“哈！可是我不明白，”弗林特温奇先生慢悠悠地说道，“这种事情为什么会叫你操心，亚瑟。”

“不明白？”

“不明白，”弗林特温奇先生说，很简短，很干脆：很像是一头犬科动物，咬住了亚瑟的手。

“知道那些纸片到处张贴，我还能无动于衷吗？知道我母亲的名字和住房跟这种事情一齐到处传着，我还能无动于衷吗？”

“我不明白，”弗林特温奇先生接话道，一面用手搓着粗糙的面颊，“这件事情对你有什么了不得的。不过我倒要对你说说我真明白的事，亚瑟，”说话时抬头望了一眼楼上的窗口；“我瞧见了你母亲卧室里炉火和蜡烛的光亮！”

“光亮跟这件事有什么关系？”

“嗐，先生，从那里的光亮我看出来，”弗林特温奇先生说道，并朝着他歪了一下身子，“要是真应当（照俗话说的是这么一个道理）别去惹睡着的狗，那么别去惹失踪的狗也许同样是应当的。随它们去吧。它们一般地又会很快出现的。”

弗林特温奇先生说完这句话以后蓦地转身，走进了黑洞洞的门厅。他在门厅一旁的小房间里拿起一个涂磷的盒子擦火，擦了三四下才擦亮了一根火柴，点着了墙上搁着的一盏昏黄的灯，克莱南站在那里，两眼望着他。在他进屋一根接一根擦火柴点灯的时候，克莱南一直在思考那些可能出现的情形——确切地说仿佛是一只无形的手捧出了这些可能情形，而并非他自己想象了这些可能情形——即弗林特温奇先生想出种种办法干了那件更加阴暗的勾当，并且将任何一条阴影包围的漆黑小道上留下的痕迹全都擦净。

“行了，先生，”脾气暴躁的杰拉米说道；“有兴趣上楼去吗？”

“我想，只有我母亲一个人，是吧？”

“不是一个人，”弗林特温奇先生说道。“卡斯贝先生和他的女儿一起在楼上。我抽烟的时候他们来了，我在下面呆着把烟抽完。”

这是第二件令人失望的事。亚瑟听后也没有说什么话，上楼到了他母亲的房间，只见卡斯贝先生和弗罗拉在房间里已经吃过茶点，吃过鳀鱼酱，吃过热奶油烤面包。这些美味的残剩物尚未揩去，桌子上有，艾弗莉枯黄的脸上也有，她手上还拿着那把厨房烤叉，样子颇有点像寓言式的人物；不过，就重要的象征性意义而言，与一般的这一类人物相比较她则具有相当大的优势。

弗罗拉将她的帽子与披巾放在床上，她的小心轻放表明她有在这里呆上一些时间的意思。还有那卡斯贝先生微笑着坐在火炉铁架旁边，他那仁慈的疙瘩油光可鉴，仿佛热乎乎的烤面包上的奶油冒出了他那德高望重的脑壳，他的面颊红润，仿佛鳀鱼酱的酱色覆盖了他那德高望重的面容。克莱南像通常那样问候了几句之后，见此情景便决定毫不迟疑地与他母亲谈话。

由于谁要想与她单独说些话她都不另换房间，因此想要与她说话的人将她的轮椅推到桌子跟前早已成习惯了；她这时便坐在桌子跟前，通常是她轮椅椅背朝着房间里坐着的其他人，而与她谈话的人就坐在一个角落里，那里总放着一个专供来谈话的人坐的凳子。在来访客人的经验里，这是一桩平平常常的理所当然的事，因为打扰而表示一下歉意，然后问克莱南太太是否可以谈一件公事，倘若她给了一个肯定的回答，便将她的轮椅推到上述的那个位置；只是母亲与儿子在没有第三者打扰的情况下一起谈话已经很久不曾有过了。

因此，当亚瑟作了这样的一个解释，提出了这样的一个要求，并将她推到了桌子跟前，而自己在那个凳子上坐定的时候，芬沁太太只是开始越发大声、速度越发快地说话，以此巧妙地暗示在座的人，她听不到那边的说话声，卡斯贝先生则捋着他那长长的白发，睡意蒙眬，显得十分安详。

“妈妈，我今天听说了一些情况，我觉得可以肯定您是并不知道的，同时，我又觉得您是应该了解的，那就是关于我在这里见到的那个人的经历。”

“我不了解你上回在这里见到的那个人的经历，亚瑟。”

她说话声音很响。他说话时已经放低了声音；然而如同她拒绝其他每一个表示一样，她也拒绝了他这一个要悄声谈话的表示，仍旧是她通常的声调，仍旧是她通常的严厉语气。

“我这一回并不是转弯抹角得到的消息；是直接告诉我的情况。”

她纯然是用与先前一样的态度问他，他是否是来告诉她这是个什么样的消息的?

“我想您是应该了解这个情况的。”

“是件什么事?”

“他曾经是法国一个监狱里的犯人。”

她镇静地回答“我看那是很可能的”。

“可是，那是个关押刑事犯的监狱，妈妈。罪名是他杀了人。”

听到杀人这个字眼她吃了一惊，她的表情流露出了她的自然的恐惧。然而她问克莱南时依旧高声地说话：

“谁告诉你的?”

“是一个跟他一起蹲监狱的人。”

“他没有告诉你之前，我想，那个人的经历你也不知道吧?”

“是的。”

“你说这人自己也是个蹲过监狱的？”

“对。”

“我，还有弗林特温奇，跟那另一个人的关系！不过，我看哪，这两种情况可不那么相似，你是通过别人给你的信，才认识那个向你提供消息的人的，那个人有钱押在他手里，是不是？这个对比又怎么能够站得住脚呢？”

亚瑟没法子，只得说，他并不是通过这样的介绍信认识向他提供消息的人的，其实，根本就没有通过什么介绍信。克莱南太太深皱的眉头渐渐地舒展了，变成严厉而得意的神情，她加重了语气反驳道：“那你就得小心别看错人了。我告诉你，亚瑟，替你想想，小心别看错人了！”

她说话时语气的加重既表现在词语的加强，也同样表现在她的眼睛里。她仍旧是两眼注视着他；即使他刚踏进门时心里还藏着多少劝她一下的希望，此刻她的目光也已教他心冷了。

“妈妈，要不要我来帮您什么忙？”

“不用。”

“您对我什么也不能相信，什么也不能托付，什么也不能解释？您不愿跟我商量？不愿让我接近？”

“你还来问我？你是自己撇下我的事务的。那可不是我要你这么做的；是你自己要这么干。你怎么还会一直问我这么一个问题？你明白你把我交给弗林特温奇了，他现在就顶了你的位子。”

克莱南朝杰拉米瞟了一眼，从他那绑腿上就发现，他的目光是紧紧地盯着他们的，尽管他身体靠在墙上一面搔着下巴，一面假装听弗罗拉很令人心烦地东拉西扯，她一会儿大谈鲭鱼，大谈F先生的姑妈荡秋千，一会儿又扯到金龟子去、扯到葡萄酒的买卖上去了。

“一个犯人，关在法国监狱里，罪名是谋杀，”克莱南太太重复道，沉着镇定地把她儿子说的话又重复了一遍。“你从他一起蹲监狱的人那里知道的就这些情况？”

“主要的，就这些。”

“跟他一起蹲监狱的人是不是他的帮凶，也是个杀人犯？不过，当然啰，他说起自己来话就说得比他的朋友好听了；那是用不着问的。这么一来在这里的别的人就有了新的谈话资料了。卡斯贝，亚瑟对我说——”

“等一等，妈妈！等一等，等一等！”他急忙打断她的话，因为他连想也不曾想过她会把他对她说的事公开说出去。

“怎么啦？”她不高兴地说道。“还有什么话？”

“请您原谅，卡斯贝先生——还有你，芬沁太太——再等一会儿，我跟我母亲——”

他此时已伸手拉住了她的轮椅，否则椅子没拉住她只要用脚在地板上一蹬便要转过身去了。他们两人仍旧是面对面坐着。她眼睛看着他，他当时在考虑，一旦卡瓦莱托说出来的秘密变成了人人都知道的事情，他原先不曾希望，也无法预见的，会造成某种后果的事情是否可能出现，这样匆匆考虑了一下之后决定最好不谈这件事；尽管也许当时支配他思考的也没有什么很明白的理由，只不过他想当然地觉得他母亲会只让她自己和她的合股人知道，不外传的。

“怎么啦？”她不耐烦地又说了一遍。“怎么回事？”

“我原来是要您，妈妈，别把我说的事再说给别人听的。我看您还是别说了吧。”

“你跟我说这事还有这么一个条件的？”

“嗯！是的。”

“那你听着！是你要保密的，”她举起手来说道，“可不是我。是你，亚瑟，把怀疑、猜疑和恳求解释统统带到这里来，是你，亚瑟，把秘密的事弄到这里来的。这个人过去呆在什么地方，他过去是干什么的，你说说，这关我什么事？这对我有什么要紧的？天下的人想了解都可以去了解；对我没什么要紧的。行了，让我走。”

他在她那专横然而得意的目光下屈从了，并转过她的轮椅，把她推回到他刚才推出来的地方。他将轮椅推回去的时候，看到了弗林特温奇先生脸上的得意神情，他的这种神情很肯定不是弗罗拉的话引起的。他提供的消息，还有他的整个企图和打算，反倒使自己处于被动，其作用比他母亲的坚持和固执所引起的作用还要大，教他相信，他要说服她的努力都是徒劳的。至此已经没有别的办法，只有求助于他的老朋友艾弗莉了。

然而，向他的老朋友求助，即便要达到这非常把握不定的和初级的阶段，似乎也是人类事务中最没有希望的一桩。她是完全被那两个头脑机灵的人所控制，如此蓄意地被这两个人，不是这个便是那个盯着，而且还如此害怕在这座房子里走动，因此找一个机会与她单独谈谈似乎肯定要受阻碍的。比这更加困难的是，艾弗莉夫人由于某个缘故(从她那个老头子的厉声训斥听起来，也不很难猜出这个缘故)，已经如此般深信不疑，随便在什么情况下，不管她说什么话，都是有危险的，因此，她这时总是一直躲在角落里，用她那象征性的手段，防御别人来找她的麻烦；因此，在弗罗拉，甚至那个一身深绿的德高望重的老人，对她说上一两句话时，她都要举起手中那把烤叉，拒绝与人交谈，仿佛一个哑女。

亚瑟在艾弗莉清理茶点桌子、洗刷茶具的时候作了几次吸引她注意而都没有成功的尝试之后，想到了一个可能会由弗罗拉引出的紧急办法。于是他悄声对弗罗拉说：“请你说一下你想到这座房子各处看看，好吗？”

至于可怜的弗罗拉嘛，她老在那里忽冷忽热地盼着克莱南重返少年时代，再现与她热烈相爱的时节，此刻一听这一句悄悄话她真是满心的欢喜；不只是因为这句悄悄话说得颇有点神秘，而且为两人的亲切会面开了一个头，到时候他便可宣布他感情的深切了。她立即开始转弯抹角说出这个意思。

“哦天哪这个不幸的房间，”弗罗拉一面四下里打量一面说道，“还是过去的那个模样克莱南太太我看见这间屋子心里就很感动只不过烟熏得比从前黑了一点这么多年了那也是料得到的这种事情我们都应该料到的都用不着抱怨的不管我们喜欢不喜欢就像我知道这跟我一样即使不完全是熏得比以前黑也发胖得吓人了这都是一回事或者还要糟糕，因为想想从前爸爸常常带我到这儿来小姑娘里面个子是最小的了还长满了冻疮把我往椅子上一放两只脚搁在火炉围栏上眼睛盯着亚瑟——请原谅——克莱南先生——他当时在男孩子里面是个子最小的了身上衣服皱边和外套也是最可怕的F先生那是后来才像一个迷雾的影子出现在地平线上献殷勤就像德国某地名字是B开头的有名幽灵[①]这是一个道德教训告诉人们生活中的所有道路是跟英格兰北方乡村里的道路相像他们那里用煤来炼铁炼别的东西路上铺的都是炉灰煤屑！”

弗罗拉对人生的不稳定发出了一声叹息之后，又急忙继续照她的意图说下去。

“倒不是说随便哪个时候，”她接着说道，“最不共戴天的敌人也说这是一座叫人快快活活的房子因为从来就没有人要把这儿变成个快快活活的地方不过一直是叫人永远难忘的，愉快的记忆使我想起青年时代当时判断力还不成熟有一回亚瑟——顽固的习惯——克莱南先生——带我到楼下一个空着的厨房里面散发着一股霉味他说要把我在

① 德国哈兹山脉(Harz Mountains)最高山峰勃罗肯峰(Brocken)的幽灵，是由太阳光照在云雾中形成的一个巨大人形影子。

里面藏一辈子由他给我送吃的他放假回家用餐就给我藏吃的东西有多少就藏多少要是他挨罚了我就吃干面包那个愉快的时候这种事情也太常见了，所以我请求允许我重温这些地点到这座屋子各处看看不知有没有不方便的或者我是不是要求太过分了？”

克莱南太太对于芬沁太太要到各处去看看的和善性情，态度是勉强的，虽然要说和善，她的来访（她在亚瑟意外来到之前就来了）毫无疑义便是一个纯粹和善的举动，并非为了达到私人目的；因此，克莱南太太表示这整座屋子她都是去得的。弗罗拉站起身来，并向克莱南递过眼色要他陪同。“当然行，”他大声说道；“我想，艾弗莉给我们点个亮儿行吗？”

艾弗莉正说着“别来叫我了，亚瑟！”推辞的时候，弗林特温奇先生打断了她的话，说：“怎么不行？艾弗莉，你这是怎么啦，老婆子？怎么不行，臭女人！”弗林特温奇先生用这样的话劝了一阵之后，艾弗莉很不愿意地从她站的那个角落里走出来，把那烤叉交到她丈夫的一只手里，并把他另一只手递过来的蜡烛拿在手中。

“你走在前面，蠢货！”杰拉米说道。“你是要上楼去呢，还是到楼下，芬沁太太？”

弗罗拉回答：“楼下。”

“那就走到前面去，下楼，你呀艾弗莉，”杰拉米说道。“好好儿照着路，要不然我会从楼梯栏杆上滚下来，撞到你身上的！”

这一支探险队由艾弗莉领路，杰拉米压阵。他并不想离开他们。克莱南回头看时，只见他在后面相距三级的地方，非常镇静、非常不紧不慢地走着，见此情景克莱南憋着嗓子尽量大声说道：“就没有办法甩掉他啦！”弗罗拉又一次叫他放了心，因为她立即说道：“哎虽然不怎么妥当亚瑟在年轻人或陌生人面前是我不可能想象的事情可是我也不去管他了要是你那样特别想的话要是你能照顾一下别把我搂得太紧的话。”

亚瑟因为无心解释这绝非他的本意，所以把扶着她的那个胳膊伸过去，搂住了她的腰。“哦真是的，”她说道，“你真太顺从了真的你真是太令人尊敬太有绅士派头了我觉得不过我还是想要是你喜欢再搂得比现在紧一点我是不会觉得你冒失的。”

这个荒谬的姿势与克莱南此刻的忐忑不安心情是难以名状地格格不入的，然而他以这样的姿势下楼到了这座房屋的底层；他还发现，凡是到了比别处阴暗的地方，弗罗拉的身体就变得沉重了，到了屋子很亮的地方，她的身体也变得很轻了。厨房那边是够阴森森的了，艾弗莉夫人领着他们从阴沉沉的厨房那边回来之后，便举着灯走进了他父亲从前住的房间，然后走进了过去的餐室；她老是在前面走着，像一个别人没法赶上的幽灵似的，在他悄声叫喊“艾弗莉！艾弗莉！我想跟你说句话！”的时候，她既不回头，也不回答。

到了餐厅里，弗罗拉不觉因感伤而产生了一个想到那间禁闭室去看看的愿望，在亚瑟的童年时代，这间禁闭室是经常将他吞噬的——进这密室瞧瞧也没有什么不能够，因为，这是一个很暗的密室，这密室是她身体变得沉重起来的好地方。亚瑟迅速跌入了失望的心境，他开了密室的门，正在这时房子外门上响起了一阵敲门声。

艾弗莉夫人憋住嗓子叫了一声，顺手撩起围裙盖在头上。

“怎么啦？你又想吃药了？”弗林特温奇先生说道。“要吃药有哇，老婆子，你应该吃一颗厉害的药！噢！你应该吃一颗通鼻子的药，你应该吃一颗发痒的药！”

“这个时候有人去开门吗？”亚瑟说道。

“这个时候，我去开门，先生，”老头接话道，是那么恼怒的样子，叫人一听便明白，遇上这么多的麻烦他觉得他必须去开门，尽管他真不想走开。“大家都等在这里别走开！艾弗莉，老婆子，你要是走一步，要是傻乎乎地说一句话，我就给你多加几颗药！”

弗林特温奇先生刚一走开，亚瑟就放开了芬沁太太：要放开芬沁太太可也不容易，因为这位太太误解了他的意图，调整姿势准备再靠紧而不是挪开。

“艾弗莉，现在跟我说话！”

“别碰我，亚瑟！”她紧张地说道，身体一面往后退缩。“别过来。他会看见你的。杰拉米会看见的。别过来！”

“他看不见我，”亚瑟接话道，做到了动作与话的一致[①]，“要是我把灯吹了。”

“他会听见你声音的，”艾弗莉紧张地说道。

“他听不见我，”亚瑟接话道，又做到了动作与话的一致，“要是我把你拉到这间黑屋子里，在这里边说话。你为什么要捂住脸？”

“因为我怕看见什么。”

“黑洞洞的你不要担心会看到什么，艾弗莉。”

“不，我害怕。比点了灯还要怕。”

“你为什么要怕？”

“因为这座房子到处都是猜不透的谜和秘密；因为房子里到处都有嘁嘁喳喳悄悄说话的声音；因为这房子里到处都有东西在响动。哪座屋子都没有这么多响动。就算杰拉米还没把我掐死，这些声响也会把我吓死的。我看他会掐死我的。”

“我从来也没听见过什么了不得的声音。”

“啊！你会听见的，要是你住在这里，也像我这样被逼着上上下下到处走，”艾弗莉说道；“你会觉得那的确是了不得的声音，你会觉

---

① 套用莎士比亚《哈姆莱特》第三幕第二场哈姆莱特对演员说的话，原句为“动作与台词一致；台词与动作一致”。

弗罗拉的视察之旅

得肚子快憋破了，因为不许你说出来。杰拉米来了！你会害了我的。”

“我的好艾弗莉，我郑重地告诉你，我看得见门厅过道上的门开着有亮光，要是你拉下围裙来朝外边看，你也看得见的。”

“我可不敢，”艾弗莉说道，“我可不敢，亚瑟。杰拉米没注意的时候，我两只眼睛老是看不见，有时候他注意了，我眼睛也老是看不见。”

“他一关门我就看见了，”亚瑟说道。“有我在你就跟离他老远的一样没事。”

“我但愿他是在老远的地方！”艾弗莉激动地说道。

“艾弗莉，我想知道这里到底是出了什么乱子了；我想打听一下情况，弄清这屋子里的谜。”

“我告诉你，亚瑟，”她插话道，“那些响动就是这地方的谜，到处都有窸窸窣窣、来来去去的声音，房子晃动的感觉，楼上有脚步声，楼下有脚步声。”

“可是那些声响并不是这儿的全部秘密。”

“我不知道，”艾弗莉说道。“你别再来问了。你过去的情人就在这旁边呆着，她的嘴不牢靠。”

他过去的情人由于实际上离他是那样近，她在心慌意乱之中真的是斜靠在他身上的，形成了一个很实实在在的四十五度角，所以她这时候插了话，说话态度与其说是坦率，倒不如说是更显得郑重其事，她叫艾弗莉夫人放心，不管她听到了什么，她都不说出去，保证严守秘密，“即使不为别的缘故那也要为亚瑟——我觉得说话太随便有些冒失了是多伊斯-克莱南。”

“我恳求你帮个忙，艾弗莉，恳求你，你是很少几个使我有愉快的童年回忆的人之一，替我母亲想想，替你的丈夫想想，替我自己想想，替我们大家想想。我觉得你一定可以告诉我一些与那个人为什么到这里来有关的事情的，要是你肯说的话。”

“唉，那我告诉你吧，亚瑟，”艾弗莉接话道——“杰拉米来了！”

“没有，他真的没有来。门开着，他站在门外说话呢。”

“那我告诉你吧，”艾弗莉听了一会儿动静之后说道，“他第一回到这里来的时候他自己也听见过响声的。‘什么东西？’他跟我说过。‘我不知道是什么东西，’我跟他说，一把抓住了他，‘不过这声响我老是听见的。’我跟他这么说的时候他两只眼睛瞪着我，浑身直哆嗦，他真哆嗦了。”

“他常到这里来吗？”

“就那天晚上，还有前一天的晚上。”

“前一天的晚上我走以后你看见他干什么啦？”

“那两个机灵的人一直是跟他呆在一块儿的。我送你出去以后杰拉米就歪着身子朝我摇摇摆摆走过来（他要整我的时候老这么歪着身子朝我摇摇摆摆走过来的），他对我说：‘喂，艾弗莉。’他说：‘我要到你背后，老婆子，我要把你拎起来。’他就这样抓住我的脖子在手里拧，拧得我张了嘴巴，后来他就推着我朝床走过去，一面推我，一面拧我。他说要把我拎起来就是这个样，真这么干的。哦，他是个恶人哪！”

“你就没再听见什么，看见什么，艾弗莉！”

“我不是说了他把我推到床上去了，亚瑟！他来了！”

“你放心他还在门口呢。你刚才说的那些嘁嘁喳喳悄悄说话的声音，艾弗莉。那是怎么回事？”

“我怎么知道！这些事情别再来问我了，亚瑟。走吧！”

“可是，我亲爱的艾弗莉；除非我能够把这些隐藏的事情都弄了个真相大白，否则不管你丈夫怎么样，不管我妈妈怎么样，不然的话，到时候是一定要遭殃的。”

“什么也别再来问我了，”艾弗莉重复说道。“这么长久了我一直都在做梦。走开，走开！”

“以前你也这么说的，”亚瑟接话道。“那天晚上，在门口，我问你这儿在搞什么名堂，你也是用同一个说法。你说在做梦那是什么意思？”

“我不会告诉你的。走开！就算你是一个人我也不告诉你；现在还有你过去的情人呆着我更不会说了。”

不管亚瑟如何恳求，不管弗罗拉如何郑重宣布，一切都是徒劳无益的。艾弗莉一直都在哆嗦，在挣扎，不管他怎样恳求，她对于他们说的话一概如同不曾听见似的，一心要从这间密室里挣脱出来。

“我宁可喊杰拉米过来，也不再说一句话了！假如你不住嘴，亚瑟，我就要喊他了。这是我要跟你说的最后一句话，说完我就要喊他了。——要是你一个人开始斗得过那两个机灵的人（你是应该斗得过他们的，你回家第一个晚上我就跟你说了，因为你好多年不在这里住了，不会像我这样害怕过日子的），那你就当着我的面把他们斗赢了；那时候你来跟我说，艾弗莉，把你的梦说说！也许，那个时候，我会说出来的！”

听得关门的声音迫使亚瑟没有作出回答。他们悄悄地又站回到刚才杰拉米在场时的位置；克莱南见这个老头儿回来便走上前去，告诉他说是他不巧把灯碰灭了。弗林特温奇先生在一旁看着他到门厅里的灯上把蜡烛重又引燃，关于刚才与他谈话的那个人他保持沉默，一句话也不提起。也许，他性情的暴躁需要加以弥补，因为刚才那位来客给他带来了不少厌烦；不管怎样，他见了他妻子拿围裙盖在头上是那样恼火，就朝她冲过来，用大拇指和食指抓住她用围裙盖着的鼻子乱拧，他拧她的鼻子的时候，似乎把他身体上整个扭转力量都用上了。

弗罗拉的身体现在是一直要重下去了，她仍旧拖住亚瑟查看这座房子，甚至连他从前住的阁楼卧室也都去了。他的心思并不在这视察上，他是在想着别的事：然而如同他后来有机会又记起来的那样，他当时特别地注意到了这座房屋的密闭与不通风；注意到他们在楼上地板的灰尘上留下了脚印；还注意到有一个房间在开门的时候里面有东西顶着，弄得艾弗莉大叫起来，说房间里藏了人，尽管进去查了，也没有发现谁，她还是这么说。他们最后回到他母亲房间的时候，见她用戴了手套的手遮着脸，与站在火炉前的德高望重的人低声交谈。见他们进屋，他那蓝眼睛、光亮的脑袋和银丝般的头发朝他们转过来，他把无可估量的价值与取之不尽的人类之爱注入他说的话：

“这么说你们是在看房屋，看房屋——房屋——看房屋！”

这句话本身并非仁慈之宝石，或智慧之宝石，然而他却使这句话成了人们都想复制的仁慈与智慧二者的标本。

第二十四章

漫长的一天的黄昏

那位著名人士，为国争光的伟人，莫多尔先生，继续走着他那光辉的道路。一个为社会尽了令人赞叹的大力，即从社会中赚得这么多钱的人，不能任其依旧做一个平民，这个道理已开始普遍为人所理解了。授予从男爵爵位都说是十分有把握的；贵族爵位[①]也常有人提及。据传说，莫多尔先生金子脸一板，不同意从男爵爵位；说他明明白白地对台西默斯勋爵表示，一个从男爵的爵位对他来说是不够的；还说他说过："不行，不给一个贵族爵位，干脆就叫莫多尔好了。"据传说，莫多尔的这句话把那个台西默斯勋爵推入了疑虑的泥沼，简直淹没到了他那高贵的下巴，对像他那样崇高的人物来说，陷得够深的了。因为，巴纳克尔家族的人，作为自行封爵的一群，他们觉得这样的荣誉是属于他们的；而且，倘若有军人或海员，或律师封了爵位，那是他们做出一个恩赐举动，仿佛是打开家族的门户，让他们进来，然后又立即将门关闭。那心烦意乱的台西默斯不仅仅(据传说)在这一观念中有他自己的世袭份儿，而且还了解巴纳克尔家族已经有几个封爵要求备了案，但与杰出人物的要求是相抵触的。无论是正确还是谬误，传说却是沸沸扬扬的；台西默斯勋爵一面是在，或者人们猜想是在堂而皇之地制造这一困难，一面却又对这种传说表示了几分应许，他的表示应许即在某几个公开场合，在芜杂句子的一片丛林中，迈着他那一种象步，将莫多尔先生卷起在他的象鼻上高高擎起，使用了"巨大的企业"、"英国的财富"、"灵活性"、"信誉"、"资本"、"繁荣”，以及各种各样赞许的言词。

老式的大镰刀如此静悄悄地刈割[②]，以致那两位英国人兄弟在罗马外国人公墓的一座坟墓里[③]被无声无息地埋葬已经过去整整三个月了。斯巴克勒夫妇在他们自己的房子里安顿下来：那是一座小小的宅第，颇可以列入泰特·巴纳克尔等级，完全是一座极不方便的房屋，房屋内永存着一股隔了两天的汤与拉车的马的气味，然而房钱极昂贵，因为这座房屋恰好坐落在这可居住的地球的中央。就在这处令人眼红的住宅(这座房屋的确有许多人见了眼红)，斯巴克勒太太曾打算立即着手将那“胸脯”清除，正在这时，那旅游从仆带着死讯来到她的家，从而使她的敌视活动暂时搁置起来了。斯巴克勒太太也并非是无情的人，她听到这噩耗以后立即表现了极大的悲恸，一连十二个钟头不能自已；那以后她便起来考虑她要穿的孝服，她非常仔细，确保她的孝服与莫多尔太太的一样地合适。于是，一派忧郁的气氛便笼罩了不止一个著名的家族(按照最有教养的消息灵通人士的说法)，那旅游从仆也又回了意大利。

斯巴克勒夫妇俩刚一块儿用过餐，心头笼罩了一片忧郁，斯巴克勒太太就在一张客厅长沙发上躺着。那是炎热的夏天，一个星期日的傍晚。这可居住的地球中央的这一住所，在任何时候都是气闷、密不透风的，仿佛这屋子是得了永远没法治愈的伤风，堵塞了鼻子，到了那一晚，房间里也便尤其令人窒息了。教堂的钟声，夹杂在街路上的嘈杂刺耳的回声中，已经叮叮当当没命似的响过了，那些亮着灯光的教堂窗口在苍茫的暮色中不再是黄颜色的了，此刻光亮已经消失，只

---

① 大不列颠和北爱尔兰联合王国贵族爵位分公、侯、伯、子、男，而从男爵则低于男爵爵位，通常授予平民。

② 疑指时钟的走动。

③ 英国诗人，济慈与雪莱的墓地是在罗马近郊的新教徒墓园。

见那些窗口是黑糊糊的。斯巴克勒太太躺在沙发上，透过一盆盆开了花的木犀草，从一个打开的窗口，望着狭窄街道的对面，这景象她已经看得厌倦了。斯巴克勒太太从另一个窗口望去，那边她丈夫在阳台上站着，那景象她也已经厌倦了。斯巴克勒太太端详着自己穿了孝服的模样，这景象甚至也叫她厌倦了：不过，这一景象自然并不如其他两个景象那样使她厌倦。

“躺在这里就跟躺在井里差不多，”斯巴克勒太太说道，心情烦躁地换了个姿势。“哎哟，爱德蒙，要是你有话要说，为什么不说出来呢？”

斯巴克勒先生原是会老老实实地回答：“见鬼，我没有什么要说的。”然而，由于当时他并没有想起这一句聪敏的话，因此他心甘情愿地从阳台那边走进房内，在他妻子长沙发旁边站定。

“天哪，爱德蒙！”斯巴克勒太太说道，情绪更加烦躁了，“你真把木犀花塞到鼻子里去啦！快别这样了！”

斯巴克勒先生由于心不在焉地——也许他比一般理解的心不在焉这一成语显得更加不折不扣地心不在焉——用力嗅着手里拿着的一枝花，以致他差一点犯下了刚才说的那个毛病。他笑着说道：“请你原谅，亲爱的。”并将那枝花扔出了窗外。

“你老站在那个位置弄得我头也疼了，爱德蒙，”又过了一会儿斯巴克勒太太抬起眼睛望着他说道；“在这样的光线里望过去你那样子大得叫人太心烦了。你坐下来。”

“好的，我的亲爱的，”斯巴克勒先生说道，同时端过一把椅子就在他刚才站的地方坐下来。

“即使我不知道最漫长的一天已经过去了，”芬妮说道，样子阴郁地打了一个哈欠，“我也觉得很肯定，这是最漫长的一天。我从来也没有经历过这样的一天。”

“这是你的扇子吗，亲爱的？”斯巴克勒先生说道，拿起一把扇子，交给她。

“爱德蒙，”他的妻子更加感到疲倦地接着说道，“别来问这种没意思的话，我求求你别问了。不是我的是谁的？”

“对了，我就想是你的扇子，”斯巴克勒先生说道。

“那你就不该问，”芬妮厉声道。过了一会儿，她在沙发上转了一个身，叫道：“哎呀，哎呀，从来也没见过像今天这样漫长的一天！”又过了一会儿，她慢慢地起身，在房间里走了一圈，又回到长沙发上。

“亲爱的，”斯巴克勒先生说道，心里突然闪过一个独创性的念头，“我看你一定是心烦了。”

“哦！心烦！”斯巴克勒太太重复了一句。“别说了！”

“我的可爱的姑娘，”斯巴克勒先生很认真地劝说道，“你拿香醋来试试。我常常看见我妈妈用香醋的，用了以后她好像真提起神来了。她嘛，我看你也是知道的，是个非常出色的女人，一点儿也不傻哩——”

“哦上帝！”斯巴克勒太太嚷道，并又从沙发上跳起来，“真叫人受不了啦！这真是世上最最叫人厌烦的一天了，我看是的！”

斯巴克勒先生驯服地望着她在房间里闲步时的背影，他似乎有几分骇怕了。她抓起几件小玩艺儿摔了，又站在所有三个窗子前面朝越来越暗的街道望过一阵之后，重又回到长沙发上，往沙发垫子上倒下身子。

“喂，爱德蒙，过来！再靠近一点，因为我想拿扇子一伸就能碰到你，这样我就可以把我要说的话让你记得牢一点。这样行了。这样就够近的了。哦，你真的这样大！”

斯巴克勒为此表示了一下歉意，并且分辩道，他自己也是没有法子，还说“我们的人”，但又没再具体说明是谁的人，过去老管他叫小昆布斯·弗莱斯特林，就是“人山小子”[①]。

“你以前就该对我说明了，”芬妮抱怨道。

“亲爱的，”斯巴克勒先生接话道，还颇有点自满自足的样子，“我不知道这事会叫你觉得有趣，要不然我一定会把这事说给你听的。”

“行了！你就别再说了，”芬妮说道；“我自己想要说话呢。爱德蒙，我们不能再孤独下去了。我得预先想些办法，免得像我今天晚上一样，再来熬气闷得吓人的日子。”

“亲爱的，”斯巴克勒先生回答道；“众所周知，你是一个非常出色的女人，一点也不——”

“噢，上帝呀！”芬妮喊道。

这一声叫喊是那么有力，而且随着喊叫她人从沙发上蹦起来，又落下去，吓得斯巴克勒先生是那样地心慌意乱，他真的是在过了几分钟之后才定下神来解释道：

“我的意思，亲爱的，是要说，大家都说你是打算在社交界大出风头的。”

“打算在社交界大出风头，”芬妮非常恼怒地反驳道，“是呀，不错！可是结果怎么样？用受惩罚的眼光来看，我是刚从我那可怜的亲爱的爸爸的死，和我那可怜的叔叔的死给我的震惊中恢复过来——不过我自己也不隐瞒，我那叔叔的死倒是放了一个包袱，因为你要是上不了台面的话，那你还是死了的好——”

① 斯威夫特著《格列佛游记》第一卷第二章小人国里的大臣们对格列佛作了一番调查之后，在给国王的调查清单中称格列佛是“昆布斯·弗莱斯特林”，译成英语叫 Man-Mountain（人山）。

“你不会是说我吧，亲爱的，对不对？”斯巴克勒先生谦卑地打断了她的话。

“爱德蒙，爱德蒙，圣徒也会被你弄得不耐烦的。我不是明明白白地在说我的可怜的叔叔吗？”

“你刚才看着我的时候脸上的表情那样丰富，我的亲爱的，”斯巴克勒先生说道，“所以我有点儿不自在了。谢谢了，我的亲爱的。”

“你已经把我弄得心里烦死了，”芬妮说道，并无可奈何地把扇子一扔，“我还是去睡觉吧。”

“别这样，我的亲爱的，”斯巴克勒先生认真地劝说。“别忙。”

芬妮一点也没有忙着站起身：她又躺回去，闭起了两只眼睛，两条眉毛竖起来，是一种失却了希望的表情，仿佛她已经全然放弃了一切人间俗务。终于，她又睁开了双眼，又语调急促而厉声地说开了。

“我是问，结果怎么样？结果怎么样？我发现就在我自己可以在社交界大出风头的节骨眼上，就在我很可能由于很重要的理由可以在社交界大出风头的时候——我发现自己到了一个在某种程度上逼得我没法进入社交场合的地步[①]。太糟糕了，真的！”

“我的亲爱的，”斯巴克勒先生说道，“我看那也用不着老叫你在家里呆着。”

“爱德蒙，你这个可笑的人，”芬妮非常气愤地接话道；“你以为一个正当青春年华的女人，而且也不是没有动人的容貌，在这样的时候，可以去与一个处处都比自己低下的女人比身材吗？要是你以为有这样的事情，那你是傻透了。”

斯巴克勒先生承认他是认为“那是可以克服的”。

“克服！”芬妮带着无限的讥讽重复了一句。

---

① 芬妮怀孕了。

“要有一段时间，”斯巴克勒先生承认说。

斯巴克勒太太全然没有将他刚才那一个无力的建议放在眼里，她非常痛苦地宣布这真是太糟糕了，事情很明白，凭这一条已经足以叫人真想寻死！

“不过，”她从自己受到了不公正对待的感觉中有些恢复过来的时候说道；“这事儿尽管恼人，尽管无情，可是我想也得忍着。”

“尤其因为这是预料的事，”斯巴克勒先生说道。

“爱德蒙，”他妻子接话道，“要是一个对你以身相许的女人自己感到已经倒了霉的时候，而你对她除了想侮辱以外就没有更合适的事可做的话，我看你还是上床去睡觉吧！”

斯巴克勒先生受到这样的指责，心里非常痛苦难受，他向她非常亲切、非常认真地道了歉。他的道歉被接受了；可是斯巴克勒太太要他到沙发的另一头去，坐到窗帘遮住的地方，这样他便不至于那样醒目了。

“喂，爱德蒙，”她展开扇子，并伸直了胳膊拿扇子拍了他一下，说道，“你刚才又开始像往常一样唠唠叨叨、叫人心烦的时候，我是要说，我要防止我们再孤孤单单的，在环境不允许我称心如意外出的时候，我得想办法叫几个人常常在这里陪着；因为，我真没办法像今天这样再来这么一天了，而且我也不愿意再这样了。”

斯巴克勒先生对于这个计划的意见，简括地说，即这个计划一点也不是傻乎乎的。他还补充说：“还有，你知道有可能你妹妹不久就要到你这里来了——”

“我最亲爱的艾米，对！”斯巴克勒太太兴奋地说道，并深情地叹息了一声。“可爱的小丫头！不过，光艾米一个在这儿也不行。”

斯巴克勒先生刚要用疑问的语气问：“不行？”然而，他觉得这样说危险，于是便用赞同的口吻说了。“是不行。哦是不行；她一个人呆在这儿不行。”

“是这样，爱德蒙。因为，不光是这个性格内向的可爱丫头她的优点需要有个对照——需要活跃和活动气氛作陪衬，才能让她这些优点显出本色来，叫人更加喜欢她的优点；而且，还需要叫她振作起来，原因也不止一个。”

“就是，”斯巴克勒先生说道。“振作起来。”

“请别说话，爱德蒙！你老喜欢打断人家的话，可又没有一点东西好说的，这种习惯真叫人心里乱糟糟的。你得改改这个坏习惯。说起艾米；——我的可怜的小妹妹，她是真心诚意热爱可怜的爸爸的，爸爸故世她当然是很悲痛的，非常地伤心的。我自己就是这样的。我心里就感到非常非常地悲伤。可是艾米肯定就更加悲伤了，因为她一直是在场的，可怜的亲爱的爸爸临终她也都陪着：我真是不幸当时不在他身边。”

话说到这里，芬妮停住了，她一面哭泣，一面说，哦，哦，亲爱的爸爸！您真正是多么有绅士气派！您跟可怜的叔叔是多么明显的对照！

“一定得叫我那个胆小怕事的小丫头，”她继续说道，“从那个苦难日子的影响下振作起来。还得叫她从长期照料害病的爱德华那种事情造成的影响下振作起来：那是现在还没有结束的照料，甚至说不定还要再拖长一些日子，她要照料病人，可怜的爸爸的事务就没法子了结，把我们大家都弄得心神不定的。不过，幸好交给他代理人保存的那些账册，他上次回英国时很巧都封存锁好了才走的，所以他留下的那些事务也拖得起，可以等到我哥哥爱德华在西西里养好了病，可以赶远路回来，不管是照料事务也好，办理事务也好，随便需要做的事情是什么样的，都由他。”

“要叫他养好病也找不到比她强的看护了，”斯巴克勒先生壮了壮胆发表了高见。

“说来也真怪，我可以同意你的话，”他妻子接话道，一面懒洋洋地朝他那边翻了一下眼皮（她通常仿佛是朝客厅里摆的家具发表长篇大论的），“可以采纳你的意见。要叫他养好病也找不到比她强的看护了。有时候我那亲爱的小丫头是有一点叫思想活泼的人厌烦的；不过，当个看护，她是没话说的。我的艾米是顶呱呱的艾米！”

斯巴克勒先生由于刚才一句话说得好，此刻说话也就不多加琢磨了，他说爱德华，天晓得，那一下子已经有好久了，我的亲爱的姑娘。

“爱德蒙，”斯巴克勒太太接话道，“要是你说的一下子是土话里说的小毛病，那他倒是的。要是不是这个意思，要我对你同爱德华的妹妹说的这种粗话表个态，那是万万不能够的。他在哪个地方得了疟疾——要么是他白天黑夜地赶回罗马的时候得的，因为他到罗马终究是已经太晚，没有在可怜的亲爱的爸爸临终的时候见上一面——要么是在什么不卫生的环境里得的——要是你说的是这个意思，那是用不着怀疑的。再说，他这个人生活也太随随便便了，确实是一生了这病就很糟糕。”

斯巴克勒先生觉得他这种病是与我们的一些人在西印度群岛得了黄热病的症状差不多的。斯巴克勒太太又把眼皮合起来了，什么我们的人，什么西印度群岛，什么黄热病，她都不愿作任何了解。

“因此嘛，艾米，”她重又张开眼皮的时候继续说道，“就需要从连续许多个星期的疲乏和不安的影响下振作起来。最后一件就是，我心里很清楚，她心底里有个苦闷的想法，她还需要从这个苦闷想法中振作起来。你不要问是个什么想法，爱德蒙，因为我是不可以告诉你的。”

“我没想过要问你，亲爱的，”斯巴克勒先生说道。

“我这么一来就要先好好地开导开导我那个可爱的丫头，”斯巴克勒太太继续说道，“还不能太早地就把她叫到我身边来。可爱可亲的小小的‘两只鞋①’！要说处理可怜的爸爸的事务问题嘛，我关心这件事情也不是抱着很多私心的。我结婚的时候爸爸对我是很大方的，我也没有什么再想要得到的，也不要什么了。要是他没有立过什么可以生效的遗嘱，给杰纳勒尔太太留下一份遗产，那我就心满意足了。哦爸爸，哦爸爸！”

她又哭泣起来，不过杰纳勒尔太太倒是最好的止哭药。她的名字立即便促使斯巴克勒太太擦干眼泪，说道：

“在爱德华生病的时候说起来那也是一件非常鼓舞人心的事，这件事我想起来就觉得很感激，让人有了最大的信心，他的理智没有受到影响，换句话说，他的正当的精神没有削弱，——不管怎么说，直到可怜的爸爸临终的时候是这样的——这件事就是他立刻付清了杰纳勒尔太太的工钱，辞了她，让她离开了我们家。我很赞成他这样做。他这么快就把恰恰是我自己会亲自去办的事办好了，想想这件事情，别的我好多事都可以原谅他的！”

就在斯巴克勒太太得意洋洋，喜上心头的时候，他们听见两下连续的敲门声。那是很怪的敲门声。声音低，仿佛是要避免引起吵闹声，免得引起旁人注意。声音长，仿佛敲门的人在想着心事，忘却了停下来。

“喂！”斯巴克勒说道。“是哪一个！”

“不会是艾米和爱德华，没说起过，也没有马车！”斯巴克勒太太说道。“到窗口看看。”

---

① “两只鞋”是一个幼儿故事中的女主人公，可能是作家哥尔斯密（《威克菲尔牧师传》的作者）所作，第一次发表是在一七六五年。故事中的小姑娘只有一只鞋，后来人家又给她一只鞋，她高兴极了，逢人便说“两只鞋！”，故得名。

房间里是暗的，然而街上因为有路灯，稍亮一些。斯巴克勒先生站在阳台上伸出去张望的脑袋显得很庞大、很笨重，似乎正处于千钧一发之际，头重脚轻朝外倒过去，落到楼外某个人的身上。

“是一个人，”斯巴克勒先生说道。“我没法看清是谁——不过停一下！”

这么念头一转，他又走到阳台上去了，又去张望了一下。门开的时候他又从阳台那里进来，他说他觉得自己认出了“他的老头子的高礼帽”。他说得不错，因为一会儿以后，他的老头子由人领着，手拿高礼帽，进了房间。

“点灯！”斯巴克勒太太说道，一面为房间的黑暗表示了一下歉意。

“我觉得够亮的，”莫多尔先生说道。

待到灯拿进房间的时候，只见莫多尔先生站在门后面抹嘴巴。“我想我要来拜访你们，”他说道。“我现在相当地特别地忙；因为我正好出来到外面走走，所以我想我要来拜访你们。”

鉴于他穿的是晚礼服，芬妮就问他是在哪里进餐的？

“呃，”莫多尔先生说道，“我没有特别地在哪里进餐。”

“当然您已经用过餐了？”芬妮说道。

“哎——没有，确切地说我还没有，”莫多尔先生说道。

他伸手摸着他那黄黄的额头，并且思索起来，仿佛他有否用过餐自己还说不准。于是便请他吃点什么。“不用，谢谢，”莫多尔先生说道，“我不想吃什么东西。刚才我是打算跟莫多尔太太出去进餐。可是因为我不想吃，所以就在我们俩要上车的时候，我让莫多尔太太一个人去了，我想我还是散散步吧。”

他是喝茶呢，还是咖啡？“不用，谢谢，”莫多尔先生说道。“我刚才到夜总会里去过，买了一瓶葡萄酒。”

莫多尔先生登门造访到了这个时候，才在爱德蒙·斯巴克勒为他搬来的椅子上坐下，这把椅子他一直在面前慢慢地移来移去，宛如一个笨手笨脚的人第一回穿上一双溜冰鞋，就是不能下决心溜起来。他此刻把自己的高礼帽放到身边另一把椅子上，两眼朝礼帽里望着，仿佛那帽子约摸有二十英尺深，同时说道："你们知道，我当时想我要过来拜访你们。"

"我们感到荣幸，"芬妮说道，"因为您可不是个常常外出拜访的人。"

"是——的，"莫多尔先生接话道，这个时候他两手往袖子下面一插，把自己抓起来了。"是的，我不是一个常常外出拜访的人。"

"虽说是这样，您要办的事情也太多了，"芬妮说道。"因为您要办的事情这么多，莫多尔先生，所以没有胃口对您就是一桩大事情了，您得当心。您不能病着。"

"哦！我身体很好，"莫多尔先生想了一想之后回答道。"我身体跟往常一样好。我身体够好的了。就跟我所希望的那样好。"

这位时代的大智之士，常常是尽可能少为自己辩解，而且也很不会辩解，他任何时候都是这样的一个智者，此刻他仍旧保持他这一特点，又沉默了。斯巴克勒太太心里开始琢磨这位大智之士想在这里呆多久。

"先生，我刚才在说可怜的爸爸的事，正好您来了。"

"哎？很巧，"莫多尔先生说道。

芬妮看不出有什么巧不巧的；然而，她感到要继续谈下去得靠她了。"我刚才在说，"她接着说道，"我哥哥的病，把调查爸爸的财产，然后作出安排的事情耽搁了。"

"是的，"莫多尔先生说道；"是的。是耽搁了。"

"倒不是说关系重大，"芬妮说道。

"是的，"莫多尔先生抬头把他面前墙顶那一片雕刻装饰依次审视了一遍之后，表示赞同地说道，“倒不是说关系重大。”

“我唯一犯愁的是，”芬妮说道，“杰纳勒尔太太是不能分什么遗产的。”

“她分不到的，”莫多尔先生说道。

他发表了这个意见，芬妮听了很高兴。莫多尔先生又朝他那顶高礼帽里注视了一阵，仿佛他觉得他看到底下的什么东西了，然后抹了抹头发，在刚才说的那句话之后又慢吞吞地附了加重语气的话，“哦啊不会。她不会。不可能的。”

这件事要说的话似乎都说尽了，莫多尔先生似乎也精疲力竭了，芬妮见状便问了一下，他回家路上是否要去接莫多尔太太，去叫马车呢?

“不，”他回答道；“我抄近路回家，莫多尔太太就让她——”说到这里，他把两个手掌都细看了一遍，仿佛他是在给自己算命——“让她自己回家。我看她自己会想办法回家的。”

“可能的，”芬妮说道。

接着是长时间的沉默；在这两人都无话的时间里，斯巴克勒太太又躺到了她的长沙发上，闭上了眼睛，舒展了眉头，像先前一样是脱离俗务的态度。

“不过，话又说回来，”莫多尔先生说道，“我也同样把你们和我自己耽搁了。我是想过来拜访你们。”

“高兴极了，真的，”芬妮说道。

“我这就走了，”莫多尔先生又补充了一句，同时站起身来。“请你借一把小刀给我，行吗?”

芬妮莞尔一笑，说道，她连一封信都是难得想到要写的，现在倒要她借一把削笔的小刀①给像莫多尔先生这样一个事务如此繁忙的

---

① 削鹅毛笔管的小刀。

人，这真是一桩怪事了。“是吗？”莫多尔先生默认了；“可我要借一把；我也知道你有几件结婚小纪念物带着，里面还放着剪刀、镊子这一类东西。明天就可以还你。”

“爱德蒙，”斯巴克勒太太说道，“把我那边小桌子上的青贝盒子打开(喂，很小心、很小心我请求你，因为你总那样笨手笨脚的)，把那把青贝小刀给莫多尔先生。”

“谢谢，”莫多尔先生说道；“不过，要是你有刀柄颜色暗一些的刀的话，我看我就借把刀柄颜色暗一些的。”

“龟甲的？”

“谢谢，”莫多尔先生说道；“好的。我看我就借龟甲的。”

爱德蒙于是便得到吩咐，把龟甲盒子打开，把龟甲小刀给莫多尔先生。就在他把小刀递给莫多尔先生的时候，他的妻子态度亲切地对那大智之士说道：

“要是刀给墨水弄脏了，我不会怪您的。”

“我会设法不把它弄脏的，”莫多尔先生说道。

这位显赫的客人伸出袖口，一时间将斯巴克勒太太的手、手腕、手链等等，统统都罩住了。他自己的手缩到了哪里，一点儿也看不出，然而他的手离斯巴克勒太太的触觉远远的，仿佛他是个很有功绩的彻西医院老兵，或者是格林威治医院领养老金的人[①]。

待到他走出房间，芬妮已经是坚信不疑了，那一天是的确已经终于过尽的最漫长的一天[②]，也坚信，天底下从来没有一个并非完全缺

---

① 彻西(Chelsea)皇家医院，查尔斯二世时所建，收陆军老兵或伤残军人养老。格林威治(Greenwich)医院收水兵老兵或伤残军人养老。

② 莎士比亚《麦克白》第四幕第三场终马尔康说过：“再漫长的黑夜也有天亮的时候。”(The night is long that never finds the day.)那是说麦克白末日来临。此处反其意，但也有讽刺性的不祥预兆。

借东西的莫多尔先生

乏妩媚容貌的女人，如此般被又傻又笨的人折磨得精疲力竭。她走到阳台上，透一透空气。烦恼的泪水湿润了她的双眸；因了这泪水之故，她望下去只见那赫赫有名的莫多尔先生在街上，似乎在跳跃，在起舞，在旋转，仿佛有好几个魔鬼附上了他的身。

第二十五章

总管家交出官印

宴会在那著名的医生的家里举行。律师大人到了，显得神采奕奕。费迪南德·巴纳克尔到了，表现出他那最吸引人的风度。几乎没有一种生活方式不为医生所熟知，他甚至比那主教大人更加经常地光顾生活中最隐秘的地方。伦敦一带有花枝招展的贵妇人对他，我的亲爱的，是一往情深，将他视作最可爱的人，最讨人喜欢的人，倘若知道他那两只沉思的眼睛，在一二小时内是注视着什么事物，他那镇定自若的身影是伫立在谁的床头，是在谁的家中，她们会因发现自己与他仍如此密切而感到震惊。然而，那医生毕竟是个镇定自若的人，他既不吹自己的喇叭，也不借别人的喇叭来吹。他确实看到过许多奇妙的事，他确实听说过许多奇妙的事，他的生活也确实是在许多不可调和的道德矛盾中度过的；然而，他的同情心于谁都一视同仁，从不受干扰，也像包治百病的耶稣一样。他宛如湿润万物的细雨，无论是正义的还是非正义的，他都深入其中，凡是他能做到的好事，他都在所不辞，无论在犹太教堂还是在街头巷尾，他也不宣明。

由于每一个对人类深有体验的人，且不管这种体验是如何悄悄地进行的，都无不怀着对具有这样的体验所特有的关切，因此，那医生是一个很有迷惑力的人。即便再挑剔的先生与女士们，由于不了解他的秘密，由于他的毫不成体统地建议他们“来看看我所看到的！”，这使他们一个个哪怕有多少理智也都会被吓得一干二净，变得惊慌失措，也都会承认他的迷惑力。只要他一到，就有了一点真实的东西。来它半点儿真实，就像放上一丁点儿某些别的珍稀物质产品一样，也会给大量稀释物品增添韵味。

因此便有这样的事情发生，那医生的便宴每每都以与惯常的筵席相差很远的方式展现在人们面前。那些客人心中说道，不管他们自己是否意识到，“此人真的是我们的朋友，他待人以真诚，我们一些人每天都接待他，我们头上也不戴假发，脸上也不抹油彩，在我们得意忘形，内心与外表都无法控制的时候，他能听见我们心中的胡言乱语，他能看见我们脸上不加掩饰的表情；我们还可以就教于他，与他一同探讨现实，因为此人胜我们一筹，远非我们所能及”。因此，那医生的宾客一个个是如此般突如其来地在他的圆桌前就座，而他们一个个都几乎表现得毫不做作。

律师大人对于名之曰人类的那一群陪审员的认识，尖锐得犹如剃刀，然而剃刀并非普遍都方便的工具，而那医生的平常而又闪亮的解剖刀，虽则远非那样锋利，却适于更加广泛的应用。律师大人熟知人们的轻易上当与欺诈行径；然而，那医生出诊一个星期便可给律师大人提出对人类之温良与慈爱的深刻见解，他的这种见解，较之七十年间威斯敏斯特大厦法庭[①]与全部巡回审判更为深刻。律师大人常常对此抱有疑问，并且也许还乐意鼓励这一做法（因为，倘若世界真是一个大法庭，人们就会认为，这个法庭开庭期的最后一天是绝不会来得太早的）；因此，他全然与任何别的职业的人一样，喜欢那医生，并且对那医生怀着敬仰的心情。

① 一八二五年前英国大法庭所在地。

因了莫多尔先生的缺席，席间留出了一把班柯的椅子[①]；然而，倘若他真到场了，那也只不过是在那把椅子上多出了一个班柯而已，因此，他的缺席也并非损失。那个律师的获得关于威斯敏斯特大厦法庭的各种零星知识，很有点像一只渡鸦，只要那只渡鸦也在那里呆上同样长的时日就行。近日来他可是啄起了不少的干草，然后当空撒出去，以此来试试莫多尔风的风向。他此刻要与莫多尔太太本人简单地谈谈这个问题；他悄悄地朝那位太太走去，当然，他戴着他的双片眼镜，带着他那陪审员的低沉声调。

"有一种鸟，"那律师大人说道，瞧他的表情，仿佛这种鸟也就是喜鹊无疑了；"近来在我们律师当中嘁嘁喳喳的，说这个王国有爵位的人士要增加人了。"

"真的？"莫多尔太太说道。

"是啊，"律师大人说道。"那种鸟没有在跟我们很不一样的人的耳朵边——可爱的人的耳朵边说过吗？"他意味深长地望着莫多尔太太靠近他这一边的那个耳环。

"你是说跟我？"莫多尔太太说道。

"我说可爱的，"那律师大人说道，"就总是说你。"

"你从来没有什么大事情，我看，"莫多尔太太接话道(并没有不高兴)。

"哦，那太不公道了，"律师大人说道。"可是，有那鸟儿啊。"

"我是天下最听不到新闻的人，"莫多尔太太说道，一面漫不经心地整理她那大本营。"是谁啊？"

---

① 麦克白在杀了苏格兰国王邓肯之后，一面邀请国王大将班柯出席晚宴，一面派刺客杀了班柯，以绝后患，应了三个女巫的预言。在晚宴上其实席位都已满，班柯的鬼便坐上了麦克白的椅子(莎士比亚《麦克白》第三幕第四场)。此处作者借典故设了伏笔，莫多尔即将作鬼了。

“你要是做个证人，那真是多好的证人哪！”那律师大人说道。“没有一个陪审团(除非我们接纳一个瞎子来充当陪审员)能抗拒你的魅力，即使你是一个那么糟的陪审员；可是，你是一个这么好的陪审员！”

“为什么，你这个滑稽可笑的人？”莫多尔太太笑着问道。

律师大人伸手拿着他那双片眼镜在那胸脯的面前挥了三四下，算是给她一个挖苦的回答，并且用极讨好的口吻问道：

“从今天开始几个星期以后，也可能是几天之后，对最妩媚、最有才艺、最可爱的女人，我该如何称呼呢？”

“你那只鸟儿没告诉你对她该如何称呼？”莫多尔太太回答道。“那你明儿就去问一问，下一次见到我的时候同我说说，鸟儿是怎么说的！”

从这里又引出了两个人之间类似的几段打趣的话；然而，那律师尽管眼光锐利，却并没有从这些趣话中听出了什么。相反，那医生陪她下楼到了马车跟前，在她披斗篷的时候还陪在她身边，以他通常平静的直率口吻查问起症状来。

“请问，”他说道，“莫多尔的事是真的吗？”

“我亲爱的大夫，”她接话道，“你问我的问题，正是我有点想问你的。”

“问我？为什么要问我？”

“我敢担保，我觉得莫多尔先生对你是无话不说，比谁都相信的。”

“正好相反，他跟我什么也没有说过，连本行上的事也不说。你毫无疑问，已经听说过议论了？”

“我当然听说了。可是，你知道莫多尔先生是个怎么样的人；你知道他是多么沉默寡言，逢人只说三分话的。我告诉你，我也不明白这件事会有什么样的依据。我但愿这件事是真的；我为什么对你也要否认呢！要是我了解，你就更加清楚了！”

“是这样，”医生说道。

“不过，这件事是不是完全是真的，或者有一部分是真的，或者完全是假的，我一点儿也说不清。这是一件非常烦心的事，一件非常荒唐的事；不过，你了解莫多尔先生，你是不会感到意外的。”

医生毫不觉得意外，他扶她钻进了马车，并道了晚安。他在自家门厅口伫立了一会儿，安静地望着辘辘开走的漂亮马车。待到他回到楼上，其余的客人不多久也便散去，只剩下他独自一个人。他原是一个什么样形式的文学书籍都很喜欢读的人（而且从不因为有这样的爱好而觉得有什么不好意思），此刻他便坐下来舒舒服服地读起书来。

书斋桌子上放的那个时钟指针指着十二点差几分，恰好在这个时候，因听得门铃一阵响声，他抬头看了看钟。他是一个作风平易的人，此时他已经打发仆人们去睡觉了，因此他只得自己下楼去开门。他到了楼下，只见是一个不戴帽子，也没有穿外套的人，他的衬衣袖子一直卷到肩头。他一时还以为那人是刚打过架：何况，那人样子很焦虑不安，喘着粗气。然而，他再仔细一看，只见那人显得特别清洁，而且除了他的衣服如刚才所说的那个样子之外，并没有什么失常的地方。

“我是从澡堂赶来的，先生，就在旁边那条街。”

“澡堂出了什么事啦？”

“请您马上走一趟吧，先生。我们在桌子上，看见了这东西。”

他把一张字条递到医生的手中。医生拿起字条，看到上面用铅笔写着他自己的名字和地址；旁的什么也没有。他再仔细看字条上写的字，又看看那人，从衣帽钩上取下帽子，把门钥匙放进衣袋，他们两人便急匆匆地走了。

待他们赶到澡堂，那地方所有的人都在门口等候他们，还不停地在通道里跑来跑去。“请你们别的人都让让，”那医生大声对澡堂主人说道；“请你马上带我到出事地方去，我的朋友，”他对报信的人说。

那报信人急急忙忙地在医生前面走着，穿过一排一个个紧挨着的小房间，到了这一排小房间的尽头，折入一个小间，站在门口四下张望。那医生就紧跟在后面，也站在门口张望。

那个角落里有一浴缸，浴缸里的水已经急忙放去了。浴缸里躺着那具尸体，仿佛是躺在墓穴、躺在石棺里似的，上面草草覆盖了床单与毯子。那是一个身体笨重的人，圆脑袋，五官粗、俗、土。小房间里的天窗已经打开了，放走房间里氤氲的蒸汽；然而墙上，浴缸里那具尸体的脸上，身上，都挂满了冷凝的水珠。小房间里依旧是热的，大理石的浴缸依旧是暖的；然而那脸与身体摸上去是凉腻的。浴缸底部的白色大理石上遍布了可怕的一丝丝红的颜色。浴缸边的壁架上放了一个鸦片酊空瓶和一把龟甲柄的裁纸刀——小刀沾污了，不过不是墨水沾污的。

“颈静脉切断——迅速死亡——至少已经死了半个小时了。”医生这几句话传遍了一条条通道和一个个小房间，传遍了整座房屋，而他弯腰把手伸到浴缸底部，此时才刚刚伸直身子，他双手还湿漉漉的；他手上还布满了一丝丝的红颜色，就像大理石上的那样，那红颜色还没有结成一片。

他转过身来，目光落到了沙发上放的衣服上，落到了桌子上放着的表、钱和小本子上。小本子里夹着一张折起来的便条，一半隆起，一半露出在小本子外面，吸引了他机警的目光。他朝那字条看看，摸了一下，然后从小本子两页纸中间抽出了一点，轻声说道：“这是写给我的。”然后展开字条看。

医生没有什么话吩咐。这澡堂里的人知道该怎么办；他们不一会儿便叫来了管事的头；他们平平静静、有条不紊地搬走了死者，取走了属于死者的财物，他们的动作、表情也不比上时钟发条更显得慌乱。那医生感到高兴，可以走到屋外夜晚的空气里——尽管他是个经验丰富的人，他甚至还是感到高兴，可以在门口台阶上坐上一会儿：他感到恶心、头晕。

那位律师大人是他的近邻，在走到律师家门前的时候，他看见了那个房间里的灯光，他知道他的朋友夜深人静时常常在这儿伏案工作。由于律师不在家时那里从来不见灯光的，因此他确信律师大人尚未就寝。实际上，这个忙碌的人明天要在法庭上针对证词提出一份裁决书，此时正明烛高悬，抓紧时机为陪审团的先生们设下圈套。

医生的敲门声使律师吃了一惊；但，由于他立即怀疑是有人来告诉他别的人要剥夺他的权利，否则就要设法打败他，所以他当即轻手轻脚下楼去。当时他刚用凉水清醒过头脑，因为想以此好好作一准备，给陪审团先生们的脑袋浇一盆烫人的热水；他敞开衬衣领子阅读材料，为的是要把对方证人更加不受限制地扼杀。因此，他走下楼梯时，面目显得颇为凌乱。一见是医生，是他怎么也不可能想到的人，律师更觉茫然了，问道：“出什么事啦？”

“你曾经问过我，莫多尔先生得的是什么病。”

“回答得真怪！我知道我问过你。”

“我当时对你说，我还没有查出来。”

“不错。我知道你说过。”

“我现在查出来了。”

“我的上帝！”律师说道，倒退了一步，拿手拍了一下对方的胸口。“我也查出来了！我从你脸上看出来了。”

他们走进靠得最近的那个房间，到了房间里，医生把那封信给律师看。他从头到尾看了六遍。信中写的话并不多；然而，却牢牢地吸引了他的注意，使他目不转睛地盯着。他口中是说不完的遗憾，他真悔恨没有找到这件事的线索。最微小的一点线索，他说，就可以使他对此案豁然明了，倘若他彻底查明此案，那将会是一桩多么了不起的大案啊！

医生决定到哈莱大街去通报这一消息。那律师大人是无法立即转过念头来思索他的骗术，对付他在那陪审席上所遇见的最有知识、最杰出的陪审团，这些人，他可以对他那学识渊博的朋友说，浅薄的诡辩术是没有一招能让他们接受的，被不幸地滥用的专业手法、技巧（这便是他想着手采用的）对他们是没有一个能够得逞的；因此，他说他也一起去，他的朋友进屋去时，他可以在屋子附近随便走动走动。他们一块儿步行到了那里，以便在户外再镇定一点；当医生举手敲门的时候，白昼的翅膀已经在拍打黑夜了。

一个在公众眼里显得五彩缤纷的男仆还在等他的主人——换句话说，在厨房里呼呼大睡，面前是两支蜡烛和一张报纸，表明房子有可能意外失火的极小的可能性被大大地聚集起来了。叫醒了这个仆人，医生仍旧还须等着叫醒那总管家。终于那卓越的人进了餐厅，他身穿法兰绒睡衣，脚上是一双布条拖鞋；然而倘若戴上领结，他便俨然是一位总管家了。此时已经是清晨了。医生一面等候，一面已经把一扇百叶窗打开，以便能看见亮光。

"莫多尔太太的女仆也得叫醒，让她把莫多尔太太叫起来，帮她尽量从从容容地穿好衣服，来见我。我有可怕的消息要告诉她。"

医生就这样吩咐总管家。那总管家手里拿着一支蜡烛，此时叫他手下的人拿走。然后他态度威严地走近窗口；听了医生的消息之后他依然伫立一旁，纯然与在这同一间餐厅里举行的筵席上的态度一样。

"莫多尔先生死了。"

“我想，”那总管家说道，“过一个月我就走。”

“莫多尔先生自杀了。”

“先生，”总管家说道，“对处于我这种会引起偏见的地位上的人来说，那是非常伤人感情的；我想立即离开此地。”

“就算你不感到震惊，难道你不感到意外吗，伙计？”医生热心地问道。

那总管家伫立一旁，态度平静，说出了令人难忘的话作答。“先生，莫多尔先生绝不是那种富有教养的人，莫多尔先生那些绝非有教养的举动，没有一个会使我感到意外。在我离开之前，有没有别的我可以派给您的人，或者别的我还可以吩咐的话，去办理您希望办理的事情？”

那医生在楼上尽了他自己的义务之后，再与留在门外街上的律师碰面时，关于他与莫多尔太太的谈话，他只是说他还没有向莫多尔太太谈及全部情况，然而详情虽未转告，莫多尔太太得知消息之后倒是颇克制得住的。那律师在街上等候时一直在构思一个把他的陪审团全体成员一举捕获的很巧妙的捕人机；这件事情在他脑子里想妥之后，关于那桩刚发生的惨剧便很好理解，他们两个人慢吞吞走回家，从各个方面详细地商谈了此事。他们站在医生家门口分手之前，一齐抬头望着早晨晴朗的天空，天空上升起几户早起人家的炊烟，悠闲地传来了几个早起的人远近的语声，接着他们环顾这座巨大的城市，说道，倘若所有那些此刻尚在睡梦中的成千成万艰难度日的人，在他们两人交谈的时候能够得知即将落到他们头上的毁灭，多么可怕的痛斥一个可悲的人的怨声便会直上云霄！

这位伟人的死的消息，以惊人的速度传播开了。起初，人们传说他死于疾病，凡人所知的疾病都说上了，有的说他死于几种全新的病，为了迎合当时的需要而以光的速度创造出来的病。他们说他把幼时生的浮肿病瞒了，他胸腔里从祖父那里继承了大片积水，他一生有十八年每天早晨身上要动一次手术，他身体上的重要的血管曾经像爆竹那样爆炸过，他的肺部有点毛病，他的心脏有点毛病，他的脑子有点毛病。在坐下来用早餐时对整个事件还是一无所知的五百个人，还没等他们把早餐吃完便认为，他们各自都私下里亲自知道，那医生对莫多尔先生说过："你得预先记着，总有一天，你会像烛花那样熄灭的。"还说他们都记得莫多尔先生对那医生说过："人只能死一回。"到了午前十一点钟光景的时候，脑子有点毛病这一说法便成了排除其他种种说法的最受人赞同的意见；到了中午十二点，人们已经看得分明，那所谓毛病便是"压力"。

压力一说既出，它在公众心目中便显得那样彻底地令人满足，似乎使大家都感觉那样舒坦，倘若那律师九点半钟的时候没有将案情真相向法庭披露，此说原是会维持一整天的。律师大人在法庭上一旦说出了真相，到了一点钟光景，整个伦敦便开始将他的话普遍悄悄地传开了，莫多尔先生自杀了。然而，所谓压力的说法不只远未被那一发现所推翻，反而比先前更加受到人们赞同。大街小巷人们普遍都在高谈阔论所谓**压力**。所有想发大财可是又未能发财的人都说，瞧见了吧！你刚开始一心一意想发大财，压力就来了。懒懒散散的人也一样地不放过这个机会发表高见。你瞧，他们说，你整天忙呀，忙呀，忙呀，可你到头来得到了什么！要是你一个劲地忙，忙得过了头，**压力**便跟着来了，你也就完了！这种思想方式在许多人当中都很有势力；然而，哪里都比不上在那些从来也不会忙得过头的年轻职员和年轻合股人中间那样有势力。这些人一个个都表示，而且颇尽本分的，他们希望只要他们人还活在世上，就永远不忘了这前车之鉴，他们的行为可以加以控制，直至避免**压力**，保存自己，那在许多年里将是他们朋友们的一大安慰。

可是，大约到了交易所高峰时间，“压力”之说的势头开始消退，可怕的谣言便东、西、北、南四面八方传开了。起初这些谣传还不凶，也无非是怀疑而已，怀疑莫多尔先生的财富是否就真的如人们所预料的那么巨大；怀疑是否有暂时的困难，无法将这巨大财富“变卖”为现款；怀疑那不可思议的银行暂时甚至无力支付(如一个月左右的时间内)。随着那些谣传从那时候起一分钟一分钟变得越来越公开，谣传的来势也就越来越凶了。他原先是个两手空空、一无所有的人，并没有经历过一个任何人都说得清楚的自然发展、自然过程；他一生终究是个卑贱、愚昧的人；他一直是个不敢抬头看的人，没有一个人引起过他的注意；他颇令人费解地得到过各种各样的人的培植；他自己从来没有什么钱，他的商业投机纯然是不顾后果的，他的开支是非常庞大的。到了黄昏时分，传闻的调子便接连不断地提高，意义也不断扩大。他在澡堂里留了一封写给医生的信，他的医生已经收到了这封信，这封信将在随后的调查时出示，这样一来就会给他所蒙骗的大众一个晴天霹雳。各行各业无数的人将因他的无力支付而受到打击；一辈子生活舒适的老人除了救济院，将找不到别的地方去，后悔不该对他信任；无数妇女、儿童的前途将被这个大恶棍之手所摧毁。出席过他摆的盛大筵宴的人，将被看作是对无数家园掠夺之后坐地分赃的人；每一个奴颜婢膝地崇拜富有的人，他们一个个伸手将他供起来顶礼膜拜，其实还不如直截了当地去崇拜魔鬼的好。于是，由于事情一桩接一桩得到证实，晚报一版又一版地刊登，人们议论中痛骂的声音越来越大，语言越来越激烈，到了夜幕降临，议论声便变成了如此大声的怒吼，人们真的完全可以相信，倘若圣保罗教堂圆顶上面的回廊里站了一个孤零零的守夜人，他就会发现夜空里弥漫了一个单调、低沉的轰隆声，叫着莫多尔这个名字，夹带了各种各样的咒骂声。

因为，到了那个时刻，人们都已经知道，已故的莫多尔先生的病症明明白白地便是“伪造与抢劫”。他，人们如此普遍要拍马屁的土头土脑的人，在伟大人物筵席上就座让人画像的人，贵妇舞会的大鹏鸟蛋[①]，把独享制服的人，把傲慢排除的人，保护人的保护人，与一位部长讨价还价争取拖拖拉拉部的爵位的人，至多是十年、十五年左右的时间里赢得的谢意，比至少在二百年中给予英国所有爱好和平的公众恩人、比给予有其全部作品可以作证的艺术与科学的所有领导者的谢意还要多的人——他，光辉的奇才，新的星群，聪明人带着礼物追随它，直至这星群在一个浴缸缸底某具腐臭尸体上方中止，并消失——他明明白白地是逃脱了绞架的最大的“伪造者”，最大的“贼”。

① 房屋圆顶似的白色鸟蛋，故事见《一千零一夜》辛巴德第二次航行。转义为“虚无之物”。

第二十六章

收获风暴[①]

先听到一阵慌乱的喘气声和脚步声，随后潘克斯先生便冲进了亚瑟·克莱南的账房间。案情调查已经结束，那封信已经公开，银行倒闭了，别的干草做的建筑模型着了火，化为浓烟。在由各种等级、各种类型的大小船只组成的一支巨大船队中，那艘人人羡慕的海盗船炸毁了；海面上只见毁灭景象；只见焚烧的船体，爆炸的弹药库，大炮自行爆炸了，把朋友与邻居炸得粉碎，淹死了紧紧抓住经不起风浪的桅杆、一分钟一分钟地往下沉的人，只见精疲力竭地游着的人，只见漂浮的尸体，只见鲨鱼。

工厂账房间往日的勤奋与条理被破坏了。桌子上摊满了未拆开的信件与未整理的票据。在这一片象征活力摧毁、希望破灭的景象中，账房间的主人一动不动地站在他通常的地方，两臂交叉着搁在桌子上，他的头耷拉着。

潘克斯先生闯进屋子看到了他，一时站住了。停了一会儿，潘克斯先生的两臂也搁在了桌子上，他的脑袋也耷拉下来；好长时间他们都保持了这样的姿势，一动也不动，一句话也不说，他们站在这小屋的中央。

是潘克斯先生先抬起头来说话。

“是我劝你这么干的，克莱南先生。我是知道的。你要说什么就说吧。随你怎么责怪，也不会比我自己怪罪自己的还要过分的。随你怎么责怪都不过分，都是我自己应得的报应。”

“哦，潘克斯，潘克斯！”克莱南接过话来道，“别说什么报应不报应的话了。我自己干了的事，那就该我自己受报应！”

“你是应该有好报的，”潘克斯先生说道。

“是我，”克莱南先生并不理会他的话，继续说道，“把我的合股人毁了！潘克斯，潘克斯，我把多伊斯毁了！老实巴交，靠自己摸索，不屈不挠的老头，他这一辈子一直兢兢业业地摸索；是个一瓢瓢的冷水都顶过来的人，一个遇上了这么多的失望遭遇还是和和气气、满怀希望的人；我非常非常同情，也想对他真心诚意，给他帮点忙，我把他毁了——丢了他的名誉、叫他倒了霉——毁了他，毁了他！”

这一番责怪自己的话在他心头造成的痛苦，真叫人看了苦恼不已，那潘克斯先生真的一把抓住自己的头发，在面对这情景而感到绝望的情绪支配下，用力地拉扯。

“你就骂吧！”潘克斯叫着。“你就骂吧，先生，你不骂我自己就把头发扯光了。就骂，你这蠢货，你这混蛋。就骂，蠢驴，你怎么能这么干；畜生，你这么干是安的什么心！你就把我揪住。把我臭骂一顿吧！”潘克斯先生一面说一面一直毫不可怜地、残酷地扯着他那又粗又硬的头发。

“要是你从没有发过这种不幸的躁狂病，潘克斯，”克莱南说道，并非是报复，倒是同情的口吻，“那对你会好多多少啊，对我会好多多少啊！”

“再冲我来吧，先生！”潘克斯嚷道，一面充满懊悔地咬着牙，“再冲我来吧！”

“要是你从来没有算过那些倒霉的账，一笔笔都算得那么明明白

---

① 语出《圣经·旧约·何西阿书》第八章第七节：“他们所种的是风，所收的是风暴。”

白，”克莱南痛苦呻吟道，“那对你会好多多少啊，潘克斯，对我会好多多少啊！”

“再冲我来吧，先生！”潘克斯大声嚷道，一面松了抓着头发的手；“再冲我来吧，再来呀！”

然而，克莱南见潘克斯已经开始平静下来，他自己把要说的话都说完了，没想要说的也说了。他反绞着手，只加了一句：“瞎子找盲人领路，潘克斯，瞎子找盲人领路！可是多伊斯，多伊斯，多伊斯；我那受害的合股人！”说到这里他的头又一次朝桌子垂下来。

他们又是像先前那样的姿势，又是像先前那样沉默，过了一会儿又是潘克斯先说话。

“消息传开之后，先生，我就没合过眼。我到处奔走，指望着能有一线希望，从火堆里抢一点烧剩的东西。都没用。都完了。什么都没有了。”

“这件事，”克莱南接话道，“我知道得太清楚了。”

潘克斯先生发出一声呻吟，打破了一时的沉默，那是发自他灵魂最深处的呻吟。

“就在昨天，潘克斯，”亚瑟说道；“就在昨天，星期一，我想好了要卖出去，换成现款，就此了结。”

“我没有这么多为自己辩护的话好说的，先生，”潘克斯接话道。“不过，说起来也真叫人闹不清楚，我听说昨天有这么多的人去换现款，一年有三百六十五天，他们就挑昨天这个日子去，似乎不然就来不及似的，这是怎么搞的！”

他那喷蒸汽似的吐气声，在平日里叫人听了觉得有趣，此刻却比这样的一声声呻吟更见得悲惨；而他从头到脚是那副污秽、肮脏、邋遢的样子，似乎他是灾祸的真实写照，这座塑像，由于不曾清洗，简直无法辨认了。

“克莱南先生，你花掉——每一个子儿了？”他非常难熬地克服了最后半句话说出来之前的片刻停顿，也非常难熬地终于说出了这最后半句话。

“都花完了。”

潘克斯先生又一把揪住他那又粗又硬的头发，拧得那样用力，他真的抓下几根干草叉似的头发来。他两眼含着无比仇恨朝着这几根头发望了一阵，然后塞进了自己的衣袋。

“我现在，”克莱南说道，一面抹去脸上悄悄落下来的几滴眼泪，“得立即采取行动。不管我能想出的补救办法是多么不管用，能补救我就得补救。我那倒霉的合股人的名誉，我得还他个清白。我不可以为自己保留什么了。我得把我滥用的管理权交给我们的债权人，我这后半辈子得靠做工来补偿我的过错——或者罪过——凡是能靠做工来补偿的都得补偿。”

“眼下就没法子，先生，渡过去了？”

“谈不上了。现在什么也渡不过去了，潘克斯。这个公司我脱手得越快越好。这个星期，债务就要还清，这么一来，即使我能够坚持这段时间，把自己知道的事藏在心里，要让大祸推迟一天到来，可要不了很多天，大祸就要临头了。昨天我整整一个晚上都在考虑我要做的事；现在剩下的就是着手去做了。”

“不会光自己去办吧？”潘克斯先生说道，他的脸湿漉漉的，仿佛他的汽刚阴沉沉地喷出来便立即变成了水。“找个律师帮帮忙。”

“也许我还是找一个的好。”

“找腊格。”

“没有多少事要做的。找他跟找别人一样，他能应付这一切。”

“我去把腊格找来行吗，克莱南先生？”

“要是你抽得出空的话。那我太感谢你了。”

潘克斯先生当即戴上帽子，开足马力迅速赶往潘登维尔。他走了以后，亚瑟一直没有把朝桌子低垂的头抬起来，而是一直保持那一个姿势。

潘克斯先生领着他的朋友兼法律顾问腊格先生一同回来了。腊格先生在路上对潘克斯先生当时的毫无理性的情绪有了那么多的感受，以致他一开始着手专业调停，便要求这位先生靠边站了。潘克斯先生心灰意懒、服服帖帖地听从了。

“他与我们开始腊格-鲍金斯违约诉讼时我女儿的情形没有什么不同，先生，那桩诉讼中她是原告，”腊格先生说道。“他对案件所表现的兴趣太强烈、太直接了。他感情太冲动了。在我们这一行，感情用事是办不好事情的，先生。”

在他脱下手套，放到帽子里面去的时候，他眼睛朝旁边瞥了几下，发现他的诉讼委托人情绪有很大的变化。

“很遗憾，先生，”腊格先生说道，“我发现您没有加以控制，感情冲动起来了。哦，请别这样，请别这样。这些损失是令人非常悲痛的，先生，然而，我们得正视这些损失。”

“假如我手里损失的钱都是我自己的，腊格先生，”克莱南叹气道，“那我就不会这样把它挂在心上了。”

“是吗，先生？”腊格先生说道，一面带着快活的神情搓着两手。“我真没料到。真奇怪，先生。在我的经验中，我普遍都发现，人们最最计较的就是他们自己的钱。我发现他们大把大把花别人的钱，一点儿也不心疼；真的一点儿也不心痛。”

腊格先生说完这几句抚慰的话，在桌子旁一张办公凳子上坐下来，开始引入正题。

“哦，克莱南先生，请原谅，我们谈正题吧。我了解一下情况。问题很简单，就是通常提的明明白白、直截了当、普普通通的问题。

我们能够为自己办些什么事？我们能够为自己办些什么事？”

“这不是我现在的问题，腊格先生，”亚瑟说道。“你一开头就搞错了。我的问题是，我能够为我的合股人做些什么事，我怎样才能向他作出最恰当的赔偿？”

“您知道吗，先生，恐怕，”腊格先生劝说道，“您还是没有控制自己，让感情冲动起来了？我不喜欢‘赔偿’这个词儿，先生，除非把它当作辩护人掌握的手段。请原谅我说一句，我觉得我有责任提请您注意您真的不可让感情冲动起来呀，好吗？”

“腊格先生，”克莱南说道，他鼓起勇气要执行他已经决定的事，并且使那位先生感到意外，因为他在意气消沉的时候，居然有一个已经定下的明确意图；“从你的话里听起来，你不大愿意接受我已经下了决心要采取的行动。假如由于你不同意我要采取的行动，你不愿意担当这样的行动所需要的这样的一件事情，我感到遗憾，我必须找别人帮助了。不过，我要马上向你表示，与我争辩，反对这件事，那是没有用的。”

“好，先生，”腊格先生耸了耸肩膀，回答道。“好，先生。鉴于这件事情总要有人来办，那就由我来办吧。这就是我在腊格-鲍金斯一案上遵循的原则。这就是我在大多数案子上遵循的原则。”

于是，克莱南开始向腊格先生陈述他自己已经下定的决心。他对腊格先生说，他的合股人是一个非常直率、非常诚实的人，他说他在做所有他要做的事情时，在所有指导思想中，最重要的是对他的合股人性格的认识，对他感情的尊重。他把情况作了说明，他的合股人现在到国外一家重大的企业去了，对于他贸然干下的事情，尤其应该由他自己来公开承担责任，公开申明他的合股人完全不必分担这件事情的责任，以免在另外一个国家引起对他的合股人的嫌疑，不公正地影响他的名誉，并危害那个企业卓有成效的管理。他对腊格先生说，在最大程度上证明他的合股人道德上的清白，公开地、毫无保留地申明，他，该公司的亚瑟·克莱南，完全是出于自己单独的决定，甚至明显违背了他的合股人的告诫，把该公司的资金投入最近已经暴露的骗局之中，这便是他能力范围内唯一真正的补偿；与许多一般的人相比，对这位特殊的人来说，这也是更加妥当的补偿，因此，这也是他首先要实行的补偿。鉴于这一考虑，他现在的意图是要打印一个大意如上述的声明，而且他也已经把声明拟好了；除了把声明在所有与该公司有关系的人中散发之外，还打算在报纸上刊出。在采取这一措施的同时(克莱南的这些说明弄得腊格先生一回回地皱起脸，手脚很不自在)，他还要给所有的债权人写一封信，庄重地替他的合股人开脱，通知他们该公司在他们给予答复之前，在尚未与他的合股人联系之前，已经停产，他本人则听候他们的旨意。假如，出于他们对他的合股人的无辜的照顾，他们认为从效益考虑公司可以恢复生产，目前的倒闭能够克服，事情可以作如是安排的话，那么，他本人在该公司中的股份就转入他的合股人名下，他本人不幸地给他的合股人带来了痛苦与损失，他的这一决定便作为他用钱的价值来对他给他的合股人带来的痛苦与损失唯一能作出的赔偿，至于他本人，只求能有足以使他糊口的微薄工资，并允许他作为一名忠实的办事员，在公司内供职，便已足矣。

尽管腊格先生已经非常明白，要阻止克莱南这么做是办不到的，然而，他一回回的皱脸，手脚的很不自在，急需要提出一个郑重声明来补救，于是他真的提出了一个郑重声明。“我不是要反对，先生，”他说，“我不与您争辩什么。我一定照您的意图办，先生；不过，是不情愿的。”于是，腊格先生并非简明扼要地，陈述了他的声明的要点。这些要点实际上就是，因为整座城市的人，或者不妨说整个国家的人，都处在最近这一发现造成的最初的狂乱中，人们对于受骗人的怨恨是会非常强烈的：那些未受蒙骗的人由于必定会因这些人没有如他们那样聪明，而对这些人极为生气；那些受了蒙骗的人，由于必定要为自己寻找借口和理由，而且他们也同样必定会发现，别的受害者完全缺乏这样的借口和理由；更不必提每一个别的受害者都会使自己感到极愤慨地认为，倘若没有所有别的受害者的先例，他是绝对不会让自己深受其害的。因为在这样的时候拿出来的，像克莱南所说的这样的声明，必定会给他招来极端的敌意，因此便不可能寄希望于债权人方面的宽容，也不能寄希望于他们之间的一致步调；便使自己在一片乱箭中变成了孤立的众矢之的，在这种困境中他就会在六个方面的一齐攻击下立即毙命。

听了这一大堆话，克莱南只回答说，即便承认这一郑重声明从头到尾都是站得住脚的，也不能说哪一条削弱了，或者能够削弱他自愿地、公开地为他的合股人开脱这一决定的说服力。因此，他最后一次要求腊格先生立即协助将此事迅速了结，否则便作罢。听了这话，腊格先生便着手工作；亚瑟没有给自己留下一点儿财产，只拿走他的衣服、书籍，以及少量零钱，把自己私人的少数银行存款归入了公司的票据。

决定宣布了，人心大乱。成千上万的人疯狂地睁大眼睛寻找一个要痛骂一顿的活人；这一重大案件，招引了大家的注意，迫使那一个活人非得送上断头台不可。一方面与此案毫不相干的人深感其臭名远扬，另一方面因此案的爆发而亏蚀的人又绝不会敷衍了事。债权人痛骂斥责的信件源源不断地飞来；腊格先生每天坐在高凳子上一封封地拆，他不出一个星期便告诉他的诉讼委托人，他担心已经有传票发出了。

“我做了的事情，责任就得自己承担，”克莱南说道。“我就在这里等他们的传票。”

就在那以后的第二天，正当他从普罗尼希太太那一角拐入伤心园的时候，普罗尼希太太站在门口等他，态度神秘地请求他到“快活村”里面去。到了里面只见腊格先生坐着。

“我想好了在这里等您。我要是您的话，先生，今天上午我就不再到账房间去了。”

“为什么不行，腊格先生？”

“据我所知，发出的传票已经有五张了。”

“我不会说这事了结得太快的，”克莱南说道。“就让他们来抓吧，马上抓走。”

“话是不错，可是，”腊格先生说道，一面走过去挡住门，“听我把道理说说，听我把道理说说。他们会马上来抓您去的，克莱南先生，这我不怀疑；可是，您听我把道理说说。碰到这种案子，差不多总有这种情形，某种鸡毛蒜皮的事情会抢先找上来，会小题大做的。哦，我就知道有一个小法院已经下了令状——不过是一个宫廷法院司法权——我有理由认为，照那传票可能是要逮捕的。我是不愿凭那传票被抓走的。”

“为什么不愿意？”克莱南问道。

“要抓就正正式式抓，先生，”腊格先生说道。“装装门面也是要的。我作为您的法律顾问，应该主张您要被抓走也要凭一个上级法院的传票来抓，要是您对于帮我这么一个忙没有什么异议的话。这样看起来更加妥当一些。”

“腊格先生，”亚瑟心情沮丧地说道，“我的唯一愿望是，事情该了结了。我还是要去，碰运气吧。”

“还有一句有道理的话，先生！”腊格先生激动地说道。“哦，这的确是道理。刚才说的也许是爱好；可是现在要说的是道理。假如您让他们凭一个小法院的传票抓走了，您就要被送进马夏尔西狱。哦，您是知道的，马夏尔西狱是什么样的。很窄小。拥挤极了。而在高等法院——”腊格先生拿右手随便一挥，以示极为宽敞。

“我宁愿，”克莱南说道，“让他们把我送进马夏尔西狱，也不到别的监狱去。”

“您真是这个意思，先生？”腊格先生接话道。“那么这也是爱好，我们也可以去走走了。”

他起初还有一点不快，然而不多时他也便不再放在心上了。他们穿过伤心园走到了另一头。自从亚瑟倒了霉之后，伤心园人对他比以前关心了：现在人们将他看作是一个忠诚于伤心园、做了这地方一个成员的人。他们许多人从屋子里出来看着他的背影，相互谈论着他，非常同情地说，他被弄得“够苦的了”。普罗尼希太太和她的父亲站在他们那一头的石阶顶上，心情沮丧，连连地摇头。

亚瑟和腊格先生走到那个账房间的时候，并不见有人在那里等候。不过，一个上了年纪的犹太教徒，一身的酒味，紧紧跟在他们的身后，还未等腊格先生拆开一封今天到的信，那人便把脑袋探进玻璃窗。“哦！”腊格先生抬起头来，说道。“你好。进来。——克莱南先生，我看他就是我刚才说的那一位。”

这一位说明了他登门造访的目的是为“一桩小小公差”，并行使了他的法律职责。

“要不要我陪您去，克莱南先生？”腊格先生一面擦着双手，一面客气地问道。

“我喜欢单独去，谢谢你。请把我的衣服送来。”腊格先生态度轻松快活地答应下了，并与他握了握手。他便与他的随从下了扶梯，一看见车子便乘上了，辘辘地开往那几道熟悉的门。

“上帝饶恕我，我一点也没有想到，”克莱南心里说道，“我居然会这样进这几道门。”

是奇弗利先生当班，小约翰就在门房里：倘不是刚从这里换下班来的，那便是在这里等着上班的。两个人看清了这个新到的犯人是谁以后神情的惊讶，比起人们可能想象看守见了新到犯人的时候的惊讶还甚。那老奇弗利先生以一种惭愧的态度与他握了握手，说道："我记不起来，先生，过去见了您有不怎么高兴的时候。"至于那小奇弗利先生，他态度更冷淡，根本没有与他握手；他站在那里只是望着，心下犹豫不定，这神情是如此般显而易见，甚至也没有逃过两眼倦怠、心情沉重的克莱南的目光。一会儿以后，小约翰便进了监狱里面，不见踪影了。

因为克莱南是够了解此地的，他知道，他须在门房里呆上一定的时候，所以，他在一个角落里找了一个地方坐下来，装作聚精会神地看从衣袋里取出来的信件。信并没有吸引住他的注意，他倒是感激地注意到那老奇弗利先生把门房里进出的犯人都赶走了；见他拿着手中的钥匙朝一些人示意别进来，他用胳膊肘碰碰别的人都出去，他尽量抑制他的痛苦好让克莱南显得好受一些。

亚瑟坐在那里，两眼盯着地板，他在回想过去，思索现在，也没有想起过去的什么事，也没有思索出现在的什么结果，正在这时，他感到有人在他肩上碰了碰。那是小约翰；他说道："您现在可以去了。"

他站起来，跟在小约翰的后面。就在他们进了内铁门，走了一二步路的时候，小约翰转过身来，对他说：

"您需要一个房间。我已经替您弄好了一间了。"

"我非常感谢你。"

小约翰又转了一个弯，带着他进了那熟悉的门道，登上了那熟悉的楼梯，走进了那熟悉的房间。亚瑟伸出了他的手。小约翰看看他的手，看看他的脸——严厉地——激动了，噎住了，说道：

“我知道我不能。不行，我认为我不能。不过我看您会喜欢这个房间的，这就是您的房间。”

克莱南对他这个前后矛盾的行为感到的惊诧，在他走了以后（他立刻便走了），便消失了，随之而来的是这个空房间在他受伤的心头唤起的情感，是这个房间引起的接二连三的联想，这些联想都与那一个使这个房间变得圣洁的善良、文雅的人有关。由于在他时运变幻的时候她不在面前，这个房间，而且是他呆在里面，便变得如此般萧索，如此般急需一张爱与忠诚的脸，他真的转过脸去朝着墙壁哭泣起来，待到他心中的痛苦倒出来的时候，他一边抽泣，一边说道：“哦我的小杜丽！”

第二十七章

马夏尔西狱之弟子

天气晴朗，炎热的中午的阳光烤晒着马夏尔西狱，狱中显得不寻常地寂静。一张孤零零的扶手椅，也像狱中任何一名面容憔悴的债务人一样，色彩已经褪尽，亚瑟·克莱南便坐在这把扶手椅上，陷入了沉思。

在经历了心中担忧的拘捕，并被送进了这里之后的不自然的平静中——这是监狱极常见地会引起的第一个感觉变化；这个危险的休息地，使那么多的人，以那么多的形式，滑到了堕落与耻辱的深渊——他能够想起他生活中的一些经历，他几乎好像脱离了那些经历，进入了另一种生活方式。考虑到他此时所处的地方，考虑到他自由地生活在这个地方之外的时候，将他第一次吸引到这里来的那种兴趣，考虑到与他周围的四壁和铁窗，与他后来四壁和铁窗囚禁不住的、难以捉摸的记忆，都无法分割的风采文雅的人，所有这一切他记忆所及的事都使他又想起了小杜丽，这是一点也不让人觉得意外的。然而事情又使他感到意外，倒并非是因为这件事本身有什么令人感到意外的地方；而是因为一起浮现的让人回忆的事物使他感到意外，那就是，这个亲爱的小丫头对他大半的决定要做的事，产生过多么大的影响。

我们中无论谁都无法清楚地知道我们在这种事情上应该感激谁，应该感激什么，直至转动的生活之车轮戛然而止，带来了理解此事的正确的感性认识，才使我们恍然大悟。这认识伴随着不适，伴随着悲伤，伴随着亲爱者的丧失，这也是逆境的最常见的一个惯例。身处逆境的克莱南强烈地、亲切地领悟到了这一认识。“当我第一次振作了精神，”他心里想，“两只倦怠的眼睛看到了我面前像意志这样的东西的时候，我在眼前看到的是谁，能为了一个善良的目的，也没有因为有人在鼓励，预先也没有得到告知，艰辛地与能叫一支由公认的男女英雄组成的队伍全军覆灭的不体面障碍物奋斗？是一个孱弱的姑娘！在我试图抑制我错置的爱情，以大方的态度对待那个比我幸运的人，尽管他永远不会知道，永远不会说一句通情达理的话报答我的时候，我在谁的身上观察到了忍耐、自我克制、自我抑制、宽厚的解释、感情中最高尚的慷慨？是这同一个纯洁的姑娘！倘若我，一个男人，又有一个男人的优势、男人的财产、男人的精力，忽视了藏在心底的话，即倘若我父亲犯了过错，我的首要责任便是将他的过错隐瞒起来，悄悄地纠正，又是什么样的年轻身影——几乎是光着娇嫩的双脚在潮湿的地面上行走，瘦细的双手不停地干活，单薄的身体只穿了单薄的衣衫去抵御那恶劣的天气——出现在我的眼前，使我自惭形秽？是小杜丽。”他坐在那张褪了色的扶手椅上，就这样始终在思索。始终还是想着小杜丽。直至他似乎觉得仿佛他因为不再想她反而舒服了一些，听凭一切都在他自己和对她的优点的回忆之间消逝。

他房间的门开了，老奇弗利的脑袋探进了一点儿，却并没朝克莱南转过脸去。

“我下班了，克莱南先生，就要走了。能帮您什么忙吗？”

“多谢了。不要帮什么忙。”

“请您原谅我把门推开了，”奇弗利先生说道；“可我叫不应您。”

“你敲门了？”

“敲了六七下了。”

克莱南打起了精神，只见监狱已经从中午的昏昏欲睡中醒来，监狱里的人在阴凉的院子里游荡，已经将近傍晚的时候了。他闭门沉思已经有好几个钟头了。

“您的东西都到了，”奇弗利先生说道，“我儿子会送上来的。本来我送上来的，可我儿子他要自己送。说真的他要自己提着，所以我也没法送上来了。克莱南先生，我能不能跟您说句话？”

“请进来吧，”亚瑟说道；因为奇弗利先生的脑袋仍旧在门口探进一点儿，而且只是侧过一个耳朵朝着他，两个眼睛并没有朝他看。这是奇弗利先生毫不做作的体贴表现——真诚的礼貌；尽管他的外表纯然是个看守模样，一点儿也没有绅士派头。

“谢谢，先生，”奇弗利说道，脚却没有动；“我在门口说话也一样。克莱南先生，请您别把我那小子放心上(请您千万别)，免得您见他那副垂头丧气的别扭样子。我那小子有心哪，我那小子心是正的。他心长在哪儿，我跟他妈心里有数，我们知道他心长的地方对头哩。”

奇弗利先生说完这几句神秘的话，便撤回了他那个耳朵，关上了门。他可能走了十分钟以后，他的儿子接着来了。

“这是您的皮箱，”他对亚瑟说道，一面把皮箱小心翼翼地放下来。

“你真好。真难为情要你麻烦了。”

克莱南的话还未说完，小奇弗利先生便走了；但是他立即又回来，完全与先前一样地说：“这是您的黑箱子。”他把黑箱子也小心翼翼地放下来。

“你的好意我都心领了。我希望我们现在可以握握手了，约翰先生。”

然而小约翰往后退缩了，将右手手腕伸进了他左手大拇指和中指握成的套子里，就像他开头那样说道：“我知道我不能。不行；我认为我不能！”说完他便站在那里严厉地注视着囚徒，但是此刻他眼睛里却是一种激动的情绪[1]，那仿佛是怜悯。

“你为什么既生我的气，”克莱南说道，“可是又这样乐意为我做这些好事呢？我们之间一定有什么误会。假如这种误会是我引起的，我很抱歉。”

“没有误会，先生，”约翰说道，一面将手腕在那套子里前后转动，是很紧的手腕套。“没有误会，先生，我现在这一刻眼睛注视您的时候，情绪上没有误会！假如我的体重跟您相当均等的话，克莱南先生——实际上我的体重比不上；假如您没有落难——实际上您是落难了；假如并不违反马夏尔西狱的所有规定——实际上是违反规定的；我现在的情绪激动极了，真会激发我宁可就在这个地方跟你拼上一个回合，也不愿去干我说得出来的任何别的事。”

亚瑟一时间朝他睁着两眼，带着几分惊讶，带着几分稍纵即逝的怒气，“唉，唉！”他说道。“误会，误会！”他转过身去，深深地叹了一口气，又在那张褪色的扶手椅上坐下来。

小约翰的目光跟着他，在短时间的无声之后，他大声嚷道：“请您原谅！”

“我心领了，”克莱南说，一面挥一挥手，耷拉的脑袋并没有抬起来。“不要再说了。我不配。”

“这件家具，先生，”小约翰轻声轻气地解释道，“是我的。进这个房间，又没有家具的人，我常常把这把椅子租给他们。这把椅子算不了什么，不过您就用吧。我是说，不要钱。我不会提出别的什么条件让您用这把椅子的。您可以免费用这把椅子。”

亚瑟又抬起头来，向他道了谢，并且说他不能接受这种优待。约

---

① 眼里有泪花。

翰依旧转动手腕，依旧是先前犹豫不定的神情，在思想斗争。

“我们之间是怎么回事？”亚瑟说道。

“我不能说出来，先生，”小约翰接话道，声音突然变得响亮、变得严厉。“什么事也没有。”

亚瑟又朝他睁着双眼，希望小约翰对他自己的举动作个说明，然而没有。过了一会儿，亚瑟又转过脸去。小约翰此后立即极其和气地说道：

“那张小圆桌，先生，就在您身边的那张，是——您知道是谁的——我用不着说他了——他去世了，一个真正的绅士。他把这张桌子送人了，他走了以后那人住在这里，我是从那个人那里买下来的。不过那个人跟他是怎么也没法比的。大多数人很难够得上他那个水平。”

亚瑟拉过那张小桌子，胳膊在上面一放，就这么搁在上面不动了。

“也许您不知道，先生，”小约翰说道，“他回到伦敦的时候我冒冒失失地去找过他。总的来说他认为我去找他是冒失了，尽管他很客气叫我坐下来，还问起我爸爸，问起所有别的老朋友。至少那些最卑贱的熟人都问起了。照我看来，他变了好多，我从他那里回来我也是这么说的。我问他艾米小姐可好——”

“她好吗？”亚瑟说道。

“我原来以为您该知道她的情况的，用不着向我这么一个人问这个问题，”小约翰仿佛吞了一颗无形的大药丸之后接过话来说道。“既然您也提出这个问题来，很抱歉，我回答不了。不过，事实却是，他把我的打听情况看作是冒昧无礼的举动了，说，那跟我有什么关系？到了那个时候我才明白我是冒失无礼闯上门去了：起先我怕的就是这个。不过，他后来话说得很大方；非常大方。”

他们两人都沉默了几分钟：不过，他们沉默到了大约一半时间的时候，小约翰说了一句：“他说话和行动都很大方。”

又是小约翰打破了沉默，他问道：

“要是不算冒昧的话，请问您想过多久，先生，再吃点什么、喝点什么呢？”

“我现在还不觉得要什么，”克莱南接话道。“我现在什么胃口也没有。”

“那您就更应该吃点什么了，先生，”小约翰催促道。“要是您发觉自己因为没有胃口就什么也不吃，老是在这里一个钟头一个钟头坐下去，唉，那您应当、必须没胃口也要吃点东西。我要到自己房间里去吃茶点了。要是说出来不算冒昧的话，请一起来喝一杯吧。要不然我可以端个盘子过来，两分钟就行。”

亚瑟觉得，倘若他拒绝了，小约翰真会自己动手端盘子过来的，而且他也觉得很想表明一下他心里记着老奇弗利先生提出的恳切请求，也记得小奇弗利先生表示的歉意，于是他站起身来，说愿意到约翰先生住处去喝一杯茶。他们出来的时候小约翰替他锁了门，非常熟练地将钥匙塞进了衣袋，在前面领路，到他住处去。

他的住处在最靠近大门口的那座房子的楼顶。这个房间便是那个富裕起来的人家永远离开监狱的那一天，克莱南急急匆匆跑进来的那个房间，便是他将她失去了知觉的身体从地板上抱起来的那个房间。他们两人脚一踏上楼梯，他便知道他们要到哪个地方去了。这个房间变化如此之大，现在已经糊了纸，重新油漆过了，房间里的布置也舒适得多了；然而，当时他将她从地板上抱起来，抱到楼下马车里去的时候，曾朝这个房间瞥了一眼，所见的情景，此刻依旧能清清楚楚地回想起来。

小约翰两眼紧紧盯着克莱南，一面咬着指头。

“我看您记得起这个房间，克莱南先生，是吗？”

“记得清清楚楚，上帝保佑她！”

小约翰的来客依旧打量着这个房间，小约翰也依旧咬着指头，依旧望着他的来客，全然忘了沏茶。终于，他眼睛看见了那个茶壶，吃了一惊，一阵风似的拿过一个茶叶罐，往茶壶里倒了许多茶叶，立即提着到公用厨房去冲热开水。

现在，克莱南又回到悲惨的马夏尔西狱，在这发生了变化的情况下，这个房间对他来说是如此般意味深长；这个房间如此般悲伤地使他想起她来，使他明白自己已经失去了她；走进这个房间要想依然无动于衷，于他真是件痛苦的事，即便他并非独自一个人呆在这里。独自一人，他不能无动于衷。他的手扶着毫无感觉的墙壁，感觉是那样亲切，仿佛他手所触及的便是她本人，并低声地叫唤她的名字。他走到窗口，望着边沿插满了冷酷无情的尖铁的监狱的女儿墙，透过夏日的烟雾，向她在那里过着富裕幸运日子的远方国度低声祝福。

小约翰已经去了好些时候了，待到他回到楼上，他拿出了带回来的包在卷心菜叶上的新鲜奶油，另一瓣卷心菜叶上是几片薄薄的煮熟的火腿，还有一只小篮子，里面装了水田芹和色拉生菜，这说明他到外面去过了。他把这些东西都摆上桌子，自己也觉得满意之后，他们便坐下来吃茶点了。

克莱南虽则想吃上几口，然而他吃不下去。火腿叫他作呕，面包到了嘴里似乎跟沙子无异。除了一杯茶，他什么也咽不下喉咙。

“吃一点菜什么的，”小约翰说道，一面递过那个篮子。

他折下一二根水田芹梗，又试着吃上几口；然而，面包变成了比先前更加粗大的沙子，至于那火腿（尽管就火腿而论真是够有味的了），似乎在整个马夏尔西狱中吹起了一丝干燥的火腿热风[①]，叫人难

① “热风”原文为 simoom，即阿拉伯、非洲等地携带黄沙的干燥热风。

在约翰·奇弗利先生的茶桌上

以下咽。

“再吃一点生菜什么的，先生，”小约翰说道，又把篮子递过去。

这情形与朝关着一只没有生气的鸟的笼子里塞青菜如此相仿，显而易见，约翰买来这只小篮子，是要带来一丝凉爽的宽慰，借以逃避监狱死气沉沉和火烫的铺路石与砖墙，因此，克莱南露出微笑说道：“非常感谢你想着把这个塞到这笼子里来；可是我今天连这个也吃不下去。”

仿佛难以下咽是会传染的，小约翰也立即把他的菜盆子推开了，并动手将包火腿的卷心菜叶子折起来。当他一层一层将这瓣包着火腿的卷心菜叶子折起来，折成放在手心里的一个小包之后，他便开始用两个手掌将这个小包压扁，并全神贯注地打量着克莱南。

“我真不明白，”他终于说道，同时将他手中的绿包包用力一压，“就算您觉得为了自己去保重您的身体是不值得的，可为别的某个人去保重身体您也觉得不值得。”

“真的，”亚瑟接话道，一面叹息，一面又笑了笑，“我不知道为谁。”

“克莱南先生，”约翰说道，语气激动，“我真没有想到，能做到像您这样正直的一位绅士，倒会做出给我这么一个回答的小气行动来。克莱南先生，我真没有想到，能做到有自己的良心的一位绅士，倒会做出这样对我没良心的事来。我听了觉得意外，先生。我真的，的确觉得吃惊！”

小约翰站起来，以此来加重最后一句话的分量，然后他重又坐下来，开始把那绿包包放在他右腿上不停地搓；两只眼睛一刻也没有离开过克莱南，而是目不转睛地打量着他，眼光中充满了愤怒的谴责神情。

“我已经顶住了，先生，”约翰说道。“我知道*必须*克服，所以我就克服了，我还下了决心，从今往后再也不去想了。我本来是不会再去想的，我希望，要是您没有被送进这个监狱，而且是在一个我非常倒霉的时刻，在今天！”（在这感情冲动的时候，小约翰说话时采用了他母亲有力的造句法。）“今天，先生，您在门房里，刚碰上我的时候，仿佛这里抓到的不是某一个被告，倒很像是一棵见血封喉树[①]，我当时心里那么多辛酸苦辣的滋味又一齐儿涌上来，开头那几分钟里真的把什么东西都一扫而光了，只剩下这种种滋味，我就像掉进了旋涡里，不停地打转。我逃出旋涡。我挣扎，我逃出来了。要是这是我非说不可的最后一句话，那么我是竭尽全力跟旋涡拼，我真的逃出来了。我心里翻来覆去想，要是我真的粗暴无礼，就应该道歉，这种一点也不低三下四的道歉，我真的表示过了。现在，就在我满心想着要说明，有一个念头对我说来差不多就等于是神圣的念头，比所有别的念头都要紧的时候——哦，毕竟，就在我这么有礼貌地暗示有这个意思的时候，您回避了我，逼得我自己一个人去苦恼。因为，您不要，先生，”小约翰说道，“您不要这么卑鄙，再来否认您真没有回避我，真没有逼得我自己一个人去苦恼！”

亚瑟觉得无比惊讶，睁着两眼看着他，像一个失魂落魄的人，嘴里只是说：“怎么回事？你这是在说些什么呀，约翰？”然而，由于约翰此刻的心境，似乎就跟某一类人一样，对他们来说，最不可能的事就是还要答话，所以他仍旧不顾一切地往下说着。

“我并没有，”约翰表示，“没有，我并没有，也从来没有，那样厚着脸皮地自以为，这是肯定的，自以为事情并没有都完蛋了。我没有这么想，没有，假如我真有这个想法，我干什么要说没有，没有抱什么希望，以为还可能有这个福气，说了那些话之后我就没有抱什么希望，即使无法跨越的障碍没有垒起来我也没抱什么希望！可是，这样就有理由说我就不可以有记忆了，我就不可以有思想了，我就不可

① 爪哇一种巨树，此树极毒，树四周方圆几英里可无生命。

以有神圣的地方了，什么也不可以有了吗？”

“你到底是在说什么呀？”亚瑟激动地说道。

“采取蔑视态度很好啊，先生，”约翰还是不停地说着，在一片名符其实的激烈言词的草原上出没，“假如一个人会决意去干那种事。采取蔑视态度很好啊，可是自己干的事是抹不掉的。要是干的事情抹掉了，就没有什么好蔑视的了，那也可能。可是，这么一来就没有绅士派头了，这么一来就不光彩了，这么一来就没有道理了，人家像只蝴蝶一样拼命挣扎，摆脱自己的苦恼，你反而又逼得他自己一个人去自暴自弃。天下的人是会嗤笑一个当监狱看守的人的，可是他这个当看守的也是一个男人——他并不是一个女人，要是个女人，他就该到女犯人那里去呢。”

尽管他说的话前言不搭后语，显得那样可笑，然而小约翰朴实、感伤的性格里仍有诚实的一面，他那火辣辣的脸上、激动的声调和举动仍表现出在某一件很敏感的事情上受到挫伤的感觉，倘若亚瑟没有注意到这些表现，他必定是冷酷的人了。他的思绪又回到了这莫名的伤害的起点；在此同时，小约翰手中那个绿包包已经搓得相当圆了，他又仔仔细细地将它切成三截，并在一个盆子里放好，仿佛这是一盆别样的美味。

“我似乎觉得很可能，”亚瑟说道，他把刚才的谈话又回忆了一遍，想到水田芹，又从水田芹想到此刻说的话，“你隐约提到了小杜丽，对吗？”

“很可能，先生，”约翰·奇弗利回答道。

“我弄不明白。我希望我总不会那么倒霉，让你觉得我又想有意伤你感情，因为我说我弄不明白这句话的时候，绝没有想伤你感情的意思。”

“先生，”小约翰说道，“您知道，而且您早就知道了，我对杜丽小姐有好感，别把我这话看作是我对她怀有爱慕之心，不是爱情，而是崇拜，是牺牲，您肯背信弃义说不知道吗？”

“真的，约翰，我要是知道了，是不愿意说我不知道的；你为什么要怀疑我会有这个想法，真叫我心里糊涂了。你有没有听奇弗利太太你的妈妈说起过，我曾经去看过她？”

“没有，先生，”小约翰干脆地回答道，“从来没听说过这样的事。”

“可是我去过。你能想象是什么缘故？”

“不能，先生，”小约翰干脆地说道。“我不能想象为什么您要去看她。”

“我来告诉你为什么。那时候我很想让杜丽小姐能得到幸福；我要是能料想到杜丽小姐回报了你的爱慕之心——”

可怜的约翰·奇弗利满脸绯红，一直红到了耳根。“杜丽小姐从来没有表示，先生。我很想做到正直、忠诚，我虽然地位低下，也要尽我所能，我是一刻也不屑假装，以为她有过这样的表示的，或者自以为她曾经有意要我相信她有这个意思的；没有说过，她也不会说这样的话，也不能说这样的话，冷静地想一想也别指望会有这样的事。哪个时候，哪个方面，她都比我强得多。而且，”约翰补充说道，“她那个有教——养的家庭也是这样。”

对于凡是与她有关的事，他都表现出豪侠的态度，因此，尽管他个子矮小，两条腿相当瘦细，头发又很软绵绵的，性格又富有想象，但是他的这种豪侠态度却使他如此般令人肃然起敬，倘若是歌利亚[1]坐在他的位子上，亚瑟倒真的不会有如此大的敬意了。

“你说起话来，约翰，”他怀着友好的敬意说道，“像一个男子汉大丈夫。”

---

① 《圣经》中为大卫所杀的腓力士勇士，转义为巨人。见《圣经·撒母耳记(上卷》第十七章第四十九至第五十一节。

“好啊，先生，”约翰说道，一面拿手去抹了一下眼睛，“那么我愿您也做个男子汉大丈夫。”

他反应敏捷地作出了这个叫人意料不到的回答，听了这句话，亚瑟又露出惊讶的表情，睁大眼睛望着他。

“无论怎么说，”约翰说道，一面将手伸过茶盘，“要是言重了，收回来！可是，为什么不行，为什么不行呢？我对您说，克莱南先生，为了某一个人保重保重您自己吧，我虽然只是个看守，可为什么不明说呢？我为什么要把我知道是您最喜欢的房间给您呢？为什么我要把您的东西搬上来呢？并不是因为东西重；我说的不是那个意思；一点也不是。为什么从早晨到现在，我要这样地细心照料您呢？是因为您自己品德高尚吗？不是这个缘故。您的品德是非常高尚，这一点我没有丝毫疑问；但是我细心照料您不是因为这个缘故。另一个人的高尚品德才有分量，在我心里的影响才大得多呢。那么为什么还不有话直说呢！”

“说句心里话，约翰，”克莱南说道，“你是一个这么好的人，我又是这么真心佩服你的骨气，因此，假如我看起来不如实际上那样明白，你今天对我的好意关心就因为杜丽小姐相信我，把我当作她的朋友，——假如是这么一回事的话，那真是一个过失，我承认，我要请你原谅。”

“哦！为什么不行，”约翰说道，以讥讽回报，“为什么有话不直说呢！”

“我要对你说明，”亚瑟接着说道，“我不明白你的话。你听我说。你就想一想我遭的难。我已经因别的事而在责怪自己了，现在再做出对你忘恩负义、背信弃义的事，有意增加我的自责，你想想这可能吗？我真不明白你的意思。”

约翰脸上的怀疑表情慢慢地变成了一脸的将信将疑。他站起来，往后退了几步，走到这间阁楼的窗前，并示意亚瑟到窗前去，一面站在那里若有所思地望着他。

“克莱南先生，您的意思是说您真的不明白？”

“什么，约翰？”

“上帝呀，”小约翰说道，他带着一声喘息对着墙上插的尖铁说起话来。“他说：‘什么！’”

克莱南望望尖铁，望望约翰；又望望尖铁，又望望约翰。

“他说‘什么！’这还不算，”小约翰大声嚷道，心情悲哀，迷惑不解地打量着他，“他好像还说得挺认真的呢！您看见这扇窗了，先生？”

“那还用说，我看见了。”

“看见这个房间了？”

“是啊，那还用说，我看见了。”

“对面那堵墙，底下那个院子呢？一天又一天，一夜又一夜，一周又一周，一月又一月，它们都是见证。因为，在杜丽小姐没有看见我的时候，我有多多少少回看见她站在这里！”

“什么见证？”克莱南问道。

“杜丽小姐爱情的见证。”

“爱谁？”

“您！”约翰说道。他拿手背在亚瑟的胸口碰了碰，又回到了椅子前，坐下来，脸色苍白，抱着双臂，朝他摇着头。

倘若他给了克莱南狠狠的一拳，而不是在他胸口这样轻轻的一碰，这一拳产生的效果也不会比现在这轻轻一碰更使他震动。他站在那里惊诧了；他的眼睛看着约翰；他嘴唇张着，似乎不时地在说“我！”这个词，然而又没有说出声来；他的两只手垂放在两侧：他的整个外貌宛如一个从睡梦中惊醒，听了他不能完全理解的消息而呆若木鸡的人。

“我！”他终于说出声来。

“啊！”小约翰呻吟了一声。“您！”

他尽力装出一个微笑，回了一句：“是你的想象。你完全想错了。”

“我错了，先生！”小约翰说道。“我在这件事情上完全想错了！不对，克莱南先生，别来跟我说这种话。在别的什么事情上，要是您要这么说的话，我是想错了，因为我没有自称是个事事精明的人，我自己的不足我自己是知道得很清楚的。可是，在比让土人齐发的箭刺进胸膛还要叫我钻心地疼痛的事情上我错了！在差一点送我进了坟墓的事情上我错了！我是说差一点送我进了坟墓，因为我有时候真想进坟墓，只要坟墓跟这家烟店，跟我爸爸、妈妈的情绪没有什么抵触的话！即使是现在这个时刻，会叫我像大姑娘那样掏出手帕来的事情上我错了！像大姑娘那样掏出手帕来，那是人家这么说：不过我真的不明白为什么说像大姑娘就是一句责怪人的话，因为不管是大姑娘还是小姑娘，凡是脑子正常的男人都是喜欢姑娘的！别来跟我说这种话，别来跟我说这种话！”

此时的小约翰尽管表面上是够愚蠢可笑的，然而他心灵深处却依旧是令人肃然起敬的，只见他掏出手帕，真正地既没有装模作样，也没有一点遮掩，这样的表现只有在一个无比善良的人掏出手帕来擦眼泪的时候才能看到。他擦干了眼泪，只管自己天真地欷歔啜泣之后，重又放好了手帕。

这手的一触在其影响上依旧如此般像一次沉重的打击，因此亚瑟真还无法找到许多话来结束这一议题的讨论。等约翰·奇弗利把手帕放回衣袋之后，亚瑟要约翰放心，他非常佩服约翰说起杜丽小姐时所表现出的无私与真诚。至于他本人脑子里所得到的印象嘛，虽然他刚排除了这个印象——听到这里约翰打断了他的话，说道：“不是印象！而是确实的事！”——至于这个，他们也许可以另外找时间再谈谈，现在就不要再多说了。此刻他情绪既不好，身体又感到疲乏，他很想回到自己的屋子里去，倘若约翰应允的话，今晚也便不想再出门了。约翰应允了，于是他在大墙的阴影里，拖着疲惫的脚步，回到了自己的住处。

他此时依旧如此强烈地感觉到这一下沉重的打击，以致那个邋遢的老妇人(他回来时见她在门外楼梯上坐着，等着替他铺床，她一面铺床一面还告诉他说，她是奇弗利先生吩咐过的，“不是那个老的是那个小的。”)走了以后，他在那把褪了色的扶手椅上坐下来，两只手捧着自己的脑袋，仿佛他的脑袋被打晕了。小杜丽爱他！这比他遭的难更叫他困惑，困惑得多了。

想一想，这种事是绝不可能的。他过去已经习惯了，常称她是他的孩子，称她是他的亲爱的孩子，常提到他们各自年龄之间的差别，以此来寻求她的信任，还常说自己是个上年纪的人了。然而她可能不认为他年纪大。有件事提醒了他，他曾经也觉得自己年纪还不大，直至玫瑰花从河面上漂走的时候他才觉得自己老了。

他还保存着她写来的两封信，信就与别的书信文件一起放在箱子里，他取出这两封信，又看起来。她两封信的字里行间似乎可以听出一个声音，宛如她那可爱的嗓音。在他的耳朵听起来，那是充满亲切感的许多音调，并非不可有新的含义的许多音调。然而，那天晚上就在那个房间里她给他的那个回答流露的凄凉，“不，不，不”，——就在那个晚上，当时他已经看到了她时来运转的端倪，他们之间还说了一些别的他如今落魄做了囚徒必定会记起来的话——闯入了他的脑海。

想一想，这种事是绝不可能的。

然而，真加以思考的时候，这种事的不可能终于还是渐渐变得淡薄无力了。在他作这样的思考的同时，还有另外一个，而且是奇怪的扪心自问的声音，渐渐占了上风。这个声音问道，在他感受到的不相信她爱着哪一个人的勉强情绪里；在他想把这个问题搁置起来的愿望里；在他的认为他帮助她去爱一个人的举动中包含了几分高尚这一个尚未完全形成的意识里；在他这一方面就没有藏着刚一露头他就克制住的东西吗？他不可以去想她爱他这种事情，他不可以有私心杂念去利用她对他的感激之情，他必须牢牢记着他自己的经验，作为对自己的警告与责备；他必须把这种初萌的希望看作是已经消逝了，如同他朋友夭折的孩子已经不复存在一样；他必须坚定不移地告诉自己，他的时机已经流逝了，他自己已经太伤心，太老了；所有这一些他可曾暗地里思忖过吗？

在她被人如此一贯地，如此意味深长地遗忘的那一天，他把她从地板上抱起来的时候，他吻过她。这一吻，与倘若她没有昏厥在地板上他也可能吻她，纯然是一样的吗？没有什么区别吗？

黑暗笼罩的时候他脑子里还装满了这些思绪。黑暗笼罩的时候还见普罗尼希夫妻俩敲上了他的门。他们带来了一个篮子，篮子里装满了许多精心挑选的好东西，那都是他们店铺里赊得那么快、钱收回那么慢的货品。普罗尼希太太的心触动了，她落下了眼泪。普罗尼希先生说话态度和蔼、粗声大气，话说得贤明，然而并不简洁，他说，您瞧，人有兴旺的时候，人也有落难的时候。要问为什么会有兴旺的时候，为什么会有落难的时候，这是白费力气的事；就这么一回事嘛，您知道。他听人家说得千真万确的，照天地是在不停地转动的说法，用不着怀疑这个天地是在那里转的，照这个说法就连最最高等的绅士也得挨到一回，脑袋倒过来站着，一根根头发都朝反方向飘起来，飘到您就叫它太空的地方去了。那很好啊。普罗尼希先生说的话是，那很好啊。下一回挨到这位绅士的时候，他的脑袋就会换个地方到了上面，这位绅士的头发看上去就很舒服了，因为一根根又都服服帖帖的，那很好啊！

刚才已经说过，普罗尼希太太因为并不贤明，所以哭了。还出现了这样的情形，普罗尼希太太因为并不贤明，所以她说的话让人易懂。这也许是她情绪放松所引起的，是她那女性的智慧所引起的，是一个女人的敏捷联想所引起的，或者是一个女人的毫无联想所引起的，但是不管怎么说，总之是出现了这样的情形，普罗尼希太太的叫人一听便懂恰好便表现在亚瑟此刻所沉思的问题上。

“爸爸说起您来的时候那个样子，克莱南先生，”普罗尼希太太说道，“您简直没法子相信。这事可叫他难受了。他那个嗓子呀，也叫这件不幸的事给搅了。您是知道的，爸爸是个歌唱得多么好听的人；要是我说的您相信的话，吃茶点的那阵子他可真是一个调调儿都没心思给孩子们唱呢。”

普罗尼希太太一面说话一面摇着头，擦着眼泪，还用回顾往事的目光四处观察这个房间。

“那个施洗先生哪，”普罗尼希太太继续说道，“他知道了消息之后要办那些事情，我横想竖想总捉摸不透。我跟你说呀，要是他没有走，没去办你的秘密事情，他这个时候早到这里来了。他为了你那件秘密事情可忙乎了，一刻也没有闲过——真把他忙的，”普罗尼希太太说道，末了还用了一句意大利语的说法，“像我跟他说的那样，忙煞忒了你呀帕得罗纳。”

普罗尼希太太虽则并不自以为很了不起的，然而她还是觉得她这一句纯正的意大利语说得特别的优美。普罗尼希先生对于她的这种天赋的语言学家的才能，真难以掩盖自己内心的无比喜悦。

“我要说的意思是，克莱南先生，”这个好心肠的女人接着说道，“事情往往总有叫人感到高兴的地方，我准保你自己也会承认的。我们在这间屋子里说话，一猜就猜到现在说的这件事是什么了。杜丽小姐人不在这里，不知道这件事，这点可真是叫人心里高兴。”

亚瑟觉得她是用特别的表情看着他。

“杜丽小姐在老远的地方，”普罗尼希太太重复说道，“这真是一件叫人心里高兴的事。但愿她不会知道这件事情。要是她人在这里，看到这个样子，先生，那就没什么好怀疑的了，一见到你，”普罗尼希太太把这句话又说了一遍——“没什么好怀疑的了，一见到你——倒了运、遭了难，她那颗多情的心是怎么也受不了的。我怎么也想不起来还有什么别的事，会跟这件事情一样叫杜丽小姐那么伤心的。”

显然，普罗尼希太太此刻就在看着他，她那友好的感情中表现出一种一闪而过的蔑视。

“是嘛！”她说道。“瞧这事就知道，爸爸是多么留着神，尽管他年纪这么大了，他今天下午对我说的，快活村是知道的，这话我是一没有瞎编二没有什么添油加醋的，他说：‘玛丽，杜丽小姐不在这儿看不到这局面，太叫人高兴了。’这都是爸爸说的话。爸爸亲口说：‘太叫人高兴了，玛丽，杜丽小姐不在这儿，看不到这局面。’我就对爸爸说，我对他说：‘爸爸，您说得对！’这就是，”普罗尼希太太最后带着说话非常准确的诉讼证人的神态，“我跟爸爸两个人说的话。我现在跟你说的也就是我跟爸爸两个人说的话。”

普罗尼希先生是个干脆的人，因此他抓住这一机会插了嘴，要她此刻不要再打扰克莱南先生了。“因为，你知道，”普罗尼希先生说道，态度严肃，“我明白是怎么回事，老太婆。”他把这句宝贵的话重复了几遍，仿佛话中对他来说包含了一大道德秘密。最后，这一对可敬的人手挽着手走了。

小杜丽，小杜丽。又是几个钟头。总是小杜丽!

庆幸的是，即便事情总是这样，那也已经过去了，过去了倒好。假定她爱过他，他心里也知道她爱他，并且允许自己去爱她，那么领她走上的是多么可怕的道路——是又会把她带回到这个悲惨的地方来的道路！他是应当感到非常欣慰的，因为他在想，她已经永远摆脱了这个地方；她已经，或者即将要，结婚（关于她父亲在这方面的打算，已经有含含糊糊的说法在伤心园里传开了，那是与她姐姐结婚的消息一起传开的)；马夏尔西狱的大门，已经将早已消逝的年代里可能发生的令人困惑的事，永远关在外面了。

亲爱的小杜丽!

在回顾他自己的不幸经历的时候，她便是那个没影点。他的不幸经历的图画上的一切都集中到了她那天真的身影上。他朝着这个身影跋涉了几千英里的征途；在这个身影面前，先前不安的希冀与疑虑全都烟消云散了；这个身影是他人生利益的中心；这个身影是他人生中的所有美好、愉快事物的终点；除了这个身影之外，便只有荒凉的地、阴沉沉的天。

他觉得，这一夜与他在这阴郁的高墙内躺下来睡觉的第一个晚上一样，很不舒服，他辗转反侧，整夜就想着这些事情。与此同时，那个小约翰，在枕头上拟就了下面这篇碑铭以后，则裹着毯子平平静静地熟睡了。

陌生人!
请你尊重
小**约翰·奇弗利**之墓，
翁因年迈与世长辞
何年何月则不必细说。
正值情敌遭难他与之相遇，
真想要
与他拼上一阵；
然而，为了那个亲爱者之故，
克服这些痛苦的感情
终于是
宽宏大量。

第二十八章

在马夏尔西狱露了面

监狱铁门之外的社会舆论，随着时间的推移，给克莱南造成了巨大的压力，他在监狱铁门之内的债务人圈子里也没有交上朋友。他心情太抑郁，不想与聚集在院子里忘却心中烦恼的人群交往；他性格太孤独、心里太苦闷，也不想参加小旅店里可怜巴巴的社交活动；他躲在自己的屋子里，人们对他也不信任。有的说他傲慢；有的却反对，说他心里苦恼，不爱多说话；有的则看不起他，因为他是个负了债便抬不起头来的懦弱之辈。因了这几条罪状，整座监狱里的人都对他敬而远之，而特别是最后一条，里面包含了一种对家庭不忠的意思；他很快便变得如此习惯于一人独处，以致他出来走动走动的唯一时刻即是在夜总会里人们聚在一起唱歌、祝酒、发表高见的时候，是在院子里几乎只看见女人和孩子的时候。

监禁开始在他身上产生了影响。他知道他整日无所事事，闷闷不乐。因为，他对于监禁在他现在住的这同一个房间四堵窄小墙壁里所产生的影响，是早就有所了解的，所以他现在的这个意识使他对自己也感到担心。由于他躲避旁人的注意，躲避自己的注意，因此，他精神状态开始有了明显的变化。谁人都会发现，监狱高墙的阴影笼罩了他的身心。

有一天，他当时可能在狱中约摸呆了十至十二个星期了，他当时想定神读一点书，可甚至无法将书中虚构的人物从马夏尔西狱的影子里摆脱，这时，一阵脚步声在他房间面前停住了，一只手在门上敲了几下。他起身去开了门，一个悦耳的声音招呼了他，“你好吗，克莱南先生？我希望我登门看望你不会是不受欢迎的吧。”

来人是活活泼泼的小巴纳克尔，即费迪南德。他态度非常温厚、大方，虽然与这座悲惨的债务人监狱对照，显得太轻松愉快了。

“你见了我感到意外，克莱南先生，”他说道，一面在克莱南搬过来的椅子上坐下来。

“我得承认是非常意外。”

“我希望，不会是讨厌的意外吧？”

“决没有。”

“谢谢。坦白地说，”讨人喜欢的小巴纳克尔说道，“听说你需要暂时退居此地，我是深感难过的，我也希望（当然我指的是我们两个人之间说说），我们那边同这件事没有关系吧？”

“你们部？”

“我们拖拖拉拉部那边。”

“我倒的霉哪一点都不能指责那个卓越的机关的。”

“说真的，”活泼的小巴纳克尔说道，“听你这么说我真是由衷地感到高兴。听你这么一说，我相当放心了。假如我们那边真与你的苦恼有关系的话，我是会觉得非常非常遗憾的。”

克莱南又向他保证，这件事并非拖拖拉拉部的责任。

“对，对，”费迪南德说道。“我听了非常高兴。我心里曾经相当害怕，唯恐我们也插了一手弄得你尴尬，因为，毫无疑问，我们很不幸，间或也是会做出这种事情来的。我们是不想做出这种事来；可是真要难一难人的话，嘿——那我们也没法子了。”

“你说的我不能完全表示赞同，”亚瑟心情抑郁地说道，“不过，你对我的关心，我非常感激。”

“是啊，不过是真的！我们那边，”从容不迫的小巴纳克尔说道，“倒是个最最不冒犯人的机关。你或许会说我们是个骗人机关，我不会说我们不是；可是这一套把戏是要搞的，必定要搞的。你不明白吗？”

“不明白，”克莱南说道。

“你不是用正确的观点看这个问题的。根本的问题是观点。我们只是要求你不要理睬我们，假如用这个观点来对待我们，那么我们就是一个顶呱呱的部，和你在别的地方也能遇到的顶呱呱的部门一样。”

“你们那边设个部是要让人不来理睬的吗？”克莱南问道。

“你这话是说对了，”费迪南德回答道。“设这个部意图很明白，什么都不要理睬。它就是这个意思。它就是这个目的。毫无疑问，还有某种形式要装一装，就是它是为了别的某个目的，但是形式也不过是形式而已。嘿，我的上帝，我们除了形式还有什么！你想想你领教了我们多多少少的形式。你不是一点事情也没有办成过吗？”

“是啊！”克莱南说道。

“假如你从正确的观点来看待这个部，那你就了解我们了——官气十足，十分有效。这就跟一场有限制的板球赛一样。不可能取胜的非投球手一方，老是开局朝公益服务投球，我们把球封住了。”

克莱南问投球的人后来怎么样了？那快快活活的小巴纳克尔回答说，他们累了，垮了，腿瘸了，背折了，一个个完蛋了，死心了，去参加别的比赛去了。

“这使得我自己又庆幸了一阵，”他接着说道，“因为我们那边与你的暂时退居毫不相干。我们那边是很有可能会插上一手的；因为无可否认，对那些不肯采取不理睬态度的人施加影响方面，我们有时候的确是一个很倒霉的机关。克莱南先生，我对你是毫不保留的。在我们两个人之间，我知道我是会知无不言的。就拿我第一次看到你犯了不肯对我们采取不理睬态度的错误来说，当时我对你就是知无不言的；因为我见你没有这方面的经验，态度乐观，而且——我希望要是我说出来你是不会有什么异议的——有点天真，这你不会反对吧？”

“一点不会。”

“有点天真。因此我感到多么可惜啊，我就破例地给你一个暗示（这真的不是什么摆官架子，不过只要我办得到，我决不摆官架子），那意思大致就是说，要是我换成你，我才不自找麻烦呢。可是，你真找自己麻烦了，还一直不断地自找麻烦。唉，别再这样了。”

“要找麻烦我也不可能有机会了，”克莱南说道。

“哦有的，你会有机会。你要离开这里的。哪个人进来都要离开这里。离开这里的办法多得很。可是，别再来找我们。这个请求就是我来看你的第二个目的。请你千万别再来找我们。真的，”费迪南德态度非常友好、非常信任地说道，“要是你不从过去的事引出借鉴，从此跟我们断绝往来，我心里会很难过的。”

“那发明怎么办？”克莱南说道。

“我的好朋友，”费迪南德回答道，“假如你肯原谅我这样称呼你，没有一个人想了解了解这个发明，没有一个人对这发明有一点儿关心。”

“那是说部里没有一个人关心？”

“部外也没有。人人一听说发明就讨厌，就嗤笑。你不知道多少人都不想有人来找麻烦。你不懂这个国家的风尚（不要在乎这个说法的议会味儿，听了也不要感到厌烦）是如何助长不闻不问态度的。相信我，克莱南先生，”那活活泼泼的小巴纳克尔以他的最讨人喜欢的态度说道，“我们那边并不是一个让人猛攻的邪恶的巨人；只不过是一架风车[①]，一架一面碾着大量的谷壳，一面告诉你这个国家吹什么

---

① 西班牙作家塞万提斯（1547—1616）《堂吉诃德》中，骑士把风车当作巨人，与之战斗。（第一卷，第八章）

风的风车。”

“假如我会相信这一点，”克莱南说道，“那我们大家都是前景凄凉了。”

“哦！别这么说！”费迪南德接话道。“是这样。我们少不了欺骗，我们大家都喜欢欺骗，没有欺骗我们就过不了日子。来一点欺骗，加一点老一套的规矩，一切都顺顺当当了，要是你不闻不问、不去理睬它的话。”

这是费迪南德作为也是女人所生①的巴纳克尔家族年轻一代人之首，对他的信仰所作的充满希望的表白，他们遵循这个信仰用了各种各样的口号，然而对这众多的口号，他们全然加以拒绝，完全不相信。他一面这样表白他的信仰，一面站起来。再也没有什么比他那坦率而有礼貌的举止更讨人喜欢的了，也再也没有什么能以更有绅士派头的本能来适应他这一回拜访的情况了。

“我想问一问，不知是否礼貌，”他问道，这时克莱南怀着对他的坦诚相见与温厚脾性的真正感激之情正伸过手去，“你这一时的不便是不是真的是我们那位已故的莫多尔造成的？”

“我是他所毁灭的许多人中的一个。是他。”

“他一定是个极精明的人，”费迪南德·巴纳克尔说道。

亚瑟由于无心去吹捧已经死了的人，因此没有作声。

“当然他是个大恶棍，”费迪南德说道，“但他极精明！叫人不能不佩服。一定是个玩弄欺骗手段的行家。把人们的心摸透了——叫他们一个个都钻了圈套——弄得他们佩服得五体投地！”

他态度从容，真感动得真心佩服了。

“我希望，”亚瑟说道，“他以及受他蒙骗的人能够成为人们的前

① 《圣经·约伯记》第十四章第一节：“人为女人所生，日子短少，多患难。”

车之鉴，提醒他们别再佩服得五体投地了。”

“我亲爱的克莱南先生，”费迪南德哈哈大笑地接话说道，“你真有这么一个幼稚的希望？再来一个有同样大的欺骗本领，有同样真正的欺骗爱好的人，也同样会得逞。请你原谅，我觉得你确实不懂得人类这一群蜜蜂，一听见敲起马口铁破茶壶来，都会成群成群飞出蜂巢的；这一个事实体现了驭人之法的全部奥秘。假如能叫他们相信这个茶壶是用贵重的金属做的，那么这一个事实就体现了像死者莫多尔那样的人的全部本领。诚然，到处都可以找到，”费迪南德有礼貌地说道，“例外的情形，人们由于听了他们觉得是更加充足的理由而大上其当；要找这么一个例子也不必花多大力气；可是，这样的事例并不能说明不存在这样的普遍规律。再见！我希望下一回能有幸来拜访你的时候，这暂时的阴云将会被灿烂的阳光所代替。请你留步。外边的路我熟得很。再见！”

巴纳克尔家族这个最诚实、最有生气的人，说完这番话便下了楼，他哼着曲子出了门房，在前院上了马，骑走了，到他的高贵亲戚那里赴约：这位亲戚需要稍稍加以指点，才能在某些不信教的下流之辈面前应答自如，因为这些下流之辈要质问上流志士的政治家才能。

他出去的时候一定是与腊格先生擦肩而过了，因为，一两分钟之后，这位满头红光的先生便亮进门来，仿佛是一位上了年纪的太阳神[①]。

“您今天可好啊，先生？”腊格先生说道。“今天有我能帮一点小忙的事情没有呢，先生？”

---

① 希腊神话中的太阳神阿波罗。他是朝气蓬勃的男子的完美典型，莎士比亚《冬天的故事》第四幕第三场诗句云：“火袍加身的神，/金色的阿波罗。”

“没有，谢谢你。”

腊格先生喜欢负债的事，犹如女管家喜欢腌菜、腌肉，犹如洗衣妇喜欢一大堆脏衣服，犹如清除垃圾的人喜欢堆得满满的垃圾箱，犹如所有干其他行当的人喜欢事情的一团糟。

“我还是要经常来看看的，先生，”腊格先生高高兴兴地说道，“看看门口有没有堆着耽搁的继续拘捕状。多得很哪，先生；多得不得了啊。”

他说起这个情况来仿佛这是值得庆贺的事；他一面说，一面轻快地搓着双手，还微微晃动脑袋。

“多得很，”腊格先生重复说道，“确确实实是多得不得了啊。多得像雪片似的。不过，我过来看看的时候，倒是并不常来打扰您的，因为我知道您不喜欢人多，而且，假如您想跟我会面，您是会在门房留言的。不过我真是天天到这儿来的，先生。我想跟您说句话，先生，”腊格先生探着口气问道，“会不会现在不是时候呢？”

“哪个时候都一样。”

“嗯哼！舆论哪，先生，”腊格先生说道，“老缠着您不放。”

“我不怀疑。”

“您看这样是不是妥当些，先生，”腊格先生更进一步婉言相劝道，“现在最后而且终究还是向社会舆论稍稍作些让步，行吗？我们大家多多少少都作些让步。事实是，我们必须让步。”

“我不能向舆论作辩白，腊格先生，也没有权利期待我今后要为自己辩白。”

“别这么说，先生，别这么说。转移到高等法院，诉讼费几乎是微不足道的，而且，假如一般的舆论强烈要求您到那里去，为什么——真的——”

“我以为你已经同意了，腊格先生，”亚瑟说道，“我决定呆在这里是个爱好的问题。”

“好，先生，好！可是这是高尚的爱好吗，是高尚的爱好吗？这才是要考虑的。”腊格先生如此般苦口婆心地劝说，样子真有点悲哀。“我刚才差一点要说，这是高尚的感情吗？这是您的一件大事情；这个地方，一个人花一两个英镑就能进来的，您呆在这里人家都在议论，说这不相称。呆在这里不相称。我没法告诉您，先生，这样的话我在多少地方听人家说过。昨天晚上我就听到对这件事的议论，那是在一间客厅里，常去那里光顾的人，即使我自己不常常去坐坐，也应当说都是些最有名的法律界人士——就在那里，我听到了他们对这件事情的议论，叫我听了真难受。那些议论使我痛心，为了您的缘故。还有，就在今天吃早餐的时候。我的女儿(不过，您会说，是个女人：可是对这些事情她现在还很敏感，甚至还有一点个人经验呢，因为她是腊格-鲍金斯案子的原告)也说她万万没有料到；她万万没有料到。咦，在这种情况下，考虑到我们哪个人都没法完全超越舆论的影响，您看向舆论稍稍作些让步是否——好吧，先生！”腊格先生说道，“我就根据最起码的理由来说明，比如说，是否友好一些呢？”

亚瑟的思绪又一次远离了，他想到了小杜丽，并没有去回答腊格先生的问话。

“至于我自己嘛，先生，”腊格先生说道，一面希望他的雄辩的言词已经使亚瑟心中有些踌躇不定了，“我的一个指导思想是，假如需要掂量掂量一位当事人的意向，我自己的意愿就不考虑了。不过，由于我了解您有体谅他人的性格，一般来说又总是愿意满足别人的要求的，因此我想再重复一遍，我主张您转移到高等法院去。您这个案子已经弄得满城风雨了；受理这个案子是能够带来荣誉的；假如您转移到高等法院，我觉得我在同行中的地位也高了。您不要受我的话的影响，先生。我不过是说明事情的真相罢了。”

囚徒的神情在孤寂与颓丧中已经变得如此迷茫，他在这永远是阴郁的大墙之内已经变得如此习惯于只与一个无声的人交谈，因此，克莱南必须驱散神情的几分恍惚才能正视腊格先生，想起他说的话的大意，匆匆地说了一句：“我的决定没有改变，也不能改变了。请你不要管了；不要管了！”腊格先生毫不掩饰自己着恼与受辱的心情，回答道：

“哦！那是没有疑问的，先生！我自己也知道，先生，我对您讲这个道理是把话扯得太远了。可是真的，我在好几处，是很有名的人当中，听到这样的议论，他们说无论对于一个外国人来说是怎样地行得通，可是，在英国人的这个岛国，有光荣的特权，允许再转移到高等法院去，他却要继续在马夏尔西狱里蹲下去，这对于一个英国人的精神来说是不相称的，所以我当时就想，我要跳出我选定的这个狭窄的职业圈子，把那些议论向您提一提。就我个人而言，”腊格先生说道，“在这个问题上我没有什么要说的。”

“那很好，”亚瑟接着说道。

“哦！一点也没有什么要说的，先生！”腊格先生说道。“假如我有什么个人意见要说，那我是不愿意，在几分钟之前，让一个高贵家庭出身的绅士骑着马来拜访我的一名当事人的。但是这不关我的事。假如我有什么个人意见要说，那我就会希望现在授权于我，对另一位绅士，现在就在门房等着的军人模样的绅士，说我的当事人从来就不想在这里继续蹲下去，就要搬到一个高级住处去了。我作为一台法律机器，方针是清楚的；我与此事毫不相干。您的尊意是否想见见这位绅士呢，先生？”

“你说的是谁在等着见我？”

“我刚才倒真做了一个非职业性的冒昧举动，先生。他听说我是您的法律顾问之后，不愿抢在我的很有限的职责完成之前进来拜访。幸好，”腊格先生语意讥讽地说道，“我还没有把话扯得那样远，真的动问起他的真姓大名来。”

“我看我也只有见他一见这个法子了，”克莱南困乏地叹了一口气道。

“这么说这是您的尊意啰，先生？”腊格反诘道。“我能否有幸遵照您的旨意，在我出去的时候，就对他说这样的话呢？行吗？谢谢您，先生。我告辞了。”于是，他气呼呼的，告辞了。

在克莱南处于现在的思想状态之时，那军人模样的绅士，几乎没怎么激起他的好奇心，现在几乎时时笼罩心头的阴沉沉的布幕拉起了一角，使他的心里不知不觉地，已忘却了有人曾经向他提起过这样的一位来访者。就在这个时候，楼梯上响起了一阵沉重的脚步，将他惊醒了。那一阵脚步声响上来的时候似乎并非迅速敏捷，也并非出于自然，而是听起来意在侮辱人地跨着大步、啪嗒直响。当那一阵脚步声在他门外的楼梯平台上停了一下的时候，也没能引起他对于这一阵脚步声特别之处的联想，尽管他心里觉得他有一个联想。他仅仅得到一会儿的考虑时间。他的房门立即被“嘭”的一声推开了，门口站着那失踪的布兰德瓦，惹了许多忧愁的人。

“嗨[①]，班房朋友！”他说道。“好像是你要找我。我来了！”

亚瑟又是吃惊又是气愤，还没有等他说出话来，只见那个卡瓦莱托已经跟在后面进了屋。潘克斯先生跟在卡瓦莱托的后面。自从这个房间现在住着的人搬进来之后，卡瓦莱托和潘克斯先生都还不曾到这里来过。潘克斯先生一边喘着粗气，一边侧身避到了窗口，摘下帽子放到地上，举起两手捋得头发一根根都竖起来，然后抱起双臂，仿佛一个人干完了一天劳累的活儿停下来歇息似的。施洗先生两只眼睛一直没有从他这位可怕的旧日朋友身上移开，他一面望着那人，一面在

① 原文为拉丁文 Salve。

地板上悄悄地坐下来，他背靠着门，两手握住两个脚踝：又摆出了那个姿势（只是此刻表现出目不转睛的机警），这是在马赛时的一个炎热的上午，在另一座监狱更显得深沉的阴影的笼罩下，在这同一个人面前坐着时的姿势。

“根据这两个疯子作的证，”布兰德瓦先生，又名拉尼埃先生，又名里高先生，说道，“我知道你要找我，班房兄弟。我来了！”

他轻蔑地别过头来朝床架看了一眼，那床架白天是翻起来的，他拿床架当歇息的地方靠着背，帽子却依旧戴在头上不摘下来，两手插在口袋里挑衅似的站着。

“你这个不吉利的恶棍！”亚瑟说道。“你故意把可怕的嫌疑引到我母亲家去。你是什么道理要这么干？是什么挑引你动出这个可恶的脑筋的？”

里高先生蹙起眉头朝他看了一阵之后，哈哈大笑起来。“听这位高贵的先生说的！天下的人，都来听听这个大德大善的人说的话！可是，当心点，当心点！有可能哪，我的朋友，你的热情有点儿危险哪。妈妈的！有可能哪。”

“Signore①！”卡瓦莱托插进来，也对亚瑟说。“因为首先，听我说！我接到您的吩咐去找他，里高；是不是这样？”

“不错。”

“我因此上那个的②，去了，”倘若普罗尼希太太能够相信，卡瓦莱托偶尔会这样拉长一个副词便是他说的英语的主要毛病，她心里真会感到非常忧虑的，“首先，我到我的同胞那里去找的。我问他们伦

① 意大利语“先生”。

② 原文用的是 consequentementally，英语无此词，作者模仿卡瓦莱托不知正确使用英语副词后缀，正确的词应为 consequently，“因此上”。

敦有什么消息，到这里来的外国人的消息。然后，我到法国人那里去找了。然后，我到德国人那里去找了。他们都告诉我了。我们大多数人都很知道别人的情况，他们都告诉我了。可是！——没有一个人能告诉我一点儿他，里高的情况。十五回了，”卡瓦莱托说道，一面将左手五指摊开伸了三下，这个动作这样迅速，人的视觉真应付不了他的动作，“外国人要去的每一个地方我都去打听过他了；十五回了，”一面又把那迅速的动作重复了一遍，“他们啥也不知道。可是！——”

在“可是”这个词上他作出他那意味深长的意大利语式的停顿时，他便将右手手背朝外，伸出食指开始晃动起来；很小的一点动作，而且很小心翼翼的。

“可是！——我没法子打听到他就在这里伦敦呆着，过了很久以后，有人告诉我有一个当兵的，白头发——唔？——不是他现在顶着的这个头发——白的——他秘秘密密那个的[①]住在一个地方不出门。可是！——”在这个词上他又停顿了一下，“他有时候吃了晚饭以后，散步，抽烟。照他们在意大利的说法（你们也知道，是他们穷人），耐心是必要的。我也耐心。我就问这一个地方是哪里。一个说是在这里，一个说是在那里。嗯哦！也不是在这里，也不是在那里。我等，耐耐心心那个的[②]。终于，我找到了这个地方。然后我盯着；然后我躲着，等到他散步，抽烟。他是个灰白头发的当兵的——可是！——”真是一阵很明显的停顿，手背朝外食指很有力地左右晃动——“他也就是您看见的这个人。”

显而易见，他对于煞费苦心要高出他一等的人，仍旧是那么俯首帖耳的老习惯，即便在此刻，在指出里高之后，他还朝里高慌乱地低

---

① 原文是 secretementally，正确英语应为 secretly，“秘密地”。

② 原文为 patientissamentally，正确的应为 patiently，“耐心地”。

在这个旧房间里

了一下头。

“嗯哦，Signore！”他最后激动地说，还是对亚瑟，“我等了一个好机会。我写了几个字给 Signore Panco①，”随着这一声称呼，潘克斯先生脸上出现了新奇的神色，“叫他来帮忙。我在里高窗口，把里高指给 Signore Panco 看，他白天常常侦察。晚上我在那个屋子门口睡着。终于，我们进去了，就是在今天，现在你看到他了！因为他不肯当着那个著名的律师的面上来，”这是施洗先生对腊格先生的美称，“所以我们在下面那边等着，一块儿等，Signore Panco 守着大街。”

等这一番话说完之后，亚瑟转过目光盯着那张无耻、恶毒的脸。两人目光相遇的时候，只见小胡子上的那个鼻子往下挪，鼻子下面的小胡子往上挪。在鼻子与小胡子又回到原来的位子之后，里高先生响亮地把指头捻了五六下；又俯身向前朝亚瑟挥动，仿佛那是触之有形的弹丸，朝他脸上弹去。

“喂，贤明的人！”里高说道。“你要找我干什么呀？”

“我想知道知道，”亚瑟回答道，毫不掩饰他的憎恶，“你怎么敢把谋杀的嫌疑引到我母亲家去的？”

“怎么敢？”里高大声道。“嗬嗬！听他说的！怎么敢？是敢不敢吗？上帝呀，好家伙，可是你有点鲁莽！”

“我要把这嫌疑消除掉，”亚瑟说道。“应该在那里把你抓起来，让大家都来看看。我还想要知道知道，当时我是满腔怒火，要把你撵下楼去的时候，你在那里干了些什么。别朝我皱眉头，喂！我早看清你了，知道你是个霸道的人，又是个胆小鬼。我用不着从这个悲惨地方给我带来的影响中振作起精神，就能告诉你这么明明白白的一个事实，一个你心里非常清楚的事实。”

---

① 即“潘克斯先生”。

里高连嘴唇也发白了，他摸着髭须，嘴里嘀咕“上帝呀，好家伙，可是你有点害了夫人，你尊敬的母亲”——他一时似乎心中踌躇，不知该如何动作才是。他的踌躇立即也便消失了。他表现出恫吓人的狂妄，坐下来，说道：

“给我一瓶葡萄酒。你这儿有葡萄酒卖。你那两个疯子中派一个去给我弄一瓶葡萄酒来。没有酒我是不会说给你听的。喂！行还是不行哪？”

“他要的给他去弄来，卡瓦莱托，”亚瑟轻蔑地说道，一面掏出钱来。

“逃亡分子，”里高添了一句，“要弄波尔特葡萄酒！我就喝波尔特-波尔特。”

然而，那逃亡分子，伸出能传达深刻意义的手指，向在场的每一个人表示，他断然拒绝离开门口的岗位，于是，Signore Panco 应承了。他不一会便回来了，拿着那瓶葡萄酒；照这个地方的习惯，酒瓶已经打开了，因为狱中人中间是难得找得着一把开塞钻的（这与许多别的家伙也难得找得着一件一个样）。

“疯子！一个大杯子，”里高说道。

Signore Panco 拿了一个平底无脚酒杯放到他面前；在关于是否要拿这个杯子朝他脑袋掷过去的问题上，他毫不掩饰地流露出感情上的斗争。

“哈哈！”里高自吹自擂起来。“一旦做了绅士，就永远是个绅士。打开头是个绅士，到最后也是个绅士。真是见鬼！是绅士就得有人来伺候，我看是吧？要有人来伺候那也是我的一种脾气嘛！”

他一面说着一面倒了半杯酒，说了那几句话便一口气喝了那半杯酒。

“哈！”他一面咂着嘴唇。“那可不是一个老坐班房的人！从你那样子看起来，尊敬的先生，坐班房会叫你的血气很快压下去，比这热乎乎的葡萄酒味儿走得还要快。你越来越成熟了——身上已经掉肉了，血色已经少了。我向你致敬！”

他又大口大口地喝下了那半杯酒：他喝之前先伸手举起酒杯，喝完之后又把酒杯举起来，那是要露一露他那小巧、白皙的手。

“说正经的事，”他然后继续说道。“谈一谈。你现在身体不自由，可说话是自由了，先生。”

“我利用这个自由对你说了你是个什么东西，是什么那是你自己明白的。你实际上比我说的要恶劣得多了，你自己和我们大家一样，心里都明白。”

“加一句，永远是一位绅士，这没关系。除这一点之外，我们大家都一样。比方说，你怎么也不可能是一位绅士；我怎么也不可能不是一位绅士。相差多远哪！我们再往下说。嘴上说的，先生，决影响不了打的牌，决影响不了掷的骰子。这个道理你知道吗？你知道？我也来它一盘，嘴上说的没这个力量来影响它。”

此刻他对面坐着那个卡瓦莱托，知道他过去的事已经说出去了——再薄的面具他也扔了；只好硬着头皮，露出了真面目，原来他是一个臭名昭著的家伙。

“没用，我的老弟，”他又说起话来，一面捻了一下指头。“不管你嘴上说什么，我这一盘要来到底的；真是要命了！我要赢的。上回被你搅了的那个小花招，我为什么要弄，你想知道吗？那就记着吧，我当时有，现在我还有——你听明白我的话了吗？现在还有——一件商品要卖给夫人，你的尊敬的母亲。我当时把我的贵重的商品介绍了一下，还定了价钱。关于成交条件，你那个了不起的母亲太镇静了一点，太迟钝了一点，太呆板了一点，像个雕像似的。最后你那个了不起的母亲把我惹得恼火了。为了在我的地位上变些花样，为了寻个开心——怎么！一个绅士就得牺牲别人让自己寻个开心——我想出了失踪的巧妙主意。你瞧，那是无论你的古怪的母亲，还是我的弗林特温奇，都很高兴去兑现的主意。啊！咄，咄，咄，别那样盛气凌人朝我看！我再说一遍。高兴得不得了，高兴极了，他们的心都陶醉了。你听了会怎样地激动呢？”

他把杯子里剩下的酒泼在地上，差一点溅到了卡瓦莱托身上。这一下似乎又把他的注意力吸引到了卡瓦莱托身上。他放下杯子说道：

“酒我自己不倒。怎么！我是生来要人家伺候的。喂，你，卡瓦莱托，倒！”

那矮小的人朝克莱南看了看，但是克莱南两眼在注视里高，他于是从地上站起来，拿起酒瓶朝杯子里倒。他倒酒的时候，流露出既有过去的顺从，又有一丝幽默感的复杂心情；他脸上流露的是那样的神情，心里却有一股隐藏的怒火，仿佛顷刻之间便会爆发(那个天生的绅士似乎这么想，因为他在留神地看着那个矮小的人)；所有这一切又从从容容地消退了，他显得温厚、漫不经心，别的都已不再想了，只想在地板上坐下来；这一来，便形成了一种非常引人注目的完整的个性。

“这个巧妙的主意，尊敬的先生，”里高喝了酒又接着说道，“说它巧妙，有好几个理由。这个主意叫我觉得有趣，叫你那亲爱的妈妈和我的弗林特温奇觉得烦恼，叫你觉得痛苦(我告诫人对一个绅士要如何有礼貌的条件)，这个主意也提醒所有那些感兴趣的好人，你们的全心全意的朋友是个令人敬畏的人。天哪，他是个令人敬畏的人！除此之外，这个主意还可以叫夫人，你的母亲，恢复智力——由于受到你的智慧也承认的小小嫌疑的逼迫，因此在这种情况下，还可以劝她最后在日记账中，暗地里宣布，某一个合同假如有重要的一方的人出现，麻烦也就可以排除了。也许行，也许不行。可是，这事让你给搅了。喂，你的意见呢？你想要了解的是什么呢？”

克莱南看着面前站着的这个人，可是他无法陪他到母亲家去，他此刻强烈地感到自己是一个被囚禁的犯人，过去他从来未曾有过像现在这样的强烈的感觉。所有那些无法明了的麻烦与他过去一直害怕的危险，现在正在步步逼近，而就在这个时候，他却手脚都无法动弹。

“也许，我的朋友，贤明的人，低能儿，也不管你想怎么样；也许，”里高说道，喝了几口又停了一下，目光从酒杯移开，脸上带着他那可怕的微笑，“你还是别来管我的好，对吗？”

“不！至少，”克莱南说道，“人家知道你活着，平安无事。至少你是没法逃避这两位见证人的；他们可以把你带到任何一个政府部门那里去，或者带你到大庭广众中去的。”

“但不会带我去见一个人，”里高说道，并且又捻了一下指头，露出洋洋自得的威胁的神气。“你的见证人见鬼去吧！什么带走不带走，见鬼去吧！你自己也见鬼去吧！怎么？这样，我就没有主意了？这样，我就没有商品要出售？咄，可怜的债务人！你把我的小小计划打乱了。不去管它。那怎么样？还有什么呢？对你来说，一无所获；对我来说，都有了。把我带走？那就是你想的？我自己把自己带走，很快带走。逃亡分子！给我笔，给我墨水，给我纸。”

卡瓦莱托又像刚才那样站起来，把笔、墨水、纸都放在他面前，与刚才是一样的态度。里高经过一番恶狠狠的思考，又恶狠狠地微笑了一会儿之后，写了下面这些话，并且大声念了一遍：

致克莱南太太
等待回音
马夏尔西狱
写于你儿子的房间

亲爱的太太：

我真觉得绝望，今天在这里我们的囚犯（真难为他，雇了探子来查我的下落，我是因为出于权宜之计的考虑才躲起来的），对我说，你们在担心我本人的安全。

您放心好了，亲爱的太太。我身体很好，我又强壮，又坚定。

我真是焦急万分，本来是该火速赶到您的家里去，可是我预料在现在这种情况下，可能您还没有相当明确地安排好我有幸向您提出的那个小小的计划。我提议从今天起的一个星期里面，我本人最后再来拜访一次；到时候您就可以无条件地，要么接受，要么拒绝，连同一连串的后果。

我真想笼络您一下，办成这件有趣的事情，可是我把这个热情压下去了，目的是您可以从从容容地把事情的细节都安排得妥妥当当的，让我们双方都感到十分地满意。

与此同时，我提出（我们的囚犯已经打乱了我的费用安排），我住在旅馆里的膳宿费用应该由您来支付，这也不算过高的要求。

请您，亲爱的太太，接受我向您表示的最高尚、最卓越的敬意，

里高·布兰德瓦

向那个亲爱的弗林特温奇表示许许多多的友好情谊。

我亲吻一下弗林特温奇太太的手。

里高写完这一函件，折起来，拿在手中装模作样挥了一下，扔到了克莱南的脚边。“喂你呀！你不是说带走吗？那就叫一个人照上面的地址把它带走吧，再把复信带到这里来。”

“卡瓦莱托，”亚瑟说道。“请你把这封信送一送，行吗？”

然而，卡瓦莱托能表达种种意思的手指头又表示，他的岗位就是在门口，看着里高，因为，他花了九牛二虎之力，好容易找到了里高，因此他那岗位的职责便是背靠着房门坐在地板上，眼望着里高，

手握住脚踝，——于是，Signore Panco 又一回自告奋勇地站出来。亚瑟点头同意之后，卡瓦莱托把门让开了一点，仅够他将身体挤出门去，然后又立即关上。

“我现在坐在这里自自在在地喝酒，要是手指头碰我一下，要是说我一句恶毒的话，要是怀疑我高人一等，”里高说道，“那我就去追这封信，就把我一周的宽限日期收回来。你不是找我吗？你现在找到我了！很喜欢吧？”

“你知道，”克莱南带着痛苦的无可奈何感觉说道，“我查你下落的时候，还没有进监狱。”

“你和监狱都去见鬼吧，”里高不慌不忙地反诘道，一面从口袋里取出一个盒子，盒子里装着卷烟的东西，用敏捷的双手卷了几支就要抽的烟；“你们两个我都不管。逃亡分子！拿火来。”

卡瓦莱托又站起来，把他要的东西递过去。他一双冰冷、白皙的手，一个个指头像一条条蛇一样柔软地弯曲、缠绕，在这无声的熟练动作里有一种可怕的东西。克莱南心里不禁一阵战栗，仿佛他两眼正望着一个蛇窝。

“喂，猪猡！”里高嚷道，是一声大声的、催促的吆喝，仿佛卡瓦莱托是一匹意大利马，是一头意大利骡子。“怎么！跟这个地方相比，过去那个残酷的监狱真还是个体面地方呢。那个地方铁窗也好，石头也好，还有着一种尊严呢。那是个关人的监牢。可这里呢？咄！是个治低能儿的医院！”

他抽完了一支烟，他脸上那个丑陋的笑却一动也不动，仿佛他是用那个下垂的鹰钩鼻抽烟，并不是用嘴巴；犹如神怪图画中的幻想。他在仍旧燃着的第一支烟的烟蒂上点燃了第二支烟之后，对克莱南说道：

“那个疯子不在这里人总也得捱时光。人嘛总得说说话。人也不能整日喝烈酒，要不然我还想来一瓶呢。她长得漂亮，先生。不过嘛，也不完全合我的胃口，真他妈的！漂亮。我祝贺你有这么个叫人羡慕的人。”

“你说的是谁，”克莱南说道，“我既不明白，也不想问你。”

“照他们意大利人说的，是 Della bella Gowana，先生。我说的是戈文，那个女的。”

“你是她丈夫的——侍从，对吗？”

“你说什么，先生？侍从？你太无礼了。是朋友。”

“你所有的朋友都出卖？”

里高从嘴上拿下香烟，带着稍纵即逝的惊讶神色望着克莱南。但，他又将烟衔在嘴上，一面冷冰冰地回答道：

“能卖出价钱的我什么都卖。你们的律师，你们的政客，你们的阴谋家，你们交易所里的人，他们怎么过日子的？你怎么过日子的？你怎么到这里来的？你没出卖过朋友？妈妈的！我倒要说，出卖过！”

克莱南的眼光从里高身上移开，转过脸去朝着窗口，坐在那里望着窗外的墙。

“实际上，先生，”里高说道，“上流社会自己出卖自己，也把我出卖了：我就出卖上流社会。我知道你跟另外一个女人也熟悉。也是个漂亮的女人。一个坚强的人。我想想。他们管她叫什么？韦德。”

他的话没有反应，然而他一下子便看出，他说中了。

“不错！”他接着说道，“这个漂亮女人，这个坚强的人，在街上喊我了，我不是没有知觉的人。我答话了。这个漂亮女人，这个坚强的人，她走上前来非常信任地对我说：‘我有我的好奇，我有我的懊悔。你只不过是个普普通通的体面人，也许是吧？’我自己宣布：‘小姐，我生来是个绅士，到死也是个绅士；不过，我只不过是个普普通通的体面人。我瞧不起这种软弱无力的空想。’听到这个话她很高兴地称赞起我来。‘你跟别人的不同是，’她回答说，‘你把话说出来了。’因为，她熟悉上流社会。我用殷勤和礼貌接受了她的祝贺。礼貌和小小的殷勤，是我性格的不可分割的部分。她然后就作了一个陈述，这在实际上就是说，她常常看到我们在一块儿；在她眼里在短时期里我是那屋子里的一只猫，是这一家人的朋友；她的好奇和她的懊悔，使她胡思乱想，想要摸清他们的行动，了解他们的生活方式，戈文是怎么样喜欢他的女人的，是怎么样宠爱他的女人的，等等。她并不算富裕，可是对于花在这种差事上的小小的心事和烦恼，她可以给这种那种的小小的报酬；我就很有礼貌地——随便什么事情我都是很有礼貌地去做的，这也是我性格的一个方面——同意收下她给的报酬。哦是呀！世上的事就是这样。这是风气嘛。”

尽管他说这些话的时候克莱南已经转过脸去，将背朝着他，而且到会见结束时一直未转过身来，然而，他的挤得很近的那两只闪烁的眼睛却始终盯着克莱南，他一句接一句吹得天花乱坠的时候，显而易见，他从克莱南的头的姿态就已经看出来，他说的话无一不是克莱南早已知道了的。

“喔呼！戈文那个女人！”他一面说着一面点燃了第三支烟，并发出一个声音，仿佛他轻轻地吹一口气便可将她刮走。“可爱，但是轻率！因为，戈文那个女人在那山顶的卧室里，把过去的情人写的信弄得那么神秘，不让她丈夫看到，那是不妥当的。是呀，是呀。那是不妥当的。喔呼！戈文那个女人，她错了。”

“我真希望，”亚瑟高声说道，“潘克斯不会去很久的，因为这个人呆在这里把屋子都弄得乌烟瘴气了。”

“就是！可是他在这里会平平安安的，到哪里都是平平安安的，”里高说道，一面流露出得意的神情，并且捻了一下指头。“他过去总是平平安安的；他以后也总是会平平安安的！”屋子里除了克莱南坐的那椅子就只有三把了，里高就在那三把椅子上伸开四肢躺下来，一面唱一面捶着胸口，俨然是歌中的豪侠的人物：

“谁这么晚走过这条路？
Compagnon de la majolaine；
谁这么晚走过这条路？
永远乐悠悠！

你唱叠句，猪猡！过去在另外一个监牢里，你会唱这支歌。唱呀！要不然，凭哪个被石块砸死的圣徒起誓都行，我会受辱的，不顾面子了；一些现在还没有死掉的人，最好也都跟他们一块儿砸死吧！

它是打更人最爱的花，
Compagnon de la majolaine；
它是打更人最爱的花，
永远乐悠悠！”

一来出于他俯首贴耳的旧习惯，一来是因为他不跟着唱或许会连累他的恩人，一来要他做别的事情倒不如唱它几句，所以，卡瓦莱托这一回接着唱起了叠句。里高哈哈地笑，笑完了就闭上眼睛抽起烟来。

可能又过了一刻钟，才听得潘克斯先生的脚步声响上楼来，然而对克莱南来说，这段时间似乎难以忍受地漫长。他的脚步声后面还有另一个人的脚步声；卡瓦莱托开了门，放进了潘克斯先生和弗林特温奇先生。弗林特温奇先生刚挤进门来，里高便飞奔过去，使劲地拥抱他。

“你怎么样，先生？”弗林特温奇先生一脱出身来便说道；他是很不讲礼节地挣脱里高的拥抱的。“谢谢，不用了；我不想再来一下。”这句话是指来自这位失踪了又找回来的朋友再一次亲热的威胁。“喂，亚瑟。你记得吧，我跟你说过，睡着的狗和失踪的人不要去理睬。你看，我的话应验了。”

显然，他仍旧如以前一样沉着、镇定，一面环顾四周，一面说教似的点着头。

“这就是马夏尔西债务人监狱！”弗林特温奇先生说道。“哈！你把猪赶到很糟糕的集市上来了，亚瑟。”

即便亚瑟忍得住，里高却没有这样的耐心。他抓住矮小的弗林特温奇外套上的翻领，恶狠狠地耍弄，并且嚷道：

“集市见鬼去吧，猪猡见鬼去吧，赶猪的人见鬼去吧！喂！给我的回信，拿出来。”

“如果你能松一松手，给个方便，先生，”弗林特温奇先生答道，“我先把带来给亚瑟先生的便条交给他。”

他松了手。这是亚瑟的母亲写的一张字条，残废的手写的歪歪斜斜的笔迹，只写了这几行字：

“我希望你自己毁灭了自己就够了。要知足了，不要再毁灭下去。杰拉米 · 弗林特温奇是我的信差和代表。克莱南太太。”

克莱南默默地将信连看了两遍，然后把它撕了。在此同时，里高踏上一把椅子，屁股坐在椅背上，双脚踩着座位。

“喂，好心人弗林特温奇，”他目不转睛地望着亚瑟手中的那字条撕成了碎片，说道，“给我的回信呢？”

“克莱南太太没有写过回信，布兰德瓦先生，她双手拿不稳笔，她想，让我带个口信也一样。”弗林特温奇先生既勉强，声音又沙哑地，挤出了这几句话。“她带信表示敬意，她说，总的说起来她不想说你是不讲情理的，她说同意的。不过说定了从今天开始的一周之内，那可不能变。”

里高先生一阵哈哈大笑之后，从他那宝座上下来，说道：“好！我去找个旅馆！”然而，在这个时候，他目光遇上了卡瓦莱托，只见他仍旧坐在那个岗位上。

“喂，猪猡，”他接着又补充说道。“我过去叫你当过我的侍从，虽然我不愿意；现在，我又要叫你当我的侍从，不管你愿意不愿意。我告诉你们，你们这些小爬虫，我生来就是要有人伺候的。我要这个逃亡分子做我的用人，伺候我，从今天开始伺候一个星期。”

卡瓦莱托投去询问的目光，克莱南见了，做一做手势叫他去；但是他又大声补充了一句：“你怕他就不要去。”卡瓦莱托指头做了一个非常有力的否定动作，回答道：“不怕，老板，他过去是我的伙伴，这事我现在也不保守秘秘密密那个的了，所以我不怕他。”里高听了两人的话都没有理会，他只管点最后一支烟，就准备走了。

“害怕他，”他点燃了这最后一支烟之后，转过身来望着他们，说道。“喔呼！我的孩子们，我的宝宝们，我的玩具小娃娃们，你们都怕他。你们在这里给了他一瓶葡萄酒；你们到那边给他吃，给他喝，给他住；你们指头也不敢碰他一下，恶毒的话不敢说一句。不敢。洋洋得意就是他的性格！喔呼！

他是打更人最爱的花，
永远乐悠悠！”

他把叠句中的“它”改成了他自己，一面大摇大摆地走出了屋子，背后就跟着卡瓦莱托，也许他硬要卡瓦莱托跟随他是因为他心里相当明白，要把卡瓦莱托甩掉并不容易。弗林特温奇先生搓了一会儿下巴，带着刻薄鄙夷的目光望了望这生猪市场之后，朝亚瑟点了一下头，跟着走了。潘克斯先生依然是忏悔与抑郁的神情，也跟着走了；他已经聚精会神地听取了亚瑟吩咐的几句秘密的话，他也悄悄地说明了几句，一定将这件事办好，一帮到底。那囚犯此刻只觉得自己比先前更加为人们所鄙视，为人们所嘲弄，为人们所遗弃，更加无依无靠，总而言之，比先前更加悲惨，更加憔悴，又成了孤零零的一个人。

第二十九章

在马夏尔西狱里提出恳求

令人憔悴的忧虑与悔恨，这二者是难以相处的伴侣，是不可关在一个屋子里的。整日的郁闷，夜晚的休息又少得可怜，这是无法使一个人对付得了痛苦的。第二天早晨，克莱南感到，如同他的意气早已消沉了一样，他的身体也越来越衰弱了。在他心头的沉重的思想负担就要将他压垮。

一个夜晚又一个夜晚地，他总是在半夜十二点钟或者一点钟的时候，从他这破败的床上爬起来，坐到窗前，望着院子里的苍白的灯，望着夜空，在天空可能向他透露拂晓第一线暗淡的亮光还有几个钟头的时候，他便已在等待了。此刻，夜已经来临，而他却无心解衣上床。

因为，炽烈的焦躁在心中萌发了，一种对于监狱的痛苦的急躁情绪，一种深切的信念，以为他是要在这监狱里伤心而死的，这样的心情给他带来了不可名状的痛苦。他对这个地方已是极为惧怕，极为憎恨，甚至感到在这里吸一口气都是一件艰难的事。那种仿佛被窒息的感觉，有时那样难熬地压迫着他，他真的会站在窗前，抓着自己的喉头直喘气。然而，他的渴望别处的空气，渴望越过这堵没有门窗的大墙，又使他感到仿佛他必定会因了这强烈的愿望而发狂的。

比他早来这座监狱的许多别的囚徒也经历过这种情形，这种情形之强烈与持续不断，也像他所经历的那样，使他们终于困乏了。过了两夜一天之后，一切都消歇了。随后便又时时发作，然而这些不时的回复渐渐变得无力，回复的间歇也拉长了。接着便出现了凄凉的平静；到了一周的第三天，他安静下来，心情沮丧，发着低而缓的热。

卡瓦莱托与潘克斯离开之后，除了普罗尼希夫妇之外，他也不担心会有别的人来看望。想起这一对可敬的人，他的迫切愿望是，他们不要来接近他；因为，在他情绪正值不正常之时，他只想一个人呆着，不想让人看见他是如此颓伤、孱弱。他写了封信给普罗尼希太太，说他正忙于自己的事情，必须全力以赴处理这些事情，在一段时间里即便见一见她那善良的面容这种令人高兴的打扰，他都没法如愿。至于那个小约翰，每日里到时候看守们都下岗了，他总要来看看，问一声是否有什么事要他代劳的；而克莱南总是找一个借口，说是正忙着写东西，高高兴兴地给他一个否定的回答。他们两人之间唯一谈了很长时间的事，后来便从未再提起过。然而在经历了所有这些不幸的变化之后，这件事仍旧一直留在克莱南的心头。

约定的那一周的第六天，是个潮湿、炎热、雾蒙蒙的天。似乎这座监狱的贫困、破败、污秽都在这闷热的气氛中越来越加重了。克莱南头又疼，心又重，望着这悲惨的夜的将尽，听着落在院子过道上的雨声，想着这雨落在乡间泥土上的更加细润的声音。太阳还没有出来，只看见天空上升起了模模糊糊的一圈黄颜色的雾霭，他注视着黄色的雾霭投在他面前这堵墙上的斑影，斑影投在墙上就像这座监狱的破败形象上落下了一块。他听见了一道道的门打开了；听见等在门外，穿着破破烂烂的鞋的脚拖着进了门；听见有人扫地、抽水、走动的声响，这样就开始了监狱的早晨。他病得那么重，感到那么无力，就连洗个脸什么的，他都须停下来歇上好多回，最后还是挪过身子到开着的窗近旁的椅子上坐下来。那个为他整理房间的老妇人做着她每天早晨的勤杂活的时候，他就坐在那把椅子上打起了瞌睡。

他因睡眠不足和进食太少（他的食欲，甚至他的味觉都已经丧失了）而引起了头晕，夜间他曾有过两三回感到自己要昏过去。他听见热风吹来了断断续续的曲调与歌声，但他知道其实并没有人在唱。此刻他十分疲乏又开始打起瞌睡来的时候，他又听见了歌声；有人似乎在喊他，他答应了，惊跳了起来。

不住地打瞌睡，不停地做着梦，然而又说不出是什么时候了，于是，才过了一分钟还以为是一个钟头了，过了一个钟头还以为才一分钟，这时候一个花园留下的一点永久印象悄悄地冒出来——那是一个鲜花盛开的花园，湿润的暖风轻轻地吹动，送来了花香。抬起头来查一查这件事，或查一查别的，要花这么大的力气，因此在他四下里张望的时候，那个印象似乎已经成了很久以前的印象，而且使人厌烦。这时，他看到在他那张桌子上放着的茶杯旁边有一束盛开的花：几枝最好的、最漂亮的花。

在他眼中从来也没有什么东西有这么漂亮。他拿起这一束花，闻着花的香气，他把花束拿起来，贴着他发热的头，他把花束放下来，放在摊开的两只干燥的手上，仿佛冰冷的手摊开来放在暖融融的炉火上。他双手捧着花束，过了好长时间才想到这花束不知是谁送来的；他开了门，要问那个妇人，因为他猜想一定是她放的，她的花是从哪里来的。然而，她走了，而且似乎已经走了很久了；因为她替他放在桌子上的茶已经凉了。他想喝上几口茶，可是一闻到那气味，他就受不了；于是他又慢慢地走回到开着的窗旁的那把椅子上坐下，把花放到那张多年的小圆桌上。

走动了一阵引起的最初的昏眩消失了之后，他又回复到了先前那个状态。夜间听到的那些曲调又有一支随风吹来，就在这时，他的房门似乎被轻轻地推开了，停了一会儿，一个默然无语的人影儿似乎站在门口，身上披了一件黑色的斗篷。那人影儿似乎脱下了斗篷，将它放在地上，这时候他看出，那人影儿似乎便是他的小杜丽，穿着她过去的破衣衫。那人影儿似乎在哆嗦，又紧握起双手，似乎在微笑，似乎落下了眼泪。

他振作起来，喊出了声音。然后他在这张可爱、同情、悲伤、亲爱的脸庞上，像在一面镜子里一样，看出自己是变了多多少啊；她朝他走过来；她把双手放到他胸口上，不让他站起身来，而她双膝跪在他面前的地板上，抬起双唇来吻他，她的眼泪落到了他身上，犹如天上的雨水落到了花儿上，她，小杜丽，一个活生生的人，叫唤着他的名字。

“哦，我最亲爱的朋友！亲爱的克莱南先生，别让我看着您哭泣了！除非您是因为见到我而高兴得哭了。我希望您是高兴得哭了。您自己的可怜孩子回来了！”

那样忠诚，亲切，并未被财富所宠坏。听她那说话的声音，瞧她那双眼的闪烁，还有她那双手的抚摸，是如天使般地那么令人宽慰，是那么真实!

在他拥抱她的时候，她对他说：“他们一点儿也没说起您病了。”一面轻轻地将一个手臂抱着他的颈项，将头贴着他的胸口，一手扶住他的头，面颊又贴在那只手上，是那样亲切地，上帝知道她还是那样天真地，照料他，就像她在这个房间里曾经又亲切、又天真地照料过她爸爸一样，当时她还不过是一个孩子，需要别人来细心照料，而她却那样细心地照料着别人。

待到他能够说出话来的时候，他说道：“你到这里来看我这是真的吗？你还穿着这件衣服？”

“我想过我穿这套衣服，不穿别的，您是会更加喜欢我的。我一直把这身衣服带着，好让它提醒自己时时记着：虽然我也用不着提醒。您瞧，我也不是孤单的一个人来的。我还带来了一位老朋友。”

他回头看时，只见玛吉戴着她那顶早已不戴的大大的帽子，像一去不复返的日子里那样手挽着一个篮子，欣喜若狂，格格地笑着。

“我和哥哥还是昨天晚上到伦敦的。我们一到伦敦就捎信给普罗尼希太太，这样我可以从她那里打听您的消息，也让您知道我已经回来了。后来我知道您在这里。您在晚上有没有想过我？我几乎肯定您在晚上是一定有点想我的。我心里是那样焦急地想着您，似乎好容易才捱到天亮。”

“我是想着你——”他犹豫不定，不知该叫她什么。她立即便看出来了。

“您对我说话还没有用过我的真正的名字。您知道在您面前我的真正名字总是叫什么。”

“自从到这里来以后，我想你，小杜丽，是每天想，每个钟头想，每分钟想。”

“是吗？是吗？”

他看到了她脸庞上的欢快和喜悦，看到了她脸庞上因感到难为情而泛起的红晕。他，一名颓丧、破产、重病、不光彩的囚徒。

“门还没有开我就到这里来了，不过我害怕一进门就来看您。一进门就来找您，我对您真会是益处少，害处多的；因为这监狱我是那样熟悉又那样陌生，它引起了我对我可怜的爸爸，还有您，那么多的回忆，我刚进门的时候真的难受极了。不过还好，我们到门口之前是先到奇弗利先生那里去了，他带我们进来的，还带我们到了约翰的屋子里——我那个可怜的老房间，您知道——我们就在那里呆了一会儿。我把花送到了您的门口，不过您没听见我来。”

比起她离开的时候来，现在她更有些女人的气质，意大利阳光的催人成熟的抚摸，体现在她的脸庞上。然而，除此之外她完全没有别的变化。他过去总能在她身上看到，而且并非不动情地看到的同一种浓厚、胆怯的认真，他此刻依旧看得到。即便这认真有了一种深深打动他的心的新含义，这变化也是感觉上的变化，并非她本人的变化。

她摘下她的那顶旧宽边女帽，挂在原先挂帽子的地方，在玛吉的协助下，没有一点声响地开始整理他的房间，把房间尽可能地布置得明朗、整洁，还洒了令人愉悦的香水。她们忙完之后，那个装了葡萄与别的水果的篮子便解开了，篮子里装的所有东西都轻轻地放好了。篮子里的东西都拿出来之后，悄悄地说了几句话打发玛吉去吩咐另外的人再去装一篮子的东西；这个篮子不一会儿又送上来了，里面又装满了东西，最先看到的是即食的冷饮和果冻，以及过些时候食用的烤鸡、葡萄酒、矿泉水。这一件件事安排妥当之后，她取出了她过去用的针线盒，替他的窗户缝了一个窗帘；于是，房间便只有一片安静，这安静似乎又弥漫了原先是嘈杂的监狱，他便在这安静之中静坐在椅子上，小杜丽坐在他身旁做着针线活。

克莱南看到她的头端庄地又俯向手上的活计，敏捷的指头不停地做着熟悉的针线活——虽然她并非全神贯注着手中的活计，而是频频地抬起她那充满激情的双眼望一望他的脸，而在重又低下头来的时候眼里噙着泪水——心中感到如此般的慰藉与舒坦，相信这高尚的天性是全部奉献给身处逆境的他，并将其取之不竭的无穷的仁慈向他倾注，但他依旧稳不住自己颤抖的声音，依旧稳不住自己颤抖的手，也不能使他在虚弱中坚强起来。然而，他却因此而获得了精神上的刚毅，这是随着他的爱的产生而产生的。他现在有多么爱她，什么言词能够表达呢！

他们在大墙的阴影下，肩并着肩地坐着，这时的大墙阴影便像光线一样照在身上。她不让他多说话，他也就仰靠在椅子上，眼睛望着她。不时地，她站起身来，端来杯子给他，让他喝一点，或者起身整理一下他头靠着的地方；然后她又轻轻地坐到他身旁的椅子上，重新低下头来做着她的活计。

阴影随着太阳移动，然而她一动也没有动，除了起身照料，一直没有离开过他的身旁。太阳西坠了，她依旧呆着。此时她已经做完了针线活，她的手在刚把他护理了一番之后并没有从他椅子扶手上放下来，还搁在扶手上。他将自己的手放到了她的手上，她的手握住了他的手，颤抖着表示了她的恳求。

“亲爱的克莱南先生，我走之前一定要对您说一句话。我一个钟头一个钟头地拖延了，可是我必须把话说出来。”

“我也是的，亲爱的小杜丽。我要说的话也拖延了。”

她激动地把手捂住了他的嘴，仿佛是不让他说下去；随后手放下了，颤抖着，回到了先前放的地方。

“我不再到国外去了。我哥哥要去，可我不去了。他一直很喜欢我，他现在非常感激我——真是太感激了，他所以感激，就是因为他生病的时候我正巧陪着他——所以他说我最爱在哪里住下来就可以随便在哪里住下来，我最爱做什么就可以做什么。他说，他就是愿我能够快活。”

天空上有一颗明亮的星在闪烁。她说话的时候抬头望着这颗星星，仿佛她那炽热的心愿在她头顶闪烁。

“我想，我不说您也知道，我哥哥回国是来找我爸爸的遗嘱，接收他的财产的。他说，要是有遗嘱，他相信我会富裕的；即使没有遗嘱，那他会让我富裕。”

他原是要说话的，可是她又举起她那颤抖的手，他也就不说了。

“我拿着钱没有什么用处，我不想要钱。钱对我一点儿价值也没有，除非是我为您着想。我不能自己富裕，而您还呆在这里。您受着苦，我就永远必定不光是穷，比穷还要糟呢。您肯不肯让我把我所有的一切借给您？您肯不肯让我把我所有的一切送给您？您肯不肯让我向您表明，我从来没有忘记，我也决不会忘记，在这里就是我的家的时候您对我的保护呢？亲爱的克莱南先生，您就说一句，肯，让我成为世上最幸福的人吧。我离开这里的时候，就让我要多么幸福就能多么幸福吧，您今天晚上什么话也别说，就让我带着希望离开这里，这希望就是，您会好好儿地想一想这件事的；为了我——不是为您自己，是为了我，谁也不是，是为我！——您会给我在这世上我能享受的最大的快乐，知道了我对您是有帮助的那种快乐，知道了我的感情、我的感激的巨大义务已经尽了一点儿的快乐。我想说的我不会说。我到我生活了这么长久的地方来看您，我想着您在我经历了这么多的地方呆着，而我又能照我应该做到的那样，又平静，又给人以宽慰，这我做不到。我会掉下眼泪的。我不能抑制住眼泪。可是，请您不要，不要，不要，千万不要在您现在处在痛苦当中的时候，避开您的小杜丽！不要，不要，不要，我请您，我用我整个悲痛的心请求您，我的朋友——我亲爱的！——接受我所有的一切，让我所有的一切成为我的福分！”

那星星一直照着她的脸，但此刻她的脸埋在了他的手中，埋在了她自己的手中。

待到他拥抱着扶起她来，并且轻声地回答她的话的时候，那星星已经渐渐地暗淡下去了。

“不能，亲爱的小杜丽。不能，我的孩子。我可不能同意这样的牺牲。自由与希望，花那么大的代价去获得，会太昂贵，我是绝对承受不了它们的重量的，绝对经不住占有这自由与希望招来的谴责的。可是，我是怀着多么热烈的感激和爱才说这个话的，我可以求天来作证！”

“可是您还是不愿让我在您遭受折磨的时候向您表示忠诚吗？”

“不能，最亲爱的小杜丽，可是我还是愿意尽力做到对您忠诚的。假如，在过去的日子里，那时，这儿还是你住的家，这就是你穿的衣服，我对自己有更深的理解（我说的只不过是我自己），更清晰地看到我心底里藏着的秘密；假如，由于我的谨慎和自卑，我虽然看到了一线光亮，可是到了现在，在这一线光亮离开很远之后，我孱弱的脚步已没法追上它的时候，才看得分外明亮；假如我当时知道，并且告诉你我爱你、尊敬你，不是把你当作像我常称呼的那样，是一个可怜的孩子，而是看作一个女人，她的真诚的婚姻允诺会使我身价百倍，会使我成为一个更加幸福、更加高尚的人；假如我是这样地利用那个永远也找不回来的机会的——我多么希望真是那样，哦，我多么希望真是那样！——假如，在我日子还好过，而你过着穷日子的时候，什么东西将我们分开了；假如是像我说的那样，而你说的也不是这些话，我或许也是会接受你高尚地奉送的财富的，我最亲爱的姑娘，可是，即使那样，我接受下来也会脸红的。然而，到了现在这个时候，我是绝不应该接受的，绝不应该！”

她用她那恳求的小手，不住哀怜、郑重地恳求，比她用任何话语来恳求更哀怜、更郑重。

“我已经够丢脸的了，我的小杜丽。我不应该做出那样卑鄙的事来，把你——这样可爱，这样慷慨，这样善良——也一起连累了。愿上帝赐福予你，愿上帝报答你！这件事就算过去了。”

他将她搂在怀里，仿佛她是他的女儿。

“我始终是老得多了，始终是粗俗得多了，始终是远非高尚的，即使是我的过去，我们两人都不应该再去说它，你应该只当我是现在这样的人。我把这临别的吻留在你的面颊上，我的孩子——你或许可以与我更加地近，你怎么也不能比现在还要亲——一个远离了你的毁灭了的人，一个永远与你分离的毁灭了的人，他的路已经走尽，而你的路还刚开始。我没有勇气在屈辱中要求你不要将我忘却；但我请求你不要忘却了现在的我。”

铃响起来了，提醒来访的人离去。他从墙上取下了她的斗篷，温存地将她裹好。

“还有一句话，小杜丽。我要说出来是不容易的，但是又是有必要说出来的。你和这个债务人监狱有任何共同之处的时代早已经过去了。你明白吗？”

“哦！您千万不要对我说，”她激动地说道，一面痛苦地哭起来，抬起她那双紧握着的手恳求，“我不该再回到这座监狱来呀！您是绝不会这样把我抛弃的！”

“只要我能够，我是会说的；可是我没有勇气将这张亲爱的脸关在外面，放弃它会再回来的全部希望。可是，不要立即又回来，不要经常来！现在这里是一个玷污了的地方，我也非常清楚，这个地方的不名誉也玷在我身上。你是应该生活在更加显赫、更加高尚的地方的。你是不该回顾这个地方的，我的小杜丽；你是应该朝别处注目，朝非常不同、朝幸福得多的道路上去的。我再祈求一遍，愿上帝在那样的道路上赐福予你！愿上帝让你得到报答！”

玛吉早就非常地垂头丧气了，此刻她插话道：“哦，送他到医院里去；定要送他去医院，妈妈！要不把他送医院，他是没法再清醒的。还有那个老在纺车上纺纱的小女人，她就跟那个公主到橱子那边去，就说，你把小鸡关在那边干什么？这样嘛，他们就好把小鸡拿出来给他，这样嘛，大家都高高兴兴的！”

玛吉的插话倒也及时，因为铃声已经差不多要停了。亚瑟又温存地替小杜丽裹好斗篷，伸手去挽住她（尽管，要不是她来看望，他几乎是虚弱得走不动的），陪着她走下楼去。她是走出门房的最后一位探望的客人，她一跨出去，那门便哗的一声重重地紧闭了。

出丧的丁当声直刺亚瑟的心，随着这丁当声，他的虚弱感又回复了。上楼到他自己的屋子里，那是一段费力的路程，他重又走进那间屋子黑暗、孤独的四壁之内，心头是难以言说的悲苦。

到了差不多是半夜，这座监狱早已是一片沉寂的时候，一阵轻手轻脚的吱嘎声响上楼来，接着一把钥匙在门上小心翼翼地敲了几下。那是小约翰。他悄悄进了屋子，只见他穿的是袜子，脚上并没有穿鞋子，他手拉住关上的门，一面悄声说道：

“我来这里是违反规章的，可是我不管。我是下了决心闯一闯，到你这里来。”

“怎么啦？”

“没出什么事，先生。我在院子里等杜丽小姐，她正好出来。当时我想，您是想有个人去送一送她。”

“谢谢你，谢谢你！你送她回家吗，约翰？”

“我送她到了旅馆里。就是以前杜丽先生住的那个旅馆。杜丽小姐是走着去的，那么和气地同我说话，真叫我吃惊。您说她为什么不乘车，要走着去？”

“我说不出来，约翰。”

“走着去那是要说您的事。她对我说：‘约翰，你一直都是个诚实的人，要是你肯答应我你会好好儿照顾他，我不在这里的时候一点儿也不让他觉得没有人来帮助他，没有人来安慰他，那我就很放心了。’我答应了她。我一定会支持您的，”约翰·奇弗利说道，“永远支持您！”

克莱南非常感动，他向这个老实人伸出了手。

“我握您的手之前，”约翰说道，一面看着克莱南的手，却还是没有离开房门，“您先猜猜杜丽小姐叫我带什么口信了？”

克莱南摇了摇头。

“‘对他说，’”约翰重复她的话，声音清晰，但是颤抖，“‘他的小杜丽向他表示永恒的爱。’好了，她的口信我带到了。我诚实不诚

小杜丽离开马夏尔西狱

实，先生？”

“非常，非常诚实！”

“您对杜丽小姐说我是诚实的，愿意吗，先生？”

“我非常愿意。”

“我向您伸出手来了，先生，”约翰说道。“我会永远支持您的！”

他真诚地握了一下手，随着楼梯上同样的轻手轻脚的吱嘎声，他消失了，悄悄地在院子的过道上迈着没穿鞋子的双脚，随手关上了一道道的门，往外走到了他刚才脱下鞋子的前院。倘若这同一条道路上铺的是炙热的犁铧[①]，约翰也会怀着同样的诚心，为了同一个目的，走过这条炙热的犁铧铺的路，这也并非是绝不可能的事。

① 原是指中世纪的一种酷刑，在炙热的犁铧上走。

第三十章

要收场了

约定的那个星期的最后一天，曙光照到了马夏尔西狱大门的铁栅上。自从小杜丽离开，大门哗啦一声关上以来，整夜都是黑乎乎的铁条，此刻在一早便红彤彤的太阳照耀下变成了金色。尘世这座监狱的栅条，那又长又亮的日光，斜照着这个城，斜照着城中零乱的屋顶，斜照着城中教堂塔楼的窗饰。

整整一个白天，门道内那座老屋一直没有来客打扰。然而，到了红日平西的时候，有三个人折进了门道，朝这座破败的老屋走去。

第一个人是里高，他一个人走在前面，一边抽着烟。第二个人是施洗先生，他一脚高一脚低地紧跟在后面，别的什么也不去看一眼。第三个人是潘克斯先生，他把帽子摘下来夹在腋下，好让他那压不住的头发松一松；天气非常地炎热。他们三人到了门口台阶上就走到了一起。

“你们两个疯子！”里高转过身来对他们说道。“现在还不能走！”

“我们并不想走，”潘克斯先生说道。

里高听了他的话朝他恶狠狠地瞪了一眼，然后嘭嘭地敲门。他肚子里灌满了酒，要把他的戏一唱到底，此刻他是迫不及待了。他刚嘭嘭地敲过，接着又一而再，再而三地伸手去敲那门环。还没有等他放下手来，杰拉米 · 弗林特温奇出来开了门，他们都哗啦啦地进了石板门厅。里高将弗林特温奇往边上一推，自己径直上楼去。他的两个随从跟在后面，弗林特温奇先生在他们后面跟着，他们就这样一齐拥进了克莱南太太安静的房间。那房间里还是通常那个样子；只是有一个窗敞开了，艾弗莉就坐在那个旧式的窗座上，补一只袜子。那张小桌子上放着通常那几样东西；炉栅上还是平时那一堆闷着的炉火；床上盖的还是平时那块罩布；那个主宰一切的女主人坐在她黑色棺架似的沙发上，用一个像刽子手的砧似的黑色角形垫枕托着头。

可是，房间里有一种不可名状的作好了准备的气氛，仿佛是为了一个重大时机作准备的。房间里的这个气氛是什么东西造成的——房间里没有多少物件，一件件都放在多年来固定的地方——倘若没有仔细观察过房间的主人，事先也没有见过她的面孔，那是谁也说不出来的。虽然她那从来不换的黑色衣裙，每一个裥都正如过去那个样子，虽然她那从不改变的态度一直刻板地保持着，但是，她面容上有一个很细小的变化，她那阴沉沉的额角上有一个很细小的皱痕，是那样地明显，使她身边的一切也都变得引人注目了。

“这些人是谁！”那两个随从走进房间的时候，她惊讶地问道。“这些人想到这里来干什么？”

“这些人是谁，亲爱的太太，是吗？”里高回答道。“真的，他们是你那犯人儿子的朋友。他们想到这里来干什么，是吗？妈的，太太，我不知道。你尽管自己去问他们吧。”

“你在门口说过，叫我们现在还不能走，”潘克斯说道。

“你在门口说过，你们并不想走。”里高反驳道。“总之一句话，太太，请允许我把那个犯人的两个探子介绍给你——两个疯子，可都是探子。要是你觉得我们简短交谈的时候要叫他们呆着，你就说一声。我不在乎。”

“我为什么要叫他们呆着？”克莱南太太说道。“我跟他们有什么关系？”

“那么，最亲爱的太太，”里高说道，一面那么用力地往扶手椅上一坐，连这个破房间都震动了，“你尽管打发他们走吧。那是你的事。他们可不是我的探子，不是我的恶棍。”

“听着！你这个潘克斯，”克莱南太太说道，同时朝着他愤怒地皱起眉头，“你这个卡斯贝的小职员！管管你主子的事去，管管你自己的事去。走。叫那个人也跟你一块儿走。”

“谢谢，太太，”潘克斯先生答道，“我很高兴地说一声，我们两个人一起离开，我也没什么意见。我们做的事都是为了克莱南先生。他一直操心的(他成了一个犯人之后就更加操心了)，是要把这位可爱的先生带回到这儿来，带到他悄悄地溜走的地方来。他来了——带回来了。我要说，”潘克斯先生又加了一句，“对着他这张凶恶的脸，照我的意见看来，他要是整个儿都溜出了这个世界，天也不会塌下来。”

“没人问你的高见，”克莱南太太回答道。“走。”

“非常遗憾，没让您跟像样一点的人呆在一块儿，太太，”潘克斯说道；“我还非常遗憾，克莱南先生不能到这里来。那是我的错，我说的是这个意思。”

“你是说他自己的错，”她接着说道。

“不对，我是说我自己的错，太太，”潘克斯说道，“因为是我闯的祸，叫他去搞那个遭难的投资。”(潘克斯仍旧咬住这个字眼，从来不说投机这个字眼。)“虽然我可以拿数字来证明，”潘克斯先生一脸愁容地补充说道，“那本来是可以算作一笔有利的投资的。这笔投资落空之后，我又算了一算，没一天不重新算一算，结果都是——照数字上看起来——能赚钱的。现在这个时候，现在这个地方，”潘克斯先生继续说道，一面渴望地注视着他那顶帽子，因为帽子里面记着他的计算结果，“不是算账的时候和地方；不过，结果是算得对的，没什么岔子好找的。按道理克莱南先生这个时候是可以坐他的双马车的，我也可以挣它三五千英镑的。”

潘克斯先生用手把头发抓得一根根都竖起来，并且是一脸信心十足的样子，即使他口袋里装着那三千、五千的钱，他的信心也不会那样地十足。这些毋庸置疑的数字，便是他自从白扔了这些钱以来一有空闲就每一刻都在忙的东西，直至他生命的终点都注定会给他带来安慰的东西。

“不过嘛，”潘克斯先生说道，“这事也不必多说了。Altro，老弟，你看到过这些数字，你知道这些数字是怎么算出来的。”施洗先生的算数能力是一点儿也谈不上的，因此在这方面也讨不到什么功劳，他只是点点头，并且露出来他那两排洁白光亮的牙齿。

弗林特温奇先生一直在看着他，这个时候就对他说：

“哦！原来是你呀，对不？我见了你就想，你的面孔很熟，可是直到我见了你的牙齿才敢肯定。啊！是的，肯定没错。就是这个好管闲事的逃亡分子，”杰拉米对克莱南太太说道，“在亚瑟和多嘴婆到这里来的那个晚上，到这里来敲门，还没完没了地问我关于布兰德瓦先生的事。”

“说对了，”施洗先生乐呵呵地承认。“你瞧他，老板！我找到他了，因此上那个的。”

“我是绝不会可怜你的，”弗林特温奇先生说道，“要是你把脖子也跌断了因此上那个的。”

“现在嘛，”潘克斯先生说道，两只眼睛常常悄悄地瞟一下那边的窗座，瞟一下那边在补的袜子，“在我走之前我只有一句话要说。假如克莱南先生在场——可是很不凑巧，虽然他把这位英俊的先生说得没法了，违背自己的意思又把他送回到这里来，但他自己病了，蹲在监狱里——病了，又蹲在监狱里，可怜的人——假如他在场，”潘克斯先生说道，一面朝窗座那边走了一步，把右手放在那只袜子上；“他就会说：‘艾弗莉，把你的梦说说！’”

潘克斯先生竖起右手的食指放到鼻子前，同时望着那只袜子，做出一个鬼似的警告眼色，转身“呼哧呼哧”地走了，后面拖着施洗先生。他们出去时听见房子的门关上了，听见他们走过发出回声的院子沉闷的过道上的脚步声，然而仍旧没有人再说一句话。克莱南太太与杰拉米交换了一下眼色；然后都朝艾弗莉看了一眼，接着又朝她看了一眼；艾弗莉坐在那里，聚精会神地补着袜子。

“喂！”弗林特温奇先生终于开口了，身子一面朝窗座那边扭了几扭，两个手掌在上衣后摆上搓了几下，仿佛他这样搓了之后要动手做什么事情似的，“有什么要当我们面说的，最好快点说出来，别再捱时光了。——所以，老婆子，你走开吧！”

刹那间，艾弗莉扔下手中的袜子，跳起来，右手紧抓住窗槛，右脚往窗座上一跪，一面挥舞着左手，准备把要对她动手的人赶走。

“不走，我不走，杰拉米——不走我不走——不走我不走！我不走，我要呆在这里。我不知道的事我都要听听，我知道的我都要说出来。我终于要说了，我死也要说。我要说，我要说，我要说，我要说！”

弗林特温奇先生又是恼又是惊，简直愣住了，他伸出几个指头舔了舔，在另一个手的掌心上轻轻地划了一个圆圈，露出牙齿，带着威胁的笑，一面还是歪着身子朝他老婆那边走去：他一面走一面气喘吁吁地说着什么，可是在怒火压得他透不过气来的时候，只听见他说出“这么一丸药”几个字。

“一步也别再过来，杰拉米！”艾弗莉嚷道，一面仍旧不住地挥着手。“你一步也别再过来，你过来我就喊人了！我就从窗口跳出去！我就喊着火了，杀人了！我会把死人也喊醒的！你站着别动，动一动我就喊人，把死人也喊醒！”

克莱南太太用坚决的声音叫道：“站住！”杰拉米已经站住了。

“事情要收场了，弗林特温奇。随她去吧。艾弗莉，一起过了这么许多年了，你就一下子翻脸不认人了？”

“是的，要是我对你翻脸了就可以听听我不知道的事，说出我知道的事。我已经豁出去了，我不会再收回来的。我是下了决心要这么干了。我会这么干的，我会的，我会的，我会的！要是这么干就是翻脸，是的，我对你们两个头脑机灵的人翻脸了。亚瑟回家的当天晚上我就对他说，要站起来和你们对着干。我对他说，不要因为我怕你，他也要怕你。那以后事情就一桩桩地发生了，我不愿意让杰拉米牵着鼻子跑，也不愿意让他把我弄得糊里糊涂的，让他来吓唬我，也不愿意去做我也不知是什么事情的帮凶，再也不干了。我不要，我不要，我不要！我要替亚瑟站出来，他现在是一无所有了，又是生病，又是蹲监狱，自己没法子站出来说话。我会的，我会的，我会的，我会的！”

“你怎么知道，你这个糊里糊涂的货色，”克莱南太太严厉地问道，“像你现在这样做这种事情的时候，你也算是在为亚瑟出力呢？”

“我什么事情都是稀里糊涂不明白的，”艾弗莉说道，“要说你一辈子说过一句真正的话的话，那就是你说我是一个糊里糊涂的货色，因为你们两个头脑机灵的人是拼命要把我弄成这么一个人的。你不管我喜欢不喜欢就把我嫁人了，打从那以后，你就挺得意地叫我过一种从来没有人听说过的老是做梦、老是提心吊胆的日子，我不是个糊里糊涂的货色你还想要我做个什么人呢？你是要我做这么一个人的，我也真是这么一个人；可我再也不愿意驯驯服服的了；是的，我不要，我不要，我不要，我不要！”她的手仍旧在空中挥舞，谁过来她都这样。

克莱南太太默默无言地朝艾弗莉瞪了一阵之后，转身对里高说道："这个可笑的人，你看看，你听听。这么一个精神错乱的人呆在这里，你是不是反对呢？"

"我，太太？"他回答道，"我反对不？这话是问你的。"

"我没有意见，"她心情抑郁地说道。"现在已经没有反对不反对的了。弗林特温奇，事情要收场了。"

弗林特温奇的回答是朝他的老婆投去武力报复的目光，然后，他仿佛是避免自己向她扑过去，歪斜着身子将交叉的双臂往背心胸部插进去，下巴几乎碰到了一个胳膊肘，站在角落里望着里高，态度极为古怪。而那个里高，此时从坐着的椅子上站起来，坐到了桌子上，晃着两条腿。他用这个自由自在的姿态望着克莱南太太刻板的脸，他的髭须往上挪，他的鼻子往下挪。

"太太，我是这样一位绅士——"

"关于这位绅士，"她用她那从容不迫的语调打断了他的话，"我听到过指责，牵涉到一座法国监狱，还有谋杀的罪名。"

他以他那种夸张的殷勤朝着她吻了一下自己的手。"好极了。正是这样。杀的还是一个女人。多荒唐！多么叫人难以相信！当时我有幸取得了一个巨大的成功；我希望现在也能有幸取得一个巨大的成功。我吻你的双手。太太，我是这么一位绅士（我刚才是要说），嘴上说了'我在现在这一次会谈上一定要完成这样或那样的一件事情'，行动上是一定要做到的。我向你宣告，我们已经到了最后一次谈话了，关于我们大家的一桩小小的事情。请你听着我说，理解我的意思，行吗？"

她皱起眉头，两眼紧紧盯着他。"行。"

"再有，我是这么一位绅士，纯粹唯利是图的讨价还价可从来没有干过，可是金钱倒是历来很受欢迎的，那是追求享乐的手段。请你听着我说，理解我的意思，行吗？”

“大可不必来问，谁都会说，行。”

“还有，我是一位性情最宽厚、最温和的绅士，可要是让人怠慢了又会勃然大怒的。我有一个高尚的天性。要是一头雄狮被唤醒了——那就是说，要是我勃然大怒了——那么，我用敌意来偿还对我来说就跟金钱一样受欢迎。请你一直要听我说，理解我的意思，行吗？”

“行，”她回答道，声音比刚才响了一点。

“别让我打乱了你的情绪；请你别激动。我说了，我们现在是到了最后的会谈。请允许我回顾一下我们前两次会谈。”

“没有什么必要。”

“真是要命，太太，”他大声嚷道，“这是我的爱好！而且嘛，也好作作准备。第一次交谈很有限。我当时有幸与您认识了一下——递交了我带来的信件；我是个‘技能骑士[①]’，听候您的调派，太太，不过，我作为一位语言大师，凭我的高雅举止，在您的同胞中赢得这么多的成功。您的那些同胞嘛，他们内部办事态度古板得像他们自己上浆的衣服那么僵硬，可是对一位举止高雅的外国人却随时都肯通融——还谈起了我见到的几件小小的事情，”他朝房间四周看了看，微笑起来，“关于这座体面的房子，了解这座房子是有必要的，可以叫我放心，叫我相信，我的确是很荣幸地认识了我当时要找的太太。这件事我办到了。我对我们亲爱的弗林特温奇说，我用名誉担保，我会回来的。我是很得体地告辞的。”

---

① 原文为 Knight of Industry，来源于法文 Chevalier d’industrie，系磨刀工俚语，意即“靠耍小聪明过日子的人”。

她的脸上既没有表现出同意，也没有表现出异议。她的脸与他停顿的时候一样，与他说话的时候一样，到现在为止他总是看到这同样聚精会神地紧锁着的眉头，看到前面提到过的隐约中流露的心情，她是为了要见客才振作起精神来的。

“我说，得体地告辞，因为不去惊动一位太太就告辞是得体的。在精神上做得得体，就跟物质上一样，那也是里高·布兰德瓦性格的一个部分。不光是得体的，而且也是精明周到的，让您一面受到一点威胁，一面犯一点小小的愁再盼着我，在某一个没有明说的日子里回来。不过您的奴隶是精明周到的。天哪，太太，精明周到的！我再说回来。在一个没有明说的日子里，我又荣幸地来到了您的家。我明白地表示过，我有一点东西要卖，这一点东西假如不买下来，就会损害我无比敬仰的太太的名誉。我说的是一般的问题。我要求——我想当时我说的是一千英镑。您有什么话要说吗？”

这样一来也就迫使她说话了，她心情紧张地回答道：“你当时要的差不多是一千英镑。”

“我现在要求，两千。这就是拖延带来的恶果。不过再把话说回来。我们并不是一致的；那个时候我们意见有分歧。我开了个玩笑；开个玩笑也是我和和气气性格的一个部分。我开了个玩笑，变成了一个让人杀了、藏起来的人。因为，我的滑稽的主意儿引起了人们的猜疑，对太太来说，光是从这样的嫌疑中逃脱出来，就值这个数目的一半了。意外的事情，还有那些探子搅了我开的玩笑，糟蹋了我的果实，也许是这么一回事——谁知道呢？只有您和弗林特温奇了——就在果实刚成熟的时候。就这样，太太，我最后一次又到这里来了。听着！肯定是最后一次了。”

他朝她那紧锁的眉头傲慢地瞪了一眼，晃荡的皮靴后跟在桌子折板上敲了一下，语气开始变得凶狠起来。

"咄！停一下！我们一步一步来。这是根据合同我要付的旅馆单子。从现在起再过五分钟我们就会剑拔弩张了。我是不会再等下去的，一等你就会哄骗我的。给钱哪！把钱点给我！"

"把他手里的单子拿来，给他钱，弗林特温奇，"克莱南太太说道。

弗林特温奇先生走过来接那张单子的时候，里高朝那老头脸上把单子猛地一扔；同时伸出手来，一面大声嚷嚷地重复道："给钱哪！把钱点给我！不是伪造的！"杰拉米捡起那张单子，那双充血的眼睛看了看上面写的总数，从口袋里取出一个小帆布袋，在手上点了那个数目。

里高接过钱叮当地玩弄着，放在手中掂了掂，轻轻抛起来，接住了，又叮当地玩弄。

"这钱币的叮当声，对胆大的里高·布兰德瓦来说，就像老虎嘴里的新鲜肉食那么有味。太太，您再说说。多少？"

他蓦地转过身来望着她，抓着那把钱币的沉甸甸的手做出一个威胁的姿势，仿佛他要用这只手朝她打去。

"我已经同你说过，现在再说一遍，我们这里并不像你想象的那么富，你的要求也太过分。我现在也没这个能力来满足这样的要求，即使我很想满足你。"

"即使！"布兰德瓦嚷道。"听听这位太太说的即使！你是不是要说你不想满足呢？"

"我只说我觉得要说的话，不会说你觉得要说的话。"

"那就说出来吧。想怎么样。快！快说想怎么样，我好知道怎么办。"

她的回答既不快，也不慢。"你好像是已经拿到了一张票据——或者拿到了几张——要是有，我的确是想收回来的。"

里高哈哈地一阵大笑，脚跟嘭嘭地敲着桌子，一面叮当地玩弄着手中的钱币。“我看是这样！这一点我是相信你的！”

“票据可能对我来说值一笔钱。我说不上怎么个多法，怎么个少法。”

“妈的见鬼！”他蛮横地问道。“想了一个星期了还没有想好？”

“是的！我可怜巴巴的，不行！——因为我再说一遍，我们这里穷，不富——对一种权限，我还不知道它有多么小，也不知道有多么大，那我是绝不会给一个价的。你暗示、威胁，这已经是第三次了。你要么说得明白一点，否则你爱上哪里就上哪里，爱怎么办就怎么办吧。做一只听任这样的一只猫随意摆弄的耗子，还不如一下子就被撕成碎片。”

他那两只靠得太近的眼睛朝着她盯得那么紧，两只眼睛阴险的视线相互交叉，似乎把他那个鹰钩鼻的鼻梁也真的歪曲了。他眼睛盯了很久之后，又发出一阵凶残的笑，说道：

“你是个胆大的女人！”

“我是个坚决的女人！”

“你以前一直都坚决。什么？她过去一直都坚决；难道不是吗，我的小小的弗林特温奇？”

“弗林特温奇，什么也别跟他说。他在这里，现在，要说什么就尽量让他说；或者现在就走，要怎么干就让他干。你知道这是我们的决心。就让他照此行动吧。”

她并没有在他邪恶目光的威逼下退缩，也没有避开他的目光。他又把那邪恶的目光投向她，然而她依然如故，保持在她原先眼睛盯着的地方。他跳下桌子，搬过一把椅子放在沙发旁边，坐下来，一个胳膊靠在沙发上，就搁在她的胳膊旁边，并伸手碰碰她的胳膊。她则一直紧锁着眉头，目不转睛，毫无表情。

“那就请洗耳恭听吧，太太，我要在这个小小的家庭聚会上，讲一点家史，”里高说道，一面用指头在她胳臂上警告地拍了拍。“我也可以算个医生。我来给您诊脉。”

她任他拉过她的手腕放在他手上。他握住了，开始说起来：

“是一部写着奇怪的婚姻，奇怪的母亲，报复，压制的家史。——哎，哎，哎？这脉象奇怪呀！我好像觉得手一按上去就加快了。您这病平日也有这样的变化吗，太太？”

在抽走她那残废的胳膊的时候，她的这只胳膊挣扎了一下，然而她的脸却不曾见这样的表情。他的脸上流露出他那样的笑容。

“我过的是闯荡的生活。我是一个爱闯荡的人。我认识许多的冒险家；都是些有意思的人——一些和和气气的人！我就是从这样的一个冒险家那里得知，并且证实了——我重复一遍，可敬的太太——证实了——我就要开始讲的引人入胜的小小家史。您一定会听得入神的。可是，咄！我忘了。你总得给一部家史起个名哪。我把它叫作一座房子的历史，怎么样？可是，咄！又有问题了。房子可多啦。我把它叫作这座房子的历史，怎么样？”

他斜靠在沙发上，身体支在椅子的两条腿和他的左胳膊肘上；那只手频频拍着她的胳膊，以此加重他的话的分量；他两腿交叉；他右手有时捋一捋头发，有时摸一摸髭须，有时拍一拍鼻子，但是不管他做出什么动作，他总是在威胁她；粗暴、蛮横、贪婪、无情、有力；他从容不迫地述说起来。

“那么，我最好就给它起名叫这座房子的历史。我开始讲了。这里曾经住着，我们假定，一个叔叔和一个侄子。叔叔嘛，是个性很强的严厉的老先生；至于那个侄子，是个胆小惯了的人，受到压制，受到控制。”

艾弗莉夫人坐在窗座里竖起耳朵听着，一面咬围裙翻起来的一角，浑身上下不住地发抖，听到这里她大声嚷道："杰拉米，你别走过来！我做梦的时候就听说过亚瑟的爸爸和他爸爸的叔叔。他说的就是他们。那时候我还没到这儿来；可我做梦的时候听说过，亚瑟的爸爸是个怪可怜、没主意儿、老提心吊胆的人，他年轻的时候，就过的是没爹没娘的日子，别的什么都吓得没影儿了，就连挑个老婆他也没说话的分儿，是他叔叔替他挑中了她。她就在那儿坐着！我做梦的时候听见的，是你亲口跟她本人说的。"

在弗林特温奇先生朝她挥舞拳头的时候，在克莱南太太朝她瞪着眼睛的时候，里高朝她吻了吻手。

"完全正确，亲爱的弗林特温奇太太。你可是个做梦的天才人物。"

"我可不要你来夸奖，"艾弗莉回答道。"我什么也不想跟你说。可杰拉米说那都是梦，是梦我就当梦来说！"说到这里她又把围裙塞到嘴里，仿佛她是把别人的嘴堵住——也许是杰拉米的嘴，他的嘴叽里咕噜地威胁她，仿佛他冷得直发抖。

"我们敬爱的弗林特温奇太太，"里高说道，"突然之间有了了不起的敏感，了不起的灵性，她真该叫人佩服。是的。家史就是这样的。老先生，就是那个叔叔，命令侄子娶亲。老先生对他说了这样的话：'我的侄儿，我替你找了个跟我一样，性格很坚强的太太；一个坚决的太太，一个严厉的太太，一个有意志能够把懦弱的人砸得粉碎的太太；一个不知道可怜、不知道爱、不知道宽恕、一心想报复、像石头一样冷淡，可发起怒来像烈火一样的太太。'啊！多么刚强！啊，多么智力过人！的确，我用那个老先生，那个叔叔想象的话讲的那个人，她真是一个傲慢、高尚的人。哈，哈，哈！真他妈的要命，我喜欢这位可爱的太太！"

克莱南太太的脸色变了。她脸上可以看到明显的灰暗颜色，眉头锁得更紧了。“太太，太太，”里高说道，一面用指头拍拍她的胳臂，仿佛他那冷酷无情的手在弹拨一件乐器，“我看得出我让你感兴趣了。我看得出我激起了你的同情心。我们再往下说！”

然而，那往下挪的鼻子，那往上挪的髭须，得用那只白皙的手遮起来，他才能往下说；他对自己说的话产生了效果感到得意，很得意。

“那个侄子，就像说话一点也不拖泥带水的弗林特温奇太太刚才说的，真是个可怜巴巴的人，只过着没爹没娘的日子，什么都吓得没影儿了，饿得没影儿了——那个侄子，俯首贴耳的，给了个答复：‘叔叔，要决定就听您的。您爱怎么样就怎么样！’那个老先生，他的叔叔，就真按他自己的意思办了。他历来是这么办事的。顺顺当当的婚礼操办起来了；那一对新人就回家到了这座可爱的房子；那位太太，我们假定，受到了弗林特温奇的接待。嘿，老奸巨猾的东西，是吗？”

杰拉米两只眼睛只是盯住他的老婆子，并没有回答。里高看看这个，又看看那个，拍了一下他那丑陋的鼻子，舌头发出咯的一声响。

“没过多久，那太太就有了一个奇怪的、叫人激动的发现。那个时候，她满肚子的气愤，满肚子的醋劲，满肚子的仇要报，想出了——瞧你，太太！——一个惩罚的计策，目标是对准她的敌人，责任嘛，她非常巧妙地迫使她那个已经是服服帖帖的丈夫去承担。多么高超的智力！”

“别过来，杰拉米！”浑身发抖的艾弗莉嚷道，一面从嘴里又把那围裙一角拿出来。“可我做的梦里面有一回，一个冬天的晚上，黄昏的时候，你跟她拌嘴，你对她说——她就坐在那边，你看着她——亚瑟回家的时候，她不该让他就这么只怀疑他的爸爸；你说她一直都是有能耐、有力量的；你说她本来就应该对亚瑟再胆子大些，要为他爸爸说话。就是在做这个梦的时候你对她说她不是——不是什么，可我不知道是说什么，因为她大喊起来，把你的话打断了。你跟我一样，那个梦你是清清楚楚的。你拿着灯下楼到厨房里来，一把拉下我头上遮的围裙的时候，你告诉我我那是在做梦的时候，你说你一点儿不相信有什么响动的时候，你跟我一样，那个梦你是清清楚楚的。”艾弗莉倒出这一串话之后把围裙又往嘴里塞；但她一只手一直抓着窗槛，一个膝盖跪在窗座上，假若她的老头子、主子靠近她，她随时便可喊救命，随时便可跳楼。

里高竖起耳朵听着她的每一句话。

“哈哈！”他兴奋地说道，并挑起两道眉毛，抱起双臂，仰靠在椅子上。“没说的，弗林特温奇太太是一个传达神谕的人！我们，我与你，还有这个老奸巨猾的东西，应该如何理解她传达的神谕呢？他说你不是——？你听了就大喊起来，打断了他的话！你过去不是什么那是什么呢？你现在不是什么又是什么呢？你就说吧，太太！”

听了他这个凶狠的玩笑，她呼吸更加急促了，嘴难住了。她嘴唇颤抖了，张开了，尽管她竭尽全力要紧闭起来。

“行了，太太！就说吧！我们这个老奸巨猾的东西说，你不是——你就打断了他。他当时是要说你不是——什么？我知是知道了，不过嘛，我想从你这里知道一点小小的秘密。怎么样？你不是什么？”

她又试图憋住不说，然而她还是气呼呼地大声说道：“不是亚瑟的母亲！”

“好，”里高说道。“你是肯服从的。”

她的忿怒的爆发，撕去了她脸上凝固的表情，封了如此久长的闷火，每一块被划开的部分都喷发了，此时她大声说道：“我自己来说！我不要听你嘴里吐出来的话，不要听沾染了你的邪恶的话。既然非把事情亮出来不可，那我也要用我这个当事人的观点来亮。什么也不要说了。听我说！”

“你假如不是个甚至比我所了解的还要顽固、还要固执的女人，”弗林特温奇先生插进来说道，“我看你最好还是让这个里高先生、布兰德瓦先生、魔王先生，自己怎么说就怎么说吧。他什么都知道了，还管它干什么？”

“他并不都知道。”

“他想知道的都知道，”弗林特温奇先生暴躁地嚷道。

“他不了解我。”

“你这个自高自大的女人，你说他关心你的什么事？”弗林特温奇先生说道。

“我告诉你，弗林特温奇，我要说。我告诉你，事情到了这个地步了，那就我自己亲口说出来，从头到尾都让我自己来说。怎么！我在这间屋子里难道什么苦也没受过，过的不是清苦日子，没有被监禁过，所以我到头来竟堕落到在这样的玻璃房子里苦苦思索！你看见他没有？你听见他没有？假如你的妻子比现在还要忘恩负义一百倍，假如我比现在还要绝望一千倍，这个人已经住嘴了，我也说服不了她闭上嘴巴，那就只好自己来说了，我不想受这种折磨，叫他去说。”

里高把椅子朝后稍稍推了推；朝前伸直了双腿；就在她的对面，抱着双臂坐着。

“你不知道，”她接着对他说道，“在严格的、受束缚的环境中长大，那是个什么滋味。我就是这样长大的。我年纪轻的时候过的并不是充满罪孽深重的欢乐和享受的轻松日子。我过的日子是健康的压制、惩罚和恐惧的日子。我们内心的败坏，我们行为的邪恶，落在我们头上的灾祸，包围我们的恐怖——这些就是我童年时代的主题。这一些造就了我的性格，使我充满了对坏人的憎恶。老吉尔伯特·克莱南先生向我父亲提出要让他没有了父母的侄子做我的丈夫，当时我父亲特别对我说了，他，和我一样，也是在严格的管束下长大的。他对我说，除了他精神上经受的戒律之外，他还是在一个不让他吃饱的家中生活的，他生活的那个家中，吵吵闹闹，蹦蹦跳跳是没听说过的，那里每一天都和前一天一样，是充满苦难和折磨的一天。他对我说，他早就是一个老成的人了，他叔叔承认他是个老成的人那已经是后来的事；他说，从他上学读书到那一个时刻为止，他叔叔的家一直是防止违反宗教原则和放荡行为毒害的庇护所。当我们结婚还不到一年的时间，就在我父亲说起我丈夫的那个时候，我发现他竟冒天下之大不韪，违反上帝旨意，把一个有罪的人放到了我的地位上，难道我还要怀疑，不是天意叫我去发现这种罪恶勾当，不是叫我去亲手惩罚那个永灭的人吗？难道我要立即取消——不是我自己的冤屈——我算什么！——而是我从小被灌输的对罪恶的竭力抵制，对罪恶的全力斗争吗？”

她伸出愤怒的手，按住桌子上放着的那个表。

“不！‘永不忘’代表这三个字的三个字母现在就在这里面，当时也在这里面。上帝旨意要我找到以前那封说明这三个字的信，读了信我明白了这三个字的意思，是谁写的，为什么要这样写，把它和这块表一起藏在他秘密的抽屉里。没有上帝的旨意，就发现不了秘密。‘永不忘’我听起来这好像是愤愤的云端里传来的声音。永不忘天罚大罪，永不忘受命于天意的发现，永不忘受命于天意的苦难。我没有忘记。我记着的是我自己的过错吗？是我自己的！我只不过是一个仆人，一个执行者。除了让他们困在自己犯下的罪恶的枷锁上，交付于我之外，我能对他们行使什么权力！”

自从这个头发花白、性格果断的女人所指的那个时候以来，她已经度过了四十多年的光阴。四十多年的努力与争斗，对付那秘密的传闻，认为她无论把她的报复的傲慢与忿怒称作什么，但什么都永远不能改变其本性。然而，虽然那四十多年的时光流逝了，这个复仇女神现在来了，虎视眈眈地望着她，但是她却依旧恪守她过去不敬神的宗旨——依旧将创世的先后次序颠倒，把她自己的生命吐入了她的上帝捏成的泥人。确实，确实，旅行者们在许多国家看到过许多怪异的偶像；可是，比我们凡人按照我们自己的形象，依照我们自己的丑恶感情创造的偶像，更加大胆、更加粗野、更加可怕的神像，却没有一个人亲眼见到过。

“当我硬是叫他把她交出来给我，说出了她的名字与住处，”她在一发而不可止的愤怒与辩解中继续说道；“当我指责她，而她掩着脸跪在我的脚下，我说出来的是我的伤害吗？我数落她的是我的责备吗？昔日受命找恶神指责他们的人——他们不也是执行者与仆人吗？我，一个毫不足道、与他们毫无关系的人，难道没有罪恶要谴责吗？当她对我辩解，说自己年少无知，他生活贫穷、艰苦（这是她对他的辜负了道德训育的解释），他们两人秘密地举行过亵渎的婚礼，当我最初受命做惩罚他们的工具时，过失与耻辱使他们两人恐惧万分，她放弃了他，把他让给了我时仍旧怀着对他的爱（因为她跪在我脚下对我说过这个字眼），在那样的时候，变成了我的脚凳的是我的敌人吗！使她畏缩颤抖的是我的愤怒的言词吗！这个力量不归咎于我；迫使赎罪也不归咎于我！”

她的指头甚至能够随便动弹也是许多年前的事了；但是，很明显，她已经不止一次拿紧握着的手猛力捶过桌子了，她说这些话的时候整个胳臂都举起来，仿佛这是她的平平常常的动作。

“从她心的冷酷和堕落的险恶中逼出来的悔改是怎样的呢？我，要报复、要记恨吗？对那些像你一样不道德，只受命于撒旦的人来说，我恐怕是这样的。笑吧；但人家会了解我的，跟我自己想的一样，跟弗林特温奇想的一样，虽然只有你，只有这个愚蠢的女人，认为我是这样的人。”

“再加一句，还有你自己，太太，”里高说道。“我还有一点小小的怀疑，那位太太好像很想证明自己是对的。”

“不对。不是这么一回事。我没必要这样，”她说道，非常用力，非常生气。

“真的吗？”里高反问道。“哈！”

“我问，要求她在善行上怎样悔过呢？‘你有个孩子；我没有孩子。你疼爱那个孩子。把他给我。让孩子觉得他是我的儿子，让大家都相信他是我的儿子。为了不把你张扬出去，他的爸爸要立誓永不再见你，不和你来往；同样，为了避免他的叔叔不再认这个侄子，为了避免你的孩子变成一个叫花子，你也要立誓永不再见他们两个人，不再和他们两个人来往。做到了这一条，你放弃现在从我丈夫那里得到的收入之后，我来承担你的生活费。假如你把躲避的地方不说出去，那你就可以造成假象，要是你乐意，我也不说出去，要是除了我真的谁也不知道你的下落，那你就有一个好名声了。’就这些。她不得不把她罪恶、可耻的感情牺牲了；完了。她当时可以尽情暗中去背那有罪的重负，可以尽情暗中去伤心；通过现在这种悲伤（对她来说是够轻的，我想！）去赎自己的罪，免受无穷无尽的悲伤，假如她能够的话。假如现在我这样惩罚了她，难道我没有给了她一条今后的路吗？假如她明白自己被无法满足的复仇和扑不灭的怒火所包围，那就是我的复仇和怒火吗？假如当时以及后来，我拿包围了她的恐怖来威胁她，是我亲手制造的恐怖吗？”

她翻过桌子上那块表，将它打开，脸上是刻板的表情，注视着里面刻的字母。

“他们没有忘记。对这种罪过天意不容，犯罪的人决不能忘记。

假如让亚瑟呆在身边是让他父亲受到一天又一天的责备，假如让亚瑟不在身边是让他母亲遭受一天又一天的痛苦，那是耶和华的公正的处置。良心的发现使她受到刺激发了疯，万物主宰耶和华的意志又要叫她过着这样的生活疯上许多年，这也可以归咎于我。我尽心竭力要让那个不去感化就会有别种注定命运的和没有希望的孩子受到感化；给他出身体面的名声；让他在恐惧和颤抖的气氛中长大，过一种实际悔悟的生活，为了那个他还没有来到这个罪恶的世界的时候就沉重地压在他头上的罪过。这也是一桩冷酷的事吗？这个前所未闻的罪过，我并没有与他们合谋，可是我就没有受到这罪过带来的后果的惩罚吗？我和亚瑟的父亲中间隔了半个地球，分居两地，可是也不能说远，假如我们同住在这座房子里，也同样是分居。他去世了，这块表，连同表里面写的‘永不忘’，送回来给我。我**没有**忘记，虽然我对这句话的理解和他不一样。我对这三个字的理解是，我是遵循天意做这些事情的。自从这块表放在这张桌子上那天起，我就是这样理解这三个字的，在这块表上的三个字远隔千里之外的时候，我也是这样理解的，都是一样地清清楚楚。”

她以新获得的支配双手，而自己又毫无觉察的自由，拿起那只表盒，垂下双眼注视着，仿佛她要惹它来刺激她。就在她这样注视着这只表盒的时候，里高响亮而蔑视地捻了一下指头，喊道：“行了，太太！时间不多了。行了，虔诚的太太，避免不了的！你说的都是我早知道的。说说偷走的钱吧，你不说就我来说了！真他妈的要命，你那些噜里噜苏的话我听够了。爽快一点，说说偷走的钱吧！”

“你这个恶棍，”她回答道，此刻她双手捧住了头，“我也不知道，弗林特温奇是怎么卤莽地出了差错，他怎么会办得那么不周到，因为这些事情只有他一个人相帮，事情都是托他去办的，是谁，又是怎么样把一份烧成灰的材料拼起来，让你弄到了那份遗嘱的附录，我都不知道，就像我不知道你怎么还会有别的本领在这里——”

“可是，”里高打断了她的话，“说来也怪，我巧得很，在一个我知道的便当地方，我拿到了吉尔伯特·克莱南先生遗嘱的那同一份短短的小小附录，是一位太太所写，这同一位太太，还有我们这个老奸巨猾的东西，连署的！啊，咄，老奸巨猾的东西，不老实的小傀儡！太太，我们再说下去。时间紧着呢。你说，还是我说呢？”

“我！”她回答道，态度更加坚决了，倘若真能再坚决一些的话。“我，因为我不能忍受让你来可怕地歪曲我，暴露给我自己看，也不能忍受把我歪曲了，暴露给任何一个人看。你，蹲惯了臭名远扬的外国监牢和小船，照你的做法，会把事情说成我就是为了钱。可那不是钱的事。”

“咄，咄，咄！我暂时就不讲什么礼貌了，我说这是撒谎，撒谎，撒谎。你知道你把契约瞒了，自己把钱留下。”

“不是为了钱，恶棍！”她挣扎了一下，仿佛她想跳起来；在她情绪激动的时候，甚至似乎已经用她那两只瘫痪的脚站起来了。“假如吉尔伯特·克莱南身体衰弱、快要死了，有个幻觉使他感到苦恼，似乎恍恍惚惚要宽容一个姑娘，就是这个姑娘，他听说他的侄子过去曾经看中过，是他把侄子对那姑娘的爱情扑灭了，她后来情绪低落，抑郁，回避所有认识她的人——假如他在身体衰弱的那种情况下，对我这个因她的罪过而生活变得暗淡的人，受天之命从她自己的手，从她自己的嘴知道了她的邪恶的人，口授了他的遗赠，用来补偿她的所谓不该遭受的苦；我藐视那种不公正的对待，和我眼红的不过是钱——你，和你蹲监牢的伙伴，随便从什么人那里都可以偷的东西——两者之间难道就没有区别吗？”

“时间不多了，太太。注意了！”

“假如这座房屋让大火从屋顶一直烧到地面，”她回答道，“我也要呆在里面，证明我是正当的，来抗议把我的正直的动机与杀人犯、与贼的动机混为一谈。”

里高嘲弄地朝她脸捻了一下指头。“一千畿尼的金币留赠给那个被你慢慢逼死的小小的美人儿。一千畿尼的金币留赠给她的保护人也许到了他五十岁会有的小女儿，或者(要是他没有)他兄弟的小女儿，在她成年的时候，‘留作他出于无私会最喜欢的纪念，纪念他对一个举目无亲的年轻孤女的保护’。两千畿尼的金币。怎么！你永远不愿意说说钱的事？”

“那个保护人，”她情绪激烈地说着的时候，被里高打断了。

“姓名！就叫他弗莱德里克·杜丽先生。别再躲躲闪闪的了！”

“那个弗莱德里克·杜丽就是所有这一切的起因。假如他不是个吹乐器的，在他年轻、走红的日子里也没有一座闲着的屋子，在那里，那些唱歌的，弄乐器的，以及这一类邪恶的门徒，藐视光明，歌唱黑暗，那么，她也许就一直留在她那卑微的地位上，也许也不会被抬举起来，最后又堕落。可是，不是这样。撒旦把弗莱德里克·杜丽迷惑了，对他说他是个具有天真而值得称道的情趣的人，做出过善良的行动，现在有一个穷姑娘，有一副唱歌的好嗓子。于是他就教她唱歌。后来亚瑟的父亲认识了她。他在道德教化的崎岖道路上本来就一直背地里在渴望被叫作艺术的可恶陷阱。就这样，一个堕落的孤儿，一面被训练成为一个唱歌的姑娘，一面通过那个弗莱德里克·杜丽的帮助，冲着我来了，我遭到了藐视，受到了欺骗！——不是我，那就是说，”她脸一下子涨红了，急忙补充道；“一个比我更伟大的人。我算什么？”

杰拉米·弗林特温奇在她说话的时候歪斜着身子一步一步朝她走过去，此刻他与她靠得很近而她却毫无觉察，不以为然地做出一个特别歪斜的脸相，同时拉了一下绑腿，仿佛她这些托词就是他腿上的小钩子。

“最后，”她继续说道，“因为这些事情我要说的都说完了，我不想再噜苏了，你也不要再噜苏了，剩下的就是决定一下，这些事情是不是就我们在座的几个人知道；最后，我把那个文件瞒起来，亚瑟的爸爸是知道的——”

“知是知道，可是没征得他的同意，你知道，”弗林特温奇先生说道。

“谁说征得他的同意啦？”发现杰拉米与她靠得这么近，她吓了一跳，头往后一靠，愈加不信任地望着他。“他要我把文件拿出来，我就是不肯，那个时候你老在那里插手，要是我说，他是同意的，你要指出我的错处，机会多得很。我刚才说，我把那个文件瞒起来的时候，我并没有要把它销毁，而是藏在身边，就在这屋子里，藏了许多年。吉尔伯特其余部分财产是留给亚瑟的爸爸的，我在那个时候，不动用超过这两笔款子的钱，也可以假装找到了这个文件。可是，除了一定是直截了当地撒了个谎来找这个借口之外(是一个极大的责任)，我在这里受罪的这些日子里，一直都觉得没有新的理由要把这份东西拿出来公开。这就叫恶有恶报；这是一个幻觉的反面结果。我做的事情都遵循天意，我关在这四堵墙壁里面，遭受的也是天意要我遭受的。到了那份东西最后——照我自己心里想的——当着我的面销毁了的时候，她早就已经死了，还有她的保护人，弗莱德里克·杜丽，罪有应得，早就已经倾家荡产，身体也垮了。他没有女儿。那个时候之前我找到了他的侄女；我对她的照顾，比给她拿着也没有用的钱，要有益得多了。”她过了一会儿又补了一句，仿佛她是在对那块表说话，“她本人是无辜的，在我死之前，我不会忘记要把这个文件拿出去交给她的。”说完之后，她坐在那里盯着那块表。

“要不要让我给你提示提示，可敬的太太？”里高说道。“我的朋友，那个蹲在监狱里的人——我灵魂上的班房伙伴——从国外回家的那个晚上，这个小小的文件就在这座房子里。要不要再让我给你提示提示？那个从来没长出羽毛来的学唱歌的小鸟儿，一直关在笼子里，你派监护人看着，我们这一位老奸巨猾的东西是清清楚楚的。我们要不要好好儿劝劝我们这位老奸巨猾的东西，给我们说说他上一次是什么时候和他碰头的？”

“我来说！”艾弗莉拉出嘴里塞的围裙，喊道。“我第一次做梦，就看到了。杰拉米，要是你现在靠近一步，我就喊救命，让圣保罗教堂里的人都听见！这个人刚才说的就是杰拉米的双胞胎兄弟；亚瑟回家的那天，那个人半夜里到这里来的，杰拉米亲手把这份东西交给他，还给他我也说不清是什么的东西，他放在一个铁匣子里拿走的。——救命啊！要杀人了！救命啊，杰拉——米——要杀人了啊！”

弗林特温奇先生朝她扑过去，然而被里高在半路一把抱住了。弗林特温奇与里高拼了一阵后，松了手，把两手往口袋里一插。

“怎么！”里高用胳膊朝弗林特温奇推推搡搡将他顶回去后，喘过气来说道，“有这么大做梦本领的太太，你朝她显威风？哈，哈，哈！喂，你要表现表现自己，她可是一笔财富呢。她做的梦，一个个都应验了。哈，哈，哈！你跟他像极了，小个子弗林特温奇。跟他像极了，在安特卫普[①]码头附近，高屋顶下面的小街，‘三张台球桌’歌舞餐馆，我就认出他了（我那时候第一回替他用英语跟主人说话）！啊，他真是个很会喝酒的好小子。啊，他真是个很会抽烟的好小子！啊，他就住在一间漂亮的单身公寓里——现成家具，在六楼，底下是煤炭行，成衣店，做椅子的，做木盆的——在那里我也认出他了，他

① 比利时港市。

在那里又是白兰地，又是烟，一天要睡死过去十二回，发作一回，到后来发作一回他也受不了，就上了天。哈，哈，哈！他放在铁匣子里的文件我怎么弄到手的，这有什么关系呢？也许他是托我亲手转交给你，也许铁匣子锁着，引起了我的好奇，也许我把它瞒起来了。哈，哈，哈！这有什么要紧的，结果我都是保存得好好儿的，对吗？这事我们都不计较；嗨，弗林特温奇？这事我们都不计较；是不是，太太？”

弗林特温奇先生也用胳膊肘回敬了里高几下之后走开了，站到他那个角落里，他此刻在那个角落里手插在口袋里站着，一面喘气，克莱南太太眼睛瞪着他，他眼睛也瞪着克莱南太太。

“哈，哈，哈！这是怎么啦？”里高说道。“瞧你们这样子，好像你们两个都不认识似的。克莱南太太，你呢，瞒着不说，弗林特温奇先生呢，在背地里搞鬼。让我来把他介绍给你吧。”

弗林特温奇先生一只手从口袋里抽出来搔他的下巴，并且一面搔着一面向前走了一二步，眼睛却依旧盯着克莱南太太，就这样他对她说：

“喂，我知道你眼睛睁得这么大看着我是什么意思，不过嘛，其实你也用不着把眼睛睁得这么大，因为我不会理睬的。我跟你说了多少年了，我说你也可以算得上一个最最固执、主意儿最大的女人了。你就是这么一个人。你说自己卑贱，罪孽深，我倒要说你在女人里面是最自以为了不得的人。你就是这么一个人。我跟你拌了嘴，我一回回都跟你说过，你是要叫什么都在你面前屈服，可我就是不屈服——我跟你说过，你是要把谁都一口活吞到肚子里去，可我就是不让你活吞了。你为什么不把那个文件一到手就销毁了呢？我劝过你的；可是你不听，你是从来不兴听人家劝告的。当然啰，你非得把它藏起来不可。当然啰，你也许会另外找个时候去办的。好像我连这个也不懂似的！我自己心里明白，你很得意，一边去办，一边又让人家怀疑你还把它藏在身边。可是你就是这么自己骗自己的。你让人家觉得，你做出这种事情来并非因为你是个厉害的女人，谁都不放在眼里，恶毒，毒辣，不饶人，而是因为你是个仆人，是个执行者，是天意要你这么干的，你就是这么在自己骗自己。你是个什么东西，天意要你去这么干？兴许你这是信仰，可我说这是鬼话。我做的事都跟你实说了吧，”弗林特温奇先生说道，他交叉着两臂，俨然是动辄发怒、顽固不化的一副形象，“我是一直受气——受了四十年的气了——你对我也是那样架子十足的，可我比你懂得多了；结果呢，这么一来我倒浇了一盆冷水，弄得低三下四的。我真佩服你；你是个精明、能干的女人；可再精明、再能干，也不可能叫人受了四十年的气都不恼火。所以你现在把眼睛睁得再大我也不理睬。好吧，我就说说那个文件吧，我要说的话你可听好了。你找了个地方把它藏起来，对谁都没说藏在哪里。那个时候你手脚是能活动的，你要是想把文件拿出来，是拿得到的。可你听着！后来，你不行了，成了现在这模样，这么一来你就算想把它拿出来，也拿不到了。就这样，那个文件，多少年了，就一直放在藏的地方。到最后，我们天天都担心亚瑟回家来，知道他哪一天都会回家来的，谁也没法子说他会在屋子里怎么个查法，我跟你说了几千回了，要是你拿不到，就让我去拿吧，拿出来放火里烧了。可是没用——除了你谁也不知道放在哪里，这就是权；随你把自己说成个是怎么样不行的人，我说你就是个死要权的女魔王！有个星期天夜里，亚瑟回家了。他在这房间里还没坐上十分钟，他就说起他爸爸的表。你肚子里很清楚，他爸爸把那块表送来给你的时候，那个‘永不忘’只能是指‘永不忘’瞒着的事情，因为别的事那时候都平息了，了结了。要赔偿！亚瑟的举动可把你吓的，那个文件嘛到头来非得烧了。所以，那个大惊小怪的女人、臭婆娘，”弗林特温奇先生朝他老婆龇牙咧嘴笑了一笑，“还没有服侍你上床，你终于跟我说了你藏那个文件的地方，在地窖里放的分类账本里面藏着，就在第二天早上，亚瑟自己也下去翻过。可是，星期天晚上是烧不得的。不能；你严格着呢，是的；我们非得等过了十二点，到星期一才行。哼，做出这一些事情就是要把我活活吞吃了嘛，真叫人受气；所以，我一来有点上火，一来也没你那么严格，十二点钟没到我就拿那文件看了看，再回忆回忆它的模样——在地窖许多发黄的单据里面拿了一张，也跟这一样折起来——后来，时辰已经到了星期一早晨了，你就躺在那床上，我就借着你那盏灯的亮，从你床边走到这壁炉跟前，跟变戏法一样耍了个小小的调包计，就烧了。我那个开疯人院的兄弟伊弗雷恩（我真希望他自己也穿一穿疯人紧身衣呢），你给他的干了很久的差事完了之后，他干过好多工作，可都没干出什么名堂来。他老婆死了（我没说死了老婆就那么了不得；我那老婆早该死了，死了倒好），他把钱花到了疯人身上，也没什么名堂，他整治一个疯子过了火，弄出了乱子，背了一身债。他东拼西凑弄了些钱，又从我这里拿了一点要去避避风头。就在那个星期一的早晨，他一早就到这里来过，他是在等涨潮；一句话，他是要到安特卫普去，就在那个地方（我说出来恐怕你会吃一惊，他真是该死！）他认识了这位先生。他老远地到我这里，我当时想，他不过是困了；可我现在想起来他是喝醉了。在亚瑟的妈妈还是由我兄弟和他老婆照看的那阵子，他妈妈老在那里写，写个不停——大都是向你坦白的信，是祈求宽恕的话。我那兄弟过一些日子就交给我许多张她写的这些话。我心里想，我把这些信留着，跟让这些信也活吞了，都是一回事，没啥不一样；我嘛，就把这些信放在一个匣子里，兴致来就拿出来一张张翻翻。我知道亚瑟来找这个文件，还是把它换个地方的好，所以我把文件也放到同一个匣子里，我拿了两把锁把匣子锁起来，我托我兄弟把匣子拿走，藏起来，等我写信去拿再交还给我。我写信了，可一直没回音。到了这位先生第一回光临此地，我才知道怎么会没回音的。当然，我那时候已经怀疑是怎么的了；我也不要他解释这是怎么回事，他不说我也知道，他知道的那些事是从我藏的那些信里弄来的，从你那个文件里弄来的，从我兄弟喝酒、抽烟时说的胡话里听出来的(我说他真应该把自己的嘴巴封起来)。哼，我还有一件事要说说，就一件，你这个蠢女人，这事就是，我现在还说不准，这个遗嘱附件，我当初是该叫你惹出点麻烦来呢，还是没有的好。我看还是没惹什么麻烦；我要是拿住了你的把柄，能够对付你，我是会很得意的。在眼前这种情况下，我没有别的要对你说明的，要等到明天晚上这个时候再说。所以我说你呀，”弗林特温奇先生说道，他将身子歪了一下结束了他的滔滔演说，“还是睁大眼睛去瞪别的人吧，因为睁大眼睛朝我瞪着，没用。”

他把话说完之后，她慢慢地把眼睛移开了，垂下脑袋，拿手支着额头。她的另一只手使劲按在桌子上，那个奇怪的激动样子，又可以从她身上看出来，仿佛她就会站起身来。

“这个匣子留在别处，是怎么也不值这个价的，这个价只有把匣子拿到这儿来才会有。你知道的情况卖给别的随便哪一个人，是怎么也得不到把它卖给我会得到的那个好处的。可是，我目前没能力筹集你要的那个数目。我没有发过财。你现在愿意要多少，下次你愿意要多少，你说不把话说出去我怎么才能够放心呢？”

“我的可爱的太太，”里高回答道，“我说了我愿意要多少，没工夫磨嘴皮了。我到这儿来之前，把这些文件最紧要的都复制了，交给另外一个人。你要是再拖延，拖到马夏尔西狱晚上关门上锁的时候，再来商量也太迟了，蹲在监狱里的人已经看到了。”

她两手又捧住了脑袋，大声地叫了一下，猛地站起来。她一时打了一个趔趄，仿佛要跌倒了；然后站稳了双脚。

“你说你要怎么样。你说你要怎么样，喂！”

她那鬼似的身影，由于如此长久不习惯于站立的姿势，站在那里又是如此僵直，里高真从她面前倒退了，并且放低了声音。三个人仿佛几乎都觉得一具女尸在他们面前站起来了。

“杜丽小姐，”里高回答道，“就是弗莱德里克先生的小侄女，我来英国之前就认识了，她跟蹲在监狱里的那个人很要好。杜丽小姐，弗莱德里克先生的小侄女，现在就在监狱里看着那个人，他生病了。我到这里来之前在监狱里亲手把一包东西给她，附上了一封说明情况的信，‘为了他’——为了他，她什么都肯答应办——把东西保管好，不能启封，万一今天晚上监狱关门之前有人要来认领——要是监狱打铃关门之前没有人来认领，那就交给他；里面还有一份抄件是留着给她的，他一定得交给她。怎么！我们已经把话说到这个程度了，要是我的秘密不能再保守一次，我是不会相信你们的。至于说这件东西在这儿所值的价我在别处是要不到的，那么话应该这么说，太太，那个小侄女——为了他——为了从此把事情瞒起来能给的价，你有没有规定过呢？我再说一遍，时间等不及了。今天晚上打铃关门之前还没有认领的那包东西，你就买不到了。到时候，那包东西，我就要卖给那个小姑娘了！”

她又是一阵激动，挣扎，她朝一个衣橱冲过去，一把拉开了衣橱的门，取下一块头巾或披巾什么的，裹在头上。艾弗莉一直惊恐地注视着她的举动，此刻朝她扑过去，到了屋子中央，抓住了她的衣裙，跪在她的面前。

“不行，不行，不行！你要干什么？你要到哪里去？你是可怕的女人，可我对你没什么坏心眼。我现在对可怜的亚瑟是没什么用处的，我心里明白；你用不着怕我。你的秘密我不会说出去的。你别出去，你会在街上摔死的。你就答应我一件事，要是背地里藏在这里的就是那个可怜的人，让我去看着她，让我去服侍。就答应我这一件，千万不要怕我什么。”

达摩克利斯

就在这急急匆匆的节骨眼上，克莱南太太一时站住了，脸上是刻板、惊讶的神态，说道：

“藏在这儿？她已经死了二十几年了。去问弗林特温奇——问他。他们两个都可以告诉你，亚瑟出国的时候她就死了。”

“那就更糟糕了，”艾弗莉说道，打了个寒噤，“这样，她的鬼就老到这屋子里来。屋子里到处窸窸窣窣的，那么细声细气地抖下灰尘来打暗号，还能有谁？我们一个个都上床了，还能有谁走过来、走过去的，还在墙上画了长条长条歪歪绕绕的记号呢？还能有谁有时候反拉住门呢？你别出去——别出去！太太，你会在街上没了命的！”

她的主子只是从那双乞求的手中拉开自己的衣裙，一面对里高说：“呆在这里别走，等我回来！”说罢快步走出了房间。他们从窗口望见她飞快地穿过院子，出了门道。

好一会儿他们一个个都呆呆地站着。倒是艾弗莉，第一个活动起来，她绞着两只手，追赶她的主子。接着是杰拉米·弗林特温奇，他慢慢地退到门口，一手插在口袋里，一手搓着下巴，依旧是他那沉默寡言的样子，歪斜着身子出了房门。最后屋内剩下里高一个人，在打开的窗子的窗座上坐下来，像过去蹲在马赛监狱里的那个样子。他取出了烟卷和火柴，开始抽起烟来。

“喔呼！差不多跟过去那个该死的牢房一样死气沉沉。暖是暖一些，可差不多也一样阴沉沉的。呆在这里等她回来？是啊，当然；可她上哪儿去了，她要去多久？管它呢！里高·拉尼埃·布兰德瓦，我的好好先生，等着拿钱吧。你自己要发财了。你活着是个绅士；死了也是个绅士。你得意洋洋了，我的好小子；可得意洋洋就是你的性格脾气。喔呼！”

在他洋洋自得的时刻，他的髭须往上挪，他的鼻子往下挪，满心欢喜，乐滋滋地瞅着头顶的一根横梁。

第三十一章

收 场 了

太阳下去了，在尘土飞扬的暮色中，街路显得昏暗。就在这时，那个如此长久不习惯在街上行走的人，匆匆地赶着路。在紧贴老屋的那一带，这个赶路的人并没有引起多大注意，因为那里只遇上三三两两的几个人；然而，从河边上坡，穿过通向伦敦桥的弯弯曲曲的道路，到了那条大马路的时候，这个人便被惊讶的目光包围了。

这个人神色坚决而急切，脚步虽然迅速，然而显得无力而又不稳定，引人注目地穿一身黑色衣裙，头上是匆匆裹上的披巾，面容憔悴，惨白，仿佛一个梦游的人，毫不在乎身旁的人群，只是往前挤去。由于这个人，即便被扶到垫座上站着让人观看，也不如此刻那样引人注目，因为挤在人群中，而又与人群毫不相干，因而更显得突出，吸引了所有行人的目光。闲逛的人集中注意盯着这个人，急忙赶路的人从她身边擦过，放慢了脚步，回过头来；一路走着的人停下来站在一旁，悄声叫同伴看这个从身旁走过的幽灵似的女人；这个女人在人群中掠过，仿佛卷起了一个漩涡，把最无聊的人、最好奇的人卷到了她的身后。

睁大眼睛紧盯着她的这一群人流汹涌澎湃，闯入了她禁闭多年的双眼，她既有腾云驾雾的慌乱感觉，又有双脚走路更加慌乱的感觉，她朦胧中记得的物体意想不到地发生了变化，她常常在想象中描绘与她隔绝的生活的图画，而在这一幅幅能被她支配的想象图画与汹涌的现实生活之间，相似之处却微乎其微，她昏昏然了，于是她继续往前走去，仿佛包围着她的是内心纷繁的思绪，而不是外界的人与人们投来的目光。可是，待到她过了桥，一直往前走了一段路之后，她才记起来，她应该问一问路；就在这个时候，就在她停下脚步转身四下里寻找一个有指望的问讯地方的时候，她才发现自己身边围满了一张张贪婪瞪眼的脸。

“你们干什么围着我？”她哆嗦着问道。

挤在她旁边的人没有一个回答；可是挤在外边的一圈人中，发出了一声尖叫：“因为你发疯了！”

“我跟你们这些人一样，清醒着呢。我要去找马夏尔西狱。”

外圈那个人又尖声说：“别的看不出来，你这么一说倒正好叫大伙知道你疯了，因为那地方是在你后头！”

就在这句话引来一阵哄笑的时候，一个矮小、和气、文静的小伙子挤到了她面前，说道：“你要找的是马夏尔西狱吗？我就是要上那里去值班的。你跟我来。”

她拉住了他的胳臂，他领着她穿过马路去；那一群围观的人眼见得就要失去了她，心中颇有点怏怏，此时前呼后拥，左右熙攘，提议上比德伦[①]去。在外院闹哄哄了一阵之后，监狱的门开了，把他们两人放进门内。到了门房里，与外面的嘈杂相比，里面似乎是一个躲避与清静之所，一盏昏黄的灯已经点起来，正在与监狱阴影抗争。

“怎么，约翰！”开门放他们进去的看守说道。“这是怎么回事？”

“没啥事，爸爸；就不过这位太太不认得路，让那些小子缠住

① 在伦敦一自治城兰比恩城的圣乔治广场，原为一小女修道院，一二四七年建，后改为疯人院，早先是伦敦一观光点，花两便士就可进去看那些可怜的疯人。一八一五年搬往圣乔治广场。现建帝国战争博物馆。

了。您要找谁，太太？”

“杜丽小姐。她是在这里吗？”

那个小伙子更加关心起来了。“是啊，她在这里。您尊姓？”

“克莱南太太。”

“克莱南先生的妈妈？”小伙子问道。

她嘴唇紧闭着，犹豫了。“是的。最好还是对她说是他妈妈。”

“您知道，”小伙子说道，“司法官一家眼下都到乡下去了，司法官让出他家一个房间给了杜丽小姐，要是她看中就让她住。您还是到上面去吧，我去叫杜丽小姐来，您看好吗？”

她表示同意，他拿钥匙开了门，领着她登上了小楼梯，到了上面的住房。他带她走进一间渐渐暗下来的房间，让她一个人呆着。从房间朝下望去，是那渐渐暗下来的监狱院子，监狱里的人有的在四处散步，有的从窗口探出身来，扯起嗓子与往外走的朋友说话，在那个夏天的黄昏，监狱里的人大抵都在想尽办法消磨时光。空气又闷又热；房舍拥挤，让人喘不过气来；从监狱外面传来一阵嘈杂的声音，犹如头痛、胸口痛的时候听到的这类刺耳声音。她靠窗口站着，心烦意乱的，望着底下的监狱，仿佛她是从自己的另一个监狱的窗口望见的，就在这时，几声感到意外的轻轻的话语使她吃了一惊，小杜丽已经站在她面前了。

“克莱南太太，您真的这么叫人高兴地康复了能够——”

小杜丽说到这里呆住了，因为朝她转过来的那张脸上既不见快活的表情也没有健康的气色。

“也不是康复了；也不是有了力气；我也不知道是怎么回事。”她举起手来心烦地一扬，把什么都搁在一边不去说它。“你这里有一包东西放着，今天晚上这里关门之前如果没有人来认领这包东西，你就要把它交给亚瑟。”

“是的。”

“我来认领。”

小杜丽从胸口取出这包东西，递到她手里，这只手接过东西之后，却依旧没有收回去。

“你知不知道里面是什么？”

她到这里来已经叫小杜丽感到骇怕了，重新获得了行动的能力，照她自己的说法并非是有了力气，而且看上去也不像是真的，仿佛是一幅画像、一尊塑像活起来了，因此，小杜丽回答说：“不知道。”

“那就看吧。”

小杜丽从那只依旧伸着的手中拿过那一包东西，拆了封。然后克莱南太太把打开的包里面的一小包写明给小杜丽的东西递给她，剩下的自己拿着。监狱的高墙和房屋的阴影，即便在中午时分也遮得这个房间一片阴暗，此刻暮色很快地加深，除了窗口之外，屋子里越加遮得看不清字迹了。窗口还有一线明亮的夏日黄昏的天空可以映照她的身体，小杜丽站在窗口，借着亮光看起来。在发出断断续续几声惊讶与恐惧的叫声之后，她默默地往下看。看完之后她回过头来，只见她过去的女主人朝她低下头来。

“现在，你知道我做下了什么事了。”

“大概是的。恐怕是的；可我心里那么乱糟糟的，那么难受，有那么多事要可怜的，也真不知道刚才看的是什么，”小杜丽说道，声音颤抖。

“过去我扣下的东西，现在要归还给你。宽恕我吧。你能宽恕吗？”

“能，天知道我是会宽恕的！千万别吻我的衣裙，千万别下跪，您年纪这么大，不该对我下跪；您不下跪我也会满心宽恕的。”

“我还有一个请求。”

“可不能这么跪着说，”小杜丽说道。“低下头来望着您的白发我心里别扭。请起来；我扶您起来。”说罢她扶起克莱南太太，退了几步站着，然而眼睛却诚挚地望着她。

“我要向你提出的关系重大的请求（另外还有一个跟这个有关的请求），我要向你的仁慈和高贵的心提出的关系重大的恳求就是，请你等到我入土之后再把这件事告诉亚瑟。假如在你有工夫考虑的时候你觉得，在我还活在人世的时候，让他知道这件事对他是有益的话，那你就告诉他吧。可是，你是不会这么想的；因此，在这种情况下，你肯不肯答应在我还没有死的时候饶恕了我呢？”

“真是抱歉，而且我刚才看的东西已经叫我心里乱糟糟的了，”小杜丽接过话来说道，“我要给您一个牢靠的答复怕是不可能的。假如我心里很有把握，克莱南先生知道了这件事不会对他有什么益处——”

“我知道你跟他关系很好，是肯首先替他着想的。首先替他着想是对的；我请求先替他着想。可是，在替他想一想之后，你仍旧觉得可以在我留在人世的不多的时日里饶恕我，你肯不肯呢？”

“我肯的。”

“愿上帝赐福予你！”

她就站在阴影里，因此在站在亮处的小杜丽看来，她只是一个模糊的影子；然而，她在说这短短一句表示感激的话时的声音却既是热烈的，又是断断续续的。她的语声之断断续续是由激情所致，行动于她僵硬的四肢是生疏的，激情于她僵硬的双眼也一样是生疏的。

“也许，你会觉得奇怪，”她用一种较有力的语气说道，“对你，受到我的虐待的人，说出真情我还能受得了，可是对虐待我的仇人的儿子说出真情我就受不了。——我是说虐待我，因为，她真虐待了我！她不但违背上帝旨意伤心地犯了罪过，而且她还虐待了我。亚瑟的父亲跟我是那样的关系，那都是她害的。从我们结婚的那一天起，我就成了让他成天提心吊胆的人，那都是她害的。我成了他们两个人的祸根，那也是她惹起来的。你爱亚瑟（我看得出你脸红了；愿这红晕是你们两个人更加幸福日子的开端！），你一定也已经想过，他跟你一样仁慈、一样善良，可我为什么不肯像找你一样，也立即去找他把真情说出来。你这样想过没有？”

“随便什么想法，”小杜丽说道，“在我的心中都不会是很陌生的，只要这个想法的产生是因为知道克莱南先生总是可以信赖的，因为他善良、慷慨、诚实。”

“你说的话我不怀疑。可是，在这个世界上，亚瑟是我要隐瞒真情的唯一的人，只要我还活在这个世界上。在他还是个孩子，刚开始懂事的时候，我就朝他举起了管束、体罚的手。我对他非常严厉，因为我知道，父母的罪过要在他们后代的身上受罚，他生下来身上就有一个愤怒的印记。我跟他和他父亲曾坐在一块儿，我发现了他父亲的弱点，他父亲很想对他态度和气一点，我顶回去了，好让他在束缚和受苦中靠苦干来获得赦免。他长了一张他妈妈的脸，我看见他从小本子上抬起脸，带着敬畏的表情望着我，他妈妈的手段叫我心肠变硬了，可他却想用他妈妈的手段叫我软下心来。”

她用回忆往事的阴郁语气不停地说着，然而听她说话的人在朝后退缩，她也便一时住了嘴。

“都是为他好。并不是要补偿我受到的伤害。在老天的诅咒面前，我算什么，那样做又值得了什么！那个孩子我是看着长大的；并不是按照规定的方式成为一个虔诚的人（要成为这么一个人，他妈妈的罪孽在他心头压得太重了），但也还是要成为一个正义、正直的人，成为一个听从我的人。我曾经抱着一线希望，或许他会爱我，但他并不爱我——我们真也太脆弱了，亲骨肉的腐败感情就是这样与我们的信任、我们的艰巨任务对抗的；但是，他一直是对我尊敬的，恭恭敬敬地服从我的。他到现在还是这样。他心坎上有一个空缺的地方，可是他从来也没有弄懂那是什么意思，有了这么个空缺，他也就与我疏远，走了他单独的一条路；可是，即使是这样，他也还是反复考虑，态度恭敬的。他和我就是这样的一些关系。你跟我的关系，那是一种微弱得多的关系了，前后的时间也短得多了。你在我房间里坐着做针线活的时候，心里是怕我的，可是你以为我是在帮你的忙；现在你心里明白得多了，知道我伤害了你。跟他对我做这件事的理由和动机的曲解与误解相比，你对我做这件事的理由和动机的曲解与误解，要轻多了，也是我还能忍受的。我绝对不会为了得到任何我能想象的世间的补偿，就让他，无论是多么盲目地，将我从至今一直在他面前保持的地位上一下子推下来，使我完全成了他心目中不复存在的一个人，成了他觉得查出来予以暴露的一个人。到了我不在人世，眼睛看不见了，让他把我推下去吧，假如非推下去不可。在我还活在世上的时候，别让我感觉到我要死在他面前，要在他面前彻底灭亡，像一个人被雷电击毙，被地震吞没。”

在她这样说话的时候，她的自尊心是非常强烈的，这自尊心以及她过去的怒气带来的痛苦是非常剧烈的。她说出下面这句话来的时候，这自尊心，这痛苦仍不见消退：

“就是现在，我还是看到你在我面前畏畏缩缩的，好像我一直是那么冷酷。”

小杜丽无法否认她是畏畏缩缩的。她想尽力不表现出来，可是一遇上如此剧烈地翻腾、如此长久地存在的心境，她就惧怕地退缩了。她这样的表现并无所谓做作，是自然的流露。

“我所做的，”克莱南太太说道，“是天意要求我做的事。我竭力反对的是恶；我没有反对善。我是对罪恶严厉制裁的工具。历来像我这样的十足罪人，难道不是受命去打倒罪恶的吗？”

“历来？”小杜丽重复了一句。

“即使我自己受的冤屈迫使我这么做，我自己复仇的心促使我这么做，难道我也是无理的吗？在古时候，那时无辜的十之八九都与有罪的一起灭亡了，也没有正当理由吗？那时憎恶不义之徒的人心头的愤怒甚至用血也没有平息，而又爆发，也没有正当的理由吗？”

“哦，克莱南太太，克莱南太太，”小杜丽说道，“愤怒的感情和无情的行为对您、对我都并非宽慰，并非准绳。我是在这个悲惨的监狱里长大的，我受的教育也非常不完全；但是，允许我请求您记住后来的、好转起来的日子。我们要听从的，只是治病救人、起死回生、与所有遭受痛苦和悲惨绝望的人为友，并为我们的懦弱淌下怜悯之泪的耐心的耶稣。假如我们弃绝其他的一切，举事都要牢记耶稣，那么我们必然是正确的。我认为，在耶稣的一生中，并无所谓复仇，并无所谓让人遭受痛苦。我也相信，听从耶稣，不去追寻别的足迹，就绝不会有迷惑！”

在窗口淡薄的光线下，站在她过去遭受痛苦的地方仰望闪亮的天空，她与站在阴影里的穿黑衣的人之间有一个明显的对照，然而，她所依赖的生活和信条与这个阴影里的人的身世之间的对照更强烈。阴影里的这个人又低下头来，没有说一句话。她一直这样站着，直至第一次警告的铃声打响。

“听！”克莱南太太一惊，这样叫道。“我说过我还有另外一个请求。这是一个拖延不得的请求。那个把这一小包东西交给你并且手中拿着这些证据的人，现在就在我家里等着，等着要钱。我只有靠出钱收买他，才能把这件事瞒住亚瑟。他要的是一笔大数目；不给我时间，我是凑不足这个数目的。钱的数目他不肯减，因为他对我威胁，假如他从我这里拿不到这笔钱，他就要来找你。你肯不肯同我一起回去，告诉他你已经知道了这件事？你肯不肯同我一起回去，想办法说服他？你肯不肯来帮助我去说服他？虽然我不敢为亚瑟之故提出这样的请求，但是我以亚瑟的名义提出这个请求，请你不要拒绝！”

小杜丽心甘情愿地服从了。她悄悄地离开了，到了监狱里面，过了一会儿又回来，她说现在就走。她们从另一个楼梯到了外面，没有经过门房；穿过现在一片寂静、没有人影儿的前院，来到了街上。

这是只有长长的黄昏，并不特别黑暗的那种夏夜。前面的街路与桥明白可见，天空静谧而美丽。人们在门口伫立或闲坐，与孩子逗乐或欣赏着夜色；许多人在散步，透个气；白天的操劳差不多已经完毕了，除了为自己操劳之外也没有什么可操劳的。她们过了桥，只见那许多教堂的清晰的尖顶仿佛钻出了平日将它们笼罩的雾霭，离桥近得多了。升向天空的烟雾已经没有暗黑的色调，显得颇明亮。地平线上静静地停留着的那长条轻纱似的暮霭上的夕照也已经褪尽。从一个发光的中心，射出一道道巨大的光柱，在整个静谧的太空，南北东西，上下左右，倾泻在早现的星星之间，仿佛后来把刺冠变成荣耀，给人以福的和平与希望之盟约呈现出的征兆。

此时克莱南太太已不是独自一人在街上行走，而且天色也暗下来了，因此并不那么引人注目。她走在小杜丽的身旁，匆匆地赶路，没有人来纠缠。她们从大马路折入她刚才来时的拐弯处，顺着静悄悄、空无一人的岔路，曲曲弯弯地走去。她们双脚刚踏进门道，便听得一声雷鸣般的巨响。

“怎么回事！ 我们再走快一点，”克莱南太太嚷道。

她们进了门道。小杜丽尖叫一声，停住了脚。

眨眼之间，老屋便出现在她们面前，而那个人此刻正躺在窗口抽烟；又是一声巨响，老屋摇晃了，朝外面倾斜，前后左右震裂了，倒下了，坍塌了。她们被巨响震聋了，被灰土呛得憋住了，喘不过气，睁不开眼，只是掩住脸，在原地一动不动地站着。在她们与静谧的天空之间滚滚翻腾的尘土一时散开了，她们看见了天上的星星。在她们抬头声嘶力竭地呼救的时候，当时仍旧孤零零地矗立着的一大排烟囱，像旋风怒号时的一座塔，摇晃起来，断了，哗啦啦地撒落在那大堆废墟上，仿佛每一块飞落的断砖碎石都决意要把那粉身碎骨的恶人埋得再深一点。

飞散的尘土、污物沾得她们一脸污秽，简直让人无法辨认，她们从门道里回头奔到街上，一面奔跑，一面呼喊、尖叫。到了街上，克莱南太太瘫倒在铺路石上；从那一刻起，她连一个指头也再不能动弹了，也再没有能力说出一句话来。有三年多的时日里，她坐在轮椅上，凝视周围的一切，似乎领会了这一切的意思；然而，保持了这么多年的刻板的缄默，她始终还坚持着，除了她还能转动眼珠，还能用点头、摇头淡淡地表示肯定与否定之外，她活着是一尊塑像，到死还是一尊塑像。

艾弗莉当时一直在监狱里寻找她们，她们上桥的时候她还远远地看到的。她赶到的时候正好把她的老女主人抱起来，扶着她到了附近的一个人家，对她尽心尽责的。老屋里窸窣响动的谜现在也不复存在；艾弗莉，像大人物一样，在她所接触的具体事情上是始终正确的，在从这些具体事情引出的理论上始终是错误的。

滚滚的尘土散尽了，夏夜又变得平静，这时，许许多多的人把每一条通道挤得水泄不通，一队队挖掘的人组织起来，轮流在坍塌的老屋废墟上挖掘。老屋倒塌的时候，里面有一百个人，有五十个人，有十五个人，有两个人。人们的谣传最后确定是两个人：那个外国人和弗林特温奇先生。

挖掘的人借着煤气管子点着的耀眼的火光，在短暂的夜里一直挖到天明，挖到早晨太阳升起，赤日当空，他们在阳光下挖呀挖呀，太阳西斜了他们还在挖，又挖到太阳西坠。拼命地挖，拼命地铲，手推车、独轮车、篮子拼命地运，白天黑夜，没有一刻的停息；然而，到了第二天晚上他们才发现一堆污秽的垃圾，其实那便是那个外国人，当时他身上压着的那根大梁还没有把他的脑袋砸玻璃似的砸成肉泥。

然而那时候他们仍然没有挖到弗林特温奇；于是，拼命地挖，拼命地铲，拼命地运，白天黑夜，没有一刻的停息。人们传说，这座老屋有闻名的地窖(这个说法其实是真的)，当时弗林特温奇就在一个地窖里，或者他还来得及躲进一个地窖，他在地窖坚固的拱顶下面平安无事，甚至还说听到他的喊叫，声音空洞、隐蔽、沉闷，“我在这儿！”在伦敦城与此地相距最远的地方，人们甚至还说，挖掘的人还通过一根管子与他对上了话，说他通过这个管子喝到了汤和白兰地，说他用令人敬佩的韧性对人说，好好的，伙计，就是锁骨碰坏了。但是，挖呀、铲呀、运呀，没有一刻的停息，一直到整个废墟全部挖尽，地窖全部暴露在外；然而镢头和铲子还是没有挖出什么弗林特温奇，活的还是死的，好好的还是糟糟的。

那个时候人们开始意识到，老屋坍塌的时候弗林特温奇并没有在里面；那个时候人们开始意识到，他当时正在别处忙碌，把债券在最短的时间里兑换成尽可能多的钱，把代表商号行使的职权变成他自己一个人的权限。艾弗莉记起来，那个头脑机灵的人说过他要在二十四小时之后再说明自己的意思，所以她个人认为，他在二十四小时之内，带着所有能带走的东西逃走了，那就是他答应要说明的话的最令人信服的主要内容；然而，她并没有把这个想法说出口来，他走了她真是真心感激。由于挖掘的人说的没有埋过人也就挖不出人来的话似乎是合情合理的，因此，他们的任务已经完成也就不再去挖他，并不想挖到地球深处去找他。

这个说法许多人听了很不以为然，他们坚持认为，弗林特温奇就躺在伦敦地层的某个地方。后来一再传来的消息也没有使这样的信念受到多少影响，这个一再传来的消息说有人看到过一个老头，领结歪到了耳朵下面，人人都说他是个英国人，他在海牙古雅的运河岸上，在阿姆斯特丹的酒店里，混迹在荷兰人里，人称冯·弗林特维奇先生。

第三十二章

要走了

亚瑟在马夏尔西狱仍旧病得很重，腊格先生在法律天空上也看不到能带来一线释放希望的破晓迹象，因此，潘克斯先生因内心的责备而感到极大的痛苦。那些绝无差错的数字证明亚瑟不必在监牢里消瘦下去，原是可以坐在双马马车里兜风的，潘克斯先生不必只等他那办事员的工钱，手头原是可以有三五千英镑的钱，马上就可以花的，倘若没有这些绝无差错的数字，这位苦恼的数学家可能已经病倒了，可能也已经成了许多默默无闻的人中的一员，脸朝墙壁一倒，呜呼哀哉了，做了已故莫多尔先生之伟大的最后一个牺牲品。潘克斯单靠着他那绝无差错的数字的支撑，过着苦恼、不安的生活；他走到哪里就老是把那些数字放在帽子里带到那里，他不仅自己一有机会便把那些数字计算一遍，而且还央求他能拉住的每一个人，帮助他把那些数字算一遍，看看这些数字算得多么明明白白。在那个伤心园里面，在那里居住的有点名气的人，潘克斯先生几乎都给他演说过一遍，由于数字是会传染的，因此那个地方便暴发了一种数字麻疹，在这种疾病的影响之下，伤心园人人都神魂颠倒了。

潘克斯先生越是心神不定，他见了那德高望重的老人便越是不耐烦。在他们两人后来的交谈中，他鼻子的呼哧有了一种对那老人不吉利的烦躁声音；同样，潘克斯先生有几回眼睛紧紧盯着老人的秃头，他不是一个寻找真人模特的画家和做假发的人，因此他的眼睛紧盯着秃头是不很相宜的。

但是，他根据那德高望重的老人需要见他或不需要见他的不同情况，呼哧呼哧地从他那后码头出出进进的，公务按惯常做法，一仍其旧。伤心园是季节一到便由潘克斯先生来耕耘，由卡斯贝先生来收获的；作为潘克斯先生的一份，他分得的是公务的累活和脏活；作为他的一份，卡斯贝先生分得的是全部收益，全部空谈，全部飘渺的空想；说的是这样的话，即那个仁慈的、笑眯眯的人每到星期六晚上，一周的账结清之后，一面绕着肥大的大拇指，一面说着惯常使用的话："各方对所有事情都是满意的——各方——各方，先生，都是满意的。"

蒸汽拖轮潘克斯的码头，盖的是铅皮屋顶，铅皮在炎炎赤日的烤晒下，会把这只拖船也烘热。尽管如此，一个热烘烘的星期六黄昏，一听到那艘笨重的深绿色大船的招呼，那烤得火热的拖船即刻就开出了码头。

"潘克斯先生，"这是德高望重的老人的话，"你做事粗心大意，你做事粗心大意，先生。"

"你这话什么意思？"这是他干脆的反问。

老人的心情老是平心静气、泰然自若的，那天晚上又是特别地安详，真惹人上火。伦敦城内外人人都觉得热；然而，那老人却非常地凉快。人人都渴，老人却喝个不停。他身旁都是酸橙和柠檬的香味；他调了一杯淡黄色的雪利酒，酒在一个高脚平底大酒杯里金闪闪的，仿佛他喝的是黄昏时候的阳光。这样子已经够别扭了，可还不是最别扭的。最别扭的是，他，蓝色的大眼睛，光亮的脑袋，长长的白发，坐在潘克斯先生的面前，把深绿色的双腿伸着，脚上是一双便鞋，脚背自自在在地交叉着，一脸喜悦的神色，因为他出于无比的仁慈为人类调这杯酒，而他本人别的什么也不需要，他只需要他自己人情的乳汁①。

于是，潘克斯先生说道："你这话什么意思？"同时用双手把头发抓得一根根都竖起来，态度非常地自大。

"我的意思，潘克斯先生，是说对那些人你应当再厉害一些，再厉害一些，对那些人要再厉害一些，先生。你没有去逼。你没有去逼。你收的租还不够数。你得去逼，先生，否则，我们的房客就不能继续照我所希望的那样，让各方都满意。各方都满意。"

"我没有去逼吗？"潘克斯先生反问道。"我不去逼还要我干别的什么事？"

"别的事什么也不要你去干，潘克斯先生。用你就是要你尽责，可你没有尽责。给了你工钱你就得去逼，你得去逼才能有工钱。"那老人仿照约翰逊博士②采用了这样妙不可言的措词，他自己觉得那样吃惊，因为他一点也没有想到过说这样的话，原来也没有这样的意思，于是他哈哈大笑起来；他大拇指绕着圈儿，并频频地朝着他自己年轻时候的画像点头，一面又非常得意地重复道："给了你工钱就得去逼，先生，你得去逼才能有工钱。"

"哦！"潘克斯说道。"还有吗？"

"有，先生，有，先生。还有话。你星期一上午第一桩事就是，潘克斯先生，请再到伤心园去逼。"

"哦！"潘克斯先生说道。"那不是太早了点儿吗？我今天已经把他们榨干了。"

"胡说，先生。还不够数，还不够数。"

---

① 语出莎士比亚《麦克白》第一幕第五场，麦克白夫人看了麦克白信之后说，麦克白虽然有野心，但缺乏奸诈，天性中充满了"人情的乳汁"。

② 约翰逊博士即塞缪尔·约翰逊。此处指的是他于一七四七年德鲁里巷（Drury Lane）剧院开张典礼上的演说："我们活着是为高兴，我们只有高兴才能活着。"

“哦！”潘克斯先生望着他仁慈地喝了一大口掺水的饮料，说道。“还有话吗？”

“有，先生，有，先生，还有话。潘克斯先生，我女儿我一点也不满意；一点也不满意。她去得太勤了，老到克莱南太太那里，克莱南太太那里，要去见她，克莱南太太现在的处境是绝不能叫——叫各方都满意的，这还不算，我要是没上大当的话，潘克斯先生，她还要到监狱里去看望克莱南先生，到监狱里去。”

“他病得起不来了，你知道，”潘克斯先生说道。“也许那是好心呢。”

“咄，咄，潘克斯先生。跟她一点也没关系，一点也没关系。我不答应。让他还清了债再出来，再出来；还清了债，再出来。”

尽管潘克斯先生的头发一根根都像铁丝一样竖着，但是他又用双手把头发朝垂直的方向抓，并且样子非常可怕地朝他老板笑。

“请你去跟我女儿说说，潘克斯先生，她这么做我不能答应，不能答应，”那可敬的老人说道，态度和和气气的。

“哦！”潘克斯先生说道。“你不能自己去说？”

“不行，先生，不行；给你工钱你就得去说，”这个老说错话的笨蛋想起那句妙不可言的话禁不住还想再来一遍，“你得去说才能给工钱，去说才能给工钱。”

“哦！”潘克斯先生说道。“还有话吗？”

“有，先生。我好像觉得，潘克斯先生，你自己也去得太勤，去得太多，老朝那边跑，老朝那边跑。我建议你，潘克斯先生，心里面别老想着你自己的损失，想着别人的损失，多想想你的公事，多想想你的公事。”

潘克斯先生听了这个建议发出了如此异乎寻常地突然、短促、响亮的一声“哦！”，就连这个反应很慢的老人也有点儿赶紧地转动了一下蓝眼睛，朝潘克斯先生瞧了一下。潘克斯先生同样有力地用鼻子“嗤”了一声，然后又问了一句：“还有话吗？”

“暂时没有了，先生，暂时没有了。我准备要，”那老人喝干掺水的饮料，和和气气地站起来，说道，“去散一会儿步，散一会儿步。也许我回来还要在这里找你。要是不找你，先生，要尽责，尽责；星期一上午，要逼，要逼；星期一要去逼！”

潘克斯先生又将头发抓了一阵之后，站在一旁看着德高望重的老人戴上那顶宽边帽子，一时的犹豫不决在与受到伤害的自尊心斗争。他还觉得比起初热多了，气也喘得更急了。然而，他让卡斯贝先生走出了屋子，没有再说什么话，待卡斯贝先生出去之后，他从绿色的小百叶窗朝卡斯贝先生窥视。“我想过你会的，”他说道。“我知道你要上哪里。好吧！”他于是呼哧呼哧地驶回他的码头，仔仔细细在里面整理了一番，取下帽子，又把码头四下里看了看，说了声“再见啦！”，为了他自己的利益，喷着汽走了。他对准方向径直朝伤心园普罗尼希太太那一头驶去，到了台阶顶上，人觉得更加地热了。

到了台阶顶上，他谢绝普罗尼希太太要他进去到“快活村”跟爸爸一起坐坐的连连邀请——使他感到安慰的是，她的邀请并不像除星期六之外的随便哪一天那么接连不断，因为一到星期六，那些除了钞票什么都肯大大方方地拿出来支持她的生意的客户，是接二连三地订货的——到了台阶顶上，潘克斯先生一直站到看见那德高望重的老人，老人总是从伤心园另一头来的，此刻只见他慢慢地进来，笑眯眯的，身边围着求情的人。于是，潘克斯先生走下台阶，把蒸汽压力开到最大的一挡，朝那老人驶去。

老人以他往常的慈祥样子，一步步走来，见了潘克斯先生吃了一惊，但是他心里又想，催了一下潘克斯先生之后，他不想把逼租推迟到星期一，而是想立即来逼。住在伤心园里的人看见这两个人碰在一起，都吃了一惊，因为，在伤心园年纪最大的人的记忆里，可从来没有看见过这两个大人物一块儿到这个地方来过。但是，当潘克斯先生朝那个最最德高望重的人走去，在那件深绿色的背心面前站定，用右手的大拇指与食指做出手枪扳机的样子，并把这两个指头伸到对方的宽边帽的帽檐，动作出奇地利索而且准确地，将帽子从光亮的秃头上弹飞了，仿佛这个亮光光的秃头是一大块大理石似的，这时候，伤心园的人一个个都目瞪口呆了。

潘克斯先生对这个德高望重的人做了一个小小的冒昧举动之后，用人人都听得见的声音说道："喂，你这嘴上抹糖的骗子，我要跟你挑明了！"他这样的话说得伤心园的人更加吃惊、更加想围过来看看了。

潘克斯先生和这位德高望重的老人立即便成了人群的中心，人们一个个睁大眼睛，竖起耳朵；窗子打开了，门口挤满了人。

"你想要干什么？"潘克斯先生说道。"你玩的什么精神把戏？你准备耍什么花招？仁慈，对不对？你仁慈！"说到这里，潘克斯，显然也无意揍他，而不过是要出出心头那口气，不过是拿出多余的力气有意义地练练，对准那个高高低低的脑袋揍去，那个高高低低的脑袋一偏，避开了。叫看热闹的人越来越佩服的是，潘克斯先生滔滔不绝的话每说完一句，这个奇妙的动作便重复一次。

"我已经不给你卖命了，"潘克斯说道，"那么一来我就可以给你说说你是个啥东西。叫人碰上的许许多多的人，最最臭的就是那些骗子，许许多多的骗子里头就有你这么一个。你跟莫多尔我都上过当，可我倒要说，要上你这帮人的当还不如上莫多尔那帮人的当呢。你是个笑眯眯的监工，自己不出面的吸血鬼，叫人家冲在前面的黑心的人，狼心狗肺的人，骗子。你是个嘴巴上说得好听的鬼绰绰的人。你是个臭烘烘的骗子！"

（说完这句话之后又重复了一下他那个动作，引得一阵哄笑。）

“问问这些好人谁在这儿卖命似的干。我看哪，他们会告诉你是潘克斯。”

“没错，”“嗬！”的嚷嚷证实了他的话。

“可我要告诉你们，好心人哪——卡斯贝！这一堆温顺，这一团热爱，这个深绿色的笑眯眯，这就是你们的监工！”潘克斯说道。“要是你们想见见活活剥你们皮的人——他就是！我可不是活活剥人皮的人，我一个星期就得三十先令，卡斯贝才是活活剥人皮的人，我说不上他一年要刮多少！”

“好！”几个声音嚷道。“听潘克斯先生的！”

“听潘克斯先生的？”这位先生（他那让人喝彩的动作又重复了几下之后）说道，“对，我看是嘛！是该听听潘克斯先生的了。潘克斯先生今儿个晚上到伤心园来，就是要叫你们来听听他说的话。潘克斯不过是个齿轮；可这个人才是上发条的呢！”

倘若没有这又长、又白、银丝般的头发，没有这顶宽边帽，围观的人不管男女老幼早就一齐儿朝潘克斯先生拥过去了。

“这人就是风琴的音栓，”潘克斯说道，“他定了调子你去摇。可他定的调子就一个，名字就叫摇，嘎啦啦，嘎啦啦，嘎啦啦！这个就是老板，这个就是给他卖力气的。怎么，好心的人，他今儿个晚上稳稳当当地转到伤心园来，像个慢悠悠的、仁慈的、嗡嗡响的陀螺，你们围住他尽抱怨那个卖力气的怎么怎么的，你们不知道这个老板是个多么坏的骗子！他今儿个晚上跑到这儿来，好叫我星期一遭人的骂，你们说这叫什么？就因为我逼租逼得还不够，刚才还遭了一顿骂，你们说这叫什么？我这个时候就已经接了他的特别命令叫我星期一来榨干你们，你们说这叫什么？”

给他的回答便是一阵喊喊喳喳的“不要脸！”“臭！”。

“臭？”潘克斯哼了一下说道。“是的，我看是臭！你们的卡斯贝那帮人，是最最臭的一帮子人。给几个钱叫给他们卖力气的人做他们没脸做的事，做他们害怕做的事，可这些事就是他们要做的事，你不去，就不让你歇脚！骗你们什么也别给为他们卖力气的人，就一个劲地怪罪他们，骗你们什么也别给他们，就是欠着账！咄，这个城市里头，丑八怪似的骗子，瞎编滥造骗得十八便士的钱，这种骗子还抵不上这个路标似的卡斯贝脑袋的一半呢！”

人们嚷嚷着：“说得对！”“一半也抵不上！”

“还有，这些个人身上你们有什么好图的，”潘克斯说道。“这些个嗡嗡响的宝贝陀螺身上你们还有别的什么好图的，他们到你们这儿来这么稳稳当当地转悠悠的，他们身上又没涂什么花样，又没挖个小窗洞，你们也闹不清里头有什么东西！我要请各位听我说几句。我可不是个讨人喜欢的人，这个我心里挺明白。”

听了这句话，周围的人看法不一样；那些态度比较坚决的人喊道：“是啊，是不能这么说。”人群中比较讲礼貌的人士则说：“不，你是个好人。”

“一般说嘛，”潘克斯先生说道，“我是个老皱眉头的勤劳人，冷冰冰的、叫人不自在的卖力气的人。那个才是你们的忠诚仆人。那是他的全身像，自己画了给你们看的，保证像！可是有这么一个人做你的老板，你还能怎么样？你还想要他给你什么？你们有谁见过椰子里头塞了煮羊肉、长了酱什么的没有？”

伤心园人谁也没见过，这从他们听了这话之后的快活样子便看得分明了。

“就是，”潘克斯说道，“像本人这样卖力气的人，在这样的老板手下干事，你们要从我身上找好德性也是找不到的。我从小就是个卖力气的人了。我过的是什么日子？拼死拼活地干，拼死拼活地摇，把住转盘转呀转的！我自己都不能讨自己的喜欢，我不可能讨别的哪个人喜欢了。要是我再过十年不怎么中用了，一个星期少一先令的用处，这个骗子一个星期就会少给我一个先令的；要是少给六个便士[①]也找得到同样派用场的人，他就会少给六个便士找那个人来顶替我的，天哪，是讨价还价的买卖呢！他定下的框框！哦！卡斯贝的脑壳，那真是顶呱呱的路标，”潘克斯先生说道，一面打量那颗脑袋，但绝不是赞美；“可这个家族的真名是叫‘假冒纹章’。他们的格言就是，叫卖力气的人老使劲。你们这儿有哪位先生，”潘克斯先生说到一半停下来朝人群扫视了一眼，“懂英语语法的？”

伤心园人都不敢说懂。

“不要紧，”潘克斯先生说道。“我只不过是要说一说，这个老板交给我的苦差使，就是，千万别忘了动词‘老使劲’祈使语气、现在时的变化形式[②]。你要老使劲。叫他要老使劲。我们，我们一定要，老使劲。你们，你们一定要，一个个老使劲。叫他们要老使劲。这就是你们仁慈老人似的一个卡斯贝，刚才说的就是他的金科玉律[③]。他那样子你看一看就有很大受益，我可没这么了不起。他像蜜一样甜，我像阴沟水一样没味。他把粘手的龌龊东西扔给了我，我拿在手里头，甩也甩不掉。喂，”潘克斯先生说道，他刚才为了要让伤心园人把他原来的老板看得分明一点，从他面前退开了几步，此时他又逼近了；“我不是个习惯于在大庭广众面前做演说的人，我话也说得够长的了，考虑到所有这些情况，我要说的话完了，请各位都走吧。”

---

① 英国旧币一先令为十二便士。

② “老使劲”原文为 to keep always at it，潘克斯其实并没有多少英语语法知识，因此他的说法并不妥，他的意思是不管什么场合都用这一短语。

③ 语出《圣经 · 马太福音》第七章第十二节，指“欲人施于己者，己必施诸人”的基本行为准则。

这最后一个德高望重的人遭了多么突然的袭击，多么需要很多时间来想出一个主意，又多么需要更多的时间来好好想一想，以致他竟找不到一句话来回答。他似乎是在找一条符合德高望重的人尊严的出路，以摆脱他那尴尬处境，偏偏在这时，潘克斯先生又蓦地对准他的帽子伸出了扳机，像刚才一样敏捷地又把它弹飞了。第一回帽子弹飞之后，一两个伤心园的人讨好地从地上拾起来，交给了帽子的主人；然而这时候潘克斯先生的话已经深深地打动了听众，那老人也只好转过身去，弯下腰来自己拾帽子了。

潘克斯先生的右手早已伸进了他的外套口袋里，此刻他闪电般迅速地从口袋里掏出一把剪子，从背后朝那老人扑去，剪掉了披在他肩上的神圣银发。潘克斯先生满胸膛的仇恨，动作又是如此迅速，接着就从那大惊失色的老人手中一把抓过那顶宽边帽，把它剪得变成了一个煮锅模样，套在这位德高望重的老人的头上。

潘克斯先生面对自己这一不顾一切后果的举动带来的可怕结局，也吃惊地退缩了。光秃秃的头，骨碌碌的眼睛，大大的脑袋，这么一个笨手笨脚的人站在那里直瞪着他，让人见了绝不觉有动人之处，绝没有令人肃然起敬之感，仿佛他是从地底下钻出来，询问卡斯贝到底出了什么事。潘克斯先生默然无语，惧怕地也朝这幽灵瞪了一会儿眼之后，扔下剪子，撒腿跑了，去寻找一个藏身的地方躲起来，也好逃避他犯下罪行带来的后果。潘克斯先生觉得还是尽快逃走为妙，尽管他背后并没有什么人追赶，只听见伤心园里的哄笑声又在空中荡漾，在园中回响。

第三十三章

要 走 了！

发高烧的房间里的变化缓慢而又时坏时好；然而，这个发高烧的世界里的变化却是迅速而又无可挽救。

小杜丽命中注定要做的事便是伺候这两种变化。她为克莱南操劳，为他忙碌，在他身边守候；向他告辞、让他安静也只是为了尽心献出她的爱与关切，这样，马夏尔西狱的高墙每天总有一个时候又将小杜丽作为监狱之女置于阴影之中。在监狱大门之外的生活中她的本分又急需她去尽心竭力，她的毫无怨言促使她不知疲倦地忙碌。一是芬妮，她自负，爱发脾气，任着性子，要想进入上流社会已经愈见其不配了，而正是为了这个，那个拿出龟壳柄小刀来的晚上使她极为恼火，她横下心来老是想着舒适生活，横下心来不要让人家来安慰，横下心来尽受人的亏待，横下心来不让人家无理地说她受了亏待。一是她的哥哥，他是个意志薄弱，整日地醉眼蒙眬的少年老头，从头到脚晃晃悠悠的，说起话来含含糊糊，仿佛他自吹自擂的那一些钱梗在嘴里没法子再掏出来，生活中处处都不能独立行事，对于他出于私心而喜爱的妹妹则百般照顾（倒了大霉、不能自立的梯普，他始终有这样的消极的长处！），因为他肯听从她的指点。一是莫多尔太太，穿了薄纱丧服——原先那顶帽子可能在悲痛中扯破了，当然现在换上的是巴黎市场上买的挺合适的一顶——她整日与芬妮拳来脚去地吵，一日里无时无刻不在用她那凄凉的胸脯与芬妮对抗。一是可怜的斯巴克勒先生，他也不知道该如何去调解两人的争吵，而依他的愚见，她们两人要停止争吵也别无他法，只有承认她们两人都是非常了不起的女人，而且大家也都不是傻乎乎的——就因为他说了这句好心的话，她们两个人都一齐儿怪吓人地冲着他来了。还有，便是杰纳勒尔太太，她已从国外回来，每隔一天邮寄一封“不伦”、“不类”的信，提出要给她一份新的推荐书，为她找一个空缺。关于这位了不起的贵妇，我们可以最后提上一笔，毫无疑问，从来没有过一个贵妇，会有这么多的人（正如推荐书的热情言词所表明的）这么衷心地深信，她对于这个地球表面上的任何空缺都是无与伦比地合适的——也从来没有一个贵妇会这么不幸运，虽然有一大堆热情、显赫的赞美者，然而他们自己又从来不需要她去填补任何空缺。

在遭到杰出的莫多尔先生之死的最初打击时，许多大人物也把握不定是与莫多尔太太断绝往来呢，还是出面安慰安慰她。然而，应该承认她也是受到了残酷欺骗的，这对于显示他们本身的力量似乎也是至关重要的，因此，他们和蔼可亲地承认了，并继续把她记在心上。因此之故，作为一个上流社会的女人，莫多尔太太是做了卑鄙下流、毫无教养之辈的牺牲品的（因为，当发现莫多尔先生在金钱上是这么一个人的时候，立即发现他本人从头顶到脚底也是这么一个人），根据她的地位，为她这地位起见，她应当受到积极的拥护。她有意让人明白，她甚至比别人更加憎恨死者罪恶的鬼魂，以此回报大人物们表示的效忠；于是她像个女贤人一样经受了考验，表现得极为出色。

在要把一名绅士永远搁置起来的那些舒舒服服的搁板当中，值得庆幸的是，斯巴克勒先生的爵位也是其中之一块，除非还有理由用巴纳克尔吊车将他吊到一个更加有利可图的高处。因此，这一位爱国的文职官员，牢牢地擎着旗帜（即四分盾形纹章的旗帜），他在决不降下旗帜方面俨然是一个纳尔逊式的人物[①]。斯巴克勒太太与莫多尔太太，依靠斯巴克勒先生因无畏而获得的收入，生活在不自在的斯文小圣堂内，分住在这小圣堂的不同楼面，如不共戴天的敌手，严阵以待，为争夺上流社会里的地位，决一雌雄。至于她们那座不自在的斯文小圣堂，那里面弥漫了隔天的羹汤与套车马匹的气味，正如死对于人是没法逆转的那样，那气味也是永不消散的。而小杜丽，她们两人的种种表现她都看在眼里，心里却禁不住焦灼起来，不知道芬妮的孩子不久以后将会被塞到这斯文小圣堂的哪个偏僻角落里，也不知道谁会来照看这些尚未出世的小牺牲品。

由于亚瑟病得太重，没法向他谈及让人动感情、令人烦恼的事情，而且他病的痊愈又亟需依靠安慰他的虚弱，静心养病，因此，在这段心情沉重的时日里，小杜丽只能寄希望于弥格尔斯先生了。他此时仍在国外；但她第一次在马夏尔西狱见到了亚瑟之后不久，以及后来，便通过弥格尔斯先生的女儿，给他去了信，向他吐露了她对最犯愁的几件事情的不安，而特别是一件事情。弥格尔斯先生仍旧远在国外，而没有令人宽慰地赶到马夏尔西狱来看望，也便是因了这一件事情之故。

尽管小杜丽并没有向弥格尔斯先生透露落到里高手里那些文件的确切性质，然而她把那件事情的大致情况都告诉了弥格尔斯先生，她还把他的命运也对弥格尔斯先生说明了。过去摆弄天平与勺子的小心谨慎的老习惯，立即教弥格尔斯先生明白了找回这些原始文件的重要性；因此，他给小杜丽写了回信，说她在这件事情上的担心是极为有

---

① “擎着旗帜”(stuck to his colours)与“决不降下旗帜”(nailing them [i.e. the colours] to the mast)均指“坚持立场、至死不屈”之意。能“至死不屈”当然便俨如纳尔逊(H. Nelson，1758—1805，英国海军上将)。至于“四分盾形纹章”，作者兼指斯巴克勒先生作为一个文职官员一年四次收取的俸禄。

理的，并且说，他“不花些力气查出这些文件的下落”，就不回英国来。

在这个时候，亨利·戈文先生已经定下主意，他还是不要与弥格尔斯夫妇亲密往来的好。他想得也极为周到，在这件事情上也并没有硬要妻子如何行事的意思；但是，他曾经对弥格尔斯先生说过，就个人之间的关系而言，他似乎觉得他们两个人相处得并不融洽，他还觉得，倘若——客客气气地，也不吵什么嘴，也没有类似的不愉快——他们都同意，他们都是世上最最好的人，但是最好还是不相往来，那将会是一桩很好的事。可怜的弥格尔斯先生，他早已经有所觉察，他在他女儿面前老被怠慢，那也无助于女儿的幸福，所以他说道：“行啊，亨利！你是宝宝的丈夫；按照自然的规律，你已经取代了我；要是你有这个想法，行啊！”这样的处理办法带来了意外的好处，这也许是亨利·戈文事先没有料到的，这样一来，弥格尔斯先生与弥格尔斯太太夫妻俩和他们的女儿比以前更加随便了，他们现在与之交往的就只有她和她的宝宝了；他的快活情绪因钱的事也更加快活了，因为他不必低三下四，非要明白这钱是从哪里来的。

在这样的时候，弥格尔斯先生自然怀着巨大的热情，一心一意地去办一件事情了。他从女儿那里得知了里高常常去的几个城市，以及他之前一段时候住过的几个旅馆。他亲自要去办的事，是极谨慎、极迅速地走访那几个城市与旅馆，一旦在哪里发现里高没有付账，或者丢下一个箱子或包裹什么的，他就代付，把这样的匣子或包裹之类的东西带走。

弥格尔斯先生不带任何侍从，只有妈妈陪同，开始了他的历程，经历了无数的奇遇。他一点也不知道他们对他说的事，他去打听消息找的那些人又一点也不知道他对他们说的事，而他遇到的麻烦远不止这些。尽管如此，弥格尔斯先生依旧怀着一个不可动摇的信念，认为英语多少可以说是整个世界的母语，只是那些人太蠢，听不懂罢了。他拉住小旅店的老板，高谈阔论，滔滔不绝地说上一大通，用最最复杂的语言，大声向他们解释事情的来龙去脉，全然不理睬与他说话的人用他们自己的语言回答的话，因为他们的话“都是胡说八道”。有时候人们还找来翻译；有了翻译，弥格尔斯先生便说起那样地地道道的英国话来，弄得翻译张口结舌，住了嘴——这么一来事情便更糟了。然而，至于结账的问题，他是不是很不合算那还是有疑问的；因为，尽管他没有发现什么财物，然而他却发现了欠下的许多账以及与那个名字有关的各种各样不光彩的事，他唯一能叫人们听懂的就是这个名字，这么一来，几乎每到一处都有恶言恶语劈头盖脑地朝他扔来。至少有四回，人们喊来警察，骂弥格尔斯先生是个“技能骑士”，是个饭桶，是个贼；所有这些骂人的话他都极耐心地听着(一点也听不懂他们骂的是什么)，事后又被极不光彩地押上汽船，押上公共马车，让人家把他赶走，而从头至尾他都手挽着妈妈，依然是一个开朗、饶舌的不列颠人。

但是，弥格尔斯先生在他自己的语言方面，在他自己的头脑里，都可以看出，是一个清醒、敏锐、不懈的人。在照他的说法是“费尽力气”，千里跋涉到了巴黎，仍旧没有打听到一点儿消息的时候，他还是没有灰心丧气。“你瞧，妈妈，我一路打听他住过的地方，离英国越是近，”弥格尔斯先生指出，“我就有可能越是接近那些文件，不管那些文件找得到还是找不到。因为我的想法是合情合理的，他藏这些文件的地方，一定是在英国的人找不到的地方，而那又是他自己想要就可以拿到的地方，你说是不是这么回事。”

到了巴黎，弥格尔斯先生见有一封小杜丽给他的信先在那里等他了；她在信中说，关于那个现已归天的人，她曾经有机会与克莱南先生说起过一点，她说，她告诉克莱南先生，他这位赶回国内来看望他的朋友弥格尔斯先生，有兴趣尽他所能要查出那个人的一点底细，克莱南先生听了这个话要她告诉弥格尔斯先生，韦德小姐认识他，她就住在加来某某街。“哦嗬！”弥格尔斯先生说了一声。

弥格尔斯先生得知信息后，便在那公共马车的年代里，尽快赶到了那里，在那破裂的门上摇响了那破裂的铃，门咿呀一声开了，那个农妇站在黑洞洞的门道里，说道：“Ice-say! Seer! Who?”[①]听农妇这么一声话，弥格尔斯先生喃喃自语，这些加来人倒懂些道理，他们真的还明白一点你跟他们要打什么交道；于是他回答说：“韦德小姐，亲爱的。”于是他被领着到了韦德小姐房里。

“我们上回见面到现在有好些时候了，”弥格尔斯先生清了清嗓子，说道；“韦德小姐，我希望你身体很好吧？”

韦德小姐也没有希望他身体很好，也没有希望别的什么人身体很好，她只是问他，她很荣幸又见到他不知是因了何故？在她说话的时候，弥格尔斯先生四处窥视，然而并没有见到匣子模样的东西。

“噢，说实在的，韦德小姐，”弥格尔斯先生说道，倘不说是用一种哄骗的语气，也是用令人愉快的奉承口气说话，“有一件小事，眼下还是模模糊糊的说不出一个名堂，可能你说一句，事情也许会明朗了。我们之间过去的不愉快事情，也都过去了，我希望。现在也已经不能怎么样了。你还记得我女儿吗？情况变得真快！她做妈妈了！”

弥格尔斯先生一片天真，定了个再糟糕也没有的基调。他顿了一下，想找一句叫人感兴趣的话来说，然而想不出话来。

“这不会是你想要说的事吧？”一阵冷冰冰的沉默之后她说道。

“不是，不是，”弥格尔斯先生接话道，“不是。我是想你脾气好，会——”

---

① 即：“喂！先生！谁？”

“我是想你知道，”她打断了弥格尔斯先生的话，露出一丝笑容，“我的好脾气是不会这么轻易地就让人挑逗起来的。”

“别这么说，”弥格尔斯先生说道；“你这么说就不妥了。不过，我们有话直说吧。”因为他已经觉得，绕着圈子说话是什么结果也没有的。“我听我的朋友克莱南说，——你听了一定会觉得遗憾，克莱南病了好久了，现在病还很重——”

他又顿住了，她又沉默无话。

“——听他说一个叫布兰德瓦的人你有点认识，他最近因为一桩大事故在伦敦死了。呃，你别误会了我的意思！我也知道那是稍微有点认识，”弥格尔斯先生说道，见她就要气呼呼打断他的话的时候，他很机警地抢先一步把它堵住了。“这个我是很清楚的。是稍微有一点认识，我知道。不过，问题是，”弥格尔斯先生说话的语气又变得令人愉快了，“他，上次回英国的时候，路过这里，有没有把一个装文件的匣子，一包文件，装在一个什么东西里的一些文件什么的——随便什么文件——交给你：请你让他把文件在你这里放一些时候，他要的时候再来取？”

“问题是？”她重复了一遍。“是谁的问题？”

“我的，”弥格尔斯先生说道。“也不光是我的，也是克莱南的，还有别的人。呃，我知道，”弥格尔斯先生继续说道，他心坎儿里尽想着宝宝，“你对我女儿是不会有什么不愉快的感情的；那是不可能有的。噢！那也是她的问题；因为这是她的某一位朋友很关心的问题。我就这样到这儿来了，坦坦白白地说就是这个问题，来问你，呃，他交给你了吗？”

“哎呀呀，”她接话道，“我过去雇了一个人，出了钱，后来又辞退了，现在倒好，我好像成了一个靶子，谁知道有这么一个人的，都冲着我来提问题了！”

“呃别这样，”弥格尔斯先生规劝道，“别这样！你别生气。因为这是天底下最最明白的问题，谁都会去问的。我说的文件也不是他的，是不该拿的，一个无辜的人留着这些文件到时候会惹麻烦的，这些文件的真正的主人现在在找呢。他到伦敦去的时候打加来经过的，道理也说得通，他为什么没把文件随身带走，为什么他留着想要的时候随时都可以来取，为什么他不放心把文件交给他自己那样的人。他有没有把文件放在这里？我要说，即使我知道该怎么样避免让你生气，我也会想尽办法来问的。我是自己问这个问题的，但是我个人同这件事一点也没什么关系。我碰到哪个人都会问的；而且我已经问过好多人了。他有没有把文件放在这里？他有没有把什么东西放在这里？”

“没有。”

“那么，遗憾得很，韦德小姐，这些文件你什么也不知道啰？”

“我什么也不知道。你问的莫明其妙的问题，我现在已经答复你了。他没有把东西放在这里，这些东西我什么也不知道。”

“算了！”弥格尔斯先生说道，一面站起来。“很对不起；事情过去了；我希望没有多大妨碍吧。——泰蒂柯伦好吧，韦德小姐？”

“问哈莲特好吗？哦很好！”

“我又说错话了，”弥格尔斯先生说道，把话作了纠正。“好像这事儿，要不说错办不到。也许，我要是仔细想一想，绝对不会给她起这个怪名字的。不过，一个人跟年纪轻的人和和气气、闹着玩的时候，他是不会想那么多的。她的老朋友向她问个好，韦德小姐，要是你觉得向她转告是合适的话。”

听了弥格尔斯先生这话她并没有说什么；弥格尔斯先生脸上带着老实巴交的表情离开了这个死气沉沉的房间，在这个死气沉沉的房间里，他的老实巴交的脸就像照进屋子的阳光，他又带着这样的表情回到了弥格尔斯太太一个人呆着的旅馆，到了那里向弥格尔斯太太汇报说：“吹了，妈妈；没用！”后来，他带着这样的表情上了回伦敦的邮船，那是夜里的航船；后来又带着这样的表情到了马夏尔西狱。

傍晚时分，弥格尔斯爸爸和弥格尔斯妈妈一块儿到了马夏尔西狱腰门的时候，正是那一片忠心的约翰在值班。杜丽小姐不在，他说；不过，她上午到那里来过，晚上准来。克莱南先生慢慢地好转了；玛吉、普罗尼希太太和施洗先生轮流照看着他。杜丽小姐晚上打铃之前肯定回来。那楼上就是司法官借给她住的屋子，要是他们高兴的话，可以到屋子里去等她。弥格尔斯先生生怕在亚瑟毫无准备前就去看他要惹出事来，听这么一说也就同意了；他们两人就这样呆在楼上屋子里，站在装了铁条的窗口望着底下的监狱。

监狱窄小的院子把弥格尔斯太太憋得哭泣起来，监狱窄小的院子把弥格尔斯先生憋得喘起气来。他在屋子里走过来又走过去，一面喘息着，用力地拿手帕扇着风，可是越扇越接不上气来，就在这个时候他转过身来面朝着正好推开的门。

“嘍？上帝哪！”弥格尔斯先生说道，“这不是杜丽小姐！怎么，妈妈，瞧！泰蒂柯伦！”

来的正是她。泰蒂柯伦胳膊下挟着一个两英尺见方的铁匣子。这样的匣子是艾弗莉·弗林特温奇第一回做梦时看见幽灵深更半夜用胳膊夹出老屋的。这个匣子，泰蒂柯伦就放在老主人脚前的地板上；在这个匣子的旁边，泰蒂柯伦双膝跪下来，双手捶着匣子，呜呜地哭起来，一半是高兴，一半是绝望，一半是笑，一半是泪，“原谅我，亲爱的老爷，带我回去吧，亲爱的太太，这个就是！”

“泰蒂！”弥格尔斯先生嚷道。

“是您要的东西！”泰蒂柯伦说道。“这个就是！我被关在隔壁房间里不让见您。我听见您问起这个匣子，我听见她说她没有拿过。他留下匣子时我就在场，我睡觉的时候把匣子藏起来，拿来了。这个就是！”

“哎呀，姑娘，”弥格尔斯先生兴奋地说道，更加上气不接下气了，“你是怎么过来的？”

“我跟您乘的同一条船。我裹着身子坐在另外一头。您在码头乘上了一辆马车，我也乘上了一辆马车，跟在您后面到这里来。您跟她说了人家要这个匣子的话以后，她是怎么也不会交出来的；她宁可把它扔到海里去，要不就烧了它。可好，匣子拿来了！”

那姑娘说到“匣子拿来了！”时，她笑了，她乐了。

“她一直不肯让他把匣子放她那儿，我倒要帮她说句话；可他把匣子留下了，我心里清清楚楚，您说了那些话以后，她一口否认了以后，她是绝不会把匣子交出来的。可好，匣子拿来了！亲爱的好老爷，亲爱的好太太，带我回去吧，再喊我亲热的老名字吧！就让这个匣子来替我求个情吧。匣子拿来了！”

弥格尔斯爸爸与弥格尔斯妈妈最最名符其实地像爸爸与妈妈的时候，莫过于他们又把这位倔强的弃女置于自己的保护之下的时候了。

“哦！我多苦啊，”泰蒂柯伦这时候说道，比先前哭得更加伤心了；“一直怪伤心的，怪后悔的！我怕她，第一回看见她的时候就怕她。我心里非常明白，她知道我身上的坏脾气，所以她压得住我，我非常明白。这是我自己傻，她爱挑唆就可以把我挑唆起来。我发起疯来的时候心里常想，人们一个个都是因为我出身不好跟我过不去的；他们对我越是好，我就觉得他们越是坏。我觉得他们都得意洋洋地对待我，我觉得他们是要我去眼红他们，尽管我知道——尽管我当时也知道，要是我愿意的话——他们从来没有想到过这样的事情。我们漂亮的小姐本来是应该高高兴兴的，可是她没那么高兴过，我又丢下她走了！多么狠心、多么卑鄙的！她也一定是这样说我的。可你们帮我对她说句好话，请她原谅我，像你们原谅了我一样，好吗？因为，我现在不像过去那么坏了，”泰蒂柯伦请求；“我是够坏的，可我不像过去那么坏，真的。这些日子我面前老是有韦德小姐呆着，好像她就是我自己长大了以后的样子——一件件事情都颠倒了，好的东西都歪了，变成恶的东西。这些日子我面前老是有韦德小姐呆着，她什么都不喜欢，就爱叫我像她自己那样受苦、疑心、折磨。倒不是说她要这样，要拼命逼我，”泰蒂柯伦激动地说道，最后又伤心起来，“因为我那个时候真是坏透了。我不过是要说，我吃了这许多苦以后，我希望自己不会再那么坏的，我会慢慢地、慢慢地一点点变好的。我会狠狠地改的。我不会数到二十五下就数不下去的了，先生。我要数两千五百下，数到两万五千下！”

门又一次推开了，泰蒂柯伦情绪平静了下来，小杜丽走进屋来，弥格尔斯先生又自豪又高兴地捧出那个匣子，她文静的脸庞上露出了因感激而流露的幸福与喜悦。秘密现在保住了！她自己那一份可以瞒住他了；他永远也不会知道她所失去的；将来，他会知道于他是至关重要的内容；然而，他绝不会知道仅仅与她个人有关的事。与她有关的都过去了，都宽恕了，都忘却了。

“哎，我亲爱的杜丽小姐，”弥格尔斯先生说道；“我是个代理人——或者说至少我过去是的——我准备立即以那样的身份采取措施。我是不是最好今天晚上就去见见亚瑟？”

“我看今天晚上别去。我会到他屋子里去，看看他现在怎么样了。不过我看您今天晚上还是别去看他的好。”

“我很同意你的看法，亲爱的，”弥格尔斯先生说道，“所以我一直呆在这间阴沉沉的屋子里，没有去看过他。那么我可能这几天就不去看他了。不过你去了回来我再告诉你我说的是怎么回事。”

她出了屋子，弥格尔斯先生透过窗上的铁条，看见她从底下门房里出来，进了监狱的院子。他轻轻地说："泰蒂柯伦，你过来一下，我的好孩子。"

她走到窗前。

"刚才在这里的那个小姐——那个矮小、文静、瘦弱的人，在那边走的，你看见了没有，泰蒂？看。人家都往边上站着让她过去。男人们——瞧那些穿得破破烂烂的可怜的人——他们都很有礼貌地摘下帽子来，现在她从门道里进去了。看见了吗？泰蒂？"

"看见了，先生。"

"我听人家说，泰蒂，过去人家常常叫她是监狱的女儿。她就在这里出生的，在这里生活了许多年。我在这里气也透不过来。生在这里、活在这里，那真是个悲哀的地方，泰蒂柯伦，对吗？"

"真是的，先生！"

"要是她老想着自己，老是自暴自弃，觉得人家都拿这个地方来折磨她，嘲笑她，骂她，那她的日子就会过得烦躁了，可能还会是没有价值的了。可我听人家说，泰蒂柯伦，她年纪轻轻的，心甘情愿地过日子，心地善良地过日子，行为高尚地过日子。要不要让我来告诉你，我认为刚才在这里的那个人，她那双眼睛一直注意的是什么东西，使她会有那样的表情？"

"要，请说吧，先生。"

"本分，泰蒂柯伦。从小就守本分，尽心尽责地守本分；不管是什么出身，什么地位，我们要遵照上帝旨意，根据自己的意愿守本分，那是找不到会证明我们做得不对的先例的。"

他们就站在窗前，妈妈也过来了，她可怜那些囚犯，就这样一直等到看见她又回来。她不多时就进了屋，她说她走的时候亚瑟情绪安定、镇静，所以今天晚上就不要去看了。

"好！"弥格尔斯先生乐呵呵地说道。"毫无疑问这办法最好。我就拜托你，亲爱的看护小姐，代向他问候了，我非常明白拜托你代我问候是再好不过了。明天早上我又要走了。”

小杜丽吃了一惊，问他要到哪里去。

“亲爱的，”弥格尔斯先生说道，“透不过气来我就活不了。这个地方把我闷得没有气了，只有等亚瑟离开这个地方我的气才回得过来。”

“这怎么会是您明天早上又要走的理由呢？”

“你会明白的，”弥格尔斯先生说道。“今天晚上我们三个人就住到城里头的旅馆里去。明天早上妈妈和泰蒂柯伦到特威肯翰乡下去，乡下布肯大夫陪着梯吉特太太坐在客厅窗前，见了她们两个人还以为来了一对鬼了；我呢，再到国外找多伊斯去。我们得叫丹[①]到这里来。哎，我告诉你，亲爱的，没有一个确定的时候，也不知道路的远近，这个事情、那个事情、还有别的事情，要写信，要打算，要在有限制的条件下考虑，这些都没用；我们得叫多伊斯到这里来。明天一早我就出发，去找多伊斯，要他到这里来，我去找他这没有什么。我是个外面常跑的人了，所有外国语和外国习惯对我都一样——我什么东西都是一窍不通的。所以我一点也不会有什么不方便的。我得立即出去，这是毫无疑问的；因为不能自由地呼吸我活不下去；而亚瑟不离开这个马夏尔西狱，我就不能自由地呼吸。我现在就闷得慌，说这么几句话，帮你把这个宝贝匣子搬到楼下我都换不上气来。”

铃响的时候他们已经走到了街上，弥格尔斯先生就抱着那个匣子。街口并没有小杜丽的马车停着；弥格尔斯先生对此颇有点意外。他为她叫了一辆马车，她上了马车，待她坐定，他就把那匣子放到她身旁。她在高兴与感激之中吻了一下他的手。

---

① 即丹尼尔·多伊斯的昵称。

“我不喜欢这样，亲爱的，”弥格尔斯先生说道。“你倒向我表示敬意——在马夏尔西狱的门口，我觉得有些不妥。”

她俯下身去，在他面颊上亲了一下。

“你叫我想起了那些日子，”弥格尔斯先生说道，情绪突然间低落——“不过她很喜欢他，把他的缺点都瞒着，她以为人家谁都不知道——当然他社会关系好，出身名门！”

他女儿嫁出去给他的唯一安慰便是这个，倘若他颇看重这一点，有谁会去责怪他呢？

第三十四章

走　了

在一个充满活力的秋日，马夏尔西狱那个囚犯，身体虽然虚弱，但在别的方面却都已经复元了，他坐在那里，听着一个声音为他朗读。在一个充满活力的秋日，金黄色的田野又已经收割完毕、翻了土，夏果成熟了，又萎缩了，大片大片绿色的蛇麻草被繁忙的采摘者踏平了，果园里累累的苹果呈现出赤褐色，楸浆果在变黄的叶片之间显出深红的颜色。在树林子里，即将来临的寒冬，已经可以透过枝桠之间不同往常的空隙窥见，从那空隙中望去，是明晰、清净的景象，已经不见了令人昏昏欲睡的夏日天气中的艳丽色彩，那夏日的艳丽曾经是举目可见，正如此刻所见的是李树上的花。因此，站在海滩上，已经不再见到海洋在炎热中昏睡，只见她无数只闪烁的眼睛已经睁开，她那整个辽阔的海域是一片喜悦、欢快，从海边冰凉的沙滩，到地平线上的点点帆影，帆影的远去宛如从树上飘落的染上秋的色彩的树叶。

那个监狱，没有变化，光秃秃的，是一张凝固、收敛的脸，只见贫困与忧愁，麻木无知地望着一年四季的变化，从那里看不到这些美景的一丝儿痕迹。不管开放的是什么花，监狱的砖石、铁条长出的一律是同样的死果。然而克莱南在静听为他朗读的那个声音的时候，从那声音里听见了大自然献出的全部功绩，从那声音里听见了她为人类唱出的一首首令人安慰的歌。正是偎依在大自然的而不是母亲的膝头，他把青春寄托在希望的前景上，寄托在有趣的幻想中，寄托在温柔与谦和的收获之中，它就蕴藏在从小培育的想象的种子里；寄托在躲避恶风的橡树上，橡树坚强有力的树根在孕育着它的橡实里便长了胚芽。但是，在为他朗读的那个声音的音调里却有对这些东西的旧时感觉的回忆，有一生中悄悄向他传送的每一声温良、亲切的低语。

那个声音停止了，他抬起手来遮在眼睛的上方，口中喃喃说是亮光直逼着他的眼睛。

小杜丽把书放下来，立即轻轻地站起身去把窗遮起来。玛吉在那个老地方坐着做针线活。由于光线暗了一些，小杜丽把椅子朝他身边靠了靠。

“这事不久就要结束了，亲爱的克莱南先生。不光多伊斯先生给你的那些信充满了这么多的友谊和鼓励，就是腊格先生也说，多伊斯先生给他的信也充满了这么多的帮助，他还说大家(现在怒气已经消了一点)都那么关心你，对你印象那么好，事情不久就要结束了。”

“亲爱的姑娘。亲爱的宝贝。善良的天使！”

“你太夸奖我了。可是我也真太高兴了，听你说得这么富有感情，看——看你，”小杜丽说道，一面抬起眼睛望着他，“这么真心真意的，真叫我不能说不要两个字。”

他拿起她的手放在自己的嘴唇上。

“你到这里来过好多、好多回了，可我没有看见你，对吗，小杜丽？”

“是的，有时候我到这里来的，可我没有到房间里面来。”

“好多回吗？”

“不少回了，”小杜丽羞怯地说道。

“每天？”

“我看，”小杜丽犹豫了一下说道，“我每天，至少要到这里来两回。”

他又热烈地吻了一下那只小巧的手之后，本来是要把它放下来的；然而，那只小手很温存地在他嘴唇上停留了一下，似乎不想松开。他用两只手把那只小手握住了，轻轻地贴着自己的胸口。

"亲爱的小杜丽，不久就要结束的不单单是我的监禁期。你这样的牺牲也要结束。我们又得学会分手了，我们要离得远远的，各走各的路。你回来的时候我们一起说过的话，你没有忘掉吧？"

"哦没有，我没有忘掉。可有一件事——你觉得今天体力很好了，对吗？"

"很好了。"

他握着的那只手，悄悄地朝他的脸移了一下。

"你的体力是不是相当好，可以听我说，我现在已经有了一大笔财产了呢？"

"我会很高兴听你说的。什么样的财产对小杜丽来说都不会太大了，太多了。"

"我一直在心急地等着对你说呢。我一直是很想、很想告诉你的。你肯定不愿意要吗？"

"肯定不要！"

"你很肯定一半也不要吗？"

"很肯定的，亲爱的小杜丽！"

在她默默地望着他的时候，她那亲切的脸上有一种他不很理解的东西；一种瞬息之间就会化为泪水，但又是幸福和自豪的东西。

"我要说的芬妮的事你听了会觉得难过的。可怜的芬妮现在什么都失去了。她现在除了丈夫的收入什么都没有了。她结婚时爸爸留给她的东西，跟你失去的钱一样，也都失去了。都到了同一双手里，都没有了。"

亚瑟听了之后倒不是觉得意外，而是感到震惊。"我原以为不会这么倒霉的，”他说，“不过是有些担心，知道她丈夫跟那个违约的人的关系，担心这件事情上会有很大的损失的。”

“是啊。什么都没有了。我很为可怜的芬妮难过；我为芬妮非常、非常、非常难过。还有我那个可怜的哥哥！”

“他也有财产在同一双手里吗？”

“就是！都没有了。——你说说我自己那一大笔财产有多少？”

当亚瑟怀着新的担忧，用询问的目光看着她的时候，她把手缩回来，把脸贴在了她的手刚才放的地方。

“我在这个世界上是一无所有的。我现在同以前住在这里的时候一样穷。爸爸回到英国来的时候，把什么东西都交到那双手里了，都被卷走了。哦我最最亲爱、最最好的人，你真的肯定，现在不跟我分享我的财产吗？”

她让亚瑟抱在怀里，紧贴着他的心，他的男子汉的泪水落到了她的面颊上，她用瘦弱的手拉过他的脖子，并用另一只手挽住。

“永远不分开，我最亲爱的亚瑟；到死也不再分开！我过去从来没有富过，我过去从来没有自豪过，我过去从来没有幸福过。你收下我我就富有了，听从你的安排我就觉得自豪，跟你一起呆在这个监狱里我就感到幸福，因为，假如上帝的旨意要我再回到这个监狱跟你呆在一起，用我全部的爱、全部的真诚安慰你、为你效劳，我是应该觉得幸福的。任何地方，不管到了哪里，我都是你的！我真心地爱你！我宁可在这里与你一起度过我的一生，每天到外面去为我们两个人挣面包，也不愿意拥有世上最大的财产，做一个曾为人们所崇敬的最高贵的女人。哦，假如可怜的爸爸能够知道我的心终于会是多么地幸福，呆在这个他受了这么多年苦的房间里，那该有多好啊！”

玛吉当然从一开始便睁大眼睛在看着了，当然早就哭得像个泪人儿一般了。此刻玛吉那样欣喜若狂，她使出全部力气抱了抱她的小妈妈，接着像穿木鞋跳号笛舞[①]一样，奔向楼下去找一个人说说她心里乐滋滋的味道。玛吉遇上正巧进来的不是弗罗拉和F先生的姑妈还会有谁？由于这一相遇，因此小杜丽在足足过了两三个钟头之后出去的时候发现在那里等候她的，不是她们，还会有别的什么人？

弗罗拉眼睛微红，她似乎情绪不很好。F先生的姑妈样子那么僵硬，显出倘若没有很强的机械压力，就没法子弯腰的样子。她那顶宽边帽样子很怪地歪搁在后脑上；她那硬邦邦的网格拎包似乎因蛇发女怪的点头而变得那么硬，就在那一瞬间拎包里面便变成了石头一般。F先生的姑妈以这样的庄严特征，当着众人的面在司法官的官邸台阶上一屁股坐下来，这在刚才说的那两三个钟头里，便成了这个自治城里的年轻小伙子的一大开心事，他们的一阵阵嬉笑惹得她不时恼怒地拿阳伞尖头去捅，弄得面红耳赤的。

"真的，杜丽小姐，我很难受地觉得，"弗罗拉说道，"对一个财富上相差这么大又受到最高贵的人的奉迎关心的人来说随便去找哪一个地方一定都是会叫人感到意外的即使不是一个凭你现在的社会地位是很看不起的馅饼店而是一间后厅尽管是一个很客气的人可是要是为了亚瑟起见——真是改不了现在比过去更加不妥当了是以前的多伊斯-克莱南——我有最后一句话要说一说最后一句话我想要说明一下也许你心地善良能原谅我拿三个腰子馅饼作借口找个寒酸的地方谈谈话。"

小杜丽正确地领会这一番颇不明白的话，回答说她完全听从弗罗拉的安排。于是弗罗拉在前面走着穿过马路到了刚才说的那爿馅饼店；F先生的姑妈大摇大摆地在后面压阵，要让人撞倒了还毫不退让

---

① 过去水兵跳的活泼的独人舞，号笛伴奏。

地挡着道，她的毫不退让是尽可以用到更加合适的地方去的。

“三个腰子馅饼”是谈话的借口，放在三个小铁皮盘子上端到她们面前，每一个馅饼上方开了一个孔，那个很客气的人拿一个有嘴的罐子，往小孔里浇了热腾腾的肉汁，仿佛他是往三盏灯里灌油似的，这个时候弗罗拉掏出了手绢。

“假如想象的美梦，”她开始说道，“描绘过一幅图画当亚瑟——真改不了请原谅我——恢复了自由就连一点也不像这三块馅饼那么薄腰子少得就像肉豆蔻糊那样的馅饼也不会叫人见了不想吃的假如那是由真正关心的人的手端上来的话那么这样的想象永远不见了一切都作废了但是我知道现在正在考虑更加亲热的关系请让我说一句我衷心地向双方表示良好祝愿不会说哪一方的坏话一点也不会的，说起来可能会叫人感到难为情要是知道除非时光之手把我变得比以前更不见苗条得多了稍微动一动就满脸通红的特别是吃了东西以后我心里非常清楚就像皮疹那样是会那个样子的也不是爹妈打扰的后来头脑里就麻木了一直到F先生把那不可思议的思绪吸引了我仍旧不会对哪一方小心眼的我对双方都衷心表示良好的祝愿。”

小杜丽握住了她的手，感谢她那一片一贯的好意。

“别说成是好意，”弗罗拉接话道，并给了她一个真诚的吻，“你从来就是个最最善良最最亲爱的小姑娘假如我可以冒昧地说一句的话甚至从钞票的观点来说节俭本身就是良心虽然我还要补充一句我觉得比我自己的要讨人喜欢得多了因为虽然我希望不会比别人的心沉重但是我一直觉得让人觉得不舒服比让人觉得舒服要便当得多而且很明显就是喜欢弄得人家不舒服不过我话说远了，我们结束谈话之前我还有一个要表示的希望那就是看在过去的日子和过去的真情的面子上我真的相信亚瑟会明白我在他落难的时候没有抛弃他我是常常来来去去问他我能不能帮他做些什么我就坐在馅饼店里他们很客气地用无脚平底酒杯从旅馆里盛了暖乎乎的东西给我一个钟头一个钟头地坐着在马路对过陪着他他还不知道呢。”

此刻弗罗拉眼睛里真的含着泪水，泪水使她更加打动人。

“除了这些之外，”弗罗拉说道，“我恳求你作为世上最最亲爱的人如果你肯原谅一个在非常不同的圈子里活动的人的亲昵的话让亚瑟理解我终究不知道我们之间是否都是胡闹虽然当时是愉快的而且也很恼人当然F先生把事情完全改变了那个时期就断了所以假如不重新建立感情就别指望会有什么事情发生的各种因素凑在一起就使得什么事情也就发生不了啦也许这种种因素里有一个并非最没有影响的因素就是不可以有什么事情发生了，我并不是要说假如亚瑟觉得喜欢并且事情是自然而然地发生的我也不会为这件事感到非常高兴因为我是个性格活泼的人到了家就闷闷不乐因为在家里爸爸毫无疑问是男人当中最最叫人心烦的人关系割断之后他也没有好多少那是煽动的人干的结果变成了那个样子我一生中从来没有见过跟我一样的不过我的性格中绝没有嫉妒也没有恶意虽然我有好多缺点。”

小杜丽对于芬沁太太这一席迷津似的话并不能完全理解，然而她的话的意图，她是明白的，并且态度和蔼地认为她是可以信赖的。

“头上枯萎的花环亲爱的，”弗罗拉怀着浓厚的兴趣说道，“枯死了柱子坍塌了金字塔倒过来了立在什么上面别说这是头脑昏昏别说这是身体虚弱别说这是糊涂我现在要隐居起来不再眼盯着消失的欢乐留下的死灰了不过再冒昧地由我来付这点心钱这一点点心是我们坐在一起谈话的蹩脚的借口我要永远说一声再会啦！”

F先生的姑妈已经认认真真地吃完了馅饼，从她第一回当众在司法官官邸门前台阶上摆出那个姿势到此刻，她心里一直在盘算狠狠地来一个打击，现在她趁机对她已故侄子的遗孀发出了下面这句女巫式的命令。

“把他带过来，我要把他扔出窗外！”

弗罗拉对这个了不起的女人解释了一遍，说是要一起回家用餐，可是她想这样安慰安慰也是白费唇舌。F 先生的姑妈固执地回答道：“把他带过来，我要把他扔出窗外！”F 先生的姑妈无数遍一再提出这个要求，并且久久地把蔑视的眼睛瞪着小杜丽，然后她抱起两条胳臂，在馅饼店后厅的一个角落里坐下来；死也不肯动一动，非要等到“他”被“带过来”，非要等到把他扔出去那一段命运了结了不可。

面对这一个局面，弗罗拉悄悄地告诉小杜丽，她好几个星期以来可没见过 F 先生的姑妈这么神气、这么顽强过；她看来得在那里呆上“兴许是几个钟头”，直到这个狠心的老太太息了怒才行；她说没有旁人呆着的时候她才有法子管住这位老太太。因此，她们便以最最友好的态度分了手，双方都表示了最最和气的感情。

由于 F 先生的姑妈仿佛一座坚强的堡垒一样固守在那里，而弗罗拉又想喝一点东西，因此叫了一名跑腿的到旅馆里去取早已瞥见的那个无脚平底酒杯，酒杯随后便灌满了。有了酒杯里的东西，找到一张报纸，又撇走了留下的馅饼上的奶油，弗罗拉这一天后来的情绪是好极了；尽管无聊的谣言一经传开便弄得她间或也尴尬起来，那是在附近偏听偏信的未成年的人当中流传的，说什么一个老太太自己找到馅饼店里，准备谈婚事，当时就在馅饼店的后厅里坐着，不肯签约。这一下吸引了这么多年纪轻轻的人，有男的有女的，而且到了暮色降落的时候，这么严重地打扰了店里的生意，结果店老板急了，一再提出带 F 先生的姑妈离开。于是叫了一辆马车到店门口，店老板和弗罗拉一齐儿横劝竖劝，总算把这个出色的女人送进了马车；尽管到了那个时候她还要把脑袋探出窗外，硬要把他“带过来”，以便办到刚才说的那件事。由于这个时候人们见她恶狠狠地朝马夏尔西狱张望，因此大家认为这个令人敬佩地始终如一的女人说的“他”是指亚瑟·克莱南。然而，这话也是猜测罢了；这个人是谁，要叫 F 先生的姑妈心安理得，到底该把谁带过来（可是又一直没有带过来），也永远说不出一句肯定的话来的。

秋天一日日地过去了，小杜丽现在一直没有到马夏尔西狱来，没有来看一看他便走了。没有，没有，没有。

一天上午，正当亚瑟等着听到轻盈的脚步的时候，因为那脚步一上楼来便会飞入他的心坎，会把新的爱传达的神圣喜悦送进屋子，这屋子是旧的爱表现得如此坚贞、如此真挚的地方；一天上午，正当他侧耳倾听的时候，他听见她来了，不是她一个人。

"亲爱的亚瑟，"她那兴高采烈的话音在门外说道，"我带一个人来啦。我带进来好吗？"

从那脚步听起来，与她一起上楼的还有两个人。他回答一声"好"，她便与弥格尔斯先生进了屋。弥格尔斯先生看上去晒黑了，乐呵呵的样子，他伸开两臂，把亚瑟抱在怀里，像个晒黑的、乐呵呵的父亲。

"哦，我好好儿的，"弥格尔斯先生过了一会儿说道。"哦，现在好了。亚瑟，我的亲爱的老弟，赶快承认说前些日子你是在盼我回来吧。"

"是在盼着，"亚瑟说道；"可艾米对我说——"

"小杜丽。绝不要叫别的名字。"（是她悄悄说的话。）

"——可我的小杜丽对我说，不能刨根问底的，我不能盼你回来，等见了你再说。"

"现在你见着了，我的老弟，"弥格尔斯先生说道，一面用手使劲地摇晃着亚瑟的身体；"现在你一件件、一桩桩都可以知道了。是这样的，我已经到这里来过了，——我是从嘴上喊着 marshons、allons

的那些人那边直接赶到这里的，要不然今天我还真不好意思见你呢，——不过那个时候你还不能会客呢，而且我也得再动身去找多伊斯。”

“可怜的多伊斯！”亚瑟喟然叹息道。

“他不该承当的叫法你可不能用，”弥格尔斯先生说道。“他不可怜；他干得挺好。多伊斯在那边干得很出色。你放心好了，他干得轰轰烈烈的。丹嘛，他运气挺不错。要是他们不想办点事，又找不到人去干，那这个人就苦了；可是，要是他们想办点事，又找得到人去干，那这个人就神气了。你不会再有机会去找拖拖拉拉部的麻烦了。我跟你说吧，丹跟他们一刀两断了！”

“你真卸了我心头的一块大石头！”亚瑟激动地说。“你真叫我高兴哪！”

“高兴？”弥格尔斯先生反问道。“别高兴得太早，等见了丹再高兴吧。我告诉你，他在那边呀，不光动嘴还要亲自动手干呢，你见了真会吓得头发一根根竖起来。他不是什么臭名昭著的罪犯，上帝保佑，嗨！他呀，又是勋章，又是绶带，大名鼎鼎，人人尊敬，他什么没有，真像个天生的贵族。可我们在这里不能谈论这些。”

“为什么不能？”

“哦，天哪！”弥格尔斯先生说道，一面郑重其事地摇着头，“他回到这儿来以后，得闭上嘴巴，这些事一句都提不得。在这儿，这些都行不通。在这方面，英国是个占着茅坑不拉屎的地方——她自己不会让儿子出名，在别的国家出了名，也不会让你去出风头的。不行，不行，丹！”弥格尔斯先生说道，一面又摇着头。“这儿行不通！”

“即使你为我（除非是为了多伊斯）挣回的是我失去的东西的一倍，”亚瑟激动地说道，“你也没法叫我像现在听了这个消息那样高兴。”

“嗨，那还用说，那还用说，”弥格尔斯先生表示赞同地说道。“这我当然知道，我的好伙计，所以我一进来就先说这个了。哎，再回头说说找多伊斯的事。我把他找着了。我跑到一伙邋里邋遢、黑不溜秋的人那里，一个个戴着女人的睡帽，大得不成样子，他们说自己是阿拉伯人，还有许许多多莫明其妙的什么国家的人。①你说得上！他让我碰上了。嗨！他从那边走过来，我从这边走过去，我们俩就这么一块儿回来了。”

“多伊斯回英国了？”亚瑟大声嚷道。

“你瞧！”弥格尔斯先生说着就伸开两臂。“处理这种事情我是天下最没用的人啦。要是叫我干外交的话，我真不知道该怎么办呢——说对了，也许！总起来说嘛，亚瑟，我们两个人半月前就回英国了。你要是还要追问多伊斯眼下在什么地方嘛，嘿，我的回答简简单单——就在这儿！好了，我又总算可以吐气了！”

多伊斯从门后窜进屋子，一把抓住了亚瑟，下面的话就由他自己说了。

“我说的话只有三个方面，亲爱的克莱南，”多伊斯说道，把柔顺的大拇指放在手心上揉，一面开始一个方面一个方面认真地说起来，“说起来也很简单。第一点，过去的事你就不要再说了。你的计算里有一个错误。我知道错在哪里。一个地方出了毛病，整台机器就受到了影响，结果就出故障了。你会从失败中得到益处的，下一次就会避免的。我自己在工程上也碰到过类似的情况，常常碰到。每一次失败都会给人一点教训，只要肯吸取教训的话；你这么聪明的一个人，从这件事中不会吸取不到教训的。这是第一点。第二点，我也很难过，这件事会这么叫你心事重重，你会这么严厉地责备自己；我已经动身

---

① 表明多伊斯是去了土耳其或中东。

日夜赶路，要回来借我们的朋友的帮助，把事情处理妥当，就在那个时候，像我们的朋友刚才跟你说的那样，正巧碰上了他。第三点，我们两个已经说好了，因为你受了这样的打击，你心里那样痛苦，你病得那么重，所以，假如不让你知道就悄悄地把事情一件件都完全处理妥当了，然后再来告诉你，一切都顺利了，一切都办妥了，公司比过去更加需要你，在我跟你这两个合股人面前出现一个新的兴旺事业，那对你就是一个意想不到的高兴事。这是第三点。不过，你知道我们总是要考虑摩擦问题，所以，我留了点间隔余地。我亲爱的克莱南，我非常地相信你；你是尽力做到能对我有很大帮助的，就像我是尽力做到，或者说已经尽力做到，能对你有很大的帮助一样；你原来的岗位在等着你，非常需要你；你用不着在这里再多呆半个钟头了。”

屋子里一阵沉默，亚瑟背朝着他们在窗前站着，过了一会儿他那位未来的小妻子走过去，站在他的身旁，这时，屋子里的沉默打破了。

“我一会儿前说的一句话，”丹尼尔·多伊斯接着说道，“我想是不对的。我刚才说，克莱南，你用不着在这里再多呆半个钟头了。我的想法不知道对不对，你是不是想等到明天上午再离开这里？我情况不很清楚，但是我是否知道，你从这围墙里面，这个房间里面出去之后，你要直接到哪里去？”

“你知道的，”亚瑟接话道。“那是我们的心愿。”

“好极了！”多伊斯说道。“那么，假如我能请这位小姐在二十四小时里面把我当作一位父亲看待，现在跟我乘马车到圣保罗教堂院子①去，我相信我知道我们要到那里去取什么。”

小杜丽和他一会儿之后便一起离开了，弥格尔斯先生又呆了一会

① 一八六七年之前，那里是发放特别结婚证书的博士公地所在地。

儿与他的朋友说几句话。

“我看哪，亚瑟，明天早上你是不需要我们来的，我们回避一下。妈妈来了会想宝宝的；她是个软心肠的人。她最好还是呆在乡下宅子里，我也去，陪陪她。”

说了这几句话之后，他们便暂时分手了。白天过去了，黑暗过去了，早晨来到了，小杜丽依旧是平日的简朴打扮，身边只有玛吉一个人陪着，她们伴着朝阳走进了监狱。那间可怜屋子那天早上成了一间快活的屋子。这天底下到哪里去找这么一间如此充满静静的欢乐的屋子！

“我的亲爱的，”亚瑟说道。“玛吉干什么生炉火？我们马上就要离开了。”

“是我叫她生的。我心里有这么一个怪想法。我要你来烧一件东西。”

“烧什么？”

“就这一张折起来的纸。假如你用自己的手把它放到炉火里，不要打开，那我的想法就满足了。”

“亲爱的小杜丽，是迷信，对吧？是符咒吗？”

“就是你喜欢的任何东西，亲爱的，”她笑着回答道，两眼晶莹发亮，并且踮起脚来吻他，“要是火烧旺的时候你能够迁就我一下。”

于是他们站在炉前，等着：克莱南一手挽住她的腰，通红的炉火映照着小杜丽的明眸，就像过去这同一个火炉里炉火常常映照她一样。“够旺了吗？”亚瑟说道。“很旺了，”小杜丽说道。“对符咒还要不要说什么话？”亚瑟拿起那张折着的纸伸到火舌的上方，问道。“你可以说(假如你不在意的话)：‘我爱你！’”小杜丽回答道。于是他说了这句话，纸烧尽了。

他们静悄悄地穿过院子；因为院子里什么人也没有，但是窗口悄悄地探出了许多脑袋。只有一张脸，过去就熟悉的脸，在门房里面。他们一齐上前，说了许多亲切的话，这时候，小杜丽最后一回转过身来，伸出手去，说：“再见了，好心的约翰！我希望你过非常幸福的日子，亲爱的！”

然后，他们走上坐落在附近的圣乔治教堂的台阶，走上了圣坛，丹尼尔·多伊斯以父亲的身份在那里等候。那位把死亡登记簿拿来给小杜丽当枕头的老朋友就在那里：怀着满心的羡慕，她终于回到这里来结婚了。

阳光透过窗上我们的救世主的画像洒落到他们身上，他们结了婚。他们走进小杜丽度过了她的晚会之后倒下来呼呼熟睡的那同一个房间，在结婚登记簿上签了字。那里还有潘克斯先生（已经定了要做多伊斯-克莱南商号的主要职员，以后还要做这家商号的股东），他此刻是平心静气的朋友，不再是煽动者，他在门口观看签字仪式，一个胳臂殷勤地扶住弗罗拉，另一个胳臂挽住玛吉，他们的背后站着约翰·奇弗利和他的父亲，还有别的看守，他们一时间都赶到那里，抛弃了为父的马夏尔西狱，来到幸福的监狱之女的身边。弗罗拉也看不出一点儿隐退的迹象，尽管她不久之前宣布要隐退；恰恰相反，她显得非常地活泼，那样高高兴兴地看着进行的仪式，虽然是心绪不宁的样子。

小杜丽写下自己的名字的时候，她的老朋友手拿起墨水架，书记员在脱善良的牧师的宽大白色法衣的时候一时住了手，在场的人一个个都怀着特别兴致注视着。“因为，你们瞧，”小杜丽的老朋友说道，“这位小姐是我们的一件珍品，她现在签到了我们登记簿的第三卷。她的出生是在我叫作第一卷的登记簿上；她就睡在这个地板上，她可爱的脑袋枕在我叫作第二卷的登记簿上；她现在作为新娘把她的小小名字写到了我叫作第三卷的登记簿上。”

签字完毕之后他们都让开路，小杜丽和她的丈夫单独走出了教堂。他们在门廊的台阶上停留了一会儿，望着秋日早晨阳光沐浴下的街道的清新景象，然后走下了台阶。

走下去，朝着既有益又幸福的简朴生活。走下去，到了一定的时候为芬妮的无人照看的孩子献出母亲的操劳，绝不亚于操心自己的孩子，而让那位太太老是去进入上流社会。走下去，给向她提出苛刻的要求而并不烦恼的梯普，做几年温和的看护与朋友，以此报答他原是会留给她的财富（倘若他真会得到财富），他面对着马夏尔西狱及其被摧残的果实，心怀着爱，闭上了双眼。他们默默地走下去，来到了喧嚷的大街，难舍难分，无比幸福；他们在阳光下，在树荫里，朝前走着的时候，吵吵嚷嚷的人，心情急切的人，不可一世的人，刚愎自用的人，虚荣浮夸的人，又烦恼，又焦灼，发出了通常的喧闹声。

登记簿的第三卷